James Ellroy

L.A. Noir

JAMES ELLROY

L.A. Noir

Die Lloyd-Hopkins-Trilogie

Drei Romane

ULLSTEIN

Titel der amerikanischen Originalausgaben:

Blood on the Moon

Because the Night

Suicide Hill

1. Auflage Juni 1998
2. Auflage September 1998

Die Deutsche Bibliothek – CIP-Einheitsaufnahme:

Ellroy, James;
L.A. Noir : die Lloyd-Hopkins-Trilogie ;
drei Romane / James Ellroy. – Ungekürzte Sonderausg. –
Berlin : Ullstein, 1998
ISBN 3-550-08262-2

Ungekürzte Sonderausgabe

Satz: MPM, Wasserburg
Druck und Verarbeitung:
Graphischer Großbetrieb Pößneck GmbH, Pößneck
Printed in Germany 1998
ISBN 3 550 08262 2

Gedruckt auf alterungsbeständigem Papier
mit chlorfrei gebleichtem Zellstoff

JAMES ELLROY

Blut auf dem Mond

Roman

Aus dem Amerikanischen von
Martin Dieckmann

Zur Erinnerung an Kenneth Millar (1915–1983)

Die Lorbeerbäume im Lande sind verdorrt
Und Meteore droh'n den festen Sternen
Der blasse Mond scheint blutig auf die Erde
Hohläugig flüstern Seher furchtbare Wechsel

Shakespeare, Richard II

I. Blut geleckt

1

Am Freitag, dem 10. Juni 1964, begann das *Goldene Oldie-Wochenende* der Radiostation KRLA, Los Angeles. Die beiden Verschwörer, die das Gelände erkundeten, wo das »Kidnapping« stattfinden sollte, drehten ihr tragbares Radio voll auf, um den Lärm der Kreissägen, Hämmer und Meißel zu übertönen – der Baulärm aus dem Klassenzimmer im dritten Stock der High-School und die Musik der *Fleetwoods* versuchten einander akustisch zu überbieten.

Larry »Birdman« Craigie hielt das Radio dicht an sein Ohr gepreßt und wunderte sich über den Schwachsinn, noch eine Woche vor Beginn der Sommerferien mit den Bauarbeiten anzufangen. In diesem Moment tönte die Gruppe *Gary U.S. Bonds* aus dem Radio und sang: »Endlich ist die Schule überstanden, ich bin so froh, ich hab' sie bestanden.« Larry krümmte sich vor Lachen und rollte sich auf dem mit Sägemehl bedeckten Fußboden. Die Schule mochte zwar zu Ende sein, bestanden hatte er sie allerdings nicht, und eigentlich war ihm das auch scheißegal. Er wälzte sich auf dem Boden herum, ohne Rücksicht auf das erst kürzlich geklaute lilafarbene Baumwollhemd.

Delbert »Whitey« Haines wurde allmählich genervt und sauer. Birdman war entweder verrückt, oder aber er tat nur so, was bedeutete, daß sein langjähriger Kumpan sich für viel schlauer hielt als er, was wiederum bedeutete, daß er über *ihn* lachte. Whitey wartete, bis Larrys Lachanfall vorüber war und brachte sich dann in Liegestützposition. Er wußte, was nun folgen würde: Eine Serie blöder Bemerkungen über Liegestütze auf Ruthie Rosenberg, und wie Larry sie dazu bringen würde, ihm einen zu blasen, während er an den Ringen in der Mädchenturnhalle hing.

Larrys Lachen brach ab, und er öffnete den Mund, um etwas zu sagen. Whitey ließ es erst gar nicht dazu kommen; er mochte Ruthie und haßte verletzende Äußerungen über nette Mädchen. Er drückte die Spitze seines Stiefels zwischen Larrys Schulterblätter, genau dorthin, wo es am meisten schmerzte. Larry schrie auf und fuhr hoch. Sein Radio hielt er fest an die Brust gepreßt.

»Das war doch nun wirklich nicht nötig!«

»Nein«, sagte Whitey, »eigentlich nicht. Ich kann aber deine Gedanken lesen, du Psychopath. Du falscher Psychopath! Sag gefälligst nicht immer so wüste Sachen über nette Mädchen. Außerdem, wir müssen uns jetzt um den Typen kümmern, nicht um Mädchen.«

Larry nickte; die Tatsache, daß er an so wichtigen Plänen teilhaben durfte, ließ ihn die Mißhandlung vergessen. Er ging zum Fenster, schaute hinaus und dachte an diesen Drecksack mit seinen Lederschuhen, seinen pfauenhaften grellen Pullovern, seinem anständigen Aussehen und seinem Poesiealbum, das er in dem Fotogeschäft in der Aluardo Street druckte, wo er als Gegenleistung für das Putzen des Ladens mietfrei wohnen durfte.

Das *Marshall High Poetry Revier* enthielt miserable, schnulzige Gedichte; sentimentales Liebesgesülze, von dem jedermann wußte, daß es dieser hochnäsigen von einer Konfessionsschule übergewechselten Irin und den Gören ihres Dichter-Clubs gewidmet war und sich gegen ihn und Whitey und alle anderen richtigen Jungs vom Marshall-College richtete. Als Larry mal völlig betrunken den Folk Song Club heimgesucht und die Hose »runtergelassen« hatte, hatte das *Journal* dieses Ereignis mit einer Zeichnung von ihm in Kampfuniform aufgegriffen und dem ätzenden Text kommentiert: »Wir haben also ein Braunhemd namens Birdman unter uns – Analphabet und im Umgang mit Worten eher karg. Seine Waffen sind Hinterlist, und sein Geist ist wirr. Zweifellos: Ein rechter Scheißkerl ...«

Whitey kam sogar noch schlechter davon: Nachdem er Big John Kafesjian in einem fairen Kampf im Rotunda Court ordentlich verprügelt hatte, hatte der Typ eine ganze Ausgabe des Journals einem »epischen« Gedicht gewidmet, das den Vorfall beschrieb und in dem Whitey als »Weißer Lumpenprolet und Provokateur« bezeichnet wurde. Es endete mit einer Prophezeiung in Form einer Grabrede:

»Wohl keine Autopsie wird je beweisen,
was sein nachtschwarzes Herz verbarg:
daß schlaffe Muskeln, im Krampf wie Eisen,
gebildet sind aus Haß und Arg.
– Nehmt dies als Requiem auf einen, der nicht zählt.«

Larry hatte sich bereit erklärt, Whitey bei einer kleinen Racheaktion zu unterstützen, und er tat sich damit außerdem noch selbst einen Gefallen: Der Vizepräsident des College hatte nämlich angedroht, daß er bei einer weiteren Schlägerei oder einem ähnlichen Vorfall relegiert werden würde, und der Gedanke an ein Ende der Schulzeit versetzte ihn in Begeisterung. Aber Whitey hatte eine schnelle, spektakuläre Vergeltungsaktion mit der Begründung abgelehnt: »Nein, das wäre zu einfach. Der Typ soll das gleiche durchmachen wie wir. Er hat uns immerhin ganz schön durch den Dreck geschleift. Wir werden ihm das heimzahlen, und zwar doppelt und dreifach.«

Daraufhin wurde der Plan ausgeheckt: entkleiden, verprügeln, Genitalien anmalen und rasieren. Wenn alles funktionierte, war der richtige Zeitpunkt dafür jetzt. Larry beobachtete Whitey, wie er Hakenkreuze in das Sägemehl malte. Die Del-Viking-Version von »Come Go With Me« ging zu Ende, und die

Nachrichten kamen, was bedeutete, daß es drei Uhr sein mußte. Ein wenig später hörte Larry Stimmen, und er beobachtete, wie die Bauarbeiter ihr Werkzeug zusammenpackten und die Haupttreppe hinuntertrotteten; jetzt waren sie ganz allein und konnten in Ruhe auf den Dichter warten.

Larry schluckte und stieß Whitey vorsichtig an, aus Angst, er könnte ihn bei seiner Beschäftigung stören.

»Bist du sicher, daß er kommt? Was ist, wenn er herausfindet, daß die Nachricht falsch ist?«

Whitey blickte auf und trat mit dem Fuß die Tür eines Spinds ein, daß sie aus ihren Scharnieren gerissen wurde. »Der wird schon kommen. Eine Nachricht von dieser irischen Fotze? Der denkt doch glatt, das ist ein Rendezvous! Aber bleib ganz cool! Meine Schwester hat die Nachricht geschrieben, auf rosa Briefpapier in Kleinmädchenschrift. Aus dem Rendezvous wird nichts. Du weißt schon, was ich meine, wie?«

Larry nickte; er wußte genau, was er meinte.

Die Verschwörer warteten in aller Ruhe; Larry träumte vor sich hin, Whitey durchsuchte die offenstehenden Schließfächer nach Liegengelassenem. Als sie eine Etage tiefer Schritte im Flur hörten, zog Larry seine Sporthose aus einer braunen Papiertüte hervor und nahm eine Tube Spezialkleber aus seiner Hosentasche. Er drückte den ganzen Inhalt der Tube über der Hose aus und preßte sich gegen die Schließfächer, die der Treppe am nächsten waren. Whitey kauerte neben ihm, mit einem selbstgemachten Schlagring um die rechte Faust.

»Liebling?«

Der zögernd geflüsterte Kosename ging dem Geräusch der Schritte voraus, die immer kühner zu werden schienen, je mehr sie sich dem Treppenabsatz im dritten Stock näherten. Whitey zählte leise vor sich hin, und als er sich ausgerechnet hatte, daß der Dichter in Reichweite war, schob er Larry aus dem Weg und postierte sich neben dem Treppenrand.

»Sweetheart?«

Larry fing an zu lachen, und der Dichter blieb auf halber Treppe stehen, die Hand auf dem Geländer. Whitey packte seine Hand und riß mit einem Ruck daran, worauf der Dichter die beiden letzten Stufen hinunterstürzte. Brutal gab er dem Arm noch einen Ruck und eine geschickte Drehung genau im richtigen Winkel, mit der er den Dichter in die Knie zwang. Als sein Gegner mit hilflosen, flehenden Augen zu ihm aufsah, trat Whitey ihm in den Magen. Dann zog er das unkontrolliert zitternde Häufchen Elend hoch.

»Jetzt, Birdman!« schrie Whitey.

Larry wickelte die mit Klebstoff beschmierte Sporthose um Mund und Nase des Dichters und drückte so lange zu, bis seine Zuckungen in glucksenden Geräuschen untergingen und die Haut um seine Schläfen herum erst rosa, dann rot, dann blau anlief und er anfing, nach Luft zu schnappen.

Larry ließ ihn los und trat einen Schritt zurück, wodurch die Sporthose auf den Boden fiel. Der Dichter taumelte umher, fiel rückwärts und krachte in eine halb geöffnete Schließfachtür. Whitey stand noch immer mit geballten Fäusten an derselben Stelle, beobachtete den Dichter und sagte leise: »Wir haben ihn umgebracht. Verdammt noch mal, wir haben ihn umgebracht!«

Larry kniete nieder, ein Gebet aufsagend und sich bekreuzigend, als der Dichter endlich japsend Sauerstoff einatmete und einen mit Klebstoff vermischten Schleimkloß ausspuckte und würgend hervorstieß: »Drecks – Drecks – Drecks – Dreckschweine!«

Mit dem ersten vollen Atemzug stieß er das Wort hervor. Seine Gesichtsfarbe wurde langsam wieder normal, und er ging in die Knie. »Dreckschweine! Verdammtes weißes Lumpenpack! Penner! Verblödeter, hinterhältiger, häßlicher Abschaum!«

Whitey Haines begann vor Erleichterung hemmungslos zu lachen. Larry Craigie seufzte erleichtert auf, und seine zum Gebet gefalteten Hände ballten sich jetzt zu Fäusten. Whiteys Gelächter wurde immer hysterischer, und der Dichter, der zwischen ihnen stand, giftete ihn an: »Hohler, schwanzloser Muskelprotz! Keine Frau würde dich jemals anfassen! Alle Mädchen, die ich kenne, lachen doch nur über dich und dein Fünfzentimeterding! Kein Schwanz, kein Sex. Kein –«

Whitey lief rot an und zitterte vor Wut. Er holte mit einem Fuß aus und trat mit voller Wucht dem Dichter in die Genitalien. Der Dichter schrie auf und fiel auf die Knie. Whitey rief: »Dreh das Radio auf, volles Rohr!« Larry gehorchte, und *Beach-Boys-Musik* schallte durch den Korridor, während Whitey den Dichter mit Füßen und Fäusten bearbeitete. Er rollte sich wie ein Fötus zusammen und murmelte dabei erstickt immer und immer wieder: »Abschaum, Abschaum«, als die Schläge und Tritte ihn trafen.

Als schließlich Gesicht und Arme des Dichters blutüberströmt waren, trat Whitey einen Schritt zurück, um seine Rache voll auszukosten. Er öffnete seinen Hosenschlitz, und als letzter feuchter Gnadenstoß ergoß sich ein warmer Strahl auf sein Opfer. Er spürte, wie er ihm hart wurde. Larry bemerkte es und sah seinen Anführer verdattert an. Was würde jetzt weiter geschehen? Plötzlich durchfuhr Whitey ein Schauer. Er blickte auf den Dichter hinunter, der immer noch »Abschaum« hinausstöhnte und Blut auf die Stahlkappen der Fallschirmjägerstiefel spuckte. Jetzt wußte Whitey mit einem Mal, was es mit dem Hartwerden auf sich hatte, und er kniete sich neben den Dichter, zog dessen Levis-Cordhose und Boxershorts hinunter, drückte ihm die Beine auseinander und drang unbeholfen in ihn ein. Der Dichter schrie kurz auf, als Whitey sich in ihn bohrte, dann beruhigte sich sein Atem und schlug in etwas um, das seltsamerweise einem ironischen Lachen glich. Whitey wurde fertig, zog sich zurück und sah sich Unterstützung heischend nach seinem schreckensstummen

Gefolgsmann um. Um es ihm leicht zu machen, drehte er die Lautstärke des Radios so voll auf, daß Elvis Presley sich zu schrillem Gekreische verzerrte; dann sah er dabei zu, wie auch Larry sich an ihrem Opfer Befriedigung verschaffte.

Sie ließen ihn einfach dort liegen, tränenlos und ohne den Willen, mehr zu empfinden als das Gefühl, das die Schändung in ihm hinterlassen hatte. Als sie weggingen, tönte gerade »Cathys Clown« von den Everley Brothers aus dem Radio. Sie hatten beide lachen müssen, und Whitey versetzte ihm noch einen letzten Tritt.

Er blieb liegen, bis er Gewißheit hatte, daß der Schulhof menschenleer war. Er dachte an seine wahre Liebe und stellte sich vor, sie wäre bei ihm, ihr Kopf ruhte auf seiner Brust, und sie erzählte ihm, wie sehr sie die Sonette mochte, die er für sie geschrieben hatte.

Schließlich stand er auf. Das Gehen fiel ihm schwer, und jeder Schritt verursachte einen stechenden Schmerz vom Darm bis hoch in seine Brust. Er faßte sich ins Gesicht; es war mit einer getrockneten Masse bedeckt, die Blut sein mußte. Er rieb sich wütend mit dem Ärmel übers Gesicht, bis der Schorf zusammen mit frischem Blut über glatte Haut rann. Dadurch fühlte er sich besser, und wegen der Tatsache, daß er die Tränen tapfer zurückgehalten hatte, war ihm sogar noch besser zumute. Außer ein paar Schülergruppen hier und da, die sich die Zeit vertrieben und Fangen spielten, war der Schulhof leer, und der Dichter überquerte ihn mit qualvoll langsamen Schritten. Er wurde gewahr, wie eine warme Flüssigkeit seine Beine hinunterlief. Er zog sein rechtes Hosenbein hoch und sah, daß sein Socken mit Blut durchtränkt war, das sich an den Rändern mit etwas Weißlichem mischte. Seine Socken abstreifend, humpelte er weiter in Richtung »Ruhmesbogen«, einem mit Marmor ausgelegten Wandelgang, der an die früheren Abschlußklassen der Schule erinnern sollte. Der Dichter wischte mit dem blutigen Baumwollknäuel über Maskottchen, die die »Delphianer« seit '31 bis hin zu den »Atheniensern« von '63 darstellen sollten, und ging dann barfuß, wobei er mit jedem Schritt kraftvoller und entschlossener auftrat, durch das Südtor der Schule auf den Griffith Park Boulevard, während sein Geist von zusammenhanglosen Gedichtfetzen und sentimentalen Reimen durchflutet wurde; alle waren nur ihr gewidmet.

Als er den Blumenladen an der Ecke Griffith Park und Hyperion erblickte, wußte er, daß er einfach hineingehen *mußte*. Er wappnete sich vor der Begegnung mit Menschen und ging hinein; er kaufte ein Dutzend rote Rosen, die er an eine Adresse schicken ließ, die er zwar auswendig kannte, jedoch nie aufgesucht hatte. Er legte eine Karte bei, auf deren Rückseite er einige Verse über die Liebe schrieb, die mit Blut besiegelt wird. Er bezahlte den Blumenhändler, der ihm lächelnd versicherte, daß die Blumen innerhalb einer Stunde zugestellt würden.

Der Dichter ging nach draußen, bemerkte, daß es noch zwei Stunden hell sein würde, und daß es keinen Ort gab, wohin er jetzt gehen könnte. Das erschreckte ihn, und er versuchte, eine Ode an das schwindende Tageslicht aufzusetzen, um seine Angst in Grenzen zu halten. Er versuchte es immer wieder, aber sein Geist verfehlte den Rhythmus; aus Angst wurde Schrecken, und er fiel auf die Knie, schluchzend nach einem Wort oder Satz flehend, die alles wieder richtig machen könnten.

2

Als der Stadtteil Watts am 23. August 1965 in Flammen aufging, baute Lloyd Hopkins gerade Sandburgen am Strand von Malibu; er bevölkerte sie mit Mitgliedern seiner Familie und erdachte Charaktere, die seiner eigenen brillanten Phantasie entstammten.

Eine Schar Kinder, die sich nur zu gern unterhalten ließ, hatte sich um den freundlich-umgänglichen Dreiundzwanzigjährigen versammelt, und sie sah ehrfürchtig dem großen jungen Mann dabei zu, wie er mit geschickten Händen Zugbrücken, Burggräben und Wälle formte. Lloyd war eins mit den Kindern und einig mit seiner eigenen Gedankenwelt, die er als etwas Losgelöstes und Eigenständiges erlebte. Die Kinder schauten ihm zu, und er spürte genau ihr Verlangen und ihren Wunsch, bei ihm sein zu können; er wußte instinktiv, wann er sie mit einem Lächeln oder Heben der Augenbrauen belohnen mußte, um sie zufrieden zu stimmen, worauf er dann zu seinem eigentlichen Spiel zurückkehren konnte.

Seine irisch-protestantischen Vorfahren kämpften gerade gegen seinen geisteskranken Bruder Tom um die Herrschaft über die Burg. Es war eine Schlacht zwischen den aufrechten Getreuen der Vergangenheit und Tom mit seinen aufrührerischen, paramilitärischen Kohorten, die der Meinung waren, daß alle Neger nach Afrika zurückverschifft werden und sämtliche Straßen in privatem Besitz sein sollten.

Die Verrückten hatten zeitweise die Übermacht – Tom und sein heimlich angelegtes Arsenal von Handgranaten und automatischen Waffen waren gewaltig –, aber die wackeren Loyalisten waren standhaft, wohingegen Tom und seine Bande feige waren; angeführt vom künftigen Police Officer Lloyd hatten die Iren die Technik überlistet und schossen nun brennende Pfeile mitten in Toms Waffenlager, worauf alles in die Luft flog. Lloyd sah in seiner Phantasie Flammen im Sand züngeln und fragte sich zum achttausendsten Mal an diesem Tag, wie die Polizei-Akademie wohl sein würde. Härter als das Grundtraining? Mußte ja wohl so sein, andernfalls würde die Stadt Los Angeles in arge Bedrängnis geraten.

Lloyd seufzte laut. Er und seine Getreuen hatten die Schlacht gewonnen, und seine Eltern, die ihm auf unerklärliche Weise deutlich vor Augen standen, waren gekommen, um ihren siegreichen Sohn zu feiern und die Verlierer zu beschimpfen. »Gegen ein kluges Köpfchen kann man nun mal nicht an, Doris«, sagte sein Vater zu seiner Mutter. »Ich wollte, es wäre nicht immer so, aber die schlauen Kerle regieren nun mal die Welt. Lern noch eine Fremdsprache, Lloydie; Tom kann sich ja weiter mit diesen Nichtskönnern aus der Telefonbranche herumschlagen, aber du wirst einmal alle Rätsel lösen und die Welt regieren.« Seine Mutter nickte stumm; seit ihrem Schlaganfall konnte sie nicht mehr sprechen.

Tom blickte finster dazu drein, weil er der Verlierer war. Mit einem Male hörte Lloyd Musik, die aus dem Nichts zu kommen schien, und sehr langsam und bewußt zwang er sich, in die Richtung zu sehen, aus der das störende Geräusch kam.

Ein kleines Mädchen hielt ein Radio in den Armen und versuchte mitzusingen. Als Lloyd das kleine Mädchen sah, schmolz ihm geradezu das Herz. Es konnte ja keine Ahnung davon haben, wie sehr er Musik haßte, wie sehr sie seine Gedanken durcheinanderbringen konnte. Er würde der Kleinen gegenüber sanft und zärtlich sein müssen, wie er es Frauen jeglichen Alters gegenüber auch war. Er lenkte die Aufmerksamkeit des Mädchens auf sich und sagte mit sanfter Stimme, obwohl ihn jetzt Kopfschmerzen zu plagen begannen: »Gefällt dir meine Burg, Kleine?«

»Ja ... Ja«, antwortete das kleine Mädchen.

»Sie gehört dir. Die wackeren Recken haben für eine schöne Jungfrau eine Schlacht gewonnen, und die Schöne bist du.« Die Musik wurde immer ohrenbetäubender; Lloyd dachte kurz, daß die ganze Welt davon erzitterte. Das kleine Mädchen drehte kokett den Kopf, und Lloyd sagte: »Würdest du wohl das Radio ausschalten, Kleine? Dann mache ich mit dir einen Rundgang durch die Burg.«

Das Kind erfüllte ihm den Wunsch und drehte den Lautstärkeregler zurück, als die Musik abrupt aussetzte und ein Nachrichtensprecher mit ernster Stimme verkündete: »... und der Gouverneur Edmund G. Brown hat soeben bekanntgegeben, daß die Nationalgarde mit verstärkten Einheiten in die südlichen Innenstadtbezirke von Los Angeles beordert wurde, um der seit zwei Tagen andauernden Herrschaft der Gewalt, des Terrors und der Plünderungen ein Ende zu bereiten, die schon vier Tote gefordert hat. Sämtliche Angehörige der folgenden Einheiten sollen sich sofort melden ...«

Das Mädchen stellte das Radio ab, und Lloyds Kopfschmerzen wichen einer absoluten Leere.

»Hast du schon mal ›Alice im Wunderland‹ gelesen, Kleine?« fragte er.

»Meine Mami hat mir aus dem Bilderbuch vorgelesen«, sagte das Mädchen.

»Schön. Dann weißt du ja, was es heißt, wenn man dem Kaninchen hinab in seinen Bau folgt?«

»Du meinst, was Alice machte, als sie ins Wunderland ging?«

»Genau. Und genau das ist es, was der alte Lloyd jetzt machen muß – das kam gerade im Radio.«

»Bist du der ›alte Lloyd‹?«

»Ja, junge Dame.«

»Was wird dann aus deinem Schloß?«

»Das erbst du, schönes Kind – Du kannst damit machen, was du willst.«

»Wirklich?«

»Wirklich!«

Das kleine Mädchen sprang in die Luft und landete mitten in der Burg, wodurch sie völlig zerstört wurde. Lloyd rannte zu seinem Wagen und hoffte, daß dieser Einsatz zu seiner Feuertaufe werden würde.

In der Waffenkammer nahm der Diensthabende, Sergeant Beller, die Besten des Lehrgangs auf die Seite und machte ihnen das lockende Angebot, sich für ein paar Dollar waffentechnische Überlegenheit zu kaufen, damit sie im Land der schwarzen Männer nicht bei lebendigem Leibe gefressen würden und nebenbei noch ein wenig Spaß haben könnten.

Er gab Lloyd Hopkins und zwei weiteren Männern aus seiner Einheit ein Zeichen, ihm in den Waschraum zu folgen, wo er ihnen seine Ware zeigte und Erklärungen gab: »Eine .45er Automatik. Die klassische Handfeuerwaffe eines Offiziers. Wirft garantiert jeden feuerschluckenden Nigger auf eine Entfernung von 30 Metern zu Boden, ganz gleich, wo es ihn trifft. Höchst illegal für den Privatgebrauch, aber eine hervorragende Kapitalanlage; diese Babys hier sind vollautomatisch – Maschinenpistolen mit einem von mir selbst entworfenen Elefantenclip – zwanzig Schuß, nachladbar, garantiert innerhalb fünf Sekunden; das Ding kann allerdings zu heiß werden, ich leg' deshalb noch einen Spezialhandschuh drauf. Das Ding, zwei Elefantenclips und der Handschuh – zusammen für 'n Hunderter –, wer will's haben?«

Er zeigte die Waffen anreißerisch herum. Die beiden Officer von der Fahrbereitschaft starrten begehrlich und verliebt auf die beiden Stücke, winkten jedoch resigniert ab.

»Ich bin pleite, Sergeant«, meinte der eine.

»Ich bleibe hinten bei der Einsatzleitung bei den Kettenfahrzeugen, Sergeant«, sagte der andere.

Beller stöhnte und sah zu Lloyd Hopkins, dem es in den Fingern juckte. »Das Hirn« nannte man ihn allgemein in seiner Kompanie. »Hoppie, wie steht's mit dir?«

»Ich nehm' sie beide«, erwiderte Lloyd.

Bekleidet mit Kampfanzug, Gamaschen, vollen Patronengurten und Stahlhelmen der C-Klasse stand die Kompanie A des zweiten Bataillons, 46. Division der kalifornischen Nationalgarde, in Paradeformation in der Haupthalle des Waffenarsenals von Glendale und wartete darauf, Anweisungen entgegenzunehmen. Der Bataillonskommandant, ein vierundvierzig Jahre alter Zahnarzt aus Pasadena, der den Rang eines Lieutenant-Colonel der Reserve innehatte, formulierte seine Gedanken und Befehle in einer Form, die er selbst als kurz und bündig bezeichnet hätte, und sprach ins Mikrofon: »Gentlemen, wir sind auf dem Weg in diese Feuersbrunst. Die Polizei von Los Angeles hat uns soeben darüber informiert, daß ein Gebiet von siebzig Quadratkilometern im südlichen Innenstadtbezirk von Los Angeles von Flammen eingeschlossen ist und daß ganze Geschäftsviertel geplündert und in Brand gesteckt worden sind. Wir werden da reingeschickt, um das Leben der Feuerwehrmänner, die die Flammen bekämpfen, zu schützen, und um durch unsere Präsenz Plünderungen und andere kriminelle Handlungen zu unterbinden. Dies ist die einzige reguläre Infanterieeinheit innerhalb einer gepanzerten Division. Ich bin überzeugt, Männer, daß ihr die Speerspitze dieser Ruhe und Ordnung wiederherstellenden Truppe aus Zivilsoldaten sein werdet. Ihr bekommt weitere Instruktionen, sobald wir das Einsatzgebiet erreicht haben. Ich wünsche uns also einen guten Tag, und Gott sei mit euch!«

Niemand sprach mehr von Gott, als der aus Ketten- und Panzerfahrzeugen und Mannschaftswagen bestehende Konvoi Glendale in Richtung Golden State Freeway in südlicher Richtung verließ. Die Hauptgesprächsthemen waren Waffen, Sex und die Schwarzen, bis PFC Lloyd Hopkins, der in dem Teil des Mannschaftswagens hockte, der halb mit einer Plane überdacht war, schweißgebadet seine Kampfjacke auszog und das Gespräch auf Angst und Unsterblichkeit brachte:

»Vor allem eins müßt ihr euch immer wieder sagen, es laut aussprechen: ›Ich habe Angst. Ich will nicht sterben!‹ – Kapiert? Nein, sagt es lieber doch nicht laut, dadurch wird es nur abgeschwächt. Sagt es zu euch selbst. Und dann zweitens sagt euch folgendes auf: ›Ich bin ein netter weißer Junge, der aufs College geht und der in die verdammte Nationalgarde eingetreten ist, um zwei Jahren aktivem Militärdienst zu entgehen.‹ Stimmt doch – oder?«

Die Zivilsoldaten, deren Durchschnittsalter bei zwanzig Jahren lag, nickten bestätigend vor sich hin, und ein paar unter ihnen murmelten: »Richtig, stimmt!«

»Ich höre nichts!« bellte Lloyd und versuchte Sergeant Beller nachzuahmen.

»Richtig, ja!« riefen die Leute im Chor.

Lloyd lachte, und die anderen fielen erleichtert in sein Lachen ein. Lloyd atmete tief durch und sang, die lässigen Gebärden eines Schwarzen imitierend, einen Negro's Shuffle.

»Ja, habt ihr denn Angst vorm Schwarzen Mann?« sagte er in breitestem Dialekt.

Die anderen quittierten seine Frage mit Schweigen, dem ein allgemeines Murmeln und Geraune folgte. Das ärgerte Lloyd, denn er bemerkte, daß seine Hochstimmung verflog und dieser erhabenste Augenblick seines Lebens zerstört wurde. Er stieß mit dem Schaft seines Gewehrlaufs auf die Metallplatten der Ladefläche. »Stimmt!« schrie er. »Ja, es stimmt, ihr saublöden, fotzengeilen, niggerfürchtigen, verkackten Arschficker! Richtig?« Er schlug mit dem Kolben nochmals auf. »Richtig? Richtig? Richtig?«

»Jaaa!!!« erschallte es im Panzerwagen; das Gefühl der Befreiung wurde übermächtig, und das nun folgende Gelächter war vor lauter Ausgelassenheit und Bravado beinahe ohrenbetäubend.

Lloyd stieß ein letztes Mal mit dem Gewehrkolben auf den Boden und rief die Gruppe zur Ordnung. »*So* können sie uns nämlich nichts anhaben, versteht ihr?« Er wartete, bis er von jedem Anwesenden mit einem Nicken belohnt wurde, dann zog er sein Bajonett aus der Scheide und schnitt ein großes Loch in die Plane über sich. Da er groß war, konnte er ohne Mühe durch die Öffnung blicken. In der Ferne erkannte er die mit Rauch überzogene Ebene des Los-Angeles-Beckens. Lodernde Flammen und Rauch bedeckten dessen südlichen Teil. Lloyd dachte, daß das wohl das Erhebendste war, was er jemals gesehen hatte.

Die Division sammelte sich im McCallum Park an der Ecke Florence und Neunzigste Straße, zwei Kilometer vom Herzen der Feuersbrunst entfernt. Zunächst wurden Bäume gefällt, um Platz zu schaffen für die etwa hundert Militärfahrzeuge, vollbesetzt mit bis zu den Zähnen bewaffneten Männern, die noch in dieser Nacht in den Straßen des Stadtteils Watts patrouillieren sollten. Von der Ladefläche eines Fünftonners aus wurden Essensrationen ausgegeben, während die Zugführer ihren Männern Instruktionen erteilten.

Gerüchte gingen um, die von Leuten aus dem Polizeipräsidium von Los Angeles und Verbindungsleuten des Sheriffs genährt wurden: Die moslemischen Schwarzen traten immer häufiger mit weiß bemalten Gesichtern auf. Sie waren entschlossen, die großen Ramschläden nahe der Vermont und Slauson anzugreifen. Eine große Anzahl jugendlicher Negerbanden klaute angeblich unter Drogeneinfluß jede Menge Autos und bildet »Kamikaze«-Einheiten, die in Richtung Beverly Hills und Bel Air unterwegs wären. Rob Jones, genannt »Magawambi«, und seine Afro-Amerikaner hätten einen drastischen Linkskurs eingeschlagen und forderten, daß Mayor Yorty ihnen acht Geschäftshäuser am Wilshire Boulevard als Entschädigung für »Verbrechen der Polizei gegen die Menschlichkeit« überlassen sollte. Falls man ihre Bedingungen nicht innerhalb von 24 Stunden erfüllte, würden in diesen acht Geschäftshäusern Brandbomben gezündet werden.

Lloyd Hopkins glaubte kein Wort von alldem. Er begriff zwar die gesteigerte Angst und die Befürchtungen seiner zivilen Kameraden sowie der Cops, sich in das Töten hineinzusteigern, aber er wußte auch, daß eine Menge armer schwarzer Schweine da draußen war, die nur einen Farbfernseher und eine Kiste Whisky abstauben wollten und dabei sterben würden.

Lloyd schlang gierig seine Essensration hinunter und hörte den Kompanieführer, Lieutenant Campion, dem Manager von »Bob's-Big-Boy«-Restaurant, zu, der die Befehle erläuterte, die von den höheren Rängen ausgegeben worden waren: »Wir als Infanterie werden eine Patrouille stellen, die den gepanzerten Jungs vorausgeht und Eingänge und Ausfahrten durchsucht und unsere Präsenz unterstreicht. Bajonett in Vorhalten, Kampfstellung, na, ihr wißt schon! Ihr müßt hart aussehen. Die Panzereinheit, mit der wir letzten Sommer im Lager trainiert haben, ist heute nacht dieselbe. Fragen? Kennt jeder seinen Zugführer? Gibt es irgendwelche Neuen, die noch Fragen haben?«

Sergeant Beller, der vor einem Panzerwagen auf dem Rasen ausgestreckt lag, hob seine Hand und sagte: »Lieutenant, Sie wissen doch, daß unsere Kompanie vier Männer zuviel hat? Sie hat vierundfünfzig Männer!«

Campion räusperte sich. »Äh, ja, ja, Sergeant, ich weiß.«

»Sir, wissen Sie auch, daß drei Männer dabei sind, die die Spezialausbildung mitgemacht haben? Drei sind keine einfachen Nullachtfünfzehn-Soldaten!«

»Sie meinen ...«

»Ich meine, Sir, daß Hopkins und Jensen Infanteriekundschafter sind, und ich bin sicher, Sie werden mir zustimmen, daß wir bei dieser Operation nützlicher wären, wenn wir dem Zug ein gutes Stück vorausgingen. Sehe ich das richtig, Sir?«

Lloyd beobachtete, wie der Lieutenant unsicher wurde, und ihm ging mit einem Mal auf, daß er eigentlich dasselbe wie Beller wollte. Er hob die Hand und sagte: »Sir, Sergeant Beller hat recht; wir könnten ein gutes Stück vorausgehen, den Zug dadurch besser schützen und ihn unabhängiger machen. Der Zug hat mehr Leute, als nötig sind, und ...«

Der Lieutenant gab nach. »Also gut dann«, sagte er, »Beller, Hopkins und Jensen, ihr geht dem Konvoi genau zweihundert Meter voraus. Seid vorsichtig, haltet die Entfernung genau ein! Keine weiteren Fragen? Kompanie weggetreten!«

Lloyd und Beller stießen aufeinander, als gerade die Motoren der Panzerfahrzeuge angelassen wurden, wodurch die Abendluft mit Schwaden von Abgasen angereichert wurde. Beller lächelte; Lloyd lächelte zurück wie ein Komplize.

»Weit voraus, Sergeant?«

»Sehr weit voraus, Hoppie.«

»Was ist mit Jensen?«

»Der ist doch noch ein Kind. Ich sag' ihm, er soll hinter uns beim Zug bleiben. *Wir* haben doch genug Deckung. Wir haben ja freie Hand, und das ist das Wichtigste.«

»Jeder übernimmt eine Straßenseite?«

»Hört sich gut an. Pfeif zweimal, wenn's kritisch wird. Warum nennt man Sie eigentlich ›das Hirn‹?«

»Weil ich ziemlich intelligent bin.«

»Intelligent genug, um zu wissen, daß die Nigger das ganze verdammte Land ruinieren werden?«

»Nein, zu intelligent für so 'n Scheiß. Jeder, der auch nur ein bißchen Grips hat, weiß doch, daß der Tanz bald vorüber sein wird, und daß danach alles wieder seinen normalen Gang gehen wird. Ich bin hier, weil ich ein paar unschuldige Leben retten will.«

Beller sagte verächtlich: »So ein Quatsch! Das beweist doch nur, daß Hirne viel zu hoch eingeschätzt werden. Was zählt, ist Mut.«

»Hirne regieren die Welt.«

»Aber die Welt ist doch irrsinnig!«

»Das meinen Sie! Aber lassen Sie uns lieber mal nachsehen, wie die Welt da draußen aussieht.«

»Ja, es wird höchste Zeit.« Beller begann wohl schon, sich allmählich Sorgen zu machen. Hoppie hörte sich ja fast wie ein Niggerfreund an. Sie setzten sich von der Truppe ab und gingen in südliche Richtung, dorthin, wo die Flammen am höchsten schlugen und der Lärm der Schießerei am lautesten war.

Lloyd ging auf der Nordseite der Dreiundneunzigsten Straße; Beller übernahm die Südseite, das Gewehr mit aufgesetztem Bajonett im Anschlag und die Augen jede Querstraße gründlich absuchend. Es war eine Gegend, in der die schäbigen Holzhäuser von schwarzen Familien standen, die aus hell erleuchteten Fenstern starrten oder auf den Veranden saßen und tranken, rauchten und quatschten und darauf warteten, daß endlich etwas passieren würde.

Sie kamen auf die Central-Querstraße. Lloyd schluckte und spürte, wie der Schweiß in seine Unterhose lief, die inzwischen unterhalb der Hüftknochen hing, weil die beiden Automatikwaffen in ihren Spezialhalterungen schwer an seinem Gürtel zogen.

Beller pfiff von der gegenüberliegenden Straßenseite und deutete nach vorn. Lloyd nickte und witterte Rauch. Sie gingen in südliche Richtung, und Lloyd brauchte einige Zeit, um die Selbstverständlichkeit der Selbstzerstörung, die er sah, zu begreifen und in sich aufzunehmen.

Schnapsläden, Nachtclubs, Kleinbetriebe und Kirchen, die wie Lädchen aussahen, hier und da unterbrochen von Freiflächen voller abgestellter Fahrzeuge, brannten völlig aus; ein vom Brand zerstörtes und ausgeraubtes Geschäft nach dem anderen, überall herumgeworfene Schnapsflaschen, überall zerbrochenes Glas; die Rinnsteine waren gefüllt mit billigen elektrischen Geräten und Gegenständen, die hastig zusammengerafft und schließlich doch liegengelassen worden waren, wenn die Plünderer sahen, daß sie für sie wertlos waren.

Lloyd schob sein M-14 durch zerbrochene Fensterscheiben, stierte in dunkle Innenräume und spitzte die Ohren, wie er es bei Hunden gesehen hatte, um das leiseste Geräusch oder die kleinste Bewegung mitzubekommen. Er stieß auf nichts – nur Sirenengeheul und Schußwechsel waren in weiter Entfernung zu hören.

Beller überquerte gerade die Straße, als ein schwarzweißer Polizeiwagen von der Vierundneunzigsten in die Central einbog. Zwei Officer im Flakanzug sprangen aus dem Wagen. Der Fahrer lief auf Lloyd zu und fragte ihn: »Was zum Teufel macht ihr denn hier?«

Beller antwortete ihm, und die Polizisten griffen vorsichtshalber zu ihren .38ern. »Spähtrupp, Officer! Mein Kumpel und ich haben den Auftrag, unserer Truppe vorauszugehen und Heckenschützen ausfindig zu machen. Wir sind Kundschafter der Infanterie.«

Lloyd war klar, daß die Cops ihm das nicht abkauften, und daß er unbedingt ohne seinen bescheuerten Partner das Wunder der Gewalt in Watts auf sich wirken lassen wollte. Er blickte hastig zu Beller hin und sagte: »Ich glaube, wir haben uns verlaufen. Wir sollten eigentlich nur drei Querstraßen vorangehen, aber wir sind irgendwo falsch abgebogen. Die Häuser in diesen numerierten Straßen sehen alle gleich aus.« Er zögerte einen Moment und versuchte, verwirrt auszusehen.

Beller verstand den Wink und sagte: »Ja, genau. Diese Häuser sehen alle gleich aus. Und all die Nigger, die auf den Stufen sitzen und ihren Stoff saufen, sehen auch gleich aus.«

Der Ältere der beiden Cops nickte, zeigte dann in südliche Richtung und sagte: »Gehört ihr zu der Artillerie unten in der Einhundertundzweiten Straße? Zu der Spezialeinheit von Niggerjägern?«

Lloyd und Beller blickten einander an. Beller leckte sich die Lippen, um nicht lachen zu müssen. »Ja«, sagten beide gleichzeitig.

»Dann steigt in den Wagen. Ihr braucht nicht weiter hier herumzuirren.« Als sie ohne Blinklicht und Sirene in Richtung Süden unterwegs waren, erzählte Lloyd den Cops, daß er im Oktober in die Polizei-Akademie eintreten werde, und daß er diese Ausschreitungen gern zum Thema seiner Abschlußprüfung machen wolle. Der jüngere Cop pfiff durch die Zähne und sagte: »Dann sind diese Krawalle für dich ja ein ideales Übungsfeld. Wie groß bist du, ein Meter neunzig? Zwei Meter? Bei deiner Größe schicken sie dich bestimmt direkt zum Revier in der Siebenundsiebzigsten Straße in Watts; das ist genau die Gegend, durch die wir gerade fahren. Wenn der Rauch erst wieder abgezogen ist, kommen die Scheißliberalen wieder daher und erzählen uns, daß die Nigger Opfer der Armut wären, und dann wird es wieder heißen, daß wir nur eine Handvoll besonders gewalttätiger Rädelsführer unter den Niggern, die Blut geleckt haben, im Auge behalten müßten. Wie heißt du, Junge?«

»Hopkins.«

»Hast du schon mal jemanden getötet, Hopkins?«

»Nein, Sir.«

»Nenn mich nicht ›Sir‹. Du bist noch kein Cop, und ich bin nur ein einfacher Streifencop. Ja, ja, ich hab' 'nen Haufen Leute in Korea umgebracht. Immer mehr und immer mehr, und das hat mich sehr verändert. Heute sieht alles ganz anders aus. Wirklich vollkommen anders. Ich habe mit anderen darüber geredet, die auch sehr viel da unten mitgemacht haben, und wir sind alle derselben Meinung: Du lernst die Dinge anders sehen. Du siehst ganz unschuldige Leute, zum Beispiel kleine Kinder, und du möchtest, daß sie so bleiben, wie sie sind, weil du selbst nicht ganz so unschuldig bist. Dinge wie kleine Kinder mit ihren Puppen und ihrem Spielzeug bedeuten dir was, weil du weißt, daß auch sie in diesem beschissenen Strom mitschwimmen werden, aber daß du das nicht willst. Dann siehst du Leute, die keine Achtung haben vor liebenswerten Dingen, vor Anstand und Anständigkeit, und die mußt du hart anfassen. Man muß die Unschuld in der Welt schützen; aus diesem Grund bin ich Cop geworden. Für mich siehst du unschuldig aus, Hopkins. Und auch eifrig. Verstehst du, was ich meine?«

Lloyd nickte und spürte prickelnde Erregung. Er roch den Rauch, der durch das offene Fenster des Polizeiwagens drang, aber die Empfindung verflog, als ihm klar wurde, daß der Cop instinktiv Lloyds irisch-protestantische Herkunft gewittert hatte. »Ich verstehe genau, was Sie meinen«, sagte er.

»Gut, mein Junge. Dann fängt heute nacht für dich alles an. Halt mal an, Kollege!«

Der ältere Cop fuhr den Wagen an den Straßenrand.

»Es hängt alles von dir ab, mein Junge«, sagte der Jüngere und langte mit seinem Arm zu Lloyd hinüber, um ihm aufmunternd auf seinen Helm zu klopfen.

»Wir nehmen deinen Kumpel mit zu seiner Einheit. Du kannst ja mal sehen, ob du irgendwas auf eigene Faust in Ordnung bringen kannst.«

Lloyd stolperte so schnell aus dem Streifenwagen, daß er seinem Wohltäter nicht einmal mehr einen Dank zurufen konnte. Sie ließen zum Abschied die Sirene aufheulen.

In der Einhundertundzweiten Straße, Ecke Central, herrschte absolutes Chaos: schwelende Ruinen, das Zischen der Feuerwehrschläuche, quietschende Reifen auf den mittlerweile überschwemmten Bürgersteigen; der ganze Einsatz wurde von Hubschraubern aus dirigiert, die in der Luft über der Szene hingen und Flutlicht in die Fensterhöhlen strahlten, um den Feuerwehrleuten mit ihren Scheinwerfern die Arbeit zu erleichtern.

Lloyd marschierte in das dichte Gewühl hinein und grinste breit; er war noch immer ganz von der eindrucksvollen Zusammenfassung seiner eigenen Philosophie erfüllt. Er beobachtete, wie ein Panzerwagen mit aufmontiertem Maschinengewehr, Kaliber Fünfzig, langsam die Straße entlangfuhr. Aus der Fahrerkabine brüllte ein Soldat der Nationalgarde in einen Lautsprecher: »In fünf Minuten beginnt die Ausgangssperre! In diesem Distrikt herrscht Ausnahmezustand! Jeder, der nach neun Uhr auf der Straße angetroffen wird, wird festgenommen. Jeder, der versucht, die Polizeisperren zu durchbrechen, wird erschossen. Ich wiederhole: In fünf Minuten beginnt die Ausgangssperre!«

Die in drohendem Befehlston vorgebrachten Worte hallten laut über die Straße und hatten hastige Aktivität zur Folge. Innerhalb von Sekunden sah Lloyd Dutzende junger Leute aus ausgebrannten Gebäuden herausschießen, die, ohne von den Scheinwerfern erfaßt zu werden, in alle Richtungen davonstoben. Er rieb sich die Augen und blinzelte, um besser sehen zu können, ob die Männer geraubte Ware bei sich hatten; sie waren bereits verschwunden, bevor er sie anrufen und sein M-14 auf sie richten konnte.

Lloyd ging kopfschüttelnd weiter und passierte eine Gruppe Feuerwehrleute, die vor einem verwüsteten Schnapsladen herumliefen. Sie sahen ihn alle, aber keinem erschien es ungewöhnlich, daß ein einzelner Nationalgardist allein und zu Fuß patrouillierte. Dadurch ermutigt, beschloß Lloyd, das Innere des Hauses genauer zu untersuchen.

Das machte ihm wirklich Spaß. Die Dunkelheit in dem ausgebrannten Laden wirkte beruhigend auf ihn, und er spürte, daß die schattenhafte Stille wichtige Aufschlüsse für ihn bereithielt. Er blieb stehen, holte eine Rolle Klebeband aus der Jackentasche seines Kampfanzugs und befestigte damit seine Taschenlampe am Schaft des Bajonetts. Er bewegte sein Gewehr in einer großen »Acht« über die Wand und bewunderte den Erfolg: in welche Richtung sein M-14 auch zeigte, er würde immer ausreichend Licht haben. Überall stieß er auf Haufen verkohlter Bretter, herausgerissene Leitungen und zerschmetterte Schnapsflaschen. Überall benutzte Kondome. Lloyd kicherte bei dem Gedanken an heimlichen Geschlechtsverkehr in einem Schnapsladen, erstarrte dann aber plötzlich, als sein Kichern erwidert wurde. Dann kam ein häßliches, tiefes Stöhnen.

Er schwenkte sein M-14 um 360 Grad, die Mündung in Hüfthöhe. Einmal, dann noch einmal. Beim dritten Mal hatte er es: ein alter Mann lag zusammengekrümmt auf einem Stapel zusammengerollten Isoliermaterials. Lloyds Herz wurde weich. Der alte Bastard war auf sein natürliches Maß geschrumpft und stellte offensichtlich für niemanden eine Bedrohung dar. Er ging auf den alten Mann zu und reichte ihm seine Feldflasche. Mit zitternden Händen griff der Mann nach ihr, setzte sie an die Lippen und warf sie dann fluchend zu Boden.

»Da ist nicht das drin, was ich brauche! Ich brauch' meine Luzie! Ich will meine Luzie wiederhaben!«

Lloyd fühlte sich wie vor den Kopf geschlagen. Schrie der alte Knacker nach seiner Frau oder nach einer vor langer Zeit verlorenen Liebe?

Er löste die Taschenlampe von seinem Bajonett ab und leuchtete dem alten Mann ins Gesicht, der vor dem grellen Licht zurückprallte; Mund und Kinn seines Gesichts waren mit geronnenem Blut bedeckt, aus dem Glasscherben wie durchsichtige Stacheln hervorstaken. Lloyd wich erschrocken zurück, dann richtete er den Schein der Lampe auf den Schoß des Mannes. Was er sah, versetzte ihm einen weiteren Schock: die verdorrten Hände waren bis auf die Knochen aufgeschnitten, drei Finger der rechten Hand waren nur noch blutige Stummel. Die knorrige linke Hand umklammerte die zersplitterten Überreste einer Flasche Fusel.

»Meine Luzie! Gebt mir meine Luzie wieder!« jammerte der alte Mann und spuckte bei jedem Wort Blut.

Lloyd nahm seine Taschenlampe und stolperte durch die mit Glassplittern übersäten Räume. Mit Tränen in den Augen suchte er eine noch heile Flasche, um die Schmerzen des Alten zu lindern. Hinter einem herabgestürzten Deckenbalken fand er schließlich eine im Schutt begrabene Flasche – einen halben Liter sechs Jahre alten »Seagram's 7«.

Lloyd brachte dem alten Mann die Flasche und half ihm beim Trinken, indem er seinen Kopf mit der Hand ein Stück aufrichtete und die Flasche einige Zentimeter von seinen blutigen Lippen entfernt hielt, damit er nicht versuchte, wieder darauf herumzubeißen. Ihm kam der Gedanke, medizinische Hilfe zu holen, aber er gab ihn bald wieder auf. Er wußte genau, daß der alte Mann sterben wollte, daß er es verdient hatte, wenigstens betrunken zu sterben, und daß der Dienst, den er dem alten Mann erwies, in diesen Kriegszeiten das Gegenstück zu den zahllosen Stunden war, die er, beruhigend auf sie einredend, bei seiner stummen, hirngeschädigten Mutter verbracht hatte.

Jedesmal, wenn die Flasche seine Lippen berührte, machte der alte Mann schlürfende Geräusche, weil er versuchte zu saugen. Nachdem ein paar Minuten vergangen waren und er die Halbliterflasche fast geleert hatte, ließ sein Zittern nach, und er stieß Lloyds Hand weg.

»Das ist der Beginn des Dritten Weltkriegs«, sagte er. Lloyd achtete nicht auf seine Bemerkungen und sagte: »Ich bin Corporal Hopkins von der Nationalgarde Kaliforniens. Wollen Sie medizinische Versorgung?«

Der alte Mann lachte, wobei er dicke Klumpen blutdurchzogenen Speichels aushustete.

»Ich glaube, daß Sie innere Blutungen haben«, sagte Lloyd. »Ich könnte Ihnen einen Krankenwagen kommen lassen. Meinen Sie, daß Sie gehen können?«

»Ich kann tun und lassen, was ich will«, wimmerte der Alte, »aber ich will sterben! In diesem Krieg gibt's keinen Platz für mich; ich muß die Szene wechseln.«

Die geröteten, trüben Augen sahen Lloyd eindringlich an, als wäre er ein blödes, kleines Kind. Er gab dem Mann noch einmal zu trinken, und er beobachtete dabei die Gier, mit der der zerstörte Körper die Flüssigkeit bereitwillig aufnahm. Als die Flasche leer war, sagte der alte Mann: »Du mußt mir einen Gefallen tun, Junge.«

»Was denn?« fragte Lloyd.

»Ich werde sterben. Du mußt rüber in mein Zimmer gehen und meine Bücher und meine Landkarten und andere Sachen rausholen und verkaufen, damit ich anständig begraben werden kann. So wie die Christen, weißt du?«

»Wo ist denn dein Zimmer?«

»In Long Beach.«

»Ich kann vielleicht hingehen, wenn die Krawalle hier vorbei sind, aber vorher nicht.«

Der alte Mann schüttelte so heftig den Kopf, daß sein ganzer Körper wie bei einer Marionette mitwackelte. »Du mußt aber! Die werden mich morgen aussperren, weil ich mit der Miete im Rückstand bin. Und dann wirft mich die Polizei zu den Ratten in die Abwasserkanäle. Du mußt es tun!«

»Sei still«, sagte Lloyd. »Ich kann nicht so weit weg. Nicht im Augenblick. Hast du denn keine Freunde in der Nähe, die ich benachrichtigen könnte? Jemand, der für dich nach Long Beach fahren würde?«

Der alte Mann dachte über das Angebot nach. Lloyd beobachtete, wie es in seinem Kopf arbeitete. »Du gehst zur Mission an der Ecke Avalon und Einhundertundsechste, die ›Kirche von Afrika‹. Du sprichst mit Schwester Sylvia. Du sagst ihr, sie soll zur Hütte vom Berühmten Johnson gehen, seinen Kram holen und ihn verkaufen. Mein Geburtsdatum ist in ihren Unterlagen. Ich möchte einen hübschen Grabstein. Du sagst ihr, daß ich Jesus liebhabe, aber daß ich die süße Luzie noch lieber habe.«

Lloyd stand auf. »Wie schnell willst du denn sterben, Mann?« fragte Lloyd ihn.

»Schnell, sehr schnell.«

»Warum denn?«

»In diesem Krieg gibt es keinen Platz für mich, Mann.«

»In welchem Krieg?«

»Im Dritten Weltkrieg, du blöder Schweinekerl!«

Lloyd dachte an seine Mutter und griff zum Gewehr, aber er konnte es nicht über sich bringen.

Lloyd rannte den ganzen Weg zur Ecke Avalon und Einhundertundsechste, und unterwegs erfand er Grabsprüche für den Berühmten Johnson. Sein Atem ging immer schwerer. Seine Arme und Schultern schmerzten vom Tragen des Gewehres, das er ständig im Anschlag hielt, und als er endlich das Neonlicht mit der Aufschrift »United African Episcopal Methodist Church« erblickte, holte er noch einmal tief Luft, um seinen rasenden Herzschlag zu verlangsamen, denn er wollte den würdigen Anblick eines Mannes in Waffen im Dienst der Barmherzigkeit abgeben.

Die Kirche lag direkt an der Straße und hatte zwei Stockwerke. Die Lichter brannten, was einen Verstoß gegen die Anordnung der Ausgangssperre bedeutete. Lloyd ging hinein und sah sich einem Höllenlärm gegenüber, der zum einen von einer tosenden Gebetsversammlung, zum anderen von einem lebhaften Kaffeeklatsch herrührte. Lange Tische waren zwischen den Reihen der hölzernen Kirchenbänke aufgestellt worden, und Schwarze mittleren Alters und die ganz Alten knieten zum Gebet oder bedienten sich mit Kaffee und Gebäck.

Lloyd ging langsam die Wände entlang, die geschmückt waren mit Bildern eines weinenden schwarzen Christus, unter dessen Dornenkrone Blutstropfen hervorsickerten. Er begann, in den Gesichtern der Knienden nach Anzeichen von Erbauung oder Ergriffenheit zu suchen. Alles, was er darin sehen konnte, war nackte Angst.

Schließlich bemerkte er eine dicke schwarze Frau in einem weißen Gewand, die innerlich zu lächeln schien, während sie den nahe dem Mittelgang zwischen den Bänken knienden Leuten auf die Schulter klopfte. Als die Frau Lloyd bemerkte, rief sie das Stimmengewirr übertönend: »Willkommen, Soldat«, und ging ihm mit ausgestreckter Hand entgegen.

Ein wenig überrascht schüttelte Lloyd ihre Hand und sagte: »Ich bin Corporal Hopkins. Ich bin im Dienst der Barmherzigkeit für eines Ihrer Gemeindemitglieder hergekommen.«

Die Frau ließ Lloyds Hand los: »Ich bin Schwester Sylvia. Die Kirche ist nur für Afro-Amerikaner, aber heute abend ist es etwas anderes. Sind Sie gekommen, um für die Opfer dieses Armageddon zu beten? Ist das Ihr Auftrag?«

Lloyd schüttelte den Kopf. »Nein, ich bin wegen einer Gefälligkeit hier. Der ›Berühmte Johnson‹ ist tot. Bevor er starb, bat er mich, hierherzukommen, um Ihnen zu sagen, daß Sie seine Sachen verkaufen sollten, damit er eine anständige Beerdigung bekommt. Er hat mir gesagt, daß Sie seine Adresse in Long Beach und sein Geburtsdatum hätten. Er möchte nämlich einen hübschen Grabstein. Ich soll Ihnen auch ausrichten, daß er Jesus liebt.« Lloyd war überrascht, als Schwester Sylvia ironisch den Kopf schüttelte und sich ein Grinsen in ihren Mundwinkeln breitmachte. »Ich glaube nicht, daß das so spaßig ist«, sagte er.

»So, das glauben Sie nicht?« entgegnete Schwester Sylvia. »Ich aber! Der Berühmte Johnson war ein Lump, junger weißer Mann! Er verdient es, als das bezeichnet zu werden, was er war: ein Nigger! Und dieses Zimmer in Long Beach? Alles Einbildung! Der Berühmte Johnson lebte in einem Autowrack, und seine sündhaften Sachen liegen noch auf dem Rücksitz. Er kam ab und zu wegen Kaffee und Donuts bei unserer Kirche vorbei, das ist aber auch schon alles. Der Berühmte Johnson hatte nichts zu verkaufen!«

»Aber ich ...«

»Kommen Sie mit, junger Mann! Ich zeig's Ihnen, dann können Sie den Lumpen Johnson ruhigen Gewissens vergessen.«

Lloyd beschloß, nicht zu protestieren; er wollte mit eigenen Augen sehen, welche Definition diese Frau für Sündhaftigkeit hatte.

Das Wrack war ein kaputter 1947er Cadillac mit hohen Heckflossen und ohne Motor, etwas, das der verrückte Tom als »Niggerkarre« bezeichnen würde. Lloyd leuchtete mit seiner Taschenlampe den Rücksitz ab, und Schwester Sylvia stand triumphierend neben ihm, plump, mit gespreizten Beinen und verschränkten Armen, die ihre »Hab-ich-dir-doch-gleich-gesagt«-Haltung zum Ausdruck bringen sollte. Er öffnete die Wagentür. Die eingerissenen Polster waren mit Coladosen und Pornobildern übersät, deren Mehrzahl Negerpaare beim Geschlechtsverkehr darstellten. Lloyd überkam ein plötzliches Gefühl von Mitleid; der Leckende und die Geleckte waren mittleren Alters und übergewichtig, und die Schäbigkeit der Fotos war niederschmetternd, vor allem, wenn er an seine Bilder aus dem *Playboy* dachte, die er seit seinem Collegeabschluß gesammelt hatte. Er konnte es unmöglich dabei belassen; ein derartiges Vermächtnis war für jedes menschliche Wesen einfach zu erbärmlich.

»Ich hab' es Ihnen ja gesagt!« meinte Schwester Sylvia. »Das ist also die ›Wohnung‹ von diesem Schuft Johnson! Sie können die Bilder ja verkaufen und die leeren Flaschen zurückbringen, und schon haben Sie einen Dollar und neunundachtzig Cents, gerade ausreichend für zwei Flaschen Wein vom billigsten, die Sie dann über sein Armengrab schütten können!«

Lloyd schüttelte den Kopf. Radiomusik, ein paar Straßen weiter, hämmerte in seinem Kopf, und einen scheußlichen Augenblick lang schwankte alles um ihn her. »Aber Sie verstehen nicht, Schwester«, sagte er. »Der Berühmte Johnson hat mich mit dieser Aufgabe betraut. Es ist mein Job. Es ist meine Pflicht. Es ist mein ...«

»Ich will über diesen Sünder nichts mehr hören! Verstehen Sie? Ich würde diesen Saukerl nicht für allen Tee aus China auf unserem Friedhof begraben lassen. Verstehen Sie mich?« Schwester Sylvia wartete nicht einmal die Antwort ab. Sie stapfte wütend zurück in Richtung Kirche und ließ Lloyd allein auf dem Bürgersteig stehen; er machte sich Hoffnungen, daß die Gewehrschüsse in der Ferne lauter würden, damit sie den Krach aus dem Radio übertönten. Er setzte sich auf den Rinnstein und dachte an die beiden armseligen Leute auf den Fotos und an Janice, die ihm zwar keinen blasen wollte, es ihm jedoch bei ihrer ersten Begegnung zwei Wochen vor dem Schulabschluß gründlich besorgt und Lloyd Hopkins von der 59er Abschlußklasse des Marshall-College seiner erwartungsfrohen Neugier im Blick auf zukünftige Liebesfreuden überlassen hatte. Jetzt, sechs Jahre später, saß Lloyd Hopkins, Absolvent der Stanford-Universität »summa cum laude« sowie der Infanterieschule von Fort Polk und der

Schnelleseklasse von Evelyn Wood, seit sechs Jahren Liebhaber von Janice Marie Rice, hier im Rinnstein in Watts und fragte sich, warum ihm nicht vergönnt war, was eine fette dreckige Niggerschlampe wahrscheinlich jederzeit haben konnte. Lloyd leuchtete mit seiner Taschenlampe noch einmal den Rücksitz ab. Es war tatsächlich so, wie er vermutet hatte; der Schwanz des Kerls war mindestens fünf Zentimeter länger als seiner. Er entschied, daß es Gott so gewollt haben mußte. Der Kerl auf dem Foto hatte dafür eben einen niedrigen Intelligenzquotienten und eine schlechte Figur, darum hatte ihm Gott ein Riesending mitgegeben, damit auch er gut durchs Leben kam. So hatte nun mal alles seine Richtigkeit.

Janice würde seinen erst in den Mund nehmen, wenn er die Akademie abschließen würde und sie geheiratet hätten. Dieser letzte Gedanke ließ ihn vor Scham erröten und machte ihn traurig. Dann dachte er an die Töchter, die sie haben würden. Janice maß barfuß ein Meter einundachtzig, war schlank und kräftig um die Hüften und wie geschaffen, außergewöhnliche Kinder zu gebären. Töchter natürlich. Es mußten Töchter sein, die mit der ganzen Liebe und Inbrunst seines irisch-protestantischen Bekenntnisses aufgezogen werden würden …

Lloyd fand für seine Phantasien über Janice und ihre gemeinsamen Töchter sowohl ein gutes wie ein böses Ende und dachte dann über Frauen im allgemeinen nach – Frauen, die rein, geil, verletzlich, schutzbedürftig und zugleich stark sind; bei seiner einst so starken, jetzt für immer verstummten Mutter waren all diese widerstreitenden Kräfte in all den Jahren verbraucht und stumpf geworden, in denen sie die Beschützerin ihrer männlichen Wahnsinnsbrut gewesen war, und einzig er, er allein war der Gesunde unter ihnen, einer, der imstande war, anderen Trost zu geben.

Lloyd vernahm aus nächster Nähe das Gestotter von Schüssen, Schüsse aus automatischen Waffen. Erst dachte er, sie kämen aus einem Radio oder Fernseher, aber sie waren zu klar und deutlich und nahe. Sie kamen aus der Richtung der Afrikanischen Kirche. Er hob sein M-14 auf und rannte zur nächsten Kreuzung. Als er um die Ecke bog, hörte er Schreie, drehte sich um und blickte vom Bürgersteig aus durch die zerbrochenen Fenster hinein. Als er die Verwüstung drinnen sah, schrie auch er auf. Schwester Sylvia und drei Gemeindemitglieder lagen in ihrem Blut vereint in einer unentwirrbaren Masse verschlungener Leiber auf dem Linoleumboden. Irgendwo in dem Haufen von Leibern schoß eine Blutfontäne aus einer durchtrennten Arterie hoch. Wie gelähmt sah Lloyd zu, wie sie versiegte, und er spürte, daß sein Schreien zu einem einzigen Wort wurde: »Was! Was! Was!«

Er schrie so lange, bis es ihm endlich gelang, seinen Blick von den zerfetzten Leibern loszureißen und auf die übrige, nach Kordit stinkende Kirche zu richten. Schwarze Köpfe blickten über Kirchenbänke hinweg zu ihm hin. Dunkel wurde Lloyd bewußt, daß die Leute Angst vor ihm hatten. Mit Tränen im Gesicht ließ er sein Gewehr aufs Pflaster fallen und schrie: »Was? Was? Was?«, woraufhin eine Reihe von Stimmen ihm entgegenheulte: »Mörder, Mörder, Mörder!« Dann hörte er etwas weiter zu seiner Linken, schwach, aber deutlich vernehmbar, jemanden skandieren, und er wußte genau, daß es eine echte, keine elektronische Stimme war: »Auf Wiedersehen, ihr Nigger. Auf Wiedersehen, ihr Dschungelratten. Wir sehen uns in der Hölle wieder.«

Es war Beller.

Lloyd wußte, was er zu tun hatte. Er bewies den Negern, die hinter ihren Kirchenbänken kauerten, seine ernste Entschlossenheit, und machte sich an die Verfolgung. Er ließ sein Gewehr auf dem Pflaster zurück, und seine hochgewachsene Gestalt duckte sich immer wieder hinter geparkten Autos, während er dem Zerstörer von unschuldigem Leben nachsetzte.

Beller schritt langsam in Richtung Norden aus, ohne zu bemerken, daß er verfolgt wurde. Im Schein einer noch intakten Straßenlampe konnte Lloyd ihn sich deutlich abheben sehen, wie er sich alle Augenblicke umblickte und seinen Triumph auskostete. Anhand des Sekundenzeigers seiner Armbanduhr konnte Lloyd sich ausrechnen: Bellers Unbewußtes veranlaßte ihn, sich alle zwanzig Sekunden umzudrehen und zu sichern, was in seinem Rücken vor sich ging.

Die Sekunden abzählend, sprintete Lloyd in vollem Tempo nach vorn, dann warf er sich aufs Pflaster, gerade als Beller sich umdrehte und nach hinten sah. Jetzt trennten ihn nur noch fünfzig Meter von dem Mörder, als Beller sich in eine Einfahrt duckte und »Verrecke, Nigger, verrecke!« schrie, gefolgt von einem Feuerstoß aus seiner vollautomatischen Waffe. Lloyd wußte, daß es die .45er mit Elefantenclip war. Er erreichte die Durchfahrt, blieb stehen und hielt den Atem an. Er konnte einen dunklen Schatten fast am Ende der Sackgasse ausmachen. Bei genauerem Hinsehen erkannte Lloyd, daß er einen grünen Kampfanzug anhatte. Einen Augenblick später hörte er Bellers Stimme, die abgehackt Schimpfworte hervorstieß.

Seinen Weg an der Ziegelsteinwand entlangtastend, betrat Lloyd den Durchgang. Er nahm eine der .45er aus dem Gürtel und entsicherte sie. Er war schon fast auf Schußweite heran, als er gegen eine Blechdose trat, was wie dumpfes Donnergrollen widerhallte.

Er schoß im selben Augenblick wie Beller. Das Mündungsfeuer erhellte blendend die Durchfahrt und beleuchtete Beller, der sich über einen toten Neger beugte, einen Mann, dessen Kopf vom Rumpf gerissen war, der nur noch ein riesiger Hohlraum aus Blut und verkohltem Gewebe war. Lloyd schrie auf, als ihn der Rückstoß seiner .45er erst in die Luft hob und dann zu Boden warf. Einige Dutzend Schüsse schlugen in die Wand über ihm ein, und er rollte in

Panik über das mit Glassplittern übersäte Pflaster, als Beller einen weiteren Kugelhagel über den Boden fegen ließ, so daß Glas- und Geschoßsplitter über seinen Augen explodierten.

Lloyd fing an zu schluchzen. Er hielt sich den Arm über die Augen und betete um Mut und darum, daß er die Chance erhielt, Janice ein guter Ehemann zu werden. Durch das Geräusch sich entfernender Schritte wurde er in seinem Gebet unterbrochen. Jetzt begriff er: Beller hatte keine Munition mehr und rannte um sein Leben. Lloyd zwang sich, vom Boden aufzustehen. Seine Knie schlotterten zwar, aber sein Verstand war ungetrübt. Er hatte recht gehabt. Bellers leeres M-14 lag auf dem Leichnam, und die .45er, leergeschossen und glühend heiß, lag ein paar Meter weiter weg.

Lloyd atmete tief ein, lud nach und horchte angestrengt auf das Geräusch fliehender Schritte. Links von der Stelle, an der er stand, hörte er in einiger Entfernung das Stampfen schwerer Stiefel und keuchendes Atmen. Er ging den Geräuschen nach und kletterte über eine gemauerte Wand in der Durchfahrt, gelangte dann auf einen mit Unkraut bewachsenen Hinterhof, wo sich das laute Keuchen mit der Jazz-Musik aus einem Radio mischte.

Lloyd stolperte über den Hof und murmelte ein Stoßgebet vor sich hin, damit die Musik endlich verstummte. Er fand einen Durchgang, der zur Straße führte, und Licht aus einem Nachbarhaus zeigte ihm eine frische Blutspur. Er folgte der Spur, die zu einem großen, leerstehenden Grundstück führte, auf dem es stockdunkel und beängstigend still war.

Lloyd lauschte ganz intensiv, mit dem Wunsch, das Gehör eines Tieres zu haben, das im Hochtonbereich hören kann. Gerade als sich seine Augen an die Dunkelheit gewöhnt hatten und er Einzelheiten auf dem Grundstück erkennen konnte, hörte er es: das Klicken von Metall auf Metall. Es kam von der transportablen Toilette einer Baufirma. Es war klar: Beller hatte noch immer eine seiner bösartig umgerüsteten .45er, und er wußte offenbar genau, daß Lloyd in der Nähe war.

Lloyd warf einen Stein gegen den Toilettenwagen. Quietschend öffnete sich die Tür, und drei Schüsse wurden daraus abgefeuert, was ein Zuschlagen aller Türen in der ganzen Nachbarschaft zur Folge hatte.

Lloyd hatte plötzlich eine Eingebung. Er ging die Straße hinunter und suchte die Veranden ab, bis er zwischen Kartoffelchipstüten und leeren Bierdosen fand, was er gesucht hatte: ein tragbares Radio. Er nahm es, drehte die Lautstärke auf und wurde mit rhythmischer Soul-Musik bombardiert. Trotz der sofort einsetzenden Kopfschmerzen grinste er und stellte die Musik wieder leiser. Das war poetische Gerechtigkeit für Sergeant Richard A. Beller.

Lloyd trug das Radio auf das Freigelände und stellte es zehn Meter hinter dem Toilettenwagen auf die Erde; er drehte am Lautstärkeregler und rannte in entgegengesetzter Richtung davon.

Beller kam aus der Tür des Wagens herausgestürzt und schrie »Nigger! Nigger! Nigger!« Er gab dabei blind ein paar Schüsse ab. Der Blitz seines Mündungsfeuers erleuchtete ihn taghell. Lloyd hob die .45er und zielte langsam, wobei er, den Rückstoß berechnend, die Waffe auf Bellers Füße richtete. Er zog den Abzug durch, und die Waffe zuckte in seiner Hand. Beller schrie auf. Lloyd drückte das Gesicht in den Dreck, um seine eigenen Schreie zu ersticken. Aus dem Radio ertönte jetzt Rhythm & Blues, und Lloyd rannte mit gezogener Waffe darauf zu. In der Dunkelheit stolperte er, kroch auf Händen und Knien weiter und brachte mit einem Schlag die Musik zum Verstummen. Mit unsicheren Beinen stand Lloyd auf und ging auf die Überreste von Richard Beller zu. Er fühlte sich seltsam ruhig, als er zuerst die Eingeweide des ehemaligen Zivilsoldaten zum Toilettenwagen brachte, dann die untere Körperhälfte und zuletzt die abgerissenen Arme.

»... bitte, lieber Gott, bitte ..., das Kaninchen in der Höhle ...«, murmelte Lloyd, als er zur Straße zurückging, und seine Instinkte sagten ihm, daß niemand in der Nähe war – die Leute aus der Gegend waren durch die Schießerei entweder zu Tode erschreckt oder daran gewöhnt. Er leerte seine Feldflasche im Rinnstein aus und zog ein Stück Plastikschlauch aus der Bajonettscheide – eine gute Waffe, um jemanden zu erdrosseln, hatte Beller ihm einmal gesagt. Am Bordstein parkte ein 61er Ford Fairlane. Geschickt ging er mit dem Schlauch und der Feldflasche um, und es gelang ihm, reichlich einen Liter Benzin aus dem Tank abzusaugen. Er ging zu dem Toilettenwagen und schüttete alles über den Leichenteilen von Beller aus; dann lud er seine .45er nach und ging dreißig Meter zurück. Er feuerte, und der Wagen explodierte. Lloyd machte sich auf den Weg zum Avalon Boulevard. Als er noch einmal zurückblickte, stand das ganze Grundstück in Flammen.

Zwei Tage später waren die Unruhen von Watts vorüber. Die Ordnung in den südlichen Innenstadtbezirken von Los Angeles war wiederhergestellt. Zweiundvierzig Menschen waren umgekommen, vierzig der Aufrührer, ein Deputy Sheriff und ein Angehöriger der Nationalgarde, dessen Leichnam nie gefunden wurde. Man erklärte ihn für tot.

Die Krawalle wurden auf unterschiedliche Ursachen zurückgeführt. Die N.A.A.C.P (National Association for the Advancement oft Coloured People) und die Urban League führten sie auf Rassismus und Armut zurück. Die »Partei der Schwarzen Moslems« machte Polizeiwillkür dafür verantwortlich. William H. Parker, der Polizeichef von Los Angeles, gab einem »Zusammenbruch der moralischen Werte« die Schuld. Für Lloyd Hopkins waren diese Theorien blanker Unsinn. Er schrieb die Unruhen von Watts dem Tod unschuldiger Herzen zu, ganz besonders dem eines alten, schwarzen Säufers, der der »Berühmte Johnson« genannt worden war.

Als alles vorüber war, holte Lloyd seinen Wagen vom Parkplatz des Waffenarsenals im Glendale und fuhr zur Wohnung von Janice. Sie schliefen miteinander, und Janice erfüllte ihm jeden möglichen Wunsch, weigerte sich jedoch, ihm den oralen Genuß zu verschaffen, um den er sie bat. Um drei Uhr morgens verließ er ihr Bett und machte sich auf die Suche danach.

An der Ecke Western und Adams traf er auf eine schwarze Prostituierte, die bereit war, ihm diesen Wunsch für zehn Dollar zu erfüllen, und sie fuhren in eine Seitenstraße und parkten dort. Lloyd schrie laut auf, als es ihm kam, und er verängstigte die Nutte dadurch so sehr, daß sie Hals über Kopf aus dem Wagen stürzte, ohne ihr Geld mitzunehmen.

Lloyd fuhr bis zum Morgengrauen ziellos durch die Stadt, dann fuhr er zum Haus seiner Eltern nach Silverlake. Er hörte seinen Vater schnarchen, als er die Tür aufschloß, und er sah durch einen Spalt Licht unter der Tür von Toms Zimmer. Seine Mutter war in ihrem Zimmer und saß in einem Schaukelstuhl aus Rattan. Sämtliche Lampen im Raum waren ausgeschaltet, ausgenommen das bunte Licht im Aquarium. Lloyd setzte sich neben sie auf den Boden und erzählte der stummen, frühzeitig gealterten Frau seine ganze Lebensgeschichte, die mit der Tötung eines Mörders endete, der Unschuldige umgebracht hatte, und daß er jetzt mehr denn je das Leben unschuldiger Menschen schützen würde. Erlöst und gestärkt gab er seiner Mutter einen Kuß auf die Wange und fragte sich, wie er die acht Wochen bis zum Beginn der Akademie hinter sich bringen sollte.

Tom wartete vor dem Haus auf ihn, auf dem Plattenweg, der zum Bürgersteig führte. Als er Lloyd sah, fing er an zu lachen und öffnete den Mund zum Sprechen. Lloyd ließ es gar nicht dazu kommen. Er zog seine .45er Automatik aus dem Gürtel und setzte sie Tom an die Stirn. Tom fing an zu zittern, und Lloyd sagte ganz ruhig: »Wenn du noch einmal ›Nigger‹, ›Kommies‹, ›Juden‹ oder ähnlichen Scheiß in meiner Gegenwart erwähnst, bring' ich dich um.« Toms rosiges Gesicht wurde blaß; Lloyd lächelte und ging zurück zu den zerstörten Überresten seiner eigenen Unschuld.

II. Lieder beim Fackelschein

3

Er fuhr gemächlich den Ventura Boulevard in westliche Richtung hinunter und genoß die seit langem ersehnten längeren Tage. Er wußte die Klarheit der ungewohnt langen Nachmittage und das für diese Jahreszeit zu warme Frühlingswetter zu schätzen, das die leichten Mädchen veranlaßte, knappe Oberteile und Shorts zu tragen, und das die anständigen Frauen in einer Vielfalt gedeckter Pastellfarben auf die Straße trieb: Rosa, Hellblau, Grün und Blaßgelb.

Das *letzte Mal* war jetzt schon viele Monate her, und er führte diese Pause auf die ständig wechselnden Wetterbedingungen zurück, die seinem Kopf Verwirrung gebracht hatten: An dem einen Tag war es warm, am darauffolgenden kalt und regnerisch; man konnte nie wissen, was die Frauen anziehen würden, daher war es schwierig, sich auf eine bestimmte festzulegen. Man konnte die Farben einfach nicht richtig fühlen, die die Gestalt einer Frau erst vollkommen machten, so daß man sie als Ganzes sehen konnte. Gott allein wußte, daß, wenn seine Planung erst mal begonnen hatte, die kleinen, unmerklichen Unterströmungen in ihrem Leben für ihn beinahe schmerzlich überdeutlich fühlbar wurden; wenn sich dann seine Liebe zu ihr verlor, bestätigte ihm das daraus folgende Mitleid den spirituellen Charakter seiner Motive und gab ihm den notwendigen Abstand, seine Aufgabe auszuführen.

Die Planung machte jedoch nur die *eine* Hälfte aus; der Teil, der ihn aufrichtete und reinwusch, der ihn vor einem mittleren Chaos und ungewisser Straflosigkeit verschonte und vor einer Welt, die die feinen und sensiblen Charaktere erst hervorbringt und dann wie überreichlichen Speichel ausspuckt, dieser Teil war viel entscheidender. Er beschloß, auf dem Weg zurück in die Stadt den Topanga Canyon zu nehmen. Er stellte die Klimaanlage aus und schob eine Meditationskassette in den Kassettenrecorder, und zwar die mit seinem Lieblingsthema: Dem über einen gelassen dahintreibenden Menschen, der selbstbewußt ist und alles nimmt, wie es kommt, jedoch unbedingt *einem* Lebensziel folgt. Er lauschte der Stimme eines Predigers mit dem Akzent des Mittelwestens, die zu ihm von der Notwendigkeit von Lebenszielen sprach. »Was die Menschen der Bewegung von jenen unterscheidet, die stagnieren und in der Finsternis hausen, ist die Straße, die sowohl hinein- als auch hinausführt, beständig in Richtung lohnender Ziele. Das Fahren auf dieser Straße ist gleichzeitig Reisen und Ankommen, ist die gegebene und die empfangene Gabe. Sie können Ihr Leben von Grund auf ändern, wenn Sie dieses ganz einfache Dreißigtageprogramm befolgen. Zuerst überlegen Sie, was Sie sich in diesem

Augenblick am meisten wünschen – das kann alles mögliche sein, von spiritueller Erleuchtung bis hin zu einem neuen Auto. Notieren Sie Ihren Wunsch auf einem Stück Papier und schreiben Sie das heutige Datum daneben. Nun möchte ich, daß Sie sich innerhalb der nächsten dreißig Tage darauf konzentrieren, dieses Ziel zu erreichen! Lassen Sie keinen Gedanken an Scheitern aufkommen! Sollten sich dennoch solche Gedanken einschleichen, vertreiben Sie sie! Vertreiben Sie sie alle, bis auf den einen, reinen Gedanken, der Sie zum Ziel führt, und Sie werden sehen: Es wird ein Wunder geschehen!«

Er glaubte daran; er hatte es bereits mehrmals ausprobiert. Er besaß zwanzig sorgfältig gefaltete Blätter, die bewiesen, daß es funktionierte.

Er hatte diese Kassette zum ersten Mal vor fünfzehn Jahren gehört, im Jahre 1967, und er war sehr von ihr beeindruckt gewesen. Damals hatte er nicht recht gewußt, was er sich wünschen sollte. Drei Tage später sah er dann *sie* – und er wußte, was er wollte. Sie hieß Jane Wilhelm, war in Grosse Point geboren und aufgewachsen, in ihrem Abschlußjahr von der Bennington-School abgehauen und in den Westen getrampt, um neue Werte und Freunde zu finden. Mit Schnürhemd und Flickenhose bekleidet hatte sie sich herumgetrieben und war schließlich in der Drogenszene am Sunset Strip gelandet. Er hatte sie zum ersten Mal vorm »Whisky a Go Go« gesehen, als sie mit einem Haufen vergammelter Hippietypen sprach und offensichtlich versuchte, ihre Intelligenz und gute Herkunft herunterzuspielen. Er gabelte sie auf und erzählte ihr von seiner Kassette und dem Stück Papier. Es ließ sie sichtlich nicht kalt, aber sie lachte kurz auf. Wenn er sie bumsen wollte, warum fragte er sie nicht einfach? Romantik wäre doch kitschig, und sie sei eine liberale Frau.

Damals wurde ihm durch seine Weigerung bewußt, daß er nun zum ersten Mal moralisch Stellung beziehen mußte. Es offenbarte sich ihm sein jetziges und sein zukünftiges Ziel: die Bewahrung weiblicher Unschuld.

Er beobachtete Jane Wilhelm in unregelmäßigen Abständen bis zum Ende der vom Prediger vorgeschriebenen dreißig Tage; er sah sie bei Bettorgien, in Drogenhöhlen und bei Rockkonzerten. Am einunddreißigsten Tag stolperte Jane allein aus »Gazzaris Disco«. Von seinem Wagen aus, der etwas südlich vom Sunset Strip geparkt war, sah er, wie sie über die Straße torkelte. Er schaltete das Fernlicht ein, das ihr voll ins Gesicht schien und ihre aufgedunsene Figur und die erweiterten Pupillen sichtbar werden ließ. Dies sollte ihre letzte Selbsterniedrigung sein! Er erdrosselte sie direkt auf dem Bürgersteig und warf dann ihren Körper in den Kofferraum seines Wagens.

Drei Abende später fuhr er nach Norden in eine ländliche Gegend in der Nähe von Oxnard. Nach einer Andacht am Straßenrand aus seiner »Erlösungs«-Kassette begrub er Jane in der weichen Erde neben einem Steinbruch. Soweit er wußte, wurde ihre Leiche niemals gefunden.

Er bog jetzt in die Topanga Canyon Road ein und erinnerte sich an seine Vorgehensweise, die es ihm gestattet hatte, zwanzig Frauen zu erlösen, ohne daß die Massenmedien aufgeregt eingegriffen und Wirbel um seine Ergreifung gemacht hatten. Sie war ganz einfach. Er wurde mit seinen Frauen eins, indem er Monate damit zubrachte, Details aus ihrem Leben in sich aufzunehmen, jede Feinheit auskostend und jeden Vorzug oder jede Schwäche auflistend, bevor er sich für die Art ihrer Beseitigung entschied, die genau passend für die Person, sogar auf den Geist der Auserwählten zugeschnitten war. Dadurch wurde das Planen zur Werbung und das Töten zur Vereinigung. Der Gedanke an Werbung löste in ihm glühende und heftige Phantasien aus, in denen es um prosaische Einzelheiten ging, um belanglose Intimitäten, die nur Liebende zu schätzen wissen.

Dann war da noch Elaine aus dem Jahre 1969, die Barockmusik über alles liebte. Obwohl sie hübsch war, verbrachte sie nahezu ihre gesamte Freizeit damit, Bach und Vivaldi zu hören, wobei sie die Fenster ihrer Garagenwohnung immer geöffnet ließ, sogar bei kaltem Wetter, weil sie die Schönheit, die sie dabei empfand, mit der schnöden, gleichgültigen Welt teilen wollte. Jeden Abend hatte er durch ein Richtmikrofon vom Dach eines Nachbarhauses mitgehört und war dabei zugleich auch Zeuge ihrer trostlosen Einsamkeit geworden, und ihm waren fast die Tränen gekommen, als sich ihre Herzen bei den Klängen des Brandenburgischen Konzerts vereinten.

Zweimal hatte er ihre Wohnung durchsucht, um einen Fingerzeig auf die richtige Methode zur Erlösung von Elaines Seele zu bekommen. Er hatte sich entschlossen, abzuwarten und über das Ende des Lebens dieser jungen Frau zu meditieren, bis er dann unter ihren Pullovern eine Zuschrift von einer computergesteuerten Partnerschaftsvermittlung fand. Daß sich Elaine zu einer solchen Niedrigkeit herabgelassen hatte, war für ihn der entscheidende Auslöser gewesen.

Er brachte einen ganzen Monat damit zu, ihre Handschrift zu studieren, und eine Woche brauchte er, um den Abschiedsbrief einer Selbstmörderin in ihrer Schrift zu fabrizieren. An einem kalten Novemberabend kletterte er durchs Fenster in die Wohnung und öffnete fünf Seconal-Kapseln, deren feinkörnigen Inhalt er in die Orangensaftflasche schüttete, aus der Elaine jeden Abend vorm Schlafengehen trank. Später beobachtete er durch ein Teleskop, wie sie ihren Todestrank zu sich nahm, dann ließ er sie zwei Stunden schlafen, bevor er in ihre Wohnung eindrang, den Gashahn aufdrehte und den Abschiedsbrief zurückließ. Als letzten Liebesbeweis legte er ein Flötenkonzert von Vivaldi auf, um Elaines Abgang mit Würde zu begehen.

Erinnerungen an andere Geliebte trieben ihm Tränen in die Augen, immer wenn er an die Höhepunkte dachte: Da war Karen, die Pferde über alles liebte, deren Haus ihre ganze Pferdeleidenschaft zum Ausdruck brachte. Karen, die immer ohne Sattel über die Klippen oberhalb von Malibu ritt und auf ihrem Pferd sitzend starb, als er aus einem Versteck hervorstürmte und den erdbeerfarbenen Schimmel dazu zwang, in den Abgrund zu springen. Und Monica, die einen ausgezeichneten Geschmack in den kleinen Dingen des Lebens hatte. Sie hüllte ihren von Kinderlähmung geschlagenen Körper in feinste Seiden- und Wollkleider. Bei der heimlichen Lektüre ihres Tagebuchs war ihm aufgefallen, daß der Ekel gegenüber ihrem eigenen Körper immer größer wurde, und da erkannte er, daß Zerstückelung die letzte Gnade für sie sein würde. Nachdem er Monica in ihrer Wohnung in Marina Del Ray erdrosselt hatte, zerstückelte er sie mit einer Motorsäge und warf die in Plastiktüten gefüllten Körperteile bei Manhattan Beach ins Wasser. Die Polizei sprach hinterher vom »Müllbeutel-Mörder«.

Tränen liefen ihm über die Wangen. Er spürte, wie seine Erinnerung in heißes Verlangen umschlug. Es war wieder einmal höchste Zeit.

Er fuhr in das Einkaufszentrum von Westwood Village, bezahlte die Parkgebühren und spazierte herum; er nahm sich vor, weder vorschnell noch übertrieben vorsichtig vorzugehen. Die Dämmerung brach bereits herein, es wurde kühler, und die Gänge des Einkaufszentrums brodelten jetzt von weiblicher Vitalität. Überall waren Frauen; Frauen, die ihre Gesichter an Pullover schmiegten, die an Schaufenstern lehnten, während sie vor Kinokassen warteten; Frauen, die in Buchläden herumstöberten, die um ihn herum, an ihm vorbei und, so schien es ihm, durch ihn hindurchliefen.

Aus der Dämmerung wurde Abend, und mit einsetzender Dunkelheit hatten sich auch die Gänge geleert, so daß einzelne Frauen sich für ihn deutlicher heraushoben. Und dann sah er sie: Sie stand vor »Hunters« Buchladen und blickte durch das Schaufenster, als suche sie einen Traum. Sie war groß und schlank und hatte nur wenig Make-up aufgelegt, was ihr eine Ausstrahlung von Frische und Klarheit verlieh. Ende Zwanzig, ein Mensch auf der Suche, eine angenehme, phantasievolle Frau mit Sinn für Humor, sagte er sich: Sie geht jetzt bestimmt in den Buchladen, sieht sich zuerst die Bestseller an, dann die anspruchsvollen Taschenbücher, und schließlich entscheidet sie sich für eine lustige Liebesgeschichte oder einen Kriminalroman. Sie ist einsam. Sie braucht mich.

Die Frau drehte ihr Haar zu einem Knoten zusammen und befestigte ihn mit einer Spange. Sie seufzte, öffnete die Tür des Buchladens und ging dann entschlossen an einen Tisch, auf dem Bücher über Selbsterfahrung ausgebreitet waren. Alles mögliche von »Kreative Scheidungsmethoden« bis »Erfolg durch Yoga« war dort vertreten, und sie zögerte erst, nahm sich dann ein Buch mit dem Titel »Dynamische Synergie kann Sie befreien« und ging damit zur Kasse.

Er war die ganze Zeit über unauffällig in ihrer Nähe geblieben, und als sie ihre Schecks herausnahm, um das Buch zu bezahlen, prägte er sich ihren Namen und ihre Adresse ein:

Linda Deverson
3583 Mentone Avenue
Culver City, Calif. 90408

Er wartete gar nicht erst ab, bis Linda Deverson mit dem Kassierer geredet hatte. Er lief aus dem Laden und zu seinem Wagen, er war von Liebe zu ihr erfüllt. Außerdem war seine Neugier geweckt worden: der Dichter wollte die Umschreibung seines neuen Liebeswerbens kennenlernen.

Linda Deverson ist sehr vielseitig, dachte er drei Wochen später, als er den letzten Stapel Fotos entwickelte. Während er sie aus dem Entwicklungsbad nahm und aufhängte, verfolgte er aufmerksam, wie sie in Schwarzweiß Kontur annahm und lebendig wurde. Auf dem einen verließ Linda gerade das Büro, in dem sie als Haus- und Grundstücksmaklerin beschäftigt war; dort wieder blickte Linda finster, als sie versuchte, selbst zu tanken; auf dem nächsten joggte Linda gerade den San Vicente Boulevard hinunter; und auf dem dort schaute Linda aus ihrem Wohnzimmerfenster und rauchte eine Zigarette.

Er schloß den Laden ab, nahm die Fotos und stieg die Treppe zu seiner Wohnung hinauf. Er empfand Stolz, wie jedesmal, wenn er durch sein dunkles Königreich schritt. Stolz deshalb, weil er die Geduld gehabt und sich von seiner Entschlossenheit niemals hatte abbringen lassen, das Haus zu besitzen, das ihm die schönsten Augenblicke seiner Jugend beschert hatte.

Als seine Eltern starben und ihn im Alter von vierzehn Jahren ohne Heim zurückließen, hatte der Besitzer von »Silverlake Camera« sich seiner angenommen, indem er ihm zwanzig Dollar pro Woche für das Aufwischen des Ladens jeden Abend nach Geschäftsschluß gab und ihm gestattete, auf dem Boden zu schlafen und auf der Kundentoilette zu lesen. Er lernte eifrig, was den Besitzer ganz stolz auf ihn machte. Der Eigentümer war ein Pferdenarr und Spieler, und er benutzte den Laden als Treff für die Buchmacher. Er hatte immer geglaubt, daß sein Wohltäter, der an einer chronischen Herzkrankheit litt und keine Familie hatte, ihm den Laden eines Tages überlassen würde. Aber er hatte sich geirrt – als er starb, übernahmen die Buchmacher den Laden, denen er Geld schuldete. Sie wirtschafteten ihn prompt zugrunde, da sie nur unfähige Leute einstellten und das kleine, ruhige Geschäft zu einem Treffpunkt für allerlei Gesindel machten: Da wurde beim Football und auf Pferderennen gewettet und mit Rauschgift gehandelt.

Als ihm klar wurde, was seinem Heiligtum angetan worden war, wußte er genau, daß er handeln mußte, um es, koste es, was es wolle, zu retten.

Er hatte sich bisher seinen Lebensunterhalt recht gut als freiberuflicher

Fotograf verdient; er machte Aufnahmen bei Hochzeiten, Festbanketten und Kommunionen, und Geld hatte er mehr als genug zusammengespart, um den Laden zu kaufen, sollte er ihm einmal angeboten werden. Allerdings war er überzeugt, daß dieser Abschaum, der ihn besaß, ihn niemals verkaufen würde – die illegalen Geschäfte waren sehr einträglich. Das verärgerte ihn so sehr, daß er sogar seine vierte Werbung völlig vergaß und seine gesamte Energie auf die Übernahme seiner sicheren Zuflucht konzentrierte.

Eine Serie anonymer Anrufe bei der Polizei und bei der Staatsanwaltschaft brachte keinen Erfolg; die Machenschaften von »Silverlake Camera« interessierten niemanden. Verzweifelt suchte er nach anderen Mitteln.

Durch Beobachtungen hatte er in Erfahrung gebracht, daß der derzeitige Besitzer sich jeden Abend in einer Kneipe am Sunset vollaufen ließ. Er hatte herausgefunden, daß der Mann nach Kneipenschluß regelmäßig in ein Taxi verfrachtet wurde, und daß der Taxifahrer, der ein notorischer Spieler im Pferdetoto war und sich tief bei ihm verschuldet hatte, ihn jede Nacht gegen zwei Uhr abholte. Mit derselben Präzision wie bei seinem Liebeswerben machte er sich an die Arbeit; zuerst beschaffte er sich 30 Gramm Heroin, dann trat er an den Taxifahrer heran und machte ihm ein Angebot. Der Taxifahrer ging auf das Angebot ein und verließ bereits am darauffolgenden Tag fluchtartig Los Angeles.

Zwei Abende später saß er nach Geschäftsschluß hinterm Steuer des Taxis vor der »Short Stop Bar«. Pünktlich um zwei Uhr morgens torkelte der Besitzer von »Silverlake Camera« heraus und ließ sich auf den Rücksitz fallen, wo er kurz darauf die Besinnung verlor. Er fuhr den Mann zur Ecke Sunset und Alvarado und stopfte ihm einen mit Heroin gefüllten Plastikbeutel in die Manteltasche. Dann schleppte er den besinnungslos Betrunkenen zu »Silverlake Camera« hinüber und setzte ihn in die offene Eingangstür, den Schlüssel in der Hand.

Er fuhr zu einer Telefonzelle, rief im Polizeipräsidium von Los Angeles an und meldete dort einen Einbruch, der gerade begangen werde. Die Polizei übernahm den Rest. Drei Funkstreifen wurden zur Ecke Sunset und Alvarado geschickt. Als der erste Wagen mit quietschenden Reifen vor dem Geschäft zum Stehen kam, wurde der Mann im Eingang wach, stand auf und griff in seine Manteltasche. Die beiden Streifenbeamten mißdeuteten seine Bewegung, schossen und töteten ihn. Eine Woche später meldete »Silverlake Camera« Konkurs an, und nun konnte er den Laden ohne Schwierigkeiten übernehmen.

Der Fotoladen und die Dreizimmerwohnung darüber waren die Erfüllung seiner Träume, er gestaltete das Haus von oben bis unten neu. Sein Lebenszweck, der sich ihm einst so lichtvoll offenbart hatte, fand darin seinen vollkommenen ästhetischen Ausdruck; zugleich verknüpften sich in ihm symbolisch die Schicksale jener drei Menschen, die einst die furchtbare Katharsis in ihm ausgelöst hatten, die ihm jetzt das Recht gab, weibliche Unschuld zu erlösen.

Eine ganze Wand war seinen Feinden gewidmet: es war eine Fotocollage, auf der er ihre gewundenen Lebenswege dokumentiert hatte: der Muskelmann war County Deputy Sheriff in Los Angeles geworden, sein Stiefellecker inzwischen ein Stricher. Ihr kurzes gewaltsames Zusammentreffen hatte ihre Lebenswege auf die schiefe Bahn geworfen; Korruption und armselige Machtpositionen waren ihre einzige Entschädigung für geistige Öde. Die heimlich aufgenommenen Schnappschüsse an der Wand sprachen für sich: Birdman, an der Straßenecke im Strichjungen-Viertel postiert, mit wiegenden Hüften und hungrigen Augen, die nach unglücklichen, einsamen Mädchen Ausschau halten, die ihm ein paar Dollar bringen und zehn Minuten Selbstbestätigung verschaffen würden; und das Muskelpaket, verfettet und rot im Gesicht, das aus seinem Streifenwagen im Bezirk West Hollywood hinausstarrte – der Boy's Town, die zu schützen er gelobt hatte, die auf seinen »Schutz« jedoch gut verzichten konnte; die Schwulen machten sich über ihn lustig und nannten ihn »Officer Pig«. Auf der gegenüberliegenden Wand waren Vergrößerungen seiner wahren und einzigen Liebe angebracht. Ihre Unschuld würde auf ewig durch die außergewöhnliche Reinheit seiner Kunst bewahrt bleiben. Er hatte die Fotos 1964, am Tag der Abschlußfeier, aus dem Jahrbuch der Schule ausgeschnitten, und erst zehn Jahre später, nachdem er ein Meisterfotograf geworden war, hatte er sich darangewagt, die Bilder zu vergrößern und zu entwickeln, bis seine Liebste ihm überlebensgroß entgegenlächelte. Die Vergrößerungen waren mit verwelkten, verdorrten und zusammengeflochtenen Rosenstielen geschmückt – es waren genau zwanzig –, ein Unterpfand aus seinen Blumengebinden, die er seiner Geliebten immer geschickt hatte, nachdem eine Frau in ihrem Namen hatte sterben müssen.

Er hatte sich darangemacht, seine Heimstatt in ein nur diesen drei Menschen gewidmetes Testament umzuwandeln, das er mit *allen* Sinnen in sich aufnehmen konnte; anfangs wollte es ihm nicht gelingen. Sie waren ihm zwar visuell zugänglich, aber er wollte sie auch *atmen* hören.

Die Lösung hatte ihm schließlich ein Traum gebracht. Junge Frauen waren auf dem Plattenteller eines gigantischen Plattenspielers festgebunden. Er saß am Schaltpult einer komplizierten elektronischen Steueranlage und betätigte Schalter und Schieberegler in dem vergeblichen Versuch, die Frauen zum Schreien zu bringen. Da er schon kurz davor stand, selbst laut aufzuschreien, hatte er seinen ganzen Willen aufgeboten, seine Frustration zu unterdrücken, indem er mit den Armen Flugbewegungen nachahmte. Während seine Glieder in der Luft schwebten, ging ihm der Atem aus, und er glaubte zu ersticken, bis seine Hände Magnetbänder zu fassen bekamen, die um ihn hertrieben. Er griff danach, und wie ein Ballonpilot benutzte er sie als Ballast, um langsam zum Schaltpult zurückzuschweben. Sämtliche Kontrollampen waren während seines Fluges erloschen, und als er jetzt wieder begann, die Schaltknöpfe zu drücken, gingen sie sogleich an; dann gab es einen Kurzschluß, und die Lämpchen zerplatzten wie Blutblasen. Er begann, die blutenden Löcher mit Magnetband zu verstopfen. Das Band glitt durch die Öffnungen, auf den Plattenspieler und wickelte sich um den Teller, wodurch die dort angeketteten Frauen zermalmt wurden. Ihre Schreie schreckten ihn aus seinem Traum hoch, und er schrie selbst ganz laut auf, während es ihm zwischen verkrampften Händen kam.

Am darauffolgenden Morgen kaufte er zwei Kassettenrecorder, zwei Mikrofone, hundert Meter Kabel und einen Transistorverstärker für den Eigenbau. Innerhalb einer Woche waren sowohl in der Wohnung von »Officer Pig« als auch in der seiner wahren Liebe gut versteckt Abhörvorrichtungen angebracht. Sein Zugang zu ihrem Privatleben war somit gesichert. Von diesem Zeitpunkt an wechselte er wöchentlich die Bänder, und es kam ihm fast jedesmal, wenn er mit ihnen nach Hause zurückkehrte, auf die Bilder an der Wand schaute und ihrem Atem lauschte, wobei er Intimitäten erfuhr, die nicht einmal Ehepaare voneinander wissen.

Diese intimen Lauschangriffe bestätigten seine Vermutungen über sie: Seine wahre Geliebte suchte sich die Männer für die körperliche Liebe mit großer Umsicht – es waren meist sehr empfindsame Partner, die sie liebten und sich ihrem ausgeprägten Willen vollständig unterwarfen. Er wußte, daß sie hinter ihrer oft schroffen feministischen Fassade sehr einsam war, aber das war nur natürlich: sie war schließlich eine Dichterin, inzwischen fast eine lokale Berühmtheit, und Einsamkeit war der Preis, den alle kreativen Menschen zahlen müssen. »Officer Pig« war natürlich die Korruption in Person – ein Cop, der nach allem griff und Bestechungsgelder von den Strichern aus Boy's Town entgegennahm. So konnten sie in Ruhe ihrem Gewerbe nachgehen, während er und seine erbärmlichen Kollegen die Augen zudrückten. Birdman war sein »Verhältnis«, und das stundenlange Abhören der Gespräche der beiden ehemaligen Mitschüler, die sich an ihren schäbigen Gaunereien aufgeilten, hatte ihn davon überzeugt, daß die Verkommenheit, in der sie lebten, das Ergebnis seiner persönlichen Rache war.

Jahre des Abhörens waren vergangen, lange Abende, an denen er im Dunkeln sitzend die Bänder über Kopfhörer abhörte. Er wurde sogar immer kühner in seinem Bestreben, denen, die seine Wiedergeburt bewirkt hatten, so nahe wie möglich zu sein; am Jahrestag des Ereignisses, an das er kaum noch zurückdachte, führte er für sich kunstvoll als Selbstmorde verschleierte mystische Hochzeiten auf, um seine Unterwerfung in dem mit Sägemehl bedeckten Schulflur zu feiern. Viermal hatte er das getan; zweimal im Revier von »Officer

Pig« und einmal sogar in dessen Wohnhaus. Die Liebe, die er in diesen Augenblicken symbiotischer Phantasien empfand, hatte die Erlösung, die er sich mit klammernden Händen bereitete, zehnfach verstärkt, und ihm wurde bewußt, daß jedes einzelne dieser kühnen Wagnisse mit Kamera, Atem und Blut nur dazu beitrug, das rauschhafte Lied seines Inneren mächtiger anschwellen zu lassen.

Wieder zurück in der Gegenwart, dachte er über die zahlreichen Eigenschaften nach, die Linda Deverson besaß; dann spürte er eine Leere in seinem Kopf, als er versuchte, den richtigen Anfang für eine Beschreibung ihrer Person zu finden, um das Durcheinander all der Eindrücke, die seine neue Liebe in ihm wachrief, zu ordnen.

Er stieß einen Seufzer aus und schloß die Wohnungstür hinter sich ab, dann nahm er die Fotografien von Linda und steckte sie an die Pinnwand vor seinem Schreibtisch. Er seufzte noch einmal und schrieb dann:

17. 05. 82

Seit drei Wochen auf Freiersfüßen und noch immer kein Zugang zu ihrer Wohnung, noch weniger Zugang zu ihrem Herzen – bei den drei Schlössern an ihrer Tür wird der erste Schritt, hineinzugelangen, gefährlich werden – ich werde es bald riskieren müssen – Linda ist noch immer schwer für mich faßbar. Aber vielleicht auch wieder nicht; was mich am meisten an ihr fesselt, ist ihr Sinn für Humor – dieses reuige Lächeln, das sich auf ihrem Gesicht breitmacht, wenn sie eine Zigarette aus ihrem Trainingsanzug hervorholt, nachdem sie fünf Kilometer den San Vicente Boulevard hinuntergejoggt ist; und ihre sehr bestimmte, aber charmante Ablehnung, mit diesem jungen schnoddrigen Verkäufer auszugehen, mit dem sie sich einen Raum im Maklerbüro teilen muß; und dann ist da noch die Art und Weise, wie sie mit sich selbst spricht, wenn sie sich allein glaubt, und die lustige Art, wie sie ihren Mund bedeckt, wenn ein Passant sie dabei erwischt. Vor zwei Abenden bin ich ihr zum Synergie-Lehrgang gefolgt. Dasselbe reuige Lächeln, als sie den Scheck für die Aufnahmegebühr ausschrieb, und dann wieder beim ersten Gruppentreffen, als man ihr sagen mußte, daß man dort nicht rauchen dürfe. Ich glaube, daß Linda dieselbe Distanz zu allem hat, die mir bei Schriftstellern aufgefallen ist – das Bedürfnis nach Kommunikation mit den Mitmenschen und das Vorhandensein gleicher Grundüberzeugungen und Träume – doch gleichzeitig ist das Bedürfnis vorhanden, Distanz zu wahren, an ihrer eigenen inneren Wahrheit festzuhalten, die sie nicht mit anderen teilen will. Linda ist eine Frau mit viel Feingefühl. Während des ersten Gruppentreffens (wirres Geschwätz über Einheit und Energie) habe ich mich zur Rezeption zurückgeschlichen und ihre Anmeldung geklaut. Folgendes weiß ich jetzt über meine Geliebte:

1. Name: Linda Holly Deverson
2. Geburtsdatum: 29. 04. 52
3. Geburtsort: Goleta, Kalifornien
4. Ausbildung: High School 1234
5. Wie sind Sie auf die Syn.-Gruppe gekommen? –
   Ich las Ihr Buch.
   Was meinen Sie:
6. Welche vier nachfolgenden Worte, die Sie sich aussuchen können, würden Ihre Persönlichkeit am besten beschreiben?
   1. Ehrgeiz
   2. Athletisch
   3. Aggressiv
   4. *Vorurteilsfrei*
   5. *Harmonisch*
   6. Durcheinander
   7. Neugierig
   8. *Teilnahmslos*
   9. Zornig
   10. *Sensibel*
   11. Leidenschaftlich
   12. Ästhetisch
   13. Sinnlich
   14. Moralisch
   15. Großzügig
7. Warum sind Sie Mitglied des Synergie-Instituts geworden? – Das kann ich nicht so genau sagen. Einige Dinge in Eurem Buch schienen mir aufrichtig und könnten mir die Möglichkeit bieten, meine Persönlichkeit zu stärken.
8. Meinen Sie, daß Synergie Ihr Leben ändern könnte?
   Ich weiß es nicht.

Eine scharfsinnige Frau. Ich kann Dein Leben ändern, Linda; ich bin der einzige, der das kann.

Drei Abende später brach er in ihre Wohnung ein.

Der Einbruch war sorgfältig vorbereitet und dreist. Er wußte, daß sie das zweite Synergie-Seminar mitmachen würde, das von acht Uhr abends bis Mitternacht dauern sollte.

Um Viertel vor acht parkte er auf der gegenüberliegenden Seite des Instituts an der Montana in Santa Monica, ausgerüstet mit einem kleinen flachen Stromunterbrecher und hautengen Gummihandschuhen.

Er grinste, als Linda auf den Parkplatz fuhr, andere ankommende Seminarteilnehmer grüßte und eine letzte Zigarette hastig in sich einsog, bevor sie den roten Backsteinbau betrat. Er wartete noch zehn Minuten ab, dann rannte er zu ihrem '69er Camaro, öffnete die Haube und brachte den Unterbrecherkontakt an der untere Seite des Verteilers an. Sollte irgendwer versuchen, den Camaro zu starten, würde er einmal kurz anspringen und dann absaufen. Er beglückwünschte sich zu seinem Einfallsreichtum, schlug die Haube wieder zu und lief zu seinem eigenen Wagen zurück; dann fuhr er zur Wohnung seiner Angebeteten.

Es war ein stockdunkler Frühlingsabend, und ein warmer Wind sorgte für eine ausreichende Geräuschkulisse. Er parkte ein paar Straßen weiter und spazierte zur Mentone Avenue Nr. 3583. Er hatte einen flachen Schraubenschlüssel und ein Transistorradio in einer braunen Tüte bei sich. Als gerade einige kräftige Windböen aufkamen, stellte er das Radio auf die Erde vor Lindas Wohnzimmerfenster und drehte die Lautstärke voll auf. Punk-Rock hallte durch die Nacht, und mit voller Wucht schlug er mit dem Schraubenschlüssel gegen das Fenster, dann schnappte er sich das Radio und rannte zu seinem Wagen zurück.

Er wartete zwanzig Minuten, bis er sicher war, daß niemand den Lärm gehört hatte und kein versteckter Alarm ausgelöst worden war. Dann ging er zurück und stieg in die dunkle Wohnung ein.

Er zog die Vorhänge vor das zerbrochene Fenster, atmete tief ein und wartete, bis sich seine Augen an die Dunkelheit gewöhnt hatten; dann ging er geradewegs in die Richtung, wo das Badezimmer sein mußte, um seine brennendste Neugier zu befriedigen. Dort schaltete er das Licht an und durchstöberte das Arzneimittelschränkchen; dann überprüfte er ihre Make-up-Utensilien, die obenauf lagen; er durchsuchte sogar den Korb mit schmutziger Wäsche. Sein Inneres seufzte vor Erleichterung. Er fand keinerlei Verhütungsmittel; seine Geliebte war also keusch.

Er ließ die Tür halb offen und ging ins Schlafzimmer. Da er schnell herausfand, daß es keine Deckenbeleuchtung gab, knipste er die Lampe neben dem Bett an. Deren Schein gab ihm ausreichend Licht zum Arbeiten, und er öffnete die Tür des Einbauschrankes, begierig, die Garderobe seiner Angebeteten zu betasten.

Die Kammer war voll von Kleidungsstücken, die auf Bügeln hingen, und er griff sich mit beiden Armen einen Riesenstapel, den er ins Badezimmer trug. Es waren zum größten Teil Kleider der verschiedensten Machart und aus allem möglichen Material. Zitternd befühlte er Polyesterkostüme und Baumwollhemdchen, Schlüpfer aus Seidenimitat und grobem Tweed; dies alles gab es gestreift, farbenfroh und im Karomuster – weitere Hinweise auf den sehr weiblichen, feinen und wählerischen Charakter von Linda Deverson. Sie weiß ja gar nicht, wer sie überhaupt ist, dachte er bei sich selbst, darum kauft sie sich all diese unterschiedlichen Sachen, um herauszufinden, wer sie sein *könnte.*

Er trug den Stapel Kleider wieder zurück zum Wandschrank und ordnete sie so ein, wie er sie gefunden hatte, dann fuhr er fort, nach weiteren Beweisen für Lindas Keuschheit zu suchen. Er entdeckte sie auf ihrer Telefonablage: sämtliche Telefonnummern in ihrem Adreßbuch waren von Frauen.

Sein Herz klopfte vor Freude, und er ging in die Küche und kramte unter dem Waschbecken herum, bis er eine Dose mit schwarzer Farbe und einen trockenen Pinsel fand. Er hebelte die Dose auf, tauchte den Pinsel voll in die Farbe und schmierte »Clanton 14st. – Culver City – Via La Raza« an die Küchenwand. Damit es noch besser aussah, klemmte er sich einen Toaster und einen tragbaren Kassettenrecorder unter den Arm und nahm sie mit.

Den Toaster auf dem Sitz neben ihm streichelnd, fuhr er zurück zum Synergie-Institut und entfernte den Unterbrecher an Linda Deversons Auto, dann fuhr er nach Hause, um über die feine Art dieser Frau nachzudenken.

Am darauffolgenden Mittwoch abend fand das erste »Frage-und-Antwort«-Gruppentreffen des Instituts statt. Dafür hatte er sich schon zwei Tage vorher in einer Vorverkaufsstelle in der Nähe seines Ladens eine Eintrittskarte gekauft und war nun neugierig darauf, wie Linda wohl die Veranstalter im Institut befragen würde, die bis dato noch kein Feedback von ihren Anfängern eingeholt hatten. Er war überzeugt, daß seine Geliebte intelligente und skeptische Fragen stellen würde.

Vor dem Institut hatte sich eine Sperrkette religiöser Fanatiker aufgestellt, die Spruchbänder in die Höhe hielten, auf denen stand: »Synergie ist Sünde! Der einzige Weg ist Jesus!« Er lachte, als er auf sie zuging; er fand Jesus vulgär. Einer der Fanatiker bemerkte das ironische Lächeln auf seinem Gesicht und fragte ihn, ob er denn schon erlöst worden wäre.

»Schon zwanzigmal«, erwiderte er.

Dem Fanatiker fiel die Kinnlade herunter; er war ja schon an viele ketzerische Antworten gewöhnt, aber diese fand er doch ungeheuerlich. Er wich zur Seite und ließ den nicht geheuren Lästerer das Gebäude betreten.

Als er drinnen war, überreichte er dem Kontrolleur seine Eintrittskarte, der ihm seinerseits ein großes Kissen in die Hand drückte und in Richtung Versammlungsraum zeigte. Er ging durch einen Flur, in dem Fotografien berühmter Synergisten hingen, und kam in einen Saal, in dem einzelne Grüppchen schüchtern herumsaßen, schwatzten und die Neuankömmlinge musterten. Er ging zum hinteren Teil des Saals, legte sein Kissen auf den Boden und setzte sich hin, ohne den Blick von der Tür abzuwenden.

Sie kam einen kurzen Augenblick später und setzte sich mit ihrem Kissen nur ein paar Meter von ihm entfernt hin. Sein Herz pochte und raste so schnell, daß er befürchtete, es würde das ganze Psychogewäsch übertönen, von dem der Saal summte. Er starrte auf seine Oberschenkel, nahm seine Meditationshaltung ein, in der Hoffnung, damit jeglichen Versuch zu unterbinden, den sie machen könnte, eine Unterhaltung mit ihm anzufangen. Er machte seine Augen so fest zu und verschränkte seine Hände so fest ineinander, daß er sich wie eine Schrapnellbombe kurz vor der Explosion fühlte.

Dann wurde die Saalbeleuchtung zweimal hintereinander dunkel, was anzeigen sollte, daß die Sitzung begann. Die Versammelten verstummten, als die Lichter ganz ausgingen, Kerzen angesteckt und an strategischen Punkten im Saal aufgestellt wurden. Die unerwartete Dunkelheit fesselte und ergriff ihn wie einen Liebenden. Er wandte den Kopf und erblickte Lindas Silhouette im Kerzenlicht. Sie gehört mir, sagte er zu sich, mir ganz allein.

Sitarklänge schallten aus der Verstärkeranlage und wurden allmählich von einer sanften männlichen Stimme abgelöst. »Fühle, wie sich die Spannungsfelder, die dich von deinem anderen Ich trennen, auflösen. Fühle, wie dein inneres Ich sich mit der Synergie anderer harmonierender Kraftfelder verbindet, um wahre Energie und Einheit herzustellen. Fühle die Synthese deiner selbst mit allem Guten, das im Kosmos ist.«

Die Stimme wurde zu einem Flüstern. »Heute bin ich hier, um mich persönlich an euch zu wenden, um euch zu helfen, die Prinzipien des synergistischen Kraftfeldes auf eure eigene Person anzuwenden. Dies ist euer drittes Seminar, und ihr besitzt die Kraft, die nötig ist, um euer Leben für immer zu ändern, aber ihr habt gewiß viele Fragen. Darum bin ich hier. Licht an, bitte!«

Die Beleuchtung wurde eingeschaltet, und er fand die Szene schon sehr beeindruckend. Er kontrollierte bewußt seine Atmung, um Selbstbeherrschung bemüht, und beobachtete den grauhaarigen jungen Mann in blauem Smoking, wie er auf ein mit Blumen geschmücktes Pult am Kopf des Saales zuging. Er wurde mit tosendem Applaus und seligen Blicken begrüßt. »Vielen Dank«, sagte der Mann. »Fragen?«

Ein älterer Herr, weiter vorn im Saal, hob die Hand und sagte: »Ja, ich hab' 'ne Frage. Wie steht's eigentlich mit den Niggern?«

Der Mann hinter dem Rednerpult wurde unter seinem Silber rot wie rote Beete und sagte: »Ja, ich glaube, das paßt nicht zu unserem Thema. Ich meine ...«

»Ich meine doch!« rief der alte Mann. »Ihr Leute habt das Gebäude von der Moose-Vereinigung übernommen, und ihr habt eine Verantwortung als Bürger, euch der Negerproblematik anzunehmen!«

Der alte Mann blickte sich Unterstützung heischend um und stieß nur auf verlegenes Schulterzucken und feindselige Blicke. Der Mann hinter dem Pult schnippte mit den Fingern, und zwei stämmige junge Burschen im Smoking betraten den Raum. Der alte Mann schimpfte weiter. »Ich war achtunddreißig Jahre lang Mitglied der Moose-Vereinigung, und ich verfluche den Tag, an dem wir an euch Gesindel verkauft haben! Ich werde eine Versammlung der Bezirksverordneten einberufen und eine Anordnung verabschieden lassen, die vorschreibt, alle Nigger und religiösen Spinner südlich des Wilshire zu verbannen. Ich bin Mitglied in guter ...« Die jungen Männer packten den Alten an Armen und Beinen und trugen den um sich schlagenden, beißenden und schreienden Mann aus dem Saal.

Der Mann hinter dem Rednerpult bat um Ruhe, wobei er die Hände zu einer flehenden Gebärde erhob, um den entstandenen Tumult, der dem Abgang des Alten folgte, zu unterbinden. Mit einer Hand durch sein graues Haar fahrend, sagte er: »Nun, das war einer mit zu wenig ausgeprägter Synergie! Rassismus ist böses chakra! Und nun ...«

Linda Deverson hob die Hand und sagte: »Ich habe da noch eine Frage. Sie bezieht sich auf den alten Mann. Was ist denn, wenn sein inneres Ich schlecht ist und all seine angeborenen Kräftefelder so sehr von Angst und Haß verzerrt sind, daß er nur noch zu Gemeinheiten fähig ist? Was wäre denn, wenn er doch einen Funken Freundlichkeit, Neugier besäße, na, all das, was ihn schließlich heute abend hierhergeführt hat? Immerhin hat er dafür *bezahlt,* an diesem Treffen heute abend teilzunehmen, und er ...«

»Sein Geld wird ihm zurückerstattet«, warf der Mann hinter dem Pult ein.

»Davon rede ich doch gar nicht!« rief Linda. »Verstehen Sie denn nicht, daß dieser Mann nicht einfach mit einem billigen Spruch wie ›böses chakra‹ abgespeist werden kann? Haben Sie denn nicht ...« Linda schlug mit ihren Händen auf das Kissen, stand auf und stürmte zum Ausgang.

»Laßt sie gehen!« sagte der Gruppenleiter. »Ihr Elend wird noch tiefer werden, wenn sie unseren Kurs verläßt. Laßt sie ruhig für ihren Fehler büßen!«

Er konnte seine Erregtheit nur schlecht verbergen und stand auf, um hinter ihr herzugehen; dabei wurde er beinahe von einer großen, drallen Frau in einer Cord-Latzhose umgestoßen. Als er auf den Parkplatz hinaustrat, sah er sie im Gespräch mit Linda, die eine Zigarette rauchte und sich wütend Tränen aus den Augen wischte. Hinter einer hohen Hecke versteckt, konnte er ihre Unterhaltung belauschen.

»Scheiße, Scheiße, Scheiße!« murmelte Linda.

»Vergiß die ganze Geschichte«, erwiderte die Frau. »Manche Gruppen sind gut, andere nicht. Ich bin schon ein paar Jahre länger auf der Suche als du; hör auf jemanden, der mehr Erfahrung hat.«

Linda lachte. »Du hast wahrscheinlich recht. Meine Güte, jetzt könnte ich aber was trinken!«

»Ich könnte auch was vertragen«, sagte die Frau. »Magst du Scotch?«

»Klar, gern sogar!«

»Gut. Ich hab' eine Flasche Chivas zu Hause. Ich wohne in Palisades. Bist du mit dem Wagen da?«

»Ja.«

»Willst du hinter mir herfahren?«

Linda nickte und trat ihre Zigarette auf dem Boden aus. »Ja, sicher.«

Er war direkt hinter ihnen, als die beiden Frauen die kurvenreiche Strecke, die den Santa Monica Canyon hinaufführte, entlangfuhren und in einer ruhigen Wohngegend mit großen Häusern und breiten Rasenflächen davor ankamen. Er beobachtete, wie das erste Fahrzeug nach rechts in eine halbkreisförmige Einfahrt einbog. Linda folgte dem Wagen und parkte direkt dahinter. Er fuhr ein Stück weiter, parkte an der nächsten Ecke und ging unauffällig zu dem Haus hinüber, in dem die Frauen verschwunden waren.

Das Haus war vorn und hinten von Rasen umgeben, der wiederum von hochgewachsenen Hibiskushecken abgeschirmt wurde. Er schlich sich außen um die Hecke herum, um im Schatten zu bleiben, und machte so eine Runde um das ganze Haus, bis er die beiden Frauen erblickte, die es sich auf einem Zweisitzer-Sofa in einer gemütlichen Ecke bequem gemacht hatten. Er hockte sich ins Gras und sah zu, wie Linda am Scotch nippte und pantomimenartig lachte. Er versuchte sich dabei vorzustellen, sie werde von *ihm* bewirtet, mit all seinem Einfallsreichtum und einem Feuerwerk witziger Verse, die er nur für sie geschrieben hatte. Die andere Frau lachte ebenfalls, schlug sich dabei auf die Schenkel und füllte alle paar Minuten Lindas Glas aus der Flasche nach, die auf einem Teetisch stand.

Er blickte durchs Fenster, von Lindas Lachen ganz gefangen, als ihm plötzlich klar wurde, daß irgend etwas nicht stimmte. Sein Instinkt hatte ihn doch noch nie im Stich gelassen, und als er gerade die Ursache für sein Unbehagen ergründen wollte, sah er, wie sich die beiden Frauen ganz langsam aufeinander zubewegten und ihre Lippen sich in perfekter Synchronisation berührten, zuerst zögernd, dann gierig, wobei sie noch die Flasche Scotch umstießen, als sie sich wild umarmten. Er fing an zu schreien, erstickte jedoch den Laut, indem er eine Hand auf den Mund preßte. Er hob die andere Hand, um die Scheibe einzuschlagen, aber seine Vernunft siegte, und er hämmerte nur wütend auf den Boden.

Er schaute noch einmal durchs Fenster. Die beiden Frauen waren nirgendwo zu sehen. Außer sich drückte er sein Gesicht an die Scheibe und reckte den Hals so weit vor, bis er zwei einander umschlingende Beinpaare sah, die sich am Boden wanden und aneinanderrieben. In diesem Augenblick mußte er doch aufschreien, und der fremde Klang seiner eigenen, von Entsetzen erfüllten Stimme ließ ihn auf die Straße stürzen. Er lief so lange, bis seine Lungen brannten und seine Beine zu zittern begannen. Dann fiel er auf die Knie und wurde ganz still, als beruhigende Bilder der zwanzig anderen Frauen an ihm vorüberzogen. Er dachte an ihren Augenblick der Erlösung, und daran, wie sehr sie doch jenen ähnlich waren, die einst seine wahre Liebe besudelt hatten. Von der Rechtmäßigkeit seines einen großen Ziels überzeugt, richtete er sich auf und ging zu seinem Wagen.

Da er in der darauffolgenden Woche seinen Lebensunterhalt verdienen mußte und auch verbissen arbeiten wollte, hielt er sich selbst davon ab, unablässig die Bilder des Verrats an sich vorüberziehen und sich zu Verzweiflungstaten hinreißen zu lassen.

Er mied seinen Laden von morgens bis zum späten Nachmittag und spielte dann die Anrufe von seinem Anrufbeantworter ab. Es waren hauptsächlich Aufträge für Hochzeiten wie jedes Jahr im Frühling, und dieses Jahr konnte er es sich sogar leisten, wählerisch zu sein. So verbrachte er die frühen Abende damit, bei aufgeregt plappernden Eltern von verlobten Paaren vorzusprechen.

Keine Aufnahmen von häßlichen Typen, machte er sich zur Bedingung; und keine Mastschweine. Nur schlanke, gutaussehende junge Leute sollten vor seiner Kamera stehen. Das war er sich schuldig.

Nach Erledigung der Aufträge fuhr er regelmäßig nach Palisades, um Linda Deverson und Carol March beim Liebesspiel zuzusehen. Schwarz gekleidet stieg er immer auf einen Telefonmast im Schatten des Hauses und blickte durch das obere Schlafzimmerfenster, wenn die beiden Frauen auf dem gesteppten Wasserbett miteinander intim wurden. Ungefähr gegen Mitternacht, wenn seine Arme vom Umklammern des Telefonmasts ermüdet waren, beobachtete er, wie die von Geilheit satte Linda das Bett verließ und sich anzog, während Carol sie inständig bat, doch über Nacht zu bleiben. Es war immer wieder dasselbe Spiel: Sein Gehirn hatte er bewußt abgeschaltet, während sie es miteinander trieben, doch er kam gleich wieder ins Grübeln, sobald Linda sich zum Aufbruch bereit machte. Warum wollte sie immer noch so spät nach Hause fahren? Kam dadurch bei ihr ein verborgenes Schuldgefühl zum Durchbruch? Vielleicht Reue wegen ihrer schändlichen Selbsterniedrigung?

Er ließ sich dann immer den Mast hinuntergleiten und lief zu seinem Wagen, meist fuhr er ohne Licht an Linda vorbei, wenn sie aus der Haustür trat. Er wartete dann ein Stück weiter auf sie und folgte dem Schein ihrer Rücklichter, während sie auf der landschaftlich reizvollen Strecke nach Hause fuhr; es schien ihm beinahe so, als brauchte sie nach jedem solcher ausschweifenden Abende ein Stück Schönheit. Er wahrte immer einen gewissen Sicherheitsabstand und ließ sie dann an der Kreuzung Sunset und Pacific Coast Boulevard allein weiterfahren, während er der Frage nachhing, wie und wann er sie wohl erlösen sollte.

Nach zwei weiteren Wochen gründlicher Beobachtung schrieb er in sein Tagebuch:

7. 6. 82

Linda Deverson ist ein tragisches Opfer unserer Zeit. Ihre Sinnlichkeit ist selbstzerstörerisch, jedoch zugleich auch Ausdruck für ein starkes Bedürfnis nach elterlicher Liebe. Die March-Frau nutzt das aus, sie ist wie eine Natter.

Lindas Bedürfnisse aber bleiben unbefriedigt, sowohl im sexuellen Bereich als auch in ihrer Suche nach mütterlicher Zuwendung (die March ist mindestens fünfzehn Jahre älter als sie!). Ihre mitternächtlichen Ausflüge durch die schönsten Gegenden von Pacific Palisades und Santa Monica erzählen Bände von ihrer Schuld, aber sagen auch viel über ihre Feinfühligkeit und ihre Suche nach dem Wesentlichen aus. Ihre Sehnsucht nach Schönheit als Nachwirkung ihrer Selbsterniedrigung ist ungeheuer stark. Ich muß es in einem dieser Augenblicke durchführen – genau in einem solchen Augenblick muß ich die Erlösung vollziehen.

Beruhigt durch seine guten Ortskenntnisse, konnte er den Zeitpunkt der Tat aufschreiben und das Werben um sie einstellen. Aber die langen Nächte verlangten von ihm ihren Tribut: Es waren kleine Versehen und Patzer bei seiner Arbeit – heimlich aufgenommene Filme kamen mit Licht in Berührung; er vergaß Verabredungen oder verlegte Bestellungen. Die Fehler mußten aufhören, und er wußte auch, wie: er mußte sein Werben um Linda Deverson beenden.

Er setzte einen Termin fest: Dienstag, den 14. Juni, also in drei Tagen. Seine Erregung und sein fieberndes Zittern wurden immer stärker.

Am Montag, dem 13. Juni, fuhr er zu einem Geschäft für Autozubehör unten in der Stadt und kaufte einen Kanister Motoröl, dann suchte er einen Schrottplatz auf und erzählte dem Besitzer, er suche Motorhauben-Verzierungen aus Chrom. Während der Besitzer davoneilte, um welche suchen zu gehen, nahm er einige Hände voll Eisenspäne vom Boden auf und tat sie in eine Papiertüte. Ein paar Minuten später kam der Schrotthändler beflissen zurück und winkte mit einer Bulldogge aus Chrom. Er war großzügig und bot dem Mann zehn Dollar dafür. Der Schrotthändler war mit dem Preis einverstanden. Auf der Fahrt zurück über den Cahuenga-Paß zu seinem Laden warf er die Bulldogge aus dem Fenster und lachte, als sie in den Rinnstein fiel.

Sein Vollstreckungstag war sorgfältig vorbereitet, und jede Einzelheit war bis auf die Sekunde durchdacht. Nachdem er aufgestanden war, hängte er ein Schild – »Wegen Krankheit geschlossen« – ins Fenster, dann ging er zurück in seine Wohnung, spielte sich die Meditationskassette vor und sah sich die Bilder von Linda Deverson an. Danach vernichtete er die Seiten des Tagebuchs, die sich auf sie bezogen, und später machte er einen langen Spaziergang durch die Gegend bis zum Echo-Park, wo er in einem Ruderboot stundenlang auf dem See herumfuhr und Enten fütterte. Bei Anbruch der Dunkelheit verstaute er die Instrumente für die Vollstreckung seines Gnadenaktes im Kofferraum seines Wagens und fuhr zum ersten und letzten Rendezvous mit seiner Geliebten.

Um 20.45 Uhr hatte er bereits vier Häuser weiter unten von Carol Marchs Haus geparkt und blickte abwechselnd die dunkle Straße hinunter und auf die

Uhr am Armaturenbrett. Um 21.03 Uhr fuhr Linda Deverson in die Einfahrt des Hauses. Ihm schwindelte vor so viel exakter Planung; sie war genau in der Zeit.

Er fuhr zum Santa Monica Canyon, und zwar zur Kreuzung West Channel Road und Biscayne, wo sich West Channel noch einmal gabelte und die rechte Abzweigung zu einem Rastplatz mit Picknicktischen und Schaukeln führte. Wenn seine Berechnungen richtig waren, müßte Linda genau zehn Minuten vor Mitternacht an dieser Stelle vorbeikommen. Er stellte seinen Wagen am Rand des Parkplatzes ab, wo er hinter einer Reihe Platanen von der Straße aus nicht gesehen werden konnte. Dann machte er einen ausgedehnten Spaziergang.

Um 23.40 Uhr kam er zurück und holte seine Ausrüstung aus dem Kofferraum; zuerst zog er die Rangeruniform an und setzte den »Smokey The Bear«-Hut auf, inklusive grünem Baumwollhemd und Arbeitsgürtel, dann machte er das Umleitungsschild auf einem Holzgestell fest und schleppte das ganze hinüber zur Kreuzung.

Als nächstes nahm er den Zehnliterkanister Motoröl und die Metallspäne mit zur Straßenmitte und schüttete alles auf den Asphalt, bis die Straße im Bereich vor dem Umleitungsschild mit einer schmierigen, glitschigen Masse aus Öl und scharfen Metallstücken überzogen war. Nun brauchte er nur noch abzuwarten.

Um 23.52 Uhr hörte er, wie sich ihr Wagen näherte. Als er die Scheinwerfer sah, durchfuhr ein Schauder seinen Leib, und er mußte sich zwingen, Blase und Darmverschluß zu kontrollieren.

Der Wagen wurde langsamer, als er sich dem Umleitungsschild näherte, dann wurde er scharf abgebremst und nach rechts herumgerissen. Auf dem öligen Belag geriet er ins Schleudern und wurde wie ein zappelnder Fischschwanz gegen das Holzgestell gedrückt. Es gab ein Krachen von Metall auf Holz, und dann knallte es zweimal, als die hinteren Reifen platzten. Der Wagen blieb stehen, und Linda stieg aus; sie schlug die Tür zu und murmelte: »Verdammte Scheiße, Mist!«, als sie zum hinteren Teil des Wagens ging, um den Schaden zu begutachten. Er nahm all seine Freundlichkeit zusammen, die er aufbringen konnte, kam hinter den Bäumen hervor und rief laut: »Sind Sie verletzt, Miss? Das war aber eine böse Rutschpartie!«

Linda rief zurück: »Nein, mit mir ist alles in Ordnung. Aber mein Wagen!«

Er zog eine Taschenlampe aus seinem Arbeitsgürtel und leuchtete in der Dunkelheit den Rastplatz mehrmals ab, bevor er den Lichtstrahl auf seine Auserwählte richtete. Linda kniff geblendet die Augen zu und hob die Hand, um ihre Augen zu schützen. Während er auf sie zuging, richtete er die Lampe auf den Boden.

Sie lächelte, als sie den Hut erkannte – »Smokey The Bear«, der Retter in der Not! Sie war froh, daß sie ihre letzte Zigarette bei Carol geraucht hatte. »Mein Gott, bin ich froh, daß Sie hier sind«, sagte sie. »Ich sah das Umleitungsschild, und dann bin ich auf etwas ausgerutscht. Ich glaube, zwei Reifen sind geplatzt.«

»Das ist doch kein Problem«, erwiderte er, »mein Reparaturschuppen ist gleich da drüben; wir rufen einfach bei einer Tankstelle an, die nachts geöffnet ist.«

»O Gott, wie ärgerlich«, sagte Linda und griff aus Dankbarkeit nach dem Arm ihres Retters. »Sie können sich gar nicht vorstellen, wie froh ich bin, daß Sie hier sind.«

Seine Stimme stockte bei ihrer Berührung; Freude überschwemmte ihn, und er sagte: »Ich liebe dich schon so lange! Seitdem wir Kinder waren. Seit all den ...«

Linda erschrak. »Was, zum Teu...«, sagte sie. »Wer, zum Teu...«

Sie begann rückwärts zu gehen, stolperte und fiel auf den Boden. Er reichte ihr eine Hand, um ihr hochzuhelfen. Sie zögerte. »Nein, bitte«, wimmerte sie und wich zurück. Er nestelte an seinem Gürtel und löste das zweischneidige Feuerwehrbeil. Er bückte sich noch einmal, packte Lindas Armgelenk und zog sie hoch, während die andere Hand auf ihren Kopf heruntersauste. Das Beil spaltete ihr den Schädel, und Blut und Knochenstücke flogen durch die Luft – ein Augenblick, der tausend Ewigkeiten währte. Er schlug mit der Axt immer wieder zu, bis er von oben bis unten mit Blut bespritzt war, bis er es in Gesicht und Mund spürte und es durch sein Hirn floß, bis seine Seele in die rote Farbe der Liebe eintauchte; die leuchtendrote Farbe der Blumen, die er morgen seiner wahren Liebe schicken würde. Für dich, für dich, alles nur für dich, murmelte der Dichter, als er sich von den Überresten Linda Deversons abwandte und zu seinem Wagen ging; meine Seele, mein Leben gehören nur dir!

4

Detective Sergeant Lloyd Hopkins feierte sein siebzehntes Dienstjubiläum bei der Polizei in Los Angeles wie gewöhnlich, indem er sich einen Computerausdruck in die Tasche steckte, der alle kürzlich begangenen Verbrechen und Ermittlungen, deren Daten die Zentrale eingegeben hatte, enthielt; dann fuhr er in sein früheres Revier, um noch einmal die Luft vergangener Zeiten zu schnuppern und sich frischen Wind um die Nase wehen zu lassen. Er dachte an seine Anfänge vor siebzehn Jahren zurück, als er sich zum Beschützer der Unschuldigen gemacht hatte.

Es lag Smog in der Luft an diesem Oktobertag, und es war auch nicht allzu heiß. Lloyd holte seinen unauffälligen Matador vom Parkplatz am Parker Center, fuhr den Sunset in westliche Richtung hinüber und überließ sich seinen Erinnerungen: zu mehr als 150 Prozent hatten sich all seine großen Wünsche erfüllt – er hatte alles bekommen: den Beruf, die Frau und drei wundervolle

Töchter. Der Job war spannend und bot ein Übermaß an Befriedigung; die Ehe war insoweit gefestigt und sicher, als er und Janice starke, ebenbürtige Partner geworden waren; die Töchter waren seine ganze Freude und gaben seinem Leben einen Sinn. Sein Hochgefühl wurde nur durch eins gedämpft, aber in seiner nostalgischen Stimmung maß er dem nicht mehr die Bedeutung zu wie einst – er war jetzt vierzig und keine dreiundzwanzig mehr; wenn ihn die siebzehn Jahre Polizeidienst etwas gelehrt hatten, dann war es die Tatsache, daß ihm bewußt geworden war, wie abgewrackt der Großteil der Menschen war, und daß es Hunderter scheinbar widersprüchlicher Begegnungen bedurfte, um wenigstens die wichtigsten Träume am Leben zu erhalten.

Daß diese Begegnungen stets solche mit Frauen gewesen waren und eigentlich gegen sein presbyterianisches Hochzeitsgelöbnis verstießen, war, wie er fand, die allerletzte Ironie! Er mußte vor der Ampel an der Ecke Sunset und Echo Park halten und die Fenster hochkurbeln, um dem Straßenlärm zu entrinnen. Die zuverlässige, starke Janice würde diese Ironie niemals verstehen. Als er spürte, daß seine Träumereien die Grenzen des Erlaubten überschritten, fuhr Lloyd an, und mit leichtem Zweifel redete er sich selbst ein: »Es hätte mit uns nie geklappt, Janice, wenn ich mich nicht so abgrenzen könnte. Kleinigkeiten würden sich ansammeln, und irgendwann würde ich explodieren. Und du würdest mich hassen. Die Mädchen würden mich hassen. Darum mach' ich es. Darum ...« Lloyd brachte es nicht fertig, das Wort »betrügen« auszusprechen.

Er brach seine Überlegungen ab und fuhr auf den Parkplatz eines Schnapsladens, dann holte er die Computerausdrucke aus der Tasche und machte es sich bequem. Die Listen waren hellrosa, in schwarzen Buchstaben ausgedruckt, und die unregelmäßigen Ränder waren scheinbar willkürlich perforiert. Lloyd blätterte sie durch und ordnete sie in chronologischer Folge, beginnend mit denjenigen, die mit dem 15. 9. 82 datiert waren. Er nahm sich zuerst die Tatberichte vor, und mit schwindelndem Kopf überflog er die Zusammenfassungen über Vergewaltigungen, Raubüberfälle, Handtaschen- und Ladendiebstähle und Vandalismus. Beschreibungen von Verdächtigen und der benutzten Waffen, von Gewehren bis zu Baseballschlägern, waren in knappen Worten aufgeführt. Lloyd las sich die Berichte über Tathergänge dreimal durch. Dabei spürte er, wie er die verschiedenen Zahlen und Fakten in sich aufnahm; das verdankte er Evelyn Wood und ihrer Methode, die es ihm ermöglichte, dreitausend Worte pro Minute zu speichern.

Danach wandte er sich den Ermittlungsergebnissen zu. Sie enthielten Aussagen von Leuten, die auf der Straße angehalten, kurz festgehalten, befragt und danach wieder laufengelassen worden waren; Lloyd las die Bögen viermal durch, denn bei jedem Lesen verstärkte sich der Eindruck immer mehr, daß er auf einen Zusammenhang gestoßen war. Er wollte gerade den ganzen Stapel noch einmal Bogen für Bogen durchgehen, als er das fehlende Glied erkannte, das den Kreis schließen mußte. Er wühlte wild in dem rosa Papierwust und fand schließlich die passenden Teile: Tatbericht Nr. 10691 vom 6. 10. 82. Bewaffneter Raubüberfall.

Am Donnerstag, den 6. Oktober, wurde gegen 11.30 Uhr die Black Cat Bar an der Kreuzung Sunset und Vendome von zwei mexikanisch aussehenden Männern überfallen. Ihr Alter konnte nicht mit Bestimmtheit angegeben werden, man vermutete aber, daß sie jung waren. Sie trugen Strumpfmasken, um nicht erkannt zu werden, hatten »große« Revolver bei sich und raubten sämtliches Geld aus der Registrierkasse, bevor der Besitzer die Tür verriegeln mußte. Dann zwangen sie die Gäste, sich auf den Boden zu legen. Während sie dort lagen, nahmen die Räuber ihnen Brieftaschen, Wertsachen und Schmuckstücke ab. Danach flohen sie mit der Warnung, daß ihre anderen »Helfer« noch zwanzig Minuten bewaffnet vor der Bar stehenbleiben würden. Dann rissen sie beide Telefonanschlüsse aus der Wand, bevor sie das Lokal verließen. Der Barkeeper lief fünf Minuten später hinaus auf die Straße. Es gab natürlich keine weiteren Komplizen.

Idioten, dachte Lloyd, riskieren ihren Arsch für tausend Dollar netto. Er las den Vernehmungsbericht, den ein Streifenbeamter aus Rampart gemacht hatte: 7. 10. 82, 1.05 Uhr – »Befragten zwei männl. Weiße außerhalb Geb. Tracy Nr. 2269. Sie tranken Wodka und saßen auf dem Dach eines brandneuen Firebird, Nr. HBS 027. Sagten aus, daß ihnen der Wagen nicht gehörte, daß sie aber im Haus wohnten. Mein Kollege und ich durchsuchten sie – sauber. Erhielten Notruf, bevor wir weitere Überprüfung vornehmen konnten.« Darunter war der Name des Officers ausgedrückt.

Lloyd ließ sich die letzten Informationen durch den Kopf gehen und fand es schlimm, daß er die Gegend viel genauer kannte als die Cops, die dort Streife fuhren. Tracy Street Nr. 2269 war seit seiner Schulzeit, als das Haus noch ein Übergangsheim für ehemalige Häftlinge gewesen war, eine Adresse für Kriminelle. Der ehemalige Ganove mit der besonderen Ausstrahlung, der damals den Laden mit staatlicher Förderung geleitet hatte, konnte noch ein hübsches Sümmchen von Wohlfahrtsorganisationen absahnen, bevor er das Haus einem Kumpel aus Folsom verkaufte und mit dem ganzen Geld über die Grenze verschwand; man hatte ihn nie wiedergesehen. Sein Kumpel engagierte sofort einen guten Anwalt, der ihm helfen sollte, das Haus zu halten. Er gewann den Prozeß und handelte fortan in dem alten Holzhaus mit Drogen bester Qualität. Lloyd konnte sich noch daran erinnern, wie sich seine Schulfreunde Ende der 50er dort ihr Marihuana besorgt hatten. Er wußte, daß das Haus an eine Reihe ähnlich zweifelhafter Leute weiterverkauft worden war, und daß es von der Nachbarschaft den Spitznamen »Gangsterburg« bekommen hatte.

Lloyd fuhr zur Black Cat Bar. Der Barkeeper erkannte in ihm sofort den Cop. »Was gibt's, Officer?« fragte er. »Ich hoffe, keine Beschwerden?«

»Nein«, erwiderte Lloyd. »Ich bin hier wegen des Überfalls vom 6. Oktober. Hatten Sie an diesem Abend Dienst?«

»Ja, ich war hier. Gibt's irgendwelche Spuren? Zwei Detectives kamen am folgenden Tag hier vorbei, das war aber auch schon alles.«

»Nein, es gibt noch keine heiße Spur. Aber ...«

Lloyd wurde vom Lärm der Musikbox, die sich gerade einschaltete und Diskoklänge von sich gab, abgelenkt. »Schalten Sie das Ding aus, ja?« bat er. »Gegen ein ganzes Orchester kann ich nicht an.«

Der Mann hinterm Tresen lachte. »Das ist kein Orchester, das sind die ›Disco Doggies‹. Gefallen sie Ihnen nicht?«

Lloyd vermochte nicht zu unterscheiden, ob der Mann freundlich war oder provozieren wollte; Homosexuellen war das nur schwer anzusehen.

»Vielleicht bin ich ein wenig altmodisch. Mach einfach das Ding aus, okay? Und zwar sofort.«

Der Barkeeper bemerkte den gereizten Ton in Lloyds Stimme und tat, was er verlangte. Es gab einen kleinen Aufstand, als er den Stecker herauszog. Als er zum Tresen zurückkam, fragte er Lloyd: »Also, was wollen Sie denn wissen?«

Erleichtert; daß die Musik abgestellt war, sagte Lloyd: »Nur eins. Sind Sie sicher, daß die Räuber Mexikaner waren?«

»Nein, bin ich eigentlich nicht.«

»Haben *Sie* nicht ...«

»Sie trugen Masken, Officer. Was ich den Detectives gesagt habe, war, daß sie Englisch mit mexikanischem Akzent sprachen. Das ist alles, was ich ausgesagt habe.«

»Vielen Dank«, sagte Lloyd und ging hinaus zu seinem Wagen. Er fuhr direkt zur Tracy Street Nr. 2269, zur »Gangsterburg«. Wie er erwartet hatte, war das Haus menschenleer. Spinnweben, Staub und benutzte Kondome bedeckten die verzogenen Holzdielen, und Fußabdrücke, denen Lloyd ansehen konnte, daß sie noch ganz frisch waren, zeichneten sich deutlich ab. Er folgte ihnen bis zur Küche. Sämtliche Einrichtungen waren herausgerissen worden, und auf dem Boden lag der Dreck von Ratten und Mäusen. Lloyd öffnete Schranktüren und Schubladen, fand aber nur Spinnweben und verschimmelte, von Maden zerfressene Lebensmittel. Dann öffnete er einen Brotkasten mit Blumenmuster, fuhr zusammen und stieß einen Freudenschrei aus, als er sah, was er entdeckt hatte: die nagelneue leere Patronenschachtel einer .38er Remington und zwei Paar Strumpfhosen. Lloyd jubelte noch einmal. »Besten Dank, ihr Verstecke meiner Jugend!« rief er laut. Anrufe bei der zentralen Kraftfahrzeugmeldestelle Kaliforniens und beim Daten- und Informationszentrum der Polizei von L.A. bestätigten seine These. Ein 1979er Pontiac Firebird mit der Nummer HBS 027 war auf den Namen Richard Douglas Wilson, wohnhaft Saticoy Street Nr. 11879, zugelassen. Die Informationszentrale gab ihm die restlichen Einzelheiten: Richard Douglas Wilson, weiß, männlich, vierunddreißig Jahre alt, war zweimal wegen bewaffneten Raubüberfalls verurteilt und kürzlich auf Bewährung aus San Quentin entlassen worden, nachdem er dreieinhalb Jahre einer fünfjährigen Haftstrafe verbüßt hatte.

Mit beschleunigtem Puls und eingezwängt in eine stickige Telefonzelle, wählte Lloyd eine dritte Nummer, die Privatnummer seines einstigen Förderers und momentanen Partners, Captain Arthur Peltz.

»Dutch, bist du es? Lloyd hier. Was machst du gerade?«

»Ich mache ein Nickerchen, Lloyd. Ich hab' heute frei. Ich bin ein alter Mann und brauche nachmittags meine Siesta. Was ist los? Du hörst dich gestreßt an.«

Peltz gähnte in den Hörer.

Lloyd lachte. »Ich bin gestreßt. Hast du Lust, ein paar bewaffnete Räuber hochzunehmen?«

»Wir ganz allein?«

»Ja, warum nicht? Das haben wir doch schon tausendmal gemacht.«

»Mindestens tausendmal, wenn nicht sogar anderthalbtausendmal. Alles schon abgecheckt?«

»Ja, der Kerl steckt in Van Nuys. Treffen wir uns in einer Stunde in der Polizeistation von Van Nuys, okay?«

»Ich werde pünktlich da sein. Du bist dir ja wohl darüber im klaren, daß, falls die Sache eine Pleite wird, du das Abendessen bezahlen mußt?«

»Wo immer du willst«, sagte Lloyd und hängte den Hörer ein.

Arthur Peltz war der einzige Polizist in Los Angeles, der Lloyd Hopkins' Begabung erkannt und nutzbar gemacht hatte. Das war gewesen, als der siebenundzwanzigjährige Lloyd noch Streifenbeamter bei der Central Division war. Es war das Jahr 1969, die Zeit der Hippies mit ihrem Liebes- und Gemeinschaftspathos ging gerade zu Ende und hinterließ einen Haufen mittelloser, drogenabhängiger Jugendlicher, die sich in den Armenvierteln von Los Angeles herumtrieben und bettelten, von Ladendiebstahl lebten, in Parks, Hinterhöfen und Hauseingängen schliefen; sie leisteten ihren Beitrag dazu, daß die Zahl der Verhaftungen wegen Vergehen oder Straftaten aufgrund von Drogenbesitz rapide anstieg.

Angst vor Hippie-Nomaden war bei den anständigen Bürgern weit verbreitet, vor allem nachdem die Tate- und LaBianca-Morde Charles Manson und seiner Bande von Langhaarigen angelastet werden konnten. Die Polizei wurde ständig aufgefordert, gegen Musiker vorzugehen, denen es dreckig ging. Und das tat sie dann auch – in Hippie-Camps wurden Razzien durchgeführt, Autos mit scheu blickenden Langhaarigen wurden häufig aufgehalten, und man machte ihnen für gewöhnlich klar, daß sie in Los Angeles nicht erwünscht wären. Die Resultate waren zufriedenstellend: die Hippies vermieden es im allgemeinen, draußen zu campieren, und die Bewegung schlief ein. Dann wurden innerhalb von drei Wochen auf den Straßen von Hollywood fünf langhaarige junge Männer niedergeschossen.

Sergeant Arthur Peltz, genannt »Dutch«, war zu der Zeit ein vierundvierzigjähriger Detective beim Morddezernat und wurde mit dem Fall beauftragt. Er hatte kaum Hinweise, mit denen er etwas anfangen konnte, dafür aber einen guten Instinkt, der ihm sagte, daß die Morde an den unerfahrenen jungen Männern mit Rauschgift in Verbindung standen und daß die sogenannten »rituellen Zeichen« an den Leichen – der durchgestrichene Buchstabe »H« – nur zur Ablenkung dienten.

Nachforschungen über die Vergangenheit der Opfer erwiesen sich als erfolglos. Es waren Herumziehende, die in der Stadt im Untergrund gelebt hatten. Für Dutch Peltz war die ganze Sache ein Rätsel. Auch er gebrauchte stets zuerst seinen Verstand und überlegte, bevor er handelte; deshalb beschloß er, mitten in den Ermittlungen zu diesem Fall zwei Wochen Urlaub zu nehmen. Mit klarem Kopf kehrte er aus seinem Angelurlaub in Oregon zurück; er war rundum erholt und froh, daß es keine weiteren Opfer des »Hippiejägers« gegeben hatte. So hatte ihn die Presse inzwischen getauft. Aber unterdessen geschahen mysteriöse Dinge in Los Angeles. Das gesamte Gebiet war von einem qualitativ hochwertigen, braunen mexikanischen Heroin überschwemmt worden, dessen Ursprung unbekannt war. Sein Instinkt sagte Dutch Peltz, daß der Heroinnachschub und die Morde miteinander in Verbindung standen. Er hatte jedoch nicht die leiseste Ahnung, wie. Während dieser Zeit sagte Lloyd Hopkins irgendwann an einem unfreundlich kalten Abend zu seinem Partner, daß er Hunger auf etwas Süßes hätte, und bat ihn, an einem Supermarkt oder Schnapsladen wegen Kuchen oder Schokolade zu halten. Sein Kollege schüttelte nur den Kopf; um diese Zeit wäre außer der Donut-Bäckerei nichts mehr geöffnet, meinte er. Lloyd wägte die Vor- und Nachteile gegeneinander ab: Seinen Heißhunger auf Süßigkeiten einerseits und die schlechtesten Donuts der Welt andererseits, die von mürrischen, unterwürfigen Mexikanern serviert wurden.

Sein Hunger auf Süßigkeiten siegte, aber es gab gar keine Mexikaner mehr. Lloyd sperrte den Mund auf, als er sich an die Theke setzte. Es war allgemein bekannt, daß die Donut-Bäckereien ausschließlich illegale Einwanderer beschäftigten, und zwar in *sämtlichen* Filialen. Das waren die Geschäftspraktiken des Eigentümers der Kette, Morris Dreyfus, einem ehemaligen Gangsterboß, der die Illegalen einstellte und unter dem gesetzlichen Mindestlohn bezahlte, den Profit jedoch noch weiter aufstockte, indem er sie in seinen zahlreichen, heruntergekommenen Mietskasernen wohnen ließ. Und nun das!

Lloyd schaute zu, wie ein junger, gelangweilter Hippie eine Tasse Kaffee und drei mit Zucker glasierte Donuts vor ihn hinstellte, dann nach hinten verschwand und die Theke unbewacht ließ. Darauf hörte er heimliches Geflüster, dann das Zuschlagen einer Heckklappe und die Startgeräusche eines Autos. Der Hippie erschien einen Moment später und wagte nicht, Lloyd in die Augen zu sehen; Lloyd merkte sofort, daß das nicht nur mit seiner blauen Uniform zusammenhing. Er wußte ganz genau, daß irgend etwas ganz und gar *nicht* in Ordnung war.

Am darauffolgenden Tag machte Lloyd mit Hilfe der gelben Seiten von Los Angeles und in Zivilkleidung eine Erkundungsfahrt zu den zwanzig Donut-Bäckereien und fand heraus, daß in allen Zweigstellen junge langhaarige Weiße arbeiteten. Zweimal setzte er sich hin und bestellte Kaffee, dabei ließ er den Mann hinter der Theke wie zufällig seinen .38er sehen. Die Reaktion darauf war beide Male nacktes Entsetzen.

Rauschgift, sagte sich Lloyd, als er an diesem Abend nach Hause fuhr. Rauschgift. Rauschgift. Aber. Aber jeder Idiot auf der Straße weiß doch, daß ich bei meiner Größe, mit meinem kurzen Haarschnitt und dem aufrichtigen Blick nur ein Cop sein kann! Die beiden Burschen merkten es sofort, als ich das Lokal betrat. Aber erschreckt hat sie meine *Kanone.*

In diesem Augenblick erinnerte sich Lloyd wieder an den »Hippiejäger« und den scheinbar nicht damit zusammenhängenden Heroinnachschub. Als er nach Hause kam, rief er das Revier in Hollywood an, gab seinen Namen und die Nummer seiner Marke durch und verlangte den für Tötungsdelikte zuständigen Detective. Dutch Peltz war von dem hochgewachsenen jungen Polizisten mehr beeindruckt als von der Tatsache, daß sie beide in die gleiche Richtung dachten. Inzwischen hatte er eine Hypothese aufgestellt: Big Mo Dreyfus vertrieb den »Smack« über seine Donut-Buden, und aus irgendeinem Grund waren deswegen Menschen umgebracht worden. Aber es war mehr die Persönlichkeit des jungen Hopkins selbst, die ihn beeindruckt hatte, und der eindeutig mit einem sicheren Instinkt für verwickelte Fälle ausgestattet war, den er zu schätzen begann.

Peltz hörte stundenlang zu, wenn Lloyd ihm erzählte, wie er die Unschuldigen zu schützen gedachte, wie er sich darin geübt hatte, Gespräche in überfüllten Restaurants zu belauschen, wie er Sätze von den Lippen ablesen konnte und wie er sich jedes Gesicht, auch wenn er es nur eine Sekunde lang gesehen hatte, mit genauer Ortsangabe und Zeit einprägen konnte. Als Dutch Peltz nach Hause kam, sagte er zu seiner Frau: »Heute abend habe ich ein Naturtalent kennengelernt. Ich glaube, daß mich das von Grund auf ändern wird.« Es war eine prophetische Bemerkung gewesen.

Am nächsten Tag untersuchte Peltz die Finanzen von Morris Dreyfus. Er erfuhr, daß Dreyfus seine Aktien und Wertpapiere zu Bargeld gemacht und seinen ehemaligen Spießgesellen angeboten hatte, die Donut-Bäckereien-Kette für einen Spottpreis zu übernehmen.

Weitere Nachforschungen ergaben, daß Dreyfuß vor kurzem einen Paß beantragt und seine Besitzungen in Palm Springs und Lake Arrowhead zu Geld gemacht hatte.

Peltz begann, Dreyfus zu überwachen, und beobachtete ihn auf seinen Rundfahrten zu den Donut-Buden, wo er beim Betreten seiner Filialen den langhaarigen Servierer jeweils aufforderte, ins Hinterzimmer zu kommen, aus dem Dreyfus dann Augenblicke später wieder verschwand. In jener Nacht folgten Peltz und ein gewiefter Detective vom Rauschgiftdezernat Dreyfus in den Benedict Canyon, wo ein gewisser Reyes Medina wohnte, ein Mexikaner, der im Verdacht stand, Mittelsmann zwischen den mohnanbauenden Kooperativen im Süden Mexikos und zahlreichen großen Heroinhändlern in den Staaten zu sein. Dreyfus war zwei Stunden lang bei ihm gewesen und ziemlich durcheinander wieder herausgekommen.

Am darauffolgenden Morgen fuhr Peltz zur Donut-Bäckerei an der Ecke Normandie und Dreiundvierzigste. Er parkte auf der gegenüberliegenden Straßenseite und wartete, bis keine Kunden mehr im Laden waren, dann ging er hinein, zeigte dem Jungen hinter der Theke seine Marke und sagte ihm, daß er Informationen wollte, allerdings keine Donut-Rezepte. Der Junge versuchte, durch den Hinterausgang zu verschwinden, aber Peltz schlug ihn nieder und flüsterte auf ihn ein: »Wo ist der Smack? Wo ist das Zeug, du Hippie-Arschloch?« und wiederholte die Behandlung so lange, bis der Bursche die Geschichte ausplauderte, die er erwartet hatte.

Mo Dreyfus verkaufte braunes mexikanisches Heroin an zweitklassige Händler aus der näheren Umgebung, die es mit hohem Gewinn weiterverkauften. Womit Peltz nicht gerechnet hatte, war die Neuigkeit, daß Dreyfus an Krebs sterben würde, und daß er Geld zusammenraffte, um die ungeheuer teure Behandlung bei einem windigen Medizinmann in Brasilien bezahlen zu können. Außerdem war die Anweisung gegeben worden, sämtliche Drogenverkäufe in allen Filialen der Donut-Kette ab nächste Woche einzustellen, da ein neuer Besitzer die Kette übernehmen würde. »Big Mo« wäre dann schon unterwegs nach Brasilien, und ein »reicher Mexikaner« würde an die Händler hinterm Tresen herantreten und ihnen ihr »Abschiedsgeschenk« geben.

Nachdem Peltz unter einem Fleischfach neunzig Gramm Heroin entdeckt hatte, legte er dem Jungen Handschellen an und brachte ihn ins Zentralgefängnis, wo er ihn als Kronzeugen einsperren ließ. Dann fuhr Peltz mit dem Fahrstuhl in den achten Stock, wo das Rauschgiftdezernat der Polizei von L.A. seinen Sitz hatte.

Zwei Stunden später, nachdem Durchsuchungs- und Haftbefehle ausgestellt worden waren, drangen vier schwerbewaffnete Detectives ins Haus von Morris Dreyfus ein und verhafteten ihn wegen Heroinbesitz, Drogenbesitz und der Absicht des Weiterverkaufs, Verkauf von gefährlichen Drogen und wegen Gründung einer kriminellen Vereinigung. In seiner Gefängniszelle stellte Morris Dreyfus entgegen dem Rat seines Anwalts jene Verbindung her, die Dutch Peltz endgültig von Lloyd Hopkins' Genie überzeugte: Im Flüsterton berichtete ihm Dreyfus, daß eine »Todesschwadron« gewalttätiger, illegaler Einwanderer hinter der Ermordung der fünf Hippies steckte, und daß sie jetzt 250 000 Dollar von ihm verlangten, weil er die eingewanderten Arbeiter massenweise entlassen hätte. Die Ermordung der Hippies war eine Terrortaktik gewesen; ihre willkürliche Auswahl ein Trick, um die Aufmerksamkeit von den Donut-Bäckereien abzulenken.

Am darauffolgenden Morgen riegelte ein Dutzend schwarzweißer Streifenwagen die Wabash Street Nr. 1100 im Osten von Los Angeles von beiden Seiten ab. Mit Fliegerjacken bekleidete Officer umzingelten das Gebäude, in dem die Todesschwadron hauste. Mit vollautomatischen AK-47ern bewaffnet, schlugen sie die Eingangstür ein und feuerten Warnschüsse über die Köpfe von vier Männern und drei Frauen hinweg, die gerade gemütlich beim Frühstück saßen. Gelassen ließen sich die sieben Handschellen anlegen, und ein Durchsuchungsteam sollte das übrige Haus auf den Kopf stellen. Nach einer Reihe von zermürbenden Verhören gestanden drei der Männer die Morde von Hollywood. Sie wurden des Mordes in fünf Fällen angeklagt und bekamen lebenslängliche Haftstrafen.

Am Tage, nachdem die Geständnisse aufgenommen worden waren, ging Dutch Peltz los, um Lloyd Hopkins zu suchen. Er traf ihn auf dem Parkplatz der Central Division, als er gerade Dienstschluß hatte. Lloyd schloß gerade seinen Wagen auf, als ihm jemand auf die Schulter tippte. Er wandte sich um und sah Peltz, der nervös mit den Füßen scharrte und ihn mit einem Blick ansah, den man nur als einen Ausdruck reiner Verliebtheit deuten konnte.

»Danke, mein Junge«, sagte der ältere Polizist. »Du hast mich überzeugt. Ich wollte dir nur sagen …«

»Niemand würde es Ihnen glauben«, unterbrach ihn Lloyd. »Lassen Sie es doch so, wie es ist.«

»Ja, aber willst du denn nicht –«

»Sie haben die Arbeit getan, Sergeant. Ich habe nur die Theorie geliefert.«

Peltz lachte, bis Lloyd dachte, er würde gleich mit einem Herzinfarkt zusammenklappen. Als er schließlich aufhörte zu lachen und wieder zu Atem kam, fragte er Lloyd: »Wer bist du eigentlich?«

Lloyd schlug leicht gegen die Autoantenne und sagte leise: »Ich weiß es nicht. Gott verdammt, ich weiß es wirklich nicht.«

»Ich könnte dir einiges beibringen«, schlug Dutch Peltz vor. »Ich bin schon seit elf Jahren Detective beim Morddezernat. Ich könnte dir eine Menge grundlegende, praktische Informationen vermitteln, die Früchte meiner ganzen bisherigen Erfahrung.«

»Was wollen Sie eigentlich von mir?«

Peltz brauchte einen Augenblick, um über die Frage nachzudenken. »Ich glaube, ich will dich einfach nur kennenlernen.«

Die beiden Männer blickten einander an, ohne etwas zu sagen. Dann streckte ihm Lloyd langsam die Hand entgegen, und ihr Schicksal war besiegelt.

Dann war Lloyd derjenige gewesen, der seinem Partner etwas beibrachte; fast vom ersten Tag an. Dutch steuerte Wissen und Erfahrung in Form von Anekdoten bei, und Lloyd legte die verborgene menschliche Wahrheit darin frei, die er dem Älteren in klarer Vergrößerung vorhielt. Hunderte von Stunden verbrachten sie mit Gesprächen, bei denen weit zurückliegende Verbrechen noch einmal durchgesprochen und über Themen diskutiert wurde, wie etwa Frauenkleidung bestimmte weibliche Charaktereigenschaften zum Ausdruck bringen kann oder wie Diebe, die ihre Hunde ausführen, solche Spaziergänge zur Ablenkung benutzen. Die Männer fühlten sich vertraut und sicher miteinander – Lloyd hatte begriffen, daß er den einzigen Polizisten gefunden hatte, der ihn nicht komisch anschaute, wenn er vor einen kreischenden Radio weglief, und der ihn nicht bevormundete. wenn er einmal etwas auf *seine* Weise machen wollte. Dutch war sich der Tatsache bewußt, daß er auf einen messerscharfen Polizeiverstand gestoßen war. Nachdem Lloyd die Prüfung zum Sergeant bestanden hatte, war es Dutch, der die Fäden zog, damit er Ermittlungsbeamter wurde und seine Karriere als Detective beginnen konnte.

In dieser Zeit bekam Lloyd Hopkins Gelegenheit, sein Talent unter Beweis zu stellen, und er erzielte dabei erstaunliche Ergebnisse: und zwar die höchste Zahl von Festnahmen und Verurteilungen von Straftätern durch einen einzelnen Polizeiofficer in Los Angeles seit Bestehen des Departments, und das in einem Zeitraum von fünf Jahren. Lloyds Ruf erreichte bald einen Punkt, an dem er für sich fast vollständige Handlungsfreiheit fordern konnte, die ihm auch zugestanden wurde; und das sogar von den engstirnigsten, stursten und konservativsten Cops. Und Dutch Peltz beobachtete die Vorgänge voller Stolz; er war froh, mit einem Mann zusammenzuarbeiten, den er mehr liebte als seine eigene Frau.

Lloyd fand Dutch Peltz im Bereitschaftsraum der Polizei von Van Nuys; er schlenderte gerade die Wände entlang und las die Verbrechensberichte, die dort angepinnt waren. Er räusperte sich, und der ältere Polizist drehte sich um und hob die Hände, als würde er sich ergeben.

»Mein Gott, Lloyd«, sagte er. »Wann, in Gottes Namen, wirst du endlich lernen, bei Freunden nicht so leise aufzutreten? Du benimmst dich wie ein Grizzly, der sich wie eine Katze anschleicht. Jesus, hast du mich erschreckt!«

Lloyd lachte über den freundschaftlich gemeinten Vorwurf; gutgelaunt sagte er: »Du siehst gut aus, Dutch. Arbeitest am Schreibtisch und verlierst sogar noch Gewicht. Es geschehen noch Wunder.«

Dutch und Lloyd schüttelten sich herzlich die Hände. »Das ist doch kein

Wunder, mein Junge. Ich hab' doch das Rauchen aufgegeben und sogar gleichzeitig noch abgenommen. Also, was haben wir diesmal?«

»Einen Gewohnheitsverbrecher. Arbeitet mit einem Partner zusammen. Er hat seine Bude an der Saticoy Street. Ich dachte, wir fahren mal rüber und schauen nach, ob sein Wagen in der Nähe steht. Wenn er zu Hause ist, holen wir ein paar Leute zur Verstärkung, wenn er weg ist, warten wir auf ihn und schnappen ihn uns selbst. Wie hört sich das an?«

»Ganz gut. Ich hab' auch meine Kanone gebracht. Wie heißt denn der Bursche?«

»Richard Douglas Wilson, männlicher Weißer, vierunddreißig Jahre alt. Ein Stümper, zweimal eingebuchtet in San Quentin.«

»Scheint ja ein reizender Bursche zu sein.«

»Ja, ein Penner mit einem Hang zum Luxus.«

»Erzähl mir das übrige im Wagen, ja?«

»Ja, laß uns lieber gehen.«

Richard Douglas Wilson war nicht zu Hause. Nachdem Lloyd jede Straße, Einfahrt und jeden Parkplatz in der Umgebung überprüft hatte, ging er um das Haus Nr. 11879; es war ein heruntergekommenes zweistöckiges Apartmenthaus. Laut Briefkasten mußte Wilson in Nr. 14 wohnen. Lloyd fand das Apartment auf der Rückseite des Hauses. Das Fenster, in dem Fliegendraht angebracht war, war weit geöffnet. Er schaute hinein und ging zu Dutch zurück, der auf der gegenüberliegenden Straßenseite unter einer Autobahnausfahrt im Wagen saß.

»Kein Auto, kein Wilson, Dutch«, sagte Lloyd. »Ich habe in seine Wohnung geschaut: nagelneue Stereoanlage, neuer Fernseher, neue Kleidung, neues Geld!«

Dutch lachte. »Bist du glücklich, Lloyd?«

»Ja, bin ich. Und du?«

»Wenn du es bist, mein Junge.«

Die beiden Polizisten richteten sich aufs Warten ein. Dutch hatte eine Thermoskanne mit Kaffee mitgebracht, und als Abenddämmerung die Hitze und den Smog ablöste, goß er zwei Becher voll. Als er Lloyd den einen reichte, brach er die längere, angenehme Stille. »Ich hab' neulich Janice getroffen. Ich mußte zu einer alten Sache in Santa Monica aussagen, weil ein Informant von mir in einen Diebstahl verwickelt war, und ich bin zum Bezirksstaatsanwalt gegangen und habe ihn gebeten, er möchte doch mit dem Richter sprechen, damit der arme Kerl straffrei bleibt und nur die Auflage bekommt, eine Entziehungskur zu machen. Na, jedenfalls halt' ich vor einem Café an, und da seh ich Janice. Sie wurde gerade von einem fliegenden Händler angemacht, der ihr Proben aus einem Koffer zeigte und mit allen Mitteln versuchte, ihr etwas aufzuschwatzen. Na, der Typ verschwindet jedenfalls, und Janice fordert mich auf, mich zu ihr zu setzen. Wir unterhalten uns ein bißchen. Sie erzählt mir, daß der Laden gut läuft, daß er einen immer besseren Ruf bekommt, und daß es den Mädchen gutgeht. Sie sagt, daß du zu viel Zeit mit deiner Arbeit verbringst, aber daß sie sich schon seit ewigen Zeiten darüber beschwert hat und sie dich eben nicht ändern kann. Sie sah so verärgert aus, deshalb wollte ich für dich ein Wort einlegen. Ich sage zu ihr: ›Das Genie lebt nach eigenen Gesetzen, Kindchen. Lloyd liebt dich. Lloyd wird sich schon mit der Zeit ändern.‹ Darauf schreit Janice mich an, ›Lloyd ist dazu doch gar nicht fähig, und seine Scheiß-Liebe reicht mir nicht!‹ Das war alles, Lloyd. Mehr wollte sie dazu nicht sagen. Ich versuchte, das Thema zu wechseln, aber Janice konnte mit ihren versteckten Angriffen gegen dich nicht aufhören. Schließlich springt sie auf, gibt mir einen Kuß auf die Backe und sagt: ›Tut mir leid, Dutch. Ich bin eben eine blöde Ziege‹, und läuft zur Tür hinaus.«

Seine Stimme verlor sich, als er nach Worten suchte, um die Geschichte abzuschließen. »Ich dachte einfach, ich erzähl's dir«, sagte er. »Ich glaube nicht, daß Partner voreinander Geheimnisse haben sollten.«

Lloyd schlürfte seinen Kaffee, in seinem Kopf war es gleichzeitig ruhig und turbulent, so wie immer, wenn seine wichtigsten Träume Risse bekamen. »So, und was ist der Knackpunkt der ganzen Sache, Partner?«

»Der Knackpunkt?«

»Das Rätsel, du begriffsstutziger Blödmann! Die Hintergründe! Habe ich's dir nicht besser beigebracht? Was wollte Janice dir denn nun tatsächlich mitteilen?«

Dutch schluckte seinen angeknacksten Stolz hinunter und stieß ärgerlich hervor: »Ich glaube, sie ist schlau genug zu wissen, daß du hinter den Frauen her bist, du Schlauberger. Ich glaube, sie weiß genau, daß der Feinste der Feinen von Los Angeles wie der Teufel hinter den Fotzen her ist und sich mit einem Haufen schwarzer Nutten rumtreibt, die nicht im entferntesten der Frau, die er geheiratet hat, das Wasser reichen können. Genau das denke ich.«

In seinem Zorn wurde Lloyd immer ruhiger, und die Risse in seinem Traum klafften weit auf. Er schüttelte langsam den Kopf, während er nach Mörtel suchte, um sie wieder zu schließen. »Du hast unrecht«, sagte er und berührte sanft Dutchs Schulter. »Ich glaube, Janice würde es mir sagen. Und übrigens, Dutch! Die anderen Frauen in meinem Leben sind kein Pack.«

»Was sind sie dann?«

»Frauen. Und ich liebe sie.«

»Du liebst sie?«

Lloyd wußte, daß der Augenblick, in dem er diese Worte sagte, einer der stolzesten seines Lebens war. »Ja, ich liebe alle Frauen, mit denen ich schlafe, und ich liebe meine Töchter, und ich liebe meine Frau.«

Nach vier Stunden beharrlicher Beobachtung war Dutch auf dem Fahrersitz eingeschlafen, den Kopf an das halbgeöffnete Seitenfenster gelehnt. Lloyd blieb hellwach, schlürfte seinen Kaffee und starrte auf die Einfahrt der Saticoy Street Nr. 11879. Es war kurz nach zehn, als er einen neuen Firebird vor dem Gebäude halten sah.

Er weckte Dutch, wobei er ihm die Hand auf den Mund legte. »Unser Freund ist da, Dutch. Er ist gerade reingefahren und sitzt noch im Wagen. Ich glaube, wir sollten auf meiner Seite aussteigen, außen herumgehen und ihn von der Rückseite nehmen.«

Dutch nickte und reichte Lloyd seine Pistole. Lloyd zwängte sich durch die Beifahrertür auf den Bürgersteig und hielt die Pistole gegen sein rechtes Bein gepreßt. Dutch tat dasselbe, schlug die Tür zu, legte einen Arm um Lloyd und stammelte: »Mein Gott, bin ich blau!« Er spielte den hin und her torkelnden Besoffenen, stützte sich auf Lloyds Schulter und redete Kauderwelsch.

Lloyd hatte sein Augenmerk auf den schwarzen Firebird gerichtet, wartete darauf, daß sich die Türen öffneten, und wunderte sich, daß Wilson noch immer nicht ausgestiegen war. Als sie am Ende des Gebäudes angekommen waren, gab er Dutch seine Pistole und sagte: »Du nimmst dir den Fahrer vor, ich den Beifahrer.« Dutch nickte und ließ eine Patrone in die Kammer gleiten. Lloyd sagte leise: »Jetzt!«, und beide Männer liefen in geduckter Haltung von hinten auf das Fahrzeug zu, um von beiden Seiten die Insassen zu stellen; Dutch hielt seine Pistole in das Fenster auf der Fahrerseite und sagte mit leiser Stimme: »Polizei, keine Bewegung, oder du stirbst.« Lloyd hielt seinen .38er ins andere Fenster und sagte zu der Frau: »Rühr dich nicht, Sweetheart. Leg deine Hände aufs Armaturenbrett. Wir wollen deinen Freund und nicht dich.«

Die Frau erstickte einen Schrei und befolgte Lloyds Befehl. Der Fahrer fing an zu stammeln: »Seht mal, ihr habt euch geirrt, ich hab' nichts angestellt!«

Dutch legte den Finger um den Abzug und hielt den Lauf der Pistole an die Nase des Mannes, wobei er sagte: »Leg die Hände hinter den Kopf. Ich werde jetzt diese Wagentür sehr langsam öffnen. Und du wirst ganz langsam aussteigen, oder du bist bald ein sehr toter Mann.«

Der Mann nickte und legte seine zitternden Hände hinter den Nacken. Dutch zog seine Pistole zurück und wollte die Autotür öffnen. Als seine Hand nach dem Griff langte, trat der Mann mit beiden Beinen gegen die Tür. Die Tür traf Dutch in der Leistengegend, er fiel rückwärts zu Boden, und aus der Pistole löste sich ein Schuß in die Luft, als sein Finger reflexartig den Abzug betätigte. Der Mann sprang aus dem Wagen und stolperte auf die Straße, dann richtete er sich auf und begann zu rennen.

Lloyd zielte jetzt nicht mehr auf die Frau, sondern gab einen Warnschuß in die Luft ab. »Halt, Halt!« schrie er.

Dutch stand auf und feuerte blindlings drauflos. Lloyd sah, wie die Gestalt anfing, im Zickzack zu laufen, um weiteren Schüssen auszuweichen. Er beobachtete, wie der Mann weitere Haken schlug, zielte, und gab drei Schüsse etwa in Schulterhöhe ab. Der Mann krümmte sich und fiel zu Boden. Bevor sich Lloyd ihm vorsichtig nähern konnte, war Dutch schon hingerannt und schlug dem Mann mit dem Griff seiner Pistole in die Rippen. Lloyd rannte hinüber und zog Dutch von ihm weg, dann legte er dem Verdächtigen Handschellen an, Hände auf dem Rücken.

Der Mann war zweimal knapp unterhalb des Schlüsselbeins getroffen worden. Saubere Treffer, bemerkte Lloyd; zwei glatte Einschußlöcher. Er zog den Mann grob auf die Füße und sagte zu Dutch: »Krankenwagen, Verstärkung!« Als er den Menschenauflauf sah, der sich auf beiden Seiten zu bilden begann, fügte Lloyd noch hinzu: »Und sag den Leuten, sie sollen auf dem Bürgersteig bleiben.«

Lloyd wandte seine Aufmerksamkeit dem Verdächtigen zu. »Richard Douglas Wilson, richtig?«

»Ich brauch' dir überhaupt nichts zu sagen«, antwortete der Mann.

»Das ist richtig, brauchst du auch nicht. Okay, dann machen wir eben alles ganz nach Gesetz. Sie haben das Recht, die Aussage zu verweigern. Sie haben das Recht auf einen Anwalt während des Verhörs. Falls Sie sich keinen leisten können, wird Ihnen ein Anwalt gestellt. Haben Sie irgendwas zu sagen, Wilson?«

»Ja«, sagte der Mann und bewegte dabei seine verletzte Schulter. »Fick doch deine Mutter.«

»Eine Antwort, die vorauszusehen war. Könnt ihr Kerle nicht mal mit was Originellem kommen, wie etwa ›Fick doch deinen Vater‹?«

»Fick dich selbst, Plattfuß.«

»Das hört sich schon besser an; du lernst ja.«

Dutch kam angelaufen. »Krankenwagen und Verstärkung sind unterwegs.«

»Gut. Wo ist das Mädchen?«

»Sie ist noch im Auto.«

»Gut. Kümmere du dich um Mister Wilson, ja? Ich will mal mit ihr sprechen.«

Lloyd ging zu dem schwarzen Firebird. Die junge Frau saß unbeweglich auf dem Beifahrersitz und hatte ihre Hände noch immer auf dem Armaturenbrett. Sie weinte, und die Tränen waren ihr schon bis zum Kinn hinuntergelaufen. Lloyd beugte sich in die geöffnete Tür und legte ihr sanft die Hand auf die Schulter. »Miss?«

Die Frau drehte sich um und sah ihn an, dann begann sie lauthals zu weinen.

»Ich will nicht vorbestraft sein!« rief sie aus. »Ich habe den Kerl doch gerade erst kennengelernt. Ich bin nicht schlecht. Ich wollte nur stoned werden und ein bißchen Musik hören!«

Lloyd glättete eine vorwitzige Locke in ihrem Blondhaar.

»Wie heißt du?« fragte er.
»Sarah.«
»Sarah Bernhardt?«
»Nein.«
»Sarah Vaughan?«
»Nein.«
»Sarah Coventry?«
Die Frau lachte und wischte mit dem Ärmel über ihr Gesicht. »Sarah Smith«, sagte sie.
Lloyd nahm ihre Hand. »Schön. Mein Name ist Lloyd. Wo wohnst du, Sarah?«
»Im Westen von Los Angeles.«
»Weißt du was? Du gehst jetzt dort hinüber und wartest in der Menschenmenge. Ich muß hier noch ein paar Dinge erledigen, und dann fahr' ich dich nach Hause. Einverstanden?«
»Einverstanden ... und ich komme nicht ins Vorstrafenregister?«
»Niemand wird jemals erfahren, daß du hier warst. Okay?«
»Okay.«
Lloyd sah zu, wie sich Sarah Smith in Ordnung brachte und in der Menge der Neugierigen verschwand. Er ging zu Dutch und Richard Douglas Wilson hinüber, der sich an den Matador gelehnt hatte. Lloyd gab Dutch einen Wink, ein paar Schritte zu gehen, und als er weg war, fixierte er Wilson mit einem scharfen Blick und schüttelte angewidert den Kopf.
»Es gibt keine Ehre unter Dieben, Richard«, sagte er. »Überhaupt keine. Besonders nicht bei denen aus der Gangsterburg.«
Wilsons Kinn zitterte bei den letzten Worten, und Lloyd fuhr fort: »Ich habe eine Patronenschachtel und die Verpackung für eine Strumpfhose gefunden, mit deinen Fingerabdrücken drauf. Aber darum sind wir nicht gleich auf dich gekommen. Jemand hat dich verpfiffen. Jemand hat den Detectives einen anonymen Brief geschrieben, in dem du für den Überfall auf das ›Black Cat‹ verantwortlich gemacht wirst. In dem Brief steht auch, du würdest dir nur deswegen Schwulenlokale aussuchen, weil dich ein paar miese Homos in Quentin von hinten genommen hätten, und es dir sogar gefallen hätte. Du liebst angeblich Schwule und gleichzeitig haßt du sie, weil sie dich zu dem gemacht haben, was du bist.«
»Das ist eine verdammte Lüge!« schrie Wilson. »Ich hab' Schnapsläden, Supermärkte und sogar 'ne Scheiß-Disco ausgenommen! Ich hab' ...«
Lloyd schnitt ihm mit einer Handbewegung das Wort ab und versetzte ihm den letzten Schlag. »Der Brief besagt, daß du nach dem Überfall vor der Gangsterburg jemanden aufgegabelt und mit zu dir genommen hast, und daß du getönt hättest, mit wieviel Frauen du schon gebumst hast. Dein Kumpel sagt, er

wäre beinahe vor Lachen zusammengebrochen, weil du dich doch so gern von hinten nehmen läßt.«

Das bleiche, schweißbedeckte Gesicht von Richard Douglas Wilson wurde rot. Er schrie: »Dieses alte Arschloch! Ich habe seinen Hintern davor bewahrt, von jedem Nigger auf dem Hof genommen zu werden! Ich habe den Kerl in Quentin mit durchgezogen, und jetzt ...«

Lloyd legte Wilson eine Hand auf die Schulter und sagte ruhig: »Richard, diesmal sieht's mindestens nach zehn Jahren aus. Zehn lange Jahre. Meinst du, du wirst das durchstehen? Du bist ein starker und ehrlicher Kerl; ich weiß das. Ich bin auch so. Aber weißt du was? Ich könnte es keine zehn Jahre da drin aushalten. Da gibt's Nigger, die mich am liebsten zum Frühstück fressen würden. Zahl's deinem Partner heim, Richard. Er hat dich verpfiffen. Ich werde ...«

Wilson schüttelte verbockt den Kopf. Lloyd sah ihn angeekelt an.

»Du blödes Arschloch«, sagte er. »Dann mach es doch ebenso wie früher, sieh ruhig zu, wie dich so ein Stück Scheiße verpfeift, du fünf Jahre bis lebenslänglich dafür kriegst und du ihm auch noch dankbar dafür bist. Du bist ein saudummes Arschloch.« Er wandte sich ab und ging langsam weg.

Er war erst ein paar Meter weit gegangen, als Wilson ihm nachrief: »Warte. Warte. Sieh mal ...«

Lloyd unterdrückte ein breites Grinsen, das sein Gesicht freundlich erhellte, und sagte: »Ich kann zum Staatsanwalt gehen, ich kann auch mit dem Richter sprechen, und ich werde zusehen, daß du bis zu deiner Verhandlung eine sichere Zelle im Untersuchungsgefängnis bekommst.«

Richard Douglas Wilson dachte noch ein letztes Mal über die Vor- und Nachteile nach, dann kapitulierte er. »Sein Name ist John Gustodas. Man nennt ihn ›Johnny der Grieche‹. Er wohnt in Hollywood. Franklin Avenue, Ecke Argylle. Das rote Backsteingebäude an der Ecke.«

Lloyd drückte Wilsons unverletzte Schulter. »Guter Junge! Mein Partner wird deine Aussage im Krankenhaus aufnehmen, und wir bleiben in Verbindung.« Er reckte seinen Kopf, um nach Dutch zu suchen, und entdeckte ihn schließlich auf dem Gehweg im Gespräch mit zwei uniformierten Officers. Er pfiff zweimal, und Dutch kam mit müden Schritten herüber.

»Bist du müde, Dutchman?« fragte Lloyd.

»Etwas, ja. Warum?«

»Wilson hat gestanden. Er hat seinen Kumpel verpfiffen. Der Typ wohnt in Hollywood. Hör mal, ich will jetzt nach Hause fahren. Würdest du Wilsons Aussage aufnehmen und die Detectives in Hollywood anrufen, ihnen die Infos durchgeben?«

Dutch zögerte. »Sicher, Lloyd«, sagte er.

»Großartig. John Gustodas, genannt ›Johnny der Grieche‹. Franklin und

Argylle. Das rote Backsteinhaus an der Ecke. Ich werde sämtliche Berichte selbst schreiben, mach dir deswegen keine Sorgen.«

Lloyd hörte das Heulen einer Krankenwagensirene und schüttelte heftig den Kopf, wie um den Lärm zu verscheuchen. »Diese Scheißsirenen sollten verboten werden«, sagte er, als der Wagen um die Ecke bog und stehenblieb. »Da ist dein Baby. Ich muß jetzt los. Ich habe Janice versprochen, mit ihr um acht essen zu gehen. Und jetzt ist es schon fast elf.«

Die beiden Polizisten reichten sich die Hände.

»Wir haben's mal wieder geschafft, Partner«, sagte Lloyd.

»Ja. Tut mir leid, daß ich dich vorhin angebrüllt habe, Junge.«

»Du hältst nun mal zu Janice. Das kann ich dir nicht verübeln; sie sieht ja auch viel besser aus als ich.«

Dutch lachte. »Wir reden dann morgen über Wilsons Aussage?«

»Ja, genau. Ich ruf dich dann an.«

Lloyd fand Sarah Smith unter den letzten Schaulustigen; sie rauchte eine Zigarette und scharrte mit den Füßen nervös auf dem Gehweg. »Hallo, Sarah. Wie fühlst du dich?«

Sarah trat die Zigarette aus. »Ganz gut, glaube ich. Was wird mit dem da, na, wie war denn noch sein Name, jetzt passieren?«

Lloyd mußte über ihre kläglich vorgebrachte Frage lächeln. »Er wird für lange Zeit ins Gefängnis müssen. Kannst du dich nicht einmal an seinen Namen erinnern?«

»Ich kann mir Namen schlecht merken.«

»Weißt du meinen noch?«

»Floyd?«

»Fast. Lloyd. Komm, ich fahr' dich jetzt nach Hause!«

Sie gingen zu seinem Matador und stiegen ein. Lloyd musterte Sarah ganz ungeniert, als sie ihm ihre Adresse sagte und nervös mit ihrer Tasche herumspielte. Sie war ein anständiges Mädchen aus anständiger Familie, das mal was anderes erleben wollte, sagte er sich. Sie war acht- oder neunundzwanzig, hatte hellblond gefärbtes Haar, und der Körper unter ihrem schwarzen Baumwoll-Hosenanzug wirkte schlank und weich. Ihr nettes Gesicht versuchte hart dreinzuschauen. In ihrem Beruf war sie bestimmt sehr tüchtig.

Lloyd fuhr direkt zur nächsten Autobahnauffahrt in Richtung Süden, und abwechselnd dachte er an seinen Jubiläumsfang und an die bevorstehenden Auseinandersetzungen mit Janice, die ihm bestimmt wieder eine ihrer üblen Launen zeigte, wenn nicht sogar einen handfesten Streit vom Zaun brechen würde. Er empfand ein plötzliches Gefühl der Zärtlichkeit gegenüber Sarah Smith, die er vor der Strenge des Gesetzes bewahrt hatte, und er klopfte ihr sanft auf die Schulter und sagte: »Weißt du, es wird alles schon in Ordnung gehen.«

Sarah langte in ihre Handtasche und suchte nach Zigaretten, fand aber nur eine leere Packung. »Scheiße«, murmelte sie und warf sie aus dem Fenster, dann seufzte sie laut. »Ja, vielleicht haben Sie recht. Sie fahren wohl wirklich voll darauf ab, Cop zu sein, oder?«

»Es ist mein Leben. Wo hast du Wilson eigentlich getroffen?«

»Ist das sein Name? Ich hab' ihn in einer Country-&-Western-Kneipe kennengelernt. Ein Paradies für Kiffer, aber wenigstens behandeln sie die Frauen da ganz anständig. Was hat er denn ausgefressen?«

»Er hat 'ne Kneipe mit 'ner Kanone überfallen.«

»Du liebe Güte! Ich dachte, er wär' irgendein Drogenhändler.«

Die ist ziemlich ahnungslos, dachte Lloyd. »Ich will dir ja keine Vorschriften machen oder so«, sagte er, »aber du solltest dich in solchen Spelunken besser nicht herumtreiben. Dir könnte dort ganz schnell was passieren.«

Sarah rümpfte die Nase. »Wo soll ich denn sonst hingehen, wenn ich Leute treffen will?«

»Du meinst Männer?«

»Hm ... Na klar.«

»Versuch's doch mal auf die zivilisierte Art. Bestell dir einen Kaffee und lies in einem gemütlichen Straßencafé ein Buch. Irgendwann wird dich bestimmt ein netter Bursche ansprechen und eine Unterhaltung über das Buch mit dir anfangen. Dadurch lernst du anständigere Leute kennen.«

Sarah lachte laut auf und klatschte in die Hände, dann faßte sie Lloyd am Arm. Als er seine Augen von der Straße wegnahm und sie nur ausdruckslos ansah, wurde ihr Lachen hysterisch. »Das ist zu komisch, das ist wirklich zu komisch!« rief sie.

»So lustig ist das nun auch wieder nicht.«

»Doch, ist es! Sie sollten im Fernsehen auftreten!« Sarahs Lächeln hörte auf. Sie schaute Lloyd fragend an. »Haben Sie auf diese Weise Ihre Frau kennengelernt?«

»Ich hab' dir doch gar nicht erzählt, daß ich verheiratet bin.«

»Ich habe Ihren Ring gesehen.«

»Sehr aufmerksam. Aber ich habe meine Frau schon in der Schule kennengelernt.«

Sarah Smith lachte, bis sie husten mußte. Lloyd lachte etwas verhalten mit, dann zog er ein Taschentuch aus seiner Jackentasche, reichte es hinüber und tupfte damit Sarahs tränennasses Gesicht ab. Sie schmiegte sich in seine Hand und rieb ihre Nase an seinem Handrücken.

»Haben Sie sich niemals darüber gewundert, warum Sie immer wieder Dinge tun, von denen Sie wissen, daß sie doch nichts einbringen?« fragte sie ihn schließlich.

Lloyd legte sanft einen Finger unter ihr Kinn und hob ihren Kopf an, so daß sie ihn ansehen mußte. »Das ist deshalb so, weil außer in den großen Träumen alles in ständiger Veränderung ist, und selbst wenn du immer wieder dieselben Dinge tust, suchst du eigentlich ständig nach neuen Antworten.«

»Ja, kann schon sein«, sagte Sarah. »Nehmen Sie die nächste Ausfahrt und dann rechts.«

Fünf Minuten später hielten sie am Straßenrand vor einem Wohnhaus an der Barrington Street. Sarah drückte seinen Arm und sagte: »Danke.«

»Viel Glück, Sarah. Und probier mal den Trick mit dem Buch.«

»Ja, mach' ich vielleicht. Danke.«

»Ich danke dir.«

»Wofür?«

»Weiß ich nicht.«

Sarah gab Lloyd noch einen Klaps auf den Arm und stieg aus.

Janice Hopkins blickte zu der antiken Uhr im Wohnzimmer und spürte, wie sie sich allmählich in Wut hineinsteigerte, als die Uhr zehnmal schlug und ihr klar wurde, daß es heute das zweitwichtigste Jubiläum ihres Mannes zu feiern galt, und daß sie vernünftigerweise wegen seines Fortbleibens zum Abendessen schlecht mit ihm streiten könnte. Diesmal würde sie seine Unzuverlässigkeit nicht zum Anlaß nehmen können, Auseinandersetzungen über Eheprobleme zu erzwingen; diesmal würde sie auch nur wieder sagen können: »O Scheiße, Lloyd, wo bist du denn diesmal wieder gewesen?«, dann über seine geistreiche Antwort lächeln, und sie würde wissen, daß er sie liebte. Morgen würde sie dann ihren Freund George anrufen, er würde in den Laden kommen und beide würden sie dann die Männer stundenlang bedauern.

»Mein Gott, George«, würde sie sagen, »wir machen uns viel zuviel Gedanken!«

Und George würde antworten: »Aber du liebst ihn doch?«

»Mehr als mir eigentlich bewußt ist.«

»Obwohl du weißt, daß er leicht durch den Wind rutscht?«

»Mehr als leicht, mein Lieber, denk mal an seine vielen kleinen Phobien und so. Aber gerade sie machen ihn menschlicher, machen ihn zu *meinem* Lloyd.«

Und George würde lächeln und von seinem Freund erzählen, bis sie zu lachen anfangen und die Waterford-Kristalle klirren und die Porzellanteller auf den Regalen wackeln würden.

Dann würde George ihre Hand nehmen und beiläufig ihre kurze Affäre erwähnen, die sie einst gehabt hatten, nachdem George beschlossen hatte, er müsse Erfahrungen mit Frauen haben, um selbst eine noch bessere zu werden. Es hatte eine Woche lang gedauert; George hatte sie zu einem Seminar über die Taxierung von Antiquitäten nach San Francisco begleitet. Im Bett hatte er nur über Lloyd geredet. Es hatte sie angewidert, andererseits aber auch erregt, und sie hatte die intimsten Einzelheiten ihrer Ehe preisgegeben.

Als ihr klar wurde, daß Lloyd immer als unsichtbarer Dritter mit ihnen im Bett sein würde, machte sie Schluß. Es war das einzige Mal, daß sie ihren Mann betrogen hatte, und sie hatte es nicht aus den üblichen Gründen wie Vernachlässigung, Mißhandlung oder sexueller Langeweile getan. Sie wollte eine Art Parität mit ihm erreichen, zum Ausgleich für das aufregende Leben, das er führte. Wenn Lloyd ängstlich oder zornig war, kam er immer zu ihr mit diesem merkwürdigen Ausdruck in den Augen, und sie hakte dann jedesmal ihren Büstenhalter auf und bot ihm ihre Brust. Er gehörte dann ganz ihr. Wenn er aber Berichte las oder mit Dutch Peltz oder seinen anderen Polizisten redete und sie sehen konnte, wie es rastlos hinter seinen blaßgrauen Augen arbeitete, dann wußte sie, daß er in Gefilden war, die ihr immer unzugänglich bleiben würden. Ihre anderen Gegengewichte – der Erfolg mit ihrer Boutique, das Buch über Tiffany-Spiegel, das sie mitherausgegeben hatte, und ihre geschäftliche Cleverness – mochte sie nur rein verstandesmäßig als Ausgleich anerkennen. Lloyd konnte schweben, und sie eben nicht; sogar nach siebzehn Jahren Ehe war Janice Rice Hopkins nicht in der Lage anzugeben, warum das so war. Und auf unerklärliche Weise begann die Fähigkeit ihres Mannes, derart abheben zu können, sie zu ängstigen.

Janice wog die Summe von mehr als zwanzig Jahren Gemeinsamkeit gegen die Ereignisse der letzten Zeit ab, als Lloyds Verhalten immer seltsamer geworden war: So verbrachte er etwa Stunden vor dem Spiegel und verdrehte dabei die Augen, als verfolgte er einen Insektenschwarm; dann die immer längeren Besuche im Haus seiner Eltern, wo er nur mit seiner Mutter redete, die seit nunmehr neunzehn Jahren keinen Ton gehört oder von sich gegeben hatte; der zynische Gesichtsausdruck, wenn er mit seinem Bruder am Telefon über die Pflege ihrer Eltern sprach.

Aber die Geschichten, die er den Mädchen erzählte, waren für sie das Beängstigendste; es waren Polizeigeschichten, von denen Janice vermutete, daß sie halb Parabel und halb Bekenntnis waren: von unheimlichen Reisen durch die dunkelsten Straßen von Los Angeles, die von Nutten, Junkies und allem möglichen Gesindel bevölkert wurden, und von Polizisten, die oftmals ebenso grob und brutal waren wie die Leute, die sie ins Gefängnis warfen. Vor einem Jahr hatte Janice Lloyd gebeten, ihnen nicht mehr solche Geschichten zu erzählen. Schweigend vor sich hin nickend und mit kaltem Blick hatte er sich einverstanden erklärt und erzählte fortan seine Parabeln bzw. Bekenntnisse den Mädchen, die so mit ausführlichen Schilderungen von Scheußlichkeiten und Schreckensbildern aufwuchsen. Anna zuckte dabei immer nur die Schultern; sie war vierzehn und schon hinter den Jungen her; Caroline, die dreizehn war und ein echtes Talent fürs Ballett besaß, grübelte darüber nach, brachte kriminologische Fachzeitschriften mit nach Hause und bat dann ihren Vater, bestimmte Artikel darin mit ihr durchzugehen. Und Penny hörte begierig zu, verschlang ihn dabei mit ihren blaßgrauen Augen, die mitten durch ihren Vater und das Gewebe seiner Geschichten hindurch auf einen fernen Punkt gerichtet waren. Wenn Lloyd seine Geschichte zu Ende erzählt hatte, gab Penny ihm ernst einen Kuß auf die Wange und ging dann hinauf in ihr Zimmer, um an ihrem bunten Umhang aus Kaschmir- und Madraswolle weiterzustricken, der nach fünf Sonntagen schon Gestalt anzunehmen begann.

Janice schauderte es. War Pennys kindliche Unschuld vielleicht schon unrettbar dahin? War sie mit zwölf schon eine begabte Künstlerin und verwegene Abenteurerin? Sie schauderte nochmals zusammen und warf einen Blick auf die Uhr. Eine Stunde hatte sie so mit sorgenvollen Grübeleien verbracht, und Lloyd war immer noch nicht zu Hause. Plötzlich wurde ihr klar, daß sie ihn vermißte und Sehnsucht nach ihm hatte, ein Verlangen spürte, das über alles normale Maß hinausging, das nach einer zwanzig Jahre währenden Liebesbeziehung zu erwarten war. Sie ging hinauf, zog sich im dunklen Schlafzimmer aus und zündete eine Räucherkerze an, als Zeichen für Lloyd, sie aufzuwecken und zu lieben, wenn er käme. Während sie ins Bett kroch, ging ihr noch ein letzter düsterer Gedanke durch den Kopf, der wie ein Schwarm Raubvögel den Himmel verdunkelte: Je älter die Mädchen wurden, desto ähnlicher wurden sie Lloyd, besonders ihre Augen.

Sie hörte, wie Lloyd eine Stunde später nach Hause kam und unten im Flur das gewohnte Ritual ablief: erst tiefes Seufzen, dann ein Gähnen; dann nahm er den Pistolengurt ab und legte ihn auf die Telefonablage, und schließlich war das vertraute Schlurfen zu hören, als er langsam die Treppe heraufkam. Während sie erwartungsvoll den Augenblick, in dem er die Tür öffnete und sie im Dämmerlicht sehen würde, herbeisehnte, stahl sich Janices Hand träumerisch zwischen ihre Schenkel.

Aber die Schlafzimmertür wurde nicht geöffnet; sie hörte, wie Lloyd auf Zehenspitzen daran vorbei und den Flur entlang zu Pennys Zimmer ging, an deren Tür vorsichtig klopfte und flüsterte: »Pinguin? Möchtest du eine Geschichte hören?« Eine Sekunde später ging die Tür quietschend auf, und Janice hörte Vater und Tochter fröhlich miteinander tuscheln.

Sie gab ihrem Mann eine halbe Stunde und rauchte unterdessen eine Zigarette nach der anderen. Als ihr der letzte Rest von Lust vergangen war und sie von dem halben Dutzend Zigaretten zu husten anfing, zog sie sich den Morgenmantel über und ging den Flur hinunter, um zu lauschen.

Die Tür zu Pennys Zimmer war halb geöffnet, und durch den Spalt konnte sie ihren Mann und ihre jüngste Tochter auf der Bettkante sitzen und Händchenhalten sehen. Lloyd sprach sehr leise, mit der geheimnisvoll-raunenden Stimme eines Geschichtenerzählers: »... nach Aufklärung des Haverhill/Jenkins-Mordes wurde ich bei der Ermittlung von Raubüberfällen eingesetzt und leihweise dem Überfallkommando von West L.A. überstellt. Dort hatte es eine Reihe von nächtlichen Einbrüchen in Arztpraxen gegeben, die sich alle in großen Gebäuden im Distrikt Westwood befanden. Bargeld und Rauschgift waren das, worauf der Einbrecher scharf war; in weniger als einem Monat hatte er mehr als fünftausend in bar und haufenweise Aufputsch-Beruhigungstabletten gefährlichster Sorte erbeutet. Die Detectives aus West L.A. hatten den Tathergang folgendermaßen rekonstruiert: Der Mistkerl wartete immer bis Einbruch der Dunkelheit in dem Gebäude versteckt, führte sein Vorhaben durch und brach dann in ein Büro im zweiten Stock ein, von wo er dann durchs Fenster auf den Parkplatz sprang. Die Spuren waren scheinbar eindeutig: auf dem Fenstersims lag abgebröckelter Zement. Die Detectives hielten ihn für einen Sportler, einen gerissenen Bruchspezialisten, der wendig wie eine Katze war und zwei Stockwerke hinunterspringen konnte, ohne sich zu verletzen. Der Einsatzleiter ließ Wachen auf Parkplätzen aufstellen, um ihn zu erwischen. Als der Dieb ein Bürohaus am Wilshire heimsuchte, das von zwei Detective-Teams überwacht wurde, ging ihnen auf, daß ihre These falsch sein mußte, und ich wurde geholt.«

Lloyd machte eine Pause. Penny rieb ihre Nase an seiner Schulter und meinte: »Erzähl mir, wie du den Drecksack gekriegt hast, Daddy.«

Lloyd senkte geheimnisvoll die Stimme: »Liebling, niemand springt immer wieder zwei Etagen hinunter, ohne sich zu verletzen. Ich stellte meine eigene These auf: Der Einbrecher ging einfach aus dem Gebäude und winkte den Sicherheitsbeamten im Foyer zu, als wäre alles eitel Sonnenschein. Nur eine Sache war mir nicht klar. Wo hatte er die Drogen, die er abstaubte? Ich begann noch einmal von vorn und recherchierte bei den Wachen, die in den Nächten, als die Überfälle stattfanden, Dienst gehabt hatten. Ja, allerdings, sowohl bekannte als auch unbekannte Männer in Anzügen hatten das Gebäude in den frühen Abendstunden verlassen, aber keiner von ihnen hatte Taschen oder Pakete dabei. Die Wachen hielten sie für Geschäftsleute mit eigenen Büros im Hause und überprüften sie nicht. Ich hörte denselben Bericht sechsmal, bis es mir endlich dämmerte: Der Einbrecher trug offenbar ein sehr weites Kleidungsstück, vielleicht den Kittel einer Krankenschwester, die eine große Hand- oder Hängetasche bei sich haben mußte. Ich befragte die Wächter noch einmal, und siehe da! Eine unbekannte Frau in Schwesterntracht und mit einer prall gefüllten Umhängetasche war fast immer zur selben Zeit in allen Einbruchsnächten dabei gesehen worden, wie sie die Gebäude verließ. Die Wachen konnten sie nicht beschreiben, sagten aber übereinstimmend aus, sie hätte ›häßlich, wie ein Hund‹ ausgesehen.«

Penny wurde unruhig, als Lloyd tief Atem holte und aufseufzte. Sie nahm ihren Kopf von seiner Schulter und kniff ihn fest in den Arm. »Spann mich nicht so auf die Folter, Daddy!«

Lloyd lachte und sagte dann: »Na gut. Ich habe eine Computer-Überprüfung aller bekannten Sexualstraftäter und aller einschlägig Vorbestraften mit körperlichen Gebrechen durchführen lassen: Und gleich doppelter Volltreffer! Arthur Christiansen alias ›Misty Christie‹ alias ›Arlene the Queen‹! Spezialitäten: Blies zum Billigtarif den Besoffenen einen, die glaubten, er wäre eine Frau, und natürlich Raub und Einbruch. Ich erkundete sechsunddreißig Stunden lang sein Revier und erfuhr, daß er Aufputschpillen und Percodan verkaufte – ich hörte, daß seine Kunden mit der Qualität der Ware sehr zufrieden waren. Das war ein klarer Beweis, aber ich wollte ihn, beziehungsweise sie, auf frischer Tat ertappen. Am nächsten Nachmittag verließ Arthur-Arlene seine/ihre Wohnung mit einer riesigen Flickenumhängetasche, fuhr nach Westwood und betrat ein Bürogebäude nahe der Universität von L.A. Vier Stunden später, etwa eine Stunde nach Dunkelwerden, kommt eine potthäßliche Figur in Krankenschwesterntracht heraus, dieselbe Tasche noch immer über ihrer Schulter. Ich zeige meine Marke, rufe ›Polizei!‹ und stürze mich dann auf Arthur/Arlene, der/die wütend ›Chauvinist!‹ kreischt und wild auf mich einschlägt. Die Schläge prallten wirkungslos an mir ab, und ich zog gerade meine Handschellen vor, als Arthur/Arlenes künstlicher Busen aus seiner/ihrer Bluse herausfiel. Ich legte ihm Handschellen an und rief einen Streifenwagen. Arthur/Arlene schrie ›Alle Macht der Schwesternschaft!‹ und ›Polizei-Brutalität‹, und eine Menge Studenten der Universität warf mir obszöne Schimpfworte an den Kopf. Mir gelang es gerade noch, in den Streifenwagen zu springen. Das Ganze war gewissermaßen der erste Transvestiten-Aufstand gegen die Polizei von L.A.«

Penny lachte hysterisch, fiel auf ihr Bett zurück und schlug mit den Fäusten auf ihr Bettzeug. Sie vergrub ihr Gesicht im Kopfkissen, um sich die Tränen abzuwischen, und japste dann: »Mehr, Daddy, mehr! Noch eine, bevor du ins Bett gehst!«

Lloyd langte zu Penny hinüber und zerzauste ihr das Haar.

»Komisch oder ernst?«

»Eine ernste«, antwortete Penny. »Erzähl mir was ganz Düsteres, womit du meine finstere Neugier füttern kannst. Wenn du es nicht gut machst, bleibe ich die ganze Nacht auf und denke an Arthur/Arlenes falschen Busen.«

Lloyd malte Kreise auf das Laken. »Wie wär's denn mit einer Rittergeschichte?«

Pennys Gesicht wurde feierlich-ernst. Sie packte die Hand ihres Vaters und zog so stark, daß Lloyds Kopf in ihren Schoß fiel. Als Vater und Tochter es sich gemütlich gemacht hatten, starrte Lloyd auf den Schottenrock, der von der Decke herabhing, und begann zu erzählen: »Der Ritter stand vor einem Dilemma; er hatte gleichzeitig zwei Jubiläen an einem Tag – ein persönliches und ein berufliches. Sein berufliches ging vor, und im Laufe seines Ehrentages schoß er auf einen Mann und verletzte ihn. Ungefähr eine Stunde später, als der Mann schon in Gewahrsam war, fing der Ritter an zu zittern, so wie es ihm immer geschah, wenn er mit seiner Pistole geschossen hatte. Mit seiner verspäteten

Reaktion stellten sich solche Fragen ein wie: Was wäre gewesen, wenn seine Schüsse das Arschloch für immer erledigt hätten? Was wäre, wenn er beim nächsten Mal einen falschen Tip bekäme und den Falschen erwischte? Was würde geschehen, wenn er irgendwann nur noch rot sieht und ausrastet, die Kontrolle über sich verliert? Da draußen tobt ein mörderischer Kampf. Du weißt das, nicht wahr, Pinguin?«

»Ja«, flüsterte Penny.

»Weißt du, du mußt dir Krallen wachsen lassen, um ihn zu gewinnen.«

»Ganz scharfe, Daddy.«

»Weißt du, was das Merkwürdigste an dem Ritter ist? Je komplizierter seine Fragen und Zweifel werden, desto fester wird seine Entschlossenheit. Manchmal ist es wirklich tückisch. Was würdest du machen, wenn die Dinge wirklich gemein und tückisch würden?«

Penny spielte mit dem Haar ihres Vaters. »Meine Krallen schärfen«, sagte sie und vergrub ihre Finger in seinem Schopf.

Lloyd schnitt eine Grimasse, als hätte er Schmerzen. »Manchmal wünscht sich der Ritter, daß er nicht so ein Scheißprotestant wäre. Wenn er katholisch wäre, könnte er Absolution bekommen.«

»Ich würde dir immer Absolution erteilen, Daddy«, sagte Penny, als Lloyd aufstand. »Wie in dem Lied ›I'm easy‹.«

Lloyd schaute auf seine Tochter herab. »Ich liebe dich«, sagte er zu ihr.

»Ich liebe dich auch. Eine Frage noch, bevor du gehst: Glaubst du, ich könnte eine gute Polizistin werden?«

Lloyd lachte. »Nein, aber sicherlich eine großartige, erfahrene Krimi-Autorin.«

Janice beobachtete, wie Penny vor Begeisterung kreischte, und es traf sie wie ein Schlag in den Unterleib. Sie ging in das gemeinsame Schlafzimmer zurück und bereitete sich darauf vor, *ihren* Kampf *nackt* auszufechten. Augenblicke später kam Lloyd herein, roch die Räucherkerze und flüsterte: »Janny? Du bist noch so spät wach, Liebling? Es ist schon nach Mitternacht.«

Als er nach dem Lichtschalter tastete, warf Janice den vollen Aschenbecher an die Wand gegenüber und zischte: »Du krankhafter, selbstsüchtiger Hurensohn, siehst du nicht, was du der Kleinen antust? Nennst du das einen Vater, der nur von Gewalt erzählt?« Erstarrt und betroffen von der Häßlichkeit der Szene machte Lloyd Licht und sah, daß Janice in ihrer Nacktheit vor Kälte zitterte. »Verdammt noch mal, Lloyd, erkennst du das denn nicht selber?«

Mit ausgestreckten Armen ging Lloyd abbittend auf seine Frau zu, in der Hoffnung, daß körperliche Berührung sie besänftigen könnte.

»Nein!« sagte sie zurückweisend, »diesmal nicht! Diesmal verlange ich das Versprechen von dir, einen Schwur, daß du ein für allemal damit aufhörst, unseren Kindern diese gräßlichen Geschichten zu erzählen.«

Lloyds Hand schnellte vor und packte Janice am Handgelenk. Sie wand sich los und warf dabei das Nachtschränkchen um.

»Nicht, Lloyd! Versuch nicht, mich zu besänftigen oder anzurühren, bevor du es versprochen hast.«

Er fuhr sich mit der Hand durchs Haar und fing an zu zittern. Den Impuls niederkämpfend, mit den Fäusten auf die Wand einzuhämmern, bückte er sich und stellte das Schränkchen wieder auf. »Penny ist ein gescheites Kind, Janny, möglicherweise ein Genie«, sagte er. »Was soll ich denn machen? Ihr von den drei ...«

Janice schleuderte ihr Lieblingsstück, eine Lampe aus Porzellan, gegen den Wandschrank und schrie: »Sie ist doch noch ein kleines Kind! Ein zwölfjähriges kleines Mädchen! Begreifst du das denn nicht?«

Lloyd warf sich aufs Bett und umfaßte ihre Hüfte, barg seinen Kopf in ihrer Magengrube und flüsterte: »Sie muß es aber wissen, sie muß es doch erfahren, sonst wird sie sterben. Sie muß es einfach wissen.«

Janice hob die Arme und ballte die Hände zu Fäusten. Sie wollte sie wie Keulen auf Lloyds Rücken niedersausen lassen, hielt dann aber mitten im Schlag inne, als Erinnerungen an seine inbrünstige Leidenschaftlichkeit wie Momentaufnahmen an ihr vorüberzogen und sich zu Worten verdichteten, die auszusprechen sie zu große Scheu empfand.

Sie ließ die Hände über das Gesicht ihres Mannes gleiten und schob ihn dann sanft von sich weg. »Ich werde ihnen wohl sagen müssen, daß wir gestritten haben. Ich glaube, ich möchte dann lieber allein schlafen.«

Lloyd stand auf. »Es tut mir leid, daß es heute abend so spät geworden ist.«

Janice nickte stumm und merkte, daß ihr Gefühl richtig gewesen war. Dann zog sie ihren Morgenmantel an und ging den Flur entlang, um nach den Kindern zu sehen.

Lloyd wußte, daß er nicht würde schlafen können. Nachdem er den Mädchen gute Nacht gesagt hatte, wanderte er unten im Haus herum und suchte nach einer Beschäftigung. Es gab nichts, außer daß er über Janice nachdenken konnte und darüber, daß er sie nie haben konnte, ohne etwas von sich selbst aufzugeben, das ihm teuer und das auch für seine Töchter wesentlich war. Er konnte nur noch in der Zeit zurückgehen, Orte der Vergangenheit aufsuchen.

Lloyd schnallte sich den Pistolengurt um und fuhr in die Gegend, in der er früher gelebt hatte.

So früh am Morgen war es in seinem alten Viertel noch ganz still, das ihm so vertraut schien wie das Seufzen einer alten Geliebten. Lloyd fuhr den Sunset Boulevard hinunter und war plötzlich überwältigt von dem Gefühl der Richtigkeit, nämlich sich der Unschuldigen durch Gleichnisse anzunehmen, die sie vor künftigem Unheil bewahren konnten. Laß sie behutsam lernen, dachte er, nicht so gewaltsam, wie ich es wollte. Sie sollen der Bestie durch Geschichten begegnen und nicht durch lehrhaftes Wiederholen von Fallbeispielen. Sei dies künftig der Wahlspruch meiner kleinen irisch-protestantischen Rebellenschar!

Mit dieser neugewonnenen Selbstgewißheit drückte Lloyd das Gaspedal nieder und sah zu, wie der nächtliche Sunset Boulevard von den Rändern her in Neonblitzen zerstob, die ihn wie ein Flammenwirbel ansogen. Er sah auf den Tacho: hundert Stundenkilometer. Nicht schnell genug. Er legte sein ganzes Gewicht auf das Lenkrad, und das Neon wurde zu einem grellen, blendenden Weiß. Dann schloß er die Augen und nahm Geschwindigkeit weg, bis der Wagen an eine Steigung kam und die Naturgesetze ihn zwangen, anzuhalten.

Als Lloyd die Augen öffnete, waren sie voller Tränen, und er fragte sich einen unbehaglichen Augenblick lang, wo er eigentlich war. Schließlich verbanden sich ihm wieder Tausende von Erinnerungen zu einem Ganzen, und er erkannte, daß der Zufall ihn an der Ecke Sunset und Silverlake – dem Kern seines früheren Viertels – abgesetzt hatte. Kaum noch vom eigenen Willen getrieben, ging er zu Fuß weiter.

Die terrassenförmig angelegte Hügellandschaft löste bei Lloyd eine Verschmelzung von Vergangenheit, Gegenwart und Zukunft aus.

Er rannte die Stufen zum Vendome hinauf und sah mit Genugtuung, daß die Erde zu beiden Seiten des Betonsockels weich wie immer war. Die Hügel von Silverlake hatte Gott dem Menschen zur Nahrung geschaffen – sollten die Mexikaner hier doch glücklich und in Wohlstand leben; sollten die alten Leute sich doch über die Steigung beschweren, solange sie wollten – wegziehen würde doch keiner. Sollte doch das Erdbeben kommen, das die Fachidioten prophezeiten – Silverlake, diese standhafte Bastion des Alten, würde sich der Zerstörung widersetzen und bestehen bleiben, während das eigentliche L.A. wie eine Eierschale zerplatzen würde.

Von oben auf dem Hügel richtete Lloyd seine Phantasie auf die wenigen Häuser, in denen noch Licht brannte, und das Leben darin. Er stellte sich große Einsamkeit vor und spürte den Mangel an Liebe, die *er* ihnen bringen sollte. Er sog ihre Liebessehnsucht in sich ein und atmete sie wie seine eigene aus, dann drehte er sich nach Westen und starrte auf die Hügelkette, die ihn von dem sehr alten Haus trennte, in dem sein verrückter Bruder ihre Eltern pflegte. Lloyd schauderte, als sich ein Mißton in seine Träumereien mischte. Daß gerade der einzige Mensch, den er haßte, die beiden geliebten Menschen betreute, die ihn gezeugt hatten. Sein einziger bewußt eingegangener Kompromiß. Unvermeidlich, aber ... Lloyd erinnerte sich daran, wie es dazu gekommen war. Es war im Frühling 1971. Er fuhr Streife in Hollywood und besuchte zweimal wöchentlich seine Eltern in Silverlake, immer dann, wenn Tom bei der Arbeit war. Sein Vater war in seinem hohen Alter zu einem leicht versponnenen, zerstreuten Mann geworden und verbrachte ganze Tage in dem Schuppen im Hof, wo er an Dutzenden von Fernsehgeräten und Radios herumbastelte, deren Einzelteile jede freie Stelle auf dem Boden bedeckten; und seine Mutter – damals schon seit acht Jahren stumm – starrte und träumte in ihrem langen Schweigen vor sich hin und mußte dreimal am Tag in die Küche geschoben werden, damit sie nicht zu essen vergaß.

Tom lebte schon sein ganzes Leben mit ihnen zusammen und wartete darauf, daß sie sterben und ihm das Haus hinterlassen würden, das schon auf seinen Namen überschrieben worden war. Er kochte für seine Eltern, holte ihre Rente von der Bank und las ihnen aus den grauenhaften Bildergeschichten über Nazi-Deutschland vor; die Bücherregale in seinem Zimmer waren voll davon. Es war Morgan Hopkins' ausdrücklicher Wunsch gewesen, daß er und seine Frau bis zu ihrem Lebensende in dem alten Haus am Griffith Park Boulevard wohnen bleiben könnten. Lloyd hatte es seinem Vater mehrfach versichert: »Ihr habt doch immer noch das Haus, Dad. Laßt Tom die Steuern dafür bezahlen, und ihr braucht euch nicht mehr selbst darum zu kümmern. Er ist zwar ein erbärmlicher Ersatz für einen Mann, aber er verdient Geld, und er wird schon für dich und Mutter sorgen. Überlaß ihm das Haus; ich hab' kein Interesse daran. Sei glücklich und mach dir keine Sorgen.«

Es gab eine stille Übereinkunft zwischen Lloyd und seinem Bruder, der damals per Telefon Verkäufe abwickelte und dessen Geschäfte sich haarscharf an der Grenze der Legalität bewegten. Tom sollte im Haus leben, ihre Eltern ernähren und sich um sie kümmern, während Lloyd darüber hinwegsehen sollte, daß sein Bruder sich ein geheimes Lager mit automatischen Waffen im Garten des Hopkins-Anwesens angelegt hatte. Lloyd mußte über die Ungleichheit ihres Handels lachen – Tom, ein ausgemachter Feigling, würde niemals den Mumm aufbringen, von seiner Waffensammlung Gebrauch zu machen, die sicher innerhalb weniger Monate verrostet sein würde.

An einem Tag im April '71 jedoch bekam Lloyd einen Telefonanruf, aus dem er schließen mußte, daß einer seiner Träume rissig geworden war. Ein alter Kumpel von der Akademie, der Streife im Distrikt Rampart fuhr, war am Haus der Hopkins vorbeigefahren und hatte ein »Zu Verkaufen«-Schild auf dem Rasen vor dem Haus stehen sehen. Er war davon überrascht gewesen, vor allem deshalb, weil Lloyd öfter erwähnt hatte, daß seine Eltern lieber sterben würden, als das Haus aufzugeben, und in seiner Verwunderung darüber hatte er Lloyd im Revier von Hollywood angerufen und es ihm mitgeteilt. Lloyd nahm die Worte mit verbissener Wut in sich auf, so erregt, daß der Raum mit den Schließfächern vor seinen Augen surrealistisch zu schwanken schien. Er trug noch seine Uniform, holte sein Auto vom Parkplatz und fuhr nach Glendale in Toms Büro.

Das »Büro« war ein umgebauter Keller mit vier Dutzend Schreibtischen an den Wänden, und Lloyd ging hinein, ohne die Verkäufer zu beachten, die gerade per Telefon Wundermittel in Aluminiumbehältern oder »Bibelstunden daheim« anpriesen.

Toms Schreibtisch stand etwas abseits von den anderen vorn im Raum, neben einer riesigen Kaffeemaschine, deren Kanne mit Kaffee und Benzedrin gefüllt war. Lloyd schlug mit dem bleigefüllten Polizeiknüppel auf die Kanne, traf genau, und heiße, braune Flüssigkeit spritzte durch die Luft. Tom kam gerade aus der Toilette, sah die Wut in den Augen seines Bruders und den Knüppel und wich zurück an die Wand. Lloyd ging auf ihn zu und schwang dabei den Knüppel im Kreis, immer knapp an Toms Kopf vorbei, bis der Schrecken in den geweiteten Augen, die den seinen so ähnlich waren, ihn zum Innehalten veranlaßte. Er ließ den Knüppel fallen und lief zur vordersten Reihe der Schreibtische; verängstigte Telefonverkäufer wichen vor ihm zurück und rannten schutzsuchend in den hinteren Teil des Kellerraums.

Lloyd fing an, Telefonkabel aus den Wänden zu reißen und die Apparate durch den Raum zu schleudern. Eine Reihe; zwei Reihen; drei Reihen. Nachdem alle Verkäufer das Büro fluchtartig verlassen hatten und der Boden mit zerbrochenem Glas, herumflatternden Bestellformularen und nicht mehr funktionsfähigen Telefonen übersät war, ging er auf seinen angstschlotternden älteren Bruder zu und sagte: »Du wirst heute noch das Verkaufsangebot zurückziehen und Vater und Mutter niemals alleine lassen.«

Tom nickte stumm und fiel in die Kaffeepfütze.

Lloyd starrte noch immer eindringlich hinüber auf den Hügelzug. Das war vor über zehn Jahren gewesen. Vater und Mutter lebten noch immer in ihren voneinander getrennten einsamen Welten; Tom war noch immer ihr Wärter. Das war sein einziges, zutiefst unbefriedigendes Einschreiten gegen eine Veränderung der Situation gewesen, aber es gab nichts, was er sonst noch hätte tun können. Er dachte an seine letzte Unterhaltung mit Tom. Er wollte gerade seine Eltern besuchen, als er Tom im Schutz der Dunkelheit dabei erwischte, wie er Gewehre vergrub.

»Laß uns reden«, meinte Lloyd.

»Worüber, Lloyd?« fragte Tom.

»Sag etwas! Beschimpfe mich. Stell mir Fragen. Ich werde dir schon nichts tun.«

Tom wich ein paar Schritte zurück. »Wirst du mich umbringen, wenn Ma und Pa nicht mehr sind?«

Lloyd fühlte sich wie vom Blitz getroffen. »Warum, um alles in der Welt, sollte ich dich umbringen wollen?«

Tom wich noch weiter zurück. »Wegen der Sache, die Weihnachten passierte, als du acht warst.«

Lloyd fühlte, wie Monster nach ihm griffen, die er seit mehr als dreißig Jahren tot geglaubt hatte, Jahre, in denen er zu dem Mann heranreifte, der er jetzt war. Seine Blicke schweiften zum Radioschuppen seines Vaters, und er mußte sich zwingen, in die Gegenwart zurückzukehren; die Kraft der schrecklichen Erinnerung war so übermächtig. »Du bist verrückt, Tom. Du bist schon immer verrückt gewesen. Ich mag dich ja nicht sehr, aber ich würde dich niemals umbringen.«

Lloyd beobachtete, wie die Morgendämmerung über den östlichen Horizont kroch und die Skyline von Los Angeles mit goldenen Streifen nachzeichnete. Plötzlich fühlte er sich sehr einsam und sehnte sich, mit einer Frau zusammenzusein. Er setzte sich auf die Stufen und dachte über seine Möglichkeiten nach. Da war Sybil, aber sie war wahrscheinlich zu ihrem Mann zurückgegangen – bei ihrem letzten Gespräch hatte sie es in Betracht gezogen. Dann gab es Colleen, aber sie war bestimmt unterwegs nach Santa Barbara wegen ihres wöchentlichen Ausverkaufs. Leah? Meg? Mit ihnen war Schluß, und mit dem wütenden Verlangen der Morgenstunden, einen Neuanfang zu versuchen, würde er ihnen später nur Leid bereiten. Es blieb nur die eine Ungewißheit, die Sarah Smith hieß.

Fünfundvierzig Minuten später klopfte Lloyd an ihre Tür. Sie öffnete mit schlaftrunkenen Augen und im Bademantel. Als sie ihn erkannte, fing sie an zu lachen.

»So komisch sehe ich doch nun wirklich nicht aus, oder?« fragte Lloyd.

Sarah schüttelte den Kopf. »Was ist los, hat deine Frau dich rausgeschmissen?«

»So ungefähr. Sie hat herausgefunden, daß ich in Wirklichkeit ein verkleideter Vampir bin. Ich suche die einsamen frühmorgendlichen Straßen von Los Angeles nach schönen jungen Frauen ab, die mir eine Transfusion geben könnten. Führ mich, ach, zur weisesten deiner Musen!«

Sarah kicherte. »Ich bin aber nicht schön.«

»Doch, bist du. Mußt du heute arbeiten?«

Sarah meinte: »Ja, aber ich kann anrufen und sagen, daß ich krank bin. Ich bin noch nie mit einem Vampir zusammengewesen.«

Lloyd nahm ihre Hand, als sie ihn hereinbat. »Dann erlaube mir, daß ich mich persönlich vorstelle«, sagte er.

III. Annäherung

5

Lloyd saß in seinem Büro im Parker Center, die Hände spielten mit den Papieren auf seinem Schreibtisch und formten abwechselnd Kirchtürme und Galgenmännchen. Es war der 3. Januar 1983, und von seinem Büro im sechsten Stock aus konnte er dunkle Sturmwolken in Richtung Norden ziehen sehen. Er wünschte sich einen Sturm mit dichtem Nieselregen. Er fühlte sich immer geborgen und beschützt, wenn mieses Wetter herrschte.

Die relative Abgeschlossenheit seines Büros, das zwischen Büromateriallager und Fotokopierraum lag, war angenehm, jedoch hatte es Lloyd in erster Linie deshalb bekommen, weil es in der Nähe der Zentrale drei Türen weiter lag. Früher oder später wurden sämtliche Tötungsdelikte im Bereich der Polizei von L.A. über diese Telefonleitungen gemeldet, sei es von Untersuchungsbeamten, die Unterstützung anforderten oder den Betroffenen, die um Hilfe riefen. Lloyd hatte sich eine Spezialleitung zu seinem eigenen Telefon legen lassen, und jedesmal, wenn ein Anruf in der Telefonzentrale kam, leuchtete ein rotes Lämpchen an seinem Anrufbeantworter auf, und er konnte den Hörer abnehmen und mithören; so war er oft der erste Detective, der wichtige Informationen über einen Mord erhielt. Es war ein todsicheres Gegenmittel, das ihm half, lästigen Aufnahmen von Fällen, langweiligem Berichteschreiben und Erscheinen vor Gericht aus dem Weg zu gehen. Als also Lloyd das Lämpchen an seinem Apparat aufleuchten sah, gab er sich einen Ruck und nahm den Hörer ab, um mitzuhören.

»Polizeipräsidium von Los Angeles, Raub- und Morddezernat«, sagte die Frau in der Telefonzentrale.

»Ist das da, wo man einen Mord meldet?« stammelte ein Mann zurück.

»Ja, Sir«, antwortete die Frau. »Sind Sie in Los Angeles?«

»Ich bin in Hollywahn. Mann, Sie werden mir nicht glauben, was ich gesehen habe ...« Lloyds Neugier erwachte – es klang, als wäre der Mann stoned und hätte irgendwo eingebrochen.

»Wollen Sie einen Totschlag melden, Sir?« Die Frau wirkte ein wenig barsch, sogar etwas einschüchternd.

»Mann, ich weiß noch immer nicht, ob das wahr ist oder eine Scheiß-Halluzination. Ich nehm seit drei Tagen Koks und Pillen.«

»Wo sind Sie, Sir?«

»Ich bin nirgends. Aber schicken Sie die Cops zu den Aloha Apartments, Ecke Leland und Las Palmas, Zimmer 406. Da ist was drin, das aussieht wie aus einem Peckinpah-Film. Ich weiß nicht, Mann, entweder darf ich kein Koks mehr nehmen oder ihr habt eine Menge Scheiße am Hals.« Der Anrufer bekam einen Hustenanfall und sagte mit heiserer Stimme: »Verdammtes Hollywood, Mann, verdammt komisch.« Dann legte er abrupt auf.

Lloyd konnte die Verwirrung der Telefonistin beinahe mitfühlen – sie konnte nicht ausmachen, ob der Anruf ernst gemeint war oder ein Scherz gewesen war. Sie brummelte: »Verfluchter Halunke«, und legte ihrerseits auf. Lloyd sprang auf und zog seine Sportjacke über. Er wußte, was los war. Er lief zu seinem Wagen und startete in Richtung Hollywood.

Das Aloha Regency war ein vierstöckiges, efeubewachsenes Wohnhaus in spanischem Stil und hellblau gestrichen. Lloyd ging durch die verwahrloste Eingangshalle zum Aufzug und stufte das Gebäude, das ziemlich heruntergekommen wirkte, als einstmals feine Adresse in Hollywood ein. Er erkannte sofort, daß die Bewohner des Aloha Regency eine ängstliche Mischung aus illegalen Einwanderern, Säufern und von der Fürsorge lebenden Familien waren. Die Schäbigkeit des Foyers mit den abgewetzten Teppichen war nicht zu übersehen.

Er betrat den Aufzug und drückte auf 4, dann nahm er die Pistole aus dem Halfter und merkte, wie seine Haut zu kribbeln anfing, als er die Nähe des Todes spürte. Der Aufzug blieb mit einem Ruck stehen, und Lloyd stieg aus. Er blickte den Flur hinunter und bemerkte, daß die Türen mit den geraden Zahlen bis zu Nr. 406 Spuren eines Brecheisens aufwiesen. Bei 406 hörten dann die Spuren auf. Das Holz an den Türpfosten war erst kürzlich gesplittert, schien nicht verzogen zu sein, was darauf hindeutete, daß die Türen wahrscheinlich am selben Morgen aufgebrochen worden waren. Während Lloyd diese Überlegungen anstellte, richtete er den .38er auf die Tür von Nr. 406 und trat sie ein.

Er hielt den Revolver wie ein Suchgerät vor sich und betrat vorsichtig ein schmales, rechteckiges Wohnzimmer, an dessen Wänden Bücherregale und große Topfpflanzen standen. Ein Schreibtisch stand quer in einer Ecke, und drei Korbstühle waren in einem Halbkreis um die Bücherwand gruppiert. Lloyd ging durch den Raum und nahm die Atmosphäre in sich auf. Er drehte sich langsam um, um in die kleine Küche zu seiner Linken hineinsehen zu können. Aufgewischte Fliesen und glänzendes Linoleum; Geschirr, das sorgsam neben der Spüle gestapelt war. Blieb nur noch das Schlafzimmer; es war von der übrigen Wohnung durch eine grüne Tür, auf der ein Rod-Stewart-Poster hing, abgeteilt.

Er sah zu Boden und spürte, wie sich sein Magen umdrehte. In dem Spalt der halboffenen Tür lag ein Haufen toter Küchenschaben, die in einer Pfütze aus geronnenem Blut festklebten. Er trat vor die Tür, stammelte: »Hinunter in den Kaninchenbau«, und schloß die Augen, bis er den überwältigenden Gestank von verwesendem Fleisch wahrnahm. Als er spürte, wie er innerlich zitterte, aber ohne, daß er würgen mußte, öffnete er langsam die Augen und sagte erstickt: »O mein Gott, bitte nicht.«

Eine nackte Frau hing, an einem Bein aufgehängt, von der Decke herab über einem mit einer Steppdecke bedeckten Bett. Ihr Bauch war aufgeschlitzt, und die Eingeweide hingen über ihr blutverschmiertes Gesicht. Lloyd prägte sich den Anblick genau ein: das freischwebende Bein war dunkelrot angelaufen und im rechten Winkel abgeknickt; getrocknetes Blut klebte an ihren Brüsten, und die Hautstellen, die nicht blutverschmiert waren, waren blau angelaufen; die Bettdecke war so mit Blut getränkt, daß sich Schichten und Krusten gebildet hatten; Blut war auf der Erde, an der Wand, auf Schrank und Spiegel und umrahmte die tote Frau in einer vollkommenen Symmetrie der Verwüstung.

Lloyd ging ins Wohnzimmer und zum Telefon. Er rief Dutch Peltz im Revier von Hollywood an und sagte nur: »Leland Nr. 6819, Apartment 406. Mordfall, Krankenwagen, Gerichtsmediziner. Ich ruf' später noch mal an und erzähl' dir mehr darüber.«

Dutch sagte: »Okay, Lloyd«, und legte auf.

Lloyd durchsuchte ein zweites Mal die Wohnung, zwang sich dazu, den Kopf frei zu halten für andere Dinge und ließ seine Augen durch das Wohnzimmer schweifen, bis sie auf eine Lederhandtasche neben einem Kaktus fielen. Er nahm sie auf, dann leerte er den Inhalt auf den Boden. Make-up-Täschchen, Exedrin, loses Kleingeld. Er öffnete eine handgearbeitete Brieftasche. Der Name der Frau war Julia Lynn Niemeyer. Das Foto und die Personenbeschreibung auf ihrem Führerschein taten ihm weh: sie war hübsch gewesen, 1,72 m groß, wog 120 Pfund. Geburtsdatum: 2. 2. 54; sie wäre in einem Monat neunundzwanzig geworden.

Lloyd ließ die Brieftasche fallen und untersuchte die Bücherregale. Es waren vorwiegend Liebesgeschichten und Bestseller. Ihm fiel auf, daß die Bücher in den oberen Reihen verstaubt waren, während die Bücher weiter unten sauber aussahen.

Er setzte sich auf den Boden, um sie sich genauer anzusehen. Das untere Regal enthielt Gedichtbände, von Shakespeare über Byron bis hin zu feministischen Dichterinnen, alles Taschenbücher. Lloyd zog wahllos drei Bücher heraus und blätterte sie durch, dabei spürte er, wie sein Respekt für Julia Lynn Niemeyer immer mehr wuchs – sie hatte in den Tagen vor ihrem Tod gute Sachen gelesen. Er ging schließlich die Klassiker durch und nahm zuletzt noch ein Taschenbuch im Großformat heraus, das den Titel »Wut im Bauch – Eine Anthologie feministischer Prosa« hatte. Er schlug die Seite mit dem Inhaltsverzeichnis auf und war verblüfft, als er dunkelbraune Flecken auf der Innenseite entdeckte. Beim Weiterblättern stieß er auf Seiten, die von geronnenem Blut zusammenklebten; zum Ende des Buches hin ließen die Blutspuren nach. Als er bis zu dem mit Glanzpapier bezogenen hinteren Buchdeckel geblättert hatte, stockte ihm der Atem. Zwei deutliche Fingerabdrücke zeichneten sich auf weißem Untergrund ab: der Zeige- und Mittelfinger; das reichte für eine Identifizierung völlig aus.

Lloyd pfiff durch die Zähne, umwickelte das Buch mit seinem Taschentuch und legte es vorsichtig auf einen der Korbstühle. Ein Impuls veranlaßte ihn, zum Bücherregal zurückzugehen und mit einer Hand den Zwischenraum zwischen unterstem Regalbrett und Fußboden entlangzuwischen. Er fand eine Handvoll Blätter mit Sexanzeigen, wie es sie in Automaten gibt: Den *L.A. Nite-Line, L.A. Grope* und den *L.A. Swinger.*

Er trug sie zum Sessel hinüber, setzte sich hin und begann zu lesen, erschüttert von den trostlosen Leserzuschriften und verzweifelten Kontaktanzeigen. »Attraktive, geschiedene Frau, 40, sucht gutbestückten weißen Mann für Liebe am Nachmittag. Schicke Foto mit Erektion und Brief an Postfach 5816, Gardena, 90808, Calif«; – »Gutaussehender schwuler Junge, 24, der es gern mit dem Mund macht, sucht junge, scharfe Schuljungen ohne Bart. Ruf jederzeit an: 709-6404«; »Ein langer Dicker ist mein Ziel, und das Ficken mein Lieblingsziel! Ich mach's dir oft und mit viel Stil! Laß uns 'ne heiße Nacht verbringen und ganz geil im Bette ringen! – Schicke Spreiz-Foto an Postfach 6969, L.A., 90069, Calif«.

Lloyd war gerade dabei, die Sexhefte wieder wegzulegen und ein Bittgebet für die gesamte Menschenrasse gen Himmel zu schicken, als seine Augen eine rot umrandete Anzeige entdeckten. »Deine Phantasie oder meine? Laß uns zusammenkommen und darüber reden. Alle sexuell freizügigen Menschen fordere ich auf, mir zu schreiben an Postfach 7512, Hollywood, 90036, Calif. (Ich bin eine attraktive Frau Ende 20).« Er legte die Zeitung auf den Boden und ging die beiden anderen durch. Dieselbe Anzeige war auch in den beiden anderen abgedruckt.

Er steckte die Hefte in seine Jackentasche, ging zurück ins Schlafzimmer und öffnete das Fenster. Julia Lynn Niemeyer pendelte im Durchzug hin und her, drehte sich um ihre eigene Achse, wobei der Deckenstrahler, an dem sie aufgehängt war, unter ihrem Gewicht zu knarren begann. Lloyd hielt sie sanft an den Armen fest. »Armer Liebling«, murmelte er, »oh, Baby, was habt du bloß gesucht? Hast du gekämpft? Hast du geschrien?«

Wie zur Antwort darauf ergriff ein Windstoß den kalten linken Arm der Frau, und er entglitt ihm. Er nahm ihn noch einmal und hielt die Hand fest, wobei seine Augen dem Verlauf der großen blauen Venen am Unterarm folgten. Er schluckte. Zwei Nadeleinstiche waren deutlich in der Mitte der größeren Vene erkennbar. Er überprüfte den anderen Arm – nichts –, dann kratzte er vorsichtig getrocknetes Blut aus den Achselhöhlen und Kniekehlen weg. Keine weiteren Anzeichen; offenbar hatte ein Profi der Frau Beruhigungsspritzen gegeben, bevor er sie so zugerichtet hatte.

Lloyd hörte Schritte im Flur, und Sekunden später stürzten ein Cop in Zivil und zwei uniformierte Streifenbeamte in die Wohnung. Er ging ins Wohnzimmer, um sie zu empfangen, zeigte mit dem Daumen über die Schulter und sagte: »Da drin, Jungs.« Er starrte durchs Fenster zu den schwarzen Wolken hinauf, als er die ersten entsetzten Ausrufe der Kollegen vernahm, denen Würgegeräusche folgten.

Der Zivilcop erholte sich als erster, kam zu Lloyd heraus und redete fieberhaft drauflos: »Wow! Was für eine Leiche! Sie sind Lloyd Hopkins, nicht wahr? Ich heiße Lundquist, Detective vom Bezirk Hollywood.«

Lloyd wandte sich dem Gesicht des großen, früh gealterten Mannes zu, ohne seine ausgestreckte Hand zu beachten. Er musterte ihn ganz offen und befand ihn für dumm und unerfahren.

Lloyds starrender Blick machte Lundquist nervös. »Ich bin der Meinung, es handelt sich hier um einen stümperhaften Einbruch, Sergeant«, sagte er. »Ich hab' nämlich Einbruchsspuren an der Tür entdeckt. Ich denke, wir sollten unsere Nachforschungen damit beginnen, daß wir uns die Einbrecher vorknöpfen, die wußten, wie ...«

Lloyd schüttelte den Kopf und unterbrach den Redeschwall des jüngeren Detective. »Falsch. Die Spuren vom Brecheisen sind neu. Die Fasern an den Kanten hätten sich durch die Luftfeuchtigkeit längst geglättet, wenn der Einbruch und der Mord gleichzeitig stattgefunden hätten. Die Frau ist schon seit mindestens zwei Tagen tot. Nein, der Einbrecher war der Kerl, der die Leiche gemeldet hat. Hören Sie, die Handtasche der Frau liegt auf dem Stuhl da drüben. Eindeutige Identifizierung. Da ist auch ein Taschenbuch mit zwei blutigen Fingerabdrücken. Lassen Sie die Sachen ins Labor bringen und sagen Sie den Experten, sie sollen mich zu Hause anrufen, falls sie irgend etwas Aufschlußreiches entdecken sollten. Ich möchte, daß Sie das Gebäude untersuchen und die Wohnung dann versiegeln – keine Reporter, keine Arschlöcher vom Fernsehen. Haben Sie mich verstanden?«

Lundquist nickte.

»Gut, und dann möchte ich, daß Sie jetzt die Spurensicherung anrufen, ihnen sagen, sie sollen ein Expertenteam für Fingerabdrücke herschicken und die Wohnung von oben bis unten durchsuchen. Sagen Sie den Leuten in der Gerichtsmedizin, sie sollen mich zu Hause anrufen, sobald sie den Autopsiebericht fertig haben. Wer ist der Boss der Hollywood-Detectives?«

»Lieutenant Perkins.«

»Gut. Ich werde ihn später anrufen. Sagen Sie ihm, das ist ein Fall für das Dezernat Raubüberfall und Mord.«

»Jawohl, Sergeant.«

Lloyd ging wieder ins Schlafzimmer. Die beiden Streifenbeamten starrten auf die Leiche und rissen Witze. »Ich hatte mal 'ne Freundin, die so aussah«, sagte der ältere der beiden Cops. »Das war Bloody Mary. Ich konnte nur zwei Wochen im Monat mit ihr zusammen sein, die andere Zeit hatte sie ihre Tage.«

»Das ist doch gar nichts«, sagte der jüngere Cop, »ich kannte mal 'nen Kalfaktor vom Leichenschauhaus, der sich in eine Leiche verliebt hatte. Er ließ nicht zu, daß der Amtsarzt die Leiche sezierte – er hatte Angst, der könnte ihre Romanze kaputtmachen.«

Der andere Cop lachte lauthals und zündete sich mit zittrigen Händen eine Zigarette an. »Meine Frau macht unsere Romanze jeden Abend kaputt, beim Fernsehen im Bett.«

Lloyd räusperte sich; er wußte, daß die Männer Witze rissen, um ihr Entsetzen herunterzuspielen, aber er fand es trotzdem unschicklich, und irgendwie wollte er nicht, daß das in Gegenwart Julia Lynn Niemeyers geschah. Er wühlte in dem Kleiderschrank, bis er ein Abendkleid aus Samt fand, dann ging er in die Küche und holte ein gezacktes Steakmesser. Als er ins Schlafzimmer zurückkam, stellte er sich auf das blutbesudelte Bett, woraufhin der junge Polizist zu ihm sagte: »Lassen Sie sie lieber für den Gerichtsmediziner so hängen, Sergeant.«

Lloyd sagte: »Halten Sie Ihre blöde Klappe!« und schnitt die Nylonschnur durch, die um Julia Lynn Niemeyers Fußgelenk geschlungen war. Er umschlang die schlaffen Glieder und den entstellten Körper mit seinen Armen und stieg vom Bett herunter, wobei er ihren Kopf an seine Schulter drückte. »Schlaf, mein Liebling«, sagte er. Tränen traten ihm in die Augen. »Ich werde deinen Mörder finden.«

Lloyd legte sie auf den Boden und deckte sie mit dem Kleid zu. Die drei Polizisten starrten ihn ungläubig an.

»Durchsucht jetzt das Gebäude«, schnauzte Lloyd sie an.

Drei Tage später hatte sich Lloyd im Hauptpostamt von Hollywood postiert und beobachtete unauffällig die Wand, an der sich die Schließfächer mit den Nummern 7500 bis 7550 befanden; er wußte jetzt, daß Julia Lynn Niemeyer ihre Kontaktanzeigen in Begleitung einer großen, blonden Frau von ungefähr 40 aufgegeben hatte. Büroangestellte sowohl beim *L.A. NightLine* als auch beim *L.A. Swinger* hatten die tote Frau eindeutig anhand des Führerscheinfotos identifiziert und erinnerten sich genau an ihre Begleiterin.

Lloyd war nervös, und er versuchte, seinen Zorn und seine Ungeduld im Zaum zu halten, indem er die ihm genannten greifbaren Tatsachen über den Mord noch einmal rekapitulierte. Tatsache war, daß Julia Lynn Niemeyer mit einer Überdosis Heroin umgebracht und nach ihrem Tod verstümmelt worden war. Tatsache war auch, daß der Gerichtsmediziner den Zeitpunkt des Mordes auf ca. zweiundsiebzig Stunden vor Auffindung der Leiche festgesetzt hatte. Und Tatsache war, daß niemand im Aloha Regency Anzeichen für einen Kampf gehört oder etwas über das Opfer gewußt hatte, das vom Geld einer Ausbildungsversicherung lebte, die seine Eltern abgeschlossen hatten, bevor sie 1978 bei einem Autounfall ums Leben gekommen waren. Diese Information hatte ihnen ein Onkel des Opfers gegeben, der aus einer Tageszeitung in San Francisco von dem Mord erfahren und Julia Niemeyer als ein »sehr ernstes, sehr ruhiges und sehr intelligentes Mädchen, das andere nicht nahe an sich heranließ« beschrieben hatte.

Die Zeitungen hatten den Mord groß herausgebracht, und es war lang und breit auf Ähnlichkeiten mit den Tate-LaBianca-Morden von 1969 hingewiesen worden. Das führte zu einer Flut von Anrufen, mit denen die Telefonzentrale des Polizeipräsidiums von L.A. überschwemmt wurde. Lloyd hatte daraufhin drei Mann abgestellt, die alle Anrufer, die sich nicht wie die üblichen sensationshungrigen Mitbürger anhörten, einzeln vernehmen sollten. Die blutigen Fingerabdrücke aus dem Taschenbuch – das einzige handfeste und greifbare Indiz – waren von Experten abgenommen worden, dann in den Computer eingegeben und an jede Polizeidienststelle innerhalb der Vereinigten Staaten zum Vergleich übermittelt worden; die Resultate waren niederschmetternd: der Teilabdruck des Mittel- und Zeigefingers konnte keiner Person irgendwo im Land zugeordnet werden, was bedeutete, daß der Mörder noch nie verhaftet worden war, nie Militär- oder Zivildienst geleistet hatte, niemals gepfändet worden war und noch nie einen Führerschein in siebenunddreißig der fünfzig Vereinigten Staaten beantragt hatte.

Lloyd merkte, wie seine Hypothese sich allmählich zum, wie er es nannte, »Schwarze-Dahlie-Syndrom« verdichtete, eine Anspielung auf einen ungelösten schaurigen Mordfall von 1947. Er war sicher, daß Julia Lynn Niemeyer von einem intelligenten Mann mittleren Alters umgebracht worden war, der noch nie zuvor jemanden getötet hatte, von einem Mann mit schwachem Geschlechtstrieb, den Julia Niemeyer irgendwie kennengelernt und bei dem ihre ganze Wesensart seine seit langem verborgene Psychose zum Durchbruch gebracht haben mußte, die ihn dann dazu trieb, ihre Ermordung sorgfältig zu planen. Er glaubte auch zu wissen, daß der Mann körperlich stark war, und daß er in der Lage sein mußte, sich in den unterschiedlichsten Gesellschaftsschichten zu bewegen: er war ein solider Bürger, der auch Zugang zu Heroin hatte.

Lloyd war sowohl von der Täterpersönlichkeit selbst als auch von der Herausforderung, den Mann zu fassen, zutiefst fasziniert. Er blickte sich ziellos in der Menschenmenge im Postamt um, dann richtete er seinen Blick wieder auf Postfach-Nr. 7512. Er spürte, wie seine Ungeduld immer größer wurde. Falls die »große, blonde Frau« bis Mittag nicht auftauchte, würde er das Fach aufbrechen und die Tür mitsamt den Angeln herausreißen.

Eine Stunde später erschien sie endlich. Lloyd hatte sofort das Gefühl, daß sie es sein mußte, sobald er sie durch die breiten Glastüren kommen und unsicher auf die Gänge mit den Postfächern zugehen sah.

Sie war eine große, starkknochige Frau, deren ganzes Benehmen nervös war und deren körperliche Anspannung er fast spüren konnte, als sie sich ängstlich nach allen Richtungen umblickte, den Schlüssel ins Schloß schob, einen Stapel Post herausnahm und hinausrannte.

Lloyd war kurz hinter ihr, als sie gerade die Tür ihres in zweiter Reihe geparkten Pinto öffnete. Sie wandte sich beim Geräusch seiner Schritte um und hielt sich die Hand vor den Mund, als er ihr auf Augenhöhe seine Marke hinhielt. Auf die Marke starrend, sackte die Frau entsetzt gegen den Wagen, und der Stapel Briefe fiel zu Boden.

Lloyd bückte sich und hob sie alle wieder auf. »Ich bin von der Polizei«, sagte er ruhig.

»O mein Gott«, entgegnete sie. »Etwa von der Sitte?«

Lloyd sagte: »Nein, Morddezernat. Es geht um Julia Niemeyer.«

Sie lief rot an und rief: »Jesus, da bin ich aber erleichtert. Ich wollte Sie sowieso anrufen. Ich schätze, Sie wollen mit mir über sie reden?«

Lloyd lächelte; die Frau reagierte etwas übertrieben. »Hier können wir nicht reden«, meinte er, »und ich möchte Sie nicht unbedingt aufs Polizeirevier mitnehmen. Hätten Sie was dagegen, wenn wir irgendwo hinfahren?«

»Nein«, sagte die Frau und fügte mit einer winzigen Spur von Verachtung das »Officer« hinzu.

Lloyd bat sie, nach Süden zum Hancock Park zu fahren. Auf dem Weg dorthin erfuhr er, daß sie Joanie Pratt hieß, Alter 42, ehemalige Tänzerin, Sängerin, Schauspielerin, Serviererin, Playboy-Club-Bunny, Fotomodell und Mätresse.

»Und was machen Sie im Augenblick?« fragte er sie, als sie auf den Parkplatz des Hancock Parks fuhr.

»Es ist was Ungesetzliches«, meinte Joanie Pratt und lächelte dabei.

»Das ist mir egal«, antwortete Lloyd und lächelte zurück.

»Okay, ich handle mit Speed und bumse mit ausgesuchten älteren Knilchen, die keinen Ärger haben wollen.«

Lloyd lachte und zeigte auf eine Gruppe Dinosaurier aus Gips, die auf einem Rasenstück ein paar Meter vom Parkplatz entfernt standen. »Lassen Sie uns da vorn reden«, schlug er vor.

Nachdem sie sich auf den Rasen gesetzt hatten, kam Lloyd gleich zur Sache und beschrieb Julia Niemeyers Leiche in allen Anschaulichkeiten und bis ins kleinste Detail. Joanie Pratt wurde abwechselnd weiß, dann rot und schluchzte dann laut auf. Als sie zu weinen aufgehört hatte, sagte er leise: »Ich will dieses Tier haben. Ich weiß über die Annoncen Bescheid, die Sie und Julia in den Sexblättern aufgegeben haben. Es ist mir ziemlich egal, ob ihr zwei halb Los

Angeles, die Känguruhs im Zoo von San Diego oder euch gegenseitig gevögelt habt. Es ist mir auch scheißegal, ob ihr mit Drogen handelt, Drogen schnupft oder schießt oder Kinder drogensüchtig macht. Ich will alles wissen, was Sie über Julia Niemeyer wissen: ihr Liebesleben, ihr Sexualleben und warum sie die Annoncen in den Zeitungen aufgegeben hat. Haben Sie verstanden?«

Joanie nickte stumm. Lloyd holte ein Taschentuch aus seiner Manteltasche und gab es ihr. Sie wischte sich ihr Gesicht damit und sagte: »Also gut, es war so: Vor ungefähr drei Monaten war ich in der Stadtbücherei von Hollywood, um Bücher zurückzugeben. Ich bemerkte diese gutaussehende Biene direkt neben mir, die all diese Lehrbücher über Sex bei sich hat – Kraft-Ebing, Kinsey, den *Hite Report.* Ich mach ein paar Witze darüber, sie stellt sich vor, es war Julia.

Nun ja, wir gingen zusammen vor die Tür, rauchten eine Zigarette und unterhielten uns – über Sex. Julia erzählte mir, daß sie Sexualforschung betriebe und daß sie ein Buch darüber schreiben wolle. Ich erzählte ihr aus meiner pikanten Vergangenheit, und was bei mir gerade läuft – Wanderzirkus mit Gruppensex. Es ist so eine Art Tauschgeschäft: Ich kenne eine Reihe einflußreicher Grundstücksmakler und verkaufe ihnen ein bißchen Stoff im Austausch dafür, daß ich erstklassige Häuser benutzen darf, wenn die Besitzer auf Reisen sind. Ich annonciere in den Sexblättern – ›berauschende Sexpartys‹. Zweihundert Dollar pro Paar, damit die Penner wegbleiben. Ich sorge für gutes Essen, Drogen, Musik und eine Lightshow. Na, jedenfalls, Julia war zwar sexbesessen, aber sie bumste nicht – ihr ging es eben nur um Sex-Forschung ...«

Joanie legte eine Pause ein und zündete sich eine Zigarette an. Als Lloyd sie drängte, weiterzureden, fuhr sie fort: »Nun ja, Julia wollte die Leute auf meinen Partys interviewen. Ich sagte ihr: ›Scheiße, nein! Diese Leute zahlen verdammt viel Geld, um daran teilzunehmen, und sie wollen nicht von irgendeiner sexgeilen Interviewtante belästigt werden.‹ Daraufhin meinte Julia: ›Sieh mal, ich hab' 'ne ganze Menge Geld. Ich bezahle für die Leute, die zu den Partys kommen, und ich befrage sie dann, sozusagen als Eintrittspreis. Und ich darf sie beim Sex beobachten.‹ Jedenfalls ist das der Grund, weshalb Julia die Anzeigen aufgegeben hat. Leute schrieben ihr, und sie bot ihnen an, das Eintrittsgeld für die Partys zu zahlen, wenn sie den Interviews zustimmten.«

Lloyd war gespannt und richtete den Blick auf Joanie Pratts blaue Augen, bis sie anfing, mit der Hand vor seinen Augen hin und her zu wedeln. »Kommen Sie auf die Erde zurück, Sergeant! Sie sehen ja aus, als hätten Sie einen Ausflug zum Mars gemacht.«

Lloyd spürte vage, daß sich seine Vermutungen bestätigten. Er schob Joanies Hand weg und sagte: »Weiter!«

»Okay, Marsmensch. Julia machte also ihre Interviews und sah den Leuten beim Ficken zu, bis sie im Gesicht blau anlief. Sie machte tonnenweise Notizen und hatte die erste Rohfassung für ihr Buch fertig, als bei ihr eingebrochen wurde und ihr Manuskript und sämtliche Aufzeichnungen und Akten gestohlen wurden. Sie erf...«

»Was!« rief Lloyd aus.

Joanie rückte überrascht ein Stück von ihm ab. »Na, na, Sarge. Lassen Sie mich doch zu Ende erzählen. Das war vor ungefähr einem Monat. Ihre Bude wurde durchwühlt. Ihre Stereoanlage, ihr Fernseher und tausend Dollar in bar wurden auch geklaut. Sie ...«

Lloyd unterbrach sie: »Hatte sie es der Polizei gemeldet?«

Joanie schüttelte den Kopf. »Nein, ich sagte ihr, sie sollte das besser nicht tun. Ich war der Meinung, sie könnte ihr Buch doch jederzeit aus der Erinnerung neu schreiben, und sie sollte einfach noch ein paar Interviews mehr machen. Ich wollte nicht, daß irgendwelche Bullen mir in die Quere kommen. Bullen sind krankhafte Moralisten, und sie hätten Wind von meinem Geschäft bekommen können. Aber jetzt hören Sie mal gut zu! Eine Woche bevor Julia starb, erzählte sie mir, daß sie das Gefühl hätte, verfolgt zu werden. Da wäre dieser Mann, der ihr ständig über den Weg liefe – auf der Straße, in Restaurants, auf dem Markt. Er würde zwar nie zu ihr rüberstarren oder so, aber sie hätte das Gefühl, daß er dauernd hinter ihr herschliche.«

Lloyd wurde es ganz kalt. »Kannte sie den Mann von den Partys her?«

»Sie sagte, sie wäre sich nicht sicher.«

Lloyd schwieg eine ganze Weile. »Haben Sie irgendwelche Briefe aufgehoben, die Julia bekommen hat?«

Joanie schüttelte den Kopf. »Nein, nur die, die ich heute abgeholt habe.«

Lloyd hielt die Hand auf, und Joanie nahm die Briefe aus ihrer Handtasche. Er schaute sie unverwandt an und schlug sich mit dem Stapel auf den Oberschenkel. »Wann soll denn die nächste Party steigen?«

Joanie senkte die Augen: »Heute abend.«

Lloyd sagte nur: »Schön. Ich werde daran teilnehmen. Sie werden meine Partnerin sein.«

Die Party fand in einem dreistöckigen Giebelhaus am Ende einer Sackgasse statt, die auf der Talseite der Hollywood Hills lag. Lloyd trug Bundhosen, Mokassins, ein gestreiftes Polohemd und einen Rollkragenpullover über seinem .38er, ein Aufzug, der Joanie Pratt zu dem Ausruf veranlaßte: »Mein Gott, Sarge! Das soll doch eine Party mit Pep werden und kein Sackhüpfen wie auf einer Schülerfete! Haben Sie mir keinen Blumenstrauß mitgebracht?«

»Er steckt in meiner Hose«, sagte er.

Joanie lachte und musterte seine Figur von oben bis unten. »Nicht schlecht. Werden Sie denn heute abend bumsen? Angebote kriegen Sie bestimmt reichlich.«

»Nein, ich heb's mir für den Studentenball auf. Würden Sie mir jetzt alles zeigen?«

Sie führte ihn durchs Haus. Das gesamte Mobiliar des Wohn- und Eßzimmers war an die Wand gerückt, und die zusammengerollten Teppiche stapelten sich fast bis zur Decke. Davor stand eine Reihe niedriger Tische mit kalten Platten voller Fleischscheibchen verschiedenster Sorte, *Hors d'œuvres* und Eisbehälter mit fertig zubereiteten Cocktails. Joanie meinte beiläufig: »Buffet und Tanzfläche. Die Stereoanlage ist erstklassig, überall im Haus sind Lautsprecher.« Sie zeigte auf die Deckenbeleuchtung. »Die Stereoanlage ist mit den Lampen verbunden, so daß Musik und Beleuchtung gleichzeitig funktionieren. Das ist echt irre.« Sie nahm ihn bei der Hand und führte ihn die Treppe hinauf. Die beiden oberen Etagen bestanden aus Schlafzimmern und kleinen Räumen zu beiden Seiten langer Korridore. Rote Lichter gingen über offenstehenden Türen an und aus, und Lloyd war erstaunt darüber, daß der Boden in allen Zimmern mit Matratzen ausgelegt war, die mit rosa Seidenlaken bezogen waren.

Joanie stieß ihm in die Rippen. »Ich engagier mir immer ein paar von diesen Mexikanern vom Sklavenmarkt im Nuttenviertel. Die machen die schwere Arbeit. Ich gebe ihnen zehn Dollar vor der Party und hinterher zwanzig und eine Flasche Tequila, wenn sie die Möbel wieder zurechtrücken. Was ist los, Sarge? Sie sehen so bekümmert aus.«

»Ich weiß auch nicht«, sagte Lloyd, »aber es ist schon komisch. Ich bin hier, um mich nach einem Killer umzusehen. Diese ganze ›Party‹ ist wahrscheinlich sittenwidrig, und ich glaube, ich bin glücklich wie schon seit langem nicht mehr.«

Die Teilnehmer der Party kamen eine halbe Stunde später. Lloyd instruierte Joanie kurz über das, was er von ihr erwartete – sie sollte herumgehen und ihm die Leute zeigen, von denen sie wußte, daß sie von Julia Niemeyer interviewt worden waren oder an ihr Interesse gezeigt hatten.

Sie sollte ihm von jedem Mann berichten, der Julia oder ihren Tod erwähnen würde. Sie sollte ihn auch über alles informieren, was ihr irgendwie ungewöhnlich vorkam, alles, was gegen das von ihr erwähnte Party-Motto »Gute Musik, gute Drogen, gutes Bumsen« verstieß; niemand sollte erfahren, daß er Police Officer wäre.

Lloyd stellte sich hinter die beiden stämmigen Rausschmeißer, die die ankommenden Gäste überprüften und die Einladungskarten entgegennahmen. Die Teilnehmer der Party, die paarweise eintrafen, kamen ihm wie ein Wachsfigurenkabinett halbseidener Parvenüs vor – feinste Kleider nach neuestem modischen Schick, schlaffe Figuren mit schlechter, verkrampfter Körperhaltung; die Männer waren mittleren Alters und hatten schon deswegen Angst; die Frauen sahen scharfgesichtig, konkurrenzneidisch, zickig und frech aus, als kämen sie geradewegs aus einem Edelpuff.

Als die Rausschmeißer hinter den zuletzt angekommenen Gästen die Tür schlossen und verriegelten, hatte er das Gefühl, soeben einer perfekten impressionistischen Darstellung der Hölle beigewohnt zu haben. Als Reaktion darauf zuckte es in seinem rechten Knie, und als er zurück zum Buffet ging, war ihm bewußt, daß er jedes Fünkchen Liebe seiner irisch-protestantischen Seele zusammennehmen mußte, um diese Leute nicht zu hassen.

Er beschloß, den fröhlichen Hengst zu spielen. Als Joanie Pratt an ihm vorüberrauschte, flüsterte er ihr zu: »Es soll so aussehen, als wären wir beide zusammen hier.«

Joanie schloß darauf schmachtend die Augen. Lloyd beugte sich langsam zu ihr hinab, um sie zu küssen, wobei seine Hände ihre Hüfte umfaßten und sie dabei anhoben, so daß ihre Füße einige Zentimeter in der Luft schwebten. Ihre Lippen und Zungen begegneten sich und spielten in perfektem Einklang miteinander. Aufmunternde Pfiffe und anfeuernde Zurufe übertönten Lloyds beschleunigten Herzschlag, und als sie den Kuß beendeten und er sie wieder auf den Boden stellte, hatte er das Gefühl, diese zweifelhafte Gesellschaft im Sturm erobert zu haben. »Das wär's dann, Leute«, sagte er in gespielt näselndem Tonfall und tätschelte Joanie dabei die Schulter. »Amüsiert euch alle gut. Ich muß mal nach oben und mich ausruhen.« Sein dürftiger Scherz wurde mit wildem Beifall quittiert, und er stieg die Treppen hinauf.

Am hinteren Ende des Korridors im dritten Stock betrat Lloyd ein Schlafzimmer. Er schloß sich darin ein und empfand leichten Stolz über seine Darbietung, gleichzeitig aber auch Beschämung über seine Ungeniertheit, und er war verblüfft darüber, daß er die Lustmolche da unten zu mögen begann. Er ließ sich auf der mit einem rosa Laken bezogenen Matratze nieder und holte die Briefe hervor, die Joanie ihm gegeben hatte – es war die letzte Korrespondenz aus dem Postfach 7512. Er hatte erst vorgehabt, sie später mit Joanies Hilfe durchzugehen, aber ihm war nach Arbeit zumute, um sein nagendes Gewissen zu beruhigen.

Die ersten beiden Umschläge enthielten den üblichen Schund – Werbebriefe, die übergroße elektrische Dildos und Sklavenketten anpriesen. Der dritte Umschlag war handgeschrieben. Lloyd sah genauer hin und bemerkte, daß die Buchstaben der Anschrift nachgezeichnet waren, offenbar mit einer Buchstabenschablone. Sein Verstand empfing ein Warnsignal, er hielt den Umschlag vorsichtig an den Ecken fest und schlitzte ihn mit einem geschickten Ruck seines Fingernagels auf. Er enthielt ein Gedicht, geschrieben mit kastanienbrauner Tinte und wieder nach Schablone. Lloyd schaute sich das Blatt von der Seite an. Irgend etwas störte ihn an der Tinte. Er wedelte einige Male kräftig mit dem Blatt hin und her und bemerkte dabei, daß die braune Tinte abblätterte und darunter ein hellerer Farbton sichtbar wurde. Er schmierte absichtlich mit dem Finger über die Schrift, dann roch er an der körnigen Substanz und spürte zugleich, daß in seinem Kopf etwas zum zweitenmal einrastete: Das Gedicht war mit Blut geschrieben.

Lloyd zwang sich, ruhig zu bleiben, indem er tief durchatmete und sich auf die senkrechten Wollfäden seines Pullovers konzentrierte, die Penny Weihnachten vor zwei Jahren selbst handgesponnen hatte. Nachdem der erste Schwindel in seinem Kopf abgeklungen war, machte er sich daran, die mit Blut geschriebenen Zeilen zu lesen:

Ich nahm von Dir den Gram
Ich stahl Dich wie ein Lamm;
Mein Herz ließ ich Dir Gnade geben
Vollendete Dein seichtes Sterben
– und gab Dir Leben!

Dein Sündenleib war mir verhaßt
Dein Herz mein Weib, mein Leben
Dein geiles Lernen mir nur Last
Dein Tod – die Auferstehung und mein Leben.

Ich las Deine teuflischen Worte;
Über Funde der dreckigsten Sorte.
Du trafst mich –
Kränktest mich mehr als der Rest,
Warst die Klügste, Netteste,
Schlecht'ste und Best',
Und ich schwankte beinah –
Beim Todesfest.

Gewidmet anonymem Hingang,
Gelebtem Leben in einer Krebszelle;
Das Messer meiner Liebe rettete Dich
Vor den blutbefleckten Toren der Hölle.

Lloyd las das Gedicht dreimal, um es sich einzuprägen; er ließ dabei die Umstellung der Worte auf sich wirken und paßte sie seinem Herzschlag, dem Blutstrom und dem Rhythmus seiner Gehirnwellen an. Er ging zum Spiegel, der sich über die ganze Wand erstreckte, um sich anzusehen. Er war nicht in der Lage zu entscheiden, ob er ein irisch-protestantischer Edler oder ein Scheusal wäre, und es war ihm auch irgendwie gleichgültig; er war in den Strudel gottloser böser Zwänge geraten, und er wußte endlich genau, warum er Talente besaß, die andere nicht hatten.

Als das Gedicht immer mehr Besitz von ihm ergriff, bekam es musikalische Dimensionen, hörte er die Rhythmen kitschiger Erkennungsmelodien alter Fernsehprogramme, die er sich mit Tom ...

Die Rhythmen wurden deutlicher, und aus »Gelebtem Leben in einer Krebszelle« wurde eine Big-Band-Improvisation des Titelsongs für das »Texaco Star Theater« – und plötzlich stand Milton Berle neben ihm und rollte eine Zigarre zwischen Zähnen, die aussahen wie die eines Bibers. Lloyd schrie auf und ging in die Knie, die Hände an die Ohren gepreßt.

Es gab lautes Gekreisch, und die Musik verebbte. Lloyd hielt sich noch fester die Ohren zu. »Erzähl mir die Geschichte vom Kaninchen, das in seinen Bau geht«, wimmerte er flehend, bis er ein Kratzen hörte, das von einem riesigen, an der Schlafzimmerwand befestigten Lautsprecher kam. Sein rauhes Schluchzen wurde zu befreitem Lachen. Es war das Radio gewesen!

Lloyd hatte Gewaltphantasien. Er konnte die Ursache der Musik doch einfach dadurch zerstören, indem er ein paar Kabel herausriß und einige Knöpfe drehte; sollten die Wichser doch ohne Musikbegleitung bumsen! Das Ganze war ohnehin völlig illegal!

Er steckte das Gedicht vorsichtig wieder in den Briefumschlag und schob ihn in die Tasche, dann ging er, Hände in den Hosentaschen, hinunter. Er beachtete die Paare kaum, die stehend vor Schlafzimmertüren vögelten, sondern konzentrierte sich auf die rotblinkenden Lichter in den Fluren. Die Lämpchen waren Realität, der positive Gegenpol zur Musik, und wenn sie ihn zur Stereoanlage führen würden, wäre er gerettet.

In der ersten Etage wirbelte eine Masse nackter Leiber zur Musik, teils rhythmisch, teils ohne auf die Musik zu achten, und schlendernde Glieder zappelten wild durch die Luft, berührten dabei fremde Haut und verweilten kurz, bevor sie zurückgerissen wurden. Lloyd ging mitten durch das Treiben und spürte Arme und Beine, die sich an ihn schmiegten, kniffen, nach ihm ausstreckten. Er fand die Stereoanlage an der anderen Seite des Wohnzimmers; Joanie Pratt stand daneben und suchte eine Platte aus. In ihrem Kleid sah sie aus wie ein Leuchtfeuer in einer Welt aus irrsinnigem Lärm.

»Joanie!« Die Panik in seiner eigenen Stimme beunruhigte ihn, als er vor der Musik flüchtete, wieder durch wogende Leiber, die zurückwichen, als er sich seinen Weg bahnte. Er stürzte durch die Küche, rannte schwach beleuchtete Flure entlang und in einen stockdunklen Garten hinaus, den geheimnisvolle Stille umgab. Als er auf die Knie fiel, umschlossen ihn sanfte Nachtluft und der Geruch von Eukalyptus.

»Sarge?« Joanie Pratt kniete neben ihm. Sie streichelte seinen Rücken und sagte: »Was ist los, ist alles in Ordnung mit dir? Dein Gesichtsausdruck auf der Tanzfläche ... so was hab' ich noch nie gesehen.«

Lloyd zwang sich zu einem Lächeln. »Mach' dir keine Sorgen deswegen. Ich kann laute Musik oder Lärm absolut nicht vertragen. Das ist 'ne alte Geschichte.«

Joanie tippte sich mit dem Finger an den Kopf und meinte: »Du hast da oben wohl nicht alle, wie?«

»Sprich nicht so mit mir.«

»Tut mir leid. Frau und Kinder?«

Lloyd nickte und stand auf. Als er Joanie aufhalf, fügte er hinzu: »Seit siebzehn Jahren. Drei Töchter.«

»Macht es dir Spaß?«

»Die Dinge ändern sich mit der Zeit. Meine Töchter sind wunderbar. Ich erzähle ihnen Geschichten, und meine Frau haßt mich deshalb.«

»Warum? Was für Geschichten?«

»Ist doch egal. Als ich acht war, hat meine Mutter mir Geschichten erzählt und dadurch mein Leben gerettet.«

»Was für ...?«

Lloyd schüttelte den Kopf. »Nein, laß uns das Thema wechseln. Hast du auf der Party irgendwas in Erfahrung bringen können? Hat irgendwer Julia erwähnt? Ist dir irgendwas Ungewöhnliches aufgefallen?«

»Nein, nein, absolut nichts. Julia benutzte einen anderen Namen, wenn sie die Leute interviewte, und außerdem war das Foto sehr schlecht, das sie von ihr in den Nachrichten gezeigt haben. Ich glaube nicht, daß da irgendwer einen Zusammenhang sieht.«

Lloyd überlegte. »Ich glaube, du hast recht«, sagte er. »Mein Instinkt sagt mir, daß der Killer nicht auf so eine Party gehen würde; er würde sie zu schäbig finden. Ich möchte aber alles berücksichtigen. Einer dieser Briefe, die du mir gegeben hast, enthielt ein Gedicht. Er wurde von dem Mörder geschrieben, da bin ich mir ganz sicher. In dem Gedicht gibt es vage Hinweise auch auf andere Opfer, darum glaube ich fest, daß er mehr als eine Frau umgebracht hat.« Da Joanie nur blaß und verzagt vor sich hinstarrte, fuhr er fort: »Was ich von dir brauche, ist eine Liste aller regelmäßigen Partybesucher.«

Joanie schüttelte verzagt den Kopf. Lloyd packte sie an den Schultern und redete leise auf sie ein: »Willst du, daß dieses Tier noch einmal tötet? Was ist dir wichtiger: das Leben Unschuldiger zu retten oder daß ein Haufen geiler Wichser anonym bleiben darf?«

Hysterisches Gelächter von drinnen war der Hintergrund für Joanies Antwort. »Ich habe wohl keine große Wahl, Sarge. Laß uns zu mir nach Hause fahren! Ich habe die Dauerkunden alle auf Mikrofilm.«

»Was ist mit deiner Party?«

»Zum Teufel damit. Ich sag' den Rausschmeißern, sie sollen alles dichtmachen. Nehmen wir deinen oder meinen Wagen?«

»Meinen. Ist das eine Einladung?«

»Nein, das ist ein Vorschlag.«

Hinterher, als sie noch zu sehr miteinander beschäftigt waren, um einschlafen zu können, spielte Lloyd mit Joanies Brüsten, er drückte, formte und bearbeitete sie in allen möglichen Variationen und fuhr mit dem Finger sacht über die Ränder ihrer Brustwarzen.

Joanie lachte und sagte mit gedämpfter Stimme: »Do-wah, wah-wah, do-rann-rann.« Lloyd fragte sie, was es mit diesen merkwürdigen Geräuschen für eine Bewandtnis hätte, und sie sagte: »Ach ja, hab' ich ja ganz vergessen; du hörst ja nie Musik.

Okay. Ich kam also 1958 aus St. Paul, Minnesota, hierher. Ich war damals achtzehn. Ich hatte mir fest vorgenommen – ich wollte der erste weibliche Rock-'n'-Roll-Star werden. Ich war blond, ich hatte Titten und glaubte, daß ich singen konnte. Ich stieg an der Ecke Fountain und Vine aus dem Bus und ging Richtung Norden. Ich sehe plötzlich das Hochhaus von Capitol Records vor mir und sage mir: das muß ein Wink sein. Also marschiere ich hin, mein Pappköfferchen immer dabei. An dem Tag trug ich ein Partykleid und hochhackige Schuhe – es war der kälteste des Jahres.

Na, ich setz' mich jedenfalls in den Warteraum und glotz' mir all diese goldenen Schallplatten an, die sie da an der Wand hängen haben. Ich denk' mir gerade: ›Irgendwann wird auch für dich der Tag kommen . . .‹, da kommt dieser Typ auf mich zu und sagt: ›Ich heiße Pluto Maroon. Ich bin Agent. Capitol Records ist nicht die richtige Adresse für dich. Laß uns von hier verschwinden!‹ Ich sage: ›Na ja, gut‹, und wir verduften. Und dann meint Pluto, ein Kumpel drehe gerade 'nen Film in Venice. Wir fahren also mit seinem Cadillac da raus. Plutos Kumpel heißt Orson Welles. Ja, hast richtig gehört, Sarge: Orson Welles. Er drehte gerade *Touch of Evil.* Venice sollte darin eine dreckige mexikanische Grenzstadt darstellen.

Ich krieg natürlich sofort mit, daß Orson sich Pluto gegenüber sehr herablassend verhält – der behandelte ihn wie einen Schuhputzer, wie einen blöden Hansel. Na, also Orson sagt zu Pluto, er solle ihm ein paar Extras besorgen. Leute aus dem Ort, die bereit wären, den ganzen Tag da herumzuhängen für 'nen Joint und 'n Bier. Also gehen Pluto und ich den Ocean Front Walk entlang. Was für ein Ding! Die unschuldige Joanie aus St. Paul, und dann Beatniks, Fixer und Künstler!!

Na, wir kommen an diesem Beatnik-Buchladen vorbei. Ein Typ, der wie ein Werwolf aussieht, steht hinterm Tresen. Pluto sagt: ›Willste mit Orson Welles 'nen Film drehen und dabei 'nen Fünfer verdienen?‹ Der Typ sagt: ›Ist ja irre!‹, und wir gehen dann zur Strandpromenade runter und gabeln ein paar von diesen unglaublich bescheuerten Typen auf und nehmen sie mit.

Na ja, der Werwolf war irgendwie auf mich abgefahren. ›Ich heiße Marty 'Monster' Mason‹, sagt er. ›Ich bin Sänger.‹ Ich denke, ›Wow, ist ja toll!‹ und sage zu ihm: ›Ich heiße Joanie Pratt – Ich bin Sängerin.‹ Marty sagt: ›Sing doch mal do-wah, wah-wah, do-rann-rann, zehn Mal hintereinander.‹ Das tat ich, und er sagte: ›Ich spiele heute abend in San Bernardino. Willst du nicht als Backup mitmachen?‹ Ich sage: ›Was muß ich denn dabei tun?‹ Marty sagt: ›do-wah, wah-wah, do-rann-rann singen‹.

Ja, das war's dann. Ich machte also mit. Ich sang ›do-wah, wah-wah, do-rann-rann‹, zehn Jahre lang. Ich heiratete Marty und er wurde als Marty Mason, ›das Monster‹, mit seinem ›Monster Stamp‹ berühmt, wegen seiner Ähnlichkeit mit einem Werwolf, und wir waren einige Jahre lang dick im Geschäft und es war toll mit ihm, dann stürzte Marty ab, und wir ließen uns scheiden, und nun bin ich so eine Art Geschäftsfrau; Marty macht jetzt eine Entziehungskur mit Methadon und arbeitet als Koch in einem Burger King, und für mich heißt es immer noch ›do-wah, wah-wah, do-rann-rann‹.« Joanie seufzte, zündete sich eine Zigarette an und blies Rauchringe zu Lloyd hin, der Muster auf ihre Schenkel malte und dachte, er hätte gerade einen Vortrag über Existentialismus gehört. Da er eine Erklärung von Joanie wollte, fragte er: »Was bedeutet das?«

Sie antwortete: »Immer, wenn irgendwas zum Himmel stinkt, mir angst macht oder wenn vielleicht mal etwas gut läuft, singe ich ›do-wah, wah-wah, do-rann-rann‹, und schon fühle ich mich leichter oder hab' zumindest nicht mehr ganz so viel Angst.«

Lloyd spürte, wie sich ein Teil von ihm ablöste und wieder in Venice war, im Winter 1958. »Schläfst du noch mal mit mir?« fragte er.

Joanie nahm seine Hand und küßte sie. »Jederzeit, Sarge.«

Lloyd stand auf, zog sich an, nahm den Rolodex-Ordner und verstaute ihn in seiner Brusttasche. »Ich werde nur clevere, kompetente Officer die vielleicht später notwendigen Befragungen durchführen lassen.«

»Ich vertraue dir«, sagte Joanie.

Lloyd beugte sich hinunter und gab ihr einen Kuß auf die Wange. »Ich weiß deine Telefonnummer auswendig. Ich ruf' dich später an.«

Joanie erwiderte seinen Kuß. »Paß auf dich auf, Sarge.«

Es war schon Morgen. Lloyd fuhr in die Stadt zum Parker Center, da ihm die Sache unter den Nägeln brannte. Er nahm den Fahrstuhl zum Computerraum im vierten Stock. Ein einsamer Operator hatte noch Dienst. Der Mann sah von seinem Science-Fiction-Roman auf, als er Lloyd näher kommen sah, und fragte sich, ob er sich mit dem berühmten Detective, den die anderen Polizisten »das Hirn« nannten, wohl mal ein bißchen anlegen könnte. Als er Lloyds Blick sah, entschied er sich schleunigst dagegen.

Lloyd sagte schroff: »Guten Morgen. Ich möchte einen Ausdruck über sämtliche ungelösten Frauenmorde im Distrikt Los Angeles aus den letzten fünfzehn Jahren. Ich bin oben in meinem Büro. Rufen Sie mich unter 1179 an, wenn Sie ihn fertig haben.«

Lloyd schaute sich kurz um und ging dann die beiden Treppen zu seinem Büro hinauf. Der Raum wirkte dunkel, ruhig und friedlich; er ließ sich in seinen Stuhl fallen und schlief sofort ein.

6

Der Dichter hatte das Manuskript jetzt zum elften Mal vollständig durchgelesen, es war seine elfte Verwirrung in die schändlichen Gefilde der bösen Leidenschaft seiner neuesten Geliebten gewesen, und das dritte Mal, seit ihre Liebe sich vollendet hatte.

Seine Hände zitterten beim Umblättern der Seiten, und er wußte, daß er zu diesem zugleich abstoßenden wie faszinierenden dritten Kapitel zurückblättern mußte, dessen Worte an ihm zerrten und unruhig machten, das ihm das Gefühl gab, seine Organe und deren Funktionen zu spüren, das ihn zu Schweißausbrüchen trieb, ihn vor Erregung zittern und Dinge auf den Boden fallen ließ und ihn zum Lachen brachte, auch wenn es gar nichts zu lachen gab.

Das Kapitel hatte den Titel »Normale Männer – Schwule Phantasien«, und es erinnerte ihn an die erste Zeit, als er Gedichte geschrieben hatte, an jene Tage, bevor er sich mit ihrer Form herumzuplagen begann, als die Verse sich nicht reimen mußten, als er der thematischen Einheit seines Unbewußten blind vertrauen konnte. In diesem Kapitel hatte seine Geliebte Interviews mit ganz gewöhnlichen Männern zusammengestellt, die Dinge eingestanden wie: »Ich möchte mich ein einziges Mal nur richtig in den Hintern ficken lassen. Einfach so – die Folgen sind mir egal; ich würde dann nach Hause gehen und mit meiner Frau schlafen und mich fragen, ob ich dann ganz anders empfinde.« Oder: »Ich bin jetzt vierunddreißig, und ich habe jede Frau gevögelt, die mich in den letzten siebzehn Jahren an sich rangelassen hat, aber ich habe noch immer nicht diese prickelnde Erregung kennengelernt, die ich mir immer erhofft hatte. Manchmal fahre ich den Santa Monica Boulevard hinunter und sehe mir die jungen Stricher an, und ich bin ganz durcheinander, und ich denke ... und dann ... oder Scheiße (der Interviewpartner seufzt angewidert) ... und dann denke ich, daß es eine neue Frau schon bringen wird; deshalb bin ich auf die Idee gekommen, auf diese Partys zu gehen, und bevor es mir selbst richtig bewußt geworden ist, biege ich schon wieder auf den Santa Monica ein und denke an meine Frau und an die Kinder und dann ... ach, Scheiße!«

Er legte die losen Blätter aus dem Ordner zur Seite und spürte anfallartig jene körperliche Erregung, die ihn seit Julias Erlösung überkam. Sie war jetzt schon seit zwei Wochen tot, und trotzdem fiel sie ihn noch immer an, trotz seiner Unerschrockenheit und seines Mutes, den er bewiesen hatte, als er mit seinem eigenen Blut jene anonyme Zuneigung verfaßt hatte, unberührt von jener ersten sexuellen Erfahrung, damals ...

Er hatte das dritte Kapitel neben Julias Leiche gelesen, ihre Nähe genossen und wollte sie vollkommen, ganz: sowohl ihre Worte als auch ihr Fleisch.

Die Männer, die Julia ihre Geschichten erzählt hatten, waren so selbstgefällig in all ihrer Unaufrichtigkeit, daß ihm das Kotzen kam. Trotzdem ... er hatte jenen Bericht des Mannes darüber, wie er immer wieder den Santa Monica Boulevard entlanggefahren war, wieder und wieder gelesen, nur hin und wieder aufblickend, während Julia sich sacht um ihre eigene Achse drehte. Sie war mehr ein Stück von ihm gewesen als all die anderen einundzwanzig Frauen, mehr noch als Linda, die ihn auch so tief angerührt hatte. Sie hatte ihm Worte gegeben, die er bewahren konnte – greifbare Liebesbeweise, die in ihm weiterleben würden. Trotzdem ... Santa Monica Boulevard ... trotzdem ... der arme Knilch war von gesellschaftlichen Vorurteilen derart eingeschüchtert, daß er nicht ...

Er war ins Wohnzimmer gegangen und hatte den Titel »Wut im Bauch« entdeckt. Eine lesbische Dichterin schrieb darin von der »mannigfachen Einzigartigkeit der feuchten Falten« ihrer Liebsten. Bilder von muskulösen Oberkörpern, breiten Schultern und kleinen flachen Hintern standen ihm vor Augen, ihm eingegeben von Julia, die ihn überreden wollte, sich noch enger mit ihr zu vereinigen, indem er da Mut zeigte, wo der feige Knilch versagt hatte. Er hatte sich dagegen gesträubt und erregt nach Worten gesucht. Er versuchte es mit Anagrammen aus den fünf Buchstaben der zwei Namen »Julia« und »Kathy«. Er war ins Schlafzimmer zurückgegangen, um sich ihren Leib ein letztes Mal anzuschauen. Er hatte ihm Bilder von lässigen jungen Männern in Macho-Posen übermittelt. Und er hatte gehorcht; er war zum Santa Monica Boulevard gefahren.

Er hatte die Stricher ein paar Straßen westlich der LaBrea gesichtet, wo sie vor Imbißbuden, Pornobuchläden und Kneipen herumlungerten, eingetaucht in Neonlicht, das ihnen erhöhten Reiz verlieh, sie mit Heiligenscheinen umgab, einer bestimmten Aura ...

Der Gedanke kam ihm, sich ein besonders hübsches Gesicht oder eine attraktive Figur herauszugreifen, doch er verdrängte ihn sogleich wieder. Das hätte ihm nur Zeit für einen Rückzieher gegeben – aber schließlich wollte er ja Julia dadurch beeindrucken, daß er ihr widerspruchslos nachgab.

Er war an den Bürgersteig herangefahren, hatte das Fenster heruntergekurbelt und einen jungen Mann herangewinkt, der sich kokett mit vorgestreckter Hüfte an einen Zeitungsstand lehnte.

Der junge Mann war auf ihn zugekommen und hatte sich ins Fenster gebeugt. »Macht 'n Dreißiger; nur mit dem Mund; schlag ein oder hau ab!« hatte er gesagt und nur ein aufforderndes Winken aus dem Innern des Wagens zur Antwort bekommen.

Sie waren um die nächste Ecke gefahren und hatten geparkt. Sein Körper war so verkrampft, daß er fürchtete, seine angespannten Muskeln könnten ihn ersticken, dann hatte er Kathys Namen geflüstert, während der junge Mann ihm die Hosen aufknöpfte und den Kopf in seinem Schoß vergrub. Seine Krämpfe hatten angedauert, bis er explodierte und farbige Lichter vor seinen Augen zerstoben. Er hatte dem Jungen Geld in die Hand gedrückt, der sich davonmachte. Später hatte es ihm immer noch vor den Augen geflimmert, und auf der Fahrt nach Hause und in seinen unruhigen, aber wunderschönen Träumen dieser Nacht hatte er noch immer farbige Blitze gesehen.

Das rituelle Nachspiel, die Verschickung der Blumen an seine Muse, hatte den ganzen darauffolgenden Vormittag in Anspruch genommen. Als er den Blumenladen verließ, bemerkte er das Fehlen des gewohnten Abschiedsgefühls. Er hatte den Nachmittag damit verbracht, Filme zu entwickeln und Termine für die kommende Woche zu vereinbaren. Seine Gedanken an Julia jedoch verwandelten seine Alltagsgeschäfte in eine Tretmühle häßlicher Langeweile.

Die ganze Nacht aufsitzend, hatte er ihr Manuskript noch einmal gelesen, die bunten Lichter hatten ihm wieder vor Augen geflimmert, und er hatte den Kopf des jungen Mannes in seiner Leistengegend gespürt. Dann überkam ihn Schrekken. Es war, als hätte er Fremdkörper im Leib. Winzige Melanome und Karzinome bewegten sich in seinem Blut. Aber Julia forderte noch mehr. Sie verlangte, daß er ihr schriftlich seinen Tribut entrichtete; Worte, die er ihren entgegensetzen konnte. Mit einem Küchenmesser ritzte er sich eine Arterie am rechten Arm auf und drückte so lange auf die Wunde, bis sich genügend Blut gesammelt hatte, das er in einer kleinen Entwicklerschale sammelte.

Nachdem er die Wunde desinfiziert hatte, nahm er Füllfederhalter und Lineal und schrieb in sorgfältigen Druckbuchstaben seine Widmung. In dieser Nacht schlief er sehr gut.

Am nächsten Morgen hatte er das Gedicht an das Postfach geschickt, dessen Nummer er auf dem Umschlag von Julias Manuskript gelesen hatte. Er hatte regelrecht gespürt, wie sich sein Zustand normalisierte. Aber nachts war der Schrecken wiedergekehrt. Die Krebsgeschwüre hatten sich wieder eingenistet. Die Dinge entglitten ihm, fielen ihm aus der Hand. Er hatte wieder die leuchtenden Farben gesehen, diesmal sogar noch intensiver. Traumbilder der Szene vom Santa Monica Boulevard flimmerten vor seinen Augen. Ihm wurde bewußt, daß er entweder etwas unternehmen mußte oder verrückt werden würde.

Der Dichter hatte das Manuskript seit Julias Tod vor zwei Wochen in seinem Besitz. Er betrachtete es inzwischen als bösen Talisman. Das dritte Kapitel war besonders ekelhaft, seiner Selbstkontrolle abträglich, die ihn doch sein ganzes bisheriges Leben lang nie verlassen hatte. In dieser Nacht verbrannte er das Manuskript im Ausguß in der Küche. Er löschte die verkohlten Worte mit Leitungswasser und spürte, wie ihn neue Energie durchdrang. Es gab nur eine Möglichkeit, sämtliche Erinnerungen an seine zweiundzwanzigste Geliebte auszulöschen.

Er mußte eine neue Frau finden.

7

Seit der Entdeckung von Julia Niemeyers Leiche waren siebzehn Tage vergangen, und Lloyd fragte sich zum ersten Mal, ob sein irisch-protestantisches Glaubensbekenntnis ihm genügend Kraft geben würde, durchzustehen, was zu einer der quälendsten Episoden seines Lebens würde, zu einem Kreuzzug, der sehr verlustreich für ihn enden würde.

Vielleicht schon zum tausendsten Mal seit Erhalt der Computerausdrucke hatte er sämtliches ihm bekannte und greifbare Beweismaterial, das mit dem Mord an Julia Niemeyer und ungelösten Morden an Frauen im Distrikt von Los Angeles zusammenhing, rekapituliert: Das Blut, mit dem das Gedicht geschrieben worden war, hatte die Blutgruppe 0 positiv. Julia Niemeyer hatte die Blutgruppe AB gehabt. Es gab weder Fingerabdrücke auf dem Briefumschlag noch auf dem Blatt Papier. Befragungen der Bewohner des Aloha Regency hatten nichts ergeben; niemand hatte jemals Besucher bei ihr gesehen; niemand konnte sich zur Tatzeit an merkwürdige Begebenheiten in dem Gebäude erinnern. Das angrenzende Gelände war gründlich nach dem doppelschneidigen Messer, mit dem die Frau verstümmelt worden war, abgesucht worden – nichts, was annähernd als Beweisstück gelten konnte, war gefunden worden. Lloyds vage Hoffnung, daß Julias Mörder eine Verbindung zu den Sexpartys haben könnte, erwies sich als unbegründet. Erfahrene Detectives hatten alle in Joanie Pratts Rolodex-Mappe verzeichneten Personen befragt, und sie hatten nichts als Geständnisse geiler Phantasien und trübe Ehebruchsgeschichten gehört. Zwei Officer waren beauftragt worden, Buchläden zu überprüfen, die sich auf Poesie und feministische Literatur spezialisiert hatten, und dort nachzufragen, ob ein auffälliger Mann »Wut im Bauch« verlangt oder sich in irgendeiner Weise merkwürdig verhalten hätte. Die Nachforschungen gingen in alle Richtungen.

Und dann gab es noch die ungelösten Todesfälle: Innerhalb der dreiundzwanzig Polizeibezirke von Los Angeles County, die die Eingaben in den Zentralcomputer gemacht hatten, gab es insgesamt 410 Fälle, die bis zum Januar 1968 zurückreichten.

Nach Abzug der 143 Verkehrsunfälle blieben noch 267 ungelöste Morde übrig. Von diesen 267 waren 79 Frauen im Alter zwischen zwanzig und vierzig gewesen, eine Personengruppe, die nach Auffassung Lloyds den Killer am meisten gereizt haben müßte – er war sicher, daß das Monster nur die jungen bevorzugte.

Er schaute auf den Stadtplan von Los Angeles, der hinter ihm an der Wand hing. 79 Nadeln staken darin, die die Orte markierten, an denen 79 junge Frauen gewaltsam zu Tode gekommen waren. Lloyd untersuchte die in Frage kommenden Gegenden und ergänzte seine persönlichen Ortskenntnisse von

L.A. und Umgebung durch seinen Instinkt. Die Stecknadeln verteilten sich über das ganze Stadtgebiet von Los Angeles, von den Tälern in San Gabriel und San Fernando bis hin zu den entlegenen Gemeinden an der Küste, die nach Süden und Westen den äußersten Rand bildeten. Das waren Hunderte und Aberhunderte von Quadratkilometern. Doch steckten von diesen neunundsiebzig Nadeln insgesamt achtundvierzig in den, wie die Polizei sie nannte, »weißen Slumvierteln«, die gekennzeichnet waren durch niedriges Einkommen und hohe Kriminalität und wo Alkoholismus und Drogenabhängigkeit sich wie Seuchen ausbreiteten. Die Statistiken und sein persönlicher Polizeiinstinkt verrieten Lloyd, daß der Großteil dieser Todesfälle mit Alkohol, Rauschgift und Eifersucht in Verbindung stand. Demnach blieben noch einunddreißig Morde an jungen Frauen, die aus den mittleren und wohlhabenden Bevölkerungsschichten stammten, die in den vornehmeren Vororten und Gemeinden von L.A. gelebt hatten; das waren die ungelösten Mordfälle in neun Polizeidistrikten und Verwaltungsbezirken.

Lloyd hatte gestöhnt, als er zum letzten Mittel griff und diese neun Reviere um Fotokopien der vollständigen Akten zu diesen Fällen ersuchte, und ihm war klar, daß sie womöglich zwei Wochen dafür brauchen würden. Er fühlte sich machtlos und von fremden Kräften bedrängt, die er einfach nicht einordnen konnte, und ihm kam die Vision einer Totenstadt, die außerhalb der Zeit neben Los Angeles existierte, einer Stadt, in der schöne Frauen mit erschrockenen Augen ihn anflehten, ihren Mörder zu finden.

Lloyds Gefühl der Machtlosigkeit hatte vor drei Tagen seinen Höhepunkt erreicht; er hatte persönlich die höchsten Verbindungsbeamten der Dienststellen angerufen und von ihnen verlangt, die angeforderten Akten binnen achtundvierzig Stunden im Parker Center vorzulegen. Die Reaktion der neun Officer war unterschiedlich gewesen, aber zu guter Letzt hatten sie wegen Lloyds Ruf als Stardetective bei der Aufklärung von Mordfällen eingewilligt und ihm versprochen, den Papierkram innerhalb der nächsten zweiundsiebzig Stunden abzuwickeln.

Lloyd schaute auf seine Armbanduhr, eine Rolex, deren Zifferblatt nach Art der militärischen Zeitmessung eingerichtet war. Siebzig Stunden bereits, und der Countdown lief. Wenn man zwei Stunden wegen bürokratischer Verzögerungen berücksichtigte, müßten die Unterlagen bis Mittag da sein. Er stürzte aus seinem Büro und rannte die sechs Treppen bis zum Erdgeschoß hinunter. Auf der Straße sagte er sich, daß ihm vier Stunden Asphalttreterei und zielloses Herumstreifen sicherlich guttun würden und daß bewußtes Abschalten für eine optimale Aufnahmefähigkeit seines Verstandes sorgen würde – die brauchte er auch, wenn er die einunddreißig Mordakten durchging.

Vier Stunden später, nachdem vier Runden durch das Civic Center seinen Kopf geklärt hatten, kehrte Lloyd zum Parker Center zurück und lief die Treppe zu seinem Büro hinauf. Er sah, daß die Tür zu seinem Zimmer offenstand und daß jemand Licht gemacht hatte. Ein Lieutenant in Uniform kam ihm im Flur entgegen und erklärte hastig: »Deine Unterlagen sind angekommen, Lloyd. Sie liegen in deinem Büro.«

Lloyd nickte ihm zu und warf einen Blick durch die Tür. Auf seinem Schreibtisch und auf beiden Stühlen stapelten sich Schnellhefter, die den typischen Geruch von Fotokopien verströmten. Er zählte nach, dann stellte er die Stühle, den Papierkorb und das Aktenschränkchen auf den Flur und ordnete die Akten auf dem Boden zu einem Kreis, in dessen Mitte er sich setzte.

Jeder Hefter war außen mit dem Familiennamen des Opfers, dem Vornamen und dem Todestag gekennzeichnet. Lloyd unterteilte sie zunächst nach Tatorten, dann nach Jahren, und vermied es, sich die Fotografien anzuschauen, die auf das Vorsatzblatt geheftet waren; beginnend mit Fullmer, Elaine D., Todestag 9. 3. 68, Polizeirevier Pasadena, und endend mit Deverson, Linda Holly, Todestag 14. 6. 82, Polizeirevier Santa Monica, sonderte er die gesamten Unterlagen von außerhalb des Gebiets L.A. aus und legte sie zur Seite. Er zählte insgesamt achtzehn Akten. Dann sah er die dreizehn Akten aus dem Bereich L.A. durch.

Deren Personenbeschreibungen waren ein wenig ausführlicher als die der anderen Dienststellen: Das Alter und die Hautfarbe waren direkt unter dem Namen des Opfers angegeben. Von den dreizehn ermordeten Frauen waren sieben Schwarze, und eine war spanischer Abstammung. Lloyd legte diese Mappe beiseite und schaltete ganz bewußt noch einmal völlig ab, indem er eine volle Minute an gar nichts dachte, bevor er sich wieder auf seine Arbeit konzentrierte. Er befand, daß er Recht behalten hatte: Sein Mörder bevorzugte weiße Frauen. Dadurch blieben noch sechs Akten vom L.A. Police Department und achtzehn von anderen Dienststellen übrig, insgesamt also vierundzwanzig. Die Augen von den Fotografien abwendend, ging Lloyd die Akten der anderen Polizeiberichte nach Hautfarbe durch. Acht Opfer waren als Nicht-Weiße aufgeführt.

Es blieben also noch sechzehn Mappen übrig.

Lloyd beschloß, aus den Fotos der Opfer eine Collage zusammenzustellen, bevor er die ganzen Akten durchlas. Er zwang sich wiederum dazu, an nichts zu denken, nahm die Aufnahmen aus den Mappen und legte sie umgekehrt in chronologischer Folge vor sich aus. »Sprecht zu mir«, sagte er laut, als er die Fotos umdrehte.

Als sechs der Aufnahmen zu ihm hochlächelten, spürte er, wie ihn in Wellen Schwindel überkam, als seine Vorahnungen schreckliche Gewißheit wurden. Er nahm die übrigen Fotos vor und spürte die schaurige Logik von ihm Besitz ergreifen.

Die toten Frauen waren alle einander ähnlich, ihre angelsächsischen Gesichtszüge machten ihre Verwandtschaft deutlich: Sie hatten durchweg gepflegte, weibliche Frisuren; sie sahen alle im herkömmlichen Sinne nett und gesund aus. Lloyd sprach leise das eine Wort aus, das sein Urteil über die toten Frauen zusammenfaßte: »Unschuldig, unschuldig, unschuldig.« Er betrachtete die Fotografien noch einige dutzend Male und prägte sich dabei Einzelheiten ein: Perlenketten und High-School-Ringe an Halsbändern, das Fehlen von Makeup, Schultern und Hals gekleidet in altmodische Pullover und strenggeschnittene Kleider und Blusen. Daß die unschuldigen Frauen von ein und demselben Killer getötet worden waren, stand für ihn außer Frage.

Mit zitternden Händen ging Lloyd die Akten durch und wurde Zeuge grausiger Todesarten: Erdrosselung, Erschießung, Enthauptung, erzwungene Einnahme ätzender Flüssigkeiten, Erschlagen, Gas, Drogenüberdosis, Vergiftung und Selbstmord. Alles unterschiedliche Methoden, die den Verdacht der Polizei auf das Wüten eines Massenmörders nicht aufkommen ließen. Der einzige gemeinsame Nenner war: keine greifbaren Anhaltspunkte. Frauen, die einzig wegen ihres Aussehens abgeschlachtet worden waren. Frauen wie Julia Niemeyer trugen sechzehn tödliche Wunden; und wieviel andere noch in anderen Gegenden? Schuldlosigkeit, das war die Epidemie der Jugend.

Lloyd nahm sich die Akten noch einmal vor und erwachte langsam aus seiner Trance, als ihm aufging, daß er bereits drei Stunden auf dem Boden gesessen hatte und schweißgebadet war. Als er aufstand, streckte er seine verkrampften Beine und spürte, wie ihn ein *gewaltiger* Schrecken befiel: Das Genie des Killers war offenbar unerschöpflich. Er gab keinerlei Hinweise. Die Niemeyer-Spur war eiskalt. Die anderen Spuren waren noch kälter. Er konnte überhaupt nichts unternehmen.

Bisher hatte er *immer irgend etwas* unternehmen können. Lloyd holte eine Rolle Klebestreifen aus seinem Schreibtisch und machte die Fotos an den Wänden seines Büros fest. Als die lächelnden Gesichter der toten Frauen von allen Seiten auf ihn herabsahen, sagte er zu sich selbst: *»Finis. Morte. Muerto. Tot.«*

Dann schloß er die Augen und las die Seiten mit den statistischen Angaben, wobei er sich diesmal zwang, nur nach *Regionen* vorzugehen. Als er damit fertig war, holte er Stift und Notizbuch hervor und schrieb:

Los Angeles Mitte:
1. *Elaine Marburg, Todestag 24. 11. 69*
2. *Patricia Petrelli, Todestag 20. 5. 75*
3. *Karlen La Pelley, Todestag 14. 2. 71*
4. *Caroline Werner, Todestag 9. 11. 79*
5. *Cynthia Gilroy, Todestag 5. 12. 71*

Gemeinden, Tal- und Hügelregion:
1. *Elaine Fullmer, Todestag 9. 3. 68*
2. *Jeanette Wilkie, Todestag 15. 4. 73*
3. *Mary Wardell, Todestag 6. 1. 74*

Hollywood – West-Hollywood:
1. *Laurette Powell, Todestag 10. 6. 78*
2. *Carla Castleberry, Todestag 10. 6. 80*
3. *Trudy Miller, Todestag 12. 12. 68*
4. *Angela Stimka, Todestag 10. 6. 77*
5. *Marcia Renwick, Todestag 10. 6. 81*

Beverly Hills – Santa Monica – Küstengemeinden:
1. *Monica Martin, Todestag 21. 9. 74*
2. *Jennifer Szabo, Todestag 3. 9. 72*
3. *Linda Deverson, Todestag 14. 6. 82*

Während er versuchte, nur über den *Modus operandi* nachzudenken, las sich Lloyd die Seiten mit den statistischen Angaben noch einmal durch und entdeckte dabei, daß es sich dreimal um Erschlagen, zweimal um Zerstückelung und um einen Reitunfall handelte, der als Mord klassifiziert worden war; es gab ferner zwei Todesfälle durch Erschießen, drei durch Erstechen, drei Selbstmorde mit unterschiedlichen Methoden, eine Vergiftung und eine Überdosis Rauschgift mit anschließender Vergasung, die mit der Notiz »Mord-Selbstmord?« von einem Angestellten in die Akten aufgenommen worden war.

Lloyd wandte sich dann den Zeitabständen zu und ging die Todesdaten noch einmal durch, die er auf der Liste neben den Namen der Opfer eingetragen hatte, und er bekam dabei einen ersten Eindruck von der methodischen Vorgehensweise des Killers. Mit Ausnahme einer Lücke von fünfundzwanzig Monaten zwischen der Ermordung Patricia Petrellis, Todestag 20. 5. 75, und Angela Stimkas, Todestag 10. 6. 77, und einer Lücke von siebzehn Monaten zwischen Laurette Powell, Todestag 10. 6. 78, und Caroline Werner, Todestag 9. 11. 79, führte der Täter seine Exekutionen in Intervallen von sechs bis fünfzehn Monaten durch. Deswegen, so schloß Lloyd, hatte er der Verfolgung so lange entgehen können. Die Morde wurden zweifellos perfekt ausgeführt und beruhten auf einem fundierten Wissen, das durch gründliche Beobachtung erworben worden war. Und, so schloß er weiter, in diesen längeren Zwischenphasen hatte es wahrscheinlich weitere Opfer gegeben, zu denen die Akten verlorengegangen oder die nicht in den Computer eingegeben worden waren – jedes Polizeirevier war wegen der gewaltigen Aktenberge sehr fehleranfällig.

Lloyd schloß die Augen und dachte an diese längeren Intervalle; er fragte sich, wie weit die Morde wohl zurückreichten – alle Polizeidienststellen im County Los Angeles vernichteten die Akten ihrer ungelösten Fälle nach fünfzehn Jahren; aufgrund dieser Tatsache hatte er überhaupt keine Möglichkeit, an Informationen zu kommen, die vor Januar 1968 lagen.

In diesem Augenblick schrillten Alarmglocken in seinem Kopf; so etwas wie »sieht den Wald vor Bäumen nicht« murmelte Lloyd und schaute auf die Liste mit den Mordfällen in Hollywood – West-Hollywood. Er spürte dabei, wie seine Haut zu kribbeln anfing. Vier »Selbstmord«-Morde hatten an ein und demselben Tag stattgefunden, jeweils am 10. Juni in den Jahren 1977, '78, '80 und '81. Das war die einzige Auffälligkeit und ein Hinweis auf das krankhafte Verhalten des Killers, der sonst so eiskalt und überlegt schien. Lloyd griff nach den vier Mappen und las sie von vorn bis hinten durch, einmal, dann noch einmal. Als er damit fertig war, schaltete er das Licht aus, lehnte sich zurück und hing seinen Gedanken über das nach, was er in Erfahrung gebracht hatte.

Am Donnerstagabend, dem 10. Juni 1977, rochen Bewohner des Wohnhauses in der Larrabee Avenue Nr. 1167, West-Hollywood, daß Gas aus einer Wohnung im oberen Stockwerk strömte, die von Angela Marie Stimka, einer siebenundzwanzigjährigen Serviererin, bewohnt wurde. Die genannten Mieter holten einen Deputy Sheriff, der im selben Gebäude wohnte und der die Tür von Angela Stimkas Wohnung eintrat, den Gashahn der Wandheizung, aus der das Gas entströmte, zudrehte und Angela Stimka entdeckte, die tot und aufgedunsen auf dem Boden ihres Schlafzimmers lag. Er trug die Leiche nach draußen und rief die nächste Polizeidienststelle in West-Hollywood an, und innerhalb von Minuten hatte ein Spezialteam die Wohnung durchgekämmt und dabei einen Abschiedsbrief gefunden, in dem stand, daß das Ende einer langjährigen Liebesbeziehung Angela Stimkas Motiv gewesen wäre, aus dem Leben zu scheiden. Schriftexperten hatten Angela Stimkas Tagebuch und den Abschiedsbrief untersucht und verglichen, wobei sie feststellten, daß beide von ein und derselben Person geschrieben worden waren. Ihr Tod wurde als Selbstmord eingestuft und der Fall zu den Akten gelegt.

Am 10. Juni des darauffolgenden Jahres wurde eine Polizeistreife zu einem kleinen Haus am Westbourne Drive in West-Hollywood gerufen. Nachbarn hatten sich über ungewöhnlich laute Musik beschwert, die aus einer Stereoanlage dröhnte, und eine ältere Frau sagte den Deputies, sie sei sicher, daß irgend etwas nicht in Ordnung wäre. Als niemand auf das hartnäckige Klopfen der Officer reagierte, kletterten sie durch ein halbgeöffnetes Fenster und entdeckten die Besitzerin des Hauses, die einunddreißig Jahre alte Laurette Powell, die tot in ihrem Korbstuhl lag; die Lehnen des Stuhls, ihr Bademantel und der Boden vor ihr waren blutdurchtränkt; das Blut stammte aus tiefen Schnittwunden an ihren beiden Handgelenken. Eine leere Flasche mit verschreibungspflichtigem Nembutal stand auf einem Nachttischchen in ihrer Nähe, und ein rasiermesserscharfes Küchenmesser lag im Schoß der toten Frau. Es gab zwar keinen Abschiedsbrief, doch die Detectives vom Morddezernat, die die ungeschickt vorgenommenen Einschnitte bemerkt und die Tatsache berücksichtigt hatten, daß Laurette Powell seit langem über Rezepte für das Nembutal verfügte, entschieden prompt auf Selbstmord. Der Fall war für sie damit abgeschlossen.

Lloyd dachte nach. Er wußte, daß der Westbourne Drive und die Larrabee Avenue nur knapp zwei Straßen voneinander entfernt waren und daß das Tropicana-Motel, wo sich der »Selbstmord« von Carla Castleberry am 10. 6. 80 ereignet hatte (angeblich durch einen Schuß in den Mund), weniger als einen halben Kilometer von den ersten beiden Schauplätzen entfernt war. Ungehalten schüttelte er den Kopf. Jeder Cop mit halbwegs klarem Verstand und nur einem Quentchen Erfahrung hätte doch wissen müssen, daß sich Frauen niemals mit Schußwaffen umbringen – eine Statistik über Frauenselbstmorde durch Erschießen existierte nicht.

Der vierte »Selbstmord«, der von Marcia Renwick in der North Sycamore Street Nr. 818, war ein Ausnahmefall, mutmaßte Lloyd. Dieser letzte 10.-Juni-Mord fand sechs Kilometer östlich der ersten drei Tatorte statt, im Zuständigkeitsbereich der Polizei von Hollywood. Er geschah ein ganzes Jahr nach der Tat an Carla Castleberry, und wegen einer Tablettenüberdosis gelangte man übereinstimmend zu dem Schluß, daß es eine phantasielose Selbsttötung im Affekt gewesen sei.

Lloyd widmete jetzt seine Aufmerksamkeit der Akte mit dem letzten Opfer vor Julia Niemeyer. Er zuckte zurück, als er den Bericht des Gerichtsmediziners über Linda Deverson, Todesdatum 14. 6. 82, las: mit einer zweischneidigen Feuerwehraxt in Stücke zerhackt. Undeutliche Erinnerungen an Julia, wie sie hin und her baumelnd an der Deckenleuchte in ihrem Schlafzimmer gehangen hatte, brachten ihn in Verbindung mit seinen neugewonnenen Erkenntnissen zu der Überzeugung, daß aus irgendeinem teuflischen Grund der Größenwahn des Killers hier seinen Höhepunkt erreicht haben mußte.

Lloyd senkte den Kopf und sandte ein Gebet zum Gott aller Lippenbekenntnisse, an den er sich sonst so selten um Hilfe wandte. »Bitte, laß mich ihn erwischen. Laß mich ihn bitte erwischen, bevor er noch jemand anderem ein Leid tut.«

Gedanken an Gott fuhren Lloyd durch den Kopf, während er den Flur hinunterging und an die Tür seines direkten Vorgesetzten, Lieutenant Fred Gaffaney, klopfte. Da ihm bewußt war, daß der Lieutenant ein dickfelliger wiedergeborener Christ war, der nur Verachtung für Einzelgänger bei der Polizei hatte, die sich in Szene setzten, beschloß er auch, bei dieser Anfrage um die Genehmigung weiterer Ermittlungen Gottes Fürbitte in Anspruch zu nehmen. Gaffaney hatte ihm früher schon nur widerwillig grünes Licht bei seinen Nachforschungen gegeben, mit der ausdrücklichen Bedingung, daß er keine

Sonderleistungen erwarten dürfe. Da er diesmal um Leute, Geld und Computerzeit nachsuchen wollte, hatte er die Absicht, den Lieutenant unter Hinweis auf ihre gemeinsame Gottesgläubigkeit zu überreden.

»Herein!« rief Gaffaney, als er das Klopfen hörte. Lloyd betrat das Büro und setzte sich auf einen Klappstuhl vor dem Schreibtisch seines Vorgesetzten. Gaffaney sah von seinen Papieren hoch, die er hin und her schob, und befummelte seine Anstecknadel, auf der ein Kreuz und eine Fahne abgebildet waren.

»Ja, bitte, Sergeant?«

Lloyd räusperte sich und versuchte, den Eindruck von Bescheidenheit zu erwecken. »Sir, wie Sie wissen, arbeite ich schon eine ganze Zeit an dem Niemeyer-Mord.«

»Ja, und?«

»Und, Sir, es ist eine riesige Pleite.«

»Dann bleiben Sie an der Sache dran. Ich glaube an Sie.«

»Vielen Dank, Sir. Es ist merkwürdig, daß Sie das Wort ›Glaube‹ erwähnt haben.«

Lloyd wartete darauf, daß Gaffaney ihn aufforderte, fortzufahren. Als er nur in ein schweigendes, ausdrucksloses Gesicht sah, fuhr er von sich aus fort. »Dieser Fall wird immer mehr zu einer Prüfung meines eigenen Glaubens, Sir. Ich habe noch nie sehr an Gott geglaubt, aber die Art und Weise, mit der ich hier an Beweise geraten bin, zwingt mich wohl, umzudenken. Ich ...«

Der Lieutenant schnitt ihm mit einer Handbewegung das Wort ab. »Ich gehe jeden Sonntag in die Kirche und dreimal in der Woche zur Gebetsstunde. Ich blende Gott ganz aus, sobald ich mein Pistolenhalfter anlege. Sie wollen doch was von mir. Sagen Sie mir, was es ist, und dann sehen wir weiter.«

Lloyd lief rot an und brachte stammelnd hervor: »Sir, ich ... ich ...«

Gaffaney lehnte sich in seinen Stuhl zurück und strich mit den Händen über seinen grauen Bürstenhaarschnitt. »Hopkins, seitdem Sie hier Neuling waren, haben Sie keinen Vorgesetzten mehr ›Sir‹ genannt. Sie sind der berüchtigtste Schürzenjäger aus dem Raub-/Morddezernat, und Sie geben auf Gott doch einen Dreck. Was wollen Sie?«

Lloyd lachte. »Ich soll also mit dem Drumherum aufhören?«

»Ja, bitte!«

»Also gut. Im Laufe meiner Nachforschungen beim Niemeyer-Mord bin ich auf solide, schlüssige Beweise gestoßen, die auf mindestens sechzehn ähnliche Morde an jungen Frauen hinweisen, die bis zu fünfzehn Jahre zurückliegen. Die Mordmethoden waren jedesmal unterschiedlich, aber die Opfer waren sich alle in Körperbau und Aussehen sehr ähnlich. Ich bin sämtliche Akten dieser Mordfälle durchgegangen, und die zeitlichen Übereinstimmungen und andere Faktoren haben mich davon überzeugt, daß alle sechzehn Frauen von ein und demselben Mann umgebracht worden sind, von dem Mann, der auch Julia

Niemeyer umgebracht hat. Die letzten beiden Morde waren außergewöhnlich brutal. Ich glaube, wir haben es mit einem hochbegabten, psychopathischen Intellekt zu tun, und wenn wir nicht massive Anstrengungen unternehmen, um ihn zu ergreifen, wird er ungestraft weitermorden, bis er eines Tages eines gewöhnlichen Todes sterben wird. Ich will ein Dutzend erfahrener Detectives vom Morddezernat rund um die Uhr; ich will, daß Anlaufstellen in jeder Dienststelle des Countys geschaffen werden; ich will außerdem die Genehmigung, uniformierte Officer mit der Drecksarbeit beauftragen zu dürfen, und die Erlaubnis, sie unbegrenzt Überstunden machen zu lassen. Ich möchte einen umfangreichen Blitzkrieg mit Hilfe der Medien gegen ihn führen – ich habe das Gefühl, daß dieses Tier kurz vorm Explodieren ist, und ich will ihn ein wenig treiben. Ich ...«

Gaffaney unterbrach ihn mit erhobenen Händen. »Haben Sie irgendeinen *schlüssigen,* handfesten Beweis«, fragte er, »irgendwelche *Zeugen* oder konkrete Verdachtsgründe von anderen Detectives innerhalb der L.A.-Dienststellen oder von anderen Dienststellen, die Ihre Massenmörder-Theorie untermauern?«

»Nein«, sagte Lloyd.

»Wie viele von diesen sechzehn Untersuchungen wurden noch nicht zu den Akten gelegt?«

»Keine.«

»Gibt es irgendwelche anderen Officer innerhalb der Polizei von Los Angeles, die Ihre Hypothese unterstützen?«

»Nein.«

»Von anderen Dienststellen?«

»Nein.«

Gaffaney schlug mit beiden Handflächen auf den Schreibtisch und befühlte wieder seine Anstecknadel. »Nein. Bei dieser Sache traue ich Ihnen nicht. Es liegt zu weit zurück, es ist zu vage, viel zu aufwendig, und es könnte möglicherweise unsere Dienststelle in Verlegenheit bringen. Ich achte Sie als Draufgänger, als sehr guten Detective mit einer glänzenden Erfolgsstatistik ...«

»Mit der wohlgemerkt besten Statistik von Festnahmen im gesamten County!« ergänzte Lloyd laut.

Gaffaney schrie zurück: »Ich traue Ihrer Statistik, aber ich traue Ihnen nicht. Sie sind ein angeberischer, ruhmsüchtiger Weiberheld, und es muß Sie etwas gestochen haben, daß Sie mir wegen angeblich ermordeter Frauen in den Ohren liegen!« Er senkte seine Stimme und fügte hinzu: »Wenn Ihnen Gott nicht gleichgültig ist, dann bitten Sie ihn in Ihrem Privatleben um Hilfe. Gott wird Ihre Gebete erhören, und Dinge, die sich Ihrer Kontrolle entziehen, werden Sie nicht mehr so verwirren. Sehen Sie doch nur, wie Sie zittern! Vergessen Sie die Angelegenheit, Hopkins. Verbringen Sie einige Zeit mit Ihrer Familie: Ich bin sicher, sie wird es zu schätzen wissen.«

Lloyd erhob sich wutbebend und ging zur Tür. Er war vor Erregung rot angelaufen.

Er wandte sich um und schaute Gaffaney an, der grinsend sagte: »Wenn Sie sich an die Medien wenden, kreuzige ich Sie. Ich werde dann dafür sorgen, daß Sie wieder Uniform tragen und den Pissern im Nuttenviertel ordentlich einheizen dürfen.«

Lloyd lächelte zurück und war ganz heitere Gelassenheit. »Ich werde dieses Tier erwischen, und Sie können sich Ihr Gerede in den Arsch stecken«, sagte er.

Lloyd verstaute die sechzehn Mordakten im Kofferraum seines Wagens, fuhr zur Polizeistation von Hollywood, wo er hoffte, Dutch Peltz noch rechtzeitig zu erwischen, bevor er Feierabend machte. Er hatte Glück: Dutch zog sich gerade seine Zivilkleidung im Umkleideraum für die ranghöheren Officer an, band sich den Schlips und starrte dabei geistesabwesend in einen Spiegel, der die ganze Wand bedeckte.

Lloyd ging auf ihn zu und räusperte sich. Ohne die Augen vom Spiegel abzuwenden, sagte Dutch: »Fred Gaffaney hat mich angerufen. Er meinte, er könnte sich vorstellen, daß du mich aufsuchen würdest. Ich habe mal wieder deinen Hintern aus der Scheiße ziehen müssen. Er wollte dich bei einem seiner Bosse verpfeifen, aber ich habe ihm abgeraten. Er schuldet mir noch ein paar kleine Gefälligkeiten, darum war er einverstanden. Du bist Sergeant, Lloyd. Das bedeutet, daß du nur wie ein Niemand mit anderen Sergeants und den unteren Rängen verhandeln kannst. Lieutenants und darüber sind verboten. *Comprende,* großer Denker?«

Dutch drehte sich um, und Lloyd sah, daß in seinem abwesenden Blick zugleich eine Spur von Angst war. »Hat Gaffaney dir alles erzählt?«

Dutch nickte. »Wie sicher bist du?«

»Vollkommen.«

»Sechzehn Frauen?«

»Mindestens soviel.«

»Was wirst du unternehmen?«

»Ihn irgendwie aufscheuchen. Wahrscheinlich werde ich es selbst tun. Die Dienststelle wird niemals eine Ermittlung zulassen: Sonst würden sie als unfähiger Haufen dastehen. Es war dumm von mir, zuerst zu Gaffaney zu gehen. Wenn ich ihn übergehe und Stunk mache, wird er mir den Niemeyer-Fall abnehmen und mich in irgendein blödes Raubdezernat stecken. Du weißt doch, was das für ein Gefühl ist, Dutch?«

Dutch blickte zu seinem genialen Mentor auf, dann wandte er sich wieder ab, da ihm vor lauter Stolz Tränen in die Augen traten.

»Nein, Lloyd.«

»Ich habe das Gefühl, daß ich für diese Sache wie geschaffen bin«, sagte Lloyd und hielt dabei Blickkontakt mit seinem Spiegelbild. »Daß ich nicht wissen werde, was ich bin oder was ich sein könnte, solange ich diesen Bastard nicht geschnappt habe und herausfinde, warum er so viele Unschuldige vernichtet hat.«

Dutch legte seine Hand auf Lloyds Arm. »Ich werde dir helfen«, sagte er. »Ich kann dir zwar keine Officer zur Verfügung stellen, aber ich werde dir persönlich helfen, wir können ...« Dutch verstummte, als er sah, daß Lloyd gar nicht zuhörte; daß er vom Leuchten seiner eigenen Augen oder von einem fernen erlösenden Traumbild gefangen war.

Dutch zog die Hände zurück. Lloyd bewegte sich, wandte seinen Blick vom Spiegel weg und sagte: »Nachdem ich zwei Jahre in diesem Job war, wurde ich dafür abgestellt, in den ersten Klassen der High-School Vorträge zu halten. Ich erzählte den Kids abenteuerliche Polizeigeschichten und warnte sie vor Rauschgift und davor, sich von Fremden mitnehmen zu lassen. Mir gefiel die Aufgabe, weil ich Kinder über alles liebe. Eines Tages berichtete mir ein Lehrer von einem Mädchen aus der siebten Klasse: Sie war zwölf und hat Männern für eine Schachtel Zigaretten einen geblasen. Der Lehrer bat mich, doch mal mit ihr zu sprechen.

Eines Tages besuchte ich sie dann nach der Schule. Sie war ein hübsches kleines Mädchen. Blond. Sie hatte schwarze Augen. Ich fragte sie, wie es dazu gekommen ist. Sie wollte es mir nicht sagen. Ich überprüfte ihre Situation zu Hause. Es war typisch: Die Mutter war Alkoholikerin und lebte von der Fürsorge, und der Vater saß auf drei oder fünf Jahre in Quentin. Kein Geld, keine Hoffnung, keine Chance. Aber das kleine Mädchen las sehr gern Bücher. Ich ging mit ihr in einen Buchladen an der Ecke Sechste und Western und stellte sie dem Besitzer vor. Ich gab dem Besitzer hundert Dollar und sagte ihm, daß das kleine Mädchen ab heute Kredit bei ihm hätte. Das gleiche tat ich in einem Schnapsladen ein paar Straßen weiter – für hundert Dollar bekommt man eine Menge Zigaretten.

Das Mädchen war mir sehr dankbar und wollte mir einen Gefallen tun. Sie erzählte mir, daß sie ein blaues Auge habe, weil ihre Zahnspange einen Kerl geritzt hätte, dem sie es mit dem Mund gemacht hatte. Dann fragte sie mich, ob sie mir nicht auch einen blasen dürfte. Ich sagte natürlich ›nein‹ und hielt ihr eine Standpauke. Aber ich begegnete ihr noch oft. Sie lebte von meiner Kohle, und ich sehe sie ständig, rauchend, und mit einem Buch in der Hand. Sie sieht glücklich aus.

Eines Tages hielt sie mich an, als ich allein im Streifenwagen durch die Gegend fuhr. Sie sagte: ›Ich mag dich wirklich, und ich möchte dir wirklich gern einen blasen.‹ Ich sagte wieder ›nein‹, und sie fing an zu weinen. Ich hab' das noch nie ertragen können, also packte ich sie mir, hielt sie fest und redete auf sie ein, wie eine Wilde zu lernen, damit sie später auch einmal selbst Geschichten erzählen kann.«

Lloyds Stimme stockte. Er wischte sich über die Lippen und versuchte, sich an den Punkt zu erinnern, auf den er eigentlich hinauswollte.

»Ach ja«, sagte er endlich. »Ich habe ganz vergessen zu erzählen, daß das Mädchen jetzt siebenundzwanzig ist und den Magister in Englisch gemacht hat. Sie wird ein gutes Leben führen können. Aber ... da gibt es diesen Kerl da draußen, der sie alle umbringen will. Und deine und meine Töchter ... und er ist sehr raffiniert ... aber ich werde es nicht zulassen, daß er irgendwem etwas antut. Das schwöre ich dir. Ich schwöre es.«

Als Dutch sah, daß Lloyds Augen von unsäglicher Traurigkeit verhangen waren, sagte er aufmunternd: »Hol ihn dir!«

Lloyd sagte: »Das werde ich auch«, und ging weg; er wußte, daß sein alter Freund ihm für alles, was er unternehmen mußte, einen Freibrief ausgestellt hatte, und auch für alle Gesetze, die er dabei brechen mußte.

8

Nach einer unruhigen Nacht, in der er alle Einzelheiten aus den sechzehn Akten verarbeitete, fuhr Lloyd am nächsten Morgen in die Stadtbücherei; unterwegs machte er sich Gedanken über die Bewältigung der Kleinarbeit, sortierte unwesentliche Details aus und dachte sich eine List aus, um von der Einsatzzentrale nicht behelligt zu werden, damit er den ersten Tag der Beinarbeit in aller Gemütsruhe erledigen konnte.

Lloyd hatte die Wagenfenster geschlossen und die Lautsprecherkabel seines Funksprechgeräts gekappt, um ungestört zu sein. Er hatte volle Rückendeckung von Fred Gaffaney und den hohen Tieren des Raub-/Morddezernats, da sie die beiden Detectives, die im Niemeyer-Fall für ihn gearbeitet hatten, zu sich zitiert und von ihnen erfahren hatten, daß ihre Befragungen in Buchläden im Zentrum von L.A. bis dato überhaupt nichts gebracht hatten. Sie wurden beauftragt, auf eigene Initiative dem Fall nachzugehen und Gaffaney zweimal wöchentlich Bericht zu erstatten. Sie hatten ferner den Jesus-Freak, den sie beide nicht leiden konnten, darüber informiert, daß Sergeant Hopkins, wie es sich für ein Genie gebührte, seiner einsamen Wege gehe und schwer beschäftigt wäre. Gaffaney akzeptierte das als Teil ihres stillschweigenden Abkommens, und sollte er sich über Lloyds Abwesenheit im Parker Center beschweren, würde Dutch Peltz sich einmischen und seine Beschwerden mit aller Entschlossenheit als blödsinnig zurückweisen. Er war also völlig gedeckt.

Was die Nachforschungen an sich anbetraf, so gab es keine konkreten Fakten, die Lloyd nicht schon von der Lektüre der Akten her kannte. Er hatte vollkommene Ruhe: Janice und die Mädchen hatten in der Wohnung des guten

Freundes George am Ocean Park übernachtet, und Lloyd hatte das große, stille Haus ganz für sich, in dem er nun ungestört lesen konnte. In dem Wunsch, der Vernichtung unschuldigen Lebens durch ein mordendes Tier seine eigenen Bemühungen entgegenzustellen, sie durch seine beschwörenden Geschichten aufzuhalten, war er die grausigen Ordner noch einmal in Pennys Zimmer durchgegangen, in der Hoffnung, daß die Aura seiner jüngsten Tochter, die es erfüllte, ihm die Klarheit verleihen würde, aus diesen verschlungenen seelischen Labyrinthen Fakten zu ziehen. Neue Erkenntnisse waren dabei allerdings nicht herausgekommen, dafür hatte das Charakterprofil des Mörders durch scharfsinniges Überlegen neue, schärfere Konturen bekommen.

Obwohl er keine Zugriffsmöglichkeiten zu Informationen über ungelöste Mordfälle vor 1968 hatte, war sich Lloyd ziemlich sicher, daß die Morde nicht sehr viel weiter zurückgingen. Das ergab sich für ihn aus der Gesamteinschätzung der Täterpersönlichkeit – der Mörder mußte homosexuell sein. Die Vielfalt der Tötungsarten konnte als Versuch gelten, diese Tatsache vor sich selbst zu verbergen. Er wußte es selbst nicht. Die Bluttaten vor der Ermordung Linda Deversons und Julia Niemeyers – auch sie häufig brutal ausgeführt – sprachen für eine billige Genugtuung über eine gutgeplante, saubere Arbeit und einen beinahe subtilen Hang zur Anonymität. *Er besaß nicht die geringste Ahnung davon, wer er wirklich war.* Linda und Julia, die beide auf grausame Weise abgeschlachtet worden waren, bildeten die Trennlinie, die unwiderrufliche Grenze, und zeugten von dem Erschrecken über eine neuerwachte Sexualität, die so beschämend zwanghaft war, daß sie in Blut ertränkt werden mußte.

Lloyd verfolgte das Triebschicksal des Mörders bis in seine Vergangenheit. Der Täter mußte in Los Angeles wohnen. Er war ungewöhnlich stark, denn er war in der Lage, Gliedmaßen mit einem einzigen Axthieb zu durchtrennen. Er war zweifellos von attraktivem Äußeren und fähig, sich lässig, ohne aufzufallen, in der Schwulenszene zu bewegen. Er suchte verzweifelt diese Befriedigung, doch die Verwundbarkeit, der er sich beim Geschlechtsverkehr aussetzte, konnte womöglich seine Mordlust abtöten. Sexualität bildet sich im Jugendalter aus. Angenommen, der Mörder befand sich sexuell noch in der Entwicklung und die Morde hatten etwa im Januar 1968 begonnen, dann würde er dem Monster noch eine fünfjährige traumatische Inkubationszeit zugestehen. So läge die Phase des Ausreifens etwa zwischen Anfang bis Mitte der sechziger Jahre; er war jetzt also Ende Dreißig, höchstens vierzig Jahre alt.

Als Lloyd den Freeway in Höhe der Sechsten und Figueroa verließ, sagte er leise »10. Juni, 10. Juni, 10. Juni« vor sich hin. Er parkte auf der falschen Straßenseite und schob ein Schild mit der Aufschrift »Polizeifahrzeug« unter den Scheibenwischer. Während er die Stufen zur Bibliothek hinauflief, erzeugten seine neugewonnenen Erkenntnisse in ihm ein Schwindelgefühl: Das Monster tötete, weil es lieben wollte.

Lloyds Abstecher in die Vergangenheit, festgehalten auf Mikrofilm, dauerte vier Stunden und deckte den Zeitraum vom 10. Juni 1960 bis zum 10. Juni 1982 ab. Er begann mit der *Los Angeles Times,* nahm sich dann den *Los Angeles Herald-Express* und zuletzt dessen Ableger, den *L.A. Examiner,* vor, überflog Schlagzeilen, Meldungen und las einzelne Berichte, die von der Baseball-Liga über Aufstände im Ausland, die Strandmode der nächsten Saison bis hin zu den Wahlergebnissen der Vorwahlen für den Präsidenten alles Erdenkliche umfaßten. Nichts an diesen Nachrichten war auffällig, nichts kam als möglicher Auslöser pathologischer Mordlust in Betracht, nichts bot seinem Denken einen Anhaltspunkt, der seine These hätte bestätigen können. Der 10. Juni war der einzige wichtige Hinweis auf den Killer – aber in den Tageszeitungen von Los Angeles schien es ein ganz gewöhnlicher Tag gewesen zu sein.

Obwohl Lloyd negative Ergebnisse erwartet hatte, war er dennoch enttäuscht, und er war jetzt froh, daß er die Filme mit den vier »Selbstmord«-Jahren '77, '78, '80 und '81 bis zuletzt aufgehoben hatte.

Seine Enttäuschung wurde immer größer. Die Todesfälle von Angela Stimka, Laurette Powell, Carla Castleberry und Marcia Renwick waren als unbedeutende Vorkommnisse nur mit einer Viertelspalte gewürdigt worden. »Tragisch« war das Adjektiv, das beide Zeitungen zur Beschreibung aller vier »Selbstmorde« benutzten. »Beerdigung findet demnächst statt ...« sowie die Namen und Adressen der nächsten Verwandten nahmen den Großteil des Gedruckten ein.

Lloyd rollte den Mikrofilm wieder zusammen, legte ihn auf den Schreibtisch der Bibliotheksangestellten und ging hinaus in die Sonne. Die Lichtreflexe auf der Straße und die Anstrengung der Augen vom stundenlangen Hinsehen verursachten ihm Schmerzen in der Nackengegend, die bis zu seinem Kopf ausstrahlten. Er versuchte den Schmerz abzuschütteln und überdachte die Möglichkeiten, die ihm noch blieben. Befragung der nächsten Verwandten? Nein, kummervolle Ablehnung wäre wohl die einhellige Reaktion. Tatortbesichtigungen? Nach Hinweisen suchen, Ahnungen nachgehen? »Beinarbeit!« sagte Lloyd laut vor sich hin. Er lief zu seinem Wagen, und mit einem Mal waren seine Kopfschmerzen verschwunden.

Lloyd fuhr nach West-Hollywood und schaute sich in der Umgebung der drei ersten 10.-Juni-Morde um.

Angela Stimka, Todestag 10. 6. 77, hatte in einem malvenfarbenen Zehnparteienmietshaus gewohnt, einem häßlichen, im Bauboom der fünfziger Jahre entstandenen und von einem Spekulanten errichteten Kasten, dessen einziger Vorzug darin bestand, in der Nähe der Schwulenkneipen an der Santa Monica und zum bunten Nachtleben am Sunset Strip gelegen zu sein.

Lloyd saß in seinem Wagen und versuchte sich gerade an einer Beschreibung der Gegend, als er, kurz aufblickend, auf der gegenüberliegenden Seite der Larrabee Street Nr. 1167 das Schild »Nacht-Parkverbot« entdeckte. Zweimal rastete es bei ihm ein. Er befand sich im Zentrum des Schwulenghettos. Der Mörder hatte *wahrscheinlich* Angela Stimka wegen ihrer Wohngegend und wegen ihres Aussehens ausgewählt; irgendwie mußte es wohl eine Herausforderung an seine unbewußte Abneigung gewesen sein, sich ein Opfer zu suchen, das in einer überwiegend von Homosexuellen bevölkerten Gegend lebte. Und er wußte auch, daß die Verkehrspolizisten Teufel waren, was Parkvorschriften anging.

Lloyd lächelte und fuhr zwei Straßen weiter zu dem kleinen Holzhaus am Westbourne Drive, in dem Laurette Powell an einer Überdosis Nembutal und »selbst zugefügten Messerwunden« gestorben war. Noch ein »Nacht-Parkverbot«-Schild – in Lloyds Kopf machte es ein zweites Mal »Klick«, diesmal verhaltener.

Das Tropicana-Motel verursachte bei Lloyd ein Rattern im Kopf und gelegentliche Fehlzündungen, die sich für ihn wie Schüsse anhörten, die auf Unschuldige abgefeuert wurden. Carla Castleberry, Todestag 10. 6. 80, Todesursache eine Pistolenkugel aus einer .38er, die durch den Mund ins Hirn gedrungen war. Frauen schossen sich nie in den Kopf. Es war klassische Homosexuellen-Symbolik, aufgeführt in einem schmierigen Motelzimmer in Boy's Town.

Lloyd betrachtete den Bürgersteig vorm Tropicana. Zertretene Amylnitrat-Ampullen waren über den Boden verstreut, drogenabhängige Homosexuelle prostituierten sich vor der Ladenfront eines Coffee Shops. Seine These nahm endgültige Formen an. Als ihm dabei die Symbol-Bedeutungen aufgingen, schreckte er auf. Er rannte zur nächsten Telefonzelle und wählte mit fliegenden Fingern sieben ihm gut vertraute Ziffern. Als sich eine ebenso vertraute Stimme am anderen Ende der Leitung meldete und seufzte: »Polizeirevier Hollywood, Captain Peltz am Apparat«, sagte Lloyd leise: »Dutch, ich weiß, warum er tötet.«

Eine Stunde später saß Lloyd in Dutch Peltz' Büro und sichtete all die negativen Berichte, was ihn veranlaßte, vor lauter Frust auf dem Schreibtisch seines besten Freundes herumzuhämmern. Dutch stand an der Tür und beobachtete, wie sich Lloyd die Telexe durchlas, die soeben aus dem Zentral- und dem Verkehrscomputer eingegangen waren. Er wollte das Haar seines Sohnes glattstreichen oder seinen Schlips geraderichten, er hätte alles getan, um die Wut, die Lloyds Gesichtszüge verzerrte, zu mildern. Da er sich angesichts einer solch wütenden Qual fast gedemütigt fühlte, sagte Dutch beruhigend: »Es wird schon alles in Ordnung kommen, Junge.«

Lloyd schrie: »Nein, wird es nicht. Er ist vergewaltigt worden, da bin ich mir ganz sicher: Es muß an einem 10. Juni in seiner Pubertät passiert sein. Mißhandlungen von Minderjährigen werden niemals aus der Kartei gelöscht. Und wenn es nicht im Computer gespeichert ist, dann ist es eben nicht in L.A.

geschehen! Es gibt in diesen verdammten Ausdrucken von der Sitte über Jugendliche nun mal nichts anderes als die Erpressung von Pädophilen und Blasen auf dem Rücksitz, und davon wird niemand gleich zum Massenmörder, nur weil er sich von einem alten Knacker im Griffith Park den Schwanz hat ablecken lassen!«

Lloyd nahm eine Buchstütze aus Quarzstein und schleuderte sie durch den Raum. Sie landete auf dem Boden neben dem Fenster, von dem aus man den Parkplatz des Reviers überblicken konnte. Dutch sah hinaus und beobachtete, wie die Officer der Nachtschicht ihre Streifenwagen abholten, und er wunderte sich, wie sehr er sie doch alle mochte, jedoch keinen so wie Lloyd. Er stellte die Buchstütze auf seinen Schreibtisch zurück und fuhr Lloyd durchs Haar.

»Fühlst du dich jetzt besser, Junge?«

Lloyd lächelte Dutch automatisch an, was aussah wie ein Zurückzucken.

»Ja, ein wenig. Ich fange an, dieses Tier kennenzulernen, und das ist immerhin ein Anfang.«

»Was ist mit dem Ausdruck der Strafmandate wegen falschen Parkens? Wurden welche zum Zeitpunkt der Ermordung ausgestellt?«

»Negativ. Kein einziges Strafmandat wurde zum jeweiligen Datum an der betreffenden Straße ausgestellt; die einzigen Strafzettel bekamen Frauen, Nutten, die auf dem Strip arbeiten. Das war ein Schuß in den Ofen, außerdem hatte unser Revier zur Zeit des Renwick-Mordes die Mandate noch gar nicht in den Computer eingegeben. Ich werde ganz von vorn beginnen müssen, rosa Fragebögen an frühere Detectives der Jugendsitte schicken und hoffen, ein paar Infos über Mißhandlungen zu bekommen, die nie in die Akten gelangt sind.«

Dutch schüttelte den Kopf. »Wenn dieser Kerl belästigt oder vergewaltigt wurde, oder was auch immer vor zwanzig Jahren geschehen sein mag, dann sind die meisten Detectives, die darüber noch etwas wissen könnten, ja schon längst pensioniert.«

»Ich weiß. Streck bitte deine Fühler aus, ja? Zieh an einigen Strippen und bitte um ein paar Gefälligkeiten. Ich will mich weiter auf der Straße umsehen, dort fühle ich mich am wohlsten.«

Dutch setzte sich in den Stuhl gegenüber von Lloyd und versuchte, den Glanz seiner Augen richtig zu deuten. »Einverstanden, Junge. Denk an die Party bei mir, Donnerstagabend, und ruh dich mal aus.«

»Kann ich nicht. Ich hab' heute abend eine Verabredung. Janice und die Mädchen sind wahrscheinlich sowieso bei ihrem unheimlichen Freund. Ich will in Bewegung bleiben.«

Lloyds Augen funkelten. Dutch sah ihn mit forschendem Blick an. »Gibt es irgendwas, das du mir erzählen möchtest, mein Junge?«

Lloyd sagte: »Ja. Ich hab' dich sehr gern. Und jetzt laß mich hier raus, bevor ich noch sentimental werde.«

Als er auf der Straße war, ohne Akten, die er studieren konnte, aber mit noch drei Stunden Zeit, bis er Joanie Pratt treffen würde, erinnerte sich Lloyd daran, daß seine Hilfstruppen noch die Buchläden im Bereich Hollywood zu überprüfen hatten.

Er fuhr zu einer Telefonzelle und blätterte das Branchenbuch durch, wo er zwei Buchläden aufgelistet fand, die beide auf feministische Literatur spezialisiert waren: »Neue Wachsamkeit – Poesie« an der Ecke LaBrea und Fountain, und »Die Bibliophile Feministin« an der Yucca und Highland.

Er beschloß, einen Umweg zu fahren, bei dem er an beiden Geschäften vorbeikommen würde, und danach wollte er dann zu Joanie nach Hollywood Hills fahren. Er fuhr zunächst zur »Neuen Wachsamkeit«, wo ein gelangweilter, gelehrt wirkender Mann in einem viel zu großen Overall ihm weitschweifig erzählte, daß ihm keine verdächtigen Neugierigen oder kräftige Käufer feministischer Prosasammlungen von Mitte bis Ende Dreißig aufgefallen wären, und zwar aus dem einfachen Grund nicht, weil er feministische Poesie nicht führte – er fände sie nicht seriös, sondern geistig eher wirr. Die meisten seiner Kunden wären langjährige Akademiker, die lieber etwas aus seinem Katalog bestellten, und das sei auch schon alles.

Lloyd bedankte sich bei dem Mann und fuhr mit seinem Matador nach Norden. Er hielt vor der »Bibliophilen Feministin« um genau sechs Uhr, in der Hoffnung, daß in dem kleinen, zu einem Laden umgebauten Erdgeschoß noch geöffnet wäre. Er trottete die Stufen hinab und hörte gerade noch, wie die Tür von innen verriegelt wurde, und als er sah, daß die Beleuchtung in den Fenstern ausgeschaltet wurde, klopfte er an die Tür und rief: »Polizei. Öffnen Sie bitte!«

Einen Augenblick später ging die Tür auf, und die Frau, die ihm öffnete, stand in leicht herausfordernder Haltung vor ihm. Lloyd war ein wenig abgeschreckt, als er sie so arrogant dastehen sah, und bevor sie noch etwas Provozierendes sagen konnte, kam er ihr zuvor: »Ich bin Detective Sergeant Hopkins vom Polizeipräsidium in L.A. Kann ich Sie bitte ganz kurz sprechen?«

Die Frau schwieg. Die Stille war zermürbend, und um keinen ungeschickten Rückzieher machen zu müssen, konzentrierte er sich auf ihre kräftige Figur und hielt dabei einen intensiven Blickkontakt aufrecht, den die Frau ohne Wimpernzucken erwiderte. Eine starre Strenge versucht über einen weichen, kräftigen Körper die Herrschaft zu gewinnen, sagte er sich; vierunddreißig bis sechsunddreißig Jahre alt; leicht aufgelegtes Make-up zeugt davon, daß sie genau weiß, wie alt sie ist; die braunen Augen, die blasse Haut und das kastanienfarbene Haar deuten auf eine vielleicht vornehme Herkunft; die strenge Latzhose aus Tweed ist ein Schutzschild. Sie ist klug, streitbar und unglücklich. Eine vollkommene Ästhetin, die sich vor jeder Leidenschaft fürchtet.

»Sind Sie vom Nachrichtendienst?«

Lloyd blickte ziemlich dumm drein, weil er weder mit einer solchen Frage noch mit einer solch kräftigen Stimme gerechnet hatte. Er wechselte seine Fußstellung und fragte: »Nein, wieso?«

Die Frau lächelte etwas verkniffen und machte ihrem Herzen Luft. »Die Polizei von L.A. versucht schon seit ewigen Zeiten einen Anlaß zu finden, um gegen mich vorzugehen, weil sie meine Arbeit für subversiv ansieht; meine Gedichte sind in feministischen Zeitschriften veröffentlicht worden, die Ihr Department für äußerst bedenklich hält. Dieser Buchladen führt eine Reihe von Titeln, die dazu auffordern, die Macho-Mentalität zu brechen und Männer-Mythen zu zerstören.«

Die Frau unterbrach sich, als sie bemerkte, daß der stattliche Cop anfing zu strahlen. In dem deutlichen Bewußtsein, daß die Verwirrung auf beiden Seiten gleich war, sagte Lloyd: »Wenn ich einen feministischen Buchladen unterwandern wollte, wäre ich doch bestimmt in Lumpen gekommen. Kann ich reinkommen, Miss . . .?«

»Mein Name ist Kathleen McCarthy«, sagte die Frau. »Mir wäre lieber, wenn Sie mich mit ›Mrs.‹ anredeten, und bis Sie mir nicht gesagt haben, was Sie überhaupt von mir wollen, werde ich Ihnen kaum Gelegenheit dazu geben.«

Das war die Frage, auf die Lloyd gewartet hatte.

»Ich bin der erfolgreichste Morddetective der Westküste«, sagte er leise. »Ich stelle gerade Nachforschungen über Morde an nahezu zwanzig Frauen an. Ich habe eine der Leichen gesehen. Ich will Sie nicht beunruhigen, indem ich Ihnen beschreibe, wie sehr sie verstümmelt wurde. Ich habe ein blutbeflecktes Buch am Tatort des Verbrechens gefunden, ›Wut im Bauch‹. Ich bin sicher, daß sich der Mörder für Poesie interessiert – vielleicht sogar speziell für feministische Poesie. Darum bin ich zu Ihnen gekommen.«

Kathleen McCarthy war bleich geworden, und ihre herausfordernde Haltung fiel in sich zusammen. Sie hielt sich nur noch mühsam am Türpfosten fest. Lloyd ging an ihr vorbei, zeigte ihr aber vorher noch seine Marke und seinen Ausweis.

»Rufen Sie beim Revier in Hollywood an«, sagte er. »Fragen Sie nach Captain Peltz. Er wird bestätigen, was ich Ihnen gesagt habe.«

Kathleen McCarthy bedeutete Lloyd, einzutreten, und ließ ihn in einem großen Raum mit Bücherregalen allein. Als er das Wählgeräusch eines Telefons vernahm, zog er sich den Ehering vom Finger und begutachtete die Bücher, die alle vier Wände bedeckten und die auf Stühlen, Tischen und drehbaren Büchergestellen angeordnet waren. Sein Respekt vor der spröden Dichterin wurde immer größer – sie hatte ihre eigenen Veröffentlichungen an auffallender Stelle überall im Raum verteilt, neben Bänden von Doris Lessing, Sylvia Plath, Kay Millett und anderen feministischen Autoritäten. Eine extrovertierte Person, dachte Lloyd. Er fing an, die Frau zu mögen.

»Ich möchte mich bei Ihnen entschuldigen, daß ich Sie verurteilt habe, bevor ich Sie anhören wollte.«

Bei diesen Worten wandte sich Lloyd um. Kathleen McCarthy vergab sich offenbar durch ihre Entschuldigung nichts. Er begann sie zu *fühlen,* und antwortete in einer Form, mit der er sich *ihren* Respekt zu erringen hoffte.

»Ich kann Ihre Gefühle verstehen. Die Hüter unserer Verfassung in der Abteilung sind übereifrig, manchmal sogar paranoid.«

Kathleen grinste. »Darf ich das zitieren?«

Lloyd grinste zurück. »Nein.«

Darauf folgte verlegenes Schweigen. Da er spürte, daß die gegenseitige Anziehung immer größer wurde, zeigte er auf eine mit Büchern übersäte Couch und sagte: »Können wir uns nicht setzen? Ich erzähle Ihnen dann mehr über das Ganze.«

Mit ruhiger Stimme und bewußt ausdrucksslosem Gesicht erzählte Lloyd Kathleen McCarthy, wie er Julia Lynn Niemeyers Leiche und ein Exemplar von »Wut im Bauch« entdeckt hatte und daß ein Gedicht an Julias Postfach adressiert worden war und daß das alles ihn davon überzeugt hätte, daß der angebliche Einzeltäter in Wirklichkeit ein Massenmörder wäre. Er beendete seinen Bericht mit der chronologischen Tabelle und dem von ihm erarbeiteten Profil der Täterpersönlichkeit; er sagte: »Er ist einerseits unwahrscheinlich begabt, andererseits verliert er jegliche Kontrolle über sich. Poesie ist sein Orientierungspunkt. Ich glaube, daß er unbewußt die Kontrolle verlieren *will* und daß er vielleicht Poesie als Mittel zum Zweck ansieht. Ich möchte von Ihnen gern Näheres über ›Wut im Bauch‹ wissen und darüber, ob irgendwelche auffälligen Männer – insbesondere Männer um die Dreißig – in ihren Laden gekommen sind und feministische Werke gekauft, sich abfällig oder wütend geäußert oder sonst irgendwie außergewöhnlich verhalten haben.«

Lloyd lehnte sich zurück und kostete Kathleens Reaktion, ihre kalte, harte unterdrückte Wut aus. Nachdem sie eine volle Minute lang geschwiegen hatte, wußte er, daß sie ihre Gedanken kurz zusammenfaßte und daß, falls sie reden würde, ihre Antwort in einem vollkommen gelassenen Ton, frei von rhetorischem Beiwerk und ohne Exaltiertheit vorgebracht werden würde.

Er hatte recht gehabt. »›Wut im Bauch‹ ist ein zorniges Buch«, sagte Kathleen leise. »Eine polemische Philippika gegen vieles, insbesondere gegen Gewalt gegenüber Frauen. Ich habe es seit Jahren nicht mehr auf Lager gehabt, und wenn ich es dahatte, würde ich bezweifeln, daß ich jemals ein Exemplar an einen Mann verkauft habe. Darüber hinaus sind die einzigen männlichen Kunden, die hier hereinkommen, Männer, die ihre Freundinnen oder Mitstudentinnen begleiten – junge Männer um die Zwanzig bis Ende Dreißig. Ich kann mich nicht entsinnen, jemals einen Mann in den Dreißigern im Laden gesehen zu haben. Der Laden gehört mir, und ich betreibe ihn auch selbst, deshalb kenne ich eigentlich alle meine Kunden. Ich ...«

Lloyd schnitt Kathleen mit einer Handbewegung das Wort ab. »Wie steht's mit Postbestellungen? Machen Sie auch Versandgeschäfte?«

»Nein, für Buchversand habe ich kein Lager. Sämtliche Geschäfte werden hier im Laden abgewickelt.«

Lloyd murmelte: »Scheiße«, und boxte in die Armlehne der Couch. Kathleen sagte: »Es tut mir leid, aber hören Sie ... Ich habe eine ganze Menge Bekannte im Buchhandel. Feministische Literatur, Poesie und andere Sparten. Private Buchverkäufer haben Sie wahrscheinlich übersehen. Ich telefoniere mal rum und werde hartnäckig sein. Ich will Ihnen in dieser Sache helfen.«

»Vielen Dank«, sagte Lloyd. »Ich kann Hilfe gut gebrauchen.« Er täuschte ein Gähnen vor und fügte hinzu: »Haben Sie wohl einen Kaffee für mich? Mir geht langsam die Puste aus.«

Kathleen sagte: »Einen Augenblick«, und verschwand im Hinterzimmer. Lloyd vernahm das Geräusch klappernder Tassen und Untertassen, begleitet vom atmosphärischen Knistern irgendeiner Radiostation und den Klängen einer Symphonie oder eines Konzerts. Als die Musik schneller wurde, rief er laut: »Würden Sie das bitte abstellen?«

Kathleen rief zurück: »In Ordnung, aber dann müssen Sie mir etwas erzählen.«

Die Musik wurde leiser und erstarb dann vollends. Lloyd rief erleichtert: »Worüber soll ich denn etwas erzählen, etwa von meiner Arbeit bei der Polizei?«

Einen Augenblick später kam Kathleen ins Wohnzimmer und trug ein Tablett mit Kaffeetassen und einer Plätzchenmischung. »Erzählen Sie mir was Nettes«, sagte sie und räumte Bücher von einem niedrigen Tisch. »Reden Sie über das, was Ihnen lieb ist.« Mit einem ganz direkten, prüfenden Blick fügte sie hinzu: »Sie sehen blaß aus. Fühlen Sie sich nicht wohl?«

Lloyd sagte: »Nein, mir geht's eigentlich ganz gut. Lauter Krach stört mich, darum habe ich Sie gebeten, das Radio abzustellen.«

Kathleen reichte ihm eine Tasse Kaffee. »Das war kein Krach. Das war Musik.« Lloyd ging auf die Bemerkung gar nicht weiter ein. »Die Dinge, die mir lieb sind, sind schwer zu beschreiben«, sagte er. »Ich wälze mich gern in der Gosse, um zu sehen, wie ich der Gerechtigkeit auf die Sprünge helfen kann, dann sehe ich zu, daß ich auch wieder rauskomme und dahin gehe, wo es gemütlich und warm ist.«

Kathleen schlürfte Kaffee. »Sie meinen, um mit Frauen zusammenzusein?«

»Ja. Kränkt Sie das?«

»Nein. Warum sollte es?«

»Dieser Buchladen. Ihre Gedichte. 1983. Suchen Sie sich einen Grund aus.«

»Sie sollten meine Tagebücher lesen, bevor Sie mich beurteilen. Ich kann gute Geschichten schreiben, aber ich kann noch viel besser Tagebuch schreiben. Werden Sie diesen Killer wohl schnappen?«

»Ja. Ihre Reaktion auf meine Anwesenheit beeindruckt mich. Ich würde gerne Ihre Tagebücher lesen, Ihre geheimen Gedanken in mich aufnehmen. Wie weit gehen sie zurück?«

Kathleen zuckte bei dem Wort »geheim« zusammen.

»Eine lange Zeit«, entgegnete sie, »seit den Tagen am Marshall Clarion College. Ich ...«

Kathleen schwieg plötzlich und starrte ihn an. Der große Polizist lachte und schüttelte vor Vergnügen den Kopf.

»Was ist los?« fragte sie.

»Nichts, außer daß wir dasselbe College besucht haben. Ich habe dich vollkommen falsch eingeschätzt, Kathleen. Ich hatte mir ausgemalt, du kommst von der Ostküste, dickes irisches Geld im Hintergrund. Und nun stellt sich heraus, daß du eine Irin aus der alten Nachbarschaft bist. Lloyd Hopkins, Marshall-Abschlußklasse '59 und Polizist mit irisch-protestantischen Großeltern, trifft Kathleen McCarthy, ehemalige Silverlake-Bewohnerin und Absolventin von Marshall, Jahrgang ...?«

Kathleens Gesichtszüge entspannten sich belustigt.

»Jahrgang '64«, ergänzte sie. »Meine Güte, so ein Zufall. Erinnerst du dich noch an den kreisrunden Hof?« Lloyd nickte. »Und an Herrn Juknavarian und seine Geschichten aus Armenien?« Lloyd nickte wieder. »Und an Frau Cuthbertson und ihren ausgestopften Hund? Wenn ich mich recht erinnere, bezeichnete sie ihn als ihre ›Muse‹, stimmt's?« Lloyd beugte sich lachend vornüber. Kathleen gab noch mehr nostalgische Erinnerungen von sich, unterbrochen von entzückten Ausrufen. »Und das Spiel Pachucos gegen Surfer, und Mr. Amster und die T-Shirts, die er entworfen hatte? ›Amster-Hamster‹? Als ich in der zehnten Klasse war, hatte jemand eine tote Ratte an seine Autoantenne gehängt und einen Zettel unter den Scheibenwischer geklemmt. Auf dem Zettel stand: ›Amsters Hamster beißt den großen Meister!‹«

Lloyds Lachen gipfelte in einem Hustenanfall, bei dem er befürchten mußte, Kaffee und halbverdaute Plätzchen durch den Raum zu spucken. »Hör auf, das reicht! Bitte! Oder ich sterbe vor Lachen«, brachte er zwischen Hustenanfällen heraus. »Ich möchte doch nicht auf diese Weise sterben.«

»Wie möchtest du denn sterben?« fragte ihn Kathleen verschmitzt.

Als er sich über sein tränennasses Gesicht wischte, erkannte Lloyd, wie absichtsvoll-neugierig ihre Frage war.

»Ich weiß selbst nicht so genau«, sagte er, »entweder alt oder auf romantische Weise. Und du?«

»Sehr alt und weise. Die herbstliche Stimmung soll schon in tiefen Winter übergegangen und meine Worte für die Nachwelt sollen vollendet sein.«

Lloyd schüttelte den Kopf. »Mein Gott, ich kann an diese Unterhaltung kaum glauben. Wo in Silverlake hast du denn gewohnt?«

»An der Ecke Tracy und Micheltorena. Und du?«

»Griffith Park und St. Elmo. Ich habe immer ›Hasenfuß‹ auf der Micheltorena gespielt, als ich noch ein Kind war. *Denn sie wissen nicht, was sie tun* war gerade herausgekommen, und das Hasenfußspiel war echt ›in‹. Da wir zu jung zum Autofahren waren, ahmten wir es mit Seifenkisten nach, unter denen wir Gummiräder angebracht hatten. Wir starteten am Hang oberhalb des Sunset, und zwar in jenem Sommer jeden Morgen um halb drei: '55 war das, glaub' ich. Ziel des Spiels war, die ganze Strecke bis über die Ampel des Sunset hinunterzufahren. Zu dieser morgendlichen Stunde gab es gerade genügend Verkehr, um die Sache ein bißchen riskant zu machen. Ich fuhr die Strecke einmal pro Nacht, den ganzen Sommer über. Ich bremste niemals mit den Füßen ab oder zog die Handbremse. Ich habe die Mutprobe immer bestanden.«

Kathleen schlürfte ihren Kaffee und fragte sich, wie offen sie ihre nächste Frage formulieren konnte. Zum Teufel damit, dachte sie sich und fragte ihn schließlich: »Was hast du damit beweisen wollen?«

»Das ist eine provozierende Frage, Kathleen«, sagte Lloyd.

»Du bist ein provokativer Mann. Aber ich bin für Gleichberechtigung. Du kannst mich alles fragen, was du willst, und ich werde dir antworten.«

Bei diesen Aussichten leuchtete sein Gesicht förmlich auf.

»Ich versuchte, dem Kaninchen in die Höhle zu folgen«, sagte er. »Ich versuchte, der Welt Feuer unterm Arsch zu machen. Ich wollte, daß man mich für einen starken Burschen hält und Ginny Skakel mir mit der Hand einen runterholen mußte. Ich wollte reines, strahlendes Licht einatmen. Gute Antwort?«

Kathleen lächele und applaudierte Lloyd.

»Nicht schlecht, Sergeant. Warum hast du damit aufgehört?«

»Zwei Jungen wurden getötet. Sie fuhren auch mit einer dieser Kisten. Ein '53er Packard hat sie völlig zerquetscht. Einem von ihnen wurde der Kopf abgetrennt. Meine Mutter bat mich, damit aufzuhören. Sie meinte, es gäbe sicherere Mittel, um Mut zu beweisen. Sie erzählte mir Geschichten, um mich über meinen Kummer hinwegzutrösten.«

»Den Kummer? Du meinst, du wolltest weiterhin dieses verrückte Spiel spielen?«

Lloyd genoß Kathleens zweifelnden Blick und sagte: »Natürlich. Teenagerromantik ist schwer totzukriegen. Schau dich doch mal um, Kathleen.«

»Ja, natürlich.«

»Na siehst du. Bist du romantisch?«

»Ja ... In allen möglichen Beziehungen ... ich ...«

Lloyd schnitt ihr das Wort ab. »Gut. Kann ich dich dann morgen abend wiedersehen?«

»An was dachtest du? Abendessen?«

»Eigentlich nicht.«

»Ein Konzert?«

»Sehr unterhaltsam. Aber eigentlich dachte ich, wir könnten L.A. unsicher machen und ein bißchen Großstadtromantik schnuppern.«

»Ist das ein Annäherungsversuch?«

»Absolut nicht. Ich meine, daß wir etwas tun sollten, was keiner von uns je getan hat, und das schließt *das* ja aus. Bist du dabei?«

Kathleen nahm Lloyds ausgestreckte Hand. »Ich bin dabei. Hier bei mir, um sieben Uhr?«

Lloyd führte die Hand an die Lippen und küßte sie.

»Ich werde pünktlich sein«, sagte er und ging zur Tür, bevor noch etwas passieren konnte, das dem unvergeßlichen Augenblick allen Glanz genommen hätte.

Lloyd war nicht vor sechs Uhr zu Hause, und Janice lief hin und her, um sich auf ihren Abend vorzubereiten; sie empfand in jeder Hinsicht Erleichterung. Sie war einerseits froh darüber, daß Lloyds Abwesenheit immer häufiger und berechenbarer wurde, außerdem war sie froh, daß die Mädchen so sehr mit ihren Hobbys und ihren kleinen Dingen ausgefüllt waren, daß sie ihren Vater gar nicht vermißten. Sie war außerdem mit sich zufrieden, weil ihre eigene Ablösung von dieser Beziehung immer klarer und bewußter zu werden schien, daß sie irgendwann in absehbarer Zeit in der Lage sein würde, ihrem Mann zu sagen: »Du bist *die* große Liebe in meinem Leben gewesen, aber jetzt ist es vorbei. Ich kann sowieso nicht mehr an dich heran. Ich kann dein verletzendes Verhalten einfach nicht mehr länger ertragen. Es ist vorbei.«

Als sich Janice für ihren Tanzabend anzog, erinnerte sie sich an die Episode, die ihr den ersten Anstoß gegeben hatte, ihren Mann zu verlassen. Das war jetzt zwei Wochen her. Lloyd war drei Tage lang weggewesen. Sie vermißte ihn und wollte seinen Körper, sie war sogar bereit gewesen, Zugeständnisse wegen seiner schlimmen Geschichten zu machen. Sie war nackt ins Bett gegangen und hatte die Kerze an ihrem Bett brennen lassen, in der Hoffnung, daß sie von Lloyds Händen, die ihre Brust berührten, geweckt würde. Als sie schließlich dann erwachte, sah sie ihn, wie er nackt über ihr lag und vorsichtig ihre Beine spreizte. Sie mußte einen Schrei unterdrücken, als er in sie eindrang, und ihre Augen waren vor Schreck geweitet, als sie seine diabolisch verzerrten Gesichtszüge sah. Als er kam und seine Gliedmaßen sich verkrampften, hielt sie ihn ganz fest und wußte, daß ihr endlich die Kraft gegeben war, ein neues Leben anzufangen.

Janice zog einen mit Silberlamé durchwirkten Hosenanzug an, eine Ausstattung, die hervorragend die blitzenden Scheinwerfer des Studio One widerspiegeln würde. Sie hatte wegen ihrer Unterwürfigkeit von gestern leichte Stiche im Bauch, und als Reaktion darauf beschrieb sie ihren Mann in kalter, klinischer

Begrifflichkeit: Er ist ein verstörter, getriebener Mann. Ein anachronistischer Mensch. Er ist unfähig, sich zu ändern, ein Mann, der nie zuhört.

Janice rief ihre Töchter zusammen und fuhr sie zu Georges Wohnung in Ocean Park. Sein fester Freund Rob wollte sich um sie kümmern, während sie und George sich die Nacht in der Disco um die Ohren schlagen würden. Er erzählte ihnen immer nette, freundliche Geschichten und kochte ihnen ein üppiges, vegetarisches Festmahl.

Studio One war überfüllt, es war randvoll mit schicken Männern, die unter den gnädigen, sanften Brechungen der stereogesteuerten Stroboskoplichter hin und her wogten. Janice und George schnupften auf dem Parkplatz ein bißchen Koks und stellten sich ihren Einzug als eines der grandiosesten und meistbeachteten Spektakel der Geschichte vor. Als einzige Frau auf der Tanzfläche war sich Janice bewußt, daß ihr Leib der begehrteste unter all den Lichtern war – begehrt nicht im Sinne von Lust, sondern in dem eines verzweifelten Verlangens nach geschlechtlicher Vereinigung – groß, königlich, braungebrannt und anmutig wie sie war, wolle jeder Mann wie *sie* sein.

Als sie in dieser Nacht spät nach Hause kam, wartete Lloyd im Bett auf sie. Er war ausgesprochen zärtlich, und sie erwiderte seine Liebkosungen mit großer Trauer. Sie ließ vor ihren Augen zusammenhanglose Bilder ablaufen, mit denen sie sich davon abbringen mußte, seiner Liebe nachzugeben. Sie dachte an viele Dinge, aber sie wäre nie darauf gekommen, daß er vor nur zwei Stunden mit einer anderen Frau zusammengewesen war: mit einer Frau, die sich selbst als »eine Art Geschäftsfrau« bezeichnete und früher einmal anspruchslose Rock-and-Roll-Texte gesungen hatte; sie konnte auch nicht ahnen, daß seine Gedanken jetzt unablässig bei dem irischen Mädchen aus seinem ehemaligen Wohnviertel waren.

In dieser Nacht schrieb Kathleen in ihr Tagebuch:

> Heute habe ich einen Mann getroffen, einen Mann, von dem ich glaube, daß das Schicksal ihn mir aus einem ganz bestimmten Grunde geschickt hat. Für mich repräsentiert er eine Parodie und Möglichkeiten, auf die ich mich nicht einlassen darf: so groß sind seine widerstreitenden Kräfte. Physisch enorm stark und von durchdringendem Verstand – und vor allem ein Mann, der es zufrieden ist, sein Leben lang Polizist zu sein! Ich bin sicher, daß er mich will (als wir uns trafen, bemerkte ich seinen Ehering. Als später seine Zuneigung zu mir offensichtlich größer wurde, sah ich, daß er ihn weggesteckt hatte – eine naive und doch liebenswerte Irreführung). Ich glaube, daß er das Ego und den Willen eines Raubtiers hat – was auch gut zu seiner Körpergröße und zu seiner von ihm selbst so sehr betonten Intelligenz paßt. Und ich fühle – ich weiß –, daß er mich ändern will, daß er eine verwandte

Seele in mir sieht, eine Seele, die tief aufgewühlt, aber auch manipuliert werden kann. Ich muß bei diesem Mann auf meine Worte und meine Taten achtgeben. Um meiner Entwicklung willen muß es ein Geben und Nehmen sein. Aber ich muß mein Innerstes von ihm freihalten, mein Herz muß unberührt bleiben.

9

Lloyd verbrachte den Vormittag im Parker Center, was mehr ein symbolischer Besuch war, mit dem er Lieutenant Gaffaney und alle anderen ranghöheren Vorgesetzten, die seine längere Anwesenheit bemerkt haben mochten, hinters Licht führen wollte. Dutch Peltz rief ihn schon sehr früh an: Er hatte bereits inoffiziell Ermittlungen über frühere Fälle homosexueller Vergewaltigung eingeleitet, indem er zwei Officer im Innendienst damit beauftragte, anhand der »vertraulichen« Personalakten des Präsidiums alle pensionierten Detectives, die sich früher mit Jugendkriminalität beschäftigt hatten, telefonisch zu befragen. Dutch erkundigte sich persönlich bei noch aktiven Detectives mit mehr als zwanzigjährigen einschlägigen Erfahrungen, und er versprach Lloyd, zurückzurufen, sobald er vielversprechende Informationen hätte. Kathleen McCarthy fragte bei den Buchläden herum, also blieb Lloyd nichts anderes zu tun, als weitere Papiere zu sichten – er las die Selbstmordakten immer und immer wieder, damit ihm beim ersten Lesen Übersehenes oder falsch Verstandenes klarer würde.

Er brauchte zwei Stunden und mußte Tausende von Wörtern verdauen, bevor er einen Zusammenhang herstellen konnte. Als dann eine Zahl, die Nummer 408, in demselben Kontext in zwei verschiedenen Berichten auftauchte, konnte Lloyd absolut noch nicht einschätzen, ob das eine Spur oder bloßer Zufall war.

Die Leiche von Angela Stimka wurde von einem Nachbarn, dem Deputy Sheriff Delbert Haines vom County Los Angeles, Polizeimarke Nummer 408, entdeckt, nachdem Nachbarn den außer Dienst befindlichen Deputy herbeigerufen hatten, weil sie ausströmendes Gas an der Wohnungstür der Frau gerochen hatten. Ein Jahr und einen Tag darauf wurden die Deputies D. Rains, Polizeimarke 408, und W. Vandervort, Polizeimarke 691, zum Schauplatz des »Selbstmords« von Lauretta Powell gerufen. Rains, Haines – ein dummer Buchstabierfehler: Die übereinstimmenden Dienstnummern wiesen eindeutig auf denselben Deputy hin.

Lloyd las sich die Akte des dritten »Selbstmords« in West-Hollywood durch – den von Carla Castleberry, Todestag 10. 6. 80, im Tropicana-Motel am Santa Monica Boulevard. Diesen Bericht hatten andere Officer erstellt, und die

Namen der Motelbewohner, die am Schauplatz verhört worden waren – Duane Tucker, Lawrence Craigie und Janet Mandarano –, tauchten in keiner der anderen Unterlagen auf.

Lloyd griff zum Telefonhörer und wählte die Nummer der Sheriffstation von West-Hollywood. Eine gelangweilte Stimme antwortete.

»Hier ist das Büro des Sheriffs. Kann ich Ihnen helfen?«

Lloyd bemühte sich, grob zu sein.

»Hier spricht Detective Sergeant Hopkins vom Parker Center in L.A. Gibt es bei Ihnen einen Deputy Haines oder Rains mit der Polizeimarke 408, der bei Ihnen im Dienst ist?«

Der gelangweilte Officer stotterte: »Jawohl, Sir. Der große Haines, auch Whitey genannt. Hat tagsüber Streifendienst.«

»Ist er heute auf Streife?«

»Ja, Sir.«

»Gut. Nehmen Sie über Funk Kontakt mit ihm auf. Sagen Sie ihm, er soll sich mit mir in einer Stunde in der Pizzeria an der Ecke Fountain und La Cienega treffen. Haben Sie das mitbekommen?«

»Ja, Sir.«

»Gut. Setzen Sie sich direkt mit ihm in Verbindung.« Lloyd hängte ein. Wahrscheinlich würde nichts dabei herauskommen, aber zumindest handelte er.

Lloyd war viel zu früh in dem Restaurant, bestellte einen Kaffee und setzte sich an einen gut vor Blicken geschützten Tisch mit Sicht auf den Parkplatz, um sich so vor dem Gespräch einen besseren Eindruck von Haines machen zu können.

Fünf Minuten später fuhr ein schwarzweißer Polizeiwagen auf den Parkplatz, und ein uniformierter Deputy stieg aus, der wie ein Kurzsichtiger die Augen zusammenkniff, als er in die Sonne blinzelte. Lloyd schätzte den Mann ab: groß, blond, kräftige Figur, die allerdings schlaff wirkte. Mitte Dreißig. Alberner Haarschnitt, die Koteletten viel zu lang bei diesem fetten Gesicht. Die Uniform umschloß seinen muskulösen Oberkörper und den weichen Bauch wie eine Wurstpelle. Lloyd beobachtete, wie er seine Piloten-Sonnenbrille aufsetzte und den Pistolengurt zurechtrückte. Nicht intelligent, aber wahrscheinlich raffiniert auf der Straße; am besten ging man mit ihm ganz locker um.

Der Deputy ging schnurstracks auf Lloyds Tisch zu.

»Sergeant?« fragte er und streckte die Hand aus. Lloyd nahm die Hand, drückte sie und wies zur anderen Seite des Tisches, während er darauf wartete, daß der Mann die Sonnenbrille abnahm. Als er sich, ohne sie abzunehmen, hinsetzte und nervös einen Pickel am Kinn auszudrücken begann, dachte Lloyd: Schneller. Geh hart mit ihm um.

Lloyds starrender Blick machte Haines unruhig.

»Was kann ich für Sie tun, Sir?« fragte er.
»Wie lange sind Sie schon bei der Polizei, Haines?«
»Neun Jahre.«
»Wie lange sind Sie schon im Sheriffbüro West-Hollywood?«
»Acht Jahre.«
»Sie wohnen auf der Larabee?«
»Das ist richtig.«
»Das überrascht mich. West-Hollywood ist doch ein Rattennest.«
Haines' Lider zuckten. »Ich glaube, ein guter Polizist sollte auch in seinem Bezirk wohnen.«
Lloyd lächelte. »Der Meinung bin ich allerdings auch. Wie werden Sie von Ihren Freunden genannt? Delbert? Del?«
Haines versuchte zu lächeln und biß sich dabei unfreiwillig auf die Lippe. »Whitey. Aber warum wollen ...?«
»Warum ich hier bin? Das werde ich Ihnen sofort erzählen. Gehört der Westbourne Drive zu Ihrem Bezirk?«
»J ... ja, ja.«
»Haben Sie immer dieselbe Streifentour in Ihrem Revier gehabt?«
»J ... ja, sicher. Aber, als ich mal eine Zeitlang bei der Sitte aushelfen sollte. Aber was soll ...?«
Lloyd schlug mit der Faust auf den Tisch. Haines schreckte von seinem Stuhl zurück und hob die Hände, um seine Sonnenbrille mit beiden Händen zurechtzurücken. Die Muskeln um seine Augen herum zuckten, ebenso seine Mundwinkel. Lloyd lächelte.
»Schon mal beim Rauschgiftdezernat gearbeitet?«
Haines wurde hochrot und stammelte heiser »nein«, wobei ein Netz von Adern an seinem Hals heftig pulsierte.
Lloyd fuhr fort: »Ich wollte nur mal nachfragen. Eigentlich bin ich hier, weil ich Ihnen ein paar Fragen über eine Leiche stellen wollte, die Sie im Jahre '78 gefunden haben. Die Handgelenke waren aufgeschnitten. Eine Frau, die in der Westbourne wohnte. Erinnern Sie sich noch daran?«
Haines' ganzer Körper wurde lockerer. Lloyd beobachtete, wie seine Muskeln sich immer mehr entspannten, bis er vor Erleichterung in fast bewegungsloser Ruhe sitzenblieb.
»Ja. Mein Partner und ich hatten einen Notruf von der Zentrale übermittelt bekommen. Die alte Schachtel, die nebenan wohnte, hatte wegen der voll aufgedrehten Stereoanlage der Toten angerufen. Wir fanden diese gutaussehende Biene völlig ...«
Lloyd unterbrach ihn. »Ein Jahr zuvor hatten Sie einen anderen Selbstmord in Ihrem eigenen Wohnhaus entdeckt, nicht wahr, Whitey?«
»Ja«, erwiderte Haines, »hab' ich. Ich war ganz benebelt von dem Gas, man

mußte mich im Krankenhaus entgiften. Ich bekam eine Belobigung, und mein Bild hängt auf der Ehrentafel des Reviers.«

Während Lloyd sich zurücklehnte und seine Beine unterm Tisch ausstreckte, sagte er: »Beide brachten sich am 10. Juni um: Meinen Sie nicht, daß das ein merkwürdiger Zufall ist?«

Haines schüttelte den Kopf. »Vielleicht. Vielleicht auch nicht. Ich weiß es nicht.«

Lloyd lachte. »Ich weiß es auch nicht. Das ist alles, Haines. Sie können gehen.«

Nachdem Haines gegangen war, trank Lloyd noch eine Tasse Kaffee und dachte nach. Ein offensichtlich dummer Cop, vollgepumpt mit Aufputschpillen. Keine zurückgehaltenen Kenntnisse über die beiden Morde/Selbstmorde, aber zweifellos in soviel Schmalspurgaunereien verwickelt, daß ihm eine Befragung zu früheren Mordfällen wie eine Errettung vor der Guillotine vorkam – er hatte nicht einmal gefragt, warum das Gespräch überhaupt stattfand. Ein Zufall, daß er beide Leichen entdeckte? Er wohnte und patrouillierte in demselben Bezirk. Alles ganz harmlos und unverfänglich.

Aber sein Instinkt sagte ihm etwas anderes. Lloyd wägte das Für und Wider ab, wie er es Tag und Nacht tat. Vieles sprach dafür. Er fuhr zur Larrabee Avenue Nr. 1167.

Um das malvenfarbene Wohnhaus herum war es vollkommen ruhig, die Türen der zehn Wohnungen waren verschlossen, und er nahm auf dem Weg zum Parkplatz hinter dem Haus keine Bewegung wahr. Lloyd las die Namen auf den Briefkästen an der Vorderseite des Gebäudes. Haines wohnte in Wohnung Nr. 5. Seine Augen verglichen die Zahlen an den Türen der ersten Etage, dann fand er sein Ziel – das Apartment war auf der Rückseite. Es gab keine Tür aus Fliegendraht und auch keine schweren Eisenbeschläge, die auf Sicherheitsschlösser hingedeutet hätten.

Unter Verwendung eines Taschenmessers und einer Kreditkarte aus Plastik ließ Lloyd den Verschlußmechanismus aufschnappen und schob die Tür auf. Er schaltete eine Wandlampe ein, schloß die Tür hinter sich und überflog die geschmacklose Wohnzimmereinrichtung, die genauso aussah, wie er es sich vorgestellt hatte: eine billige Kunstledercouch mit Sesseln davor, ein häßlicher Couchtisch und ein dicker, weicher Teppich, der abgenutzt war. An den Wänden hingen grünliche Landschaftsdrucke, und die eingebauten Regale enthielten keine Bücher – nur einen Stapel Sexmagazine.

Er ging in die Küche. Der eingerissene Linoleumboden war angeschimmelt, dreckiges Geschirr lag in der Spüle, und eine dicke Fettschicht bedeckte Schränke und Decke. Das Badezimmer war noch schmutziger – Rasierzeug lag auf einem Beistelltisch neben dem Waschbecken, getrockneter Rasierschaum klebte an den Wänden und auf dem Spiegel, und aus einem Wäschekorb quollen schmutzige Uniformteile. Im Schlafzimmer fand Lloyd erste Hinweise auf andere Wesenszüge als mangelnden Schönheitssinn und Faulheit. Oberhalb des ungemachten Bettes war eine Vitrine mit einem Gewehrständer angebracht, in der sich ein halbes Dutzend Schußwaffen befanden – eine von ihnen war ein verbotenes abgesägtes Schrotgewehr mit doppeltem Lauf. Als er die Matratze anhob, entdeckte er eine 9-mm-Browning-Automatik und ein angerostetes Bajonett, an dessen Griff ein Schild hing: »Original Hinrichtungsschwert des Vietkong! Garantiert echt!« In den Schubladen neben dem Bett fand er eine große Plastiktüte mit Marihuana und eine Flasche Dexedrin.

Nachdem er die Wandschränke und die Frisierkommode durchwühlt und außer schmutziger Wäsche nichts Interessantes gefunden hatte, ging er wieder ins Wohnzimmer; er fühlte Erleichterung, weil seine Vermutungen über Haines sich bestätigt hatten, trotzdem war er unruhig, weil ihn nichts anderes angesprochen hatte. Mit leerem Kopf setzte er sich auf die Couch und ließ seine Augen im Zimmer umherschweifen, auf der Suche nach etwas, mit dem sich sein Verstand beschäftigen könnte. Ein Rundblick, der zweite Rundblick, dann noch einer. Vom Boden zur Decke, an den Wänden entlang und wieder zurück.

Bei seinem vierten Rundblick entdeckte Lloyd eine Unregelmäßigkeit in der Wandverkleidung, und zwar direkt über der Couch, wo beide Wände zusammenstießen. Er stellte sich auf einen Stuhl und untersuchte die Ecke. Die Farbe war verdünnt worden, und irgendein Ding von der Größe eines Vierteldollars war in das Holz eingelassen und dann leicht überstrichen worden. Er schaute genauer hin und spürte Erregung. In dem Ding waren winzige Perforationen, und es hatte genau die Größe eines Hochleistungs-Kondensatormikrofons. Als Lloyd mit einem Finger die untere Kante der Holzvertäfelung entlangstrich, fühlte er das Kabel. Das Wohnzimmer wurde abgehört.

Auf Zehenspitzen stehend, folgte er dem Kabel die Wände entlang bis zur Eingangstür, dann unter dem Türpfosten und einem fest verlegten Läufer hindurch bis nach draußen zu einem Busch, der genau neben der Eingangstreppe stand. Draußen war das Kabel zur Tarnung mit derselben malvenfarbigen Wandfarbe überstrichen worden. Als Lloyd unter den Busch langte, fand er das Ende des Kabels, eine harmlos aussehende Metallschachtel, die ungefähr in Bodenhöhe an der Wand angebracht war. Er umspannte die Dose mit beiden Händen und zog mit aller Kraft daran. Der Deckel löste sich. Lloyd kniete sich tiefer auf den Boden und sah zum Weg hinüber, um keine Zeugen zu haben. Es war niemand zu sehen. Er hielt den Busch und den Metalldeckel zur Seite und schaute sich seinen Fund genauer an.

Die Dose enthielt einen Kassettenrecorder neuester technischer Machart. Die Bandspule lief nicht, was bedeutete, daß, wer auch immer der Lauscher sein mochte, das Gerät selbst einschalten mußte oder, was noch wahrscheinlicher war, es gab einen Startmechanismus, den Whitey Haines ungewollt in Betrieb setzte. Lloyd blickte zur Tür, die knapp drei Schritte von seinem gegenwärtigen Standort entfernt war. Hier mußte der Auslöser sein.

Er ging zur Tür, öffnete sie von innen und schloß sie dann wieder, dann ging er zum Recorder zurück. Die Spulen bewegten sich nicht. Er wiederholte den Vorgang, nur öffnete er diesmal die Tür von außen und schloß sie dann wieder. Neben dem Gebüsch hockend bewunderte Lloyd das Ergebnis. Ein rotes Licht leuchtete auf, und die Bandspulen drehten sich geräuschlos. Whitey Haines hatte tagsüber Streifendienst. Wer auch immer an seinem Treiben interessiert war, wußte davon und wollte, daß nur abends aufgenommen wurde – der raffinierte Auslöser an der Eingangstür, der nur funktionierte, wenn man hineinging, war der Beweis dafür.

Lloyd schloß die Tür wieder zu. Sollte er den Recorder mitnehmen oder die Wohnung überwachen, bis der Lauscher käme, um das Band abzuholen? Gab es zwischen dieser Sache und seinem Fall überhaupt irgendeinen Zusammenhang? Während er den Gehweg noch einmal prüfend entlangsah, versuchte er zu einem Entschluß zu gelangen. Als seine Neugier schließlich die Oberhand gewann, waren alle Bedenken wie weggewischt, und er schnitt das Kabel mit seinem Taschenmesser durch, nahm das Aufnahmegerät und lief zu seinem Wagen.

Als er wieder im Parker Center war, zog sich Lloyd dünne Chirurgenhandschuhe über und untersuchte den Kassettenrecorder. Das Gerät war mit einem Typ identisch, den er auf einem Seminar des FBI über elektronische Abhöreinrichtungen gesehen hatte – man nannte das Modell »tiefer Teller«, und seine Besonderheit waren vier separate Zwillingsspulen, die neben den gegenüberliegenden, selbstreinigenden Tonköpfen befestigt waren und automatisch weiterliefen, wenn ein Acht-Stunden-Band verbraucht war; dadurch war es möglich, zweiunddreißig Stunden lang aufzunehmen, ohne daß man an dem Gerät herumhantieren mußte.

Bei genauer Untersuchung des Recorder-Inneren sah Lloyd, daß auf der Hauptspule und auf den drei Zusatzspulen noch Band war und daß von der Hauptspule ungefähr die Hälfte bespielt und die andere Hälfte unbespielt war, was bedeutete, daß sich in diesem Gerät nicht mehr als zirka vier Stunden bespieltes Material befand. Da er auf Nummer Sicher gehen wollte, prüfte er das Fach mit den bespielten Bändern. Es war natürlich leer.

Lloyd holte die zusätzlichen Bänder heraus und legte sie in die obere Schreibtischschublade; dabei dachte er enttäuscht, daß das kurze bespielte Band nur ein kleiner Tropfen auf dem heißen Stein wäre – einerseits würde sich wahrscheinlich nur sehr wenig Lohnendes bei vier Stunden Abhören ergeben, doch angenommen, der Lauscher kannte die Gewohnheiten von Whitey Haines sehr genau und hatte eine Art Abschaltvorrichtung in der Wohnung angebracht, durch die nur soundsoviel Stunden pro Nacht aufgenommen wurden? Dann nämlich bedeutete das unbespielte Bandmaterial einen ausreichenden Zeitvorsprung für Lloyd, um Vorkehrungen zu treffen, den Lauscher zu schnappen, sobald er zurückkehrte, um die Bänder auszuwechseln. Jemand, der so schlau ist und eine solch komplizierte elektronische Abhörvorrichtung installiert, würde auch nur ein ganz geringes Risiko beim Austausch der Bänder eingehen.

Lloyd lief den Flur hinunter zum Verhörraum, der an den Einsatzbesprechungsraum im sechsten Stock grenzte. Er nahm den vielbenutzten simplen Recorder von einem mit Zigarettenkippen übersäten Tisch und trug ihn in sein Büro. »Sei brav!« sagte er, als er das Live-Band auflegte. »Keine Musik, keine lauten Geräusche. Sei ganz brav.«

Das Band drehte sich, und aus dem eingebauten Lautsprecher zischte es, dann kam ein statisches Knacken. Man hörte das Geräusch einer Tür, die verschlossen wurde, dann ein Bariton-Grunzen, auf das ein Geräusch folgte, das Lloyd sofort erkannte: der dumpfe Aufprall eines Halfters, das auf eine Couch oder einen Sessel geworfen wird. Als nächstes vernahm man, kaum hörbar, Schritte, dann noch ein Grunzen, diesmal noch ein paar Oktaven höher. Lloyd grinste. Es waren mindestens zwei Personen in Haines' Wohnung.

Haines sprach: »Du mußt mehr an mich abdrücken, Bird. Verdünn das Koks mit ein paar Benzedrinpillen, die ich bei ein paar Dealern hab' mitgehen lassen. Erhöh die Preise! Besorg dir neue Abnehmer oder versuch etwas anderes. Wir haben neue Leute gekriegt, und wenn ich ihnen nicht ein bißchen Kohle gebe, kann auch mein ganzer Einfluß dich und die anderen Arschlöcher nicht vorm Knast bewahren. Kapierst du das, Jungchen?«

Eine hohe männliche Stimme antwortete: »Whitey, du hast doch versprochen, daß du meinen Anteil nicht erhöhen würdest. Ich geb' dir im Monat sechs Scheine plus die Hälfte vom Drogengeschäft, plus die Hälfte der Kohle von den Jungs auf der Straße. Du sagtest ...«

Lloyd hörte ein klickendes Geräusch, dann ein lautes Krachen. Es war still, dann ertönte wieder Haines' Stimme. »Wenn du mit diesem Scheiß wieder anfängst, ziele ich richtig. Hör mal zu, Bird – ohne mich bist du Dreck. Du bist deshalb die Nummer eins bei den Strichern in Boy's Town, weil ich dich hochgebracht und dir geraten habe, aus deiner Jammergestalt was zu machen, und weil ich den jungen Bullen rate, den hübschen Jungs außerhalb deines Bezirks nachzustellen, und weil ich für das Dope und den Schutz sorge, durch den du und deine Jungs aus dem Schneider sind. Solange ich mich mit der Sitte gut stehe, bist du sicher. Und dazu braucht man Geld. Da ist so ein neuer Commander, der Tagschicht macht und sich richtig freut, in unserem Verein zu sein, und wenn ich seine verfluchte Hand nicht schmiere, ende ich unten in Compton und muß Nigger fangen. Da kommen zwei neue Jungbullen zur Sitte, und ich hab' keinen blassen Schimmer, ob ich sie von deinem kleinen feisten

Hintern fernhalten kann. *Meine* Ausgaben belaufen sich auf zwei Riesen im Monat, bevor ich auch nur einen Cent sehe. *Deine* Ausgaben steigen von heute an um zwanzig Prozent. Hast du mich verstanden, Bird?«

Der Mann mit der hohen Stimmte stammelte: »J ... ja, sicher, Whitey.«

Haines kicherte, dann sprach er mit leiser Stimme, aber die Drohung war unüberhörbar. »Ich habe immer gut auf dich aufgepaßt. Halt dir die Nase sauber, und ich werde es auch in Zukunft tun. Du mußt mir nur mehr Moneten geben. Komm, laß uns jetzt nach hinten gehen. Ich will's dir besorgen.«

»Ich will aber nicht, Whitey.«

»Du mußt wollen, Birdy. Es gehört mit zu deinem Schutz.«

Lloyd lauschte, als sich die Schritte entfernten und es still wurde. Eine Stille, in der bemitleidenswerte Monster leben. Über Stunden blieb es ruhig. Dann war ersticktes Schluchzen zu hören und dann das Schlagen einer Tür. Dann war das Band leer.

Organisierter Strich und Schutzgelder, Bestechung von Officern bei der Sitte. Drogenhandel und ein korrupter, brutaler Cop, der unwürdig war, seine Marke zu tragen. Aber hatte das Ganze etwas mit Massenmord zu tun? Und wer hat Whitey Haines' Wohnung abgehört, und *warum?*

Lloyd führte zwei kurze Telefongespräche mit der internen Aufsichtsabteilung des Präsidiums und dem Sheriff-Department. Er nutzte seinen guten Ruf als Köder, und es gelang ihm auf Anhieb, Informationen von höchster Stelle in der Kontrollabteilung zu bekommen. Nein, Deputy Delbert Haines, Polizeimarke 408, wurde weder von der einen noch von der anderen Abteilung überwacht. Überrascht kam Lloyd eine ganze Reihe Personen in den Sinn, die an den Machenschaften von Whitey Haines Interesse haben mochten: rivalisierende Drogenbanden, rivalisierende Zuhälter, ein mißgünstiger Kollege bei der Polizei.

Das war alles eine Möglichkeit, aber bei keiner klingelte es. Gab es etwa eine homosexuelle Verbindung zu dem Mörder? Unwahrscheinlich. Es würde seine Theorie zerstören, derzufolge der Killer seit Jahren abstinent war, und Haines hatte anscheinend auch keine belastenden Erkenntnisse über beide Selbstmorde vom 10. Juni, die er selbst entdeckt hatte.

Lloyd versteckte den Kassettenrecorder in der Tasche und ging hinunter in den dritten Stock zum technischen Labor, wo er ihn einem Angestellten zeigte, von dem er wußte, daß er ganz versessen auf Abhöranlagen war. Der Mann pfiff durch die Zähne, als Lloyd das Gerät auf seinen Schreibtisch stellte, und streckte die Hand aus, um es zu streicheln.

»Noch nicht«, sagte Lloyd. »Ich möchte es auf Fingerabdrücke untersuchen lassen.« Artie ließ noch einen Pfiff hören, stieß seinen Stuhl zurück und sagte mit neckischem Augenzwinkern: »Oh, là, là. Das Ding ist großartig, Lloyd. Das ist wahre Perfektion.«

»Erzähl mir mehr darüber, Artie. Laß nichts aus.«

Der Spezialist lächelte und räusperte sich.

»Das Aufnahmegerät von Watanabe, A. F. Z. 999. Einzelhandelspreis zirka siebentausend Piepen. Nur in den besten Stereogeschäften zu bekommen. Wird in erster Linie von zwei ziemlich unterschiedlichen Bevölkerungsgruppen benutzt: Musikliebhabern, die daran interessiert sind, Popfestivals oder langgezogene Opern ohne Unterbrechung aufzunehmen, und Polizeibehörden, die an langfristigen Abhöraktionen interessiert sind. Jedes Teil an diesem Gerät ist das Erlesenste, das man für Geld bekommen und was japanische Technologie hervorbringen kann. Wir haben absolute Perfektion vor uns.«

Lloyd applaudierte Artie. »Bravo. Eine andere Frage. Gibt es verborgene Seriennummern an dem Ding? Individuelle Nummern oder Modellnummern, nach denen man den Zeitpunkt bestimmen könnte, wann das Gerät gekauft wurde?«

Artie schüttelte den Kopf. »Der A. F. Z. 999 kam Mitte der siebziger Jahre auf den Markt. Ein einziges Modell, ohne Seriennummern, ohne unterschiedliche Farben – Grundfarbe Schwarz. Die Firma Watanabe hält es mit der Tradition: Sie würde die Bauart dieser kleinen Dinger niemals ändern. Ich kann es ihnen nicht verübeln. Wer kann Perfektion schon verbessern?«

Lloyd sah sich das Aufnahmegerät an. Es befand sich in einem ausgezeichneten Zustand, nicht ein Kratzer war darauf.

»Scheiße«, sagte er, »ich hatte gehofft, die Liste der möglichen Käufer in Grenzen halten zu können. Sag mal, steht das Ding bei euch in der Einzelhändlerkartei?«

»Sicher«, entgegnete Artie. »Soll ich eine Händlerliste erstellen?«

Lloyd nickte. »Ja. Könntest du das jetzt gleich machen? Ich gehe mit dem Baby noch mal den Flur hinunter und lasse es abstauben. Ich bin gleich zurück.«

Ein Fingerabdruckexperte hatte noch Dienst im zentralen Kriminallabor der Abteilung. Lloyd reichte ihm den Kassettenrecorder und sagte: »Auf Fingerabdrücke untersuchen; falls positiv, sofort Vergleich per Telex mit allen Dateien im Lande. Ich möchte, daß Sie sie *persönlich* mit denen in Bulletin Nr. 16222 vergleichen. Das ist die Akte vom Morddezernat L.A. über Niemeyer, Julia, Todestag 3. 1. 83, mit Teilabdruck vom rechten Zeige- und Mittelfinger. Die Abdrücke waren blutig. Falls Sie hinsichtlich der Übereinstimmung Zweifel haben, machen Sie mit dem neuen Satz Abdrücke in Blut, und vergleichen Sie sie dann noch einmal. Haben Sie das mitbekommen?«

Der Techniker nickte zustimmend, dann fragte er: »Meinen Sie, daß wir Abdrücke finden werden?«

»Das ist fraglich, aber wir müssen es versuchen. Seien Sie bitte gründlich, es ist sehr wichtig.«

Der Techniker wollte gerade den Mund aufmachen, um es ihm fest zuzusichern, aber Lloyd war schon wieder gegangen.

»Achtzehn Einzelhändler«, sagte Artie, als Lloyd durch die Tür stürmte. »Das ist der aktuelle Stand. Ich sagte dir ja, daß das Ding sehr exklusiv ist, oder?« Lloyd nahm die Liste und steckte sie in die Tasche, dabei blickte er automatisch auf die Uhr über Arties Schreibtisch. 18.30 Uhr – zu spät, um mit den Anrufen bei den Stereohändlern zu beginnen. Er erinnerte sich an die Verabredung mit Kathleen McCarthy und meinte dann: »Ich muß los. Paß auf dich auf, Artie. Eines Tages erzähl' ich dir vielleicht die ganze Geschichte.«

Kathleen McCarthy schloß den Laden früher ab und ging nach hinten in die Wohnung, um zu schreiben und sich für den Abend mit dem hochgewachsenen Polizisten herzurichten. Das Geschäft war an diesem Tag frustrierend gewesen. Keine Verkäufe, dafür eine Unmenge von Herumstöbernden, die mit ihr über feministische Themen diskutieren wollten, während sie am Telefon saß und versuchte, Informationen zu bekommen, die vielleicht zur Festnahme eines psychopathischen Frauenmörders führen konnten. Dieser Widerspruch war fast etwas lächerlich, und als Nachwirkung spürte Kathleen einen Bruch in ihrem Selbstwertgefühl. Sie hatte die Polizei schon immer gehaßt, und obwohl sie ihre moralische Pflicht erfüllte, indem sie ihr jetzt half, war der Preis doch ein Stück ihres Ichs. Sie versuchte, sich mit Vernunftgründen zu beschwichtigen. Aber alle Rhetorik half nichts. Sie gab selbst etwas preis, um anderen zu helfen. Stolz. Dein unbeugsames irisches Herz. Die Rhetorik verfehlte ihre Wirkung. Kathleen lächelte über die eigentliche Ironie. Sex. Du willst den Polizisten für dich, und du kennst nicht mal seinen Vornamen.

Kathleen ging ins Badezimmer und zog sich vor einem riesigen Wandspiegel aus. Festes Fleisch, zufriedenstellend schlank; straffe Brüste, gutgeformte Beine. Eine große, ansehnliche Frau. Sechsunddreißig Jahre alt, und noch immer auf der Suche ... Kathleens Augen füllten sich mit Tränen, und sie versuchte sieh zusammenzureißen, indem sie den Blickkontakt mit ihrem Spiegelbild aufrechterhielt. Es funktionierte – die Tränen versiegten.

Sie zog einen Bademantel über, ging in ihr Wohn-/Arbeitszimmer und legte Füllfederhalter, Papier und Thesaurus vor sich auf den Schreibtisch. Dann vollzog sie ihr Ritual vor dem Akt des Schreibens, das darin bestand, zufällig erinnerte Prosafetzen mit Gedanken an den Liebhaber ihrer Träume um die Vormacht in ihrem Inneren kämpfen zu lassen. Wie gewöhnlich siegte auch diesmal der Traumgeliebte, und geistesabwesend legte Kathleen ihre Hand zwischen ihre Schenkel und gab sich träumerisch dem Blumenduft hin; diese Blumen kamen immer dann, wenn sie sie am nötigsten brauchte, wenn ihr Leben fast auf der Kippe stand. Dann lagen die Blumen, anonym verschickt und im Gleichklang mit ihrer seelischen Verfassung, vor ihrer Haustür, und sie war immer überwältigt und fragte sich, wer sie wohl geschickt haben könnte, und sie suchte in den Gesichtern aller möglichen Männer nach einem Wink, einem Zeichen, die auf Seelenverwandtschaft, die gleiche Sehnsucht oder ein *bestimmtes* Interesse hindeuteten.

Sie wußte genau, daß er groß und intelligent und ungefähr in ihrem Alter sein mußte – seit achtzehn Jahren bekam sie diese Blumensendungen, ohne den geringsten Hinweis auf seine Identität. Allerdings wußte sie, daß er aus ihrer früheren Nachbarschaft stammen mußte, daß er sie auf dem Weg zur Schule gesehen hatte, umgeben von ihrer Kamarilla …

Gedanken an ihren ehemaligen kleinen Hofstaat waren für Kathleen der Auslöser. Sie nahm ihren Füllfederhalter und schrieb:

Bring mir zurück die Toten,
Den Kopf setz ihnen wieder auf.
– Gedenk der Lieder, die sie sangen,
– der Worte, die sie einst gesagt.
Vorn Jugendalter, endlos aufgeschoben,
Bis zu verfrühtem Greisentum –
Werd' ich bereu'n:
Bilder des Lebens, ungesehen
Und Freuden, ungelebt.

Seufzend lehnte sich Kathleen in ihren Stuhl zurück. Sie seufzte noch einmal, holte ihr Tagebuch hervor und schrieb:

Gute Prosa geht mir flüssig von der Hand, darum werde ich ein kleines Pasquill schreiben, mich zurücklehnen und mein Gegenwärtiges noch einmal sammeln, betrachtet von der hohen Warte meines ungefähr neuntausendsten »Ausbruchs guter Prosa«. Die Zeiten sind schon vertrackt. Sogar gute brauchbare Prosa scheint erfunden, erdacht. Dieses Tagebuch (das wahrscheinlich nie veröffentlicht wird!) scheint sehr viel realer zu sein. Ich bin anscheinend in einer Phase angelangt, in der ich mich einfach zurücklehne und die Dinge geschehen lasse, wobei ich mir ausmale, wie sie geschehen, dann schalte ich, was immer auch geschieht, ganz ab, setze mich hin und feile an einem neuen Buch. Der Cop scheint der Beweis dafür. Na gut, er ist unwiderstehlich und anziehend, aber selbst wenn er es nicht wäre, würde ich ihn auf mich aufmerksam machen wollen. Noch vertrackter ist folgendes: Entsteht diese »Laß-es-doch-geschehen«-Haltung aus dem Wunsch nach Gestaltung oder aus Einsamkeit, vielleicht aus Geilheit und dem Wunsch, letztendlich doch dieses schreckliche Teil von mir abzustoßen, das sich abseits der ganzen Menschenrasse halten und einzig kraft meiner

Worte existieren will? Empirisch gesprochen, wer weiß das schon? Meine Einsamkeit gab mir funkelnde Worte ein, genau wie meine abgründigen Männerbeziehungen. Noch eine (vielleicht die neunmillionste?) Meditation über seine Identität? Heute nicht, heute bleiben wir strikt im Reich des Möglichen. Plötzlich bin ich der Worte müde. Ich hoffe, daß der Cop nicht zu sehr rechts eingestellt ist. Ich hoffe auch, daß er ein wenig biegsam ist.

Kathleen legte den Füller quer über ihre geschriebenen Worte, überrascht, daß die Verbindung ihres Traumgeliebten mit dem Cop sie in so ernste Stimmung versetzt hatte. Während sie noch über die Unberechenbarkeit der Musen lächeln mußte, schaute sie auf ihre Armbanduhr. Es war 18.30 Uhr. Unter der Dusche fragte sie sich, wohin diese ersten Stanzen sie wohl führen würden und wie sie reagierte, wenn es um sieben Uhr klingelte.

Es klingelte Punkt sieben Uhr. Als Kathleen die Tür öffnete, stand Lloyd in abgetragener Cordhose und Rollkragenpullover vor ihr. Sie sah den Umriß eines Revolvers an seiner linken Hüfte und verwünschte sich selbst: Ihr Hosenanzug aus Harris-Tweed war zweifellos viel zu elegant. Um ihren Fehler gutzumachen, sagte sie: »Hi, Sergeant«, packte ihn da, wo seine Pistole sich ausbeulte, und zog ihn ins Haus. Er ließ sich von ihr führen, und Kathleen verwünschte sich noch einmal, als sie bemerkte, daß er ihre Geste belächelte.

Lloyd saß auf dem Sofa und streckte seine Arme in einer komischen Kreuzigungspose zur Seite. Kathleen stand sehr selbstsicher vor ihm. »Ich habe diese Telefonanrufe gemacht«, sagte sie. »Mehr als ein Dutzend Buchhändler konnte ich anrufen. Nichts. Keiner meiner Freunde konnte sich erinnern, einen Mann, wie du ihn beschrieben hast, gesehen oder gesprochen zu haben. Es war seltsam. Ich war dabei, der Polizei zu helfen, einen wahnsinnigen Frauenmörder zu fassen, und irgendwelche Frauen unterbrachen mich ständig, um Fragen zum Thema Gleichberechtigung zu erörtern.«

»Vielen Dank«, sagte Lloyd. »Ich habe, ehrlich gesagt, nicht mehr erwartet. Im Augenblick fische ich noch im trüben. Polizeimarke 1114, Greifer vom Morddezernat bei der Arbeit.«

Kathleen setzte sich. »Leitest du diese Ermittlungen?« fragte sie.

Lloyd schüttelte den Kopf. »Nein, zur Zeit *bin* ich diese Ermittlung. Keiner meiner Vorgesetzten würde mir gestatten, Officer dafür abzustellen, die für mich arbeiten, weil der Gedanke an einen Massenmörder, der ungestraft mordet, ihnen aus Karrieregründen und weil sie um das Ansehen der Abteilung fürchten, angst macht. Ich habe Morduntersuchungen geleitet, Aufgaben, die normalerweise Lieutenants oder Captains zustehen, aber ich bin ...«

»Aber du bist so gut.« Kathleen ließ es wie eine einfache Feststellung klingen.

Lloyd lächelte. »Ich bin noch besser.«

»Kannst du Gedanken lesen, Sergeant?«
»Nenn mich Lloyd.«
»Also gut, Lloyd.«
»Die Antwort lautet: manchmal.«
»Weißt du, was ich gerade denke?«

Lloyd legte seinen Arm um Kathleens Schulter. Sie versteifte sich etwas, entzog sich ihm aber auch nicht. »Ich hab' eine Idee«, sagte er. »Wie wär's zum Anfang damit? ›Was ist das eigentlich für ein Typ? Ist er ein rechtsradikaler Irrer, wie die meisten Bullen? Erzählt er stundenlang Negerwitze, und redet er mit seinen Kumpeln bei der Polizei nur über Fotzen? Mag er es, Leuten weh zu tun? Menschen umzubringen? Glaubt er an eine Juden-Kommunisten-Nigger-Schwulen-Verschwörung, die die Weltmacht an sich reißen will? Hat er ...‹«

Kathleen legte ihre Hand sanft auf Lloyds Knie und sagte, ihn unterbrechend: »Getroffen. Der Grundtenor war in allen Punkten völlig richtig.« Sie lächelte unfreiwillig und zog langsam die Hand zurück. Lloyd spürte, daß mit dem Tempo, das ihr Geplänkel bekam, sein Blut in Wallung geriet.

»Willst du meine Antwort darauf?« fragte er sie.
»Nein. Die hast du damit bereits gegeben.«
»Hast du noch weitere Fragen?«
»Ja. Zwei. Betrügst du deine Frau?«

Lloyd lachte und suchte in seiner Hosentasche nach seinem Ehering. Er streifte ihn über seinen Finger und sagte: »Ja.«

Kathleens Gesicht war ausdruckslos. »Hast du schon mal jemanden umgebracht?« fragte sie.

Kathleen zog eine Grimasse. »Das hätte ich nicht fragen sollen. Laß uns bitte nicht mehr über Tod und Frauenmörder reden. Wollen wir gehen?«

Lloyd nickte und nahm sie bei der Hand, als sie die Tür hinter sich zumachten.

Sie fuhren ziellos durch die Gegend und dann schließlich kreuz und quer durch die terrassierte Hügellandschaft ihrer alten Heimat. Lloyd lenkte den Matador durch die Gegend, in der sie beide aufgewachsen waren, und er fragte sich, woran Kathleen wohl gerade dachte.

»Meine Eltern sind schon lange tot«, sagte sie schließlich. »Sie waren beide schon ziemlich alt, als ich geboren wurde, und sie waren sehr in mich vernarrt, weil ihnen schon klar war, daß sie kaum zwanzig Jahre oder so etwas von mir haben würden. Mein Vater hat mir mal erzählt, daß sie nach Silverlake gezogen wären, weil die Hügel ihn an Dublin erinnerten.« Sie sah Lloyd an, der spürte, daß sie mit ihren übermütigen Spielchen aufhören und liebenswürdig zu ihm sein wollte. An der Kreuzung Vendome und Hyperion hielt er am Bordstein, da er hoffte, daß der herrliche Ausblick sie dazu bewegen könnte, ganz intime

Dinge auszusprechen. Dinge, die seine Zuneigung noch größer machen würden.

»Hast du etwas dagegen, wenn wir anhalten?« fragte er sie.

»Nein«, sagte Kathleen, »ich mag diesen Ort. Ich bin immer mit meiner Kamarilla hierhergekommen. Wir lasen hier Gedenkgedichte auf John F. Kennedy an dem Abend, an dem er erschossen wurde.«

»Mit deiner Kamarilla?«

»Ja. Mit meinem Hofstaat. Die ›Kamarilla von Kathy‹ wurde sie genannt. Ich hatte meine eigene kleine Gruppe Untergebener auf der High-School. Wir waren alle Dichter und trugen buntkarierte Hemden und Kaschmirpullover, und wir hatten nie Verabredungen, weil es an der John Marshall High-School keinen einzigen Jungen gab, der unserer würdig gewesen wäre. Wir verabredeten uns nicht, und wir knutschten nicht herum. Wir wollten uns das für den ›Richtigen‹ aufheben, für den, so hatten wir uns erträumt, der um uns werben würde, wenn wir bekannte Dichterinnen wären, deren Gedichte überall veröffentlicht sind. Wir waren einzigartig. Ich war die Schlaueste und die Bestaussehende. Ich war von der Konfessionsschule übergewechselt, weil die Oberin mich ständig zu überreden versuchte, ihr meine Brüste zu zeigen. Ich hatte darüber im Hygienekurs geredet und damit eine Gefolgschaft einsamer, belesener Mädchen an mich gezogen. Sie wurden zu meiner Hofschar. Ich gab ihnen eine Identität. Durch mich sind sie *Frauen* geworden. Wir wurden von allen anderen in Ruhe gelassen; trotzdem gab es eine Gefolgschaft gleicherweise einsamer wie belesener Jungen – ›Kathys Clowns‹ wurden sie genannt, weil wir uns nie dazu herabließen, mit ihnen zu reden. Wir ... wir ...« Kathleens Stimme bebte leicht, und sie schüttelte Lloyds Hand ab, die er ihr zaghaft auf die Schulter gelegt hatte. »Wir ... wir ... liebten uns und sorgten füreinander, und ich weiß, daß es sehr pathetisch klingt, aber wir waren stark. Stark! Stark ...«

Lloyd blieb eine Weile still und fragte dann: »Was ist aus deiner Kamarilla geworden?«

Kathleen seufzte, da sie wußte, daß ihre Antwort eine Antiklimax sein würde. »Ach, in alle Winde verstreut. Sie haben ihre festen Freunde gefunden. Sie beschlossen eben, doch nicht auf den ›Richtigen‹ zu warten, außerdem wurden sie immer attraktiver und wollten keine Poeten mehr sein. Sie ... sie brauchten mich eben nicht mehr.«

»Und du?«

»Ich starb damals, mein Herz ging in den Untergrund, und dann tauchte es wieder auf, um auf billige Vergnügungen und die wahre Liebe Jagd zu machen. Ich habe mit einer Menge Frauen geschlafen, weil ich hoffte, dadurch eine neue Gefolgschaft zu finden. Es klappte nicht. Ich ging mit einem Haufen Männer ins Bett – das gab mir zwar ein Gefolge, na gut, aber es waren alles Duckmäuser. Und ich schrieb und schrieb und schrieb, und es wurde veröffentlicht, dann kaufte ich einen Buchladen, und da stehe ich jetzt.«

Lloyd schüttelte den Kopf. »Und was geht wirklich in dir vor?«

Kathleen rief wütend aus: »Ich bin eine verdammt gute Dichterin und eine noch bessere Tagebuchschreiberin! Und wer zum Teufel bist du eigentlich, mir solche Fragen zu stellen? Und? Und? Und überhaupt?«

Lloyd berührte sie zärtlich mit den Fingerspitzen am Hals und sagte: »Und du führst ein Leben aus dem Kopf, und bist jetzt Dreißig-und-noch-etwas, und du fragst dich ständig, ob es jemals besser werden wird. Sag bitte ja, Kathleen, oder schüttele nur den Kopf.«

Kathleen schüttelte den Kopf. Lloyd sagte: »Gut. Darum bin ich ja hier, weil ich möchte, daß es dir besser gehen soll. Glaubst du mir das?«

Kathleen bewegte ruckartig den Kopf auf und ab, starrte in ihren Schoß und hielt die Hände zusammengepreßt.

»Ich habe eine Frage«, sagte Lloyd, »eine rhetorische Frage. Wußtest du, daß die Polizei von L.A. den Unterboden ihrer sämtlichen zivilen Einsatzfahrzeuge mit einem besonderen stoß- und kratzfesten Überzug behandelt?«

Kathleen lachte höflich über die unerwartete Frage und sagte: »Nein.«

Lloyd beugte sich zu ihr hinüber und legte ihr den Sicherheitsgurt um die Schultern. Da ihr Gesichtsausdruck unbewegt blieb, zog er die Augenbrauen hoch und sagte: »Halt dich jetzt gut fest.« Dann startete er den Wagen und legte einen niedrigen Gang ein; er löste die Handbremse und trat dann das Gaspedal gleichzeitig voll durch, wodurch das Fahrzeug fast steil vom Boden abhob und nach vorn schoß. Kathleen schrie auf. Lloyd wartete, bis der Wagen krachend wieder gelandet war, dann tippte er leicht ein halbes Dutzend Mal auf das Gaspedal, bis die Hinterräder durchdrehten und der Wagen mit der Schnauze halb in der Luft blieb. Bocksprünge machte. Kathleen schrie noch einmal ängstlich auf. Lloyd spürte, wie Schwerkraft gegen Maschinenkraft kämpfte und die Kraft der Maschine die Oberhand behielt. Als die Haube des Matadors runterging, trat er wieder aufs Gaspedal, und die Schnauze hob wieder vom Boden ab; auf diese Weise fuhr er, bis er sah, daß eine Kreuzung kam und er auf die Bremsen treten mußte, was den Wagen mit quietschenden Reifen ins Schleudern brachte. Das Fahrzeug drohte vor einer Baumgruppe auszubrechen, doch kam es schließlich noch knapp auf der Fahrbahn zum Stehen.

Lloyd und Kathleen wurden in ihren Sitzen wie Versuchspuppen hin- und hergerissen. Schweißgebadet von der nervlichen Anspannung, drehte Lloyd das Fenster herunter und sah, daß eine Gruppe junger Chicanos ihm wild applaudierte, mit den Füßen auf den Boden stampfend und den Wagen mit ihren erhobenen Bierflaschen begrüßend.

Er warf ihnen eine Kußhand zu und wandte sich zu Kathleen. Sie weinte, und er konnte nicht unterscheiden, ob aus Furcht oder vor Freude. Er löste ihren Sicherheitsgurt und nahm sie in die Arme. Er ließ sie weiterheulen und spürte, wie die Tränen sich allmählich in Lachen verwandelten. Als Kathleen schließlich ihren Kopf von seiner Brust nahm, sah Lloyd das Gesicht eines entzückten Kindes. Er küßte dieses Gesicht mit derselben Inbrunst, mit der er die Gesichter seiner Töchter küßte.

»Großstadtromantik«, sagte Kathleen. »Du liebe Güte. Und was kommt jetzt?«

Lloyd dachte darüber nach und sagte: »Ich weiß noch nicht. Laß uns weiter herumfahren. Einverstanden?«

»Wirst du auch alle Verkehrsregeln beachten?«

Lloyd sagte: »Pfadfinderehrenwort«, machte mit dem Wagen einen Blitzstart und wackelte so lange mit den Augenbrauen, bis Kathleen lachen mußte und ihn bat, damit aufzuhören. Die jungen Leute gaben ihm erneut Applaus, als er losfuhr.

Sie fuhren über den Sunset Boulevard, die Hauptverkehrsstraße ihres alten Viertels. Lloyd kommentierte die Rundfahrt wie ein Fremdenführer, indem er auf unvergessene Orte seiner Vergangenheit hinwies: »Da ist Myrons Gebrauchtwagenladen. Myron ist ein genialer Chemiker, der auf die schiefe Bahn geraten ist. Er fing mit Heroin an und flog von der Uni, wo er einen Lehrauftrag gehabt hatte. Er entwickelte eine Korrosionsflüssigkeit, mit der man die Seriennummern von Motorblöcken wegätzen kann. Er klaute Hunderte von Autos, ließ die Blöcke in einen Bottich mit seiner Lösung tauchen und machte sich zum Gebrauchtwagenkönig von Silverlake. Er war eigentlich immer ein netter Kerl gewesen. Er war ein fanatischer Anhänger des Marshall-Football-Teams, und darum lieh er den besten Spielern auch seine Autos für ihre Rendezvous. Als er dann eines Tages schwer mit Heroin vollgepumpt war, fiel er selbst in den Bottich. Die Lösung fraß seine Beine bis zu den Knien weg. Jetzt ist er ein Krüppel und das menschenfeindlichste Individuum, das ich je gekannt habe.«

Kathleen schloß sich diesen Ausführungen an, deutete auf die andere Straßenseite und sagte: »Die Cathcart-Drogerie. Da habe ich immer das Briefpapier für meine Kamarilla geklaut. Duftendes lila Briefpapier. Eines Tages wurde ich erwischt. Der alte Cathcart hielt mich fest und wühlte in meiner Handtasche herum. Er fand ein paar Gedichte, die ich auf dem gleichen Papier geschrieben hatte. Er behielt mich da und las die Gedichte laut vor, damit sie jeder im Laden hören konnte. Es waren ganz intime Gedichte. Ich bin fast in den Erdboden versunken.«

Lloyd spürte, daß sich eine gewisse Traurigkeit in ihren ersten gemeinsamen Abend zu schleichen begann. Der Sunset Boulevard war zu laut und die Neonlichter waren zu grell. Ohne ein Wort bog er nach Norden in den Echo

Park Boulevard ab, und sie kamen am Wasserturm von Silverlake vorbei. Bald schon befanden sie sich hinter dem Kraftwerk. Er bog ab und blickte zu Kathleen hin, um sich ihrer Zustimmung zu vergewissern.

»Ja«, sagte sie, »das ist eine ausgezeichnete Idee.«

Schweigend und sich an den Händen haltend spazierten sie den Hügel hinauf. Sie traten auf glitschige Dreckklumpen, und zweimal mußte Lloyd Kathleen vorwärtsziehen. Als sie den Gipfel erreicht hatten, setzten sie sich auf die Erde, ohne auf ihre Kleidung zu achten, und lehnten sich an den Drahtzaun, der die Anlage umzäunte. Lloyd fühlte, wie Kathleen sich von ihm entfernte, da sie gegen ihre Tränen ankämpfen mußte. Um den Abstand wieder zu verringern, sagte er: »Ich mag dich, Kathleen.«

»Ich mag dich auch. Und es gefällt mir hier.«

»Es ist still hier.«

»Du liebst die Ruhe, und du verabscheust Musik. Was glaubt wohl deine Frau, wo du dich im Augenblick aufhältst?«

»Keine Ahnung. In letzter Zeit geht sie immer mit diesem Halbseidenen mit dem sie befreundet ist, tanzen. Er ist ihr Guru. Sie schnupfen Kokain und gehen in eine Schwulendisco. Sie mag auch Musik.«

»Und es stört dich nicht?« fragte Kathleen.

»Na ... das Schlimmste ist nur, daß ich es nicht verstehen kann. Ich kann verstehen, daß Leute Banken ausrauben und Diebe werden, daß sie Drogen und dem Sex verfallen und daß sie Polizisten, Dichter und Mörder werden, aber ich kann einfach nicht begreifen, warum sich Leute in Discotheken herumtreiben und Musik hören, wo sie doch mit einem kleinen elektrischen Viehtreiberstab die ganze Welt in Trab halten könnten. Ich kann dich und deine Kamarilla verstehen und deine Herumbumserei mit all diesen Lesben und Kriechern. Ich verstehe unschuldige kleine Kinder und ihre Liebe und ihr Trauma, wenn sie entdecken, wie eisig es um sie werden kann, aber ich kann nicht verstehen, daß sie nicht dagegen ankämpfen wollen. Ich erzähle meinen Töchtern Geschichten, damit sie lernen, dagegen anzukämpfen. Meine Jüngste, Penny, ist ein Genie. Sie ist eine Kämpfernatur. Bei den beiden Älteren bin ich mir nicht so sicher. Janice, meine Frau, ist keine Kämpfernatur. Ich glaube auch nicht, daß sie jemals unschuldig war. Sie wurde praktisch denkend und grundsolide geboren und ist so geblieben. Ich glaube ... ich glaube sogar ... daß ich sie deswegen geheiratet habe. Ich denke ... ich habe gewußt, daß ich nicht mehr schuldlos war, und ich war mir nicht ganz sicher, ob *ich* ein Kämpfer bin. Dann fand ich heraus, daß ich doch einer bin, bekam Angst wegen der Konsequenzen und heiratete Janice.«

Lloyds Stimme klang fast geisterhaft monoton. Kathleen kam für einen Moment der Gedanke, daß er die Marionette eines Bauchredners sein könnte und daß derjenige, der an seinen Fäden zog, in Wirklichkeit versuchte, *sie* zu bekommen; sie versuchte, das eben gehörte Bekenntnis zu entschlüsseln. Zwei Worte fielen ihr auf: »Mörder« und »Konsequenzen«, und während sie versuchte, sich einen Reim darauf zu machen, sagte sie: »Und darum bist du Polizist geworden. Um zu beweisen, daß du ein Kämpfer bist. Und dann hast du in Ausübung deiner Pflicht jemanden getötet und wußtest Bescheid.«

Lloyd schüttelte den Kopf. »Nein, ich habe zuerst einen Mann umgebracht, einen sehr gemeinen Mann. Danach wurde ich Polizist und heiratete Janice. Manchmal komme ich mit der Reihenfolge durcheinander. Manchmal ... nicht oft ... wenn ich versuche, mir über meine Vergangenheit Klarheit zu verschaffen, höre ich Getöse ... Musik ... schrecklichen Lärm ... und dann muß ich aufhören, weiter darüber nachzudenken.«

Kathleen merkte, daß Lloyd zwischendrin ab und zu die Fassung und den Faden verlor, und war sich bewußt, daß sie bis zu seinem Inneren durchgedrungen war. Sie sagte: »Ich will dir eine Geschichte erzählen. Es ist eine wahre, romantische Geschichte.«

Lloyd legte seinen Kopf in ihren Schoß und sagte: »Ja, erzähl.«

»Gut. Es war einmal ein stilles, belesenes Mädchen, das Gedichte schrieb. Sie glaubte weder an Gott noch an ihre Eltern, noch an die anderen Mädchen, die ihr folgten. Sie versuchte mit allen Mitteln, an sich selbst zu glauben. Eine Zeitlang war das einfach. Dann verließen ihre Anhängerinnen sie. Sie war ganz allein. Aber irgend jemand liebte sie. Irgendein zärtlicher Mann sandte ihr regelmäßig Blumen. Beim ersten Mal war auch anonym ein Gedicht beigelegt. Ein trauriges Gedicht. Beim zweiten Mal einfach nur Blumen. Der Traumliebhaber schickte ihr weiterhin Blumen, viele Jahre lang und immer anonym. Über achtzehn Jahre lang. Immer dann, wenn die einsame Frau es am dringendsten brauchte. Die Frau wurde eine immer bessere Dichterin und Tagebuchschreiberin, und sie bewahrte die Blumen auf, mit Datum und unter Glas gepreßt. Sie stellte Spekulationen über diesen Mann an, aber sie hat nie versucht, seine wahre Identität in Erfahrung zu bringen. Sie nahm seinen anonymen Tribut mit ganzem Herzen an und beschloß, ihm seine Anonymität mit gleichem zu vergelten, indem sie ihre Tagebücher bis zu ihrem Tod nicht veröffentlichte. Und so lebte sie ihr Leben, schrieb und lauschte der Musik. Das alles könnte einen fast dazu bringen, an Gott zu glauben, nicht wahr, Lloyd?«

Lloyd hob seinen Kopf von seinem weichen Ruheplatz aus und schüttelte ihn leicht, um die traurige Geschichte besser begreifen zu können. Dann erhob er sich und zog Kathleen zu sich hoch.

»Ich glaube, dein Traumgeliebter ist eine sehr seltsame Kämpfernatur«, sagte er, »und ich glaube, er will dich besitzen, nicht inspirieren. Ich glaube, er weiß gar nicht, wie stark du bist. Komm, ich fahr dich nach Hause.«

Sie standen im Eingang zu Kathleens Buchladen und Wohnung und hielten sich zärtlich an den Händen. Kathleen vergrub ihren Kopf an Lloyds Schulter, und als sie ihn wieder hob, glaubte er, daß sie geküßt werden wollte. Als er sich zu ihr hinüberbeugte, schob Kathleen ihn sanft zurück.

»Nein. Noch nicht. Bitte erzwinge nichts, Lloyd.«

»Ja, gut.«

»Es ist nur, weil die ganze Sache so unerwartet kommt. Du bist so außergewöhnlich, und es ist ...«

»Du bist auch außergewöhnlich.«

»Ich weiß, aber ich habe keinen Schimmer, wer du wirklich bist. Die kleinen Dinge im Leben, verstehst du?«

Lloyd überlegte. »Ich glaub' schon. Sag mal, hättest du nicht Lust, mich morgen abend auf eine kleine Party zu begleiten? Polizisten mit ihren Ehefrauen? Es wird wahrscheinlich stumpfsinnig werden, aber für dich vielleicht ganz lehrreich.«

Kathleen lächelte. Sein Vorschlag war fast schon eine Kapitulation: Er war gewillt, sich langweilen zu lassen, um ihr zu gefallen.

»Ja. Sei um sieben Uhr hier.«

Sie zog sich in den dunklen Vorraum zurück und machte die Tür hinter sich zu. Als sie Lloyds sich entfernende Schritte hörte, machte sie Licht und holte ihr Tagebuch hervor. Allerlei krauser Tiefsinn fuhr ihr durch den Kopf, bis sie schließlich ungeduldig »Ach, Scheiße«, murmelte und niederschrieb:

Er ist in der Lage, sich zu ändern. Ich werde seine Musik sein.

Lloyd fuhr nach Hause. Als er in die Zufahrt einbog, sah er, daß der Wagen von Janice nicht da war und daß sämtliche Lampen im Haus brannten. Er schloß die Tür auf, ging hinein und entdeckte sofort ihre Nachricht:

Lloyd, mein Schatz,
das ist das Adieu, zumindest für eine Weile. Die Mädchen und ich sind nach San Francisco gefahren und bleiben bei einem Freund von George. Es ist das beste, ich weiß es, weil mir klargeworden ist, daß Du und ich uns seit langer, langer Zeit nichts mehr zu sagen haben und weil unsere Wertvorstellungen grundsätzlich verschieden sind. Dein Verhalten den Mädchen gegenüber war das I-Tüpfelchen. Ich habe fast von Beginn unserer Ehe an von einer tiefen Verstörtheit in Dir gewußt – eine Unruhe, die Du meistens sehr gut zu tarnen wußtest. Was ich nicht zu dulden bereit bin, ist, daß Du Deine Unruhe auf die Kinder überträgst. Deine Geschichten sind in ihrer Wirkung wie Krebserreger, und Anna, Caroline und Penny sollen frei davon sein. Eine Bemerkung noch wegen der Mädchen: Sie werden eine Montessori-Schule in San Francisco besuchen, und sie werden Dich mindestens einmal in der Woche

anrufen. Rob, der bei George wohnt, wird sich während meiner Abwesenheit um den Laden kümmern. Ich werde mir in den kommenden Monaten überlegen, ob ich mich scheiden lassen will oder nicht. Ich mag dich wirklich sehr, aber ich kann nicht mehr mit Dir zusammenleben. Ich werde Dir so lange unsere Anschrift in San Francisco vorenthalten, bis ich sicher bin, daß Du nicht übereilt reagierst. Wenn ich mich eingelebt habe, werde ich Dich anrufen. Paß bis dahin auf dich auf, und mach mir keine Sorgen.

Janice

Lloyd legte den Brief nieder und strich durch das leere Haus. Alles Weibliche war ausgeräumt worden. Aus den Zimmern der Mädchen waren sämtliche persönlichen Sachen entfernt; das Schlafzimmer, das er sich mit Janice geteilt hatte, strahlte trostlose Verlassenheit aus, und der marineblaue Überwurf aus Kaschmirwolle, den Penny ihm zu seinem siebenunddreißigsten Geburtstag gestrickt hatte, lag auf dem Bett.

Lloyd legte sich die Decke um die Schultern und ging nach draußen. Er blickte zum Himmel hinauf und wünschte sich einen heftigen Regenguß, der alles ungeschehen machen würde. Als ihm klar wurde, daß er über Donner und Blitz nicht befehlen konnte, fiel er auf die Knie und weinte.

10

Als der Dichter die leere Metalldose sah, fing er an zu schreien. Überdimensionale Krebszellen nahmen in der Morgendämmerung feste Form an und verfolgten ihn. Er warf sich aufs Straßenpflaster. Er schlang die Arme um den Kopf und rollte sich zu einer Kugel zusammen, um die Krebserreger von seiner Kehle fernzuhalten, dann wiegte er sich vor und zurück, bis seine Empfindungen abstumpften und sein Körper sich erst krampfhaft spannte, dann schlaff wurde. Als er spürte, daß er beinahe erstickte, atmete er aus, und die vertraute Larrabee Avenue rückte in sein Blickfeld. Es waren keine Krebszellen mehr in der Luft. Sein prachtvolles Tonbandgerät war verschwunden, aber Officer Pig schlief ja noch, und die frühmorgendliche Straßenszene schien ganz normal. Keine Streifenwagen, keine verdächtigen Fahrzeuge, keine Gestalten in Regenmänteln, die sich hinter Zeitungen versteckten. Er hatte das Band vor achtundvierzig Stunden ausgewechselt, deshalb war das Gerät höchstwahrscheinlich am selben Tag entdeckt worden, als es leer war oder gerade lief, oder aber gestern, als es angefangen hatte aufzunehmen. Wenn er es nicht so nötig gehabt hätte, sich zu befriedigen, hätte er niemals so ein frühes Auswechseln der Bänder riskiert, aber er brauchte den Kitzel, Officer Pig und seine Lakaien zu belauschen, die seit Wochen Dinge auf der Couch trieben, Dinge, über die Julia in ihrem gräßlichen Manuskript geschrieben hatte ...

Er konnte den Gedanken nicht zu Ende denken; er war zu unanständig.

Er stand auf und blickte in alle Richtungen. Niemand hatte ihn gesehen. Er biß sich in die Haut seines Unterarms. Das Blut, das heraustropfte, war rot und sah gesund aus. Er öffnete den Mund, um zu sprechen, da er sichergehen wollte, daß die Krebszellen nicht seine Stimmbänder angegriffen hatten. Das Wort, das herauskam, war »gerettet«. Er sagte es ein Dutzend Mal, jedesmal mit einer ehrfürchtigen Betonung. Schließlich rief er es laut heraus und rannte zu seinem Wagen.

Dreißig Minuten später war er auf das Dach des Buchladens geklettert, mit einer schallgedämpften .32er Automatik in der Tasche seiner Wildlederjacke, und er lächelte befriedigt, als er sah, daß sein Sanyo 6000 noch immer unter der äußeren, mit Teer überzogenen Rohrisolierung festklemmte. Er nahm die beiden Spulen mit bespieltem Band aus dem Gerätefach. Gerettet. Gerettet. Gerettet. Er sagte das Wort immer und immer wieder auf der Fahrt nach Hause vor sich hin, und er sagte es auch noch, als er die erste Spule in sein altes Gerät im Wohnzimmer einlegte, sich dann zurücklehnte und zuhörte, während seine Augen über die Rosenzweige und die Bilder an der Wand schweiften.

Das Klicken eines Schalters; das Licht auf der Veranda wurde eingeschaltet; das ist der Auslöser, der das Band in Bewegung setzt. Seine wahre Liebe murmelt etwas in sich hinein, dann tiefes Schweigen. Er lächelte und strich sich über die Lenden. Sie schreibt gerade. Die Stille hält an. Eine Stunde. Zwei Stunden. Drei. Vier. Dann ein Gähnen, und der Schalter wird wieder betätigt.

Er stand auf, reckte sich und wechselte die Spulen. Wieder das Klicken von der Veranda her – was für ein pünktlicher Schatz, 18.55 Uhr, wie ein Uhrwerk.

Er setzte sich wieder hin und fragte sich, ob er es sich jetzt besorgen sollte, während er die Schritte hörte, oder ob er abwarten und die Gelegenheit abpassen sollte, bis seine einzig wahre Geliebte Selbstgespräche zu führen begann. Jetzt geht die Türglocke. Ihre Stimme: »Hi, Sergeant.« Dann Schritte. Wieder ihre Stimme: »Ich habe diese Anrufe gemacht. Mehr als ein Dutzend Buchhändler habe ich angerufen. Nichts. Keiner meiner Freunde konnte sich erinnern, einen Mann, wie du ihn beschrieben hast, gesehen oder gesprochen zu haben. Es war seltsam. Ich war dabei, der Polizei dabei zu helfen, einen übergeschnappten Frauenmörder zu fassen, und irgendwelche Frauen ...«

Bei den letzten Worten begann er zu zittern. Seine Haut wurde eiskalt, dann glühend heiß. Er drückte auf die Stop-Taste und fiel auf die Knie. Er kratzte in seinem Gesicht herum, bis Blut kam, und wimmerte »gerettet, gerettet, gerettet«. Er kroch zum Fenster und schaute auf eine vorbeiziehende Parade auf der Alvarado. Bei jedem neuen Indiz dafür, daß alles seinen gewohnten Gang ging, schöpfte er neue Hoffnung: Straßenlärm, Mexikanerinnen mit Kindern im

Schlepptau und wartende Fixer vor der Pizzabude. Er fing wieder an, »gerettet« vor sich hinzumurmeln, dann zögerte er und sagte leise »vielleicht«. Das »Vielleicht« gewann die Oberhand, bis er es schrie und zum Abspielgerät zurücktaumelte.

Er drückte auf die Abspiel-Taste. Seine wahre Liebe sagte etwas über Frauen, die sie abgelenkt hätten. Dann eine Männerstimme: »Vielen Dank. Ich habe, ehrlich gesagt, auch nicht viel erwartet. Im Augenblick fische ich im trüben. Polizeimarke 1114, Greifer vom Morddezernat bei der Arbeit.«

Er zwang sich zuzuhören, während er seine Genitalien mit beiden Händen festhielt, damit er nicht laut aufschreien mußte. Die schreckliche Unterhaltung ging weiter, und Worte wurden gesagt, die ihn veranlaßten, noch fester zuzugreifen. »Der Gedanke an einen Massenmörder, der ungestraft mordet, flößt ihnen Angst ein ... Ich habe Morduntersuchungen geführt ... Nenn mich Lloyd.«

Als die Tür zugeschlagen wurde und das Band sich in wohltuender Stille weiterdrehte, nahm er die Hände aus seinem Schoß. Er spürte, wie Blut seine Beine hinunterfloß, und das erinnerte ihn an die High-School und an Poesie und an die Heiligung seines Zwecks. Mrs. Cuthbertsons elfte Klasse mit Auszeichnung abgeschlossen. Logische Trugschlüsse: *post hoc, propter ergo hoc* – Kenntnisse über Verbrechen bedeuten nicht Kenntnisse über den Täter. Die Polizei stand noch nicht vor seiner Tür.

»Lloyd«, Polizeimarke 1114, Greifer vom Morddezernat, hatte ja keine Ahnung, daß das Haus seiner einzig Geliebten abgehört wurde, und vielleicht hatte es auch gar nichts mit dem Diebstahl des anderen Kassettenrecorders zu tun. »Lloyd« »fischte« in von Haien verseuchten Gewässern, und falls er sich ihm nähern sollte, würde er den Cop bei lebendigem Leibe fressen. Schlußfolgerung: Sie hatten überhaupt keine Ahnung, wer er war, und alles ging wie gewöhnlich seinen Gang.

An diesem Abend wollte er seine dreiundzwanzigste, so hastig umworbene Geliebte für sich haben. Es gab kein »vielleicht«. Es gab nur ein klares »ja«, das mit aller Macht von seiner Meditationskassette und von jeder seiner Geliebten, angefangen mit Jane Wilhelm, bekräftigt wurde. Ja. Ja. Der Dichter ging zum Fenster und rief es in die Welt hinaus.

11

Lloyds schlaflose Nacht in dem leeren Haus war der Vorbote für einen Tag voller Frustration im Büro, und jede negative Rückmeldung schien wie ein Stopsignal, das ihm ein Ende seiner Entscheidungsfähigkeit und Kompetenz ankündigte. Janice und die Mädchen hatten ihn verlassen, und bis sein genialer

Killer hinter Schloß und Riegel saß, war er machtlos. Als aus dem Tag allmählich früher Abend wurde, überdachte Lloyd seine immer geringeren Möglichkeiten, wobei er sich fragte, was er bloß tun sollte, falls sie gleich Null wären und er nur mit seinen Sinnen und seinem Willen allein wäre.

Er hatte sechs Stunden gebraucht, um die achtzehn Hifi-Läden anzurufen und eine Liste mit fünfundfünfzig Namen zu erstellen, die innerhalb der letzten acht Jahre einen Watanabe A. F. Z. 999 Recorder erworben hatten. Vierundzwanzig davon waren Frauen; somit blieben einunddreißig männliche Verdächtige übrig, und Lloyd wußte aus Erfahrung, daß Befragungen per Telefon sinnlos sein würden – erfahrene Detectives müßten die Käufer persönlich ansprechen und anhand der Antworten der Befragten entscheiden, ob sie unschuldig waren oder verdächtig wirkten. Und was wäre, wenn der Recorder außerhalb von L.A.-County gekauft worden war ... oder wenn die ganze Haines-Geschichte überhaupt nichts mit den Morden zu tun hatte ... und wenn er Leute für die Vernehmungen brauchte ... und falls Dutch heute abend auf der Party seine Vorschläge ablehnte ... Er erhielt immer mehr negatives Feedback, gelegentlich durchzogen von Erinnerungen an Penny und ihre selbstgestrickte Decke und Bildern von Caroline und Anne, die vor Entzücken über seine Geschichten kreischten.

Dutch hatte auch nichts Positives durch seine Umfragen bei pensionierten und langgedienten Detectives des Jugendreferats in Erfahrung bringen können, und die Kartei, in der die Pseudonyme von Tätern erfaßt waren, hatte unter »Bird« oder »Birdy« nur ein Dutzend Namen von Schwarzen aus dem Armenviertel zu bieten. Es war zwecklos – die hohe Stimme in Whitey Haines' Wohnzimmer gehörte zweifellos einem Weißen.

Aber die größte Enttäuschung war, daß er keine Informationen über die Fingerabdrücke auf dem Kassettenrecorder bekommen konnte. Lloyd hatte sich wiederholt an das Labor gewandt und nach dem Techniker gefragt, dem er den Apparat anvertraut hatte; er rief bei ihm zu Hause an und erfuhr, daß dessen Vater einen Herzinfarkt erlitten hatte, und daß er nach San Bernardino gefahren wäre und den Recorder mitgenommen hätte, in der Absicht, die Einrichtungen des dortigen Polizeireviers für die Tests zu nutzen. »Er sagte, daß Sie von ihm verlangt hätten, die Tests *persönlich* durchzuführen, Sergeant«, hatte die Ehefrau des Technikers ihm am Telefon gesagt. »Er wird Sie wohl am Vormittag aus San Bernardino anrufen und Ihnen die Ergebnisse mitteilen.« Lloyd hatte den Hörer aufgelegt und sich über das Wortwörtlich-Nehmen sowie sein eigenes autoritäres Gehabe geärgert.

Das alles ließ nur eine Alternative zu, die jene Personen betraf: Entweder mußte er die einunddreißig Käufer selbst befragen oder Speed schlucken und die Wohnung von Whitey Haines beobachten, bis der Lauscher irgendwann auftauchte. Das waren pure Verzweiflungstaktiken – und dennoch die einzigen Möglichkeiten, die ihm blieben.

Lloyd stieg in seinen Wagen und fuhr in Richtung Westen zu Kathleens Buchladen. Als er von der Autobahn abfuhr, stellte er fest, daß seine Knochen müde und seine Gelüste stark waren, deshalb lenkte er den Wagen nach Norden, in die Richtung von Joanie Pratts Haus in den Hollywood Hills. Sie könnten miteinander schlafen und reden, und vielleicht würde Joanies Körper ihm das Gefühl nehmen, der letzte Überlebende des Jüngsten Gerichts zu sein.

Joanie fiel Lloyd um den Hals, als er durch die geöffnete Eingangstür kam, und rief: »*Willkommen,* Sarge! Romantik im Sinn? Wenn das der Fall ist, das Schlafzimmer ist direkt zu deiner Rechten.« Lloyd lachte. Joanies großes sinnliches Herz war die ideale Zuflucht für sein Zärtlichkeitsbedürfnis.

»Zeig mir lieber den Weg.«

Nachdem sie miteinander geschlafen und gespielt und den Sonnenuntergang vom Balkon des Schlafzimmers aus betrachtet hatten, erzählte Lloyd ihr, daß ihn seine Frau und die Kinder verlassen hätten, und daß es in all seiner trostlosen Verlassenheit nur noch ihn und den Killer gäbe. »Ich gebe mir für meine Nachforschungen noch zwei Tage«, sagte er, »dann werde ich an die Öffentlichkeit gehen. Ich will sämtliche Möglichkeiten ausschöpfen, in die Nachrichten von Kanal sieben zu kommen, und meine Karriere ist mir dabei scheißegal. Die Idee dazu ist mir gekommen, als wir im Bett lagen. Wenn die Spuren, die ich verfolge, zu nichts führen, werde ich so gewaltigen Stunk in der Öffentlichkeit machen, daß jedes Polizeirevier im County Los Angeles hinter dieser Bestie herjagen *muß.* Falls das, was ich über ihn in Erfahrung gebracht habe, richtig ist, wird ihn die Enthüllung so in die Enge treiben, daß er etwas Unüberlegtes tut, wodurch er sich verraten wird. Ich glaube, er hat ein unglaublich starkes Ego, das danach giert, Anerkennung zu finden, und wenn er dann alles in die Welt hinausschreit, werde ich dasein und ihn mir schnappen.«

Joanie lief es kalt den Rücken hinunter, dann legte sie ihre Hand besänftigend auf Lloyds Schulter.

»Du wirst ihn schon kriegen, Sarge. Du wirst ihm da einen Schlag versetzen, wo ...«

Lloyd lächelte angesichts dieser Vorstellung. »Meine Möglichkeiten werden immer geringer«, sagte er. »Es tut mir sehr gut.« Ihm fiel Kathleen ein, und er fügte noch hinzu: »Ich muß jetzt gehen.«

»Heiße Verabredung?« fragte Joanie.

»Ja. Mit einer Dichterin.«

»Tust du mir noch einen Gefallen, bevor du gehst?«

»Ja, sicher. Was denn?«

»Ich möchte ein Foto von uns beiden in glücklicher Zweisamkeit haben.«

»Wer soll es denn aufnehmen?«

»Ich. Meine Polaroid-Kamera hat einen Zehn-Sekunden-Selbstauslöser. Komm schon, steh auf.«

»Aber ich bin nackt, Joanie!«
»Ich auch. Komm jetzt.«

Joanie ging ins Wohnzimmer und kam mit einem Fotoapparat zurück, der auf einem Stativ befestigt war. Sie betätigte einige Knöpfe und eilte dann an Lloyds Seite. Schamrot umfaßte er ihre Hüfte und spürte dabei, wie er ihm wieder steif wurde. Das Blitzlicht funktionierte. Joanie zählte die Sekunden und zog das Foto aus der Kamera. Die Aufnahme war ausgezeichnet: Lloyd und Joanie nackt, beide lüstern lächelnd, er mit hochrotem Kopf und Halbsteifem. Er merkte, wie das Gefühl der Zärtlichkeit in ihm stärker wurde, als er sie eingehend betrachtete. Er nahm Joanies Gesicht zwischen seine Hände und sagte: »Ich liebe dich.«

Joanie drängte: »Ich liebe dich auch, Sarge. Und jetzt zieh dich an. Wir haben beide heute abend Verabredungen, und ich bin bei meiner schon viel zu spät dran.«

Kathleen hatte den ganzen Tag damit verbracht, sich auf den Abend vorzubereiten. Sie hatte Stunden in den Damenabteilungen der Bekleidungsläden Brooks Brothers und Boshard-Doughty zugebracht, um sich *die* romantische Staffage auszusuchen, die beredt von ihrer Vergangenheit sprechen und zugleich mit der Gegenwart harmonisieren sollte. Sie hatte Stunden gebraucht, aber endlich genau das Richtige gefunden; eine rosa Button-Down-Bluse aus Oxfordtuch, marineblaue Söckchen, eine Freizeithose aus Korduanleder und ein absolut unwiderstehliches Stück – einen knielangen plissierten roten Schottenrock. Zufrieden und erwartungsvoll fuhr Kathleen nach Hause und genoß die Wartezeit bis zur Ankunft ihres romantischen Verehrers. Sie mußte noch fünf Stunden herumbringen, daher nahm sie sich vor, stoned zu werden und Musik zu hören, bis er zu ihr käme. Da sie an diesem Abend auf spektakuläre Weise mit einer Ansammlung seriöser Polizisten mitsamt Ehefrauen konfrontiert werden sollte, legte sie eine sorgfältig ausgewählte Platte aus der Ära der Flower-Power-Revolution auf den Plattenteller. Im Bademantel lehnte sie sich zum Marihuanarauchen bequem zurück und lauschte der Musik, erfüllt von der Vorfreude, den schmucken Polizisten an diesem Abend in ihre Geheimnisse einzuweihen – sie würde ihn mit ihrer Poesie hinreißen, klassische Auszüge aus ihrem Tagebuch vorlesen, und vielleicht würde sie sich von ihm sogar die Brüste küssen lassen.

Nachdem das kolumbianische Gras sie vollends benommen gemacht hatte, ertappte sie sich dabei, wie sie sich einer neuen Phantasie hingab: Lloyd war *in Wirklichkeit* ihr heimlicher Verehrer! Er war derjenige, der die ganzen Jahre über die Blumen an sie geschickt hatte; er hatte all die Jahre nur auf diesen gräßlichen Anlaß, die Suche nach diesem Mörder, gewartet, um mit ihr zusammenzukommen – ein zufälliges Treffen war für ihn nicht romantisch genug gewesen. Der Ursprung seiner Anziehungskraft mußte Silverlake gewesen sein – sie waren nur knapp sechs Straßen voneinander entfernt aufgewachsen.

Kathleen konnte spüren, wie ihre Phantasiewelt sich auflöste, je mehr die Wirkung des Marihuanas nachließ. Um ihren Zustand zu intensivieren, rauchte sie noch einen letzten Thai-Stick. Innerhalb von Minuten war sie mit der Musik verschmolzen, und Lloyd stand nackt vor ihr; er gestand ihr seine seit zwei Jahrzehnten schmachtende Liebe und war atemlos vor Begierde, weil er sie unbedingt nehmen wollte. In ihrem Edelmut willigte Kathleen großzügig ein und sah, wie er ihm größer und steifer wurde, bis sie, Lloyd und die tiefe Baßgitarre der *Jefferson Airplane,* zusammen explodierten. Sie nahm ihre Hand zwischen den Beinen weg, schaute automatisch auf die Uhr und erkannte, daß es bereits zehn vor sieben war.

Kathleen ging ins Badezimmer und drehte die Dusche auf, dann ließ sie ihren Bademantel auf den Boden fallen und den abwechselnd heißen und kalten Wasserstrahl auf ihren Körper prasseln, bis sie allmählich Ernüchterung spürte. Sie zog sich an und fand Gefallen an ihrem lebensgroßen Spiegelbild: Sie sah wundervoll aus, und sie nahm mit Genugtuung zur Kenntnis, daß sie keine Gewissensbisse hatte, so schamlos nostalgische Kleider anzuziehen.

Um sieben Uhr ging die Türklingel. Kathleen stellte die Stereoanlage ab und öffnete atemlos die Tür. Als sie Lloyd davorstehen sah, groß und irgendwie graziös, fiel sie für Augenblicke in ihre Traumwelt zurück. Als er lächelte und sagte: »Mein Gott, bist du stoned«, kam sie wieder in die Gegenwart zurück, lachte schuldbewußt und sagte: »Tut mir leid. Schnurrige Gedanken. Gefällt dir, was ich anhabe?«

Lloyd erwiderte: »Du siehst wunderbar aus. Altmodische Kleider stehen dir gut. Ich hätte nicht gedacht, daß du Dope rauchst. Komm jetzt. Laß uns bitte gehen.«

Dutch Peltz und seine Frau Estelle wohnten in Glendale auf einem ranchartigen Anwesen neben dem Golfplatz. Lloyd und Kathleen fuhren in angespanntem Schweigen dahin.

Lloyd dachte über verzweifelte Aktionen und Mörderjagden nach, während Kathleen grübelte, wie sie wohl das Gleichgewicht wiederherstellen könnte, das sie verloren hatte, weil sie high gewesen war.

Dutch begrüßte die beiden an der Eingangstür und machte einen richtigen Diener vor Kathleen. Lloyd stellte sie einander vor.

»Dutch Peltz – Kathleen McCarthy.«

Dutch nahm Kathleens Hand. »Es ist mir ein Vergnügen, Miss McCarthy.«

Kathleen erwiderte die Verbeugung mit einer ironischen Geste.

»Soll ich Sie mit Ihrem Dienstgrad anreden, Mr. Peltz?«

»Nennen Sie mich Arthur oder Dutch, wie alle meine Freunde.« Er wandte sich Lloyd zu und sagte: »Geh ein wenig spazieren, mein Junge. Ich werde Kathleen herumführen. Wir sollten miteinander reden, bevor du gehst.«

Lloyd verstand den Tonfall in Dutchs Stimme und sagte: »Wir sollten sogar schon früher miteinander reden. Ich werde mir erst mal einen Schluck zu trinken holen. Kathleen, wenn Dutch zu langweilig ist, bitte ihn darum, dir seinen Schuhtrick zu zeigen.«

Kathleen blickte auf Dutchs Füße. Obwohl er einen Abendanzug anhatte, trug er schwarze Kampfstiefel mit dicken Sohlen. Dutch lachte und trat mit der Hinterkante seines rechten Absatzes auf den Fußboden. Ein langes Stilett sprang aus einer Seite des Stiefels heraus. »Mein Markenzeichen«, sagte er. »Ich war bei einem Kommandounternehmen in Korea.« Vorsichtig stieß er mit der Messerspitze in den Teppich, und die Klinge schnappte zurück.

Kathleen rang sich ein Grinsen ab. »Macho.«

Dutch lächelte. »Getroffen. Komm, Kathleen, ich führe dich herum.«

Dutch geleitete Kathleen an das Buffet im Eßzimmer; die Frauen stellten dort Salatteller zusammen, setzten sie neben dampfenden Platten mit Corned beef und Kohl ab, lachten laut und lobten das Essen sowie die Partyvorbereitungen. Lloyd sah zu, wie die beiden fortgingen, dann schlenderte er zurück ins Wohnzimmer und pfiff durch die Zähne. Dichtgedrängt standen hier hohe Dienstgrade beisammen: Commander, Inspektoren, sogar noch höhere Chargen. Er zählte sieben Commander, fünf Inspektoren und vier Deputy Chiefs. Den niedrigsten Dienstgrad hatte in diesem Raum Lieutenant Fred Gaffaney, der neben zwei hochdekorierten Inspektoren am Kamin lehnte. Gaffaney blickte zu Lloyd hinüber, sah ihm in die Augen und wandte seinen Blick schnell wieder ab. Ebenso die beiden Inspektoren. Ihre Augen wichen ihm aus, wenn er direkt in ihre Richtung starrte. Irgend etwas war faul.

Lloyd traf Dutch in der Küche wieder, wo er Kathleen und einen Deputy Chief mit einem seiner Mundartwitze glänzend unterhielt. Als der Chief kopfschüttelnd und lachend den Raum verließ, meinte Lloyd: »Hast du mir vielleicht irgend etwas verschwiegen, Dutchman? Irgendwas muß doch los sein, ich habe in meiner gesamten Laufbahn noch nie so viele hochkarätige Typen auf einer Stelle gesehen.«

Dutch schluckte. »Ich habe die Commanderprüfung abgelegt und mit Auszeichnung bestanden. Ich hab's dir nur noch nicht gesagt, weil ich ...« Er nickte in Kathleens Richtung.

»Nein«, sagte Lloyd, »sie bleibt hier. Warum hast du es mir nicht erzählt, Dutch?«

»Du möchtest doch bestimmt nicht, daß Kathleen das erfährt«, sagte Dutch.

»Mir ist das gleichgültig. Sag es mir, verdammt noch mal!«

Dutch rückte mit der Sprache raus: »Ich habe es dir nicht erzählt, denn wenn ich erst einmal auf der Commanderliste stehe, gäbe es überhaupt kein Ende der Gefälligkeiten mehr, um die du mich bitten würdest. Ich wollte es dir erst erzählen, wenn ich bestanden habe, und falls ich dann auch berufen werde. Dann ließ Fred Gaffaney durchblicken – na ja, daß man mir die Leitung der

Sicherheitsbehörde, des IAD, anbieten will, sobald Inspektor Eisler pensioniert wird. Gaffaney steht auf der Captainliste, und es ist fast sicher, daß er meine rechte Hand wird. Dann hast du *ihn* aufgescheucht – und *ich* hab' mein Gesicht verloren! Ich hab's wieder ausgebügelt, der alte Dutch paßt ja immer auf sein temperamentvolles Genie auf! Tja, Lloyd, die Dinge ändern sich nun mal. Die Presse hat unserer Abteilung einen schweren Schlag versetzt: Schwarze werden erschossen, es gab Willkür seitens der Polizei und zwei Cops hat man wegen Kokainbesitzes verhaftet. Es wird eine Säuberungsaktion auf uns zukommen. Das IAD ist voller ›Ehemaliger‹ aus der Versenkung, und der Chef will höchstpersönlich, daß scharf durchgegriffen wird gegen jene Officer, die ständig den Partner wechseln, sich mit Nutten im Puff herumtreiben und nur hinter Weiberröcken her sind. Ich möchte mit dir auskommen, und ich will nicht, daß dir etwas geschieht! Deshalb habe ich Gaffaney gesagt, daß du dich bei ihm entschuldigen wirst. Ich hatte erwartet, du erscheinst hier mit deiner Frau und nicht mit einer deiner Freundinnen!«

»Aber Janice hat mich doch verlassen!« schrie Lloyd. »Sie hat sogar die Mädchen mitgenommen, und bei diesem scheinheiligen Schwanzlutscher werde ich mich niemals entschuldigen, nur um meinen Kopf zu retten!«

Lloyd sah sich um. Kathleen lehnte, vor Schreck erstarrt, mit geballten Fäusten an der Wand. Eine Gruppe von Officern und Ehefrauen hatte sich an der Tür zum Eßzimmer versammelt. Er las in ihren Augen nichts als Furcht, gepaart mit selbstherrlichem Urteilsvermögen. Lloyd sprach mit gedämpfter Stimme: »Ich brauche fünf Leute, Dutch. Nur ein paar Tage für die Befragung von 31 Verdächtigen. Das ist der letzte Gefallen, um den ich dich jemals bitten werde. Ich fürchte, allein kann ich ihn sonst nicht fassen.«

Dutch schüttelte den Kopf. »Nein, Lloyd.«

Lloyds Stimme wurde sehr eindringlich. »Bitte!«

»Nein. Jetzt nicht. Laß eine Zeitlang die Finger von der Sache. Mach mal eine Pause. Du hast in letzter Zeit zu schwer gearbeitet.«

Die Menge der Neugierigen hatte sich in der ganzen Küche verteilt. Lloyd ließ seine Augen über die Versammlung schweifen, dann drohte er unvermittelt: »Noch zwei Tage, Dutch. Dann werde ich die Sache ins Fernsehen bringen. Achte bei den Sechs-Uhr-Nachrichten auf mich.«

Lloyd drehte sich um, wollte weggehen, dann zögerte er noch einen Moment. Er machte eine Kehrtwendung und schlug Dutch mit der rechten offenen Hand ins Gesicht. Das Klatschen von Haut auf Haut ging in einem lauten, allgemeinen Raunen unter. »Judas«, zischte Lloyd.

Im Wagen schmiegte sich Kathleen an Lloyd. Selbstvergessen genoß sie seine Stärke. Sie hatte Angst, etwas Falsches zu sagen, daher schwieg sie und versuchte nicht erst zu erraten, woran er wohl im Augenblick dachte.

»Was verabscheust du denn eigentlich am meisten?« fragte Lloyd sie. »Sei bitte konkret.«

Kathleen dachte einen Moment lang nach. »Ich hasse die Klondike Bar«, sagte sie. »Das ist eine Lederkneipe, Ecke Virgil und Santa Monica. Ein Treffpunkt für Sadisten. Die Männer, die ihre Motorräder davor aufbocken, flößen mir echt Angst ein. Ich weiß, daß ich etwas über Mörder hätte sagen sollen, aber ich fühle mich irgendwie nicht danach.«

»Du brauchst dich nicht zu entschuldigen. Das war wirklich eine gute Antwort.«

Lloyd machte mit dem Wagen eine Kehrtwendung und schleuderte Kathleen damit auf die andere Seite des Sitzes. Ein paar Minuten später parkten sie vor der Klondike Bar und sahen einer Gruppe kurzhaariger, mit Lederjacken bekleideter Männer zu. Sie schnupften Amphetamin, umschlangen sich dann mit ihren starken Armen und gingen in die Bar.

»Eine andere Frage«, sagte Lloyd. »Willst du wirklich den Rest deines Lebens damit verbringen, ein Abklatsch von Emily Dickinson zu sein, oder willst du nach dem reinen weißen Licht streben?«

Kathleen schluckte. »Nach dem reinen weißen Licht streben natürlich«, entgegnete sie.

Lloyd deutete auf das Neonlicht oberhalb der Pendeltüren zur Bar. Ein muskulöser Abenteurer vom Yukon, der nur einen Mountie-Hut auf dem Kopf und Strapse anhatte, glotzte auf sie herab. Lloyd griff in das Handschuhfach und reichte Kathleen seinen außerdienstlichen .38er.

»Schieß ihn ab«, forderte er sie auf.

Kathleen schloß die Augen und feuerte blind aus dem Fenster, bis das Magazin leer war. Der Abenteurer vom Yukon explodierte bei den letzten drei Schüssen, und mit einemmal sog Kathleen Kordit und reines weißes Licht in sich ein. Lloyd machte einen Blitzstart und fuhr zwei Straßen weit mit quietschenden Reifen, wobei er eine Hand am Lenkrad hatte und die andere im Schoß der kreischenden Kathleen.

Als sie an ihrem Buchladen vorbeifuhren, sagte er: »Willkommen im Herzen meines irisch-protestantischen Verantwortungsgefühls.«

Kathleen wischte sich die Tränen des Lachens aus den Augen und sagte: »Aber ich bin irisch-katholisch.«

»Das macht nichts. Du bist voll Herz und Liebe, und darauf kommt es an.«

»Bleibst du bei mir?«

»Nein. Ich muß allein sein und mir überlegen, was ich tun werde.«

»Aber du wirst bald vorbeikommen?«

»Ja. In ein paar Tagen.«

»Und wirst du dann mit mir schlafen?«

»Ja.«

Kathleen schloß die Augen, und Lloyd beugte sich zu ihr; er küßte sie abwechselnd mal weich und mal fest, bis ihre Tränen zu den Lippen heruntergelaufen waren, dann löste sie sich aus der Umarmung und lief weg.

Zu Hause versuchte Lloyd nachzudenken. Nichts passierte. Immer wenn seine Pläne, Theorien oder möglichen Strategien in seinem Kopf nicht zusammenpaßten, wurde er einen Augenblick von Panik ergriffen. Dann erfüllte ihn wieder eine klassische Einfalt. Sein ganzes bisheriges Leben war der Auftakt für diese atemberaubende Pause vor dem Irrflug gewesen. Es gab kein Zurück mehr. Sein göttlicher Instinkt für die Dunkelheit wurde ihn schon zu dem Mörder führen. Das Kaninchen war in den Kaninchenbau hinabgestiegen und sollte nie mehr das Tageslicht erblicken.

IV. Monduntergang

12

Seine Auserwählte hieß Peggy Morton, und sie war sowohl ihrer herausfordernden Persönlichkeit als auch ihrer äußeren Erscheinung wegen erwählt worden.

Seit Julia Niemeyer, ihrem Manuskript und seinem Stelldichein am Bordstein, war er an allen Fronten ins Schleudern geraten. Sein schlanker, kräftiger Körper sah zwar noch genauso aus wie früher, aber er *fühlte* sich kraftlos und träge; seine normalerweise klaren blauen Augen waren ausweichend und von Furcht geprägt, wenn er sich selbst im Spiegel betrachtete. Um gegen diesen allmählichen Zerfall anzukämpfen, hatte der Dichter verschiedene Sportarten aus der Zeit vor Jane Wilhelm wieder aufgenommen. Er verbrachte Stunden mit Judo- und Karatetraining und feuerte auf dem Schießplatz mit seinen Handfeuerwaffen; er machte Liegestütze, Kniebeugen und Muskeltraining, bis er nur noch unbewußten Schmerz fühlte. Das Ganze war nichts weiter als eine billige Verdrängungstaktik, denn nachts nagten die Alpträume immer noch an ihm. Jungen Männern auf der Straße nachzustellen kam ihm wie ein pantomimisches, obszönes Vorspiel vor; Wolkenformationen drehten sich in bizarren Mustern, die seinen Namen buchstabierten, damit ganz Los Angeles ihn lesen konnte.

Dann wurde ihm sein Kassettenrecorder gestohlen, und er gewahrte einen gesichtslosen Racheengel: Sergeant Lloyd, der Greifer vom Morddezernat. In den elf Stunden, seit er die Stimme des Mannes auf dem Band zum erstenmal gehört hatte, war er viermal gekommen. Immer anschaulichere Phantasien vom Knabenstrich trieben ihn in einen beinahe benommenen Zustand, der innerhalb von Sekunden wieder verfliegen konnte und ihn erneut an den Rand der Entladung brachte. Doch er fürchtete den Preis. Die Andenken an den Wänden halfen ihm auch nicht; nur die Stimme erregte ihn wirklich. Dann dachte er an Peggy Morton, die nur ein paar Blocks weiter weg von jener Straße voll käuflicher junger Männer wohnte, junger Männer, die man der schameinflößenden Stimme auf dem Band entgegenhalten konnte, die denselben scheußlichen Lebensstil wie »Officer Pig« und sein Lakai führten. Zum Abreagieren fuhr er nach West-Hollywood.

Peggy Morton wohnte in einem »Sicherheitsgebäude« an der Flores Avenue, zwei Straßen südlich des Sunset Strip. Er war ihr eines Morgens von einem die ganze Nacht geöffneten Supermarkt an der Ecke Santa Monica und Sweetzer nach Hause gefolgt, hatte sich immer auf dem von Bäumen gesäumten Bürgersteig gehalten und zugehört, wie sie französische Verben konjugierte. Sie hatte etwas Einfaches und doch Vollkommenes an sich, und in der traumatischen Zeit nach Julia hatte er diese Schlichtheit zur Grundlage seines Verlangens erhöht.

Er hatte eine knappe Woche gebraucht, um die hübsche, rothaarige junge Frau als eine außergewöhnlich ihren Gewohnheiten verpflichtete Person einstufen zu können: Sie verließ ihre Arbeitsstelle als Kassiererin im Tower-Records-Schallplattenladen genau um Mitternacht, und Phil, ihr Liebhaber und abends Geschäftsführer des Ladens, begleitete sie dann immer zum Supermarkt, wo sie Lebensmittel einkaufte, und schließlich nach Hause. Phil schlief nur dienstags und freitags bei ihr.

»Das ist nun mal unsere Abmachung, Sweetie«, hatte er Peggy ein halbes dutzendmal sagen hören. »Ich muß Französisch lernen. Und du hast versprochen, mich nicht zu drängen.«

Der gutmütige, tölpelhafte Phil protestierte immer ein wenig, umarmte atemlos Peggy und ihre Einkaufstüte und ging kopfschüttelnd davon. Peggy schüttelte daraufhin ihrerseits den Kopf, als wollte sie sagen »Männer«, und kramte aus ihrer Handtasche ein Schlüsselbund hervor, mit dem sie die erste der zahlreichen Türen aufschloß, die zu ihrer Wohnung im vierten Stock führten.

Das Gebäude faszinierte und forderte ihn heraus. Sieben Stockwerke aus Glas, Stahl und Beton, die im Foyer mit einem Schild als »24 Stunden totale elektronische Sicherheitsüberwachung« angepriesen wurden. Er schüttelte den Kopf über das Elend der Menschen, die einen solchen Schutz brauchten, und nahm die Herausforderung an. Er wußte, daß an Peggys Schlüsselbund vier Schlüssel waren, und daß sie alle notwendig waren, um sich Zutritt zu ihrer Wohnung zu verschaffen – er hatte gehört, wie Phil sich darüber lustig machte. Er wußte auch, daß an den Wänden installierte elektronische Filmkameras das Foyer ständig überwachten. Der erste Schritt würde sein, an die Schlüssel zu kommen ...

Das war leicht zu bewerkstelligen, brachte ihm allerdings nur teilweisen Zutritt. Nachdem er drei Tage lang Peggys Routine studiert hatte, wußte er, daß sie, wenn sie um vier Uhr zur Arbeit erschien, erst einmal in den Pausenraum für Angestellte an der Rückseite des Ladens ging. Sie ließ ihre Handtasche immer auf dem Tisch neben dem Coke-Automaten liegen und sah im benachbarten Lagerraum nach den neu angekommenen Platten. Er beobachtete dies drei Tage lang durch eine Schiebetür aus Glas. Am vierten Tag schlug er zu – und verpatzte es, weil Peggys zurückkehrende Schritte ihn zwangen, mit nur einem Schlüssel in der Hand in den eigentlichen Laden zurückzueilen.

Aber es war der Schlüssel zur Eingangshalle, und noch am selben Abend öffnete er, als Frau verkleidet und zur Tarnung eine Tüte mit Lebensmitteln tragend, frech die Tür und ging direkt auf die Reihe der Briefkästen zu, wo Peggys Wohnung als Nummer 423 angegeben war. Von dort aus machte er eine Runde durchs Foyer und stellte fest, daß für die Aufzugstür ein extra Schlüssel nötig war. Unerschrocken sah er eine Tür links von ihm. Sie war unverschlossen. Er öffnete sie und ging über einen schmutzigen Flur in eine Waschküche, in der münzbetriebene Waschmaschinen und Trockner standen. Er suchte den Raum ab und entdeckte einen breiten Entlüftungsschacht an der Decke. Er vernahm Geräusche aus den Wohnungen darüber, und in seinem Kopf begann es zu arbeiten ...

Wieder als Frau verkleidet, aber diesmal mit einem enganliegenden baumwollenen Trainingsanzug unter der weiblichen Aufmachung, parkte er den Wagen auf der gegenüberliegenden Straßenseite und wartete darauf, daß Peggy nach Hause kam. Er zitterte derart vor Spannung, daß er keinen Gedanken an die Stimme des Greifers vom Morddezernat verschwendete.

Peggy erschien um 0.35 Uhr. Sie verlagerte die Einkaufstüte von einem Arm in den anderen, fummelte mit ihrem neuen Schlüssel im Schloß herum und verschaffte sich Einlaß. Er wartete eine halbe Stunde, dann ging er gelassen auf die andere Straßenseite und tat dasselbe wie sie, wobei er sein Gesicht teilweise hinter seiner Einkaufstüte verbarg. Er ging durch das Foyer zum Waschraum, befestigte ein handgeschriebenes »Außer Betrieb«-Schild an der Tür und verriegelte sie dann von innen. Flach atmend, zog er das locker sitzende gestreifte Kleid aus und holte sein Werkzeug aus der Tüte: Schraubenzieher, Meißel, einen Zimmermannshammer, eine Metallsäge und eine .32er Automatik mit aufgesetztem Schalldämpfer. Er steckte sie in die Fächer eines Waffengurtes aus dem Militärladen, dann schnallte er den Gurt um seine Hüften und zog die Operationshandschuhe über.

Während er sich einige liebevolle Erinnerungen an Peggy ins Gedächtnis rief, stellte er sich auf eine der Waschmaschinen direkt unter dem Abzugsschacht und blickte in die Dunkelheit. Dann holte er tief Luft und streckte seine Hände in Taucherpose über seinem Kopf aus und sprang hoch, bis seine Finger die gewellte Metallverkleidung im Inneren des Schachts zu fassen bekamen. Mit großer, seine Lungen strapazierender Anstrengung zog er sich den Schacht hinauf, flachte sein Arme, Schultern und Beine ab, um so eine Hebelwirkung zu erzielen, die ihn langsam nach oben beförderte. Er fühlte sich wie ein in der Hölle büßender Wurm, während er sich zentimeterweise vorwärtsarbeitete, einen Fuß nach dem anderen setzte, während er seine Atmung der Bewegung anpaßte.

Der Schacht war erstickend heiß, und das Metall stach durch seinen Trainingsanzug in die Haut.

Er erreichte den Schacht, der zur zweiten Etage führte, und sah, daß auch dieser breit genug war, um durchzukriechen. Er schob sich hinein und genoß das Gefühl, wieder in der Horizontalen zu sein. Der Durchgang endete an einer Metallabdeckung mit kleinen Löchern. Kühle Luft strömte nach innen, und als er hindurchblinzelte, sah er, daß er sich in Höhe der Flurdecke gegenüber den

Wohnungen 212 und 214 befand. Er rollte sich auf den Rücken und holte Hammer und Meißel aus dem Waffengurt, dann drehte er sich wieder auf den Bauch, klemmte die Spitze des Meißels unter den Rand der Metallplatte und löste sie mit einem einzigen kräftigen Hammerschlag. Die Platte fiel in den mit blauem Teppichboden ausgelegten Gang, er kroch durch die Öffnung und ließ sich im Handstand auf den Boden fallen. Er holte tief Luft, setzte die Platte wieder lose auf die Schachtöffnung und ging den Flur entlang, wobei er sich ständig nach versteckten Sicherheitsvorrichtungen umsah. Als er keine entdeckte, ging er durch zwei Verbindungstüren und stieg zwei Absätze einer Nottreppe aus Beton hinauf, wobei er fühlte, wie sein Herzschlag mit jeder Stufe rasender wurde.

Der Korridor der vierten Etage war leer. Er ging zur Tür von Wohnung 423 und hielt ein Ohr daran. Stille. Er nahm die .32er Automatik aus seinem Gurt und prüfte, ob der Schalldämpfer fest auf den Lauf geschraubt war. Während er sich auf die Klangfarbe von Dumm-Phils Stimme konzentrierte, klopfte er an die Tür und sagte: »Peg? Ich bin es, Liebling.«

Aus der Wohnung drang ein Schlurfen von Füßen, gefolgt von überrascht gestammelten Worten: »Du verrückter ...« Einen Augenblick später ging die Tür auf. Als Peggy Morton den Mann im schwarzen Trainingsanzug sah, hielt sie sich vor Schreck die Hand vor den Mund. Sie schaute in seine hellblauen Augen und sah das Verlangen. Als sie die Pistole in seiner Hand sah, versuchte sie zu schreien, aber nichts kam heraus.

»Denk an mich«, sagte er und feuerte ihr in den Bauch. Es gab ein weiches Plopp, und Peggy sank in die Knie, ihr erschrockener Mund hatte noch das Wort »Nein« zu formen versucht. Er setzte ihr den Pistolenlauf an die Brust und drückte den Abzug. Sie fiel rückwärts auf den Boden ihres Wohnzimmers und gab ein leises »Nein« zusammen mit einem Mundvoll Blut von sich. Er ging hinein und schloß die Tür hinter sich. Peggys Augenlider flackerten, und sie schnappte keuchend nach Luft. Er beugte sich hinunter und öffnete ihren Bademantel. Sie war darunter nackt. Er setzte ihr den Lauf aufs Herz und feuerte. Ihr Körper zuckte zusammen und ihr Kopf ging ruckartig hoch. Blut lief ihr aus Mund und Nase. Ihre Augenlider flackerten zum letzten Mal, dann schlossen sie sich für immer.

Er ging ins Schlafzimmer und fand einen übergroßen Kittel, der aussah, als würde er ihm passen, dann wühlte er im Garderobenschrank herum, bis er eine braune Perücke und einen großen Strohhut entdeckte. Er zog sich die Sachen über, prüfte seine Fluchtkleidung im Spiegel und fand, daß er schön war.

Bei einer Runde durch die Küche stieß er auf eine große, solide Einkaufstüte und einen Stapel Zeitungen. Er trug sie ins Wohnzimmer und legte sie neben dem Körper seiner neuen Geliebten auf den Boden. Er zog Peggy den blutgetränkten Bademantel aus und nahm die Metallsäge. Er setzte sie an, schloß die Augen und spürte, wie spitze Blutspritzer die Luft durchschnitten. In Minutenfrist waren Gewebe, Knochen und Fleisch durchtrennt, und der hellgelbe Teppich hatte sich dunkelrot gefärbt.

Er ging auf den Balkon und blickte auf den ruhig dahinziehenden Strom von Autos auf dem Sunset Boulevard. Er fragte sich einen Moment lang, wohin die Leute wohl alle fahren würden, ging dann zu seiner dreiundzwanzigsten Geliebten zurück und hob ihre abgetrennten Arme und Beine auf. Er trug sie zum Rand des Balkons und schleuderte sie in die Welt hinaus; er sah ihnen noch nach, wie sie, beladen mit seiner Macht, verschwanden.

Nun blieben nur noch Kopf und Rumpf. Er ließ den Torso liegen, wickelte den Kopf in Zeitungspapier und verstaute ihn in der Tüte vom Supermarkt. Seufzend ging er durch die Wohnungstür und schritt durch das ruhige Sicherheitsgebäude hinaus auf die Straße. Am Bordstein zog er Peggy Mortons Kittel aus, nahm ihre Perücke und den Strohhut vom Kopf und warf die Sachen in die Rinne; er wußte, daß er genau das erfahren hatte, was ein Mensch im Krieg erlebt, und daß er dabei als Sieger hervorgegangen war.

Er nahm seine Trophäe aus der Einkaufstüte und ging den Bürgersteig entlang. An der Ecke sah er einen alten, bildhübschen weißen Cadillac. Er legte den Kopf von Peggy Morton auf die Haube. Das war eine Kriegserklärung. Schlachtrufe gingen ihm durch den Kopf. »Dem Sieger gehört die Beute« gefiel ihm am besten. Er holte sein Auto und ging auf die Suche nach einem Kriegergelage.

Wohlwollende Stimmen begleiteten ihn den Santa Monica Boulevard hinunter. Er fuhr gemächlich auf der rechten Spur, die engen Gummihandschuhe ließen seine Hände am Lenkrad haften. Es herrschte kaum Verkehr, und das Fehlen von Verkehrslärm gab ihm die Möglichkeit zu *lauschen;* die Gedanken junger Männer zu *hören,* die sich vor Stoppschildern und auf den Bänden der Bushaltestellen räkelten. Blickkontakte aufrechtzuerhalten war schwierig, und es würde sogar noch schwieriger sein, anhand von Blicken allein eine Wahl zu treffen, deshalb starrte er geradeaus und überließ eine Zusammenkunft der Stimme des Schicksals.

In der Nähe des Plummer Parks wurde er von den Hochrufen und der Anmache rüder Aufreißer bedrängt. Er fuhr weiter; lieber *nichts* als einen Dreck.

Er überquerte den Fairfax und verließ den Knabenstrich, erleichtert und erschrocken zugleich, daß seine Versuchung ein Ende fand. Dann stieß er auf eine rote Ampel an der Crescent Heights, und Stimmen hämmerten wie Schrapnells auf ihn ein. »Gutes Gras, Birdy. Nimm 'n Grämmchen zu dein' Freundchen, und du räumst mächtig auf.«

»Hab' schon aufgeräumt, was glaubst du, was ich bin, ein beschissener Hausmeister?«

»Wäre gar keine schlechte Idee, Schöner. Hausmeister kriegen Sozialhilfe, Zuhälter kriegen was vors Maul.«

Alle drei Stimmen gingen in Gelächter auf. Er sah in ihre Richtung: zwei junge Blonde und der Lakai. Er hielt das Lenkrad so fest, daß seine steifen Hände wieder zu Leben erwachten und wie zwanghaft zitterten, wobei sie versehentlich die Hupe berührten. Die Stimmen verstummten bei dem Geräusch. Er konnte ihre vernichtenden Blicke fühlen. Die Ampel wurde grün; die Farbe erinnerte ihn an das in seinem Traum durch blutige Öffnungen gleitende Band. Er wollte seinen Mann stehen; jetzt wegzulaufen wäre feige. Krebszellen krochen über die Windschutzscheibe, dann nahm er eine weiche Stimme am Seitenfenster wahr.

»Willst du Gesellschaft?«

Es war der Lakai. Während er auf die grüne Ampel starrte, ging er in Gedanken die Galerie seiner dreiundzwanzig Geliebten durch. Ihre Bilder beruhigten ihn; sie *wollten,* daß er es tat.

»Ich *sagte:* ›Willst du Gesellschaft?‹«

Er nickte zurück. Die Krebszellen verschwanden nach dieser mutigen Geste. Er zwang sich, vorbeizusehen, öffnete die Tür und lächelte. Der Lakai lächelte zurück; er schien ihn nicht wiederzuerkennen.

»Der stille Typ, was? Los, glotz weiter. Ich weiß, daß ich Klasse bin. Ich hab' 'ne Bude unten bei der La Cienega. Noch fünf Minuten, und Larry der Vogel fliegt dich direkt in den Himmel.«

Die fünf Minuten dehnten sich zu dreiundzwanzig Ewigkeiten; dreiundzwanzig Frauenstimmen sagten »Ja«. Er nickte jedesmal und spürte, wie ihm über und über warm wurde.

Sie fuhren auf den Parkplatz des Motels, Larry führte ihn in sein Zimmer hinauf, schloß die Tür hinter ihnen ab und sagte leise: »Macht fünfzig. Im voraus.«

Der Dichter griff in den Trainingsanzug und holte zwei Zwanziger und einen Zehner aus der Tasche. Er gab sie Larry, der sie in eine Zigarrenkiste auf dem Nachttisch legte und sagte: »Wie soll's sein?«

»Griechisch«, sagte der Mann.

Larry lachte. »Wird dir gefallen, Püppi. Du bist nicht richtig gefickt worden, bis du von Larry dem Vogel gefickt worden bist.«

Der Mann schüttelte den Kopf. »Nein. Du hast was verwechselt. Ich will dich ficken.«

Larry atmete ärgerlich aus. »Mann, *du* hast was falsch verstanden. Ich halt' den Arsch nicht hin, ich geb's dem Arsch. Ich reiß die Löcher seit der High-School auf. Ich bin Larry der ...«

Der erste Schuß traf Larry in die Weichen. Er fiel auf den Garderobenschrank und glitt dann zu Boden. Der Mann stand über ihm und sang: »Vorwärts, edler

Feldmarschall, walz das Schlachtfeld nieder; weht Euer Banner über uns, singen wir Siegeslieder.«

Larrys Augen erwachten zum Leben. Er öffnete den Mund, und der Mann steckte den schallgedämpften Lauf hinein und drückte sechsmal ab. Larrys Hinterkopf und der Schrank dahinter zerbarsten. Er zog das leere Magazin heraus und lud neu, dann legte er den toten Aufreißer auf den Rücken und zog ihm Hose und Unterhose aus. Er spreizte Larrys Beine, hielt den Pistolenlauf auf sein Rektum und zog den Drücker siebenmal durch. Die beiden letzten Kugeln prallten an der Wirbelsäule ab und zerrissen die Schlagader, wobei Blutstrahlen kreuz und quer in die von Kordit verpestete Luft schossen.

Der Dichter stand auf und war erstaunt, daß er aufrecht stehen konnte. Er hielt sich beide Hände vors Gesicht und stellte fest, daß auch sie ruhig waren. Er streifte die Gummihandschuhe ab und spürte, wie seine Hände buchstäblich wieder zu Leben erwachten. Er hatte jetzt dreiundzwanzigmal aus Liebe getötet und einmal aus Rache. Er war fähig, Mann und Frau, Liebhabern und Schändern den Tod zu bringen. Er kniete neben der Leiche, griff mit einer Hand in einen Haufen toten Fleischs und tauchte es in Blut, dann schaltete er sämtliche Lampen im Zimmer an und schrieb mit blutigen Fingerstrichen an die Wand: »Ich bin nicht Kathys Clown.«

Nun, da er es selbst wußte, überlegte er sich die beste Art, wie er die Nachricht der Welt mitteilen sollte. Er sah das Telefon, wählte die Vermittlung und erkundigte sich nach der Nummer des Morddezernats im Los Angeles Police Department. Die Vermittlung gab sie ihm, und er wählte; mit seinen blutigen Fingern trommelte er auf dem Nachtschränkchen, während er das Freizeichen hörte. Schließlich antwortete eine rauhe Stimme: »Raub- und Morddezernat, Officer Huttner am Apparat. Kann ich Ihnen helfen?«

»Ja«, sagte der Mann und begann zu erzählen, daß ein netter Detective Sergeant seinen Hund gerettet hätte. Seine Tochter wollte dem freundlichen Polizisten ein Dankeschön schicken. Sie hätte seinen Namen vergessen, könnte sich aber an die Nummer seiner Polizeimarke erinnern – 1114. Würde Officer Huttner dem netten Polizisten einen Gruß übermitteln?

Officer Huttner sagte »Scheiße« zu sich selbst und »Jawohl, Sir. Wie lautet die Mitteilung?« in den Hörer.

Der Mann sagte: »Der Krieg kann beginnen«, dann riß er die Schnur aus der Wand und schleuderte das Telefon durch das blutige Motelzimmer.

13

Lloyd fuhr im Morgengrauen zum Parker Center, die möglichen Konsequenzen für seinen Wutausbruch bei der Party hämmerten wie verrücktgewordene Bekken in seinem Kopf. Wie immer es ausgehen mochte, ob eine Anzeige wegen tätlichen Angriffs oder intern totgeschwiegen, er würde auf jeden Fall Gegenstand einer internen Sicherheitsüberprüfung durch das IAD sein, was zur Folge hätte, daß er sofort eine ihn vollkommen beschäftigende Sonderaufgabe zugewiesen bekäme, die weitere Ermittlungen über die Morde ausschlösse. Es war an der Zeit, heimlich weiterzubohren und sich rar zu machen, bei der Truppe im allgemeinen und besonders bei den Hexenjägern des IAD, die Angelegenheit mit Dutch später wiedergutzumachen und den Killer zu fassen. Egal, was das für seine Karriere bedeutete.

Lloyd rannte die sechs Treppenabsätze zu seinem Büro hinauf. Auf seinem Schreibtisch lag ein Zettel vom diensthabenden Beamten der Nachtschicht: »Polizeimarke 1114. Der Krieg kann beginnen? Wahrscheinlich ein Irrer – Huttner.«

Psychologische Kriegsführung des IAD, dachte Lloyd, religiöse Fanatiker sind nie so spitzfindig.

Lloyd ging den Flur entlang zum Aufenthaltsraum der unteren Dienstgrade und hoffte, daß dort keine Detectives vom Nachtdienst herumlungerten. Er würde für eine sehr lange Zeit auf die Straße müssen, und Kaffee allein würde nicht reichen.

Der Aufenthaltsraum war leer. Lloyd prüfte die Unterseite der Eßtische, das klassische Versteck der Cops, die »Dauerstreife« schoben. Beim vierten Versuch wurde er fündig; eine Plastiktüte voller Benzedrin-Tabletten. Er griff den ganzen Beutel. Einunddreißig Namen standen auf der Liste der Stereohändler, *und* eine Ein-Mann-Überwachung von Whitey Haines' Wohnung war auch erforderlich. Lieber zuviel Speed als zuwenig.

Die Korridore im Parker Center erwachten mit den früh eintreffenden Beamten allmählich zum Leben. Lloyd bemerkte, daß ihn mehrere ihm unbekannte Männer mit Bürstenschnitt und finsteren Augen schief ansahen, und er hielt sie sofort für Detectives des IAD. Als er wieder in seinem Büro war, sah er, daß die Papiere auf seinem Schreibtisch durcheinandergebracht worden waren. Er hatte eben die Faust gehoben, um auf den Schreibtisch zu schlagen, als das Telefon klingelte.

»Lloyd Hopkins«, sagte er in die Sprechmuschel. »Wer ist dran?«

Eine gequälte männliche Stimme antwortete: »Sergeant, hier ist Captain Magruder, Sheriff-Büro West-Hollywood. Wir haben hier draußen zwei Morde an unterschiedlichen Stellen. Wir haben ein paar Fingerabdrücke, und ich bin sicher, die stimmen mit den von euch übermittelten vom Niemeyer-Mord überein. Können Sie ...«

Lloyd lief es kalt den Rücken hinunter. »Ich bin in zwanzig Minuten bei Ihnen im Büro«, sagte er.

Er brauchte fünfundzwanzig, obwohl er auf der ganzen Strecke Blinklicht und Sirene eingeschaltet hatte. Er traf Magruder in Uniform am Informationsschalter an, über einen Stapel Akten gebeugt. Nachdem er sein Namensschild gesehen hatte, sagte Lloyd: »Captain, ich bin Lloyd Hopkins.«

Magruder schreckte zurück, als wäre er von einem Schwarm Bienen gestochen worden.

»Gott sei Dank«, sagte er und reichte ihm die zitternde Hand. »Gehen wir in mein Büro.«

Sie gingen einen Gang entlang, in dem es vor angeregt tuschelnden Polizisten in Uniform wimmelte. Magruder öffnete die Tür zu seinem Büro und wies Lloyd einen Stuhl zu, dann setzte er sich hinter seinen Schreibtisch und berichtete: »Zwei Morde. Beide letzte Nacht. Eine Frau, ein Mann. Schauplätze der Morde einen Kilometer voneinander entfernt. Beide Opfer wurden mit einer .32er Automatik ins Jenseits befördert. Übereinstimmende Patronenhülsen an beiden Schauplätzen. Die Frau wurde zerstückelt, wahrscheinlich mit einer Säge. Ihre Arme und Beine wurden im Swimmingpool eines benachbarten Wohnhauses gefunden. Ihr Kopf war in Zeitungspapier eingewickelt und wurde auf die Motorhaube eines Fahrzeuges direkt vor ihrem Haus gelegt. Ein hübsches Mädchen, achtundzwanzig Jahre alt. Das zweite Opfer ist ein homosexueller Aufreißer. Arbeitete von einem Motel ein paar Blocks von hier aus. Der Killer hat ihm seine .32er in den Mund und in den Hintern gesteckt und ihn zu Matsch geschossen. Die Geschäftsführerin, die direkt darunter wohnt, hat keinen Ton gehört. Sie rief uns an, als Blut durch die Decke in ihr Zimmer tropfte.«

Lloyd, wie gelähmt über die Nachricht von einem männlichen Opfer, beobachtete Magruder, wie er in seine Schreibtischschublade griff und einen Flachmann mit Bourbon herausnahm. Er goß einen großen Schluck in eine Kaffeetasse und spülte ihn mit einem Zug runter. »Mein Gott, Hopkins«, sagte er. »Gottogottogott.«

Lloyd lehnte die ihm angebotene Flasche ab. »Wo wurden die Abdrücke gefunden?« fragte er.

»Im Motelzimmer des schwulen Aufreißers«, sagte Magruder. »Am Telefon auf dem Nachttisch und neben einer blutigen Schrift an der Wand.«

»Kein sexueller Angriff?«

»Kann man nicht sagen. Das Rektum des Kerls war weggepustet. Der Gerichtsmediziner sagte mir, er habe so was noch nie …«

Lloyd hob die Hand und unterbrach ihn: »Wissen die Zeitungen schon was darüber?«

»Ich glaub' schon … aber wir haben noch keine Informationen herausgegeben. Was haben Sie über den Niemeyer-Mord herausgefunden? Irgendwelche Spuren, die Sie meinen Leuten mitteilen könnten?«

»Ich habe nichts!« schrie Lloyd. Mit gesenkter Stimme sagte er dann: »Erzählen Sie mir was über den schwulen Aufreißer.«

»Sein Name ist Lawrence Craigie, alias Larry ›der Vogel‹ alias ›Birdman‹. Mitte Dreißig, blond, muskulös. Ich glaube, er klapperte die Straßen am Plummer Park ab.«

Lloyds Verstand barst förmlich, dann schnappte eine unglaubliche Reihe von Verbindungsgliedern ineinander: Craigie, Zeuge des Selbstmords vom 10. 6. 80; der »Bird« in Whitey Haines' verwanzter Wohnung. Alles paßte zusammen.

»*Meinen* Sie?« rief Lloyd. »Wie sieht sein Vorstrafenregister aus?«

Magruder stammelte: »Wir ... wir haben einen Abzug machen lassen. Alles, was dabei herauskam, waren nichtbezahlte Strafmandate. Wir ...«

»Und dieser Kerl war als männlicher Prostituierter bekannt? *Ohne jede* Vorstrafe?«

»Na ja ... vielleicht hat er einen Anwalt bezahlt, damit der sein Register löscht.«

Lloyd schüttelte den Kopf. »Wie steht's mit den Akten von der Sitte über ihn? Was sagen Ihre Beamten von der Sitte über ihn?«

Magruder goß sich noch einen Drink ein und kippte ihn. »Die Sitte kommt nicht vor der Nachtschicht«, sagte er, »aber ich habe schon ihre Akten überprüft. Da steht nichts über Craigie.«

Lloyd spürte, wie die immer besser passenden Bindeglieder seinen Nacken erfaßten. »Das Tropicana-Motel?«

»Ja«, sagte Magruder. »Woher wußten Sie das?«

»Leichnam entfernt? Räume versiegelt?«

»Ja.«

»Ich fahr' rüber. Haben Sie dort Beamte postiert?«

»Ja.«

»Schön. Rufen Sie im Motel an, und sagen Sie ihnen, daß ich komme.«

Lloyd brachte das Dröhnen in seinem Kopf zur Ruhe und rannte aus Magruders Büro. Er fuhr die drei Blocks bis zum Tropicana-Motel, wobei er seltene Einblicke in die Hölle und sein eigenes Schicksal erwartete.

Er fand ein möbliertes Schlachthaus, das nach Blut und zerrissenem Fleisch stank. Der junge Deputy, der die Tür bewachte, fügte noch einige blutige Details hinzu: »Sie halten das für schlimm, Sergeant? Da hätten Sie mal früher hier sein sollen! Das Hirn von dem Typen war über den ganzen Schrank verteilt. Der Coroner mußte die Teile in eine Plastiktüte schaufeln. Sie konnten nicht einmal den Umriß der Leiche mit Kreide markieren, sie mußten Klebeband nehmen. Himmel.«

Lloyd ging zum Garderobenschrank. Der hellblaue Teppich daneben war noch tropfnaß vom Blut. In der Mitte des dunkelroten Flecks war der Umriß eines mit gespreizten Armen und Beinen liegenden toten Mannes mit Metallklebeband markiert. Er ließ seine Blicke durch den übrigen Raum gleiten: ein großes Bett mit einer rosa Überdecke aus Velour, kleine Figuren von Jungen mit muskulösen Körpern, ein Pappkarton voll Ketten, Peitschen und Dildos.

Als er noch einmal den Raum betrachtete, bemerkte er, daß ein großer Teil der Wand über dem Bett mit braunem Packpapier verkleidet war. Er rief dem Deputy zu: »Was ist denn mit dem Papier an der Wand?«

Der Deputy sagte: »Ach, ich habe vergessen, es Ihnen zu sagen. Da ist was Geschriebenes drunter. Mit Blut. Die Kripoleute haben es abgedeckt, damit es die Typen vom Fernsehen und von der Zeitung nicht sehen können. Sie meinen, es könnte ein Indiz sein.«

Lloyd griff eine Ecke des Packpapiers und zog es weg.

»Ich bin nicht Kathys Clown«, starrte in kühnen, blutverschmierten Buchstaben auf ihn herab. Eine knappe Sekunde lang klemmte sein Denkzentrum, drehte durch und quietschte. Dann gingen alle Sicherungen durch, und die Worte verzerrten und verwandelten sich in Lärm, gefolgt von vollkommener Stille.

Kathleen McCarthy und ihre Kamarilla – »Wir hatten eine Gefolgschaft von ebenso einsamen wie belesenen Jungen. ›Kathys Clowns‹ wurden sie genannt.« Tote Frauen, die stattlichen High-School-Schülerinnen der frühen sechziger Jahre ähnelten. Und ein toter homosexueller Aufreißer und sein perverser korrupter Cop-Kumpan, und ... und ...

Lloyd merkte, wie der junge Deputy an seinem Ärmel zog. Seine innere Stille verwandelte sich in satanischen Lärm. Er packte den Deputy an den Schultern und drückte ihn gegen die Wand. »Was wissen Sie über Haines?« flüsterte er.

Der junge Beamte bebte und stammelte: »Wa... Was?«

»Deputy Haines«, wiederholte Lloyd langsam. »Was wissen Sie über ihn?«

»Whitey Haines? Er ist ein Einzelgänger, zieht sich immer zurück. Ich hab' Gerüchte gehört, daß er Dope nimmt. Da ... das ist alles, was ich weiß.«

Lloyd ließ die Schultern des Polizisten los. »Schau nicht so ängstlich, mein Sohn«, sagte er.

Der Deputy schluckte und rückte seinen Schlips gerade. »Ich hab' keine Angst«, sagte er.

»Gut. Du behältst unser Gespräch für dich.«

»Jawohl ... Sir.«

Das Telefon klingelte. Der junge Polizist nahm den Hörer ab, reichte ihn dann Lloyd. »Sergeant, hier ist Officer Nagler von der Spurensicherung«, drang eine aufgeregte Stimme heraus. »Ich versuche Sie schon seit Stunden zu erreichen. Die Zentrale sagte mir ...«

Lloyd schnitt ihm das Wort ab. »Worum *geht's,* Nagler?«

»Sergeant, sie passen. Die Zeige- und Mittelfinger vom Fall Niemeyer sind mit den Zeige- und Mittelfingerabdrücken, die ich auf dem Kassettenrecorder gefunden habe, völlig identisch.«

Lloyd ließ den Hörer fallen und ging auf den Balkon hinaus. Er schaute auf den Parkplatz, auf dem es vor sensations- und schaulustigen Leichenfledderern nur so wimmelte, dann betrachtete er die Szene auf der Straße. Was er sah, war so ehrfurchtgebietend wie der erste Eindruck eines Säuglings vom Leben: aus dem Mutterleib geradewegs in die Gefahr.

14

Die Gewißheit um die miteinander verflochtenen Schicksale trieb Lloyd wie ein Wirbelsturm in Kathleen McCarthys Haus. An der Eingangstür fand er eine Notiz: »Bin Bücher kaufen – werde gegen Mittag zurück sein – P.S.: Legen Sie die Pakete auf die Stufen.«

Mit einem knappen, flachen Stoß ließ Lloyd das Türschloß aufschnappen. Die Tür sprang auf, er machte sie hinter sich zu und ging direkt ins Schlafzimmer. Zuerst durchsuchte er den Kleiderschrank: Er fand Unterwäsche, Räucherkerzen und einen Beutel Marihuana. Dann sah er sich in der Abstellkammer um. Kartonweise Bücher und Schallplatten bedeckten alle vorhandenen Flächen auf Wand und Boden. Er entdeckte ein Regal im hinteren Teil, das teilweise von einem Bügelbrett und einem aufgerollten Teppich verdeckt war. Lloyd fuhr mit einer Hand darüber und berührte glattgeschliffenes Holz, das sich bei seinem Zugriff bewegte. Er langte mit beiden Händen hinauf und holte den Gegenstand herunter. Es war eine größere Kiste aus kunstvoll verziertem Eichenholz mit Scharnieren aus Messing. Sie war schwer. Lloyd mußte sich anstrengen, als er sie erst auf seine Schultern, dann auf den Boden herabließ.

Er zog die Kiste zum Bett hinüber, kniete sich daneben und brach das verzierte und vergoldete Schloß mit dem Handschellenhalter auf.

Die Kiste enthielt schmale, goldumrahmte Bilderrahmen, die längs der Seiten angeordnet waren. Lloyd zog einen heraus. Unter dem Glas waren verdorrte Blütenblätter von rosa Rosen auf Pergament gepreßt. Darunter befand sich eine kurze Notiz. Er hielt den Rahmen unter eine Flurlampe, schaltete das Licht ein und versuchte, die Worte zu lesen. Unter dem ersten Blatt stand auf der linken Seite: »13. 12. 68: Weiß er, daß ich mit Fritz Schluß gemacht habe? Haßt er mich wegen meiner kurzen Abenteuer? War er vielleicht dieser große Mann im Gartencenter? Weiß er, wie sehr ich ihn brauche?«

Lloyd folgte den blumigen Widmungen quer durch Bild und Zeit. »24. 11.

69: O Liebling, kannst Du meine Gedanken lesen? Weißt Du, wie ich Deine Huldigung in meinem Tagebuch erwidere? Wie sehr das alles doch nur für Dich ist! Daß ich für immer auf jegliche Berühmtheit verzichten würde, nur um die Größe unserer anonymen Beziehung weiter wachsen zu lassen.« – »15. 12. 71: Ich bin nackt, während ich dies schreibe, mein Schatz, weil ich weiß, daß Du so die Blumen pflückst, die Du mir schickst. Spürst Du meine telepathische Poesie? Sie kommt aus meinem *Körper.*«

Lloyd legte den Rahmen hin. Er wußte, daß etwas falsch war – er müßte von Kathleens Worten viel bewegter sein. Er stand ganz ruhig, denn er wußte, daß er nicht darauf kommen würde, wenn er sich zwänge. Er schloß die Augen, um die tiefe Stille zu verstärken, und dann ...

Selbst als ihm der Gedanke kam, schüttelte er verneinend den Kopf. Es konnte nicht sein, es wäre zu unglaublich.

Lloyd leerte die Eichenkiste auf das Bett. Einen Bilderrahmen nach dem anderen hielt er unters Licht und las die Daten neben den vertrockneten Blütenblättern. Die Datumsangaben stimmten mit den Daten der Frauenmorde in seinem Computerausdruck überein; entweder waren die Daten identisch oder sie wichen um höchstens zwei Tage voneinander ab. Aber er zählte mehr als sechzehn Rosenblüten – es waren dreiundzwanzig, die bis Sommer 1964 zurückreichten.

Lloyd fielen Kathleens Worte ein, die sie beim Kraftwerk gesagt hatte. »Beim ersten Mal war es ein Gedicht, beim zweiten Mal nur Blumen. Und die kamen über achtzehn Jahre lang.« Er ging die Glasrahmen noch einmal durch. Die ältesten Rosenblätter waren mit dem Datum 10. 6. 64 versehen – vor über achtzehn Jahren. Das nächstälteste Datum war der 29. 8. 67, mehr als drei Jahre später. Was hatte das Ungeheuer in diesen drei Jahren gemacht? Wieviel andere hatte er getötet, und *warum? Warum? Warum?*

Lloyd las Kathleens Worte und dachte dabei an die dazugehörigen Gesichter der Toten. Jeanette Wilkie, Todestag 15. 4. 73, Vergiftung durch Ätzmittel; Blumen datiert am 16. 4. 73: »Liebling, bist Du meinetwegen keusch geblieben? Ich lebe Deinetwegen nun schon seit Monaten enthaltsam.« Mary Wardell, Todestag 6. 1. 74, Tod durch Erdrosseln; Blumen datiert am 8. 1. 74: »Vielen Dank für die Blumen, Liebling. Hast Du mich letzte Nacht am Fenster stehen sehen? Ich war nackt, nur für Dich.« Und weiter und immer weiter bis hin zu Julia Niemeyer, Todestag 2. 1. 83, Überdosis Heroin, nach Eintreten des Todes verstümmelt; unter den Blumenblättern stand als Datum der 3. 1. 83, »Meine Tränen fallen auf dieses Pergament, o meine große Liebe. Ich möchte Dich so gern in mir spüren.«

Lloyd setzte sich auf die Bettkante und versuchte, seine rasenden Gedanken zu zügeln. Die unschuldige, romantische Kathleen war Objekt der besessenen Liebe eines Massenmörders. *»Wir hatten eine Gefolgschaft von ebenso einsamen wie belesenen Jungen.«*

Lloyds Geist ließ seinen Körper hochschnellen. Jahrbücher – die Jahrbücher des *Marshall Baristonian.* Er wühlte Schubladen, Regale, Kommoden und Bücherkisten durch, bis er sie schließlich hinter einem nicht angeschlossenen Fernsehgerät entdeckte. 1962, 1963 und 1964; gebunden mit pastellfarbenem Wildleder. Er überflog die '62er und '63er Jahrgänge – keine Kathleen, keine Kathy Kamarilla oder Kathys Clowns.

Er hatte 1964 halb durch, als er fündig wurde: Delbert »Whitey« Haines, für die Nachwelt abgelichtet, wie er die Zunge herausstreckte. Auf derselben Seite war das Bild eines dünnen Jungen mit Pickelgesicht, namens Lawrence »Birdman« Craigie; es war kommentiert mit »Schlechte Nachricht für Präsident Johnsons Große Gesellschaft«. Lloyd blätterte noch einige Dutzend Seiten voll grenzenloser Unschuld durch, bis er die Kathy-Kamarilla fand: vier schlichte, hübsche Mädchen mit Tweedröcken und Wollpullovern, die ehrfurchtsvoll zu der ähnlich angezogenen, sehr jung aussehenden Kathleen McCarthy aufblickten. Als er sah, was das bedeutete, fing Lloyd an zu zittern. Die getöteten Frauen glichen sämtlich den Mädchen von Kathys Kamarilla. Dieselben gesunden Gesichtszüge, dieselbe einfältige Unschuld und dieselbe unterschwellige Erkenntnis der eigenen Niederlage!

Lloyds Zittern ging in ein den ganzen Körper erfassendes Schütteln über. Er flüsterte: »Der Hase ist im Bau«, zog die Liste mit den Käufern von Bandgeräten aus seiner Tasche und verglich sie mit den Daten im *Baristonian.* Sekunden später stand die letzte Verbindung: Verplanck, Theodore J., Angehöriger der Marshall-High-School-Klasse von 1964; Verplanck, Theodore, 1976 Käufer eines Watanabe A. F. Z. 999 Bandgerätes.

Lloyd betrachtete das Foto, das den genialen Killer als lächelnden Teenager zeigte. Intelligenz prägte das Gesicht; eine fürchterliche Arroganz wandelte sein Lächeln in Eiseskälte. Theodore Verplanck wirkte wie ein Junge, der ganz auf sich konzentriert war, der sich seine eigene Welt geschaffen und sie bis an die Zähne mit hochentwickelter jugendlicher Eitelkeit ausgestattet hatte. Schaudernd stellte sich Lloyd die Kälte in den jungen Augen vor, vervielfacht durch beinahe zwanzig Jahre voller Morde. Der Gedanke daran erfüllte ihn mit Schrecken.

Lloyd nahm das Telefon und wählte die Kraftfahrzeugzulassungsstelle von Kalifornien in Sacramento, wo er eine umfassende Auskunft über Theodore J. Verplanck anforderte. Der Sachbearbeiter brauchte fünf Minuten, bis er mit der Auskunft zurückkam: Theodore J. Verplanck, geboren am 21. 4. 1946 in Los Angeles. Haare braun, Augen blau, 1,83 Meter groß, 144 Pfund schwer. Keine Vorstrafen, keine Strafmandate anhängig, keine Eintragungen ins Verkehrszentralregister. Zwei Fahrzeuge: ein 1978er Dodge Fiesta-Kombi, Kennzeichen P-O-E-T, ein 1980er Datsun 280 Z, Kennzeichen DLX-191, gleiche Wohn- und Geschäftsanschrift: Teddy's Silverlake Camera, 1893 North Alvarado, Los Angeles 90048, Telefon (213) 663-2819.

Lloyd warf den Hörer auf die Gabel und schrieb die Auskunft in sein Notizbuch. Seine Furcht verwandelte sich in ein Gefühl der Ironie: Der dichtende Killer lebte noch immer im alten Revier. Er holte tief Luft und wählte die Nummer 663-2819. Nach drei Klingelzeichen kam eine Nachricht vom Anrufbeantworter: »Hallo, hier spricht Teddy Verplanck; danke, daß Sie Teddy's Silverlake Camera angerufen haben. Ich bin im Moment nicht zu Hause, aber wenn Sie mit mir über Fotozubehör, Bildentwicklung oder meine erstklassigen Porträtaufnahmen und die schnuckeligen Gruppenbilder reden wollen, hinterlassen Sie eine Nachricht nach dem Piepton. Tschüs.«

Nachdem er den Hörer aufgelegt hatte, setzte Lloyd sich aufs Bett und verinnerlichte die Stimme des Mörders. Dann versuchte er wieder einen klaren Kopf für die letzte Entscheidung zu bekommen: Sollte er sich Teddy Verplanck allein schnappen oder eine Einheit vom Parker Center zu seiner Unterstützung anfordern? Eine Weile zögerte er, dann wählte er seine Privatnummer im Büro. Wenn er es lange genug klingeln ließe, würde irgend jemand den Hörer abnehmen, und er konnte sich ein Bild darüber machen, ob zuverlässige Beamte zur Verfügung standen.

Der Hörer wurde schon beim ersten Klingeln abgenommen. Lloyd verzog das Gesicht; irgendwas stimmte nicht, er hatte seinen Anrufbeantworter nie eingeschaltet. Eine unbekannte Stimme sprach: »Hier spricht Lieutenant Whelan von der Inneren Abteilung. Sergeant Hopkins, diese Mitteilung wurde aufgenommen, um Sie davon in Kenntnis zu setzen, daß Sie wegen eines schwebenden IAD-Untersuchungsverfahrens vom Dienst suspendiert sind. Die reguläre Telefonleitung zu Ihrem Büro steht Ihnen zur Verfügung. Rufen Sie an, und ein Beamter des IAD wird mit Ihnen einen ersten Verhörtermin abmachen. Sie können einen Anwalt verpflichten, und Sie werden Ihr volles Gehalt bis zum Abschluß der Ermittlungen erhalten.«

Lloyd ließ den Hörer aufs Bett fallen. So endet es also, dachte er. Die letzte Entscheidung: Sie konnten und sie wollten ihm nicht glauben, also mußten sie ihn zum Schweigen bringen. Die letzte Ironie: Sie liebten ihn nicht so, wie er sie geliebt hatte. Die Erfüllung seines irisch-protestantischen Ethos würde ihn die Marke kosten.

Als er durch das Schlafzimmerfenster einen kleinen Hinterhof bemerkte, ging Lloyd hinaus. Reihenweise aus dem locker angehäuften Matsch wachsende Gänseblümchen und eine behelfsmäßig angebrachte Wäscheleine empfingen ihn. Er kniete sich nieder und pflückte ein Blümchen, roch daran und zerquetschte es unter seinem Absatz. Teddy Verplanck würde vermutlich nicht kampflos aufgeben. Er würde ihn töten müssen, was wiederum bedeutete, daß er nie das *Warum* erfahren würde. Als nächsten Schritt würde er sich eine Erklärung von Whitey Haines holen, und falls Verplanck auf den Gedanken kommen sollte, erneut zu töten oder zu fliehen, während er aus Haines ein Geständnis prügelte, würde er ...

Ein weinerlicher Laut unterbrach seine Gedanken. Er ging ins Schlafzimmer zurück. Kathleen stand vor ihrem Bett und verstaute die mit Glas umrahmten Blumen in der Eichenholzkiste. Dabei wischte sie sich die Tränen aus den Augen und bemerkte nicht einmal seine Gegenwart. Lloyd sah ihr fest ins Gesicht; es war das traurigste Gesicht, das er je gesehen hatte.

Er ging auf sie zu. Kathleen schrie auf, als sein Schatten sich näherte. Ihre Hände schnellten zum Gesicht, und sie wich zurück, dann erkannte sie ihn und warf sich in Lloyds Arme. »Es waren Einbrecher hier«, wimmerte sie. »Sie wollten meinen Schatz zerstören.«

Lloyd hielt Kathleen fest; es fühlte sich an, als faßte er das lose Ende eines Alptraums an. Er schüttelte ihren Kopf vor und zurück, bis sie stammelte: »Meine *Baristonier*«, und sie befreite sich aus seiner Umarmung und griff nach ihren Jahrbüchern, die auf dem Boden herumlagen. Ihr verzweifeltes Umblättern der Seiten nervte ihn, und er sagte: »Du hättest dir Duplikate besorgen sollen. Es wäre kein großer Aufwand gewesen. Aber du wirst sie bald loswerden müssen. Sie werden dich umbringen. Merkst du das nicht?«

Kathleen erwachte aus ihrer Betäubung. »Wovon redest du?« fragte sie und blickte zu ihm auf. »Bist ... bist du derjenige gewesen, der eingebrochen ist und meine Sachen beschädigt hat? Meine Blumen? Warst du das?«

Lloyd griff nach ihren Händen, aber sie zog sie weg.

»Sag es mir, verdammt noch mal!«

»Ja«, sagte Lloyd.

Kathleen blickte zu ihren Jahrbüchern, dann zu Lloyd. »Du Tier«, zischte sie. »Du willst mich mit meinen Schätzen verletzen.« Sie ballte die Fäuste und schlug auf ihn ein. Lloyd ließ die unwirksamen Schläge auf Brust und Schultern über sich ergehen. Als sie merkte, daß sie damit nichts ausrichten konnte, griff Kathleen zu einem Ziegelstein, der als Buchstütze diente, und schleuderte ihn gegen seinen Kopf.

Eine Ecke traf Lloyds Hals. Kathleen stockte der Atem, sie schreckte angesichts ihrer Tat zurück. Lloyd wischte sich das Blut ab und hielt die Hand hoch, damit sie es sehen konnte. »Ich bin stolz auf dich«, sagte er. »Willst du mit mir schlafen?«

Kathleen blickte ihm in die Augen und sah Irrsinn, Kraft und ein schreckliches Verlangen. Ohne zu wissen, was sie sagen sollte, nahm sie seine Hand. Sie schmiegte sich an ihn, schloß die Tür und schaltete das Licht aus. Sie zogen sich im Halbdunkel aus. Kathleen wandte ihm den Rücken zu. Sie zog ihr Kleid aus und stieg aus dem Slip, als befürchtete sie, daß sie ein weiterer Blick in seine Augen vom Vollzug dieser rituellen Vereinigung abhalten könnte. Als sie nackt waren, ließen sie sich aufs Bett fallen und umarmten sich. Ihre Berührungen waren sehr heftig, und sie trafen sich an ungewöhnlichen Stellen; ihr Kinn begegnete seinem Brustbein, seine Füße ihren Kniekehlen, ihre Handgelenke seinem Hals. Schon bald waren sie zu einer Einheit verschmolzen, und der Druck ihrer vereinten Körperteile zwang sie wieder auseinander, als ihre Glieder taub und ihr Kopf schwindelig wurden. In vollkommener Übereinstimmung schufen sie einen Raum zwischen sich, der zu einem zärtlichen Vorspiel einlud, auf daß die Lücke durch pulsierende Arme, Schulterblätter und Bäuche wieder geschlossen würde. Ihre Liebkosungen wurden so sanft, daß sich ihre Haut schon bald nicht mehr berührte und der Raum zwischen ihnen Gegenstand ihrer Liebe wurde.

Lloyd begann, in diesem Raum reines, weißes Licht zu sehen, das in und aus Kathleen wuchs. Er trieb auf diese Lichtquelle zu, deren sämtliche Formen Freude und Güte vermittelten. Er wurde noch immer getrieben, als er Kathleens Hand zwischen seinen Beinen spürte, die ihn drängte, hart zu werden und den lichten Raum zwischen ihren Körpern zu überbrücken. Kurze Panik überkam ihn, aber als sie leise »Bitte, ich *brauche* dich« zu ihm sagte, folgte er ihrer Führung, bezwang das Licht, drang in sie ein und bewegte sich in ihr, bis sich das Licht vollends auflöste. Und sie vereinigten sich und erreichten gemeinsam den Höhepunkt, und er wußte, daß es Blut war, das er ausstieß; und dann trennte ihn der furchtbare Lärm von ihr, und als er sich in der Bettdecke vergrub, sagte sie ganz sanft zu ihm: »Ruhig, Liebling. Ruhig. Das ist nur die Stereoanlage vom Nachbarn. Das ist nicht *hier. Ich* bin hier.«

Lloyd steckte den Kopf unter die Kissen, bis er Ruhe gefunden hatte. Er spürte Kathleens Hand, die seinen Rücken streichelte, und er drehte sich um, um sie anzusehen. Ihr Kopf war von kreisenden gelben Lichtern umgeben. Er faßte sie an, um ihr Haar zu streicheln, und die Aura verwandelte sich in Licht. Er beobachtete, wie es verlosch, und sagte: »Ich glaube, ich ... mir ist Blut gekommen.«

Kathleen lachte. »Nein, ich habe nur meine Tage. Stört dich das?«

Nicht richtig überzeugt, antwortete Lloyd: »Nein«, und rutschte zur Mitte des Bettes. Er untersuchte kurz seinen Körper, indem er vereinzelte Stellen nach Wunden und Kratzern abtastete. Als er nichts außer Kathleens Ausscheidung fand, sagte er: »Ich denke, bei mir ist alles in Ordnung. Ich glaub' schon.«

Kathleen lachte. »Du *glaubst* schon? Na, ich fühle mich hervorragend. Weil ich jetzt nach all den Jahren weiß, daß du es warst. Achtzehn lange Jahre, und jetzt weiß ich es. Oh, Liebling!« Sie beugte sich hinunter, küßte ihm die Brust, ging mit den Fingern über seine Rippen und zählte sie.

Als ihre Hände die Leiste erreichten, schob Lloyd sie von sich. »Ich bin nicht dein Traumliebhaber«, sagte er, »aber ich weiß, wer es ist. Es ist der Mörder, Kathleen. Ich bin sicher, daß er aus einer Art verquerer Liebe zu dir tötet. Er hat seit Mitte der sechziger Jahre zwanzig Frauen umgebracht. Junge Frauen, die alle aussahen wie die Mädchen deiner Kamarilla. Er schickt dir nach jedem Mord Blumen. Ich weiß, daß es unglaublich klingt, aber es ist wahr.«

Kathleen hörte jedes Wort und nickte im Rhythmus seiner Sätze. Als Lloyd geendet hatte, langte sie über ihn und knipste die Lampe neben dem Bett an. Sie sah, daß er es völlig ernst meinte; er mußte verrückt geworden sein, übergeschnappt vor Erschrecken, weil er nach zwei Jahrzehnten heimlichen Werbens um sie seine Anonymität preisgegeben hatte.

Sie beschloß, alles aus ihm herauszuholen, so wie eine Mutter alles aus ihrem hochbegabten, aber verstörten Kind herausholte. Sie legte ihren Kopf auf seine Brust und tat so, als wollte sie Zärtlichkeit, während in ihrem Kopf die Gedanken kreisten und sie nach einem Mittel suchte, mit dem sie seine Furcht durchbrechen und Zugang zu seinem Ich finden könnte. Sie dachte an Gegensätze: Yin-Yang, Hell-Dunkel, Wahrheit-Illusion. Nach einem Augenblick hatte sie es: Phantasie-Realität. Ich muß seine *wahre* Geschichte fälschen, die Geschichte, die mich seine Phantasie durchstoßen und unsere Vereinigung Wirklichkeit werden läßt. Er haßt Musik und fürchtet sich vor ihr. Wenn ich seine Musik werden will, muß ich herausfinden, *warum.*

Lloyd streckte einen Arm aus und zog Kathleen an sich.

»Bist du traurig?« fragte er. »Bist du traurig, weil es so zu Ende gehen mußte? Fürchtest du dich?«

Kathleen schmiegte sich an seine Brust. »Nein, ich fühle mich sicher.«

»Wegen mir?«

»Ja.«

»Weil du jetzt einen richtigen Liebhaber hast.«

Er streichelte wie abwesend ihr Haar. »Wir müssen uns darüber unterhalten«, sagte er. »Wir müssen die Marshall High-School um '64 aus dem Weg räumen, bevor wir zusammensein können. Ich brauche eine Handhabe gegen diesen Killer, bevor ich ihn kriege. Ich muß alles über ihn in Erfahrung bringen, um die Sache in meinem Kopf klar zu bekommen, bevor ich handle. Verstehst du?«

Kathleen nickte und verdeckte ihre Augen. »Ich verstehe«, sagte sie. »Du willst, daß ich für dich in meiner Vergangenheit herumwühle. Dadurch kannst du dein Rätsel lösen, und wir können uns lieben. Richtig?«

Lloyd lächelte. »Richtig.«

»Aber meine Vergangenheit schmerzt, Liebling. Es schmerzt, sie wieder aufzuwärmen. Besonders, wenn du selbst so ein Rätsel bist.«

»Ich werde weniger rätselhaft sein, je weiter wir kommen.«

Verärgert über den herablassenden Ton, hob Kathleen den Kopf. »Nein, das ist nicht wahr. Ich muß dich *kennen,* verstehst du. Niemand kennt dich. Aber ich *muß* es.«

»Sieh mal, mein Schatz ...«

Kathleen schlug seine besänftigende Hand beiseite. »Ich muß wissen, was mit dir geschehen ist«, sagte sie. »Ich muß wissen, warum du dich vor Musik fürchtest.«

Lloyd fing an zu zittern, und Kathleen beobachtete, wie sich seine grauen Augen nach innen kehrten und mit Entsetzen füllten. Sie nahm seine Hand. »Erzähl es mir«, sagte sie.

Lloyds Gedanken streiften zurück durch die Zeit. Er griff freudige Augenblicke auf und verglich sie gleichsam als Gegengewicht mit jener Horrorstory, die nur er, seine Mutter und sein Bruder kannten. Mit jeder Erinnerung schöpfte er neue Kraft, und als die Zeitmaschine in seinem Verstand im Frühling des Jahres 1950 zum Stillstand kam, wußte er, daß er den Mut hatte, die Geschichte zu erzählen. Er holte tief Atem und begann.

»Im Jahre 1950, etwa an meinem achten Geburtstag, war mein Großvater mütterlicherseits zum Sterben nach Los Angeles gekommen. Er war Ire, ein presbyterianischer Pfarrer. Er war Witwer, hatte außer meiner Mutter keine Angehörigen und wollte bei ihr sein, während der Krebs ihn auffraß. Im April zog er bei uns ein, und er brachte alles mit, was er besaß. Das meiste von dem Zeug war Ramsch: Steinsammlungen, religiöser Krimskrams, ausgestopfte Tierköpfe, all so 'n Zeug. Aber er brachte auch eine sagenhafte Sammlung antiker Möbel mit – Schreibtische, Kommoden, Kleiderschränke –, alles war aus Rosenholz und so gut poliert, daß man sich darin spiegeln konnte. Großvater war ein verbitterter, haßerfüllter Mann, ein fanatischer Antikatholik. Er war auch ein hervorragender Geschichtenerzähler. Er nahm meinen Bruder Tom und mich immer mit auf sein Zimmer und erzählte uns Geschichten über die irische Revolution und wie die edlen britischen Truppen den katholischen Pöbel vernichtet hätten. Ich mochte diese Geschichten sehr, aber ich war auch intelligent genug, um zu verstehen, daß Großvater voller Haß war und daß ich mir das, was er erzählte, nicht zu Herzen nehmen durfte. Bei Tom war das anders. Er war sechs Jahre älter als ich und selbst schon voller Haß. Er nahm Großvater ernst, und die Geschichten gaben seinem Haß Form: Er begann Großvaters Beschimpfungen von Juden und Katholiken nachzuäffen.

Tom war damals vierzehn, und er hatte keinen Freund auf der Welt. Ich mußte immer mit ihm spielen. Er war eben größer als ich, also mußte ich mitmachen, oder er schlug mich. Daddy war Elektriker. Er war besessen vom Fernsehen. Es war neu damals, und er war der Überzeugung, es sei Gottes großartiges Geschenk für die Menschheit. Er hatte hinter dem Haus eine Werkstatt. Sie war bis unters Dach mit Fernseh- und Radiogeräten vollgepackt. Er verbrachte Tage darin, justierte und paßte Röhren an und verlötete elektrische Relais. Er sah niemals aus Freude fern; er war nur als Elektriker davon fasziniert. Tom dagegen liebte die Fernsehprogramme. Er glaubte alles, was er sah oder in diesen alten Radiohörspielen mitbekam. Aber er war nicht gern allein, wenn er zuschaute oder zuhörte. Da er keine Freunde hatte, mußte ich bei ihm in der Werkstatt sitzen und Sendungen wie *Hopalong Cassidy, Martin Kane, Private Detective* und all das andere mit ansehen. Ich haßte es; ich wollte draußen mit meinem Hund spielen oder lesen. Manchmal versuchte ich wegzulaufen; Tom fesselte mich dann und zwang mich, zuzusehen. Er ... er ...«

Lloyd stammelte, und Kathleen sah, wie sich die Schärfe seiner Augen veränderte, als wäre er nicht sicher, auf welche Zeit er zurückblickte. Sie legte ihm sanft die Hand aufs Knie und sagte: »Erzähl bitte weiter.«

Lloyd holte erneut tief Luft, um über seine Vergangenheit zu berichten.

»Großvaters Gesundheitszustand wurde immer schlechter. Er fing an, Blut zu husten. Ich konnte ihm einfach nicht dabei zusehen, daher entschied ich mich, wegzulaufen; ich schwänzte die Schule und versteckte mich tagelang. Ich war mit einem Pennbruder befreundet, der in einem Zelt auf einem leerstehenden Grundstück nahe dem Kraftwerk von Silverlake wohnte. Sein Name war Dave. Er hatte aus dem Ersten Weltkrieg ein Fronttrauma zurückbehalten, und die Händler in der Nachbarschaft kümmerten sich um ihn, indem sie ihm trockenes Brot und beschädigte Dosen mit Bohnen und Suppe gaben, die sie nicht mehr verkaufen konnten. Jeder glaubte, daß Dave geistig zurückgeblieben wäre, aber er war es nicht; manchmal war er absolut durchschaubar, ein andermal nicht. Ich mochte ihn, er war ein ruhiger Typ, und er ließ mich in seinem Zelt lesen, nachdem ich weggelaufen war.«

Lloyd zögerte ein wenig, dann erzählte er weiter, und seine Stimme nahm einen Klang an, den Kathleen noch nie gehört hatte.

»Meine Eltern beschlossen, Großvater über Weihnachten mit zum Lake Arrowhead zu nehmen. Es sollte ein letzter Familienausflug vor seinem Tod sein. An dem Tag, an dem wir losfahren wollten, hatte ich Streit mit Tom. Er wollte wieder, daß ich mit ihm fernsah. Ich weigerte mich, und er schlug mich, dann fesselte er mich an einen Stuhl in Daddys Werkstatt. Er klebte mir sogar den Mund zu. Als der Zeitpunkt gekommen war, in Richtung See aufzubrechen, ließ mich Tom einfach sitzen. Ich hörte, wie er hinterm Haus Mutter und Vater erzählte, ich wäre weggelaufen. Sie glaubten ihm und fuhren los; mich ließen sie allein in der Hütte zurück. Ich hatte keine Möglichkeit, meine Muskeln zu bewegen oder einen Ton von mir zu geben. Ich saß ein oder zwei Tage so da, mittlerweile vor Schmerzen völlig verkrampft, als ich hörte, wie jemand versuchte, in die Hütte einzubrechen. Zunächst bekam ich Angst, aber als sich die Tür öffnete, sah ich, daß es Dave war. Doch er machte mich nicht los. Er schaltete jeden Fernseher und jedes Radio in der Hütte ein, hielt ein Messer an meine Kehle, und ich mußte ihn anfassen und in den Mund nehmen. Er brachte mir Brandwunden mit glühendheißen Röhren bei, schloß Stromkabel zusammen und steckte sie mir in den Hintern. Dann vergewaltigte er mich, schlug mich und verbrannte mich immer und immer wieder, während die Fernseher und Radios die ganze Zeit über mit voller Lautstärke liefen. Nachdem er mich zwei Tage lang gepeinigt hatte, ging er fort. Aber die Geräte lärmten weiter. Es wurde lauter und lauter und immer lauter ... Schließlich kam meine Familie wieder nach Hause. Mutter lief sofort in die Hütte. Sie entfernte das Klebeband von meinem Mund, band mich los, hielt mich ganz fest und fragte mich, was geschehen sei. Aber ich konnte nicht sprechen. Ich hatte so lange Zeit geschrien, daß meine Stimmbänder gerissen waren. Mutter ließ mich aufschreiben, was passiert war. Danach sagte sie: ›Sag niemandem was darüber. Ich werde mich darum kümmern.‹

Mutter rief einen Arzt an. Er kam zu uns, reinigte meine Wunden und gab mir Beruhigungsmittel. Viel später wurde ich in meinem Bett wach. Ich hörte, wie Tom in seinem Schlafzimmer schrie. Ich schlich mich rüber. Mutter schlug ihn mit einem mit Messing beschlagenen Gürtel. Ich hörte, wie Vater wissen wollte, was passiert sei, und Mutter ihm nur antwortete, er solle den Mund halten. Ich schlich mich die Treppe runter. Ungefähr eine Stunde später verließ Mutter zu Fuß das Haus. Ich folgte ihr in sicherer Entfernung. Ich ging ihr den ganzen Weg bis zum Kraftwerk von Silverlake nach. Sie ging schnurstracks auf das Zelt von Dave zu. Er saß auf dem Boden und las einen Comic. Mutter nahm eine Pistole aus ihrer Handtasche und schoß ihm sechsmal in den Kopf, dann drehte sie sich um. Nachdem ich gesehen hatte, was sie getan hatte, lief ich zu ihr; sie umarmte mich, und wir gingen zusammen nach Hause. Sie nahm mich an diesem Abend mit in ihr Bett und gab mir die Brust, und später, als meine Stimme wiederkehrte, brachte sie mir das Sprechen bei und tröstete mich mit vielen Geschichten. Nach Großvaters Tod nahm sie mich oft mit in ihr Mansardenzimmer, und wir unterhielten uns, umgeben von den Antiquitäten.«

Starr vor Entsetzen und Mitleid und mit Tränen im Gesicht hauchte Kathleen: »Und?«

»Und«, sagte Lloyd, »meine Mutter gab mir den irisch-protestantischen Ethos mit auf den Weg, und ich mußte ihr versprechen, Unschuld zu schützen und Mut zu zeigen. Sie erzählte mir Geschichten und gab mir dadurch die nötige Kraft. Jetzt ist sie stumm, sie hatte vor Jahren einen Schlaganfall und kann nicht mehr sprechen; aus diesem Grunde rede ich mit ihr. Sie kann zwar nicht antworten, aber ich weiß, daß sie versteht, was ich sage. Und ich zeige Mut und schütze die Unschuld. Bei den Unruhen von Watts habe ich einen Mann getötet. Es war ein übler Kerl. Ich habe ihn erst gejagt und dann getötet. Mutter wurde nie verdächtigt, Dave umgebracht zu haben, und niemand hat mich jemals verdächtigt, Richard Beller getötet zu haben, und niemand wird mich verdächtigen, wenn ich die Welt von Teddy Verplanck befreie.«

Bei den Worten »Teddy Verplanck« wurde Kathleen still vor Entsetzen. Gefangen in einem Netz guter Erinnerungen, sagte sie: »Teddy Verplanck? Ich habe ihn in der High-School gekannt. Er war ein schwächlicher, lebensuntüchtiger Junge. Ein sehr netter Junge. Er ...«

Lloyd bedeutete ihr, zu schweigen. »Er ist dein Traumliebhaber. Er war einer von Kathys Clowns, damals in der High-School-Zeit; du hast es nur nie gewußt.

Zwei weitere deiner ehemaligen Klassenkameraden sind in die Morde verwickelt. Ein Mann namens Delbert Haines und ein Mann, der letzte Nacht getötet wurde – Lawrence Craigie. Ich habe eine Wanze in der Wohnung von Haines entdeckt – einen Recorder –, das hat mich auf Verplanck gebracht. So, und jetzt hör mir mal gut zu ... Teddy hat mehr als zwanzig Frauen umgebracht. Ich brauche von dir Informationen über ihn. Ich brauche deine Eindrücke, deine ...«

Kathleen sprang vom Bett. »Du bist verrückt«, sagte sie mit gedämpfter Stimme. »Mußt du nach all den Jahren ein solches Polizistengarn spinnen, um dich selbst zu schützen? Nach all den Jahren ...«

»Ich bin nicht dein Traumliebhaber, Kathleen. Ich bin Polizeibeamter. Ich habe eine Aufgabe zu erfüllen.«

Kathleen schüttelte wütend den Kopf. »Ich werde es *dich* beweisen lassen. Ich habe noch immer das Gedicht von 1964. Du wirst es abschreiben, und wir vergleichen die Handschriften.«

Sie lief nackt in den Vorraum. Lloyd hörte, wie sie Selbstgespräche führte, und plötzlich wurde ihm bewußt, daß sie den Tatsachen niemals würde ins Auge sehen können. Er stand auf, zog seine Sachen an und bemerkte, daß sich sein Körper nach dem Bekenntnis entspannt und quicklebendig fühlte. Kathleen kam einen Augenblick später mit einer abgegriffenen Visitenkarte zurück. Sie gab sie Lloyd. Er las:

»10. 6. 64
Meine Liebe zu Dir,
  nun in Blut geritzt;
Die Tränen gesammelt in
  entschiedener Leidenschaft;
Der Haß, der mich trifft,
  wird
sich verwandeln in
  Liebe.
Heimlich wirst Du
  mein werden.«

Lloyd gab ihr die Karte zurück. »Teddy, du armer, verstörter Schweinehund!« Er beugte sich nieder und küßte Kathleens Wange. »Ich muß jetzt gehen«, sagte er, »aber ich werde wiederkommen, wenn das alles in Ordnung gebracht ist.«

Kathleen beobachtete ihn, wie er zur Tür hinausging und ihre gesamte Vergangenheit und ihre gerade erst gefaßte Hoffnung für die Zukunft hinter sich schloß. Sie griff zum Telefon, rief die Auskunft an und erkundigte sich nach zwei Telefonnummern. Atemlos wählte sie die erste, und als sie eine

Männerstimme am anderen Ende der Leitung vernahm, fragte sie: »Captain Peltz?«

»Ja.«

»Captain, hier ist Kathleen McCarthy. Erinnern Sie sich an mich? Ich traf Sie gestern abend auf der Party.«

»Sicher, Lloyds Freundin. Wie geht es Ihnen, Miss McCarthy?«

»Ich ... ich ... ich glaube, Lloyd ist übergeschnappt, Captain. Er hat mir erzählt, daß er einen Mann bei den Unruhen von Watts getötet hat und daß seine Mutter einen Mann umgebracht hat und daß ...«

Dutch fiel ihr ins Wort: »Miss McCarthy, bitte beruhigen Sie sich. Lloyd hat etwas Ärger in der Abteilung, und ich bin sicher, daß er sich zur Zeit ungewöhnlich verhält.«

»Aber Sie verstehen nicht! Er spricht davon, Leute umzubringen!«

Peltz lachte. »Polizisten reden nun mal über solche Dinge. Sagen Sie ihm bitte, er soll mich anrufen. Richten Sie ihm aus, daß es sehr dringend ist. Und machen Sie sich keine Sorgen!«

Nachdem sie ein Klicken im Hörer vernommen hatte, wappnete sich Kathleen für den nächsten Anruf. Dann wählte sie. Nach sechsmaligem Klingeln sagte eine weiche Tenorstimme: »Teddy's Silverlake Camera, kann ich Ihnen helfen?«

»J ... ja ... Ist dort Teddy Verplanck?«

»Ja, der bin ich.«

»Gott sei Dank! Weißt du, du kannst dich wahrscheinlich nicht mehr an mich erinnern, aber mein Name ist Kathleen McCarthy, und ich ...«

Die weiche Stimme wurde noch weicher. »Ich erinnere mich gut an dich.«

»Gut ... Ich weiß, du glaubst mir vielleicht nicht, aber da ist ein verrückter Polizist unterwegs, um dich zu schnappen. Ich ...«

Die weiche Stimme unterbrach sie. »Wer ist er?«

»Sein Name ist Lloyd Hopkins. Er ist ungefähr vierzig, groß und kräftig. Er fährt einen braunen zivilen Polizeiwagen. Er will dir was antun.«

Die weiche Stimme sagte: »Das weiß ich. Aber ich werde es nicht zulassen. Niemand kann mir etwas antun. Vielen Dank, Kathleen. Ich erinnere mich gern an dich. Wiederhören.«

»W ... Wiederhören.«

Kathleen legte den Hörer auf und setzte sich aufs Bett, überrascht, daß sie noch immer nackt war. Sie ging ins Badezimmer und betrachtete ihren Körper in dem großen Spiegel. Er sah noch genauso aus wie vorher, aber sie wußte genau, daß er sich irgendwie verändert hatte und daß er niemals mehr völlig ihr gehören würde.

15

Mit heulenden Sirenen und rote Ampeln ignorierend raste Lloyd Richtung Downtown. Er ließ den Wagen in einer Seitenstraße stehen und ging die vier Blocks zum Parker Center zu Fuß, wo er mit dem Lieferantenfahrstuhl in den dritten Stock zu den Büros des Erkennungsdienstes fuhr; insgeheim betete er, Artie Cranfield möge der einzige Datenexperte sein, der Dienst tat. Als er eine Tür mit dem Schild »Daten-Identifikation« öffnete, sah er, daß sein Gebet erhört worden war – Cranfield war, über ein Mikroskop gebeugt, allein im Büro.

Der Spezialist blickte auf, als Lloyd die Tür hinter sich schloß. »Du hast Ärger, Lloyd«, sagte er. »Zwei Bullen vom IAD waren heute morgen hier. Sie sagten, du hättest davon geredet, Fernsehstar werden zu wollen. Sie wollten wissen, ob du in letzter Zeit irgendwelche Beweismittel beigebracht hättest.«

»Was hast du ihnen erzählt?« fragte Lloyd.

Artie lachte. »Daß du mir noch zehn Bier von der Football-Meisterschaft letztes Jahr schuldest. Stimmt doch, oder?«

Lloyd zwang sich, ebenfalls zu lachen. »Du kriegst viel mehr. Was würdest du von einem Watanabe A. F. Z. 999 halten?«

»Was?«

»Du hast richtig gehört. Nagler vom Labor hat ihn wegen der Fingerabdrücke. Er ist zur Zeit im Haus seines Vaters in San Bernardino. Ruf die Polizeidienststelle von San Bernardino an, die geben dir seine Telefonnummer.«

»Also Lloyd, was *willst* du von mir?«

»Ich möchte, daß du mich mit einem Körperabhörgerät ausrüstest, und ich möchte sechs leere Patronen vom Kaliber .38.«

Arties Gesicht wurde düster. »Wann, Lloyd?« fragte er.

»Sofort«, sagte Lloyd.

Das Ausrüsten dauerte eine halbe Stunde. Als Artie mit Versteck und Probelauf zufrieden war, sagte er: »Du siehst ängstlich aus, Lloyd.«

Diesmal war Lloyds Lachen echt. »Ich bin ängstlich«, sagte er.

Lloyd fuhr nach West-Hollywood. Der Recorder drückte gegen seine Brust, und jeder seiner rasenden Herzschläge fühlte sich an, als würde er ihn näher an den Infarkt bringen.

In Whitey Haines Wohnung waren keine Lichter an. Lloyd schaute auf die Armbanduhr, als er mit einer Kreditkarte das Schloß knackte. Es war 17.10 Uhr, und falls Haines direkt nach Dienstschluß nach Hause käme, müßte er innerhalb einer halben Stunde auftauchen.

Die Wohnung war seit seinem letzten Eindringen unverändert. Lloyd spülte drei Benzedrin-Tabletten mit Leitungswasser runter, postierte sich neben der Tür und versuchte, sich an die Dunkelheit zu gewöhnen. Nach ein paar Minuten begann das Speed zu wirken. Es schoß ihm direkt in den Kopf und löste das drückende Gefühl in seiner Brust. Wenn es ihn nicht zu sehr abheben ließ, hätte er genug Kraft für eine tagelange Menschenjagd.

Lloyds innere Ruhe nahm zu, verflog aber jäh, als er hörte, wie ein Schlüssel ins Schloß gesteckt wurde. Die Tür flog eine Sekunde später auf, und blendendes Licht zwang ihn, eine Hand schützend vor seine Augen zu halten. Bevor er sich bewegen konnte, prallte ein knapper Karateschlag von seinem Hals ab, und lange Fingernägel streiften sein Schlüsselbein. Lloyd fiel auf die Knie, als Whitey Haines einen schrillen Schrei ausstieß und mit dem Schlagstock nach seinem Kopf zielte. Der Polizeiknüppel traf die dünne Wand und blieb darin stecken, und als Haines versuchte, ihn herauszuziehen, ließ Lloyd sich auf den Rücken fallen und trat mit beiden Füßen in Haines' Weichteile. Er traf ihn mit voller Wucht und warf ihn zu Boden.

Haines schnappte nach Luft und griff nach seinem Revolver; er riß ihn in dem Moment aus dem Halfter, in dem Lloyd wieder auf die Beine kam. Er riß den Lauf nach oben, als Lloyd einen Schritt zur Seite wich, den Knüppel aus der Wand zerrte und ihn gegen seine Brust wirbelte. Haines schrie auf und ließ die Waffe fallen. Lloyd kickte sie beiseite und zog seinen eigenen .38er aus dem Hosenbund. Er hielt ihn Haines unter die Nase und keuchte: »Steh auf! An die Wand! Und ganz langsam.«

Haines richtete sich langsam auf, massierte dabei seine Brust und lehnte sich mit gespreizten Armen und Beinen an die Wand, die Hände über dem Kopf. Lloyd zog den auf dem Boden liegenden .38er so weit zu sich heran, daß er ihn aufheben konnte, ohne Haines aus dem Visier zu nehmen. Nachdem er die Waffe sicher in seinem Hosenbund verstaut hatte, tastete er mit seiner freien Hand über Haines' Uniform. Was er suchte, fand er im Futter seiner Eisenhower-Jacke – eine schlichte Mappe, die mit Papieren vollgestopft war; Craigie, Lawrence D., alias Bird, Birdy, Birdman, geb. 29. 1. 46, stand mit Schreibmaschine geschrieben auf dem Umschlag.

Haines fing an zu plappern, als er sah, wie Lloyd die Mappe musterte. »Ich ... ich ... ich habe ihn nicht umgebracht. Es ... es ... war bestimmt irgendein verrückter Schwuler. Sie müssen es mir glauben. Sie müssen ...«

Lloyd trat Haines die Beine weg. Er stürzte auf den Boden und unterdrückte einen Schrei. Lloyd hockte sich neben ihn und sagte: »Erzähl keinen Scheiß, Haines. Sonst nehme ich dich in die Mangel. Ich will, daß du dich auf die Couch setzt, während ich dir etwas vorlese. Dann werden wir uns über die guten alten Zeiten in Silverlake unterhalten. Ich bin selbst aus Silverlake, und wir beide werden ein paar Erinnerungen durchgehen. Auf die Beine!«

Haines taumelte zum Kunstledersofa und setzte sich hin, wobei er die Hände abwechselnd ballte und wieder ausstreckte und auf die schmerzenden Zehen in seinen Stiefeln starrte. Lloyd ließ sich auf einem Stuhl ihm gegenüber nieder, die Mappe in der einen und seinen .38er in der anderen Hand. Ein Auge auf Haines gerichtet, las er sich durch die Seiten des Reports der Sitte.

Die Aufzeichnungen reichten zehn Jahre zurück. In den frühen Siebzigern war Lawrence Craigie wegen Anstiftung zu homosexuellen Handlungen verhaftet worden, und er wurde laufend verhört, nachdem man ihn beim Herumlungern in der Nähe öffentlicher Toiletten aufgegriffen hatte. Diese ersten Berichte waren mit den Unterschriften aller acht Mann der Sittenpolizei versehen. Nach 1976 waren alle Eintragungen, die sich auf Lawrence Craigie bezogen, von Deputy Delbert W. Haines, Polizeimarke Nr. 408, gemacht worden. Die Berichte wiederholten sich in stümperhafter Weise, und seltsame Fragezeichen fanden sich in den späteren. Als Lloyd den Bericht vom 29. 6. 78 las, mußte er laut lachen. »Heute habe ich Lawrence Craigie als meinen Informanten eingesetzt. Ich habe die Kollegen der Abteilung gebeten, ihn nicht auffliegen zu lassen. Er ist ein guter Spitzel. Hochachtungsvoll – Delbert W. Haines, Nr. 408.«

Lloyd lachte immer noch: Es war ein gekünsteltes Bühnenlachen, um das Geräusch zu übertönen, das der Recorder an seinem Körper beim Einschalten von sich gab. Als er die sanften elektrischen Schwingungen auf seiner Brust spürte, sagte er: »Ein County Deputy Sheriff aus Los Angeles, der mit Drogen und männlichen Prostituierten Geschäfte betreibt und sich von sämtlichen Schwulen auf dem Knabenstrich Geld in den Hintern stecken läßt. Was wirst du jetzt machen, jetzt, wo Birdman tot ist? Du wirst dir einen neuen Verbindungsmann suchen müssen, und wenn die Detectives vom Büro des Sheriffs dich mit Craigie in Verbindung bringen, wirst du dir 'nen neuen Job suchen müssen.«

Whitey Haines starrte auf seine Füße. »Ich bin völlig sauber«, meinte er. »Ich weiß überhaupt nicht, wovon Sie in Teufels Namen sprechen. Ich weiß nichts über Craigies Ermordung oder über irgendwelchen anderen Scheiß. Ich werd' das Gefühl nicht los, daß Sie mir irgendwelche linken Sachen in die Schuhe schieben wollen, sonst hätten Sie doch noch einen anderen Cop mitgebracht. Sie sind ein Scheißcop, der anderen Cops Ärger machen will. Ich hab' mir Ihre Nummer gemerkt, als Sie mich neulich wegen der Selbstmorde ausfragen wollten, die ich gemeldet hatte. Sie wollen mich auffliegen lassen, weil ich mir diese Mappe von der Sitte unter den Nagel gerissen habe. Dann laß mich doch auffliegen, Dorfdepp, denn das ist doch das einzige, was du gegen mich in der Hand hast!«

Lloyd lehnte sich nach vorn. »Schau mich an, Haines! Schau mich genau an!«

Haines richtete die Augen auf Lloyd. Lloyd schaute tief in sie hinein und sagte: »Heute abend wirst du deine Schulden begleichen. Auf die eine oder andere Weise wirst du mir meine Fragen beantworten.«

»Fick dich selbst«, entgegnete Whitey Haines.

Lloyd lächelte, dann hielt er den kurzläufigen .38er hoch und öffnete die Kammer. Er nahm fünf der sechs Patronen in seine Hand, dann ließ er die Trommel wieder einschnappen und drehte sie. Er spannte den Hahn und hielt den Lauf an Haines' Nase.

»Teddy Verplanck«, sagte er.

Whitey Haines rosiges Gesicht wurde bleich. Er preßte die gefalteten Hände so fest aneinander, daß Lloyd die Gelenke krachen hörte. Ein Netz von Adern pulsierte an seinem Hals, und er zuckte vor dem Pistolenlauf zurück. Eine dicke Schicht getrockneten Speichels bedeckte seine Lippen, als er stammelte: »N... nur ... ein Typ von der High-School.«

Lloyd schüttelte den Kopf. »Reicht nicht, Withey. Verplanck ist ein Massenmörder. Er hat Craigie und weiß Gott wie viele Frauen umgebracht. Er schickt deiner früheren Klassenkameradin Kathleen McCarthy nach jedem Mord Blumen. Er hat deine Wohnung verwanzt, deswegen hab' ich dich mit Craigie in Verbindung bringen können. Teddy Verplanck war von euch besessen, und du wirst mir erzählen, warum.«

Haines betastete das Abzeichen, das oberhalb seines Herzens an der Jacke steckte. »Ich ... ich weiß gar nichts.«

Lloyd drehte die Trommel noch einmal. »Du hast fünf Chancen, Whitey.«

»Dazu hast du nicht den Mumm«, flüsterte Haines mit heiserer Stimme.

Lloyd zielte ihm zwischen die Augen und zog den Drücker. Der Hammer schlug auf eine leere Kammer. Haines begann zu stottern. Seine vor Nervosität zuckenden Hände griffen ins Sofa und rissen Kunstleder und Schaumstoff heraus.

»Vier Chancen«, sagte Lloyd. »Ich werde dir eine kleine Hilfestellung geben. Verplanck war in Kathleen McCarthy verliebt. Er war einer von Kathys Clowns. Erinnerst du dich noch an Kathys Kamarilla und Kathys Clowns? Sagt dir der 10. Juni 1964 etwas? Das war der Tag, an dem Verplanck zum erstenmal mit Kathleen McCarthy Verbindung aufgenommen hat. Er schickte ihr ein Gedicht, das von über ihn verschüttetem Blut und Tränen und Haß handelte. Du, Verplanck und der Birdman, ihr wart doch damals auf der Marshall High-School. Habt ihr, du und Craigie, Verplanck etwas angetan, Haines? Habt ihr ihn gehaßt und blutig geschlagen und ...«

»Nein! Nein! Nein!« schrie Haines, dabei verschränkte er fest die Arme und schlug den Kopf gegen die Couch. »Nein! Nein!«

Lloyd stand auf. Er sah Haines an, fühlte, wie sich das letzte Stück eines Puzzles einfügte; es war, als würden sich Weihnachten 1950 und der 10. Juni miteinander verbinden und einen Schlüssel bilden, der die Tür zum Innersten der Hölle öffnete. Er hielt die Pistole an Haines' Kopf und drückte zweimal hintereinander ab. Beim ersten Klicken der Trommel schrie Haines auf, beim zweiten faltete er die Hände und begann, Gebete zu murmeln. Lloyd kniete neben ihn. »Es ist aus, Whitey. Für dich, für Teddy, und vielleicht sogar für mich. Sag mir, warum du und Craigie ihn vergewaltigt haben.«

Lloyd hörte, wie Haines' Gebete verstummten, und bemerkte, daß es der Schluß des Rosenkranzes auf lateinisch war. Als er fertig war, strich sich Haines das schweißnasse Khakihemd glatt und rückte seine Polizeimarke gerade. Seine Stimme war ganz ruhig, als er zu erzählen anfing: »Ich hab' mir schon immer gedacht, daß irgendwer Bescheid wüßte, daß Gott irgendwen beauftragen würde, mich dafür zu bestrafen. Ich sehe schon seit Jahren Priester in meinen Träumen. Ich hab' immer gedacht, Gott würde einen Priester mit meiner Ergreifung beauftragen. Ich hätte nicht gedacht, daß er einen Cop schicken würde.«

Lloyd setzte sich Haines gegenüber und beobachtete, wie sich seine Züge im Vorstadium des Bekennens entspannten.

»Teddy Verplanck war ein komischer Kauz«, sagte Whitey Haines. »Er paßte nicht dazu, und es war ihm auch egal. Er war kein Kriecher, kein Angeber und auch kein schlechter Kerl. Er war auch kein Einzelgänger, er war ganz einfach anders. Er mußte keinen Blödsinn anstellen, um sich irgendwas zu beweisen; er mußte nur in seinen irren Edelklamotten über den Schulhof gehen, und jedesmal, wenn er dich ansah, wußtest du, daß er dich für den letzten Arsch hält. Er druckte dieses Lyrikblatt und stopfte es in jeden Spind auf dem verdammten Campus. Er machte sich über mich und Birdy lustig, und auch über die Surfer und die Vatos, und niemand wollte ihn aufmischen, weil er diese merkwürdige Kraft hatte, so, als ob er deine Gedanken lesen könnte. Und wenn du ihn aufmischen würdest, würde er es sofort in seine Zeitung setzen, damit es alle Welt erfahren würde.

Da waren diese Liebesgedichte, die er immer in das Blatt nahm. Meine Schwester blickte durch: Ihr war bei all diesen großen Worten und dem ganzen symbolischen Mist ein Licht aufgegangen, und sie hatte mir erzählt, daß die Gedichte von großen Dichtern geklaut und dieser hochnäsigen Ziege Kathleen McCarthy gewidmet wären. Meine Schwester saß bei den Hausaufgaben neben ihr, und sie berichtete mir, daß die McCarthy-Schlampe in einer Phantasiewelt lebte und glaubte, fast alle Kerls von Marshall wären heiß auf sie und die anderen großkotzigen Zicken, mit denen sie rumhing. ›Cathy's Clown‹ war damals ein großer Hit, und die McCarthy-Ziege erzählte meiner Schwester, sie hätte Hunderte eigener ›Cathys Clowns‹. Aber Verplanck war der einzige Clown, und er hatte Angst, der McCarthy zu begegnen. Sie wußte nicht einmal, daß er heiß auf sie war.

Dann druckte Verplanck diese Gedichte ab, in denen er mich und Bird attackierte. Die Leute auf der Schule fingen an, uns schief anzusehen. Ich hatte Witze gerissen, als Kennedy erschossen wurde, und Verplanck glotzte mich mit seinen Blicken in Grund und Boden. Es war, als würde er mir die Kraft entziehen, um sie für sich zu benutzen. Ich habe lange Zeit gewartet, bis zum Abschluß im Jahre '64. Da hab' ich mir was ausgedacht. Meine Schwester schrieb für mich eine gefälschte Nachricht von Kathy McCarthy an Verplanck, in der stand, er solle sie nach Schulschluß im Raum unterm Glockenturm treffen. Birdy und ich erwarteten ihn. Wir wollten ihn eigentlich nur verprügeln. Wir hauten ihm den Arsch voll, aber selbst als er völlig fertig war, hatte er noch immer mehr Mumm als wir. Darum hab' ich's gemacht. Birdy hat wie immer nur mitgemacht.«

Haines zögerte. Lloyd behielt ihn im Auge, als er nach Worten suchte, um seine Geschichte zu beenden. Als nichts mehr kam, fragte er ihn: »Fühlst du so etwas wie Schande, Haines? Oder Mitleid? Fühlst du überhaupt irgend etwas?«

Whitey Haines' Gesicht war wie eine Maske aus Stein, die keinerlei Mitleid erkennen ließ. »Ich bin froh, daß ich es dir erzählt habe«, sagte er, »aber ich glaube nicht, daß ich irgend etwas fühle. Mir tut die Sache mit Birdman leid, aber er war dazu bestimmt, auf verrückte Art zu sterben. Ich hab' mich schon mein ganzes Leben lang gerächt. Ich bin geboren worden, um ein hartes Leben zu führen. Verplanck war einfach zur falschen Zeit am falschen Ort. Er hat bekommen, wofür er bezahlt hat. Ich sag': ›Schöne Scheiße.‹ Ich sag': ›Ich hab' meine Schulden immer beglichen.‹ Ich sag': ›Leckt mich alle und hebt 'nen Sechser für die Sargträger auf.‹« Es mußte der gesprächigste Augenblick seines Lebens gewesen sein. Haines sah Lloyd an und sagte: »Nun, Sergeant. Was nun?«

»Du hast kein Recht, ein Polizist zu sein«, sagte Lloyd, öffnete sein Hemd und zeigte Haines den verborgenen Kassettenrecorder. »Du hättest den Tod verdient, aber zu einem kaltblütigen Mord bin ich nicht fähig. Dieses Band wird morgen früh auf Captain Magruders Schreibtisch liegen. Deine Zeit als Deputy Sheriff ist vorbei.«

Haines atmete langsam aus, nachdem das Urteil über ihn verkündet worden war. »Was wirst du mit Verplanck machen?« fragte er.

Lloyd lächelte verstohlen. »Ihn erlösen oder ihn töten. Kommt drauf an.«

Haines lächelte zurück. »Nur zu, Junge, nur zu.«

Lloyd nahm ein Taschentuch und wischte damit über Türknauf, Stuhllehne und den Griff von Haines' Dienstrevolver.

»Es wird nur eine Sekunde dauern, Whitey«, bemerkte er.

Haines nickte. »Ich weiß.«

»Du wirst nicht viel davon spüren.«

»Ich weiß.«

Lloyd ging zur Tür. Haines fragte noch: »Die Patronen in deiner Waffe waren doch alle leer, oder?« Lloyd hob zum Abschied eine Hand. Es war, als erteile er die Absolution. »Ja. Mach's gut, Mann.«

Als die Tür zuschlug, ging Whitey Haines ins Schlafzimmer und schloß seinen Gewehrschrank auf. Er griff hinein und holte sein bestes Stück heraus – ein abgesägtes, doppelläufiges 10-mm-Gewehr. Die Waffe, die er für die lang erwartete Apokalypse aufgehoben hatte.

Nachdem er die Patronen in die Kammern gesteckt hatte, schweiften Whiteys Gedanken zurück zur Marshall High-School und der guten alten Zeit. Als die Erinnerungen zu schmerzen anfingen, steckte er sich die Doppelläufe in den Mund und zog beide Drücker.

Lloyd schloß gerade seinen Wagen auf, als er die Explosion hörte. Er schickte ein Gnadengesuch gen Himmel und fuhr nach Silverlake.

16

Teddy Verplanck hatte an der Straße gegenüber seinem Heiligtum, dem Fotogeschäft, geparkt und erwartete die Ankunft des braunen zivilen Polizeifahrzeugs. Innerhalb von Minuten nach dem unglaublichen Anruf hatte er sein gesamtes Vollstreckungsgerät in einer Segeltuchtasche verstaut und war in den aus Sicherheitsgründen nicht angemeldeten Wagen gestiegen, um sich dem Kampf Mann-gegen-Mann zu stellen, der über sein zukünftiges Schicksal entscheiden würde. Irgendwie, mittels Zufall oder göttlicher Eingebung, wurde ihm nun Gelegenheit gegeben, um die Seele seiner geliebten Kathy zu kämpfen. Die Fackel hatte ihm Kathy persönlich überreicht, und es galt, eine achtzehn Jahre alte Pflicht zu erfüllen. Er dachte an die Waffen, die im Kofferraum lagen: eine .32er mit aufgesetztem Schalldämpfer, ein M-1-Karabiner vom Kaliber .30, eine zweischneidige Feuerwehraxt, ein speziell gefertigter sechsschüssiger Derringer und ein mit Blei gefüllter Baseballschläger. Er besaß Werkzeug und Willen, um es zu schaffen.

Zwei Stunden nach dem Anruf tauchte das Fahrzeug auf. Teddy beobachtete, wie ein stattlicher Mann ausstieg, die Ladenfront absuchte, sie der Länge nach abschritt und dabei durch die Schaufenster blickte. Der große Mann schien den Augenblick zu genießen und sammelte dabei Informationen, die später gegen den Killer verwandt werden könnten. Teddy begann am Anblick seines Feindes Gefallen zu finden, als dieser zu seinem Wagen zurückrannte, wendete und die Alvarado in Richtung Süden fuhr. Teddy holte mehrere Male tief Luft und beschloß, ihm zu folgen. Nach zehn Sekunden begann die Jagd. Er holte das braune Fahrzeug an der Ecke Alvarado und Temple ein und hielt diskret Abstand, während er auf den Hollywood Freeway in Richtung Westen geführt wurde. Hinter der Auffahrt wechselte der Herausforderer auf die mittlere Fahrspur und fuhr mit sehr hoher Geschwindigkeit. Teddy tat dasselbe; er war sich sicher, daß der Polizist so in Gedanken war, daß er einen Verfolger gar nicht bemerkte.

Zehn Minuten später fuhr der Herausforderer am Cahuenga Pass ab. Teddy ließ zwei andere Wagen zwischen ihnen und beobachtete mit einem Auge die Straße und mit dem anderen die lange Funkantenne seines Gegners. Sie kamen in die hügelige Gegend nahe der Hollywood Bowl. Teddy sah, daß das braune Auto vor einem kleinen, strohbedeckten Haus abrupt anhielt. Einige Häuser weiter stoppte er am Bürgersteig, stieg vorsichtig auf der Beifahrerseite aus und beobachtete dabei, wie sein Kontrahent von der Polizei die Stufen hinaufging und an die Tür klopfte.

Augenblicke später öffnete eine Frau und rief: »Sarge, was führt dich denn hierher?«

Die Stimme, die ihr antwortete, klang heiser und streng.

»Du wirst nicht glauben, was passiert ist. Ich weiß nicht einmal, ob ich es selbst glauben kann.«

»Was ist denn los?« fragte die Frau und machte hinter ihnen die Tür zu.

Teddy spazierte zu seinem Wagen zurück und richtete sich aufs Warten ein, wobei er den Vorteil seiner Lage überdachte. Er wußte, daß dies der Rachefeldzug *eines* Mannes war – Detective Sergeant Lloyd Hopkins –, sonst würden Scharen von Polizisten hinter ihm her sein. Es *mußte so* sein, daß Hopkins Kathy für sich beanspruchen wollte und bereit war, den ersten Schritt zu tun, um sie zu bekommen.

Von der Erkenntnis aufgemuntert, daß die gegen ihn gerichtete Kraft nur aus einem einzigen Mann bestand, legte sich Teddy einen Plan für die Eliminierung zurecht, dann dachte er über den Pfad nach, der ihn bis an diese Stelle geführt hatte.

Er hatte die Tage nach dem 10. Juni 1964 damit verbracht, seine künstlerischen Fähigkeiten zu überdenken und die Meuterei der Mädchen von Kathys Kamarilla zu verfolgen.

Seine anfängliche, gegen seine Peiniger gerichtete Wut hatte zu einer tragischen Bestätigung seiner Begabung geführt; er hatte dafür mit Blut bezahlt, und nun war die Zeit gekommen, die Weisheit seines Blutes zu nutzen und nach den Sternen zu greifen. Aber die Zeilen, die er seitenweise geschrieben hatte, klangen schwülstig und hohl, schüchtern und formbesessen. Und sie waren dem Drama, das innerhalb des Hofstaates stattfand, völlig unangemessen; ein so gemeiner Verrat, daß er den Eindruck hatte, er wetteifere mit seiner eigenen Vernichtung.

Ein Mädchen von Kathys Kamarilla nach dem anderen hatte ihr schnöde, lähmende Beleidigungen ins Gesicht geschleudert, und sie hatten ihre Führerin genau dort attackiert, wo sie ihre ganze Liebe für sie verwahrte. Sie hatten sie als frigide und untalentierte Possenreißerin bezeichnet. Sie hatten sie beschuldigt, ihr Grundsatz, sich nicht mit Jungen zu treffen, wäre ein billiges Komplott gewesen, um sie für geile lesbische Rendezvous zu reservieren, die in die Wege zu leiten sie jedoch zu feige wäre. Sie hatten Kathy daraufhin mit ihren Tränen allein zurückgelassen, und er hatte geschworen, daß sie dafür bezahlen müßten.

Aber die Angelegenheit war seiner Aufmerksamkeit entglitten, und er war viel zu sehr mit seinem eigenen Leben beschäftigt gewesen, um an Vergeltung zu denken. Er hatte ein Jahr mit dem Verfassen eines epischen Gedichts zugebracht, das von Vergewaltigung und Verrat handelte. Nachdem er das Gedicht vollendet hatte, wurde ihm klar, daß es Schund war, und er verbrannte es. Er hatte getrauert, weil er seine Begabung verloren hatte, und sich der traurigen Effektivität eines Handwerks zugewandt: der Fotografie. Er hatte über die Grundlagen und den Zweck dieses Gewerbes bereits vorher Bescheid gewußt, und vor allem war er sich darüber im klaren gewesen, daß das Fotografieren ihm die Mittel zur Verfügung stellen würde, um ein gutes Leben zu führen und das Schöne in einer häßlichen Welt suchen zu können.

Er war ein erfahrener, aber phantasieloser Berufsfotograf geworden und bestritt seinen Lebensunterhalt damit, Fotos für Tageszeitungen und Zeitschriften zu machen. Aber Kathy war immer bei ihm gewesen, und die Gedanken an sie hatten die Schrecken des Juni 1964 in vollem Umfang zurückgebracht. Er hatte gewußt, daß er diesen Schrecken bekämpfen mußte, daß er Kathys Anerkennung nicht würdig sei, bevor er diese Angst nicht überwunden hätte. Daher hatte er zum erstenmal in seinem Leben die reine Körperlichkeit gesucht.

Hunderte von Stunden Gewichtheben und Krafttraining hatten seinen schwächlichen Körper, den er insgeheim schon immer gehaßt hatte, in eine steinharte Maschine verwandelt; im selben Zeitraum hatte er sich auch den schwarzen Gürtel in Karate erkämpft. Er hatte Kenntnisse über Waffenkunde erworben und war Sieger bei Pistolen- und Gewehrwettschießen geworden. Mit dem Erwerb dieser weltlichen Fähigkeiten war der Schrecken immer mehr gewichen. Während er immer kräftiger geworden war, hatte sich seine Angst in Rage verwandelt, und er hatte angefangen, über die Ermordung der Verräter von Kathys Kamarilla nachzudenken. Todesvisionen hatten seine Gedanken beherrscht, doch die letzten Überbleibsel seiner Angst hatten ihn noch davon abgehalten, in Aktion zu treten.

Ekel vor sich selbst war mit aller Macht zurückgekehrt, sobald er an die Lösung gedacht hatte. Er hatte ein Blutritual für die Übergangszeit gebraucht, bei dem er sich selbst hätte auf die Probe stellen können, bevor er mit seinen Vergeltungsmaßnahmen begann. Er hatte Wochen damit zugebracht, über Mittel und Wege nachzudenken, doch ohne Ergebnis, bis ihm eines Abends ein Satz von Eliot in den Kopf geschossen und haftengeblieben war: »Eber und

Jagdhund auf Erden uraltem Brauchtum frönt, doch sind sie inmitten der Sterne versöhnt.«

Ihm war sofort klargeworden, wohin ihn dieses Vorbild führen sollte – in die inneren Gebiete von Catalina Island, wo wilde Eber in Herden herumzogen. Eine Woche später war er mit der Fähre hinübergefahren und hatte seinen Sechs-Schuß-Derringer und einen beschwerten Baseballschläger mitgenommen, in dessen Kopf er spitze Nägel geschlagen hatte. Er hatte nur diese beiden Waffen und eine Wasserflasche bei sich gehabt, als er bei Anbruch der Dunkelheit zu seinem Marsch ins Hinterland der Insel aufgebrochen war, mit der Bereitschaft, zu töten oder getötet zu werden.

Bei Tagesanbruch hatte er drei Keiler ausgemacht, die an einem Bach grasten. Er hatte den Baseballschläger gepackt und war auf sie losgegangen. Einer der Keiler hatte sich zurückgezogen, die beiden anderen waren drohend stehengeblieben und hatten ihre Hauer gegen ihn gerichtet. Er war in Schußentfernung gewesen, als sie ihn angegriffen hatten. Ihm war ein Täuschungsmanöver gelungen, und sie waren an ihm vorbeigedonnert. Er hatte zwei Sekunden gewartet, dann hatte er vorgetäuscht, in die entgegengesetzte Richtung zu laufen, und nachdem die Eber vor Wut gegrunzt hatten, hatten sie kehrtgemacht, um ihn zu rammen, woraufhin es ihm gelungen war, erneut zur Seite zu springen und den Schläger auf den ihm nächsten Keiler niedersausen zu lassen; er hatte ihn am Kopf getroffen und durch den Aufprall den Schläger fallen lassen.

Der verletzte Keiler hatte sich auf dem Boden herumgewälzt, gekreischt und mit den Hufen gegen den in ihm steckenden Schläger getreten. Der andere Keiler hatte sich umgedreht, auf die Hinterläufe gestellt und war dann auf ihn losgegangen. Diesmal hatte Teddy keine Täuschung versucht, und er war auch nicht zur Seite gesprungen. Er hatte ganz ruhig dagestanden, und als die Hauer des Wildschweins schon fast sein Gesicht erreicht hatten, hatte er den Derringer in Anschlag gebracht und dem Eber das Gehirn weggeblasen.

Bei seinem triumphalen Rückmarsch hatte er Dutzende von Ebern, denen er begegnet war, in Ruhe gelassen. Schließlich – »inmitten der Sterne versöhnt« – hatte er einen Touristendampfer in Richtung L.A. bestiegen und dort begonnen, den Tod von Midge Curtis, Charlotte Reilly, Laurel Jensen und Mary Kunz vorzubereiten, wobei er sich zunächst nach ihren Aufenthaltsorten durch einen Anruf bei der Registratur der Marshall High-School erkundigt hatte. Nachdem er erfahren hatte, daß alle vier Mädchen Stipendien an Universitäten im Osten des Landes bekommen hatten, hatte er gespürt, wie sein Haß ihnen gegenüber sprunghaft gestiegen war. Jetzt war ihr Motiv für den Verrat an Kathy einleuchtend gewesen. Auf akademischen Ruhm aus und begeistert von der Aussicht, Los Angeles verlassen zu können, hatten sie die Pläne ihrer Fürsprecherin verächtlich zurückgewiesen, nach denen sie alle mit Kathy als Lehrerin in L.A.

hatten bleiben sollen, was sie nur als ihren kleinsten Wunsch betrachtet hatte. Er hatte gefühlt, wie seine Wut in immer tiefer greifende Gefühle der Verachtung ausgeartet war. Kathy sollte gerächt werden, und zwar bald.

Er hatte seine Reiseroute anhand der Standorte der Universitäten zusammengestellt und war Weihnachten 1966 in den Osten geflogen. Seine Mission hatte aus zwei sorgfältig ausgeführten, zufälligen Todesfällen bestehen sollen, einer erzwungenen Überdosis Rauschgift und einem Mord, der mit denen des Strumpfmörders von Boston große Ähnlichkeit hatte.

Er war im verschneiten Philadelphia angekommen und hatte sich für drei Wochen ein Hotelzimmer gemietet, sich dann mit seinem gemieteten Wagen auf den Weg gemacht, um die Universitäten in Brandeis, Temple, Columbia und Wheaton zu besuchen. Er war mit Ätzmitteln, Stricken, Rauschgift und beträchtlichen Reserven blutrünstiger Liebe ausgestattet gewesen. Er war durch nichts verwundbar. Bis auf eines: Als er Laurel Jensen allein im Studentenverbindungszimmer von Brandeis hatte sitzen sehen, war ihm klargeworden, daß sie *eine von* Kathy war, und daß er niemals jemandem etwas würde antun können, der seiner Geliebten so nahe gestanden hatte. Der Anblick von Charlotte Reilly, wie sie im Buchladen der Columbia University herumstöberte, hatte die Zusammengehörigkeit des Bundes bestätigt. Er hatte sich erst gar nicht die Mühe gemacht, die beiden anderen Mädchen aufzusuchen; ihm war klargeworden, daß er, wenn er sie sähe, verwundbar wie ein Baby an der Mutterbrust würde.

Er war nach Los Angeles zurückgeflogen und hatte sich gefragt, wie er nur einen so hohen Preis hatte bezahlen können, ohne für seine Kunst oder seine Mission belohnt zu werden. Er hatte sich außerdem die Frage gestellt, was er nun mit seinem Leben anfangen sollte. Er hatte seine Angst bekämpft, indem er sich strikt an die strengsten Disziplinen der Militärausbildung gehalten und lange Zeit gefastet hatte, gefolgt von asketischen Aufenthalten in der Wüste, bei denen er Koyoten mit einem Knüppel totgeschlagen und ihre Kadaver über Feuer gebraten hatte, das er nur mit natürlichen Hilfsmitteln der Wüste und seinem Atem am Brennen gehalten hatte. Nichts hatte funktioniert. Die Angst hatte ihn noch immer verfolgt. Er war sicher gewesen, daß er auf dem besten Wege war, verrückt zu werden, und daß sein Verstand aus einer Art Stimmgabel bestünde, die hungrige Wölfe anlockte, die ihn eines Tages auffressen würden. Er hatte nicht einmal an Kathy denken können – die Tiere hätten ja seine Gedanken aufgreifen und sich auf ihn stürzen können.

Dann war plötzlich die Änderung eingetreten. Er hatte zum ersten Mal die Meditationskassette gehört. Und dann war er Jane Wilhelm begegnet.

Von seinem Ausflug in die Vergangenheit ermutigt, ging Teddy zu dem Haus mit dem Strohdach und versteckte sich hinter turmhohen Hibiskuspflanzen, die die Auffahrt säumten. Nach ein paar Minuten vernahm er von innen Stimmen, und Augenblicke später wurde die Tür geöffnet, und der Polizist stand davor, im kühlen Abendwind leicht fröstelnd.

Die Frau begleitete ihn, sie schmiegte sich in seine Arme und bat ihn: »Versprichst du mir, daß du wirklich vorsichtig sein wirst, und daß du mich anrufst, sobald du diesen Hundesohn geschnappt hast?«

Der hochgewachsene Mann antwortete: »Ja«, beugte sich zu ihr hinunter und küßte sie auf die Lippen. »Keine langen Abschiedsszenen«, sagte die Frau, als sie die Tür hinter ihm schloß.

Teddy stand auf, als er den braunen Polizeiwagen wegfahren sah. Er zog ein Stilett mit Druckknopf aus der Jackentasche. Lloyd Hopkins würde bald sterben müssen, und er würde noch bereuen, seiner Mätresse diesen letzten Besuch abgestattet zu haben.

Er ging zur Haustür und klopfte mit einer Hand leicht dagegen. Freudiges Lachen war die Antwort auf das vertraute Klopfen. Er hörte, wie sich Schritte der Tür näherten, und drückte sich an deren Seite, das Messer hielt er gegen sein Bein. Die Tür wurde aufgestoßen und die Frauenstimme rief: »Sarge? Ich wußte doch, daß du zu gescheit bist, um mein Angebot abzuschlagen. Ich wußte ...«

Er sprang aus seinem Versteck und sah die Frau in sehnsüchtiger Haltung unter der Tür stehen. Das hoffnungsvolle Gesicht brauchte nur Sekunden, bis es sich vor Schreck verzog, und als er in ihren Augen die Erkenntnis sah, hielt er ihr das Messer vor und ließ es dann leicht über ihre Wange zucken. Ihre Hände faßten zum Gesicht, als sie Blut fließen spürte, und er legte seine Hand an ihre Kehle, um eventuelle Schreie zu unterdrücken. Seine Hand saß am Halsausschnitt ihres Pullovers, als er auf der Fußmatte ausrutschte und auf die Knie fiel. Er mußte Joanies Pullover loslassen, und als er wieder aufzustehen versuchte, schlug sie die Tür gegen seinen Arm und trat ihm ins Gesicht. Ein spitzer Fuß traf ihn im Mund und riß ihn auf. Er spuckte Blut und stach blindlings in der Türöffnung herum. Joanie schrie und trat ihm nochmals ins Gesicht. In letzter Sekunde duckte er sich und packte sie am Knöchel, als er wieder hinfiel, dann drückte er ihr Bein nach oben, was sie mit zappelnden Gliedern zu Fall brachte. Hastig kroch sie rückwärts, während er aufstand, ihr folgte und mit dem Stilett langsam kreisende, achtförmige Bewegungen ausführte. Er wandte sich um, um die Tür zu schließen, und sie trat mit den Füßen und schleuderte ihm eine Stehlampe in den Rücken. Er sprang überrascht zurück und warf mit seinem Körpergewicht die Tür zu.

Joanie kam wieder auf die Beine und stolperte nach hinten ins Eßzimmer. Sie wischte sich Blut aus den Augen und schlug mit den Armen, auf der Suche nach einer Waffe, um sich, wobei ihre Augen nicht von der Gestalt im Trainingsanzug abließen, die sich ihr langsam näherte. Ihr rechter Arm ergriff die Lehne eines Liegestuhls, und sie schleuderte ihn in seine Richtung. Er trat ihn mit einem Fuß aus dem Weg und bewegte sich langsam und provozierend vorwärts, als parodierte er verstohlenes Anschleichen, wobei seine Messerbewegungen immer raffinierter wurden. Joanie stieß gegen den Eßtisch und griff blind nach einem Stapel Teller, wodurch die durcheinanderfielen und sie einen zu fassen bekam, aber nicht mehr die Kraft hatte, ihn zu werfen.

Sie ließ den Teller fallen und ging ein paar Schritte zurück. Als sie die Wand berührte, wurde ihr klar, daß es keine Ausweichmöglichkeit mehr gab, und sie öffnete den Mund zum Schrei. Als sie ein Gurgeln herausbrachte, hob Teddy das Stilett und stach es ihr ins Herz. Das Messer traf, und Joanie fühlte, wie ihr Leben zerbarst und in ein Netz feiner Risse zersprang. Als aus hellem Licht Dunkelheit wurde, fiel sie auf den Boden und murmelte: »Do-wah, wah-wah-do ...«, dann ergab sie sich der Dunkelheit.

Teddy ging ins Badezimmer und spülte sich seine gesprungenen Lippen mit Mundwasser, wobei er vor Schmerz wimmerte. Doch als Buße dafür, daß er sich blutig hatte schlagen lassen, goß er die ganze Flasche über seine Wunden. Der Schmerz machte ihn wütend. Aus jeder Pore drang Haß gegen Lloyd Hopkins und Verachtung gegenüber der kümmerlichen Bürokratie, die er verkörperte.

Sollen es doch alle wissen, sagte er sich; soll die ganze Welt doch erfahren, daß er gewillt war, das Spiel zu spielen. Er nahm das Telefon und wählte die 0. »Ich befinde mich in Hollywood, und ich möchte einen Mord melden«, sagte er. Die erstaunte Person an der Vermittlung verband ihn direkt mit der Zentrale des Hollywood-Reviers. »Polizeipräsidium Los Angeles«, sagte der diensthabende Officer von der Telefonzentrale.

Teddy sprach kurz und knapp in den Hörer. »Kommen Sie zum Bowlcrest Drive Nr. 8911. Die Tür wird offen sein. Eine tote Frau liegt dort auf dem Boden. Sagen Sie Sergeant Hopkins, daß die Jagdsaison auf Polizeigroupies eröffnet ist.«

»Und wie ist Ihr Name, Sir?« fragte der Beamte an der Zentrale.

Teddy sagte: »Mein Name ist im Begriff, in jedem Haushalt geläufig zu werden«, und dann legte er auf.

Der Verwirrung stiftende Anruf wurde vom Beamten der Zentrale an den wachhabenden Officer weitergegeben, der bei dem Namen »Lloyd Hopkins« stutzte und sich daran erinnerte, daß Hopkins ein guter Bekannter von Captain Peltz war, dem Leiter der Tagesschicht. Da er von Gerüchten gehört hatte, nach denen Hopkins Ärger mit dem IAD habe, rief der Wachhabende Peltz zu Hause an, um die Information weiterzugeben. »Die Zentrale hat eine etwas verstümmelte Nachricht erhalten, Captain«, sagte er. »Wir dachten zunächst, es wäre ein Irrer, aber als eine tote Frau erwähnt wurde und Ihr Kumpel Sergeant Hopkins, dachte ich, ich ruf' Sie besser an.«

Dutch Peltz überlief es von Kopf bis Fuß erst heiß, dann kalt.

»Wie lautet die Nachricht *genau*?« fragte er.

»Ich weiß es nicht. Nur irgend etwas über eine tote Frau und Ihren Kum...«

Die mit Sorge erfüllte Stimme von Dutch unterbrach ihn: »Hat der Anrufer eine Adresse hinterlassen?«

»Ja, Sir. Bowlcrest Drive Nr. 8911.«

Dutch schrieb es sich auf und sagte: »Veranlassen Sie, daß innerhalb von zwanzig Minuten zwei Beamte dort sind, und erzählen Sie niemandem von diesem Anruf. Haben Sie verstanden?«

Dutch wartete die Antwort nicht ab, auch den Hörer legte er nicht auf. Er zog Hose und Pullover über seinen Pyjama und rannte zu seinem Wagen.

17

In Mönchskutten steckende Gestalten, die rasierklingenscharfe Kruzifixe durch die Luft schwangen, jagten ihn quer über ein offenes Feld. In der Ferne leuchtete ein großes Steinhaus im Schein eines gleißenden Scheinwerfers. Das Haus war von einem Eisenzaun umrahmt, dessen Bestandteile mit Notenschlüsseln miteinander verbunden waren, und er wußte, wenn er den Zaun erreichen und sich mit Wohlklängen umgeben könnte, würde er die Schlacht mit den Kreuzmördern überleben.

Der Zaun explodierte, als er den Kontakt herstellte, und er sauste durch Barrieren aus Holz, Glas und Metall. Hieroglyphen stachen ihm ins Auge: Es waren Computerausdrucke, die die Umrisse von verzerrten Gliedern annahmen und ihn an einer letzten Barriere aus pulsierendem roten Licht bombardierten; dann kam er in ein konventionell möbliertes Wohnzimmer, dessen Front aus dreiwinkligen Erkerfenstern bestand. Die Wände waren mit verblaßten Fotografien und verdorrten Blumenzweigen bedeckt. Als er sich einer Wand näherte, sah er, daß Bilder und Zweige eine Tür bildeten, die er mit Willenskraft öffnen konnte. Mittels Geisteskraft versetzte er sich in dunkle Trance, als eine ununterbrochene Serie von Kreuzen auf ihn einschlug und ihn an die Wand nagelte. Die Fotos und die Zweige stürzten sich auf ihn.

Lloyd wurde ruckartig wach und stieß mit seinen Knien gegen das Armaturenbrett. Es war früh am Morgen. Er blickte durch die Windschutzscheibe und erkannte eine ihm nicht unbekannte Seitenstraße in Silverlake; dann schaute er im Rückspiegel in sein hageres Gesicht und merkte, wie ihm alles wieder einfiel: Haines, Verplanck und seine geplante Beobachtung von Silverlake Camera von der nächsten Ecke aus. Das Speed hatte wie ein Bumerang gewirkt und ihn in Verbindung mit seiner nervösen Anspannung umgehauen. Der Killer schlief einen Block weiter. Seine Zeit war gekommen.

Lloyd ging zur Alvarado hinüber. Die Straße war vollkommen ruhig, und aus dem roten Ziegelgebäude, das den Fotoladen beherbergte, drang kein Licht. Während er zu den Fenstern im ersten Stock hinaufstarrte, erinnerte er sich daran, daß die Kraftfahrzeugmeldestelle eine identische Wohn- und Geschäftsadresse angegeben hatte; dann kontrollierte er den Parkplatz neben dem Haus. Verplancks Dodge-Lieferwagen und sein Datsun waren nebeneinander geparkt.

Lloyd ging um das Gebäude zu dem Weg hinter dem Haus. Eine Feuerleiter führte zum ersten Stock und einer Feuertür aus Metall. Die Tür sah unüberwindbar aus, aber ungefähr einen Meter rechts von ihm bemerkte er ein unvergittertes Fenster mit einem breiten Sims aus Ziegelsteinen. Es war die einzige Möglichkeit, hineinzugelangen.

Lloyd sprang auf die unterste Sprosse der Feuerleiter. Seine Hände klammerten sich am Metall fest, und er zog sich die Stufen hinauf. Auf dem Absatz im ersten Stock angekommen, drückte er leicht gegen die Metalltür. Sie gab nicht nach: von innen verschlossen. Lloyd peilte das Fenster an, dann stellte er sich auf das Geländer und drückte sich flach an die Wand. Er visierte den Fenstersims an, stieß sich ab, landete genau darauf und packte den Fensterrahmen, um das Gleichgewicht zu wahren. Als sein Herzschlag sich so weit beruhigt hatte, daß er wieder denken konnte, sah er hinunter und erkannte, daß das Fenster in einen kleinen Raum voller Pappkartons führte. Wenn er dort hineinkäme, könnte er in die eigentliche Wohnung gelangen, ohne Verplanck aufzuwecken.

Auf dem Sims hockend, packte Lloyd die Unterkante des Fensterrahmens und drückte ihn auf und ab. Das Fenster öffnete sich quietschend, und er ließ sich in eine kleine Abstellkammer hinabgleiten, in der es nach Schimmel und Chemikalien roch. An der einen Seite des Raums war eine Tür. Lloyd zog seinen .38er heraus und stieß sie damit leise auf, worauf er in einen mit Teppichboden ausgelegten Flur gelangte.

Seine Pistole wie einen Richtungssucher benutzend, schlich er sich vorwärts, bis er zu einer geöffneten Tür kam.

Er stützte sich an der Wand ab und blickte mit vorgestrecktem Kopf in das Zimmer. Ein leeres Schlafzimmer mit einem sorgsam gemachten Bett. Drucke von Picasso hingen an der Wand. Eine Verbindungstür führte ins Badezimmer. Völlige Ruhe.

Lloyd ging auf Zehenspitzen ins Badezimmer. Makellos weißes Porzellan und polierte Messinghähne. Neben dem Waschbecken befand sich eine halbgeöffnete Tür. Er schaute durch den Spalt und sah Treppenstufen, die nach unten führten. Langsam und angespannt schlich er sich Zentimeter für Zentimeter hinunter, wobei er den Arm mit der Pistole zu voller Länge ausgestreckt und den Finger am Abzug hatte.

Die Stufen endeten in einem großen Raum voller auf Pappe geklebter

Fotografien. Lloyd merkte, wie sein spannungsgeladener Körper ohne sein Zutun ausatmete. Verplanck war nicht da, er konnte es *fühlen.*

Lloyd musterte die Front des Ladens. Er sah aus wie alle Fotogeschäfte: Ladentisch aus Holz, sorgsam aufgestellte Kameras in Glasschachteln, fröhliche Kinder und knuddelige Tiere strahlten von den Wänden.

Sich leise bewegend, ging er die Stufen wieder rückwärts hinauf und fragte sich dabei, wo Verplanck wohl die Nacht verbracht und warum er keines seiner Fahrzeuge benutzt hatte.

Im ersten Stock war es gespenstisch ruhig. Lloyd schritt durch Bad und Schlafzimmer den Flur entlang bis zu einer verzierten Eichentür. Er drückte sie mit seinem Revolverlauf auf, und ein Schrei entwich seiner Kehle. Dreieckige Erkerfenster nahmen die Vorderwand ein. Riesige Fotografien von Whitey Haines und Birdman Craigie bedeckten die Seitenwände, hier und da waren Rosenzweige mit Klebeband auf ihnen befestigt, und die gesamte Collage war kreuz und quer durch ein Geschmiere aus getrocknetem Blut miteinander verbunden.

Lloyd ging die Wände ab, um nach Einzelheiten zu suchen, die seinen Traum als Fälschung entlarvten, als rein zufällige Übereinstimmung; er durfte alles bedeuten, nur nicht das, was er bedeutete. Er entdeckte getrocknetes Sperma auf den Fotos, das im Genitalbereich von Haines und Craigie verkrustet war, und das mit blutigen Fingern geschriebene Wort »Kathy«. Unterhalb der Fotografien waren kleine Löcher in der Wand, die mit Exkrementen vollgestopft waren. Die Löcher befanden sich in Höhe der Hüfte; weiter oben hatte die weiße Tapete, die die Fotos umgab, Kratzer von Fingernägeln und Zähnen.

Lloyd schrie noch einmal. Er lief durch Flur und Badezimmer und wieder die Treppe hinunter. Als er das Erdgeschoß erreichte, stieß er gegen einen Stapel Kartons und stolperte aus der Eingangstür. Wenn dieser Traum Wirklichkeit war, konnte ihn nur noch Musik retten. Dem Verkehr ausweichend, überquerte er die Alvarado und lief zu seinem Wagen um die Ecke. Er ließ den Motor an, schaltete das Radio ein und schnappte das Ende eines Werbespruchs auf. Farbe und Beschaffenheit seines Verstandes wurden wieder normal, als eine alarmierende, verzerrte Stimme zu ihm sprach:

»Der ›Schlächter von Hollywood‹ hat innerhalb von zwanzig Stunden sein drittes Opfer gefordert, und die Polizei bereitet sich auf eine der größten Menschenjagden in der Geschichte von Los Angeles vor. Gestern abend wurde die Leiche der zweiundvierzigjährigen Schauspielerin und Sängerin Joanie Pratt in ihrem Haus in Hollywood Hills entdeckt; sie ist somit das dritte Opfer, das in den vergangenen zwei Tagen im Bereich von Hollywood gewaltsam ums Leben gekommen ist. Lieutenant Walter Perkins von der Polizei von L.A., Abteilung Hollywood, und Captain Bruce Magruder als leitender Sheriff von West-Hollywood werden heute morgen im Parker Center gemeinsam eine

Pressekonferenz abhalten, um die effektive Menschenjagd zu erörtern und der Bevölkerung von Hollywood Hinweise über Sicherheitsmaßnahmen zu geben, wie sie weitere Gewalttaten des oder der Mörder verhindern können. Captain Magruder teilte heute morgen den Reportern mit, daß ›das Sheriff-Department und die Polizei von L.A. das bisher größte Aufgebot an Polizei in den Straßen eingesetzt haben, um die Ergreifung dieses Killers zu beschleunigen. Wir glauben fest, daß der Wahnsinn dieser Person einen Höhepunkt erreicht hat und daß sie bald wieder versuchen wird zu töten. Patrouillenflüge mit Hubschraubern werden im gesamten Gebiet von Hollywood und West-Hollywood durchgeführt, ebenso wie ein konzentrierter Einsatz von Fußstreifen. Unsere Bemühungen werden nicht nachlassen, bis der Killer gefaßt ist. Unsere sämtlichen Detectives verfolgen jede zur Verfügung stehende Spur. Inzwischen denken Sie an folgendes: Dieser Killer hat sowohl Männer als auch Frauen umgebracht. Ich appelliere an alle Bewohner Hollywoods, den heutigen Abend nicht, ich wiederhole, *nicht* allein zu verbringen. Tun Sie sich zu Ihrer eigenen Sicherheit zusammen. Wir ...‹«

Lloyd begann zu wimmern. Er trat vor das Radiogehäuse, dann riß er das Gerät aus dem Armaturenbrett und schleuderte es aus dem Fenster. Joanie war tot. Sein Genius hatte wie durch Telepathie die Tür zu einem Beinhaus aufgestoßen. Er konnte Teddys Gedanken lesen und Teddy seine. Sein Traum und Joanies Tod: ein jeder Logik trotzender Bruderbund, der immer mehr und immer neuen Horror ausheckte, einen Horror, dem nur durch Töten seines in böser Symbiose mit ihm vereinten Zwillingsbruders ein Ende bereitet werden könnte. Er blickte in den Rückspiegel und sah Teddy Verplancks Bild aus dem Jahrbuch. Seine Verwandlung war vollendet. Lloyd fuhr in seine frühere Wohngegend, um seiner Familie zu erzählen, daß der irisch-protestantische Ethos ein Einfachfahrschein in die Hölle war.

Dutch Peltz saß in seinem Büro im Hollywood-Revier und hielt einen Polaroid-Schnappschuß in der Hand, der einen nackten Mann und eine nackte Frau zeigte.

Da er sich geweigert hatte, Lloyd wegen tätlichen Angriffs anzuzeigen, waren die Beamten vom internen Sicherheitsdienst, die Nachforschungen über Lloyd anstellten, über ihn hergefallen und gingen nun dazu über, andere verräterische Hinweise auszugraben, um Lloyds befürchteten Durchbruch der Medien- und Informationssperre abschwächen zu können. Sie hatten keine Ahnung, daß der beste Detective der Polizei von L.A. ein intimes Verhältnis mit Joanie Pratt, dem dritten Opfer des »Schlächters von Hollywood«, unterhalten hatte. Das Foto war Beweis genug, um bestenfalls Lloyds Karriere endgültig zu beenden oder ihn schlimmstenfalls ums Leben zu bringen.

Dutch ging zum Fenster, schaute hinaus und dachte daran, daß seine besten

Jahre schon vorbei waren. Seine Weigerung, Anzeige zu erstatten, würde ihn die Leitung des IAD kosten, und wenn irgend jemand herausfinden würde, daß er dieses Foto vorenthalten und Kenntnis von einem anonymen Anruf hatte, in dem Lloyds Name erwähnt wurde, würde er vors Bezirksgericht gestellt werden und die Schmach einer eventuellen Strafverfolgung über sich ergehen lassen müssen. Dutch schluckte und stellte sich die einzige Frage, die Sinn ergeben könnte. War Lloyd ein Mörder? War sein Schützling, Mentor und Sohn in einer Person, ein Killer, der seine Taten unter dem Deckmantel eines Genies so hervorragend hatte verbergen können? War er ein schizophrener Fall aus dem Lehrbuch, ein wissenschaftlich erkennbares Monster mit geteilter Persönlichkeit? *Das konnte nicht sein.*

Dennoch gab es eine logische Querverbindung, die »vielleicht« hieß. Das waren Lloyds unberechenbares Verhalten die ganzen Jahre, seine neue Besessenheit durch die ermordeten Frauen und seine Ausfälligkeiten bei der Party. *Das* hatte er ja selbst miterlebt. Wenn man Zusammenhänge zwischen Nachwirkungen durch die Trennung von seiner Frau und den Kindern, dem Anruf von Kathleen McCarthy, dem anonymen Anruf und mit der Leiche von Joanie Pratt sowie dem Nacktfoto ...

Dutch konnte den Gedanken nicht zu Ende denken. Er schaute auf das Telefon. Er könnte das IAD anrufen und sich selbst retten, womit er Lloyd verurteilen würde, aber vielleicht noch ein paar unschuldige Leben retten könnte. Er könnte auch gar nichts unternehmen, oder er könnte Lloyd selbst zur Strecke bringen. Die schlaflose Nacht, die mit Bildern von Joanie Pratts Leiche erfüllt gewesen war, hatte ihm die nötigen Erkenntnisse über seine Möglichkeiten verschafft. Dann stellte sich Dutch die einzige Frage, die einen Sinn ergab. Worauf kam es ihm eigentlich am meisten an? Als der Name »Lloyd« in ihm widerhallte, zerriß er das Foto. Er wollte die Angelegenheit selbst bereinigen.

Als Lloyd an dem alten holzverkleideten Haus an der Ecke Griffith Park und St. Emo ankam, ging er schnurstracks auf den Dachboden zu der zweiunddreißig Jahre alten Antiquität. Er betrachtete die Muster auf der verstaubten Oberfläche des Rosenholzes und staunte über den Weitblick seiner Mutter. Sie hatte die Möbel nie verkauft, weil sie genau gewußt hatte, daß ihr Sohn eines Tages an jenem Ort, an dem sein Charakter geformt worden war, mit sich zu Rate gehen würde. Lloyd spürte eine andere Hand auf seiner, die ihn bei seinem Kunstwerk führte. Die Hand zwang ihn, Totenköpfe und Blitze zu zeichnen. Er blickte ein letztes Mal auf seine Vergangenheit und Zukunft, dann ging er die Treppe hinunter und weckte seinen Bruder.

Während Lloyd neben ihm stand, riß Tom Hopkins Quadrate des synthetischen Rasens heraus, der den Boden neben der Elektrowerkstatt ihres Vaters bedeckte. Als er auf Mutterboden stieß, jammerte er, und Lloyd reichte ihm die

Schaufel und sagte: »Los, grab!« Er gehorchte, und nach ein paar Minuten hievte Lloyd Holzkisten mit Schrotgewehren und einen Waschkessel mit Handfeuerwaffen und Automatikgewehren aus dem Loch. Er war erstaunt, die Schußwaffen gut geölt und benutzbar vorzufinden, und er schaute seinen Bruder an und schüttelte den Kopf. »Ich habe dich unterschätzt«, sagte er.

Tom sagte: »Schlechte Zeiten kommen, Lloydy. Ich muß auf meinen Scheiß aufpassen.«

Lloyd langte in die Grube und zog eine Tüte aus verstärktem Plastik mit einzeln eingewickelten .44er Magnums heraus. Er nahm probeweise einen in die Hand, dann steckte er ihn an seinen Hosenbund.

»Was hast du noch?« fragte er ihn.

»Ich habe ein Dutzend AK-47er, fünf oder sechs Abgesägte und 'ne ganze Ladung Muni«, erwiderte Tom.

Lloyd schlug mit den Händen auf Toms Schultern und zwang ihn in die Knie. »Nur noch zwei Dinge, Tom«, sagte er, »und wir haben wieder reinen Tisch. Erstens, wenn du auf deinen Scheiß aufpaßt, hast du nichts als einen großen Haufen Scheiß; zweitens, fürchte dich weiter vor mir, und du wirst überleben.«

Lloyd nahm sich eine Remington 30.06 und eine Handvoll Patronen. Tom zog einen Flachmann mit Bourbon aus der Jackentasche und nahm einen großen Schluck. Als er Lloyd die Flasche anbot, schüttelte dieser ablehnend mit dem Kopf, dann blickte er zum Schlafzimmerfenster seiner Mutter hinauf. Einen Augenblick später erschien die stumme alte Frau am Fenster. Lloyd wußte, daß sie Bescheid wußte und gekommen war, um ihm einen stillen Abschiedsgruß zu übermitteln. Er hauchte ihr einen sanften Kuß zu und ging zu seinem Wagen.

Jetzt mußten nur noch Zeit und Ort festgelegt werden.

Lloyd fuhr zu einer Telefonzelle und wählte die Nummer von Silverlake Camera. Der Hörer wurde nach dem ersten Klingelzeichen abgenommen, wie er erwartet hatte.

»Teddy's Silverlake Camera, kann ich Ihnen helfen?«

»Hier ist Lloyd Hopkins. Bist du bereit zu sterben, Teddy?«

»Nein, ich habe zu viel, wofür es sich zu leben lohnt.«

»Keine Unschuldigen mehr, Teddy. Du hast die ganzen Jahre über nur auf mich gewartet. Ich bin soweit, aber tu niemand anderem mehr was an.«

»Gut Es gibt nur noch dich und mich. *Mano a mano?«*

»Gut. Willst du Zeit und Ort wählen, Junge?«

»Kennst du das Kraftwerk von Silverlake?«

»Ja, wie einen alten Freund.«

»Ich treffe dich dort um Mitternacht.«

»Ich werde dasein.« Lloyd hängte ein; sein Kopf drohte vor lauter Gewitterblitzen und Totenköpfen zu platzen.

Kathleen war spät aufgestanden und hatte Kaffee aufgesetzt. Sie schaute aus ihrem Schlafzimmerfenster, um das Wachstum ihrer Gänseblümchen zu überprüfen, und sah, daß sie zertrampelt worden waren. Sie dachte an die Kinder aus der Nachbarschaft, dann machte sie einen riesigen Fußabdruck in der Erde aus und ertappte sich dabei, wie sie eine List entwickelte, die den verrückten Polizisten aus ihrem Leben verschwinden lassen würde. Anstelle ihres Vorhabens, den Laden tagsüber zu öffnen und Schreibarbeiten zu erledigen, wollte sie ihren Traumliebhaber und Verräter schreibend vernichten, ihn dabei mit einer verletzenden Schimpfkanonade als Schurken entlarven, der wie alle Männer charakterschwach und gewalttätig war. Sie wollte Detective Sergeant Lloyd Hopkins vor den Kopf stoßen und ihn besiegen.

Nach dem Kaffee setzte sich Kathleen an ihren Schreibtisch. Worte flackerten durch ihren Geist, aber sie wollten nicht zusammenpassen. Sie überlegte, ob sie einen Joint rauchen sollte, um die Dinge in Gang zu bringen, ließ den Gedanken aber fallen: Es war zu früh für eine Belohnung. Als sie merkte, daß sich sowohl ihr innerer Widerstand als auch ihre Entschlossenheit verstärkten, ging sie in den Ladenraum und blickte auf den Tisch neben der Registrierkasse. Ihre eigenen Bücher standen darauf, alle sechs, und sie waren im Kreis um einen Pappaufbau gestellt, der eine mit vier Sternen bewertete Rezension in *Ms* zeigte.

Kathleen überflog wahllos ihre eigenen Worte und suchte nach alten Methoden, um neue Dinge auszudrücken. Sie entdeckte Passagen, die Männerhierarchien heruntermachten, aber sie hatte den Eindruck, daß die zugrunde liegende Symbolik aus zerbrechlichem Glas bestand. Sie fand bissige Porträts von schutzsuchenden Männern, erkannte jedoch, daß das zentrale Thema ihr eigenes Bedürfnis nach Schutz und Wärme war. Als sie erkannte, daß ihre von aufrichtigstem Zorn getragene Prosa ein rosarotes Versöhnungsangebot darstellte, spürte sie, wie ihre selbstgefällige Rückbesinnung erstarb. Ihre sechs Poesiebände hatten ihr siebentausendvierhundert Dollar an Vorschüssen und keine Tantiemen eingehandelt. Mit dem Vorschuß für *Knife-edged Chaste* und *Notes from a Non-Kingdom* hatte sie ihre seit langem fällige Rechnung von Visacard beglichen, das Konto sofort wieder überzogen und es im folgenden Jahr mit dem Vorschuß für *Hollywood Stillness* ausgeglichen. *Staring Down the Abyss, Womanworld* und *Skirting the Void* verschafften ihr ihren Buchladen, der nun kurz vor dem Bankrott stand. Die übrigen Bände hatten ihr eine Abtreibung und einen Flug nach New York bezahlt, wo sich ihr Verleger völlig betrunken und ihr dann im Russian Tea Room seine Hand unters Kleid gesteckt hatte.

Kathleen lief in ihr Schlafzimmer und holte die Glasrahmen mit den Rosenblättern. Sie nahm sie mit in ihr Buchladen-Wohnzimmer und schleuderte einen nach dem anderen an die Wand, wobei der Lärm von zersplitterndem Glas und umfallenden Bücherregalen das Herausschreien von Obszönitäten unterdrückte. Nachdem der Schutt der letzten achtzehn Jahre ihres Lebens den Raum verwüstet hatte, wischte sie sich die Tränen aus den Augen und kostete das Bild der Zerstörung aus: Bücher lagen wie tot auf dem Boden, Glasscherben spiegelten vom Teppich, und Staub vom Putz setzte sich wie Niederschlag ab. Die allgegenwärtige Symbolik war perfekt.

Dann bemerkte Kathleen, daß sich etwas gelöst hatte. Ein langes schwarzes Gummikabel baumelte an einer ausgerissenen Stelle von der Decke. Sie ging hin und zog daran, wodurch sie ein mit Gummi umgebenes Kabel löste, das um den gesamten Raum führte. Als sie das Ende des Kabels erreicht hatte, kam ein winziges Mikrofon zum Vorschein. Sie nahm das Kabel und zog ein zweites Mal kräftig daran. Das andere Kabelende führte zur Eingangstür. Sie öffnete die Tür und sah, daß das Kabel auf dem Dach weiterlief, getarnt von den Ästen des Eukalyptusbaumes, der der Veranda Schatten spendete.

Kathleen holte eine Leiter. Sie stellte sie neben dem Baum auf die Erde und folgte dem Kabel das Dach hinauf. Sie konnte erkennen, daß es auf der Dachspitze mit einer dünnen Teerschicht getarnt worden war. Sie ging in die Hocke, zog wieder an dem Kabel und ließ sich zu einer Wölbung der mit Schellack überzogenen Teerpappe führen. Sie zog zum letzten Mal an der Leitung. Das Teerpapier riß auseinander, und sie blickte auf einen in durchsichtiges Plastik eingewickelten Kassettenrecorder.

Im Parker Center durchsuchte Dutch Lloyds Schreibtisch und hoffte, daß die Beamten vom IAD ihn nicht völlig ausgeräumt hatten. Wenn er eine der Mordakten, an denen Lloyd arbeitete, finden würde, könnte er eventuell eine Schlußfolgerung ziehen und damit seine Suche beginnen.

Nachdem er mit seinem Indianermesser, das er unter dem Pistolenhalfter trug, die Schubladen aufgehebelt hatte, durchwühlte er sie, fand aber nichts als Bleistifte, Papierzettel und Fahndungsposter. Er schob die Schubladen wieder zu und brach die Aktenschränke auf. Nichts: Die Geier vom internen Sicherheitsdienst waren vor ihm dagewesen.

Dutch entleerte den Papierkorb und prüfte sorgfältig unleserliche Notizzettel und Butterbrotpapier. Er wollte schon aufgeben, als er eine zerknüllte Fotokopie entdeckte. Er hielt sie zum Licht hoch. Darauf war eine Liste mit einunddreißig Namen und Adressen in der einen Spalte und eine Liste mit Elektronikläden in der anderen. Sein Herz machte einen kleinen Sprung: dies mußte Lloyds »Verdächtigen«-Liste sein – die Männer, für die er Beamte zur Befragung zur Verfügung gestellt haben wollte. Das war ein magerer Anhaltspunkt, aber besser als nichts.

Dutch fuhr zurück zum Hollywood-Revier. Er überreichte einem Schalterbeamten die Liste. »Ich möchte, daß Sie sämtliche auf dieser Liste anrufen«, kommentierte er. »Erzählen Sie ihnen irgend etwas über ›Routinebefragung‹. Sagen Sie mir Bescheid, wenn jemand panisch reagiert. Ich werde zwar außer Haus sein, aber ich werde anrufen.«

Von seinem Büro aus rief Dutch bei Lloyd zu Hause an. Wie erwartet, war niemand dort. Er hatte die ganze Nacht vergebens bei ihm angerufen, und jetzt schien es ganz offensichtlich, daß sich Lloyd im Untergrund befand. Aber wo war er? Er versteckte sich entweder vor dem IAD und/oder versuchte, seinen echten oder imaginären Killer aufzuspüren. Es könnte auch sein ...

Nicht mehr in der Lage, den Gedanken zu Ende zu führen, erinnerte sich Dutch daran, daß Kathleen McCarthy auf der Party erwähnt hatte, ihr Buchladen läge an der Ecke Yucca und Highland. Sie hatte Lloyd am vorherigen Abend vor lauter Angst am Telefon verraten, aber sie könnte etwas über seinen Aufenthaltsort wissen: Lloyd suchte immer Frauen auf, wenn er im Streß war.

Dutch fuhr zur Ecke Yucca und Highland und hielt vor dem *Feminist Bibliophile.* Dabei bemerkte er sofort, daß die Eingangstür halb offenstand und die Veranda mit Glasscherben übersät war.

Dutch zog seinen Revolver und ging hinein. Berge von zerbrochenem Glas, Putz und Büchern überzogen den Boden. Er ging nach hinten durch die Küche und ins Schlafzimmer. Hier gab es keine Anzeichen von Zerstörung, nur eine Lederhandtasche, die auf dem Bett lag, wirkte unheimlich.

Dutch wühlte die Handtasche durch. Geld und Kreditkarten waren noch da, was die ganze Szene in ein merkwürdiges Licht rückte. Als er in einer Kalbslederbrieftasche noch mehr Geld, den Führerschein von Kathleen McCarthy und ihre Kraftfahrzeugzulassung fand, griff er zum Telefon und wählte die Nummer des Schalterbeamten.

»Hier ist Peltz«, sagte er. »Ich möchte, daß Sie eine Fahndung an alle Dienststellen herausgeben. Kathleen Margaret McCarthy, weiß und weiblich, 1,80 m groß, Gewicht 130 Pfund, Augenfarbe braun, Geburtsdatum 21. 11. 46. Fahrzeug ein beiger Volvo 1200, Baujahr 1977, Kennzeichen LQM 957. Die Beamten sollen sie wegen einer Befragung festhalten. Keine Gewalt – die Frau ist nicht verdächtig. Ich möchte, daß sie sofort in mein Büro gebracht wird.«

»Ist das nicht ein wenig ungewöhnlich, Captain?« fragte ihn der Beamte von der Zentrale.

»Seien Sie ruhig und geben Sie das weiter«, sagte Dutch bestimmt. Nachdem er die Straße um den Buchladen erfolglos nach Kathleen und ihrem Wagen abgesucht hatte, fühlte er sich wie ein verhinderter Judas mit Hintergedanken. Er wußte, daß Bewegung das einzige Gegenmittel war. Jedes Ziel war besser als kein Ziel.

Dutch fuhr nach Silverlake. Er klopfte an die Tür des alten Hauses, an dem Lloyd mit ihm so oft vorbeigefahren war, und erwartete nur halbherzig, daß jemand auf das Klopfen reagieren würde: Er wußte, daß die Eltern von Lloyd alt waren und in stiller Einsamkeit lebten. Als niemand zur Tür kam, ging er ums Haus herum in den Garten.

Als Dutch über den Zaun blickte, sah er einen Mann eine Flasche Whisky trinken und mit einer Handfeuerwaffe vor sich herumfuchteln. Während er ganz ruhig dastand, erinnerte er sich an die Geschichten von Lloyds verrücktem älteren Bruder Tom. Er beobachtete das traurige Schauspiel, bis Tom die Waffe auf den Boden fallen ließ, in eine Packkiste neben sich griff und eine Maschinenpistole herausholte.

Dutch stockte der Atem, als er Tom betrunken herumtorkeln sah und ihn dabei stammeln hörte: »Scheiß-Lloyd, weiß doch überhaupt nichts, das Arschloch weiß doch gar nicht, wie man mit den Scheiß-Niggern umspringen muß, aber ich weiß es genau. Scheiß-Lloyd glaubt, er kann mich anscheißen, wenn ein anderes Scheißding auf ihn zukommt.«

Tom warf die Maschinenpistole hin und fiel mit ihr zu Boden. Dutch zog seinen .38er und quetschte sich durch eine Lücke im Zaun. Er schlich sich am Haus entlang, dann sprintete er zu Tom hinüber und hielt ihm seine Pistole direkt an den Kopf. »Keine Bewegung«, sagte er, als Tom verstört aufsah.

»Lloydy hat meine Lieblingsstücke mitgenommen«, sagte er. »Er wollte nie mit mir spielen. Er nahm meine besten Sachen und will immer noch nicht mit mir spielen.«

Dutch bemerkte das riesige Loch neben ihm in der Erde. Er schaute hinein. Die Mündungen von einem halben Dutzend abgesägter Gewehre starrten ihn an. Er ließ Tom heulend im Dreck zurück und lief zu seinem Wagen. Er faßte an das Lenkrad und weinte selbst, dabei bat er Gott, ihm die Mittel zu geben, um Lloyd entweder in Schande vor Gericht zu stellen oder ihn in Liebe freizulassen.

18

Kathleen kurvte ziellos durch Hollywoods Seitenstraßen, betäubt von der Entdeckung des Kassettenrecorders und mit leisen Gesängen ihrer besten Zeilen im Kopf; der große Polizist und seine Theorie über den Mörder lieferten sich einen Kampf mit ihren eigenen Worten, bis sie an der Melrose eine rote Ampel übersah und im Zickzack über die Kreuzung raste, wobei sie einen Verkehrspolizisten und eine Kindergruppe nur knapp verfehlte.

Sie fuhr an den Bordstein und zitterte vor Erregung, ihre literarische Traumwelt war durch das Hupen aufgeregter Autofahrer zerstört worden. Sie fand nun keine Worte mehr. Lloyd Hopkins und seine Spinnereien verlangten einen Gegenbeweis aufgrund von Fakten. Der Kassettenrecorder war ein

Beweisstück, war ein Beweisstück, wie es kein besseres geben konnte. Es war höchste Zeit, einen alten Klassenkameraden aufzusuchen und *seine* Worte zu hören.

Dutch beobachtete vom hinteren Teil des Raumes aus, wie Lieutenant Perkins, der Leiter der Kriminalpolizei von Hollywood, seinen Männern für die Fahndung nach dem »Schlächter von Hollywood« genaue Anweisungen gab:

»Unsere schwarzweißen Einsatzfahrzeuge und die Hubschrauberpatrouillen sollen die Kanaille davon abhalten, wieder zu töten, aber ihr, Männer, müßt herausfinden, wer er ist. Die Detectives vom Sheriff bearbeiten die Fälle Morton und Craigie, und sie haben vielleicht einen Anhaltspunkt – irgendein Deputy, der früher mal bei der Sitte in West-Hollywood Dienst geschoben hat, pustete sich gestern abend in seiner Wohnung das Hirn weg, und einige ehemalige Kollegen von der Sitte haben ausgesagt, er sei mit Craigie ziemlich eng befreundet gewesen. Das Raub- und Morddezernat von L.A. bearbeitet den Fall Pratt, somit bleibt euch Jungs die Aufgabe, jeden Perversen, Einbrecher, Drogenabhängigen, kurzum jeden Drecksack aufzustöbern, der dadurch bekannt wurde, daß er im Bereich von Hollywood mal gewalttätig geworden ist. Benutzt eure Informanten, die Akten der Leute, die auf Bewährung raus sind, eure Köpfe und die Informationen von den Jungs der Streife. Geht mit der Härte vor, die ihr für notwendig haltet.«

Die Männer erhoben sich und gingen zur Tür. Als Perkins Dutch erblickte, rief er ihm laut zu: »Hey, Skipper, wo zum Teufel steckt eigentlich Lloyd Hopkins, wenn man ihn mal wirklich braucht?«

Kathleen parkte vor dem roten Ziegelsteingebäude an der Alvarado. Sie bemerkte das »Wegen Krankheit geschlossen«-Schild an der Eingangstür und spähte durch die Glasscheiben. Als sie außer der schattenhaften Ladentheke und Kartonstapeln nichts sah, ging sie zum Parkplatz, wo sie sofort den langen gelben Lieferwagen erblickte, auf dessen Nummernschild »P-O-E-T« stand. Sie hatte ihre Hand auf dem hinteren Türgriff, als Dunkelheit sie umfaßte.

Lloyd wartete auf dem parkähnlichen Spielplatz einen Kilometer unterhalb des Kraftwerks von Silverlake auf die Dunkelheit. Seinen Wagen hatte er hinter einem Geräteschuppen versteckt, damit man ihn von der Straße aus nicht sehen konnte, die 30.06er und der .44er Magnum lagen schußbereit im Kofferraum. Er saß auf einer Kinderschaukel, die unter seinem Gewicht schwankte, und stellte eine Liste mit den Leuten zusammen, die er geliebt hatte. Seine Mutter, Janice und Dutch führten die Liste an, gefolgt von seinen Töchtern und den vielen Frauen, die ihm Spaß und Lachen geboten hatten. Als er nach Erinnerungsfetzen suchte, um diese liebenswerten Augenblicke aufrechtzuerhalten, sah er wie in einem Film Polizeikollegen, Verbrecher, die für ihn gearbeitet hatten, und sogar Passanten, die er auf der Straße gesehen hatte. Je unklarer die Leute in seinem Geist wurden, desto mehr Liebe empfand er für sie, und als die Abenddämmerung kam und ging, wußte Lloyd, daß er, falls er um Mitternacht sterben sollte, irgendwie in den Überbleibseln jener Unschuld weiterleben würde, die er vor Teddy Verplanck bewahrt hatte.

Kathleen erwachte aus der Dunkelheit mit weit geöffneten Augen; chemischer Gestank und von Tränen verschleierte Augen bildeten das Vorspiel zu ihrer Vision. Sie versuchte zu blinzeln, um den Blick zu schärfen, aber ihre Lider bewegten sich nicht. Als kräftiges Aufreißen der Augen nichts als einen Schwall brennender Tränen hervorrief, öffnete sie den Mund, um zu schreien. Eine unsichtbare Barriere hatte sie stumm gemacht, und sie verdrehte die Arme und trat mit den Beinen um sich, um die Luft auf Geräusche zu prüfen. Ihre Arme waren wie angewurzelt, während ihre Füße über eine unsichtbare Oberfläche streiften, und als sie sich schüttelte und mit jedem Teil ihres sinnlosen Körpers zuckte, hörte sie ein »Sch, sch« und nahm eine leichte Schwärze vor den Augen wahr, gefolgt von hellem Licht.

Ich bin nicht blind oder taub, sondern bin tot, dachte sie.

Kathleens Vision konzentrierte sich auf einen niedrigen Tisch aus Holz. Nachdem ihr das Blinzeln größere Klarheit verschafft hatte, sah sie, daß er nur einen halben Meter vor ihr stand. Als wäre es eine Antwort, bewegte sich der Tisch mit einem Kratzen auf sie zu, bis sie ihn berühren konnte. Sie verdrehte ihre Arme noch einmal, wobei Schmerzen ihr taubes Gefühl unterbrachen. *Ich bin tot, aber ich bin nicht in Stücke zerteilt worden.*

Sie zwang sich, ihre ganzen Sinne auf das Sehen zu konzentrieren, und starrte auf den Tisch. Allmählich kam der Raum dahinter in ihr Blickfeld, und dann kam und ging eine sanfte Schwärze, wie das Auslösen einer Kamera, und als das Licht wiederkam, fiel ihr der Tisch wieder ins Auge, der mit nackten Plastikpuppen bedeckt war, in deren Unterleib Stecknadeln steckten und deren riesige Köpfe aus schwarzweißen Fotografien bestanden. *Ich bin in der Hölle und die da sind mit mir verbannt worden.*

Kathleen empfand beim Anblick der fotografierten Köpfe eine gewisse Vertrautheit, und sie zwang ihren Verstand, zu arbeiten. *Ich bin tot, aber ich kann denken.*

Sie wußte, daß die Köpfe irgendwas mit *ihr* zu tun hatten, ihr irgendwie nahestanden, irgendwie ...

Kathleens Sinne setzten wieder ein. Ihre Arme zogen sich zusammen, und ihre Beine schnellten nach oben, wodurch der Stuhl zu Boden geworfen wurde. *Ich lebe noch, und das da sind die Mädchen aus meinem Hofstaat, und der Polizist hatte recht, und Teddy von der High-School wird mich umbringen.*

Unsichtbare Hände hoben den Stuhl auf und drehten ihn um. Kathleen wandte sich um und grub ihre Absätze in einen weißen, weichen Teppich. *Meine Augen sind weit aufgerissen, und mein Mund ist zugeklebt, aber ich lebe noch.*

Kathleen rollte ihre Augen bis zum äußersten Rand des Gesichtsfeldes, wobei sie sich die Wand vor ihr einprägte und hoffte, Blicke und Gedanken könnten sich zu etwas Wichtigem verbinden. Während sie in sich aufnahm, was sie sah, begann sie zu schluchzen, und ihre Tränen machten sie wieder blind. Blut, Rosenzweige, geschändete Fotografien und Exkremente. Der Gestank drohte, von ihr Besitz zu ergreifen. *Ich werde sterben.*

Plötzlich ein Surren. Kathleen folgte ihm mit ihren Sinnen und dem, was von ihrem Sehvermögen übriggeblieben war. Sie sah einen Kassettenrecorder auf einem Nachttisch. Sie versuchte zu schreien, und spürte, daß das Klebeband auf ihrem Mund nachgab. *Wenn ich schreien kann, kann ich ...* Ein schwaches Seufzen kam aus dem Abspielgerät. Kathleen atmete durch die Nase ein und blies die Luft mit aller Kraft wieder aus. Das Klebeband drückte ihr gegen den Mund und löste sich an ihrer Unterlippe. Das leichte Seufzen verwandelte sich in eine Stimme mit sanftem Singsang:

»Ich bin nur würdig, per Reim dich zu lieben,
Auf Flügeln des Fluches dir Lieb' anzubieten;
Sie trogen und quälten dich,
Gefangen in Wut;
Ich möchte dein Herzweh, tötete die Brut;
Du aber betrogst mich
Mit Nummer eins-eins-eins-vier,
Wurdest seine Hure und triebst sein Spiel mit mir;
Ohn' dich zu verdammen – doch heut nacht kommt's zur Wahl;
Vernähten Augs wirst du sehn seine Qual;
In mir wird seine Liebe – Liebe ... Liebe ...«

Die sanfte Stimme verwandelte sich wieder in ein Seufzen. Kathleen verzog die Augenbrauen und spürte, wie das Stechen um ihre Lider nachließ. *Ich werde ihn umbringen, bevor er mich umbringt.*

Der Kassettenrecorder schaltete sich aus. Kathleens Stuhl wurde in die Luft gehoben und drehte sich in einem vollkommenen Kreis um die eigene Achse. Sie schrie auf und hörte ganz schwache Schwingungen ihrer eigenen Stimme, dann sah sie zu Teddy Verplanck in seinem hautengen, schwarzen Trainingsanzug auf. Sie wollte Worte bilden, um nicht zu schreien und das Klebeband frühzeitig von ihrem Mund abzureißen. *Er ist so ansehnlich geworden. Warum sehen bloß die grausamsten Männer immer am besten aus?*

Teddy hielt ein Stück Papier vor Kathleens Augen. Sie biß sich auf die Zunge und las die mit Blockbuchstaben geschriebene Handschrift: »Ich kann dich noch nicht ansprechen. Ich werde jetzt ein Messer herausholen und mir selbst ein Zeichen einritzen. Ich werde dir mit dem Messer nichts antun.«

Kathleen nickte energisch, wobei sie mit der Zungenspitze das Klebeband untersuchte. Sie merkte, wie das Gefühl in ihre Füße zurückkehrte, und erinnerte sich, daß sie an den Zehen verstärkte, flache und spitze Schuhe trug. *Gute Schuhe zum Treten.*

Teddy lächelte über ihr durch Nicken bezeugtes Einverständnis und drehte das Blatt Papier um. Auf der Rückseite waren vergilbte Zeitungsausschnitte. Sie richtete ihren Blick auf sie. Als sie erkannte, daß es Ausschnitte mit ausführlichen Beschreibungen von Frauenmorden waren, unterdrückte sie ein Schluchzen, indem sie sich auf die Unterlippe biß und methodisch jedes Wort auf dem Blatt las. Der Schrecken verwandelte sich in Raserei, und sie biß noch fester zu, bis sich ihr Mund mit Blut und Speichel füllte. Sie atmete tief durch die Nase ein und dachte: *Ich werde ihn verstümmeln.*

Teddy warf das Blatt auf den Boden, öffnete den Reißverschluß an der Jacke seines Trainingsanzugs und ließ sie bis zur Hüfte herab. Kathleen sah den perfektesten männlichen Oberkörper, den sie jemals erblickt hatte; sie war wie versteinert beim Anblick der wie gemeißelten Muskeln, bis Teddy hinter sich griff und ein Taschenmesser hervorholte. Er hielt die Klinge vor seine Brust und wirbelte mit ihr wie mit einem Taktstock herum, dann richtete er sie auf eine Stelle oberhalb seines Herzens. Als er mit der Spitze bis aufs Blut ritzte, verdrehte Kathleen die Hände auf den Stuhllehnen, drückte die Ellbogen kräftig nach hinten und fühlte, daß die Fesseln an der rechten Hand völlig nachgaben. *Jetzt. Jetzt. Jetzt. Bitte, lieber Gott, laß es mich jetzt tun. Jetzt. Jetzt.*

Teddy wischte sich über den Oberkörper, hockte sich vor Kathleen und hielt seine Brust in ihrer Augenhöhe. Er sagte leise: »Es ist 22.30 Uhr. Wir müssen bald gehen. Du warst so schön, als deine Augen nach innen gekehrt waren.« Er wischte sich ein zweites Mal über die Brust. Kathleen sah, daß er »K Mc« neben der linken Warze eingraviert hatte. Ihr schwindelte, aber sie riß sich zusammen.

Jetzt.

Teddy ging noch tiefer in die Hocke und grinste dabei. Kathleen spuckte ihm ins Gesicht und trat mit beiden Beinen nach vorn, traf ihn in die Weichteile, dann riß sie die rechte Hand los, schlug damit nach vorn und warf den Stuhl um, als Teddy zu Boden fiel. Sie schrie auf und trat noch einmal aus, wobei ihre Füße von Teddys Bauch abprallten. Teddy ließ das Messer fallen, gab einen Schrei von sich und wischte sich blutigen Speichel aus den Augen. Kathleen stürzte sich mit ihrem ganzen Gewicht auf ihn, griff mit der freien Hand zum Messer und umklammerte Teddy mit dem rechten Bein, um sich ihm nähern und zustechen zu können. Teddy wand sich und schlug mit den Armen blind um sich. Kathleen hieb mit dem Messer in einem großen Rundbogen nach seinem Bauch. Teddy sprang zurück, und die Klinge zerschnitt die Luft. Kathleen stieß noch einmal zu, diesmal traf das Messer den Teppich. Dann kniete Teddy sich hin, ballte die Fäuste und schlug zu. Kathleen biß die Zähne zusammen, als der Hieb auf sie niederging. Sie schrie und schmeckte Blut, als die Faust sie traf. Dann gab es nur noch schmerzende Dunkelheit.

Dutch sah auf, als die Uhr im Versammlungsraum elf schlug. Er blickte durch die Tür zum Empfangsschalter. Der Beamte blickte von seinem Telefon auf und rief: »Noch immer nicht, Skipper. Ich habe mit dreiundzwanzig von den einunddreißig bereits Kontakt aufgenommen. Die restlichen antworten nicht oder haben einen Anrufbeantworter. Es gibt nichts, was im entferntesten verdächtig erscheint.«

Als Zeichen dafür, daß er es verstanden hatte, nickte Dutch und entgegnete: »Versuchen Sie es weiter«, und ging zum Parkplatz hinaus. Er blickte zum dunklen Himmel hinauf und sah, wie die kreisenden Lichter der Hubschrauberpatrouillen niedrige Wolkenformationen und die Spitzen der Hochhäuser anstrahlten. Außer einer schwachen Notbesetzung der Stationen war jeder Polizist aus Hollywood auf der Straße, entweder zu Fuß, in der Luft oder in den schwarzweißen Streifenwagen, und zwar bis zu den Zähnen bewaffnet und auf Erfolg getrimmt. Dutch spielte in Gedanken mit Würfeln und schätzte die Chancen, daß jemand versehentlich von übereifrigen Cops erschossen werden könnte, auf zehn zu eins, wobei Anfänger und karrieresüchtige Typen wohl am ehesten Blut vergießen würden. Da Lloyd noch immer vermißt wurde und es keinen Anhaltspunkt für seinen Aufenthaltsort gab, war ihm das alles völlig gleichgültig. Blut lag in der Luft, und die vorherrschende Logik verlangte in dieser Nacht nach der Rechtschaffenheit des Nihilismus. Er war kartonweise Lloyds Verhaftungsunterlagen aus der Hollywood-Zeit durchgegangen und hatte keinerlei Hinweise gefunden, die auf traumatische Verhaltensweisen bei ihm schließen ließen, die plötzlich hätten zutage treten können; er hatte jede Freundin von Lloyd angerufen, an deren Namen er sich erinnern konnte. Nichts. Lloyd war schuldig oder Lloyd war unschuldig, aber Lloyd war nirgends aufzufinden. Und wenn Lloyd nirgendwo war, dann war er, Captain Arthur F. Peltz, eben ein Suchender im Geiste, der nach Mekka gepilgert war und mit dem unanfechtbaren Beweis zurückkam, daß das Leben ein Scheiß war.

Dutch ging in die Station zurück. Er war die Stufen zu seinem Büro schon halb hinaufgegangen, als der Beamte von der Zentrale auf ihn zugerannt kam. »Ich hab' einen Hinweis auf ihre Suchmeldung bekommen, Captain. Nur das Fahrzeug. Ich hab' mir die Adresse aufgeschrieben.« Dutch griff nach dem Zettel, den ihm der Officer reichte, dann lief er die Treppe zum Empfangsschalter hinunter und ging aufgeregt Lloyds Befragungsliste durch. Als ihm Alvarado Nr. 1893 von beiden Papieren in die Augen stach, rief er: »Nehmen Sie mit allen Beamten Kontakt auf, die die Suchmeldung durchgegeben haben, und sagen Sie ihnen, sie sollen dort weiter patrouillieren; den schnappe ich mir!«

Der Officer von der Zentrale nickte. Dutch lief hoch in sein Büro und holte seine Ithaca. Lloyd war unschuldig, und dort draußen war ein Monster, das getötet werden mußte.

19

Eine kurvenreiche, zweispurige Zufahrtsstraße führte zum Kraftwerk hinauf. Sie endete am Fuß eines mit Gestrüpp übersäten Abhangs, der sich steil zu dem hohen Stacheldrahtzaun erstreckte, der die Generatorenanlage umzäunte. Links von der Straße war ein unbefestigter Parkplatz, daneben eine Baubude, die zwischen zwei Masten mit befestigten Flutlichtscheinwerfern stand. Auf der entgegengesetzten Seite der schwarzen Fahrbahn befand sich ein weiterer Scheinwerfer, dessen Versorgungskabel direkt mit dem Silverlake-Stausee verbunden war, der einen viertel Kilometer weiter nördlich lag.

Um 23.30 Uhr stapfte Lloyd vom Spielplatz den Hügel hinauf und maß dabei das Gelände ab. Die 30.06er hatte er geschultert, und der .44er Magnum drückte gegen sein Bein. Er wußte, seitdem er an der Straße beim Spielplatz um halb neun Stellung bezogen hatte, waren erst sechs Fahrzeuge auf der Zufahrtsstraße in Richtung Norden entlanggefahren. Zwei davon waren offizielle Dienstfahrzeuge des Wasser- und Kraftwerks gewesen, die vermutlich auf dem Weg zur Werksverwaltung waren. Die vier anderen waren innerhalb einer Stunde wieder zurückgekommen. Wahrscheinlich hatten sich die Insassen in den Bergen die Birne vollgekifft oder waren zum Ficken in ein lauschiges Tal gefahren. Das bedeutete, daß Teddy Verplanck entweder zu Fuß dort oben war oder sich noch auf dem Weg befand.

Sich dicht an der Straßenböschung haltend, ging Lloyd weiter Richtung Norden den Schotterweg entlang, der direkt zum Power Plant Hill führte. Hinter der letzten Straßenbiegung sah er, daß er recht gehabt hatte. Zwei Wagen parkten am Zaun neben der Baubaracke. Es handelte sich um Dienstfahrzeuge des Kraftwerks.

Die Böschung endete, und Lloyd mußte über ein Stück auf der Fahrbahn laufen, bevor er den Hügel hinaufklettern und sich eine gute Deckung suchen konnte. Er trat behutsam auf, während seine Augen ständig die toten Winkel absuchten. Wenn Verplanck in der Nähe war, versteckte er sich wahrscheinlich in der Baumgruppe neben den abgestellten Fahrzeugen. Er sah auf die Uhr:

23.44 Uhr. Genau um Mitternacht würde er die gesamte Baumgruppe ins ewige Königreich geblasen haben.

Die Fahrbahn war zu Ende, und Lloyd fing an, sich den Hügel hinaufzuarbeiten. Langsam schob er sich nach oben, wobei sich unter seinen Füßen Dreckklumpen lösten. Vor sich sah er eine ausgedehnte Fläche voll Gestrüpp und dichtem Buschwerk. Er mußte lächeln, als ihm klarwurde, daß das die ideale Angriffsstellung war. Er blieb stehen, nahm die 30.06er von der Schulter, prüfte die Magazine und löste die Sicherung. Die Waffe war im Bruchteil einer Sekunde funktionsfähig und einsatzbereit.

Lloyd war nur noch einen Schritt von seinem Ziel entfernt, als ein Schuß fiel. Einen kurzen Augenblick zögerte er, dann warf er sich mit dem Kopf zuerst in den Dreck, als ein zweiter Schuß seine Schulter streifte. Er schrie auf und preßte sich auf den Boden, in Erwartung eines dritten Schusses, der ihm die Richtung zeigen würde, in die er feuern mußte. Das einzige Geräusch war das Klopfen in seinem eigenen Brustkasten.

Eine elektrisch verstärkte Stimme zerriß die Stille. »Hopkins, ich hab' Kathy. Sie muß wählen.«

Lloyd rollte sich in eine Sitzposition und zielte mit seiner 30.06er in Richtung der Stimme. Er wußte, daß Verplanck ein Taschenspieler war, der alle möglichen Gestalten und Stimmen annehmen konnte, und daß Kathleen irgendwo im Netz ihrer Phantasien in Sicherheit war. Er zog seine blutende Schulter mit großen Schmerzen zusammen, um den Rückschlag zu mildern, dann feuerte er ein ganzes Magazin ab. Als das krachende Echo abgeklungen war, antwortete ihm eine Stimme: »Du glaubst mir also nicht, dann werde ich eben dafür sorgen, daß du mir glaubst.«

Eine Reihe höllischer Schreie folgte, Laute, die kein Gaukler imitieren konnte. Lloyd stammelte: »Nein, nein, nein«, bis die elektronische Stimme rief: »Wirf die Waffen weg und komm raus, oder sie stirbt.«

Lloyd schleuderte das Gewehr auf die Straße. Als es auf den Asphalt prallte, erhob er sich und klemmte den .44er Magnum hinter seinem Rücken in den Hosenbund. Er stolperte den Hügel hinunter, in der Gewißheit, daß er und sein boshafter Gegenspieler gemeinsam sterben würden; nur die scharfsinnige Poetin bliebe, um die Grabinschriften zu verfassen. Er murmelte: »Der Hase sitzt im Bau, der Hase sitzt im Bau«, als ihn plötzlich ein grelles Licht blendete und ein weißglühender Hammer knapp über seinem Herz einschlug. Er wurde rückwärts in den Dreck geschleudert und rollte wie ein Derwisch herum, als sich ein weiteres Geschoß neben ihm in die Erde bohrte. Während er sich Dreck und Tränen aus den Augen wischte, kroch er zur Fahrbahn und bekam im Scheinwerferlicht endlich Teddy zu sehen, der Kathleen McCarthy vor der Baubude festhielt. Er zerriß das blutgetränkte Hemd und betastete seine Brust, dann drehte er den rechten Arm nach hinten und tastete den Rücken ab. Eine kleine Eintritts- und eine glatte Austrittswunde. Es wäre noch genügend Saft in seinen Adern, um Teddy zu töten, bevor er selbst verbluten würde.

Lloyd zog seinen .44er Magnum und legte sich auf den Bauch, die Augen auf die beiden Scheinwerfer neben der Baubaracke gerichtet. Nur der obere Scheinwerfer war eingeschaltet. Teddy und Kathleen standen genau unterhalb des Verschlages, fünfzehn Meter Asphalt und Dreck von der Mündung seines Revolvers entfernt. Einen Schuß für den Scheinwerfer, und einen für Teddys Kopf.

Lloyd drückte den Abzug. Die Lampe explodierte und verdunkelte sich genau in dem Moment, in dem er sah, wie sich Kathleen von Teddys Umklammerung befreite und zu Boden fiel. Er rappelte sich hoch und stolperte über den Asphalt; den Schußarm nach vorn gerichtet, unterstützte er mit der Linken das zitternde Handgelenk. »Kathleen, schalt das andere Licht an!« rief er.

Lloyd bewegte sich weiter in der Dunkelheit, ein rot-schwarzer Vorhang, der seine Sinne verschleierte und ihn wie ein maßgeschneidertes Totenhemd einhüllte. Als der Scheinwerfer anging, stand Teddy Verplanck drei Meter vor ihm. Mit einer .32er Automatik und einem mit Nägeln bestückten Baseballschläger war er gekommen, seinem Schicksal zu begegnen.

Beide Männer drückten im selben Augenblick ab. Teddy schlug sich an die Brust und wurde zurückgeworfen, als Lloyd spürte, wie die Kugel in seine Leiste eindrang. Sein Finger drückte den Abzug, und der Rückstoß schleuderte die Waffe aus seiner Hand. Er stürzte auf den Asphalt und sah, wie Teddy auf ihn zukroch, die Spikes am Baseballschläger glänzten im grellen, weißen Licht.

Lloyd zog seinen kurzläufigen .38er, richtete ihn nach oben und wartete darauf, Teddys Augen sehen zu können. Als Teddy über ihm stand, der Schläger auf ihn herunterschnellte, und er erkennen konnte, daß die Augen seines Blutsbruders blau waren, drückte Lloyd sechsmal ab. Es gab nur das sachte Klicken von Metall auf Metall, als Lloyd aufschrie und ein Blutschwall aus Teddys Mund schoß. Lloyd fragte sich, wie das sein konnte, und ob er schon tot sei, und kurz bevor er das Bewußtsein verlor, sah er, wie Dutch Peltz die Klinge abwischte, die aus der Stahlspitze seines Kampfstiefels herausstak.

20

Der lange Schreckensweg war zu Ende, und die drei Überlebenden standen vor dem noch längeren Heilungsprozeß.

Dutch hatte Lloyd und Teddy zu seinem Wagen getragen und war mit der weinenden Kathleen zum Haus eines Arztes gefahren, der wegen Morphiumhandels unter Anklage stand. Mit Dutchs Revolver an der Schläfe hatte der Arzt

Lloyd untersucht und festgestellt, daß er sofort eine Bluttransfusion bräuchte. Dutch verglich Lloyds Führerschein und den Ausweis, den er in Teddy Verplancks Jacke gefunden hatte. Sie hatten beide Blutgruppe 0-positiv. Der Arzt führte die Transfusion mit Hilfe einer behelfsmäßigen Zentrifuge durch, um Teddys Puls anzuregen, während Dutch wieder und wieder flüsterte, daß er alle Anklagen gegen ihn abwenden würde, koste es was es wolle. Lloyd reagierte positiv auf die Blutübertragung und kam wieder zu Bewußtsein, als der Doktor gerade Kathleen ein Beruhigungsmittel gab und die Fäden zog, mit denen ihre Lider an den Augenbrauen festgenäht waren. Dutch erzählte Lloyd nicht, wer das Blut gespendet hatte. Er wollte nicht, daß er es wußte.

Dutch ließ Lloyd und Kathleen im Haus des Arztes zurück und fuhr mit den Überresten von Teddy Verplanck zu ihrer letzten Ruhestätte, einem verlassenen Strand, der für seine chemische Verseuchung bekannt war. Er hievte die Leiche über eine Reihe von Stacheldrahtzäunen und sah dann zu, wie die giftige Flut sie mit dem Flügelschlag eines Alptraums wegwischte. Dutch verbrachte die folgende Woche bei Kathleen und Lloyd, nachdem er den Doktor überredet hatte, ihren Heilungsprozeß zu überwachen. Das Haus wurde ein Hospital mit zwei Patienten, und als Kathleen aus der Betäubung erwachte, berichtete sie Dutch, wie Teddy Verplanck sie geknebelt, sie über den Rücken geworfen und dann über die Hügel von Silverlake getragen hatte, um Lloyd aufzulauern.

Er erzählte ihr, wie ihn die Notizen in Versform auf einem Kalender in Teddy Verplancks Wohnung zum Kühlturm geführt hatten, und wie sanft sie sich Lloyd gegenüber verhalten müsse und niemals über Teddy reden dürfe, wenn er als Polizist und als Mensch überleben sollte. Weinend erklärte Kathleen sich einverstanden.

Dutch führte weiter aus, daß er jegliche offizielle Spur von Teddy Verplanck vernichten wolle, daß es jedoch ihre Aufgabe wäre, Lloyds von Terror durchzogene Erinnerungen durch Liebe auszulöschen. »Mit meinem ganzen Herzen«, lautete ihre Antwort.

Lloyd delirierte über eine Woche lang. Nachdem seine Wunden geheilt waren, beherrschten ihn Alpträume, und allmählich, unter zärtlichsten Liebkosungen, gelang es Kathleen, ihn davon zu überzeugen, daß das Monster tot war und die Barmherzigkeit sich irgendwie behauptet hatte. Sie hielt ihm einen Spiegel vor Augen und erzählte ihm dabei besänftigende Geschichten. Sie machte ihm dadurch klar, daß Teddy Verplanck nicht sein Bruder war, sondern ein selbständiges Wesen, das ausgeschickt worden war, die Bücher über das Leid seiner ersten vierzig Jahre zu vernichten. Kathleen konnte sehr gut Geschichten erzählen, und nach einigem Zögern glaubte er ihr.

Als aber Kathleen die Geschichte von Teddy und Lloyd zusammensetzte, fing ihr eigener Schrecken an. Ihr Anruf in Silverlake Camera war die Ursache für den Tod von Joanie Pratt gewesen. Ihr Widerwille, Lloyd Glauben zu schenken und ihre eigenen jämmerlichen Illusionen auszulöschen, hatte zur Vernichtung einer lebendigen, atmenden Frau geführt. Sie spürte *sie* bei jedem Atemzug, und wenn sie Lloyds verwüsteten Körper berührte, fühlte sich das wie ein Todesurteil an. Darüber zu schreiben verstärkte die Trauer. Es war eine lebenslängliche Strafe ohne Bewährung und ohne die Möglichkeit der Sühne.

Auf den Tag einen Monat nach der Walpurgisnacht von Silverlake entdeckte Lloyd, daß er wieder laufen konnte. Dutch und Kathleen hatten ihre täglichen Besuche eingestellt, und der von der Anklage befreite Doktor hatte die schmerzstillenden Mittel abgesetzt. Lloyd würde versuchen müssen, seine Familie wiederzugewinnen und sich bald den Untersuchungsbeamten des IAD zu stellen. Doch zuvor mußte er einen Platz aufsuchen.

Das Taxi setzte ihn vor einem roten Ziegelsteingebäude an der North Alvarado ab. Lloyd knackte das Türschloß und ging nach oben, ohne zu wissen, ob er seine furchtbarsten Alpträume bestätigt oder widerlegt haben wollte. Was auch immer er sehen würde, es würde den Verlauf seines restlichen Lebens bestimmen, aber er war sich nicht sicher.

Das Alptraumzimmer war leer. Lloyd fühlte seine Hoffnungen steigen und platzen. Kein Blut, keine Fotografien, keine Körperausscheidungen, keine Rosenzweige. Die Wände waren mit harmloser hellblauer Farbe gestrichen worden. Die dreieckigen Fenster waren mit Brettern vernagelt. Er würde es nie erfahren.

»Ich wußte, daß du hierherkommen würdest.«

Lloyd drehte sich um, als er die Stimme hörte. Es war Dutch. »Ich treibe mich schon seit Tagen in dieser Gegend herum«, sagte er. »Ich wußte, daß du hierherkommen würdest, bevor du mit deiner Familie Verbindung aufnimmst und dich zum Dienst zurückmeldest.«

Lloyd ging mit den Fingerspitzen über die Wand und sagte: »Was hast du hier gefunden, Dutch? Ich muß es wissen.«

Dutch schüttelte den Kopf. »Nein. Niemals. Frag das nicht noch einmal. Ich hab' dir nicht geglaubt, und ich hätte dich beinahe verraten, aber ich habe meine Fehler wiedergutgemacht, und ich werde dir gegenüber nie mehr über die Sache reden. Alles, was zu Teddy Verplanck gehörte und was ich finden konnte, ist vernichtet. Er hat nie existiert. Wenn du, Kathleen und ich daran glauben, können wir vielleicht wie normale Menschen weiterleben.«

Lloyd schlug mit der Faust gegen die Wand. »Aber ich muß es wissen! Ich bin es Joanie Pratt schuldig, und ich bin kein Cop mehr, daher muß ich mir ein Bild darüber machen können, was das Ganze für einen Sinn hatte, damit ich weiß, was ich tun soll! Ich hatte diesen Traum, daß ... mein Gott, ich kann es einfach nicht erkl...«

Dutch ging zu Lloyd und legte ihm die Hand auf die Schulter. »Du bist immer noch ein Cop. Ich bin selbst beim Chief gewesen. Ich habe gelogen, ich habe ihm gedroht, ich habe gebohrt und es hat mich meine Beförderung und den Posten beim IAD gekostet. Deine Scherereien mit dem IAD haben nie existiert, ebenso wie Teddy nie existiert hat. Aber du schuldest mir etwas, und das wirst du mir zurückzahlen.«

Lloyd wischte sich Tränen aus den Augen. »Was denn?«

Dutch sagte: »Begrabe die Vergangenheit und mach weiter mit deinem Leben.«

Lloyd besorgte sich Janices neue Adresse und flog am nächsten Abend nach San Francisco. Janice war übers Wochenende weggefahren, aber die Mädchen waren mit ihrem Freund George da, und als er durch die Tür ging, stürzten sie sich derart auf ihn, daß er befürchten mußte, sie würden jede Stelle seines zerschlagenen Körpers zerkratzen. Er empfand einen kurzen Anflug von Panik, als sie eine Geschichte hören wollten, aber das Märchen von der liebenswürdigen Dichterin und dem Polizisten genügte ihnen solange, bis sie mit Tränen in den Augen auseinandergingen. Penny war diejenige, die die Schlußfolgerung lieferte. Sie hielt Lloyd ganz fest und meinte: »Fröhliche Geschichten sollten dein neuer Stil werden, Daddy. Aber du wirst den Dreh rauskriegen. Picasso hat seinen Stil auch erst später geändert, das kannst du auch.«

Lloyd fand ein Hotelzimmer nahe Janices Wohnung und verbrachte das Wochenende mit seinen Töchtern; er nahm sie mit nach Fisherman's Wharf, in den Zoo und ins Völkerkundemuseum. Als er sie am Sonntagabend zu Hause absetzte, erzählte ihm George, daß Janice einen Liebhaber habe, einen Rechtsanwalt, der sich auf Steuerfragen spezialisiert habe. Mit ihm verbrachte Janice das Wochenende. Einen Augenblick lang dachte er wutentbrannt daran, diese Affäre zu zerstören, und ballte aus Reflex die Fäuste. Dann löschten Bilder von Joanie Pratt seine Gedanken an Blutrache wieder aus. Lloyd küßte und herzte die Kinder zum Abschied und ging zu seinem Hotel zurück. Janice hatte einen Liebhaber, und er hatte Kathleen, und er wußte überhaupt nicht, was er fühlte, geschweige denn, was das alles überhaupt zu bedeuten hatte.

Am Montag morgen flog Lloyd nach Los Angeles zurück und fuhr mit dem Taxi zum Parker Center. Er ging in den sechsten Stock hinauf und spürte, wie sich die schlaffen Muskeln um die Bauchverletzung dehnten und spannten. Es würde noch Wochen dauern, bevor er mit einer Frau schlafen könnte, aber sobald Doktor Drogenhändler ihm die Erlaubnis gäbe, würde er mit Kathleen eine ganze Serie von Wochenenden verbringen.

Die Flure im sechsten Stock waren leer. Lloyd sah auf die Armbanduhr. 10.35 Uhr. Frühstückspause. Die Kantine für die unteren Dienstgrade war wahrscheinlich überfüllt. Dutch hatte seine lange Abwesenheit zweifellos mit irgendeiner Geschichte gedeckt. Warum also sollte er diese Situation nicht nutzen, um die Wiedersehensfeier in einem Abwasch zu erledigen?

Lloyd stieß die Tür zur Kantine auf. Sein Gesicht leuchtete förmlich auf, als sich ihm der Anblick eines großen Raumes voller hemdsärmeliger Männer bot, die über Kaffee und Kuchen saßen, lachten, Späße machten und gutgemeinte, obszöne Gesten von sich gaben. Er stand in der Eingangstür und genoß das Bild, bis er merkte, daß der Lärm verstummte. Jeder in dem Raum sah ihn an, und als sie sich alle erhoben und zu klatschen begannen, blickte er in ihre Gesichter und entdeckte nichts anderes als Ehrfurcht und Liebe. Der Raum schwankte hinter seinen Tränen, und die Bravo-Rufe zusammen mit dem Applaus trieben ihn auf den Flur zurück, wo ihm noch mehr Tränen kamen und er sich fragte, was das alles bedeuten sollte.

Lloyd rannte in sein Büro. Er suchte in seiner Hosentasche nach dem Schlüssel, als Officer Artie Cranfield auf ihn zukam und sagte: »Willkommen daheim, Lloyd.«

Lloyd wies mit dem Finger auf den Flur hinunter und wischte sich das Gesicht ab.

»Was zum Teufel soll das alles, Artie? Was, verdammt noch mal, soll das alles bedeuten?«

Artie sah erst verwirrt aus, dann wachsam. »Scheiß dir nicht ins Hemd, Lloyd. In der gesamten Abteilung geht das Gerücht, daß du den Fall des Schlächters von Hollywood gelöst hast. Ich weiß nicht, wer das Gerücht in die Welt gesetzt hat, aber jeder beim Raub- und Morddezernat glaubt dran, und ebenso die gesamte Polizei von L.A. Es heißt, daß Dutch Peltz es dem Chief selbst gesagt hat, und daß der Chief dir die Bullen von der inneren Sicherheit deswegen vom Arsch gehalten hat, weil die beste Methode, dir das Maul zu stopfen, dich im Department zu behalten war. Willst du mir nicht mehr darüber erzählen?«

Lloyds Tränen der Bestürzung verwandelten sich in Tränen des Lachens. Er öffnete die Tür und wischte sich mit dem Hemdsärmel über das Gesicht. »Der Fall wurde von einer Frau gelöst, Artie. Einer linken Lyrikerin, die Cops verabscheut. Beachte die Ironie und freu dich über deinen Kassettenrecorder.«

Lloyd schloß die Tür vor Artie Cranfields verdutztem Gesicht. Als er hörte, daß dieser mit sich selbst redete, während er davonging, knipste er das Licht an und schaute sich in seinem Büro um. Alles sah noch genauso aus wie früher, mit Ausnahme einer einzelnen roten Rose, die in der Kaffeetasse auf dem Schreibtisch stand. Neben der Tasse lag ein Stück Papier. Lloyd hob es auf und begann zu lesen.

Liebster L... Langgezogene Abschiedsszenen sind schrecklich, daher werde ich mich kurz fassen. Ich muß fortgehen. Ich muß fortgehen, weil Du mir mein Leben zurückgegeben hast und ich jetzt sehen muß, was ich damit anfangen kann. – Ich liebe Dich und brauche Deinen Schutz so, wie Du meinen brauchst, aber der Mörtel, der uns verbindet, ist aus Blut, und wenn wir zusammenblieben, würde er von uns Besitz ergreifen, und wir hätten nie mehr die Gelegenheit, normal zu werden. Ich habe den Buchladen und die Wohnung aufgegeben (Sie gehörten sowieso schon meinen Gläubigern und der Bank). Ich habe noch meinen Wagen und ein paar hundert Dollar in bar, und ich werde mich ohne überflüssiges Gepäck in unbekannte Gegenden begeben (Männer tun das schon seit Jahren). Es geht viel vor in mir, ich muß noch sehr viel schreiben. Klingt »Buße für Joanie Pratt« wie ein guter Titel? Sie hat einen Anspruch auf mich, und wenn ich ihr mein Bestes gebe, erlange ich vielleicht Vergebung. Der Gedanke an unsere Vergangenheit schmerzt mich, L. – Aber am meisten schmerzt mich die Zukunft. Du hast beschlossen, Grausamkeiten nachzugehen und zu versuchen, sie durch den Balsam Deiner Liebe zu ersetzen, und der Marsch auf diesem Weg ist schmerzlich.

K.

P.S. Die Rose ist für Teddy. Wenn wir ihn in Erinnerung behalten, wird er niemals in der Lage sein, uns etwas anzutun.

Lloyd legte das Papier hin und nahm die Blume. Er hielt sie an die Wange und verglich sie in Gedanken mit der spartanischen Ausstrahlung seines Arbeitsplatzes. Nach Blumen duftender Schrecken vermischte sich mit metallenen Ablageschränken, Fahndungspostern und einem Stadtplan, und alles zusammen erzeugte reines, weißes Licht. Als Kathleens Worte das Licht in Musik verwandelten, nahm er diesen Augenblick in die stärkste Faser seines Herzens auf und trug ihn mit sich fort.

JAMES ELLROY

In der Tiefe der Nacht

Roman

Aus dem Amerikanischen von
Rainer Schmidt

Muß flüssiges Feuer mir untertan machen,
Erstürmen die Städte menschlicher Sehnsucht.

W. H. Auden

1

Der Schnapsladen stand am Ende einer langgestreckten Front von Neonlichtern, wo der Hollywood Freeway den Sunset Boulevard schneidet, an der Trennlinie zwischen hellen Lichtern und der Dunkelheit der Wohnbezirke.

Der Mann mit dem gelben Toyota stieß neben der Auffahrt ins Gebüsch, drehte das Lenkrad zur Straße hin und riß mit derselben fließenden Bewegung den Handbremshebel hoch. Er nahm einen großkalibrigen Revolver aus dem Handschuhfach und steckte ihn so in eine zusammengefaltete Zeitung, daß Griff und Abzugbügel herausragten; dann drehte er den Zündschlüssel auf *Parken* und öffnete die Wagentür. Flach atmend, wisperte er: »Jenseits des Äußersten«. Dann ging er auf die blinkende Leuchtschrift des Schnapsladens zu, hinweg über die Grenzlinie zwischen seinem alten Leben der Angst und seinem neuen Leben der Macht.

Als er durch die offene Tür trat, sah der Mann hinter der Theke seine teure Sportkleidung und das zusammengefaltete *Wall Street Journal* und kam zu dem Schluß, daß er ein Klasse-Scotch-Käufer sei – mindestens Chivas oder Walker Black. Er wollte eben fragen, ob er behilflich sein könne, als der Kunde sich über die Theke lehnte, ihm die Zeitung gegen die Brust hielt und sagte: »Einundvierzig Special. Probier's nicht aus. Gib mir das Geld.«

Der Ladenbesitzer gehorchte, den Blick auf die Registrierkasse gesenkt, um zu vermeiden, daß er sich das Gesicht des Räubers einprägte und ihm Grund gäbe, ihn zu erschießen. Er fühlte den Finger des Mannes am Abzug, und aus den Augenwinkeln sah er den Schatten seines Kopfes durch den Laden kreisen, während er mit ungeschickten Fingern das Geld in eine Papiertüte stopfte. Er wollte aufblicken, als er hinter sich, in der Nähe des Kühlschrankes, ein Schluchzen hörte; gleich darauf spannte der Räuber seinen Revolver. Als der Schnapsverkäufer dann den Kopf hob, war das *Wall Street Journal* verschwunden, ein dicker schwarzer Lauf senkte sich, und dann knackte es hinter seinem Ohr, und er hatte Blut in den Augen.

Der Räuber flankte über die Theke und zerrte den um sich schlagenden und tretenden Mann in den hinteren Teil des Ladens. Dann näherte er sich langsam und vorsichtig der Pappdeckel-Bierreklame neben der Kühltheke. Er trat den Reklameständer beiseite und sah eine junge Frau in einer blauen Jacke, die sich hinter einen alten Mann im Overall duckte.

Der Räuber schwankte auf seinen Beinen; nichts von dem, was ihm beigebracht worden war, hatte ihn darauf vorbereitet, daß es drei sein könnten. Sein

Blick huschte hin und her zwischen den beiden wimmernden Gestalten vor ihm und dem Verkäufer zur Linken, und er suchte nach einem neutralen Standpunkt, wo er erkennen könnte, was zu tun war. Ziellos schaute er im Laden umher, er sah geometrisch aufgestapelte Flaschen, Regale mit Fertigmahlzeiten, Pappsilhouetten von Bikinimädchen, die Rum-Punsch und Spañada tranken. Nichts.

Ein Schrei quoll in seiner Kehle auf, als er den beigefarbenen Vorhang sah, der den Laden von der Wohnung dahinter trennte. Als ein Windstoß den Vorhang kräuselte, schrie er wirklich – er sah, wie die Falten des Baumwollstoffs die Form von Gittern und Henkerschlingen annahmen.

Da wußte er es.

Er riß das Mädchen und den Alten hoch und stieß sie zum Vorhang. Zitternd blieben sie davor stehen, und er schleifte den Verkäufer heran und postierte ihn daneben. Er murmelte: »Grüne Tür, grüne Tür«, maß fünf Schritte ab, wirbelte herum und feuerte drei perfekte Kopfschüsse ab. Der grauenhafte beigefarbene Vorhang explodierte hell rot.

2

Detective Sergeant Lloyd Hopkins starrte seinen besten Freund und Mentor Captain Arthur Peltz, genannt Dutch, über den Schreibtisch hinweg an und fragte sich, wann dieser Holländer seine Vorreden beenden und endlich verraten würde, weshalb er ihn hergerufen hatte. Von der Football-Liga des Los Angeles Police Department bis zu den neuesten Raubmeldungen hatten sie jetzt alles durchgekaut. Lloyd wußte, daß Dutch, seit Janice und die Mädchen ihn verlassen hatten, nach Gesprächseröffnungen suchen mußte – er schaffte es nie, geradeheraus zu sagen, was er wollte. Bisher hatte stets der familiäre Hintergrund als Eisbrecher dienen können, aber jetzt, da Lloyd keine Familie mehr hatte, brauchte Dutch Gemeinplätze, um ein Zusammengehörigkeitsgefühl zu schaffen. Lloyd wurde ungeduldig und schämte sich dessen; er schaute zum Fenster hinaus, wo die Nachtschicht die schwarzweißen Streifenwagen aufheulen ließ, und sagte: »Du hast was, Dutch. Sag mir, was es ist, und ich helfe dir.«

Dutch legte die Buchstütze aus Quarz, mit der er gespielt hatte, aus der Hand. »Jungle Jack Herzog. Klingelt's?«

Lloyd schüttelte den Kopf. »Nein.«

Dutch reichte ihm einen braunen Pappdeckelordner und sagte: »Officer Jacob Herzog. Vierunddreißig. Seit dreizehn Jahren dabei. Ein vorbildlicher Cop mit unglaublichem Mumm. Sah aus wie ein Schluck Wasser, aber drückte zweihundertfünfzig im Liegen. Hat bei der Metropolitan Police gearbeitet, als V-Mann bei der nachrichtendienstlichen Abteilung, und als Leihgabe der Sitte solo in jedem Revier der Stadt. Drei Belobigungen wegen Tapferkeit. Bekannt als ›Der Alchimist‹, weil er wirklich *alles* nachmachen konnte. Er konnte ein alter Krüppel sein, ein betrunkener Ledernacken, ein Schwuler, ein Motorradrocker – was du willst.«

Lloyds Blick wurde bohrend. »Und?«

»Und er wird seit drei Wochen vermißt. Erinnerst du dich an Marty Bergen? Den ›alten Angsthasen‹?«

»Ich weiß, daß zwei Bimbos seinen Partner mit 'ner Schrotflinte mitten durchgeschossen haben, und daß Bergen daraufhin die Waffe wegwarf und türmte wie der Blitz. Ich weiß, daß er wegen Feigheit im Feuer ein Verfahren bekam und daß er aus dem Department flog. Ich weiß, daß er ein paar Shortstorys veröffentlicht hatte, als er noch im Streifendienst war, und daß er im *Big Orange Insider* Anti-Bullen-Scheiße am laufenden Meter absondert, seit er gefeuert wurde. Was hat er damit zu tun?«

Dutch deutete auf die Akte. »Bergen war Herzogs bester Freund. Herzog hat bei dem Verfahren für ihn ausgesagt, mächtig rumgestänkert und das Department herausgefordert, ihn doch auch gleich mitzufeuern. Der Chief selber ließ ihn von der Straße nehmen und ihm irgendeinen Schreibtischjob in der City zuteilen – Personalakten verwalten. Aber Jungle Jack war zu gut, als daß man ihn auf die Weide hätte schicken können. Er hat dann als Undercover-Mann gearbeitet, angefordert von der Hälfte aller Sittenchefs auf dieser Seite des Berges. In den letzten zwei Monaten war er hier in Hollywood; Walt Perkins hat ihn geholt und Cash aus seinem Informantenfonds bezahlt, damit er ihm hilft, Verstöße gegen das Alkoholgesetz zu verfolgen. Jack faßte die Typen auf frischer Tat, während Walts Leute nicht mal mehr einen Fuß in die Tür setzen konnten, ohne erkannt zu werden.«

Lloyd nahm die Akte und schob sie in seine Jacke. »Vermißtenanzeige? Familie? Freunde?«

»Alles negativ, Lloyd. Herzog war ein steinharter Einzelgänger. Keine Familie außer seinem alten Vater. Sein Hauswirt hat ihn seit über einem Monat nicht gesehen, und er hat sich weder hier noch auf seinem Job in der Personalabteilung in der City gezeigt.«

»Schnaps? Drogen? Weiber?«

Dutch seufzte. »Ich würde sagen, er war das, was man einen asketischen Intellektuellen nennt. Und das Department scheint sich nicht drum zu kümmern – Walt und ich sind die ersten, die überhaupt bemerkt haben, daß er nicht da ist. Seit Bergen gefeuert wurde, lief er mit 'nem mürrischen Dickschädel rum.«

Lloyd seufzte zurück. »Du sprichst in der Vergangenheitsform von ihm, Dutchman. Glaubst du, Herzog ist tot?«

»Yeah. Du nicht?«

Lloyds Antwort wurde von Gebrüll im darunterliegenden Bereitschaftsraum unterbrochen. Man hörte Schritte im Gang, und ein paar Sekunden später schob ein uniformierter Cop den Kopf durch die Tür. »Schnapsladen Ecke Sunset und Wilton, Skipper. Drei Leute erschossen.«

Lloyd fühlte ein Kribbeln, und sein Körper wurde abwechselnd heiß und kalt. »Bin schon unterwegs«, sagte er.

3

Der Mann im gelben Toyota bog von der Topanga Canyon Road ab und fuhr auf dem Pacific Coast Highway nach Norden; an den Ampeln trödelte er herum, damit er pünktlich mit der Dämmerung am Strandhaus des Doctors einträfe. Wie immer verschaffte ihm das schwindende Tageslicht Erleichterung, das Gefühl, einen weiteren Spießrutenlauf siegreich hinter sich gebracht zu haben. Mit der Dunkelheit kam der Lohn dafür, daß er der unentbehrliche rechte Arm des Doctors war, der einzige Mensch außer dem Night Tripper, der wußte, in welchem Maße seine *lonelies* angezapft, geleert, gemolken, ausgebeutet werden konnten.

Der Frühling war ein süßer Feind, dachte er. Qualvoll lange Perioden des Sonnenscheins waren zu überwinden, Durststrecken, die das Hereinbrechen der Nacht um so befriedigender werden ließen. An diesem Morgen war er schon bei Sonnenaufgang aufgestanden und hatte sich acht Stunden lang ans Telefon gehängt, um die Namen aus den Freierlisten, die der Doctor von seinen Hurenpatientinnen hatte, auf ihren Kredit zu überprüfen. Ein ausgefüllter Tag, und hoffentlich lag ein ebenso ausgefüllter Abend vor ihm: seine erste Gruppensitzung, seit er drei Leute zum Totentanz geführt hatte, und später vielleicht noch ein Trip durch die Single-Bars der South Bay, um neue reiche *lonelies* aufzutreiben.

Das Timing des Mannes war perfekt: Er verließ den Pacific Coast Highway und fuhr die Zufahrtsstraße hinunter, als die Einleitungsmusik des Doctors über den Parkplatz wehte. Sechs Autos – sechs *lonelies:* ein volles Haus. Er würde sich jetzt beeilen müssen, in den Lautsprecherraum zu kommen, ehe der Night Tripper ungeduldig wurde.

Der Mann betrat das Haus; er ignorierte das Barockquartett, dessen Musik über die Zentrallautsprecher ertönte. Er begab sich in einen kleinen, rechteckigen Raum, der mit schallschluckenden Platten ausgekleidet war. Darin stand ein Hauptaufnahmepult mit sechs Lautsprechern – einer für jedes der Schlafzimmer im Obergeschoß, mit Mikrofonanschlüssen für jeden Kanal und sechs Kopfhörern und einem enormen Tapedeck mit Zwölf-Zoll-Spulen, mit dem man die Aktivitäten in *allen* Schlafzimmern auf einen einzigen Knopfdruck hin aufzeichnen konnte.

Er machte sich an die Arbeit; zuerst schaltete er den Verstärker ein, dann schob er die Lautstärkeregler für alle sechs Boxen gleichzeitig hoch. Eine Kakophonie von Gesängen bohrte sich in seine Ohren, und er zog die Regler herunter. Die *lonelies* waren noch dabei, ihre Mantras zu brüllen, und brachten sich damit allmählich in den tranceähnlichen Zustand, der notwendig war, damit der Doctor mit seiner Beratung beginnen könnte. Der Mann zog Notizbuch und Stift hervor, machte es sich vor dem Aufnahmepult in einem Ledersessel bequem und wartete darauf, daß die roten Lampen am Verstärker zu blinken anfingen und ihm so das Zeichen gaben, zuzuhören, aufzuzeichnen und seine Bewertung als Dr. John Havillands leitender Mitarbeiter abzugeben.

Seit zwei Jahren arbeitete er in dieser Position; zwei Jahre verbrachte er jetzt damit, Los Angeles auf der Jagd nach menschlicher Beute zu durchstreifen. Der Doctor hatte ihn gelehrt, seine eigenen zwanghaften Triebe zu beherrschen, und zum Ausgleich für diesen Dienst war er zu dem Werkzeug geworden, das Havillands eigene Obsession verwirklichen half.

Der Doctor hatte ihm erklärt, eine »Bewußtseins-Implosion« sei an die Stelle der »Bewußtseins-Explosion« der sechziger Jahre getreten und habe dazu geführt, daß eine große Zahl von Menschen sowohl dem amerikanischen Evangelium von Heim, Herd und Vaterland als auch den Offenbarungen der Gegenkultur aus den Sechzigern den Rücken kehrten. Drei ausbeutbare Fakten waren geblieben: eines, das der naiven prä-sechziger Psyche entstammte, zwei, die zur angeödeten post-sechziger Psyche gehörten – Gott, Sex und Drogen. Bei den richtigen Leuten würden die Variationsmöglichkeiten zu diesen drei Themen grenzenlos sein.

Seine Aufgabe war es, die richtigen Leute zu finden. Havilland beschrieb seine typische Schachfigur so: »Weiß, männlich oder weiblich, Kind reicher Eltern, das sich nie anpassen und nie erwachsen werden konnte; schwächlich, ängstlich, von tödlicher Langeweile erfüllt, ziellos, aber mit einer Neigung zum Mystizismus. Sie sollten entweder verwaist und von einem Legat oder einer Kapitalrente leben, oder sie sollten sich mit der Familie ernsthaft entzweit haben und mit regelmäßigen Geldanweisungen unterstützt werden. Sie sollten sich dem Konzept des ›Spirituellen Meisters‹ bereitwillig öffnen, ohne auch nur zu ahnen, daß sie in Wirklichkeit nur jemanden haben wollen, der ihnen sagt, was sie tun sollen. Sie sollten Rauschgift lieben und über eine ausgeprägte Sexualität verfügen. Sie sollten sich selbst für Rebellen halten, sollten aber ihr rebellisches Empfinden stets nur durch schüchterne Beteiligung an Massenbewegungen ausgelebt haben. Finde solche Leute für mich. Es wird leichter sein, als du glaubst, denn während du nach ihnen suchst, werden sie nach mir suchen.«

Die Suche führte ihn in Single-Bars, Selbstfindungs-Workshops, in die Ashrams eines halben Dutzends von Gurus sowie in Vortragsveranstaltungen zu allen möglichen Themen, von der sozialen Mobilisation der Neuen Linken bis zu makrobiotischem Hebammentum, und dabei fand er sechs Personen, die Havillands Kriterien in jedem Punkt entsprachen und mit Haut und Haaren auf sein Charisma hereinfielen. Nebenher leistete er dem Doctor noch andere Dienste. Er brach in die Wohnungen der regulären Patienten ein, fahndete nach Informationen, die zur Rekrutierung weiterer *lonelies* führen würden, setzte Sex-Anzeigen in die Untergrundblätter, mit denen er reiche alte Leute suchte, an die er die *lonelies* verkuppeln könnte, plante die Übungssitzungen und führte die mit komplizierten Querverweisen ausgefüllten Akten.

Er war mit dem Doctor vorangeschritten, unentbehrlich als Beschaffer menschlichen Tons. Bald würde Havilland sein ehrgeizigstes Projekt in Angriff nehmen, und zwar mit ihm an seiner Seite. Gestern abend hatte er glanzvoll bewiesen, was in ihm steckte.

Aber die Kopfschmerzen ...

Das Licht über Lautsprecher Nummer eins blinkte auf und veranlaßte den Mann, seinen Stift fallenzulassen und nach dem Kopfhörer zu greifen. Er hatte sie eben aufgesetzt und eingestöpselt, als er hörte, wie der Doctor hustete – das Zeichen für ihn, aufmerksam zuzuhören und alles zu notieren, was ungewöhnlich oder besonders brauchbar erschiene.

Zuerst kam ein Schwall von Freundlichkeiten, gefolgt von den Lobeshymnen der beiden *lonelies* über die Ausstattung des Raumes. Der Mann hörte, wie der Doctor mit bescheidenem Naserümpfen über die Rokoko-Gobelins hinwegging und seinen beiden Schützlingen versicherte, daß sie ein Geburtsrecht auf eine solche Umgebung hätten.

»Kommen Sie zur Sache, Doc«, knurrte der Mann am Tonbandgerät.

Wie zur Antwort sagte der Doctor: »Aber jetzt Schluß mit dem leichten Geplauder. Wir sind hier, um das Prosaische zu durchbrechen, nicht, um darin verhaftet zu bleiben. Wie ist es in eurem Haushalt in Santa Barbara gegangen? Habt ihr etwas über euch gelernt? Irgendwelche Dämonen ausgetrieben?«

Eine sanfte Männerstimme antwortete. Der Mann erkannte sie sofort und erinnerte sich an die Rekrutierung: eine Schwulenbar in West Hollywood; ein rundlicher Angestellter, dessen wachsame Haltung fast wie eine Neonleuchtschrift verkündet hatte: »Verschreckter Anfänger auf der Suche nach sexueller Identität.« Ihn zu verführen, war einfach gewesen, und der Verführte hatte allen Kriterien des Doctors entsprochen.

»Wir haben das Koks benutzt, um es in Gang zu bringen«, erzählte die sanfte Stimme. »Unser Klient war alt und scheute sich, seinen Körper zur Schau zu stellen, aber das Koks brachte seine Säfte in Wallung, und –«

»*Ich* habe den alten Knacker in Wallung gebracht«, unterbrach eine Frauenstimme. »Er hatte sich nicht mal bis auf die Unterhose ausgezogen, als ich ihm schon zwischen die Beine griff. Er wollte, daß *die Frau* die Führung übernahm – das spürte ich gleich, als wir drin waren und ich all die Fantasy-Kunst an den Wänden sah, Amazonen mit Ketten und Peitschen und dieser ganze Scheißdreck. Er –«

Die sanfte Männerstimme nahm einen jammernden Tonfall an. »Ich habe die Einleitung genossen! Der Doctor hat gesagt, wir sollten es langsam angehen; der Kerl war ja nicht vorbereitet. Wir hatten ihn aus den Sex-Anzeigen, und der Doctor hat gesagt –«

»Blödsinn!« kläffte die Frau. »Du wolltest bloß selber koksen, und du wolltest, daß der Alte dich mochte, weil du derjenige mit dem Stoff warst, und wenn wir es auf deine Weise durchgezogen hätten, dann wäre das Ganze eine Kokain-Teestunde geworden.«

Der Mann legte seinen Stift aus der Hand, als der Angestelltentyp anfing zu blubbern. Nach kurzem Schweigen flüsterte der Doctor: »Pst, Billy. Pst. Geh hinaus und setz dich in den Gang. Ich möchte mit Jane allein sprechen.«

Man hörte Schritte auf dem Holzboden und wütendes Türenknallen. Der Mann lächelte in der freudigen Erwartung auf einen exquisiten Havilland-Auftritt. Als die Stimme des Doctors aus dem Lautsprecher kam, griff er beinahe liebevoll genüßlich zu seinem Stift.

»Du läßt dich von deinem Zorn leiten, Jane.«

»Ich weiß, Doctor«, sagte die Frau.

»Deine Macht besteht darin, ihn umsichtig einzusetzen.«

»Ich weiß.«

»War der Auftrag eine Erfüllung für dich?«

»Ja. Ich entschied mich für Sex und brachte sie dazu, es zu mögen.«

»Aber danach hattest du ein hohles Gefühl?«

»Ja und nein. Ich war befriedigt, aber Billy und der alte Mann waren so *schwach*!«

»Psst, Janey. Du verdienst es, mit stärkeren Egos zu verkehren. Ich werde ein Auge auf die hochklassigen Anzeigen haben. Wir werden ein paar streitsüchtige Intellektuelle für dich finden, mit denen du deine Kräfte messen kannst.«

»Und einen Partner mit Mumm?«

»Nein. Beim nächsten Mal gehst du solo.«

Der Mann hörte, daß Jane vor Dankbarkeit weinte. Angewidert den Kopf schüttelnd, hörte er, wie der Doctor zum Gnadenstoß ansetzte: »Er hat die vollen fünftausend gezahlt?«

»Ja, Doctor.«

»Hast du dir mit deiner Prämie etwas Hübsches gegönnt?«

»Ich hab' mir einen Pullover gekauft.«

»Du hättest großzügiger sein können.«

»Ich – ich wollte, daß Sie das Geld bekommen, Doctor. Ich habe den Pullover nur als symbolischen Lohn für diesen Auftrag genommen.«

»Danke, Jane. Sonst ist alles in Ordnung? Hast du deine Angst-Mantras gesagt? Das Programm befolgt?«

»Ja, Doctor.«

»Gut. Dann laß das Geld bei mir. Ich rufe dich irgendwann in dieser Woche an der Telefonzelle an.«

»Ja, Doctor.«

Die Abschiedslaute zwangen den Mann, sich mit seinen Notizen zu beeilen. Wie auf ein Stichwort hin klatschte der Doctor in die Hände und sagte: »Himmel, was für ein häßliches Geschöpf. Lautsprecher drei, Goff. Effizienztraining.«

Goff schob den Stecker in Lautsprecher drei und drückte auf den Aufnahme-Knopf. Als das Tonband sich drehte, ging er auf Zehenspitzen die Treppe hinauf, um zuzuschauen. Dies würde seine erste Probenbeobachtung sein, seit er sein »Jenseits« zur Hölle geschossen hatte, und er mußte sehen, wie weit der Night Tripper seine Rekruten bringen würde. Nur einer von ihnen war fähig, eine so extreme Entwicklung wie er selbst zu erreichen, und alle seine Instinkte sagten ihm, daß Havilland im Begriff war, ihn jetzt dorthin zu drängen.

Goff irrte sich. Als er durch den Türspalt spähte, sah er den Professor und den Bücherwurm auf Gymnastikmatten vor dem Spiegel knien, der die gesamte westliche Wand bedeckte. Ihre Hände waren wie zum Gebet gefaltet, und Havilland stand bei ihnen und murmelte ermutigende Worte. Billy Boy und die Lesbe hatten ihre Beratung schon hinter sich; das hieß, daß der Doctor die scharfe Rote und den echten Psychopathen für zuletzt aufsparte.

Goff preßte sich an die Wand und starrte in das Zimmer, als die beiden Männer auf den Matten ihre Unterhemden auszogen und anfingen, ihre Angst-Mantras zu brüllen. *»Patria infinitum patria infinitum patria infinitum patria infinitum patria infinitum.«* Bei jeder Wiederholung hämmerten sie sich mit der Hand gegen die Brust, jedesmal heftiger, und ihr Gebrüll wurde mit jedem Schlag lauter. Die ganze Zeit über behielten sie Augenkontakt mit ihren Spiegelbildern, ohne zu zucken, auch als sich an ihren Oberkörpern blutunterlaufene Schwellungen entwickelten.

Goff schaute auf den Sekundenzeiger seiner Uhr. Eine Minute. Zwei. Drei. Er dachte schon, die Schreier müßten jeden Augenblick zusammenbrechen, als er das Wort *»Stopp!«* hörte.

Havilland kniete auf der Matte nieder, den beiden Männern gegenüber. Goff beobachtete, wie ihre Blicke vom Spiegel zu den Augen des Doctors wanderten. Sie streckten ihre rechten Arme aus und ballten die Fäuste. Havilland griff in die Tasche seines Laborkittels und holte eine Einwegspritze und ein paar Wattetupfer heraus. Die erste Injektion bekam der Bücherwurm; dann wischte er die Nadel ab, und der Professor war als nächster an der Reihe. Die beiden *lonelies* schwankten auf den Knien, aber sie hielten sich aufrecht.

Der Doctor stand auf, lächelte und sagte: »Denkt an nichts als Effizienz. Robert, du hast einen Auftrag in einem sehr reichen Haus. Ein älteres Ehepaar, Mann und Frau, lechzt nach deinen Freundlichkeiten. Das Telefon klingelt. Beide gehen hin. Wohin gehst *du?«*

Robert stammelte. »I-ins B-babadezimmer? Nach Drogen suchen?«

Havilland schüttelte den Kopf. »Nein. Du hast den Kopf voller Drogen; da liegt deine Schwäche. Monte, was würdest *du* tun?«

Monte wischte sich den Schweiß von der Brust und verrenkte sich, um sich im Spiegel anzustarren. *»Ich* würde mich fragen, was an diesem Anruf so verdammt wichtig sein kann, daß sie beide zum Telefon rennen mußten, vor allem, wenn ich da bin, um sie aufzugeilen. Also würde ich zu einem Nebenanschluß gehen und den Hörer genau gleichzeitig mit dem alten Wichser abnehmen, und dann würde ich zuhören, um festzustellen, ob das Gespräch irgendwelche bemerkenswerten Informationen enthält.«

Havilland lächelte. »Bravo.« Er schlug Monte ins Gesicht und flüsterte: »Bravo – aber du mußt mich immer ansehen, wenn du mir antwortest. Wenn du dich selbst ansiehst, bekommst du das Gefühl, du könntest unabhängig denken. Begreifst du, welcher Irrtum darin liegt?«

Monte senkte den Blick; dann schaute er wieder auf und sah Havilland in die Augen. »Ja, Doctor.«

»Gut. Robert. Eine hypothetische Frage für dich. Denke effizient, und antworte mir offen. Mein Vorrat an legal erworbenen pharmazeutischen Drogen geht zu Ende, weil einem neuen Gesetz zufolge Hypnotika und dergleichen nur noch an Krankenhausärzte ausgegeben werden dürfen. Du hast großes Verlangen danach und begreifst, daß sie es sind, was dir in meiner Obhut hier am besten gefällt. Was tust du?«

Der Bücherwurm sann über die Frage nach, und sein Blick huschte zwischen dem Spiegel und dem Doctor hin und her. Goff grinste, als ihm klar wurde, daß der Doctor den beiden eine Ladung Pentothal verpaßt hatte.

Schließlich wisperte Robert: »Das würde Ihnen nie passieren. Es könnte einfach nicht sein.«

Havilland legte Robert die Hände auf die Schultern und drückte sie sanft. »Die perfekte Antwort. Monte hätte eine intellektuelle Analyse angestellt, aber deine Antwort ist reine Offenheit aus reinem Herzen. Und natürlich hattest du recht. Ich möchte, daß ihr beide jetzt eure Mantras singt. Haltet Augenkontakt mit euch selbst, aber denkt an *mich.«*

Als Havilland auf die Tür zukam, sprang Goff die Treppe hinunter und zurück in den Lautsprecherraum. Er spulte das Band vom Effizienztraining zurück und steckte die Spule in einen großen braunen Umschlag. Dann schloß er den Kopfhörer an die mittlere Box an, und augenblicklich hörte er männlich/weibliches Sexualgegrunze, das in erstickes Stöhnen und kindisches Kichern überging. Das Kichern verwandelte sich in ein schrilles Raucherkeuchen, und Goff mußte selber lachen. Es *war* die enge kleine Rote, die er im Lingerie Club aufgelesen hatte und die ihn mit ihren Kundalini-Yoga-Stellungen fertiggemacht hatte. Er hatte von Glück sagen können, daß er lebendig aus ihrer Wohnung in den Bunker Hill Towers entkommen war.

Der Doctor sprach als erster. »Bravo. Bravo.« Seine monotone Stimme stürzte die Frau in neuerliche Lachkrämpfe. Der Mann, mit dem sie sich gepaart hatte, mühte sich noch immer, wieder zu Atem zu kommen. Goff hatte den Eindruck, er müsse am Rande eines Herzanfalls auf dem Bett liegen.

Wieder sprach der Doctor. »Später, Helen. Ich möchte den Puls des Opfers kontrollieren. Es kann sein, daß du diesmal zu weit gegangen bist.«

»Jenseits des Äußersten«, sagte Helen. »Ist das nicht unser Motto, Doctor?«

»Touché«, antwortete der Doctor. »Ich rufe dich am Donnerstag an.«

Klein Helen schlüpfte munter zur Tür hinaus, und danach war es fünf Minuten lang völlig still. Goffs Eingeweide krampften sich zusammen. Er wußte, daß der männliche Liebhaber da oben ein echter Psychopath war und daß der Night Tripper dabei war, ihn einen großen Schritt näher an den Rand zu führen. Daher kamen das Klirren von Glas und der Strom von Obszönitäten im Kielwasser der Stille nicht unerwartet, ebensowenig wie die fürsorglichen Worte des Doctors. »Es ist gut, Richard, es ist alles gut. Manchmal bedeutet ›Jenseits des Äußersten‹ auch Haß. Zuerst mußt du dies als Wirklichkeit akzeptieren, und dann mußt du dich hindurcharbeiten. Du kannst dich nicht für das, was du bist, hassen. Im Grunde bist du *gut* und *stark,* denn sonst wärest du jetzt nicht bei mir. Du hast einfach zufällig eine ungewöhnlich hohe Gewaltschwelle zu überwinden, um zu deinem Selbstsein zu finden.«

Thomas Goff versank in die Erinnerung daran, wie er Richard Oldfield rekrutiert hatte; angefangen hatte es mit der verkrüppelten Hure, die täglich für dreihundert Dollar Koks verbrauchte. Sie war ihm in »Plato's Retreat West« über den Weg gelaufen und hatte ihm von einem Börsenmakler/Bodybuilder/Scheckempfänger erzählt, der ihr fünf Hunderter pro Nummer zahlte, um sie zu verprügeln, weil sie solche Ähnlichkeit mit der Gouvernante hatte, die ihn als Kind gequält hatte. Der Kontakt im Fitness-Center hatte die Wucht eines Alptraums gehabt: Oldfield sah Goff so ähnlich, daß man ihn für seinen Zwillingsbruder hätte halten können, und er stemmte vierhundert Pfund. Aber der Bodybuilder hatte vor den Manipulationen des Doctors kapituliert wie ein Säugling, der an die Titten seiner Mutter will.

Wieder splitterte Glas. Oldfield weinte. Goff hörte, wie Havilland abwechselnd ein Liedchen pfiff und murmelte: »Na, na.« Er wußte, daß der Umschwung bevorstand.

Er kam in Gestalt einer Ohrfeige, deren Klatschen den Lautsprecher mit statischem Knistern erfüllte. »Du Schwächling«, zischte Dr. Havilland. »Du mickriger Poseur. Du speichelleckender Hurenbock. Ich besorge dir den besten Fick in unserem Programm, verspreche dir, dich zu führen, wohin dein Pipi-Gewissen dich niemals gehen lassen würde, und dafür schlägst du hier die Fenster ein und flennst.«

»Doctor, bitte«, wimmerte Richard Oldfield.

»Bitte *was,* Richard?«

»Bi– Sie wissen ...«

»Du mußt es sagen.«

»Bi-bitte bringen Sie mich so weit, wie ich gehen kann.«

Der Doctor seufzte. »Bald, Richard. Ich werde eine große Menge von Informationen sammeln, und dabei sollte eigentlich der Name einer Frau herauskommen, die für dich geeignet ist. Denke daran, wenn du deine Angst-Mantras sagst.«

»Danke, Doctor John.«

»Danke mir nicht, Richard. Deine grünen Türen sind meine grünen Türen. Geh jetzt nach Hause. Ich bin müde, und ich werde die Gruppe heute früh heimschicken.«

Goff hörte, wie der Doctor Oldfield zur Tür brachte. Das Tonband nahm rauschende Stille auf. Der leitende Assistent des Night Trippers stellte sich vor, daß die Stille von ruhenden Alpträumen in Gestalt von kühlen braunen Umschlägen bewohnt sei, aus denen Daten hervorquollen, die menschliche Wesen in Schachfiguren verwandeln würden. Der Alchimist und die sechs Opfer waren nur der Anfang. Eine Reihe von Havillands Slogans ließ Goff den Kopfschmerz, der hinter einem beigefarbenen Vorhang in seinem Schädel brannte, schaudernd zurückdrängen. Gestern abend. Drei. Was, wenn die Datenbewahrer sich nicht kaufen ließen? Der Kopfschmerz drang pochend durch den Vorhang, ein hungriger Wurm, der sein Gehirn auffraß.

Im Obergeschoß wurden Türen geschlagen. Auf Perioden der Stille folgten die stolpernden Abgänge der *lonelies.* Mercedes und Audis rollten hinaus zum Pacific Coast Highway, dann war es wieder still. Plötzlich hatte Goff Angst.

»Schlimme Gedanken, Thomas?«

Goff fuhr in seinem Sessel herum und warf seinen Stenoblock auf den Boden. Er blickte auf in die hellbraunen Augen von Dr. John Havilland, verankerte seinen Blick in ihnen, genau wie der Doctor es ihn gelehrt hatte. »Bloß Gedanken, Doctor.«

»Gut. Die Zeitungen sind voll von dir. Was ist es für ein Gefühl?«

»Ein dunkles und ruhiges Gefühl.«

»Gut. Beunruhigen dich die Spekulationen über einen ›psychopathischen Killer‹?«

»Nein. Sie amüsieren mich, weil sie so weit von der Wahrheit entfernt sind.«

»Du mußtest drei ausschalten?«

»Ja. Ich – ich erinnerte mich an Ihr Effizienztraining. Es – es kann sein, daß ich es noch einmal tun muß.«

»Die Waffe war kalt? Man kann sie nicht zurückverfolgen?«

»Eiskalt. Ich habe sie gestohlen.«

»Gut. Was machen die Kopfschmerzen?«

»Es geht. Ich singe, wenn sie wirklich schlimm werden.«

»Gut. Wenn du wieder verschwommen siehst, komm sofort zu mir. Ich gebe dir eine Spritze. Träume?«

»Manchmal träume ich vom Alchimisten. Er war gut, nicht wahr?«

»Er war ausgezeichnet, Thomas. Aber er ist fort. Ich habe ihn vom Antlitz der Erde verjagt.«

Havilland reichte Goff einen Zettel. »Sie ist eine reguläre Patientin – hat in der Praxis telefonisch einen Termin vereinbart. Ich habe mich bei einigen Mädchen aus der Szene nach ihr erkundigt. Sie kostet tausend Dollar pro Nacht. Sieh dir ihr Freierbuch an – wer sich sie leisten kann, kann sich auch uns leisten.«

Goff warf einen Blick auf den Zettel: Linda Wilhite, 9819 Wilshire Blvd, 91W. Er lächelte. »Das Haus macht keine Mühe. Ich war schon mal drin.«

Havilland lächelte zurück. »Gut, Thomas. Fahr jetzt nach Hause und genieße deine Träume.«

»Woher wissen Sie, daß ich sie genießen werde?«

»Ich *kenne* deine Träume. Ich habe sie gemacht.« Goff sah dem Doctor nach, der sich abwandte und auf die Pergolaterrasse hinausging, von der aus man einen Blick auf den Strand hatte. Er ließ den letzten Satz des Doctors in seinen Gedanken nachklingen; dann stellte er die Aufnahmegeräte ab und ging hinaus zu seinem Wagen. Er wollte die Zündung einschalten, als er das Bündel ausgestopftes Plastik auf der Ablage über dem Armaturenbrett erblickte. Er packte es und schrie, denn er wußte, es war *beigefarbenes* Plastik, und das bedeutete, daß *er* es wußte.

Goff riß den Plastikmüllsack in Fetzen und schlug dann mit den Fäusten gegen das Armaturenbrett, bis der Schmerz das Schreien in seinem Kopf betäubte. Als er die Scheinwerfer einschaltete, sah er, daß etwas Weißes unter dem Scheibenwischer klemmte. Er stieg aus und sah nach, was es war. Eine geprägte Visitenkarte von Dr. med. John R. Havilland, Facharzt für Psychiatrie, starrte ihn an. Er drehte die Karte um. Auf der Rückseite, in säuberlichen Druckbuchstaben, standen die Worte: *Ich kenne deine Alpträume.*

4

Nachdem er sechsunddreißig Stunden nonstop an dem Schnapsladen-Fall gearbeitet hatte, schlief Lloyd Hopkins in seinem Zimmerchen im Parker Center ein und träumte von Vernichtung. Geräuschwellen bombardierten ihn, Raubvögel attackierten den absichtsvoll verriegelten Teil seines Gehirns, in dem der Mann, den er bei den Watts-Unruhen getötet hatte, und der Mann, den er letztes Jahr zu töten versucht hatte, wohnten. Die Vögel rissen scharfkantige Löcher in den Himmel und ließen blutrote Kristalle hereinrieseln. Als er erwachte, knüppelte er die Bilder mit ruhigen Stilleben von Janice und den Mädchen in San Francisco nieder und wartete darauf, daß die Zeit diese Wunde heilte oder die Trennung bekräftigte. Dann übernahm die Erinnerung an das Schnapsgeschäft/Schlachthaus das Kommando und drängte die Liebe zur Familie zurück ins Sicherheitsabteil zu den Alpträumen. Lloyd war erleichtert.

Der Todesschauplatz expandierte in seinem Kopf, von den Kreide-Rastern der Spurensicherung überzogen. Abseits, zur Linken, stand eine offene Registrierkasse, eine mit Zehnern und Zwanzigern übersäte Theke, und überall auf den unteren Regalen waren zerbrochene Flaschen. Absatzspuren, wo der Besitzer zur Hinrichtung geschleift worden war. Im Raster zur Rechten lag ein umgekippter Reklameständer aus Pappe, Absatzspuren markierten die Stelle, wo die beiden anderen Opfer sich vermutlich vor dem Mörder versteckt hatten. Mitten durch das Raster zog sich eine dunkelrote Bahn in das Hinterzimmer des Ladens, und drei Leichen lagen verdreht auf einem ehedem beigefarbenen Vorhang, der von der Wucht dreier .41er Hohlspitzengeschosse, die drei Schädeldecken durchschlagen hatten, aus dem Türrahmen gerissen worden war. Erkennbare Flugbahn- oder Spritzrichtungen gab es nicht; zerplatztes Gehirn und Knochensplitter hatten den ganzen kleinen Lagerraum in ein Schlachthaus verwandelt.

Lloyd schüttelte sich, um vollends wach zu werden, und dachte: *Ein Psychopath.* Kommt in den Laden, zieht eine monströse Handflak und verlangt das Geld. Dann sieht oder hört er etwas und flippt aus. Wutentbrannt hüpft er über die Theke, zerrt den Besitzer an den Haaren zur Türöffnung. Das Mädchen und der Alte verraten sich. Er wirft den Pappständer um und läßt sie vor dem Vorhang antreten. Dort macht er sie hin, mit drei Dumdums aus einem vorderlastigen Schießeisen mit monströsem Rückstoß, und läßt das Geld auf der Theke liegen. Ein Vulkan mit Eiswasser-Einspritzpumpe.

Lloyd stand auf und reckte sich. Er fühlte, wie die letzten Reste von Schlaf verwehten, ging den Gang hinunter zur Toilette und blieb vor dem Waschbecken stehen. Abwechselnd starrte er sein Spiegelbild an und ließ sich kaltes Wasser über das Gesicht laufen. Er ignorierte das Gesumm der zum Frühdienst eintrudelnden Officer, die um ihn herum verhalten lachten und alberten, und für einen Sekundenbruchteil war ihm bewußt, daß sie ihre Stimme dämpften, weil sie Respekt vor seinem Ruf und vor seiner wohlbekannten Abneigung gegen allen Lärm hatten. Seine Wut steigerte sich immer mehr, und er definierte den Killer mit selbstgerechten Cop-Schmähungen: *Psychopathische Sackratte. Umlegen, bevor er ein zweites Mal ausrastet.*

Die ersten sechsunddreißig Stunden der Ermittlungen hatte er damit verbracht, nachzudenken und Computerprints hinterherzujagen. Er hatte gesehen, daß vor dem Schnapsladen das Parken verboten war und daß dieses Parkverbot für den ganzen Block galt; daraufhin hatte Lloyd die Theorie entwickelt, der Mörder sei entweder zu Fuß gekommen oder habe in den Büschen neben der Auffahrt zum Freeway geparkt. Die zweite These hatte sich als zutreffend erwiesen – unter den Leuchtstoff-Bogenlampen hatte die Spurensicherung frische Reifenabdrücke im weichen Boden und winzige gelbe Lackspuren an den Spitzen abgebrochener Zweige gefunden. Vier Stunden später hatte das Labor des Los Angeles Police Department die Farbanalysen abgeschlossen und auch bekanntgegeben, was die Gipsabdrücke der Reifenspuren, die von der Spurensicherung angefertigt worden waren, hergegeben hatten: Der Wagen war ein japanisches Importfahrzeug, ein neues Modell; die Farbe war ein Standardprodukt, das in allen japanischen Automobilfabriken verwendet wurde; die Reifen waren zur Serienausstattung gehörende Radialreifen, die ausschließlich bei japanischen Automarken Verwendung fanden. Eine Computerüberprüfung der in letzter Zeit verübten bewaffneten Raubüberfälle und Morde ergab, daß keine gelben japanischen Importfahrzeuge auf die Namen überführter und in Freiheit befindlicher Räuber oder Mörder zugelassen waren und daß innerhalb des vergangenen Jahres auch kein solches Fahrzeug bei einem Raubüberfall oder Mord eine Rolle gespielt hatte. Die frustrierendste Information kam von der kalifornischen Kraftfahrzeugzulassungsbehörde: In Los Angeles County waren 311 819 gelbe japanische Autos der Baujahre '77 bis '84 registriert, wodurch eine konzertierte Überprüfung auf das Vorhandensein von Strafregistern im Zusammenhang mit diesen Wagen eine verwaltungstechnische Unmöglichkeit wurde. Selbst die »Heiße Liste« von L.A. County ergab null Komma nichts: Insgesamt acht gelbe Toyotas, Subaras und Hondas waren in den vergangenen sechs Wochen als gestohlen gemeldet worden, und alle acht waren wieder aufgetaucht. Der Wagen führte in eine Sackgasse.

Damit blieb die Waffe.

Für Lloyd stand bereits fest, was in dem noch ausstehenden Bericht über die Fingerabdrücke stehen würde: Schmierspuren, Verwischungen, Teilabdrücke und bestenfalls ein paar vollständige von den dort ansässigen Suffköppen, die den Laden frequentierten. Sollten die drei Cops, die er mit Hintergrundermittlungen zur Person der drei Opfer beauftragt hatte, da nur auf eigene Faust losoperieren – die Fingerabdruck-Manie oder der »Drei töten, um einen zu erwischen«-Trick, dem er auf Anweisung seiner Vorgesetzten beim Raub-/Mord-Dezernat sein besonderes Augenmerk widmen sollte, waren ebenso tote Hosen wie das Auto. Das sagte ihm jedes Gramm seines Instinkts, ebenso wie ihm jedes Gramm seines Instinkts sagte, was die Dreieinigkeit dieses Falles war: die Psychose des Killers, seine Coolness und *seine Waffe.*

Aus dem Bericht der ballistischen Untersuchung und dem Autopsieprotokoll sprach unverhohlenes Staunen. Henry McGuire, Wallace Chamales und Susan Wischer waren aus einer Entfernung von vier bis fünf Metern mit einem .41er Revolver erschossen worden. Alle drei Kugeln hatten genau zwischen die Augen getroffen. Der Mörder war ein Scharfschütze, die Waffe eine Anomalie. .41er Revolver waren älter als der Wilde Westen; sie waren schon vor dem Bürgerkrieg nicht mehr produziert worden. Sie waren zu unhandlich, zu schwer, und besaßen eine ausgeprägte Neigung zur Ungenauigkeit. Die .41er Munition war noch schlimmer: Ob Hartkern- oder Hohlspitzengeschosse, die unberechenbaren Explosionen vermochten einmal dem Schützen fast den Arm auszukugeln und ploppten dann beim nächsten Mal wie nasses Popcorn. Wer immer die drei Leute in dem Schnapsladen am Freeway erschossen hatte, hatte eine schwierig zu handhabende antike Schußwaffe mit antiker Munition beherrscht, und er hatte seine Meisterschaft in dieser Kunst in einer extremen Belastungssituation unter Beweis gestellt.

Lloyd starrte sein eigenes Spiegelbild noch eindringlicher an und überlegte, was er jetzt anfangen sollte, nachdem er sich bei jedem Polizeirevier in Kalifornien nach gestohlenen Waffen erkundigt und persönlich jeden Antikwaffenhändler im Branchenverzeichnis befragt hatte. Überall hatte er negative Antworten bekommen – keine .41er am Lager, keine gekauft. Wahrscheinlich würde es noch rund vierundzwanzig Stunden dauern, bis die Polizeireviere auf seine Anfrage antworteten. Der Papierkram war verdaut, die Fakten waren einsortiert. Jetzt konnte er nur noch warten.

Und Warten stand im Gegensatz zu seiner Natur. Lloyd kehrte zurück in sein Büro und starrte die Wände an. Schnappschüsse von seinen Töchtern umrahmten die zehn Meistgesuchten des FBI wie ein Sternenkranz. Eine mit Stecknadeln übersäte Karte von L.A. County zeigte, daß die Mordrate in Hollywood, South Central und East Valley anstieg. In dem Schnapsladen-Fall lag es nahe, jetzt bei der Kriminalpolizei in Hollywood nachzufragen, ob dort die Informanten irgend etwas angebracht hätten. Auf der Suche nach einer Möglichkeit, seine Hirnsäfte ein wenig zu erhitzen, griff er nach der Akte, die Dutch Peltz ihm gegeben hatte, bevor die hektischen vierunddreißig Stunden begonnen hatten. *Herzog, Jacob Michael, 3. 5. 49,* stand in Maschinenschrift auf dem braunen Deckel des Ordners, und darin befanden sich Fotokopien von Statistikformularen, Fitness-Reports, Belobigungsnotizen und ein Sammelsurium von Vermerken seiner Vorgesetzten. Lloyd betrachtete Herzog als einen Verstorbenen und die Akte als seine Grabschrift. Er zog sich einen Stuhl heran und las jedes Wort fünfmal.

Ein einzigartiger Mann kam zum Vorschein. Jungle Jack Herzog hatte einen Intelligenzquotienten von 137; mit knapper Not erreichte er die beim Los Angeles Police Department vorgeschriebene Mindestgröße und das Mindestgewicht. Geboren war er in Beirut im Libanon. Er sprach fließend drei Nahostsprachen; auf dem College hatte er gegen den Vietnamkrieg protestiert, bevor er dann zur National Air Guard gegangen war. Die Ausbildung an der Polizeiakademie hatte er als Zwölftbester seines Jahrgangs abgeschlossen, und er hatte Ehrenurkunden in Allgemeinbildung, Scharfschießen und Sport erhalten. In den ersten vier Jahren bei der Polizei hatte er in Wilshire Streifendienst geschoben und dann dort bei der Sitte gearbeitet. Seine Fitness-Zeugnisse waren erstklassig gewesen und hatten ihm das Lob aller seiner Vorgesetzten eingebracht – mit Ausnahme eines Lieutenants bei der Sitte, der ihn wieder in Uniform gesteckt hatte, weil Herzog sich geweigert hatte, sich in einer öffentlichen Toilette auf die Lauer zu legen, um dort Männer bei homosexuellen Handlungen zu ertappen. Derselbe Lieutenant hatte seine Kritik später widerrufen und beantragt, daß Herzog seine Leute darin unterwies, Wettbüros und Prostituierte zu überwachen, und zwar unter besonderer Berücksichtigung des Einsatzes von Verkleidungstechniken. Herzogs »Seminare« waren so erfolgreich gewesen, daß er schließlich den Status eines Beraters erlangt und die Zivilpolizisten der ganzen Stadt ausgebildet hatte; man hatte ihn auch da noch weiterhin angefordert, als er für vier beziehungsweise drei Jahre nach West L.A. und nach Venice versetzt worden war.

Jungle Jack wurde unter dem Namen »Alchimist« bekannt, ein Hinweis auf sein Talent, sich zu verwandeln und auf der Straße regelrecht unsichtbar zu machen. Zudem hatte er eine spektakuläre Tapferkeit an den Tag gelegt: Zweimal hatte er Geiselnahmen beendet – das erstemal, indem er sich selbst dem Bewaffneten, der die Bar besetzt hatte, die er, Herzog, wegen möglicher Vorstöße gegen die Alkoholgesetze beobachtete, als Geisel anbot.

Der Bewaffnete hatte sich eine junge Prostituierte gegriffen und preßte ihr ein Messer an die Kehle, während sein Komplize die Registrierkasse leerte und Börsen und Brieftaschen der Bargäste kassierte. Herzog, als betrunkener Krüppel verkleidet, forderte den Messermann heraus, das Mädchen laufenzulassen und ihn an ihrer Stelle festzuhalten, er überschüttete ihn mit lautstarken Obszönitäten und schob sich näher und näher an den Gangster heran, dessen Messerklinge die Kehle des Mädchens bereits blutig ritzte. Als er bis auf einen halben Meter herangekommen war, stieß der Bewaffnete das Mädchen beiseite und wollte Herzog packen. Er schrie noch, als Jungle Jacks Ellbogen sich krachend in seine Luftröhre bohrte. Mit einem Karatehieb setzte Herzog den Mann vollends außer Gefecht und setzte dem Komplizen nach. Fünf Blocks weiter erwischte er ihn.

Die zweite Geiselnahme beendete er auf noch waghalsigere Weise. Ein Mann, der bei der örtlichen Polizei als gewohnheitsmäßiger PCP-User bekannt war, hatte ein kleines Mädchen in seine Gewalt gebracht und drohte, es zu erschießen. Eine gewaltige Menschenmenge sammelte sich um ihn. Jack Herzog drängte sich in Uniform durch die Menge und ging auf den Mann zu. Der ließ das kleine Mädchen fallen und feuerte dreimal auf ihn. Die Schüsse gingen fehl, und Herzog blies dem Mann aus nächster Nähe das Gehirn aus dem Schädel.

Herzog hatte sich im Police Department einen Namen gemacht; immer häufiger wurde er von Sittendezernaten und den Chefs der zivilen Kriminalpolizei angefordert. Dann beging Sergeant Martin Bergen, Herzogs bester Freund, einen Akt der Feigheit, der ebenso bemerkenswert war wie Herzogs Tollkühnheiten. Ein Verfahren wurde eröffnet, und Herzog ging für seinen Freund von Pontius zu Pilatus, sprach jeden an, der ihm einen Gefallen schuldete, in der Hoffnung, dadurch Bergens Karriere retten zu können; er trat bei dem Verfahren als Leumundszeuge für seinen Freund auf und zog gegen die Heldenmentalität der Polizei als einer ihrer größten Helden zu Felde. Martin Bergen wurde unehrenhaft aus dem Polizeidienst entlassen und Herzog auf einen Schreibtischposten verbannt – eine nicht minder schmähliche Niederlage. Auch ein Held sollte den Bossen nicht ans Knie pissen.

Lloyd legte die Akte aus der Hand, als er merkte, daß ein Schatten über die Seiten fiel. Er blickte auf und sah, daß Officer Artie Cranfield vom Kriminallabor ihn anstarrte.

»Hallo, Lloyd. Wie ist die Lage?«

»Knifflig.«

»Du mußt dich mal rasieren.«

»Weiß ich.«

»Was Neues in der Schnapsladen-Sache?«

»Nein. ich warte auf ein paar Auskünfte. Schon mal von einem Cop namens Jungle Jack Herzog gehört?«

»Yeah. Wer kennt ihn nicht? Ein Revolvermann aus dem Bilderbuch.«

»Schon mal von einem Ex-Cop namens Marty Bergen gehört?«

»Was ist das hier – ein Ratespielchen? Jeder kennt den ›alten Angsthasen‹ und das Scheißhaus-Blättchen, für das er schreibt. Wieso?«

»Herzog und Bergen waren Kumpels, Mr. Mumm und Mr. Angsthase. Gefällt dir das?«

»Nicht besonders. Du siehst ziemlich verkniffen aus, Lloyd.«

»Wenn ich warte, fühle ich mich verkniffen. Wenn ich nicht schlafe, sehe ich verkniffen aus.«

»Gehst du nach Hause? Schlafen?«

»Nein. Ich gehe Mr. Mumm suchen.«

Artie schüttelte den Kopf. »Bevor du gehst, mußt du noch irgend 'ne Macho-Bemerkung über das Arschloch aus dem Schnapsladen machen.«

Lloyd grinste. »Wie wär's damit: ›Sein Arsch ist das Gras, und ich bin der gottverdammte Rasenmäher‹?«

»Gefällt mir. Gefällt mir!«

»Hab' ich mir gedacht.«

Lloyd fuhr zu Jack Herzogs letzter bekannten Adresse, einem Apartmenthaus mit zwanzig Wohnungen auf der zum Tal gelegenen Seite der Hollywood Hills. Das pinkfarbene Stuckgebäude war von zwei Einkaufszentren eingerahmt, und der Eingangsflur beherbergte eine Videospielhalle. Ein Blick auf die Bewohnertafel ergab, daß Herzog in Apartment 423 wohnte. Lloyd stieg zu Fuß die vier Treppen hinauf und schaute im Korridor auf und ab, bevor er das Türschloß mit einer Kreditkarte aufdrückte und die Tür von innen hinter sich schloß. Beinahe wäre er über den Berg der ungeöffneten Post auf dem Fußboden gestolpert.

Er knipste das Licht an und betrachtete das erste, auf das sein Blick fiel: eine Trophäenvitrine voller Urkunden und Pokale. Die Tinte auf Herzogs Totenschein waren die weißen Scheuerpulverwischspuren auf allen hölzernen und gläsernen Flächen. Eine rasche Überprüfung des Apartments zeigte, daß die streifigen Scheuerpulverspuren jede glatte Fläche bedeckten, die Fingerabdrücke hätte enthalten können. Hier hatte ein gewissenhafter Profi gearbeitet.

Lloyd blätterte durch die Briefumschläge am Boden. Keine privaten Briefe oder Postkarten – nur Strom- und Wasserrechnungen und Reklamemüll. Er ließ den Blick durch das Wohnzimmer wandern, und was er sah, fügte sich zu einer unpersönlichen Unterkunft zusammen: keinerlei Bildschmuck, keine maskuline Unordnung, und die Möbel gehörten wahrscheinlich zum Mietvertrag. Die Urkunden und Pokale hatten das Aussehen von Erbstücken, und als Lloyd mit zusammengekniffenen Augen die auf ihnen eingeprägten Namen und Daten las, stellte er fest, daß es Renntrophäen waren, die Herzogs Vater gegen Ende der vierziger Jahre im Libanon gewonnen hatte.

Die Küche war noch spartanischer – Geschirr und Besteck waren säuberlich auf der Abtropfplatte gestapelt, und weder im Kühlschrank noch auf den Regalen fanden sich irgendwelche Lebensmittel. Nur das Schlafzimmer zeigte Spuren einer Persönlichkeit: Ein Schrank hing voll mit Polizeiuniformen und einem gewaltigen Vorrat an Zivilkleidern; alle denkbaren Outfits waren vorhanden, von der Jacke eines Lumpensammlers über Zuhälteranzüge mit breiten Revers bis zum Lederdreß eines Motorradgangsters. Neben dem Bett stand ein hohes Regal voller Bücher. Lloyd überflog die Rückentitel. Es waren lauter Biographien, vor allem Lebensbeschreibungen von Generälen, Eroberern und religiösen Bilderstürmern. Ein komplettes Bord enthielt ausschließlich Werke über Richard Löwenherz und Martin Luther, ein anderes Bücher über Peter den

Großen. Romantische Plünderer, Despoten und wahnsinnige Visionäre. Lloyd verspürte eine Welle der Zuneigung zu Jungle Jack Herzog.

Nachdem er einen Blick ins Bad geworfen hatte, suchte Lloyd das Telefon und rief Dutch Peltz auf dem Revier Hollywood an. Als Dutch sich meldete, sagte er: »Ich bin in Herzogs Bude. Hier hat ein Profi saubergemacht. Herzog kannst du endgültig streichen, aber sag's noch nicht weiter. Okay?«

»Okay. Ist die Bude verwüstet worden?«

»Nein. Ich habe das Gefühl, der Mörder war nur vorsichtig. Wollte in jeder Hinsicht auf Nummer Sicher gehen. Kannst du mir ein paar Gefallen tun?«

»Schieß los.«

»Wenn die Sitte da ist, frag Walt Perkins, in welchen Bars Herzog gearbeitet hat. Greif dir alle Berichte, die Herzog vielleicht eingereicht hat. Um Marty Bergen kümmere ich mich selber, und heute abend komme ich noch mal her und frage Herzogs Nachbarn aus. Ich rufe dich dann gegen sieben zu Hause an.«

»Soll mir recht sein.«

»Ach, und – Dutch? Deine Jungs sollen ihre Informanten nach Antikwaffen-Fans ausfragen, oder nach irgendwelchen Arschlöchern, die als gewalttätig bekannt sind und die in letzter Zeit angefangen haben, Schußwaffen zu tragen. Auch wenn es bloß Quatsch und Straßentratsch ist – ich will es wissen.«

»Du tappst im dunkeln, Lloyd.«

»Ich weiß. Ich melde mich um sieben.«

Lloyd durchquerte Jungle Jack Herzogs öde Wohnung. Als er die Tür hinter sich ins Schloß zog, brummte er: »Du armes edles Arschloch – wieso mußtest du dich so verdammt gründlich beweisen?«

Lloyd brauchte eine halbe Stunde, um nach West Hollywood in die Redaktion des *Big Orange Insider* zu fahren. Hitze, Smog und der fehlende Schlaf führten mit vereinten Kräften dazu, daß ein dröhnender Kopfschmerz den Asphalt vor seinen Augen verschwimmen ließ. Um dagegen anzukämpfen, kurbelte er das Fenster hoch und schaltete die Klimaanlage auf volle Kraft, und ihn schauderte, als ihn ein neuer Adrenalinstoß überkam. Zwei neue Fälle, hier drei Tote, da vermutlich einer. Keinen Schlaf für mindestens noch einmal zwölf Stunden.

Der *Big Orange Insider* hauste im ersten Stock eines Pseudo-Art-déco-Châteaus am San Vicente, einen Block südlich vom Sunset Boulevard. Lloyd trat ein und ging an der Rezeptionistin vorbei; er wußte, daß sie ihn als Cop erkannte und sofort in den Redakteursbüros anrufen würde, um die Leute vor dem nahenden Feind zu warnen. Er kam in einen großen, mit Schreibtischen vollgestopften Raum und grinste, als mißtrauische Augen von den Schreibmaschinen aufblickten und ihn abschätzend musterten. Als die Blicke feindselig wurden, verneigte er sich und warf der versammelten Mannschaft eine Kußhand zu. Er fühlte sich wohler, als zwei Frauen zurückwinkten. Dann zupfte ihn jemand am Ärmel. Er drehte sich um. Dicht hinter ihm stand ein hochgewachsener junger Mann.

»Wer hat Sie nach hinten gelassen?« wollte der junge Mann wissen.

»Niemand«, antwortete Lloyd.

»Sind Sie Polizist?«

»Ich bin ein Überläufer. Ich habe bei den Cops gekündigt und suche Asyl bei der freien Presse der Gegenkultur. Ich möchte meine Memoiren verkaufen. Bringen Sie mich zu Ihrem schlauesten Ghostwriter.«

»Sie haben dreißig Sekunden, um dieses Büro zu verlassen.«

Lloyd trat einen Schritt auf den jungen Mann zu. Der junge Mann wich zwei Schritte zurück. Lloyd sah die Angst in seinen Augen. »Scheiße«, sagte er. »Detective Sergeant Hopkins vom L.A.P.D. Ich möchte Marty Bergen sprechen. Sagen Sie ihm, es geht um Jack Herzog. Ich warte vorn am Empfang.«

Er ging zurück in den Eingangsraum. Die Frau, die dort am Schreibtisch saß, starrte ihn ausdruckslos an, und so vertrieb er sich die Zeit damit, die vergrößerten, gerahmten Leitartikel-Cartoons zu betrachten, die an allen vier Wänden hingen, boshafte Karikaturen, die das L.A.P.D. und den L.A. County Sheriff attackierten. Fette, schweinsgesichtige Polizisten, in die amerikanische Flagge gehüllt, piekst en schlafende Betrunkene mit einem Dreizack; Chef Gates baumelte an Marionettenfäden, gehalten von zwei Männern in Ku-Klux-Klan-Gewändern. Wolfsgesichtige Bullen scheuchten schwarze Prostituierte in einen Polizeibus, während der Officer am Steuer an einer Schnapsflasche nuckelte; eine Sprechblase offenbarte seine Gedanken: »Wow! Bei der Polizei ist es aufregend! Ich hoffe bloß, die Bimbos haben Geld bei sich! Die Rate für meinen Wagen ist überfällig!«

»Ich gebe zu, es ist übertrieben.«

Lloyd drehte sich um, als er die Stimme hörte, und musterte offen den Mann, dem sie gehörte. Martin Bergen war über einsachtzig groß und blond, und sein einstmals kräftiger Körper wurde sichtbar schlaff. Sein rotes Gesicht war zu einem Ausdruck von unfroher Heiterkeit verzogen, und seine hellblauen Augen waren wäßrig, aber ihr Blick war fest. Sein Atem bestand zu gleichen Teilen aus Whiskey und Pfefferminzmundwasser.

»Sie müssen es wissen. Sie waren – wie lange? Dreizehn oder vierzehn Jahre dabei?«

»Sechzehn, Hopkins. Und Sie?«

»Achtzehneinhalb.«

»Und bei zwanzig ist Schluß?«

»Nein.«

»Verstehe. Was ist mit Jack Herzog?«

Lloyd trat zurück, um die Reaktion des ganzen Körpers übersehen zu können. »Herzog ist seit über drei Wochen verschwunden. Seine Bude ist gesäubert worden. Er hat in der Personalverwaltung in der City gearbeitet und war an die Sitte Hollywood ausgeliehen. Weder im Parker Center noch im Revier Hollywood hat ihn jemand gesehen. Was schließen Sie daraus?«

Marty Bergen begann zu zittern. Sein rotes Gesicht wurde bleich, und seine Finger zupften an seinen Hosenbeinen. Er wich rückwärts zurück bis an die Wand und fiel auf einen stählernen Klappstuhl. Die Frau am Empfang brachte ein Glas Wasser, zögerte und verschwand in der Damentoilette, als sie sah, daß Lloyd den Kopf schüttelte.

Lloyd setzte sich auf einen Stuhl neben Bergen und fragte: »Wann haben Sie Herzog zuletzt gesehen?«

Bergens Stimme klang ruhig. »Vor ungefähr einem Monat. Wir haben uns immer noch getroffen; Jack hat mir nicht vorgeworfen, was ich getan habe. Er wußte, daß wir uns in dieser Hinsicht unterschieden. Er hat mich nicht verurteilt.«

»In welcher geistigen Verfassung war er?«

»Ruhig. Nein – ruhig war er immer, aber in letzter Zeit war er launisch: Gerade noch fröhlich und im nächsten Moment down.«

»Worüber haben Sie gesprochen?«

»Alles mögliche. Scheiß. Bücher hauptsächlich. Über meinen Roman – den, an dem ich gerade schreibe.«

»Haben Sie mit Herzog über seine Aufträge gesprochen?«

»Über Polizeiangelegenheiten haben wir nie gesprochen.«

»Ich habe gehört, Herzog sei ein ›eingefleischter Einzelgänger‹ gewesen. Würden Sie das auch sagen?«

»Ja.«

»Können Sie mir andere Freunde nennen, die er hatte?«

»Nein.«

»Frauen?«

»Er hatte eine Freundin, mit der er sich gelegentlich traf. Ich weiß nicht, wie sie heißt.«

Lloyd lehnte sich zu Bergen hinüber. »Was ist mit Feinden? Was ist mit Leuten bei der Polizei, die ihn haßten, weil er zu Ihnen gestanden hat, wie er es getan hat? Sie kennen die Mentalität des Durchschnittsbullen so gut wie ich. Herzog muß bei einigen Ärgernis erregt haben.«

»Der einzige, bei dem er Ärgernis erregt hat, war ich. Er war so viel besser in allen Dingen als ich, daß ich ihn immer am meisten liebte, wenn ich ihn am meisten haßte. Wir waren so – so *verschieden.* Als wir das letztemal miteinander redeten, sagte Jack, er werde meine Unschuld beweisen. Aber ich *bin* abgehauen. Ich bin schuldig.«

Bergen fing an zu schluchzen. Lloyd stand auf und ging zur Tür. Bevor er hinausging, sah er sich noch einmal nach dem Lohnschreiber um, der dort weinend unter den gerahmten Schmähungen dessen saß, was er einmal selbst gewesen war. Bergen verbüßte eine lebenslange Strafe, die ihm nicht erlassen werden konnte. Die Last dieses Gedankens ließ ihn schaudern.

Die Rückfahrt zum Valley milderte Lloyds Erschöpfung. Behaglich in seinem klimatisierten Blechkokon sitzend, ließ er seinen Gedanken über Herzog und Bergen freien Lauf – intellektuelle Cop-Kumpane, zwei Männer, von denen sein Instinkt ihm sagte, daß sie einander mindestens so ähnlich waren, wie Bergen behauptete, daß sie sich unterschieden. Der Schnapsladen-Mord wich für eine Weile in den Hintergrund, und als er vor Jack Herzogs Haus parkte, spürte er, wie der »Zweite Atem« seines Geistes sich auch körperlich bemerkbar machte. Er lächelte, denn er wußte jetzt, daß er noch Saft für eine lange Jagd hatte. Kurz nach fünf kamen Herzogs Nachbarn allmählich von der Arbeit nach Haus. Die ersten paar musterte Lloyd vom Wagen aus, und er stellte fest, daß ihr gemeinsamer Nenner jenes müde Mittelklasse-Aussehen war, wie es Valley-Bewohnern beiderlei Geschlechts eigen war. Genau das Richtige für das Versicherungsauszahlungs-Spielchen. Er nahm einen Stapel falscher Visitenkarten aus dem Handschuhfach und übte sein Lächeln des freundlichen Versicherungsmannes aus der Nachbarschaft, um sich auf einen Auftritt vorzubereiten, bei dem er herausfinden würde, wie sehr Jungle Jack Herzog Einzelgänger gewesen war.

Drei Stunden und zwei Dutzend Stegreifbefragungen später mußte Lloyd einsehen, daß Herzog vom Einzelgänger zur Ziffer geworden war. Keiner der Leute, mit denen er geredet hatte, konnte sich erinnern, den Mieter von Apartment 423 auch nur mal *gesehen* zu haben; sie hatten alle angenommen, die Wohnung stünde aus irgendeinem Grunde leer. Die unbezweifelbare Offenheit ihrer Angaben war wie ein Tritt in die Zähne gewesen; die Tatsache, daß mehrere von ihnen erwähnt hatten, der Vermieter/Hausmeister werde frühestens nächste Woche wieder in der Stadt sein, hatte ihm den Rest gegeben. Ein solides Stück Ermittlungsarbeit war für die Katz.

Lloyd fuhr zu einer Telefonzelle und rief Dutch Peltz an. Dutch meldete sich nach dem ersten Klingeln. »Peltz. Wer spricht?«

»Hat dir schon mal jemand gesagt, daß du dich meldest wie ein Bulle?«

Dutch lachte. »Ja. Du. Hast du was zum Schreiben?«

»Schieß los.«

»Herzog hat in zwei Single-Bars gearbeitet, im ›First Avenue West‹ und im ›Jackie D.‹, beide an der Highland, nördlich vom Boulevard. Vor allem hielt er Ausschau nach Barkeepern, die für ein Schmiergeld an Minderjährige ausschenkten, und nach Huren, die in der Garderobe Lutschnummern lieferten; wir hatten da ein Dutzend Beschwerden. Mehr als sechs Wochen hat er in den

Läden gearbeitet, ohne je seine Tarnung zu verlieren. Immer wenn er sah, daß was im Busch war, rief er die Streife oder das Rauschgiftdezernat über einen Münzfernsprecher an. Er war an sechs Verhaftungen wegen Kokain und neun wegen Prostitution beteiligt. Rausgekommen ist, daß die Aufsichtsbehörde beiden Läden die Schanklizenz entzieht.«

Lloyd stieß einen Pfiff aus. »Was ist mit den Berichten, die er eingereicht hat?«

»Es gibt keine, Lloyd. Anweisung von Walt Perkins. Die Berichte haben die Polizisten verfaßt, die die Festnahmen vollzogen haben. Walt wollte Jack nicht kompromittieren.«

»Scheiße. Das bedeutet, daß wir Rache als Motiv streichen können.«

»Ja – zumindest, soweit es die Festnahmen betrifft, die in letzter Zeit auf sein Konto gegangen sind. Was war mit Bergen?«

»Nichts. Bergen hat Herzog seit über einem Monat nicht mehr gesehen. Sagt, er sei launisch gewesen, bedrückt. Die Nachricht hat ihn tief getroffen. War um zwei Uhr nachmittags schon betrunken. Armes Schwein.«

»Wir werden einen Bericht an die Vermißtenstelle geben müssen, Lloyd.«

»Ich weiß. Soll das Internal Affairs Department sich nur drum kümmern – was allerdings bedeutet, daß man dich und Walt Perkins anscheißen wird, weil ihr die Sache nicht früher gemeldet habt, und wahrscheinlich gibt's noch einen größeren Anschiß, weil Herzog außertariflich beschäftigt worden ist.«

»Vielleicht übertragen sie dir den Fall, wenn Raub/Mord ihn bekommt.«

»Man wird die Leiche doch niemals finden, Dutch. Die Sache ist von vorn bis hinten profimäßig durchgezogen worden. Die vom IAD werden sich vertraulich damit befassen und alles vertuschen. Laß mir noch achtundvierzig Stunden Zeit in der Sache, bevor du sie weitergibst. Okay?«

»Okay.«

»Was hast du aus euren Informanten zu dem Schnapsladen-Fall herausbekommen?«

»Noch gar nichts. Ich habe eine Notiz an alle meine Leute geschickt, aber für eine Antwort ist es noch ein bißchen früh. Was machst du jetzt im Fall Herzog?«

»Werd' mal einem Zug durch die Bars machen, Dutchman. Stell dir vor: Ich als Swingin' Single.«

»Viel Spaß.«

Lloyd lachte. »Am Arsch.« Er hängte ein.

Von Diskomusik bombardiert, kämpfte Lloyd um einen Stehplatz an der Bar im »First Avenue West«. Er zeigte seine Versicherungskarte und Jack Herzogs Foto aus der Personalakte drei Barkeepern, vier Cocktailkellnerinnen und zwei Dutzend Singles, aber er bekam nur negative Antworten, variiert allenfalls durch feindselige Blicke und Kopfschütteln von Motorradtypen, die ihn als Bullen erkannten, und verärgerten Zurückweisungen von jungen Frauen, denen seine Art nicht gefiel. Schließlich ging Lloyd hinaus und schüttelte jetzt selber wütend den Kopf: Hier würde er auf keinen grünen Zweig kommen.

Das »Jackie D.«, drei Häuser weiter, war beinahe leer. Lloyd zählte die Köpfe, als er auf einem Barhocker Platz nahm. Ein Pärchen drehte sich langsam auf der Tanzfläche, und zwei überalterte Swinger fütterten die Musicbox. Der Barkeeper legte eine Serviette vor ihn hin und erklärte, was los war. »›Zwei trinken, einen bezahlen‹ – im ›First Avenue West‹. Jeden Dienstagabend. Bringt mich um. Ich hab' immer niedrige Preise, damit's die Masse bringt, und trotzdem springe ich über die Klinge. Gibt's keine Gnade in diesem Leben?«

»Keine«, antwortete Lloyd.

»Wollte ich nur hören. Was trinken Sie?«

Lloyd legte eine Dollarnote auf den Tresen. »Ginger Ale.«

Der Bartender schnaubte. »Sehen Sie, was ich meine? Keine Gnade.«

Lloyd zeigte das Foto von Jack Herzog hervor. »Haben Sie diesen Mann schon mal gesehen?«

Der Barkeeper studierte das Foto, goß Lloyds Glas voll und nickte. »Yeah, hab' ich hier oft gesehen.«

Lloyds Haut prickelte. »Wann?«

»Vor 'ner Weile. Ist 'n Monat her, sechs Wochen, vielleicht zwei Monate, kurz bevor diese Schwanzlutscher von der Behörde mir Scherereien mit meiner Schanklizenz machten. Sind Sie 'n Cop?«

»Richtig.«

»Von der Sitte?«

»Raub/Mord. Erzählen Sie mir was über den Mann auf dem Bild.«

»Was soll ich da erzählen? Kam rein, trank, gab gutes Trinkgeld, machte keine Miezen an.«

»Je mit ihm gesprochen?«

»Eigentlich nicht.«

»Ist er mal mit jemandem zusammen gekommen oder gegangen?«

Der Bartender verzog das Gesicht, als er in seiner Erinnerung wühlte. »Yeah«, sagte er dann. »Er hatte einen Kumpel. Aschblond. Mittelgroß, vielleicht Anfang Dreißig.«

»Hat er den hier kennengelernt?«

»Das kann ich Ihnen nun nicht sagen.«

Lloyd ging zu dem Münztelefon vor der Herrentoilette, rief das Revier Hollywood an und verlangte Lieutenant Perkins. Als Perkins sich meldete, sagte Lloyd: »Walt, hier ist Lloyd Hopkins. Ich hab' eine Frage.«

»Nur zu.«

»Hat Herzog bei seinen Bar-Einsätzen allein gearbeitet?«

Perkins schwieg eine ganze Weile. Schließlich sagte er: »Ich bin da nicht ganz sicher, Lloyd. Ich *vermute,* manchmal ja, manchmal nein. Ich habe Jack immer freie Hand gelassen. Wenn er mit einzelnen von unseren Leuten irgendwelche Verabredungen traf, war das seine Sache. Soll ich morgen abend beim Appell mal rumfragen?«

»Ja. Wie wär's mit einem aschblonden Mann, mittelgroß, Anfang Dreißig? Kann sein, daß Herzog mit ihm gearbeitet hat.«

»Die Hälfte unserer Truppe sieht so aus, Lloyd.«

Wieder folgte ein Augenblick des Schweigens. Schließlich sagte Lloyd: »Er ist tot. Ich melde mich«, und er hängte den Hörer ein. Der Barmann blickte auf, als er zum Ausgang ging. »Es gibt keine Gnade!« rief er.

Zermürbt von Schlaflosigkeit und schwindenden Möglichkeiten, fuhr Lloyd in die Stadt zum Parker Center; er hoffte, die diensthabende Nachtaufsicht in der Personalabteilung würde leicht einzuschüchtern sein. Als er den Mann hinter der Theke dösend auf dem Stuhl sitzen sah, einen Science-fiction-Roman auf der Brust, wußte er, daß er schon gewonnen hatte.

»Verzeihung, Officer!«

Der Diensthabende fuhr hoch und starrte Lloyds Dienstmarke an. »Hopkins, Raub/Mord«, sagte Lloyd. »Jack Herzog hat ein paar Unterlagen für mich in seinen Schreibtisch gelegt. Zeigen Sie mir, wo er steht?«

Der Officer gähnte und deutete auf eine Reihe von Plexiglaskabinen. »Herzog arbeitet in der Tagschicht; deshalb weiß ich nicht genau, wo sein Schreibtisch steht. Aber bedienen Sie sich nur, Sergeant. Die Namen stehen an den Türen.«

Lloyd begab sich in das Labyrinth der Plexiglas-Büros, und mit Erleichterung sah er, daß Herzogs Zelle vom Platz des Officers aus nicht zu sehen war. Die Tür war nicht verschlossen, und als er den Schreibtisch durchwühlte, nahm eine zweite unpersönliche Behausung Gestalt an: Bleistifte, Notizblocks und verschiedene Blanko-Dienstformulare kamen zum Vorschein. Eine Schublade; zwei Schubladen; drei Schubladen. Herzog, die Ziffer.

Lloyd hob die Faust, um auf die Schreibtischplatte zu schlagen, als er am Fußboden die Ränder einiger Papiere erblickte, die dort, wo Wand und Teppichboden aneinanderstießen, in einem Spalt verborgen lagen. Er hockte sich nieder und zog sie heraus, und es überlief ihn kalt, als er Aktenanforderungsformulare erkannte, mit Namen, Dienstgrad, Geburtsdatum und Dienstmarkennummer der angeforderten Akte oben und dem Namen und Dezernat des anfordernden Officers unten. Mit zusammengekniffenen Augen überflog er die fünf Zettel. Die Namen der betroffenen Cops kannte er nicht, wohl aber den Namen des anfordernden Officers: Captain Frederick T. Gaffaney, Internal Affairs Department, hatte alle fünf Personalakten angefordert. Der alte Sektenchrist Fred

Gaffaney, der ihm als Lieutenant beim Raub/Mord-Dezernat die Hölle heißgemacht hatte. Als Lloyd genauer hinschaute, fühlte er, wie die Kälte ihm über das Rückgrat hinauf ins Hirn kroch. Er kannte Gaffaneys Unterschrift. Das hier waren plumpe Fälschungen.

Lloyd zog sein Notizbuch hervor und kritzelte die Namen der Officer hinein, deren Akten angefordert worden waren. Tucker, Duane W., Lieutenant, Wilshire Division; Murray, Daniel X., Captain, Central Division; Rolando, John L., Lieutenant, Devonshire Division; Kaiser, Steven A., Captain, West Valley Division; Christie, Howard J., Lieutenant, Rampart Division.

Er starrte auf die Namen, und einem Impuls folgend, fuhr er noch einmal mit der Hand unter dem Teppichrand entlang. Er zog noch ein letztes Blatt hervor, und er erstarrte in eisiger Kälte, als er den Namen las, der in Druckbuchstaben im Kopf des Formulars stand: *Hopkins, Lloyd W., Nr. 1114, geb. 27. 2. 42, Sergeant, Raub/Mord.*

5

Thomas Goffs Beschattungsfotos hatten ihn nicht auf die Schönheit dieser Frau vorbereitet. Nichts in seinen mündlichen und schriftlichen Berichten beschrieb auch nur annähernd ihre Aura von Finesse. Eine Tausend-Dollar-Hure in einem Tausend-Dollar-Rohseidenkleid. Dr. John Havilland lehnte sich in seinem Stuhl zurück und tat, als verschlüge es ihm die Sprache. Mochte die Frau vorläufig die Oberhand bekommen, mochte sie glauben, ihr Charisma hätte seine Professionalität untergraben. Als Linda Wilhite unter seinem eindringlichen Blick kein Unbehagen erkennen ließ, brach er das lange einleitende Schweigen. »Wollen Sie mir etwas über sich erzählen, Miss Wilhite? Über die Gründe, die Sie bewogen haben, sich in eine Therapie zu begeben?«

Linda Wilhites Blick wanderte im Sprechzimmer umher; ihre Hände strichen über die Armlehnen ihres Sessels. Glänzend polierte Eichenpaneelwände, ein gerahmtes Edward-Hopper-Original. Keine Couch. Die Sessel, in denen sie und der Doctor saßen, waren mit reinem Cashmere bezogen. »Sie haben etwas übrig für hübsche Dinge«, stellte sie fest.

Havilland lächelte. »Sie auch. Das ist ein sehr hübsches Kleid.«

»Danke. Weshalb kommen die Leute meistens zu Ihnen?«

»Weil sie ihr Leben verändern wollen.«

»Natürlich. Können Sie erraten, womit ich meinen Lebensunterhalt verdiene?«

»Ja. Sie sind Prostituierte.«

»Woher genau wissen Sie das?«

»Sie haben meinen Auftragsdienst angerufen und einen Termin mit mir vereinbart, ohne zu verlangen, mit mir persönlich verbunden zu werden, und Sie haben nicht gesagt, wer Sie empfohlen hat. Wenn eine Frau auf diese Weise Kontakt mit mir aufnimmt, nehme ich an, daß sie aus der Szene kommt. Ich habe schon viele Prostituierte beraten, und ich habe mehrere Monographien über die Ergebnisse meiner Untersuchungen veröffentlicht, ohne dabei je die Anonymität meiner Patientinnen zu lüften. Im Jargon würde man mich einen Einzelkämpfer nennen. Ich habe keine Empfangsdame und keine Sekretärin, denn ich traue solchen Leuten nicht. Dies ist der Grund, weshalb Frauen aus der Szene mir vertrauen.«

Linda fuhr mit der Fingerspitze über die Muster im Seidenstoff ihres Kleides und in den Cashmeresesseln des Doctors. »Dieses Kleid hat dreizehnhundert Dollar gekostet. Die Schuhe sechshundert. Ich liebe hübsche Dinge, Sie lieben hübsche Dinge, und wir haben beide eine Menge Geld. Aber was ich tue, um dieses Geld zu verdienen, bringt mich um, und ich muß damit aufhören.«

Havilland ließ die Worte der Frau auf sich wirken und beugte sich dann vor. Er senkte seine Stimme, so weit es ging, und fragte: »Sind Sie bereit, kleinkarierten Scheißdreck wie ein Dreizehnhundertdollarkleid für die wahre Macht zu opfern? Sind Sie bereit, Ihre Vergangenheit zu durchwühlen, um herauszufinden, weshalb Sie kreatürliches Behagen so nötig brauchen, daß Sie Ihre Integrität dafür aufgeben? Sind Sie bereit, sich ganz zu demontieren und mir zu helfen, Sie so weit zu führen, wie Sie gehen können?«

Linda zog unter diesem Feuerwerk von Fragen den Kopf zwischen die Schultern. »Ja«, sagte sie.

Havilland stand auf, streckte sich und beschloß, mit Volldampf einzusteigen. Er setzte sich wieder und sagte: »Linda, die Art meiner Therapie ist keine Einbahnstraße. Was Sie glauben, das ich wissen will und was ich wissen muß, sind möglicherweise zwei verschiedene Dinge. Ich möchte unsere erste Sitzung mit Fragen und Antworten ausfüllen. Ich stelle ein paar fundierte Schätzungen und Vermutungen über Sie an, und Sie sagen mir, wie zutreffend sie sind. Was ich herstellen möchte, ist eine Art von instinktiver Übereinstimmung. Können Sie mir folgen?«

Mit bebender Stimme fragte Linda: »Wie weit ist ›so weit, wie ich gehen kann‹?«

Dr. John Havilland warf den Kopf in den Nacken und lachte. »Meine Vermutung ist, daß Sie den Ball aus dem Stadion und bis ins nächste County schlagen können.«

Linda lächelte. »Dann wollen wir anfangen«, sagte sie.

Havilland stand auf, ging zum Fenster und blickte auf den Strom von Autos und Menschen hinunter, der sich sechsundzwanzig Stockwerke tiefer dahinwälzte. Er hüstelte und drückte auf den Einschaltknopf, der in der Fensterbank eingelassen war; ein Stromkreis schloß sich, und ein Tonbandgerät hinter der Wandtäfelung setzte sich in Gang.

Er drehte sich um und sah Linda Wilhite an. »Sie sind einunddreißig oder zweiunddreißig, aus einer großen Familie im nördlichen Mittelwesten – Michigan oder Wisconsin. Die beste und intelligenteste unter Ihren Geschwistern. Ihre Brüder haben Sie angebetet, Ihre Schwestern verabscheut. Ihre Eltern sind neureich, und das schafft Ihnen Unbehagen: Sie haben Angst, das schwer verdiente Geld wieder zu verlieren. Sie sind vor dem Examen vom College abgegangen und haben in Gelegenheitsjobs gearbeitet, bis eine Reihe von desillusionierenden Erfahrungen Sie langsam in die Szene geraten ließen. Wie nah bin ich an der Wahrheit?«

Linda schüttelte den Kopf. »Ich bin neunundzwanzig, aus Los Angeles, Einzelkind. Meine Eltern starben, als ich zehn war. Ich lebte in mehreren Pflegefamilien, bis ich die High-School hinter mich gebracht hatte. Auf dem College bin ich nicht gewesen. Meine Eltern waren mittelarm. Es war mein bewußter Entschluß, Prostituierte zu werden, genauso wie es mein bewußter Entschluß war, damit aufzuhören. Bitte halten Sie mich nicht für typisch.«

Havilland ging im Kreis herum, und sein Blick wanderte hin und her zwischen Linda Wilhite und dem Perserteppich, der seine Schritte dämpfte. »Ist es ein Verbrechen, typisch zu sein? Nein, antworten Sie nicht; lassen Sie mich fortfahren. Sie genießen Sex mit älteren Freiern einer gewissen Art, und es verletzt Sie, wenn sie mit einer anderen schlafen. Wenn Sie einen Kunden attraktiv finden, phantasieren Sie über ihn, und hinterher hassen Sie sich dafür. Sie verachten Huren, die sich für ›Therapeutinnen‹ und dergleichen halten. Ihr grundlegendes Dilemma besteht darin, daß Sie eine konservative Natur mit einem ethischen Verhältnis zur Arbeit sind, gleichzeitig aber wissen, daß das, was Sie tun, ein Dreck ist, eine Antithese zu jedem anständigen Moralinstinkt, den Sie besitzen. Seit Jahren versuchen Sie, diesen Widerspruch rational zu verarbeiten, Sie haben sich mit Lebenshilfebüchern und spirituellen Traktaten vollgestopft, aber das hilft jetzt nicht mehr, und deshalb kommen Sie zu mir. Touché, Miss Wilhite?«

Die Stimme des Doctors war lauter und lauter geworden, kleine Crescendi der Wahrheit, und Linda wußte, daß sie an Umfang und Intimität zunehmen würden, ohne daß der Mann je wankte. Ihre Hände flatterten über ihrem Schoß und suchten nach etwas an und von ihr, das sie hätte anfassen können. Als sie sich auf grüne Paisley-Seide herabsenkten, zuckten sie zurück, und sie sagte: »Ja. Ja. Ja. Woher wissen Sie das?«

Dr. John Havilland setzte sich wieder und streckte die Beine aus, bis seine Fußspitzen nur eine Handbreit von Lindas Alligatorschuhen entfernt waren. »Linda, ich bin der Beste, den es gibt. Um es platt zu sagen: Ich bin ein gottverdammtes Kunstwerk.«

Linda lachte, bis sie merkte, daß eine leise Röte an ihrem Dekolleté heraufkroch. »Ich habe einen Freier, der erzählt mir genau das gleiche. Er sammelt kolumbianische Kunst; daher weiß ich, daß er in diesen Fragen Experte ist. Und wissen Sie, was komisch ist? Er nennt mich ein ›gottverdammtes Kunstwerk‹, aber er geht nie mit mir ins Bett. Er fotografiert mich bloß. Ist das nicht zum Schießen?«

Havilland lachte mit, erst schallend, dann ruhiger. Als sein Lachen erstorben war, sagte er: »Was tut dieser Mann mit den Fotos von Ihnen?«

»Er läßt sie vergrößern, und dann rahmt er sie ein und hängt sie in seinem Schlafzimmer auf«, antwortete Linda.

»Wie fühlen Sie sich dabei? Verehrt? Angebetet?«

»Ich ... ich fühle mich meiner Schönheit würdig.«

»Haben Ihre Eltern früh anerkannt, daß Sie schön sind? Haben sie Sie deswegen verwöhnt?«

»Mein Vater.«

»Haben Ihre Eltern Sie fotografiert?«

Bei dem Wort *fotografiert* zuckte Linda zusammen. »N-nein«, stammelte sie.

Havilland beugte sich vor und legte ihr die Hand aufs Knie. »Sie sind blaß geworden, Linda. Warum?«

Wieder zog Linda den Kopf zwischen die Schultern. »Es geht so schnell. Ich wollte Ihnen davon heute noch nichts erzählen, weil es mir meistens so weit entfernt zu sein scheint. Mein Vater war ein gewalttätiger Mann. Er war Hafenarbeiter, und für Geld machte er Boxkämpfe mit bloßer Faust in den Docks von San Pedro. Er gewann oder er verlor, und immer wettete er große Summen auf sich selbst; wenn er dann gewonnen hatte, überschüttete er Mutter und mich mit Geschenken, und wenn er verloren hatte, brütete er vor sich hin und schlug alles kurz und klein. Meistens verlief es fifty-fifty – er gewann, verlor, gewann, verlor ... Ich wußte nie, was ich zu erwarten hatte.

Als ich zehn war, hatte Daddy eine Pechsträhne. Seine Laune war schlechter als je zuvor, und er zerschlug alle Fenster in unserem Haus. Es war Winter, und weil wir pleite waren, hatte man uns die Heizung abgestellt, und der kalte Wind pfiff durch die zerschlagenen Fenster herein. Den Tag, an dem es geschah, werde ich nie vergessen. Ich kam aus der Schule nach Hause, und da standen Polizeiautos vor der Tür. Ein Polizist nahm mich beiseite und brachte mir bei, was passiert war. Daddy hatte Mutter ein Kopfkissen über den Kopf gestülpt und ihr ins Gesicht geschossen. Dann hatte er sich die Pistole in den Mund geschoben und sich selbst erschossen. Man steckte mich in ein Heim, und zwei Tage später sagte die Leiterin, ich müsse die Leichen identifizieren. Sie zeigte mir Fotos von der Autopsie – Daddy und Mutter, und beide hatten das halbe Gesicht weggeschossen. Ich weinte und weinte, aber ich konnte den Blick nicht von den Fotos wenden.«

»Und, Linda?« wisperte Havilland.

»Und ich kam zu einem älteren Ehepaar, das mich wie eine Prinzessin behandelte«, fuhr Linda fort. »Ich klaute die Fotos, die die Heimleiterin mir gezeigt hatte, und zwang mich, über sie zu lachen und mich an ihnen zu weiden. Diese Bilder befreiten mich von dem beschissenen Leben, das ich geführt hatte, und wenn ich über sie lachte, war es, als rächte ich mich an meinen Eltern. Ich –«

Havilland hob die Hand, um sie zu unterbrechen. »Lassen Sie mich zu Ende erzählen. Ihre Pflegeeltern ertappten Sie dabei, wie Sie über die Fotos lachten, und bestraften Sie. Danach war Ihr Verhältnis zu ihnen nie wieder so wie vorher?«

»Ja«, sagte Linda.

Wieder wanderte der Doctor in seinem Büro herum und fuhr leicht mit den Fingerspitzen über die Eichenholztäfelung der Wände. »Noch ein paar Fragen, und dann beenden wir diese Sitzung. Ist der Mann – der Kunde, den Sie anziehend finden – ein großer, körperlicher Typ, intelligent und gebildet, aber nicht ohne die Aura einer gewissen Gewalttätigkeit?«

Lindas Stimme war ein erstauntes Flüstern. »Ja.«

Havilland lächelte. »Erstklassige Fortschritte in nur einer Sitzung. Ist es Ihnen recht, wenn die nächste Sitzung übermorgen – Freitag – stattfindet? Sagen wir, um zehn Uhr dreißig?«

Linda Wilhite stand auf und stellte überrascht fest, daß ihre Knie nicht zitterten. Sie strich sich den Rock glatt und sagte: »Ja, ich werde dasein. Danke.«

Havilland nahm sie beim Arm und führte sie zum Ausgang. »Es war mir ein Vergnügen.«

Als Linda Wilhite gegangen war, schaltete der Doctor, bewaffnet mit ihrem Bild und den Fakten, die Goff ausgekundschaftet hatte, die Lichter aus und spielte das Zeitreisespiel.

Als Linda zwei war und mit ihren Lumpenproleten-Eltern in einem Loch in San Pedro wohnte, war er zwölf und verschaffte sich heimlich Zutritt zu den Häusern der Reichen in Bronxville und Scarsdale, New York, und vertrieb die Dämonen aus seinem nächtlichen Herzen, indem er sich der stillen Muse der Häuser fremder Menschen auslieferte, manchmal stahl, manchmal nicht.

Als Linda vierzehn war und sexuelle Experimente mit schwachsinnigen Surfern in Huntington Beach durchführte, war er vierundzwanzig und bestand als Jahrgangsbester sein Examen an der medizinischen Fakultät in Harvard, der legendäre »Dr. John the Night Tripper«, der geniale Rauschgiftchemiker/Abtreiber, dessen Lehrer hingerissen seinen Ausführungen über die Theorien Kinseys, Pomeroys und Havelock Ellis' lauschten.

Als Linda in einer Reihe von Pflegefamilien zu exquisiter Schönheit heranwuchs, voller Staunen über den Tod ihrer Eltern und die Apostasie, die das Blutbad hervorgebracht hatte, war er –

Die Zeitmaschine kreischte, erschauerte und kam knirschend zum Stehen. Eine grüne Tür öffnete sich, und dahinter stand ein Mann in grauer Uniform neben einem lachsrosafarbenen '56er Ford-Victoria-Cabrio. Kleine Mädchen in Partykleidern drängten sich in dem Wagen, und kurz bevor er lichterloh explodierte, drehten sie sich um, deuteten mit den Fingern auf ihn und lachten.

Der Night Tripper ging hinaus in die Diele, knipste das Licht an und suchte nach Bestätigung. Er fand sie in glasgeschützten Tributgaben, gerahmten Diplomen von der New York University, aus Harvard, dem St. Vincent und dem Castleford Hospital – Pergamentdokumente, auf denen unmißverständlich zu lesen war, daß er der Beste war. Die Daten, die sie trugen, erklärten, weshalb die Zeitmaschine nicht funktionierte. Linda war mächtig. Linda hatte wie er eine Katastrophe erlitten, und sie verlangte, daß er seine Geschichte von Anfang an der ihren gegenüberstellte.

1956. Scarsdale, New York. Johnny Havilland, elf Jahre alt, bekannt als »Spatz«, »Schlappschwanz« und »Kackstelze«. Sherrynuckelnde Mutter mit jenem inzuchtmäßigen Aussehen, wie es den weißen, angelsächsisch-protestantischen Nobelfamilien, die nie für ihren Lebensunterhalt haben arbeiten müssen, angeboren ist; Vater mit großem Geld, ein Nimrod, dessen Schrotsalven die Ungezieferpopulationen in sechs Countys des Staates New York dezimiert haben. Johnny haßt die Schule; Johnny haßt alle Ballspiele; Johnny liebt es, zu träumen und mit seinem Kofferradio Musik zu hören.

Johnnys Vater hält ihn für einen Schlappschwanz und beschließt, ein Ritual zu vollziehen, um seine Männlichkeit zutage zu bringen: Erschieße den altersschwachen Apportierhund der Familie. Johnny weigert sich und wird von seinem Vater dazu verdonnert, einen »Trainingskurs« bei einer extremistischen Nonnensekte zu absolvieren. Die Nonnen sperren Johnny in einen Keller voller Ratten, er bekommt nichts zu essen oder zu trinken und hat nur eine Schaufel, um sich zu schützen. Zwei Tage vergehen. Johnny kauert sich in eine Ecke und schreit sich die Kehle wund, während die Ratten ihn in die Beine beißen. Am dritten Tag schläft er auf dem Boden liegend ein, und er erwacht, als eine dicke Ratte mit einem Stück aus seiner Lippe davonhuscht. Johnny schreit, packt seine Schaufel und schlägt jede Ratte im Keller tot.

Am nächsten Tag holt Johnnys Vater ihn nach Hause. Er zerzaust ihm das Haar und nennt ihn »Dads kleinen Rattenkiller«. Johnny geht schnurstracks zum Gewehrschrank seines Vaters, sucht sich eine großkalibrige Schrotflinte aus und marschiert damit hinaus zum Zwinger, hinter dessen Stacheldraht fünf Labradors und Drahthaar-Pointer herumtollen. Johnny schießt die Hunde in Fetzen, dreht sich um und schaut seinen Vater an. Der wird blaß und fällt in

Ohnmacht. Wochen vergehen. Sein Vater meidet ihn. Johnny weiß, daß er von seinem Vater ein kostbares Geschenk bekommen hat, sehr viel wertvoller als landläufige Männlichkeit. Johnny liebt seinen Vater, und er möchte ihm mit seiner neuentdeckten Kraft Freude machen.

1957. »Green Door« von Jim Lowe steigt in der Hitparade nach oben und erfüllt Johnny mit der dumpfen Ahnung dunkler Geheimnisse.

»Midnight, one more night without sleeping.
Watching, 'till the morning comes creeping.
Green door, what's that secret you're keeping?«

(Mitternacht, und wieder eine Nacht ohne Schlaf.
Lauernd, bis der Morgen herankriecht.
Grüne Tür, welches Geheimnis verbirgst du?)

Johnny möchte das Geheimnis erfahren, damit er es seinem Vater verraten und ihn so lieben kann.

Die Suche nach dem Geheimnis beginnt damit, daß er am Regenrohr eines Nachbarhauses hinaufklettert und in den dunklen Dachboden eindringt. Johnny findet Kojoten auf Rädern und Schaufensterpuppen. Die Puppen haben Bohrlöcher im Gesicht und in der Genitalregion, und jemand hat rote Farbe in die Löcher geschmiert und heraussickern lassen, so daß sie aussehen wie Wunden. Johnny stiehlt das Glasauge eines Kojoten und legt es seinem Vater auf den Schreibtisch. Sein Vater erwähnt das Geschenk nie. Als weitere Geschenke aus anderen dunklen Häusern folgen, erkennt Johnny, daß sein Vater Angst vor ihm hat.

Johnnys Einbrecherkarriere nimmt ihren Fortgang; die geräumigen Häuser von Westchester County sind ihm Lehrer und Freund. Der Wunsch, die Liebe seines Vaters zu verdienen, verblaßt unter den unberechenbaren Wogen der Leidenschaft, von denen er sich in schattenverhüllten Schlafzimmern und Korridoren durchtränken läßt. Grüne Tür über grüne Tür birst vor ihm auf. Und dann war da die vorletzte Tür und der Mann in Uniform, und hinter der letzten Tür liegt pechschwarze Leere.

Die Dunkelheit vertiefte sich, als die Zeitmaschine endgültig versagte und die Chronographennadel auf dem 2. Juni 1957 steckenblieb. Die Leere zog sich über Monate hin. Der unerfahrene kleine Johnny Havilland, der darin verschwand, war nur eine Hülse, verglichen mit dem selbstbewußten John, der wieder zum Vorschein kam.

Immer diese Erinnerungslücke, dachte der Night Tripper. Vater war da, als sie begann, und fort, als seine Erinnerungen wieder in linearer Folge einsetzten. Er nahm die Fotos, die Goff von Linda Wilhite gemacht hatte, vom Schreibtisch und fächerte sie vor sich auf wie ein Kartenspiel. Linda erwachte für einen kurzen Augenblick zum Leben, und der Schnitt, der ihr Mund war, verriet Ratlosigkeit. Sie wollte wissen, *warum* er so groß war, wie er war.

Havilland schob die Fotos durcheinander und ließ Linda um die Antwort betteln. Er lächelte. Er würde es ihr sagen, und dazu würde er die Hilfe der Zeitmaschine nicht brauchen.

1958. Vater war seit Monaten nicht mehr da; Mutter, in ihrem ständigen Sherry-Nebel, schien es nicht zu kümmern. Alle zwei Monate kam ein Scheck aus dem steuerfreien Stiftungsfonds, den Vater vor fast einem halben Jahrhundert angelegt hatte. Es war, als hätte ein gigantischer Marionettenspieler den Mann in die Ewigkeit hinaufgerissen und seinen materiellen Reichtum zum Erstaunen aller zurückgelassen, um sicherzustellen, daß Johnny *alles* bekam, was er wollte.

Johnny wollte Wissen. Er wollte Wissen, weil er begriff, daß es ihm Souveränität über den psychischen Schmerz verleihen würde, unter dem alle Menschen außer ihm litten. Sein Gram über das Verschwinden seines Vaters hatte sich verwandelt und war zu einer Rüstung geworden, umhüllt von einem Glas, das nur in eine Richtung durchsichtig war. *Er* konnte hinausschauen und *alles* sehen; niemand konnte hineinschauen und *ihn* sehen. Derart unverwundbar, strebte John Havilland nach Wissen.

Er fand es.

1962 bestand John Havilland die Abschlußprüfungen an der Scarsdale High-School als Klassenprimus, vom Leiter der Schule gepriesen als »menschliche Enzyklopädie«. Es folgte die New York University, und mit ihr kamen weitere akademische Ehren, die ihren Höhepunkt in der Mitgliedschaft in der *Phi-Beta-Kappa*-Vereinigung und einem *Summa-cum-laude*-Examen fanden. Am Ende stand ein Vollstipendium für das Medizinstudium in Harvard.

An der medizinischen Fakultät in Harvard gelang es John Havilland dann, seine Wissenslust und seine Beherrschung der menschlichen Gefühle zur Beherrschung anderer Menschen zu kombinieren. Wie seine frühe Einbrecherkarriere begann es auch diesmal mit einer Kletterpartie am Regenrohr und einem Satz durch ein offenes Fenster. Aber während er früher mit Schnickschnack zurückgekommen war, um damit seinem Vater eine Freude zu machen, fand er diesmal Fragen und Antworten, von denen er wußte, daß sie *ihn* zum spirituellen Patriarchen zahlloser biegsamer Seelen machen würden.

Das Fenster war der Weg zu den Tonbandaufzeichnungen vertraulicher Interviews, die Alfred Kinsey in den Jahren 1946 und 1947 durchgeführt hatte. Die Interviewten wurden mit knappen Sätzen beschrieben und dann aufgefordert, sich selbst zu beschreiben. Der Variationsfaktor war verblüffend – die Leute beschrieben sich fast immer anhand einer physischen Abnormität. Die folgenden Frage-und-Antwort-Sitzungen verliefen nach einem einförmigen

Muster und enthüllten profane Dinge – Lust, Schuld und Ehebruch, Dinge, die John Havillands Immunsystem schon in früher Jugend überwunden hatte.

Als er die Bänder etwa zweihundert Stunden lang angehört hatte, wußte John zwei Dinge. Erstens: Kinsey war ein gewandter Interviewer gewesen, ein Wissenschaftler, für den Faktenerklärungen in sich erhellend waren. Zweitens: Dies zu wissen, genügte nicht, Kinsey war gescheitert, weil er seine Interviewten nicht dazu hatte bringen können, über irgendwelche Varianten des Fickens und Lutschens hinaus offen über Phantasien zu sprechen. Geständnisse von düsterer Großartigkeit konnte er nicht hervorlocken, weil er dergleichen selbst nicht kannte. Seine Probanden waren Hinterwäldler, die keinen blassen Dunst hatten. Kinsey operierte auf der Grundlage freudianisch-humanistischer Ethik: Stelle die Kenntnis von Verhaltensmustern zur Verfügung, um dem Subjekt einen Standpunkt der Objektivität zu eröffnen, von dem aus es seine Neurosen dem Schrottplatz nicht funktionierender Dinge überantworten kann. Zeige ihm, daß seine Ängste und extremen Phantasien irrational sind, und überzeuge es davon, daß es ein liebevoller, langweiliger, glücklicher Mensch ist.

Als er die Bänder etwa sechshundert Stunden lang angehört hatte, wußte John zwei weitere Dinge. Erstens: Die profundeste aller Wahrheiten lag in den Labyrinthen, die sich hinter einer grünen Tür in der Seele des Probanden schlängelten, und zwar in dem Augenblick, da Kinsey sagte: »Erzählen Sie mir von Ihren Phantasien.« Zweitens: Mit den richtigen Informationen und den korrekten Stimuli könnte er sorgfältig ausgewählte Menschen dazu bringen, diese Türen aufzubrechen und ihre Phantasien auszuleben, jenseits aller moralischen Schranken und den Fesseln des Gewissens, und dabei *ihn* über sein schon jetzt absolutes Wissen um die unaussprechliche Dummheit des Menschen hinaus in ein neues Nachtreich zu führen, das sich bis jetzt seiner Vorstellungskraft entzog. Denn die Nacht war da, um ausgeplündert zu werden, und nur jemand, der über ihren Gesetzen stand, vermochte ihr ihre Reichtümer zu entreißen, ohne zugrunde zu gehen.

Jetzt, da er mit einer Mission ausgestattet war, blieb ihm nur noch die Aufgabe, die zu ihrer Ausführung nötigen Mittel ausfindig und verfügbar zu machen. Es war das Jahr 1967. Drogen und Hardrock fluteten durch Harvard, hereingetragen von Scharen von Studenten, Einheimischen und durchreisenden Hippies, die bereit waren, gegen alles zu protestieren, alles zu probieren und alles zu fressen, um sich zu finden, sich zu verlieren oder »transzendentale Erfahrungen« zu machen. Ein sozialer Wandel lag in der Luft und produzierte eine »Bewußtseins-Explosion«, die John Havilland für einfältig hielt, von Versagern propagiert, von denen viele es nicht einmal mehr erlebten, wie diese Periode infolge ihrer eigenen Leere dahinschwand und von neu aufflammender reaktionärer Glut verdrängt wurde. Er gab dieser Jugendkultur eine Lebenserwartung von höchstens zwei Jahren und beschloß, eine ihrer

Leitfiguren zu werden. Die Menschen würden ihm folgen: Sie hatten gar keine Wahl.

Zwei Abtreibungen, gratis in seinem antiseptisch sauberen Apartment in Beacon Hill vollzogen, verhalfen ihm zu einem heimlichen Ruf unter den Studenten von Harvard; eine Platte, die auf einer Marihuana-Party gespielt wurde, verschaffte ihm einen machtvollen Kriegsnamen. »Doctor John the Night Tripper« war ein Kreole, der mit kreischender Stimme Oden auf Dope und Sex sang, begleitet von zwei Saxophonen, Schlagzeug und einer elektrischen Orgel. Auf einer Party hielt ein schwer bedröhnter Anthropologie-Professor ihm ein Plattencover unter die Nase und brüllte: »Das bist du, Mann! Dein Name ist John, und du bist auf der Medizinischen! Irre!«

Der Spitzname blieb hängen, und er bekam weitere Nahrung durch die Ausflüge des jungen Doctors in die Fabrikation von LSD und flüssigem Methamphetamin. Rauschgift kochende Medizinstudenten waren nichts Besonderes, aber ein Drogendoctor, der seinen Stoff verschenkte, ohne irgendwelche Bedingungen zu stellen, bot Anlaß zu mancherlei Spekulationen. Die Leute kamen zu ihm in die Wohnung und suchten an seinem Wissen teilzuhaben. Er erzählte ihnen, was sie hören wollten: Einen Brei aus dem Gedankengut der Gegenkultur, angerührt aus den Absonderungen aller ihrer Heroen. Sie merkten nie, daß sie verarscht wurden, nicht einmal, als der Night Tripper schließlich offenbarte, daß es doch Bedingungen gab.

Die Experimente begannen. Willst du *wirklich* herausfinden, wer du bist? fragte Doctor John sein potentielles Subjekt. Willst du *wirklich* in die Tiefen deiner Möglichkeiten vordringen? Ist dir klar, daß du, wenn ich deine geheimsten Phantasien erkunde, an einem einzigen Wochenende erfahren wirst, was die Psychoanalyse niemals ans Licht wird ziehen können?

Die Subjekte waren ausnahmslos »vorsortierte« Besucher seines Apartments in Beacon Hill. Sie gehörten, ob männlich oder weiblich, alle zum gleichen Typ: Ästheten ohne originelles Denken; Kinder reicher Eltern auf der Suche nach Geistigem, deren rebellische Ader eine lange Vorgeschichte übermäßiger Abhängigkeit von den Eltern durchzog. Ein Wochenende, um Doctor John bei seiner Examensarbeit zu helfen? Na klar.

Die Wochenenden begannen mit erstklassigem Marihuana und scherzhaft formulierten Fragen nach dem Sexualleben. Noch mehr Gras und mündliche Fragen folgten, und der Doctor erheiterte seine Subjekte mit erfundenen Anekdoten aus seinem eigenen Geschlechtsleben. Wenn die Subjekte mit Gras und Musik beinahe eingeschläfert waren, injizierte Doctor John ihnen eine Dosis Natrium-Pentothal, erzählte ihnen Horrorgeschichten und registrierte ihre Reaktionen. Wenn sie genüßlich reagierten, zielte er direkt auf die Schlagader ihrer Phantasie und verflocht seine Horrorgeschichten mit denen des Subjekts, und er ließ Wandgemälde entstehen, die vom Abschlachten der Familien bis zu sexuellen Eroberungszügen *en gros* alles enthielten. Wenn das Subjekt einschlief, schlief der Night Tripper neben ihm ein und genoß das Gefühl bekleideter Körper, die einander in der Gemeinsamkeit des Alptraumes fast berührten.

Immer kleinere Dosen Pentothal, begleitet von visuellen Hilfen, erfüllten das restliche Wochenende und führten das Subjekt an die Schnittstelle zwischen Phantasie und Realität, wo es einigermaßen erkennen konnte, was es offenbart hatte. Anti-Kriegs-Aktivisten feixten über den Fotos napalmverschmorter Babys, zeigten einen Moment lang Reue und lachten dann in der Freude der neugewonnenen Freiheit über diese Anwandlung. Der Doctor beschrieb die geliebten Eltern in würdelosen Situationen mit Kühen und Schweinen, und die Subjekte schmückten diese Schilderungen mit widerlichen, humorvollen Details aus. Seelen durchbrachen grüne Türen, kehrten dann in die Normalität zurück und ließen ihre Wochenend-Offenbarungen gutmütig vor sich hinköcheln, bis der rechte Zeitpunkt oder der rechte Katalysator käme oder auch nicht.

Nach vier Monaten solcher Wochenenden brach Dr. John seine Experimente ab. In ihrer ständigen Wiederholung waren sie eintönig geworden, und er hatte einen Punkt erreicht, wo er die Reaktionen seiner Subjekte unfehlbar vorhersagen konnte. Er hatte bei seiner Mission Quantensprünge zu bewerkstelligen, aber er wußte, daß er auf diese Sprünge noch Jahre würde warten müssen.

Als er 1969 sein Medizinstudium abgeschlossen hatte, wurde John Havilland Assistenzarzt am St. Vincent's Hospital in der New Yorker Bronx, wo er sich in Zwölfstundenschichten um die Nöte von Sozialhilfeempfängern und ihren Familien kümmerte. Es war langweilige Medizinerarbeit, und er wurde von Tag zu Tag rastloser und schickte Bewerbungen an jedes Krankenhaus im Großraum New York, von dem bekannt war, daß sein psychiatrisches Personal erneuerungsbedürftig war. Die Facharztausbildung für Psychiater erforderte eine dreijährige Arbeit als Assistent, und er wollte sichergehen, daß er seinen Ausbildern überlegen war – von Anfang an.

Sechzehn Bewerbungen: Sechzehn Zusagen. Drei Monate Detektivarbeit. Ergebnis: Castleford Hospital, eine Stunde weit nördlich von New York City. Schlechte Bezahlung, Alkoholiker in den Schlüsselpositionen der Verwaltung, in der Psychiatrie vier ältliche Ärzte und eine pillensüchtige Stationsschwester. Umfangreiche Rehabilitations-Verträge mit dem Bewährungsausschuß des Staates New York, was bedeutete, daß es dort jede Menge gerichtlich eingewiesene Kriminelle geben würde. Er würde sein Spiel mit aller Finesse, deren er fähig war, spielen, und sie würden ihm freie Hand lassen. Am 4. März 1971 bezog Dr. John Havilland sein neues Quartier neben dem Hauptverwaltungsgebäude des Castleford Hospital in Nyack, New York, und er wußte, daß etwas geschehen würde. Er irrte sich nicht. Nachdem er sechs Monate lang in tristen Hundeleben herumgewühlt hatte, begegnete er Thomas Goff.

In der ersten Analysesitzung war Goff hyperkinetisch und witzig gewesen, obwohl ihn Migräne belastete. »Mein Lebensziel war immer, *nichts* zu tun, und das außergewöhnlich gut. Mein Verderben war der Umstand, daß ich es gern in gestohlenen Autos tat ... Ich werde alles tun, um nicht wieder ins Gefängnis zu müssen – ich werde Taucher für eine Abwrackfirma oder Gigolo für alte jüdische Jungfern in Miami Beach. Was empfehlen Sie, Doctor? Lasse ich mir Kiemen wachsen? Oder lasse ich mich beschneiden? Herrgott, verdammte Scheiße – diese Kopfschmerzen bei Tageslicht bringen mich noch um!«

Havilland hatte gespürt, wie seine Instinkte einrasteten und ihn drängten, jetzt zu handeln. Er gehorchte seinen Instinkten und injizierte Goff eine große Dosis Demerol intravenös. Während Goff in einer schmerzfreien Drogenwolke schwebte, stellte er ihm Fragen und erfuhr, daß es Goff Spaß machte, Leuten weh zu tun, und daß er darüber nie redete, weil man dafür ins Gefängnis kam. Er hatte schon vielen Leuten weh getan, aber sein Zellengenosse im Zuchthaus von Attica war der Müllsack-Mann gewesen, und da hatten auch die Kopfschmerzen angefangen, und war diese wilde psychedelische Zimmerdecke nicht *beige?* Gib mir meine Kopfschmerzen zurück!

Havilland hatte ihn endgültig eingeschläfert und seine Akte gelesen, während er bewußtlos war. Thomas Lewis Goff, geboren 19. 6. 49; Haarfarbe hellbraun, Augenfarbe blau, Größe 180 cm, Gewicht 155 Pfund. High-School-Aussteiger; IQ 161; Autodiebstahl, Einbruch, Zuhälterei – Dreimal wegen schwerer Körperverletzung festgenommen, wieder freigelassen, als die weiblichen Opfer ihre Aussage zurückzogen. Verurteilt wegen Autodiebstahls bei zwei Vorstrafen zu fünf Jahren Haft im Staatsgefängnis; am 4. 11. 69 nach Attica eingewiesen, galt als Musterhäftling. Nach den kürzlich stattgefundenen Unruhen auf Bewährung in Freiheit gesetzt, nachdem eine psychiatrische Untersuchung im Gefängnis ergab, daß er eine Psychose entwickeln würde, wenn er weiter inhaftiert bliebe. Hauptsymptome: psychosomatische Kopfschmerzen und Angst vor Tageslicht; stammen anscheinend aus der Zeit der Unruhen, während derer er in einem abseits gelegenen Zellenblock die Zelle mit einem gewissen Paul Mandarano teilte, einem überführten Mörder, der als der »Müllsack-Killer« bekannt war. Mandarano hatte Selbstmord begangen, indem er sich am Gitter des Zellenfensters aufgehängt hatte, und Goff war mit der Leiche in der Zelle eingesperrt geblieben, bis der Aufstand niedergeschlagen worden war. Ein neurologischer Schaden war nicht vorhergesehen worden; seine Bewährungsaussichten hatte man als ausgezeichnet eingestuft.

Das Schicksal schloß Dr. John Havilland in seine Arme. Als Thomas Goff das Bewußtsein wiedergewann, sagte er: »Es wird alles gut werden, Thomas. Bitte vertraue mir.«

Der Night Tripper pirschte Goffs Alpträumen nach, er nahm ihnen die Schärfe mit Drogen und neuen Phantasien, bis Goff nicht mehr genau wußte, ob es Attica und den Müllsack-Mann wirklich gegeben hatte. Mit Hilfe von Natrium-

Pentothal und Altersregressions-Hypnose führte der Doctor ihn zurück zu dem Punkt, wo das Trauma sich verflüssigte, und er erfuhr, daß Paul Mandarano sich mit einem beigefarbenen Plastiksack erhängt hatte und daß ein Gebläseventilator draußen vor dem Zellenblock die losen Plastikenden unablässig vor dem Gitter hatte auf und ab flattern lassen; dies und das Flutlicht der Sicherungsscheinwerfer hatte die Zelle, in der Goff mit einem verwesenden Leichnam gekauert hatte, in eine abwechselnd grell erleuchtete und stockfinstere Horrorshow verwandelt. Der klassische Symbolismus: Licht vergrößerte das Grauen, die Dunkelheit verringerte es. Nach sieben Monaten Therapiesitzungen in einem kühlen, matt erleuchteten Zimmer war Thomas Goffs Angst vor dem Tageslicht so weit gemildert, daß sie erträglich war. »Austern werde ich immer hassen, Doc, aber manchmal muß ich eben zusehen, wie andere welche essen. Man kann dem Tageslicht nicht dauernd aus dem Weg gehen, aber wie Nietzsche sagt: ›Was mich nicht umbringt, macht mich stärker.‹ Richtig, Doc?«

Der Night Tripper verspürte ein Liebesbeben in sich, als er Goff reden hörte. Es war richtig, daß Goff ihn liebte, aber den umgekehrten Fall durfte es nicht geben. »Ja, Thomas, Nietzsche hat es ganz richtig gesehen. Es wird dir um so deutlicher werden, je weiter wir auf unserer Reise zusammen vordringen.«

Diese Reise wurde für mehr als zehn Jahre unterbrochen.

Thomas Goff verschwand, tauchte unter in dem Nebel, der im besten Falle immer ein Hexengebräu aus Phantasie und Wirklichkeit bleiben würde. Der Doctor grämte sich um den Verlust dessen, der seine rechte Hand hatte sein sollen, und konzentrierte sich darauf, die Kunst der Psychiatrie auszuüben; er spezialisierte sich auf die Beratung von Prostituierten und Kriminellen, in Castleford und dann in seiner Privatpraxis in Los Angeles, er suchte und speicherte Wissen, schrieb und veröffentlichte Monographien und verschaffte sich den Ruf des brillanten Einzelgängers, der wuchs und wuchs, während die Eroberungspläne in ihm gärten. Und dann, eines Tages, stand Thomas Goff vor seiner Tür, wimmernd: Die Kopfschmerzen seien wieder da, und ob der Doctor ihm nicht helfen könne?

Das Schicksal schnipste mit den Fingern. »Ja«, sagte Dr. John Havilland.

Es folgten Neuro-Scans, Elektroenzephalogrammen, Bluntuntersuchungen und eine ausgiebige Therapie, und jede physische, jede geistige Untersuchung führte einen Schritt näher zu der Startlinie, an der die Mission des Night Trippers beginnen sollte. Die letzten zehn Jahre, die Thomas Goff hinter sich hatte, waren außergewöhnlich gewesen. Havilland beschrieb sie in seinem Tagebuch:

> Seit meiner letzten Analyse hat das Subjekt klassische kriminelle Verhaltensmuster angenommen und sich zu einem Lehrbeispiel für eine paranoid/soziopathische Persönlichkeit entwickelt, jedoch mit einer bemerkens-

werten Abweichung: Sein kriminelles Verhalten ist pathologischen Ursprungs, wird indessen nicht in pathologischer Weise realisiert. Goff zeigt große Anpassungsfähigkeit, wenn es darum geht, seine gewalttätigen Impulse einer umsichtigen Auswahl seiner Opfer unterzuordnen, und er unterläßt es stets, ihnen beträchtlichen körperlichen Schaden zuzufügen oder sie zu töten. Er hat zehn Jahre lang überall an der Ostküste nächtliche Einbrüche verübt und ist nie gefaßt worden; er hat schätzungsweise zweihundert gewalttätige Angriffe gegen Frauen unternommen und dabei sexuelle Befriedigung erlebt, *ohne daß es zu schwerer Körperverletzung gekommen wäre, wie es für seine Überfälle vor unseren Sitzungen im Jahre 1971 charakteristisch war.* Da Goff als Psychopath im wahrsten Sinne des Wortes bezeichnet werden muß, ist diese Zurückhaltung (auf die er sich etwas zugute hält, was er meiner damaligen Behandlung zuschreibt!) nicht bloß außergewöhnlich – sie ist beinahe unglaublich. Es ist offensichtlich, daß er meint, ich hätte ihm das Leben gerettet (und zwar, indem ich seine Angst vor Tageslicht gemildert und seine Erinnerungen an den in Attica miterlebten Selbstmord abgestumpft habe), und daß er implizit glaubt, dies hätte ihn in krimineller Hinsicht regelrecht mit einer *carte blanche* ausgestattet. Tatsächlich behauptet Goff (mit einem IQ von 161!), *ich hätte ihn zu denken gelehrt.* Es ist unverkennbar, daß dieser brillante Kriminelle eine Vater-Sohn-Beziehung mit mir anstrebt und daß seine »Kopfschmerzen« ein psychosomatisches Mittel sind, uns zusammenzubringen, um meine Pläne, deren Existenz er spürt, zu verwirklichen. Die Anziehungskraft, die ich auf ihn ausübe, ist *weder* offen *noch* verdeckt homosexuell; Goff setzt mich, auf einer Sensor-Stimulus-Ebene, lediglich gleich mit Frieden, Ruhe und der Erfüllung seiner Träume.

Als die neue Phase der Therapie drei Wochen gedauert hatte und Goffs immer wiederkehrende Kopfschmerzen mit halluzinogen angereichertem Codein erstickt worden waren, stieg der Night Tripper mit voller Kraft ein und zwang ihn zur endgültigen Kapitulation.

»Weißt du, daß ich dich liebe, Thomas?«

»Ja.«

»Weißt du, daß ich hier bin, um dich so weit zu bringen, wie du gehen kannst?«

»Ja.«

»Willst du mir helfen, anderen zu helfen? Sie hinauszuführen, wie ich dich hinausgeführt habe?«

»Sie wissen, daß ich das will.«

»Willst du mir helfen, Wissen zu erringen?«

»Nennen Sie's beim Namen, deuten Sie mit dem Finger darauf, und ich tu's.«

»Würdest du für mich töten?«

»Ja.«

In dieser Nacht umriß der Doctor Goffs Rolle bei seiner Mission. Einsame Männer und Frauen sollte er anwerben, reisende Geistsucher, rückgratlose Bürger des »New Age«, ohne Familie und mit viel Geld. In der Bewußtseinsszene der Gegenkultur, in den Nachttreffs der Singles müßte es von ihnen wimmeln. Goff sollte ihre Empfänglichkeit abschätzen, sie herausholen und zu ihm bringen, und zwar mit äußerster Diskretion und Vorsicht und ohne physische Gewalt. Auch Kundschaftereinbrüche sollte er unternehmen, er sollte in die Wohnungen der Huren eindringen, die beim Doctor in Therapie waren, und ihre Freierlisten nach den Namen reicher Kunden durchsuchen – Zielpersonen waren Männer mit schwacher Willenskraft und einer monogamen Beziehung zu einer Hure. »Laß dir Zeit und sei vorsichtig, Thomas«, sagte Havilland. »Dieser Prozeß dauert ein Leben lang.«

Der Prozeß erbrachte im ersten Jahr drei *lonelies*. Havilland war zufrieden mit dem Fortgang seiner Arbeit an ihrer Psyche, aber die karge Ausbeute an purem Wissen frustrierte ihn. Weitere acht Monate vergingen; weitere drei *lonelies* wurden rekrutiert. Der Doctor verfeinerte seine Techniken und füllte Hunderte von Seiten mit dem, was er lernte. Aber immer noch schmachtete er nach puren Daten, nach schmiegsamem Ton, den er genußvoll in den Händen halten und dann in das menschliche Bildwerk verknoten konnte, das er hier schuf. In seiner Frustration schlug er vor Wut mit der Faust auf den Tisch, und er beschwor die Zeitverwerfungen seiner Vergangenheit, die Antworten auf Fragen auszuspeien, für die es keine Antworten gab. Und dann trafen zwei Ereignisse zusammen und brachten ihm eine Antwort.

Trotz der Medikamente wurden Thomas Goffs Kopfschmerzen schlimmer. Havilland führte eine neue Testreihe durch und sah seine psychosomatische Diagnose widerlegt. Goff litt an Leptomeningitis, an chronischer Hirnhautentzündung. Sie war der Grund für seine Kopfschmerzen, und sie hatte wahrscheinlich im Laufe der Jahre als verstärkender Faktor zu seinem gewalttätigen Verhalten beigetragen. Zum erstenmal in seiner beruflichen Laufbahn sah der Doctor sich in einer Krise. Leptomeningitis war heilbar, durch eine Operation und auch durch eine Vielzahl von Medikamenten. Die Gesundheit seines Ersten Offiziers ließe sich wiederherstellen, und alles würde seinen normalen Gang gehen. Leptomeningitis war auch dafür bekannt, daß sie bei sonst friedfertigen Männern und Frauen mörderische Tobsuchtsanfälle hervorrief, und doch hatte es geschehen können, daß Thomas Goff, ein gewalttätiger, soziopathischer Krimineller, mehr als zehn Jahre lang an der Krankheit gelitten hatte, ohne daß er sich von ihr über die Grenze zu besinnungsloser Metzelei hatte drängen lassen. Ohne Behandlung würde Thomas Goff bald den Verstand verlieren und schließlich an einer massiven Gehirnblutung sterben. *Aber wenn sich Goffs*

Krankheit durch sorgfältigen Einsatz von Antibiotika und Schmerzmitteln ganz nach Laune deeskalieren und eskalieren ließe, dann hätte er damit seinen eigenen Roboter: Er hätte Gelegenheit zu sehen, wie eine absolut emotionslose menschliche Maschine Spießrutenläufe der Belastung absolvierte, wie sie in der Geschichte der Psychiatrie einzigartig waren. Und wenn es sein mußte, ließe Goff sich als unüberbietbare Tötungsmaschine einsetzen.

Der Night Tripper beschloß, seinen Ersten Offizier/sein Protegé/seinen Sohn dem Gott des Wissens zu opfern.

Da erschien der Alchimist.

Goffs Leptomeningitis befand sich seit drei Wochen in einer »remittierenden« Phase, als er dem Doctor erzählte, daß er einem Cop von der Sitte begegnet war, einem Verkleidungskünstler und Leser von Heldenbiographien, und er hatte ihm angesehen, daß er danach lechzte, sich jemandem zu beugen. Havilland hatte erst zurückhaltend reagiert – der Mann war schließlich Polizist –, doch dann, nach sieben Gesprächssitzungen mit dem einzigen Ziel, den Alchimisten durch seine unübersehbare grüne Tür zu führen, hatte der Cop dem Night Tripper das letzte, langgesuchte Steinchen des Puzzles gegeben: grausame, erbarmungslose Daten. Manipulationshebel, die ihm erlauben würden, Hunderte von Menschen wie Zweige zu verbiegen. Die sechs Ordner, die er zum Zeichen dafür bot, daß er sich dem Charisma des Doctors unterwarf, waren der erste Schlüssel. Vier Datensammlungen und zwei Bände Polizistenlegenden. Der Alchimist hatte sich große Mühe gegeben, ihm eine Freude zu machen, und in seiner Dankbarkeit hatte der Doctor ihn viel zu schnell durch seine grüne Tür geführt, und er war geflüchtet vor den Offenbarungen über ihn selbst, die sich da unversehens vor ihm entfaltet hatten.

Jetzt war der Alchimist verschwunden. Nur sein Vermächtnis von potentiellem Wissen war noch da.

In die Gegenwart zurückgekehrt, ließ der Night Tripper seine Gedanken spielerisch über die Akten in seinem Wandtresor streifen. Cops. Männer, die es gewohnt waren, die Gewalt als eine Lebensart zu betrachten. Goff würde sein Mittelsmann sein müssen, aber der näherte sich dem Ende – noch ein paar Monate, und die Leptomeningitis würde nicht mehr steuerbar sein. Seine Trainingsmission war beunruhigend verlaufen; sie stellte die Wirksamkeit seiner Therapie in Frage. Goff hätte den Schnapsladen nach möglichen Zeugen absuchen und sich dann zurückziehen müssen, bis der Besitzer allein gewesen wäre. Ein Mord war Vollkommenheit, drei waren gefährlich.

Havilland trat ans Fenster und schaute hinaus. Er beobachtete die mikroskopischen Wanderungen der Menschen unter ihm, die umherwieselten wie Labortiere in einem Versuchslabyrinth. Er fragte sich, ob sie je ahnen würden, daß es seltsame Momente gab, in denen er sie liebte.

6

Zweiundsiebzig Stunden Arbeit an der Schnapsladensache: mehr als zweitausend Mannstunden, in denen jeder denkbare Aspekt wissenschaftlich erkundet worden war. Resultat: Zero. Ausführliche Hintergrundüberprüfungen der drei Opfer: Zero, multipliziert mit dem Schweigen des Zufallsfaktors – anständige Leute zur falschen Zeit am falschen Ort; liebende Hinterbliebene, die Gott beschworen, ihnen den Grund zu nennen; das Ausgraben langweiliger Fakten, die nirgendwohin führten. Der Bericht über die Fingerabdrücke war ein Flickenteppich aus Flecken, Wisch- und Schmierstellen; die Sohlenspuren und Textilfaserproben stammten allesamt von den Opfern. Die Informantenberichte, die zu den Beamten der Hollywood Division hereinsickerten, hatten alle etwas Übertriebenes an sich und standen in krassem Gegensatz zu Lloyds Ansicht, der Killer sei sehr smart und sehr cool und überhaupt nicht daran interessiert, für seine Arbeit Ruhm zu ernten. Wenn das Resultat der Anfrage nach gestohlenen .41er Revolvern ebenfalls negativ wäre, bliebe nur noch die Möglichkeit, die Waffe in die landesweite Fahndung zu geben und ein Team von Computerjockeys und gewieften Schreibtischkriminalisten auf die über dreihunderttausend registrierten gelben Japan-Autos anzusetzen, damit sie sie mit den Akten von Straftätern und mit den Akten solcher Personen, die mit Straftätern Bekanntschaft pflegten, abglichen und nach brisanten Punkten suchten. Wenn dabei keine zwei Fakten funkensprühend aufeinanderstießen und wenn die Fahndung nach der Waffe im Sande verliefe, dann würde der Fall in den bürokratischen Rückstau umgeleitet werden.

Lloyd wußte, daß die Zeit fast abgelaufen war, und der Gedanke schreckte ihn. Er saß an Dutch Peltz' Schreibtisch und genoß das Gefühl der Stille im Revier Hollywood, während es der Dämmerung entgegentrieb; er las in den Kopien der Außenvernehmungsberichte, die er stadtweit angefordert hatte. In der Nacht des 23. April waren elf gelbe japanische Autos wegen Verstoßes gegen die Straßenverkehrsordnung und/oder wegen »verdächtigen Benehmens« gestoppt worden. Vier der festgenommenen und inhaftierten Personen waren Frauen gewesen, fünf Schwarze aus dem Ghetto; zwei von denen waren nicht vorbestraft und drei wegen Ordnungswidrigkeiten registriert gewesen, wegen Drogenbesitzes oder wegen nicht geleisteter Unterhaltszahlungen. Die beiden letzten, zwei Weiße, waren ein wegen Alkohols am Steuer angehaltener und dann festgenommener Anwalt und ein Teenager, der unter dem Einfluß einer narkotischen Substanz gefahren war; der für die Festnahme verantwortliche Beamte vermutete, daß es sich um Modellflugzeugkleber handelte. Keine Funken.

Lloyd schrie »Scheiße!« und stampfte wie ein Wirbelsturm durch seine behelfsmäßige Kommandozentrale, um Bleistift und Papier aufzutreiben. Endlich fand er oben auf Dutchs Bücherschrank einen gelben Kanzleiblock und ein Bündel Bleistifte, und er fing an zu schreiben.

Dutchman, ich habe nicht mehr viel Zeit. In der City hat's eine ganze Karrenladung Hotelüberfälle gegeben; vermutlich werden sie mir deshalb bald eine Raubsache vor den Latz knallen. Die Außenvernehmungen vom 23. 4. und die Informantenreports sind Windeier. Kannst Du folgendes für mich tun?

1. Laß noch einmal ein Team von uniformierten Beamten in der Gegend um den Freeway Liquor Store (in einem Radius von 6–8 Blocks) von Haus zu Haus gehen. Sollen fragen nach:

   A. gelben Japs-Autos, die kürzlich in der Gegend gesehen wurden (Kennzeichen);
   B. nach Personen, die kürzlich dort herumlungerten;
   C. nach kürzlich mit den Opfern geführten Gesprächen. Alle drei stammten aus der Gegend. Haben *sie* vielleicht etwas Verdächtiges erwähnt?
   D. Ein paar Leute sollen die Klinkenputzerreports der Streifenpolizisten, die in der Tatnacht von Haus zu Haus gegangen sind, noch mal durchsehen und sich diejenigen Anwohner vornehmen, die dabei nicht zu Hause waren.
   E. Sag den Leuten, daß Raub/Mord für diesen Fall unbegrenzte Überstunden genehmigt hat – mit dem nächsten Gehaltsscheck kriegen sie harte $ dafür.

2. Schnapp Dir alle Außenvernehmungsakten der Division H. W. der letzten sechs Monate, in denen gelbe Japs-Autos erwähnt werden. Zweige alle eingehenden A.V.-Akten zum selben Thema ab, und vergleiche sie mit den eingehenden Raub/Mord-Dossiers, in denen sie ebenfalls vorkommen.

3. Betr. Herzog: Ich hab' 'n komisches Gefühl in dieser Sache – nicht bloß weil J. H. meine Akte geklaut hat. Ich will irgendwas in der Hand haben, ehe wir das Internal Affairs Dep. da reinziehen. Hast Du über die Buschtrommel was Neues zu den 6 Officers erfahren? Sind die Akten immer noch verschwunden? Die nächsten paar Nächte werde ich in J. H.s Bude schlafen – (886-3317) – mal sehen, was passiert. Außerdem – wenn Raub/Mord mich nicht findet, können sie mir auch keinen neuen Fall aufbrummen. L. H.

Es klopfte an der Tür, und dann hustete jemand. Lloyd schob seine Notiz unter Dutchs Quarzbuchstütze und rief: »Herein!«

Lieutenant Walt Perkins trat ein und schloß die Tür hinter sich. Als er nervös mit den Füßen scharrte, fragte Lloyd: »Suchst du mich oder den Dutchman, Walt?«

»Dich«, sagte Perkins.

Lloyd deutete auf einen Stuhl. Perkins ignorierte ihn. »Ich hab' mich im Dezernat erkundigt«, sagte er. »Herzog hat immer allein gearbeitet. Viele wollten mit ihm zusammenarbeiten, wegen seines guten Rufes, aber Jack hat immer abgelehnt. Im Scherz behauptete er immer, fünfundneunzig Prozent der Cops bei der Sitte seien Alkoholiker. Er ...« Perkins sprach nicht weiter, als er sah, daß Lloyd sich gespannt aufrichtete. Der Aschblonde war also kein Cop.

Wieder scharrte Perkins mit den Füßen und malte Achten auf den Boden. »Lloyd, ich will nicht, daß das IAD im Dezernat rumschnüffelt.«

»Wieso nicht?« fragte Lloyd. »Das Schlimmste, was du kriegen kannst, ist eine Abmahnung. Die Sittenchefs beschäftigen Herzog seit Jahren schwarz. Das weiß jeder.«

»Darum geht es nicht.«

»Um was dann?«

Perkins hörte auf mit seinen Achten und zwang sich, Lloyd fest ins Gesicht zu sehen. »Um dich. Ich kenne die ganze Geschichte, die dir letztes Jahr passiert ist; ich habe sie von einem Deputy Chief, also aus erster Hand. Ich bewundere dich für das, was du getan hast – das ist nicht der Punkt. Ich weiß aber, daß der Beförderungsausschuß die unwiderrufliche Anweisung hat, weder dich noch Dutch jemals zu befördern, und ich –«

Am Rande von Lloyds Sichtfeld pulsierte es schwarz. Er schluckte, um zu verhindern, daß er brüllte. »Und du willst, daß ich die Geschichte unter dem Teppich lasse? Wo ein Kollege ermordet worden ist?«

Perkins schüttelte den Kopf und senkte den Blick. »Nein«, sagte er leise. »Ich habe einen Verwaltungsangestellten in der Personalabteilung geschmiert; er wird Herzog noch ungefähr eine Woche lang als anwesend führen und ihn dann als vermißt melden. Es wird eine Untersuchung geben.«

Lloyd trat gegen einen Blechpapierkorb, und ein Haufen zerknülltes Papier flog gegen Perkins' Hosenbein. Der Lieutenant wich bis an die Tür zurück und hob den Blick. »Die Weißwäscher im IAD haben dich auf dem Kieker, Hopkins. Vor allem Gaffaney. Du bist ein großartiger Cop, aber du scheißt auf jeden anderen Cop, und die Leute in deiner Umgebung riskieren, daß sie was abkriegen. Sieh dir doch an, was Dutch Peltz dir zu verdanken hat. Kannst du es mir da übelnehmen, daß ich meinen Arsch absichern will?«

Lloyd entspannte seine Hände, die er zu Fäusten geballt hatte. »Es ist ein Tauschgeschäft. Du bist ein Verwaltungsmann, ich bin ein Jäger. Du bist ein beliebter Vorgesetzter, was bedeutet, daß die Typen, die dir unterstellt sind, sich von den Huren einen blasen lassen, von den Dealern mit Shit versorgt werden und in ganz Hollywood gratis rumsaufen. Ich bin nicht so beliebt, und manchmal kriege ich komische Ideen, die euch angst machen. Aber ich bin bereit, den Preis dafür zu zahlen, und du bist es nicht. Also hast du mich auch nicht zu verurteilen. Und wenn du nichts abkriegen willst, mußt du mir eben aus dem Weg gehen, denn ich werde diese Sache durchziehen.«

Lloyd tat, als hantierte er mit den Papieren auf Dutchs Schreibtisch. Kaum hatte er den Blick abgewandt, schlüpfte Perkins zur Tür hinaus.

Eine Stunde später, als die letzten Spuren des Zwielichts sich im Dunkel der Nacht aufgelöst hatten, fuhr Lloyd zu »Jackie D.s Bar«. Der Barmann, mit dem er zwei Abende zuvor gesprochen hatte, stand wieder hinter der Theke. Das Lokal war leer. Der Barmann hatte den gleichen müden Gesichtsausdruck und legte Lloyd automatisch eine Serviette hin, als dieser auf einem Hocker Platz nahm; er schüttelte den Kopf und sagte: »Keine Gnade. Die Ginger-Ale-Trinker kommen immer wieder zurück. Es gibt keine Gnade.«

»Worüber beklagen Sie sich diesmal?« fragte Lloyd.

»Nebenan läuft ein ›Nasse T-Shirts‹-Wettbewerb. Erst muß ich mit Gratisschnaps konkurrieren, jetzt muß ich mit Gratistitten konkurrieren. Ich hab' gehört, daß der Kerl, dem die Eiterbeule nebenan gehört, auch noch Frauen-Schlammringen veranstalten will, und dann vielleicht Frauen-Schamhaarrasieren und Frauen-Schwanzmessen; und wenn er sich dumm und dusselig verdient hat, will er in 'ne solide Branche überwechseln, in den Heroinhandel zum Beispiel. Keine Gnade!«

»Ist seine Alkohollizenz nicht ebenfalls suspendiert?«

»Schon, aber er ist jung und hat genug Chuzpe, im großen Stil zu denken und sein Angebot zu erweitern. Sie wissen schon – einen vierzig Stockwerke hohen Club für Paare, gebaut wie ein Schwanz, mit 'ner Tiefgarage, die aussieht wie 'ne Möse. Sie fahren rein und kriegen elektrisch 'n Orgasmus gebeamt. Keine Gnade!«

»Es gibt Gnade. Ich bin hier, um es Ihnen zu beweisen.«

Der Barmann schenkte Lloyd ein Ginger-Ale ein. »Bei Cops gibt's keine Gnade, bei Cops gibt's Ärger.«

Lloyd zog eine Papiertüte aus der Jackentasche. »Sie erinnern sich an den Mann, nach dem ich Sie neulich abends fragte? Sie haben ihn hier mit einem anderen Mann gesehen, aschblond, Anfang Dreißig.«

»Yeah, ich erinnere mich.«

»Gut. Dann machen wir jetzt mal ein kleines Bild von diesem Typen. Sie sind der Künstler. Kommen Sie zu mir herüber.«

Lloyd breitete sein Material auf der Theke aus. »Das hier nennt man ein

›Identikit‹. Kleine, zusammensetzbare Gesichtszüge, die wir nach den Schilderungen eines Zeugen aneinanderfügen. Mit der Stirn fangen wir an und arbeiten uns nach unten vor. Wir haben über dreißig Nasentypen und so weiter. Sehen Sie, wie die Schlitze sich ineinanderschieben lassen?«

Der Barmann befingerte die Augenbrauen, Kinne und Münder aus Pappe und meinte: »Yeah. Ich schieb' einfach diese Stücke zusammen, bis es aussieht wie dieser Typ. Richtig?«

»Richtig. Und ich gebe der Sache dann mit dem Bleistift den letzten Schliff. Verstanden?«

»Sehe ich aus, als wäre ich blöd?«

»Sie sehen aus wie Rembrandt.«

»Wer ist das denn?«

»Ein Barkeeper, der nebenher Bilder gemalt hat.«

Der Barmann sortierte, verglich, verwarf und prüfte eine halbe Stunde lang und hatte dann ein Bild zusammengesetzt. Lloyd betrachtete das Porträt. »Nicht schlecht. Ein gutaussehender Kerl mit 'ner niederträchtigen Ader. Würden Sie das auch sagen?«

»Yeah«, meinte der Barmann. »Jetzt, wo Sie's sagen – er hatte wirklich was Niederträchtiges an sich.«

»Okay. Und jetzt zeigen Sie mir, was auf den Einzelteilen nicht drauf ist.«

Lloyd zog einen Bleistift aus der Tasche und hielt ihn abwartend über das IK-Bild. Der Barmann studierte das Porträt aus verschiedenen Blickwinkeln; dann griff er nach dem Bleistift und machte sich eigenhändig an die Arbeit; er schraffierte die Wangen, verbreiterte die Nase und versah die Lippen mit einer dünnen, bösartigen Linie. Mit einem schwungvollen Schnörkel beendete er sein Werk. »So! Das ist der Schwanzlutscher, wie er leibt und lebt.«

Lloyd hielt den Papprahmen ins Licht und sah, wie das Gesicht eines lebhaften, hageren Mannes Gestalt annahm. Der schmale Mund verlieh den ebenmäßigen Zügen eine eisige Kälte. Er lächelte, als der Barmann ihn am Ärmel zupfte. »Was ist jetzt mit dieser beschissenen Gnade, von der Sie sprachen?«

Lloyd schob das Phantombild in die Tasche. »Rufen Sie morgen früh um zehn in der Lizenzbehörde an. Man wird Ihnen sagen, daß die Beschwerde gegen Sie zurückgezogen wurde und daß Ihre Lizenz nicht mehr suspendiert ist.«

»Haben Sie so viel zu sagen?«

»Yeah.«

»Gnade! Es gibt doch noch Gnade!«

Es gibt nur die Jagd, dachte Lloyd, als er über den Cahuenga Pass zu Herzogs Apartment fuhr. Verfolge alle sichtbaren Verbindungslinien vorwärts und rückwärts in der Zeit, und du wirst feststellen, daß du dich auf genau demselben Punkt befindest, auf dem du vor vier und vor acht und vor sechzehn Jahren gestanden hast, auf der Jagd nach Friedhofsdämonen, zu verkorkst, als daß man sie Menschen, zu jämmerlich, als daß man sie anders nennen könnte; du findest sie oder findest sie nicht, vollziehst deine Untersuchungen nach einem Muster aus Haß und Angst, verschaffst einer moralisch vieldeutigen Gerechtigkeit Geltung, stürzt dich Hals über Kopf auf Geistererscheinungen, die sich ebenso unablässig ändern, wie dein Bedürfnis, sie zu kennen, unwandelbar ist. Daß die Jagd immer in derselben Landschaft stattfand, war das sicherste Anzeichen für ihre Dauerhaftigkeit. Los Angeles County, das waren tausend Meilen Teerstraße, Neon und von Büschen gesprenkelte Hügelhänge, Arterien, die sich um und um und wieder zu sich zurückwanden und menschliche Wanderströme hervorbrachten, die unfehlbar in blutigen Eruptionen hervorbersten und eine Topographie beflecken würden, die danach anders und zugleich genauso aussah.

Lloyd schaute aus dem Fenster; an den Reklametafeln abseits der Straße sah er genau, wo er war. Er spähte hinaus und suchte Ray Becker's Tropics, eine Bar, die fünfzehn Jahre zuvor, als er bei der Sitte gewesen war, zu seinem Arbeitsbereich gehört hatte. Sie war nicht mehr da. Der ganze Block war unkenntlich gemacht worden. Das Tropics war ein Waschsalon, und die Texaco-Tankstelle an der Ecke war eine koreanische Kirche. Ein Gedanke ging ihm durch den Sinn. Wenn erst die ganze Stadt nicht mehr wiederzuerkennen wäre und wenn die blutigen Eruptionen das einzige Anzeichen von Dauerhaftigkeit wären, würde er dann wahnsinnig werden?

Im Eingangsflur zu Herzogs Wohnhaus drängten sich Teenager, die PacMan spielten. Lloyd ging an ihnen vorbei zum Aufzug und fuhr hinauf in den vierten Stock. Wieder lag der Korridor verlassen da; hinter verschlossenen Türen schmetterte ein vielfältiges Sortiment von Musik und Fernsehgeräuschen. Er ging zu Nummer 423 und lauschte. Als er nichts hörte, nestelte er das Schloß auf und trat ein.

Er berührte den Schalter an der Wand, und das Licht beleuchtete dasselbe sterile Apartment wie beim letzten Mal; seit seinem letzten Besuch war nur ein neuer Stapel Reklamepost und »letzte Mahnungen« von Bell Telephone und den Wasser- und Elektrizitätswerken von L.A. County dazugekommen. Lloyd wußte, daß sich in Schlafzimmer und Küche nichts verändert haben würde. Er setzte sich auf die Couch, um ruhig zu werden und nachzudenken.

In Gedanken spielte er Kreuzchen und Kringel, mit einem .41er Revolver als »x« und Herzogs Aktenanforderungen als »o«, als das Telefon klingelte. Lloyd nahm den Hörer ab und nuschelte ein »Hallo?« in die Sprechmuschel.

»Dutch hier, Lloyd.«

»Scheiße.«

»Hast du jemand anderen erwartet?«

»Eigentlich nicht. Ich hatte vergessen, daß ich dir die Nummer dagelassen habe.«

»Gibt's was Neues in der Sache Herzog?«

»Ein gutes Phantombild von einem Mann, mit dem Herzog gesehen wurde. Mehr nicht.«

»Ich habe was über die Aktenanforderungen erfahren können. Hast du was zum Schreiben?«

Lloyd wühlte einen Spiralblock und einen Bleistift aus seiner Jackentasche. »Schieß los.«

»Okay«, sagte Dutch. »Erstens: Die Akten sind allesamt immer noch verschwunden. Zweitens: Sie wurden *nicht* von irgendwo innerhalb des Departments angefordert. Drittens: Alle sechs sind angesehene Leute im Depart–«

»Wie sieht's mit einem gemeinsamen Nenner aus?« unterbrach Lloyd. »Ich bin als einziger der sechs weniger als ein Lieutenant. Hast du –«

»Dazu wollte ich jetzt kommen. Okay – sechs Akten. Nummer eins bist du; du giltst als der beste Mann im Morddezernat des L.A.P.D. Nummer zwei ist Johnny Rolando. Du hast von ihm gehört – er war technischer Berater für ein halbes Dutzend Fernsehserien. Man könnte sagen, ihr beide fallt unter die Kategorie ›Legendäre Bullen‹. Die anderen vier dagegen – Tucker, Murray, Christie und Kaiser sind nichts weiter als hart arbeitende uniformierte Bonzen mit zwanzig Dienstjahren auf dem Buckel. Was –«

»Ist das alles, was du hast?« fiel Lloyd ihm ins Wort.

Dutch seufzte. »Hör mir einfach zu, okay? Die anderen vier haben eines gemeinsam: Sie arbeiten schwarz als Sicherheitschefs für Industriefirmen. Du kennst diese Deals – es sind Werke, die jede Menge billige Arbeitskräfte beschäftigen, jede Menge Kiffer und Vorbestrafte, die klauen wie die Raben, weil haufenweise Chemikalien herumliegen, aus denen sich Dope herstellen läßt, und das muß man im Griff behalten: Man sorgt dafür, daß die Angestellten eben nur soundso viel klauen, und basta. So sieht's da aus.«

In Lloyds geistigem Getriebe schwirrten die Rädchen. »Wer hat dir diese Neuigkeiten zugesteckt, Dutch?«

»Ein Freund beim FBI. Er sagt, die vier Firmen – Avonoco Fiberglass, Junior Miss Cosmetics, Jahelka Auto King und Surferdawn Plastics – sind das, was man halbseiden nennen könnte: Das Wachpersonal besteht aus Bauern, die es nicht geschafft haben, Cops zu werden; sie haben Akten über ihre Angestellten, in denen allerlei saftiger Kram steht und die sie als Hebel verwenden können, falls mal einer ausflippt, weil er zuviel Lackverdünner geschnüffelt hat. Die Akten der Arbeiter bei Avonoco sind wirklich heavy – die haben Sicherheitsstufe zwei dort. Sie machen Befestigungen für das Raumfahrtprogramm in Andrews Air Force Base, und sie zahlen jedem unterhalb der Managementebene Minimallohn. Gefällt dir das?«

»Ich weiß nicht. Was für eine Theorie steckt dahinter? Sie heuern ordentliche Cops als Pro-forma-Chefs an, die dafür sorgen, daß das dämliche Sicherheitspersonal nicht aus der Reihe tanzt, und die als Vermittler einspringen können, wenn ein Angestellter bei einer krummen Tour verhaftet wird?«

Dutch gähnte. »Im Prinzip ist es das, yeah, würde ich auch sagen.«

»Gibt es irgend etwas Handfestes über die Cops selbst?«

»Eigentlich nicht. Johnny Rolando vögelt Fernsehstars; Christie, der Sicherheitschef bei Avonoco Fiberglass, ist notorischer Spieler und war in psychiatrischer Behandlung; du pißt gern vorgesetzten Beamten ans Knie und schläfst nie zu Hause. Ein wahllos zusammengestelltes Sortiment vom Feinsten, das L.A. zu bieten hat.«

Lloyd wußte nicht, ob er über die letzte Bemerkung lachen oder ob er beleidigt sein sollte. Unversehens fühlte er, wie Reue in ihm aufstieg und die Worte aus ihm herausdrückte. »Ich werde dich bei Perkins entschuldigen.«

»Gut«, sagte Dutch. »Das bist du ihm schuldig. Ich werde tun, was du in der Schnapsladensache aufgeschrieben hast, und für Herzog gebe ich dir noch mal achtundvierzig Stunden. Danach werde ich ihn als vermißt melden. Herzogs Vater ist ein alter Mann, Lloyd. Wir sind's ihm schuldig, daß er etwas erfährt.«

»Yeah. Wovor hat Perkins Angst, Dutch?«

»Nicht vor dem Quatsch, den du ihm an den Kopf geworfen hast. Sein Sittendezernat ist eins der saubersten in der Stadt.«

»Wovor dann?«

»Vor dir. Ein zweiundvierzig Jahre alter eisenfressender Bulle, der nichts zu verlieren hat, kann einem eine Scheißangst einjagen. Manchmal sogar mir.«

Lloyds Reue legte sich wie ein Stein mitten in sein Herz. »Gute Nacht, Dutch.«

»Nacht, Kleiner.«

Lloyd hängte den Hörer auf die Gabel, und sogleich gingen ihm neue Aspekte durch den Kopf. Kreuzchen und Kreise drängten sich um das Wort »Erpressung«, aber sein Blick wanderte immer wieder zum Telefon zurück. Sollte er Janice und die Mädchen in San Francisco anrufen? Ihnen erzählen, daß das Haus fast so, wie sie es verlassen hatten, versiegelt war, daß er nur das Arbeitszimmer und die Küche benutzte und die übrigen Zimmer als Testament dessen bewahrte, was sie einmal gehabt hatten und was sie wieder haben könnten? Seine Telefongespräche mit Janice waren endlich über Höflichkeiten hinausgediehen. War dies der richtige Augenblick, um auf die Wiederbelebung der familiären Vergangenheit, soweit sie möglich war, zu drängen?

Sein Job beantwortete diese Frage. Nein. Die Polizisten, die die formelle Untersuchung von Herzogs Verschwinden übernehmen würden, müßten auch Herzogs Telefonrechnung überprüfen, und sie würden das Ferngespräch entdecken. Janices rotziger Liebhaber, der hin und wieder bei ihr wohnte, würde ein R-Gespräch wahrscheinlich nicht übernehmen. Wieder einmal hatten ihn die Realitäten des Bullenlebens in den Arsch gekniffen.

Lloyd streckte sich auf der Couch aus und versenkte sich in ein ausgiebiges, langes Gedankenspiel. Eine halbe Stunde lang erging er sich in Variationen zum Thema Erpressung, und dann klopfte es leise an der Tür und eine gedämpfte Frauenstimme fragte: »Jack? Jack, bist du da?«

Lloyd ging zur Tür und öffnete. Das Licht im Gang umrahmte eine große blonde Frau. Ihre Augen blickten verschwommen, und ihre Bluse und ihre Designer-Jeans waren zerknautscht. Sie sah zu ihm auf. »Sind Sie Marty Bergen? Ist Jack hier?«

Lloyd deutete in die Wohnung und musterte sie unverhohlen. Anfang Dreißig, ein sanft/starkes Gesicht, geprägt von Intelligenz. Ein schlanker Körper, angespannt im Streß, aber das mit Anmut. *Geh sie behutsam an.*

Als sie neben der Couch stand, sagte er: »Mein Name ist Hopkins. Ich bin Polizist. Jack Herzog kommt seinen beiden Dienstaufträgen seit fast einem Monat nicht mehr nach. Ich bin auf der Suche nach ihm.«

Reflexartig trat die Frau einen Schritt zurück; sie stieß mit den Fersen an die Couch und setzte sich. Ihre Hände flogen zu ihrem Gesicht und klammerten sich dann um ihre Oberschenkel; Lloyd sah, wie die Fingerknöchel weiß wurden. Er setzte sich neben sie und fragte: »Wie heißen Sie?«

Die Hände der Frau entspannten sich. Sie rieb sich die Augen und starrte ihn an. »Meg Barnes.«

Er nahm ihre gefaßte Stimme als Signal, die Vernehmung eindringlicher fortzusetzen. »Ich habe eine Menge persönlicher Fragen.«

»Stellen Sie sie«, sagte Meg Barnes.

Lloyd lächelte. »Wann haben Sie Herzog zuletzt gesehen?«

»Vor ungefähr einem Monat.«

»Was für eine Beziehung hatten Sie zu ihm?«

»Wir waren Freunde, gelegentlich Liebhaber. Das Sexuelle kam und ging. Keiner von uns hat darauf gedrängt. Als ich Jack das letztemal sah, sagte er mir, er wolle eine Zeitlang allein sein. Ich sagte, ich würde in ungefähr einem Monat wieder vorbeikommen.«

»Was Sie heute abend taten?«

»Ja.«

»Hat Herzog irgendwann im Laufe des Monats Kontakt mit Ihnen aufgenommen?«

»Nein.«

»War der sexuelle Teil Ihrer Beziehung unmittelbar vor Ihrer letzten Begegnung mit Herzog gerade aktiv?«

Meg schrak zusammen. »Nein. Aber was hat das mit Jacks Verschwinden zu tun?«

»Herzog ist ein außergewöhnlicher Mann, Miss Barnes. Alles, was ich bisher über ihn herausgefunden habe, deutet darauf hin. Ich versuche lediglich, mir einen Begriff davon zu machen, in welcher geistigen Verfassung er sich befand, als er verschwand.«

»Das kann ich Ihnen erzählen«, sagte sie. »Jack war entweder himmelhoch jauchzend oder zu Tode betrübt, wie auf einer Achterbahn. Seine Gespräche drehten sich meist darum, Marty Bergen zu rehabilitieren. Er sagte, er werde den Bonzen im L.A.P.D. den Arsch aufreißen für das, was sie Marty angetan hätten.«

»Wieso glaubten Sie, ich sei Bergen?« fragte Lloyd.

»Weil Bergen und ich die einzigen Freunde sind, die Jack auf der Welt hat, und weil Sie groß sind; so hat er Bergen beschrieben.«

Lloyd schwieg eine Weile und sammelte seine Gedanken. »Hat Herzog näher erläutert, wie er Bergen rehabilitieren oder den Bonzen den Arsch aufreißen wollte?«

»Nein, nie.«

»Können Sie mir genauer beschreiben, wie er sich benahm, wenn er himmelhoch jauchzend oder zu Tode betrübt war?«

Meg Barnes dachte über diese Frage nach und sagte dann: »Jack war entweder sehr still oder er lachte über absolut alles, ob es nun komisch war oder nicht. Er war immer hysterisch vor Lachen über jemanden oder etwas namens Doctor John the Night Tripper. Als ich ihn das letztemal sah, meinte er, er habe tatsächlich Angst, und das sei ein gutes Gefühl.«

Lloyd zog das Phantombild heraus. »Haben Sie diesen Mann je gesehen?«

Sie schüttelte den Kopf. »Nein.«

»Sagen Ihnen die Namen Howard Christie, John Rolando, Duane Tucker, Daniel Murray oder Steven Kaiser etwas?«

»Nein.«

»Avonoco Fiberglass, Jahelka Auto King, Surferdawn Plastics, Junior Miss Cosmetics?«

»Nein. Was ist das?«

»Nicht so wichtig. Was ist mit meinem Namen – Lloyd Hopkins.«

»Nein! Wieso stellen Sie mir solche Fragen?«

Lloyd antwortete nicht. Er stand von der Couch auf und warf das Polsterkissen, an das er sich gelehnt hatte, auf den Boden. Dann trug er den Couchtisch zur Wand. Als er sich wieder umdrehte, starrte Meg Barnes ihn an. »Jack ist tot«, sagte sie.

»Ja.«

»Ermordet?«

»Ja.«

»Werden Sie den, der es getan hat, erwischen?«

Kalt kroch es an ihm herauf. Lloyd schüttelte es ab. »Ja.«

Meg deutete auf den Fußboden. »Wollen Sie da schlafen?«

Sie hatte sich abgefunden, und das nahm ihrer Stimme die Schärfe der Beherrschung.

Lloyds eigene Stimme klang ihm dumpf in den Ohren. »Ja.«

»Hat Ihre Frau Sie hinausgeworfen?«

»So ähnlich.«

»Sie könnten mit mir nach Hause gehen.«

»Ich kann nicht.«

»Ich mache dieses Angebot nicht dauernd.«

»Ich weiß.«

Sie stand auf und ging zur Tür. Lloyd sah, daß ihr Gang ein Wettlauf zwischen Beinen und Tränen war. Als sie den Türknopf berührte, fragte er: »Was für ein Mann war Herzog?«

Meg Barnes' Worte und ihre Tränen erreichten die Ziellinie gleichzeitig. »Ein guter Mann, der Angst davor hatte, verwundbar zu sein. Ein zärtlicher Mann, der Angst vor seiner Zärtlichkeit hatte und sie hinter einer Marke und einem Revolver versteckte. Ein sanfter Mann.«

Die Tür fiel ins Schloß, als die Tränen die Worte überflüssig machten. Lloyd knipste das Licht aus und starrte hinaus in die neongefaßte Dunkelheit.

7

»Erzählen Sie mir von Ihren Träumen.«

Linda Wilhite erwog die Worte des Doctors und fragte sich, ob er Wachträume oder Schlafträume meinte. Sie entschied sich für das letztere, zupfte am Saum ihres ausgeblichenen Levis-Hemdes und antwortete: »Ich träume selten.«

Havilland rückte seinen Sessel ein Stück näher an sie heran und legte seine Hände zu einem Spitzdach zusammen. »Menschen, die selten träumen, haben meist eine aktive Phantasie. Stimmt das in Ihrem Fall?« Als Lindas Augenlid bei dieser Frage zuckte, hob er das Spitzdach bis auf zwei, drei Handbreit vor ihr Gesicht. »Bitte antworten Sie, Linda.«

Linda schlug nach dem Spitzdach, aber der Doctor hatte seine Hände schon wieder in den Schoß gelegt. »Drängen Sie nicht so heftig«, sagte sie.

»Reden Sie konkret«, sagte Havilland. »Überlegen Sie genau, was Sie sagen wollen.«

Linda hauchte die Worte langsam hervor. »Die Sitzung hat gerade erst angefangen, und Sie übernehmen schon das Kommando. Ich wollte ein paar Dinge mit Ihnen besprechen, Dinge, die mir seit einiger Zeit im Kopf herumgehen, und Sie bedrängen mich sofort mit Ihren Fragen. Ich mag aggressives Benehmen nicht.«

Der Doctor ließ das Spitzdach zusammenfallen und verschränkte die Hände. »Aber Sie fühlen sich zu aggressiven Männern hingezogen.«

»Ja, aber was hat das damit zu tun?«

Havilland ließ sich in seinem Sessel nach vorn sinken. »Touché, Linda. Aber erlauben Sie mir, daß ich meine Seite des Falles vortrage, bevor ich mich entschuldige. Sie bezahlen mir hundertfünfzehn Dollar die Stunde, und das können Sie sich leisten, weil Sie sehr viel Geld verdienen, indem Sie etwas tun, das Sie verachten. Ich betrachte diese Therapie als eine Übung in purem Pragmatismus: Finden Sie heraus, weshalb Sie eine Hure sind, und beenden Sie die Therapie. Wenn Sie aufhören, Hure zu sein, werden Sie mich nicht mehr brauchen und nicht mehr bezahlen können, und dann trennen sich unsere Wege. Ich kann Ihnen Ihr Dilemma nachfühlen, Linda – also verzeihen Sie meine Hast.«

Linda spürte, wie die Entschuldigungsrede dieses brillanten Mannes ein kleines Stück ihres Herzens schmelzen ließ. »Es tut mir leid, daß ich schroff war«, sagte sie. »Ich weiß, daß Sie auf meiner Seite sind, und ich weiß, daß Ihre Methoden funktionieren. Also ... um Ihre Frage zu beantworten: Jawohl, ich habe eine aktive Phantasie.«

»Wollen Sie darauf näher eingehen?« fragte Havilland.

»Vor ungefähr sechs Jahren posierte ich für eine Fotoserie, bekleidet und halb nackt; daraus wurde dann ein Schickimicki-Hochglanzbildband für den Couchtisch. Da war ein entsetzliches Team von schwulen Fotografen und Technikern; sie ließen mich vor Klimaanlagen posieren, die mir die Haare durcheinanderbliesen und Gänsehaut machten; sie stellten mich neben eine Heizung, daß mir der Schweiß eimerweise ausbrach, und sie drehten und wendeten mich wie eine Lumpenpuppe. Es war schlimmer als einen dreihundert Pfund schweren Besoffenen zu ficken.«

»Und?« wisperte Havilland.

»Und in meiner Phantasie stellte ich mir immer vor, diese Tunten zu ermorden und das von jemandem filmen zu lassen, und dann mietete ich ein großes Kino und füllte es mit den Mädchen vom Strich. Sie applaudierten dem Film, und sie applaudierten mir, als wäre ich Fellini.«

Der Doctor lachte. »Das war doch nicht so schlimm, oder?«

»Nein.«

»Haben Sie diese Phantasie öfter?«

»Na ja ... nein ...«

»Aber Variationen davon?«

Linda lächelte. »Sie hätten Polizist werden sollen, Doctor. Die Leute würden Ihnen alles erzählen, was Sie wissen wollen. Okay, es gibt eine, sagen wir, etwas flottere Version dieser Filmphantasie. Man braucht kein Genie zu sein, um zu erkennen, daß sie vom Tode meiner Eltern herrührt. Ich stehe hinter der Kamera. Ein Mann schlägt eine Frau tot, und dann erschießt er sich. Ich filme es, und es ist real und es ist nicht real. Was ich meine, ist – *natürlich* ist das, was geschieht, real, nur sind die Leute nicht *für immer* tot. Damit rechtfertige ich diese Phantasie. Was ich glaube –«

»Interpretieren Sie die Phantasie«, unterbrach der Doctor.

»Lassen Sie mich ausreden!« platzte Linda heraus. Mit gedämpfter Stimme fuhr sie fort: »Ich wollte sagen, daß es irgendwie alles auf Liebe hinausläuft. Diese realen oder imaginären oder was-auch-immer Leute sterben, damit ich herausfinden kann, was meine versaute Kindheit zu bedeuten hatte. Und dann begegne ich diesem großen, klobigen Mann, einem Einzelgängertyp, der sich nicht auf der Nase herumtanzen läßt. Er hat das gleiche Leben hinter sich wie ich, ich zeige ihm meinen Film, und wir verlieben uns. Ende der Phantasie. Ist es nicht gräßlicher Sirup?«

Linda sah dem Doctor ins Gesicht, und sie stellte fest, daß seine Züge sich sanft entspannt hatten und seine Augen plötzlich von beinahe durchscheinendem Hellbraun waren. Als er nicht antwortete, stand sie auf und ging zu der Wand, an der die gerahmten Diplome hingen. Einem Impuls folgend, fragte sie: »Wo ist Ihre Familie, Doctor?«

»Ich habe eigentlich keine Familie«, antwortete Havilland. »Mein Vater verschwand, als ich noch nicht erwachsen war, und meine Mutter ist in einem Sanatorium in New York.«

Linda drehte sich zu ihm um. »Das tut mir leid.«

»Es muß Ihnen nichts leid tun; sagen Sie mir nur, was Sie jetzt gerade fühlen.«

Linda lachte. »Ich fühle, daß ich eine Zigarette haben möchte. Ich habe vor acht Monaten damit aufgehört – einer meiner kleinen Selbstbeherrschungstrips, und jetzt lechze ich nach einer Zigarette.«

Havilland lachte ebenfalls. »Erzählen Sie mir mehr von dem Mann, in den Sie sich verlieben.«

Linda wanderte im Zimmer umher und strich mit den Fingerspitzen über die Eichentäfelung. »Im Grunde weiß ich nicht mehr, als daß er einen Pullover Größe vierundvierzig trägt. Ich weiß das, weil ich einmal einen Freier mit einer perfekten Figur hatte, und der trug diese Größe – aus irgendeinem Grund schaute ich auf das Etikett, als er sich anzog. Als ich mit diesen Phantasien anfing, stellte ich mir immer das Gesicht dieses Freiers vor, aber dann zwang ich mich dazu, sein Gesicht zu vergessen, denn es widerstrebte der Phantasie. Einmal bin ich sogar in die Stadt zu Brooks Brothers gefahren und habe zweihundert Dollar für einen marineblauen Cashmerepullover in Größe vierundvierzig auf den Kopf gehauen.«

Linda setzte sich und trommelte auf den Armlehnen ihres Sessels herum. »Finden Sie, daß es eine traurige Geschichte ist, Doctor?«

Havillands Stimme war sehr sanft. »Ich glaube, es wird mir gefallen, Sie nach jenseits des Äußersten zu führen.«

»Was haben Sie gesagt?«

»Das ist nur so ein Merksatz von mir, der das Potential eines Patienten betrifft. Darüber sprechen wir später ausführlich. Bevor wir aufhören, sagen Sie mir bitte rasch, was Ihnen zu einer hypothetischen Situation einfällt. Unter meinen Patienten gibt es einen jungen Mann, der töten möchte. Wäre es nicht schrecklich, wenn er eine junge Frau träfe, die sterben möchte, und wenn jemand mit einer Kamera dabei wäre, um es zu filmen?«

Linda schlug mit der Faust auf die Armlehne. Ihre Stimme ließ den Boden vibrieren. »Ja! Aber wieso wird mir kribbelig bei dieser Idee?«

Havilland stand auf und deutete auf die Uhr. »In fünfzig Minuten wurde noch keine Seele gerettet. Montag um die gleiche Zeit?«

Auf dem Weg zur Tür nahm Linda seine Hand. »Ich werde kommen«, sagte sie, und ihre Stimme wurde zu einem Flüstern.

Havilland fuhr in seine Wohnung/Zuflucht in Beverly Hills und begab sich geradewegs in sein innerstes Heiligtum, das einzige der sechs Zimmer, wo die Wände nicht vom Boden bis zur Decke mit Stahlregalen bedeckt waren, die von psychologischen Fachtexten überquollen.

Der Night Tripper sah seine drei Behausungen als ein Rad der Wissenserkundung und sich selbst als die Nabe. Seine Praxis in Century City war die Aufnahmespeiche; seine Wohnung war ein Quell des Studierens und der Betrachtung; das Haus in Malibu Beach war die Speiche, durch die er seine *lonelies* hinausschickte, über ihr Äußerstes hinaus.

Aber der Mittelpunkt seiner Arbeit lag hier, hinter einer Tür, die er eigenhändig von ihrem Lack befreit und in einem kraß von der Umgebung abstechenden Hellgrün gestrichen hatte. Hier war der Steuerraum der Zeitmaschine.

Ein Drehstuhl und ein Tisch mit einem Telefon standen in der Mitte des Zimmers, und ringsum hatte er freien Blick auf die vier von Informationen bedeckten Wände.

An einer Wand hing eine große Karte von Los Angeles County. Rote Stecknadeln bezeichneten die Adressen seiner *lonelies,* blaue zeigten die Standorte der Telefonzellen, über die er mit ihnen in Verbindung trat – ein Sicherheitspuffer, den er einmal erdacht hatte. Grüne Nadeln kennzeichneten die Häuser, in denen die *lonelies* ihre Aufträge zu erfüllen hatten, und Klebeziffern aus Plastik markierten Thomas Goff, flink und beweglich auf seiner Suche nach neuen roten Nadeln.

Zwei Wände bildeten eine Tiefensonde, mittels derer der Night Tripper die Leere seiner Kindheit erkunden konnte. Als Markierungen auf dieser Sonde dienten die WCBS-Top-Forty-Tabellen des Frühjahrs 1957, die mit roten und blauen Nadeln an der Wand befestigt waren, und ein Regal mit den Füßen toter Tiere, die jetzt aussahen wie Rollschuhräder, mit weichen braunen Haarlöckchen, die aus einer Familienbibel gestohlen worden waren, und mit einem blutbefleckten Teppichfetzen.

Hinweise.

Die vierte Wand war übersät mit maschinengeschriebenen Zitaten von den Bewohnern dieser Leere und in annähernd chronologischer Ordnung angeklebt:

Dezember 1957: Mutter – »Dein Vater war ein Monstrum, und ich bin froh, daß er weg ist. Die Stiftungsverwalter sind angewiesen, uns nichts zu sagen, und darüber bin ich froh. Ich will es gar nicht wissen.« (Gegenwärtige Disposition: Sanatoriumsaufenthalt in Yonkers, N.Y,. wegen schwerer alkoholischer Senilität.)

März 1958: Frank Baxter (Vaters Anwalt) – »Denke einfach das Beste, Johnny. Denke einfach, daß dein Dad dich sehr liebt und daß er dir und deiner Mutter deshalb all das schöne Geld schickt.« (Disposition: Beging Selbstmord im August 1960.)

Frühjahr 1958: (Phantasien? Erinnerungen aus dem Sommer zuvor?) Kriminalpolizisten befragen Mutter nach Vaters Aufenthalt. Unterwürfig – das macht die Achtung vor dem Reichtum. (Disposition: Absolute Nichtbeachtung aller meiner Anfragen bei der Polizei Scarsdale und Westchester County 1961–68.) *Geträumt?*

Juni 1958: Schwester und Arzt in der Scarsdale Junior High-School (belauscht) – »Ich glaube, der Junge hat eine leichte motorische Aphasie.« – »Bah, Doctor! Der Junge hat einen unglaublichen Verstand! Er will eben nur lernen, was er lernen will.« – »Ich verlasse mich lieber auf die Röntgenbilder als auf Ihre Analyse, Miss Watkins.« (Disposition: Arzt tot, Schwester unbekannt verzogen. NB: Röntgenaufnahmen und andere in Harvard vorgenommene Tests ergeben keinerlei Hinweis auf aphasische Läsionen.)

Wände voller Schlüssel. Räder im Innern des Rades seiner selbst und aller Speichen seiner Räder.

Havilland ließ seinen Stuhl rotieren; er stieß sich mit den Füßen ab und drehte sich schneller und schneller, bis das Zimmer vor seinen Augen verschwamm und die Schlüssel sich verwandelten und zu Schnellfeuerbildern von Linda Wilhite und ihren Heimkinophantasien wurden. Er schloß die Augen, und Richard Oldfield stand nackt vor einer Kamera, während andere *lonelies* mit Bogenlampen und Tonmaschinen hantierten. Der Stuhl war kurz davor, von den Rollen zu kippen, als das Telefon klingelte, und der Augenblick gefror. Tief durchatmend, um aus seinen Träumen freizukommen, ließ der Night Tripper den Stuhl zum Stillstand kommen. Als er sicher war, daß seine Stimme ruhig klingen würde, nahm er den Telefonhörer ab und sagte: »Hast du gute Nachrichten, Thomas?«

Goffs Stimme klang selbstzufrieden und zugleich rauh vor Spannung. »Erledigt. Junior Miss Cosmetics. Ich brauchte nicht mal Kontakt mit dem Cop aufzunehmen. Hab' auf einer seiner Marionetten gespielt wie auf einem Akkordeon. Murray wird gar nichts davon erfahren.«

»Hast du sie?«

»Heute abend«, sagte Goff. »Kostet uns nur einen Riesen und ein bißchen pharmazeutisches Koks.«

»Wo? Ich will genau wissen, wann und wo.«

»Warum? Sie haben gesagt, das ist mein Baby.«

»Sag's mir, Thomas.« Havilland hörte, wie rauh seine eigene Stimme klang, und er umhüllte seine Worte mit Zucker. »Du hast brillant gearbeitet, und es *ist* dein Baby. Ich will mir nur eine genaue Vorstellung von deinem Triumph machen können.«

Goff schwieg. Der Doctor sah ein stolzes Kind vor sich, das sich nicht zu sagen getraute, wie dankbar es war, wenn man es mit billigem Lob überhäufte. Endlich beugte das Kind sich dem Vater. »Heute abend um halb elf. Am Ende der Nichols Canyon Road, in dem kleinen Park, wo die Picknickbänke sind.«

Havilland lächelte. Noch einen Brosamen für das Kind. »Mehr als brillant. Perfekt. Ich komme um elf in deine Wohnung. Zur Feier des Tages planen wir die Zusammenstellung der nächsten Gruppe. Dazu brauche ich das Feedback von dir.«

»Ja, Doctor.« Um ein Haar hätte es kriecherisch geklungen. Havilland legte auf und spielte das Gespräch noch einmal ab, und er wußte, daß Linda Wilhite in seinen Gedanken nur einen halben Schritt weit zurückgetreten war und die ganze Zeit über gewartet hatte.

Um halb zehn fuhr Havilland nach Nichols Canyon und parkte hinter einer Gruppe von Ahornbäumen am Rande des Picknickplatzes. Buschbewachsene Felshügel schirmten ihn ab, erlaubten ihm jedoch, Goffs Treffpunkt zu überblicken. Die Laternen, die die ganze Nacht über brannten, damit der Platz nicht zu einem Schwulentreff wurde, würden das Bild einrahmen, und wenn Goff und der Plattfuß vom Werkschutz nicht miteinander flüsterten, würden ihre Stimmen bis zu seinem Versteck dringen. Es *war* perfekt.

Um zehn nach zehn tauchte Goffs gelber Toyota auf. Havilland beobachtete, wie sein Erster Offizier ausstieg und sich streckte und wie er dann einen schweren Revolver aus dem Hosenbund zog und eine Gunfighter-Pirouette vollführte: Blitzschnell wirbelte er um seine Achse und schoß imaginäre Gegner über den Haufen. Das Licht der Laternen beleuchtete das pochende Netz der

Venen in seiner Stirn: die Sturmwarnung vor einem Leptomeningitis-Anfall. Fast fühlte Havilland selber Goffs jagenden Puls und seine Schweißausbrüche. Als das Motorengeräusch eines zweiten Wagens näher kam und Goff die Waffe einsteckte und den Kolben mit seiner Windjacke bedeckte, spürte Havilland, wie ihn der kalte Schweiß überlief.

Ein zerbeulter, mit grauer Rostschutzfarbe gestrichener Chevy erschien; er schleuderte leicht, als der Fahrer auf die Bremse trat. Ein fetter Schwarzer in einer hautengen Uniform aus hellblauem Hemd, Khakihose und Koppel mit Schulterriemen stieg aus. Mit großem Getue schlug er die Wagentür zu und setzte eine Whiskeyflasche an den Hals. Ein Schauder überlief Havilland, als er an eine von Goffs Lieblings-Tötungsphantasien dachte: »Nigger abknallen«.

Der Schwarze schlenderte auf Goff zu und hielt ihm die Flasche entgegen. Goff lehnte kopfschüttelnd ab und fragte: »Hast du sie mitgebracht?« Havilland kniff die Augen zusammen und sah, daß Goffs Finger zitterten und unwillkürlich an seinem Hosenbund zupften.

Der Schwarze nahm einen tiefen Schluck aus seiner Flasche und kicherte. »Gibst du mir die Asche, greif ich in die Tasche. Gibst du mir das Dope, geb ich dir ... Scheiße, jetzt fällt mir kein Reim ein. Du siehst nervös aus, Kollege. Hast dir 'n bißchen zu viel von deinem eigenen Stoff reingezogen, wie?«

Goff trat einen Schritt zurück. Seine ganze linke Seite vibrierte, als hätte sie ein Eigenleben. Havilland sah, daß sein linkes Bein zuckte, als versuchte es angestrengt, im rechten Winkel vom Körper wegzustreben. Der Schwarze hob die Hände in einer beschwichtigenden Gebärde, und Angst glomm in seinen Augen, als er sah, wie Goffs Gesicht sich krampfhaft verzerrte. »Mann, du bist dicht, ich seh's am Gesicht. Ich geh das Zeug holen, du gibst mir die Kohlen – und das alles machen wir jetzt schön langsam, okay?«

Goff fand die Sprache wieder. Seine Willenskraft überwand sogar das Zittern. »Laß sehen, Leroy. Du willst es langsam – wir machen es langsam.«

»Ich heiße nicht Leroy«, erwiderte der Schwarze. »Kapiert?«

»Kapiert, Amos. Jetzt klemm dir den Scheiß und hol mir das Zeug raus. *Kapiert?«* Goff hatte die Daumen in die Gürtelschlaufen gehakt. Seine Hände zuckten zur Waffe hin. Havilland sah, daß der Schwarze aufbrausen wollte, dann aber lächelte. »Für einen Riesen und zwei Gramm erstklassiges Koks kannst du mich nennen, wie du willst – bloß nicht Sambo.« Er ging zu seinem Wagen, langte auf den Rücksitz und holte zwei große Pappkoffer heraus. Er kam zu Goff zurück und stellte ihm die Koffer vor die Füße. »Frisch aus dem Kopierer. Niemand außer mir weiß davon. Rück die Knete raus, Kollege.«

Goff schob eine zitternde Hand in seinen Anorak, zog eine Plastiktüte heraus und warf sie neben dem Wagen des Schwarzen auf die Erde. »Gib Gas, Leroy. Kauf dir 'n Cadillac, und laß dir auf meine Kosten die Krause aus dem Haar ziehen.«

Der Schwarze hob die Tüte auf und knüllte sie in seiner Faust zusammen. Dann trank er seine Flasche leer und schleuderte sie gegen Goffs Toyota. Sie traf den Kofferraumdeckel und zerbarst. Goffs Hand fuhr zu seinem Hosenbund, doch dann drang ein erstickter Schrei aus seiner Kehle, und er riß die Revolverhand an den Mund und biß hinein. Auch Havilland unterdrückte einen Aufschrei; er beobachtete, wie der Schwarze die Hände hob und langsam rückwärts zu seinem Wagen ging, unablässig murmelnd: »Ich bin ganz ruhig, ganz ruhig, und schön langsam. Schööön langsam.« Er stieß mit dem Rücken gegen die Fahrertür, wand sich hinters Steuer, drehte das Fenster hoch und gab im Rückwärtsgang Vollgas. Als der Staub, den seine Flucht aufwirbelte, sich gelegt hatte, sah Havilland, wie Thomas Goff weinend mit seinem schweren Revolver auf den Mond zielte.

Eine Stunde nachdem Goff schluchzend davongefahren war, fuhr der Doctor zu der Wohnung seines Untertanen in den Distrikt Los Feliz. Der Mond lockte am Rande seines Gesichtsfeldes und lenkte immer wieder seinen Blick von der Straße. Er parkte vor Goffs Haus und überprüfte den Inhalt seiner schwarzledernen »Wahrheitstasche«: Natrium-Pentothal-Ampullen, 10-cc-Fläschchen Morphinlösung und ein Sortiment Wegwerfspritzen. Er würde Goffs Schmerzen annullieren und das Ausmaß seines Abgleitens sondieren.

Goff öffnete auf sein erstes Klopfen hin. Er war nackt bis zu den Hüften, und Schweiß rann an seinem Oberkörper herunter. Havilland trat ein; die Kälte einer auf vollen Touren arbeitenden Klimaanlage schlug ihm entgegen. Er sah Goff an. Seine Gliedmaßen waren angespannt, als hätten sie ein Erdbeben zurückgehalten, und seine Augen waren fiebrig gelb. Im Geiste unterzog Havilland ihn rasch einer hypothetischen Untersuchung, die auf Beobachtungen und sorgfältig studierten Fallgeschichten basierte, und er gab seinem Königsbauern noch einen Monat zu leben.

Die Tür schloß sich, als er seine Diagnose stellte, und der Doctor nahm Goff beim Arm und führte ihn zur Couch. Die beiden Pappkoffer lagen ungeöffnet neben dem Kaffeetisch. Goff lächelte durch den Tremor in seinem Gesicht und zeigte auf die Koffer. »Die Sache läuft, Doctor John.«

Havilland erwiderte das Lächeln und öffnete seine Ledertasche. Er nahm eine neue Spritze und eine Morphiumampulle heraus, drückte die Nadel durch den porösen Gummistöpsel und sog gerade genug Dope für einen anregenden Schuß auf. Goff fuhr sich mit der Zunge über die Lippen. »So schlimm ist es noch nie gewesen. Ich hab' noch ein bißchen mehr über Migräne gelesen. Ab dreißig soll es schlimmer werden. Ich glaube, ich habe wirklich Angst.«

Der Doctor zielte auf eine dicke, pulsierende Ader hinter Goffs linkem Ohr. Er drückte die Handflächen als Aderpresse dicht über Goffs Schlüsselbein an den Hals. »Ruhig, Thomas, ruhig«, flüsterte er, und gleichzeitig schob er die Nadel glatt in die Ader und drückte den Kolben herunter. Ein feiner Blutstrahl spritzte heraus, als das Morphium eindrang. Goffs Züge entspannten sich erleichtert, und lächelnd korrigierte Havilland sein Todesurteil. Eine kleine Dosis brachte immer noch Linderung. Sechzig Tage.

Goffs Gliedmaßen wurden schlaff, und die Adern in seiner Stirn schwollen ab, bis sie ihr Normalmaß erreicht hatten. Havilland betrachtete seinen Patienten forschend und entwarf aus dem Stegreif einen Notfallplan: Wenn die Schmerzen innerhalb der nächsten halben Stunde wieder auftreten, würde er Goff noch für dreißig Tage mit Spritzen aufrechterhalten; dann könnte er noch einen Sicherheitsakteneinsatz mit ihm riskieren und ihn danach aus der Stadt schaffen und liquidieren. Die restlichen Einsätze würde er später solo absolvieren. Wenn die Schmerzen für längere Zeit nachließen, würde er ihm sechzig Tage Zeit und freie Hand für zwei weitere Einsätze geben. Um ihm seine Anspannung bei dem Treffen mit dem Bimbo zu erklären, würde er das Wahrheitsspiel spielen. Problem *gelöst.*

Goff schloß die Augen, und eine Wolkenbank aus Drogen und Erschöpfung umschloß ihn. Havilland stand auf und ging im Wohnzimmer umher; mit Absicht vermied er es, zu den Koffern hinzuschauen. Die niedrige Decke war schwarz gestrichen, die Wände militärisch braun. Goffs therapeutisch kontrollierte Helligkeitsphobie hatte ihn dazu getrieben, eine heitere Wohnung in eine Neurosen-Dekompressionskammer zu verwandeln. Jedesmal wenn der Doctor das Apartment besuchte, hielt er nach Farbklecksen Ausschau, nach Hinweisen darauf, daß er endlich, endlich einen totalen Erinnerungsausfall herbeigeführt und Goff damit zu seiner völligen Unterwerfung ein wenig Seelenfrieden verschafft hätte. Aber alles, was sich dunkel hatte erwerben oder einfärben lassen, blieb so, vom Teppichboden bis zum Inhalt der Schränke.

Der Doctor betrachtete die Dekompressionskammer so, als sei dies womöglich ein Abschied. Dunkelheit in unterschiedlichen Schattierungen stürmte auf seine Sinne ein und rief ein angenehmes Schwindelgefühl in ihm hervor, und eine Kindheitserinnerung erwachte – ein Riesenrad in einem Vergnügungspark in der Bronx. Eben wollte das Rad ihn erfassen, als ein rosarotes, grell von der Umgebung abstechendes Aufgleißen ihm wie ein Schraubenschlüssel ins Getriebe fuhr.

Mit einem Ruck schleuderte es Havilland in die Gegenwart zurück, und er sah, daß es ein rosafarbenes Stück Papier war, das auf dem Ablagetisch neben der Schlafzimmertür lag, halb verdeckt von einem schwarzen Keramikaschenbecher. Er hob es auf und hatte das Gefühl, das Zimmer drehte sich um ihn. Es war ein Entlassungsformular vom Los Angeles Police Department, ausgestellt auf den Namen Thomas Goff gegen Entrichtung von fünfundsechzig Dollar Kaution. Das zur Last gelegte Vergehen war Nr. 673.1 – Nichterscheinen vor dem Verkehrsrichter. Der Doctor las die von Abkürzungen durchsetzte Maschinenschrift am unteren Rand und zerknüllte das Blatt in der Hand. Sein Erster Offizier war verhaftet worden, weil er einen Strafzettel nicht bezahlt hatte.

Das Riesenrad blieb stehen, als die Gondel am höchsten stand, und dann stürzte es senkrecht zur Erde und warf ihn in ein Land des Verrats. Er blickte zu Goff hinüber, der sich in seinem Rausch regte und mit den Schultern die Sofapolster knetete.

Der Doctor fühlte, wie eine Welle der Wut ihn überrollte, und Haß traf ihn wie ein Doppelhaken in den Solarplexus. Um dagegen anzukämpfen, atmete er ein-aus, ein-aus, bis die kontraproduktiven Emotionen zu professioneller Ruhe verflachten. Als er sicher war, daß er die Form würde wahren können, ordnete er die Instrumente aus seiner Wahrheitstasche auf dem Couchtisch und füllte eine Injektionsspritze mit Morphium und eine zweite mit Natrium-Pentothal. Als Goffs Bewegungen heftiger wurden, streckte der Doctor die Hand aus, drückte ihm die Nase zu und zählte langsam bis zehn. Bei neun war Goff ruckartig hellwach und schrie. Havilland nahm die Hand von seiner Nase und preßte sie ihm auf den Mund; dabei drückte er Goffs Kopf gegen die Wand. »Ruhig, Thomas, ruhig«, flüsterte er und bohrte die Morphiumspritze durch die Haut in den linken Arm und den linken Brustmuskel. Als er sah, daß Goff sich augenblicklich entspannte, nahm er seine Hand weg und sagte: »Du hast mir nicht erzählt, daß du vorigen Monat verhaftet worden bist.«

Goff schüttelte den Kopf, bis sein ganzer Körper bis hinunter zu den Zehen mitzitterte. »Ich war seit Attica nicht mehr im Knast, das wissen Sie, Doc.«

Es war das heisere Krächzen eines verängstigten Mannes, der die reine Wahrheit sagte. Havilland lächelte. »Deinen linken Unterarm, Thomas«, flüsterte er. Goff gehorchte, und er schoß 30 cc Natrium-Pentothal in die große Vene in der Ellbogenbeuge. Goff schnappte nach Luft und fing an zu kichern. Havilland zog die Nadel heraus und lehnte sich auf der Couch zurück. »Erzähl mir von der Aktentransaktion bei Junior Miss.«

Goff kicherte und starrte mit glasigen Augen auf die gegenüberliegende Wand. »Ich hab' die Werkschutz-Affen beobachtet, von der Bar auf der anderen Seite des Parkplatzes aus«, nuschelte er. »Alles weiße Penner und Nigger. Die anderen Nigger sahen zu verschlagen aus, deshalb entschloß ich mich für die Type aus Oklahoma. Ich fragte ein paar Stammgäste nach ihm aus, ganz beiläufig. Sie sagten, er sei ein Kokser, aber einer, der's im Griff hat, und schweigsam sei er auch. Schien genau das zu sein, was ich suchte. Also lockte ich ihn langsam aus der Reserve, und gestern war der Deal unter Dach und Fach. Vor zwei Stunden hab' ich mich mit ihm getroffen. Da in den beiden Koffern sind die Akten.«

Havilland spürte ein Summen in seinem Hirn, als hätte ihm jemand eine Stromleitung in den Kopf gesteckt. Goff war inzwischen so weit jenseits von Gut und Böse, daß er selbst gegen eine massive Dosis hypnotischer Drogen immun war. Für seinen Ersten Offizier war die Uhr abgelaufen – er hatte noch zwei Wochen zu leben. Bestenfalls.

Thomas Goff quiekte weiter vor Lachen, und seine Hände tanzten über seinen Körper. Havilland untersuchte das rosafarbene Entlassungsformular. Das Kennzeichen des Wagens war nicht eingetragen. Offensichtlich war Goff zu Fuß angehalten worden, und bei einer Routineüberprüfung waren alte unbezahlte Strafmandate zutage gekommen. Havilland wedelte mit dem Zettel vor Goffs Augen hin und her. Goff ignorierte das grelle Aufblitzen und lachte noch heftiger.

Havilland stand auf und schlug Goff mit der flachen Hand weit ausholend ins Gesicht. Goff kreischte: »Bitte nicht!«, als der Schlag ihn traf. Dann barg er den Kopf in den Händen und rollte sich auf der Couch wie ein Fötus zusammen. Der Doctor hockte sich neben ihn und legte ihm eine Hand auf die Schulter. »Du mußt dich ausruhen, Thomas«, sagte er. »Die Migräneanfälle zehren deine Kräfte auf. Wir werden zusammen ein bißchen Urlaub machen. Ich werde wegen deiner Kopfschmerzen einen Spezialisten zu Rate ziehen, und dann werde ich dich selbst behandeln. Bleib zu Hause und ruh dich aus, und in achtundvierzig Stunden rufst du mich an. Okay?«

Goff verrenkte sich, um den Doctor anzusehen. Er wischte sich ein Blutrinnsal von der Nase und wimmerte. »Ja, aber was ist mit der nächsten Gruppe? Wir wollten die Zusammensetzung planen, wissen Sie noch?«

»Das müssen wir verschieben. Wichtig ist, daß wir deine Kopfschmerzen in den Griff bekommen.«

Thomas Goffs Augen verschwammen in Tränen. Der Doctor nahm eine Flasche Tetracyclin-Morphin-Lösung aus der Tasche und machte eine Spritze bereit. »Antibiotika«, erklärte er. »Für den Fall, daß deine Migräne auf einen Virus zurückgeht.« Goff nickte, während Havilland an seinem Handgelenk eine Ader suchte und mit der Nadel hineinstach. Der Gnadenakt ließ seine Tränen überfließen, und als der Doctor die Injektionsnadel herauszog, schlief er schon.

Dr. John Havilland nahm die beiden Koffer, und überrascht merkte er, daß er nicht an die gnadenlosen Informationen dachte, die sie enthielten. Als er das Licht ausknipste und die Tür hinter sich schloß, dachte er an einen Vietnam-Leichensack aus schwarzem Vinyl, den er an einem Bierabend während seines Medizinstudiums als Scherzpreis gewonnen hatte, und an Hunde, die hinter einem Stacheldrahtzaun zu roten Wolken explodierten.

8

Lloyd erwachte in seinem Arbeitszimmer, und noch bevor er ganz klar im Kopf war, fing er an, Stunden zu zählen. Sechsunddreißig waren seit Dutchs Ultimatum vergangen, ohne daß neue Spuren aufgetaucht wären – melde Herzog als vermißt. Mehr als hundert Stunden seit dem Gemetzel im Schnapsladen – alle

Spuren hatten in eine Sackgasse geführt. Fang an, die dreihunderttausend gelben Japs-Autos abzugleichen, und nimm dir diejenigen Personen vor, die durch bewaffnete Raubüberfälle aufgefallen sind; setze sie unter Druck, quetsche alle ihre bekannten und vermuteten wunden Punkte, um irgendwelche Informationen sicherzustellen. Dreckarbeit auf der ganzen Linie.

Lloyd streckte sich und wälzte sich in derselben Bewegung von seinem Klappbett herunter; dann ging er in die Küche und öffnete den Kühlschrank, um sich von der kalten Luft vollends wecken zu lassen. Als sich unter seinem T-Shirt und den Boxershorts eine Gänsehaut bildete, wühlte er einen halbgeleerten Napf Hüttenkäse hervor und aß mit dem Löffel, der noch drinsteckte. Die klebrig-fade Masse herunterwürgend, wanderte er durch die drei kleinen Räume, die er sich in Abwesenheit seiner Familie zugestanden hatte: das Arbeitszimmer zum Schlafen, Denken und Aktenstudieren, die Küche zur Zubereitung solcher Gourmetkost wie Hüttenkäse und kaltes Chili aus der Dose und das Bad unten für Hygienezwecke. Als er anfing, sich auszurechnen, wie viele Stunden vergangen waren, seit Janice und die Mädchen ihn verlassen hatten, brach sein geistiger Rechner den Arbeitsvorgang unvermittelt ab. Wenn du anfängst, Tabellen zu führen, wirst du verrückt, und dann tust du etwas Verrücktes, um sie zurückzubekommen. Laß es. Wenn du ihnen verstohlen nachpirschst, werden sie wissen, daß du dich nicht verändert hast. Ein Wartespielchen zur Buße.

Lloyd frühstückte zu Ende, duschte heiß und kalt und zog das Buttondown-Hemd vom Vortag und seinen einzigen sauberen Anzug an, einen sommerlichen Nadelstreifenanzug, der nicht in die Jahreszeit paßte. »Jetzt oder nie«, brummte er; er setzte sich an den Schreibtisch, suchte einen Spiralblock heraus und fing an zu schreiben.

28. 4. 84
An: Chef der Kriminalpolizei
Von: Det. Sergeant Lloyd Hopkins, Dezern. Raub/Mord
Sir:
Vor vier Tagen wurde ich von meinem Freund Captain Arthur Peltz, dem Leiter der Hollywood Division, angesprochen. Er teilte mir mit, daß Officer Jacob Herzog, ein Mitarbeiter der Personalabteilung im Parker Center, der inoffiziell an die Sitte Hollywood ausgeliehen war, seit fast einem Monat vermißt werde. Captain Peltz bat mich, eine Untersuchung vorzunehmen, und in deren Verlauf stellte ich fest, daß Herzogs (intaktes) Apartment auf professionelle Weise von Fingerabdrücken gesäubert worden war. Ich befragte Herzogs besten Freund Martin Bergen, ehemals Sergeant beim L.A.P.D.; er sagte aus, er habe Herzog ebenfalls seit einem Monat nicht gesehen, und bei ihrem letzten Zusammentreffen sei Herzog »launisch«

gewesen. Ein Gespräch mit Herzogs Freundin bestätigt, daß Herzog vor einem Monat verschwunden ist und »launisches« Verhalten gezeigt hat. Ich bin der Ansicht, Herzog ist einem gründlich geplanten Mord zum Opfer gefallen, und sein Verschwinden muß unverzüglich umfassend untersucht werden. Ich weiß, daß ich früher hätte Anzeige erstatten müssen; daß ich es *nicht* getan habe, diente ausschließlich dem Zweck, zunächst den Nachweis (oder Indizien) für eine Straftat zu erbringen. Captain Peltz hatte mir befohlen, Ihnen unverzüglich Meldung zu machen, aber ich habe diesen Befehl mißachtet.

Hochachtungsvoll, Lloyd Hopkins, Nr. 1114

Lloyd überflog das Geschriebene noch einmal, und es erfüllte ihn mit seltsamer Befriedigung, daß er den Löwenanteil des Risikos, hochherrschaftlichen Zorn zu erregen, auf sich genommen hatte. Er riß das Blatt aus dem Block und schob es in die Innentasche seiner Jacke. Dann hakte er den .38er und die Handschellen an den Gürtel und ging zur Haustür. Er hatte die Hand auf dem Türknopf, als das Telefon klingelte.

Er ließ es zehnmal klingeln, ehe er den Hörer abnahm – nur Penny betrieb einen Anruf mit solcher Hartnäckigkeit.

»Rede. Es ist dein Zehner.«

Pennys Kichern drang aus der Hörmuschel. »Nein, ist es *nicht,* Daddy! Es sind meine ein Dollar vierzig.«

Lloyd lachte. »Entschuldigung. Die Inflation hatte ich ganz vergessen. Was gibt's Neues, Pinguin?«

»Immer das gleiche alte Lied. Und du? Läuft bei dir was?«

Lloyd tat schockiert. »Penny Hopkins, ich muß mich über dich wundern!«

»Nein, mußt du nicht. Du hast mir erzählt, ich hätte mich schon in der Wiege gelangweilt. Du hast meine Frage nicht beantwortet, Daddy.«

»O.k. – um deine Frage zu beantworten: Bei mir läuft nichts.«

Pennys Gekicher wurde um eine Oktave höher. »Gut. Mom hat mir deinen ersten Brief vorgelesen, weißt du. Wir sprachen neulich abends darüber. Er sei exzessiv, meinte sie; *du* seist exzessiv, und selbst als du zugabst, ein mieser Schürzenjäger zu sein, seien deine Geständnisse exzessiv gewesen. Aber ich hab' gemerkt, daß sie beeindruckt war.«

»Das freut mich. Wohnt Roger noch bei euch?«

»Ja. Mom schläft mit Roger, aber sie redet von dir. Eines Abends werde ich sie betrunken machen, und dann zwinge ich sie zuzugeben, daß du ihre Hauptliebe bist. Ich werde dir wörtlich berichten, was sie gesagt hat.«

Lloyd fühlte, wie ein Stück von seinem Herzen abbröckelte und nach San Francisco hinaufflog. »Ich will euch alle wiederhaben, Pinguin.«

»Ich weiß. Ich möchte auch wieder zurückkommen, und Anne ebenso. Das sind zwei Stimmen für dich. Mom und Caroline wollen in Frisco bleiben. Unentschieden.«

»Anne und Caroline geht es gut?«

»Anne steht derzeit voll auf vegetarische Küche und fernöstliches Gedankengut, und Caroline ist in diesen Punkrock-Idioten von nebenan verliebt. Ist 'n High-School-Aussteiger. Gräßlich.«

Lloyd lachte. »Das ist Teenagerlos. Aber ich hätte da was für dich. Doctor John the Night Tripper. Klingelt's da bei dir?«

»Antik, Daddy. Aus den Sechzigern. Er war ein wilder Rock 'n' Roller. Caroline hat eine Platte von ihm – ›Bad Boogaloo‹.«

»Sonst nichts?«

»Nein. Wieso?«

»Ein Fall, an dem ich arbeite. Dutch arbeitet auch dran. Wahrscheinlich steckt nichts dahinter.«

Pennys Stimme nahm einen leisen, gerissenen Tonfall an. »Daddy, wann erzählst du mir, was gleich nach eurer Trennung passiert ist? Ich bin nicht doof – ich weiß, daß man auf dich geschossen hat. Onkel Dutch hat es Mom gegenüber praktisch zugegeben.«

Lloyd seufzte, als das Gespräch seinem gewohnten Ende entgegenging. »Warte noch zwei Jahre ab, Baby. Wenn du eine weltmüde Fünfzehnjährige bist, werde ich auspacken. Vorläufig bedeutet es nichts weiter, als daß ich einer Menge Leute etwas schuldig bin.«

»Was bist du ihnen schuldig, Daddy?«

»Ich weiß es nicht, Baby. Das ist das Verzwickte daran.«

»Wirst du's mir sagen, wenn du's rausgefunden hast?«

»Du wirst die erste sein, die es erfährt. Ich liebe dich, Penny.«

»Ich liebe dich auch.«

»Ich muß jetzt gehen.«

»Ich auch. Ich lieb' dich lieb' dich lieb' dich.«

»Ich dich auch.«

»Bye.«

»Bye.«

Ihr »Was bist du ihnen schuldig, Daddy?« klang ihm noch in den Ohren, als er in die Stadt und zum Parker Center fuhr. Seine Notiz an den Chef der Kriminalpolizei brannte wie eine glühende Kohle in seiner Jackentasche. Er beschloß, zuerst einen Blick auf seinen Posteingangskorb zu werfen, ehe er das Schreiben bei der Sekretärin des Chiefs abgäbe, und so nahm er den Aufzug in den sechsten Stock. Er ging den Gang hinunter zu seinem Büro, und sein Blick fiel sofort auf den Zettel, der an der Tür hing. »Hopkins, rufen Sie Det. Dentinger im B.H.P.D. an. Betr.: Ihre Schußwaffenfahndung.«

Lloyd griff nach dem Telefon und wählte die vertraute siebenstellige Nummer des Beverly Hills Police Departments. »Detective Dentinger«, sagte er, als die Telefonistin sich meldete. Er hörte, wie der Anruf durchgestellt wurde, und eine Männerstimme sagte mechanisch: »Dentinger. Was gibt's?«

»Detective Sergeant Hopkins, L.A.P.D.«, sagte Lloyd schroff. »Was haben Sie zu meiner Schußwaffenfahndung?«

Dentinger brummte »Scheiße!« vor sich hin, und in den Hörer sagte er: »Wir haben einen Einbruch, der zwei Wochen zurückliegt. Ungeklärt, keine Fingerabdrücke. Ein Revolver vom Kaliber .41 stand auf der Liste der gestohlenen Gegenstände. Wir haben Ihre Anfrage nicht sofort beantwortet, weil die Leute vom Einbruchsdezernat, die den Fall ursprünglich bearbeiteten, den Eindruck hatten, die Liste sei ein bißchen gepolstert – Sie wissen schon, wegen der Versicherung. Ein Riesenhaufen Mist war als gestohlen gemeldet, und dabei war der Einbrecher durch ein kleines Kellerfenster eingestiegen. Er hätte den ganzen Scheißdreck da gar nicht rausbringen können, weil's nicht gepaßt hätte. Ich bekam den Auftrag, die Geschichte zu untersuchen und festzustellen, ob wir den Witzbold wegen Vortäuschung einer Straftat beim Wickel nehmen sollten. Ich gebe Ihnen die gen–«

»Glauben Sie, es *war* ein Einbruch?« unterbrach Lloyd.

Dentinger seufzte. »Ich sage Ihnen, wie ich den Fall einschätze: Jawohl, es hat einer eingebrochen. Kleine Gegenstände wurden gestohlen, wie etwa der Schmuck auf der Liste, die Waffe, und wahrscheinlich auch noch ein bißchen Scheißzeug, von dem das Opfer nichts erwähnt, zum Beispiel Kokain – ich halte ihn für einen eingefleischten Kokser, völlig abgefahren. Wissen Sie, wo der Hase im Pfeffer liegt? Der Kerl hat zwei von diesen antiken Revolvern, in Präsentationsetuis, mit Originalmunition aus dem Bürgerkrieg, aber er meldet nur *einen* als gestohlen. Ich bezweifle nicht, daß das Scheißding tatsächlich gestohlen wurde, aber jeder intelligente Versicherungsbetrüger würde die zweite Waffe verstecken und ebenfalls als gestohlen melden. Hab' ich recht?«

»Sie haben recht«, sagte Lloyd. »Geben Sie mir die Daten des Bestohlenen.«

»Okay«, sagte Dentinger. »Morris Epstein, vierundvierzig Jahre alt, wohnhaft eins-acht-sechs-sieben Elevado. Nennt sich einen literarischen Agenten, sieht aber aus wie einer von diesen Nachtschwärmern aus Hollywood mit der großen Kohle. Sie wissen schon – ein feines Leben auf Kredit und heiße Luft führen, aber nie wissen, woher der nächste Dollar kommt. Persönlich halte ich diese –«

Lloyd wartete nicht, bis Dentinger seinen Spruch zu Ende gebracht hatte. Er warf den Hörer auf die Gabel und rannte zum Aufzug.

1867 Elevado war ein lachsrosafarbenes, im spanischen Stil gehaltenes Haus im Wohnbezirk von Beverly Hills. Lloyd saß in seinem Wagen am Straßenrand und sah, daß Dentingers Beschreibung des »Nachtschwärmers mit der großen

Kohle« zutreffend gewesen war: Der Rasen mußte gemäht werden, die Hecken mußten geschnitten werden, und der schokoladenbraune Mercedes in der Einfahrt mußte gewaschen werden.

Er ging zum Haus und klopfte an die Tür. Ein paar Augenblicke später riß ein kleiner Mann mittleren Alters mit sauber frisiertem graubraunem Haar die Tür auf. Als er Lloyd sah, langte er nach dem Reißverschluß vorn an seinem Overall und zog ihn bis zur Brust hoch. »Sie kommen wohl nicht von der Mach-es-selbst-Produktion, wie?« fragte er.

Lloyd hielt ihm Marke und Ausweis entgegen. »Ich bin vom L.A.P.D. Sind Sie Morris Epstein?«

Der Mann zog sich schlurfend in seinen Hausflur zurück. Lloyd folgte ihm. »Sind Sie hier nicht außerhalb Ihres Zuständigkeitsbereiches?« wollte er wissen.

Lloyd schloß die Tür hinter ihnen beiden. »Ich werd's Ihnen leicht machen, Epstein. Ich habe Grund zu der Annahme, daß der .41er Revolver, den Sie als gestohlen gemeldet haben, bei einem Dreifachmord benutzt worden ist. Ich möchte Ihren zweiten .41er für Vergleichstests ausborgen. Kommen Sie mir entgegen, und ich sage den Cops in Beverly Hills, daß Ihre Versicherungsmeldung vielleicht ein bißchen übertrieben, aber nicht gefälscht war. Klar?«

Morris Epstein wurde lebhaft. Speichel blinkte in seinen Mundwinkeln auf. Wütend wedelte er mit dem Arm in die Richtung der Haustür und zischte: »Verlassen Sie das Haus, bevor ich Sie wegen polizeilicher Schikane anzeige. Ich habe Freunde bei der Bürgerrechtsunion. Die werden Ihnen an die Karre fahren, Plattfuß.«

Lloyd drängte sich an Epsteins Arm vorbei in ein Art-déco-Wohnzimmer, behängt mit gerahmten Filmplakaten und übergroßen, goldgeränderten Spiegeln. Auf der Glasplatte eines Kaffeetisches lag eine Rasierklinge mit gerader Schneide, und Spuren von weißem Pulver waren auch zu sehen. An der Wand neben dem Kamin stand eine große Kommode. Lloyd öffnete und schloß die Schubladen, bis er einen Zellophanbeutel mit Pulver gefunden hatte. Er drehte sich um; Epstein stand neben ihm, das Telefon in der Hand. Als er ihm den Beutel vor die Augen hielt, sagte der kleine Mann: »Sie können mich nicht bluffen. Das hier ist eine illegale Hausdurchsuchung. Ich bin persönlich befreundet mit Jerry Brown. Ich habe Beziehungen. Ein Anruf von mir, und Sie sind weg vom Fenster, Mutterficker.«

Lloyd packte das Telefon, das Epstein in der Hand hielt, riß die Schnur aus der Wand und warf den Apparat auf den Kaffeetisch. Die Platte zersprang, und Glassplitter flogen bis an die Decke. Epstein wich an die Wand zurück und flüsterte: »Hören Sie, Freund, wir können darüber verhandeln. Wir können –«

»Das Stadium des Verhandelns liegt hinter uns. Bringen Sie mir die Waffe. Sofort.«

Epstein zog den Reißverschluß seines Overalls herunter und fing an, seine Brust zu kneten. »Ich sage immer noch, daß dies eine illegale Hausdurchsuchung und Beschlagnahme ist.«

»Dies ist eine legale Hausdurchsuchung und Beschlagnahme im Zusammenhang mit der Untersuchung einer Straftat. Bringen Sie mir die Waffe – im Etui. Fassen Sie sie nicht an.«

Morris Epstein riß wütend seinen Reißverschluß hoch und kapitulierte. Als er das Zimmer verlassen hatte, duchstöberte Lloyd es rasch; er warf einen Blick in die übrigen Schubladen und überlegte, ob er zum Revier Beverly Hills fahren und den Einbruchsbericht überprüfen sollte. Dentinger hatte gesagt, es seien keine Fingerabdrücke gefunden worden, aber vielleicht gab es ja Streifenberichte über gelbe Japs-Importe oder andere Hinweise, die ihm einen Denkanstoß geben könnten. Er schaute in die letzte Schublade und wandte seine Aufmerksamkeit dann dem Sims über dem Kamin zu. Er hörte, wie sich Epsteins Schritte näherten, als sein Blick auf eine geschliffene Kristallschale voller Streichholzheftchen fiel. Er nahm eine Handvoll heraus. Sie kamen alle aus der First Avenue West – aus einer der beiden Bars, in den Jungle Jack Herzog gearbeitet hatte.

»Hier ist Ihre Kanone, Bulle.«

Lloyd drehte sich um; Epstein hielt eine hochglanzlackierte Rosenholzschatulle in der Hand. Er ging auf ihn zu und nahm ihm die Schatulle ab. Als er sie aufgeklappt hatte, sah er einen großen Revolver aus blauem Stahl mit Griffschalen aus Perlmutt, in ein rotsamtenes Kissen gebettet. Rings um die Waffe herum waren weichnasige Kupfermantelpatronen arrangiert. Lloyd nahm einen Kugelschreiber aus der Tasche, schob ihn in die Mündung und hob die Waffe heraus. An der Unterseite des Laufes waren die eingravierten Ziffern 9471 deutlich zu lesen.

»Zufrieden?« fragte Epstein.

Lloyd senkte den Lauf und klappte den Deckel der Schatulle zu. »Ich bin zufrieden. Woher haben Sie diese Waffen?«

»Ich hab' sie billig gekauft, vom Produzenten dieser Bürgerkriegs-Miniserie, die ich letztes Jahr verkauft habe.«

»Wissen Sie die Seriennummer des anderen Revolvers?«

»Nein, aber ich weiß, daß die beiden Waffen aufeinanderfolgende Nummern haben. Sagen Sie – glauben die Bullen in Beverly Hills wirklich, ich hätte den Bericht getürkt?«

»Ja. Aber ich werde denen sagen, wie Sie kooperiert haben. Ich habe hier Streichhölzer aus der First Avenue West gesehen. Gehen Sie da oft hin?«

»Ja. Wieso?«

Lloyd nahm ein Foto von Jack Herzog aus der Brieftasche. »Diesen Mann schon mal gesehen?«

Epstein schüttelte den Kopf. »Nein.«

Lloyd zog eine Kopie des IK-Porträts von dem Mann, der mit Herzog gesehen worden war, hervor. »Und den?«

Epstein warf einen Blick auf das Bild und zuckte zusammen. »Scheiße, das ist ja unheimlich, Mann. Mit dem Typen hab' ich mir mal abends vor ›Bruno's Serendipity‹ einen reingezogen. Die Ähnlichkeit ist irre, verdammt.«

Lloyd sah, wie zwei divergente Beweislinien sich plötzlich kreuzten und wie an ihrem Schnittpunkt eine unglaubliche Erkenntnis aufleuchtete. »Hat dieser Mann Ihnen gesagt, wie er heißt?«

»Nein. Wir haben uns die Linie reingezogen, und dann haben wir uns getrennt. Aber komisch war's. Er war ein unheimlicher, ein hartnäckiger Typ. Stellte mir dauernd Fragen nach meiner Familie, und ob ich nicht Lust hätte, mich mal mit diesem Burschen mit dem unglaublichen Durchblick zu unterhalten, den er da kennt. Was ist los, Bulle? Sie sind blaß geworden.«

Lloyds Finger umspannten den Revolverkasten so fest, daß er die Sehnen knacken hörte. »Haben Sie ihm Ihren Namen genannt?«

»Nein. Aber ich habe ihm meine Karte gegeben.«

»Haben Sie ihm von Ihren Revolvern erzählt?«

Epstein schluckte. »Yeah.«

»Wann haben Sie mit dem Mann gesprochen?«

»Vor zwei oder drei Monaten vielleicht.«

»Haben Sie ihn seither wiedergesehen?«

»Nein, ich war nicht mehr im ›Bruno's‹. Mir stinkt's da.«

»Haben Sie den Mann in einen Wagen steigen sehen?«

»Ja, in einen gelben Kleinwagen.«

»Marke? Modell?«

»Ausländisch. Mehr weiß ich nicht. Hören Sie, was soll das alles? Sie kommen hier rein und schubsen mich rum, zerschmeißen mir den Glastisch –« Epstein brach ab, als er sah, daß Lloyd zur Tür lief. »He, Bulle, kommen Sie gelegentlich noch mal vorbei, und wir quatschen ein bißchen«, rief er ihm nach. »'n großen bösen Cop wie Sie könnte ich in einer Serie unterbringen!«

Mit Blinklicht und Sirene schaffte Lloyd es, in der Rekordzeit von fünfundzwanzig Minuten zum Parker Center zurückzufahren. Mit der Waffenschatulle in der Armbeuge rannte er die drei Treppen zum Büro des Untersuchungslabors hinauf und stürmte durch mehrere Türen, bis er Officer Artie Cranfield gegenüberstand. Der ließ sein *Penthouse*-Heft sinken und meinte: »Mann, du siehst aber aufgeregt aus.«

»Ich *bin* auch aufgeregt.« Lloyd schnappte nach Luft. *»Und* du mußt mir ein paar Gefallen tun. In diesem Kasten ist ein Revolver. Kannst du ihn auf die Schnelle nach Abdrücken untersuchen? Und danach brauchen wir einen ballistischen Vergleichstest.«

»Ist es eine potentielle Mordwaffe?«

»Nein. Aber ich glaube, die Waffe, die bei dem Schnapsladenmord benutzt wurde, und diese hier haben aufeinanderfolgende Seriennummern. Die Munition in dieser Schatulle und die Munition, die bei dem Mord benutzt wurde, ist antik und wahrscheinlich aus ein und demselben Guß, und deshalb hoffe ich, daß die Laufmarken an den Geschossen so ähnlich sein werden, daß wir annehmen können –«

»So etwas können wir aber nicht annehmen«, warf Artie ein. »Solche Theorien kannst du vor Gericht nicht aufrechterhalten.«

Lloyd reichte Artie die Waffenschatulle. »Artie, ich wette zwanzig zu eins, daß dieser Fall auf der Straße geregelt wird. Würdest du dieses Schätzchen jetzt bitte für mich nach Fingerabdrücken untersuchen?«

Artie nahm einen Bleistift von seinem Schreibtisch und schob den Deckel damit auf. Dann steckte er einen zweiten Bleistift in den Lauf des Revolvers, schob ihn mit dem anderen Ende in das obere Scharnier des Kastens und verkeilte ihn so, daß die Waffe feststand. Als Schatulle und Waffe so gesichert waren, holte er einen kleinen Pinsel und ein Röhrchen Fingerabdruckpulver hervor und bestäubte die Oberflächen aus blauem Stahl, Perlmutt und Rosenholz. Als er fertig war, schüttelte er den Kopf. »Glatte Handschuhabdrücke auf dem Griff, Schmierspuren auf dem Lauf. Den Kasten hab' ich nur zum Spaß eingestäubt. Die Schmierspuren sind wahrscheinlich von dir, und die Handschuhabdrücke deuten darauf hin, daß der Kasten sorgfältig geöffnet worden ist. Du hast es mit einem Profi zu tun, Lloyd.«

Lloyd schüttelte den Kopf. »Ich habe eigentlich nicht geglaubt, daß wir etwas finden würden. Er hat das Pendant geklaut, aber ich dachte mir, er könnte dieses Exemplar wenigstens berührt haben.«

»Hat er auch. Mit OP-Handschuhen aus Gummi.« Artie lachte.

»Leck mich am Arsch«, sagte Lloyd. »Laß uns mit dem Monstrum zum Tank gehen und sehen, wie es schießt.«

Artie führte Lloyd durch das Kriminallabor in einen kleinen Raum, in dessen Fußboden mit Wasser- und Wattelagen versehene Ballistiktanks eingelassen waren. Lloyd schob drei Patronen in die Trommelkammern des .41ers und feuerte in die oberste Wasserschicht. Man hörte ein gedämpftes Schwirren, und dann hockte Artie sich an der Seite des Tanks nieder und zog eine Klappe auf. Er nahm die Auffangwatte in die Hand, zupfte die drei Projektile heraus und sah sie an. »Perfekt. Ich habe ein Vergleichsmikroskop in meinem Büro. Wir lassen uns die Kugeln aus dem Schnapsladen aushändigen, und dann schauen wir sie uns an.«

Lloyd setzte seine Unterschrift unter ein Formular des Kriminallabors, bekam die drei Geschosse, die man aus den Leichen der Opfer geschnitten hatte, und trug sie in einem durchsichtigen Plastikbeutel in Arties Büro. Artie legte sie auf den linken Objekttisch eines großen Doppelokular-Mikroskops und die drei

Projektile aus dem Ballistiktank auf den rechten, und mehr als eine halbe Stunde lang studierte er die beiden Sätze, einzeln und zusammen. Schließlich stand er auf, rieb sich die Augen und gab sein Untersuchungsergebnis bekannt. »Abgesehen von der Tatsache, daß der Projektilsatz, der im Schnapsladen abgeschossen wurde, durch den Aufprall auf menschliche Schädel abgeplattet wurde, während die Tankgeschosse intakt geblieben sind, und abgesehen davon, daß die Laufkerbung der Schnapsladenprojektile durch den Aufprall verzerrt wurden, würde ich sagen, daß die grundlegenden Flächen- und Kerbenmuster so identisch sind, wie es bei aus zwei verschiedenen Schußwaffen abgefeuerten Geschossen nur möglich ist. Nagle das Schwein fest, Lloyd. Gib's ihm mit dem großen Knüppel, wo es am meisten weh tut.«

Bruno's Serendipity, Single-Bar und Backgammonclub, lag am Rodeo Drive, im Herzen des Boutiquenviertels von Beverly Hills. Die Inneneinrichtung war dunkel und üppig; eine lange, mit Ziernägeln beschlagene schwarzlederne Bar beherrschte die eine Hälfte der Grundfläche, Sessel und beleuchtete Backgammontische füllten die andere. Ein mit Spangen zusammengeraffter Samtvorhang trennte die beiden Bereiche, und gleich hinter dem Eingang erhob sich ein Podium, das von beiden Seiten des Lokals aus sichtbar war. Lloyd lächelte, als er sich der Bar näherte. Die Einrichtung war logistisch perfekt.

Der Barkeeper war ein dürrer Jüngling mit einer Punkfrisur. Lloyd setzte sich auf einen Barhocker, zog seine Brieftasche hervor, nahm einen Zehndollarschein und das Phantombild heraus und ließ den Barmann einen Blick auf seine Polizeimarke werfen – alles in einer einzigen Bewegung. Als der Junge sagte: »Ja, Sir? Was kann ich für Sie tun?«, stopfte Lloyd ihm den Zehner in die Westentasche und reichte ihm die Fotokopie.

»L.A.P.D. Haben Sie diesen Mann schon mal gesehen? Gehen Sie damit zum Licht, und sehen Sie es sich in aller Ruhe an.«

Der Bartender gehorchte; er ging zu seiner Registrierkasse und knipste eine Lampe an. Nachdem er das Bild studiert hatte, schüttelte er den Kopf. »Klar. Schon oft. Irgendwie 'n intensiver Typ. Ich glaube, er ist bi. Ich meine, ich hab' ihn schon mit Männern und mit Frauen echt intensive Gespräche führen sehen. Was hat er gemacht?«

Lloyd bedachte den Jüngling mit einem strengen Blick. »Er belästigt kleine Jungs. Wann haben Sie ihn zuletzt gesehen?«

»Himmel. Irgendwann letzte Woche. Dieser Kerl ist ein Kinderschänder?«

»So ist es. Um welche Zeit kreuzt er normalerweise hier auf?«

Der Barmann deutete zu den Backgammontischen hinüber. »Sehen Sie, wie tot es noch ist? Vor acht kommt kaum jemand her. Wir machen nur deshalb so früh auf, weil für gewöhnlich spätnachmittags ein paar Schnapsdrosseln aus den Büros vorbeikommen.«

»Mir ist aufgefallen, daß Sie keinen Parkplatz haben«, sagte Lloyd. »Haben Sie einen Dienstmann, der die Autos woanders parkt, oder so was Ähnliches?«

Der Junge schüttelte den Kopf. »Brauchen wir nicht. Wenn die Boutiquen schließen, gibt's auf der Straße genug Parkplätze.« Er deutete auf die Plattform im Eingang. »Aber Sie werden ihn gut erkennen können. Wenn es dunkel ist, geht jedesmal, wenn jemand die Tür öffnet, Diskomusik an, und an der Decke leuchten bunte Spots auf, erst weiß, dann blau und rot, wissen Sie – damit die Leute wissen, wer kommt. Sie werden ihn wirklich gut sehen können.«

Lloyd legte einen Dollarschein auf den Tresen und ging zu einem Hocker am hinteren Ende der Bar. »Ein Ginger-Ale mit Zitrone. Und bringen Sie mir ein paar Erdnüsse oder so was. Ich habe vergessen, etwas zu Mittag zu essen.«

Sechs Stunden lang trank Lloyd Ginger-Ale und grübelte nach einer logischen Erklärung dafür, daß seine beiden Fälle zu einem einzigen narrativen Faden verschmolzen. Aber nur das Gefühl, für die Entwirrung dieses Fadens gerüstet zu sein, erwuchs aus seinen Überlegungen, die von der Disco-Light-Show am Eingang des Clubs begleitet wurden. Von sechs Uhr an war jeder, der hereinkam, einen Augenblick lang Mittelpunkt einer blitzenden Lichtorgel, die im Takt eines aufgemotzten Arrangements von Melodien aus *Saturday Night Fever* erstrahlte. Die meisten Gäste waren jung und modisch gekleidet und vollführten ein paar kurze Tanzschritte, ehe sie sich an die Bar oder zu den Backgammontischen begaben. Lloyd musterte jedes Männergesicht, sobald das weiße Licht aufleuchtete; niemand hatte auch nur annähernd Ähnlichkeit mit seinem Verdächtigen. Nach und nach verschwammen die männlichen und weiblichen Gesichter in einem androgynen Wirbel, der seinen Augen weh tat und sich mit dem Lärm subtiler wie unverfrorener Paarungsouvertüren vereinte, um alle seine Sinne aus dem Gleichgewicht zu bringen.

Um elf Uhr ging Lloyd zur Herrentoilette und tauchte den Kopf in ein Waschbecken mit kaltem Wasser. Einigermaßen erfrischt trocknete er sich mit Papierhandtüchern ab und schlenderte zurück in den Club. Er war im Begriff, an der Bar Platz zu nehmen, als sein Phantombild in Fleisch und Blut an ihm vorbeiging.

Lloyds Haut prickelte, und er mußte seine Revolverhand zur Faust ballen, um zu verhindern, daß er reflexhaft nach seinem .38er griff. Für den Bruchteil einer Sekunde trafen sich die Blicke der beiden Männer; Lloyd wandte seinen zuerst ab und dachte: *Pack ihn draußen bei seinem Wagen.* Dann hörte er ein heiseres Keuchen hinter sich, gefolgt von einem metallischen Klicken.

Beide Männer drehten sich im selben Augenblick um. Lloyd sah, wie der Phantombildmann seinen monströsen Revolver hob und die Mündung auf ihn richtete. Er duckte sich auf die Knie, als es rot aus dem Lauf barst, und der Knall dröhnte in seinen Ohren. Flaschen explodierten hinter der Bar, wo die Kugel einschlug; Schreie erfüllten den Raum. Lloyd rollte über den Boden auf den spangengefaßten Trennvorhang zu, zog dabei seinen .38er und versuchte, aus einer Rückwärtsrolle heraus zu zielen, doch alle möglichen Körperteile in panischer Bewegung versperrten ihm den Blick auf sein Ziel. Wieder zwei donnernde Explosionen; der Barspiegel zersplitterte; das Schreien schwoll weiter an. Lloyd wälzte sich von dem Vorhang weg und stieß krachend gegen einen Backgammontisch. Er kam eben auf die Beine, als ein weiterer Schuß die Vorhangschiene traf und den Vorhang herunterprasseln ließ. Menschen kauerten unter den Tischen, zusammengepreßt in einem Gewirr von Armen und Beinen. Pulverqualm hing über der Bar, aber durch den Nebel sah Lloyd, wie sein Gegner den Revolver im Bogen herumschwenkte und nach seinem Ziel Ausschau hielt.

Lloyd streckte seinen Revolverarm aus; mit der Linken hielt er das rechte Handgelenk umfaßt. Er feuerte zweimal – zu hoch. Der Phantombildmann wandte sich um und rannte zurück in Richtung der Toiletten. Über einen Hinderniskurs aus bebenden Körpern stolpernd, setzte Lloyd ihm nach, und vor der Herrentoilette preßte er sich flach an die Wand. Mit der Fußspitze schob er die Tür sachte nach innen. Von drinnen hörte er mühsames Atmen, und er stieß die Tür ganz auf und feuerte blind in Brusthöhe hindurch; dann zuckte er zurück, als ein Schuß von drinnen die Tür in der Mitte zerbersten ließ.

Lloyd rutschte an der Wand herunter zu Boden und zählte die Schüsse, die abgegeben worden waren: fünf von dem Psycho, drei von ihm selbst. Greif ihn an und bring ihn um. Er fummelte drei Patronen aus seinem Gürtel in die Kammern seines Kurzläufigen und feuerte dann noch einmal durch die Toilettentür, in der Hoffnung darauf, daß der Mann panisch zurückschießen würde. Als sich nichts rührte, stürmte er durch die halb zerschossene Tür und erhaschte noch einen verschwommenen Blick auf zwei Beine, die sich über der Toilette durch ein schmales Fenster zwängten und verschwanden.

Lloyd streifte die Jacke ab, sprang hoch und versuchte, sich durch das Fenster zu quetschen. Er blieb mit den Schultern stecken, und der Holzrahmen splitterte, aber sosehr er sich auch wand und mit jedem Zoll seines Körpers zusammenzog, er paßte nicht hindurch. Er sprang auf den Boden und rannte zurück durch den Club, der jetzt eine Wüste aus Glasscherben, umgestürzten Möbeln und schutzsuchenden Menschenhaufen war. Er war nur noch zwei oder drei Schritte vom Eingangsspalier entfernt, als die Tür aufgestoßen wurde und drei Streifenpolizisten hereindrängten. Sie richteten Pumpguns auf seinen Kopf. Schrotgewehre mit pumpenschwengelartigem Repetiergriff. Er sah die Angst in ihren Augen und wie ihre Finger am Abzug vibrierten, und er ließ seinen .38er zu Boden fallen. »L.A.P.D.«, sagte er sanft. »Meine Marke und mein Ausweis sind in der Jackentasche.«

Der mittlere der drei Cops rammte Lloyd die Mündung seiner Pumpgun gegen die Brust. »Du hast keine Jacke an, Arschloch. Dreh dich um und leg die

Hände über deinem Kopf an die Wand. Dann mach die Beine breit. Das alles schön langsam.«

Lloyd gehorchte, langsam wie in äußerster Zeitlupe. Er fühlte, wie rauhe Hände ihn grob abklopften. Aus der Ferne hörte er Sirenengeheul näher kommen. Als sie ihm die Hände auf den Rücken drehten und ihm Handschellen anlegten, sagte er: »Meine Jacke liegt auf der Toilette. Ich habe hier einem Mordverdächtigen aufgelauert. Sie müssen einen Fahndungsbefehl und eine Fahrzeugbeschreibung herausgeben. Es handelt sich um einen gelben japanischen –«

Ein schwerer Gegenstand fuhr ihm ins Kreuz. Lloyd fuhr herum und sah, daß der mittlere Cop den Kolben seines Schrotgewehrs vor sich ausgestreckt hielt. Die beiden anderen Cops waren einen Schritt zurückgewichen und machten ratlose Gesichter. »Er trägt ein Schnellziehhalfter«, flüsterte der eine. »Ich seh mal auf dem Klo nach.«

Der mittlere Cop fiel ihm ins Wort. »Einen Scheißdreck tust du. Wir buchten ihn ein. Du kümmerst dich um die Leute hier, stellst fest, ob jemand verletzt ist, nimmst ihre Aussagen zu Protokoll. Der Krankenwagen wird gleich hier sein, und dann hilfst du den Sanitätern. Jensen und ich bringen das Arschloch hier weg.«

Mit zusammengekniffenen Augen spähte Lloyd auf das Namensschild des kommandoführenden Cops. Burnside. Er bemühte sich, mit beherrschter Stimme zu sprechen. »Burnside, Sie lassen einen Massenmörder und mutmaßlichen Copkiller laufen. Gehen Sie auf die Toilette, und holen Sie meine Jacke.«

Burnside packte ihn bei der Schulter, drehte ihn herum und schob ihn zum Ausgang und in einen Streifenwagen, der draußen am Rinnstein stand. Lloyd schaute aus dem Fenster und sah, daß weitere Beverly-Hills-Streifenwagen und Ambulanzfahrzeuge mitten auf dem Gehweg stoppten. Der Wagen fuhr an, und er suchte vergeblich nach einem gelben japanischen Auto; ihm war, als brenne sein ganzer Körper wie Trockeneis.

Die Fahrt zum Revier Beverly Hills dauerte zwei Minuten. Burnside und Jensen schoben Lloyd die Hintertreppe hinauf und führten ihn durch einen schmuddeligen Gang zu einer mit Drahtgitter gesicherten Arrestzelle. Burnside stieß ihn hinein, ohne ihm die Handschellen abzunehmen, und sagte zu seinem Partner: »Ich glaube, wir haben hier einen fetten Fang gemacht. Jeder echte Bulle vom L.A.P.D. hätte einen von unseren Jungs mitgenommen, wenn er einem Mordverdächtigen auflauern wollte. Holen wir den Skipper.«

Die beiden Cops schlossen die Käfigtür ab und liefen den Gang hinunter. Lloyd lehnte sich gegen das Drahtgitter und lauschte dem Gelächter und Gejohle aus der Ausnüchterungszelle am anderen Ende des Korridors. Er ließ seine Gedanken abfließen, bis sein Kopf leer war, und dann trug er die Ereignisse in Bruno's Serendipity Stück für Stück zusammen und ließ sie im

Geiste noch einmal ablaufen. Ein Gedanke beherrschte alles: Irgendwie war es dem Identikit-Mann gelungen, ihn augenblicklich als Feind zu erkennen. Sicher – seine Größe und sein unmoderner Straßenanzug hätten jeden Idioten mit einiger Straßenerfahrung aufmerksam werden lassen, aber der IK-Mann hatte nur einen ganz kurzen Blick auf ihn werfen können, und das im Gedränge und bei künstlicher Beleuchtung. Lloyd hielt diesen Gedanken fest, suchte ihn nach undichten Stellen ab, fand keine. *Etwas hier lag weit abseits der üblichen kriminellen Gerissenheit.*

»Sie haben Scheiß gebaut, Sergeant.«

Lloyd blickte in die Richtung, aus der die Stimme gekommen war. Draußen stand ein Captain der Polizei von Beverly Hills; er trug Uniform. In den Händen hielt er Lloyds Anzugjacke und seinen .38er, und er schüttelte langsam den Kopf.

»Lassen Sie mich raus, und geben Sie mir meine Jacke und meine Waffe zurück«, sagte Lloyd.

Der Captain schüttelte ein letztes Mal den Kopf, schob einen Schlüssel in die Käfigtür und ließ sie aufschwingen. Er nahm einen Handschellenschlüssel aus der Tasche und schloß Lloyds Handschellen auf. Lloyd rieb sich die Handgelenke und nahm dem Captain Jacke und Revolver ab; dabei sah er, daß der Mann mindestens zwölf Jahre jünger war als er. »Yeah, ich habe Scheiß gebaut«, sagte er.

»Nett, mal zu hören, wie der legendäre Lloyd Hopkins zugibt, daß auch er nicht unfehlbar ist«, sagte der Captain. »Wieso haben Sie den Leiter unserer Kriminalpolizei nicht über Ihren Einsatz informiert? Er hätte einen zweiten Mann für Sie abgestellt.«

»Es ging zu schnell. Ich wollte draußen bei seinem Wagen auf den Verdächtigen warten. Ich hätte eine Streife von Ihnen zu Hilfe gerufen, aber er erkannte mich als Cop und rastete aus.«

»Wie groß sind Sie – einsneunzig? Zweihundertfünfundzwanzig Pfund? Man braucht kein Genie zu sein, um sich denken zu können, womit Sie Ihr Geld verdienen.«

»Ach ja? Ihre eigenen Leute konnten es sich aber nicht denken.«

Der Captain lief rot an. »Officer Burnside wird sich bei Ihnen entschuldigen.«

»Entzückend«, sagte Lloyd. »Und inzwischen verschwindet ein durch und durch psychopathischer Mörder als freier Mann aus Beverly Hills. Mit einem Fahndungsbefehl und einer Fahrzeugbeschreibung hätte man ihn vielleicht noch schnappen können.«

»Stellen Sie meine Geduld nicht auf die Probe, Hopkins. Seien Sie nur froh, daß niemand im Bruno's verletzt worden ist. Wenn Sie für die Verwundung oder den Tod eines Bürgers aus meinem Bezirk verantwortlich wären, dann würde ich Sie kreuzigen lassen. So überlasse ich es Ihrem Department, sich mit Ihnen auseinanderzusetzen.«

Vor Lloyds Augen pulsierte es rot. Er schloß die Lider, um das Pochen zu begrenzen. »Möchten Sie die ganze Geschichte hören?«

»Nein. Ich will einen umfassenden Bericht, in dreifacher Ausfertigung. Gehen Sie nach oben, suchen Sie sich einen Schreibtisch und schreiben Sie ihn sofort. Ich habe Ihre Vorgesetzten beim Raub/Mord informiert. Sie sollen sich morgen früh um zehn beim Chef der Kriminalpolizei melden. Gute Nacht, Sergeant.«

Kochend vor Wut sah Lloyd dem Captain nach. Er gab sich zehn Minuten zum Abkühlen, und dann fuhr er mit dem Aufzug hinauf in die Kraftfahrzeugmeldestelle. Ein Angestellter, der hier den Nachtdienst versah, gab ihm einen gelben Kanzleiblock und einen Kugelschreiber, und die nächsten zwei Stunden verbrachte er damit, in Blockbuchstaben drei detaillierte Berichte über die Ereignisse im Bruno's zu verfassen und seine Untersuchungen zu dem Dreifachmord in dem Schnapsladen und zum Verschwinden des Kollegen Jack Herzog zusammenzufassen; seine noch nicht abgegebene Notiz an den Chief fügte er dem Bericht wörtlich hinzu; er hoffte, man würde ihm dies als Bemühung zum »Teamspiel« auslegen. Als er fertig war, brachte er die Blätter zum Officer des Nachtdienstes und wollte zum Parkplatz hinausgehen. Er war schon fast draußen, als eine Lautsprecherstimme ihn zurückfahren ließ. »Dringender Anruf für Sergeant Hopkins! Sergeant Hopkins, bitte!«

Lloyd kehrte zurück zum wachhabenden Beamten und nahm den Telefonhörer entgegen. »Ja?«

»Dutch hier, Lloyd. Was ist passiert?«

»Ein Haufen Scheiße. Wer hat es dir erzählt?«

»Thad Braverton. Du sollst morgen früh zu ihm kommen.«

»Ich weiß. Ist er sauer?«

»Kommt darauf an, was du ihm zu sagen hast. Was ist passiert?«

Trotz Wut und Erschöpfung mußte Lloyd lachen. »Du wirst nicht *glauben,* was passiert ist. Es ist ein und derselbe Typ, der die Sache im Schnapsladen durchgezogen und Jack Herzog umgebracht hat. Ich bin sicher. Er hat mit der Kanone aus dem Schnapsladen auf mich geschossen. Wir haben eine Single-Bar in Beverly Hills zerlegt, so gut wir konnten. Es war wild.«

»Was!« Dutch brüllte.

»Morgen, Partner. Ich rufe dich an, wenn ich mit Braverton gesprochen habe.«

Dutchs Stimme wurde sanft. »Herrgottsakrament verdammte Scheiße.«

Lloyds Stimme war sanfter. »Amen. Hast du gute Nachrichten für mich? Ich könnte welche gebrauchen.«

»Zweierlei«, sagte Dutch. »Erstens: Ich habe mich nach diesem verrückten

Namen umgehört, nach dem du mich gefragt hast. Doctor John the Night Tripper. Vor Jahren hieß ein Rock-Bimbo so, und außerdem ist es der Spitzname eines Psychiaters, der vorzugsweise als Therapeut für Huren und vom Gericht überwiesene Kriminelle arbeitet. Er ist sehr geachtet. Sein wirklicher Name ist John Havilland, und seine Praxis hat er in Century City. Zweitens: Beim Internal Affairs Department liegt nichts gegen dich vor. Ich habe heute morgen Fred Gaffaney angerufen und Herzog als vermißt gemeldet. Ich habe auch den Ärger auf mich genommen, der darin bestand, daß Gaffaney ein paarmal ›Scheiße‹ schrie.«

Den ersten Teil prägte Lloyd sich ein, über den zweiten lachte er. »Gute Arbeit, Partner. Wir sprechen uns morgen.«

Dutch lachte ebenfalls. »Bleib am Leben, Kleiner.«

Lloyd legte auf und ging hinaus auf den Parkplatz. Er schlängelte sich durch ein Labyrinth aus planlos geparkten Streifenwagen und nicht gekennzeichneten Fahrzeugen. Als er den Gehweg erreicht hatte, sah er Officer Burnside auf sich zukommen. Burnside kicherte im Vorübergehen; Lloyd blieb stehen und tippte ihm auf die Schulter. »Haben Sie mir etwas zu sagen?«

Burnside drehte sich um. »Yeah. Sind Sie nicht 'n bißchen zu alt, um außerhalb Ihres Bezirks den wilden Mann zu spielen?«

Lloyd lächelte und rammte Burnside eine kurze Rechte in den Leib. Nach Luft schnappend, krümmte Burnside sich zusammen. Lloyd drückte ihm mit der Linken das Kinn hoch und schlug ihm die rechte Faust mit voller Kraft auf den Nasenrücken. Er fühlte, wie der Knochen brach. Burnside flog rückwärts aufs Pflaster, und stöhnend rollte er sich zu einer Kugel zusammen, um weiteren Schlägen zu entgehen. Lloyd ging zu seinem Wagen; er fühlte sich alt und betäubt, und er hatte seinen Beruf satt.

9

Der Night Tripper las die Akten von Junior Miss Cosmetics eben zum viertenmal, als das Telefon in seiner Praxis klingelte, vierundzwanzig Stunden vor Goffs nächstem planmäßigen Anruf. Er sah seine Marionette vor sich, wie sie mit einem Bakterienfieber kämpfte, und er nahm den Hörer ab und flüsterte: »Du bist zu früh dran, Thomas. Was gibt's?«

Goffs Antwort kam stoßweise keuchend. »Cop! Der große aus den Cop-Akten! Hab' versucht, ihn kaltzumachen wie das Ungeziefer im Schnapsladen, aber er –« Das Keuchen ging in ein angstvolles Heulen über.

Havilland sah Goff vor sich, wie er nach Luft schnappte und schäumte und die Telefonzelle mit seinem Fieber und seiner hilflosen Raserei in Glut brachte.

Im Geiste sprach er das Urteil, und laut sagte er: »Geh nach Hause, Thomas. Kannst du mich verstehen? Geh nach Hause, und warte auf mich. Atme dreimal ein und aus, und dann sag mir, daß du nach Hause gehen wirst. Wirst du das für mich tun?«

Die drei Atemzüge mündeten in etwas, das einer menschlichen Stimme glich. »Ja ... ja ... bitte beeilen Sie sich.«

Der Doctor legte den Hörer auf und hielt sich die Hände vor die Augen. Sie waren völlig ruhig. Er ging ins Bad und starrte in den Spiegel. Seine hellbraunen Augen blickten fest und unerschütterlich in dem Wissen, daß Goff zwar gefallen, aber dennoch unverwundbar war. Er griff unter das Waschbecken und holte das Todeswerkzeug hervor, das er am Abend zuvor bereitgemacht hatte; er kehrte zurück in sein Arbeitszimmer und stopfte es in die alte schwarze Lederaktentasche, die er schon auf der Universität gehabt hatte. Dann hockte er sich nieder, hob ein loses Teppichstück hoch und öffnete seinen Fußbodensafe. Er nahm einen einzelnen braunen Ordner heraus, und für den Bruchteil einer Sekunde ging ihm durch den Sinn, daß der Mann auf dem Foto, das an das erste Blatt geheftet war, genauso aussah wie sein Vater.

So für den Gnadenakt bewaffnet, verließ er sein Apartment, ging auf die Straße und sah sich nach einem Taxi um. Nach wenigen Minuten kam eines vorbei. »Michael's Restaurant, Los Feliz, Ecke Hillhurst«, sagte Havilland zu dem Fahrer. »Und bitte beeilen Sie sich.« Der Fahrer raste durch den spätabendlichen Verkehr, ohne sich ein einziges Mal nach seinem Fahrgast umzusehen. Als er vor dem Restaurant anhielt, fragte er: »Schnell genug für Sie?«

Der Doctor lächelte und reichte ihm einen Zwanziger. »Behalten Sie den Rest«, sagte er.

Als das Taxi abgefahren war, ging Havilland die vier Blocks zu Goffs Wohnung zu Fuß, und erleichtert nahm er zur Kenntnis, daß in den Nachbarwohnungen nirgends Licht brannte. Er klopfte leise an die Tür, und als Antwort vernahm er ein Stöhnen wie aus einer anderen Welt. Die Sicherheitskette wurde abgenommen, und Goff erschien im Türrahmen; mit angstvollen Augen starrte er ihm flehentlich entgegen, die Hände wie zum Gebet zusammengepreßt. Der Doctor betrachtete die Hände, die zitternd ein paar Zoll weit vor seinem Gesicht schwebten. Die Finger waren blutige Stümpfe, als hätte Goffs animalische Panik ihn getrieben, sich aus seinem Leben hinauszugraben. Als er einen Blick auf die Innenseite der Tür warf, sah er Kratzspuren und Blutgerinnsel.

Havilland legte Goff sanft die Hände auf die Schultern und schob ihn zurück ins Wohnzimmer. Auf dem Couchtisch lag der nach Kordit stinkende Revolver. Er verschloß und verriegelte die Tür und schickte Goff auf das Sofa; in seiner Aktentasche wühlte er nach seinen Werkzeugen der Anklage und der Gnade. Den braunen Pappordner legte er mit der Vorderseite nach unten auf den Boden, und aus einer Laborphiole zog er mit einer Injektionsspritze eine Dosis Strychnin auf. Dabei flüsterte er: »Zwei Fragen, bevor ich dir ein Beruhigungsmittel gebe, Thomas. Erstens: Hat die Polizei dein Auto gesehen?«

Goff schüttelte den Kopf und versuchte, seine Lippen zu einem »Nein« zu formen. Der Doctor sah ihm in die Augen. *Wahrscheinlich die Wahrheit.*

»Gut, gut«, flüsterte er, und dann legte er Goff die linke Hand auf den Mund und preßte seinen Kopf mit aller Kraft an die Wand. Goffs Augen quollen aus den Höhlen, aber ihr Blick löste sich nicht von den Augen seines Herrn. Havilland nahm den Pappordner vom Boden auf und zog das Foto von der ersten Seite ab. Er hielt es so, daß Goff es sehen konnte, und fragte: »Ist das der Polizist?«

Goffs Augen weiteten sich, und seine Pupillen wurden groß. Ein Schrei stieg in seiner Kehle auf, und er verdrehte den Kopf und biß den Doctor in die Hand. Havilland drängte sich mit seinem ganzen Gewicht gegen ihn und tastete mit dem freien Arm hierhin und dorthin, um seine Spritze zu finden. Er bekam sie zu fassen, als Goffs Zähne sich in seine Handfläche gruben. Er warf sich quer über Goffs sich windenden Oberkörper und stieß ihm die Nadel in den Hals, aber er verfehlte die Ader, auf die er gezielt hatte, und als die Kanüle sich in Muskelgewebe bohrte, zog er sie wieder heraus. Noch einmal zielte er, und er sah, wie sein Vater und der Polizist auf dem Foto zu einer Person verschmolzen, während das Riesenrad in dem Vergnügungspark in der Bronx eben mit seinem Abstieg begann. Die Nadel traf; sein Daumen drückte auf den Kolben; das Gift drang ein. Goffs Rücken bog sich durch, seine Füße zuckten, und er stemmte sich in einem mächtigen Anfall, der den ganzen Körper erfaßte, gegen die Wand. Herr und Knecht wurden zusammen auf den Boden geschleudert. Goff wand sich, und Schaum trat ihm vor den Mund. Havilland richtete sich auf den Knien auf und sah, wie sein Vater und der Polizist sich wieder in zwei separate Wesen auflösten und von einem kleinen Mädchen in einem Partykleid im Stil der fünfziger Jahre verdrängt wurden, das ihn auslachte. Er schüttelte den Kopf, um das Bild zu verjagen, und er hörte, wie Goffs Rückenwirbel auseinanderschnappten, als dieser versuchte, sein Inneres nach außen zu kehren. Der Doctor stand auf, und er sah, wie eine Tür sich öffnete, hinter der es schwarz war, und er sah Grabsteine hinter Stacheldraht. Er hielt sich die Hände vors Gesicht und sah, daß sie ruhig waren. Er schaute zu Boden und sah Thomas Goff tot, erstarrt in einer endgültigen Verkörperung der Qual.

»Vater«, wisperte der Night Tripper. »Vater, Vater.«

Jetzt blieb nur noch die Beseitigung der Leiche.

Der Doctor durchwühlte seine Aktentasche, nahm den Leichensack aus schwarzem Vinyl heraus und breitete ihn der Länge nach auf dem Boden aus. Er riß ihn auf, warf zuerst Goffs Revolver hinein, stopfte dann Goff selber hinterdrein und zog den Reißverschluß zu.

Goffs Autoschlüssel lagen auf dem Couchtisch. Havilland steckte sie in die

Tasche, ging in die Hocke und wuchtete sich den nunmehr schmerzfreien Goff auf die rechte Schulter. Dann nahm er seine Aktentasche, knipste das Deckenlicht aus, zog die Tür hinter sich ins Schloß und ging hinaus auf die Straße.

Goffs Toyota parkte vier Häuser weiter. Havilland schloß den Kofferraum auf, zwängte den Toten hinein und klemmte den Leichensack fest, indem er den Ersatzreifen und den Wagenheber auf Goffs Leib legte. Er vergewisserte sich, daß nichts zu sehen war, schlug den Kofferraumdeckel zu und fuhr zu Goffs letzter Ruhestätte.

Thomas Goffs Grab war der Wartungskeller eines Lager- und Garagenhauses im Industriegebiet von East Los Angeles. Es gehörte einem früheren kriminellen Klienten des Doctors, der vor zwei Jahren zu einer lebenslänglichen Gefängnisstrafe verurteilt worden war, weil er zum drittenmal eines bewaffneten Raubüberfalls überführt worden war. Frühestens nach zehn Jahren würde man die Strafe zur Bewährung aussetzen können. Havilland zahlte die Abgaben für das Gebäude und schickte der Frau des Mannes alle drei Monate einen Scheck. Die düstere alte Ziegelfestung würde ihm noch mindestens acht Jahre lang gehören.

Der Night Tripper brauchte zehn Minuten, um die Grabstelle zu sichern; er suchte in dem Schlüsselbund, den sein Klient ihm gegeben hatte, öffnete eine ganze Serie von Türen, die mit Vorhängeschlössern doppelt versperrt waren, und fuhr durch einen Hinderniskurs aus verschimmelten Kartons und verrottendem Holz, bis er tief in den stockfinsteren Eingeweiden des Gebäudes angelangt war. Er wischte seine Fingerabdrücke vom Wagen ab und tastete sich im Dunkeln zurück, und mit jedem Vorhängeschloß, das er einschnappen ließ, wurde das Gefühl von Befriedigung und Vollendung heftiger spürbar: Thomas Goff hatte sein ganzes Erwachsenenleben damit zugebracht, die Abwesenheit von Licht zu suchen, und der Doctor hatte versprochen, ihm zu helfen; jetzt umschloß Dunkelheit Schicht um Schicht die Stätte seiner ewigen Ruhe.

Als er das Schloß der Ausgangstür hinter sich hatte einrasten lassen, ging der Night Tripper zu Fuß in die Stadt zurück, und seine Gedanken richteten sich auf die Zukunft. Jetzt, da Goff tot war, flog er solo; sämtliche Akteneinsätze würde er selbst durchzuführen haben. Es war an der Zeit, die derzeitigen *lonelies* mit Bemerkungen über bevorstehende »letzte« Aufträge zu vertrösten und sich auf das Sammeln von Daten und auf das mögliche Duell mit dem Polizisten, der seinem Vater so sehr ähnelte, zu konzentrieren. Als Havilland die Third Street Bridge überquerte und die Lichter der Business-Monolithen der City vor ihm flimmerten, mußte Havilland an ein Schachspiel denken: Richard Oldfield, klinisch wahnsinnig, doch von exquisiter Vorsicht, und er glich dem verstorbenen Thomas Goff wie ein Zwillingsbruder. *Bauer auf Dame.* Linda Wilhite, die Hure, die in ihren Phantasien Tötungsfilme drehte und die sich nach einem Leben in seliger Häuslichkeit mit einem großen, grobschlächtigen Mann sehnte. *Dame auf König.*

Und schließlich der so verwitterte »König« selbst: Detective Sergeant Lloyd Hopkins, der übergroße Cop aus L.A. mit dem IQ, der nicht mehr in die Tabelle paßte, der Mann, von dem der Alchimist gesagt hatte: »Seine Akte hab' ich geklaut, weil er einfach der Beste ist, den es gibt. Wenn er nicht ein so unverschämter Schürzenjäger wäre und wenn er nicht solche Wildwestmethoden anwendete, dann wäre er Chef der Kriminalpolizei. Er ist innerhalb des Departments beinahe völlig autonom, weil die hohen Tiere wissen, daß er der Beste ist, und weil sie glauben, daß er nicht alle Tassen im Schrank hat. Er war es, der im vorigen Jahr den Fall des ›Hollywood-Schlächters‹ abgeschlossen hat. Keiner weiß wirklich, was da passiert ist, aber man munkelt, daß Hopkins einfach loszog und das Schwein umbrachte.«

Havilland ließ sich diese Worte noch einmal durch den Kopf gehen und stellte sie dem unübertrefflichen Verhaftungsrekord aus der Akte und dem unsteten Familienleben gegenüber, das in dem Ordner ebenfalls detailliert dokumentiert war. *Schachmatt.* Sein Blick versank tiefer in den Lichtern vor ihm, und er dachte daran, wie er die Tür zu seiner Kindheit aufschließen würde – mit einem symbolischen Vatermord.

10

»Bevor wir anfangen, möchte ich Sie bitten, den *Big Orange Insider* von heute morgen zu lesen.«

Lloyd rutschte auf seinem Stuhl hin und her und senkte den Blick; er fragte sich, ob Thad Braverton ihm die gespielte Zerknirschung wohl abkaufen mochte. Das Händeschütteln war ein guter Anfang gewesen, aber in Bravertons Augen blinkten die Nadelspitzen mühsam beherrschter Wut und straften die Achtung gebietende Ruhe seines Tonfalls Lügen.

»Martin Bergens Kolumne?« fragte Lloyd.

Der Chef der Kriminalpolizei schüttelte den Kopf. »Nein. Erstaunlicherweise hat es ein anderer bullenhassender Schmierfink geschrieben. Der Kommentar eines gewissen Officer Burnside ist besonders interessant.«

Lloyd stand auf und nahm die zusammengefaltete Zeitung, die der Chief ihm entgegenhielt; gleichzeitig reichte er ihm seinen säuberlich getippten Bericht zum Schnapsladen/Herzog-Fall. Er setzte sich und las den aufgeblasenen Artikel des *Insider* über die Schießerei in Bruno's Serendipity, eine dreispaltige Anklage des »Cowboy-Faustrechts«, in der mit großem Nachdruck von den »unschuldigen jungen Singles« die Rede war, »deren Leben von einem schießwütigen Kriminalpolizisten des L.A.P.D. aufs Spiel gesetzt wurde«. Der letzte Absatz gab die Bemerkungen eines Carl D. Burnside, Officer im Revier Beverly Hills, vierundzwanzig Jahre alt, zum besten, »der sich kürzlich bei einem Jogging-Unfall das Nasenbein gebrochen hat«:

> »Sergeant Hopkins versuchte, seinen Verdächtigen in einem Raum voller unschuldiger Personen zu verhaften, obwohl er wußte, daß der Typ bewaffnet und gefährlich war. Er hätte einen Officer aus Beverly Hills bei sich haben müssen. Seine rücksichtslose Mißachtung der Sicherheit unserer Bürger hier in Beverly Hills ist abscheulich. Wildgewordene Cops wie Hopkins bringen vernünftige, sicherheitsbewußte Polizisten wie mich in Verruf.«

Lloyd unterdrückte einen Lachanfall, während er die Zeitung zusammenfaltete und zusah, wie der Chief seinen Bericht durchlas. Fünf Stunden lang hatte er zu Hause darüber geschwitzt, hatte beide Fälle von Anfang an detailliert geschildert und nachgezeichnet, wie sie sich einander Schritt für Schritt genähert hatten; er hatte betont, daß er von Marty Bergens Unschuld an Jack Herzogs mutmaßlichem Tod überzeugt sei, und berichtet, wie Herzog die sechs Personalakten des L.A.P.D. gestohlen hatte und daß der Identikit-Mann *diese Akten gesehen haben mußte* – denn nur so hatte er ihn in einem verräucherten Lokal voller Menschen als Polizisten identifizieren können.

Die letzte Seite aber enthielt den Knalleffekt: den dokumentierten Beweis, der Thad Braverton hoffentlich vom Stuhl werfen und ihm selbst die Schmach einer Disziplinarstrafe ersparen würde. Im Morgengrauen war er noch einmal zu Bruno's Serendipity gefahren und hatte die beiden Arbeiter, die damit beschäftigt gewesen waren, die Verwüstungen der vergangenen Nacht zu beseitigen, bestochen, damit sie ihm erlaubten, nach den verschossenen .41er Projektilen zu suchen. Er hatte die Flugbahnen über den Daumen kalkuliert und die Wände mit einer Taschenlampe abgesucht; es war ihm gelungen, zwei plattgedrückte Revolverkugeln sicherzustellen. Cranfield und sein Vergleichsmikroskop hatten den Rest erledigt und die unwiderlegbare ballistische Bestätigung erbracht: *Die drei Projektile aus dem Schnapsladen und die zwei aus den Wänden im Serendipity stammten aus derselben Waffe.*

Thad Braverton las den Report zu Ende und fixierte Lloyd mit undurchdringlicher Miene. »Ein gedämpftes Bravo, Hopkins. Ich wollte Sie suspendieren, aber im Lichte Ihres Berichts werde ich Sie mit einer Abmahnung davonkommen lassen. Wagen Sie sich nie wieder in einen fremden Zuständigkeitsbereich, ohne vorher dem Chef des Reviers Pfötchen zu geben. Haben Sie mich verstanden?«

Lloyd verzog sein Gesicht zu einem Ausdruck, der Betretenheit darstellen sollte. »Jawohl, Chief.«

Braverton lachte. »Versuchen Sie nicht, reumütig zu gucken. Sie sehen aus wie ein Schulbengel, der gerade zum erstenmal gevögelt hat. Sie sind vom

Raub/Mord-Dezernat offiziell beauftragt, die Untersuchungen in dem Schnapsladen-Fall zu führen, ja?«

»Ja.«

»Gut. Arbeiten Sie fulltime an der Sache. Den Fall Herzog gebe ich ans Internal Affairs Department; die werden sich verschwiegen darum kümmern, und das ist wichtig: Falls Herzog in kriminelle Aktivitäten verwickelt war, möchte ich nicht, daß die Presse davon Wind bekommt. Außerdem haben sie bessere Möglichkeiten, diese Aktengeschichte diskret zu überprüfen – die Unternehmen, um deren Werkschutz es da geht, sind große Fische, und ich will nicht, daß Sie denen auf die Zehen treten. *Comprende?*«

Lloyd wurde rot. »Ja.«

»Gut. Ich werde einen Kontakt arrangieren, damit Sie mit dem IAD ihre Notizen vergleichen können. Was haben Sie als nächstes vor?«

»Ich möchte alles, was uns zur Verfügung steht, einsetzen, um dieses Arschloch zu identifizieren. Das Identikit-Phantombild ist ihm außergewöhnlich ähnlich, und ich will, daß jeder Cop im County es sich anschaut. Ich stelle mir folgendes vor: eine geschlossene Informationsveranstaltung, heute nachmittag hier im Center. Vertreter der gesamten Polizei von L.A. und aller Sheriffs sollen dabeisein. Keine Presse-Spinner. Ich werde rund zehntausend Kopien von dem Phantombild anfertigen lassen und den Leuten sagen, sie sollen sie bei ihren Appellen an die Mannschaften verteilen. Ich werde meine Erfahrungen mit dem Verdächtigen darlegen und meine Einschätzung seiner psychischen Verfassung auseinandersetzen. Jeder Cop in L.A. County wird nach ihm suchen. Wenn wir eine positive Identifikation haben, können wir einen Fahndungsbefehl herausgeben, und dann werden wir ja sehen.«

Thad Braverton schlug mit beiden Handflächen auf den Tisch. »Genehmigt. Meine Sekretärin wird unverzüglich damit anfangen, bei den einzelnen Dienststellen anzurufen. Was meinen Sie – halb drei? Dann haben die Leute noch Zeit, zu ihren Revieren zurückzufahren und die Kopien auszuhängen, ehe die Nachtschicht kommt. Sie können sie inzwischen besorgen.«

Lloyd stand auf. »Danke. Sie hätten mir eine Menge Ärger machen können, aber Sie haben's nicht getan.« Er ging zur Tür, doch dann drehte er sich noch einmal um. »Warum nicht?«

»Wollen Sie es wirklich wissen?«

»Ja.«

Der Chef der Kriminalpolizei seufzte. »Dann werde ich's Ihnen sagen. Nur vier Leute wissen *genau,* was letztes Jahr mit Ihnen passiert ist. Sie und Dutch Peltz natürlich, und dann der Big Chief und ich. Bestimmt wissen Sie, daß Gerüchte die Runde machen und daß manche Cops Sie für das, was Sie getan haben, bewundern, während andere finden, daß Sie dafür nach Camarillo gehören. Ich liebe Sie für das, was Sie getan haben. Normalerweise ist mit mir nicht gut Kirschen essen, aber von Leuten, die ich liebe, lasse ich mir 'ne Menge Scheißdreck gefallen.«

Bei den letzten Worten des Chiefs huschte Lloyd zur Tür hinaus. Der Mann brauchte nicht zu sehen, daß er kurz davor war, loszuheulen.

Vier Stunden später stand Lloyd hinter dem Pult an der Vorderseite des Hauptvortragsraumes im Parker Center; vor sich sah er schätzungsweise zweihundert Polizisten in Uniform und in Zivil. Jeder der anwesenden Männer und Frauen hatte beim Eintreten eine braune Mappe in die Hand bekommen. Jede Mappe enthielt fünfzig Kopien des Phantombildes mit folgender Beschreibung:

> Verdächtig des mehrfachen Mordes. Weiß/männl., 30–35, Haarf. hl-brn, Augenf. unbek., 175–180 cm, 150–160 Pfd. Fährt gelbes Kfz., neues Modell, jap. Import. Bewaffnet mit antikem Rev. Kal. .41. Verkehrt in Single-Bars und nimmt Kokain. *Dieser Mann hat am 23. April in einem Spirituosengeschäft in Hollywood drei Menschen ermordet. Er ist bewaffnet und höchst gefährlich.*

Als die letzten Nachzügler ihre Plätze eingenommen hatten, hielt Lloyd eine Ausgabe der *Los Angeles Times* hoch und sprach ins Mikrofon. »Guten Tag. Bitte hören Sie mir aufmerksam zu. Auf Seite zwei der *Times* von heute finden Sie einen akkuraten Bericht über mein gestriges Zusammentreffen mit dem Mann, dessen Porträt Sie jetzt in der Hand halten. Daß ich heute noch lebe, habe ich nur dem Umstand zu verdanken, daß er einen Single-Action-Revolver benutzt. Ich habe gehört, wie er den Hahn spannte, und habe deshalb seinem ersten Schuß ausweichen können. Hätte er eine praktischere Double-Action-Waffe verwendet, wäre ich jetzt tot.«

Lloyd ließ seinen Blick durch das Publikum wandern. Er spürte, daß er sie fest in der Hand hatte, und fuhr fort: »Nach einem Schußwechsel mit mir entkam der Mann. Die *harten* Fakten, die ihn betreffen, finden Sie auf den Identikit-Bildern. Das Porträt ist ihm übrigens ungewöhnlich ähnlich – es wurde von einem intelligenten Zeugen zusammengesetzt und von zwei anderen sofort wiedererkannt. *Das ist unser Mann.* Was ich noch hinzufügen möchte, sind die Beobachtungen, die ich im Zusammenhang mit diesem Killer gemacht habe.«

Er machte eine Pause und sah zu, wie die versammelten Polizisten ihre Mappen studierten und dann Blocks und Bleistifte hervorzogen. Als ihre Blicke sich nach und nach wieder dem Vortragspult zuwandten, sagte er: »In der vergangenen Woche hat dieser Mann drei Menschen ermordet, mit sauberen, eines Scharfschützen würdigen Kopfschüssen. Gestern abend hat er aus einer Distanz von drei Metern auf mich geschossen und nicht getroffen. Die vier darauf folgenden Schüsse gab er in wilder Panik ab. Ich glaube, daß dieser Mann ein Psychopath ist und daß er töten wird, bis er selbst getötet oder festgenommen wird. Wir müssen mit vereinten Kräften versuchen, ihn zu identifizieren. Ich möchte, daß die Phantombilder an *jeden* Officer in L. A. County und an jeden vertrauenswürdigen Informanten verteilt werden. Er kokst, und er verkehrt in Single-Bars; also soll jeder Beamte bei der Sitte und beim Rauschgiftdezernat *seine* Informanten anspitzen und *seine Kneipenquellen* anzapfen. Zeugen haben ausgesagt, daß er behauptet habe, einen ›Typen mit unglaublichem Durchblick‹ zu kennen; es kann also sein, daß unser Verdächtiger einen Partner hat. Ich will, daß jeder, der *große* Ähnlichkeit mit diesem Verdächtigen hat, festgenommen und *sorgfältig* verhört wird, und zwar mit vorgehaltener Waffe. Alle Festgenommenen sind nach Möglichkeit ins Gefängnis der Central Division zu bringen. Ab fünf Uhr werde ich dort sein, mit einem Rechtshelfer und einem Stapel Haftentschädigungs-Verzichtserklärungen – es werden ein paar Unschuldige verhaftet werden, aber das ist unvermeidbar. Alle Anfragen, ob von der Polizei oder von außerhalb, sind an mich weiterzuleiten: Sergeant Lloyd Hopkins, Central Division, Telefon fünf-null-neun.«

Lloyd wartete, bis die Polizisten alles notiert hatten; er wußte, daß ihre konzentrierte Aufmerksamkeit bis jetzt auf rein professioneller Ebene gelegen hatte. Er räusperte sich, klopfte auf das Mikrofon und zielte auf ihre ganz private Schlagader. »Ich habe Ihnen hinreichende Gründe genannt, weshalb die Ergreifung dieses Verdächtigen auf der Prioritätenliste der Polizei von Südkalifornien an erster Stelle steht, aber ich habe noch etwas Besseres: Dieser Mann ist der Hauptverdächtige im Falle eines verschwundenen und wahrscheinlich ermordeten Polizeibeamten aus Los Angeles. Schnappen wir uns das Pißgesicht. Guten Tag.«

Lloyd brauchte zwei Stunden, um im Häftlingsaufnahmebüro der Central Division eine Kommandozentrale einzurichten. Da er eine Flut von Anrufen erwartete, hatte er zunächst in der Büromaterialausgabe des Raub/Mord-Dezernats drei unbenutzte Telefone beschlagnahmt und sie in freie Telefonbuchsen neben dem Anwaltszimmer des Gefängnisses eingestöpselt. Durch Einschüchterung mehrerer Dienststellenleiter der Bell Telephone Company hatte er erreicht, daß die drei Apparate an den bereits existierenden Anschluß geschaltet wurden. Die Telefonisten der Central Division waren angewiesen, eingehende Anrufe zu sichten und alle polizeilichen *und* zivilen Anrufer, die sich wegen des Phantombildes meldeten, im Falle einer Leitungsüberlastung vorrangig zu behandeln. Alle *lebenden* Verdächtigen, die hereingebracht würden, sollten in ein schalldichtes, mit Einwegspiegeln ausgestattetes Vernehmungszimmer geführt werden. Erst wenn Lloyd durch seine negative Identifizierung ihre Unschuld bestätigte, sollte der »Rechtshelfer« der Central Division, ein Streifenpolizist, der Jura studiert hatte und dann viermal durch die Zulassungsprüfung für die kalifornischen Gerichte gefallen war, sie behutsam überreden, ihren Verzicht auf eine Haftentschädigung zu erklären. Sodann seien sie zum Ort der »Verhaftung« zurückzufahren und dort freizulassen.

Lloyd machte sich auf eine lange Nacht gefaßt. Er legte sich Notizblocks und frisch gespitzte Bleistifte zurecht, um sich alles notieren zu können, und schaffte eine große Thermoskanne Kaffee heran, der ihm als Treibstoff dienen sollte, falls sein Gehirn schlappmachte. Um alles hatte er sich gekümmert. Die beiden Beamten, die unter seiner Leitung den Schnapsladen-Fall bearbeiteten, waren von ihrer augenblicklichen Arbeit abgezogen und angewiesen worden, eine Liste sämtlicher Single-Bars im Zuständigkeitsbereich des L.A.P.D. zusammenzustellen. Danach sollten sie die Sittenchefs der ganzen Stadt anrufen, damit diese Kontrollteams losschickten. Die Revierkommandanten hatten den Befehl, beim Abendappell ausdrücklich auf den Identikit-Mann hinzuweisen und allen Teams einzuschärfen, sich möglichen Verdachtspersonen mit dem Schrotgewehr im Anschlag zu nähern. Wenn der Identikit-Mann auf der Straße unterwegs war, bestand eine gute Chance, ihn zu fassen.

Aber nicht lebendig, dachte Lloyd. Er blätterte durch die Entschädigungsverzichtsformulare auf seinem Schreibtisch, und er wußte, daß sein Killer nicht kampflos aufgeben würde und daß die Chancen, unschuldiges Blut zu vergießen, an diesem Abend so hoch waren wie nie. Es konnte passieren, daß ein panischer oder übereifriger Cop auf einen angetrunkenen, streitsüchtigen Geschäftsmann feuerte, weil dieser dem Phantombild ähnelte; vielleicht auch würde ein übervorsichtiger Officer sich mit versöhnlichem Lächeln einem gelben Japs-Auto nähern und sich von einem Hohlspitzengeschoß des Kalibers .41 das Gesicht wegschießen lassen. Das Verfahren Festnahme/Identifikation/Freilassung entsprang reiner Verzweiflung – jeder erfahrene Cop des Morddezernats würde es wissen, ohne daß es jemand sagte.

Um sechs Uhr kam der erste Anruf; seine Herkunft erriet Lloyd sofort: Die Nachtstreifen waren seit einer Stunde unterwegs, und zahllose Polizisten hatten ihre Informanten angesprochen. Und er hatte recht. Der Anrufer bezeichnete sich selbst als »rechtschaffenen Dope-Dealer«. Er sei sicher, erzählte er Lloyd, daß es sich bei dem Schnapsladen-Killer um einen »Nigger mit gefärbten Haaren« handele, der die drei Leute im Zusammenhang mit einer »Black-Power-Verschwörung abgemurkst« habe. Sodann gab er seine eigene Definition von Black Power: »Vier Bimbos, die einen Cadillac in die Tankstelle schieben, um für fünfzig Cents Sprit zu tanken.« Lloyd erklärte dem Mann, diese Definition wäre 1968 vielleicht amüsant gewesen, und legte auf.

Es folgten weitere Anrufe.

Lloyd jonglierte mit den drei Leitungen. Er sortierte das Geschwafel von Betrunkenen, Kiffern und verlassenen Liebhabern und notierte sich alles, was in einigermaßen vernünftigem Ton mitgeteilt wurde. Was ihm da angeboten wurde, stammte größtenteils aus dritter und vierter Hand – jemand kannte jemanden, der gesagt hatte, jemand habe dies oder jenes gesehen oder gehört oder *geahnt.* Aller Wahrscheinlichkeit nach war es ein Labyrinth von Fehlinformationen, aber es mußte dennoch aufgeschrieben werden.

Um zehn, nach vier Stunden an den Telefonen, hatte Lloyd einen ganzen Kanzleiblock vollgeschrieben; das gesamte Material stammte aus außerpolizeilichen Quellen. Er verlor allmählich die Hoffnung darauf, jemals wieder mit einem Berufskollegen zu tun zu haben, als zwei hartgesichtige Streifenpolizisten der Newton Street Division den ersten »schweren« Verdächtigen hereinführten, einen drahtig dürren, einsachtzig großen blonden Burschen von Anfang Zwanzig. Die beiden Cops benahmen sich, als hätten sie den Teufel am Schwanz gepackt; jeder umklammerte einen Bizeps des Verdächtigen mit einer Hand, deren Knöchel weiß waren.

Lloyd warf einen Blick auf das verängstigte Trio. »Nehmt ihm die Handschellen ab«, sagte er und reichte dem Jungen eine Verzichtserklärung. Dieser unterschrieb, und Lloyd befahl den beiden Polizisten, ihren »Killer« dahin zu bringen, wohin er wollte, und ihm unterwegs eine Flasche Schnaps zu kaufen. Die drei jungen Männer zogen ab. »Versucht, am Leben zu bleiben!« rief er ihnen nach.

Innerhalb der nächsten drei Stunden wurden drei annehmbare Faksimiles des Verdächtigen hereingebracht, zwei von Streifenteams der Hollywood Division, eines von Detectives des Sheriffs aus dem Unterbezirk San Dimas. Jedesmal schüttelte Lloyd den Kopf und sagte: »Bindet ihn los.« Dann zwangsernährte er den Verdächtigen mit einem harten Blick, einer Verzichtserklärung und einem Kugelschreiber. Alle drei unterschrieben bereitwillig. Lloyd stellte sich vor, wie ihnen sämtliche je gedrehten Filme zum Thema »Unschuldiger zu Unrecht verhaftet« durch den Kopf gingen, während sie hastig ihren Namen auf das Papier kritzelten.

Mitternacht kam und ging. Der Strom der Anrufe versiegte. Lloyd wechselte von Kaffee zu Kaugummi, als sein Magen zu knurren begann. Er überlegte, daß der mitternächtliche Schichtwechsel ihm wahrscheinlich eine kurze Telefonpause einbringen würde, und so lehnte er sich auf seinem Stuhl zurück und ließ die üblichen Knastgeräusche durch seine Koffein-Erschöpfung strömen und ihn in einen Halbschlaf lullen. Er war im Begriff, vollends einzuschlafen, als eine Stimme ihn ins Bewußtsein zurückriß. »Sergeant Hopkins?«

Lloyd drehte sich mit seinem Stuhl um. Ein Motorradcop des L.A.P.D. stand vor ihm, einen Computerregisterausdruck in der Hand. »Confrey, von Rampart Motor«, stellte der Officer sich vor. »Ich bin eben zum Dienst gekommen und habe Ihr Phantombild gesehen. Letzten Monat habe ich einen geschnappt, der genauso aussah. Es ging um ein paar Strafmandate. Ich habe mich an ihn erinnert, weil er so was Unheimliches an sich hatte. Hier ist sein Registerauszug und die Kraftfahrzeugakte. Und der Erkennungsdienst hat ihn nach der Festnahme fotografiert.«

Lloyd nahm das Blatt und zog den Streifen der Polizeifotos ab. Der Identikit-Mann sprang ihm entgegen, sein Gesicht nahm Gestalt an, von vorn, von der Seite, im Halbprofil – wie ein Porträt, zu dem man Zahlen miteinander verbinden mußte und das nun endlich fertig war.

»Ist er das?« wisperte Confrey.

Lloyd nickte. »Ja.« Er starrte auf die Frontal- und Profilfotos des Mannes, der ihn beinahe getötet hätte, und er zitterte, als er die kalten Fakten las, die ein Monster beschrieben.

Thomas Lewis Goff, weiß/männl., geb. 19. 6. 49, Haarf. brn., Augenf. bl., Größe 180 cm. Wohnhaft 3193 Melbourne Nr. 6, L.A. – Strafreg. (N.Y. State): 3 Verhaftg. wg. schw. Körperverl. (Verf. eingest.) Autodiebst. 1. Grd. verurt. 4. 11. 69 zu 3–5 Jhr. Gef. Bewährg. ab 10. 71. (Calif. State): Nichtersch. vor Gericht, 19. 3. 84 Kaution $ 65.– bezahlt. Kalif. Führersch. Nr. 01734; Fahrzg. Toyota Limous. Bj. '80, Kennz. JLE 035. Kein lfd. Verfahren.

Lloyd legte den Computerbogen aus der Hand. »Wer leitet die Frühschicht in Rampart?«

»Lieu-lieutenant Praeger«, stammelte Confrey.

»Gut. Rufen Sie ihn an und sagen Sie ihm, wir haben unseren großen Fisch; die Adresse ist Melbourne, Ecke Hillhurst. Er soll am Apparat bleiben; ich bin gleich wieder da.«

Während Confrey telefonierte, rannte Lloyd den Gang hinunter zur Waffenkammer der Central Division und riß dem diensthabenden Officer eine Pumpgun und eine Schachtel Patronen aus der Hand. Als er in den Zellentrakt zurückkehrte, reichte Confrey ihm den Hörer und flüsterte: »Sprechen Sie langsam; der Lieutenant ist 'n nervöser Typ.«

Lloyd atmete tief durch und hob die Sprechmuschel vor den Mund. »Lieutenant, hier ist Lloyd Hopkins, Raub/Mord-Dezernat. Können Sie etwas für mich arrangieren?«

»Ja«, antwortete eine angespannte Stimme. »Sagen Sie mir, was Sie brauchen.«

»Ich brauche ein halbes Dutzend Einheiten in Zivil, die sich in der Gegend um Melbourne und Hillhurst nach einem gelben Toyota umsehen – Baujahr '80, Kennzeichen JLE null-drei-fünf. Nicht rangehen, nur im Auge behalten. In genau vierzig Minuten muß der dreizehnhunderter Block der Melbourne an beiden Enden abgeriegelt sein. In genau vierzig Minuten sollen mich fünf erfahrene Detectives an der Ecke Melbourne/Hillhurst erwarten. Sagen Sie denen, sie sollen kugelsichere Westen anziehen und Schrotgewehre mitbringen, und für mich sollen sie auch eine Weste bereithalten. Ich will *keinen* Streifenwagen in der Gegend haben. Können Sie das in die Wege leiten?«

Lloyd wartete die Antwort nicht ab. Er gab Confrey den Hörer zurück und rannte zu seinem Auto.

Im Zickzack raste er durch den Verkehr und über rote Ampeln, und so schaffte er es in zwanzig Minuten bis Melbourne/Hillhurst. Noch war kein Zivilstreifenwagen zu sehen, aber er fühlte die allzu perfekte Stille, die den bevorstehenden Explosionen ringsum vorausging. Er wußte, daß bald Scheinwerfer durch die Stille herangleiten würden, und das Knistern des Polizeifunks und das Wummern starker Motoren im Leerlauf würde die Stille vertreiben. Männer würden sich mit Nachnamen vorstellen, er würde seine Befehle erteilen, und dann käme nur noch die Explosion selbst.

Lloyd parkte unter einer Laterne am Rande der Kreuzung, schaltete die Warnblinkanlage ein, um den anderen Polizisten ein Zeichen zu geben, und schob Patronen in seine Pumpgun; eine ließ er in die Kammer springen, und dann stellte er die Waffe auf volle Streuung. Er nahm seine Taschenlampe, stieg aus und ging die Melbourne hinunter, immer dicht unter den Bäumen am Gehsteigrand; dankbar sah er, daß keine nächtlichen Spaziergänger unterwegs waren und daß niemand seinen Hund ausführte. Die Straße führte durch einen massiven Komplex aus zweistöckigen Apartmenthäusern, deren Fassaden mit den zurückliegenden zweiten Stockwerken identisch aussahen. Drei-eins-neun-drei lag in der Mitte des Blocks, ein dunkelgrauer Stuckbau mit schmiedeeisernem Zaungitter und einer fensterlosen, in einer Nische gelegenen Haustür. Lloyd richtete den Strahl seiner Taschenlampe auf die Reihe der Briefkästen vor dem Haus. T. Goff – Appartm. 6, wie es im Registerauszug gestanden hatte. Er zählte die Postschlitze, und dann trat er zurück und zählte die Türen; der Lichtstrahl seiner Lampe wanderte dabei über die Zahlen, die in Augenhöhe eingeprägt waren. Zehn Wohneinheiten, fünf oben, fünf unten. Apartment sechs war die erste Einheit im Obergeschoß. Lloyd schauderte, als er sah, daß hinter den zugezogenen Vorhängen gedämpftes Licht glimmte.

Er ging zur Hillhurst zurück und musterte unterwegs die parkenden Autos. Kein gelber Toyota stand am Straßenrand. Als er zur Kreuzung kam, war sie durch hölzerne Böcke mit Umleitungsschildern und roten Blinklichtern gesperrt. Das Knistern eines Radios drang durch die Stille, gefolgt von heiserem Flüstern. Lloyd spähte umher und sah drei ungekennzeichnete Dienstwagen, die quer hinter der Barrikade parkten. Er richtete seine Taschenlampe auf den nächststehenden und blinkte einmal. Es blinkte zweimal zurück. Dann öffneten sich die Autotüren, und fünf Männer in kugelsicheren Westen und mit Pumpguns in den Händen standen vor ihm.

»Hopkins«, sagte Lloyd; »Henderson«, »Martinez«, »Penzler«, »Monroe« und »Oleander« war die Antwort. Einer reichte ihm eine Weste. Er schlüpfte hinein. »Fahrzeug?« fragte er.

Fünf Köpfe wurden verneinend geschüttelt, und einer der Officer fügte hinzu: »Im Umkreis von acht Blocks kein gelber Toyota.«

Lloyd zuckte die Achseln. »Macht auch nichts. Das fragliche Gebäude liegt auf halber Strecke in diesem Block. Die Wohnung ist im ersten Stock, das Licht brennt. Henderson und ich gehen rein. Martinez und Penzler, Sie stehen unten an der Treppe, und Monroe und Oleander, Sie halten das Rückfenster im Auge.« Er fühlte, wie ein breites Grinsen sich über sein Gesicht legte, als er sich verbeugte und flüsterte: »Los, meine Herren.«

In Keilformation liefen die Männer die Melbourne entlang zum Haus 3193. Sie blieben vor dem Haus auf dem Gehweg stehen, und Lloyd deutete hinauf zum ersten Fenster im Obergeschoß, dem einzigen dort, hinter dem Licht brannte. Monroe und Oleander nickten und blieben zurück, und Martinez und Penzler nahmen automatisch ihre Position unten an der Treppe ein. Lloyd stieß Henderson mit dem Kolben seiner Waffe an und wies nach oben. »Rechts und links von der Tür. Ein Tritt«, wisperte er.

Auf Zehenspitzen schlichen sie, Lloyd vorneweg, die Treppe hinauf, und oben trennten sie sich, um sich der Tür von Apartment sechs von beiden Seiten zu nähern. Henderson legte das Ohr an den Türrahmen und formte mit den Lippen ein lautloses »Nichts«. Lloyd nickte, trat zurück und hob sein Schrotgewehr. Henderson stellte sich neben ihm in gleicher Weise auf. Beide Männer hoben gleichzeitig einen Fuß und traten im selben Augenblick zu. Die Tür barst nach innen, an beiden Seiten aus dem Rahmen gerissen, und baumelte schief an einer einzigen Angel. Beim Krachen dieser Implosion preßten Lloyd und Henderson sich platt an die Wand und lauschten auf Reflexreaktionen in der Wohnung. Als sie nichts hörten als das Knarren der Tür, traten sie ein.

Lloyd würde nie vergessen, was er da sah. Während Henderson weiterstürmte, um die übrigen Zimmer zu durchsuchen, blieb er in der Tür stehen; er konnte den Blick nicht von den Alptraumhieroglyphen wenden, die ihn hier von allen Seiten umgaben.

Die Wände des Wohnzimmers waren dunkelbraun gestrichen; die Decke war schwarz. Ringsum an den Wänden hingen, mit Klebestreifen befestigt, Fotos nackter Männer, offenbar aus Schwulenpornos ausgeschnitten. Aber ihre Körper waren aus verschiedenen, nicht zueinander gehörenden Teilen zusammengesetzt, aus Torsos, Köpfen und Genitalgegenden, und die Figuren waren durch Illustriertenfotos von antiken Handfeuerwaffen miteinander verbunden. Über jeder Collage stand in kontrastgelben Blockbuchstaben eine Überschrift: »Auferstehung des Chaos«, »Reich des Todes«, »Toten-Kong« und »Blitzkrieg«. Lloyd sah sich die Blockbuchstaben genauer an. Zwei der Inschriften zeigten eine unverkennbare Linkshänderneigung, die beiden anderen strebten steil aufwärts und ließen auf einen Rechtshänder schließen. Als er die Wand rund um die Ausschneidebilder betrachtete, sah er, daß sie von Scheuerpulverspuren überzogen war. Er rieb mit den Fingerspitzen in unregelmäßigen Kreisen darüber; eine weiße Pulverschicht blieb an ihnen haften. Wie Jack Herzogs Apartment war auch diese Wohnung in professioneller Weise gegen Fingerabdruckidentifikation gesichert worden.

Henderson tauchte hinter Lloyd auf und ließ ihn zusammenschrecken. »Himmel, Sergeant, haben Sie so was schon mal gesehen?«

»Ja«, sagte Lloyd sehr leise.

»Wo?«

»Nein.« Lloyd schüttelte den Kopf. »Fragen Sie mich nicht noch mal. Wie sind die anderen Zimmer?«

»Wie in einer normalen Wohnung, abgesehen von der Farbe der Wände und Decken. Aber sämtliche Flächen sind abgewischt worden. Mit Ajax oder irgend 'nem anderen Scheiß. Dieser Mutterficker ist zwar nicht ganz dicht, aber clever.«

Lloyd ging zur Tür und blickte hinaus. Martinez und Penzler standen immer noch unten, und noch war in den Nachbarwohnungen niemand aufgewacht. »Holen Sie die Männer herauf«, sagte er zu Henderson. »Und dann wecken Sie die Bürger auf.« Er gab ihm den Streifen der Erkennungsdienstfotos von Thomas Goff. »Zeigen Sie die jedem hier, und fragen Sie die Leute, wann sie den Schweinehund zuletzt gesehen haben. Bringen Sie mir jeden her, dem er in den letzten vierundzwanzig Stunden über den Weg gelaufen ist.«

Henderson nickte und ging nach unten. Lloyd zählte bis zehn, um seine Sinne von allen Vorurteilen hinsichtlich dessen, was er hier suchen sollte, zu befreien, und ließ seinen Blick dann zu einer raschen Bestandsaufnahme durch das Wohnzimmer streifen. Dabei dachte er: dunkel über die ästhetischen Grenzen des avantgardistischsten Innenarchitekten hinaus. Ein schwarzes Kunstledersofa, ein anthrazitgrauer Flauschteppich. Ein High-Tech-Couchtisch aus schwarzem Plastik. Die dicken Vorhänge waren olivgrün und ließen selbst den grellsten Sonnenschein nicht durchdringen, und die einzige Lampe, eine Stehlampe, war mit einem schwarzen Plastikschirm versehen. Das Ganze erzeugte ein Gefühl der Eingeschlossenheit. Obgleich das Wohnzimmer für eine kleine Wohnung recht geräumig war, verlieh das Fehlen jeder Farbe ihm doch ein erstickendes, Klaustrophobie erregendes Gewicht. Lloyd fühlte sich wie von einer wütenden Faust umschlossen. In einer Reflexreaktion auf dieses Gefühl zog er seine kugelsichere Weste aus, und überrascht stellte er fest, daß sie schweißgetränkt war.

Küche und Badezimmer waren Variationen dieses düsteren Motivs. Jede Wand, jede Armatur, jedes Accessoire war mit einer dicken Schicht schwarzer

Emailfarbe bepinselt worden. Lloyd forschte nach Flächen, die womöglich Fingerabdrücke enthalten könnten, aber jeder Quadratzentimeter war abgewischt worden.

Er trat ins Schlafzimmer. Es war das verstörte Herz der wütenden Faust: ein kleines schwarzes Rechteck, dessen Bodenfläche beinahe vollständig von einem großen Sprungrahmen mit Matratze, bedeckt von einer purpurfarbenen Samtdecke, ausgefüllt wurde. Lloyd zog die Tagesdecke herunter. Die dunkelblau gemusterte Bettwäsche war zerknüllt und starr von Schweiß. Männerkleidung in unterschiedlichen Farben lag verstreut darauf herum. Er hockte sich nieder, um die Sachen zu untersuchen; Hemden und Hosen waren schick und teuer, und sie paßten in der Größe zu Thomas Goffs Körpermaßen. Am Kopfende des Bettes lag eine umgestürzte Pappschachtel. Lloyd stellte sie wieder auf und betrachtete den Inhalt. Die oberste Schicht, die er durchstöberte, bestand aus Herrentoilettenartikeln. Es folgte eine Lage Taschenbücher, Science-fiction-Romane. Zuunterst fand sich, fest hineingepreßt, ein Stapel mitgenommen aussehender Schallplatten.

Er blätterte den Stapel durch und las die Titel auf den Covern. Dutzende von Alben von den Beatles, den Rolling Stones und Jefferson Airplane, und alle trugen die gleiche, in Blockbuchstaben geschriebene Warnung: »Vorsicht! Eigentum von Tom Goff! Finger weg! Vorsicht!« Lloyd hielt zwei der Platten hoch und schaute sich die Buchstaben genauer an. Es war die Schrift eines Rechtshänders, identisch mit den Inschriften an den Wohnzimmerwänden. Lloyd lächelte, als er sich bestätigt sah; er schaute sich die restlichen Platten an und stellte fest, daß Goffs Musikgeschmack in den sechziger Jahren geprägt worden war. Kalt überlief es ihn, als er ein grelles Album erblickte; sein Titel war »Doctor John the Night Tripper – *Bayou Dreams*«.

Lloyd studierte das Cover. Ein kraushaariger Weißer in einer roten, unten ausgestellten Satinhose tutete mit seinem Saxophon einem zähnefletschenden Alligator entgegen. Die Songtitel auf der Rückseite enthielten den typischen Drogen-, Sex- und Rebellionsquark der sechziger Jahre, beinahe nostalgisch in ihrer Naivität. Er legte die Schallplatte aus der Hand und fragte sich, ob sie eine Verbindung zwischen Herzog und Goff darstellte, die über eine allgemeine ästhetische Seltsamkeit hinausging – eine Verbindung, die sich nach Beweismaterial ausloten ließe.

Jemand klopfte hinter ihm mit den Fingerspitzen an die Wand. Lloyd richtete sich auf und drehte sich um. Henderson und ein kleiner Mann im Frotteebademantel standen in der Tür. Der Mann starrte ungläubig auf die schwarzen Wände und rieb die zittrigen Hände in den Taschen seines Bademantels gegeneinander. »Das hier ist der Hausmeister, Sergeant. Sagt, er hat unser Freundchen heute nachmittag gesehen.«

Lloyd grinste dem Mann entgegen. »Ich heiße Hopkins. Und Sie?«

»Fred Pellegrino. Wer bezahlt mir die kaputte Tür und diesen verrückten Anstrich?«

»Ihre Versicherung«, sagte Lloyd. »Wann haben Sie Thomas Goff zuletzt gesehen?«

Fred Pellegrino zog einen Rosenkranz aus der Tasche und befummelte ihn. »Gegen fünf. Er hatte einen Koffer bei sich. Grinste mich an und war wie der Blitz draußen. ›Bis demnächst‹, hat er gesagt.«

»Sie haben ihn nicht gefragt, wohin er wollte?«

»Scheiße, nein. Er hat ja drei Monate im voraus bezahlt.«

»War er allein?«

»Ja.«

»Wie lange wohnt er schon hier?«

»Ungefähr anderthalb Jahre.«

»'n guter Mieter?«

»Der beste. Kein Krach, keine Beschwerden. Hat immer pünktlich die Miete gezahlt.«

»Hat er per Scheck bezahlt?«

»Nein. Immer in bar.«

»Job?«

»Selbständig ist er, hat er gesagt.«

»Wie sieht's mit Freunden aus?«

»Mit was für Freunden? Ich hab' ihn nie mit jemandem gesehen. Mit keinem. Was ist, wenn die Versicherung für diesen bestußten Anstrich nicht aufkommen will?«

Lloyd ignorierte Pellegrino und winkte Henderson zum anderen Ende des Zimmers. »Was hatten die anderen Mieter zu erzählen?« fragte er ihn.

»Die gleiche Geschichte wie der Papi hier«, meinte Henderson. »Nett, ruhig, ein Einzelgänger, der außer ›Guten Morgen‹ und ›Guten Abend‹ nicht viel zu sagen hatte.«

»Und sonst hat ihn heute niemand gesehen?«

»Seit einer Woche hat den Wichser keiner gesehen. Es ist deprimierend. Ich hätte diesen Copkiller-Mutterficker gern weggeputzt. Sie nicht?«

Lloyd zuckte nichtssagend die Achseln und zog Goffs Registerauszug aus der Tasche. Er reichte ihn Henderson und sagte: »Fahren Sie nach Rampart zurück, und geben Sie das Praeger. Fahndungsbefehl, Polizei-Großcomputer. Er soll hinzufügen: ›Bewaffnet und äußerst gefährlich‹ und ›Hat linkshändigen, männlichen Partner‹. Dann soll er die New York State Police anrufen; die sollen mir alles rüberkabeln, was sie über Goff gespeichert haben. Sagen Sie Pellegrino, ich verbringe zur Sicherheit die Nacht hier, und scheuchen Sie ihn zurück in sein Apartment.«

»Hier wollen Sie pennen?« Hendersons Unterkiefer klappte ungläubig herunter.

Lloyd starrte ihn an. »So ist es. Und jetzt hauen Sie ab.«

Kopfschüttelnd ging Henderson davon; er nahm den gehorsamen Fred Pellegrino beim Arm und führte ihn hinaus. Als sie gegangen waren, trat Lloyd auf die Veranda vor der Wohnung hinaus und schaute hinunter auf die Menschentraube, die in der Einfahrt umherwimmelte. Cops mit Schrotgewehren und kugelsicheren Westen beruhigten Zivilisten im Schlafanzug und versicherten ihnen, es sei alles in Ordnung. Nach ein paar Minuten zerstreute sich der Auflauf; die Bürger kehren in ihre Behausungen zurück, die Cops zu ihren unauffälligen Fahrzeugen. Lloyd sah, wie Henderson unten mit einem kreisenden Zeigefinger an seine Stirn deutete und dann mit dem Daumen nach oben wies; Lloyd schleifte das Sofa vor die zertrümmerte Wohnungstür und verbarrikadierte sich, um nachzudenken.

Zwei divergente Fälle waren zu einem einzigen verschmolzen und deuteten nunmehr auf einen *bekannten* Täter und einen Komplizen hin, eine *unbekannte Größe,* deren bisher einziges *bekanntes* Verbrechen darin bestand, daß sie gemietetes Eigentum beschmiert hatte. Solange die Fahndung lief und das Internal Affairs Department sich um die Aktengeschichte kümmerte, hatte er die Aufgabe, sich Thomas Goffs Verhaltensweisen zu erschließen und dahin zu gehen, wo weniger intelligente Cops nichts suchen würden.

Lloyd ließ seinen Blick durch das Wohnzimmer wandern, und er wußte, daß es mit einer zweiten Schreckenskammer zusammenfließen würde, sobald er die Augen schlösse; er wußte auch, daß es unerläßlich war, die beiden Bilder einander gegenüberzustellen und zu sehen, was dabei herauskäme.

Er tat es, und die Erinnerung an Teddy Verplancks Erkerwohnung ließ ihn schaudern; *sie* war schlimmer gewesen, entschied er, denn das Ausmaß des Blutbades, das der Schlächter von Hollywood auf dem Gewissen gehabt hatte, war ihm bekannt gewesen, und er hatte auch gewußt, daß der es darauf angelegt hatte, vernichtet zu werden. Thomas Goffs Behausung verriet einen subtileren Antrieb – den Antrieb eines gewitzten Straßengangsters, der höchstwahrscheinlich seit 1969 nicht mehr verhaftet worden war, eines Mannes mit einem Partner, der womöglich mäßigend auf ihn wirkte, eines Mannes, der seinen Wahnsinn auf seinen vier Wänden ausgebreitet hatte und mit den Worten »Bis demnächst« davonspaziert war, wenige Stunden bevor das Schleppnetz eines massiven Polizeieinsatzes ihn überziehen konnte.

Lloyd wanderte noch einmal durch die Wohnung; er ließ kleine Beobachtungen hier und dort einrasten und im Verein mit seinen Instinkten arbeiten: Die Fotos von nackten Männern und Schußwaffen signalisierten »homosexuell«, aber daran schien irgend etwas nicht zu stimmen. Es gab kein Telefon: dies bestätigte, daß Goff im Grunde ein Einzelgänger war. Das Fehlen von Geschirr und Kochutensilien war typisch für einen Ex-Strafgefangenen, für einen Mann also, der daran gewöhnt war, sein Essen serviert zu bekommen, und der nicht selten eine starke Vorliebe für Cafeteria-Essen entwickelt hatte. Die unglaubliche Dunkelheit der Räume war der reine Wahnsinn. Alle Indikatoren deuteten auf die ungeheure Frage nach dem *Motiv.*

Lloyd hatte seine Erforschung des Apartments beinahe beendet, als er in der Diele zwischen Wohn- und Schlafzimmer einen eingebauten Wandschrank bemerkte. Er war angestrichen wie die Wand ringsum, aber Risse in der Farbe neben dem hölzernen Türknopf ließen vermuten, daß er benutzt worden war. Er klappte die Schranktür auf und fuhr zurück, als er sah, was da an der Rückwand befestigt war.

Es war das Illustriertenfoto eines blau uniformierten Polizisten, der die Hände erhoben hatte, als wollte er einen Angreifer besänftigen. Der Cop war umgeben von übergroßen, aus Pornoheften ausgeschnittenen Penissen, die mit schweren Heftklammern aus Metall besetzt waren. Ein Kreis von Revolverbildern umrahmte die Szene, und mitten auf der Brust des Cops prangte das weiße Papierfaksimile einer Polizeimarke des L.A.P.D.; deutlich sah man darauf die City Hall, die Worte »Police Officer« und die Nummer 917.

Lloyd schlug mit der Faust gegen den Schrank. Jack Herzogs Nummer drehte sich vor seinen Augen. Er riß die Schranktür aus den Angeln und schleuderte sie ins Wohnzimmer. In diesem Augenblick traf ihn Pennys Frage wie ein Rammbock: »Was schuldest du ihnen, Daddy?« Er wußte, wenn er Thomas Goff gefaßt hätte, wären damit alle seine schmerzlichen Schulden beglichen.

11

Der Night Tripper starrte auf die hinreißende weibliche Schönheit, die jetzt die Wände seines Vorzimmers schmückte. Die Beobachtungsfotos, die Thomas Goff von Linda Wilhite gemacht hatte, waren vergrößert und hinter Glas – weiblicher Köder, der seinen Polizisten und Gegenspieler in eine Falle locken würde, die seine eigenen sexuellen Impulse würden zuschnappen lassen. Der Doctor ging in sein privates Büro und dachte daran, wie er zehn Jahre lang im voraus geplant und eine ganze Reihe von Puffern geschaffen hatte, die verhindern würden, daß irgend jemand auf den Gedanken kam, er und Thomas Goff seien einander schon einmal begegnet. Er hatte Goffs Akte im Castleford Hospital vernichtet; er hatte sogar die Gefängnisakte gestohlen, als er einmal zu einem psychiatrischen Seminar in Attica gewesen war, und drei Wochen später hatte er sie zurückgebracht, so geändert, daß darin jetzt von einer normalen Haftentlassung ohne Bewährungsauflage die Rede war. Er war niemals mit Goff zusammen gesehen worden, und sie hatten stets nur über Münzfernsprecher Verbindung aufgenommen. Die einzige mögliche Verbindung ließ sich über mehrere Ecken herstellen – über die *lonelies* nämlich, die allesamt von Goff rekrutiert worden waren. Falls die Menschenjagd auf seinen ehemaligen Ersten Offizier in großem Stil über die Medien geführt würde, könnte es geschehen, daß einer von ihnen beim Anblick eines von Schreckenskommentaren begleiteten Fotos in der Presse oder im Fernsehen ausklinkte.

Aber selbst dieser Weg zu seiner Entlarvung war vermutlich versperrt, dachte Havilland, als er die Morgenausgabe der *L.A. Times* und des *L.A. Observer* in die Hand nahm. Die Schießerei in Bruno's Serendipity wurde mit keinem weiteren Wort erwähnt, und von der nächtlichen Razzia in Goffs Wohnung war überhaupt nicht die Rede. Wenn Hopkins hier auf irgendeine Weise mauerte, um seine Nachforschungen unter dem Siegel der Verschwiegenheit durchführen zu können, dann würde seine Komplizenschaft bei seiner eigenen Vernichtung epische Ausmaße annehmen.

Der Night Tripper erbebte, als er sich an die letzten sechsunddreißig Stunden und an seine kühnen Taten erinnerte. Nachdem er Goffs Leichnam beseitigt hatte, war er durch die City spaziert und hatte darüber nachgedacht, wie es wahrscheinlich dazu gekommen war, daß Hopkins schließlich in der Lage gewesen war, Goff so weit zu identifizieren, daß er ihn physisch hatte beschreiben können. Eines erschien dabei als einigermaßen sicher: Es war das Verschwinden und der mutmaßliche Tod des Alchimisten gewesen, *nicht* der Dreifachmord im Schnapsladen, was den Polizisten zu Goff geführt hatte. Goff und Herzog hatten eine Menge Zeit zusammen in den Bars verbracht, und wahrscheinlich hatte irgendein aufmerksamer Zeuge Hopkins mit einer Beschreibung ausgestattet, die ihn zu Bruno's Serendipity geführt hatte. Daher hatte er, einige Stunden nachdem er Goffs Wände mit homosexuellen Ködern beschmiert hatte, die Schallplatten deponiert, die Goff '71 in Castleford versteckt hatte, und die kleine zusätzliche Ausschmückung hinzugefügt, die den rechtschaffenen Cop in Hopkins aufbringen würde. Er hatte seine Wut mit dem Schwulenbildnis des Alchimisten angestachelt; er hatte sein Gehirn mit den Wischspuren, den verschiedenen Handschriften an den Wänden und Goffs altem Exemplar der »Bayou Dreams« gereizt.

Sein aufregendster Akt der Kühnheit aber war der Einsatz Richard Oldfields gewesen; er hatte ihn in einen bauschigen Pullover gesteckt, um seine Muskulatur herunterzuspielen, und ihm eine Tweedmütze aufgesetzt, die Thomas Goffs Stil haargenau entsprochen hätte, die aber den oberen Teil seines Gesichts und seine Frisur, die anders war als Goffs, verbarg. Stundenlang hatte er ihn aufgebaut, hatte ihm als »Krönung seiner Aufträge« ein handverlesenes Opfer ganz für ihn allein versprochen, und dann hatte er aus einem auf der anderen Straßenseite parkenden Mietauto zugesehen, wie Oldfield eine tadellose Goff-Imitation hingelegt und den Hausmeister souverän an der Nase herumgeführt hatte – nur wenige Stunden bevor Hopkins mit seinem Schleppnetz angerückt war.

Havilland schloß seine Schreibtischschublade auf und zog die Akte von Junior Miss Cosmetics hervor, die er studiert hatte; er hoffte, neue Arbeit und der Gedanke an die Zukunft würden das Gefühl der Erregung besänftigen, welches ihn so sehr beherrschte, daß er in den vergangenen Stunden *leben* wollte.

Es half nichts. Immer wieder erinnerte er sich an die herannahenden Lichter und daran, wie er gewußt hatte, daß er sich nun *innerhalb* des Polizeikordons befand, wie er sich auf dem Sitz zusammengekauert und gehört hatte, wie die Polizisten Goffs Autonummer unablässig wiederholten. Einer von ihnen hatte flüsternd erzählt, »Crazy Lloyd« leite die Razzia, und sein Partner hatte daraufhin etwas davon gemurmelt, wie »Crazy Lloyd« damals »mit 'ner Dreißig-Null-Sechs und 'nem .41er Magazin dem Psychopathen in Hollywood auf den Leib gerückt« sei. Als dann, eine halbe Stunde später, die eigentliche Razzia begonnen hatte, war Lloyd auf der anderen Straßenseite zu sehen gewesen, ein Schrotgewehr in den Händen, viel größer als die Männer, die er führte, und Havillands Vater so ähnlich. Es hatte monumentale Selbstbeherrschung erfordert, den Schauplatz zu verlassen, ohne dem Polizisten von Angesicht zu Angesicht gegenüberzutreten.

Mit einiger Anstrengung kehrte der Night Tripper zu der Cosmetics-Akte zurück und las die liederliche Geschichte von Leben und Taten der Frau, die ganz gewiß zu seiner nächsten Bauernfigur werden würde.

Sherry Shroeder war eine einunddreißig Jahre alte ehemalige Fließbandarbeiterin bei Junior Miss Cosmetics, kürzlich gefeuert, weil sie Chemikalien gestohlen hatte, die zur Herstellung von Rauschgift verwendet werden konnten. Es war das vierte und letzte Mal gewesen, daß sie in der Firma wegen Diebstahls »verhaftet« worden war, und bei der Entlassung hatte man ihr mit strafrechtlicher Verfolgung gedroht. Daniel Murray, der Captain vom L.A.P.D., der bei Junior Miss nebenher die Sicherheitsabteilung leitete, hatte sie ein Geständnis unterschreiben lassen und ihr versprochen, es nicht an die Polizei weiterzugeben, wenn sie eine Verzichtserklärung unterzeichnete, in der sie sich verpflichtete, keine Abfindung und kein Arbeitslosengeld zu fordern. Auch die drei vorhergegangenen Diebstahlsaffären waren unter Daniel Murrays Druck beigelegt worden: Sherry Shroeder agierte häufig als zweite Hauptdarstellerin in billigen Pornofilmen. Murray hatte sich eine Kopie von einem dieser Filme beschafft und ihr damit gedroht, sie ihren Eltern zu zeigen, falls sie die entwendeten Chemikalien nicht wieder beibrächte. Sherry war einverstanden gewesen, eifrig darauf bedacht, ihren Job mit vier Dollar Stundenlohn zu behalten und ihren Eltern die schmerzliche Erfahrung einer Besichtigung ihrer Schauspielkünste zu ersparen. Die Akte enthielt kein Foto, aber ihre körperlichen Daten klangen reizvoll genug: einssiebzig groß, hundertzwanzig Pfund schwer, blondes Haar, blaue Augen. Eine letzte Bemerkung fand sich noch: Seit ihrer Entlassung war Sherry Shroeder beinahe täglich in den Bars in der Nachbarschaft von Junior Miss Cosmetics zu finden; sie trank dort mit ihren ehemaligen Kollegen, und am Zahltag »schob sie Nummern« im hinteren Teil ihres Kleinbusses.

Havilland notierte sich Sherry Shroeders Adresse und Telefonnummer und steckte sie ein. Erleichtert stellte er fest, daß die Vorbereitungen zu seinem nächsten Schachzug getroffen waren, und so ließ er seine Gedanken zu Lloyd Hopkins zurückkehren; spontan traf er dabei eine Entscheidung, die ihm ungewöhnlich vernünftig erschien: Falls der Polizist nicht innerhalb von achtundvierzig Stunden zu ihm kam, würde er die Konfrontation selbst in die Wege leiten.

12

Nach vierundzwanzig Stunden voller Konferenzen im Raub/Mord-Dezernat und Papierkrieg im Parker Center fuhr Lloyd mit dem Wagen nach Century City, um dort nach einem abenteuerlichen Strohhalm zu greifen. Unterwegs gestand er sich ehrlich ein: Seine Untersuchung war in einer Sackgasse angelangt. Jeder Cop in Südkalifornien rüttelte an den Baumstämmen, um Thomas Goff herunterzuholen, und er, der leitende Officer, das legendäre »Superhirn«, hatte nicht einmal ein psychologisches Profil, auf dessen Grundlage er arbeiten konnte. Wenn er den Spitznamen des legendären Kriminalpsychiaters als Eintrittskarte benutzen könnte, würde es ihm wahrscheinlich gelingen, ihn für Goffs Fall zu interessieren und dazu zu bewegen, seine eigenen Ansichten zum besten zu geben. Das war wenig, aber zumindest bewegte sich etwas.

Die vierundzwanzig Stunden im Parker Center hatten nichts als negatives Feedback erbracht. Die New York State Police hatte auf seine Anfrage nach Thomas Goff prompt reagiert und ein sechs Seiten langes Telex ans L.A.P.D. geschickt. Lloyd erfuhr, daß Goff ein Sadist war, der Frauen aus Kneipen abschleppte, verführte und dann zusammenschlug, daß er gern neue Cabrios klaute, daß »Komplizen nicht bekannt« waren und daß er ohne Bewährungsauflage aus der Haft in Attica entlassen worden war – höchstwahrscheinlich ein bürokratischer Schachzug, der ihn veranlassen sollte, den Staat New York zu verlassen.

Die Hauptfrustration des Tages hatte er in der nachmittäglichen Besprechung in Thad Bravertons Büro erfahren, als der Chief der Kriminalpolizei eine unmißverständlich formulierte Notiz vom Big Chief verlesen hatte, in der es hieß, daß im Fall Goff absolute Nachrichtensperre zu wahren sei, und zwar aus Gründen der »öffentlichen Sicherheit«. Lloyd hatte laut gelacht, und dann hatte er gekocht vor Wut, als Braverton und sein alter Widersacher Captain Fred Gaffaney vom Internal Affairs Department ihn wie zwei Fische angestarrt hatten. Er wußte, daß »Öffentliche Sicherheit« nichts anderes als »Public Relations« bedeutete und daß der Maulkorb nur deshalb ausgepackt wurde, weil man befürchtete, daß Jack Herzogs mögliche kriminelle Aktivitäten und seine Beziehung zu dem in Ungnade gefallenen Cop Marty Bergen ans Tageslicht kommen könnten. Der Zuckerguß auf diesem Kuchen waren die Industrieunternehmen und die Oberbullen, die schwarz für sie arbeiteten. Es war ausgeschlossen, daß man denen auf die Zehen trat. Mit einem Medien-Blitzkrieg würde man vielleicht Goff aus seinem Loch spülen können, aber das Department hielt lieber seinen Arsch bedeckt.

Lloyd parkte in einer Tiefgarage an der Ecke Olympic und Century Park East. Er fuhr mit dem Aufzug nach oben und hatte das Gebäude, in dem der Psychiater praktizierte, bald gefunden: Es war ein Wolkenkratzer aus Glas und Stahl mit einem von Kunstrasen bedeckten Vorplatz. Der Gebäudewegweiser im Foyer gab an, daß »John Havilland, M.D.« in Suite 2604 zu finden sei. Lloyd fuhr mit einem gläsernen Aufzug in den sechsundzwanzigsten Stock und ging durch einen langen Korridor bis zu einer Eichentür, in die der Name des Psychiaters eingraviert war. Er drückte die Tür auf und erwartete das Saccharinlächeln einer Arzthelferin. Statt dessen stand er wie gebannt vor den Fotografien der schönsten Frau, die er je gesehen hatte.

Sie war offensichtlich groß und schlank, und winzige Mängel in ihren klassischen Gesichtszügen ließen sie um so hinreißender erscheinen und verhinderten, daß sie ein triviales physisches Idealbild verkörperte. Ihre Nase war um eine Idee zu spitz, und ihr Kinn trug eine Kerbe, die dem ganzen Gesicht einen Ausdruck von resoluter Entschlossenheit verlieh. Dunkles Haar umrahmte in Kaskaden ihre sanft geschwungenen Wangenknochen und bildete ein vollkommenes Ganzes mit den großen Augen, deren Blick eindringlich, aber unergründlich war. Lloyd näherte sich der Wand, um die Fotos genauer zu betrachten; er sah, daß sie heimlich aufgenommen worden waren, was sie um so faszinierender machte. Er schloß die Augen und versuchte, sich die Frau nackt vorzustellen. Als neue Bilder sich nicht einstellen wollten, wußte er, weshalb: Ihre Schönheit verurteilte jeden Versuch, mit ihr zu phantasieren, von vornherein zum Scheitern. Diese Frau erforderte, daß man sie in Wirklichkeit nackt oder überhaupt nicht sah.

»Sie ist unvergleichlich, nicht wahr?«

Die Worte drangen nicht in Lloyds Gedankengänge ein. Er öffnete die Augen und sah und hörte und fühlte nichts als die weibliche Macht, die da vor ihm festgehalten war. Als ihm jemand auf die Schulter tippte, drehte er sich um und sah einen schmächtigen Mann in blauem Blazer und hellgrauer Flanellhose, der hinter ihm stand und zu ihm aufschaute; er hielt die Hand ausgestreckt, und seine hellbraunen Augen blickten amüsiert über Lloyds Reaktion auf die Bilder. »Ich bin John Havilland«, sagte er. »Was kann ich für Sie tun?«

Lloyd fand ruckartig seine professionelle Haltung wieder. Er nahm die Hand des Mannes und drückte sie fest. »Detective Sergeant Hopkins vom Los Angeles Police Department. Hätten Sie ein paar Minuten Zeit für mich?«

Dr. Havilland lächelte. »Gewiß. Gehen wir in mein Büro.« Er deutete auf eine Eichentür und fügte hinzu: »Bis zu meinem nächsten Termin habe ich noch über eine halbe Stunde Zeit. Sie sind rot geworden, Sergeant, aber das kann ich Ihnen nicht verdenken.«

»Wer ist sie?« fragte Lloyd.

»Eine Klientin von mir«, sagte Havilland. »Manchmal glaube ich, sie ist die schönste Frau, die ich je gesehen habe.«

»Das dachte ich auch. Was sagt sie dazu, daß sie Ihr Pin-up-Girl ist?«

Havillands Wangen röteten sich; Lloyd begriff, daß der Mann über seine professionellen Grenzen hinaus von der Frau angetan war. »Vergessen Sie diese Frage, Doctor. Von jetzt an werde ich strikt bei der Sache bleiben.«

Der Doctor senkte den Blick und führte Lloyd in ein eichenholzgetäfeltes Privatbüro; dort deutete er auf einen Sessel und nahm selbst auf einem identischen Möbel ein paar Schritte weiter Platz. Dann blickte er wieder auf. »Handelt es sich um eine persönliche Sache oder um eine offizielle Polizeiangelegenheit?«

Lloyd starrte den Psychiater unverhohlen an. Havilland zuckte nicht mit der Wimper, und Lloyd begriff, daß der Mann ihm ebenbürtig war. »Um beides, Doctor. Der Ausgangspunkt ist Ihr Spitzname. Ich –«

Havilland schüttelte bereits den Kopf. »Es ist ein Spitzname aus zweiter Hand«, erklärte er. »Doctor John the Night Tripper war ein Rock-'n'-Roll-Musiker in den sechziger Jahren. Ich bekam diesen Namen während meines Medizinstudiums, weil mein Vorname John ist und weil ich mich nachts gelegentlich ein wenig herumtrieb. Ich habe dann eine große Zahl von Kriminellen in meiner Praxis gehabt, solche, die vom Gericht überwiesen waren, und auch andere. Diese Leute haben dafür gesorgt, daß der Spitzname erhalten blieb. Ehrlich gesagt, mir gefällt er.«

Lloyd lächelte. »Er hat das gewisse Etwas, in der Tat.« Er zog zwei Schnappschüsse aus der Tasche und reichte sie Havilland hinüber. »Hatten Sie einen dieser beiden Männer je in Ihrer Praxis?«

Der Doctor sah sich die Fotos an und gab sie dann zurück. »Nein. Wer sind sie?«

Lloyd überging die Frage. »Wenn Sie sie behandelt hätten – hätten Sie's mir gesagt?«

Havilland formte ein Spitzdach aus seinen Händen und stützte sein Kinn darauf. »Ich hätte ›ja‹ oder ›nein‹ gesagt und dann gefragt: ›Weshalb wollen Sie das wissen?‹«

»Eine gute, direkte Antwort«, sagte Lloyd. »Ich werde mich revanchieren: Der blonde Mann ist kürzlich in einen Schnapsladen spaziert und hat drei Leute über den Haufen geschossen. Der dunkelhaarige ist ein Polizist aus Los Angeles, der verschwunden und wahrscheinlich tot ist. Bevor er verschwand, war er hysterisch besessen von Ihrem Spitznamen. Ich bin sicher, daß der blonde Mann ihn getötet hat. Flachsköpfchen ist ein Psychopath von Weltklasse. Vor zwei Tagen hatten wir zwei eine Schießerei in einer Single-Bar in Beverly Hills. Sie haben wahrscheinlich in der Zeitung davon gelesen. Er konnte fliehen. Ich will ihn aus dem Verkehr ziehen und in die Klapsmühle oder ins Leichenschauhaus bringen – vorzugsweise ins letztere.«

Lloyd lehnte sich zurück und lockerte seine Krawatte; es verdroß ihn, daß er seine Stimme hatte lauter werden lassen, denn damit hatte er sich vermutlich um seine professionelle Ebenbürtigkeit mit diesem Psychiater gebracht. Er fühlte einen beginnenden Kopfschmerz und schloß die Augen, um ihn zurückzudrängen. Als er sie wieder öffnete, strahlte Dr. John Havilland von einem Ohr zum anderen und schüttelte entzückt den Kopf. »Ich liebe Machos, Sergeant. Das ist eine meiner Schwächen als Seelenklempner. Da wir aber auf der Basis einer gewissen Offenheit angelangt sind, würde ich Ihnen gern ein paar offene Fragen stellen – darf ich?«

Lloyd grinste. »Schießen Sie los, Doc.«

»Okay. Erstens: Haben Sie ernsthaft geglaubt, ich kenne diese beiden Männer?«

Lloyd schüttelte den Kopf. »Nein.«

»Dann kann ich sicherlich annehmen, daß Sie gekommen sind, um sich meiner berühmten Kenntnisse über kriminelles Verhalten zu bedienen?«

Lloyds Grinsen wurde breiter. »Ja.«

Der Doctor grinste zurück. »Gut. Ich werde Ihnen mit Vergnügen sagen, was ich denke; aber würden Sie mir Ihren Fall oder Ihre Fragen, oder was es sonst sein mag, nicht-hypothetisch präsentieren? Geben Sie mir faktische Informationen, so bündig wie möglich, und lassen Sie mich Fragen stellen.«

»Was Sie wollen«, sagte Lloyd. Er trat ans Fenster und blickte in die Straße hinunter, die sechsundzwanzig Stockwerke tief unter ihm lag. Ohne sich zu dem Arzt umzudrehen, redete er ununterbrochen zehn Minuten lang; er gab einen stromlinienförmig zusammengefaßten Bericht über seine Nachforschungen im Fall Herzog/Goff, wobei er es unterließ, die Personalakten und Herzogs Beziehung zu Marty Bergen zu erwähnen; die Horrorshow in der Melbourne Avenue indessen schilderte er in allen Einzelheiten.

Als er fertig war, sagte der Doctor leise: »Mein Gott, was für eine Geschichte. Wieso hat man im Fernsehen nicht über diesen Goff gesprochen? Würde das bei der Fahndung nicht hilfreich sein?«

Lloyd drehte sich um und sah Havilland an. »Die Chefs haben totale Nachrichtensperre angeordnet. Öffentliche Sicherheit, Public Relations – suchen Sie sich was aus; ich will darauf nicht weiter eingehen. Meine Möglichkeiten schwinden dahin. Ich habe nicht den geringsten Hinweis auf Goffs Partner. Die Fahndung kann Erfolg haben oder in die Hose gehen. Ich werde selber ein paar Bars unter die Lupe nehmen, aber dabei geht's wie mit der Nadel im Heuhaufen. Wenn ich nicht bald eine handfeste Spur finde, werde ich nach New York fliegen und die Leute, die Goff dort gekannt haben, interviewen müssen, und das erscheint mir, ehrlich gesagt, ziemlich nutzlos. Steigen Sie ein, Doc. Was mich interessiert, sind Ihre Vermutungen hinsichtlich der Beziehung, die Goff zu seinem Partner unterhält, und hinsichtlich des Zustandes seiner Wohnung. Was meinen Sie?«

Havilland stand auf und ging im Zimmer auf und ab. Lloyd setzte sich und sah ihm zu, wie er im Kreis herumwanderte. Schließlich blieb der Doctor stehen. »Ich teile Ihre Einschätzung hinsichtlich der Grundpsychosen Goffs, und ich glaube ebenfalls, daß der linkshändige Mann einen mäßigenden Einfluß ausübt, allerdings nur bis zu einem gewissen Grad. Auch glaube ich nicht, daß die beiden Männer ein homosexuelles Liebespaar sind, trotz des Symbolismus, der sich in den Ausschneidebildern an den Wänden findet. Ich glaube, Sie haben es hier mit unbewußt hinterlassenen falschen Spuren zu tun – vor allem bei den nackten Männern und den Inschriften. Die Inschriften erinnern mich an dic sechziger Jahre – vielleicht waren Goff und sein Freund von den Slogans der Manson-Family inspiriert. Ich glaube, daß die zurückgelassenen Schallplatten erkennen lassen, daß die Täuschung nicht bewußt vorgenommen wurde, denn jede einzelne Platte ist eine Art Archetyp für die Musik der sechziger Jahre. Das Apartment wurde gründlich gesäubert, aber die Platten blieben da. Das kommt mir merkwürdig vor. Eines liegt nun auf der Hand – Goffs Tarnung war nach der Schießerei mit Ihnen beim Teufel; er wußte, daß er verschwinden mußte, daß er sehr bald eindeutig identifiziert werden würde. *Deshalb wusch sein Freund die Wände ab, um seine eigenen Fingerabdrücke zu eliminieren,* vermutlich nachdem Goff sich aus dem Staub gemacht hatte – aber die Fotos nahm er nicht ab, weil sie lediglich auf Goffs Psychose hinwiesen. Die Collage im Schrank mit der Markennummer des vermißten Polizisten sah er nicht, weil sie sich an einer Innenfläche befand, die er selbst niemals angerührt hatte, und weil er nicht wußte, daß Goff sie dort angebracht hatte. Die übrigen Hinweise an den Wänden ließen sich mehrfach deuten, aber nicht das Ausschneidebild im Schrank. Es deutet auf den Mord an einem Polizisten aus Los Angeles. Hätte Goffs Freund davon gewußt, hätte er das Bild vernichtet. Was meinen *Sie,* Sergeant?«

Fasziniert vom brillanten Scharfsinn dieser Hypothese, sagte Lloyd: »Hat Hand und Fuß, in jeder Hinsicht. Meine Gedanken gingen in eine ähnliche Richtung, aber Sie sind zwei Schritte weiter gegangen. Können Sie ein Fazit ziehen?«

Der Doctor setzte sich Lloyd gegenüber und zog seinen Sessel heran, daß ihre Knie einander beinahe berührten. »Ich glaube, daß die fundamentalen Hinweise auf das Motiv, sowohl unbewußt als auch offen, die nackten Männer sind; sie repräsentieren keine homosexuellen Neigungen, sondern das Verlangen, männliche Macht zu vernichten. Ich halte Goffs Freund für stark gestört und Goff selbst für einen Psychopathen. Ich halte alle beide für hochintelligente, hochmotivierte Polizistenhasser.«

Lloyd ließ die Worte in sich einsinken und hielt Blickkontakt mit dem Arzt. Die These war solide, aber was war der nächste Schritt bei der Untersuchung?

Schließlich senkte Havilland den Blick und redete weiter. »Ich würde Ihnen gern helfen, Sergeant. Ich habe eine Menge Informationsquellen in kriminellen Kreisen. Meinen eigenen Mini-Nachrichtendienst sozusagen.«

»Ich wäre Ihnen sehr dankbar«, sagte Lloyd und zog eine Visitenkarte aus der Jackentasche. »Da steht meine Büro- und meine Privatnummer. Sie können mich jederzeit anrufen.« Er reichte Havilland die Karte. Havilland steckte sie ein. »Könnte ich das Bild von Goff haben?« fragte er. »Ich würde es gern einigen meiner Klienten zeigen.«

Lloyd nickte. »Aber erwähnen Sie nicht, daß Goff unter Mordverdacht steht.« Er legte dem Arzt das Foto in die ausgestreckte Hand. »Versuchen Sie, es beiläufig klingen zu lassen. Wenn Ihre Patienten den Eindruck haben, daß es sich um eine große Sache handelt, könnten sie auf die Idee kommen, die Situation auszunutzen, um Geld oder Begünstigungen herauszuschlagen.«

»Selbstverständlich«, sagte Havilland. »Es ist die einzige professionelle Methode. Im selben Zusammenhang möchte ich übrigens eines ganz klar zum Ausdruck bringen: Ich kann und werde unter keinen Umständen die Anonymität meiner Informanten aufs Spiel setzen.«

»Das erwarte ich auch nicht von Ihnen.«

»Gut. Was tun Sie als nächstes?«

»Herumlaufen, auf Ihrer These herumkauen, die vorhandenen Unterlagen vierzig- oder fünfzigmal durchgehen, bis mich etwas beißt.«

Havilland lachte. »Ich hoffe, der Biß wird Sie nicht umbringen. Wissen Sie, es ist komisch: Ganz plötzlich sehen Sie höchst würdevoll aus – und genau wie mein Vater. Was ist – finstere Gedanken?«

Lloyd fing an zu lachen, und er lachte, bis er Seitenstechen bekam und ihm die Tränen die Wangen herunterliefen. Havilland lachte leise mit und bildete mit den Händen eine Serie von Spitzdächern. Nach Luft schnappend, sagte Lloyd: »Mein Gott, tut das gut! Ich mußte lachen, weil Ihre Frage so ironisch war. Seit einer vollen Woche habe ich nichts als Mordgeschichten im Kopf, aber als Sie mich nach finsteren Gedanken fragten, dachte ich gerade an die unglaubliche Frau da an Ihrer Wand.«

Jetzt wollte auch der Doctor sich ausschütten vor Lachen, und er platzte heraus: »Linda Wilhite hat diese Wirkung auf Männer. Sie verwand –« Er fing sich mitten im Satz, brach ab und sagte: »Sie kann einen Mann so weit bringen, daß er den Wunsch verspürt, ihren Namen laut auszusprechen. Vergessen Sie, was ich gesagt habe, Hopkins. Die Anonymität meiner Klienten ist heilig. Es war unprofessionell von mir.«

Lloyd stand auf; der arme Hund, dachte er, war Hals über Kopf verliebt in eine Frau, die wahrscheinlich Verkehrsstockungen verursachte, wenn sie über die Straße ging, um eine Zeitung zu kaufen. Er grinste und streckte die Hand aus. Als Havilland sie ergriff, sagte er: »Ich benehme mich andauernd unprofessionell, Doc. Ein Kerl, der schafft, was wir schaffen, sollte schon aus *noblesse oblige* ab und zu Scheiße bauen. Danke für Ihre Hilfe.«

Dr. John Havilland lächelte. Lloyd verließ sein Büro, und er zwang sich, den Blick starr woandershin zu richten, nicht auf die Bilder von Linda Wilhite.

13

In derselben Sekunde, da Lloyd Hopkins zur Tür hinausging, begann der Night Tripper zu hyperventilieren. Die unterdrückte Spannung, die den Treibstoff für seine Vorstellung, seine *brillante Vorstellung,* abgegeben hatte, sickerte durch seine Poren und ließ ihn unkontrolliert zittern und seine Schreibtischkante umklammern, um den Schwindelanfall niederzukämpfen. Er krallte sich fest, bis seine Knöchel weiß wurden und Krämpfe seine Arme bis zu den Schultern hinauf erstarren ließen. Er konzentrierte sich auf seine eigene Physiologie, um die Herrschaft über sich selbst zurückzugewinnen; seinen Puls schätzte er auf hundertfünfundzwanzig, und sein Blutdruck mußte stratosphärische Verhältnisse erreicht haben. Diese professionelle Ungerührtheit im Angesicht einer so extremen Angst-Hochstimmung beruhigte und besänftigte ihn. Innerhalb weniger Sekunden fühlte er, wie seine Vitalfunktionen zu einem Zustand zurückkehrten, der fast normal genannt werden konnte. »Vater. Vater. Vater«, wisperte Dr. John Havilland.

Als seine physische und geistige Ruhe wieder ineinandergeflossen waren, ließ der Doctor seine Vorstellung noch einmal abspielen, um zu einer Einschätzung des Polizisten zu gelangen. Erstaunt stellte er fest, daß der Mann nicht der rechtsgerichtete Plünderer war, den er erwartet hatte, sondern ein ziemlich liebenswerter Bursche mit einem Sinn für Humor, der in Kontrast zu der

Gewalttätigkeit stand, die er knapp unter der Oberfläche seines Intellekts im Zaum hielt. Mit Lloyd Hopkins war nicht gut Kirschen essen. Aber mit ihm auch nicht. Die erste Runde hatte er mühelos hinter sich gebracht; es war nach Instinkt gelaufen. Runde zwei würde mit peinlicher Sorgfalt geplant werden müssen.

Der Doctor warf einen Blick auf seinen Terminkalender und sah, daß er für diesen Tag keine weiteren Patienten zu erwarten hatte und daß er bis zu Linda Wilhites nächster Sitzung noch zwei Tage Zeit hatte. Der Gedanke an Linda erzeugte eine lange Reihe von geistigen Schachzügen. Hopkins würde nach New York fahren, wenn er kein Beweismaterial fände, das ihn in Los Angeles festhielt. Es ging aber nicht an, daß »Crazy Lloyd« mit der Verwaltung in Attica redete. Runde zwei mußte noch heute eingeleitet werden. Aber wie?

In diesem Augenblick hatte er eine Idee. Bei der ersten Sitzung hatte Linda von einem ihrer »Klienten« gesprochen, der kolumbianische Kunst sammelte und der Nacktfotos von ihr machte, die er sich dann ins Schlafzimmer hängte. *Noch ein Bauer.*

Havilland öffnete den Wandsafe hinter seinem Edward-Hopper-Original und nahm Thomas Goffs detaillierte Abschrift von Lindas Freiertagebuch heraus. Er blätterte durch Seiten voller sexueller Fakten, Zahlen und Überlegungen, bis er schließlich auf eine Erwähnung des Mannes stieß.

> 28. 8. 83: Stanley, Rudolph, 11741 Montana (Bundy), 829-6907. Empfehlg. von P. N. Ein wahrhaft ambivalenter Mann. Lebt in einer Eigentumswohnung voller kolumbianischer Kunst (ästhetisch!); behauptet, er kaufe das Zeug spottbillig von bekifften Bimbos, die es klauen (Macho-Rüpelhaftigkeit!). Die Statuen waren atavistisch, *viril,* wundervoll. Stanley redet vor dem Geschäftlichen so oft von ihnen, daß ich schon weiß, er will etwas anderes als *straight* ficken – schon gar, als er anfängt, mich als ein gottverdammtes Kunstwerk zu bezeichnen! Rückt dann heraus mit einer (natürlich!) Fotosession. (Zwischen den Zeilen gelesen: Stanley-Baby ist impotent, steht auf Fotos von Nackedeis, die mit seinen phallischen Statuen arrangiert werden.) Stan macht seine Fotos (übrigens keine Mösenfotos, sondern wirklich geschmackvolle Bilder) – (Stan der Ästhet) und erzählt mir dann Stories von all den Frauen, die um seinen Eselsschwanz betteln (Stan der Macho-Clown). Ich räkle mich nackt herum und versuche, keinen Knall zu kriegen. $ 500.– 10. 9. 83 – Stan der Ambivalente ist jetzt Stammkunde zu $ 500.– pro. Ich hänge inzwischen in nackter Pracht gerahmt bei ihm an der Wand. Gespenstisch. Ich wünsche nur, ich hätte größere Brüste.

Havilland legte das Transkript in den Safe zurück und dachte an eine weitere gesichtslose Bauernfigur, die im Industriegebiet im Valley ihr liederliches

Leben führte, und er verschloß seine Praxis und machte sich auf die Suche nach ihr.

Junior Miss Cosmetics lag am Nordostrand von San Fernando Valley, ein geduckter grüner Stuckbau, umgeben von einem rostigen Gitterzaun. Vor der Umzäunung erstreckte sich ein großer Ascheplatz voller planlos geparkter Autos. Auf der anderen Straßenseite zog sich ein ganzer Block von Cocktailbars entlang, und schon um drei Uhr nachmittags leuchtete bei allen die Neonwerbung. Dr. John Havilland parkte vor einem Imbiß, der seiner Lichtreklame zufolge dem »Nackten Arbeiter« vorbehalten war, und er hatte das Gefühl, soeben durch die Pforten der Hölle getreten zu sein.

Er schloß seinen Wagen ab und zählte die neonblinkenden Eingänge bis zum Ende des Blocks: Es waren insgesamt neun. Er ging durch die nächstbeste Tür, und ein Schwall von Country-&-Western-Musik ließ ihn den Kopf zwischen die Schultern ziehen. Mit zusammengekniffenen Augen spähte er umher, bis er die Band auf dem Podium ausmachen konnte; eine übergewichtige Rothaarige vollführte lustlos einen Nackt-Boogie. Zur Linken sah er eine hufeisenförmige Bar. Havilland stählte sich für seine Rolle, zog zwanzig Dollar aus seinem Banknotenclip und ging hin.

Der Barkeeper blickte auf, als er herankam. »Was trinken oder den Lunch?« fragte er.

Havilland legte den Zwanziger flach auf die Bar und zwang sich dazu, seine Stimme der Umgebung anzupassen. »Ich suche Sherry Shroeder. Ein Freund von mir sagt, sie ist hier zu finden.«

»Mit Sherry spielt sich hier nichts ab«, sagte der Barmann. »Sie bekokst sich oder besäuft sich, und dann fällt sie aus dem Rahmen. Wollen Sie einen wegstecken?«

Der Doctor glotzte. »Was?«

Der Barkeeper sprach langsam, wie mit einem idiotischen Kind. »Sie wissen doch – ’ne Nummer schieben? Die Sichel putzen? Die Pfeife ausklopfen? Das Rohr reinigen?«

Havilland schluckte und zog noch einen Zwanziger aus dem Clip. »Ja. Das alles. Wo kann ich sie finden? Bitte sagen Sie es mir.«

Der Barkeeper grabschte nach den beiden Geldscheinen, beugte sich vor und brachte seinen Mund an das Ohr des Doctors. »Gehen Sie ein Stück weit die Straße runter zum Loafer Gopher. Sherry müßte da irgendwann zu finden sein. Setzen Sie sich an die Bar, und früher oder später wird sie aufkreuzen und versuchen, sich auf Ihr Gesicht zu setzen. Und noch was, Kumpel – behalten Sie Ihr Moos in der Tasche. Da drüben gibt’s ein paar ordentliche Drecksäcke.«

Im Loafer Gopher war es dunkel, und man spielte Punkrock. Havilland setzte sich an die Bar und nippte an einem Scotch mit Soda, während Cindy and the

Sinners ihr Repertoire aus *Prison of Your Love, Nine Inches of Your Love* und *Gimme Your Love* wieder und wieder herunternudelten. Er richtete einen Stapel Dollarnoten vor sich aus und versuchte, jeden Blickkontakt mit der barbusigen Barfrau zu vermeiden, denn diese betrachtete es als ein Signal für einen neuen Drink, wenn ihre Blicke sich trafen. In Gedanken spielte er Mozart, um die gräßliche Musik und das Gerede ringsumher zu übertönen, und er wartete.

Das Warten dauerte Stunden. Havilland saß an der Bar, ließ sich alle zwanzig Minuten einen neuen Drink hinstellen, nippte ein wenig daran und schüttete dann den Rest unbemerkt auf den Boden. Als sein geistiger Mozart allmählich fad wurde, versuchte er, sich Sherry Shroeder in allerlei Gestalten vorzustellen, angefangen mit einer nordischen Eisjungfer und bis zu einem platinblonden Luder; die statistischen Daten aus ihrer Sicherheitsakte dienten ihm dabei als physikalischer Zündfunke. Er hatte die Grenzen seiner Geduld und seiner Phantasie fast erreicht, als spröde Fingerspitzen an seinem Hals entlangstrichen und eine spröde Frauenstimme fragte: »Spendieren Sie 'ner Lady 'n Drink?«

Havilland drehte seinen Hocker in die Richtung, aus der die Anmache kam. Die Frau, die den Spruch getan hatte, sah aus wie ein ausgebranntes Beach Bunny. Ihr Gesicht war gegerbt von zuviel Sonne und chemischen Behandlungen, und tiefe Falten um Mund und Augen berichteten von zahllosen Versuchen, verlockend zu wirken, und von ebenso zahllosen Zurückweisungen. Ihr blondes Haar war zu einer schrägen Strubbelfrisur verarbeitet, was ihren bangen Ausdruck noch verstärkte. Aber ihre Gesichtszüge waren hübsch, und ihre in Designerjeans und Pullover gekleidete Figur war schlank und feminin. Wenn sie eine Schauspielerin war, dann würde Richard Oldfield von ihr entzückt sein.

»Ich bin Sherry«, sagte die Frau.

Havilland winkte der Barfrau und lächelte seine neue Schachfigur an. »Ich bin Lloyd.«

Sie kicherte, als die Barfrau ihr ein hohes Glas hinstellte und dafür zwei von Havillands Eindollarscheinen wegnahm. Sie trank einen großen Schluck und meinte: »Ein guter Name. Paßt zu deinem Blazer. Für den Gopher bist du eigentlich nicht richtig angezogen, aber das ist schon okay, denn auf der Strecke hier sind so viele Bars, daß man nicht jedesmal nach Hause fahren und sich umziehen kann, wenn man ein Häuschen weitergeht, nicht wahr? Ich meine, ist es nicht so?«

»So ist es«, bestätigte Havilland. »Ich kleide mich konservativ, weil die Bonzen in den Studios es so haben wollen. Mir geht's genauso wie dir; ich kann nicht jedesmal nach Hause fahren und mich umziehen, wenn ich auf Talentsuche gehe.«

Sherry riß die Augen auf. Sie stürzte den Rest ihres Drinks hinunter und stammelte: »Si-si-sind Sie Agent?«

»Ich bin unabhängiger Filmproduzent.« Havilland schnippte mit den Fingern nach der Barfrau und deutete auf Sherrys leeres Glas. »Ich verkaufe künstlerische Filme an einen Verein von Millionären, die sie in ihren Privatkinos vorführen. Übrigens bin ich hier, weil ich Schauspielerinnen suche.«

Mit drei schnellen Schlucken hatte Sherry das neue Glas geleert. Havilland sah, daß ihre Pupillen sich weiteten und ihr Hals sich rötete. »Ich bin Schauspielerin«, sagte sie atemlos. »Ich hab' als Komparsin gearbeitet und auch Kurzfilme und andere Sachen gemacht. Glauben Sie, Sie –«

Havilland legte einen Finger an die Lippen, um sie zum Schweigen zu bringen. Dann sah er sich in der Bar um. Niemand schien sich für ihre Geschäfte zu interessieren. »Laß uns draußen weiterreden«, schlug er vor. »Hier drin ist es mir zu laut.«

Sherry führte ihn über die Straße zum Parkplatz von Junior Miss, wo ihr zerschrammter VW-Transporter stand. »Da hab' ich gearbeitet«, erzählte sie, während sie die Beifahrertür aufschloß. »Sie haben mich gefeuert, weil ich überqualifiziert war. Sie hatten rausgefunden, daß ich einen höheren Intelligenzquotienten hatte als der Präsident der Firma, und da konnte ich gehen.«

Havilland setzte sich auf den Beifahrersitz und ermahnte sich, im Innern des Wagens nichts anzurühren. Sherry ging vorn um den Wagen herum und zwängte sich hinter das Steuerrad. Als sie ihn drängend ansah, sagte der Doctor: »Sherry, ich will ganz offen sein. Ich produziere High-Budget-Filme für Erwachsene. Normalerweise würde ich einer ernsthaften jungen Schauspielerin wie dir nicht dazu raten, in einem solchen Film mitzuwirken, aber in diesem Fall ist es anders – denn die Produktionen sind ausschließlich für ein Privatpublikum bestimmt, das aus großen Fischen aus Hollywood besteht. Ich möchte dich jetzt fragen: Hast du schon Erfahrungen mit Erwachsenenfilmen?«

Sherrys Antwort war ein mit Gin gespeister Gießbach von Worten. »Ja, und das ist Spitze, weil früher hab' ich Kurzfilme gemacht, und der Kameratyp meinte, Mom und Dad würden nie was davon erfahren. Wir haben in der Jungenturnhalle in der Pacoima Junior High-School gedreht, weil der Kameratyp kannte den Hausmeister und hatte den Schlüssel, und wir mußten spät nachts drehen, weil dann niemand da war. Ritchie Valens war auf Pacoima Junior High, aber der ist am 3. Februar 1959 mit Buddy Holly abgestürzt. Ich war damals noch klein, aber ich kann mich daran erinnern.«

Diese letzte Erinnerung traf den Doctor wie ein Donnerschlag. Er zog sein Geldscheinbündel aus der Tasche. »Wir drehen in ungefähr zwei Tagen, in einem großen Haus in den Hollywood Hills. Zwei Schauspieler – du und ein sehr gut aussehender junger Mann. Deine Gage beträgt tausend Dollar. Möchtest du jetzt einen Vorschuß?«

Sherry Shroeder umarmte Havilland und vergrub ihr Gesicht an seinem Hals. Als er ihre Zunge in seinem Ohr spürte, packte er sie bei den Schultern und schob sie von sich. »Bitte, Sherry. Ich bin verheiratet.«

Sherry zog einen gespielten Schmollmund. »Verheiratete Männer sind die besten. Kann ich 'n Hunderter haben?«

Havilland nahm drei Hunderter aus dem Bündel und gab sie Sherry. »Bitte behalte diese Sache für dich«, sagte er leise. »Wenn es sich herumspricht, werden mir andere Schauspielerinnen auf die Nerven gehen, ich möchte lieber exklusiv mit dir arbeiten. Okay?«

»Okay.«

Havilland lächelte. »Deine Telefonnummer brauche ich.«

Sherry langte ins Handschuhfach, knipste dann die Armaturenbeleuchtung an und gab dem Doctor eine mit roter Metallicfarbe beschichtete Visitenkarte mit der Aufschrift »Sherry – für die Party. Auch Hausbesuche. 632-0140«. Havilland schob die Karte in seine Tasche und drückte die Tür mit der Schulter auf. Er lächelte noch einmal. »Ich melde mich.«

»Jederzeit, Lloyd-Baby.« Sherry ließ den Motor aufheulen. Der Doctor sah dem VW nach, wie er mit kreischendem Gummi in der Nacht verschwand.

Der Night Tripper fuhr zu einer Telefonzelle und rief Richard Oldfield zu Hause an. Er sagte nur einen einzigen Satz und hängte ein, ehe Oldfield antworten konnte. Zufrieden mit der Macht seiner Worte fuhr er in die Hollywood Hills und zu seiner dritten Starvorstellung an diesem Tag.

Oldfield hatte die Haustür unverschlossen gelassen. Der Night Tripper trat ein und fand seinen Bauern auf dem Boden im Wohnzimmer kniend, den Kopf in der Haltung des Effizienztrainings vorgestreckt, die Augen geschlossen, die Hände hinter dem Rücken verschränkt. Er war nackt bis zur Taille, und seine Brustmuskulatur zuckte noch vom eben beendeten Krafttraining.

Havilland ging auf ihn zu und schlug ihm mit dem Handrücken wie mit einer Peitsche ins Gesicht; dabei riß er ihm mit seinem Harvard-Siegelring die Wange auf. Oldfield beugte sich dem Schlag entgegen und blieb stumm. Havilland holte aus, und mit dem zweiten Hieb traf er seinen Bauern auf dem Nasenrücken; die Haut platzte auf, und unter dem linken Auge riß eine Ader. Als Oldfield keinen Schmerz erkennen ließ, entfesselte der Doctor einen Wirbelwind von Ohrfeigen und Rückhandschlägen, bis sein Bauer das Gesicht verzerrte und ihm aus jedem Auge eine einzelne Träne quoll, die sich mit dem Blut aus den Platzwunden vermischte.

»Bist du bereit, sie zu verletzen, sie zu verrenken, zu hassen, zu zerquetschen, die Frau, die dich vernichtet hat, als du ein Kind warst?« zischte der Night Tripper. »Bist du bereit, so weit zu gehen, wie du gehen kannst? Bist du bereit, das Reich der puren Macht zu betreten und den Rest der Welt auf den Scheißhaufen zu verweisen, auf den sie gehört?«

»Ja«, schluchzte Richard Oldfield.

Der Doctor nahm ein seidenes Taschentuch aus der Tasche seines Blazers und betupfte das Gesicht seines Klienten. »Dann sollst du alles bekommen. Jetzt hör zu, und stelle mir keine Fragen. Der Zeitpunkt ist übermorgen, der Ort ist hier. Gehe nicht aus dem Haus, bevor ich es dir sage, denn ein Polizist ist auf der Suche nach einem, der aussieht wie du. Verstehst du das alles?«

»Ja«, sagte Oldfield.

Havilland ging zum Telefon und wählte die siebenstellige Nummer, die er sich schon am frühen Nachmittag eingeprägt hatte. Als eine müde Stimme sich mit »Ja?« meldete, sagte er: »Sergeant, hier ist John Havilland. Hören Sie, ich habe einen Hinweis auf Ihren Verdächtigen. Ziemlich vage, aber ich glaube, an der Information ist etwas dran.«

»Heilige Scheiße«, sagte Lloyd Hopkins. »Woher haben Sie sie?«

»Nein«, sagte Havilland. »Das kann ich Ihnen nicht verraten. Aber so viel kann ich Ihnen sagen: Der Mann ist Rechtshänder, und meiner professionellen Meinung nach weiß er nichts über die Morde oder über den gegenwärtigen Aufenthalt Goffs.«

»Ich hab' mein Notizbuch vor mir. Sprechen Sie langsam.«

»Okay. Der Mann sagt, er habe Goff voriges Jahr in einer Single-Bar kennengelernt. Sie begingen einen Einbruch zusammen – wo, weiß er nicht mehr – und stahlen ein paar Kunstobjekte. Goff hatte einen Kunden für das Zeug. Der Mann sagt, sein Name war entweder Rudolph Stanley oder Stanley Rudolph. Er hat eine Wohnung in Brentwood, irgendwo in der Nähe von Bundy und Montana.«

»War's das?«

»Ja. Mein Klient ist ein im Grunde anständiger, aber stark gestörter junger Mann, Sergeant. Bitte versuchen Sie nicht, seine Identität aus mir herauszuquetschen. Ich werde sie Ihnen nicht verraten.«

»Keine Sorge, Doc. Aber wenn ich Goff mit Ihrem Tip erwische, machen Sie sich auf das beste Abendessen Ihres Lebens gefaßt.«

»Ich freue mich darauf.« Havilland wartete auf eine Antwort, aber der Polizist hatte schon aufgelegt.

Als er den Hörer aus der Hand legte, sah er, daß Richard Oldfield noch immer in seiner Demutshaltung verharrte. Er betrachtete das Blut an seinen Händen. Zerreiße den Cop. Zerquetsche ihn. Zermalme ihn. Laß ihn bezahlen für die Finsternis der Kindheit, und durchflute die Leere mit Licht.

14

Als der Morgen graute, saß Lloyd in seinem Wagen an der Südostecke von Bundy und Montana, bewaffnet mit hautengen Gummihandschuhen und einem Sortiment von Einbrecherwerkzeugen. Nach Havillands Anruf hatte er selbst eine Serie von Telefongesprächen geführt: Er hatte die Registerabteilung des L.A.P.D. angerufen, den Polizei-Großcomputer, das FBI und die Nachtinformation der kalifornischen Kraftfahrzeugbehörde. Das Resultat war nur halbwegs zufriedenstellend: Ein Mann namens Stanley Rudolph wohnte 11741 Montana, Nr. 1015, aber er war nicht vorbestraft, und sein bislang schlimmster Verstoß gegen die Gesetze bestand im Überfahren einer roten Verkehrsampel. Der Typ des soliden Bürgers, der höchstwahrscheinlich nach seinem Anwalt schreien würde, wenn man ihn mit der Tatsache konfrontierte, daß er Diebesgut gekauft hatte. Es blieb nichts anderes übrig als die erprobte und bewährte, höchst illegale Tageslichtdurchsuchung. Rudolphs Unterlagen beim Straßenverkehrsamt hatten ergeben, daß er unverheiratet war, als Makler an der Börse in der City arbeitete und einen hellblauen '83er Cadillac *Seville* mit dem persönlichen Kennzeichen »Big Stan« fuhr, der in diesem Moment gleich gegenüber auf der anderen Straßenseite parkte. Lloyd rutschte nervös auf dem Sitz hin und her und schaute auf die Uhr: sechs Uhr acht. Die Börse öffnete um sieben. Bald würde »Big Stan« zur Arbeit fahren müssen, oder er würde zu spät kommen.

Er nahm einen Schluck Kaffee aus der Thermosflasche und dachte an seine anderen, die privaten Telefonanfragen. Wider besseres Wissen hatte er beim Register und bei der Verkehrsbehörde angerufen, um soviel wie möglich über Linda Wilhite zu erfahren. Die Informationen, die er bekommen hatte, waren dürftig: Geburtsdatum, persönliche Daten, Adresse, Telefonnummer und die Tatsachen, daß sie »selbständig« war, einen Mercedes fuhr und nicht vorbestraft war. Aber der Akt des Nachspürens war erregend gewesen, aufgehetzt von Phantasien darüber, wie es sein mochte, eine Frau von solcher Schönheit zu brauchen und von ihr gebraucht zu werden. Die Gedanken an Linda Wilhite hatten mit den Gedanken an seine Untersuchungsarbeit um den Vorrang gekämpft, und nur Havillands überraschender Anruf hatte sie auf den zweiten Platz verwiesen.

Um sechs Uhr fünfunddreißig trottete ein untersetzter Mann im dreiteiligen Busineßanzug auf den Cadillac zu; in der einen Hand trug er ein süßes Brötchen, in der anderen eine Aktentasche. Er stieg ein, ließ den Motor an und jagte auf der Bundy nach Süden. Lloyd wartete drei Minuten; dann ging er zu 11741 Montana hinüber und fuhr mit dem Aufzug in den zehnten Stock.

1015 lag am Ende eines langen, mit Teppichboden ausgelegten Korridors. Lloyd schaute sich um und drückte auf den Klingelknopf. Als dreißig Sekunden verstrichen waren, ohne daß sich etwas gerührt hatte, studierte er das Zwillingsschloß in der Tür. Er bohrte den Brechhebel in den Mechanismus des oberen und fühlte das sanfte Klicken, als der Riegel sich löste. Er stemmte sich mit der Schulter gegen die Tür, um den Druck auf das obere Schloß weiter zu verstärken. Mit der freien Hand schob er einen nadeldünnen Skelettdietrich in das untere Schlüsselloch und drehte ihn hin und her. Nach ein paar Sekunden glitt der Riegel zurück, und die Tür wich nach innen.

Lloyd trat ein und schloß die Tür hinter sich. Als seine Augen sich an die

Dunkelheit gewöhnt hatten, sah er, daß er sich in einer Schatzkammer primitiver Kunst befand. Kolumbische Fruchtbarkeitsstatuen füllten ein Regal über dem anderen, und afrikanische Holzschnitzereien drängten sich auf leeren Bücherschränken. Auf Fenstersimsen und Ottomanen prangten Maya-Töpferarbeiten, und die Wände waren behängt mit gerahmten Ölgemälden, die peruanische Indianer und Schreine in den Anden zeigten. Die Teppiche und die Möbel des Wohnzimmers waren Ramschware, aber die Kunstobjekte schienen ein kleines Vermögen wert zu sein.

Lloyd streifte seine Gummihandschuhe über, erkundete den Rest der Wohnung und gelangte zu einer höchst unverdächtigen Schlußfolgerung: Abgesehen von der Kunstsammlung und dem neuen Cadillac lebte »Big Stan« billig. Seine Garderobe war von der Stange, und sein Kühlschrank vollgestopft mit Fertigmahlzeiten. Er putzte sich die Schuhe selber und besaß nichts Elektronisches oder Mechanisches, abgesehen von den Einbaugeräten, die zur Wohnung gehörten, und einer billigen Kleinbildkamera. Stanley Rudolph war ein Besessener.

Lloyd nahm sich eine Cola aus dem Kühlschrank und setzte sich auf das verschossene Sofa, um seine Möglichkeiten zu überdenken. Er sah ein, daß es unmöglich sein würde, von den Objekten, die Goff oder Havillands anonymer Informant vielleicht angerührt hatten, Fingerabdrücke abzunehmen. Stanley Rudolph hatte die Statuen und Tonobjekte wahrscheinlich mehrmals befingert, und außerdem hatte der Psychiater gesagt, sein Informant sei Rechtshänder und habe zudem keine Ahnung von Goffs Aufenthalt oder von den Mordfällen im allgemeinen. Havilland war ein Profi; auf seine Einschätzung war Verlaß.

Damit blieben ihm drei Möglichkeiten: Er konnte »Big Stan« persönlich ein bißchen Dampf machen; er konnte hier in der Wohnung nach einem Mittel suchen, ihn unter Druck zu setzen, und er konnte sein Adreßbuch ausfindig machen und die Namen darin durch den Registercomputer laufen lassen. Da »Big Stan« nicht zu Hause war, blieben nur die beiden letzten Möglichkeiten. Lloyd trank seine Limonade aus und machte sich an die Arbeit.

Er brauchte drei Stunden, um jeden Quadratzoll der Wohnung abzugrasen und damit seine Schlußfolgerung zu bestätigen, daß Stanley Rudolph ein einsamer Mann war, der ausschließlich für seine Kunstsammlung lebte. Seine Sachen waren schlampig gereinigt, in seinem Badezimmer herrschte das Chaos, und die Schlafzimmerwände waren von einer Staubschicht überzogen, mit Ausnahme einiger rechteckiger Flecken, wo offenbar noch kürzlich ein paar Bilder gehangen hatten. Beim Betrachten dieser von Tristesse und Besessenheit erfüllten Wohnung hätte Lloyd am liebsten ein Gnadengebet für die ganze beschissene menschliche Rasse zum Himmel geschickt.

Damit blieb nur noch das Adreßbuch; es lag neben dem Telefon auf dem Boden im Wohnzimmer. Lloyd blätterte es durch und sah, daß es nur Namen und Telefonnummern enthielt. Als er bei G anlangte, stellte er fest, daß kein Thomas Goff verzeichnet war und daß Stanley Rudolphs Krakelschrift unverkennbar die eines Rechtshänders war. Seufzend blätterte er zu A zurück, zog Bleistift und Notizblock hervor und machte sich daran, die Namen und Telefonnummern aus dem Buch abzuschreiben.

Als er bei »Laurel Benson« angekommen war, fühlte er, wie ein sanfter Tremor an seiner Wirbelsäule heraufkroch. Laurel Benson war ein kostspieliges Callgirl, das er einmal hochgenommen hatte, als er zehn Jahre zuvor bei der Sitte in West L.A. gearbeitet hatte. Das konnte nur Zufall sein, dachte er, und es war doch nett zu wissen, daß »Big Stan« gelegentlich zum Ficken kam; er fuhr mit dem Abschreiben fort, bis er auf »Polly Marks« stieß, und da legte er seinen Stift aus der Hand und lachte laut. Die beiden bisher einzigen Frauen in diesem Adreßbuch waren Huren. Kein Wunder, daß Rudolph sich die Schuhe eigenhändig putzen und gewöhnliche Brause trinken mußte – er hatte *zwei* kostspielige Hobbys.

Zwischen N und V fanden sich die Namen von über fünfzig Männern und nur vier Frauen, von denen zwei Huren waren, deren Namen Lloyd von Kollegen bei der Sitte gehört hatte. Allmählich bekam er einen Schreibkrampf; er blätterte zur letzten Seite um und las: »Linda Wilhite – 275-7815«. Er fühlte, daß der sanfte Tremor zu einem Erdbeben der Stärke 9,6 wurde. Lloyd legte das Adreßbuch auf seinen Platz zurück und verließ die von Besessenheit erfüllte kleine Wohnung, bevor er Zeit hatte, über sein nächstes Ziel nachzudenken und darüber, was das alles zu bedeuten hatte.

Lloyd parkte vor dem noblen Hochhaus an der Ecke Wilshire und Beverly Glen, in dem Linda Wilhite wohnte, und ging buchstäbliche und instinktmäßige Chronologien noch einmal durch, in denen sich vielleicht eine logische Erklärung für diesen bemerkenswerten Zufall finden ließe, der ihm da in den Schoß gefallen war. Dr. John Havilland war verliebt in Linda Wilhite, die wahrscheinlich eine sehr teure Prostituierte war, eine, die mit Stanley Rudolph gevögelt hatte, welcher Thomas Goff und dem anonymen Informanten des Arztes Hehlerware abgekauft hatte. Havilland kannte weder Goff noch Rudolph, aber er kannte Wilhite und seinen anonymen Informanten. Es war ein starker Zufallsfaktor, aber er *roch* nicht nach irgend etwas Ungesetzlichem. Unbeantwortete Fragen: Kannte Linda Wilhite Goff oder den Informanten? Oder – die wilde Karte – war der Psychiater, der wie ein verliebter Mann wirkte, der Linda Wilhite schützte, der *wahre* Informant, der ihm korrekte Informationen von einem erfundenen »Informanten« gegeben hatte, um damit sowohl seine professionelle Ethik als auch die Frau, die er liebte, zu schützen? Spielte der Arzt ein Versteckspiel? *Wollte* er bei einer Morduntersuchung behilflich sein, ohne indessen Informationen preiszugeben, die er unter dem Siegel der Verschwiegenheit erhalten hatte? Lloyd fühlte, wie die Wut sein anfänglich sexuelles Aufwallen verdrängte. Wenn Linda Wilhite *irgend etwas* über Thomas Goff oder seinen linkshändigen Freund wußte, dann würde er es aus ihr herausquetschen.

Er lief ins Haus und rannte über die Lieferantentreppe in den dritten Stock hinauf. Als er die Hand hob, um an Linda Wilhites Wohnungstür zu klopfen, sah er, daß er zitterte.

Ein Sicherheitsspion öffnete sich. »Ja?« sagte eine Frauenstimme.

Lloyd hielt seine Polizeimarke vor das Guckloch. »L.A.P.D.«, sagte er. »Kann ich Sie einen Augenblick sprechen, Miss Wilhite?«

»Worum geht's?«

Lloyd fühlte, wie das Zittern sich nach innen verlagerte. »Um Stanley Rudolph. Würden Sie bitte aufmachen?«

Er hörte, wie Schlösser entriegelt wurden, und dann stand *sie* da, in einen knöchellangen Paisley-Kaftan gehüllt. Lloyd versuchte, an ihr vorbei in die Wohnung zu starren, aber Linda Wilhite beherrschte das Zentrum seines Blickfeldes und ließ den Hintergrund dumpfschwarz erscheinen.

»Was ist mit Stanley Rudolph?« fragte sie.

Lloyd betrat unaufgefordert die Wohnung und sah sich rasch in der Diele und im Wohnzimmer um. Das alles war immer noch ein nebulöser Hintergrund, aber er sah doch, daß alles geschmackvoll und teuer war.

»Nur nicht so schüchtern – fühlen Sie sich wie zu Hause.« Linda Wilhite war hinter ihn getreten und deutete auf einen blumig gemusterten Sessel. »Ich werde dem Butler sagen, er soll Ihnen einen Mint Julep bringen.«

Lloyd lachte. »Eine hübsche Behausung, Linda. Endlich raus aus den Billigquartieren.«

Linda tat, als lache sie zurück. »Seien Sie nicht so förmlich. Nennen Sie mich ›Verdachtsperson‹.«

Lloyd schob die Hand in die Jackentasche und zog die Fotos von Thomas Goff und Jungle Jack Herzog hervor. Er reichte sie Linda. »Okay, Verdachtsperson. Haben Sie einen dieser beiden Männer schon mal gesehen?«

Linda betrachtete die Fotos aufmerksam und gab sie Lloyd zurück. Ihre Augen hatten nicht durch das leiseste Zucken verraten, daß sie einen der beiden wiedererkannte; auch an ihrer Haltung – die eine Hand in die Hüfte gestemmt – hatte sich nichts geändert. »Nein. Was soll diese Geschichte mit Stanley Rudolph? Sind Sie von der Sitte?«

Lloyd ließ sich in den Sessel sinken und streckte die Beine aus. »So ist es. Was ist die Grundlage Ihrer Beziehung zu Rudolph?«

Lindas Augen wurden kalt, und ihre Stimme gleich darauf ebenfalls. »Ich denke, das wissen Sie. Würden Sie jetzt bitte sagen, was Sie wollen, Ihre Fragen stellen und verschwinden?«

Lloyd schüttelte den Kopf. »Was wissen *Sie*?«

»Daß Sie nicht bei der Scheiß-Sitte sind!« schrie Linda. »Haben Sie darauf eine schlaue Antwort auf Lager?«

Lloyds Stimme klang so sanft wie beinahe nie; es war der Ton, der für seine Töchter reserviert war. »Yeah. Sie sind keine Hure.«

Linda setzte sich ihm gegenüber. »Alles in diesem Apartment nennt Sie einen Lügner.«

»Man hat mich schon Schlimmeres genannt«, sagte Lloyd.

»Zum Beispiel?«

»Zu den erleseneren Schmähungen gehörten ›Stadtbarracuda‹, ›Chauvinistensau‹, ›Faschistischer Schwanzlutscher‹, ›Läufiger weißer Köter‹ und ›Fotzengeiler Präser‹. Ich hab' was übrig für artikulierte Invektiven. ›Mutterficker‹ und ›Bullenschwein‹ werden so langweilig.«

Linda Wilhite lachte und deutete mit dem Zeigefinger auf Lloyds Trauring. »Sie sind verheiratet. Wie ruft Ihre Frau Sie?«

»Per Ferngespräch.«

»Was?«

»Wir leben getrennt.«

»Auf Dauer?«

»Ich bin mir nicht sicher. Es dauert jetzt ein Jahr, und sie hat einen Liebhaber, aber ich gedenke, den Halunken auszusitzen.«

Linda streckte die Beine aus und imitierte spiegelbildlich Lloyds Haltung. »Erörtern Sie Ihre intimen Familienangelegenheiten immer mit wildfremden Leuten?«

Lloyd lachte und unterdrückte den Impuls, die Hand auszustrecken und ihr Knie zu berühren. »Manchmal. Ist eine gute Therapie.«

»Ich bin auch in einer Therapie.«

»Weshalb?«

»Das ist Ihre erste dumme Frage«, sagte Linda. »Jeder Mensch hat Probleme, und Leute, die Geld haben und sie loswerden wollen, gehen zu einem Psychiater. *Comprende*?«

Lloyd schüttelte den Kopf. »Die meisten Leute mit Problemen stecken bis zum Hals in belanglosen Neurosen. Zeugs, gegen das sich nicht das geringste machen läßt. Aus dem Stegreif würde ich sagen, daß Sie nicht zu diesen Leuten gehören. Aus dem Stegreif würde ich sagen, daß irgendein Katalysator Sie auf die Couch gebracht hat.«

»Mein Psychiater hat keine Couch. Er ist zu hip.«

»Das ist eine komische Bezeichnung für einen Psychiater.«

»Okay. Hip bedeutet brillant, einfühlsam, engagiert und brutal ehrlich.«

»Sind Sie in ihn verliebt?«

»Nein. Er ist nicht mein Typ. Hören Sie, diese Unterhaltung entwickelt sich ein bißchen eigenartig und schweift auch zu weit vom Thema ab. Sie *sind* doch ein Cop, oder nicht? Die Marke, die Sie mir gezeigt haben, war doch nicht aus dem Spielzeugladen, oder?«

Lloyd sah einen großen Stapel Zeitungen, der eine Armlänge weit entfernt auf einem Couchtisch lag. Er zeigte darauf. »Wenn Sie die *Times* vom Dienstag noch haben, schlagen Sie Seite zwei auf. ›Schießerei in Beverly-Hills-Nachtclub‹.«

Linda ging zum Tisch und blätterte die Zeitungen durch; dann las sie im Stehen den Artikel. Als sie sich zu Lloyd umdrehte, hielt er ihr seine Marke und seinen Dienstausweis entgegen. Linda nahm die Kunstledermappe in die Hand und studierte sie. Dann grinste sie von einem Ohr zum anderen. »Sie sind also Sergeant Lloyd Hopkins, und der eine der beiden Männer auf den Fotos ist der unidentifizierte Mordverdächtige, mit dem Sie sich geschossen haben. Sehr beeindruckend. Aber was haben Stan Rudolph und ich damit zu tun?«

Lloyd sann über diese Frage nach, während Linda sich wieder hinsetzte, ohne ihm indes die Ausweismappe zurückzugeben. Er entschied sich für eine gekürzte Version der Wahrheit. »Ein Informant hat mir erzählt, daß Thomas Goff, mein ehemals ›unidentifizierter Mordverdächtiger‹, ein paar Kunstgegenstände an Stanley Rudolph verkauft habe, und zwar unter Mithilfe eines bislang noch nicht identifizierten Partners. Ich bin auf Rudolphs Adreßbuch gestoßen und habe darin die Namen mehrerer Callgirls gefunden, die ich vor Jahren mal hochgenommen habe. Ihr Name war ebenfalls dabei, und da die anderen Frauen in dem Buch ausnahmslos zur Szene gehörten, schloß ich, daß für Sie das gleiche gilt. Ich brauche eine Art Hebel, den ich ansetzen kann, um ein paar Informationen aus Rudolph herauszuholen, und weil die anderen Frauen mich wahrscheinlich immer noch hassen, weil ich sie damals verhaftet habe, habe ich mich für Sie entschieden.«

Linda gab ihm die Ausweismappe zurück. »Sind Sie wirklich so gottverdammt unverschämt?«

Lloyd grinste. »Ja.«

»Warum fragen Sie Stan-Baby nicht einfach selber?«

»Weil er wahrscheinlich einen Anwalt hinzuziehen würde. Weil das bloße Eingeständnis, Goff zu kennen, implizit bedeutet, daß er gestände, Diebesgut gekauft zu haben. Das wäre Beihilfe zum Einbruch ersten Grades und Bildung einer kriminellen Vereinigung. Was für ein Mann ist dieser Rudolph?«

»Ein lächerlicher kleiner Scheißer, dem einer abgeht, wenn er Nacktfotos macht. Ein großmäuliger Hampelmann. Was genau hat dieser Goff denn getan?«

»Er hat mindestens drei Personen ermordet.«

Linda wurde blaß. »Himmel. Und jetzt wollen Sie, daß ich aus Stan-Baby Informationen über ihn herauskitzle?«

»Ja. Und über seinen Partner, der bestimmt Linkshänder ist. Spricht Rudolph je über seine Kunstsammlung?«

Linda tippte mit der Fingerspitze auf Lloyds Arm. »Ja. Seine Kunstsammlung ist ein beliebtes Gesprächsthema bei ihm. Sie ist fest verknüpft mit seinen Sexualgewohnheiten. Er hat mir ein dutzendmal erzählt, daß er das Zeug von Leuten kauft, die es klauen. Genauer wird er aber nicht. Er hatte Nacktfotos von mir an der Schlafzimmerwand, aber jetzt hat er sie abgenommen, weil er neue kolumbianische Statuen erwartet. Ich habe ihn seit rund sechs Wochen nicht mehr besucht; es kann also sein, daß er und Goff sich vor kurzer Zeit getroffen haben.«

Lloyd mußte an die rechteckigen Flecken an Stanley Rudolphs Schlafzimmerwand denken und stellte sich die nackte Linda vor, die er dort hätte sehen können, wenn er seinen Einbruch ein paar Wochen früher begangen hätte. »Linda, glauben Sie, Sie –«

Linda Wilhites atemberaubendes Verschwörerlächeln ließ ihn verstummen. »Ja. Ich werde Stan-Baby anrufen und mich mit ihm verabreden, hoffentlich noch heute abend. Rufen Sie mich heute nacht gegen ein Uhr an – und keine Sorge, ich werde ganz cool sein.«

Lloyds Verschwörerlächeln fühlte sich an wie ein Erröten. »Danke.«

»Ist mir ein Vergnügen. Sie hatten recht, wissen Sie. Ich habe die Therapie tatsächlich aus einem bestimmten Grund begonnen.«

»Aus welchem?«

»Ich will aus der Szene aussteigen.«

»Dann hatte ich in zwei Punkten recht.«

»Was meinen Sie?«

»Ich habe Ihnen gesagt, Sie seien keine Hure.«

Lloyd stand auf und verließ die Wohnung. Seine Abgangszeile ließ er in der Luft hängen.

Nachdem die Angelegenheit Stanley Rudolph geregelt war, fiel Lloyd plötzlich ein, daß es einen Untersuchungsansatz gab, der so fundamental war, daß eben seine simple Beschaffenheit, wie er gleich erkannte, der Grund dafür war, daß er vergessen hatte, ihn zu verfolgen. Er verfluchte sich wegen seiner Nachlässigkeit, fuhr zu einer Telefonzelle und rief Dutch Peltz im Revier Hollywood an. Er bat ihn, über die Straße zum Bezirksgericht Hollywood zu gehen und einen Durchsuchungsbeschluß für Jack Herzogs Bankunterlagen zu erwirken. Dutch war einverstanden, vorausgesetzt, daß Lloyd ihn ausführlich über den Stand der Untersuchung informierte, wenn er im Büro vorbeikäme, um die Papiere abzuholen. Lloyd stimmte zu und fuhr zu Herzogs Apartmenthaus im Valley, und die ganze Zeit über dachte er an Linda Wilhite.

Als er angekommen war, begab Lloyd sich schnurstracks zum Hausmeister, ließ seine Dienstmarke aufblitzen und fragte den Mann, auf welche Bank die Mietschecks des verschwundenen Polizisten bezogen gewesen seien. Ohne zu zögern, antwortete der schmächtige Alte: »Security-Pacific, Filiale Encino«, und dann schwafelte er ausführlich davon, wie am Tag zuvor schon andere Polizisten hiergewesen seien und das nette Apartment des netten Mr. Herzog versiegelt hätten.

Lloyd dankte dem Hausmeister und fuhr über den Cahuenga-Paß zurück zum Revier Hollywood. Dutch Peltz saß in seinem Büro und brummte »Ja, ja« in sein Telefon; er blickte auf, als Lloyd eintrat, strich sich mit dem Zeigefinger quer über die Kehle und flüsterte: »IAD« Lloyd setzte sich ihm gegenüber auf einen Stuhl und legte die Füße auf den Schreibtisch. »Ja, Fred«, murmelte Dutch. »Ich sag's ihm.« Er legte auf und sah Lloyd an. »Gute und schlechte Nachrichten. Welche willst du zuerst?«

»Kannst du dir aussuchen!« sagte Lloyd.

Dutch grinste und stach mit einem Bleistift nach Lloyds übereinandergelegten Fußknöcheln. »Die gute Nachricht ist, daß Richter Bitow dir den Durchsuchungsbefehl ausgestellt hat, ohne Fragen zu stellen. War das nicht nett von ihm?«

Lloyd sah, wie Dutch grinste, und hob den Fuß, als wollte er Dutchs kostbare Quarzbuchstütze vom Tisch treten. »Erzähl mir, was Fred Gaffaney gesagt hat. Laß nichts aus.«

»Gute und schlechte Nachrichten«, antwortete Dutch. »Die gute ist, daß ich jetzt dein offizieller Verbindungsmann zum IAD in allen Angelegenheiten, den Fall Goff-Herzog betreffend, geworden bin. Die schlechte Nachricht ist, daß Gaffaney soeben in allerschärfstem Ton noch einmal wiederholt hat, du habest von den Kollegen mit den Nebentätigkeiten sowie von den Firmen, für die sie arbeiten, unter allen Umständen die Finger zu lassen. Gaffaney bereitet eine Strategie vor, nach der die Sache anzugehen ist, und er und seine Topleute werden in ein paar Tagen Vernehmungen durchführen. Ich bekomme Kopien von ihren Berichten, du kannst welche von mir kriegen. Gaffaney sagt außerdem, wenn du gegen diese Anweisung verstößt, wirst du auf der Stelle suspendiert, und du kriegst ein Disziplinarverfahren an den Hals. Gefällt dir das?«

Lloyd streckte die Hand aus und tätschelte die Buchstütze. »Nein, gefällt mir nicht. Aber dir.«

Dutch zeigte in einem Haifischgrinsen die Zähne. »Mir gefällt alles, was dich einigermaßen im Zaum hält, denn so wird dafür gesorgt, daß du weiterhin Mitglied des L.A.P.D. bist. Ich möchte ungern mit ansehen, wie du einen Tritt in den Arsch kriegst und dein Geld von der Fürsorge beziehst. Keine sechs Wochen, und du würdest billigen Rotwein saufen und im Gebüsch pennen.«

Lloyd stand auf und nahm den Durchsuchungsbeschluß von Dutchs Schreibtisch. An seine Stelle legte er das Notizbuch mit den Namen aus Stanley

Rudolphs Notizbuch. »Ich weiß, weshalb du so sardonisch tust, Dutchman. Du hast zum Essen einen Martini getrunken. Du verträgst einen Drink im Jahr, und deine niedrige Toleranzschwelle macht dich sauer. Ich bin Kriminalpolizist. Mir machst du nichts vor.«

Dutch lachte. »Leck mich am Arsch. Was ist das hier für ein Notizbuch, und wo willst du hin? Du wolltest mir vom Stand der Untersuchung berichten, weißt du noch?«

Lloyd gab der Buchstütze einen spielerischen Schubs. »Leck mich zweimal am Arsch. Einem Alkoholiker verrate ich gar nichts. Einer von deinen Wasserträgern soll diese Namen durch den Computer laufen lassen, ja?«

»Ich werd's mir überlegen. Hey, Lloyd, wieso hast du meine schlechten Nachrichten so locker hingenommen? Ich habe damit gerechnet, daß du mir was an den Kopf wirfst.«

Lloyd versuchte, Dutchs Haifischgrinsen zu imitieren, aber er wußte sofort, daß er rot geworden war. »Ich glaube, ich bin verliebt«, sagte er.

Lloyd fuhr zurück zum Valley; er raste auf dem Ventura Freeway in Richtung Norden, um noch rechtzeitig vor dem Feierabend nach Encino und zur Filiale der Security-Pacific Bank zu kommen. Zwei Minuten vor Geschäftsschluß war er da. Er zeigte dem Geschäftsführer, einem Japaner mittleren Alters, seinen Ausweis und den Durchsuchungsbeschluß, und der Mann führte ihn in einen ruhigen Raum vor den Schließfächern; fünf Minuten später kam er mit einem Computerausdruck und einer dicken Überweisungsakte zurück. Der Geschäftsführer verneigte sich und schloß die Tür, und Lloyd blieb in lautloser Stille zurück.

Bald bewohnten Zahlen und Daten die Stille, mit denen das Leben eines atypischen Polizisten sich detailliert betrachten ließ. Herzogs Spar- und Girokonten reichten über fünf Jahre zurück. Lloyd fing vorn in der Überweisungsakte an und watete durch zweimal monatlich eingezogene Gehaltsschecks, einmal monatlich ausgestellte Mietschecks und Sparzulagen, die mit jeder dritten L.A.-City-Gehaltszahlung gutgeschrieben worden waren. Jack Herzog hatte ein frugales Leben geführt. Es gab keine großen Abhebungen, die auf umfangreiche Einkaufstouren gedeutet hätten; kein Scheckbetrag überstieg die Monatsmiete von $ 300,–, und von jedem dritten Gehaltsscheck hatte er $ 300,– auf ein Sparbuch mit 7,5% Verzinsung eingezahlt. Als Herzog sein Doppelkonto 1979 eröffnet hatte, waren per Saldo weniger als sechshundert Dollar dagewesen. Nach dem letzten Eintrag in der Überweisungsakte, der vier Monate zurücklag, besaß er $ 17 913,40.

Lloyd stellte fest, daß der letzte Eintrag vom 4. 1. 84 stammte; er wandte sich dem Computerausdruck zu und hoffte, daß er Fakten enthielt, die den aktuellen Stand von Herzogs Konten wiedergaben.

Er enthielt sie. Das Einzahlungs-Auszahlungs-Muster setzte sich fort, diesmal in schwer lesbarer Computerschrift. Der Gedanke an nahezu neunzehn Riesen im Besitz eines Toten ließ Lloyd den Kopf schütteln, doch da fiel sein Blick auf die letzte Transaktion, und die schnürte ihm die Kehle zu.

Am zwanzigsten März, also etwa zum Zeitpunkt seines Verschwindens, hatte Herzog beide Konten aufgelöst und sich einen bankinternen Scheck über das gesamte Guthaben in Höhe von $ 18 641,07 ausstellen lassen; eine Fotokopie dieses Bankschecks hing an dem Computerauszug. Darauf stand, daß die genannte Summe an die Security-Pacific-Filiale in West Hollywood überwiesen werden und dem Sparkonto eines gewissen Martin D. Bergen gutgeschrieben werden sollte. Lloyd ließ diese Information einsinken; dann verließ er langsam die Schließfachkammer, ging durch den Schalterraum, verneigte sich vor dem Geschäftsführer und rannte los, als er draußen auf dem Gehweg war.

Lloyd jagte durch die Hollywood Hills und war in weniger als einer halben Stunde beim *Big Orange Insider.* Die gleiche Rezeptionistin machte das gleiche erschrockene Gesicht, als sie ihn erblickte. Er stürmte durch die Zwischentür in die Redaktion, und wenige Sekunden später versperrte ihm der junge Mann, mit dem er bei seinem ersten Besuch aneinandergeraten war, den Weg, indem er sich in den Gang stellte und die Fersen in den Boden stemmte wie ein Footballer. »Ich habe Ihnen schon einmal gesagt, Sie können hier nicht rein«, erklärte er.

Lloyd visierte seinen Kopf an, doch dann bremste er sich. »Marty Bergen«, sagte er. »Offizielle Polizeisache. Holen Sie ihn.«

Der junge Mann schlang seine Arme um seine Brust. »Marty hat Urlaub. Gehen Sie jetzt.«

Lloyd nahm den Durchsuchungsbeschluß für die Bank aus der Tasche, rollte ihn zusammen und kitzelte den jungen Mann damit unter dem Kinn. Als der zurückzuckte, sagte Lloyd: »Das hier ist ein gerichtlicher Durchsuchungsbeschluß für Marty Bergens Schreibtisch. Wenn Sie sich dem nicht fügen, besorge ich einen für den ganzen Laden. Kapiert, Daddyo?«

Der Junge wurde krebsrot und dann bleich. Er schwenkte einen Arm zum hinteren Teil des Raumes. »Der letzte Schreibtisch hinten an der Wand. Und zeigen Sie mir diesen Gerichtsbeschluß.«

Lloyd gab ihm das Papier und schlängelte sich durch ein enges Labyrinth von Schreibtischen, ohne darauf zu achten, daß die Leute, die dort saßen, ihn anstarrten. Bergens Tisch war mit einem Berg von Papier bedeckt. Lloyd blätterte ihn durch und schob ihn beiseite, als er sah, daß jedes Blatt Notizen in einer unentzifferbaren Kurzschrift enthielt. Er war im Begriff, sich die Schubladen vorzunehmen, als eine Frauenstimme ihn störte. »Officer, ist mit Marty alles in Ordnung?«

Lloyd drehte sich um. Eine große Schwarze in einem tintenfleckigen Druckerkittel stand neben dem Schreibtisch, eine Rolle Korrekturpapier unter dem Arm. »Ist mit Marty *alles in Ordnung*?« wiederholte sie.

»Nein«, sagte Lloyd. »Ich glaube nicht. Warum fragen Sie? Es klingt, als machten Sie sich Sorgen.«

Die Frau drehte die Rolle in ihren Händen. »Er ist weg, seit Sie das letztemal hier waren«, sagte sie. »Er war nicht in seiner Wohnung, und niemand vom *Orange* hat ihn gesehen. Und bevor er verschwand, nahm er alle seine Kolumnen für die kommende Woche wieder mit, bis auf eine. Ich bin die Satzleiterin hier, und ich mußte die Ausgaben setzen. Marty hat den *Orange* echt verarscht, und das paßt nicht zu ihm.«

»Ist er schon früher mal so verschwunden?«

Die Frau schüttelte den Kopf. »Nein! Ich meine, manchmal mietet er ein Motelzimmer und läßt sich da vollaufen, aber er läßt immer genug Kolumnen da, daß es so lange reicht, wie er voraussichtlich wegbleiben wird. Das Unheimliche diesmal war, daß er seine Kolumnen wieder *mitgenommen* hat – abgesehen davon, daß die Dinger an sich schon *unheimlich* waren.«

Mit einer Gebärde forderte Lloyd die Frau auf, sich zu setzen. »Erzählen Sie mir von diesen Kolumnen«, sagte er. »Versuchen Sie, sich an möglichst viel zu erinnern.«

»Sie waren einfach unheimlich«, sagte die Frau langsam. »Eine hatte den Titel ›Faule Jobs nach Feierabend‹. Da ging's um hochrangige Cops aus L.A., die in einer Art Scheinjobs nebenher so miese kleine Mietbullen herumschubsten. *Unheimlich.* Die anderen Kolumnen bauten darauf auf; es ging darum, daß das L.A.P.D. die Medien manipuliert, weil sie da die ganzen Insider-Informationen über die Bullenschwarzarbeit unter Verschluß halten. *Unheimlich.* Ich meine, der *Orange* ist schon antibullenmäßig eingestellt, aber das Zeug war verrückt, selbst für Marty Bergen, der zwar ein netter Typ war, aber auch ein bißchen verrückt.«

Lloyd sah Bruchstücke seines Falles in einem seltsamen, neuen Licht aufstrahlen: *Marty Bergen hatte die verschwundenen Personalakten des L.A.P.D. gesehen.* Er schluckte, damit seine Stimme gleichmäßig klang. »Sie sagen, Bergen habe Ihnen eine der Kolumnen dagelassen. Haben Sie sie noch?«

Die Frau nickte und rollte die Korrekturfahnen auf dem Schreibtisch aus. »Marty hat spezielle Instruktionen für den Satz gegeben«, sagte sie. »Er sagte, wir sollten es mit einem dicken schwarzen Rand setzen, und wir sollten es am dritten Mai reinnehmen, weil das der Geburtstag seines Kumpels sei. *Unheimlich.*« Sie hatte die Kolumne gefunden und stieß mit dem Finger darauf. »Da. Lesen Sie selber.«

Der schwarz umrandete Artikel trug den Titel »Nachtzug ins große Nirgendwo«. Lloyd las ihn dreimal, und er fühlte, wie sein Fall aus dem seltsamen neuen Licht in eine noch seltsamere Dunkelheit hinüberglitt.

Wenn ein Cop auf den Nachtzug ins große Nirgendwo springt, dann ist ihm das genaue Ziel egal, denn jede Endstation ist ihm lieber als das Leben in seinem eigenen Kopf, zusammen mit der schrecklichen Einsicht, daß das solare Zeitalter den großen Eisberg niemals durchdringen wird.

Als mein Freund auf den Nachtzug ins große Nirgendwo sprang, erwartete er wahrscheinlich, dort nur Erleichterung zu finden, Erlösung von dem eingesperrten Wissen um den großen Alptraum und von dem Klammergriff des neuen Alptraums, der ihm einschärfte, welche Rolle er in jenem Totentanz spielen sollte, dem wir alle angehören.

Daß du dein Ticket nicht mit der Waffe erstandest, sprach Bände. Wie ich, warst du ein Betrüger im blauen Tuch. Du benutztest dein Handwerkszeug nicht zu deinem letzten nihilistischen Hurra, um damit deine Maskerade zu bestärken. Statt dessen ersticktest du in einer rosaroten Wolke aus chemischer Stille, und du gabst dir Zeit, an all die Puzzles zu denken, die du gelöst hattest, und an die Grausamkeit, die sich im fertigen Bild offenbart hatte. Am Ende hast du dich gestellt, und du *wußtest.* Es war für dich der bewußteste Akt von Mut in einem Leben, das vulgarisiert war von angstvollen Zurschaustellungen von Tapferkeit. Ich liebe dich dafür, und ich schenke dir zum Abschied dieses Gedicht vom Kaliber .21:

Laßt auferstehn an diesem Tag die Toten,
und öffnet ihnen Türen,
die bisher für sie verboten;
sagt ab die Karten für den Leichentuchtanz,
brennt nieder die Nacht in wütender Trance.

Lloyd reichte der ratlosen Setzerin den Bogen. »Drucken Sie es«, sagte er. »Waschen Sie Ihre Scheißzeitung wieder rein.«

»Es ist nicht die *New York Times*«, sagte die Frau. »Aber der Laden ist schon ganz in Ordnung.«

Lloyd nickte, ohne zu antworten. Als er die Redaktion verließ, war der großmäulige junge Mann dabei, den Bankdurchsuchungsbeschluß mit einer Lupe zu untersuchen.

Er wußte, er würde es nicht ertragen können, Marty Bergens Apartment zu durchsuchen, und so fuhr er nach Hause und rief den Sheriff von West Hollywood an; er erläuterte kurz, worum es ging, und delegierte diese Aufgabe an die Leute dort; von der Banküberweisung sagte er nichts, aber er bat sie, die Motels in der Gegend zu überprüfen und Bergen festzunehmen, falls sie ihn fänden.

Neue Fragen brannten in dem Morast, zu dem der Fall Herzog-Goff jetzt geworden war. War Jungle Jack Herzog ein Selbstmörder? Und wenn ja – wo war sein Leichnam, wer hatte ihn beiseite geschafft, und wer hatte sein Apartment von Fingerabdrücken gesäubert? Marty Bergens »unheimliche« Kolumnen deuteten darauf hin, daß er die Akten gesehen hatte, die Herzog gestohlen hatte. Wo waren diese Akten? Was hatte diese literarische Selbstmordkolumne zu bedeuten? Wo war Bergen, und wie tief war er in diesen Fall verwickelt?

Als sich nichts mehr ineinanderfügen wollte, wußte Lloyd, daß er überdreht war und zu wenig gegessen hatte und daß er allmählich auseinanderfiel. Das einzige Gegenmittel wäre ein ruhiger Abend. Er aß eine Scheibe kalten Schweinebraten und ein Pfund Hüttenkäse, und dann setzte er sich auf seine Veranda und sah zu, wie das Zwielicht in der Dunkelheit versank, und allmählich fand er Gefallen an dem Gedanken, nicht mehr zu denken. Aber er dachte.

Er dachte an die Terrassenhügel dieser alten Wohngegend und an die schlaflosen Nächte in den »Fünfzigern«, die er damit zugebracht hatte, dem Heulen der Hunde zu lauschen, die in dem Tierzwinger zwei Blocks weiter eingesperrt waren. Der Zwinger hatte diesem Teil von Silverlake den Spitznamen »Dogtown« eingebracht, und in den Jahren '55 und '56, als er, ein Dreikäsehoch noch, Mitglied der Dogtown-Flats-Bande gewesen war, hatte man ihn deshalb »Dogman« und »Erretter« genannt. Das unaufhörliche Geheul, so klagend es auch klang, war Stoff für geheimnisvolle und romantische Träume gewesen. Aber manchmal hatten Hunde sich mit Zähnen und Klauen den Weg in die Freiheit gebahnt, nur um von nächtlichen Feuerstuhlpiloten, die in der blinden Kurve der Teerstraße vor dem Fenster seines Zimmers ihre Mutproben absolvierten, niedergeritten zu werden. Zwar waren die Tierleichen, wenn er morgens früh zur Schule ging, schon beseitigt worden, und der alte Mr. Fernandez von nebenan hatte die Straße auch schon mit dem Wasserschlauch abgespritzt, aber Lloyd konnte das Blut immer noch fühlen und riechen und beinahe schmecken. Nach einer Weile verbrachte er die Nächte nicht mehr bloß lauschend, sondern angstvoll zusammengeduckt in der Erwartung des nächsten Zusammenpralls.

Er schlief zu wenig in diesem Herbst des Jahres '56, und das ließ ihn hager werden; er wußte, daß er etwas würde unternehmen müssen, um das Wunder wiederzuerlangen, das ihm nach dem Dunkelwerden immer spürbar geworden war. Denn die Nacht war dazu da, Behagen zu schenken und Träume von der Tapferkeit zu nähren, und nur jemand, der bereit war, dafür zu kämpfen, daß sie unangetastet blieb, verdiente, sie zu seiner Zitadelle machen zu dürfen.

Lloyd begann seine Attacken gegen den Tod; zuerst blockierte er die »Toter-Hund-Kurve« mit selbstgebauten Sperrböcken und Umleitungsschildern an beiden Enden, um den Rennfahrern die Zufahrt zu verwehren. Der Trick funktionierte zwei Nächte lang – bis ein Alleskleber schnüffelndes Mitglied der First Street Flats mit seinem '51er Chevy die Barrikade niederwalzte, eine Reihe parkender Autos streifte, als er die Kontrolle über seinen Wagen verlor und schließlich mit dem Heck gegen einen schwarzweißen Streifenwagen des L.A.P.D krachte. Als er gegen Kaution am nächsten Tag aus der Haft entlassen worden war, machte er sich auf die Suche nach dem *puto,* der die Sperren aufgestellt hatte, und er grinste, als Kumpane aus Dogtown ihm erzählten, es sei ein verrückter Vierzehnjähriger namens »Dogman« und »Erretter« gewesen, ein *loco,* der den Plan habe, mit seinem Schlafsack in der »Toter-Hund-Kurve« zu pennen, um dafür zu sorgen, daß in seinem Revier niemand mehr Mutproben fuhr.

In dieser Nacht begann der vierzehnjährige Lloyd Hopkins, einsfünfundachtzig groß und hundertachtzig Pfund schwer, die Serie von *mano-a-mano*-Duellen, mit der die Spitznamen »Dogman« und »Erretter« passé waren und er einen neuen Titel gewann: »Conquistador«. Die Kämpfe erstreckten sich über zehn aufeinanderfolgende Nächte, und sie kosteten ihn eine zweimal gebrochene Nase und Platzwunden, die mit insgesamt hundert Stichen genäht werden mußten. Aber die Autorennen in der Gegend von Griffith Park und St. Elmo waren ein für allemal zu Ende. Als seine Nase zum zweitenmal gerichtet worden war und seine Hände wieder auf ihre Normalgröße abgeschwollen waren, verließ Lloyd die Dogtown-Flats-Bande. Er wußte, er würde Polizist werden, und von der Mitgliedschaft in einer Bande durfte in seiner Akte nichts stehen.

Das Klingeln des Telefons riß ihn in die Gegenwart zurück. Er ging in die Küche und nahm den Hörer ab. »Ja?«

»Hopkins, hier ist Linda.«

»Was?«

»Sind Sie bekifft oder so was? Linda Wilhite.«

Lloyd lachte. »Yeah. Ich bin bekifft. Was macht das Geschäft?«

»Nicht komisch, Hopkins. Aber ich lasse es Ihnen durchgehen, weil Sie bekifft sind. Hören Sie, ich *hatte* gerade ein Geschäft mit Stanley, und auf sehr subtile Weise habe ich ein paar nicht allzu ermutigende Informationen aus ihm herausgekitzelt.«

»Zum Beispiel?«

»Zum Beispiel, daß Sie aus irgendeinem Grunde falsch informiert wurden. Stan-Baby hat noch nie von Goff gehört. Ich habe ihm das Bild beschrieben, das Sie mir gezeigt haben, und er kennt niemanden, der so oder so ähnlich aussieht. Das gleiche gilt für Linkshänder. Stan sagt, er kauft seine Stücke von einem Schwarzen, der solo arbeitet. Er *hat* mal etwas von einem Weißen gekauft, im vergangenen Jahr, aber der Typ hat ihm zuviel Geld abgenommen. Tut mir leid, daß ich Ihnen nicht besser helfen konnte.«

»Sie haben mir sehr geholfen. Woher haben Sie meine Telefonnummer?«

Linda lachte. »Sie sind wirklich bekifft. Aus dem Telefonbuch. Hören Sie – werden Sie mir erzählen, wie die Sache ausgeht?«

»Ja. Und danke, Linda.«

»War mir ein Vergnügen. Ach, und übrigens – wenn Sie Lust haben, mich mal anzurufen, brauchen Sie keinen besonderen Grund dafür zu haben. Obwohl – ich bin sicher, daß Sie sich einen ausdenken werden.«

»Wollen Sie damit sagen, daß ich unaufrichtig bin?«

»Nein, nur einsam und ein bißchen schuldbewußt.«

»Und Sie?«

»Einsam und ein bißchen neugierig. Bye, Hopkins.«

»Good bye, Linda.«

15

Nach Händeschütteln und kurzer Begrüßung nahm Linda Wilhite dem Doctor gegenüber Platz und begann zu sprechen. Als Havilland hörte, wie eine verschwommene Selbstanalyse die Luft erfüllte, schaltete er sein bewußtes Gehör ab und wechselte in einen automatischen Overdrive, der ihm gestattete, Lindas Schönheit dem einen allerwichtigsten Aspekt seines Lebens gegenüberzustellen: *Lloyd Hopkins im Denken einen Schritt voraus zu sein.*

Da sie beide Genies waren, bedeutete dies, daß die geistige Maschine des Night Trippers auf Hochtouren zu laufen hatte, ständig auf der Suche nach Schlupflöchern und unbemerkten Mängeln im logischen Fortgang seines Spiels. Während seine physische Aufmerksamkeit sich auf Linda richtete, dachte er an die einzige mögliche Schwachstelle in diesem Spiel: Jungle Jack Herzog.

Die Beziehung zwischen ihnen hatte auf gegenseitiger Achtung basiert – Herzogs war echt, die des Doctors gespielt gewesen. Der Alchimist war ein klassischer psychiatrischer Prototyp gewesen – der Wahrheitssucher, der sich in einen Kokon aus rationalen Argumentationsbemühungen zurückzieht, wenn er sich mit schmerzlichen Wahrheiten über *sich selbst* konfrontiert sieht. Daher hatte der Doctor bei seinen pathetischen Phantasien mitgespielt: Er wollte die gestohlenen Akten benutzen, um eine »Glaubwürdigkeitslücke im L.A.P.D.« zu schaffen, die implizit auch seinen Freund Marty Bergen entlasten würde, aber zugleich hatte er versucht, die Gründe seiner Zuneigung zu einem Mann zu sondieren, für dessen feiges Benehmen er Verachtung empfand. Die Wahrheit war schließlich zu stark gewesen, und Herzog hatte sich, von machohafter Scham getrieben, in irgendein unbekanntes Ende geflüchtet. Gleich nachdem er verschwunden war, hatte Goff sein Apartment gesäubert, und die Chance, daß er Aufzeichnungen hinterlassen oder mit Bergen oder seinen Kollegen im L.A.P.D. Kontakt aufgenommen hatte, war astronomisch gering – seine beschämende neue Selbsterkenntnis würde das verhindert haben. Dennoch hatte Hopkins ihn mit dem verstorbenen Thomas Goff in Verbindung gebracht, wenngleich er die verschwundenen Akten *nicht* erwähnt hatte. *Das* konnte sich potentiell schädlich auswirken, obgleich Herzog keine Kenntnisse von seinen *harten* kriminellen Aktivitäten gehabt hatte. Der wichtigste Teil des Spiels bestand jetzt darin, Hopkins davon zu überzeugen, daß er jemanden aus Goffs Umgebung deckte, daß er gewissermaßen in der Zwickmühle eines ethischen Dilemmas steckte. Er würde die Rolle des typischen schlappschwänzigen Liberalen mit Gewissensbissen spielen, der jedem Polizisten verhaßt war, und »Crazy Lloyd« würde den Köder schlucken – mit Haken, Schnur und Schwimmer.

Der Night Tripper bremste die Fahrt seiner Gedanken und schnappte Bruchstücke von Schlagwörtern aus dem Psychojargon auf, während Lindas Monolog sich dem Ende zuneigte. Er wußte, sie würde eine Antwort von ihm erwarten; rasch nahm er sich vor, sich noch einmal mit seinen *lonelies* in Verbindung zu setzen und sie mit Entschuldigungen für seine Abwesenheit zu beschwichtigen, und dann lächelte er. »Ich habe Sie reden lassen, ohne Sie mit Fragen zu unterbrechen, denn diese Art des Denkens bedeutet, in dem Problem zu leben, statt es zu lösen. Sie müssen in der Lage sein, *Fakten* offenzulegen, ihre fundamentalen Wahrheiten und Nuancen zu ermessen, sich ein Feedback von mir zu beschaffen, es zu akzeptieren oder zurückzuweisen und dann zum nächsten *Fakt* überzugehen. Offensichtlich haben Sie jedes verrückte, in bester Absicht verfaßte Lebenshilfebuch gelesen, das je geschrieben wurde, und das hat Sie mit einem Sumpf von *nutzlosem* Gedankenfutter überschwemmt. *Geben Sie mir Fakten.*«

Linda errötete, biß die Zähne zusammen und schlug mit der Faust auf die Armlehne ihres Sessels. »Fakten«, sagte sie. »Sie wollen Fakten, also gebe ich Ihnen Fakten. Fakt: Ich bin einsam. Fakt: Ich bin geil. Fakt: Ich habe soeben einen sehr interessanten Mann kennengelernt. Fakt: Ich habe gemerkt, daß er auf mich abfährt. Fakt: Er grämt sich um seine Frau, die sich ihm entfremdet hat, und wird sich vermutlich nicht auf meine Wenigkeit stürzen, so gern er es auch täte. Fakt: Darüber bin ich stinksauer.«

Havilland lächelte. Die Litanei klang so, als hätte sein Fisch ein großes Stück von seinem Köder abgebissen. »Erzählen Sie mir von dem Mann. Fakten, physische und andere – und dann Ihre Schlußfolgerungen.«

Linda zog ihren Rocksaum glatt und lächelte zurück. »Okay. Er ist ungefähr vierzig und sehr groß; er hat intensive graue Augen und dunkelbraunes Haar, ein bißchen zerzaust. Rötliche Haut. Seine Kleidung ist unmodern. Er ist komisch und arrogant und sarkastisch. Er ist sehr klug, aber es ist nichts Akademisches oder Gekünsteltes daran. Er *hat's* einfach. Er ist ein *Naturtalent.*«

Bei Lindas letzten Worten hatte der Doctor das Gefühl, als schlucke sein Fisch den Köder und fange dann unversehens an, die Leine durchzubeißen. Als er sprach, klang seine Stimme körperlos, wie durch eine Echokammer gefiltert. »Er *hat's*? Er ist ein *Naturtalent*? Das sind keine Fakten, Linda. Drücken Sie sich klarer aus.«

»Werden Sie nicht sauer«, sagte Linda. »Sie wollten meine Schlußfolgerungen hören.«

Havilland lehnte sich in seinem Sessel zurück und fühlte, wie die Schnur, an der er selbst plötzlich hing, zerriß, als er erkannte, daß er tatsächlich Ärger gezeigt hatte. »Entschuldigen Sie, daß ich ein bißchen laut geworden bin. Manchmal machen unspezifische Informationen mich ärgerlich.«

»Entschuldigen Sie sich nicht, Doctor. Sie verstehen mehr von menschlichen Emotionen als ich.«

»Ja. Also mehr Fakten, bitte.«

Linda starrte auf ihre geballten Fäuste und zählte dann die Fakten an den Fingern ab. »Er ist ein Cop, er ist durch und durch stolz, er ist einsam. Er – ach, Scheiße: Er *hat es* einfach.«

Havilland spürte, wie sich Stacheldrahthaken in seine Kehle bohrten; Lindas Schönheit war die Angel, und ihre Stimme schliff die Widerhaken rasiermesserscharf. »Ich empfinde einfach nichts Faktisches über diesen Mann, Doctor. Es ist seltsam, ihm so kurz nach dem Beginn meiner Therapie zu begegnen, und wahrscheinlich wird nichts dabei herauskommen, aber meine einzigen Fakten sind *Intuitionen. Doctor,* ist Ihnen nicht gut?«

Havilland starrte durch Linda hindurch auf ein geistiges Schachbrett, das er aufgebaut hatte, um seine professionelle Coolness zurückzugewinnen. Könige, Damen und Springer kippten um, und im Kielwasser ihres Falles gelang es ihm, ein Lächeln und eine ruhige Stimme zustande zu bringen. »Verzeihung, Linda. Einer meiner kleinen Schwindelanfälle. Und es tut mir leid, daß ich versucht habe, Ihre Intuitionen anzufechten. Eines ist mir aufgefallen, als Sie den Burschen beschrieben: Er hat große Ähnlichkeit mit ihrem Phantasiemann mit dem Pullover Größe 44. Haben Sie das bemerkt?«

Linda legte die Hand vor den Mund und lachte. »Vielleicht irrten sich die Rolling Stones.«

»Was meinen Sie damit?«

»Offensichtlich sind Sie kein Rockfan«, sagte Linda. »Ich rede von einem alten Stones-Titel: ›You Can't Always Get What You Want‹ – Du kriegst nicht immer, was du willst. Es kann allerdings auch sein, daß Sie recht haben, denn wenn Lloydy-Schätzchen nicht will, daß man ihn kriegt, dann kriegt man ihn auch nicht. Das macht seinen Charme zum Teil aus.«

Havilland formte ein Spitzdach mit den Händen und hob es vor sein Gesicht, so daß er Linda von einem Dreieck eingerahmt vor sich sah. »Wie hat er sich auf Ihr Phantasieleben ausgewirkt?«

Linda schenkte dem Doctor ein betrübtes Lächeln. »Viel entgeht Ihnen nicht. Ja, der Mann ist im Grunde der Prototyp für meinen vierundvierziger Pullover. Ja, er besitzt diese gewisse Aura von Gewalttätigkeit, von der ich gesprochen habe. Ja, ich sehe ihn als den Mann, der meine blutrünstigen Schmalfilme mit mir anschaut. Und mir gefällt auch, daß er ein Cop ist. Und wissen Sie, warum? Er verurteilt mich nicht, weil ich eine Prostituierte bin. Cops und Huren arbeiten in derselben Straße sozusagen.«

Der Doctor ließ das Spitzdach in seinem Schoß zusammenfallen. »Um es festzuhalten, Linda: Sie haben in nur drei Sitzungen bereits große Fortschritte gemacht. So große, daß ich erwäge, in ungefähr einer Woche eine ziemlich avantgardistische, visuell gestützte Sitzung zu halten. Wären Sie damit einverstanden?«

»Klar. Sie sind der Arzt.«

»Ja«, sagte Havilland. »Der bin ich. Und Ärzte haben gewisse Resultate zu erzielen. Zu den meinen gehört, daß ich meine Klienten mit ihren entsetzlichsten Geheimnissen und Ängsten konfrontiere, daß ich sie durch ihre grünen Türen führe, bis jenseits des Äußersten. Sie wissen, daß die Dinge, mit denen Sie konfrontiert sein werden, besonders schmerzlich sind, nicht wahr, Linda?«

Linda stand auf und strich die Falten ihres Rockes glatt; dann hängte sie sich die Handtasche über die Schulter. »Ohne Fleiß kein Preis. Ich bin zäh, Doctor. Ich kann jede Wahrheit vertragen, die Sie mir um die Ohren schlagen können. Freitag um halb elf?«

Havilland erhob sich und nahm Lindas Hand. »Ja. Noch eines, ehe Sie gehen. Wie waren Ihre Eltern gekleidet, als sie starben?«

Linda hielt die Hand des Arztes fest, während sie über diese Frage nachdachte. Schließlich sagte sie: »Mein Vater trug eine Khakihose, ein kariertes Holzfällerhemd und eine Dodgers-Baseballkappe. Ich erinnere mich an die Fotos, die die Polizisten mir zeigten. Sie waren erstaunt, daß er es geschafft hatte, sich das Hirn wegzupusten, ohne die Mütze zu verlieren. Meine Mutter hatte einen Teilzeitjob als Krankenschwester; sie trug eine weiße Schwesterntracht. Warum?«

Havilland ließ ihre Hand los. »Symboltherapie. Danke, daß Sie so unangenehme Erinnerungen ausgegraben haben.«

»Ohne Fleiß kein Preis«, sagte Linda und winkte zum Abschied.

Als der Night Tripper mit dem Duft von Lindas Parfüm in der Praxis allein war, fragte er sich, weshalb die Durchführung seines kühnsten Schachzugs eine so bizarre Reaktion bei ihm hatte hervorrufen können. Er ließ die Sitzung in Gedanken noch einmal ablaufen, aber er fand nichts als ein statisches Rauschen, das klang wie eine Luftschutzsirene, die im Begriff war, ihre Unheilswarnung in die Welt zu kreischen. Wie in einem Reflex griff er nach dem Telefonhörer; er wählte die Nummer eines seiner Bauern, doch es meldete sich ein Anrufbeantworter: »Hi, Schätzchen, hier ist Sherry! Ich bin gerade nicht da, aber wenn du ’ne Sause machen oder auch nur quatschen willst, dann sag’s meinem Tonband. Bye!«

Er legte den Hörer auf und wußte im selben Augenblick, daß er einen Fehler begangen hatte. Sherry Shroeder wohnte im Valley. Er hatte ein Ferngespräch geführt, das auf seiner Telefonrechnung verzeichnet sein würde. Havilland atmete tief durch und schloß die Augen; er suchte eine Gedankenkette in Gang zu setzen, die ihn zu einer Gegenmaßnahme leiten würde, um diesen Fehltritt auszugleichen. Sie kam in Form von *Fakten:* Die restlichen Akten von Junior Miss Cosmetics waren langweilig. Sie waren langweilig, weil sie nichts als detaillierten, aber phantasielosen Schmuddelkram enthielten. Also sollte er sich vertrauliche Informationen einer höheren Klasse vornehmen. Die Avonoco Fiberglass Company war in Sicherheitskategorie zwei klassifiziert. Der Alchimist hatte gesagt: »Wenn einer furzt, haben sie eine Akte über ihn. Sie beschäftigen haufenweise auf Bewährung entlassene Strafgefangene und Freigänger im Rahmen eines großangelegten Schmiergeldunternehmens in L.A. County.« Die L.A.P.D.-Akte über den Werkschutzleiter hatte den Mann als zwangshaften Glücksspieler beschrieben, der bereits auf eine lange Therapiekarriere zurückblicken konnte. Exquisites Material für Thomas Goff. Noch exquisiteres für einen erfahrenen Psychiater.

Der Night Tripper schloß seine Praxis ab und fuhr mit dem Aufzug hinunter in die Lobby, wo eine Reihe Münztelefone hing. Er blätterte in den Gelben Seiten, als ihm der Grund für sein regelloses Verhalten klarwurde, und wie gelähmt sah er die billigen Emotionen, die darin implizit enthalten waren: *Er war eifersüchtig, weil Linda Wilhite sich von Lloyd Hopkins angezogen fühlte.*

16

Lloyd verbrachte den Vormittag im Büro des Sheriffs von West L.A. und las den Bericht des Teams von Kriminalbeamten, die Marty Bergens Apartment durchsucht hatten.

Der Bericht umfaßte acht Seiten; er enthielt die Beobachtungen der Leute hinsichtlich des Zustandes, in dem das Apartment sich befunden hatte, sowie eine sechsseitige Liste von Gegenständen, die dort gewesen waren. Die Personalakten oder andere polizeidienstliche Dokumente wurden nicht erwähnt, und es fand sich auch nichts, was auf Jack Herzog oder auf Mord, Suizid oder Verschwinden hingedeutet hätte. Was am Ende zum Vorschein kam, war das knapp formulierte Porträt eines alkoholsüchtigen Ex-Cops, der das Ende der Fahnenstange erreicht hatte.

Unter dem unbestimmten Vorwand einer »routinemäßigen Überprüfung« hatten die Kriminalbeamten von Bergens Wirtin erfahren, daß sie ihren Mieter seit über einer Woche nicht mehr gesehen habe und daß er ihrer Meinung nach »sternhagelvoll in irgendeinem Motel am Strip untergekrochen« sei. Der Zustand von Bergens Wohnung bestätigte diese Einschätzung. Leere Scotchflaschen waren über den Boden verstreut, und weder Kleider noch Toilettenartikel waren zu finden gewesen. In allen vier Zimmern stank es nach Schnaps und Müll, und eine Reiseschreibmaschine lag zerschmettert auf dem Küchenfußboden.

Die Polizisten hatten sich an den Rat der Wirtin gehalten und jedes Motel und jede Cocktailbar am Sunset Strip überprüft; sie hatten Bergens Foto aus seiner Kolumne im *Big Orange Insider* jedem Portier und jedem Barkeeper gezeigt, den sie hatten auftreiben können. Viele hatten Bergen als häufig auftauchenden Saufkunden wiedererkannt, aber seit über zwei Wochen schon hatte ihn keiner gesehen. Lloyd beschloß, noch ein Weilchen auf diesen Informationen sitzenzubleiben, ehe er Kriminalpolizisten vom L.A.P.D. beauftragte, den Ex-Cop/Journalisten zu suchen; einstweilen fuhr er nach West L.A. und zu seinem letzten, noch nicht endgültig untergebrachten Bindeglied in diesem ganzen verkorksten Durcheinander, und er fragte sich, ob seine Motive wirklich rein professioneller Art waren.

Linda Wilhite öffnete auf sein zweites Klopfen hin und erwischte ihn dabei, daß er sich die Krawatte geraderückte. Sie winkte ihn herein, sah auf die Uhr und meinte: »Mittag. Vor vierzehn Stunden habe ich Sie angerufen, und jetzt stehen Sie persönlich vor mir. Haben Sie einen guten Grund dafür?«

Lloyd setzte sich auf ein Sofa mit Blumenmuster. »Ich bin gekommen, um mich schuldig zu bekennen«, sagte er. »Ich war nicht ganz ehrlich zu Ihnen, und ich –«

Linda brachte ihn zum Schweigen, indem sie sich vorbeugte und den Knoten seiner Krawatte zurechtzog. »Und Sie wollen etwas. Stimmt's?«

»Stimmt.«

»Dann erzählen Sie.« Linda setzte sich neben ihn.

Lloyd starrte sie unbußfertig an. »Dr. John Havilland hat mich auf Sie gebracht. Unbewußt. Ich habe die Fotos von Ihnen in seinem Vorzimmer gesehen. Und dann hat er –«

Linda packte seinen Arm. »Was?«

»Gerahmte Fotos von Ihnen. Wissen Sie davon nichts?«

Linda schüttelte den Kopf, erst zornig, dann betrübt. »Dieser arme, wundervolle Mann. Ich habe ihm von diesem Schickimicki-Fotobuch erzählt, für das ich Modell gestanden habe, und er zieht los und kauft es sich. Wie traurig. Ich hielt ihn für eine Art asexuellen Asketen, aber als ich ihm heute morgen von einem Mann erzählte, den ich attraktiv finde, flippte er aus. Noch nie habe ich jemanden so eifersüchtig gesehen.«

»Er platzte mit Ihrem Namen heraus, als ich eine Bemerkung über die Bilder machte«, erzählte Lloyd. »Und offenbar nimmt er sie herunter, ehe er Sie empfängt. Havilland hat viele Kriminelle unter seinen Patienten. Im Laufe meiner Untersuchungsarbeit stieß ich auf seinen Namen und entschied, mir seine Erfahrungen mit der kriminellen Psyche zunutze zu machen. Wie ich vermutet hatte, verfügt er über ein eigenes Informationsnetz in der Unterwelt. Er befragte seine Quellen und kam mit einem Mann an, der zusammen mit Thomas Goff einige Kunstgegenstände an Stanley Rudolph verkauft haben soll. Ich schlich mich in Rudolphs Wohnung und fand Ihren Namen in seinem Adreßbuch. Auch wenn Rudolph selbst Goff nicht kennt, so kennt ihn doch dieser anonyme Mann. Diese ganze Rudolph-Connection war ein wirres Bündel von Informationen und *Fehl*informationen, was nichts an der Tatsache ändert, daß Havillands Informant *Goff kennt.*«

Lloyd machte eine Pause, als er sah, daß Lindas Gesicht zu einer Maske der Wut geworden war. Mit gesenkter Stimme fuhr er fort: »Havilland steht unter dem gesetzlichen Schutz eines ganzen Scheißhaufens von Statuten über Berufsprivilegien. Er braucht mir den Namen seines Informanten nicht zu nennen, und mein ganzer Instinkt sagt mir, daß kein noch so nachdrücklicher Zwang ihn dazu bringen könnte, mir den Namen von Goffs Komplizen zu offenbaren.«

Lloyd legte Linda die Hand auf die Schulter. Sie zuckte vor seiner Berührung zurück; dann schlug sie seine Hand beiseite und fauchte: »Es gibt eben Menschen, die man nicht zwingen kann, Hopkins, und der Doctor ist einer von ihnen. Man kann ihn nicht zwingen, weil er im Gegensatz zu Ihnen Prinzipien hat. Es gibt auch Leute, die man nicht manipulieren kann, und auch wenn ich eine Hure bin, gehöre ich dazu. Glauben Sie ehrlich, ich würde aus einem Mann, der mir helfen will, Informationen herauslocken und sie an einen Mann weitergeben, der mich bestenfalls ficken will? Möchten Sie ein neues Wort für Ihre Schimpfwörterliste, Sergeant? Wie wär's mit ›gefühlloser, manipulierender Schmiersack‹?«

Lloyd sah Rot. Er stapfte hinaus, fuhr nach unten und setzte sich in seinen zivilen Dienstwagen. Zehn Minuten später saß er in Dr. John Havillands Vorzimmer, starrte auf die Fotos von Linda Wilhite und bat seinen nur selten bemühten Gott, er möge nicht zulassen, daß er eine Dummheit beging.

Der Doctor erschien, als das rote Pochen hinter Lloyds Augen allmählich nachließ. Er führte eine ältliche Frau in einem T-Shirt mit der Aufschrift »Rettet die Wale« aus seinem Sprechzimmer und gurrte ihr ins Ohr, während sie den Inhalt ihrer Handtasche durchsuchte. Als er Lloyd sah, nickte er ihm zu. »Einen Augenblick, Sergeant.« Er verabschiedete sich ein letztes Mal von seiner Patientin und brachte sie zur Tür. Dann drehte er sich um und lachte. »Diese steinreiche Frau glaubt, sie könne telepathisch mit Walen kommunizieren. Was kann ich für Sie tun? Hat Ihre Untersuchung schon Fortschritte gemacht?«

Lloyd schüttelte den Kopf und sprach betont langsam. »Nein. Ihr Informant war mit seinen Informationen ein wenig unpräzis. Ich habe Stanley Rudolph befragt. Er kennt Thomas Goff nicht – weder als Komplizen noch durch Zufall. Seine Hauptquelle für gestohlene Kunstobjekte ist ein Schwarzer, der allein arbeitet. Nur einmal hat Rudolph Stücke von einem solo arbeitenden Weißen gekauft, irgendwann im vergangenen Jahr. Sie haben gesagt, Ihr Informant habe Goff in einer Single-Bar kennengelernt. Hat er Ihnen erzählt, in welcher?«

Havilland seufzte und setzte sich Lloyd gegenüber in einen Sessel. »Nein, hat er nicht. Ehrlich gesagt, Sergeant, der junge Mann hat ein Drogenproblem, und seine Sucht führt gelegentlich zu einem Blackout. Sein Gedächtnis ist nicht immer restlos vertrauenswürdig.«

»Aber Sie glauben, daß er Goff kennt?«

»Ja.«

»Und Sie glauben auch seiner Behauptung, er wisse nicht, wo Goff sich gegenwärtig aufhält, und er wisse auch nichts über die Morde im Schnapsladen?«

Havilland zögerte. »Ja«, sagte er dann.

Noch immer sprach Lloyd mit Bedacht langsam. »Nein, Sie glauben ihm nicht. Sie decken jemanden, der heiße Informationen über Goff hat, und Sie haben Angst. Sie möchten mir erzählen, was Sie wissen, aber Sie möchten weder Ihre Ethik kompromittieren noch das Wohlergehen Ihres Patienten aufs Spiel setzen. Ich verstehe das alles. Aber verstehen Sie *mich* bitte auch, Doctor. Sie sind mein einziger Strohhalm. Wir haben es hier mit einem Massenmörder zu tun, nicht mit belanglosen Neurosen. Sie müssen mir seinen Namen nennen, und ich glaube, das wissen Sie auch.«

»Nein«, sagte Havilland. »Damit Schluß.«

»Wollen Sie es sich während der nächsten vierundzwanzig Stunden überlegen? Ich werde einen Anwalt zulassen, wenn ich den Mann vernehme, und er wird gar nicht erfahren, daß Sie mir seinen Namen genannt haben. Ich werde mir eine Geschichte ausdenken, die sogar ein Genie zufriedenstellen wird.«

Havilland senkte den Blick. »Gott verdammt noch mal, ich sagte nein!«

Lloyd merkte, daß seine Zeitlupenstrategie in alle Winde zerstob. Er rammte die Fäuste in die Taschen und umklammerte den Zahnbogen einer offenen Handschelle und einen metallbeschlagenen Totschläger. Er starrte dem Arzt ins Gesicht und spannte die Hände so hart um sein verborgenes Arsenal, daß der Schmerz ihm die Worte zwischen zusammengebissenen Zähnen herauspreßte. »Machen Sie Zicken mit mir, und ich schlage Ihnen Steuerprüfungen, behördliche Anweisungen, Durchsuchungsbeschlüsse und einstweilige Verfügungen um die Ohren, wie Sie es niemals für möglich gehalten haben. Ich werde die Aushändigung der Akten eines jeden gerichtlich überwiesenen Patienten beantragen, der je einen Fuß über Ihre Schwelle gesetzt hat. Ich werde auf eigene Kosten Winkeladvokaten engagieren und ihnen hohe Vorschüsse zahlen, damit sie sich Schikanen für Sie ausdenken. Ich werde Ihre Praxis von hundsgemeinen Niggerbullen vom Sittendezernat beobachten lassen, bis die reichen Neurotiker, an denen Sie sich mästen, sich vor Angst in die Hosen scheißen. Vierundzwanzig Stunden. Meine Nummer haben Sie.«

Eine rote Flut schwemmte Lloyd aus der Praxis. Als er die Hände aus den Taschen nahm, sah er, daß sie bluteten.

Mit Haken, Schnur und Schwimmer.

Havilland zog sich in sein Privatbüro zurück und nahm ein Ködersortiment aus dem Wandsafe: zehntausend Dollar in einem braunen Papierumschlag und einen frischgetippten psychiatrischen Bericht, begleitet von einem Foto. Er legte den Bericht in die oberste Schreibtischschublade und sah auf die Uhr. Halb zwei. Er hatte sechs Stunden Zeit bis zu seinem nächsten Schachzug. Der Night Tripper lehnte sich in seinem Sessel zurück, schloß die Augen und versuchte, sich durch seine Willenskraft in einen traumlosen Schlaf zu versenken.

Es gelang und scheiterte.

Der Schlaf kam, durchsetzt von halbbewußten Momenten, von denen er wußte, daß sie seine Erinnerung waren. Bei jedem Bild, das durch ihn hindurchzog, war ihm, als schnitte eine chirurgische Knochensäge seinen Körper entzwei und ließe ihm die Wahl, entweder mit seiner symbolischen Vergangenheit zu gehen oder in die Wolkendecke der Bewußtlosigkeit zu schweben. Zu seiner Linken lag der Schlaf, zur Rechten war ein blutbespritztes Korkbrett mit Löchern für Arme und Beine, ein leichenstarrer Fußknöchel mit dem Stahlring einer Fessel und das Riesenrad in der Bronx, das exzentrisch um seine Achse kreiste. Das wache Bewußtsein war ein stechender Lichtpunkt zwischen seinen Augen, ein Notausstieg, mit dem sich auch *tiefer Schlaf* auslösen ließe, wenn er sich, sein Mantra *patria sanctorum* rezitierend, darauf konzentrierte. Drei Straßen einwärts: zum Erwachen, zum Vergessen und in die Leere seiner Kindheit. Der Night Tripper fühlte keine Furcht; er ergab sich den Erinnerungen und ließ die rechte Seite ausklinken.

Ein riesiges Vergrößerungsglas senkte sich über die Leere und ließ ihn Einzelheiten erkennen: »McEvoy – D-Block« war in die Fußschelle gestanzt; gequetschte, verschmorte Arterien sprenkelten den Knöchel; Vater wisperte ihm etwas ins Ohr, als das Riesenrad seinen Zenit erreichte und sie über den Blocks der Puertoricanerhäuser schwebten. Er bemühte sich, von den Lippen der Leute, die unter ihm vorbeigingen, abzulesen, was sie redeten, und er fing lange Gesprächsfetzen auf und Schockwellen von Gelächter. Dann verschmolzen seine beiden Seiten miteinander.

Um Viertel vor sieben wachte Havilland erfrischt auf. Sein Gähnen wurde zu einem Lächeln, als die neuen Ausschmückungen der Leere den Glaubwürdigkeitstest bestanden, indem sie in seinem wachen Bewußtsein auftauchten. Sein

Lächeln wurde breiter, als er begriff, daß sein Zweikampf mit Hopkins der Katalysator gewesen war, der die neuen Details hervorgebracht hatte. So gekräftigt durch Schlaf und Erinnerung, nahm er den Geldumschlag, verschloß die Praxis und fuhr nach Malibu, um neue Daten zu akquirieren.

Treffpunkt war ein langgestreckter Asphaltparkplatz mit Blick auf den Strand. Havilland stellte seinen Wagen zwischen die Zapfsäulen einer geschlossenen Tankstelle auf der Landseite des Pacific Coast Highway und ging dann durch die Unterführung zu der Reihe der beleuchteten Münztelefone neben der Stelle, an der er sich mit dem Sicherheitschef von Avonoco Fiberglass treffen sollte. Er warf einen Blick auf seine Armbanduhr und trat ans Geländer: acht Uhr zwölf. Die letzten Strahlen einer bernsteinfarbenen Sonne ließen den Ozean rosig blinken. Er genoß diesen Augenblick, und er sah zu, wie der Feuerball in durchdringendem Hellblau versank. Als das Blau im dunklen Rauschen der Brandung erstarb, ging er zu dem Telefon, das dem Geländer am nächsten war, und wählte die Nummer seiner Schauspielerin.

»Hallo?«

Havilland verzog das Gesicht; Sherry war stoned – sie sprach das Grußwort dreisilbig aus.

»Hallo, wer ist da? Bist du's, Otto, du geiler Hund?«

Havillands Grimasse entspannte sich. Seine Schachfigur mochte voll sein, aber sie war klar. »Hier ist Lloyd, Sherry. Wie geht's dir?«

»Hallo, Lloyd!«

»Hallo. Erinnert du dich an unsere Abmachung?«

»Aber klar, Baby. Bei *Steep Throat* und *Nuclear Nookie* bin ich nach Strich und Faden beschissen worden. Diesmal werde ich mir nichts durch die Lappen gehen lassen.«

Havilland drehte sich um und streckte sich, und sein Blick fiel auf einen Mann, der über das Telefon in der letzten Zelle gebeugt stand. Obwohl der Mann mindestens zehn Schritt weit entfernt war, wandte Havilland sich ab und senkte seine Stimme zu einem Flüsterton. »Gut. Wir drehen morgen abend. Dein Co-Star wird dich abholen. Ist so 'ne kleine Idee von mir. Du weißt schon – die Stars machen sich miteinander bekannt, damit sie nachher um so realistischer spielen können. Er bringt ein Outfit mit, das du anziehen sollst. Stimmt die Adresse auf deiner Visitenkarte?«

»Ja, das ist meine Bude. Und krieg' ich dann die restliche Kohle?«

»Ja. Dein Partner heißt Richard. Er holt dich um neun ab. Wir sehen uns am Set.«

Sherry lachte. »Morgen abend um neun. Richard soll bloß pünktlich sein. Bye, Lloyd.«

»Goodbye, Sherry.«

Havilland legte auf und starrte durch die Plexiglasscheibe der Telefonzelle. Erleichtert stellte er fest, daß der Mann am hinteren Apparat verschwunden war.

Er warf noch einmal einen Blick auf die Uhr; dann ging er wieder ans Geländer und von dort bis ungefähr in die Mitte des Parkstreifens. Acht Uhr vierundzwanzig. Hoffentlich kam Lieutenant Howard Christie pünktlich.

Um genau acht Uhr dreißig hallten langsame Schritte über den Asphalt. Der Doctor kniff die Augen zusammen und sah, wie ein Mann sich aus dem Schatten löste und geradewegs auf ihn zukam. Als er noch zehn Schritt weit entfernt war, fiel jäh ein Mondstrahl auf sein Gesicht. Es war der Mann aus der Telefonzelle. Der Doctor schob diese Erkenntnis auf ein Nebengleis und ging ihm mit ausgestreckter Hand entgegen; er sah, wie der Mann an Konturen gewann: Es war der Archetyp des Bullen.

Er war ein großer, kurzgeschorener Mann, der anfing, Fett anzusetzen. Kalte Augen in einem derben Gesicht musterten den Doctor vom Scheitel bis zur Sohle und von rechts nach links, ohne auch nur andeutungsweise erkennen zu lassen, was er dabei dachte. Als sie einander gegenüberstanden, nahm er die ausgestreckte Hand und meinte: »Dr. Havilland, nehme ich an?«

Die Worte ließen den Doctor stumm und matt werden. Er versuchte, seine Hand loszureißen. Es war vergebens; die Kraft, die sie festhielt, quetschte sie bis zur Gefühllosigkeit.

Und die Kraft sprach wieder. »Dachten Sie, Sie hätten es mit Amateuren zu tun? Ich bin seit zweiundzwanzig Jahren Cop, und ich kassiere seit vierzehn. Ich weiß, wie der Hase läuft. Ich hab' Sie vor einer halben Stunde parken gesehen und Ihre Autonummer bei der Kraftfahrzeugbehörde checken lassen. Aus dem Branchenbuch weiß ich den Rest. Ein Psychiater. Beeindruckt mich einen feuchten Scheißdreck. Wissen Sie, wie viele Psychiater ich zur Strecke gebracht hab', um im Departement keinen Ärger zu bekommen? Haben Sie gedacht, ich lasse Sie diesen Quatsch mit einem Geheimtreff anonym durchziehen? Haben Sie gedacht, ich glaube Ihnen den Stuß, den Sie mir am Telefon erzählt haben? Von einem Buch über den Mißbrauch von Geheiminformationen? Wirklich, Doctor, Sie beleidigen meine Intelligenz.«

Nach einem letzten kräftigen Druck ließ Howard Christie Havillands Hand los, legte ihm einen Arm um die Schultern und führte ihn zum Geländer. Havilland konzentrierte sich auf sein Mantra. Er setzte sich auf das Geländer und brachte ein angemessen angstvolles Lachen hervor. Als Christie ebenfalls lachte, fühlte er, wie neuer Mut einrastete.

Christie sog die Meeresluft tief in sich ein. »Machen Sie nicht so ein ängstliches Gesicht, Doc. Schon mein erster Psychiater hat mir was beigebracht: In allen Beziehungen werden die Machtbindungen innerhalb der ersten fünf Minuten etabliert. Ich mußte die Tatsache klarstellen, daß *ich* hier derjenige bin, der die Macht in den Händen hat, denn *ich* habe, was *Sie* wollen, und da wir es hier mit Material der Sicherheitsklasse zwei zu tun haben, ist die ganze faule Kiste gesetzwidrig. *Capisce*?«

»Ja«, sagte Havilland. »Ich verstehe. Aber wo sind die Akten?« Nervös scharrte er mit dem rechten Fuß in immer größeren Kreisen über den Asphalt. Mit dem Zeh stieß er an einen großen Stein; behutsam schob er ihn zu sich her. »Weiß sonst noch jemand, wie ich heiße oder weshalb ich Kontakt mit Ihnen aufgenommen habe?«

Christie schüttelte den Kopf. »Ich sage doch, ich weiß, wie der Hase läuft. Bei Avonoco weiß niemand was, und Ihren Namen habe ich eben erst von einem Angestellten bei der Zulassungsstelle bekommen, der ihn schon wieder vergessen hat. Aber sagen Sie mal: Woher wissen Sie *meinen* Namen?«

Havilland senkte den Kopf und sah einen Revolver im Halfter an Christies Gürtel, halb verdeckt von der offenen Sportjacke. »Ich – ich habe einen Officer vom L.A.P.D. kennengelernt, in einer Bar. Er – er hat mir erzählt, Sie hätten ein Spielproblem.«

Christie schlug mit beiden Händen flach auf das Geländer. »Diese großmäuligen Arschlöcher. Zu Ihrer Information, Doc: Cops sind genau wie Ganoven. Man kann keinem von ihnen trauen. Wie hieß er?«

»Ich – ich – weiß es nicht mehr. Ehrlich.«

»Kein Problem. Leute, die in Bars verkehren, vergessen schnell. Dazu verkehren sie schließlich in Bars. Ich bin froh, daß ich nicht saufe. Zwei solche Gewohnheiten wären wirklich zuviel, verdammt. Genug gequatscht – kommen wir zum Geschäft. Zuerst mal – erzählen Sie mir nicht, wozu Sie die Akten haben wollen. Ich will es nicht wissen. Zweitens: Wir reden hier von einem langwierigen Verfahren; sie müssen fotokopiert und dann nach und nach aus der Firma geschafft werden. Wenn Sie rasch zufriedengestellt werden wollen, haben Sie Pech gehabt – dann sollten Sie das mit *Ihrem* Psychiater besprechen. Drittens: Die zehntausend, die Sie anbieten, reichen nicht. Ich schulde ein paar *sehr* bösen Buben Geld – Leuten, denen man besser kein Geld schuldet. Ich will dreißig Riesen und keinen Cent weniger. *Capisce*?«

Havilland täuschte einen Hustenanfall vor; er krümmte sich nach vorn und senkte den Kopf zwischen die Knie. Als Christie ihm mit der flachen Hand auf den Rücken schlug, tat er, als müsse er würgen, und stützte sich mit den Händen auf den Boden. Er ergriff den Stein und schob ihn in die Jackentasche, während er sich wieder aufrichtete. Er wischte sich die Augen und schob sich näher an seinen Gegenspieler heran; der Revolvergriff war jetzt völlig entblößt, und am Gürtel daneben hing Christies Dienstmarke.

Christie schlug ihm noch einmal klatschend auf den Rücken. »Tief durchatmen, Doc. Von dieser gesunden Seeluft kriegen Sie Haare auf der Brust. Was sagen Sie zu meinen Konditionen?«

Havilland atmete tief; er schob die Hand in die Tasche und umschloß den Stein. Er kalkulierte den Weg, den ein Schwinger würde nehmen können, und drehte sich langsam so, daß seine linke und Christies rechte Schulter einander berührten. »Ja, abgemacht. Sie haben alle Asse auf der Hand.«

Christie lachte. »Keine Spielmetaphern – ich versuche gerade, mir's abzugewöhnen.« Er hob die Arme, als wolle er den Himmel umspannen, und ließ sie dann mit einem mächtigen Gähnen wieder sinken. »Ich bin müde«, erklärte er. »Machen wir Schluß für heute. Ich denke mir folgendes: Sechs Zahlungen zu jeweils fünf Riesen, und die Akten werden mit größter Vorsicht und nach meinem Gutdünken herausgeschleust. In diesem Punkt werden Sie mir vertrauen müssen. Ich bin das dominante Ego in unserer Beziehung, aber ich werde es wohlwollend angehen lassen. Betrachten Sie es als eine Vater-Sohn-Geschichte. *Capisce*?«

Dr. John Havilland schnappte nach Luft. Eine schlimmere Beleidigung war ihm noch nie vor die Füße geschleudert worden. Er entsann sich einer Bemerkung aus Christies Personalakte: *Lange Phase der übermäßigen Abhängigkeit von stützenden Figuren.* So sei es denn, dachte der Doctor, und laut sagte er: »Wofür halten Sie *mich* – für einen Amateur? Glauben Sie denn nicht, daß ich weiß, wie nötig es für einen zwanghaften Spieler ist, sich ein Gegengewicht für seinen selbstzerstörerischen Trieb zu schaffen, indem er sich in geschäftlichen Beziehungen seine Bestätigung sucht, in dem unbewußten Bestreben, seine furchtbare Abhängigkeit von denen zu überwinden, die ihm am nächsten stehen, die ihn beherrschen und besitzen und ihm die Titte geben, an der er saugt?«

Christie erhob sich und stammelte: »J-j-ja, du kleiner Scheißer«, und im selben Augenblick schmetterte Havilland ihm den Stein ins Gesicht. Der Cop taumelte an dem Geländer entlang, packte es mit einer Hand und wischte sich mit der anderen das Blut aus den Augen. Havilland griff nach seinem Gürtel, bekam den Revolver zu fassen und zog ihn heraus. Er schloß die Augen und zielte dahin, wo Christies Gesicht sein mußte. Zweimal drückte er ab, und er kreischte mit dem Knall der Explosionen, und dann öffnete er die Augen und sah, daß Christies Gesicht kein Gesicht mehr war, sondern ein verkohltes Blutbassin, aus dem Hirn und Schädelsplitter quollen. Er schoß noch fünfmal, mit offenen Augen und ohne zu kreischen, und riß Christie die Marke vom Gürtel, als die letzte Kugel den Kopf abriß und Christie über das Geländer kippte und zehn Meter tiefer auf den Steinen aufschlug. Naß vom Blut und überschwemmt von Grauen und Erinnerung, rannte der Night Tripper davon.

17

Um zehn Uhr, nachdem er neun Stunden lang ununterbrochen durch Single-Bars und einfache Kneipen gestreift war und nach Thomas Goff und Marty Bergen gesucht hatte, gab Lloyd auf; er fand sich mit dem Gedanken ab, nach New York fahren und Goffs alte Jagdgründe aufsuchen zu müssen. Das Department würde ihm das Flugticket und Tagesspesen zahlen, und vor seiner Abreise würde er sich von einem Anwalt über gesetzliche Lücken und Möglichkeiten beraten lassen, mit denen Dr. John Havilland unter Druck zu setzen wäre. Die drohende Niederlage erhob sich vor ihm wie ein rabenschwarzes Banner. Lloyd fügte sich der Erkenntnis, daß er nirgends hin konnte außer in die Zeit zurück.

Seine alte Gegend begrüßte ihn mit Fahnen, die seine Polizistennöte verspotteten. Er parkte an der Ecke Sunset und Vendome und sprintete die rissigen Betonstufen zum höchsten Punkt von Silverlake hinauf, in der Hoffnung, ein Dakapo alter Themen zu finden, um damit die zweiundvierzig Jahre alte Kriegerpersönlichkeit zu bestärken, die er um einen so hohen Preis angenommen hatte.

Aber der zeitlose Nebel von L.A. legte sich wie eine Decke über seinen Tagtraum und machte ihm ein Ende, noch ehe er recht beginnen konnte. Nicht einmal sein Elternhaus, kaum eine halbe Meile weit entfernt, konnte er sehen; ganze Panoramen voller markanter Punkte waren in einem Hexengebräu von tiefhängenden Dunstwolken, Industrieabgasen und Neonlicht versteckt. Was ihm Bestätigung hatte sein sollen, wurde zu einer Rhapsodie hoher Preise für zweifelhafte Eroberungen.

1965, bei den Unruhen in Watts, hatte er einen Kameraden von der Nationalgarde getötet, der in eine Ladenkirche gefeuert hätte, in der unschuldige Schwarze bei Kaffee und Gebet versammelt gewesen waren. Niemand hatte ihn für diese Tat zur Rechenschaft gezogen, und zwei Monate später war er zur Los Angeles Police Academy gegangen.

Seine Karriere als Polizist war mit gleichmäßiger Brillanz verlaufen, und seine gleichzeitige Rolle als Gatte und Vater war eine Serie täppischer Versuche gewesen, seine Familie mit gutartigen Entsprechungen seiner im Beruf sichtbaren Fähigkeiten zu versorgen. Als die Kraft seines Willens Zorn und Verletzung hervorrief, floh er zurück zu seinem Job, und als der Job ihn in einen Strudel von Langeweile, Grauen und Haß sog, suchte er sich Frauen, die für einen Augenblick berühren wollten, was er war, die zum Tausch ihre Unschuld boten und die dann die Flucht ergriffen, bevor seine unerbittliche Glut ihren mühsam erworbenen, einfältigen Sinn für die Annehmlichkeiten des Lebens vernichten konnte.

Und dann, im vergangenen Jahr, hatte Teddy Verplanck seinen Weg gekreuzt und sein Universum in ein Chaos verwandelt. Als diese Symbiose vollendet war, ereigneten sich Tod und Wiedergeburt im selben Augenblick, und als seine Wunden heilten, wurde Lloyd zum Krieger, gezüchtet aus der Kreuzung seiner Vergangenheit und ihrer Gültigkeit mit dem besiegelten Blutzeugnis, welches erwies, wohin sie ihn am Ende führen würde.

Und seine unerbittliche Glut wurde hart und rissig, und er sah sich inmitten eines tiefen Risses, unter seinen Füßen nur Luft.

Ehe er sich bewußt an sein Abstinenzgelübde erinnern konnte, fuhr Lloyd nach Wilshire/Beverly Glen, zu dem Ziel, das dem weicheren Teil dieses Risses Glaubwürdigkeit verlieh. Er fand die Wohnungstür offen, und so betrat er den Flur und räusperte sich, um seine Anwesenheit kundzutun. Als Antwort hörte er das Scharren von Füßen und ein unerwartetes Kichern.

»Es ist aber noch früh«, rief Linda.

Lloyd versuchte zu ergründen, woher die Stimme kam. »Hier ist Hopkins, Linda.«

Linda kam aus einer Kleiderkammer neben dem Eßzimmer, in ein Seidengewand gehüllt. »Das weiß ich.«

Lloyd ging ihr entgegen. »Bin ich so berechenbar?«

Sie nickte, schüttelte den Kopf und sagte: »Ich weiß nicht. Nur, entschuldigen Sie sich nicht wegen heute nachmittag. Ich war ebenso daneben wie Sie. Keinen Vorwand diesmal?«

»Keinen.«

»Reden wir vorher oder nachher?«

»Nachher.« Linda lächelte und deutete mit dem Kopf zum Schlafzimmer; sie ließ Lloyd den Vortritt und folgte ihm hinein. Hinter ihm ließ sie ihre Robe von den Schultern gleiten und zu Boden fallen. Bei dem zarten Geräusch drehte Lloyd sich um, Linda stand nackt im Türrahmen, und hinter ihr schimmerte das Licht der Lampe in der Diele. Im Abstand einer Armlänge zog er sich aus, und er verzog das Gesicht, als sein Revolverhalfter auf dem Teppich aufschlug. Linda kicherte bei dem dumpfen Laut, und dann lachte sie, als er sich bückte und sich Schuhe und Socken von den Füßen fummelte, an seinem Reißverschluß riß und beinahe aus der Hose kippte. Sie flüsterte etwas, das klang wie »Jenseits des Äußersten«, glitt an ihm vorbei und legte sich auf das Bett. Lloyd sah, wie sie ihn lockend zu sich winkte, und ein einzelner Lichtstrahl flatterte über ihren Bauch. Lloyd orientierte sich an ihm und kam zu ihr. Sie sprach, während er sie hielt und fühlte und schmeckte, kleine Seufzer von Liebe und grünen Türen. Als seine Küsse hartnäckiger wurden und zwischen ihren Brüsten nach unten wanderten, wurden die Seufzer zu einem gekeuchten Wort, »Ja«. Er verlor sich in der Wiederholung dieses Wortes, bis das »Ja« sich in einem Crescendo in »Jetzt, bitte, jetzt!« verwandelte.

Lloyd gehorchte und verband sie wie zwei Hälften in einer einzigen abrupten Bewegung. Dann zog er sich zu schwebendem Verharren zurück, während Linda sich um ihn schlang und aufwärts drängte. Er bewegte sich langsam, sie mit der ungezügelten Glut eines anmutigen Tieres, das ohne Anmut explodiert und in ein Geben und Nehmen mit Punkt und Kontrapunkt mündet, das jedes Bewußtsein von Technik erschlägt. Dann begann er, sich im Takt ihrer Raserei zu bewegen, und das Wesen Cop/Hure stürzte sich in wortlose, keuchende Trance.

Linda ergab sich als erste wieder der Realität; sie wand ihren Kopf aus der Grube an Lloyds Schlüsselbein. Mit flachen Händen strich sie über seinen Rücken und küßte sanft seinen Hals, bis er seinen Kopf vom Kissen hob und auf sie herabsah. Sein Gesicht war ausdruckslos und tränenfleckig. Alles, was sie zu sagen wußte, war »Hopkins«.

Lloyd rollte auf die Seite und nahm ihre Hand. Als er weiter schwieg, sagte sie: »Jetzt ist es nachher. Wir wollten reden, weißt du noch?«

Er drehte den Kopf, um sie anzusehen. »Worüber willst du reden?«

»Egal. Nur nicht über das, was gerade war. Es war vollkommen. Laß uns nicht darin herumwühlen.«

Lloyd verlagerte sich so, daß seine und Lindas Augen nur eine Handbreit voneinander entfernt waren. »Keine erderschütternden postkoitalen Offenbarungen?«

Sie nickte, so daß ihre Nasen sich aneinander rieben. »Doch. Ich steige aus. Ich habe siebzigtausend auf der hohen Kante, und damit müßte ich irgendein Geschäft aufmachen können. Mit der Therapie ist auch Schluß. Wenn ich nicht mehr als Hure arbeite, brauche ich keine Therapie mehr, und außerdem ist der Mann zu teuer für eine frischgebackene Geschäftsfrau.«

»Er wird sehr traurig sein, wenn du aufhörst.«

»Ich weiß. Er ist ein brillanter Psychiater, aber ich sollte mich nicht mit Männern einlassen, die von mir besessen sind. Wenn einer Bilder von mir an die Wand hängt ... das ist einfach zu traurig. Auch wenn er sie abnimmt, bevor ich komme, fühle ich mich manipuliert. Erinnerst du dich an die Bilder? Kannst du die Posen noch vor dir sehen?«

»Es waren keine Posen. Die Fotos sahen aus, als seien sie heimlich aufgenommen worden.«

Lindas Miene umwölkte sich. »Wirklich? Das ist seltsam. Auf allen Bildern in dem Buch posiere ich.«

Lloyd zuckte die Achseln, und dann erkannte er schlagartig, daß er einen Zusammenhang übersehen hatte. »Unterschätze *niemals* deine Macht, selbst gegenüber einem harten Brocken wie Havilland. Sag, hast du Stanley Rudolph ihm gegenüber je erwähnt?«

»Ja, aber nicht namentlich«, antwortete Linda. »Ich habe nur erzählt, daß er gern Nacktfotos von mir macht. Wieso? Ich will nicht über *deinen* Fall oder *meine* Kunden reden.«

»Ich auch nicht. Worüber willst du reden?«

»Erzähl mir, weshalb du von deiner Frau getrennt bist.«

»Das ist keine schöne Geschichte.«

»Das ist es nie.«

Lloyd drehte sich auf den Rücken; er wollte plötzlich Abstand zwischen sich und Linda bringen. Er suchte nach den richtigen Worten, um seine Geschichte zu beginnen, doch dann begriff er, daß er mit selbstgerechten Lügen anfangen würde, wenn er ihr nicht in die Augen sähe. Er wälzte sich wieder auf die Seite, so daß sie Blickkontakt hatten. »Es passierte voriges Jahr. Schon vorher hatte ich meine Familie vernachlässigt und meine Frau jahrelang mit allen möglichen Frauen betrogen, aber im letzten Jahr kam es zur Explosion. Ich arbeitete beim Raub/Mord-Dezernat, und eigentlich hatte ich lauter Fälle, die mir gefielen, aber dann bekam ich einen anonymen Anruf, der mich zu einem Mordopfer führte. Eine junge Frau. Ich leitete die Untersuchung und förderte Informationen zutage, die auf einen Massenmörder hindeuteten, der so gottverdammt gerissen war, daß keine Polizeibehörde in L.A. County auch nur zwei seiner Taten miteinander in Verbindung gebracht hatte. Als ich mit meinen Erkenntnissen zu meinen Vorgesetzten ging, hatte er mindestens sechzehn Frauen ermordet.«

Linda hob eine Hand vor ihr Gesicht und biß auf die Fingerknöchel. Lloyd fuhr fort: »Meine Vorgesetzten waren nicht bereit, mich zu weiteren Untersuchungen zu ermächtigen; sie meinten, es sei unter Umständen für zu viele Polizeiabteilungen zu peinlich. Also jagte ich ihn auf eigene Faust. Etwa um diese Zeit verließ Janice mich, und die Mädchen nahm sie mit. Es gab nur noch mich und den Killer. Ich fand heraus, wer er war – ein Mann namens Teddy Verplanck. Die Presse brachte ihn groß raus, als ›Schlächter von Hollywood‹. Du hast wahrscheinlich davon gehört. Ich war im Begriff, ihn zu fassen, aber eine Frau, mit der ich mich traf, kam dazwischen. Er tötete sie. Ich machte mich auf, ihn zu töten. Es kam zu einer Schießerei, und ein anderer Officer, mein bester Freund, erschoß ihn. Dieser Teil der Geschichte kam nie in die Presse. Janice und die Mädchen wissen nicht genau, was passiert ist, aber sie wissen, daß ich angeschossen wurde und daß mich die ganze Episode beinahe die Karriere gekostet hätte. Jetzt muß ich mit ein paar Alpträumen leben und für eine Menge unschuldiges Blut büßen, das vergossen wurde.«

Zu Lloyds Verwunderung lächelte Linda. »Ich habe eine miese kleine Geschichte von anderen Männern und anderen Frauen erwartet – kein Horrorepos.«

Ihre Reaktion verblüffte Lloyd. »Es klingt beinahe, als wärst du angetan davon.«

Linda küßte ihn auf den Mund. »Mein Vater erschoß meine Mutter und blies sich das Gehirn aus dem Schädel, als ich zehn war. Ich bin keine grüne Jungfer mehr. Manchmal habe ich sehr dunkle Gedanken. Aber laß uns in einer glücklichen Stimmung einschlafen. Ich will, daß wir zusammen sind.«

Lloyd stand auf und schloß die Schlafzimmertür. Jetzt drang kein Licht mehr herein. »Das will ich auch«, sagte er.

Der Morgen begann mit einer gedämpften Stimme, die aus dem Wohnzimmer drang; sie zählte rhythmisch. Lloyd vermutete, Linda plage sich bei der

TV-Gymnastik, und schlief wieder ein, nur um ein paar Minuten darauf durch einen kräftigen Biß in den Nacken geweckt zu werden. Als er die Augen aufschlug, hockte Linda in einem schwarzen Trikot neben dem Bett. Sie war verschwitzt und hielt eine Hand hinter dem Rücken versteckt. Er schob sich vor, um sie zu küssen, aber sie wich seinen Lippen behende aus. »Welche Pullovergröße hast du?« fragte sie.

Lloyd setzte sich auf und rieb sich die Augen. »Kein Kuß? Kein Frühstücksangebot? Kein ›Wann sehe ich dich wieder?‹«

»Später. Beantworte meine Frage.«

»Sechsundvierzig. Wieso?«

»Scheiße«, brummte Linda. Sie reichte ihm eine Schachtel von Brooks Brothers, mit einem rosafarbenen Band verschnürt. Er öffnete die Schachtel und fand einen sorgsam gefalteten marineblauen Pullover. Er streichelte über die daunenweiche Fläche. »Cashmere. Hast du den für mich gekauft?«

Linda schüttelte den Kopf. »Eines Tages werde ich dir die Geschichte erzählen. Er ist eine Nummer zu klein, aber bitte zieh ihn trotzdem an.«

Lloyd stand auf, packte Linda und gab ihr einen verzehrenden Morgenkuß. »Danke. Ich werde abnehmen; dann paßt er besser.«

»Würde ich dir zutrauen. Was ist los, Hopkins? Du runzelst die Stirn.«

Lloyd löste sich aus ihrer Umarmung. »Verzögerte Reaktion infolge von Freude. Mein ohnehin kompliziertes Leben ist soeben noch viel komplizierter geworden. Darüber bin ich froh.«

»Beruht auf Gegenseitigkeit. Wie geht's weiter?«

»Morgen oder übermorgen fliege ich nach New York. Thomas Goff kommt von dort. Ich werde durch seine alten Kneipen ziehen und mit den Leuten reden, die ihn kannten. Das ist meine letzte Chance. Wenn ich zurück bin, rufe ich dich an.«

»Das rate ich dir. Willst du nicht duschen? Ich mache derweilen Kaffee und Toast. In einer Stunde muß ich zum Yoga-Unterricht, aber wir können wenigstens noch zusammen frühstücken.«

Lloyd duschte; er ließ sich abwechselnd heiße und kalte Wasserstrahlen auf den Körper prasseln und träumte im Rauschen der Dusche und im Gesumm der Musik aus der Küche. Als er sich abgetrocknet und angezogen hatte, begab er sich in die Küche; Linda drehte am Radio herum. »Ich verderbe dir ungern die Laune«, sagte sie. »Aber eben habe ich schlechte Nachrichten gehört. In Malibu ist ein Polizist aus L.A. ermordet worden. Ich habe die Einzelheiten nicht mitbekommen, aber –«

Lloyd riß ihr das Radio aus der Hand und stellte einen Nachrichtensender ein; es rauschte und knisterte, und dann hörte er das Ende eines Wetterberichtes. Er setzte sich und sah Linda an; er legte einen Finger an den Mund und sagte: »Sie werden die Story wiederholen. Polizistenmorde sind heiß.«

»Zurück zu dir, Bob«, sagte der Wettermann, und ein Nachrichtensprecher mit strenger Stimme übernahm. »Und hier weitere Einzelheiten zu dem Mord in Malibu. Kriminalbeamte des Sheriffs von L.A. County teilen soeben mit, daß es sich bei dem zwischen dem Pacific Coast Highway und Temescal Canyon Road am Strand gefundenen Toten um Lieutenant Howard Christie handelt, seit zweiundzwanzig Jahren Angehöriger des L.A.P.D., Rampart Division. Lieutenant Christies enthaupteter Leichnam wurde heute früh von einheimischen Surfern entdeckt, die ihren gräßlichen Fund unverzüglich dem Sheriffbüro Malibu anzeigten. Captain Michael Seidman vom Revier Malibu erklärte Reportern gegenüber: ›Es handelt sich um einen Mordfall, wir haben allerdings bisher weder die Todesursache festgestellt noch einen Tatverdächtigen ausmachen können. Fest steht indessen, daß Lieutenant Christie auf dem Parkplatz unmittelbar oberhalb der Stelle des Strandes getötet wurde, an der sein Leichnam gefunden wurde. Wir fordern daher jeden, der sich gestern nacht oder heute morgen in der Gegend des Pacific Coast Highway und der Temescal Canyon Road aufgehalten hat, auf, sich bei uns zu melden, jeden also, der vielleicht etwas Verdächtiges gesehen oder gehört hat. Bitte melden Sie sich. Wir brauchen Ihre Unterstützung.‹ Sobald weitere Einzelheiten bekannt werden, kommen wir auf den Fall zurück. Und jetzt –«

Linda drehte das Radio ab und starrte Lloyd an. »Erzähl's mir, Hopkins.«

»Das ist Goff.« Lloyd grinste wie ein Totenschädel. »Ich fahre nicht nach New York. Wenn du in achtundvierzig Stunden nichts von mir gehört hast, laß 'ne Leuchtrakete hochgehen.« Er raffte seinen Pullover zusammen und rannte zur Tür hinaus. Linda schauderte; ihr war, als stürmte ihr neuer Geliebter geradewegs in die Hölle.

Zwischen Pacific Coast Highway und Temescal Canyon Road wimmelte es von Polizeiwagen mit roten Blinklichtern. TV-Teams mit Minikameras, Scharen von Reportern und eine große Horde von Gaffern, die den Parkplatz überflutet hatte, drängten den südwärts fahrenden Verkehr auf dem P.C.H. auf die mittlere Spur.

Lloyd stoppte auf dem unbefestigten Randstreifen an der Landseite des Highways und stellte seine Sirene ab. Dann heftete er sich seine Dienstmarke ans Revers und schlängelte sich zwischen den Autos hindurch zu einem diagonal mit einem Seil abgesperrten Asphaltstreifen; an dem Seil hingen Warnschilder mit der Aufschrift »Tatort – Zutritt verboten«. Hinter der Absperrung drängten sich Polizisten in Zivil und Techniker von der Spurensicherung mit ihren Materialkoffern; vor einer langen Reihe von Telefonzellen drängten sich uniformierte Sheriff's Deputies, die Informationen durchgaben. Im Hintergrund der Szene hockten ein halbes Dutzend in Zivil gekleidete Cops vor dem Holzgeländer, hinter dem die Klippen und das Meer lagen. Sie pinselten Fingerabdruckpulver auf ein abgebrochenes Stück Holz.

»Wundert mich, daß Sie so lange gebraucht haben.«

Lloyd erkannte die Stimme; er fuhr auf dem Absatz herum und sah Captain Fred Gaffaney, der sich durch eine Gruppe von Streifenpolizisten drängte und sich vor ihm aufbaute. Die beiden Männer starrten einander an, bis Gaffaney seine mit Kreuz und Fahne gezierte Krawattenspange befingerte und sagte: »Das hier ist ein hochdelikates Stück Arbeit, und ich verbiete Ihnen, sich da einzumischen. Hier ist der Sheriff zuständig, und etwaige Zusammenhänge mit anderen Fällen bearbeitet das Internal Affairs Department.«

Lloyd schnaubte. »Zusammenhänge mit anderen Fällen? Captain, das hier ist Thomas Goffs Handschrift, bis auf den letzten I-Punkt.«

Gaffaney packte Lloyds Arm. Lloyd bäumte sich auf, doch dann ließ er sich in den Schatten einer leeren Telefonzelle führen.

»Das IAD kümmert sich um die anderen Officer, deren Akten ebenfalls gestohlen wurden«, sagte Gaffaney. »Man wird sie vernehmen und vielleicht auch in Schutzhaft nehmen, sie und ihre Familien. Nur Sie nicht. Lassen wir die Vergangenheit mal beiseite, Sergeant. Sagen Sie mir, was Sie bisher haben, und wenn möglich, helfe ich Ihnen, entsprechend weiterzumachen.«

Lloyd trommelte mit den Fingern an die Wand der Telefonzelle. »Marty Bergen hat die gestohlenen Akten zumindest *gesehen*. Er ist verschwunden, aber ein paar Kolumnen, die er für den Vorlauf hinterließ, lassen zweifelsfrei darauf schließen, daß Herzog ihm die Akten übergeben hat. Ich denke, wir sollten nach Bergen fahnden lassen und einen Gerichtsbeschluß erwirken, mit dem wir das gesamte Material beim *Big Orange Insider* beschlagnahmen können.«

Gaffaney stieß einen Pfiff aus. »Dann wird die Presse uns kreuzigen.«

»Ich scheiße auf die Presse. Außerdem habe ich Zweite-Hand-Informationen über Goff, durch einen Edel-Psychiater, der einen Patienten hat, der ihn kennt. Aber der Saftsack versteckt sich hinter seiner beruflichen Schweigepflicht und will den Namen seines Informanten nicht rausrücken.«

»Haben Sie schon mal daran gedacht, mit Nathan Steiner zu reden?«

Lloyd nickte. »Yeah. Ich gehe heute noch bei ihm vorbei. Was haben *Sie* denn bisher? Im Radio hieß es, Christie sei enthauptet worden; das klingt unter Umständen nach einem .41er.«

Gaffaneys Hände fummelten an seiner Krawattenspange. »Ein paar äußerst helle Detectives des Sheriffs hier haben mir eine exzellente Rekonstruktion vorgelegt. Das gerichtsmedizinische Gutachten kommt erst in ein paar Stunden, aber sie sehen die Sache folgendermaßen. Erstens: Jawohl, es handelt sich um einen Mord durch Erschießen. Christie wurde da drüben niedergeschossen, wo das Geländer zerbrochen ist, und die Wucht des Schusses schleuderte ihn auf den Strand hinunter. Ich hab' die Leiche gesehen. Sie landete auf ein paar Felsen über dem Wasserspiegel; deshalb blieb sie trocken. Auf seinem Hemd waren Schmauchspuren; also wurden die Schüsse offensichtlich aus allernächster Nähe abgegeben. Zweitens: Christie wurde in der Tat enthauptet, aber das größte Stück von seinem Schädel, das die Spurensicherung bisher hat finden können, ist ein Knochensplitter von der Größe eines halben Dollars. Wissen Sie, warum? Wahrscheinlich wurde er mit seiner eigenen Waffe erschossen. Sie wurde weder bei der Leiche noch sonst irgendwo in der Nähe gefunden. Auch seine Dienstmarke wurde gestohlen. Ich hab' mit einem seiner Vorgesetzten in Rampart gesprochen, und der sagt, Christie habe im Dienst und in der Freizeit einen .357er *Python* getragen, geladen mit Dumdumgeschossen mit Teflonspitze.« Gaffaney steckte die Hand in die Tasche und reichte Lloyd dann eine Kupfermantelpatrone. »Fühlen Sie mal, wie schwer das Monstrum ist, Hopkins. Ich hab's aus Christies Gürtel gezogen, als der Arzt nicht hinschaute. Die verschossenen Kugeln und Christies Schädel sind wahrscheinlich irgendwo auf halbem Wege nach Catalina runtergekommen.«

Lloyd kerbte die Teflonspitze mit seinem Daumennagel ein. »Scheiße. Die Leute des Sheriffs haben wahrscheinlich recht; das hier ist eine sehr viel schwerere Ladung als bei einem .41er. Was noch? Irgendwas von Avonoco? Christies Wagen? Andere Autos? Zeugen? Blutspuren auf dem Asphalt?«

Der Captain legte Lloyd bremsend die Hand auf die Brust. »Langsam – Sie machen mich nervös. Da gibt's noch nichts. Nur eine Blutspur, die vom Geländer weg über den Parkplatz und durch die Unterführung auf die andere Seite des P.C.H. führt. Die Spur wird immer schwächer, je weiter sie reicht, und das läßt darauf schließen, daß der Mörder selbst nicht verwundet wurde; er war nur mit Christies Blut getränkt. Das Labor ist eben bei den Vergleichstests; bald werden wir es sicher wissen. Was haben *Sie* als nächstes vor?«

»Ich werde Nate Steiner um juristischen Rat angehen. Dem Psychiater Dampf machen. Und Sie?«

Captain Fred Gaffaney grinste. »Die anderen Werkschutzleiter vernehmen, ihre Akten studieren, an Skeletten rütteln. Bei Avonoco ist jetzt das FBI. Christies Sicherheitskategorie macht ihn quasi zu einem Bundesbediensteten; also ist das FBI ebenfalls zuständig. Halten Sie Kontakt, Hopkins. Wenn Sie Abschriften der IAD-Vernehmungen haben wollen, wenden Sie sich an Dutch Peltz.«

Lloyd kehrte zu seinem Wagen zurück, ohne die blutgierigen Gaffer zu bemerken, die am Rande des P.C.H. standen, Bierdosen in den Händen hielten und sich auf Zehenspitzen die Hälse verrenkten, um einen Blick auf das Drama zu erhaschen. Er hatte die Hand am Türgriff, als der junge Mann vom *Big Orange Insider* an ihm vorbeifuhr und ihm den Mittelfinger entgegenreckte.

Nathan Steiner war ein Anwalt in Beverly Hills, der auf die Verteidigung von Drogendealern spezialisiert war. Seine Stärke war die »Obstruktionstaktik«:

Anträge und einstweilige Verfügungen, Klagen und Gegenklagen, die Anforderung von Informationen über voraussichtliche Geschworene, potentielle Zeugen und Prozeßmitarbeiter – lauter Strategien, die nur den Zweck hatten, Ausschlüsse wegen Voreingenommenheit oder »Befangenheit bei Gericht« zu erwirken. Oft führten diese Strategien zum Erfolg, aber noch öfter gewann »Nathan der Große« seine Fälle, indem er Richter und Staatsanwälte aussaß und sie mit seinem Papierkrieg so lange drangsalierte, bis sie einen törichten Fehler begingen. Es war wohlbekannt, daß zahlreiche Richter den geringfügigen unter seinen Anträgen automatisch stattgaben, weil sie hofften, sich seine Mandanten damit vom Leibe zu halten und sich somit die Qualen einer ausgedehnteren Steiner-Vorstellung zu ersparen. Es war *nicht* wohlbekannt, daß »Nathan der Große« angesichts der Scharen von Rauschgiftgeiern, die infolge seiner Machenschaften dem Gefängnis entgingen, große Gewissenspein litt und daß er trotz seines lautstarken Eintretens für die bürgerlichen Freiheiten diese Schuld dadurch wiedergutmachte, daß er die Polizisten des L.A.P.D. beriet, wenn es darum ging, Gesetze über Durchsuchungen, Beschlagnahmen und dergleichen zu umgehen.

Deshalb war er, als Lloyd unangemeldet durch seine Bürotür stürmte, sogleich bereit, ihm Gehör zu schenken. Lloyd nahm unaufgefordert Platz und umriß einen hypothetischen Fall, in dem es um das gesetzliche Recht eines Arztes ging, Informationen zurückzuhalten, die er in beruflichem Zusammenhang erlangt hatte; er betonte, daß *sämtliche* Akten dieses Arztes beschlagnahmt werden müßten, weil der Name des betreffenden Patienten vorläufig unbekannt sei.

Als er seine Ausführungen beendet hatte, lehnte er sich zurück und wartete auf seine Antwort. Steiner grunzte. »Geben Sie mir drei oder vier Tage, damit ich mir ein paar Gesetze ansehen und ein bißchen nachdenken kann.« Lloyd stand auf und grinste. Steiner fragte, was das Grinsen zu bedeuten habe.

»Es bedeutet, daß ich auch ein Obstruktionist bin«, sagte Lloyd.

Lloyd hielt an einem Taco-Stand und schlang eine Portion Burritos herunter. Dann fuhr er nach Hause und zog sich um: schmutzige Khakihose, Hemd, Arbeitsstiefel und eine Baseballkappe mit der Aufschrift »Miller High Life«. Zufrieden betrachtete er seine Arbeiterverkleidung und den Vierundzwanzigstunden-Bart; er wühlte in der Garage herum und förderte schließlich einen Satz Einbruchswerkzeuge zutage, den er zehn Jahre zuvor aus der Asservatenkammer der Central Division geklaut hatte: ein batteriegetriebener Handbohrer mit Kadmiumstahlköpfen, diverse Hakenmeißel, ein Stemmeisen und ein Hammer. Er packte alles in eine Werkzeugtasche, und dann fuhr er nach Century City, um dort eine Straftat der Klasse B zu begehen.

Drei Stunden brauchte er, um den Tatort auszubaldowern.

Er parkte in einer Wohnstraße, etwa eine halbe Meile von der eigentlichen

Century City entfernt, und ging zu Fuß zur Ecke Olympic und Century Park East. Ein uniformierter Hausdiener fegte den Kunstrasen vor dem Hochhaus, zu dem er wollte. Lloyd erklärte dem Mann, er habe hier eine private Elektroinstallation für eine Firma im sechsundzwanzigsten Stock vorzunehmen. Nur eines mache ihm dabei Sorgen. Er brauche einen Elektroanschluß mit Steckdosen, die für sein Industriewerkzeug groß genug wären. Außerdem wäre es gut, wenn es irgendwo ein Becken gäbe, in dem er rostige Teile abkratzen könnte. Auf die Lage komme es nicht an; er habe jede Menge Kabel. Gab es im sechsundzwanzigsten Stock vielleicht so etwas wie eine Hausmeisterkammer?

Der Mann nickte und sah ihn leicht verwirrt an; dankbar nahm Lloyd zur Kenntnis, daß er offenbar dumm war. Der Mann nickte noch einmal und sagte dann, jawohl, in jedem Stockwerk gebe es einen technischen Betriebsraum, immer an der gleichen Stelle – an der Nordostecke des Gebäudes. Ob der für dieses Stockwerk zuständige Hausmeister ihn den Raum für seine Arbeit benutzen lassen würde?

Wieder umwölkte sich der Blick des Mannes. Er schwieg ein paar Augenblicke lang und meinte dann, am besten sei es, zu warten, bis die Hausmeister um vier nach Hause gingen, und dann den Wachmann in der Lobby um den Schlüssel zum Betriebsraum zu bitten. Auf diese Weise gäb's überhaupt keine Probleme. Lloyd dankte dem Mann und betrat das Gebäude.

Er nahm die Nordostecken im dritten, fünften und achten Stock in Augenschein und fand dort identische Türen mit der Aufschrift »Technischer Betriebsraum«. Die Türen machten einen soliden Eindruck, aber der Spalt in Höhe der Schlösser war breit genug für ein Stemmeisen. Wenn keine Zeugen in der Nähe wären, würde es ein Kinderspiel sein.

Er hatte noch zwei Stunden totzuschlagen, ehe die Hausmeistertruppe Feierabend machte. Lloyd ging über die Treppe zurück ins Erdgeschoß, begab sich zu einem Geschäft für Sanitätsbedarf am Beverly Drive und kaufte ein paar OP-Gummihandschuhe. Als er langsam nach Century City zurückspazierte, verschwanden alle Gedanken an das Labyrinth Goff/Herzog/Bergen/Christie aus seinem Kopf, und an ihre Stelle trat das Bewußtsein einer seiner frühesten Erkenntnisse: Es war ein prickelndes Erlebnis, ein Verbrechen zu begehen.

Lloyd postierte sich im Schatten eines Plastikbaumes auf dem Kunstrasen vor dem Gebäude, und um exakt sechzehn Uhr zwei sah er ein Dutzend Männer in Technikeruniformen herauskommen. Er wartete noch zehn Minuten, und als keiner mehr erschien, nahm er eine Werkzeugtasche und ging hinein, schnurstracks an dem Wachmann vorbei und zu der Wartungstreppe neben den Aufzügen; als er in der Stille des leeren Treppenhauses stand, streifte er unverzüglich seine Gummihandschuhe über. Tief durchatmend, stieg er langsam die Treppe bis zum sechsundzwanzigsten Stock hinauf, stieß eine Verbindungstür auf und sah sich der Suite 2614 direkt gegenüber.

Der Gang lag still und verlassen da. Lloyd orientierte sich und schlenderte dann lässigen Schritts an Dr. John Havillands Tür vorbei. Am Betriebsraum angekommen, warf er einen prüfenden Blick durch den Gang, zog dann das Stemmeisen aus der Werkzeugtasche und schob es in den Spalt zwischen Tür und Rahmen. Er drückte mit seinem ganzen Gewicht dagegen, und die Tür schnappte auf.

Der Betriebsraum war zwei Meter tief und vollgestopft mit Besen, Mops und Industriechemikalien. Lloyd trat ein und knipste das Licht an; dann schloß er die Tür und schob einen Zwei-Zoll-Bohrer in seine Handbohrmaschine. Er ging in die Hocke, drückte auf den Startknopf und drückte den Bohrer einen halben Meter hoch über dem Fußboden gegen die Tür. Während des Bohrens ließ er die Maschine im Uhrzeigersinn kreisen, bis er ein Loch zustande gebracht hatte, das unauffällig klein war, aber doch genug Atemluft einlassen würde. Er schaltete den Bohrer ab, setzte sich auf den Boden und versuchte, es sich bequem zu machen. Einbrechen konnte man frühestens um sieben; bis dahin blieb ihm nichts weiter übrig, als zu warten.

Verschluckt von der Dunkelheit, kauerte Lloyd da und lauschte auf das Rumoren der Angestellten, die ihre Büros verließen; jedesmal, wenn er etwas hörte, schaute er auf die Leuchtziffern seiner Armbanduhr: Eine Flutwelle strömte um fünf vorbei, und um halb sechs und um sechs gingen noch einmal welche. Danach herrschte ununterbrochene Stille.

Um sieben stand Lloyd auf; er streckte sich und öffnete die Tür zur Hälfte, um seine Augen an das Licht zu gewöhnen. Als alle seine Sinne sich auf die Umgebung eingestellt hatten, hob er seine Werkzeugtasche auf und ging den Korridor entlang bis zur Suite 2614.

Das Schloß war ein einteiliger Stahlmechanismus; das Schlüsselloch befand sich in der Mitte des Türknopfes. Lloyd versuchte es als erstes mit seinen Dietrichen; mit dem kürzesten fing er an und arbeitete sich dann weiter. Sie paßten zwar in das Schlüsselloch, aber kurz vor der Entriegelung blieben sie stecken. Also blieb ihm nichts weiter übrig, als zu bohren oder zu stemmen. Lloyd erwog die Wahrscheinlichkeit, daß die einzelnen Suiten in einem rundum gesicherten Gebäude zudem über individuelle Alarmanlagen verfügten, und kam zu dem Schluß, daß die Chancen für ihn günstig seien. Er holte sein Stemmeisen aus der Tasche und brach die Tür auf.

Dunkelheit und Stille begrüßten ihn.

Lautlos drückte er die Tür hinter sich zu und wischte abgesplitterte Holzspäne vom Rahmen auf den Teppichboden des Vorzimmers. Er tastete nach dem Lichtschalter an der Wand, fand ihn schließlich und ließ die Vorzimmerbeleuchtung aufstrahlen. Linda Wilhite lächelte ihm von den Wänden entgegen. Lloyd warf ihr eine Kußhand zu und versuchte sein Glück mit der Tür zu Havillands Büro. Sie war nicht verschlossen. Er schaltete das Licht im Wartezimmer aus, zog eine bleistiftdünne Taschenlampe hervor und ließ den zarten Strahl suchend umherwandern. »Ganz langsam, ganz cool«, wisperte er, und dann trat er ein.

Er ließ den Schein seiner Lampe über die Wände spielen. Hochglanzpoliertes Eichenholzpaneel blinkte auf, gerahmte Diplome und das Edward-Hopper-Gemälde, das er bei seinem ersten Besuch gesehen hatte. Er hielt die Lampe in Hüfthöhe und ließ den Strahl rundum durch das Zimmer wandern. Er sah Bücherschränke voller in Leder gebundener medizinischer Texte, geradlehnige Sessel, die einander gegenüberstanden, und Havillands geschnitzten Eichenholzschreibtisch. *Keine Aktenschränke.*

Ein Safe, dachte Lloyd; er tastete an den Wänden entlang und hielt inne, um die Diplome zu lesen, ehe er die Wand hinter ihnen befühlte. Harvard Medical School, St. Vincent's Hospital, Castleford Hospital. Alles roch nach Geld von der Ostküste, aber dahinter steckte nichts als die Holztäfelung.

Lloyd schob den Hopper zur Seite und fand, was er suchte. Aber dann schlug er mit der flachen Hand gegen die Wand, als er sah, daß der Safe ein Armbruster *Ultimate war,* dreifach bleigefüttert und unangreifbar. Damit blieb als letzte Möglichkeit der Schreibtisch.

Lloyd glitt zu dem Schreibtisch hinüber; er klemmte sich die Taschenlampe zwischen die Zähne und holte seine Dietriche hervor. Er faßte den Griff der obersten Schublade, um sie festzuhalten, damit er den Dietrich einschieben könnte, und wäre beinahe hintenübergefallen, als die Schublade ihm entgegenkam.

Sie war vollgestopft mit Bleistiften, weißem Papier und Büroklammern; zuunterst lag ein Stapel brauner Akten. Lloyd zog sie heraus und überflog die Reiter, die rechts oben an den Deckeln klemmten. Maschinengeschriebene Nachnamen, Vornamen und Mittelinitialen. *Patienten.*

Es waren fünf Mappen, alle gefüllt mit losen Blättern. Als Lloyd sah, daß die obersten drei Frauennamen trugen, legte er sie beiseite und las, was in der vierten stand. Er erfuhr, daß William A. Waterston III Probleme mit Frauen hatte, weil er eine dominante Großmutter gehabt hatte, und daß er und Havilland dieses Problem seit sechs Jahren zweimal wöchentlich ergründeten – für jeweils einhundertzehn Dollar die Stunde. Lloyd betrachtete das Foto, das an die psychiatrischen Daten geheftet war. Waterston sah nicht aus wie jemand, der Thomas Goff kannte; er wirkte wie ein aristokratischer Trottel, der zu wenig fickte.

Lloyd warf einen Blick auf den Reiter der letzten Akte und sah, daß eine Reihe von Aliasnamen die Stenotypistin gezwungen hatte, unterhalb des Reiters auf der vorderen Umschlagseite weiterzuschreiben. Oldfield, Richard, alias Richard Brown, alias Richard Green, alias Richard Goff.

Der letzte Name durchfuhr Lloyd wie ein Krampf. Er klappte den Ordner auf. Ein Farbfoto hing an der ersten Seite; es war das Brustbild eines Mannes, der fast Thomas Goffs Zwillingsbruder hätte sein können. Lloyd las alle vierzehn Seiten, und ihn schauderte, als die Umstände klar wurden, die zu dieser Ähnlichkeit geführt hatten.

Richard Oldfield war Thomas Goffs unehelicher Halbbruder, die Frucht einer

Verbindung zwischen Goffs Mutter und einem reichen Textilfabrikanten aus dem Staate New York. Vor vier Jahren hatte er die Therapie bei Dr. John Havilland begonnen, und die Haßliebe zu seinem Halbbruder war seine »hervorstechende Neurose«. Thomas Goff war ein brillanter Krimineller, Richard Oldfield ein Börsenjobber und Wechselempfänger, der hauptsächlich von Zuwendungen seines Vaters lebte, der sich von Goffs alkoholsüchtiger Mutter – die beide Jungen aufgezogen hatte – dazu nötigen ließ, um peinlichen Situationen aus dem Weg zu gehen. Lloyd durchwatete lange Abschnitte mit psychiatrischen Überlegungen, bis er spürte, daß er beim springenden Punkt angekommen war: Richard Oldfields Drang, es Thomas Goff gleichzutun, hatte ihn dazu getrieben, eine Karriere als Gelegenheitsverbrecher zu beginnen; er brach in Häuser ein, von denen bekannt war, daß sie Kunstgegenstände enthielten, und die nötigen Informationen lieferten ihm Bekannte von der Börse. *Daher die Stanley-Rudolph-Connection,* vernebelt durch Havillands feige Manipulationen. Er wollte die *Goff-Connection* der Polizei zugänglich machen, ohne den Namen seines Patienten preiszugeben. Den Umstand, daß Richard Oldfield gelegentlich den Namen seines Halbbruders benutzte, erklärte Havilland als »zwecküberkreuzende Identifikation – das Verlangen, die Identität einer Person anzunehmen und die geliebten wie die verhaßten Aspekte beider Persönlichkeiten auszuleben, um so die eigene Psyche in ein Gleichgewicht zu bringen, indem die Liebe-Haß-Ambivalenz zu einer akzeptablen Norm aufgelöst wird«.

Lloyd las die Akte ein zweites Mal und achtete dabei besonders auf Zusätze jüngsten Datums; er erfuhr, daß Oldfields Unterwerfung unter Goffs Psyche immer ausgeprägter wurde und »pathologische Dimensionen« annahm. Goff haßte Frauen; er durchstreifte die Bars nach solchen, die er mißbrauchen konnte; Oldfield bezahlte Prostituierte dafür, daß sie sich von ihm schlagen ließen. Goff haßte Polizisten und sprach oft von seinem Wunsch, sie zu töten; Oldfield imitierte jetzt die wüsten Schmähreden seines Halbbruders. Der letzte Eintrag in der Akte datierte vom 27. 2. 84; er war also ungefähr zwei Monate alt, und er konstatierte, Richard Oldfields Persönlichkeit nehme allmählich »die Proportionen des klassischen paranoid-schizophrenen Kriminellentypus« an.

Lloyd legte die Akte aus der Hand. Hatte Oldfield die Therapie im Februar abgebrochen oder besaß Havilland anderswo noch weitere Daten über ihn? Er durchwühlte die anderen Schubladen, bis er eine metallene Rolodex-Adressenkartei entdeckte. Oldfields Anschrift und seine Telefonnummer standen ordnungsgemäß unter O: 4109 Windemere, Hollywood, 90036; 464-7892.

Lloyd saß eine volle Minute lang regungslos da; wütend begriff er, daß er sich mit seinem illegalen Eindringen in die Praxis ein für allemal der Möglichkeit beraubt hatte, Havilland ein Verfahren wegen Beihilfe anzuhängen. Dann dachte er an Richard Oldfield, und unter seinem Ärger machte sich Ruhe breit. Er legte die Akten an ihren Platz zurück, und während er sich überlegte, welche Folgen und Auswirkungen sein Einbruch haben würde, nahm er seine Werkzeugtasche und ging auf die Tür zu: Havilland darf nicht erfahren, daß du seinen Geheimnissen auf die Spur gekommen bist. Du darfst ihm keinen Anlaß geben, Oldfield zu warnen, denn dieser könnte Goff warnen: *Verwische deine Spuren.*

Lloyd warf einen Blick auf den gesplitterten Türrahmen und versuchte noch einmal, seine Chancen zu berechnen. Dann zog er sein Stemmeisen heraus und trabte zur Tür der Nachbarsuite. *Tu's einfach,* dachte er und hebelte die Tür auf.

Nur das Krachen des Holzes gellte in seinen Ohren. Er brach die nächste Tür auf, die übernächste, und erst dann schrillte eine Alarmanlage durch den Widerhall seines Zerstörungswerks.

Der Lärm schwoll an und wurde schließlich zu einem ohrenbetäubenden, gleichförmigen Dröhnen. Lloyd raffte seine Werkzeugtasche auf und rannte auf den Betriebsraum zu. Im Vorüberlaufen warf er einen Blick auf die Reihe der Aufzüge. Die aufblitzenden Nummern über den Türen verrieten, daß bewaffnete Retter schon im sechsten Stock waren und rasant höherstiegen.

Lloyd öffnete die Tür des Betriebsraumes und schloß sie dann wieder halb. Mit drei Schritten war er im Treppenhaus auf der anderen Seite des Ganges und zog die Tür hinter sich bis auf einen Spalt zu, durch den er hinausspähte. Sekunden später hörte er, wie die Aufzugtür aufglitt. Schritte polterten den Gang entlang, und keuchendes Atmen näherte sich. Als er einen einzelnen uniformierten Wachmann mit gezogener Waffe herankommen und sich vorsichtig in den Betriebsraum schleichen sah, schob er behutsam seine Tür auf, sprang in wenigen Sätzen quer durch den Gang und warf die Betriebsraumtür zu. In der Panik schrie der eingesperrte Wachmann: »Ja, Scheiße!«, und dann fetzten sechs Schüsse durch die Tür und sirrten den Korridor entlang.

Lloyd flüchtete ins Treppenhaus zurück, packte seine Werkzeugtasche und hastete die sechsundzwanzig Stockwerke hinunter bis zum Erdgeschoß. Mit keuchendem Brustkorb und schweißüberströmt stieß er die Tür zur Lobby auf. Niemand. Er ging zum Ausgang und draußen über den Kunstrasen zur Century Park East; er bezähmte sich und nahm den Gang eines Mannes an, der nichts zu verbergen hat. Als Sirenengeheul am Schauplatz seines Verbrechens zusammenströmte, saß er bereits sicher in seinem unmarkierten Dienstwagen. Mit zitternden Händen fuhr er in die Hollywood Hills.

Windemere Drive war eine Nebenstraße in einem Wohnbezirk im Schatten der Hollywood Bowl. Einstöckige Cottages im Tudor-Stil beherrschten den 4100er Block, und der Gehweg war frei von Bäumen und überhängenden Büschen. Es war ein guter Beobachtungsplatz.

Lloyd parkte an der Ecke und ging zu Fuß einmal um den Block. Kein gelber Toyota. An seinem Ausgangspunkt angekommen, leuchtete er mit seiner Taschenlampe auf die in den Randstein eingravierten Zahlen. Nummer 4109 war zwei Häuser hinter seinem geparkten Wagen auf der anderen Straßenseite.

Lloyd sah auf die Uhr. Es war zwanzig Uhr zweiundvierzig, und das Tudor-Fachwerkhaus lag stockfinster da.

Er kehrte zu seinem unmarkierten Dienstwagen zurück und packte die Pumpgun, die unter dem Beifahrersitz verstaut war. Er ließ eine Patrone in die Kammer springen, ging zum Haus Nummer 4109 und drückte auf den Klingelknopf.

Drinnen regte sich nichts, und es blieb dunkel. Lloyd stellte sich vor das Panoramafenster an der Vorderseite und drückte die Nase an die Scheibe. Schwere Vorhänge versperrten ihm den Blick nach drinnen. Eng an die Wand gepreßt, schlich er sich über die Veranda und durch die Zufahrt zur Rückseite des Hauses. Kein Wagen war zu sehen, und dicke Vorhänge verdunkelten alle Fenster. Auf der anderen Seite des Hauses versperrte eine ausgewucherte, an das Nachbarhaus reichende Hecke den Durchgang zu Fuß. Lloyd verrenkte sich den Hals, um einen Blick hinüberzuwerfen, und sah nur weitere pechschwarze Fenster. Geräusche aus den hellerleuchteten Nachbarhäusern unterstrichen den Eindruck von Unbewohntheit bei Nummer 4109. Lloyd ging zu seinem Wagen zurück, um zu warten.

Auf dem Fahrersitz tief zusammengesunken, wartete Lloyd, die Augäpfel starr auf Nummer 4109 gerichtet. Fast eine Stunde später hielt ein weißer Mercedes am Randstein vor dem Haus. Ein Mann, der zu groß war, als daß er Thomas Goff hätte sein können, und eine Frau in weißer Schwesterntracht stiegen aus und gingen, wie ein Liebespaar umschlungen, auf das Haus zu. Die Frau quiekte, als der Mann ihr einen Kuß auf den Hals drückte. Nebeneinander stiegen sie die Treppe hinauf und verschwanden im Haus. Als die Tür ins Schloß fiel, glimmte ein Licht hinter den schweren Vorhängen auf.

Lloyd starrte auf die Vorhänge und dachte über die Frau nach. Wenn sie eine Prostituierte war, würde Oldfield sie wahrscheinlich dafür bezahlen, daß sie sich von ihm mißhandeln ließ. Aber das paßte nicht ins Bild; ihre Tracht und ihr zärtliches Benehmen ließ eher auf eine Freundin schließen – oder auf eine, die er irgendwo aufgegabelt hatte. Lloyd zügelte seine Ungeduld, indem er sich auf die Notwendigkeit konzentrierte, die Frau nicht in Gefahr zu bringen, und so machte er sich darauf gefaßt, die Nacht hindurch zu warten.

18

Lachende Stimmen und grell aufscheinendes Licht durchbrachen das Gesichtsfeld des Night Trippers und warfen einen regenbogenbunten Nebel über das Infrarotbild des auf dem Vordersitz seines Wagens zusammengeduckten Lloyd Hopkins. Der Night Tripper ließ das Teleobjektiv sinken, das er sich vors Auge hielt, und lächelte. »Hallo, Sherry. Hallo, Richard«, sagte er.

Sherry kicherte. »Hallo, Lloyd.« Ihre Schwesterntracht war eine Nummer zu klein und sah aus, als risse sie in der Mitte auseinander, wenn Sherry etwas Strapaziöseres unternähme, als schnurgeradeaus zu gehen. Sie zog feuchtschleimig die Nase hoch und kicherte wieder. Havilland lächelte. Bekokst bis an die Kiemen.

Er musterte seinen Hauptdarsteller.

Oldfield stand mit dem Rücken vor der verriegelten Tür; seine Haltung erinnerte den Doctor an einen unerschrockenen mittelalterlichen Krieger, der versuchte, Dämonen in Schach zu halten, ohne zu ahnen, daß sie in ihm wohnten. In der Nacht zuvor hatte Havilland ihn nach Malibu in das Haus gerufen, in dem er seine Gruppentreffs abhielt, und dort hatte er ihn auf seinen Auftritt vorbereitet, indem er ihm Todesgedichte ins Ohr gewispert hatte, während er Howard Christies Blut von den Sitzen seines Volvo geschrubbt hatte. Das Rezitieren hatte auf sie beide entspannend gewirkt, und jetzt war Richard Oldfield ruhig wie ein Atomsprengkopf.

Sherry lachte und öffnete den obersten Knopf an ihrer Schwesternbluse. Oldfield stellte sich mitten ins Wohnzimmer und erklärte: »Wenn du soweit bist, bin ich es auch, C.B.«

Sherry kicherte daraufhin; Havilland hörte eine Spur von Lampenfieber in ihrer Stimme. Er ging auf Oldfield zu und legte ihm einen Arm um die Schultern. »Einen Moment noch, ja, Sherry? Ich möchte mit deinem Partner allein sprechen.«

Sherry nickte und streifte die Schuhe ab. Der Doctor führte Oldfield nach hinten ins Schlafzimmer und deutete mit weiter Gebärde auf das neue Mobiliar. »Ist es nicht wundervoll, Richard? Einer deiner Mitklienten hat mir geholfen, es aufzustellen, während du in Malibu schliefst.«

Oldfields Blick huschte über die weißen Samtvorhänge, mit denen die Fenster verhängt waren. Die Matratze war vom Bett genommen worden; sie lag mitten auf dem Fußboden, mit hellblauen Seidenlaken überzogen. Darüber stand eine Filmkamera auf einem Stativ, das Objektiv abwärts gerichtet. Oldfield schluckte trocken und flüsterte: »Bitte bringen Sie mich so weit, wie ich gehen kann.«

Havilland umarmte ihn und berührte sein Ohr mit den Lippen. »Ja. Du hast mir gestern nacht geholfen, Richard. Ich hatte Angst. Du hast mich durch diese Angst hindurchgeführt, so wie ich dich durch deine Angst geführt habe. Nur an eines will ich dich noch erinnern. Wenn sie dich mißhandelt, denke an all die Mißhandlungen, die deine Gouvernante dir angetan hat, als du ein Kind warst. Öffne dich weit, und nimm alles in dich auf, bis der Augenblick da ist. Und jetzt warte hier.«

Der Doctor kehrte zurück ins Wohnzimmer. Sherry Shroeder saß auf der Couch; ihre Bluse war vollends aufgeknöpft. »Ich wußte nicht, ob ich mich ausziehen soll oder nicht«, sagte sie.

Havilland setzte sich neben sie. »Noch nicht. Knöpfe dir die Bluse wieder zu, und ich sage dir, was du zu tun hast.« Er legte ihr eine Hand aufs Knie, während sie an ihren Knöpfen nestelte. »Was wir heute drehen, ist eine Variante der kitschigen alten Schwesternstreifen. Du weißt ja, daß Krankenschwestern als sehr erfahren gelten, weil sie sich mit dem menschlichen Körper so gut auskennen.«

Sherry lachte. Havilland bemerkte, daß ihre Nervosität verflogen war. Sanft drückte er ihr Knie. »In unserer Variation gibt die Schwester dem Knaben eine Tracht Prügel. Es ist natürlich Richard – in Wirklichkeit ein Mann –, und das erregt sie so sehr, daß sie ihn verführen muß. Ich möchte, daß du Richard die Hose herunterziehst und ihn fest, *sehr fest* verprügelst. Und dann zeigst du uns den verführerischsten Striptease, zu dem du fähig bist. Danach gebe ich euch weitere Anweisungen. Hast du verstanden?«

Sherry wackelte mit den Augenbrauen. »Als kleines Mädchen hab' ich Tennis gespielt. Ich hab' 'ne tolle Rückhand.« Sie lachte und legte dann die Hand vor den Mund. »Richard hat 'ne echt scharfe Figur. Wo ist der Kameratyp?«

»Na ja ...«, sagte Havilland. »Ehrlich gesagt, ich kann mir keinen mehr leisten; deshalb mache ich es selbst. Du und Richard, ihr wart zu teuer, und ich muß Kosten sparen. Also stelle ich mich selber hinter die Kamera. Ich –«

Sherry bohrte dem Doctor neckisch den Zeigefinger zwischen die Rippen. »Komm schon, Lloyd. Wie sagte Gary Gilmore vor seiner Hinrichtung? ›Let's do it.‹«

Sie gingen ins Schlafzimmer. Oldfield lag auf dem Rücken auf der Matratze; er war voll bekleidet. Havilland stellte sich hinter die Kamera, justierte das Stativ und schwenkte die Kamera so, daß das Weitwinkelobjektiv die ganze Matratze erfaßte. Er räusperte sich. »Da dies ein Stummfilm ist, dürft ihr gern sprechen – aber bitte *leise.* Ich möchte die Nachbarn nicht stören.« Er schaltete die Kamera ein und hörte das Sirren der Filmspule. »Sherry, du weißt, was du zu tun hast. Richard, du richtest dich nach Sherry. Aber komm mit dem Gesicht zu dieser *Seite* der Matratze, damit ich ein paar Nahaufnahmen machen kann. Okay – *action!*«

Sherry setzte sich auf den Rand der Matratze und wandte sich der Kamera zu. Sie streckte die Beine vor sich aus und legte die Fersen auf den Boden. Dann klopfte sie mit der flachen Hand auf ihren Schoß. »Komm her, du böser Junge.«

Oldfield gehorchte. Er stand auf, öffnete seinen Gürtel und legte sich so über Sherrys Beine, daß sein Gesäß oberhalb ihrer Knie zu liegen kam. »Du böser, böser Junge«, sagte sie und zog ihm Hose und Unterhose herunter. »Böser, böser Junge.«

Havilland zoomte in eine Nahaufnahme, um Oldfields Reaktion auf den Film zu bannen, als Sherrys erster Schlag auf nacktes Fleisch traf. Oldfield verzog das Gesicht. »Fester, Sherry«, sagte der Doctor.

Sherry verdoppelte ihre Anstrengungen, und jedesmal, wenn ihre Handfläche aufklatschte, grunzte sie: »Böser, böser Junge.« Die Großaufnahme zeigte, wie

Oldfields Pupillen sich mit jedem Schlag zusammenzogen. »Fester«, zischte Havilland. »Fester, Sherry. Denk an dein Tennisspiel.«

»Du böser, böser, böser, böser Junge.« Sherry ließ ihre Hand mit voller Kraft niedersausen. Oldfields Augen wurden glasig, und trockener Speichel erschien in seinen Mundwinkeln. Havilland nahm das Auge von der Kamera und sah, daß sich auf Oldfields Gesäß rote Schwellungen bildeten. »Böser böser böser böser böser Junge!«

»Aus!«

Sein eigener Ausruf ließ den Doctor zusammenfahren. »Aus«, wiederholte er leiser. »Gestorben. Richard, geh und warte in der Diele. Sherry, komm von der Matratze herunter und mach deinen Striptease.«

Die Schauspieler gehorchten. Oldfield rappelte sich auf und raffte seine Hosen hoch, ohne Sherry in die Augen zu sehen. Sherry massierte ihre gerötete rechte Hand. Als Richard das Schlafzimmer verlassen hatte, sagte Havilland: »Sei so sexy, wie du kannst.« Er schwenkte die Kamera hoch. »Jetzt.«

Sherry Shroeder fing an, sich auszuziehen. Sie öffnete die Knöpfe ihrer Schwesternbluse, zog sie aus und ließ sie auf den Boden fallen. Dann klemmte der Reißverschluß hinten an ihrem Kleid. Sie riß daran und murmelte »Scheiße«, doch sofort fing sie sich und schaute mit einem Schmollmund in die Kamera. Sie stieg aus ihrem Rock und ließ ihn an einem Finger über dem Kopf kreisen, bevor sie ihn fallen ließ, ihren BH aufhakte und Strümpfe und Slip abstreifte. Als sie nackt war, vollführte sie ein paar hüftschwingende Tanzschritte, die ihre Brüste in entgegengesetzte Richtungen wippen ließ. Von einer Gänsehaut überzogen, sang sie lautlos einen Song vor sich hin und versuchte gleichzeitig, den Schmollmund beizubehalten. Als der Doctor zu einer Großaufnahme heranzoomte, glaubte er, auf ihren Lippen den Text zu »Green Door« zu lesen.

»Aus!« Wieder ließ der Klang der eigenen Stimme ihn zusammenzucken. »Leg dich hin, Sherry«, sagte er. »Richard, du kannst jetzt hereinkommen.«

Oldfield kam wieder ins Schlafzimmer, nackt jetzt, die Hände vor die Genitalien gedrückt. Havilland deutete auf das Bett, schaltete dann die Kamera aus und sah nach, wieviel Filmmaterial er verbraucht hatte. Es war noch genug übrig. Er stellte eine Totale der Matratze mit den beiden Darstellern darauf ein, fixierte das Stativ und sagte: »Ich bin ein bißchen schüchtern, deshalb lasse ich euch Profis einfach ganz natürlich agieren. In ein paar Minuten komme ich wieder herein und sehe nach euch.«

Sherry lachte, und Oldfield zog den Kopf zwischen die Schultern. Havilland schaltete die Kamera auf automatischen Lauf und ging hinaus ins Eßzimmer. Dort schob er sein Infrarotsichtgerät durch einen Spalt zwischen den Vorhängen und sah seinen *besten* Darsteller in Aktion.

Lloyd Hopkins, mit Ködern gemästet, saß noch immer in seinem Wagen, starrte noch immer mit messerscharfem Blick auf das Haus. Die Anspielungen auf rechtswidrige Durchsuchungen, die sich in seiner Personalakte gefunden hatten, waren zutreffend gewesen – er war sich nicht zu schade, ein Verbrechen zu begehen, um eines aufzuklären. Er war eine heuchlerische Schlange – und feige noch dazu: Zweifellos hatte er Angst, sich auf seinen Verdächtigen zu stürzen, weil er das saubere Flittchen im Schlafzimmer nicht in Gefahr bringen wollte. Havilland sah zu, wie er gähnte, sich kratzte, sich streckte, ohne auch nur für einen Moment den Blick von dem Tudor-Cottage zu lassen. Jede noch so winzige Bewegung war wie ein Laserstrahl, der die Leere der Kindheit durchbohrte.

Mit einem Blick auf die Uhr stellte der Doctor fest, daß zehn Minuten vergangen waren. Er ging ins Schlafzimmer. Sherry und Richard lagen auf entgegengesetzten Seiten der Matratze. Er schaltete die Kamera aus und starrte seine Schauspieler an. Sherry stützte sich auf einen Ellbogen und hatte einen Arm über ihre Brüste gelegt. Richard lag regungslos wie ein Stein und mit geschlossenen Augen da und zuckte.

»Wir haben's soft gemacht«, sagte Sherry. »Ich glaube, wir haben's ganz gut gespielt. Richard konnte nicht, weißt du, aber ich glaube, es sah okay aus. Wenn du willst, können wir es noch mal versuchen und ein paar harte Szenen drehen.«

Havilland ging zum Wandschrank und strich mit der Hand über den hinteren Teil des obersten Regals, bis er eine dicke Rolle Klebstreifen gefunden hatte. »Nein, das genügt. Ich brauche dich jetzt nur noch für eine oder zwei Einstellungen bekleidet. Du kannst dich schon anziehen.«

»Wirklich?«

»Wirklich. Dein restliches Geld gebe ich dir sofort.«

Richards Augen öffneten sich ruckartig bei diesem Satz. Er stand auf und reckte sich, zog Hose und Hemd an und nahm dem Doctor den Klebstreifen aus der Hand. »Danke, daß Sie mir helfen, bis jenseits des Äußersten zu gehen.«

Havilland sah ihm in die Augen und erblickte gefrorene Wut. Er richtete die Kamera auf Sherry und drückte auf den Einschaltknopf. Sherry knöpfte ihre Bluse zu und fragte: »Lloyd, können wir es rasch hinter uns bringen? Um halb zwölf gibt's im Valley noch 'ne Party, und weil es hier schneller ging, als ich dachte, würde ich gern noch hinfahren.«

Havilland nickte zustimmend und drehte am Zoom-Objektiv, bis er Sherrys Gesicht in einer extremen Großaufnahme erfaßte. »Jetzt, Richard«, sagte er.

Der Sucher wurde schwarz, als Richard Oldfield sich über das Äußerste hinausschnellte. Ein schriller Schrei erstarb in einem Luftschnappen; gegeneinanderprallende Körper bildeten eine konturlose Wand vor dem Auge der Kamera. Der Night Tripper versuchte, die Schärfe nachzustellen, und gab dann auf. Richard preßte Sherry mit den Knien an den Boden; mit der einen Hand hielt er ihren Kopf fest, mit der anderen zog er schwirrendes Klebeband von der Rolle und schlang es ihr über Mund und Nase. Als beide Öffnungen luftdicht verschlossen waren, stand er auf und sah zu, wie ihr Gesicht erst rot, dann blau wurde und wie sie mit Armen und Beinen um sich schlug. Bald war ihr ganzer Körper ein einziges Ächzen nach Luft, und ihr Rumpf stemmte sich in adrenalin-befeuerten Todeszuckungen gegen den Fußboden.

Oldfield sank auf die Knie und hämmerte mit den Fäusten auf den sich windenden Körper ein und trommelte in Links-Rechts-Kombinationen auf Leib und Brustkorb, bis das Toben in einem letzten Schauer des Erstickens endete. Er weinte, als er sich mit wackligen Beinen aufrichtete und sah, wie der Doctor, der sich die Kamera auf die Schulter geschnallt hatte, niederbeugte und Sherry Shroeder den Klebstreifen vom Gesicht riß.

»Jetzt, Richard. Jetzt, Richard. Jetzt, Richard.«

Der Night Tripper hielt ihm einen mit einem Schalldämpfer versehenen Revolver entgegen. Richard nahm ihn in die Hand, und dann senkte er den Blick und sah, daß das Gesicht der Frau mit einem durchsichtigen Plastikkissen bedeckt war.

»Jetzt, Richard. Jetzt, Richard. Jetzt, Richard.«

Die Kamera zoomte und sirrte. Oldfield preßte die Mündung gegen das Kissen und drückte ab. Ein dumpfes Ploppen, das Zischen von entweichender Luft, und dann eine hellrote Wolke, als das schlaffgewordene Kissen sich mit Blut füllte.

»Ja, Richard. Ja, Richard. Ja, Richard.«

Der Night Tripper hielt die Kamera ruhig und schob das Okular beiseite. Er nahm Richard den Revolver aus der Hand, ließ die Trommel herausschnappen und die leere Patronenhülse auf den Boden fallen. Das Riesenrad in der Bronx wurde zu einem wirbelnden Korkbrett. Er nahm zwei neue Patronen aus der Tasche, schob sie in nebeneinanderliegende Kammern, ließ die Trommel zuschnappen und drehte sie einmal schwungvoll.

Richard Oldfield stand mit offenem Mund da und schwankte im Takt einer Musik, die nur er hörte. Der Night Tripper zog eine Dodger-Baseballmütze und Howard Christies Dienstmarke aus der Jackentasche, setzte Richard die Mütze auf den Kopf und heftete ihm die Marke an die linke Brusttasche. Er befestigte die Kamera auf dem Stativ und filmte die Marke, die Mütze und Richards Gesicht in Großaufnahme. Als er den Revolver aufhob und Richard in die Hand drückte, dachte er an Linda Wilhite und an kippende Schachfiguren. Er trat hinter die Kamera. »Fühlst du dich jetzt vollständig, Richard?« fragte er.

»Ja«, sagte Richard.

»Sag mir, wie du dich fühlst.«

»Ich fühle mich, als hätte ich meine Vergangenheit erobert, als hätte ich alle meine grünen Türen durchbrochen, und zur Belohnung ist mir Friede versprochen.«

»Willst du für mich noch einen Schritt weitergehen? Es würde einer schönen Frau helfen, ihre Alpträume zu bewältigen.«

»Ja. Sagen Sie, was ich tun soll.«

»Schiebe den Revolverlauf in deinen Mund und drücke zweimal ab.«

Richard gehorchte, ohne zu fragen. Der Schlagbolzen klickte zweimal auf eine leere Kammer. Der Night Tripper hielt seinen schönsten Augenblick auf dem Film fest, und dann rannte er zum Vorhang im Eßzimmer und spähte mit seiner blutroten Linse hinaus. Lloyd Hopkins war eingeschlafen; sein Kopf ruhte auf der Kante des halboffenen Fensters.

19

Im Morgengrauen erwachte Lloyd, von einem scharfen Krampf im rechten Bein aus traumlosem Schlummer gerissen. Er rieb sich die Wade, schaute aus dem Autofenster und sah das Tudorhaus und davor, immer noch an derselben Stelle wie am Abend zuvor, den weißen Mercedes. Oldfields Liebesnacht war also noch im Gange. Er hatte Zeit, nach Hause zu fahren und Verstärkung herbeizurufen, die ihm bei der weiteren Überwachung und einem möglichen Eingreifen zur Hand gehen könnte.

Lloyd wendete und hielt hinter dem Mercedes noch einmal an. Er notierte sich die Kennzeichennummer, und dann rief er über Funk das Computerregister an, gab die Nummer durch und verlangte sämtliche Daten und Fahrzeug und Halter. Drei Minuten hörte er nur statistisches Rauschen, dann meldete sich die Telefonistin mit ihren Informationen. »FHM 363 – keine Fahndung. Halter: Richard Brian Oldfield, 4109 Windemere, L.A. 90036 – keine Fahndung, kein Haftbefehl, nicht vorbestraft.« Entmutigt und erschöpft, obwohl er stundenlang geschlafen hatte, fuhr Lloyd nach Hause, und er dachte daran, sich zu rasieren, zu duschen und eine Riesenkanne Kaffee zu trinken.

Ein Dreitageberg von Zeitungen begrüßte ihn auf der Vorderveranda. Auf der *L.A. Times* vom Vortag prangte eine fette Schlagzeile: »Polizist in Malibu ermordet«. Die Unterzeile lautete: »L.A.P.D.-Lieutenant anscheinend hingerichtet.« Lloyd schob die Zeitungen mit dem Fuß beiseite und schloß die Tür auf. Sofort fiel sein Blick auf die zusammengehefteten Notizbuchseiten auf dem Fußboden. Er hob sie auf und las.

An: Lloyd
Von: Dutch
Unverzüglich lesen.
L. – wo bist du gewesen? Ich dachte, du hättest etwas Neues gefunden. Ich bin dein Kontaktmann, und wir sollen täglich miteinander in Verbindung treten, erinnerst du dich? Das Folgende kommt geradewegs von Gaffaney. Die guten Sachen hebe ich bis zum Schluß auf.

- Fahndungsbefehl für Marty Bergen herausgegeben – bislang ohne Erfolg.
- Durchsuchung und Materialbeschlagnahme beim *Big Orange Insider* genehmigt – Zero. Der Rotzbengel von einem Chefredakteur hat Inhalt von M.B.s Schreibtisch gleich nach deinem letzten Besuch vernichten lassen. Droht mit Klage wegen »polizeilicher Brutalität«.
- Intensive Befragung der Anwohner P.C.H./Temescal Cyn. Rd,. Ergebnis: Zero.
- Info-Telefon zum Fall Christie eingerichtet. Bisher nur Anrufe von Verrückten. (Kein einziger Augenzeuge.)
- Blut auf dem Boden – eindeutig Christies.
- Am Stand wurde noch ein Schädelfragment und ein abgeplattetes Geschoß gefunden (.357er mit Teflonspitze). Dies und Bericht des Leichenbeschauers (»Tod verursacht durch massive neurologische Destruktion nach Schußwaffeneinwirkung aus nächster Nähe«) deutet darauf hin, daß Christie mit seiner eigenen Waffe erschossen wurde.
- Der Nachtdienst der Kraftfahrzeugbehörde Sacramento (hatte den Bericht über Christies Tod in der Zeitung gelesen) rief an; Christie habe am Abend der Mordnacht gegen halb neun angerufen und um Kennzeichenauskunft gebeten. Sie hat ihm die Auskunft gegeben, kann sich aber weder an den Namen des Halters noch an Kennzeichennummer oder Fahrzeugmarke erinnern. Interessant insofern, als der gerichtsmedizinische Bericht den Zeitpunkt des Todes etwa für denselben Zeitraum ansetzt.
- Am Nachmittag seines Todes wurde Christie bei den Geheimakten der Avonoco gesichtet. Erzählte der Sekretärin, er treffe sich am Abend mit einem »schweren Jungen« am Strand. Als sie ihn fragte, wozu, wurde er schweigsam. Er wirkte aufgekratzt und beschwingt, sagt sie.
- Betr. IAD-Vernehmungen: Rolando – sauber. Kaiser, Tucker, Murray – in Schutzhaft, anscheinend sauber.
- – –! Wichtig – als Officers vom IAD die Büros bei Junior Miss Cosmetics durchsuchten, flippte ein Wachmann aus und versuchte abzuhauen. Wurde gefaßt und in Haft genommen (Bes. v. Marihuana). Gaffaney ist überzeugt, daß der Mann etwas weiß. Der Mann (Hubert Douglas, männl./schw., 39) jammerte nach dir (sagt, du warst »cool«, als du ihn vor Jahren mal wegen schwerer Körperverletzung hochgenommen hast). *Will nur mit dir reden.* Komm *sofort* nach Parker Center (Gaffaneys Befehl), bevor der Kerl Kaution hinterlegt oder sein Anwalt ihn rausholt.
- – – Ruf mich an. – D. P.

Lloyd machte sich nicht mehr die Mühe, sich zu duschen, zu rasieren oder umzuziehen. Noch in seinem Einbrecherkostüm fuhr er zu einem Schnapsladen. Er konnte sich erinnern, daß Hubert Douglas ein eingeschworener *Sour-Mash*-Trinker war; eine Flasche Jack Daniel's war genau das Richtige, um seine Seele zu besänftigen und seine Zunge zu lösen. Er kaufte eine Flasche und raste in die Stadt zum Parker Center.

Hubert Douglas hatte man in eine Vernehmungskammer neben Fred Gaffaneys Büro gesperrt. Lloyd warf einen Blick durch den Einwegspiegel und sah, daß er dem Captain an einem Tisch gegenübersaß; er trug noch seine Werkschutzuniform mit goldenen Epauletten und Schulterriemen. Aus einem Lautsprecher über dem Spiegelfenster knisterte seine Geschichte von Kom-Tan-Kin, dem chinesischen Schwanzlutscher. Gaffaney hörte ihm mit gesenktem Kopf zu und befingerte seine Krawattenspange.

Lloyd betrat die Kammer, als Douglas die Pointe servierte; der Mann krümmte sich vor Lachen, schlug mit der Hand auf den Tisch und brüllte: »Das 'n Ding! Das 'n Ding!« Als er Lloyd erkannte, sprang er auf. »Hopkins, mein Freund!« Er streckte die Hand aus. Hopkins ergriff sie. »Hallo, Hubert. Meine Kollegen behandeln dich okay?«

Douglas nickte zu Gaffaney hinüber; der blickte auf und funkelte Lloyd wütend an. »Der Witzbold hier stellt mir dauernd Fragen. Ich sag' ihm dauernd, ich red' mit Ihnen, und er sagt mir dauernd, er kann Sie nicht erreichen, und dabei tut er immer ganz geheimnisvoll, damit ich denke, daß Sie wahrscheinlich gerade irgendwo furchtbar pimpern. Aber ich kenn' meine Rechte. Ich bin jetzt seit fast vierundzwanzig Stunden in Haft. Innerhalb von vierundzwanzig Stunden müßt ihr entweder Anklage erheben oder mich laufenlassen.«

Lloyd sah Gaffaney und dann wieder Douglas an. »Falsch, Hubert. Heute ist Samstag. Wir können dich ganz legal bis Montag morgen hierbehalten. Setz dich. Ich komme gleich und rede mit dir. Vorher will ich mich kurz mit dem Captain unterhalten.«

Gaffaney stand auf und folgte Lloyd nach draußen. Er musterte ihn mit verachtungsvollem Blick. »Sie sind unrasiert, und Ihre Kleidung ist schmutzig. Wo haben Sie gesteckt?«

»Ich hab' 'n Bruch gemacht«, antwortete Lloyd. »Was ist mit Hubert?«

Gaffaney drückte die Tür zum Vernehmungsraum zu. »Ich war bei Junior Miss Cosmetics, zusammen mit einem Officer. Wir sprachen mit Don Murray in seinem Büro; wir hatten eben erfahren, daß Christie ein paar Stunden vor seiner Ermordung in den Geheimakten bei Avonoco herumgestöbert hatte. Da mein Instinkt mir sagte, daß Murrays Benehmen auf eine reine Weste hindeutete, erwähnte ich es ihm gegenüber. Douglas war nebenan beim Fensterputzen. Der Cop, der bei mir war, fand, er sehe verdächtig aus – wie einer, der seine Erfahrungen mit Bullen hat –, und so behielt er ihn im Auge. Als wir auf Akten zu sprechen kamen, verduftete er. Als der Officer ihn faßte, hatte er eine große Tüte Gras in der Tasche. Er *weiß* etwas, Hopkins. Holen Sie's aus ihm raus.«

Lloyd ließ die Rädchen seines Verstandes schwirren. »Captain, haben Sie der Frau von der Verkehrsbehörde, die wegen Christie anrief, den Namen Thomas Goff genannt?«

»Ja. Ich hab' selbst mit ihr gesprochen. Sie sagte, Goff sei nicht der Name, den sie für Christie ausgegraben habe. Ich hab' ihr auch das Kennzeichen und die Beschreibung von Goffs Fahrzeug durchgegeben. Negativ. Was wollen Sie denn –?«

Lloyd legte dem Captain die Hand auf die Schulter, um ihn am Weiterreden zu hindern. »Hat Douglas die Polizeifotos von Goff gesehen?«

»Nein.«

»Dann besorgen Sie mir jetzt Abzüge davon. Und lassen Sie diesen Namen durch den Polizeigroßcomputer laufen: Richard Brian Oldfield, weiß/männlich, zirka dreißig Jahre alt. Vier-eins-null-neun Windemere, Hollywood. Weißer Mercedes, Kennzeichen FHM drei-sechs-drei. Es liegt nichts gegen ihn vor, er wird nicht gesucht, aber ich brauche alle Details, die ich kriegen kann.«

Gaffaney nickte. »Wonach fischen Sie?«

»Sag' ich Ihnen, wenn ich mit Douglas gesprochen habe. Holen Sie mir jetzt die Fotos?«

Der Captain ging in sein Büro, vom Hals bis zum Stoppelhaaransatz rot angelaufen. Er kam zurück, reichte Lloyd den Fotostreifen und zischte: »Geben Sie Douglas keinerlei Gnadenzusagen.«

Lloyd schenkte seinem Vorgesetzten ein Lächeln ohne Heiterkeit. »Nein, Sir.« Als Gaffaney wieder in seinem Büro verschwunden war, betrat er den Vernehmungsraum und knipste den Lautsprecher aus. »Machen wir einen Deal«, sagte er zu Hubert Douglas, und dabei stellte er die Flasche Jack Daniel's zwischen ihnen auf den Tisch. »Du erzählst mir, was ich wissen will, und kannst Leine ziehen. Du verarschst mich, und ich bin wie der Blitz oben im Rauschgiftdezernat und klaue noch ein Pfund Gras, das wir in den Beutel stopfen, den die IAD-Bullen dir abgenommen haben, und dann halten wir dich wegen Verstoßes gegen das Betäubungsmittelgesetz hier. Wie hättest du's gern?«

Douglas schnappte sich die Flasche und leerte sie in einem Zug zur Hälfte. »Sehe ich aus, als wär' ich blöd, Hopkins?«

»Nein. Du siehst aus, als wärst du intelligent und hübsch und voller *savoir-faire*. Bringen wir die Sache mit einem Minimum an Gequatsche und Sprücheklopfereien hinter uns. Die IAD-Bullen glauben, du weißt etwas über eine krumme Sache im Zusammenhang mit den geheimen Akten bei Junior Miss. Fangen wir damit mal an.«

Douglas hustete und blies Lloyd eine Bourbonwolke ins Gesicht. »Aber wenn das, was ich da weiß, was mit 'ner krummen Sache zu tun hat, die ich eventuell selber abgezogen hab'?«

»Kannst du immer noch Leine ziehen.«

»Sie verscheißern mich nicht, Dick Tracy?«

»Der Arm soll mir abfallen. Rede, Hubert.«

Douglas nahm einen Schluck aus der Flasche und wischte sich über die Lippen. »Ist ungefähr drei Wochen her, da war ich in 'nem Bums schräg gegenüber von Junior Miss einen heben. So 'n weißer Typ quatscht mich an, fragt mich, ob's mir Spaß macht, im Werkschutz bei Junior Miss zu arbeiten, was ich da machen muß, wie gut ich mit dem Sicherheitschef kann und so weiter. Er spendiert einen Drink nach dem anderen, bis ich sternhagelvoll bin, und dann verzieht er sich. Ich bin nicht bescheuert: Ich weiß, daß ich den Typ nicht das letztemal gesehen hab'.«

Douglas legte eine Pause ein und griff nach der Flasche. Lloyd riß sie ihm aus der Hand, bevor er sie zum Mund führen konnte. Er legte den Fotostreifen auf den Tisch. »Ist das der Mann?«

Douglas starrte die Fotos an und grinste von einem Ohr zum anderen. »Aber genau. Das ist der Typ. Was hat er denn ausgefressen?«

»Nicht so wichtig. Erzähl weiter.«

Mit einem betrübten Blick nach der Flasche fuhr Douglas fort: »Ich hatte recht. Der Typ taucht gleich am nächsten Tag wieder auf und bietet mir Koks an. Wir ziehen uns auf dem Scheißhaus 'ne Linie erstklassigen pharmazeutischen Stoff rein, und dann fängt er an, von diesem unheimlich cleveren Kumpel zu quasseln, den er da hat, und daß der besessen davon ist, so Scheißdaten zu sammeln, nicht wahr, besessen davon, jeden Scheißdreck über das Leben anderer Leute zu wissen. Verstehen Sie?«

»Ich verstehe«, sagte Lloyd. »Hat er dir gesagt, wie der Mann heißt? Hat er ihn beschrieben? Hat er gesagt, der Mann sei sein Halbbruder?«

Douglas schüttelte den Kopf. »Der Scheißer hat mir nicht mal seinen eigenen Scheißnamen genannt, geschweige denn den von seinem Scheißkumpel. Aber an dem Tag hat er mir 'n Angebot gemacht: Einen Riesen und zwei Gramm Pharmakoks für Fotokopien sämtlicher Geheimakten. Ich sag' ihm, das braucht aber Zeit, ich kann immer nur ein, zwei Kopien auf einmal machen, wenn's keiner merken soll. Und das mach' ich dann auch, ohne daß Murray oder sonst jemand bei Junior Miss was davon weiß. Der Typ ruft mich in der Kneipe an, um den Tausch –«

Lloyd fiel ihm ins Wort. »Hat er dir eine Adresse oder eine Telefonnummer gegeben, damit du ihn erreichen kannst?«

»Scheiße, nein! Er nannte sich selber immer 'n ›beglaubigten Paranoiden‹, und er behauptete, er verwischt seine Spuren sogar, wenn er bloß pissen geht, nur um nicht aus der Übung zu kommen. Er wollte mich nicht mal in meiner Scheißwohnung anrufen; es mußte die Scheißkneipe sein. Na, jedenfalls verabreden wir den Tausch für irgendwann letzte Woche, Dienstag oder Mittwoch nacht, und, Mann, das war scheißmerkwürdig. Reichen Sie noch mal die Kanne rüber, ja, Partner? Ich hab' Durst.«

Lloyd schob ihm die Flasche über den Tisch. »Erzähl mir, wie der Tausch vonstatten gegangen ist. Nimm dir Zeit, und laß keine Einzelheit aus.«

Douglas ließ die Hälfte des restlichen Whiskeys in seine Kehle gluckern. »Aber klar doch. Jedenfalls – ich hatte mir den Typen angesehen, und ich hatte den Eindruck: Ganz dicht war der nicht. Wissen Sie, das war 'n Typ, von dem konnte man sagen, er war ernsthaft nervös und fickrig. Na, wir verabreden uns für den Abend im Nichols Canyon Park. Der Typ kommt in seiner kleinen gelben Karre angebraust, ganz verschwitzt, zitternd und glotzäugig. Sieht aus wie ein gottverdammter Scheißköter mit Tollwut, der gleich abkratzt, aber der noch 'n paarmal ordentlich beißen will, ehe er krepiert. Er packt immer wieder nach seinem Gürtel, als ob er da 'ne Kanone hätte, und versucht andauernd, mich mit seinem Rassistengequatsche rauszufordern. Hopkins, ich sage Ihnen, dieser Scheißer sah aus wie der gottverdammte *Tod.* Ich gab ihm die Akten, und er gab mir den Riesen und das Koks, und ich verpißte mich, so schnell ich konnte. Ich weiß nicht, was der Scheißer getan hat, aber ich würde mir nicht allzusehr den Kopf zerbrechen, wie ich ihn schnappen soll, denn, verdammte Scheiße, kein Mensch kann so aussehen wie der und das überleben. Ich war in Vietnam, Hopkins. Mitten in Khe San, verdammt. Ich hab' den Tod schon oft gesehen. Der Scheißer sah schlimmer aus als die von Gelbfieber im Endstadium verseuchten kampfmüden wandelnden Toten da drüben. Verdammt, er war der Tod persönlich, der Tod am Bändchen.«

Lloyd ließ das Wortgeprassel auf sich niederregnen, und er wußte, daß es die Bestätigung für Thomas Goffs Horrorshow in der Melbourne Avenue und *vielleicht* auch für den Mord an Howard Christie war; aber irgendwie widersprach es dem, was er über Richard Oldfield und seine Bruderrivalität zu Goff in Erfahrung gebracht hatte. »Trink aus, Hubert«, sagte er. »Du hast es verdient.« Er ging hinaus auf den Gang. Eine Sekretärin kam vorbei und sagte: »Captain Gaffaney ist zum Essen gegangen, Sergeant. Die Computerauskunft, die Sie haben wollten, hat er dem diensthabenden Officer gegeben.«

Lloyd dankte der Frau und spazierte nonchalant in Gaffaneys Büro. Auf dem Schreibtisch lag eine Plastiktüte Marihuana mit einem offiziellen Asservatenaufkleber. Lloyd zog den Aufkleber ab und steckte ihn in die Tasche. Dann öffnete er das Fenster und warf den Beutel hinaus auf die Los Angeles Street; er landete auf der Ladefläche eines vorüberfahrenden Dodge-Pick-up.

»Unterstützt eure Polizei«, rief Lloyd hinaus. Nur der Verkehrslärm antwortete ihm; er ging hinaus, und als er an dem Vernehmungsraum vorbeikam, streckte er Hubert Douglas den emporgereckten Daumen entgegen. Douglas grinste durch die offene Tür und winkte zum Abschied mit der leeren Whiskeyflasche.

Lloyd fuhr mit dem Aufzug hinunter in den ersten Stock und begab sich zum Informationstisch am Eingang. Der Officer vom Dienst reichte ihm hastig ein Blatt Papier. Lloyd lehnte sich an den Schreibtisch und las: Fragl. Subjekt geb. 30. 6. 53 in L.A.; kaliforn. Führersch. Nr. 1679143, ausgestellt Juli '69; keine schwebenden Verf., keine Fahndg., kein Haftbef., nicht vorbestraft in USA. *So sauber, daß er quietscht.* – F. G.

Lloyd fühlte, wie ein namenloses *klick* ihm entgegensprang, und noch eines, und noch eines. Im Geiste ließ er die vergangenen vierundzwanzig Stunden noch einmal ablaufen, bis er auf den Ursprung seiner Verwirrung stieß: Thomas Goff war im Staat New York geboren und aufgewachsen und hatte dort im Gefängnis gesessen. In Havillands psychiatrischem Bericht über seinen Halbbruder Richard Oldfield hieß es, die Mutter habe die beiden Jungen zusammen großgezogen, vermutlich in New York. Aber der Computer gab als Richard Oldfields Geburtsort Los Angeles an. Außerdem hatte Oldfield 1969, kurz nach seinem sechzehnten Geburtstag, einen kalifornischen Führerschein ausgestellt bekommen, und das ließ zumindest *vermuten,* daß er lange Zeit seinen Wohnsitz in Kalifornien gehabt hatte.

Lloyd griff nach dem Telefon, das auf dem Schreibtisch stand, und wählte die Nummer von Dutchs Büro im Revier Hollywood.

»Captain Peltz.«

»Ich bin's, Dutch. Bist du beschäftigt?«

»Wo zum Teufel hast du dich rumgetrieben? Hast du meine Notiz gefunden?«

»Ja, hab' ich. Hör zu, ich brauche deine Hilfe. Zwei Mann, die eine Wohnung in der Nähe der Hollywood Bowl observieren. Ganz cool, keine Zivilstreifen, nichts, was nach Bullen riecht. Ich will noch nicht an diesen Typen ran. Ich will ihn nur festnageln.«

»An *diesen Typen*? Wer zum Teufel ist *dieser Typ*?«

»Ich erzähl's dir, wenn wir uns sehen. Kannst du in einer Stunde bei mir zu Hause sein? Ich möchte mich umziehen und meinen Privatwagen holen.«

Dutch seufzte. »Ich hab' in einer halben Stunde eine Konferenz. Sagen wir, in zwei Stunden.«

Lloyd seufzte ebenfalls. »Abgemacht.«

Während er nach Hause fuhr, schlängelten die kleinen *klicks* sich langsam an ihre Plätze im Geflecht des Falles und nahmen die Gestalt eines Mannes an, der vielleicht Richard Oldfield war, vielleicht auch nicht – eines Mannes jedenfalls, der es verstand, *gewalttätige Männer* so zu manipulieren, daß sie seinen Zielen dienten; und diese Ziele, so zeigte sich jetzt, bestanden im Sammeln von potentiellem Erpressungsmaterial. Tatsache war: Jack Herzog hatte sechs Personalakten des L.A.P.D. für sein *persönliches* Ziel gestohlen, nämlich für Marty Bergens »Rehabilitation«, und in den Tagen, bevor er verschwand/ermordet wurde/Selbstmord beging, hatte er seiner Freundin erzählt, er habe »tatsächlich

Angst«. Bergen hielt die Rehabilitierungsversuche, die sein bester Freund unternahm, für lächerlich, und er hatte die durch die Akten inspirierten Kolumnen vernichtet. Aber Thomas Goff und/oder sein noch immer unbekannter »unheimlich cleverer« Partner/Komplize mit dem »echten Durchblick« hatten die Informationen aus dem L.A.P.D. dazu benutzt, Captain Dan Murray auf gerissene Weise zu umgehen und sich durch seinen Mitarbeiter Hubert Douglas Kopien von vertraulichen Akten zu beschaffen, und Lieutenant Howard Christie war *getötet* worden, wahrscheinlich weil er sich geweigert hatte, Akten zu liefern, oder weil er überzogene Geldforderungen gestellt hatte. Diese auf Indizien und Theorien basierende Darstellung war in sich schlüssig und pfeilgerade.

Aber sie stand im Widerspruch zu fast allem, was sein Instinkt ihm über Thomas Goff sagte. Goff war besessen von seinem .41er Revolver. Er hatte ihn bei den drei Morden im Schnapsladen benutzt – einem Verbrechen, für *das es immer noch kein Motiv gab –,* und er hatte damit auf Lloyd selbst geschossen, wobei nur die schwerfällige *single action* ihn verraten hatte. *Aber* – Howard Christie war mit seiner eigenen Waffe erschossen worden. Goff, vorausgesetzt, daß er der Mörder war, war in einer Streßsituation von seiner Gewaltroutine abgewichen, hatte einem mit allen Wassern gewaschenen Polizisten die Waffe weggenommen und ihn damit erschossen. *Das stank.* Der Mord an Christie besaß alle Merkmale eines Verbrechens, das ein Anfänger begangen hatte – jemand, der den Cop und Werkschutzchef so weit hatte einlullen können, daß dieser ihn für harmlos gehalten hatte. Dieser Jemand aber war dann nicht der von Fieber oder Rauschgift vorangepeitschte Goff gewesen.

Damit blieben vier potentielle Verdächtige: Herzog, Havilland, Bergen und Oldfield. Die Wahrscheinlichkeit, daß es einer der ersten drei war, war lächerlich gering: Herzog war tot; das stand zu neunundneunzig Prozent fest. Havilland war eine von Liebes- und Gewissenspein geplante Zufallsverbindung ohne jedes Motiv. Bergen war ein erbärmlicher, von Schuldgefühlen gehetzter Trinker. Es blieb nur Oldfield, und selbst er strotzte von logischen Löchern.

Seine Blutsverwandtschaft mit Goff war natürlich der Schlüsselfaktor. Aber die Indizien aus zweiter Hand deuteten ausnahmslos darauf hin, daß Goff von seinem unbekannten Partner beherrscht wurde, während Havillands psychologisches Gutachten Oldfields Unterlegenheit gegenüber Goff konstatierte. Und die Tatsache, daß er große Ähnlichkeit mit Goff hatte und immer noch munter umherspazierte, deutete auf seine Unschuld hin. Wenn er Goffs Komplize gewesen wäre, hätte er gewußt, daß jeder Cop in Südkalifornien auf der Suche nach seinem Ebenbild war. Jedenfalls wäre er nicht durch die Gegend gefahren, um niedliche Krankenschwestern aufzureißen und sie in seine Wohnung abzuschleppen.

Lloyd fuhr auf dem Harbor Freeway nach Süden und fühlte, wie die *klicks* sich zur Wahrheit fügten. Er hatte es mit zwei Killern zu tun, mit zwei Männern, deren Triebe eine Apokalypse gezeugt hatten.

20

Das Schachspiel nahm seinen Fortgang. Er hatte den *lonelies* ihr Datengewinnungskapital abgezapft, und heute nacht, wenn der Cop, sein Widersacher, tot wäre, würde er sich Natrium-Pentothal und die Bilder seiner letzten Stunden injizieren und die Leere zur Explosion bringen. Die Heimkehr war in Sicht.

Der Night Tripper stand auf seinem Balkon und starrte aufs Meer hinaus; dann schloß er die Augen, so daß nur das Rauschen der Brandung einen Strom frischer Bilder begleitete: Hopkins, der im Morgengrauen vor dem Haus am Windemere Drive davonfuhr; der Industriemüllsack mit Sherry Shroeder, der über Richard Oldfields Schulter baumelte, als er ihn zu seinem Wagen trug; der erfüllte Ausdruck in Richards Gesicht, als er sie in ihr Grab im Schatten des großen Hollywood-Zeichens legte. Befriedigende Augenblicke – aber nicht so befriedigend wie das Zusehen dabei, wie sein *lonely* Billy den Film entwickelte und zu einer Montage aus Linda Wilhites Kindheitstrauma und ihren Erwachsenenphantasien zusammenschnitt. Zunächst hatte Billy auf die Herausforderung dieses Eilauftrags begeistert reagiert, doch als Sherry Shroeder auf seinem Schneidetisch gestorben war, hatte ihn die Angst gepackt. Es hatte eine brillante Stegreiftherapiesitzung erfordert, ihn so weit zu stützen, daß er seine Arbeit zu Ende führte.

Havilland öffnete die Augen und entsann sich der *geringfügigeren* Belege für die Kraft seines Willens, die dieser Tag gebracht hatte: Der Verwalter des Gebäudes, in dem seine Praxis lag, hatte in seiner Wohnung angerufen und ihm mitgeteilt, daß bei ihm eingebrochen worden sei und daß Handwerker dabei seien, den Schaden an seiner Eingangstür zu reparieren. Der telefonische Auftragsdienst hatte ihm übermittelt, daß Linda Wilhite dringend um seinen Rückruf bitte. Diese Telefonbotschaften waren so offenkundige Kapitulationen vor seiner Macht gewesen, daß er sich ihrer Symbolkraft unterworfen und das Telefon in seinem Haus am Strand benutzt hatte, um die *lonelies* anzurufen und ihnen eine »Abgabe«-Forderung zu stellen – zehntausend Dollar pro Person. Alle hatten in hündischer Ergebenheit zugestimmt.

Sollte es weiter Kapitulationen regnen.

Der Night Tripper ging zum Telefon an der Küchenwand und wählte Linda Wilhites Nummer. Als er ihr »Hallo?« hörte, sagte er: »John Havilland, Linda. Mein Auftragsdienst sagt, Sie wollten mich sprechen?«

Kraft strömte in Lindas Stimme. »Doctor, mir ist klar, daß dies etwas plötzlich kommt, aber ich wollte, daß Sie wissen – ich höre mit der Therapie auf. Sie haben mir in vieler Hinsicht die Augen geöffnet, aber von jetzt an möchte ich solo fliegen.«

Havilland atmete ihre Worte ein. Als er seine eigenen Worte ausatmete, klangen sie angemessen gefühlvoll und gepreßt. »Es betrübt mich sehr, das zu hören, Linda. Wir haben so gute Fortschritte gemacht. Sind Sie sicher, daß Sie es so wollen?«

»Absolut, Doctor.«

»Aha. Wären Sie bereit, noch eine Sitzung zu absolvieren? Eine Spezialsitzung mit visuellem Material? Es ist mein Standardverfahren für die Abschlußsitzung und ein wesentlicher Bestandteil meiner Therapieform.«

»Doctor, meine Zeit ist sehr knapp. Ich habe viel –«

»Würde es Ihnen heute abend passen? Um sieben in meiner Praxis? Es ist unerläßlich, daß wir die Therapie mit dem richtigen Schritt beenden, und die Sitzung kostet Sie nichts.«

Linda seufzte. »Okay, aber ich werde bezahlen.«

»Auf Wiedersehen dann«, sagte Havilland. Er drückte auf die Gabel und wählte eine siebenstellige Nummer. Er begann hektisch ein- und auszuatmen.

»Ja?« Hopkins Stimme klang erwartungsvoll.

»Sergeant, hier ist John Havilland. Es geschehen seltsame Dinge. Jemand hat in meine Praxis eingebrochen, und eben hat mein Informant sich bei mir gemeldet. Ich – ich – ich –«

»Ruhig, Doctor. Lassen Sie sich Zeit.«

»Ich – ich wollte sagen, ich kann Ihnen seinen Namen immer noch nicht nennen, aber Goff hat sich bei *ihm* gemeldet, weil er gehört hatte, daß er eine Waffe braucht und einiges Geld, das Goff ihm schuldet. Das Geld und die Waffe sind in einem Schließfach im Greyhound-Busdepot in der Stadt. O-offen gesagt, Sergeant, mein Informant befürchtet, es könnte sich um eine Falle handeln. Er erwägt, die Therapie wiederaufzunehmen, und deshalb gelang es mir, diese Information von ihm zu bekommen. Er – er steht in einer merkwürdigen Beziehung zu Goff … beinahe b-brüderlich.«

»Hat er Ihnen die Nummer des Schließfaches genannt?«

»Ja. Vier-eins-sechs. Angeblich liegt der Schlüssel bei dem Mann an dem Süßwarenstand, den Schließfächern unmittelbar gegenüber. Goff hat ihn gestern dort hinterlegt, sagt mein Informant.«

»Sie haben richtig reagiert, Doctor. Ich kümmere mich darum.«

Dr. John Havilland legte den Hörer auf die Gabel und dachte an Richard Oldfield, der gegenüber von Schließfach 416 in der Bar postiert war, bewaffnet mit einem Foto von Lloyd Hopkins aus dessen Personalakte und einer Uzi-Maschinenpistole.

21

Mit Bleifuß jagte Lloyd auf dem Harbor Freeway nach Norden, als ihm einfiel, daß er vergessen hatte, Dutch eine Nachricht zu hinterlassen und ihm seine Abwesenheit zu erklären. Er schlug mit der flachen Hand auf das Armaturenbrett und stieß ein obszönes Gebrüll aus. Im nächsten Moment wurde sein

Gefluche von Sirenengeheul übertönt. Im Rückspiegel sah er drei Schwarzweiße mit kirschrot blitzenden Blinklichtern, die an ihm vorbeidonnerten und Kurs auf die Stadtausfahrt nahmen. Um zu erfahren, was los war, schaltete er sein Funkgerät ein. Eine durch Knistern und Rauschen gefilterte Stimme kläffte: »An alle, an alle, Code drei zum Busdepot Sixth und Los Angeles, Schießerei.« Schaudernd kämpfte er einen Übelkeitsanfall nieder und hängte sich an die Meute.

Die Sixth und die Los Angeles Street waren von soliden Mauern aus in zweiter Reihe parkenden Streifenwagen durchzogen. Lloyd stellte seinen Wagen auf dem Gehweg vor dem Südeingang des Busbahnhofs ab und rannte an einer Gruppe ratlos aussehender Streifenpolizisten mit Schrotgewehren vorbei. Sie schnatterten durcheinander, und ein langer junger Officer wiederholte unaufhörlich: »Psychopath. Scheißpsychopath.« Dabei strich seine Hand nervös über den Griff seiner Pumpgun. Lloyd drängte sich durch eine Traube zerzauster Zivilisten vor den Fahrkartenschaltern und erblickte einen uniformierten Sergeant, der etwas in einen Spiralblock kritzelte. Er tippte dem Mann auf die Schulter. »Hopkins, vom Raub/Mord. Was haben wir hier?«

Der Sergeant grinste. »Wir haben hier einen Irren mit einer Maschinenpistole. Ein Wermutpenner war dabei, die Schließfächer gegenüber der Schnapskneipe am Ausgang Sixth Street zu checken, als dieser Irre aus der Kneipe stürzt und anfängt zu schießen. Der Penner wurde nicht getroffen, aber die Schließfächer sind aufgerissen, und 'ne alte Lady hat 'n Streifschuß von 'nem Querschläger abgekriegt. Der Krankenwagen hat sie schon abgeholt. Die Schnapsdrosseln in der Kneipe meinten, es hat sich angehört wie 'ne Maschinenpistole – rat-tat-tat-tat-tat-tat-tat-tat. Mein Partner ist jetzt drinnen und nimmt die Aussagen des Penners und potentieller Zeugen zu Protokoll. Rat-tat-tat-tat-tat-tat-tat-tat.«

Lloyd spürte, wie im Takt der Geräuscheffekte, die der Sergeant produzierte, feine *Klicks* ertönten. »Gibt es dort direkt gegenüber einen Süßwarenstand?«

»Jawohl, Sir.«

»Was ist mit dem Täter?«

»Wahrscheinlich längst über alle Berge. Der Penner sagt, er hat die Spritze unter seine Jacke geschoben und ist auf die Sixth rausgerannt. Kein Problem, da zu verschwinden.«

Lloyd nickte und rannte durch den Gang zum Ausgang Sixth Street. Graue Stahlschränke mit Münzschlitzen und winzigen Schlüssellöchern bedeckten die eine Seite; auf der gegenüberliegenden Seite reihten sich kleine Ladenzellen aneinander, in denen Souvenirs, Bonbons und Pornohefte verkauft wurden. Als er sich die Schließfächer näher ansah, stellte er fest, daß sie von Nummer 408 bis 430 von Einschüssen durchsiebt waren, und wie er vermutet hatte, lag die Kneipe, aus der der Schütze gekommen war, dem Fach Nummer 416 direkt gegenüber.

Er ging auf die Kneipe zu und beäugte dabei den Mann am Bonbonstand daneben; an seinem Gesichtsausdruck sah er, daß der Mann ihn offenbar als Cop erkannt hatte. Lloyd schlug einen Haken, ging auf den Bonbonstand zu und streckte die Hand aus. »Polizei. Ich glaube, jemand hat hier einen Schlüssel für mich hinterlassen.«

Der Bonbonverkäufer wurde bleich. »Ich – ich – wußte ja nicht, daß er hier rumballern würde, Officer. Der Kerl hat mich bloß gefragt, ob ich mir zwanzig Eier verdienen wollte, indem ich den Schlüssel verwahrte, und wenn einer danach fragte, sollte ich ihn rausgeben. Mit 'ner Schießerei wollte ich nichts zu tun haben.«

Das rasende Klicken in seinem Kopf ließ Lloyd flüstern. »Wollen Sie damit sagen, der Mann, der Ihnen den Schlüssel gegeben hat, ist der Mann, der mit der Maschinenpistole geschossen hat?«

»Ge-genau. Das war aber doch keine Beihilfe, oder?«

Lloyd zog ein abgegriffenes Foto von Thomas Goff aus der Tasche. »Ist das der Mann?«

Der Bonbonmann nickte bestätigend und schüttelte dann den Kopf. »Ja und nein. Der Kerl hier könnte fast sein Bruder sein, aber der MP-Typ war hagerer im Gesicht, und er hatte 'ne längere Nase. Die Ähnlichkeit ist ziemlich stark, aber ich muß sagen, er ist es nicht.«

Lloyd nahm dem Händler den Schlüssel aus der zitternden Hand und sagte mit zitternder Stimme. »Beschreiben Sie mir den Penner, auf den der Mann geschossen hat.«

»Kein Problem, Officer. Ein großer, kräftiger Mann, rötliche Haut, dunkles Haar. Hatte 'n bißchen Ähnlichkeit mit Ihnen.«

Das letzte *Klick* explodierte wie eine blitzende Neonschrift: »Idiot. Trottel. Blödmann. Gimpel.« *Es war Havilland.* Die Falle war für *ihn* gewesen, nicht für Oldfield. *Oldfield* war der Akteur gewesen, nicht Goff. Was immer der Fall noch an verborgenen Windungen enthalten mochte – Havilland hatte ihn von Anfang an zum Narren gehalten; durch die L.A.P.D.-Personalakte hatte er Kenntnis von Lloyds Methoden gehabt und seine Aktionen entsprechend geplant. Der psychiatrische Bericht über Oldfield war ein kalkulierter Schachzug gewesen, basierend auf alten Beurteilungen der Hollywood Division, in denen von seiner Neigung zu »Juristisch dubiosen Durchsuchungsmethoden« die Rede gewesen war. Schon vor ihrem ersten Zusammentreffen war er an der Nase herumgeführt worden, mit der »Night Tripper«-LP und den in der Praxis inszenierten Fotos von Linda Wilhite, und Linda und Stanley Rudolph und Goff und Oldfield und Herzog und wer-weiß-wie-viele andere hatten, als willentliche oder ahnungslose Komplizen des Arztes, an ihren Marionettenschnüren vor ihm herumgebaumelt. Die schlichte Brillanz dieses Unternehmens war überwältigend. Er hatte sich an eine stählerne Wand mit selbst errichteten Stahldornen gespießt.

Bevor die Dornen weiteres Blut fließen lassen konnten, ging Lloyd zu Fach 416 und schob den Schlüssel hinein. Die Tür klemmte kurz und öffnete sich dann. Drinnen lag ein .357er Colt *Python* und eine mit einem Gummiband umwickelte Rolle Zwanzigdollarscheine. Er hob den Revolver auf. Die Trommel war leer, aber der Lauf verströmte einen schwachen Paraffingeruch, und an der Unterseite des Gehäuserahmens klebte ein Plastiksticker mit der Aufschrift »Christie – L.A.P.D.«.

Wieder gruben sich die Dornen in sein Fleisch, von innen und von außen. Lloyd knallte das Schließfach zu und fuhr zum Parker Center.

In den Büros des Internal Affairs Department im sechsten Stock drängten sich Polizisten und Verwaltungsangestellte. Ein Officer in Uniform lief im Gang an ihm vorbei und warf ihm ein paar Worte der Erklärung zu. »Mein Partner und ich haben eben Marty Bergen hereingebracht. Haben ihn im MacArthur Park geschnappt, beim Entenfüttern. Er ist aussagebereit. Ein paar Bullen vom IAD wollen ihn jetzt zur Brust nehmen.« Lloyd rannte zum Anwaltszimmer am Ende des Ganges. Vor dem Einwegspiegel drängten sich Polizisten in Zivil. Er quetschte sich dazu und sah Marty Bergen, Fred Gaffaney, einen Stenografen und eine unbekannte Frau, die aussah wie eine Pflichtverteidigerin, an einem Tisch voller Bleistifte und gelber Kanzleiblocks. Die Frau flüsterte Bergen etwas ins Ohr, die Finger des Stenografen verharrten über den Tasten, und Gaffaney befummelte seine Krawattenspange und trommelte auf dem Tisch herum.

Lloyd sah, daß Drähte unter der Deckenverkleidung entlangliefen. Er stieß den Officer neben ihm an. »Wird da irgendwo eine Sicherheitsaufzeichnung mitgeschnitten?«

Der Officer nickte. »Ist 'n Tonbandanschluß im Büro des Skippers. An seinem Schreibtisch sitzt auch noch 'n Stenograf.«

»Kopfhörer?«

»Lautsprecher.«

Lloyd nahm seinen Notizblock zur Hand und schrieb: Dr. John Havilland, Praxis: 1710 Century Park East – *sämtliche angewählten Telefonnummern der letzten 12 Monate, Praxis und Privatwohnung.* Er ging den Gang hinunter und klopfte an die Glastür von Gaffaneys Vorzimmer. Die Sekretärin öffnete und starrte ihn mit verschreckter Miene an. Er gab ihr den Block. »Der Captain wünscht, daß ich bei der Vernehmung zuhöre. Könnten Sie mir einen Gefallen tun und bei der Telefongesellschaft anrufen? Ich brauche diese Angaben.«

Die Frau runzelte die Stirn. »Der Captain hat mir verboten, das Büro zu verlassen. Kürzlich wurde hier Marihuana gestohlen, das als Beweismaterial benötigt wurde. Er mußte einen Verdächtigen laufenlassen, und darüber war er sehr böse.«

Lloyd grinste. »Das ist hart. Aber diese Bitte kommt direkt von Thad Braverton. Ich halte solange die Stellung.«

Das Stirnrunzeln der Frau vertiefte sich. »Also gut. Aber bitte lassen Sie keinen Unbefugten herein.« Ihre Finger schlossen sich um den Notizblock, und sie marschierte in Richtung der Aufzüge davon. Lloyd schloß die Tür von innen ab und betrat Gaffaneys Büro. Eine großmütterliche Stenografin saß am Schreibtisch und hackte auf ihrer Maschine herum; aus einem Lautsprecher an der Wand über ihrem Kopf tönte Gaffaneys strenge Stimme.

»... und eine Anwältin ist zugegen. Bevor wir mit dieser Vernehmung beginnen, Mr. Bergen, wünschen Sie noch etwas zu sagen?«

Lloyd zog sich einen Stuhl heran und grinste die Stenografin an; die legte einen Finger an die Lippen und deutete auf den Lautsprecher, als plötzlich elektronisch verstärktes Gelächter durch das Zimmer hallte, gefolgt von Marty Bergens Stimme. »Yeah. Halten Sie bitte im Protokoll fest, daß ich erkläre, Ihre Krawattenspange sei ganz beschissen. Wenn das L.A.P.D. eine anständige Behörde wäre, würde man dreifach begründete Klage gegen Sie erheben: wegen ästhetischen Bankrotts, wegen Führens faschistischer Embleme und wegen allgemeiner Drittklassigkeit. Fahren Sie fort mit Ihrer Vernehmung, Captain.«

Caffaney räusperte sich. »Ich danke Ihnen für diesen unerbetenen Kommentar, Mr. Bergen. Ich fahre also fort und werde eine Reihe spezifischer Fakten konstatieren. Erheben Sie bitte formellen Widerspruch, wenn Sie diese Fakten für unkorrekt halten. Erstens: Sie sind Martin D. Bergen, vierundvierzig Jahre alt. Sie wurden nach sechzehn Dienstjahren beim Los Angeles Police Department aus dem Dienst entlassen. Im Laufe Ihrer Dienstzeit befreundeten Sie sich mit Officer Jacob M. Herzog, der gegenwärtig vermißt wird. Sind diese Aussagen zutreffend?«

»Jawohl«, sagte Bergen.

»Gut. Ich fahre weiter fort. Vor sechs Tagen wurden Sie durch einen Detective des L.A.P.D. nach Officer Herzogs derzeitigem Aufenthalt befragt. Sie erklärten dem Detective, Sie hätten Herzog seit etwa einem Monat nicht mehr gesehen und Herzog sei bei Ihren letzten Zusammenkünften ›launisch‹ gewesen. Trifft das zu?«

»Ja.«

»Weiter: Wünschen Sie die Aussage, die Sie dem Officer gegenüber gemacht haben, in irgendeiner Weise zu ändern?«

Bergens Stimme wurde zu einem kalten Wispern. »Ja, das wünsche ich. Jack Herzog ist tot. Er hat sich mit einer Überdosis von Barbituraten umgebracht. Ich habe seinen Leichnam und einen Abschiedsbrief in seinem Apartment gefunden und in einem Steinbruch oben in der Nähe von San Berdoo begraben.«

Lloyd hörte, wie Bergens Anwältin nach Luft schnappte und anfing, warnend auf ihn einzuplappern. »Nein, verdammt noch mal«, schrie Bergen. »Ich will es erzählen!« Das Stimmengewirr wurde lauter, und Gaffaneys Organ gewann schließlich die Oberhand. »Wissen Sie noch, wo Sie den Leichnam begraben haben?«

»Ja«, sagte Bergen. »Ich bringe Sie hin, wenn Sie wollen.«

Der Lautsprecher verstummte und erwachte dann mit erregtem Wispern langsam wieder zum Leben. Schließlich fing Gaffaney wieder an. »Ohne daß ich Ihnen die Worte in den Mund legen will, Mr. Bergen – würden Sie sagen, daß die erste Aussage im Zusammenhang mit Officer Herzog, die Sie der Polizei gegenüber gemacht haben, irreführend oder inkorrekt war?«

»Was ich Hopkins erzählt habe, war reiner Quark«, sagte Bergen. »Als ich mit ihm sprach, lag Jack schon seit drei Wochen in seinem Grab. Sehen Sie, ich dachte ja, ich könnte danach einfach davonspazieren. Aber dann fing es an, in mir zu nagen. Ich ging auf eine Sauftour, um mir über alles klarzuwerden. Wenn die beiden Cops mich nicht gefunden hätten, wäre ich über kurz oder lang von selbst aufgekreuzt. Jack muß da in einen mächtigen Scheißhaufen getreten sein, denn sonst hätten Sie doch nicht nach mir fahnden lassen. Ich schätze, Sie haben zwei Gründe, mich hier festzuhalten – einmal den windigen Vorwurf, Jacks Leiche beseitigt zu haben, sowie den, gestohlene Dokumente entgegengenommen zu haben. Also stellen Sie Ihre Fragen, oder lassen Sie mich meine Aussage zu Protokoll geben, damit Sie Ihre Klage erheben können und ich meine Kaution stellen kann. Okay, Fred-Baby?«

Wieder folgte ein langes Schweigen. Diesmal war es Fred Gaffaney, der es brach. »Reden Sie, Bergen. Ich werde Fragen stellen, wenn ich es für nötig halte.«

Atemgeräusch drang aus dem Lautsprecher. Lloyds Körper spannte sich erwartungsvoll an. Er glaubte zu zerreißen, als Bergen sagte: »Jack hatte immer eine sehr dünne Haut; er hatte keines der Auslaßventile, wie andere Cops sie haben. Er hat nicht getrunken oder in Kneipen rumgehangen oder Weiber gejagt. Er hat gelesen und gebrütet und mit sich selbst im Wettkampf gelegen; er wollte immer so sein wie diese mystischen Kriegertypen, die er so sehr verehrte. Er setzte sich irgend etwas in den Kopf und wurde dann zum Berserker. Die letzten sechs Monate vor seinem Tod war er zum Beispiel besessen von dieser Idee, mich zu rehabilitieren, indem er beim L.A.P.D. eine Glaubwürdigkeitslücke herstellte – er wollte das Department in einem schlechten Licht zeigen, so daß die Schmach meiner Entlassung sich daneben geringfügig ausnähme. Er redete und redete und redete davon, weil er ein Held war, und weil er mich so gern hatte, mußte er aus mir Feigling einen Helden machen, damit unsere Freundschaft real wäre. Etwa um diese Zeit lernte er in einer Bar einen Typen kennen. Der Typ machte ihn mit einem anderen Typen bekannt, einem ›aktengeilen Genie‹, wie Jack sagte. Der Typ war eine Art Guru, der all diesen kläglichen Guru-Anbetern Riesensummen abknöpfte und ihnen dafür half, ihre Probleme zu bewältigen und so weiter. Der Mann überredete Jack, ein paar Personalakten zu stehlen, die für ihre persönlichen Zwecke nützlich sein werden – für Jacks ›Glaubwürdigkeitslücke‹ wie für die spleenige Sucht dieses Gurus nach vertraulichen Informationen. Jack zeigte mir die Akten. Vier davon betrafen hohe Tiere, die nebenher als Werkschutzleiter arbeiteten und Zugang zu weiteren Personalakten hatten; der fünfte war Johnny Orlando, der Fernsehknabe, und der sechste war, das wissen Sie, Lloyd Hopkins. Jack dachte sich, die Informationen in diesen Akten würden ein schmutziges Bild des L.A.P.D. zeichnen und die Bedürfnisse des Gurus befriedigen.«

»Haben Sie die Akten noch?« fragte Gaffaney.

»Nein«, antwortete Bergen. »Ich hab' sie gelesen und Jack zurückgegeben. Ich hab' versucht, die Informationen in einer Serie von Kolumnen zu verwenden, gewissermaßen als Tribut an sein Andenken, aber schließlich sah ich ein, daß es nur ein Tribut an seinen Wirrkopf gewesen wäre, und gab die Sache auf.«

»Erzählen Sie mir mehr über diesen sogenannten Guru und seinen Freund.«

»Okay. Zunächst mal – ich weiß nicht, wie sie heißen, aber ich weiß, daß Jack sich von dem Guru beraten ließ, um über ein paar Dinge hinwegzukommen, die ihn plagten. Der Guru benutzte dabei vieldeutige Phrasen wie ›jenseits des Äußersten‹ und ›hinter der grünen Tür‹, was etwas mit einem alten Songtitel zu tun hat. Beide Phrasen kamen in Jacks Abschiedsbrief vor.«

Lloyd nahm den Telefonhörer ab und wählte eine Nummer, von der er zu neunundneunzig Prozent sicher war, daß sie Havillands Urheberschaft von A bis Z bestätigen würde.

»Hallo?«

Er wandte der Stenografin den Rücken zu und flüsterte: »Ich bin's, Linda.«

»Hopkins, Baby!«

»Hör zu – ich kann jetzt nicht reden, aber neulich nachts hast du etwas wie ›jenseits des Äußersten‹ und ›grüne Türen‹ gemurmelt. Woher hattest du diese Sprüche?«

»Von Dr. Havilland. Warum? Du klingst schrecklich aufgeregt, Hopkins. Was ist los?«

»Ich erzähl's dir später.«

»Wann?«

»Ich komme in zwei Stunden vorbei. Bleib zu Hause und warte auf mich, okay?«

Lindas Stimme wurde ernst. »Ja. Es geht um ihn, nicht wahr?«

»Ja.« Lloyd legte auf, und Bergen sagte eben: »... und an dem Schaum vor seinem Mund sah ich, daß er eine Überdosis Barbiturate genommen hatte. Er hat immer gesagt, wenn er je den Nachtzug nimmt, dann nie mit seinem Revolver.«

Gaffaney seufzte. »Sergeant Hopkins hat Herzogs Wohnung durchsucht; er sagt, sämtliche Flächen seien mit Scheuerpulver von Fingerabdrücken gesäubert worden. Haben Sie Wischspuren bemerkt, als Sie die Leiche fanden?«

»Nein. Da waren keine.«

»Erinnern Sie sich an den exakten Wortlaut von Herzogs Abschiedsbrief, abgesehen von den Formulierungen, die Sie bereits erwähnt haben? Hat er die Gründe für seinen Selbstmord genauer ausgeführt?«

»Hier ist Schluß mit unserer Zusammenarbeit, Fred-Baby«, sagte Bergen. »Ich erzähle Ihnen alles, was Sie wollen – nur das nicht. Und soviel Zunder können Sie mir nicht geben, daß ich es mir anders überlegte.«

Das Klatschen zweier Handflächen auf der Tischplatte ließ den Lautsprecher vibrieren. »Nach diesem Statement machen wir ein paar Stunden Pause. Wir haben eine Verwahrungszelle für Sie vorbereitet, Mr. Bergen. Ihre Anwältin kann Ihnen Gesellschaft leisten, wenn sie Lust hat. Wir machen später an dieser Stelle weiter. Sergeant, zeigen Sie Mr. Bergen seine vorläufige Behausung.«

Der Lautsprecher wurde abgeschaltet. Lloyd stand auf und ging ins Vorzimmer. Er schaute durch das Fenster hinaus in den Gang und erhaschte einen Blick auf einen Officer in Zivil, der Bergen und seine Anwältin die Treppe hinauftrieb, die zu den Haftkäfigen im fünften Stock führte. Bergens Haltung nach seinem Geständnis verriet tiefe Erschöpfung – hängende Schultern, glasige Augen, schlurfender Gang. Lloyd salutierte seinem Rücken, als er um die Ecke verschwunden war. Als er sich abwandte, klopfte Gaffaneys Sekretärin an die Tür; sie hielt einen Stoß Papiere in der Hand.

»Hier sind Ihre Informationen, Sergeant.«

Lloyd öffnete und nahm der Frau die Blätter ab. »Ich erkläre Ihnen dieses Print-out«, sagte sie. »Der Dienststellenleiter hat mir die geschäftlichen und privaten Anrufe ausdrucken lassen, die bis vorgestern geführt wurden; die aktuelleren Daten sind noch nicht im Computer. Wenn Sie die Liste durchsehen, werden Sie feststellen, daß nur hinter wenigen Nummern auch Namen verzeichnet sind. Der Grund ist, daß er fast alle seine Privatgespräche mit Telefonzellen geführt hat. Ist das nicht sonderbar? Der Standort der Zellen steht neben den jeweiligen Nummern. Wollten Sie das haben?«

Wieder fühlte Lloyd ein sanftes *klick.* »Das ist ausgezeichnet. Tun Sie mir noch einen Gefallen? Rufen Sie den *obersten* Leiter der Gebührenzentrale bei Bell Telephone an und bitten Sie ihn, mir die Nummern herauszusuchen, die in den letzten beiden Tagen von diesen zwei Telefonen aus angerufen worden sind. Er kann mich im Raub/Mord-Dezernat anrufen. Sagen Sie ihm, es handelt sich um eine entscheidend wichtige Information zu einem Mordfall. Tun Sie das für mich?«

»Ja, Sergeant. Werden Sie noch mit dem Captain sprechen? Ich weiß, daß es ihn interessiert, was Sie tun.« Lloyd schüttelte den Kopf. »Nein. Wenn er mich braucht, findet er mich in meinem Büro. Mit dieser Telefongeschichte werde ich ihn erst behelligen, wenn ich etwas Handfestes habe. Im Moment hat er genug am Hals.«

Gaffaneys Sekretärin senkte den Blick. »Ja. Er arbeitet viel zuviel.«

Lloyd trabte nach oben in sein Büro und fragte sich, ob diese Wiedergeburt eines alten Hexenjägers womöglich ein Gattinnenbetrüger war. Er schloß die Tür hinter sich und las die Liste der Telefonnummern durch, die aus Havillands Praxis und aus seinem Apartment in Beverly Hills angerufen worden waren, und er spürte, wie die *klicks* mit Hubert Douglas' Thomas-Goff-Zitat kollidierten: »Er nannte sich selber immer 'n ›beglaubigten Paranoiden‹, und er behauptete, er verwischt seine Spuren sogar, wenn er bloß zum Pissen geht, nur um nicht aus der Übung zu kommen.«

Die Anrufe zu den Telefonzellen deuteten darauf hin, daß auch *Havilland* ein »beglaubigter Paranoider« war. Die meisten der Anrufe waren an Münzfernsprecher gegangen, die maximal eine Viertelmeile weit von den Wohnungen Jack Herzogs, Thomas Goffs und Richard Oldfields entfernt standen. Die Anrufe bei Herzog begannen im vergangenen November; dies paßte zu Marty Bergens Aussage, Herzog habe den »Guru« vor sechs Monaten kennengelernt; der letzte hatte Ende März stattgefunden, etwa zur Zeit von Herzogs Selbstmord. Die Goff-Telefonate reichten vom Anfang des Computerausdrucks bis zu dem Tag nach dem Dreifachmord im Schnapsladen; die Oldfield-Gespräche erstreckten sich über die gesamte Liste bis zu ihrem Ende vor achtundvierzig Stunden.

Lloyd wandte sich den Standorten der übrigen Telefonzellen auf der Liste zu; er holte seine Thomas-Brothers-Straßenkarte von L.A. County hervor und hoffte, seine Theorie möge sich mit Marty Bergens Aussage decken, der behauptet hatte, der »Guru« knöpfe diesen »kläglichen Guru-Anbetern Riesensummen« ab. Standort der Telefonzelle – Index der Straßenkarte – Straßenkarte: fünf Zellen, fünf Bestätigungen. *Klick klick klick klick klick.* Alle fünf Münztelefone standen in den Einkaufszentren teurer Wohngegenden – Laurel Canyon, Sherman Oaks, Palos Verdes Estates, San Marino und Bunker Hill Towers. Schlußfolgerung: Andere »Guru-Anbeter«, die *innerhalb* der Ortsgesprächszone Century City und Beverly Hills wohnten, nicht gerechnet, hatte Dr. John Havilland mindestens fünf Personen, vielleicht unschuldig, vielleicht gewalttätig und geisteskrank, die er »beriet«. Unbeantwortete Frage: Wenn man Havillands »Paranoia« betrachtete, war es offensichtlich, daß er sich gegen genauere Untersuchungen *jeglicher* Art massiv absichern wollte. *Aber wo traf er dann mit seinen Patienten zusammen?*

Lloyd dachte an die Diplome in Havillands Praxis an der Wand: Harvard

Medical School; dann zwei Krankenhäuser im Raum New York. *Klick. Klick. Klick.* Thomas Goff war in New York geboren und aufgewachsen. Konnte seine Verbindung zu dem Arzt in seine Zeit als Psychiatriepatient zurückreichen? Sämtliche Schlüssel lagen in der Vergangenheit, unter dem Mantel des Arztgeheimnisses verborgen. Lloyd stellte sich vor, er sei ein Guru-Anbeter, der ein Buch schreiben wolle, mit nichts weiter ausgerüstet als mit guten Absichten und einem Telefon. Fünf Minuten später war dieses Telefon zu einer Zeitmaschine geworden, die auf Dr. John Havillands Vergangenheit zujagte.

Die Geschichte mit dem Buch funktionierte. Jahre, bevor er sich der Geheimniskrämerei zuwandte, hatte John Havilland eine Neigung zur Autobiographie an den Tag gelegt, deren Auswirkungen der Nachwelt in Form eines Essays überliefert waren, vorgelegt bei der Aufnahme in die Harvard Medical School; sein alter Fakultätsmentor bezeichnete diesen Essay als »beispielhaft sowohl für eine exzellente Beherrschung der englischen Sprache als auch für die Darlegung vernünftiger Motive für die Entscheidung, den Beruf des Psychiaters zu ergreifen«.

In der Erinnerung an Havilland und seinen Essay begann der Mentor nur so zu sprudeln, und Lloyd erfuhr, daß der Guru-Psychiater 1945 in Scarsdale, New York, geboren war; er war zwölf Jahre alt gewesen, als sein Vater auf Nimmerwiedersehen verschwunden war, nicht ohne den kleinen John und seine Mutter auf das Üppigste zu versorgen. Nachdem John einige Wochen lang über das Verschwinden seines Vaters spekuliert hatte, wurde er am Kopf verletzt; danach blieben ihm nichts als Erinnerungsfragmente und Phantasien über den Mann, der sein Erzeuger gewesen war, ein Flickenteppich aus Wahrheit und Illusionen, bei dessen Deutung ihm seine alkoholsüchtige Mutter in keiner Weise helfen konnte. Immer wiederkehrende Erinnerungssymbole, gute und böse – liebevolle Fahrten auf einem Riesenrad in der Bronx und beharrliche polizeiliche Vernehmungen zerrissen ihn innerlich und erfüllten ihn mit dem Verlangen, *sich selbst* kennenzulernen, indem er selbstlos *anderen* half, sich zu erkennen. 1957, im Alter von zwölf Jahren, nahm John Havilland sich vor, der größte Psychiater zu werden, den es je gegeben hatte.

Lloyd ließ den Mentor weitersprudeln, und er erfuhr, daß Havilland sich während seines Medizinstudiums in Harvard mit Symboltraumtherapie beschäftigt und preisgekrönte Arbeiten über Techniken der psychologischen Manipulation und der Gehirnwäsche verfaßt hatte und daß er als Arzt im Castleford Hospital gerichtlich eingewiesene Kriminelle therapiert hatte – mit erstaunlichen Resultaten: Nur wenige dieser Kriminellen waren je rückfällig geworden. Der Mentor schloß mit den Worten: »Danach arbeitete Dr. Havilland dann in Los Angeles. Viel Glück mit Ihrem Buch.« Er wartete auf eine Antwort, aber Lloyd knurrte nur: »Danke«, und legte auf.

Anrufe in den beiden Krankenhäusern, Castleford und St. Vincent's blieben fruchtlos; man war dort nicht bereit, ihm Auskunft über Dr. John Havilland zu geben oder ihm mitzuteilen, ob Thomas Goff dort jemals behandelt worden war. Die letzte Telefonmöglichkeit war das »böse Erinnerungssymbol« eines zwölfjährigen Jungen.

Lloyd rief das Police Department von Scarsdale, New York, an und sprach mit einer ganzen Reihe von diensthabenden Beamten und Verwaltungsangestellten; er erfuhr, daß die Akten des Departments aus der Zeit vor 1961 bei einem Brand vernichtet worden waren. Er wollte schon aufgeben, als ein pensionierter Officer, der seine alte Dienststelle besuchte, ans Telefon kam.

Der Mann erzählte Lloyd, irgendwann in den fünfziger Jahren sei ein stinkreicher Mann aus Scarsdale, ein gewisser Havilland, Hauptverdächtiger im Falle der Ermordung eines Gefängniswärters aus Sing-Sing namens Duane McEvoy gewesen, der seinerseits des Sexualmordes an mehreren jungen Frauen aus Westchester County verdächtigt worden war. Havilland hatte außerdem unter dem Verdacht gestanden, einen ganzen Block leerstehender Häuser in einem heruntergekommenen Bezirk von Ossining angezündet zu haben, darunter auch eine verfallene Villa, die der Polizeichef von Scarsdale als »Folterfabrik« bezeichnet habe. Havilland sei etwa um dieselbe Zeit verschwunden, da man McEvoys von Messerstichen zerhackten Leichnam im Hudson River treibend aufgefischt hatte. Soweit es dem pensionierten Officer bekannt war, hatte man ihn nie zur Rechenschaft gezogen oder auch nur wieder zu Gesicht bekommen.

Als Lloyd aufgelegt hatte, spürte er, wie das Klicken ein festes Netz der Gewißheit bildete. John Havilland hatte sich ihn als Gegenspieler auserkoren, als er bei ihrem ersten Zusammentreffen beiläufig bemerkt hatte, wie ähnlich er seinem Vater sah. Besessen von väterlicher Macht, hatte er sich gedrängt gefühlt, sich einen Hofstaat aus wissensschwachen »Sprößlingen« zuzulegen – darunter auch Goff und Oldfield –, die er zu Überträgern seiner eigenen Seuche formte und auf Missionen des Grauens sandte. Thomas Goff war vermutlich in Castleford Hospital auf Havilland gestoßen, kurz nachdem das Zuchthaus Attica ihn auf Bewährung entlassen hatte. Havillands »Therapie« hatte ihn von den kriminellen Neigungen abgelenkt, die sein Leben damals beherrscht hatten – daher seine zu hundert Prozent weiße Weste nach der Haft in Attica. Wahrscheinlich hatte er die »Guru-Anbeter« für Havilland rekrutiert; seine Streunerei durch die Bars und die Aussagen von Morris Epstein und Hubert Douglas deuteten darauf hin.

Das Klicken verließ das Reich der Gewißheit und sprang mit einem wilden Satz in das Reich purer Vermutung, aber nichtsdestoweniger war das Gefühl *richtig:* Thomas Goff war tot, ermordet von Havilland, nachdem er mit seinem .41er im Schnapsladen ausgerastet war. Havilland hatte Goffs Apartment dekoriert und das Album von »Dr. John the Night Tripper« als Köder hinterlegt. Der

Mann, den Goffs Hauswirt am Nachmittag vor der Razzia gesehen hatte, war *Oldfield* gewesen, *verkleidet als Goff.* Howard Christie hatte Havilland eigenhändig umgebracht.

Idiot. Trottel. Schwachkopf. Blödmann. Gimpel. Selbstvorwürfe bohrten sich in sein Herz. Er stand auf und ging den Gang hinunter zu Thad Bravertons Büro, doch er hielt inne, als die Tür mit der Inschrift »Chief of Detectives« vor ihm aufragte wie eine Barriere, nicht wie eine Hafeneinfahrt. *Er hatte nichts als Indizien, Vermutungen, Theorien.* Er hatte keinen Beweis, auf dessen Grundlage man Dr. John Havilland hätte verhaften können.

Lloyd legte körperlich und geistig einen neuen Gang ein und begab sich in den Arrestbereich im fünften Stock; Marty Bergen saß allein in seinem Käfig und starrte durch das Drahtgitter nach draußen.

»Hallo, Marty.«

»Hallo, Hopkins. Kommen Sie, um Ihre Schadenfreude zu genießen?«

»Nein. Ich wollte mich für Ihre Aussage bedanken. Sie hat mir weitergeholfen.«

»Na prima. Ich bin sicher, Sie werden eine sensationelle Verhaftung hinlegen und sich 'ne neue Kerbe in Ihre Legende schnitzen.«

Lloyd spähte zu Bergen in den Käfig. Der Schatten des Maschendrahtes malte ein Zickzackmuster auf das Gesicht des Mannes. »Haben Sie eine Ahnung, wie groß diese Sache tatsächlich ist?«

»Yeah. Den größten Teil der Story hab' ich eben gehört. Schade, daß ich nicht darüber berichten kann.«

»Wer hat Ihnen davon erzählt?«

»Eine Quelle. Ich wäre ein beschissener Reporter, wenn ich nicht meine Quellen hätte. Haben Sie schon einen Hinweis auf den Guru?«

Lloyd nickte. »Ja. Ich glaube, es ist bald vorbei. Warum haben Sie mir nicht gesagt, was Sie wußten, als wir das erstemal miteinander sprachen?«

Bergen lachte. »Weil mir Ihr Stil nicht gefiel. Ich habe getan, was ich tun mußte, indem ich ausgepackt habe, Hopkins; also bin ich clean. Verlangen Sie nicht, daß ich Ihnen jetzt in den Arsch krieche.«

Lloyd krallte die Finger in das Drahtgitter wenige Zoll vor Bergens Gesicht. »Kriech, wohin du willst, Pißnelke. Wenn Sie mir neulich die Wahrheit gesagt hätten, wäre Howard Christie heute noch am Leben. Setzen Sie das ruhig auf Ihre Schuldliste.«

Bergen zog den Kopf zwischen die Schultern. Lloyd ging davon, und seine Worte hingen in der Luft wie giftiger Fallout.

Während er westwärts auf Hollywood zufuhr, stellte Lloyd sich seine letzten unbeantworteten Fragen, und instinktiv gab er Antworten, die ebenso plausibel klangen wie der Rest seiner Hypothese. Wußte John Havilland, daß Jungle Jack

Herzog tot war? Nein. Höchstwahrscheinlich vermutete er, daß Herzogs Scham über sein »Äußerstes« ihn darin hinderte, die Welt im allgemeinen oder die Polizei im besonderen auf den Mann hinzuweisen, der ihn »darüber hinaus« geführt hatte. Die Wischspuren in Herzogs Wohnung? Wahrscheinlich Havilland – wahrscheinlich am Tag nach dem Dreifachmord im Schnapsladen, als ihm klargeworden war, daß Goff unwiderruflich ausgeflippt war. Goff hatte Herzog rekrutiert; folglich lag es nahe, daß er Jungle Jacks Apartment besucht und dort Fingerabdrücke hinterlassen hatte. Havilland wäre daran gelegen gewesen, die potentielle Verbindung zu sich zu verwischen. Aber auf Herzogs Ebene hatte der Arzt seine Verwundbarkeit behalten.

Lloyd zwang sich, das Wort laut auszusprechen: Homosexualität. Sie steckte in Herzogs Heldenverehrung, in seinem schrecklichen Drang, als Polizist die Gefahr herauszufordern, in dem mangelnden sexuellen Interesse an seiner Freundin kurz vor seinem Tod. Bergen wollte auf den Abschiedsbrief nicht näher eingehen, weil das Wort in diesem Schriftstück stand, und in seinen Implikationen beleuchtete es Havillands tragischen Defekt: Er wollte, daß Jack Herzog durch die Welt zog und Zeugnis ablegte von der Macht eines Mannes, der einen Macho-Cop dazu gebracht hatte, Farbe zu bekennen.

Haß ergriff Lloyd wie ein Schraubstock und preßte ihn so heftig zusammen, daß er das Gefühl hatte, sein Hirn drohe ihm die Schädeldecke abzusprengen. In einem wütenden Reflex trat sein Fuß das Gaspedal auf das Bodenblech, und die Highland Avenue verschwamm vor seinen Augen. Da fiel ihm eine Zeile aus Marty Bergens Gedächtniskolumne ein, und er trat jäh auf die Bremse. »Laßt auferstehen an diesem Tag die Toten.« Er lächelte. Jungle Jack Herzog würde von »jenseits des Äußersten« zurückkehren und den Mann, der ihn in den Tod geschickt hatte, ans Messer liefern.

Lloyd fuhr am Hollywood Bowl vorbei und bog in den Windemere Drive ein. Er fluchte, als er sah, daß Oldfields Mercedes nicht vor dem Haus stand und daß eine Vielzahl von Grillpartys in den Vorgärten ihn daran hinderten, einen raschen Einbruch zu begehen. Er parkte, ging zum Haus und spähte durch das vordere Fenster hinein. Noch immer versperrten schwere Vorhänge den Blick nach innen. Wieder fluchte er und ließ seinen Blick flüchtig über den Vorgarten streifen; er hielt inne, als er einen weißen Fleck auf dem ansonsten gleichmäßig grünen Rasen entdeckte.

Er ging darauf zu. Der weiße Fleck war ein Stück Klebstreifen, und an der Klebstoffseite hing etwas, das aussah wie geronnenes Blut. Wieder ein leises *klick,* diesmal gefolgt von einem sanften Fragezeichen. Lloyd hob den Klebstreifen auf und fuhr dann in südlicher Richtung davon, um sich das nötige Material für seine Falle zu kaufen.

Er parkte vor der »Brass Rail«-Waffenhandlung an der La Brea, nahm Howard Christies .357er Magnum aus dem Handschuhfach und sah sich die

Griffschalen an. Sie waren aus gerieftem Walnußholz, oben und unten mit Schrauben befestigt, auswechselbar – aber wegen der Riffelung nahmen sie keine Fingerabdrücke an. Lloyd fluchte, was das Zeug hielt. Dann ging er mit dem Revolver in den Laden, zeigte dem Händler seine Dienstmarke und erklärte, er suche einen großen Revolver mit auswechselbaren glatten Griffschalen, die auch an seinen Magnum paßten. Der Händler holte einen kleinen Schraubenzieher hervor und legte ein Sortiment von Revolvern auf die Theke. Zehn Minuten später war Lloyd um dreihundertfünf Dollar ärmer und stolzer Besitzer eines Ruger .44er Magnum mit dicken glänzenden Kirschholzgriffschalen. Aufgrund des offiziellen polizeilichen Dienstausweises hatte der Händler nicht auf der vorgeschriebenen dreitägigen Wartefrist bestanden. So bewaffnet, drückte Lloyd die Daumen und fuhr zu einer Telefonzelle. Hoffentlich hielt sein Glück weiter an.

Es hielt. Die Telefonistin im Raub/Mord-Dezernat hatte eine dringende Nachricht für ihn: Er sollte Katherine Daniel anrufen, Bell Telephone Company, 623-1102, Apparat 129. Lloyd wählte die Nummer, und nach wenigen Sekunden lauschte er einer rauchigen Frauenstimme, die ihm schilderte, wie die Achtung vor ihrem verstorbenen Vater, einem altgedienten Polizisten, sie angespornt habe, »den Arsch zu bewegen« und ihm die Informationen zu beschaffen, die er benötigte.

»... und so ging ich also runter in den Computerraum und sah mir die aktuelle Eingabe für Ihre beiden Nummern an. Weder gestern noch heute wurde von einem der beiden Anschlüsse gesprochen. Das machte mich stutzig, und ich dachte mir, ich sehe mir diesen Havilland mal ein bißchen genauer an. Als erstes nahm ich mir die Computerakte mit seinen Telefonrechnungen vor, und zwar für die letzten anderthalb Jahre. Er hat die Rechnungen für beide Anschlüsse per Scheck bezahlt – nur nicht im vergangenen Dezember, als nämlich ein Mann namens William Nagler beide Rechnungen bezahlt hat. Ich überprüfte also diesen Nagler. Er bezahlt jeden Monat seine eigene Telefonrechnung *und* die Rechnung für einen Anschluß in Malibu. Er *wohnt* in Laurel Canyon, denn auf seinen Schecks steht seine Adresse, und außerdem hat er eine Laurel-Canyon-Telefonnummer. Aber –«

Lloyd fiel ihr ins Wort. »Von jetzt an lassen Sie's langsam gehen; ich schreibe mit.«

Katherine Daniel atmete einmal durch und redete weiter. »Okay. Wie gesagt, dieser Nagler bezahlte die Rechnung für diesen Anschluß in Malibu – vier-fünf-zwo, sechs-eins-fünf-eins. Die Adresse steht nicht dabei. Solange Nagler die Rechnungen für das Telefon dort übernimmt, kann es von uns aus in Timbuktu stehen. Na, jedenfalls – ich habe mir daraufhin die Ferngespräche, die innerhalb des vergangenen Jahres von Sechs-eins-fünf-eins aus geführt wurden, ausdrucken lassen, und dabei bin ich auf einen großen Teil der Telefonzellennummern gestoßen, die Sie bei Ihrer ersten Anfrage bekommen haben. Da hab' ich dann auch die Eingaben von gestern und heute überprüft und ein paar Ferngespräche gefunden, allesamt innerhalb dieses Bezirks. Wollen Sie die Nummern haben?«

»Ja«, sagte Lloyd. »Langsam und ruhig. Haben Sie auch Namen und Adressen dazu?«

»Dachten Sie, ich mache halbe Sachen, Officer?«

Lloyds gezwungenes Lachen klang in seinen eigenen Ohren hysterisch. »Nein. Schießen Sie los.«

»Okay. Sechs-zwo-drei, acht-neun-eins-eins, Helen Heilbrunner, Bunker Hill Towers, Apartment acht-dreiundvierzig; drei-eins-sieben, vier-null-vier-null, Robert Rice, eins-null-sechs-sieben-sieben Via Esperanza, Palos Verdes Estates; fünf-null-zwo, zwo-zwo-eins-eins, Monte Morton, eins-zwölf La Grange Place, Sherman Oaks; vier-acht-eins, eins-zwo-null-zwo, Jane O'Mara, neun-neun-null-neun Leveque Circle, San Marino; zwo-sieben-fünf, sieben-acht-eins-fünf, Linda Wilhite, neun-acht-eins-neun Wilshire, West L.A.; vier-sieben-null, acht-neun-fünf-drei, Lloyd W. Hopkins, drei-zwo-neun-null Kelton, L.A. – he, ist der letzte vielleicht ein Verwandter von Ihnen?«

Lloyd hatte sein Lachen inzwischen vervollkommnet. »Nein. Hopkins ist ein häufiger Name. Haben Sie Naglers Telefonnummer und eine Adresse?«

»Aber gewiß. Vier-neun-acht-null Woodbridge Hollow, Laurel Canyon. Telefon vier-sechs-drei, null-sechs-sieben-null. War's das?«

»Jawohl. Leben Sie wohl, bezaubernde Katherine.«

Ein rauchiges Kichern kam aus dem Hörer.

Schwitzend und mit vor Anspannung zitternden Knien rief Lloyd Dutchs persönlichen Apparat im Revier Hollywood an; ein diensthabender Sergeant meldete sich und gab an, Captain Peltz sei für den Nachmittag außer Haus, aber er rufe stündlich an, um Nachrichten entgegenzunehmen. Lloyd erklärte, langsam und deutlich, was er wollte: Dutch sollte vertrauenswürdige Kriminalpolizisten zu den folgenden Adressen schicken, damit sie dort die Leute, die ihnen die Tür öffneten, einschüchternden »Routinebefragungen« unterzögen, wobei die Formeln »jenseits des Äußersten« und »hinter der grünen Tür« als Schlüsselphrasen benutzt werden sollten. William Naglers Namen und Anschrift behielt er für sich, aber die anderen las er vor, und dann ließ er sich von dem Officer wiederholen, was er ihm aufgetragen hatte. Befriedigt erklärte Lloyd, er werde nun seinerseits stündlich anrufen, um Dutch klarzumachen, wie dringlich die Sache sei. Dann legte er auf.

Jetzt kam der riskante Teil. Jetzt ging es um die bewußt getroffene Entscheidung, das Leben einer unschuldigen Frau aufs Spiel zu setzen, um eine Mordanklage auf die Beine zu bringen – ein Unternehmen, das seine beklagenswerte Bereitschaft sichtbar machte, sich über alles hinwegzusetzen, was mit Teddy

Verplanck geschehen war. Auf der Fahrt zu Lindas Apartment betete Lloyd, sie möge etwas sagen oder tun, was diesen riskanten Schachzug als richtig oder falsch erweise und ihnen beiden den Vorwurf der Feigheit oder der Bedenkenlosigkeit ersparte.

Linda öffnete mit einem Drink in der Hand. Lloyd sah ihre Haltung und das Licht in ihren Augen, und er sah, wie Entrüstung in Ärger mündete – eine Prostituierte, die einmal zu oft verarscht worden war. Als er sie umarmen wollte, wich sie ihm aus. »Nein. Zuerst mußt du erzählen. Und dann darfst du mich nicht anrühren, denn sonst verliere ich, was ich empfinde.«

Lloyd ging ins Wohnzimmer und setzte sich auf das Sofa; er hatte regelrecht Angst, Lindas aufrechte Redlichkeit könnte grünes Licht auf allen Ebenen bedeuten. Er zog den .44er Magnum heraus und legte ihn auf den Tisch. Linda zog sich einen Sessel heran und betrachtete den Revolver, ohne mit der Wimper zu zucken. *»Erzähl,* Hopkins.«

Aufmerksam jede Nuance in Lindas Reaktionen beobachtend, erzählte Lloyd die ganze Geschichte des Falls Havilland und schloß mit seiner Theorie darüber, wie der Arzt auch sie beide gegeneinander ausgespielt und damit gerechnet habe, daß sich zumindest eine einseitige Zuneigung entwickeln würde. Lindas Miene war während seines Berichtes unbewegt geblieben, und erst als Lloyd geendet hatte, erkannte er, daß ihre innerste Empfindung ein ehrfürchtiges Staunen war.

»O Gott«, sagte sie. »Wir haben es mit dem Moby Dick unter den Psychopathen zu tun. Glaubst du, er ist ehrlich scharf auf mich, oder ist das nur ein Teil seiner Intrige?«

»Eine gute Frage«, sagte Lloyd. »Ich glaube, anfangs war es ein Teil seiner Intrige, denn – er wollte sich selbst als einen von uns Frauenliebhabern darstellen. Später aber, glaube ich, war er ehrlich eifersüchtig, weil du dich zu mir hingezogen fühltest, und sei es nur, weil er für mich die Rolle seines Gegenspielers vorgesehen hatte. Plausibel? Du kennst den Schweinehund besser als ich.«

Linda dachte über die Frage nach. »Ja. Mein erster Eindruck war, daß Havilland ein im Grunde asexueller Mensch ist. Und was kommt jetzt, Hopkins? Was soll der Revolver auf meinem Tisch?«

Mit innerlichem Schrecken sah Lloyd, daß Linda seine Zweifel mit perfekten Reaktionen und den richtigen Fragen beschwichtigte. Ein Licht leuchtete in seinem Kopf auf und vertrieb das beklemmende Gefühl in seiner Brust. Nur wenn sie von sich aus den richtigen Satz sagte, würde er das Risikogambit in Gang setzen. »Ich habe keine handfesten Beweise. Ich kann Havilland nicht verhaften, ohne daß man ihn in kürzester Zeit wieder laufenlassen müßte. Er hat dich heute angerufen, nicht wahr?«

»Ja. Woher weißt du das?«

»Vom Telefoncomputer; ich habe eben davon gesprochen. Was wollte er von dir?«

»Ich hatte ihn angerufen, um ihm zu sagen, daß ich mit der Therapie aufhören will. Sein Auftragsdienst hat es ihm ausgerichtet. Er bat mich beinahe flehentlich um eine letzte Sitzung. Ich war einverstanden.«

»Wann?«

»Heute abend um sieben.«

Lloyd sah auf die Uhr. Fünf nach sechs. »Noch eine Frage, bevor wir auf den Revolver zu sprechen kommen. Neulich hast du mir vom Tod deiner Eltern erzählt und davon, daß du manchmal sehr dunkle Gedanken hast. Weiß Havilland davon? Hat er im Laufe der Therapie größeres Gewicht auf den Tod deiner Eltern gelegt?«

»Ja«, sagte Linda. »Er ist besessen davon. Davon und von gewissen Gewaltphantasien, die ich habe. Wieso?«

Lloyd würgte eine Woge der Angst herunter. »Ich brauche Havillands Fingerabdrücke auf den Griffschalen dieses Revolvers. Wenn ich sie habe, schraube ich die Schalen an den Kolben von Christies Waffe, besorge mir Havillands Fingerabdrücke aus den Akten und nehme ihn wegen Mordes fest. Damit und mit weiterem Indizienmaterial werde ich ihm etwas anhängen können. Ich möchte, daß du den Revolver heute abend mit zu der Sitzung nimmst. Verwahre ihn in deiner Handtasche und berühre den Griff nicht. Erzähle Havilland, daß deine Phantasien an Gewalttätigkeit zunehmen und daß du dir eine Waffe gekauft hast. Tu nervös, wenn du sie ihm gibst, fasse sie an Lauf und Rahmen an. Wenn ich ihn richtig einschätze, wird er sie beim Kolben nehmen; er wird dir zeigen, wie man damit umgeht, und sie dir zurückgeben. Nimm sie nervös beim Lauf oder beim Abzugsbügel und leg sie zurück in deine Handtasche. Nach der Sitzung fährst du nach Hause und wartest auf meinen Anruf. Havilland ahnt nicht, daß ich ihm auf der Spur bin; also besteht für dich keine Gefahr.«

Lindas Lächeln erinnerte ihn an Penny und daran, daß sie in ihren rebellischen Augenblicken am schönsten war. »Das glaubst du selbst nicht, Hopkins. Du zitterst. Aber ich tu's – unter einer Bedingung. Ich will, daß die Waffe geladen ist. Wenn Havilland durchdreht, möchte ich mich verteidigen können.«

Von sich aus hatte Linda den richtigen Satz ausgesprochen, und ein grünes Licht blinkte in seinem Kopf. Er nahm sechs .44er Patronen aus der Jackentasche und legte sie auf den Couchtisch. Der Augenblick gefror, und ihm war, als wäre nichts als Luft unter seinen Füßen. Linda legte ihm die Hand auf den Arm. »Ich glaube, darauf habe ich seit langem gewartet«, sagte sie.

22

Die Zeitmaschine raste rückwärts, angetrieben von einer hochoktanigen Natrium-Pentothal-Injektion. Kalenderblätter flatterten im Wind. Bilderbombardements jüngst erlebter Spießrutenläufe wirbelten die Blätter näher und näher, bis die Druckerschwärze der Zahlen ihn erdrückte und sein Innerstes nach außen kehrte.

Samstag, den 2. Juni 1957. In der Schule hatte Johnny Havilland gehört, daß es am Rande der Niggertown von Ossining einen Autofriedhof gibt, der eine wahre Schatztruhe für Chromteile ist. Der alte Bimbo, der dort aufpaßt, verscherbelt spitzenmäßige Kühlerornamente für eine Flasche Urwaldmaggi; und wenn man über den Zaun klettert, kann man 'n heißes Ding klauen und wieder weg sein, ehe er einen schnappen kann. Jimmy Vanderwort hat 'n Bulldog von 'nem Mack-Truck für neununddreißig Cents gekriegt; Fritz Buckley hat für die Kimme vom Kühler eines '48er Buick gar nichts bezahlen müssen, und als der Nigger für irgend 'n T-Bird Kohle sehen wollte, hat er ihm 'n Schluck Schnaps spendiert. Johnny stellt sich vor, wie er allerlei Chrom-Schnickschnack klaut und seinem Vater schenkt, damit der sein '56er Ford-Vicky-Cabrio damit aufpeppen kann. Also fährt er mit dem Bus hinauf nach Ossining; ein paarmal muß er umsteigen, und kaum eine Stunde später wandert er durch die Straßen einer Negerbarackenstadt im Schatten des Zuchthauses Sing-Sing.

Die Straßen erinnern ihn an Fotos, die er einmal gesehen hat – Fotos von Hiroshima, nachdem Uncle Sam den Japsen die Atombombe aufs Dach geschmissen hatte. Schutthaufen in den Vorgärten leerstehender Häuser; leere Weinflaschen und der Morast aus verstopften Gullys in den Gossen; ausgemergelte Hunde, die jemanden oder etwas zum Beißen suchen. Und die Neger verstärken das Atombombenmotiv noch: Hager und mißtrauisch sehen sie aus, wie Mutantenwesen, geröstet im atomaren Fallout. Es schaudert Johnny, als er sich an die Flut der Horrorfilme erinnert, die er gegen den Wunsch seiner Mutter gesehen hat. Irgendwie macht ihm das hier mehr angst, und weil es ihm mehr angst macht, wird er um so mehr zum Mann werden, wenn er hier stiehlt.

Eben will Johnny einen der Neger nach dem Weg zum Autofriedhof fragen, als er unten an der Ecke eine vertraute Farbe erblickt. Er geht darauf zu und sieht den *Vicky* seines Vaters, der vor einem alten, mit Teerpappe beklebten Holzhaus parkt. Das Haus ist auf allen Seiten mit Obszönitäten und Hakenkreuzen beschmiert. Wie von einer magnetischen Kraft angezogen, klettert Johnny durch ein zerbrochenes Fenster hinein.

Als er drinnen im Dunkeln auf den morschen Dielen steht, wird der Magnet zum Gelächter seines Vaters; es schallt von einer Treppe zu seiner Linken herunter. Er geht darauf zu und hört, wie der fröhliche Bariton seines Vaters mit dem schrillen Wiehern eines anderen Mannes verschmilzt. Das Sirren und

Klicken eines Getriebes dringt durch die Stimmen, als Johnny leise die Treppe hinaufschleicht. Mit beiden Händen umklammert er das Geländer.

Als er im ersten Stock angekommen ist, findet Johnny eine Tür; er späht durch die Finsternis, um zu sehen, ob sie grün ist. Das Lachen und das Rädersurren werden lauter, und dann öffnet ein Luftzug die Tür einen Spaltbreit. Johnny nähert sich auf Zehenspitzen und lugt hinein.

Gestank schlägt ihm entgegen, als sein Blick auf den Rücken seines Vaters und eines Mannes in grauer Uniform trifft, die vor einem rasant rotierenden Objekt stehen. Der Gestank ist der von Blut und menschlichen Ausscheidungen und Schweiß. Eine grüne Filzdecke mit den Markierungen eines Spieltisches liegt auf dem Boden, bedeckt mit Münzen und Geldscheinen. Die Wände und die Decke sind hellrot gesprenkelt, und leuchtend rote Rinnsale tröpfeln auf den Boden. Johnny kneift die Augen zusammen und sieht, daß sein Vater einen scharfen Meißel in der Hand hält. Er sticht mit dem Meißel in das vor ihm rotierende Objekt, und ein Spritzer roter Flüssigkeit durchschneidet die Luft. Der Mann in der grauen Uniform lacht und schreit: »Scheiße – auf die Zehn!« Er tritt zurück, greift in die Tasche und wirft ein Bündel Banknoten auf das Filztuch. Das rotierende Objekt kommt zum Stehen und wird erkennbar.

Eine nackte Frau hängt an einer sperrholzverstärkten Korkplatte, die senkrecht auf einem gemauerten Fundament montiert ist. Dahinter steht ein Getriebe aus Motorradketten und Rasenmähertreibriemen. Fußschellen umschließen die Knöchel der Frau, und ihre Handgelenke sind an die Korkscheibe genagelt. Brust und Gliedmaßen sind von Schnittwunden übersät, aus denen Blut quillt, und in ihrem Mund steckt ein schwarzer Gummiball, der von kreuzweise angebrachten Klebstreifen festgehalten wird.

Johnny beißt sich in die Hand, um nicht zu schreien, und er spürt, wie seine Fingergelenke zwischen seinen Zähnen knacken. Mit Augenschlitzen starrt er auf die erste nackte Frau, die er je gesehen hat, und er sieht ihren aufgeschwollenen Bauch und weiß, daß sie schwanger ist.

Sein Vater ergreift einen Handgriff oben an dem Korkbrett und zieht ihn nach unten; mit seinem ganzen Oberkörper lehnt er sich dabei nach vorn, um den Schwung zu verstärken. Die Frau kreist kopfüber-kopfunter, und der Mann in der Uniform kräht: »Wie wär's mit zehn Dollar auf eine Roulette-Abtreibung?«

Johnny beobachtet, wie der Meißel sich senkt, und mit blutig gebissenen Fingern reißt er sich selbst die Augen auf, denn er weiß, er muß es sehen, er weiß, was da geschehen *muß,* aber statt dessen sieht er seinen Daddy neben sich in der Gondel des Riesenrades im Playland in der Bronx, der ihm zuflüstert, alles werde wieder gut werden und er könne *so oft* fahren, wie er wolle, und so viel Zuckerwatte essen, wie er möchte, und Mommy werde mit dem Trinken aufhören und sie würden eine richtige Familie werden. Dann aber sagt der Uniformierte: »Es ist ein Junge!« und Johnny hört sich selber schreien, und der

Uniformierte stürzt sich mit dem Meißel auf ihn, und sein Vater ersticht den Uniformierten mit einem Messer und sticht dann *ihn* mit einer Nadel und wispert: »Ruhig, Johnny, ruhig, mein Hübscher, ruhig, Baby.«

Die Zeitmaschine drängt sich durch Tage, die erfüllt waren vom Nebel der Beruhigungsmittel, vom Weinen der Mutter und von Baxter, dem Anwalt, der ihr versicherte, es werde immer Geld dasein, und von ernst blickenden Männern in billigen Sommeranzügen, die sie fragten, wo der Vater sei und ob er einen Mann namens Duane McEvoy kenne. Mutters Schreien: »Nein, Sie können mit dem Jungen nicht sprechen – er weiß nichts!« Und dann geht Baxter, der Anwalt, mit ihm in eine Triple-Feature-Show von Horrorfilmen in einem Kino in White Plains und erklärt ihm, daß Vater für immer fort sei, aber daß er sein Kumpel sein wolle. Mitten in *Frankensteins Fluch* stürmen Bilder der kreisenden Scheibe auf ihn ein. Alles kehrt zu ihm zurück, und der Gedanke an das Riesenrad stirbt, hingemetzelt durch den Film von der Kaiserschnittgeburt in Technicolor und Cinemascope.

»Es ist ein Junge!«

Johnny rennt aus dem Kino und trampt zur Niggertown von Ossining. Die gleichen Atombombenneger und hungrigen Hunde manövrieren an der Peripherie umher, aber der Block ist bis auf die Grundmauern niedergebrannt.

Aber es ist hier geschehen.

Nein, es war ein Alptraum.

Aber es *ist* hier geschehen.

Ich weiß *es* nicht.

Wochen vergehen. Die Zeitungen schreiben den Brand in Ossining »unvorsichtigen schwarzen Kindern« zu, die »mit Streichhölzern gespielt haben«, und dankbar stellen sie fest, daß niemand zu Schaden gekommen sei. Johnny trauert um seinen verlorenen Vater und belauscht Mutters Telefongespräche mit Baxter. Mehrmals fordert sie den Anwalt auf, ihr die Cops ein für allemal vom Halse zu schaffen, koste es, was es wolle. Schließlich ruft Baxter zurück und sagt Mutter, es sei alles geregelt, aber um sicherzugehen, solle sie alles vernichten, was Vater gehöre, einschließlich dessen, was sich in seinen Banksafes befinde. Johnny weiß, daß es im Arbeitszimmer seines Vaters nichts Interessantes gibt – nur seine Gewehre und seine Munition und seine Bücher; aber die Banksafes hat er vergessen. Er stiehlt die Schlüssel zu den Schließfächern aus dem Schreibtisch seines Vaters und fälscht einen Brief an den Leiter der First-Union-Bank-Filiale in Scarsdale Village. Der alte Scheißer frißt die Fälschung mit Haut und Haaren; amüsiert lächelt er über den zwölfjährigen Jungen, der für seinen Daddy den Bankboten spielt. Johnny verläßt die Bank mit einer braunen Papiertüte voll blauer Aktien und einem in schwarzes Leder gebundenen Tagebuch, das aussieht wie eine Bibel.

Johnny geht zum Bahnhof und will in die Stadt fahren, um ins Kino zu gehen. Ein Penner, der nicht nach Scarsdale paßt, versucht, ihm Fahrgeld abzuschwatzen. Johnny gibt ihm die Aktien. Im Zug nach Manhattan schlägt Johnny das Tagebuch auf und liest, was sein Vater geschrieben hat. Die Worte beweisen unwiderlegbar, daß das, was er am 2. Juni 1957 in der Niggertown von Ossining gesehen hat, Wirklichkeit war.

Seit 1948 hat Vater, allein und unterstützt von einem Gefängniswärter aus Sing-Sing namens Duane McEvoy, achtzehn Frauen gefoltert und ermordet, einige davon in Westchester County, andere in diversen Städten in der Umgebung seiner Lieblingsreviere für die Entenjagd. Die Verstümmelungen, der sexuelle Mißbrauch und die Zerstückelungen am Schluß werden in allen Einzelheiten beschrieben. Johnny zwingt sich, alles Wort für Wort zu lesen. Tränen rinnen ihm übers Gesicht, und die Erinnerungen an das Riesenrad kämpfen mit den Worten, die er liest, um den Vorrang. Das gutmütig kreisende Ding scheint zu siegen, als der Zug in die Grand Central Station einläuft. Da kommt Johnny zu dem Teil, der beweist, wie sehr sein Vater ihn liebt, und plötzlich ist alles verrückt.

> Der Junge ist um so viel gerissener als ich, es ist beängstigend. Grips ist alles. Ich habe Duane so lange als meinen Lakaien halten können, weil das dumme Arschloch weiß, daß *ich* derjenige bin, der verhindert, daß *er* gefaßt wird. Als Johnny die Ratten tötete und die Hunde erschoß, sah ich, wie er beinahe über Nacht kalt wurde, und als ich sah, daß er auch gerissen und wachsam und vorsichtig wurde, wußte ich, daß ich Angst hatte. Ich wollte auf ihn zugehen und ihn lieben, aber wenn ich mich von ihm fernhalte, macht ihn das stärker und lebenstüchtiger. Johnny-Boy ist wie ein Eisberg – kalt, und zu sieben Zehnteln unter der Oberfläche. Wahrscheinlich traut er sich nicht, menschliche Beute zu erlegen – er ist zu manipulativ, zu asexuell. Es wird interessant sein, ihn zu beobachten, wenn er in die Pubertät kommt. Wie wird er sich dann zu beweisen versuchen?

Johnny läuft durch den großen Bahnhof und weint ganz offen. Als er auf die 42nd Street hinausgelangt, wirft er die Todesbibel in einen Gully und schleudert seinem Vater ein lautloses Gelübde hintendrein: Er wird ihm zeigen, daß er vor nichts Angst hat.

Herbst 1957. Johnny erwägt die potentiellen Opfer an der Scarsdale Junior High-School. Er weiß, damit er das Vermächtnis seines Vaters erfüllen kann, müssen sie weiblichen Geschlechts sein. Über diese erste, essentielle Qualifikation hinaus legt er seine eigenen Kriterien fest: Es müssen hochnäsige, kichernde Weiber sein, die nach dem Unterricht noch in der Schule bleiben, um an außerstundenplanmäßigen Streberaktivitäten teilzunehmen, und die dann durch die Unterführung an der Garth Road nach Hause gehen, wo er sie mit einem rasiermesserscharfen Stilett erwartet, wie Vic Morrow in *Saal der Gewalt* eines benutzt.

Johnnys Auswahl macht Fortschritte, als er sich in der Unterführung auf die Lauer legt. Schließlich entscheidet er sich für Donna Horowitz, Beth Shields und Sally Burdett, drei Streberinnen, die täglich bis in die Dunkelheit hinein im Chemielabor bleiben, Reagenzgläser spülen und Mr. Salcido für eine gute Note in den Arsch kriechen. Stich. Stich. Stich. Jeden Abend schleift Johnny sein Stilett, und er fragt sich, ob Vater je drei auf einmal kaltgemacht hat. Er setzt das Datum der Hinrichtung fest: der 1. November 1957. Die drei werden wie immer um fünf nach halb oder zwanzig vor sechs durch die Unterführung kommen; er wird zwölf Minuten Zeit haben, sie abzumurksen und dann in Windeseile zum Bahnhof zu hetzen, um den Fünf-Uhr-zweiundfünfzig in die Stadt noch zu erwischen. Stich. Stich. Stich.

1. November 1957. Um halb sechs steht Johnny links in der Unterführung bei der Garth Road; er trägt Bluejeans und eine Jagdweste, die er aus der Hinterlassenschaft seines Vaters gerettet hat. Die Weste hat Schlaufen, in die man Schrotpatronen stecken kann, und hängt ihm bis auf die Knie. Das Stilett steckt in einer Plastikscheide an seinem Gürtel.

Die drei Opfer nähern sich pünktlich der Unterführung. Donna Horowitz entdeckt Johnny und fängt an zu kichern. Sally Burdett johlt: »Ist das Johnny Havilland oder Chucko der Clown? Guckt euch diese verrückte Weste an!« Johnny zieht sein Messer, als Beth Shields an ihm vorbeitänzelt. »Schlappschwanz, Schlappschwanz«, höhnt sie. Er springt vor, und das Stilett verhakt sich in der Westentasche. Die Klinge ritzt ihm die Haut an den Rippen, und er schreit und fällt vornüber auf die Knie. Die Mädchen umringen ihn und kreischen vor Lachen. Johnny sieht ein Kaleidoskop aus Kaiserschnitt, Riesenrad und seinem Vater, der in das Gelächter einstimmt. Wieder schreit er, um das alles zum Schweigen zu bringen. Als es ihm nicht gelingt, schlägt er mit dem Kopf auf den Asphalt, bis alles still und schwarz wird.

Aber das Schlagen hört nicht auf. Eine Frauenstimme ruft: »Dr. Havilland, sind Sie da?« und der Night Tripper fühlt sich in die Gegenwart zurückkatapultiert. Seine Praxis, ein Filmprojektor und eine tragbare Leinwand nehmen Gestalt an. Die Stimme muß Linda Wilhite gehören, die draußen an die Vorzimmertür hämmert. Sein erster Gedanke an die nunmehr vernichtete Leere seiner Kindheit ist erfüllt von Dankbarkeit gegen seinen persönlichen Gott, der ihm den Mut, in die Leere einzubrechen, erst gegeben hatte, als er auch den Mut gegeben hatte, zu töten und sich die Liebe seines Vaters zu verdienen. Auf den Sekundenbruchteil genau war ihm sein Schicksal zuteil geworden.

»Dr. Havilland, sind Sie da? Hier ist Linda Wilhite.«

Der Doctor stand auf und atmete tief durch. Dann rieb er sich die Augen. Seine Beine fühlten sich an wie aus Gummi, aber das kam von der Pentothal-Injektion und war nicht weiter verwunderlich – er war, technisch gesprochen, ein neugeborenes Geschöpf. Er probierte seine neue Stimme aus. »Moment, Linda. Ich komme.« Als er seinen vertrauten Bariton hörte, ging er hinaus ins Vorzimmer und öffnete die Tür.

Linda Wilhite stand draußen; sie sah uncharakteristisch nervös aus. »Hallo, Linda«, sagte Havilland. »Fühlen Sie sich wohl? Sie wirken ein wenig gereizt.«

Linda ging an ihm vorbei in sein Privatbüro und setzte sich auf ihren gewohnten Platz. Als Havilland ihr hereingefolgt war, sagte sie: »Ich hatte jetzt ein paar höchst merkwürdige Gewaltphantasien. Ich habe mir sogar eine Schußwaffe gekauft.« Sie deutete auf Leinwand und Projektor. »Sind das die visuellen Hilfsmittel, von denen Sie sprachen?«

Havilland nahm ihr gegenüber Platz. »Ja. Erzählen Sie mir von Ihren neuen Phantasien. Sie scheinen unter starkem Streß zu stehen. Sind Sie sicher, daß Sie die Therapie unter solchen Umständen abbrechen möchten?«

Linda rutschte in ihrem Sessel hin und her und umklammerte die Handtasche in ihrem Schoß. Als die letzte Benommenheit von seinem Pentothal-Trip verflog, sah Havilland, daß sie unter der Nervosität äußerst wütend war. »Ja. Ich möchte die Therapie immer noch abbrechen. *Sie* scheinen unter Streß zu stehen. Und ein bißchen beduselt sehen Sie auch aus. Jeder steht unter Streß. Es sind stressige Zeiten heutzutage, wußten Sie das noch nicht, verdammt noch mal?«

Havilland hob besänftigend die Hände. »Ruhig, Linda. Ich bin auf Ihrer Seite.«

Linda seufzte. »Entschuldigung. Ich wollte nicht keifen.«

»Schon gut. Erzählen Sie mir von Ihren neuen Phantasien.«

»Sie sind unheimlich«, sagte Linda. »Variationen zu der Geschichte mit dem Pullovermann. Im Grunde fühle ich mich bedroht, und zwar vom selben Typ Mann, auf den ich immer heiß war. In meinen Phantasien werde ich von solchen Männern gehetzt. Die Phantasien enden immer damit, daß ich sie erschieße.« Sie griff in ihre Handtasche und zog einen großen, blaustählernen Revolver heraus; sie hielt ihn an Lauf und Trommel umfaßt. »Sehen Sie, Doctor? Glauben Sie, ich bin verrückt?«

Havilland streckte die Hand aus und nahm ihr den Revolver ab. Mit festem Griff umfaßte er die glatten Holzschalen und zielte mit der Waffe auf die Leinwand. »Ich bin stolz auf Sie«, sagte er und gab ihr den Revolver, Kolben voraus, zurück.

Linda steckte ihn wieder in ihre Handtasche. »Wieso?«

»Weil dies, wie Sie schon sagten, stressige Zeiten sind. Sie sind eine starke Persönlichkeit, und in Streßzeiten gehen starke Persönlichkeiten bis jenseits des Äußersten. Schieben Sie Ihren Sessel herüber. Ich möchte Ihnen einen kleinen Privatfilm zeigen.«

Linda drehte ihren Sessel so, daß sie vor der Leinwand sitzen konnte.

Havilland stand auf und schob das Ende des Filmstreifens in den Einfädelmechanismus des Projektors; dann schaltete er das Gerät ein und knipste die Deckenbeleuchtung aus. Weiße Vierecke blitzten über die Leinwand, gefolgt von einem ruckhaften Schwenk durch ein Schlafzimmer und weiteren weißen Vierecken.

Dann fing eine blonde Frau in Schwesterntracht an, sich auszuziehen. Nahaufnahmen zeigten einzelne körperliche Mängel: eine kleine Narbe auf dem Bauch, Krampfadergeflechte, zellulitische Partien. Als sie nackt war, vollführte sie einen unbeholfenen Vamptanz, und dann legte sie sich auf eine mit einem blauen Laken bezogene Matratze.

Ein nackter Mann kam zu ihr, das Gesicht von der Kamera abgewandt. Die beiden umarmten sich, lösten sich wieder voneinander und rutschten zu entgegengesetzten Seiten der Matratze. Die Frau sah sich ratlos um, der Mann vergrub das Gesicht im Laken. Eine ganze Weile blieben die beiden so, und dann rollte die Frau sich unter den Mann, und sie taten, als vollzögen sie Geschlechtsverkehr.

Linda umklammerte ihre Handtasche. »Was soll das sein – ein Amateurpornoabend? Ich dachte, dies sei eine Therapiesitzung?«

»Pssst«, flüsterte Havilland. »In ein paar Sekunden sehen Sie, worauf es ankommt.«

Die Leinwand wurde weiß, und dann sah man die Blonde in der Totalen; sie lehnte, wieder in Schwesterntracht, an der Schlafzimmerwand. Plötzlich stürzte sich ein ebenfalls bekleideter Mann auf sie. Die Leinwand wurde noch einmal weiß, und dann erfüllte die extreme Nahaufnahme eines durchsichtigen Plastikkissens den Bildausschnitt. Die Mündung eines Revolvers bohrte sich in das Kissen. Ein Finger krümmte sich um den Abzug, und die Leinwand färbte sich rot. Die Kamera zeigte in Nahaufnahme das Gesicht eines Mannes. Als Linda das Gesicht sah, schrie sie: »Hopkins!« und wühlte in ihrer Handtasche nach dem Revolver. Sie hatte den Zeigefinger hinter den Abzugsbügel geschoben, als das Licht anging. Der Mann aus dem Film sprang aus einem Wandschrank und erdrückte sie mit seinem Körper.

23

Lloyd knallte den Hörer auf die Gabel, als Dutch ihm die Neuigkeiten mitgeteilt hatte: Zwei Frauen und ein Mann, die von Detectives der Hollywood Division mit »hinter der grünen Tür« und »jenseits des Äußersten« unter Druck gesetzt worden waren, hatten unverzüglich die Schotten dichtgemacht; erst hatten sie den Polizisten mit Klage gedroht, und dann waren sie dazu übergegangen, die Worte *»patria infinitum«* wiederholt vor sich hin zu deklamieren. Keine Zusammenbrüche, keine Aufzählung vergangener Sünden – nichts als Empörung über die Einschüchterungstaktiken der Polizei und der rasante Hinauswurf erfahrener Cops. Dutch würde den Guru-Jüngern ein neues Team von Detectives auf den Hals schicken, aber wahrscheinlich würden sie bis dahin im Mantra-Koma liegen. Es gab nur ihn selbst, Linda und ihren Magnum und die unbekannte Größe William Nagler.

Lloyd sah auf die Wanduhr in der Küche. Viertel vor acht. Linda würde noch in ihrer »Therapie-Sitzung« sein. Er konnte warten und sie anrufen und sein Herz erleichtern, oder er konnte etwas unternehmen. Das Ticken der Uhr wurde ohrenbetäubend. Er schloß die Haustür hinter sich ab und ging zu seinem Wagen.

Scheinwerferstrahlen strichen über die Zufahrt, als er sich hinter das Lenkrad klemmte, und ein Kleinlaster hielt vor seinem Zivilwagen an. Lloyd stieg wieder aus und sah Marty Bergen, der sich vor die Scheinwerfer stellte und die Hände in die Taschen bohrte. Der Kolben eines Revolvers ragte aus seinem Hosenbund.

»Mein Anwalt hat mich rausgepaukt«, sagte er. »Fred Gaffaney hätte am liebsten Schrotpatronen geschissen.«

»Amateure sollten keine Kanonen mit sich rumschleppen«, sagte Lloyd. »Hauen Sie ab. Ich hab' keine Story für Sie.«

Bergen lachte. »Als ich noch in der Branche arbeitete, war ich ganz verliebt in mein Schießeisen. Wenn ich dienstfrei hatte, hab' ich immer dafür gesorgt, daß die Leute das Ding auch sehen konnten. Ich war darin verliebt, bis ich es benutzen mußte. Da ließ ich es fallen und rannte weg. Jack ist tot, Hopkins.«

»Erzählen Sie mir was, was ich nicht weiß.«

»Es ist meine Sache. Ganz allein meine Sache.«

»Irrtum, Bergen. Es ist Sache des Departments, und es ist meine.«

Bergen trat gegen den Kühlergrill des Dienstwagens und stolperte dann rückwärts gegen die Haube seines Trucks. »Ich *schulde* es ihm, verflucht noch mal! Begreifen Sie das nicht? Alles, was ich je hatte, war das, was Jack mir gegeben hat, und selbst das war verdreht. Irgendein Stück Scheiße hat ihn an einen Punkt gebracht, Dinge zu empfinden, die er verflucht nicht hätte empfinden dürfen, und *ich* war derjenige, für den er sie empfand, und jetzt bin ich ihm was schuldig! Zwingen Sie mich nicht, die Worte auszusprechen, Hopkins. Bitte zwingen Sie mich nicht, die gottverdammten Worte auszusprechen.«

Lloyd schickte ein Gebet für alle von ihrem Gewissen getriebenen Unschuldigen, die die Gefahr suchten, zum Himmel. »Was wollen Sie, Bergen?«

Martin D. Bergen, Ex-Sergeant des L.A.P.D., wischte sich die Tränen aus den Augen. »Ich will bloß Jack bezahlen.«

»Dann steigen Sie ein«, sagte Lloyd. »Wir fahren nach Laurel Canyon und nehmen uns einen Verdächtigen vor – wir zwei, der gute und der böse Bulle.«

William Nagler war nicht zu Hause.

Lloyd parkte gegenüber von seinem zweistöckigen Rotholz-Giebelhaus, ging hin und klopfte erst an der Vorder- und dann an der Hintertür. Niemand regte sich, es brannte kein Licht, und nichts deutete darauf hin, daß das Haus bewohnt war. Lloyd warf einen Blick in den Briefkasten; er fand zwei Kataloge und eine *Mastercard*-Rechnung. Daraufhin kehrte er zu seinem Wagen und seinem erstaunlichen Partner zurück.

»Wollen Sie reingehen?« fragte Bergen, als Lloyd sich hinter das Steuer zwängte.

Lloyd schüttelte den Kopf. »Nein. Ich traue dem Vierten Stand nicht. Wir werden ihn vernehmen, frei nach Gehör. Haben Sie schon mal in Zivil gearbeitet?«

»Yeah. Bei der Sitte in Venice. Ich soll den guten Bullen spielen, ja?«

»Nein. Sie haben eine Schnapsfahne, und Sie sind unrasiert. Sie sind groß, aber ich bin größer; also kann ich den Erretter mimen. Ich stelle die Fragen, Sie rüpeln ihn nur an. Stellen Sie sich einfach vor, Sie wären ein typisches faschistisches Bullenschwein aus dem *Big Orange Insider,* dann liegen Sie genau richtig.«

Bergen lachte. »Sie sind ein Witzbold von der Sorte, die gerade noch Komplimente verteilt und im nächsten Augenblick über Leute herfällt, die Komplimente verteilen; und das kann nur zweierlei bedeuten: Entweder macht es Ihnen Spaß, Leuten ans Knie zu pissen, oder Sie wissen selber nicht, wo Ihnen der Kopf steht. Was trifft zu?«

Ohne den Blick von Naglers Haustür zu wenden, sagte Lloyd: »Reizen Sie mich nicht. Wenn ich Sie hier nicht haben wollte, wären Sie nicht hier. Wenn ich nicht begreifen könnte, was Sie da tun müssen, hätte ich Sie wegen Tragens einer verborgenen Waffe verhaftet und Sie mit einem Tritt in den Arsch zurück in den Knast befördert.«

Bergen kratzte sich seine Bartstoppeln und knuffte Lloyd gegen den Oberarm. »Es tut mir leid, daß ich gesagt habe, Ihr Stil gefällt mir nicht. Ich hätte sagen sollen, daß Sie Stil *haben,* aber nicht wissen, was Sie damit anfangen sollen.«

Lloyd schaltete die Armaturenbeleuchtung ein und starrte Bergen an. »Erzählen Sie mir nichts von Stil. Ich habe ein paar von Ihren frühen Sachen gelesen. Sie waren verdammt gut. Sie hätten groß werden können, Sie hätten Dinge sagen können, die es wert waren, gesagt zu werden. Aber *Sie* wußten nicht, was Sie damit anfangen sollten, denn wenn man wirklich gut ist, kann einem davon angst und bange werden. Ich weiß, was Angst ist, Bergen. Zwei Nigger haben Ihren Partner weggeblasen, und Sie sind gerannt. Ich verstehe das, und ich verurteile Sie deshalb nicht. Aber Sie hatten die Chance, groß zu sein, und haben sich damit begnügt, ein Schreiberling zu werden. Und das kann ich nicht verstehen.«

Bergen spielte an den Knöpfen des Radios. »Sind Sie katholisch, Hopkins?«

»Nein.«

»Pech. Meine Beichte werden Sie jetzt trotzdem hören. Jack Herzog hat mir das Schreiben beigebracht. Meine ersten Stories, die gedruckt wurden, hatte in Wirklichkeit er geschrieben, und die, die ich dann selber schrieb, redigierte er. *Er* hat meinen Stil geformt; *er* war derjenige, der die Chance hatte, groß zu sein. Es ist gespenstisch, Hopkins. Angeblich sind Sie ein Pragmatiker, aber ich glaube, in Wahrheit sind Sie ein unschuldiger Romantiker mit einer unglaublichen Nase für Scheiße. Es ist komisch. Jack hat mir alles gegeben, was ich habe. Er hat mich zu einem literarischen Stilkopierer gemacht und zu einem kompetenten Journalisten. Er war dabei, einen Roman zu schreiben, und ich war dabei *sein* Redakteur, der ihm half, die Fäden zusammenzuhalten, während er verrückter und immer verrückter wurde. Ich hatte nie die Chance, groß zu sein. Aber wenn ich *Ihren* Verstand und Ihren Elan und Ihren Schneid hätte, dann wäre ich mehr als ein glorreicher Plattfuß.«

Lloyd stellte das Radio ein und lauschte den Einsatzbefehlen und Fahndungsmeldungen. »Es steht unentschieden, Marty, und zwar lebenslänglich für uns beide. Aber wir haben Glück, denn wir können das Spiel immerhin spielen.«

Bergen zog den Revolver aus dem Hosenbund, drehte das Fenster herunter und zielte auf den Mond. »Das will ich glauben«, sagte er.

Sie schwiegen, und zwei Stunden verstrichen. Bergen döste ein, und Lloyd starrte aus dem Fenster auf Naglers Einfahrt; er fragte sich, ob er rasch zu einem Telefon laufen und Linda anrufen sollte, und er fragte sich auch, ob Havillands Jünger wohl miteinander Kontakt hatten und ob die bereits einmal unter Druck gesetzten Anhänger Nagler vor der polizeilichen Bedrohung gewarnt haben mochten. Nein, entschied er schließlich; Havilland hatte sich zu gut abgeschottet. Seine Jünger hatten wahrscheinlich keine Möglichkeit, mit Havilland oder untereinander Verbindung aufzunehmen; sie hatten nur Havillands Telefonzellen-Communiqués, und die, das sagte die Logik, fanden nach einem rigide einzuhaltenden Zeitplan statt. Somit war auch *seine* Untersuchung vor der Entdeckung sicher. Und dann ging ihm ein Licht auf: Er pumpte sich mit Logik voll, weil Linda ein Teil des Spiels und ein Teil seiner selbst war, und wenn sie fiele, wäre das Spiel ein für allemal zu Ende.

Kurz nach zehn hielt ein silbergrauer Porsche Targa vor dem Giebelhaus. Lloyd stieß Bergen in die Seite, um ihn zu wecken. »Unser Freund ist gekommen. Halten Sie sich an meine Linie, und wenn ich meine Krawatte anfasse, unterbrechen Sie mich und überraschen ihn mit ›grüne Tür‹ und ›jenseits des Äußersten‹. Der Knabe hat mit Jack Herzog nichts zu tun; erwähnen Sie also nicht mal seinen Namen. Kapiert?«

Bergen nickte und reckte die Schultern, um sich auf seinen Auftritt vorzubereiten. Lloyd griff nach einer Taschenlampe und riß die Wagentür auf, als der Mann aus dem Porsche stieg und den Gehweg vor dem Haus überquerte. Bergen schlug seine Wagentür zu, und der Mann drehte sich am Fuße der Stufen vor der Haustür um. »Polizei«, rief Lloyd.

Der Mann erstarrte bei diesem Wort; dann machte er kehrt und wollte zu seinem Wagen zurückgehen. Lloyd richtete den Strahl der Taschenlampe direkt in sein Gesicht und zwang ihn, die Hände schützend vor die Augen zu halten. »Der – der Wagen ge-gehört mir«, stammelte er. »Die Papiere liegen im Handschuhfach.«

Lloyd betrachtete das Gesicht forschend. Blond, fad und kultiviert, war sein erster Eindruck. Er senkte die Stablampe. »Sicher gehört er Ihnen. Sind Sie William Nagler?«

Der Mann trat vom Bordstein herunter und streichelte über die Motorhaube des Porsche. Die Berührung des glatten Metalls gab seiner Stimme einen Unterton von Besitzerstolz. »Ja, der bin ich. Worum geht es?«

Lloyd näherte sich ihm bis auf wenige Zoll und zwang ihn, auf den Gehweg zurückzuweichen. Er hob seine Dienstmarke und ließ den Lichtstrahl darüber spielen. »L.A.P.D. Mein Name ist Hopkins, das ist Sergeant Bergen. Können wir drinnen mit Ihnen sprechen?«

Nagler scharrte mit den Füßen. Lloyd richtete den Spot auf das Angstgetänzel und stellte fest, daß der Mann Knickfüße hatte, die die Grenze zur Verkrüppelung erreichten. »Wieso? Haben Sie denn einen Durchsuchungsbeschluß? He! Was machen Sie da?«

Lloyd drehte sich um und sah, wie Bergen sich in den Porsche beugte und unter den Sitzen umhertastete. Nagler schwang die Arme um den Brustkorb und schrie: »Nicht! Der Wagen gehört mir!«

»Langsam, Partner«, sagte Lloyd. »Der Mann kommt uns ja entgegen. Also übertreib's nicht gleich.« Mit gedämpfter Stimme sagte er zu Nagler: »Mein Partner ist ein Cop, der mit Handschuhen arbeitet, aber ich halte ihn an der kurzen Leine. Können wir nicht ins Haus gehen? Es ist kalt hier draußen.«

Nagler strich sich eine glatte blonde Haarsträhne aus der Stirn. Lloyd musterte ihn unverhohlen und fügte seiner ersten Einschätzung die Eigenschaften *kompetent, clever und sehr verängstigt* hinzu.

»Was heißt das, ein Cop, der mit Handschuhen arbeitet?«

Wie aufs Stichwort kam Bergen heran und baute sich neben Lloyd auf. »Wir sollten die Kiste filzen«, sagte er. »Der Bengel ist 'n Doper, das seh' ich doch. Auf was stehst du, Bürger? Preludin? Koks? Acid? Gib mir dreißig Sekunden in seinem Handschuhfach, und wir haben ihn wegen Drogenbesitz am Wickel.«

Lloyd sah Bergen angewidert an. »Dies ist die routinemäßige Befragung eines Einbruchsopfers, keine Rauschgiftrazzia. Also bleib cool. Mr. Nagler, können wir hineingehen?«

Naglers Füße vollführten einen neuerlichen Tanz. »Ich bin kein Einbruchsopfer. Bei mir ist noch nie eingebrochen worden, und ich weiß auch nichts über irgendwelche Einbrüche.«

Lloyd legte Nagler den Arm um die Schultern und führte ihn beiseite, damit Bergen nicht zuhören konnte. »Überall in diesem Block ist eingebrochen worden. Manchmal klaut der Bursche was, manchmal nicht. Einer von meinen Informanten hat gehört, es könnte sich um einen Höschenfreak handeln, der sich in die Häuser schleicht, um da nach Unterwäsche zu suchen. Ich möchte nichts weiter, als die Schubladen in Ihrem Schlafzimmer auf Fingerabdrücke zu untersuchen. Das dauert nur fünf Minuten.«

Nagler wand sich los. »Nein. Ich kann das nicht zulassen. Nicht ohne einen Durchsuchungsbeschluß.«

Lloyd deutete zu Bergen hinüber und flüsterte: »Er hat hier das Kommando; ich bin nur ein Techniker von der Spurensicherung. Wenn ich mir Ihre Schubladen nicht ansehen kann, kriegt er 'n Vogel und hängt Ihnen eine getürkte Rauschgiftklage an. Seine Tochter ist an einer Überdosis Heroin gestorben, und seitdem spinnt er. Er steht mit einem Fuß in der Gummizelle; es ist also nicht ratsam, ihn zu ärgern. Bitte machen Sie keine Schwierigkeiten, Mr. Nagler, um unser beider willen.«

Nagler blickte sich um und sah Marty Bergen in der Hocke vor dem Porsche kauern und die Radkappen betrachten. »Okay, Officer. Aber halten Sie mir diesen Mann vom Leib.«

Lloyd stieß einen Pfiff aus, und Bergen beendete seine Radkappenuntersuchung. »Mr. Nagler will mit uns zusammenarbeiten, Sergeant. Machen wir's kurz. Er hat viel zu tun.«

»Hat 'n Doper immer«, stellte Bergen fest und kam heran. Mit einem letzten Blick auf den Porsche fügte er hinzu: »Ich wette, der ist heiß. Wir sollten uns mal die Fahndungsliste durchgeben lassen. Da hätten wir ihn gleich wegen Autodiebstahls am Haken.«

Er schwankte leicht, als wäre er angetrunken, und näherte sich Lloyd auf diese Weise. »Was soll ich drinnen machen?« flüsterte er.

Lloyd sah, daß Nagler bereits vorausgegangen war, um die Tür aufzuschließen; er tat, als erleide er einen Hustenanfall, und raunte: »Suchen Sie überall nach offiziellen Unterlagen, vor allem nach solchen, die mit einem Haus in Malibu zu tun haben. Stellen Sie fest, ob sich etwas Illegales findet, mit dem man ihn unter Druck setzen kann. Seien Sie bedrohlich.«

Nagler öffnete die Tür und knipste das Licht im Flur an. Schaudernd deutete er hinein; dann schlang er seine Arme um seine Schultern und stellte seine einwärtsgekrümmten Füße so eng zusammen, daß die Zehen einander berührten. Lloyd mußte an ein verängstigtes Tier denken, das sich zu tarnen suchte, indem es sich zu einer Kugel zusammenrollte und mit der Umgebung verschmolz. Die Angst in den Augen des Mannes weckte in ihm den Wunsch, Havilland zu erwürgen, weil er der Komplize dieser Angst war – und sich selbst für das, was er würde tun müssen. Er sah Bergens Blick und merkte, daß sein angeblicher Partner ähnlich dachte; er hoffte nur, seine Wut möge für die Dauer dieser Vorstellung anhalten. Lloyd fühlte, wie seine eigene Wut in einer Woge von Mitleid zu ertrinken drohte, und er belebte sie neu, indem er daran dachte, wie der Guru-Psychiater in einem legalen Verfahren durch die Lücken der Gesetze schlüpfen würde. »Setzen wir uns erst mal hin, und plaudern wir ein Weilchen, Mr. Nagler. Ich habe ein paar Fragen.«

Nagler nickte zustimmend. Lloyd ging durch die Diele in ein Wohnzimmer, das mit High-Tech-Sesseln aus Plastik und einem langen, aus Bohnensäcken und Industrieröhren konstruierten Sofa möbliert war. Bergen schlenderte hinter ihm drein und nahm geradewegs Kurs auf eine mobile Hausbar auf Rollen. Lloyd nahm in einem lavendelfarbenen Sessel Platz, der unter seinem Gewicht ächzte. Westernplakate strahlten von allen vier Wänden auf ihn herab. Nagler postierte sich auf dem Sofarand und sagte: »Würden Sie *bitte* schnell machen?«

Lloyd lächelte. »Selbstverständlich. Das hier ist übrigens ein nettes Wohnzimmer.« Er deutete auf die Poster. »Sind Sie ’n Filmfan?«

»Ich bin freier Art Director und Amateurfilmer«, sagte Nagler mit einem besorgten Blick auf Marty Bergen. »Stellen Sie jetzt bitte Ihre Fragen.«

Bergen gluckste und schenkte sich ein großes Glas Scotch ein. »Ich finde diese Bude zum Kotzen, und ich glaube, der Art-Director-Scheiß ist bloß eine Tarnung, hinter der das Kerlchen seinen Drogenhandel treibt.« Er stürzte den Drink hinunter und goß sich einen neuen ein. »Was dealst du hier, Bürger? Gras? Speed? *Koks?* Das ist es, Hoppy! Der Mann mit dem Koks!«

Nagler zupfte an seinen Händen herum und schaute Lloyd mit flehentlichem Blick an. Bergen ließ sich Scotch durch die Kehle rinnen und prustete schließlich: »Jesus, mir wird schlecht: Wo ist hier das Scheißhaus?«

Lloyd schwenkte den Arm unbestimmt zum hinteren Teil des Hauses, und Nagler zog die Füße zusammen und schlug mit auswärtsgebogenen Fäusten neben sich auf die Sofalehne. Bergen rannte hinaus; er würgte und preßte die Hände vor den Mund. Lloyd schüttelte den Kopf. »Ich bitte um Entschuldigung für meinen Kollegen, Mr. Nagler.«

»Er ist ein gräßlicher Mann«, wisperte Nagler. »Er hat ein niedriges Karma-Bewußtsein. Wenn er sein Leben nicht radikal ändert, wird er über sein Niedereffizienz-Image nie hinausgelangen.«

Lloyd stellte fest, daß es Nagler zu beruhigen schien, diesen Minispruch aufzusagen. Er schliff seinen eigenen Spruch rasiermesserscharf. »Ja, er tut mir leid. Es gibt so viele Türen, durch die er gehen muß, ehe er herausfindet, wer er wirklich ist.«

Das Rasiermesser schnitt bis aufs Blut. Nagler entspannte sich am ganzen

Körper. Lloyd zeigte ihm ein Lächeln, das genau kalkuliert war: »Verwandte Seele«, schien es zu bedeuten. *Du hast ihn am Haken,* dachte er, und laut sagte er: »Er braucht geistige Anleitung. Ein spiritueller Meister wäre genau das Richtige für ihn. Meinen Sie nicht auch?«

Naglers Gesicht leuchtete auf, doch dann umwölkte es sich wieder; Lloyd sah einen Nachgeschmack von Zweifel und Angst. Schließlich atmete Nagler aus. »Ja. Bitte tun Sie, was Sie hier tun müssen, und dann lassen Sie mich in Frieden. *Bitte.«*

Lloyd schwieg; er überlegte, welchen Kurs er bei der Vernehmung einschlagen sollte, während er Notizbuch und Bleistift hervorzog. Nagler hampelte auf dem Rand des Sofas herum und drehte sich um, als hinter ihm Schritte ertönten.

»Achtung, Bürger!«

Lloyd blickte von seinem Notizblock auf und sah, daß Marty neben dem Sofa stand und eine gläserne Wasserpfeife mit ausgestrecktem Arm vor sich in die Höhe hielt. »Du dachtest, dir kann nichts passieren, was, Bürger? Keine Dope im Haus. Aber du hast das neue Gesetz über den Besitz von Hilfsgeräten zum Genuß von Betäubungsmitteln vergessen, das kürzlich verabschiedet wurde. Diese Pfeife und der Äther auf deinem Regal im Bad beinhalten einen strafbaren Verstoß gegen dieses Gesetz.«

Bergen ließ Nagler die Pfeife in den Schoß fallen. Nagler sprang auf und riß die Hände vors Gesicht; die Pfeife fiel zu Boden und zersprang. Bergens Gesicht war gerötet; er grinste von einem Ohr zum anderen, als er Lloyd ansah. »Das ist schon 'ne beschissene Ironie. Ich habe einen Kommentar geschrieben, in dem ich dieses Gesetz als faschistisch bezeichnet habe, was es selbstverständlich auch ist. Und jetzt stehe ich hier und sorge dafür, daß es eingehalten wird. Ist das Leben nicht hinterlistig?« Er langte an seine Gesäßtasche und zog ein Bündel Papiere heraus. »Schauen Sie sich das an«, sagte er.

Lloyd stand auf, griff nach den Papieren und ging zu dem zitternden Guru-Jünger. Er kämpfte seine Abscheu nieder und sagte: »Sie haben das Recht, die Aussage zu verweigern. Sie haben das Recht, zur Vernehmung einen Anwalt hinzuzuziehen. Wenn Sie die Kosten für einen Rechtsbeistand nicht aufbringen können, wird man Ihnen einen Anwalt stellen. Haben Sie hinsichtlich dieses Hilfsgerätes etwas auszusagen, Mr. Nagler?«

Als Antwort kam eine Serie von Zitteranfällen. Nagler preßte sich bebend an die Wand. Lloyd legte behutsam eine Hand auf die Schulter, und er fühlte die Anspannung fast wie einen elektrischen Schlag. Er schaute auf die Füße des Jüngers und sah, daß sie sich umeinander wanden, als wollten sie sich gegenseitig die Knöchel zerquetschen. Die Brutalität dieser Haltung veranlaßte ihn, sich abzuwenden und zu Marty Bergen zu schauen, um etwas zu sehen, das geistiger Gesundheit ähnelte.

Was er sah, war wie ein Schlag ins Gesicht.

Bergen stand an der Bar und trank den Scotch direkt aus der Flasche. Als er sah, daß Lloyd ihn anstarrte, sagte er: »Lernst 'n paar Sachen über dich, die dir nicht gefallen, wie, Hot Dog?«

Lloyd ging zu ihm und riß ihm die Flasche aus der Hand. »Passen Sie auf ihn auf. Rühren Sie ihn nicht an, reden Sie nicht mit ihm. Lassen Sie ihn in Ruhe.«

Diesmal bekam Lloyd von Bergen ein Grinsen voller Selbstekel zur Antwort, ein Grinsen, das aussah wie eine Nahaufnahme seiner eigenen Seele. Er nahm die Flasche mit, als er in die Diele hinaus und in ein kleines Arbeitszimmer ging, wo ein Telefon stand. Er wählte Lindas Nummer und ließ es zehnmal klingeln. Niemand meldete sich. Er sah auf die Uhr. Zwanzig vor elf. Linda hatte wahrscheinlich keine Lust mehr gehabt, auf seinen Anruf zu warten, und war ausgegangen.

Lloyd legte auf; er wußte, daß er den Trost von Lindas Stimme gesucht hatte, nicht die Bestätigung, daß Havillands Fingerabdrücke auf der Magnum seien. Dann fiel ihm das Papierbündel ein, das Bergen ihm gegeben hatte. Er zog es aus der Tasche und strich es auf dem Tisch neben dem Telefon glatt.

Es war ein Immobilienprospekt mit Häusern in Malibu und der Malibu Colony. An der Titelseite hingen »mit den besten Empfehlungen« Parkberechtigungssticker für den Pacific Coast Highway, gültig vom 1. 6. 84 bis zum 1. 6. 85. Wieder fühlte Lloyd ein sanftes *klick*. Die Makler, die längs der Küste arbeiteten, verschenkten solche Hundert-Dollar-Anwohner-Sticker an ihre Vorzugskunden. Es war also ein handfester Hinweis darauf, daß Nagler Immobilien in Malibu besaß – ein Haus, das John Havilland benutzen durfte, während Nagler die dazugehörigen Dokumente aus steuerlichen Gründen und um der Geheimhaltung willen bei sich aufbewahrte. Havilland würde seine Jünger zweifellos *nicht* in seiner Praxis oder in seiner Wohnung in Beverly Hills empfangen – aber ein Haus am Strand, das einem *ganz besonders* treuen Jünger gehörte, wäre der ideale Ort für Einzel- oder Gruppensitzungen.

Er las den Namen der Maklerfirma auf der Titelseite des Prospektes – Ginjer Buchanan Properties. Darunter stand die Telefonnummer. Lloyd wählte sie auf gut Glück; vielleicht saß ja ein besonders eifriger Verkäufer noch in seinem Büro. Als sich ein Anrufbeantworter meldete, rief er die Auskunft an und ließ sich die Privatnummer von Ginjer Buchanan in Pacific Palisades geben. Er wählte die Nummer und geriet wiederum an einen Anrufbeantworter; diesmal ertönte Reggaemusik und die aufdringliche Aufforderung der Maklerin: »Nennen Sie Ihre Nummer nach dem Ton, und ich rufe Sie an aus der *Twilight Zone.«*

Das Los Angeles Police Department, dachte Lloyd, war Wärter und zugleich Bewohner dieser zwielichtigen Geisterzone. Er durchsuchte die Schreibtischschubladen nach offiziellen Papieren, die zu einem Besitz in Malibu gehörten. Als er nichts als Schreibzeug und Rechnungen für Filmzubehör fand, ging er hinaus in den Flur und suchte weitere Räume, die es wert waren, durchsucht zu werden. In Bad und Küche war die Chance gleich Null, aber am anderen Ende des Flures stand eine Tür halb offen.

Lloyd ging hindurch und tastete innen an der Wand nach dem Lichtschalter. Eine Deckenlampe leuchtete auf und erhellte einen kleinen Raum, der vollgestopft war mit achtlos abgestellten Kameras, Filmrollen und Entwicklerwannen. Der Fußboden war übersät von zertrümmerten Gerätschaften und Putzbrocken, die aus den Wänden geschlagen worden waren. Nur ein Filmbetrachter auf einem Metalltisch war intakt. Lloyd spähte durch das Okular und sah ein paar reglose, in weißen Strümpfen steckende Beine auf dem Zelluloid.

Er war im Begriff, die Geräte eingehender zu untersuchen, als ein Singen und Leiern aus dem Wohnzimmer herübergellte. Lloyd ging hinüber und sah und hörte eine höllische Doppelharmonie.

Marty Bergen stand vor dem knienden William Nagler, schlug eine imaginäre Gitarre und sang: »Sie spielten heiß auf dem alten Piano dort hinter der grünen Tür! Ich weiß nicht, was sie machen, doch ich hör' sie dauernd lachen hinter der grünen Tür! Laßt mich hinein, was kann nur dort sein, hinter der grünen Tür!«

Als Bergen abbrach und versuchte, sich einen neuen Vers einfallen zu lassen, war Naglers leiernder Singsang deutlich hörbar: *»Patria infinitum patria infinitum patria infinitum.«* Mit gleichförmig monotoner Stimme gemurmelt, akzentuiert durch dumpfe Schläge der wie zum Gebet gefalteten Hände des Jüngers gegen seine Brust, schienen die Worte einem sehr viel älteren und dunkleren Willen zu entsteigen als dem John Havilland's oder seines Mördervaters. *»Patria infinitum patria infinitum patria infinitum patria infinitum patria infinitum.«*

Bergen fuhr herum, als er Lloyd bemerkte, und brüllte über den Singsang hinweg: »Hallo, Hoppy! Ob ich damit wohl in die Top Forty komme? Grüne Tür grüne Tür grüne Tür!«

Lloyd packte Bergen, warf ihn gegen die Wand und hielt ihn dort fest. »Sie halten sofort die Fresse«, zischte er. »Und wehe Ihnen, Sie trinken noch einen Tropfen. Suchen Sie im Haus nach Naglers Steuerunterlagen und seinem Einkommensteuerbescheid. Sagen Sie kein einziges Wort mehr. Tun Sie, was ich Ihnen sage.«

Bergen versuchte zu lächeln. Was er zustande brachte, war ein Totenkopfgrinsen. »Okay, Sergeant«, sagte er.

Lloyd ließ ihn los und sah zu, wie er sich von der Wand löste, als wäre sie klebrig. Als er davongeschlurft war, wurde der Singsang zum beherrschenden Aspekt im Zimmer. *»Patria infinitum patria infinitum patria infinitum patria infinitum patria infinitum.«*

Lloyd sank vor dem Jünger auf die Knie und sah, wie die Trance mit jedem

Schlag vor das Herz tiefer wurde; er prägte sich jedes Detail der schlagenden Hände genau ein, um seine nächste Aktion zu rechtfertigen. Als Naglers glasige Augen und sein wogender Brustkorb sich für alle Zeit in seine Erinnerung eingeätzt hatten, gab er ihm mit voller Kraft eine gewaltige Ohrfeige, und er sah, wie die Trance zerbröckelte, als es den Jünger von den Knien riß. »Doctor!« schrie Nagler.

Lloyd hatte selbst das Gleichgewicht verloren. Er preßte Naglers Schultern auf den Boden und brüllte: »Havilland ist tot, William. Bevor er starb, sagte er, du seist ein Trottel, ein Dummkopf und ein Gimpel.«

Naglers glasige Augen richteten sich auf Lloyd. »Nein. Nein. Nein. *Patria infinitum patria infin–«*

Lloyd grub seine Finger unter das Schlüsselbein des Guru-Jüngers. »Nein, William, du kannst nicht. Du kannst nicht wieder zurück.«

»Doctor!«

»Ssst. Sssst. Du kannst nicht, Bill. Du kannst nicht zurück.«

»Doctor!«

Lloyds Finger bohrten sich tiefer, und Nagler fing an zu schluchzen. Lloyd zog seine Hände zurück. »Er hat erzählt, wie er dich benutzt hat, Bill. Wie er dich dazu gebracht hat, seine Telefonrechnungen zu bezahlen, wie er dich zu seinem Sklaven gemacht hat, wie er über dich gelacht hat, wie beschissen deine Filme waren, wie du es mit deinem ganzen teuren Zeug nicht mal geschafft hast –«

Lloyd brach ab, als Naglers Schluchzen in ein angstvolles Stottern überging. »Hor-hor-hor-fi-hor-fi–«

»Pssst, psst«, wisperte Lloyd. »Laß dir Zeit. Denk die Worte zu Ende.«

Nagler starrte zu Lloyd herauf. Der Ausdruck in seinem Gesicht schwankte zwischen Schmerz und Glückseligkeit. Schließlich hielt die Glückseligkeit so lange an, daß er zusammenhängende Worte hervorbringen konnte. »Horrorfilm. Doctor John hat einen Horrorfilm gedreht. Deshalb weiß ich, daß Sie lügen; es stimmt nicht, daß er so etwas über mich gesagt hat. Er schätzt mein Talent. Ich habe den Film für ihn geschnitten, und der Doctor hat gesagt – er hat gesagt . . .«

Lloyd stand auf. Er half Nagler auf die Beine und wies ihn zum Sofa. Als Nagler sich hingesetzt hatte, studierte Lloyd sein Gesicht: Er sah aus wie ein Mann, der im Begriff war, die Gaskammer zu betreten, und nicht wußte, ob er sterben wollte oder nicht. Lloyd erkannte, daß der Teil Naglers, der Glückseligkeit/Tod bedeutete, die Energie und das Potential für vernünftige Antworten besaß, und so unterdrückte er einen Impuls, Nagler durch Prügel zu Schmerz/Leben zu treiben. Seufzend setzte er sich neben den geschändeten jungen Mann und begann, im dunkeln herumzustochern. »Havilland ist nicht wirklich tot, Bill.«

»Das weiß ich«, sagte Nagler. »Er war heute morgen hier, mit –« Er verstummte und lächelte roboterhaft. »Er war heute morgen hier.«

»Führe den Gedanken zu Ende, Bill«, sagte Lloyd.

»Hab' ich ja. Doctor John war heute morgen hier. Ende des Gedankens.«

»Nein. Anfang des Gedankens. Aber reden wir von was anderem. Du glaubst doch nicht wirklich, daß ich Polizist bin, oder?«

Nagler schüttelte den Kopf. »Nein. Doctor John hat mir gesagt, es gibt einen dreiprozentigen Undichtigkeitsfaktor in unserem Programm. Ich weiß genau, wo die undichte Stelle lag – es fiel mir beim Singen ein. Sie sind vom Finanzamt. Ich habe Doctor Johns Telefonrechnungen bezahlt, als er im vergangenen Dezember in Idaho zum Skifahren war. Sie haben sich die Akten angesehen, weil Sie für Big Brother arbeiten. Außerdem haben Sie meine und Doctor Johns Bankauszüge verglichen und festgestellt, daß ich ihm im vorigen Jahr einen großen Scheck geschickt habe. Er hat wahrscheinlich vergessen, ihn in seiner Steuererklärung aufzuführen. Jetzt wollen Sie ein Schmiergeld, damit Sie den Mund halten. Also gut, nennen Sie eine Summe, und ich schreibe Ihnen einen Scheck.« Nagler lachte. »Wie dumm von mir. Dann gäbe es ja Unterlagen. Nein – nennen Sie mir eine Summe, und ich bezahle Sie in bar.«

Lloyd verschlug es den Atem, als er sah, wie rasch Nagler wieder zu sich kam. Noch fünf Minuten zuvor war er ein winselndes Häuflein gewesen. Jetzt legte er die herablassende Autorität eines Plantagenbesitzers an den Tag. Ein »Horrorfilm« und die zertrümmerten Geräte im Hinterzimmer – das war der Wendepunkt. *Brich ihn,* dachte Lloyd, und laut sagte er: »Hat es dich nicht überrascht, daß mein Partner genug wußte, um dieses Lied zu singen?«

»Nein. Ein Lied ist ein Lied.«

»Und ein Film ist ein Film.« Lloyd schob die Hand in die Tasche. »Bill, es wird Zeit, daß ich dir reinen Wein einschenke. Doctor John hat mich geschickt, damit ich deine Loyalität auf die Probe stelle.« Er hielt ihm die Polizeifotos von Thomas Goff unter die Nase. »Ich bin der Nachfolger des alten Rekrutierers. Du erinnerst dich an den Knaben, nicht wahr? In Doctor Johns Programm gibt es einen, der sieht ganz genauso aus. Ich weiß alles über die Zusammenkünfte im Haus in Malibu, ich weiß, daß du das Haus für den Doctor gekauft hast und daß du die Telefonrechnung bezahlst. Ich weiß von den Kontakten über Telefonzellen, und ich weiß, daß ihr außerhalb der Sitzungen nicht miteinander verkehrt. Ich weiß das, weil ich einer von euch bin, Bill.«

Erst Schmerz, dann Glückseligkeit und jetzt Verblüffung. Lloyd hatte Nagler nicht angesehen, damit dieser nicht ihn, sondern Thomas Goffs Bild anstarrte. Als er den Blickkontakt schließlich wieder herstellte, sah er, daß der Mann den Fotostreifen in Fetzen gerissen hatte und daß seine Rede ihn in eine Tonfigur verwandelt hatte. Lloyd kam sich vor wie ein Stierkämpfer, der zum Todesstoß ansetzt. »Ich habe auch gelogen, als ich sagte, Doctor John habe deine Filme beschissen genannt. In Wirklichkeit ist er entzückt von deiner Filmarbeit. Tatsächlich hat er mir heute noch gesagt, daß er dich als Schauspieler *und*

Regisseur bei der Verfilmung eines Buches engagieren möchte, an dem er gerade arbeitet. Er sagt –«

Lloyd verstummte, als Naglers Schmerz wieder die Herrschaft übernahm. *»Patria infinitum patria infinitum patria infinitum patria infinitum.«*

Lloyd dachte an Linda. Er stand auf und ging ins Arbeitszimmer, wo das Telefon stand. Er hatte die Hand auf den Hörer gelegt, als jemand ihm auf die Schulter tippte, daß er zurücksprang, herumfuhr und die Fäuste ballte.

Es war Bergen; er sah unheimlich nüchtern aus. »Steuerunterlagen hab' ich nicht gefunden«, sagte er. »Aber das Tagebuch unseres kleinen Freundes, unter seinem Bett. Gruselkram der Renaissance, Hopkins. Ein gottverdammter Schauerroman.«

Lloyd nahm Bergen das in Saffianleder gebundene Buch aus der Hand und setzte sich an den Schreibtisch. Er klappte es auf und stellte fest, daß der erste Eintrag vom 13. 11. 83 stammte und daß er wie alle folgenden in einer exquisiten, schwungvollen Handschrift verfaßt war. Bergen stand hinter ihm, als er die Berichte über Havillands »Programm« las; und nach und nach kam eine Liste geheimnisvoll benannter Personen zusammen. Da war der »Lieutenant« – das mußte Thomas Goff selbst sein –, dann der »Fuchs«, die »Lesbe«, der »Bücherwurm«, der »Muskelmann« und »Billie Boy«, bei dem es sich um Nagler selbst handeln mußte.

Die Einträge beschrieben detailliert, wie Havilland seinen Klienten befohlen hatte, sechsunddreißig Stunden lang zu fasten und dann nackt vor großen Spiegeln zu stehen und ihre »Angst-Mantras« auf Kassettenrecorder zu singen, bis das »unterbewußte Traumbewußtsein« die Kontrolle übernähme und sie dazu brächte, »transzendentale Phantasien« hervorzuplappern, aus denen er später »Schlüsseldetails« herausfiltern würde, die sich in »Realitätsfutter« umsetzen ließen. Lloyd las, wie er sie im »Mutterleib am Meer« sexuell gepaart hatte und wie er die Paarungen unterbrochen hatte, um ihre Vitalfunktionen und »Streßmargen« zu messen; wie er sie gezwungen hatte, Hunde und Katzen zu töten, um sie gegen »moralische Schlaffheit zu sichern«; wie der »Lieutenant« ihren REM-Schlaf mit nächtlichen Telefonanrufen und brutalen Verhören über ihre Träume unterbrochen hatte.

Abwechselnd in der ersten und dritten Person, als »Billie Boy«, schilderte Nagler, wie er und Doctor Johns übrige Klienten an reiche Leute verkuppelt wurden, die per Anzeige in einer der privat verlegten und vertriebenen Sexblättchen einen »Phantasietherapeuten« gesucht hatten; er schrieb über die »Liebestechnik-Seminare«, die Havilland oft mehrere tausend Dollar eingebracht hatten, und erzählte von den »Gruppensitzungen im Mutterleib am Meer«, die vom »Lieutenant« auf Tonband aufgezeichnet und transkribiert wurden – vom Lieutenant, der manchmal auch den »Küchenchef« gespielt und Mixturen aus pharmazeutischem Kokain und anderen verschreibungspflichtigen Drogen zusammengestellt hatte, die der Doctor dann seinen Klienten »unter Testflugbedingungen« verabreicht hatte.

Lloyd blätterte hastig durch das Tagebuch und suchte nach belastenden Fakten: Namen, Adressen, Daten. Mit Marty Bergen, der sich über seine Schulter beugte, und mit Naglers gedämpftem Singsang, der aus dem Wohnzimmer herübertönte, kam er sich vor wie der einsame Vorposten der Vernunft in einem Land des Wahnsinns; und dieses Gefühl wurde noch verstärkt durch die Tatsache, daß das Tagebuch *keine* Tatsachen enthielt – nur Enthüllungsgeschichten, bevölkert mit verschlüsselten Figuren.

Bis ihm ein Eintrag ins Auge sprang, der vom Tag zuvor stammte:

> Habe mitgeholfen, die Kamera im Haus des Muskelmanns in den Hollywood Hills aufzubauen. Doctor John hat zugesehen. Ich habe ihm gezeigt, wie die Kamera funktioniert. Ich hoffe nur, Muskelmann zerbricht mir nichts. Er macht mir angst – und in letzter Zeit hat er immer größere Ähnlichkeit mit dem Lieutenant.

Es folgte eine leere Seite, und darauf folgte der letzte Eintrag in diesem Tagebuch; er stammte vom Vormittag. Lloyd spürte einen Eispickel an seiner Wirbelsäule, als er ihn las.

> Es ist nicht echt. Sie haben es getrickst. Mit der neuen Kamera-Technologie kann man alles tricksen. Es ist ein Trick. Es ist nicht echt.

Lloyd schob Bergen beiseite, ging noch einmal in den Filmraum und suchte in dem Durcheinander nach Filmresten. Er fand drei Zelluloidstreifen, die unter dem Schneidetisch klemmten. Er ließ sie durch die Maschine laufen, und auf dem Monitor sah er vier Nahaufnahmen von Frauenbeinen in weißen Nylonstrümpfen, die Totale einer Matratze auf dem Fußboden und eine unscharfe, extreme Großaufnahme von einem breitschultrigen Mann, an dessen Hemd etwas hing, das aussah wie eine Dienstmarke des L.A.P.D.

Der Eispickel bohrte sich in sein Herz. Lloyd dachte an die weißbestrumpfte Krankenschwester, die Richard Oldfield vierundzwanzig Stunden zuvor in sein Haus gebracht hatte. Der stählerne Dorn krümmte sich, wühlte und riß in seinem Fleisch, begleitet von einem ohrenbetäubenden Schwall von *patria infinitum* aus dem Wohnzimmer.

Lloyd ging auf den Lärm zu; Nagler kauerte noch immer in seiner Mantra-Haltung, und Bergen stand am Kamin und leerte Whiskyflaschen über dem Acryl-»Feuerholz« auf dem Rost aus. »Die Vernehmung wird wohl ein bißchen länger dauern, Sergeant«, meinte er. »Darf gar nicht erst in Versuchung kommen. Was jetzt?« Sein Leichengrinsen war einem kampflustig-verschmitzten

Lächeln gewichen, und eine Sekunde lang sah Lloyd einen gesunden Verstand aufblitzen.

»Ich gehe, Sie bleiben«, sagte er. »Ich muß bei einer Dame vorbeifahren. Und dann, wenn sie das Beweismaterial hat, das ich brauche, muß ich den Guru unseres Freundes hochnehmen. Sie bleiben hier und bewachen ihn. Rühren Sie sich nicht vom Telefon weg. Wenn ich Sie brauche, lasse ich's einmal klingeln und rufe dann sofort noch mal an.«

»Ich will dabeisein, wenn Sie ihn abholen«, sagte Bergen.

Lloyd schüttelte den Kopf. »Nein. Schon der Umstand, daß ich Sie hier habe, kann mir 'ne Masse Ärger einbringen. Ich werde weder meinen Job noch Sie darüber hinaus aufs Spiel setzen.« Bergens verschmitztes Grinsen verflog, und er zog ein betretenes Gesicht. »Was haben Sie vor, wenn das alles hier vorbei ist?«

Bergen lachte und schüttete eine Flasche Courvoisier V.S.O.P. in den Kamin. »Weiß ich noch nicht. Jack hat mir fast zwanzigtausend hinterlassen. Vielleicht werde ich einfach sehen, wie weit ich damit komme.« Als Lloyd auf die Erwähnung des Geldes nicht reagierte, sagte er: »Sie *wußten* von der Überweisung, nicht wahr?«

»Yeah«, sagte Lloyd. »Ich hab's nicht gemeldet, weil ich wußte, daß das IAD dann versuchen würde, Ihr Konto als Beweismaterial zu beschlagnahmen.«

»Sie sind ein Arsch, aber in Ordnung, Hopkins. Wissen Sie das?«

»Manchmal.«

»Was haben *Sie* vor, wenn das vorbei ist?«

Lloyd dachte an Linda und an Janice und an seine Töchter, und dann schaute er hinüber zu dem vernichteten William Nagler, der immer noch seine Dämonen besang. »Weiß ich noch nicht«, sagte er.

24

Der Night Tripper saß an der Aufnahmekonsole im »Mutterleib am Meer« und lauschte Richard Oldfield und Linda Wilhite, die oben in Schlafzimmer Nummer drei verängstigt Smalltalk trieben. Der sekundengenaue Verlauf seines Schicksals hatte ironische Untertöne angenommen. Lindas »Hopkins!«-Schrei, kombiniert mit dem Revolver in ihrer Handtasche, war das unausgesprochene Eingeständnis gewesen, daß der geniale Cop am selben Tag begriffen hatte, als er die Leere seiner Kindheit durchbrochen hatte. Richard hatte die Chance, Hopkins zu töten, vermasselt, und sein Notfallplan, Linda mit dem Mordfilm über die Klippe zu treiben und *sie* dazu zu bringen, den Mord zu begehen, war fehlgeschlagen. Nachdem er siebenundzwanzig Jahre darauf gewartet hatte, seinen Terror durch andere in die Welt zu bringen, lag jetzt alles bei ihm. Er hatte das Erbe seines Vaters angetreten, und mit dem Wissen, daß das Spiel zu Ende war, hatte er Autonomie erlangt. Gott war ein bösartiger Possenreißer, bewaffnet mit einem stumpfen Werkzeug namens Ironie.

Havilland lehnte sich in dem Sessel, in dem Thomas Goff immer gesessen hatte, zurück, und er fühlte, wie eine bewußte Version der Losgelöstheit seiner Träume ihn in zwei Teile spaltete. Seine linke Hälfte sah wirbelnde Korkplatten, und seine rechte hörte die Worte, die aus dem Schlafzimmer kamen, in dem Richard das Objekt seiner Korktafel-Phantasien bewachte. Nach kurzer Zeit kroch die Erschöpfung in ihm herauf. Das Rotieren der Korkscheibe nahm überhand, und die Worte dudelten weiter, wie leise Musik, fast unhörbar.

»... wieso starren Sie mich so an?«

»Doctor hat gesagt, ich soll auf Sie aufpassen.«

»Tun Sie immer alles, was er Ihnen sagt?«

»Ja. Warum machen Sie ein so gemeines Gesicht? Ich bin sanft mit Ihnen umgegangen.«

»Weil Doctor gesagt hat, Sie sollen sanft mit mir umgehen? Nein, antworten Sie nicht – ich könnte Sie sonst noch mehr hassen. Zu Ihrer Information: Jemanden unter Drogen zu setzen und zu entführen, ist kein sanftes Unternehmen. Ist Ihnen das bewußt?«

»Ja. Nein. Sie sind sehr schön.«

»Mein Gott. War dieser Film echt? Ich meine, da war dieser furchtbare Teil, und dann die Nahaufnahme von Ihnen. Hören Sie – sind Sie Thomas Goff?«

»Ich habe gesagt, mein Name ist Richard.«

»Okay, aber was ist mit dem Film? *War* er echt? Meine Mutter wurde so umgebracht, mit dem Kissen und einem Revolver. Gehört der Film zu den Plänen, die Ihr verrückter Guru mit mir hat?«

»Welcher Film?«

»Himmel. Sind Sie high? Ich meine, abgesehen davon, daß Sie verrückt sind? Sie wissen schon – stehen Sie unter Drogen?«

»Doctor gibt mir Tranquilizer und Antidepressiva. Rezeptpflichtiges Zeug. Er ist Arzt; deshalb ist es legal und nicht schlecht.«

»Nicht schlecht? Havilland gibt also auch noch ganz nach Belieben Drogen heraus? Ein Doctor Feelgood? Nein, antworten Sie nicht. Ich weiß, er ist zu allem fähig. Ich werde nicht zulassen, daß Sie mir weh tun, wissen Sie. Nie im Leben. Niemals.«

»Ich will Ihnen nicht weh tun.«

»Mein Gott, Sie klingen wie Peter Lorre. Macht es Sie an, daß ich keine Angst habe?«

»Ja. Nein. Nein!«

»Die erste Antwort ist immer die ehrlichste, Richard. Wenn Sie oder der Psychopath da unten versuchen würden, mir weh zu tun, würde ich treten und kratzen und beißen und euch Lauge in die Augen reiben. Ich –«

»Ich will Ihnen nicht weh tun! Ich habe so etwas schon getan! Es war nicht gut!«

»S-Sie – Sie meinen, Sie haben schon anderen Frauen weh getan?«

»Ja! Nein! Ich meine, sie haben *mir* weh getan. Mir! Mir! Mir! Mir! Mir!«

»Wer hat Ihnen weh getan? Wovon sprechen Sie?«

»Nein. Doctor hat gesagt, ich soll mit Ihnen reden. Aber nicht über schlechte Dinge.«

»Schlechte Dinge, hm? Okay, wechseln wir das Thema. Ich will Ihnen eine Frage stellen. Glauben Sie ehrlich, daß Sie mit diesen überzüchteten Muskeln auf Frauen wirken?«

»Nein. Ja. Ja!«

»Die erste Antwort, Richard – und du hast recht. Eine Frau sieht einen Mann wie dich und denkt sich: ›Der Typ ist so unsicher, daß er täglich drei Stunden mit all den Schwulen und Narzisse in der Turnhalle hängt und sich äußerlich aufbläst, damit ich nicht merke, wieviel Angst er innerlich hat.‹ Ich habe einen Mann, der ist größer als du und wahrscheinlich fast genauso stark, aber er hat ein bißchen Fett auf dem Bauch und auf den Hüften. Und das gefällt mir. Weißt du, warum? Weil er in der Wirklichkeit lebt und seine Sache gut macht, und da hat er gar keine Zeit zum Eisenpumpen. Glaube also ja nicht, daß du mich mit deinen Muskeln beeindruckst.«

»Die... die sind zu meinem Schutz.«

»Vor den Leuten, die dir weh tun? Vor den *Frauen,* die dir weh tun?«

»Ja.«

»Ah, jetzt kommt die Wahrheit ans Licht. Laß dir eines von mir sagen: Nicht Muskeln regieren die Welt, sondern Verstand. Deshalb kann ein Schlappschwanz wie Havilland jemanden, der so groß und stark ist wie du, zu seinem Sklaven machen. Die Menschen schützen einander mit ihrer Liebe, nicht mit ihren Muskeln. Irgend jemand, wahrscheinlich eine Frau, hat dir mal sehr weh getan. Sie hat es nicht mit ihren Muskeln getan, denn sie hatte keine. Man kann sich nicht rächen, indem man genauso gegen die Leute zurückschlägt, wie sie auf einen einprügeln, denn dann haben die Leute, die einen verletzen, gewonnen – indem sie dich zu ihresgleichen machen. Kapierst du das nicht?«

»Nein. Mit Doctor John ist es anders. Er hat mich nach jenseits des Äußersten geführt.«

»Was ist das Äußerste für dich?«

»Nein!«

»Frauen weh zu tun? Mir kannst du nicht weh tun, denn ich bin schlauer als du und stärker als du, und außerdem hat der Schlappschwanz da unten es dir verboten. Ein ganz schön beschissenes ›Äußerstes‹. Arschkriecher bei einem ausgeflippten Psychoklempner, der sein Leben in der geschlossenen Abteilung der Klapsmühle in Camarillo beschließen wird. Wer wird dich dann beschützen, wenn er eine Zwangsjacke trägt und Babynahrung durch einen Strohhalm schlabbert?«

»Nein! Nein! Nein nein nein nein. Nein.«

»Doch, Richard. Doch. Außerdem – wie oft gibt es denn das ›Äußerste‹ für dich? Einmal? Zweimal? Dreimal? Du wirkst nicht gerade wie jemand, der seine Erfüllung gefunden hat. Das Äußerste, von dem wir reden, ist das des alten Schlappi da unten, Richard. Ich wünschte mir fast, du würdest jetzt gewalttätig werden, denn dann wüßte ich wenigstens, daß du noch Mumm genug hast, deinem Sklavenmeister zu gehorchen.«

»Wieso glauben Sie, daß Sie so schlau und abgebrüht sind?«

»Ich weiß nicht. Weißt du, daß ich keine Angst vor dir habe?«

»Ja.«

»Dann ist das wohl die Antwort.«

»Was würden Sie tun, wenn ich versuchte, Ihnen weh zu tun?«

»Ich würde mich wehren. Zusehen, wie es dich anmacht, und zusehen, wie du verlierst.«

»Doctor sagt, Sie sind eine Hure. Huren sind böse. Huren sind schlecht.«

»Jetzt hättest du mich fast gehabt, aber du kommst um ein paar Tage zu spät. Ich habe aufgehört. Ich bin gegangen. Ich bin *gegangen.* Das kannst du auch tun. Du kannst zur Tür hinausspazieren und dem Doctor Lebewohl zuwinken, und er wird entsetzt sein, denn ohne dich ist er ein ganz gewöhnlicher Irrer aus L.A., der nirgends einen Haken hat, an den er seinen Hut hängen könnte. Überleg dir das gut. Ich werde jetzt versuchen, zu schlafen, aber du denkst darüber nach.«

Der Night Tripper erwachte und wußte augenblicklich, daß seine Korkplattenträume die Stimmenmusik aus Schlafzimmer Nummer drei erstickt hatten. Er warf einen Blick auf die Konsole und stellte fest, daß er vergessen hatte, den »Aufnahme«-Knopf zu drücken; dann hörte er im Lautsprecher das leise Schluchzen eines Mannes, und er stellte sich vor, wie betrübt Richard sein mußte, weil er ihm verboten hatte, der Hure weh zu tun.

Es war einen Tag zu spät für Richard. Linda gehörte jetzt ihm. Am Morgen würde er sie im Gedenken an seinen Vater opfern. Er würde das Spiel auf seine Art beenden.

25

Morgengrauen.

Lloyd raste über den Pacific Coast Highway nach Norden, vorangetrieben von Adrenalin, Wut und Grauen. Sein Risikogambit war zu einem Opfer geworden, das er darbot, und wenn der Scheiterhaufen bereits entfacht wäre, dann würde er das Haus am Strand mit allen, die darin waren, in Flammen aufgehen lassen und sich selbst hineinstürzen. Er warf einen Blick auf die Pumpgun, die neben ihm auf dem Beifahrersitz lag. Fünf Schrotpatronen. Genug für Havilland, Oldfield, zwei beliebige Jünger und ihn selbst.

Die Idee, sich selbst zu opfern, riß seine Gedanken aus der unmittelbaren Zukunft zurück in die unmittelbare Vergangenheit. Als er Bergen und Nagler verlassen hatte, war er unverzüglich zu Lindas Wohnung gefahren. Sie war nicht dagewesen, und ihr Mercedes hatte nicht in der Garage gestanden. Da hatte er es mit der Angst zu tun bekommen, und er war mit Rotlicht und Sirene zu Havillands Praxis in Century City gefahren. Der Nachtwächter in der Lobby hatte ihm gesagt, gegen sieben habe er eine bildschöne junge Frau eingelassen, und etwa eine Stunde später seien Dr. Havilland und noch ein anderer Mann mit ihr wieder heruntergekommen, und sie habe ausgesehen, als sei sie high wie hundert Mann. »Ich habe ihr einen Zahn ziehen müssen«, habe der Doctor gesagt. »Bin zwar kein Zahnarzt, aber ich mußte es trotzdem versuchen.« Die beiden Männer hatten die fast bewußtlose Frau zum Parkplatz gezerrt.

Lloyd war in panischer Hast zu Havillands Apartment nach Beverly Hills gefahren und hatte dort niemanden angetroffen. Über Funk hatte er sich Ginjer Buchanans Privatadresse in Pacific Palisades geben lassen. Die Maklerin war nicht daheim, aber ihre Haushälterin hatte sie telefonisch in der Wohnung ihres Freundes in Topanga Canyon erreichen können. Als Lloyd ihr erklärt hatte, wie dringend die Sache sei, hatte sich die Maklerin bereit gefunden, sich mit ihm in ihrem Büro zu treffen und ihm die gewünschten Informationen zu geben. Eine Stunde später, um fünf Uhr früh, hatte er auf den Grundriß des Strandhauses gestarrt.

Da aber hatte das Entsetzen, das er beim Umherfahren im Zaum hatte halten können, die Oberhand gewonnen. Wenn er das Büro des Sheriffs von Malibu um Hilfe bäte, würden dessen Leute das Haus am Strand stoßtruppmäßig stürmen, mit allem, was zu einem militärisch-polizeilichen Overkill-Unternehmen dazugehörte: mit Gas, Maschinengewehren, Megaphonen und dem tristen Geiselnehmer-Verhandlungsteam, das es im Revier dort gab. Von Lautsprechern verstärkte Angebote und Gegenangebote und simple psychologische Manipulationen, über die Havilland nur lachen würde. Deputies mit juckenden Zeigefingern, die in Fernsehkrimis gelernt hatten, was ein Cop war. Automatische Waffen, in Panik abgefeuert. Linda im Kreuzfeuer. Nein. Das Risikogambit war seine Sache.

Wieder warf Lloyd einen Blick auf seine Pumpgun. Als ihm der Geschmack von Kordit und verkohltem Fleisch in die Kehle stieg, fuhr er an den rechten Rand des Highways, wo eine lange Reihe von Münztelefonen stand. Die Auferstehung des Jungle Jack Herzog – als Erpresser.

Er hatte den Hörer ans Ohr gelegt und ein Taschentuch um die Sprechmuschel gelegt, als ein seltsam vertrauter Wagen knirschend hinter seinem Dienstfahrzeug zum Stehen kam. Er spähte durch die Plexiglasscheibe und sah, wie Marty Bergen an der Fahrerseite ausstieg und auf ihn zukam. Er hielt eine Flasche Bier in der ausgestreckten Hand, als fürchte er, sich damit zu kontaminieren. Lloyd knallte den Hörer auf die Gabel. Er fragte sich, wie jemand, der so traurig war, so furchterregend aussehen konnte.

Bergen grinste. »Der Schmierdienst kommt. Ich hab's noch nicht angerührt. Ist nur für Notfälle. Sie sehen aus, als hätten Sie Angst, Hopkins. Richtige Angst.«

Lloyd packte die Flasche und schleuderte sie auf den Asphalt, daß sie in tausend Stücke zersprang. Erst als der Biergeruch ihm in die Nase stieg, begriff er, was er da getan hatte. »Ich habe Ihnen gesagt, Sie sollen bei Nagler bleiben.«

»Ich konnte nicht. Ich mußte etwas tun. Also hab' ich ihn gefesselt und bin abgehauen. Ist das eine Ordnungswidrigkeit oder eine Straftat? Als ich noch im Dienst war, hab' ich das Strafrecht nie gelernt.«

»Wie haben Sie mich gefunden?«

»Das ist einer, den ich doch noch kenne: Paragraph 413, Absatz 3: Amtsanmaßung und unbefugtes Führen polizeilicher Titel. Ich hab' die Nummer auf dem Immobilienprospekt angerufen. Die Frau sagte, Sie seien eben zur Tür raus. Sie hat mir die Adresse von diesem Guru-Typen gegeben. Ich war unterwegs dorthin, als ich Ihren Wagen sah.«

Lloyd begann, Rot zu sehen. *»Und?«*

Bergen reckte die Schultern. »Und das hier ist von vorne bis hinten Ritterstuß. Wo sind die Hilfseinheiten? Wo sind die Schwarzweißen des Sheriffs? Der Fall steht kurz vor seiner Erledigung, und Sie stehen hier mutterseelenallein herum und machen ein verängstigtes Gesicht. Wieso eigentlich? Persönlich finde ich, wir sollten volles Rohr da reingehen: Stoßtrupp, Hubschrauber, Tränengas, Scharfschützen. Ich –«

Lloyd traf Bergens Kinn mit einem rechten Schwinger. Bergen fing die volle Wucht des Schlages ein und flog auf den Rücken; er rappelte sich auf ein Knie hoch und drosch mit beiden Armen um sich, die Augen fest zugedrückt. Lloyd wollte einen Uppercut anbringen, doch dann zögerte er und wich rückwärts in die Telefonzelle zurück. Er warf einen Zehner nach dem anderen in den Münzschlitz, bis ihm klarwurde, daß er das Vierfache des erforderlichen Betrages hineingesteckt hatte. Er hielt die Tür einen Spaltbreit offen, damit frische Luft hereinkam, atmete tief durch und wählte.

»Hallo?«

Es war Havillands Stimme. Lloyd räusperte sich und brachte seine Stimme in Tenorlage. »Doctor, hier ist Jack Herzog. Ich war für 'ne Weile weg. Ich muß Sie sprechen.«

Zu Lloyds Überraschung brach der Doctor in lautes Lachen aus. »Hallo, Sergeant. Ich gratuliere Ihnen – Sie haben gute Arbeit geleistet.«

»Ich weiß alles über Sie und Ihren Vater«, sagte Lloyd. »Herzog hat einen Haufen Aufzeichnungen hinterlassen. Lassen Sie Linda laufen, Havilland. Es ist aus.«

»Ja, es ist aus. Aber Herzogs grüne Tür hätte verhindert, daß er Aufzeichnungen macht, und wenn Sie Beweise hätten, wäre längst ein Einsatzkommando über mich hergefallen. Und Linda ist aus freien Stücken hier.«

»Ich will sie sprechen.«

»Nein. Später vielleicht.«

»Hav–«

Lloyd klappte zusammen, als etwas ihn mit stumpfer Wucht in die Nieren traf. Er ließ den Hörer fallen und rutschte an der Wand der Zelle zu Boden. Bergen entspannte seine Fäuste und drängte sich mit den Ellbogen in die Telefonzelle. Lloyd versuchte sich hochzustemmen, aber Magenkrämpfe zwangen ihn, zusammengekrümmt zu verharren und würgend nach Luft zu schnappen.

Bergen hob den baumelnden Hörer auf und sprach in die Muschel. »He, Guru-Mann, hier ist Marty Bergen. Ich bin Reporter beim *Big Orange Insider.* Vielleicht hat Jack Herzog Ihnen von mir erzählt. Hören Sie – Hopkins und ich haben soeben Billy Boy Nagler durch die Mangel gedreht. Er hat uns alles über Ihren Laden erzählt. Der *Orange* wird eine Enthüllungsstory über Sie bringen – wie Sie sich durchs Medizinstudium gemogelt haben, wie Sie bei den Niggern auf der Western Avenue Zuhältertechniken studiert haben, wie chronische Impotenz Sie dazu gebracht hat, ein spiritueller Meister zu werden. Gefällt Ihnen das, Guru? Hätten Sie Lust, uns ein Interview zu geben?«

Lloyd kam auf die Beine und hielt sein Ohr an den Hörer; er drängte Bergen mit der Schulter ein wenig beiseite, so daß sie beide das Ende von Havillands Schrei hören konnten, die lange Stille, die auf ihn folgte, und die ruhigen Worte, die schließlich aus dem Hörer drangen. »Ja. Ein Interview. Offenbar wissen Sie, wo ich bin. Kommen Sie her. Handeln wir um die Wahrheit.«

Es klickte, und die Leitung war tot. Lloyd schob Bergen aus der Zelle und humpelte zu seinem Wagen. Die Bauchschmerzen ließen mit jedem Schritt nach. Er zog Ginjer Buchanans Grundriß aus dem Handschuhfach. »Haben Sie Ihren .38er noch?«

»Ja«, flüsterte Bergen.

Lloyd breitete den Plan auf der Motorhaube seines Wagens aus. »Also gut.

Sie klopfen an die Haustür. Ich gehe von der Seeseite her im ersten Stock hinein. Im Haus ist eine Frau. Sie ist unschuldig. Kommen Sie nicht in ihre Nähe. Sorgen Sie dafür, daß der Doctor mindestens zwei Minuten lang in ein Gespräch verwickelt bleibt. Wenn er irgendwelche komischen Tricks abziehen will, bringen Sie ihn um.«

26

Der Night Tripper schaltete den Verstärker im Wohnzimmer und den Lautsprecher in Schlafzimmer Nummer drei ein. Dann ging er in die Küche und holte sich das 1984er Gegenstück zu seinem 1957er Stilett, ein Steakmesser mit kurzer Klinge und Sägeschliff. Er schob die Waffe in die Gesäßtasche seiner Hose und rief nach oben: »Richard, komm für einen Augenblick her.«

Oldfield erschien oben an der Treppe. »Ja, Doctor?«

»Wir erwarten einen Besucher«, sagte Havilland. »Vielleicht mehr als einen. Bleib oben in Nummer drei, und halte dich in Lindas Nähe. Achte auf sonderbare Geräusche. Wenn du im Lautsprecher ›Jetzt‹ hörst, bringst du Linda zu mir herunter.«

Oldfield nickte stumm, wandte sich ab und verschwand im Gang. Havilland starrte die Haustür an und zählte die Sekunden; er genoß jeden winzigen Zuwachs an Zeit. Bei sechshundertdreiundvierzig klingelte es.

Der Doctor öffnete die Tür und brachte dabei seine Sekundenzählung auf sechshundertfünfzig. Völlig regungslos stand er da und betrachtete die ausgebrannte Figur, die mitten im Leben des Alchimisten und unsichtbar an der Peripherie des seinen manövriert hatte. »Bitte treten Sie ein«, sagte er.

Bergen kam herein, die Schultern nach vorn gekrümmt, die Hände in den Taschen seiner Windjacke vergraben. »Hübsche Einrichtung«, sagte er. »Schade, daß ich mein Notizbuch nicht mitgebracht habe. Ich kann mich nie an Details erinnern, wenn ich sie mir nicht aufschreibe.«

Havilland deutete auf zwei Sessel, von denen aus man auf die Pergolaterrasse und auf das Meer hinausblicken konnte. Bergen ging hin, setzte sich, streckte die Beine aus und bohrte die Hände noch tiefer in die Taschen. Der Doctor nahm neben ihm Platz. »Wo ist Hopkins?«

Bergen fuhr sich mit der Zunge über die Lippen. »Er parkt drüben am P.C.H. Scheißt sich vor Angst in die Hosen. Er ist verrückt nach der Kleinen, die Sie hier haben, und er traut sich nicht, irgend etwas zu unternehmen, weil er glaubt, Sie bringen sie dann um. Er hat Sie wegen 'ner Menge Scheiß im Verdacht, aber seine Vorgesetzten lassen ihn nicht eingreifen – er hat keine handfesten Beweise. Wir haben uns Billy Boys Tagebuch geschnappt, aber alles, was wir Ihnen damit anhängen könnten, wären unter Umständen ein paar Fälle von Kuppelei. Sie sind clean, Doc.«

Havilland atmete langsam aus; er fragte sich, ob der Ausgebrannte eine Pistole in der Rechten hielt. »Dann haben Sie in Wirklichkeit gar nicht die Absicht, einen Artikel über mich zu schreiben? Sie sind hergekommen, um mir einen Handel anzubieten?«

»So ist es. Hopkins und ich haben beide ein persönliches Anliegen. Ich möchte, daß Sie sämtliche Unterlagen, die sich auf Jack Herzog beziehen, vernichten. Niemand soll erfahren, daß er Ihr Klient war. Hopkins will, daß das Mädchen unversehrt freikommt. Wenn Sie mitspielen, wird Hopkins seine Untersuchung einstellen und es den Bonzen beim L.A.P.D. überlassen, sich mit Ihnen zu befassen. Und ich werde niemals ein Wort über Sie und Ihre Geschichte schreiben. Was halten Sie davon?«

Havilland ließ das Angebot langsam in sich eindringen. Die selbstsüchtigen Motive dieser Männer klangen echt, aber sie wußten offensichtlich nicht, daß das Spiel *zu Ende* war. »Und wenn ich nicht mitspiele?«

Bergen zog die linke Hand aus der Tasche und sah auf die Uhr. »Dann attackiere ich Sie in meinem Blatt, und zwar mit einem Krawalljournalismus, wie Sie ihn in solchem Ausmaß nicht für möglich gehalten hätten; und Crazy Lloyd fährt alles, was *er* hat, gegen Sie auf. Und unter uns gesagt, Doc – man nennt ihn nicht umsonst Crazy Lloyd.«

Lloyd umrundete das Haus auf der Seeseite und suchte nach den Fundamentpfeilern, die im Grundriß erwähnt waren. Das Schrotgewehr ruhte in seiner Armbeuge, und er blieb dicht am Rande des Sandstrandes; ein hölzernes Lattenkreuzgitter schirmte ihn zum Haus hin ab.

Der hintere Pfeiler war ein mit Schnitzereien verzierter Holzpfahl; er führte zu einem Balkon im Obergeschoß hinauf, der vorn offen und zu beiden Seiten von einem Laubenspalier umschlossen war. Gleich dahinter lagen die Fenster. Lloyd umschlang den Pfosten mit dem rechten Arm und kletterte an den schmalen Stufen, die die Schnitzereien ihm boten, Zoll für Zoll nach oben. Die Pumpgun hielt er am ausgestreckten Arm. Als er unter dem Rand des Balkons angekommen war, schob er das Gewehr hinauf und über die Kante; beim Klappern und Scharren des Metalls zog er den Kopf zwischen die Schultern. Er schmiegte sich dicht an den Pfeiler, löste den rechten Arm und packte die Balkonkante mit beiden Händen. Dann zog er sich hinauf auf die mit Teerpappe ausgelegte Fläche.

Er hörte keinen Laut, und so nahm er sein Schrotgewehr auf und schlich auf Zehenspitzen zu dem Spaliergitter, um einen Durchgang zu finden. Eine Tür gab es hier nicht, aber in der Mitte des Gitters war ein Teil der Holzlatten gebrochen, so daß man dort hindurchkriechen konnte. Lloyd sah keinen anderen Ausweg; er zwängte sich hindurch und zersplitterte dabei einen weiteren großen Teil des Gitterwerks. Das Krachen war wie eine Explosion in seinen Ohren, und er schloß die Augen, um das Gefühl niederzukämpfen, die ganze Welt müsse ihn gehört haben. Als er sie wieder öffnete, war es immer noch still, und er merkte, daß sein Zeigefinger den Abzug der Pumpgun halb durchgedrückt hatte.

Das Licht des frühen Morgens fiel durch die Lücken des Spaliergitters und spielte auf den Fensterscheiben im Obergeschoß. Lloyd schlängelte sich zwischen Stapeln von Liegestühlen hindurch zu den Fenstern; er hoffte, mindestens eines unverschlossen vorzufinden. Er fing an, die Riegel zu untersuchen, als er sah, daß das mittlere Fenster weit offenstand.

Das Schrotgewehr im Anschlag, ging er darauf zu und zog die Vorhänge beiseite, die ihm den Blick nach drinnen versperrten. Sein Blick fiel in ein leeres Schlafzimmer; er stieg hinein und tappte zur Tür. Mit zitternder Hand drehte er den Türknauf; die Tür öffnete sich nach innen, und er schaute hinaus in einen langen, mit Teppichboden ausgelegten Korridor. Marty Bergens Stimme ertönte *ringsumher:* »Wir sind doch vernünftige Menschen, oder? Der Kompromiß ist die Basis der Vernunft, nicht wahr? Wir –«

Lloyd drückte die Tür wieder zu; er überlegte, wie es kommen mochte, daß Bergens Stimme von zwei verschiedenen Stellen an sein Ohr drang. Dann ging ihm ein Licht auf: In William Naglers Tagebuch hatte er gelesen, daß Thomas Goff die Gruppensitzungen im »Mutterleib am Meer« auf Tonband aufgenommen hatte. Offenbar war das Haus mit Lautsprechern, Verstärkern und Lauschanlagen ausgestattet. Bergen und Havilland sprachen unten miteinander, und oben übertrug ein Lautsprecher ihre Unterredung. Lloyd zog die Tür wieder auf und spähte hinaus. Er spitzte die Ohren, um festzustellen, wo der Lautsprecher stand. Ein verstärkerübertragenes Husten verriet es ihm: Es war ein Zimmer auf der anderen Seite des Ganges, zwei Türen weiter. Linda ging ihm durch den Sinn, doch dann zerstörte Havillands Stimme das Bild. »Aber was Sie wollen, ist Unschuld für Jack, und die können Sie nicht bekommen. Und was Hopkins will, ist die Frau, und sie kann er nicht bekommen. *Jetzt!*«

Und dann war Linda leibhaftig da, von einer unsichtbaren Kraft aus dem Lautsprecherzimmer gestoßen. Lloyd sprang in den Gang hinaus, als er sie sah, und verschwommen nahm er etwas Bewegliches hinter ihr wahr, das sie abzuschirmen schien. Als Linda ihn erblickte, schrie sie: »Nein!« und versuchte, geduckt ins Zimmer zurückzuflüchten. Hinter ihr wurde Richard Oldfield sichtbar. »Hopkins, nicht!«

Linda stolperte und fiel zu Boden. Oldfield erstarrte in der Tür. Lloyd feuerte zweimal in Augenhöhe; Oldfields zurückweichender Schatten und der halbe Türrahmen zerbarsten. Pulverqualm und explodierendes Holz erfüllten den Korridor. Lloyd rannte durch die Wolke und fand Linda auf den Beinen. Sie versperrte ihm den Eingang zum Schlafzimmer. Mit harten Fäusten hämmerte sie auf ihn ein, bis er sie zur Seite schob und ein leeres Zimmer und ein halb offenes Panoramafenster sah, in dem sich eine hinabkletternde Gestalt spiegelte. »Oldfield!« brüllte Lloyd. Er pumpte eine Patrone in die Kammer und ließ das Spiegelbild und das Fenster zerstieben. Er starrte in den Glasregen und suchte nach rotem Spray, der ihm verraten würde, daß erstes Blut geflossen war. Aber er sah nichts als den gläsernen Fallout, und er hörte und fühlte nichts als Linda, die kreischend auf ihn eindrang. »Nicht!«

Und dann hallte ein Schuß stereophon von unten und aus dem Lautsprecher und riß ihn von Linda weg und durch den Korridor zur Treppe. Von oben sah er, wie Havilland und Bergen auf dem Boden miteinander um Bergens .38er rangen; sie traten, schlugen und würgten einander, verknotet zu einem einzigen Wesen, so daß ein sauberer Schuß auf den Doctor unmöglich war.

Lloyd feuerte blindlings auf die hintere Wand im Erdgeschoß. Die Explosion ließ Bergen und Havilland erschrocken auseinanderfahren, und der .38er kollerte zwischen ihnen auf den Boden. Lloyd sprang die Treppe hinunter, pumpte eine neue Patrone in die Kammer und zielte im Laufen auf Havillands Kopf. Er war so dicht herangekommen, daß er ihn nicht mehr verfehlen konnte, als Havilland mit der linken Hand den Revolver an sich raffte und auf Bergens Bauch zielte. Bergen rollte sich herum und riß die Knie hoch, um Havillands Arm beiseite zu treten, und wieder geriet er Lloyd in die Schußbahn.

Der Finger des Doctors preßte zweimal den Abzug. Der erste Schuß prallte vom Hartholzboden ab, der zweite zerriß Bergens Kehle. Lloyd sah, wie *unschuldiges* Blut durch die Luft spritzte, und er schrie. Er hörte, wie sein eigenes, von Grauen erfülltes Heulen im Donner der Pumpgun ertrank, die in einem wilden Reflex feuerte; gleich darauf, das Echo war noch nicht verhallt, knallte der .38er dreimal. Als sein tränenverschwommener Blick sich klärte, sah er, wie Havilland mit einem kurzen Messer auf Bergens Leib einstach.

Lloyd spürte, wie alles ringsumher sich zu donnernder Zeitlupe verlangsamte. Langsam zog er den Repetiergriff seiner Waffe hin und her. Langsam ging er auf die Todesszene zu und richtete die Mündung aus nächster Nähe auf Havillands Kopf. Langsam blickte der Doctor von dem auf, was sein Schicksal war in der zweiten Generation, und er ließ das Messer fallen und lächelte.

Lloyd drückte ihm die Mündung an die Stirn und zog den Abzug durch. Das Klicken des Schlagbolzens auf der leeren Kammer dröhnte wie hohler Donner, ließ die Zeitlupensequenz zerreißen und alles mit halsbrecherischer Geschwindigkeit durcheinanderstürzen. Plötzlich hatte Lloyd das Schrotgewehr umgedreht und schlug Havilland den Kolben ins Gesicht, wieder und wieder, bis zackenrandig ein Stück Fleisch aus der Wange riß und das Blut aus den Ohren quoll. Dann verringerte sich die Geschwindigkeit, das Licht verdunkelte sich schwindelerregend, und aus den Tiefen des Nichts rief eine wunderschöne Stimme: »Geh, Richard. *Geh.*«

27

Die Gesetzesmaschinerie setzte sich in Gang, und volle neun Tage lang sah Lloyd, vorläufig vom Dienst suspendiert und im Parker Center unter Verschluß gehalten, dabei zu, wie der Staat Kalifornien und City und County Los Angeles Dr. John Havilland unter einer Lawine von Anklagen begruben und ein Sperrfeuer von Strafverfahren gegen ihn eröffneten, alles auf der Grundlage des vierundneunzig Seiten starken Verhaftungsberichts und Havillands eigener schriftlich und als Tonbandmitschnitt vorliegender Memoiren.

Der erste Anklagepunkt war der Mord an Marty Bergen. Der Bezirksstaatsanwalt von Malibu rechnete mit einem kurzen Prozeß, denn ein hochgeachteter, altgedienter Polizist war Zeuge des Verbrechens gewesen, und der Angeklagte schien keine bekannten Verwandten oder Freunde zu haben, die peinliche Prozesse gegen Sergeant Lloyd Hopkins oder das L.A.P.D. wegen irgendwelcher Zuständigkeitsfehler bei der »Verhaftung« führen würden.

Weitere Klagepunkte sprudelten nur so zutage, als die Bundespolizisten, die den Mord an Howard Christie untersuchten, Havillands Praxis in Century City, seine Wohnung in Beverly Hills und das Haus in Malibu durchsuchten und *alles* beschlagnahmten. Allein seine handschriftlichen Notizen führten zu drei Mordanklagen, nachdem Schriftexperten authentische Handschriftproben des Doctors mit Tagebucheintragungen verglichen hatten, in denen er konstatierte, er habe Thomas Goff angewiesen, »den Besitzer des Schnapsladens am Hollywood Freeway/Sunset zu töten und damit zu beweisen, daß er wirklich den Wunsch habe, über sein Äußerstes hinauszugehen«. Die Schriften stimmten überein – Resultat: drei Mordanklagen und eine Anklage wegen Bildung einer kriminellen Vereinigung.

Die FBI-Agenten fanden auch die Besitzdokumente für ein Lagerhaus in East Los Angeles, und als sie es durchsuchten, entdeckten sie einen gelben Toyota und den verwesten Leichnam des Thomas Goff. Am Armaturenbrett des Wagens wurde ein Abdruck von Dr. Havillands rechtem Zeigefinger gefunden. Der Bezirksstaatsanwalt von Los Angeles City erhob eine weitere Mordanklage. Die Bundesbeamten fanden keine konkreten Hinweise darauf, daß Havilland etwas mit dem Mord an Christie zu tun hatte, und gaben auf.

Am vierten Tag der Zwangsklausur besuchte Captain Fred Gaffaney Lloyd in seinem Schreibmaschinenlager-Domizil und gab ihm zu verstehen, daß *jeder* Bericht, der eine Begründung für Marty Bergens Anwesenheit in dem Haus am Strand lieferte, akzeptiert werden würde, wenn er sich bereit fände, jede Erwähnung des verstorbenen Officer Jacob Herzog sowie jede Erwähnung der gestohlenen L.A.P.D.-Akten und der Sicherheitsunternehmen und deren Akten zu unterlassen. Die Staatsanwälte, die bisher an dem Fall beteiligt waren, hatten sein vierundneunzigseitiges Epos gelesen; sie hielten es für »ziemlich indiskret« und befürchteten »potentielle Peinlichkeiten für die Strafverfolgungsbehörden«. Lloyd war einverstanden. Gaffaney grinste und meinte, das sei klug von ihm – er wäre unverzüglich gefeuert worden, wenn er sich geweigert hätte. Bevor er ging, fügte Gaffaney noch hinzu, daß Lloyd in zwei Tagen vor der Anklagejury zu erscheinen habe – und ob es etwa noch Informationen gebe, die er zurückgehalten habe. Lloyd log. »Nein.«

John Havillands Jünger wurden festgenommen, verhört und wieder freigelassen, nachdem sie die Protokolle ihrer Aussagen über ihre Beziehung zu »Doctor John« unterschrieben hatten. Man engagierte einen freien »Deprogrammer« für Gefangene religiöser Sekten, der die Staatsanwälte und ihre Untersuchungsbeamten bei den Vernehmungen unterstützte. Die vereinte Überredungskraft führte bei vier von fünf Leuten zum Erfolg und erbrachte detaillierte Berichte über Gehirnwäsche, Drogenexperimente und sexuelle Erniedrigungen. Nur William Nagler ließ sich nicht zu einer Aussage verleiten. Er kreischte sein Mantra und faselte von »Horrorfilmen«, und schließlich überführte man ihn in die Obhut seiner Eltern, die ihn in einem teuren Privatsanatorium unterbrachten. Alles in allem waren die Staatsanwälte mit den Ergebnissen der Vernehmungen zufrieden; die Aussagen waren ein saftiges Fressen für die Anklagejury, und den bemitleidenswerten Gehirnwäscheopfern würde die Pein eines Auftritts vor Gericht erspart bleiben.

Lloyd blieb diese Pein nicht erspart. Er redete vier volle Stunden lang; beinahe wörtlich verlas er seinen neuverfaßten Verhaftungsbericht. Herzog, die Sicherheitsakten und Marty Bergens unverhältnismäßige Rolle in dieser Angelegenheit erwähnte er mit keinem Wort. Bergens Anwesenheit im Todeshaus erklärte er damit, daß es sich um einen hartnäckigen Reporter gehandelt habe, der hinter einer heißen Story hergewesen sei. Als Lloyd seine eigene Story beendet hatte, war von Richard Oldfield oder Linda Wilhite ebenfalls nicht die Rede gewesen, und auch der Grund für seine Bewußtlosigkeit beim Eintreffen der ersten Deputies aus dem Sheriffbüro am Tatort blieb im dunkeln. Als er zum Zeugentisch zurückkehrte, erwartete Fred Gaffaney ihn mit einem Augenzwinkern und einer guten Nachricht: Sein Verstoß gegen die Vorschriften des L.A.P.D. würde ihn dreißig Tage unbezahlte Suspendierung und einen Klaps auf die Finger wegen Rabaukentums im Dienst kosten.

Der letzte Zeuge, der vor Gericht auftrat, war ein Gerichtsmediziner vom Los Angeles County, der erklärte, seiner Meinung nach sei der Wust von Anklagen, mit dem Havilland überhäuft wurde, der schiere Overkill, denn unmittelbar vor der Verhaftung sei der Doctor die Treppe hinuntergestürzt, und eine Folge dieses Unfalls sei ein schwerer und irreparabler Hirnschaden. Havilland würde den Rest seines Lebens besinnungslos verbringen, ohne zu wissen, wer, was oder wo er sei. Durch die Wucht des Sturzes hätten sich Läsionen geöffnet, die er bei einer früheren Kopfverletzung davongetragen habe, und die neurologischen Schäden hätten sich dabei vervierfacht. »Ich habe versucht, dem Mann begreiflich zu machen, daß ich Arzt bin und ihn untersuchen soll«, schloß der Gutachter. »Es war, als wollte ich einer Möhre die Relativitätstheorie erklären. Er sah mich ständig nur kläglich an. Er hatte keine Ahnung, daß es vorüber war.«

Aber Lloyd wußte, daß es nicht vorüber war. Da war noch die ungeklärte Sache mit dem »Horrorfilm« und das große Fragezeichen hinter Lindas Benehmen im Strandhaus. Und wenn das erledigt wäre, bliebe die Hommage an Marty Bergen.

Neun Tage nach dem Ereignis, das in der Presse als »Massaker von Malibu« bezeichnet wurde, wurde Lloyd aus seinem »freiwilligen Arrest« im Parker Center entlassen. Von den dreißig Tagen seiner Suspendierung hatte er noch einundzwanzig vor sich, und man wies ihn an, für die nächsten zwei Wochen in Los Angeles zu bleiben und sich den Myriaden von Mitarbeitern der Staatsanwaltschaft zur Verfügung zu halten, solange diese den Fall Havilland bearbeiteten. Zudem verbot man ihm, mit Vertretern der Medien zu sprechen und sich in irgendeiner Weise als Polizist zu betätigen.

Als Lloyd sich wieder frei durch Los Angeles bewegte, stellte er fest, daß John Havilland inzwischen zum Gegenstand leichenfledderischer Verehrung geworden war. Nachrichten über den Psychiater waren immer noch Stoff für die Seite eins, und mehrere Nachtclub-Komiker hatten ihn zum Mittelpunkt ihrer Show gemacht. Im *Big Orange Insider* nannte man ihn den Hexendoktor, und ein Schlager aus dem Jahre 1958, »Witch Doctor« von David Seville and the Chipmunks, wurde neu aufgelegt und stieg bis in die Top Forty auf. Charles Manson wurde in seiner Zelle im Gefängnis Vacaville interviewt, und er erklärte Dr. John Havilland zu »'ner coolen Type«.

Die medizinischen Autoritäten in der geschlossenen Station des L.A. County Hospitals erklärten den Doctor für Gemüse, und Lloyd unterdrückte seinen eigenen leichenfledderischen Drang, seinen Widersacher in der Gummizelle aufzusuchen und ihm das Wort »Mordfilm« in das zu rammen, was von seinem Gehirn übrig war. Statt dessen, und statt nach Hause zu fahren, begab er sich zum Haus Nummer 4109 im Windemere Drive.

Türen und Fenster waren nicht mit L.A.P.D. – oder FBI-Stickern versiegelt; in den Ritzen zwischen Türen und Türrahmen lag unberührter Staub. Ein ganz gewöhnlich aussehendes Tudor-Cottage in den Hollywood Hills. Lloyd seufzte, als er das Haus zu Fuß umkreiste. Es war verschlossen. In keinem seiner offiziellen Berichte und ersten Stellungnahmen hatte er Oldfield erwähnt, und die Bundesbeamten, die Havillands Besitz beschlagnahmt hatten, waren entweder ebenfalls nicht auf Oldfields Namen gestoßen, oder sie hatten sich dafür entschieden, ihn zu ignorieren. In ihrem angstvollen Bestreben, den Fall Herzog zu vertuschen, ließen L.A.P.D. und FBI die schlafenden Hunde, John Havillands Getreue, lieber schlafen.

Lloyd stieg durch eines der hinteren Fenster in das Haus ein und begab sich schnurstracks in das Schlafzimmer. Auf dem Teppichboden lag eine Matratze, identisch mit der, die er auf dem Filmstreifen gesehen hatte. Ein rötlichbrauner Fleck befand sich auf einem Teppichstück in der Nähe des Fensters. Lloyd mußte an den Klebstreifen denken, den er einen Tag vor der Apokalypse in Malibu hier auf dem Rasen des Vorgartens gefunden hatte, und er ließ sich auf die Knie nieder und untersuchte den Fleck. Blut.

Er durchsuchte den restlichen Teil des Hauses und stellte fest, daß es keinerlei persönliche Habe mehr enthielt. Keine Männerkleidung, keine Toilettenartikel, keine Rechtsdokumente, keine persönlichen Papiere. Lebensmittel, Geräte und Mobiliar waren noch da. Oldfield war geflohen. Und nach dem Staub an der Tür zu urteilen, hatte er einen ordentlichen Vorsprung.

Lloyd fuhr zurück nach Parker Center; nachdem er jeden Gedanken an Linda Wilhite aus seinem Kopf verbannt hatte, kam er zu einem handfesten Schluß: Havilland oder Oldfield hatten den Film vernichtet. Wenn das Department oder das FBI ihn entdeckt hätte, wäre er darüber informiert worden. Wieder hatte er es mit Theorien und Indizien zu tun.

Officer Artie Cranfield brauchte knapp zehn Minuten, um das rötlichbraune Zeug auf dem Teppich als Blut der Gruppe 0+ zu identifizieren. Solcherart mit Fakten bewaffnet, rief Lloyd die Vermißtenabteilung des L.A.P.D. an und orderte die Daten zu allen weißen Frauen zwischen fünfundzwanzig und vierzig mit Blutgruppe 0+, die innerhalb der letzten zehn Tage als vermißt gemeldet worden waren. Nur eine Frau entsprach dieser Beschreibung – Sherry Lynn Shroeder, einunddreißig Jahre alt, sechs Tage zuvor von ihren Eltern als vermißt gemeldet. Lloyd weinte, als die Angestellte in der Vermißtenabteilung ihm den Namen des letzten bekannten Arbeitgebers mitteilte: Junior Miss Cosmetics.

Er hatte zugesehen, wie sie durch die Tür ins Haus gegangen war.

Mit tränenüberströmtem Gesicht lief Lloyd durch die Gänge des Parker Centers und zur Tür hinaus. Er wußte, daß er frei von Schuld war und daß das nicht genügte; er wußte, daß die Frau, die er lieben wollte, unschuldig war an dem Netz des Bösen, das über allem lag – ein Wahnsinniger hatte sie seelisch verwundet. Auf dem Parkplatz schlug er mit den Fäusten auf die Motorhaube seines Wagens, er trat vor den Kühlergrill, brach die Antenne ab und verbog sie zu einem Wurfgeschoß des Hasses; als er sie gegen den zwölfstöckigen Monolithen schleuderte, der alles definierte, was er war, sandte er einen Schwur an Sherry Lynn Shroeder und machte sich dann auf, um zu ergründen, wie tief seine Hure/Geliebte verwundet worden war.

Ein Anruf bei Telecredit ergab, daß Linda Wilhite insgesamt über Guthaben von $ 71 843,– verfügte und mit keiner ihrer Kreditkarten in letzter Zeit größere Einkäufe vorgenommen hatte. Richard Oldfield hatte seine drei Konten aufgelöst und ein großes Paket IBM-Aktien für $ 91 350,– veräußert.

Eine Fahrt zum L.A. International Airport, ausgerüstet mit zwei Fotos der beiden, die ihm die Fahrzeugregistrierungsbehörde verschafft hatte, erbrachte die Information, daß Richard Oldfield vier Tage nach dem Blutbad in Malibu nach New York geflogen war. Er hatte sein Ticket bar bezahlt und einen falschen Namen angegeben. Linda hatte ihn zum Gate begleitet. Ein aufmerksamer Gepäckdisponent erzählte Lloyd, daß die zwei nicht wie ein Liebespaar ausgesehen hätten, sondern eher wie Geschwister – die Schwester »flott«, der Bruder »von der Rolle«.

Lloyd fuhr zurück in die Stadt; er war eifersüchtig und müde, und irgendwie hatte er Angst davor, nach Hause zu fahren, denn er befürchtete, es könne noch etwas geben, das er vergessen hatte. Er würde Linda bald entgegentreten müssen, aber vorher mußte er noch einem gefallenen Kameraden die Ehre erweisen.

Marty Bergens Wirtin öffnete ihm die Tür zu dessen Apartment und erzählte ihm, die Leute vom *Big Orange Insider* seien vorbeigekommen und hätten seine verschlissenen Möbel und seine Schreibmaschine mitgenommen; er habe, so hatten sie behauptet, dem Blatt diese Dinge in seinem Testament hinterlassen. Sie hatte sie mit dem Zeug abziehen lassen, denn es war nichts wert gewesen; aber die Schachtel mit dem Buch, an dem er gearbeitet hatte, habe sie behalten, denn er sei ihr zwei Monatsmieten schuldig gewesen, und vielleicht könne sie das Manuskript ja an eine richtige Zeitung verkaufen und ihren Verlust damit wiedergutmachen. Ob das etwa ein Verbrechen sei?

Lloyd schüttelte den Kopf. Er zog seine Brieftasche hervor und gab ihr das gesamte Bargeld, das sie enthielt. Dankbar grapschte sie danach und rannte den Gang hinunter zu ihrer eigenen Wohnung; kurz darauf kehrte sie mit einer großen Pappschachtel zurück, die von maschinengeschriebenen Seiten überquoll. Lloyd nahm ihr den Karton ab und wies zur Tür. Unter ständigem Knicksen verzog sich die Frau aus dem Apartment und ließ ihn allein, damit er lesen könne.

Das Manuskript umfaßte mehr als fünfhundert Seiten, und die Maschinenschrift war von redaktionellen Kommentaren in roter Tinte eingerahmt – offenbar hatten zwei Autoren an diesem Text gearbeitet. Es war die Geschichte zweier mittelalterlicher Krieger, der eine ein Lebemann, der andere Asket, die dieselbe Frau liebten, eine Prinzessin, die man nur erringen konnte, wenn man konzentrisch angeordnete Feuerwände durchschritt; jeder dieser Ringe aber war bevölkert von immer schrecklicheren und blutrünstigeren Ungeheuern. Die beiden Krieger begannen ihren Kampf als Rivalen, aber sie wurden Freunde, als sie der Prinzessin näher kamen. Sie kämpften gegen Dämonen, die in sie eindringen wollten, wann immer sie in einen neuen Feuerkreis eindrangen, und sie wurden zu Telepathen und Wächtern ihrer Seelen. Als aber die letzte Feuerwand vor ihnen loderte, begehrten sie auf gegen diese Symbiose und schickten sich an zu einem Kampf auf Leben und Tod.

An dieser Stelle endete das Manuskript; den Schluß bildeten kontroverse Argumente in zwei verschiedenen Handschriften. In den letzten Kapiteln hatte die Qualität der Prosa abgenommen. Lloyd sah Jack Herzog vor sich, von dem Hexendoktor an den Rand des Äußersten getrieben, wie er versuchte, aus dem Grauen seines flackernd verglimmenden Lebens noch Dichtung zu schmieden. Als Lloyd das Buch schließlich aus der Hand legte, wußte er nicht, ob es gut war, schlecht oder bedeutungslos – aber er wußte, daß es gedruckt werden mußte, als Hymne für die Toten von Los Angeles.

Die Hymne wurde zu einem Trauergesang, als er zu Linda Wilhites Wohnung fuhr; er hoffte, sie werde nicht daheim sein, so daß er nach Hause fahren und sich ausruhen und das Gefühl von dem, was hätte sein können, noch ein wenig länger genießen könnte.

Aber sie war da.

Lloyd trat durch die halbgeöffnete Tür ein. Linda saß im Wohnzimmer auf dem Sofa und studierte die Kleinanzeigen in der *Times.* Als sie aufblickte und lächelte, schauderte ihm. Schluß mit dem, was hätte sein können. Sie würde ihm die Wahrheit sagen.

»Hallo, Hopkins. Du kommst spät.«

Lloyd deutete mit dem Kopf auf die Anzeigenseite. »Suchst du 'n Job?«

Linda lachte und wies auf einen Sessel. »Nein, ein Geschäft. Mit fünfzig Riesen Anzahlung und einer Bankbürgschaft bekomme ich eine ›Burger King‹-Franchise. Was hältst du davon?«

Lloyd setzte sich. »Ist nicht dein Stil. In letzter Zeit mal 'n guten Film gesehen?«

Linda schüttelte langsam den Kopf. »Ich habe eine Vorschau gesehen, und einer der Hauptdarsteller hat mir eine detaillierte Inhaltsangabe gegeben. Die einzige Kopie, die es gab, wurde vernichtet. Von mir. Ich hatte vergessen, wie gut du bist, Hopkins. Ich dachte nicht, daß du über diesen Teil der Sache Bescheid weißt.«

»Ich bin der Beste. Ich weiß sogar, wie das Opfer hieß. Möchtest du den Namen hören?«

»Nein.«

Lloyd preßte seine Hände zusammen und hob sie vor die Brust, doch er hielt inne, als er merkte, daß er unbewußt Billy Naglers Gebetspose einnahm. »Warum, Linda? Was zum Teufel ist zwischen dir und Oldfield gewesen?«

Linda formte ein Spitzdach mit ihren Händen; dann sah sie, was sie da tat, und vergrub die Hände in den Taschen. »Der Film war eine geisteskranke Darstellung vom Tod meiner Eltern. Havilland hat Richard dazu getrieben. Er hat mir den Film in seiner Praxis zum Teil vorgespielt. Ich drehte durch und fing an zu schreien. Richard packte mich, und sie setzten mich unter Drogen und fuhren mit mir hinaus nach Malibu. Richard und ich redeten dort miteinander. Ich fand das Körnchen Vernunft und Anstand, das er noch in sich hatte. Ich überzeugte ihn davon, daß er zur Tür hinausspazieren könne, als hätte es den

Film und Havilland nie gegeben. Wir waren im Begriff zu gehen, als Havilland sein ›Jetzt!‹ rief. Marty Bergen hätte mit uns hinausspazieren können. Aber da kamst du mit deinem Schrotgewehr.«

Als Lloyd schwieg, sagte Linda: »Baby, du hast es richtig gemacht, und ich liebe dich dafür. Richard und ich sind davongelaufen, und du hättest uns die Cops hinterherschicken können, aber wegen deiner Gefühle für mich hast du es nicht getan. Da ist nichts richtig oder falsch. Weißt du das nicht?«

Lloyds Blick kehrte aus dem weiten Nirgendwo zurück. »Nein, das weiß ich nicht. Oldfield hat eine unschuldige Frau getötet. Dafür muß er bezahlen. Und *wir* sind auch noch da. Was ist *damit?*«

»Richard hat bezahlt.« Lindas Stimme war ein Flüstern. »Gott, und wie er bezahlt hat. Zur Information: Er ist längst fort. Ich weiß nicht, wo er ist, und ich will es auch nicht wissen, und *wenn* ich es wüßte, würde ich es dir nicht sagen.«

»Ist dir eigentlich klar, was du da getan hast? *Ahnst du es,* verdammt noch mal?«

Lindas Flüstern war kaum hörbar. »Ja. Ich dachte mir, ich könnte davonspazieren, und ich habe jemanden davon überzeugt, daß er es auch könnte. Er hat die Chance verdient. Schieb mir nicht deine Schuld in die Schuhe. Wenn Richard nicht Havilland in die Falle gegangen wäre, hätte er nie auch nur einer Fliege etwas zuleide getan. Wie groß sind die Chancen, daß er noch einmal jemandem wie dem Hexendoktor über den Weg läuft? Es ist vorbei, Hopkins. Laß es gut sein.«

Lloyd ballte die Fäuste und starrte an die Decke, um eine Flut von Tränen zurückzudrängen. »Es ist nicht vorbei. Und was ist mit uns?«

Linda legte ihm zögernd die Hand auf die Schulter. »Ich habe nie gesehen, wie Richard jemandem weh getan hat. Aber ich habe gesehen, was du mit Havilland gemacht hast. Wenn ich es nicht gesehen hätte – vielleicht hätten wir's versuchen können. Aber jetzt ist auch das vorbei.«

Lloyd stand auf. Lindas Hand fiel von seiner Schulter, und er sagte. »Ich werde Oldfield suchen. Ich will versuchen, deinen Namen da rauszuhalten, aber wenn ich es nicht kann, werde ich es nicht tun. So oder so – ich werde ihn kriegen.«

Linda stand auf und nahm Lloyds Hände. »Daran zweifle ich keinen Augenblick. Jetzt wird die Sache komisch und traurig und unheimlich, Hopkins. Willst du mich für einen Moment in den Arm nehmen und dann gehen?«

Lloyd schloß die Augen und umarmte die schönste Frau, die er je gesehen hatte, und der L.A.-Teil des Falles Havilland war abgeschlossen. Als er spürte, daß Linda sich aus seiner Umarmung löste, wandte er sich ab und ging hinaus, und er dachte daran, daß es vorbei war und niemals vorbei sein würde, und er fragte sich, wie er das Buch von Herzog und Bergen wohl würde veröffentlichen können.

Draußen leuchtete die Nacht in den reißenden Lichtströmen des Straßenverkehrs und in den Flammen eines Buschfeuers in der Ferne. Lloyd fuhr nach Hause und schlief auf der Couch in seinen Kleidern ein.

JAMES ELLROY

Hügel der Selbstmörder

Roman

Aus dem Amerikanischen von
Oliver Huzly

Für Meg Ruley

Du bist allein, und du weißt ein paar Dinge.
Die Sterne sind Nadelöhre; Schlitze in der Maske des Henkers.
Sie, Ratten und Schlangen;
Gehetzte und Jäger

Thomas Lux

Notiz aus dem psychiatrischen Gutachten
Von: *Dr. med. Alan Kurland, Psychiater, Personalabteilung;*
An: *Deputy Chief T. R. Braverton, Commander, Detective Division; Captain John A. MacManus, Abteilung Kapitalverbrechen;*
Betreffend: *Hopkins, Lloyd W., Sergeant, Abteilung Kapitalverbrechen.*

Sehr geehrte Herren,
Wie verlangt, habe ich Sergeant Hopkins in meiner Privatpraxis einer Analyse unterzogen. Dies geschah im Laufe von fünf einstündigen Sitzungen, die vom 6. November bis zum 10. November 1984 abgehalten wurden. Der Patient machte den Eindruck eines physisch gesunden und geistig regen Mannes von exorbitanter Intelligenz. Er zeigte sich in diesen Sitzungen bereitwillig, beinahe eifrig, und widerlegte so Ihre anfänglichen Befürchtungen hinsichtlich seiner Zusammenarbeit. Seine Antworten auf intime Fragen und aggressive Überraschungsfragen waren unbeirrt ehrlich und offen.

Bewertung/Gutachten: Sergeant Hopkins hat eine obsessive-compulsive Persönlichkeit. Er neigt zu Gewalttätigkeit. Diese Störung der Persönlichkeit manifestiert sich hauptsächlich in Akten exzessiver physischer Gewalt durch seine neunzehnjährige Polizeilaufbahn hindurch. An zweiter Stelle, aber doch unmittelbar damit verbunden, folgt ein starker Sexualtrieb, den er sich selbst gegenüber als »Ausgleichsbemühung« erklärt und rechtfertigt, die dazu diene, seine gewalttätigen Impulse abzulenken. Rein verstandesmäßig werden beide Triebe mit den Erfordernissen des »Jobs« und mit dem Wunsch, seinen Ruf als einzigartig brillanter und gefeierter Ermittler in Mordfällen aufrechtzuerhalten, gerechtfertigt; in Wirklichkeit rühren beide her von dem stridenten Pragmatismus der Art, die man bei soziopathischen Persönlichkeiten findet, die in ihrer emotionalen Entwicklung stehengeblieben sind – schlicht und einfach eine präadoleszente Selbstsüchtigkeit.

Es ist symptomatisch, daß Hopkins, der sich selbst als »harten Hecht« und dedoizierten Sybariten bezeichnet, sowohl seinen Gewaltimpulsen als auch seinen sexuellen Wünschen mit der rücksichtslosen Hingabe des wahren Soziopathen gefolgt ist. Er hat jedoch all die Jahre hindurch tiefe Schuldgefühle wegen dieser Gewaltausbrüche und der außerehelichen Promiskuität empfunden. Dieses Bewußtsein entwickelte sich graduell, was im Widerstand gegen alle Verhaltensmuster und dem Wunsch, diese Muster aufzugeben und so eine

Art Seelenfrieden zu erreichen, resultierte. Dieses psychische Dilemma ist der hervorstechende Wesenszug seiner Neurosen. Allerdings ist es unwahrscheinlich, daß dieses Problem allein, durch ihre langwierige Anlage, für Sergeant Hopkins' gegenwärtigen Zustand am Rande eines Nervenzusammenbruchs verantwortlich ist.

Hopkins selbst sieht die Gründe für seinen gegenwärtigen Zustand extremer Unruhe, Niedergeschlagenheit, verbunden mit Weinkrämpfen und äußerst untypischen Zweifeln an seinen Fähigkeiten als Polizist, in seiner Teilnahme an zwei aufwühlenden Morduntersuchungen.

Im Januar 1983 war Sergeant Hopkins in den Fall des sogenannten »Schlächters von Hollywood« involviert, ein Fall, der offiziell als ungeklärt gilt, obwohl Hopkins behauptet, daß er und ein anderer Beamter den Täter getötet hätten, einen Psychopathen, der im Gebiet von Hollywood drei Menschen getötet haben soll. Sergeant Hopkins (nach dessen Schätzung dem »Schlächter von Hollywood« noch weitere sechzehn junge Frauen zum Opfer gefallen sind) hatte Intimkontakt mit dem dritten Opfer des Psychopathen, einer Frau namens Joan Pratt. Hopkins fühlt sich verantwortlich für den Tod von Miss Pratt und den Tod einer anderen Frau namens Sherry Lynn Shroeder, der in Verbindung mit der Havilland/Goff-Mordreihe stand (Mai 1984). Er hat diese Schuldgefühle transferiert auf die zweifache Obsession, unschuldige Frauen zu »schützen« und seine Frau und seine drei Töchter, die ihn verlassen haben und zur Zeit in San Francisco leben, »wiederzubekommen«. Diese Obsessionen, typische Wahnvorstellungen bei psychisch gestörten Menschen mit hoher Intelligenz, sind der wahre Grund für die Patzer bei der Ausübung seines Berufs, die zu Sergeant Hopkins gegenwärtiger Suspendierung vom Dienst führten.

Am 17. Oktober dieses Jahres war es Sergeant Hopkins gelungen, einen dritten Verdächtigen des Havilland/Goff-Falles, Richard Oldfield, in New Orleans aufzuspüren. Er hielt Oldfield für bewaffnet und gefährlich und forderte daher Beamte des New Orleans Police Departments an, ihm bei der Verhaftung beizustehen. Hopkins sollte in sicherer Entfernung bleiben, während das Team von N.O.P.D.-Kriminalbeamten den Verdächtigen festsetzte. Er mißachtete diesen Befehl und trat Oldfields Tür ein, hielt aber dann inne, als er sah, daß Oldfield mit einer nur teilweise bekleideten Frau zusammen war. Er schrie der Frau zu, sie solle sich anziehen und machen, daß sie wegkomme, und feuerte dann auf Oldfield, verfehlte ihn aber und gestattete ihm so, durch den Hinterausgang zu entkommen, während er die Frau zu trösten versuchte. Die Beamten aus New Orleans faßten Oldfield einige Minuten später. Zwei Kriminalbeamte wurden während der Festnahme verletzt, der eine schwer. Sergeant Hopkins sagte, daß seine Weinanfälle kurz nach diesem Zwischenfall anfingen.

Bei der Anklageerhebung wurde Hopkins von Oldfields Anwalt dabei ertappt, wie er Ausflüchte machte. Im Laufe unserer zweiten Sitzung gab er zu, daß er Beweise zurechtgefälscht hatte, um die Auslieferung Oldfields zu erreichen, und daß der Grund für seine Lügen im Gerichtssaal in dem Wunsch lag, eine Frau zu schützen, die in den Havilland/Goff/Oldfield-Fall verwickelt war – eine Frau, mit der er im Verlauf der Ermittlungen Intimkontakt gehabt hatte. An diesem Punkt wurde Sergeant Hopkins ausfallend und brüstete sich damit, daß er den Namen der Frau niemals dem Staatsanwalt oder einer anderen Justizbehörde preisgeben werde.

Schlußfolgerungen: Sergeant Hopkins befindet sich im Zustand schwerster cumulativer Streßreaktion. Er leidet unter schwerster nervlicher Erschöpfung, die noch verschlimmert wird durch die unnachgiebige Entschlossenheit, seine Probleme aus eigener Kraft zu lösen – ein Entschluß, der implizit seine Persönlichkeitsstörung verstärkt und eine Weiterführung der Sitzungen praktisch unmöglich macht. Zum jetzigen Zeitpunkt erachte ich es für unmöglich, daß Sergeant Hopkins in Mordfällen ermittelt, ohne sie in irgendeiner Form in sozialem oder sexuellem Kontext auszunutzen. Es ist äußerst unwahrscheinlich, daß er andere Beamte effektiv leiten kann; es ist genauso unwahrscheinlich, daß er sich bei seiner grandiosen Selbsteinschätzung jemals mit der Durchführung von Verwaltungsarbeit abfinden wird. Seine psychische Stabilität ist ernstlich beeinträchtigt; seine Belastbarkeit so unwägbar, daß seine Anwesenheit als Waffenträger im Dienst bestenfalls ineffektiv, schlimmstenfalls gemeingefährlich ist. Meiner Meinung nach sollte Sergeant Hopkins vorzeitig in den Ruhestand versetzt werden, bei vollem Ruhegeld, als Resultat einer dienstbezogenen Disabilität/Invalidität, und der administrative Prozeß hinsichtlich seiner Trennung vom L.A.P.D. sollte schnellstmöglich in Gang gesetzt werden.

Hochachtungsvoll
Dr. med. Alan D. Kurland
Psychiater

1

Der Transporter des Sheriffs bog aus dem Tor des Malibu Fire Camp Nr. 7. Geladen hatte er 16 Häftlinge, denen Entlassung, Arbeitsurlaub und Straferlaß bevorstanden, und sein Ziel war das Zentralgefängnis von L.A. County. Fünfzehn der Männer brüllten fröhlich Obszönitäten, trommelten gegen die Fenster und klapperten mit den Beinfesseln. Der sechzehnte, dem man in Anerkennung seines Status' als Feuerbekämpfer 1. Klasse die Eisen erspart hatte, saß vorn beim Fahrer/Deputy und starrte auf einen Fotowürfel, in dem sich die Aufnahme einer Frau in Punkrock-Outfit befand.

Der Deputy schaltete in den zweiten Gang und stupste den Mann an. »Bist wohl scharf auf Cyndi Lauper?«

Duane Rice sagte: »Nein, Officer, Sie etwa?«

Der Deputy lächelte. »Nein, aber ich trag' ja auch ihr Bild nicht mit mir rum.«

Rice dachte, halt dich zurück – er ist nur ein blöder Bulle, der Konversation machen will, und sagte: »Meine Freundin. Sie ist Sängerin. Sie sang Back-up für eine Bar-Band in Las Vegas, als ich das Foto schoß.«

»Wie heißt sie?«

»Vandy.«

»Vandy? Nur ein Name, so wie ›Cher‹?«

Rice blickte auf den Fahrer, dann herum zu den Häftlingen in Drillichzeug. Die meisten davon würden in einem, allerspätestens zwei Monaten wieder im Loch stecken. Ihm fiel ein Verschen des sprücheschmiedenden Dichters ein, der unter ihm gepennt hatte: »L.A. – mach hier deine Ferien, geh heim auf Bewährung.« Und im Bewußtsein, jeden Cop, Richter oder Bewährungshelfer, den man ihm draufknallte, austricksen, ausdeichseln und ausmanövrieren zu können, und mit dem Wissen, daß sein Schicksal das exakte Gegenteil von dem jedes anderen Mannes im Bus war, sagte er: »Nein, Anne Atwater Vanderlinden. Ich hab' sie's abkürzen lassen. Ihr voller Name war zu lang. Nicht gut für Plakate.«

»Macht Sie alles, was du von ihr willst?«

Darauf gab Rice dem Deputy ein spiegelvollendetes »Jawohl.«

»Ich frag' ja nur«, sagte der Deputy. »Solche Pussen sind heute schwer zu finden.«

Die Plauderei war wirkungsvoll im Keim erstickt, und Rice lehnte sich zurück und starrte aus dem Fenster. Er nahm zwar beiläufig Notiz vom Pacific Coast Highway und den im Winter verlassenen Stränden, fühlte aber eigentlich nur das Summen des Busmotors und die Distanz, die es schuf zwischen den sechs Monaten, die er damit zugebracht hatte, Feuergräben zu buddeln, Flammen einzuatmen und zu beobachten, wie sich geistig verarmte Luschen mit billigstem Weinbrand vollaufen ließen, und den kommenden zwei Wochen, die er im New County abzusitzen hatte, wo ihm sein Straferlaß wegen Tapferkeit als Häftlingsfeuerwehrmann einen Job als Kapo verschaffen würde, mit unbegrenztem Besuchsrecht. Er sah auf den Plastikstreifen an seinem rechten Handgelenk: Name, achtstellige Gefangenennummer, die Abkürzung des kalifornischen Strafrechts für schweren Fahrzeugdiebstahl und seinen Entlassungstermin – 30/11/84. Die letzten drei Zahlen ließen ihn an Vandy denken. Automatisch streichelte er den Fotowürfel.

Der Bus erreichte East L.A. und das Main County Jail eine Stunde später. Rice ging zur Aufnahme Seite an Seite mit dem Fahrer-Deputy, der seine

Dienstwaffe aus dem Halfter zog und sie wie einen Hirtenstab dazu benutzte, die Häftlinge zu den elektrischen Türen zu lotsen. Als sie drinnen und die Türen hinter ihnen geschlossen waren, gab der Fahrer seine Waffe dem Deputy in der Plexiglaswachkabine und sagte: »Unser Kumpel hier geht zur Kapoeinstufung. Er ist Cyndi Laupers Liebchen, also keine Leibesvisitation: Cyndi sähe es nicht so gerne, wenn wir in sein Arschloch reinschielen. Die anderen Kerle haben Arbeitsurlaub und Wochenendfreigang anstehen. Die volle übliche Prozedur in den verfügbaren Zellen.«

Der Kontrollbeamte deutete auf Rice und sprach in ein am Tisch festgeschraubtes Mikrophon. »Los, Blauer. Nummer vier, vierte Zelle zu deiner Rechten.«

Rice gehorchte. Er steckte den Fotowürfel in seine umgeschlagene Brusttasche und ging den Korridor entlang. Die Gangart, die er einschlug, war eine Art modifizierter Knastschritt, die es ihm erlaubte, seine Würde zu bewahren *und* so auszusehen, als passe er sich an. Als er den richtigen Rhythmus gefunden hatte, ließ er seine Augen eine Szene in sein Hirn einbrennen, der er sich nie wieder aussetzen würde: Gefangene, wie Sardinen gequetscht in Sicherheitszellen, die auf der Vorderseite von der Decke bis zum Boden mit Kadmiumstahl vergittert waren; geschriene und gedämpfte Gesprächsfetzen, die aus den Zellen herausfluteten und in denen das Wort ›Scheiß‹ vorherrschte. Kapos, die Khakihosen mit Schlitzen am Hintern trugen und lustlos mit Besen den Korridor fegten; eine Gruppe davon stand außen vor dem Schwuchteltrakt und gurrte die Tunten darin an. Das Kreischen und Klirren vergitterter Türen, die auf- und zuflogen. Gewöhnlicher Alltag für institutionalisierte Bullen und Zuchthäusler, die nicht wußten, daß sie aufeinander angewiesen waren. Tod.

Die Tür von Nummer 4 glitt auf. Rice drehte sich kurz und trat ein. Sein Blick blieb auf dem einzigen anderen Häftling in der Zelle haften, einem kräftigen Burschen, der wie ein Rocker aussah, auf dem Schränkchen hockte und einen Groschenwestern las. Als die Tür zuknallte, sah der Mann auf und sagte: »Tag, Grünschnabel. Zur Einstufung hier?«

Rice entschloß sich, höflich zu sein.

»Ich denke doch. Ich spekulierte ja auf einen Job als blauer Kapo, aber die Bullen haben offensichtlich andere Pläne.«

Der Rocker legte sein Buch auf den Boden und kratzte sich an den Bartstoppeln. »Offensichtlich, häh? Sei nur froh, daß du nicht so groß bist wie ich. Ich komme zur Ladeabteilung, sicher wie die Hölle. Ich werde also mit Niggern Wäschesäcke rumwuchten, während du irgendwo mit dem Besen fegst. Wofür haben sie dich verknackt?«

Rice lehnte sich an die Gitter. »Schwerer Autodiebstahl. Bekam ein Jahr, saß sechs Monate im Fire Camp und erhielt etwas Straferlaß.«

Der Rocker betrachtete Rice mit Augen, in denen Mißtrauen stand, aber auch

Neugier nach Informationen. Rice entschloß sich, selbst nach Informationen zu wühlen, und sagte: »Kennst du einen Burschen namens Klein? Ein Weißer um die vierzig? Müßte so vor sechseinhalb, sieben Monaten hergekommen sein. Sie hatten ihn wegen Besitz und Verkauf von Kokain am Wickel, machten dann ein kleineres Delikt daraus. Er ist wahrscheinlich jetzt schon wieder draußen.«

Der Rocker stand auf, streckte sich und kratzte seinen Bauch. Rice sah, daß er mindestens 1,90 war, und spürte ein Warnlicht in seinem Kopf aufflackern. »'n Freund von dir?«

Mit Verspätung registrierte Rice die Intelligenz in seinen Augen. Zu schlau, um ihn anzuschmieren. »Nicht wirklich.«

»Nicht wirklich?« Der große Mann ließ die Worte dröhnen. »Nicht wirklich? *Offensichtlich* denkst du, ich bin blöde. *Offensichtlich* denkst du, ich kann zwei und zwei nicht zusammenzählen. *Offensichtlich* denkst du, ich weiß nicht, daß dieser Klein dich verpfiffen, einen Handel mit der Schmiere gemacht hat und so ungefähr zur selben Zeit, als sie dich geschnappt haben, wieder gehen durfte. *Offensichtlich* weißt du nicht, daß du dich in Gegenwart eines hervorragenden Gefängnisintellekts befindest, der es nicht mag, wenn man ihn verscheißern will.«

Rice schluckte trocken, hielt Augenkontakt mit dem großen Mann und wartete darauf, daß sich dessen rechte Schulter senkte. Als der Rocker einen Schritt nach hinten machte und lachte, trat Rice zurück und zwang sich ein Lächeln ab.

»Ich habe es sonst nur mit Stumpfköpfen zu tun«, sagte er. »Nach einer Weile paßt man sein Denken ihrem Niveau an.«

Der Rocker lachte leise in sich hinein. »Bumst dieser Klein dein Mädchen?«

Vor Rices Augen wurde alles rot. Er vergaß die Warnungen seines Lehrers, niemals eine Attacke zu beginnen, und er vergaß die rituellen Schreie, als er mit dem rechten Fuß durchzog und fühlte, wie der Kiefer des Rockers unter seinem Fuß brach. Blut spritzte durch die Luft, als der große Mann gegen die Gitter krachte; aus den anliegenden Zellen erklangen Rufe. Als der Rocker zu Boden fiel, trat Rice noch einmal zu; durch seinen roten Schleier hindurch hörte er, wie eine Rippe brach. Die Rufe wurden lauter, als die elektrische Tür ruckartig aufging. Rice fuhr herum und sah ein halbes Dutzend Schlagstöcke in hohem Bogen auf sich zukommen. Flüchtige Gedanken an Vandy hielten ihn davon ab anzugreifen. Dann wurde alles dunkelrot und schwarz.

Einheit 2700 des Los Angeles Main County Jail ist bekannt als der Irrentrakt. Sie besteht aus drei Reihen Sicherheitseinzelzellen, die durch enge Gänge und Treppen miteinander verbunden sind, und ist der Unterbringungsort für nichtgewalttätige Gefangene, die psychisch zu gestört sind, um innerhalb der allgemeinen Gefängnisgemeinschaft existieren zu können: Sabberer, Brabbler, Leute, die in der Öffentlichkeit masturbierten, Jesus-Kreischer und mystische Gurus, die ihr Gehirn mit LSD weggeblasen hatten, und die jetzt alle darauf warteten, daß man über ihre Unzurechnungsfähigkeit entschied und sie letztlich nach Camarillo und in vom County unterhaltene Pflegeheime abtransportierte. Auch wenn die »danebenen« Häftlinge an und für sich durch Zwangsverabreichung starker Beruhigungsmittel ruhig und friedlich gehalten werden, so werden sie doch nachts, wenn die Wirkungen der Medikamente nachlassen, buchstäblich lebendig und veranstalten ein Getöse, das man durch das gesamte Gefängnis hört. Als Duane Rice in einer Zelle direkt in der Mitte von Reihe 2 der Einheit 2700 wieder zu sich kam, dachte er, er wäre tot und in der Hölle.

Er brauchte eine ganze Weile, um zu entdecken, daß er es nicht war; daß die gequälten Schreie und klagenden Geräusche nicht Schläge waren, die die Schmerzen und das Pochen an seinem ganzen Körper verursachten. Als er allmählich das volle Bewußtsein wiedererlangte, begann der Schmerz wirklich, und *alles* kam ihm wieder und übertönte eine Stimme in der Nähe, die brüllte: »Ronald Reagan ist ein Schwanzlutscher!« Automatisch tastete Rice mit den Händen Gesicht und Hals ab. Kein Blut; keine Beulen; keine blauen Flecken. Nur eine Schwellung an seiner Halsschlagader. Bewußtlos gewürgt und zu den Irren geworfen, aber die Abreibung, die die Wachbeamten für gewöhnlich Radaubrüdern verpaßten, hatte man ihm erspart. Warum?

Rice machte eine kurze Bestandsaufnahme seiner Person und stellte zu seiner Zufriedenheit fest, daß seine Genitalien unbeschädigt und keine Rippen gebrochen waren. Er zog sein Hemd aus und untersuchte die Striemen und blauen Flecken auf seinem Leib. Schmerzhaft, aber vermutlich kein innerer Schaden.

Da fiel ihm der Fotowürfel wieder ein, und er verspürte einen ersten Anfall von Panik. Er grabschte das Hemd vom Boden und drosch auf die Wand ein, als Plastikscherben aus dem Leinenknäuel fielen. Seine Fäuste wetzten gerade an den Zellengittern, als das unversehrte Foto von Anne Atwater Vanderlinden aus der rechten Tasche purzelte und mit der Bildseite nach oben auf seiner Matratze landete. Vandy. In Sicherheit. Rice sagte die Worte laut vor sich hin, und die Kakophonie des Irrentrakts verebbte zu einem leisen Raunen.

Ihr Raunen.

Rice setzte sich auf den Rand der Matratze und bewegte seine Augen hin und her zwischen der Fotografie und den reingekratzten Graffiti, die die Zellenwände bedeckten. Obszönitäten und Black Power-Slogans nahmen den Großteil der beschreibbaren Fläche ein, aber in der Nähe der zusammengeknüllten Lumpen, die als Kopfkissen dienten, nahmen mühselig geritzte Liebeserklärungen überhand: Tyrone und Lucy; Big Phil und Lil Nancy; Raul y Inez por vida. Rice tastete die Worte mit seinen Fingern ab, und es gelang ihm, die Schmerzen in seinem Körper niederzuhalten, indem er sich auf die Geschichte von Duane und Vandy konzentrierte.

Er hatte als Pit-Boß in einer Midas-Muffler-Niederlassung im Valley gearbeitet, nebenher Ersatzteile aus dem Lager geklaut und sie zum halben Preis an Louie Calderon verkauft. 26, unter Bewährungsaufsicht der Jugendbehörde wegen Totschlags im Straßenverkehr, ziellos. Er wartete darauf, daß etwas geschah. Louie schmiß eine Party in seiner Bude in Silverlake, versprach drei Frauen pro Mann und lud ihn ein. Vandy war dagewesen. Er und Louie hatten an der Tür gestanden und Kommentare über die ankommenden Frauen abgelassen. Sie kamen zu dem Schluß, daß, was puren Sex anging, das magere Mädchen in den abgewetzten Preppy-Klamotten so ziemlich die unterste auf der Liste war, aber daß sie ein gewisses Etwas hatte. Als Louie nach den richtigen Worten suchte, um es zu erklären, sagte Rice: »Charisma.« Louie schnippte mit den Fingern, stimmte zu und wies dann auf ihre schäbigen Fetzen und die laufende Nase hin und sagte: »Schneevögelchen. Vorher noch nie gesehen. Sieht wohl einfach die offene Tür und kommt rein, vielleicht denkt sie, sie kann etwas Stoff abstauben. Sie mag vielleicht Charisma haben, aber sie hat verflucht noch mal keine Selbstkontrolle.«

Louies letzte Worte trafen zu. Rice ging herüber zu dem Mädchen, das ihn anlächelte. Nervöse Zuckungen ließen ihr Gesicht lebendig wirken. Ihre unmittelbare Verletzlichkeit fraß ihn förmlich auf. So wie es begonnen hatte, war es auch schon gelaufen.

Sie redeten zwölf Stunden an einem Stück. Er erzählte ihr, wie er in den Wohnblöcken von Hawaian Gardens aufgewachsen war, und von seinen versoffenen Eltern und wie sie eines Abends zum Schnapsladen losfuhren und niemals wiederkamen, von seiner Geschicklichkeit mit Wagen, und wie ihn die Schwäche seiner Eltern zu dem Entschluß gebracht hatte, Schnaps und Drogen niemals anzurühren. Darüber schnaubte sie verächtlich und sagte, daß sie und ihr Bruder Drogen nahmen, weil ihre Eltern so verklemmt und spießig waren. Sie fanden keinen rechten Draht zueinander, bis er ihr dann die *volle* Wahrheit erzählte, weshalb sie ihn wegen Totschlags drangekriegt hatten. Damit verknüpfte er ihrer beider Trotz und Aufmüpfigkeit mit einem hellroten Band miteinander.

Als er 22 war, hatte er bei einer Maserati-Niederlassung in Beverly Hills einen Job, Sportwagen einstellen. Die anderen Mechaniker waren Kiffer, die sich permanent über seine Abneigung gegen Dope lustig machten. Eines Abends bastelten sie einen *Speedball* aus medizinischem Alkohol und Perkodan und mischten ihn ihm in den Kaffee, unmittelbar bevor er sich daran machte, den Leerlauf am Ferrari eines Kunden zu testen. Die Drogenmischung begann abrupt zu wirken, als er die Doheny herunterfuhr. Er merkte sofort, was los war, und fuhr rechts ran, entschlossen, abzuwarten, bis das High abflaute, um dann ein paar gehörige Abreibungen auszuteilen.

Dann wurde es wirklich schlimm. Er begann wild zu halluzinieren und dachte, er sehe die Kerle, die ihm das Dope untergejubelt hatten, einen halben Block weiter über die Straße gehen. Er ließ den Motor aufheulen, schaltete sofort in den Zweiten und walzte sie mit 120 nieder. Die vordere Stoßstange wurde abgerissen, der Kühlergrill eingedellt, und ein abgerissener Arm flog quer über die Windschutzscheibe. Er schaltete herunter, bog um die Ecke und den Wilshire, stieg aus und rannte wie der Teufel. Ein unglaublicher Adrenalinschub überdeckte die Wirkung der Droge. Als er aus Beverly Hills herausgelaufen war, fühlte er sich wieder Herr seiner Sinne. Er wußte, daß er seine Rache bekommen hatte, und nun mußte er sich an die Spielregeln des Gesetzes halten und versuchen, möglichst billig davonzukommen.

Ein zweistündiges Dampfbad im Hollywood Y ließ ihn den Rest des *Speedballs* aus seinem Kreislauf ausschwitzen. Er nahm ein Taxi zum Polizeirevier von Beverly Hills, bohrte sich mit einem Taschenmesser in den Arm, um Krokodilstränen hervorzurufen, und stellte sich. Man legte ihm zwei Fälle von Totschlag dritten Grades und Fahrerflucht zur Last. Die Kaution wurde auf 20 000 Dollar festgesetzt, und die Anklageerhebung wurde auf den nächsten Morgen festgelegt.

Bei der Anklageerhebung erfuhr er dann, daß die zwei Leute, die er getötet hatte, nicht die Mechaniker gewesen waren, die ihm das Dope verpaßt hatten, sondern ein gutbürgerliches Ehepaar. Er plädierte trotzdem auf schuldig, weil er mit maximal zwei Jahren rechnete, also allerspätestens in achtzehn Monaten wieder draußen wäre.

Der Richter, ein freundlich dreinblickender alter Knabe, verpaßte ihm einen zehnminütigen Vortrag, fünf Jahre auf Bewährung und sein Urteil: 1000 Arbeitsstunden Papiermüll aus den Gullis der Doheny Avenue zwischen Beverly Boulevard im Norden und Pico Boulevard im Süden aufzulesen. Nachdem Zuschauer im Gerichtssaal dem Urteil gebührenden Applaus gespendet hatten, fragte der Richter Rice, ob er noch irgend etwas zu sagen hätte. Er hatte, sagte »Ja« und fuhr fort, dem Richter kundzutun, daß dessen Mutter in einem Bordell in Tijuana riesige Eselsschwänze lutsche, und daß es seine Frau mit den Gorillas im Griffith Park treibe. Der Richter widerrief seine Haftaussetzung und verplättete ihm fünf Jahre in der kalifornischen Jugendstrafanstalt in Soledad – bekannt als »Baby-Bunker« oder »Gladiatorenschule«.

Als Rice seine Geschichte zu Ende brachte, krümmte sich Anne Vanderlinden vor Lachen und startete ihre Erzählung, während der sie zwei volle Packungen in einem wegrauchte, bis alle anderen Gäste entweder gegangen waren oder sich in Paaren in die Schlafzimmer in Louies oberem Stockwerk zurückgezogen hatten. Sie erzählte ihm, wie es war, reich aufzuwachsen in Grosse Pointe, Michigan, und von ihrem knochenharten Vater, einem Steuerberater, ihrer valiumsüchtigen Mutter und ihrem religiösen Wirrkopf von Bruder, der sich mit LSD bedröhnte und auf die Sonne starrte, wo er mystische

Synergie suchte, bis er völlig erblindete. Sie erzählte ihm, wie sie das College aufgesteckt hatte, weil es langweilig war, und wie sie ihr Treuhandvermögen von 50 000 Dollar mit Koks und Freunden verpulvert hatte und wie sie den Schnee mochte, aber nicht davon abhängig war. Rice fand ihren Gebrauch von Gossenslang naiv, aber gut gemacht. Es war ihm klar, daß es ihr dreckig ging und daß sie vermutlich kreuz und quer schlief, um einen Platz zum Bleiben zu haben, und er lenkte ihr Gespräch weg von der Gegenwart und auf die Zukunft. *Was wollte sie wirklich tun?*

Anne Vanderlindens kleine Zuckungen im Gesicht überschlugen sich, als sie ins Stammeln kam, um zu erklären, wie sehr sie Musik liebte und wie sie vorhatte, mit einer Reihe von Rockvideos die Aufmerksamkeit der Welt auf ihre Tanz- und Singtalente zu lenken: eines für Punk, eines für Balladen, eines für Disco. Rice beobachtete, wie sich ihre Züge beim Sprechen verzerrten, und er wollte ihren Kopf fassen und das Gesicht glattstreichen, bis sie vollendet weich und hübsch war. Schließlich packte er ihr strähniges blondes Haar und ballte es zu einem Knoten, der die Haut um ihre Augen und Wangen straffte, und flüsterte: »Baby, einen Dreck wirst du haben, solange du nicht aufhörst, dir diesen Mist in die Nase zu stopfen, und nicht jemanden findest, der sich um dich kümmert.«

Sie fiel schluchzend in seine Arme. Später, nachdem sie miteinander geschlafen hatten, erzählte sie ihm, daß es das erste Mal war, daß sie seit dem Erblinden ihres Bruders geweint hatte.

Im Laufe der nächsten Wochen, nachdem Anne Atwater Vanderlinden zu ihm gezogen und Vandy geworden war, wurde es ihm klar: Man wartet nicht darauf, daß Dinge geschehen – man sorgt dafür, daß sie geschehen. Wenn dein Mädchen Rockstar werden will, mußt du ihren Koksverbrauch in den Griff bekommen und ihr sexy Bühnenkleidung kaufen und Kontakte zu potentiell nützlichen Leuten im Musikgeschäft herstellen und warmhalten. Vandy konnte genausogut singen und tanzen wie ein halbes Dutzend weiblicher Rockstars, die er kannte, und sie war zu gut, den alten und schlechtbewährten Weg von Demobändern, Auftritten im Vorprogramm und stumpfen Bar-Engagements einzuschlagen. Sie hatte einen Trumpf im Ärmel. Sie hatte ihn.

Und er hatte einen mickrig bezahlten Job bei Midas Muffler, einen Bewährungshelfer, der ihn ansah wie etwas, das unter einem Stein hervorkrabbelte, und ein überteuertes Apartment mit weltklasseverdächtigen Küchenschaben. Die Sollseite solchermaßen aufgelistet, überlegte Rice nun, was er zu bieten hatte: Er war ein hervorragender Mechaniker, er wußte, wie man Autoalarmanlagen kurzschloß und Lenksäulen anbohrte, um binnen 40 Sekunden zu starten, mit jedem Wagen, überall, jederzeit; er wußte genug über Industriechemie, um zersetzende Lösungen zusammenzumischen, mit denen man die Seriennummern von Motorblöcken wegätzen konnte. Er hatte noch von Soledad her solide Beziehungen, die ihn mit guten Hehlern zusammenbringen würden. Er würde schon dafür sorgen, daß es geschah: ein Autodieb der Spitzenklasse werden, Vandys Karriere in Gang bringen und sauber dastehen.

Eineinhalb Jahre lang klappte es.

Mit drei strategisch günstig gelegenen angemieteten Garagen und ausgerüstet mit einem batteriebetriebenen Zündungsbohrer, stahl er japanische Importwagen neuesten Modells und verkaufte sie zu zwei Drittel ihres Wiederverkaufswertes an einen Kumpel, den er aus dem Knast kannte. Er überwachte selbst die chemische Behandlung der Motorblöcke, die es unmöglich machte, ihre Herkunft zu bestimmen, und wechselte sein Klau-Territorium nach dem Rotationsprinzip quer durch die Counties von L.A. und Ventura, um zu vermeiden, daß die näheren Umstände der einzelnen Diebstähle untersucht wurden. Nach zwei Monaten hatte er die Anzahlung für eine noble Eigentumswohnung in West L.A. beisammen. Nach drei Monaten hatte er Vandy fürs Startum in Form gebracht, mit einer Reformhausdiät, täglichen Gymnastikübungen, Koks als gelegentlicher Belohnung sowie drei Wandschränken voller Designerklamotten. Nach vier Monaten hatte er die Urteile von zwei hochbezahlten Gesanglehrern – Vandy war ein schwacher, beinahe stimmloser Sopran mit praktisch keinem Stimmumfang. Sie verfügte über ein anständiges vibrierendes Knurren, das man mit einer guten Gesanganlage aufmotzen konnte, und sie lutschte das Mikrofon toll ab. Sie hatte den gepeinigten Sexappeal eines Punkrockstars – und sehr begrenztes Talent.

Rice akzeptierte die Beurteilungen – er liebte Vandy deshalb noch mehr. Er änderte seinen Plan, den Durchbruch in der Musikszene von L.A. zu erzwingen, und brachte Vandy nach Vegas, wo er drei arbeitslose Musiker aufgabelte und ihnen zwei Scheine die Woche gab, damit sie ihr als Backing Band dienten. Dann schmierte er den Besitzer einer Spielhalle, damit er Vandy & Vandals als Hausband engagierte.

Bei vier Auftritten an jedem Abend der Woche knurrte Vandy Vibrato die Punktexte des Schlagzeugers der Gruppe. Sie erntete Pfiffe, wenn sie sang, und stürmischen Beifall, wenn sie die Hüften schwang und das Mikrofon ablutschte. Nachdem er ihre Auftritte einen Monat lang beobachtet hatte, wußte Rice, daß sein Mädchen jetzt soweit war.

Zurück in L.A. und ausgestattet mit professionellen Fotos, erkauften Jubelkritiken und einem aufgemotzten Demoband, machte er sich daran, einen Agenten für Vandy zu finden. Eine Ziegelmauer nach der anderen tat sich vor ihm auf. Wenn er es mal schaffte, über die Sekretärinnen hinauszukommen, verpaßte man ihm klare Abfuhren und »Wir melden uns«-Floskeln, und wenn er über die hinauskam und Vandys Fotos zückte, bekam er Kommentare zu hören wie »interessant«, »nette Figur« und »scharfe Pusse«. Im Büro eines Agenten namens Jeffrey Jason Riffkin am Sunset Strip erreichte seine Frustration schließlich ihren Höhepunkt. Als Riffkin die Fotos zurückreichte und sagte: »Niedlich, aber ich habe im Moment genug Klienten«, ballte Rice die Fäuste und visierte den Schädel des Mannes an. Doch da hatte er einen Einfall und sagte: »Na, du Jude, wie würde dir denn ein brandneuer silbergrauer Mercedes 450 zum Nulltarif gefallen?«

Eine Woche später, nachdem er seinen Wagen in Empfang genommen hatte, erzählte Riffkin Rice, daß er ihn einem Haufen Leute vorstellen könne, die etwas für Vandys Karriere tun konnten, und daß ihre Idee, ihr Talent via einer Reihe von Rockvideos zur Geltung zu bringen, eine exzellente »Erfolgsstrategie mit hoher Visibilität« sei, wenn auch teuer: 150–200 Riesen Minimum. *Er* tat, was er konnte, mit seinen Beziehungen, aber in der Zwischenzeit kannte er eine Menge Leute, die für Benze und andere Statuswagen zu günstigen Preisen sofort hartes Bargeld auf den Tisch legten – Leute aus der »Branche«.

Rice lächelte. Benutze und werde benutzt – ein Arrangement, dem er vertrauen konnte. Er und Vandy hielten Einzug in Hollywood.

Riffkin hielt sein Wort zum Teil. Er besorgte ihnen zwar keine einzige Schallplattenaufnahme – oder Auftrittsmöglichkeit, aber er stellte sie immerhin einer großen Menge halberfolgreicher Fernsehschauspieler, Regisseure, Koksdealer und niederer Filmproduzenten vor. Viele davon waren interessiert an Spitzenautomobilen mit mexikanischen Nummernschildern und zu phantastisch günstigen Preisen. Im Laufe des nächsten Jahres stahl Rice 206 Spitzenmodelle, wobei ihm ein Cousin von Chula Medina, seinem alten Kumpel aus Soledad, der bei der Zulassungsstelle in Ensenada arbeitete, mit dem Papierkram half. Er hatte so an die hundertfünfzigtausend für die Produktion von Vandys Rockvideo auf die Seite geschafft. Und dann, gerade als er dabei war, die Lenksäule eines schokoladenfarbenen Benz Coupé aufzubohren, fielen vier Bullen von L.A.P.D.-Autodiebstahlsdezernat mit angelegten Schrotflinten über ihn her, und einer von ihnen flüsterte: »Eine Bewegung und du stirbst, Mutterschänder!«

Als er gegen 16 000 Dollar Kaution wieder auf freiem Fuß war, verklickerte ihm sein Show-Biz-Anwalt, wie der Hase lief: Für eine bestimmte Geldsumme in bar würde sein Bankkonto nicht beschlagnahmt werden, und er käme mit einem Jahr County-Gefängnis davon. Wenn das Geld nicht gezahlt wurde, würde man ihm einen Verstoß gegen die Bewährungsauflagen und wahrscheinlich noch mindestens fünfzehn weitere Fälle von schwerem Autodiebstahl zur Last legen. Das L.A.P.D. hatte einen Informanten am Wickel und quetschte ihn mächtig aus. Er konnte den Richter nur kaufen, wenn er sofort handelte. Wenn er schnell verurteilt wurde, ließ das L.A.P.D. höchstwahrscheinlich die Untersuchung fallen.

Rice willigte ein. Die Entscheidung kostete ihn glatte 100 000 Dollar. Das Honorar seines Anwalts weitere vierzig. Zehn Riesen für Vandy und das

Schmiergeld, das ein Anwalt einem Aktenführer im L.A.P.D. zukommen ließ, um die Identität des Informanten zu erfahren, hatten den Rest seines Bankkontos aufgefressen und den Namen des Spitzels nicht zutage gebracht. Rice hegte den Verdacht, daß der Grund dafür war, daß der Rechtsverdreher die Knete in die eigene Tasche gesteckt hatte, denn er wußte, daß der Singvogel Stan Klein war, ein Koksdealer und *Entrepreneur* aus der Schickeria von Hollywood, in der sie verkehrten. Als er erfuhr, daß Klein wegen versuchten Verkaufs gefährlicher Drogen hochgenommen und die Anklage später auf ein Offizialdelikt reduziert worden war, wurde er sein Verdächtiger Nummer eins. Aber er mußte ganz sicher sein, und der Entschluß, es ganz sicher wissen zu wollen, hatte ihn seinen letzten Heller gekostet und nichts eingebracht.

Und jetzt, nur zwei Wochen vor der Entlassung, die zu verdienen er Rauch, Feuer und Scheiße gefressen hatte, hatte er es vermasselt und sich vermutlich eine Anklage wegen Körperverletzung ersten Grades sowie mindestens neunzig weitere Tage im County-Gefängnis eingehandelt.

Und Vandy hatte seit einem Monat nicht geschrieben und ihn auch nicht besucht.

»Aufgestanden, Blauer, Armbandzählung.«

Rice drehte den Kopf ruckartig in Richtung der Wörter. »Ich lasse mir von euch keine Medikamente verabreichen«, sagte er. »Ich nehm's mit dir und dem gesamten Department des Sheriffs von L.A. County auf, bevor ich zulasse, daß ihr mich mit dieser Prolixinscheiße völlig kirre macht.«

»Niemand will dir was verabreichen, Blauer«, sagte die Stimme. »Ein paar der Besten von L.A. County würden dir vielleicht gerne die Hand schütteln, aber das ist auch alles. Abgesehen davon kann ich diesen Wundersirup draußen verkaufen, ein paar schnelle Kröten machen *und* Gesetz und Ordnung einen Dienst erweisen, indem ich den schwarzen Bevölkerungsanteil sediert halte. Versuchen wir's noch mal: Kennmarkenabzählung. Geh zum Gitter, streck dein rechtes Handgelenk zu mir raus, sag mir deinen Namen und deine Gefangenennummer.«

Rice stand auf, ging zum vorderen Ende der Zelle und steckte den rechten Arm durch die Gitter. Auf dem Gang trat der Eigentümer der Stimme in sein Blickfeld, ein untersetzter Deputy mit dünnem, von einem Messerschnitt verdorbenem, grauen Haar. Auf seinem Namensschild stand: Gordon Meyers.

»Rice, Duane Richard, 19 842 040. Wann werde ich wegen der neuen Sache angeklagt?«

Deputy G. Meyers lachte. »Was für eine neue Sache? Dieser Drecksack, den du fertiggemacht hast, saß wegen tätlichen Angriffs auf einen Polizisten und war mehrfach einschlägig vorbestraft, und du hast während des Brandes in Agoura drei Feuerwehrmänner des L.A. County in Sicherheit getragen. Verdammt, meinst du das ernst? Der Commander der Wachmannschaften hat deine

Akte gelesen, dann die des Mistkerls und ihm dann einen Handel vorgeschlagen: Zeigt er dich an, erstattet das County Anzeige gegen ihn, weil er nach deinem Pimmel gegrabscht hat. Er wollte nicht zum Schwulen abgestempelt werden, also hat er eingewilligt. Er kann den Rest seiner Strafe auf der Krankenstation verbringen, und du wirst hier im Gummi-Hilton als blauer Kapo Dienst leisten, wo du hoffentlich nicht den Drang verspürst, Prügel auszuteilen. Wo hast du bloß diesen Kung-Fu-Kram gelernt?«

Rice ließ die Neuigkeiten in seinem Kopf hin und her purzeln und versuchte sich ein Bild zu machen von dem Mann, der sie verkündet hatte. Freundlich und harmlos, war die Einschätzung, zu der er kam; vermutlich kurz vor der Pensionierung und schon völlig ohne das Schwarzweiß-Denken von Guten und Bösen. »Soledad«, sagte er. »Die hatten da einen japanischen Corrections Officer, der Kurse abhielt. Er packte noch eine Menge spirituellen Kram drauf, aber da hat keiner zugehört. Schließlich hat er geschnallt, daß er gewalttätigen jugendlichen Kriminellen beibrachte, wie sie bessere gewalttätige jugendliche Kriminelle werden konnten, und es sein gelassen. Was hat ein Kapo im Irrentrakt zu tun?«

Meyers zog einen Schlüssel aus seinem Sam-Browne-Gürtel und schloß die Zelle auf. »Los, komm, laß uns in mein Büro gehen. Ich habe da eine Flasche. Wir zischen ein paar, und ich sage dir, wie du deinen Job zu tun hast.«

»Ich trinke nicht.«

»Ach was? Was für eine verfluchte Sorte Krimineller bist du denn?«

»Einer von der schlauen Sorte. Becherst du etwa im Dienst?«

Meyers lachte und klopfte auf sein Abzeichen. »Hab' gestern die Papiere eingereicht. Zwanzig Jahre und neun Tage dabei, die beinharte Staatspension verdient. Ich bleibe nur noch solange hier, bis sie einen neuen Mann hierher versetzen, der meine Stelle einnimmt. In von heute an zehn Tagen heißt es Tschüß und auf Nimmerwiedersehen, Mutterschänder, und bis dahin lasse ich es einfach auf mich zukommen.«

Wie Gordon Meyers es darstellte, war der Job einfach. Den ganzen Tag schlafen, während die Bekloppten völlig weggekloppt waren von ihrer »Medizin«, die Reste aus dem Dining Room der Beamten essen, seine Kollektion von »Playboy« und »Penthouse« zur freien Verfügung haben, dem Wärter der Tagschicht keinen Ärger bereiten. Nachts begannen seine Pflichten: den Bescheuerten ihre tägliche Mahlzeit verabreichen, sie jeweils einzeln aus den Zellen zu scheuchen und die Böden zu wischen, sie einmal pro Woche zum Duschen zu schaffen.

Die wichtigste Sache war, sie nachts einigermaßen ruhig zu halten, betonte Meyers. Er verwandte seine Dienstzeit darauf, die Kleinanzeigen zu lesen und Bewerbungen zu schreiben, und er wollte nicht, daß die Irren seine Aufmerksamkeit ablenkten. Sprich sanft mit ihnen, wenn sie zu schreien anfangen, und wenn das nichts fruchtet, schrei zurück und sieh zu, daß sie Angst vor dir haben. Wenn's hart auf hart kommt, verpasse ihnen einen Strahl mit dem Feuerwehrschlauch. Und jeder Bekloppte, der Scheiße auf seine Zellenwände schmierte, bekam fünf Klopfer auf den Arsch mit einem bleigefütterten »Klopper«, den Meyers bei sich trug. Rice versprach, seine Sache gut zu machen, und beschloß, fünf Tage zu warten, bevor er den dummschwätzerischen Cop dazu brachte, *ihm* Gefälligkeiten zu erweisen.

Der Job war in der Tat einfach.

Rice schlief täglich sechs Stunden, aß die qualitativ hochwertige Anstaltskost, die die Wärter aßen, und machte jeden Tag mindestens tausend Liegestütze. Nachts brachte er den Bekloppten ihren Fraß, wischte pflichtgetreu ihre Zellen und schlenderte den Gang entlang, während er durch die Gitter hindurch mit ihnen Worte wechselte. Er fand heraus, daß die Bekloppten weniger schrien, wenn er eine kontinuierliche Kette von Zelle-zu-Zelle-Kommunikation aufrechterhielt und er weniger an Vandy dachte. Nach ein paar Tagen hatte er einige der Burschen etwas näher kennengelernt und sein Blabla auf ihre individuellen Vorstellungen vom bösen schwarzen Mann abgestimmt.

A-14, ein Schwarzer, den sie eingebuchtet hatten, weil er Hunde aus dem Tierasyl von Lincoln Heights geholt und sie für Rastafari-Festmahle zubereitet hatte. Die Bullen hatten seine Dreadlocks abrasiert, bevor sie ihn ins Loch warfen, und er fürchtete nun, daß durch seine Glatze Dämonen in sein Hirn eindringen konnten. Rice erzählte ihm, daß Dreadlocks »out« waren und brachte ihm eine Nummer von *Ebony,* in der Anzeigen für diverse Afroperücken waren. Er wies darauf hin, daß der Reverend Jesse Jackson mit einem verschärften Afroschnitt herumlief und die Weiber buchstäblich mit dem Schubkarren abschleppen konnte. Der Mann nickte zustimmend, griff sich die Illustrierte und grölte von da an jedesmal, wenn Rice an seiner Zelle vorbeitrabte, »Afroperücke!«

C-11 war ein alter Mann, der von der Straße herunter und zurück nach Camarillo wollte. Rice meldete ihn drei Nächte hintereinander zu Unrecht als Scheißeschmierer und täuschte dreimal vor, ihm Schläge zu verpassen: Er drosch mit dem Klopper auf die Matratze ein und schrie selbst. In der dritten Nacht hatte Meyers den Lärm satt und übergab den alten Mann dem Vorsteher der Krankenstation, der sagte, der Knabe wäre auf jeden Fall reif für Camarillo.

Mit dem tätowierten Mann in C-3 war am schwersten umzugehen, denn die weißen Prols, mit denen Rice in Hawaian Gardens aufgewachsen war, hatten alle Tätowierungen gehabt, und er war schon frühzeitig zu dem Schluß gekommen, daß Tätowierungen das Markenzeichen der absoluten Verlierer dieser Welt waren. C-3 war ein Jugendlicher, der darauf wartete, daß über seine Vormundschaft entschieden wurde. Sein ganzer Leib war mit knurrenden Wildkatzen verziert, und nun versuchte er seine Arme mit einem Stück einer Matratzenfeder und mit Tinte, die er aus in Toilettenwasser eingeweichtem Zeitungspapier gewonnen hatte, zu tätowieren. Er hatte es fertiggebracht, die ersten zwei Buchstaben von »Mama« reinzuritzen, als Rice ihn erwischte und ihm die Feder wegnahm. Darauf brüllte er los, und Rice schrie ihn an, er solle doch gefälligst aufhören, sich wie einer dieser Mistsäcke aus der Gosse zu zeichnen. Schließlich beruhigte sich der junge Mann. Jedesmal, wenn er an der Zelle vorbeiging, filzte Rice ihn nach Tätowierwerkzeugen. Nachdem er das ein paarmal gemacht hatte, nahm der Jugendliche automatisch eine Durchsuchungshaltung an, sobald er ihn kommen hörte.

Gegen Mitternacht, wenn die Klapsköpfe allmählich wieder einschliefen, ging Rice zu Gordon Meyers ins Büro und hörte sich *dessen* völlig beklopptes Gebrabbel an. Während er sich auf die Zunge biß, um nicht zu lachen, nickte Rice zustimmend, als ihm Meyers von den großen Dingen erzählte, die er in den sechzehn Jahren, die er hier ja doch gearbeitet hatte, ausbaldowert hatte.

Ein paar davon waren beinahe clever, wie ein Plan, aus seinen Fähigkeiten als Schlosser Kapital zu schlagen – er besorgte sich einen Job als Bankwächter, klaute Wertgegenstände aus den Schließfächern und steckte sie örtlichen Streifenpolizisten zu, die die Bank frequentierten; er blieb jenseits allen Verdachts, weil er ja die Bank nicht verließ und es den Streifenpolizisten überließ, die Ware zu versetzen. Die meisten Pläne waren allerdings Material für »Unglaubliche Geschichten«: Prostitutionsringe mit weiblichen Häftlingen, die in Bussen zu Großbaustellen herumkutschiert werden und dort geilen Arbeitern gegen Straferlaß einen blasen sollten; Marihuanafarmen, deren Personal aus Häftlings»erntearbeitern« bestand, die Tonnen von Gras anbauten und es dann in die Hubschrauber des Sheriffs einluden, die es wiederum in den Hinterhöfen hochstehender Polizeipusher abwarfen; Pornofilme mit männlichen und weiblichen Häftlingen als Darstellern, bei denen Meyers selbst Regie führte und die von einem exklusiven »ALL-COP«-Kabelsender, den er aufbauen wollte, ausgestrahlt werden sollten.

Meyers brabbelte drei Nächte lang so weiter. Rice verlegte sein Vorhaben um einen Tag vor und begann ihm von Vandy zu erzählen und wie sie seit Wochen weder geschrieben noch einen Besuch gemacht hatte. Meyers zeigte Mitgefühl und erwähnte, daß er dafür gesorgt hatte, daß ihr Foto nicht vernichtet worden war, als die Bullen ihm den Saft abdrehten. Nachdem er ihm dafür gedankt hatte, ging Rice aufs Ganze: Könnte er wohl das Telefon benutzen, um ein paar Anrufe zu tätigen und herauszufinden, wo sie steckte? Meyers sagte nein und hieß ihn ihren Namen, Geburtsdatum, eine physische Beschreibung und ihre letzte bekannte Adresse auf einen Zettel schreiben.

Rice tat es und saß dann da und preßte seine Fingernägel in die Handballen, damit er den völlig bescheuerten Deputy nicht schlug.

»Ich werd's schon machen«, sagte Gordon Meyers. »Ich hab' das drauf.«

Die nächsten 48 Stunden konzentrierte sich Rice darauf, den Bekloppten oder den unbewegten Gegenständen im Loch *nicht* das nötige »Drauf« zu verpassen. Er erhöhte seine Liegestützquote auf tägliche 2000 und kroch dem Wärter von der Tagschicht im Akkord in den Arsch, weil er hoffte, so zumindest Louie Calderon anrufen zu können, den er vermutlich dazu bringen konnte, sich nach Vandy umzuschauen. Er hielt sich von Gordon Meyers fern und dadurch beschäftigt, daß er lange und ausgiebig die Gänge auf und ab latschte. Und dann erklang kurz nach Mitternacht, als der Lärm im Affenhaus gerade abebbte, auf einmal Gordon Meyers Stimme über die Lautsprecheranlage des Zellenblocks: »Duane Rice, scher dich ins Büro. Dein Anwalt ist hier.« Rice ging ins Büro. Er nahm an, Meyers war bedröhnt und wollte ihn verscheißern. Und dann war *sie* da, gekleidet in rosa Kordhosen und einen irischgrünen Sweater, eine Aufmachung, die er ihr zu tragen verboten hatte. »Ich hab' dir doch gesagt, ich hab's drauf«, sagte Meyers, als er die Tür hinter ihnen schloß. Rice beobachtete, wie Vandy die Hände an die Hüfte legte und eine Drehung vollführte, um ihm ins Gesicht zu schauen, eine Verführungspose, die er sich für ihre Auftritte in den Bars ausgedacht hatte. Er wollte auf sie zu, als er das erste Mal ihres Gesichts gewahr wurde. Seine Welt stürzte in sich zusammen, als er ihre eingefallenen Wangen und die blauschwarzen Ringe unter ihren Augen sah. Völlig fertig. Er griff nach ihr und hielt sie, bis sie sagte: »Hör auf, Duane, das tut weh.« Dann legte er seine Hände auf ihre Schulter, schob sie eine Armlänge von sich weg und flüsterte: »Warum, Babe? Wir hatten eine gute Sache am Laufen.«

Vandy wand sich aus seinem Griff. »Diese Cops sind zur Wohnung gekommen und haben mir erzählt, du wärst schwer krank, deshalb bin ich gekommen. Und dann erzählt mir dein Freund hier, daß du nicht schwer krank bist, sondern nur mich sehen wolltest. Das ist nicht fair, Duane. Ich wollte es doch absetzen und völlig *clean* sein, bis du wieder rauskommst. Es ist nicht fair, also sei nicht böse auf mich.«

Rice starrte auf die Wanduhr, um Vandys koksstrapaziertes Gesicht zu meiden. »Wo bist du gewesen? Warum bist du nicht hiergewesen und hast mich besucht?«

Vandy nahm ihr Täschchen von Meyers Tisch und wühlte darin nach Zigaretten und Feuerzeug. Rice sah, wie ihre Hände zitterten, als sie sich Feuer gab. Sie stieß eine Rauchwolke aus und sagte: »Ich habe dich nicht im Lager besucht, weil's zu deprimierend war, und du weißt, daß ich schreiben hasse.«

Rice ertappte sich dabei, daß seine Hände zitterten, und stopfte sie in die Hosentaschen. »Ja, gut, aber was hast du die ganze Zeit gemacht, außer daß du dir diesen Dreck in die Nase geblasen hast?«

Vandy schwang eine Hüfte in seine Richtung, noch so eine Bewegung, die er ihr beigebracht hatte. »Freunde gemacht. Den richtigen Umgang gepflegt, wie du es von mir verlangt hast. Viel unterwegs gewesen.«

»Freunde? Du meinst *Männer?«*

Vandy wurde rot und sagte dann: »Freunde halt. Leute. Was ist mit *deinen* Freunden? Dieser Gordon ist trickfilmreif. Als er mich vom Parkplatz hochgebracht hat, erzählte er mir, er würde eine Killertruppe aus Dobermannpinschern zusammenstellen. Was für Freunde hast du dir gemacht?«

Rice fühlte, wie sein Zorn nachließ; das Feuer in Vandys Augen war Hoffnung.

»Gordon ist kein schlechter Kerl, er hat bloß zu lange mit Bekloppten zu tun gehabt. Hör zu, hast du noch genug Kohle? Hast du noch was von dem Geld, das ich dir gegeben habe?«

»Ich komm zurecht.«

Vandy senkte ihre Augen; Rice sah, wie das Feuer erlosch. »Verschweigst du mir was, Babe? Zehn Riesen haben dir unmöglich bis jetzt gereicht, wenn du wieder am Koksen bist. Vielleicht willst du mir ja erzählen, was deine Freu–«

Vandy warf ihr Täschchen an die Wand und kreischte: »Sei nicht so eifersüchtig! Du hast mir selbst gesagt, daß ich mit Leuten aus der Industrie zusammenkommen soll, und das habe ich auch getan! Ich hasse dich, wenn du dich so aufführst!«

Rice griff nach ihrem Handgelenk, aber sie schlug seine Hand beiseite und wich zurück, bis sie an die Wand stieß und die einzige Richtung, in die sie gehen konnte, vorwärts in seine Arme war. Die Ellbogen an sich gedrückt, ließ sie sich von ihm umarmen und das Haar streicheln. »Ganz ruhig, Babe«, gurrte er, »ganz ruhig. In ein paar Tagen bin ich wieder draußen und klemme mich hinter deine Videos. Ich werde es schaffen. Wir werden es schaffen.«

Um ihr Gesicht zu sehen, senkte Rice die Arme und trat zurück. Als sie die Augen zu ihm hob, sah er, daß sie wie die alte Anne Atwater Vanderlinden aussah, nicht wie die Frau, die er formte und die er liebte. »Wie denn, Duane?« sagte sie. »Du kannst keine Autos mehr stehlen. Mit einem Job bei Midas Muffler?«

Rice ließ die häßlichen Worte zwischen ihnen im Raum stehen. Vandy ging an ihm vorbei und hob ihr Täschchen vom Boden auf. Dann drehte sie sich zu ihm um und sagte: »Die ganze Sache war nicht fair. Ich habe mich mit Leuten angefreundet, die mir helfen können, und ich habe es verdient, mir ab und zu ein bißchen die Nase zu pudern, wenn ich grad' will. Dieser Selbstbeherrschungstrip von dir ist wirklich verklemmt. Verklemmte Leute bringen's zu nichts in der Branche.«

Es klopfte an die Tür, und Meyers streckte seinen Kopf herein und sagte: »Ich störe euch nur äußerst ungern, aber der Watch Commander hat seinen Rundgang begonnen, und ich denke nicht, daß er Vandy hier einen Anwalt abkaufen wird.«

Rice nickte, ging dann auf Vandy zu und drückte ihr Kinn nach oben, so daß sie ihm in die Augen sah. »Geh zurück in unsere Bude, Babe. Versuch clean zu bleiben, und ich sehe dich dann am 30.« Er beugte sich nach vorn und küßte sie auf den Haarscheitel. »Und unterschätze mich niemals«, sagte Rice.

Meyers erwartete ihn auf dem Gang. Er tippelte mit dem Schlagstock an sein Bein. »Hör zu. Nummer acht macht Aufstand. Er hat auf seine Matratze geschissen und Essen an die Wände geschmiert. Du gehst und verpaßt ihm ein paar Dinger mit dem Klopper, während ich solange dein Mädchen runterbringe. Wenn du ihn befriedigt hast, komm zurück ins Büro, und wir tun ein bißchen Finger zählen.«

Rice griff sich den Knüppel und ging mit großen Schritten den Gang hinunter. Er konzentrierte sich auf das Lärmwirrwarr, das die Bekloppten veranstalteten, um die Bilder von Vandys Niedergang aus seinem Kopf zu bannen, und wünschte, daß das Gebrabbel und Gebrüll ihn so tief verschlang, bis alle seine Sinne betäubt waren. Während er mit dem Klopper härter und härter in seine Handfläche drosch, ging er durch die offene Vorderseite von A-8 und wunderte sich, warum denn das Licht aus war. Er wollte gerade Meyers zurufen, er solle doch bitte den Strom andrehen, als sich die Tür hinter ihm schloß. Die Dunkelheit verstärkte sich noch, und der Lärm der Bekloppten hörte auf, brach dann von neuem los. Rice brüllte: »Verflucht, Gordon, schließ Nummer acht auf!« und warf dann einen kurzen Blick in die Zelle. Als sich seine Augen an die Dunkelheit gewöhnten, sah er, daß die Zelle leer war. Er donnerte den Knüppel mit voller Wucht gegen die Gitter; einmal, zweimal, dreimal; er hoffte, den Bekloppten Angst einzujagen, damit sie zumindest kurzzeitig Ruhe gaben. Das Krachen von Metall auf Metall drang auf ihn ein, und die Wucht seiner Schläge ließ Schockwellen durch seinen ganzen Körper laufen. Ein gedämpftes Raunen ging durch den Zellblock, gefolgt von Meyers hämischem Lachen und den Worten: »Hab' ich dir doch gesagt, daß ich's drauf habe.«

Als ihm die Bedeutung der Worte voll aufging, prügelte Rice mit dem Knüppel auf die Wand los, vier Schläge auf einmal, und im Nachhall des Lärms hörte er höllisches Geflüster:

»Es ist echter pharmazeutischer Stoff, Baby!« – »Duane hätte es sicher nicht gern, wenn ich ...« – »Komm schon, Süße, man muß Feste feiern, wie sie fallen.« Als die Stimmen zu Gekichere degenerierten, intensivierte er sein Gedresche, bis die Holzverkleidung aufsprang und die Bekloppten im Einklang mit seinen Schlägen schrien. Dann brachen auf einmal Stücke des Putzes herunter, in seine Augen und in seinen Mund, und sein Kopf begann sich zu drehen. Er ergab sich der Asphyxation und fiel nach hinten in völlige Stille.

Ein abgetrennter Arm, der Blut quer über eine Windschutzscheibe verspritzte; die Sauna in Hollywood Y. Rice kam zu sich mit einem Klingeln in den Ohren und einem verschwommenen roten Vorhang vor seinen Augen. Er registrierte auf der Stelle die Bandage in der Ellbogenbeuge und die Streckpolsterung, die ihn umgab. Kirre gemacht, weil er A-8 zerstört hatte, weil Gordon –

Rice hielt die Luft an, bis er das Bewußtsein verlor, mit dem letzten, halbwachen Gedanken, das Zeug herauszuschlafen und dann abzurechnen.

Er schlief; erwachte; schlief. Stolpernde Abstecher zur Toilette, unberührte Essenstabletts und immer dichter werdende Bartstoppeln kennzeichneten, wie er zwischen Bewußtsein und Bewußtlosigkeit hin und her trieb. Schwach wußte er, daß sein Entlassungstermin immer näher rückte und die Bullen ihn in Ruhe ließen, weil sie Schiß vor ihm hatten. Aber Vandy ... NEIN. Wieder und wieder stürzte er sich in Selbstasphyxation.

Schließlich schüttelte der Hunger ihn vollends wach. Er zählte zwölf Tabletts mit abgestandenen Sandwiches und schloß, daß sein Prolixinschuß vier Tage angehalten hatte, was bedeutete, daß er in vier Tagen auf freiem Fuß war.

Heißhungrig aß er, bis er sich erbrach. In dieser Nacht kam ein mexikanischer Deputy zu ihm in die Zelle, um ihm ein frisches Tablett zu bringen, und erzählte ihm, daß er sich im Isolierblock der Krankenstation befand, zwischen dem Irrentrakt und dem Hochsicherheitstrakt, und daß er in zwei Tagen entlassen wurde. Der Wärter trug einen Partyhut aus Pappe. Rice fragte ihn, warum. »Der Nachtschichtler im Irrentrakt hat grad seinen Abschied genommen«, sagte er. »Der Watch Commander hat ihm zu Ehren eine Party geschmissen.«

Rice nickte. *Es konnte einfach nicht passiert sein.* Vandy hätte sich niemals von einem Laumann wie Meyers anfassen lassen. Aber als der Wärter ging, kamen die Zweifel zurück. Er versuchte sich zum Schlafen zu zwingen, aber es klappte nicht. Der obere Rand seines Blickfeldes wurde auf einmal rot.

Stundenlange Liegestütz- und Klappmesserübungen riefen eine Ermüdung hervor, die sich rein und unchemisch anfühlte. Rice sackte wieder weg und erwachte dann von neuem, als er gedämpfte Stimmen hörte, die von irgendwoher außerhalb seiner Zelle kamen.

Er folgte den Stimmen bis zu einem vergitterten Lüftungsschacht neben der Toilette. Als er durch den Gitterrost hindurchlinste, sah er zwei Paar Beine in Jeans einander gegenüberstehen. Die weißen Streifen entlang der Hosennähte verrieten es eindeutig – er blickte in eine Zelle des Hochsicherheitstraktes.

Gelächter, dann verschaffte sich eine tiefe Stimme Gehör und ihre Worte hallten klar verständlich durch den Schacht.

»Neulich hab' ich von einem absolut traumhaften Ding gehört, von so 'nem Schwarzen in Folsom. Er und sein Partner wollten's machen, da haben sie ihn wegen eines Überfalls auf einen Schnapsladen hopsgenommen. Er war ein wahrlich schlauer Nigger. Er hatte sie niedergeschrieben, die ganze Sache.«

Eine andere weichere Stimme: »Schlauer Nigger ist ein Widerspruch in sich selbst.«

»Affenscheiße. Wie wär's damit: Drei-Mann-Räuberbande, ein schnuckliges kleines Kidnapping und eine absolut assige Rückendeckung. So soll's laufen: Zwei Burschen halten die Geliebte eines verheirateten Bankleiters in ihrer Bude fest, während der dritte Mann den Typ zu Hause anläutet und ihn seine Tusse anrufen läßt, der natürlich vor Angst die Scheiße geronnen ist. Der Außenmann ruft zurück und legt die Daumenschrauben an: ›Triff mich eine Stunde vor Öffnungszeit einen halben Block von der Bank, oder dein Nüttchen wird kaltgemacht, und jeder erfährt, daß du deine Frau getrogen hast.‹«

»Jetzt kommt das Beste: Die Telefonzelle, von der der Außenmann angerufen hat, ist weiter unten auf der Straße, wo der Typ seine Bude hat, so daß er sich davon überzeugen kann, daß die Schmiere nicht gerufen wurde. Er folgt dem Manager bis zur Bank – immer noch keine Bullen – geht mit ihm rein, räumt nur die Bargeldbehälter aus, weil der Safe ja ein Zeitschloß hat, geht wieder raus, bringt den Typ zu seinem Auto, gibt ihm eins über die Birne und fesselt ihn, ruft seine Kumpel in der Wohnung der Tusse an, die binden sie fest und zischen ab. Später treffen sie sich dann und teilen die Kohlen. Ist das nicht verflucht brillant?«

Der Mann mit der weichen Stimme schnaubte: »Yeah, aber wie zum Kukkuck willst du glücklich verheiratete Bankleiter auftreiben, die nebenher noch eine andere haben? Willst du 'ne Anzeige in der Zeitung aufgeben: ›Bewaffneter Bankräuber will sich verbessern, sucht dazu kooperativen, rockschoßjagenden Bankleiter. Schicken Sie bitte Lebenslauf Blablabla‹? Typisches Niggergeschwätz und Gewese.«

»Falsch, Brüderchen«, sagte der Mann mit der tiefen Stimme. »Ich weiß zwar nicht, wie er's rausgebracht hat, aber der schwarze Bursche hat zwei Dinger schon völlig im Kasten – rechtschaffen schurkische Bankmanager, Freundinnen, die ganze Chose.«

»Und jetzt soll ich wohl noch glauben, daß er's dir vermacht hat?«

»Ja, hat er, und ich glaube ihm. Als Gewohnheitstäter haben sie ihm zehn bis lebenslänglich verpaßt, warum soll er also den Reichtum nicht teilen, auf ihn warten doch mindestens zehn Jahre. Eine Tusse lebt in Encino, an der Ecke von Kling und Valley View, in einem rosa Apartmenthaus; die andere, Christine irgendwas, lebt in Studio City, in einem Haus an der Ecke von Hildebrand und Gage. Ich hab's dir ja gesagt: ein verflucht schlauer Nigger.«

»Ich glaub's immer noch nicht.«

»Wenn Bo Derek anböte, dir einen zu blasen, würdest du denken, sie wär' 'ne Tunte. Du bist einfach ein endgültiger, verschissener Skeptiker.«

Rice hörte zu, wie sich die Unterhaltung verschlechterte und schließlich beim üblichen Gefängnistrara über Sport und Sex landete. Als das Gerede gänzlich verstummte, legte er sich hin, den Kopf direkt neben dem Lüftungsschacht, und schlief einmal mehr ein.

Vandy beherrschte seine Träume, kurze, imaginäre Szenen mit ihr, wie sie lachte und sich im Bett bewegte. Dann stand sie auf einmal mit den Vandals da und schnurrte mit ihrem Vibrator ihre Schlußnummer: »Gotta get down in the prison of your love. Get down, get down, gonna drown, gonna come so good, so hard, burn my body in your prisonyard prison of your love.«

Gerade als Vandy & The Vandals »Prison Of Your Love« zum kakophonen Crescendo brachten, erwachte Rice zum letztenmal in der Obhut des L.A. County Jails. Feigling, schalt er sich. Feigling. Benutzt Schlaf genauso wie ein Junkie H. Vielleicht hat sie ihn gebumst und vielleicht nicht; wenn du ihr in die Augen siehst, wirst du's ohnehin wissen. Also bleib wach und kämpfe.

Er stand auf und sah sich in der Zelle um. Seine Augen entdeckten einen Knäuel Zeitungspapier neben der Toilette und ein Streichholzheft oben auf dem Waschbecken. Er dachte, *laß sie es wissen,* und riß ein Streichholz am Lüftungsrost an. Dann zündete er das Zeitungspapier an und sah zu, wie es sich zu einem Feuerball zusammenkrümmte. Als es seine Hand verbrannte, ließ er es in die Toilette fallen und hörte zu, wie die Druckerschwärze prasselte und zischte. Befriedigt vom Fluß der Tinte wandte er seine Aufmerksamkeit dann der Polsterung zu, die Boden, Wand und Decke bedeckte.

Reindrücken war die einzige Möglichkeit.

Rice grub seine Fingernägel in eine Naht der Wandpolsterung und riß daran. Naugahyd, Schaumstoff und eine Lage dazwischengezogener Baumwolle traten hervor. Er steckte einen Finger in das Loch und fühlte Metall auf der Rückseite der Bespannung. Verstärkung der Federung. Er wühlte sich einen Weg dahin und drehte dann das nächste Stück Metall hin und her, bis es in seiner Hand abbrach.

Er brauchte Stunden, um sein Werkzeug an den Gittern des Lüftungsschachtes zu schärfen. Als die Feder rasiermesserscharf war, drückte er sie in einen aufgeweichten Ball aus Zeitungspapier und schwärzte die Spitze. Er spannte die Muskulatur des rechten Armes, damit sie eine harte Oberfläche abgab, und dachte an Hawaian Gardens und an Vandy. Dann zeichnete er sich selbst mit seiner Vergangenheit und mit seiner Zukunft, damit es die ganze Welt erfuhr. Die Worte waren: *Death before Dishonor.* Lieber tot als entehrt.

2

Bobby »Boobaloo« Garcia sah zu, wie sein kleiner Bruder Joe seinen Priesterkragen löste und vor dem Schlafzimmerspiegel auf einer unsichtbaren Gitarre herumwriemelte. Er spürte, wie sein eigenes Priestergewand seinen Körper beengte, und sagte: »Deine ewige Rock-'n'-Roll-Scheiße ist mir heute absolut zuviel, *pindejo.* Ich hab' mit dem Boxen aufgehört, weil mich dauernd irgendwelche Nigger in der dritten Runde ausgeknockt haben, und du wirst es niemals als Musiker schaffen, weil du nämlich keinen Drive und kein Talent hast. Aber wir haben beide einen Job zu erledigen und sind diesen Monat schon schwer hinterher. Also laß es uns endlich tun.«

Joe stellte die Musik in seinem Kopf ab; seinen Text zu einer alten Fats-Domino-Melodie; »Suicide Hill« anstelle von »Blueberry Hill«. »Überlaß es nur Bobby, ihrer beider Wunschballons mit einem Schlag zerplatzen zulassen, um ihm sein Comeback zu vermiesen.« Morgen ist der erste Dezember. Weihnachtsrummel und Regenzeit. Wir werden das Doppelte an Bibeln, Gebetssets *und* Fliesenaufträgen absetzen. Bei den letzten Worten ballte sich Bobbys Kiefer zusammen, und Joe fügte hinzu: »Und wir werden der Sebastianskirche etwas Geld geben. Einen Zehnt. Wir werden ein paar Gimpel mit Kohlen auftreiben, nehmen sie aus und spenden die Dineros der Erdbebenhi–«

Bobby stoppte ihn mit einer langsamen Fingerbewegung quer über die Kehle.

»Nicht der Erdbebenhilfe, *puto!* Die ist doch auch Beschiß! Man leistet doch nicht Buße für eine krumme Tour, indem man die Kröten einem anderen Schwindel in den Arsch schiebt!«

»Aber Henderson hat doch diesem Priester von der Erzdiözese zwei Riesen für die Erdbebenhilfe gegeben. Er –«

Bobby schüttelte den Kopf. »Ein Schwindel in einem Schwindel in einem Schwindel, *pindejo.* Er gab dem Priester einen Scheck über zwei Riesen und bekam eine Quittung für drei. Dieser Priester hat einen Bruder im Büro des Staatsanwalts. Betrugsdezernat. Muß ich noch mehr sagen?«

Joe straffte seinen Kragen und fühlte, wie er sich wieder zurückverwandelte, von seiner normalen Netter Kerl/Musiker-Persönlichkeit in Pater Hernandez, den Telefonschwindelpadre. Er griff sich einen Stapel plastikgebundener Bibeln vom Boden und trug sie hinaus zum Auto, während er sich zum zehnmillionsten Male fragte, wie Bobby es so sehr lieben konnte, seinen Bruder, seinen Job und sein Leben so sehr zu hassen. Bobby und Joe arbeiteten für Henderson Enterprises, Inc., Händler in Aluminiumverkleidungen und Fliesen und spanischen Bibeln. Der Schwindel ging von einer Telefonzentrale aus, wo Vertreter einfältigen und ärmlichen Angelenos rostfreie Veranden und ewiges Seelenheil durch Jesus anzudrehen versuchten. Als Anreiz boten sie ihnen Gratisbenzingutscheine, damit sie die »Mitarbeiter im Außendienst« zu ihren Heimen herauskommen ließen, wo er sie dann »lebenslange Schutzgarantien« unterschreiben ließ, was in der Realität neue Fliesen oder Bibeln auf einer »regelmäßigen Zahlungsbasis« bedeutete – das wiederum permanente, lähmende monatliche Zahlungen für jeden bedeutete, der leichtgläubig genug war, den Vertrag zu unterzeichnen.

An dieser Stelle kamen Bobby und Joe, als Pater Gonzales und Pater Hernandez von L.A. aus operierende »freie priesterliche Mitarbeiter«, ins Spiel.

Sie waren die »Auf-den-Pelz-Rücker« – Spezialisten für psychologische Einschüchterung, die auf Schwächen in den Rückrufen reagierten und den Gimpel dazu brachten zu unterschreiben und so eine Welle von unethischen Gewinnen ins Rollen brachten, angefangen im Hauptbüro der U.S. Aluminium, Inc. und ihrer Tochtergesellschaft, der Wahrheit- und Licht-Verlagsanstalt.

Den Kofferraum ihres 77er Camaros vollgestopft mit Bibeln, Vorführfliesen und Jesus-Wandbehängen, fuhren die Garcias zu einem Kandidaten am Pomona Freeway in El Monte. Joe saß am Steuer und summte verstohlen, damit sein Bruder es nicht hörte, Springsteen vor sich hin. Bobby teilte kurze Schläge in Richtung der Windschutzscheibe aus und starrte hinaus auf die dunklen Wolken, die sich gerade bildeten. Er hoffte auf ein Gewitter, das die Leute, denen sie jetzt auf den Pelz rückten, so erschreckte, daß sie kauften. Als Regentropfen auf das Glas vor ihm klatschten, schloß er seine Augen und dachte daran, wie doch alles Wichtige in seinem Leben geschah, wenn es regnete.

Wie damals, als er mit Little Red Lopez gesparrt und ihn mit einem perfekten rechten Schwinger durch die Seile befördert hatte. Red hatte gesagt, sein Timing hätte versagt, weil schlechtes Wetter seine alten Messerstichnarben schmerzen ließ.

Wie damals, als Joe und seine Garagenband die »Battle of the Bands« im El Monte Legion Stadium gewonnen hatten. Er machte auf bewundernder älterer Bruder und staubte ein Groupie ab, das ihm in seinem Auto einen blies, während er Gras rauchte und die Scheibenwischer laufen ließ, um ein Auge auf herumstöbernde Schmiere halten zu können.

Wie die super-duper Brüche, die er und Joe während der Überschwemmungen von 77/78 in West L.A. getätigt hatten, als L.A.P.D. und C.H.P. vollauf damit beschäftigt waren, Hügel zu evakuieren und Blut vom Freeway aufzuwischen.

Wie damals, als er sich schuldig fühlte, weil er Joe wie Dreck behandelt hatte, und sich breitschlagen ließ, Gitarren und Verstärker aus der Bude des Bassisten der J. Geils Band in Benedict Canyon zu klauen. Auf halbem Wege zum Sunset geriet der Wagen mit der Sore ins Schleudern und prallte auf die grüne Minna eines Sheriffs. Joe drehte durch, als er das Abzeichen und die gespannte Magnum vor seinem Gesicht sah, und blubberte los, wie ein Tramper das Zeug im Kofferraum gelassen habe. Nix da, Joe, sagte der Cop. Volltreffer: neun Monate in der Besserungsanstalt in Wayside.

Wie damals, als sie noch klein waren, und Joe vom Donner verschreckt wurde und ihn weckte und sich versprechen ließ, ihn immer zu beschützen.

Bobby ging jetzt zu rechten Geraden über, die auf die Scheibenwischerblätter gerichtet waren. Er zog die Faust erst einen Sekundenbruchteil, bevor sie das Glas traf, zurück und beobachtete aus dem Augenwinkel, wie Joe zusammenzuckte. »Ich hab' dich immer mitgeschleift, oder etwa nicht? Wie ich's dir versprochen hatte, als wir Kinder waren?«

Joe hielt seine Augen auf der Straße, aber er preßte seine Ellbogen an seine Seite, wie er es immer tat, wenn Bobby so unheimlich zu reden begann.

»Sicher, Bobby, das ist wahr.«

»Und du hast immer ein Auge auf mich gehabt, wenn zu viele meiner Murmeln rausgekullert waren. Isses nicht wahr?«

Joe wußte, was jetzt kam, und schluckte, damit seine Stimme fest blieb. »Das ist wahr.«

»Du mußt es schon aussprechen.«

Joe umklammerte das Lenkrad fester und versuchte eine Erinnerung an ihren letzten Einbruch zu verdrängen, ein Bild der Frau, das Kleid über den Kopf hochgezogen, und Bobby mit seinem Messer an ihrer Kehle, als er sie vergewaltigte. »D-ddu ha-hast ... du hast Leute mißhandelt.«

Joe starrte geradeaus nach vorn. Der Himmel wurde dunkler, und Rückblenden flackerten auf. Er konzentrierte sich auf ihre Reflexionen auf dem Asphalt: Das gab ihm einen Augenblick, um sich eine Antwort auszudenken, die Bobbys Abartigkeit befriedigte und ihn ein Stück seines Stolzes behalten ließ. Er wollte gerade losreden, als ein Kombi vor ihnen ausschwenkte.

Joe zuckte zurück, und Bobby entriß seinen Händen das Lenkrad und zog es ruckartig nach rechts. Der Wagen machte einen Satz und verfehlte die hintere Stoßstange des Kombis nur um Millimeter. Joe stemmte seinen Fuß aufs Gaspedal, blickte über seine Schulter, sah einen knappen Freiraum zum Überholen und riß den Wagen quer über vier Spuren auf eine unbeleuchtete Ausfahrt. Er bremste behutsam, und als sie an der verstopften Kreuzung zum Halten kamen, wischte Joe Tränen aus seinen Augen.

»Sag es«, sagte Bobby.

Mit brechender Stimme schrie Joe die Worte: »Du bist ein Frauenschänder! Dein Verstand muß weggebimst worden sein! Du hast einen irrsinnigen Schuldkomplex, und ich werde nicht einen Cent meines Geldes mehr für deine Buße zum Fenster rausschmeißen!« Er schwenkte den Wagen herum, wieder zurück in den Verkehrsstrom; trat aufs Gaspedal; eine geschickte Irrsinnsaktion, die das wütende Gehupe der Autofahrer, die er dabei geschnitten hatte, hervorrief. Bobby kurbelte mit Brachialgewalt das Beifahrerfenster auf, um zu lüften, und sagte dann sanft: »Ich möchte nur, daß du weißt, wie die Dinge liegen. Wie sie immer liegen werden. Ich schulde dir was dafür, daß du uns aus dieser Einbruchssache rausgebracht hast. Zu viele Frauen da draußen, zu viele Chancen, irgendeinen verrückten Mist zu machen. Aber du verdankst mir deinen Mumm, denn ohne mich hast du keinen. Das dürfen wir nie vergessen.«

Joe wußte, daß Bobby auf etwas hinaus wollte. Er betonte die Schärfe, die seine Tränen ihm immer gaben. »Du hast dieser Frau fünf Riesen geschickt, ja? Die Zahlungsanweisungen wurden eingelöst, also weißt du, daß sie's bekommen hat. Du hast ihr eine Nachricht geschickt, so daß sie trotz der gefälschten

Unterschrift auf den Schecks wußte, sie kommen von *dir.* Du hast es nicht noch mal getan, also warum wärmst du die ganze alte Scheiße noch mal auf? Wir haben eine gute Abmachung mit Hendy, aber du machst es dauernd runter, wie wenn's nichts wäre.«

Bobby schlug kurze Links-Rechts-Kombinationen, bis seine Arme schmerzten und sein Hemd schweißgetränkt war. »Ich werde nur langsam ungeduldig, kleiner Bruder«, sagte er schließlich. »So wie wenn bald etwas geschehen müßte. Nimm die Landstraße, ich muß mich wieder beruhigen, bevor wir das Geschäft tätigen.«

Sie rollten gemächlich ostwärts auf dem Valley Boulevard. Joe fuhr langsam auf der mittleren Spur, so daß er die Szenerie auf beiden Seiten der Straße erfassen konnte. Der Regen versickerte zu einem Nieseln, und Bobby nahm einen Handdrücker aus dem Handschuhfach und begann eine lange Reihe von Griffstärkungsübungen, wobei er den rechten Arm aus dem Fenster baumeln ließ, damit er ausreichend gestreckt war. Als Joe sah, daß die Straßen nur Autofriedhöfe, Schnapsläden, Burrito-Stände und Langeweile zu bieten hatten, versuchte er sich noch ein paar Verse zu »Suicide Hill« auszudenken. Als ihm nichts einfallen wollte, ließ er sich in seinen Sitz sinken und von der Story fesseln.

Suicide Hill war ein langer Zementdamm, der zu einer tiefen Abwasserschleuse hinter dem Sepulveda Kriegsveteranenhospital führte. Der Hügel und das Gestrüpp darum herum waren von einem hohen Stacheldrahtzaun umschlossen, den Jugendgangs, die den Ort als Treff und Bumsterrain benutzen, an Dutzenden von Stellen durchschnitten hatten. Der Hügel selbst wurde für Mutproben benutzt. Steil und glatt von ausgelaufenem Öl war er die ultimative Herausforderung für Motorradfahrer. Die Fahrer starteten oben und versuchten herunterzurollen. Sie beschleunigten langsam, warfen dann blitzschnell den ersten Gang ein und versuchten über die Abwasserschleuse zu springen. Die war vier Meter breit und voll von Müll, Industriechemikalien und einer Ansammlung von scharfen Gegenständen, die im Laufe der Jahre hineingeworfen worden waren, um zusätzliche Schmerzen zu verursachen. Bandenrivalitäten wurden von zwei Motorradfahrern ausgetragen. Sie fuhren beide gleichzeitig von der Spitze des Hügels los, jeder mit einer Fahrradkette bewaffnet und dem Ziel, den Opponenten in die Matsche zu stoßen, während man selbst darübersprang. Den Gerüchten nach verfaulten unzählige Leichen in der Schleuse. Suicide Hill hatte allgemein einen Ruf als absolut harte Tour und Zerstörer vieler guter Männer.

Genauso wie der Mann, nach dem er benannt war.

Fritz »Suicide« Hill und das V.A. Hospital stammten aus den Tagen unmittelbar nach dem Zweiten Weltkrieg, als die Rückkehr von Hunderten von G.I.s die Erschaffung von Veteranendomizilen/-heimen notwendig machte. Dem Gerücht zufolge war Fritz wegen eines Kriegstraumas in der brandneuen Institution untergebracht worden und bekam nach seiner Genesung einen Heimplatz zugewiesen, um seine emotionale Neuanpassung zu erleichtern. Fritz hatte andere Ideen. Er stellte ein Zelt in den Büschen neben dem Damm auf und gründete eine Ortsgruppe der Hells Angels, startete dann eine Karriere als Wegelagerer auf zwei Rädern. Er schröpfte Autofahrer in ganz Südkalifornien und kehrte immer zu seinem Lager neben der Sepulveda-Kläranlage zurück. Diesen Teil der Legende hielt Joe für bare Münze.

Der Rest war eine Mischung aus Aufschneiderei und Märchen, und dem Teil, den Joe in seinem Lied bringen wollte. Suicide Hill hat den Kerl aufgeschlitzt, der die Black Dahlia hingeschnetzelt hat: Er hatte hinter einem Plan gesteckt, Caryl Chessman aus der Todeszelle zu befreien; er hat während der Unruhen von Watts von einer Autobahnbrücke aus Nigger mit einer Tommy-Gun weggebratzt. Er hat Leary überhaupt erst aufs Acid gebracht und Charlie Manson einen gehörigen Arschvoll verpaßt. Die Cops legten sich nicht mit ihm an, weil er wußte, wo bestimmte Leichen vergraben waren. Selbst legendäre harte Hechte wie John-St.-John, Colin Forbes und Crazy Lloyd Hopkins schissen vor Angst Schrotpatronen, wenn Suicide Hill antanzte.

Nach dem beliebtesten Ende der Legende starb Hill an Krebs, erzeugt von den ganzen Chemikalien, die er im Laufe seiner vielen Tauchbäder in der Sepulveda-Kläranlage in sich aufgesogen hatte. Als er das Ende kommen sah, schleppte er seine 1800 cc Vicent Black Shadow rauf aufs Dach des Hospitals und gab ihr dann die Kante, im zweiten Gang, über die Kante. Er flog so an die 500 Yards weit, bevor er in die Büsche krachte und einen Scheiterhaufen entfachte, den man über ganz L.A. sehen konnte. Joe wußte, daß die Geschichte in ihrer Gänze, Papperlapapp, Wahrheit und das ganze Brimborium. die Geschichte von *Allem* war, was er und Bobby jemals getan hatten, aber alles, was ihm bis jetzt eingefallen war, war: »And death was a thrill on Suicide Hill« – und diese zehn Takte waren genug, um ihm wegen Plagiats ans Leder zu gehen.

Bobby stieß ihn aus seiner Träumerei. »Hier rechts. Die Bude muß auf dem nächsten Block sein.«

Joe tat, wie ihm geheißen, und bog in eine Straße mit lauter identischen Reihenhäusern, die alle rosa, pfirsichfarben oder stahlblau angestrichen waren. Bobby überflog die Namensschilder, deutete dann zum Randstein und schüttelte den Kopf.

»Jesus Christus, Pater Hernandez. Schon wieder ein völlig Behämmerter.«

»Qué, Pater Gonzales?«

Joe zog die Bremse an und stieg aus dem Wagen. Dann sah er auf die Rasenfläche vor dem Haus ihres Abschußkandidaten und beantwortete seine eigene Frage: »Behämmert ist nicht das richtige Wort, Padre.«

Der Fußweg des pfirsichfarbenen Hauses war eingesäumt von leuchtendfarbenen Gispfiguren, die Jesus und seine Jünger darstellen sollten. Auf der einen Rasenseite hielt ein Heiliger Franziskus Wacht über eine Herde von Walt-Disney-Gummitierchen. Auf der anderen Seite waren Teddys und Pandas aus Stoff um eine Pappmachéweihnachtskrippe herum aufgestellt. Joe ging hinüber und sah in die Bettstatt. Eine gewindelte Donald-Duck-Puppe. Minnie Maus und Snoopy lehnten an der Wiege. Hirtenstäbe an die Seite gesteckt. Die ganze Collage war triefend naß vom Regen. »Heilige Scheiße«, flüsterte er. Bobby gab ihm einen Klaps auf den Hinterkopf. »Ist es nicht zu traurig? Wer auch immer so beschissen bescheuert ist, muß einfach beim ersten Anpuster umfallen. Los, wir holen uns nur kurz die Unterschrift und machen, daß wir davonkommen.« Er drückte Joe eine türkisfarbene Bibel und dazu passende Vorführfliesen in die Hand. Dann starrte er auf die andere Rasenseite, wo sein Auge eine umgestürzte Jesusstatue mit einer Kermit-der-Frosch-Puppe in unzüchtiger Position obenauf entdeckt hatte. Er packte Joes Arm und drängte ihn vor sich den Fußweg entlang. »Fünf Minuten und dann weg. Keine Kranzgebete, kein Blabla.«

Bevor Joe antworten konnte, öffnete eine fette weiße Frau in einem zerknitterten Hauskleid die Tür und stand vor ihnen auf der Veranda. Bobby war dankbar, daß sie nicht Mexikanerin war und sagte: »Ich bin Pater Gonzales, und das ist Pater Hernandez. Wir sind die Außendienstpriester von der Henderson Company. Wir haben Ihnen Ihre Probefliese und Ihre Bibel mitgebracht. Die Handwerker werden nächste Woche daran gehen, Ihre Veranda hochzuziehen.« Er griff nach einem Vertragsformular in seiner Brusttasche. »Alles, was wir brauchen, ist Ihre Unterschrift. Wenn Sie heute unterschreiben, kommen Sie noch in den Genuß unseres Novemberbonusses, des Hendersons-Gebets-Services: Millionen von Katholiken in der ganzen Welt werden täglich für den Rest ihres Lebens für Sie beten.«

Die Frau faßte in die Taschen ihres Kleides und zog einen Rosenkranz und ein Bündel Eindollarnoten hervor. Sie biß auf ihre Lippen und sagte: »Der Mann am Telefon sagte, ich muß erst für die Erdbebenhilfe spenden, damit man für mich betet. Er sagte, daß ich das Geld euch geben muß, damit ihr es ihm gebt, und ihr würdet auch für meinen Ehemann beten. Er hat Krebs, und zwar mächtig schlimm.« Joe wollte gerade nach dem Geld greifen, als er Bobby lächeln sah, das langsame Lächeln, das früher immer unmittelbar vor einem Kampf, von dem er wußte, daß er ihn verlieren würde, über sein Gesicht gegangen war. Joe ließ seine Hand sinken und stellte sich seitwärts. Die Adern auf der Stirn seines Bruders begannen zu zucken, und Speichelblasen sprudelten aus seinem Mund. Die Frau stammelte: »Er – Er ist m-mächtig schlimm krank«, und Bobby rannte zurück zum Auto und fing an, Bibeln und Warenproben auf die Straße zu schleudern. Er übersäte die Straße mit pastellfarbenem Naugahyd und Aluminium. Als keine Telefonschwindelprodukte mehr übrig waren, die er werfen konnte, riß er seine Priesterjacke und seinen Talar herunter und schleuderte sie in den Gulli, gefolgt vom Kleingeld aus seinen Hosentaschen. Joe stand auf der Veranda neben der schockerstarrten Frau und sah zu, wie sich die letzten fünf Jahre seines Lebens in Rauch auflösten. Er wußte, was es so schlimm machte: daß nämlich Bobby heftiger an Gott glaubte als irgendeiner der Leute, denen er etwas zuleide tat.

3

In der dritten Woche seiner Suspendierung vom Dienst flog Lloyd Hopkins nach San Francisco und hielt seine Familie unter fließender Überwachung. Er nahm sich ein Zimmer in einem Holiday Inn am Rande von Chinatown, mietete sich einen Ford neueren Modells und betrachtete aus der Entfernung, wie seine Frau ihre Antiquitätenrunde in der Stadt machte und sich mit ihrem Liebhaber in ihrer Wohnung in Pacific Heights zu Drinks, Dinners und Besuchen über Nacht traf. Aus einer größeren Entfernung folgte er seinen Töchtern auf dem Weg zur Schule, bei Besorgungen und zu Verabredungen. Nach einer Woche lockerer Überwachung wußte er, daß er weder Informationen erhalten noch besondere Einsichten gewonnen hatte, die seinen Job leichter machten. Alles, was er tun konnte, war, sich von ihnen entdecken zu lassen und dann zu sehen, wohin das führte.

Er beschloß, die Mädchen die Entdeckung machen zu lassen, fuhr zu ihrer Schule und parkte auf der gegenüberliegenden Straßenseite. Um 12.30 Uhr wurde der Unterricht für eine Stunde unterbrochen, und Anne und Caroline aßen immer mit Freunden unter dem großen Eichenbaum im Schulhof, während Penny den Lunch ausließ und auf der Treppe vor sich hinbrütete. Wenn er sich neben das Auto stellte, groß und vertraut in seinem Lieblingsfischgrätenjackett, bemerkten sie ihn früher oder später, und er war dann in der Lage, in ihren Gesichtern zu lesen, und wußte, was zu tun war.

Exakt um 12.30 Uhr öffnete sich die hintere Tür der Schule, und die erste Woge von Schülern quoll heraus und rangelte sich um die besten Plätze unter der Eiche. Lloyd stieg aus und lehnte sich an die Haube seines Wagens. Augenblicke später tauchten Anne und Caroline auf, plappernd und Gesichter ziehend, als sie den Inhalt ihrer Vespertaschen in Augenschein nahmen. Sie fanden eine freie Stelle auf dem Gras und begannen mit ihrer Mahlzeit. Caroline zog ihre übliche Beleidigte-Leberwurst-Schnute, als sie ihr erstes Sandwich auspackte. Dann kam Penny heraus. Sie schielte kurz um sich, bevor sie in einem Schwarm von Kindern verschwand. Lloyd fühlte Tränen in seinen Augen, aber er hielt sie dennoch weiter auf seine Töchter gerichtet. Er wartete auf den Moment des Wiedererkennens.

»In der Nähe von Schulhöfen herumlungern, häh? Her mit den Papieren, Sittenstrolch!« Lloyd machte eine langsame Drehung, während er den Klang von Pennys Stimme und die Erwartung, daß sich ihre einander identischen Augen trafen, genoß.

Penny machte seinen Plan zunichte, indem sie einfach in seine Arme sprang und ihren Kopf an seine Brust drückte. Lloyd hielt seine jüngste Tochter und trocknete seine Augen an ihrer Baseballkappe. Als sie anfing, wie eine Katze zu schnurren und seine Schultern anzustupsen, schnurrte er zurück und sagte: »Wer ist hier ein Sittenstrolch? Und was soll das Katzengetue? Zuletzt warst du noch ein Pinguin.«

Penny trat zurück. Lloyd sah, daß die Farbe ihrer Augen dunkler geworden war und einen Schuß von Janices Haselnußbraun dazubekommen hatte. »Pinguine sind passé. Du hast abgenommen, Daddy. Was machst du in Frisco? Diese Herumdruckserei war nicht gerade subtil, weißt du.«

Lloyd lachte. »Wissen die anderen, daß ich hier bin?«

Penny schüttelte den Kopf. »Nein, die sind auch nicht gerade subtil. Ich habe es vor zwei Tagen gemerkt. Ein Freund von mir sagte, da wäre dieser große Mann in einem Tweedjackett, der den Schulhof beobachtete. Er sagte, der Kerl sähe aus wie ein Drogenfahnder oder ein Perversling. Ich sagte: ›Das klingt nach meinem Vater.‹ Ich habe während des Unterrichts immer nach draußen geschielt, bis ich dich sah.« Sie stellte sich auf die Zehenspitzen und zupfte an Lloyds Krawatte. »Da wir gerade davon sprechen, gerade haben es auch meine stumpfen Schwestern gemerkt.«

Als er über seine Schulter blickte, sah Lloyd, wie Caroline und Anne ihn anstarrten. Selbst aus der Entfernung konnte er Schock und Zorn auf ihren Gesichtern erkennen. Er winkte, und Anne ließ ihren Brotbeutel fallen und griff nach dem Arm ihrer Schwester. Zusammen rannten sie auf die hintere Schultür zu. Lloyd sah Penny an. »Sie sind sauer. Warum? Als ich letztes Mal hier war, haben wir uns prima verstanden.«

Penny lehnte sich gegen das Auto. »Es kommt immer stärker zum Tragen, Daddy. Wir sind die Genuisse, sie sind die Arbeitstiere. Sie lehnen mich ab, weil ich die Jüngste bin, die Schlauste und die größten Brüste habe. Sie –«

»Nein, zum Donnerwetter. Was wirklich!«

»Schrei nicht so. Ich meine es ernst. Annie und Liney sind schon très Frisco. Sie wollen, daß Mama sich von dir scheiden läßt und Roger heiratet. Mom und Roger sind sich nicht besonders grün zur Zeit, deshalb haben sie Angst. Daddy, bist du in Schwierigkeiten im Department.«

Als er begriff, daß seine zwei älteren Töchter nicht zu ihm kommen würden, legte Lloyd seinen Arm um seine Jüngste und zog sie an sich. »Yeah. Ich habe eine Auslieferungsaktion vermasselt und dann bei der Anklageerhebung vollends Scheiße gebaut. Ich bin bis zum Jahresersten vom Dienst suspendiert. Ich weiß nicht genau, was passieren wird, aber ich bin sicher fertig mit der Abteilung Kapitalverbrechen. Vielleicht werde ich zu einer uniformierten Einheit versetzt, bis meine zwanzig Jahre abgelaufen sind, vielleicht darf ich mich auch nur noch mit Kinkerlitzchen abgeben. Ich weiß es einfach nicht.«

Penny drängte sich enger an ihren Vater. »Und es macht Angst?«

»Ja, es macht mir Angst.«

»Und du willst uns immer noch zurück?«

»Mehr denn je.«

»Willst du einen guten Rat?«

»Ja.«

»Mach es dir zunutze, daß Mom und Roger sich gerade nicht so grün sind. Mach aber schnell, denn sie fahren übers Wochenende weg. und sie haben die Angewohnheit, sich bei langen, idyllischen Aufenthalten in Motels wieder auszusöhnen.«

Lloyd lachte. »Ich habe dich in letzter Zeit beobachtet. Ißt du niemals zu Mittag?«

Penny erwiderte sein Lachen. »In der Schule gibt es nur Reformhauskost, und Mamas Sandwiches sind das letzte. Ich mache auf dem Heimweg bei irgendeinem Burgerschuppen halt.«

»Los, wir holen uns eine Pizza und hecken etwas gegen deine Mutter aus.«

Nach einem langen Lunch setzte Lloyd Penny wieder an der Schule ab und fuhr zum Apartment von Janice. An der Tür war ein Zettel. »Roger – bin in Eile, mach's dir bequem. Bin geg. 3.30 wieder da.« Er sah auf die Uhr – 3.10 – und verschaffte sich Einlaß, indem er das Schloß mit einer Kreditkarte öffnete. Als er sah, wie das Wohnzimmer ausstaffiert war, begriff er, daß sein Hauptrivale nicht Janices Liebhaber war, sondern ihr beruflicher Erfolg.

Jedes einzelne Möbelstück war eine zerbrechlich aussehende Antiquität, genau von der Art, die er ihr für ihr gemeinsames Haus zu kaufen untersagt hatte, weil er fürchtete, daß sie seine 100 Kilo Lebendgewicht nicht aushielten. Die gerahmten Gemälde waren ohne Ausnahme dieses deutsche expressionistische Zeug, das er verabscheute. Die Läufer waren hellblaue Perserteppiche, so wie sie Janice schon immer haben wollte, aber überzeugt davon gewesen war, daß er sie mit Kaffeeflecken ruinieren würde. Alles war geschmackvoll, teuer und legte Zeugnis ab von ihrer Freiheit als alleinstehende Frau.

Lloyd setzte sich behutsam in einen Lehnstuhl aus Kirschbaumholz und streckte seine Beine aus, so daß seine Füße auf gebohnertem Parkett ruhten, und nicht auf bläßlichem Teppich. Er versuchte die Zeit damit totzuschlagen, daß er sich vorstellte, was Janice wohl anhatte, aber er sah sie nur nackt vor sich. Das Resultat davon waren Gedanken an Roger, und so ließ er seine Augen durch den Raum wandern und suchte nach etwas von oder über sich. Er sah nichts und unterdrückte den Impuls, das Schlafzimmer von Janice zu untersuchen. Da hörte er einen Schlüssel im Schloß und spürte, wie er zu zittern begann.

Janice sah ihn auf der Stelle und ließ sich keinerlei Überraschung anmerken. »Hallo, Lloyd«, sagte sie. »Liney hat mich im Büro angerufen und mir gesagt, daß du in der Stadt bist. Ich erwartete zwar, daß du vorbeikommst, aber ich hatte nicht damit gerechnet, daß du hier einbrichst.«

Lloyd erhob sich. Ein roter Wollanzug und ein neuer, kürzerer Haarschnitt. Er war doch nicht sehr nahe gewesen. »Cops haben kriminelle Tendenzen. Du siehst wundervoll aus, Jan.«

Janice seufzte und ließ ihre Handtasche auf den Boden fallen. »Nein, das tue ich nicht. Ich bin zweiundvierzig und setze Fett an.«

»Ich bin zweiundvierzig und verliere Gewicht.«

»So, daß sogar ich es sehe. Soviel zur Be–«

Lloyd machte zwei Schritte nach vorn; Janice einen. Sie umarmten sich an den Schultern und hielten so etwas Distanz zueinander. Lloyd löste sich zuerst, damit der Kontakt ihn nicht zu sehr erregte. Er machte einen Schritt nach hinten und sagte: »Du weißt, warum ich hier bin.«

Janice deutete auf ein Louis-XV.-Sofa. »Ja, natürlich.« Als Lloyd sich hinsetzte, nahm sie auf einem Stuhl ihm gegenüber Platz und sagte: »Ich weiß, was du willst, und ich bin froh, daß du es willst, aber ich weiß nicht, was *ich* will. Und vielleicht werde ich es nie wissen. Das ist die ehrlichste Antwort, die ich dir geben kann.«

Lloyd fühlte, wie sich ihre Vergangenheit vor ihm aufrollte. Er wußte nicht, ob er jetzt nachsetzen oder zurückweichen sollte, und sagte: »Du hast dir hier eine schöne Sache aufgebaut. Diese Bude, dein Geschäft, das Leben, das du den Mädchen bietest.«

»Ich habe auch einen Liebhaber, Lloyd.«

»Ach ja, Roger, den kommenden und gehenden Zaungast. Wie läuft denn das?«

Janice lachte. »Du bist wirklich zum Schießen, wenn du versuchst, dich wie ein zivilisierter Mensch zu benehmen. Vor ein paar Wochen habe ich in den Zeitungen aus L.A. über dich gelesen. Und irgend so einen Kerl, den du in New Orleans festgesetzt hast.«

»Irgend so ein Kerl, dessen Gefangennahme ich in New Orleans vermasselt habe, so ein Kerl, bei dessen Anklageerhebung ich dann beinahe völlige Scheiße gebaut habe.«

Janice strich den Saum ihres Kleides glatt. »Ich habe dich vorher noch nie zugeben hören, daß du Fehler machst. Als Cop, meine ich.«

Lloyd lehnte sich zurück. Das Sofa quietschte unter seinem Gewicht, was mit den Worten von Janice verfloß und eine Anklage formte. »Ich habe vorher noch nie welche gemacht!«

»Schrei nicht, ich habe dir keinerlei Verfehlungen zur Last gelegt. Was hatte der Mann getan?«

Das Knarren verstärkte sich noch, und den Bruchteil einer Sekunde dachte Lloyd, daß auf einmal der Boden unter seinen Füßen zu beben begann. »Der *Mann?* Er hat während eines Snuffilms eine Frau zu Tode geprügelt. Hat Roger schon einmal so einen Drecksack hopsgenommen?«

Janice wurde an den Wangen rot; Lloyd umklammerte die Sofalehnen, um sich davor zurückzuhalten, auf sie zuzugehen.

»Roger nimmt keine Drecksäcke hops«, sagte sie. »Er dringt nicht in mein Apartment ein, trägt keine Waffe und verprügelt keine Leute. Lloyd, ich bin eine Frau mittleren Alters. Ich war lange, sehr lange in deine Intensität verliebt, aber ich kann damit nicht mehr fertigwerden. Vielleicht ist es nicht nett, das zu sagen, aber Roger ist ein bequemer, unspektakulärer Geliebter für eine Antiquitätenhändlerin mittleren Alters, die neunzehn Jahre als Ehefrau eines Super-Duper-Cops zugebracht hat. Lloyd, verstehst du, was ich sagen will?«

Die vollendete Sachtheit der Beschuldigung klingelte Lloyd in den Ohren. »Ich habe es wieder gut gemacht, so gut ich konnte«, sagte er. Er hielt seine Stimme bewußt im Flüsterton. »Ich habe versucht, die Sachen, die ich dir und den Mädchen gegenüber falsch gemacht habe, zuzugeben.«

Das Flüstern von Janice war sanfter: »Und deine Eingeständnisse waren tiefgreifend und haben mir weh getan. Du hast mir Dinge erzählt, die man niemals, niemals einer Frau, die man zu lieben behauptet, erzählen sollte.«

»Ich liebe dich wirklich, verflucht noch mal!«

»Ich weiß. Und ich liebe dich, und selbst wenn ich bei Roger bleibe und mich von dir scheiden lasse und ihn heirate, werde ich dich immer lieben, und Roger wird mich niemals so besitzen, wie du es getan hast.«

Lloyd stand auf und ging zur Tür. Er wandte die Augen von Janice ab und suchte nach Hoffnungsschimmern. »Die Mädchen? Würdest du in Betracht ziehen, wie sie zu mir stehen?«

»Wenn sie jünger wären, ja. Aber jetzt sind sie praktisch erwachsen, und ich darf mich von ihnen nicht beeinflussen lassen.«

Lloyd drehte sich um und sah seine Frau an. »Du willst in dieser Sache keinen Millimeter nachgeben, oder?«

»Ich habe zu lange und zu viel nachgegeben.«

»Und du weißt immer noch nicht, was du willst?«

Janice starrte auf den hellblauen Perserteppich, den sie seit ihrem Hochzeitstag begehrt hatte. »Ja ... Ich ... weiß es immer noch nicht.«

»Dann schätze ich, ich muß es einfach weiter versuchen«, sagte Lloyd.

4

Sie war weg, und sie hatte alles mitgenommen, was schnell zu Bargeld gemacht werden konnte.

Duane Rice ging durch die Eigentumswohnung, in der er mit Vandy gewohnt hatte, und erstellte eine fortlaufende Liste der fehlenden Gegenstände und der Risiken, die er eingegangen war, um sie zu bekommen. Fernsehkonsole, modernste Stereoanlage und vier Zimmer voll teurer Designermöbel – weg. Bilder – Vandy hat insistiert, es gebe der Bude Klasse – weg. Die Anzahlung und die laufenden Kosten für eine Fehlanschaffung, in der er nun nicht leben konnte – adios, Mutterschänder. Nimm noch den leeren Einstellplatz auf der Rückseite des Gebäudes dazu und zähl es zusammen: 200 schwere Straftaten im Zuständigkeitsbereich des schießwütigsten Polizeidepartments im Land. Übel über den Tisch gezogen von einer wertlosen –

Als er den Gedanken nicht zu Ende bringen konnte, wußte Rice, daß das Spiel noch nicht vorbei war. Er pißte auf den Wohnzimmerteppich und trat die Wohnungstür aus den Angeln. Dann machte er sich auf die Suche nach Delikt Nummer 201 und den nötigen Mitteln, sein Mädchen zurückzubekommen.

Der Pico-Bus setzte ihn an der Lincoln Avenue ab, nur einen Steinwurf weit von Venice Ghosttown, wo höchstwahrscheinlich jede Menge aufgemotzte Chicano-Schlitten ohne Alarmanlagen standen. Er sichtete an der Ecke von Lincoln und Ocean Park einen Eisenwarenladen und ging rein und klaute einen großen Meißel, eine spitze Feile und eine Kombizange. Lächelnd verließ er den Laden und sah auf die Uhr: zwei Stunden und zehn Minuten aus dem Loch und schon wieder im Rennen.

An einem Burrito-Stand am Rande von Ghosttown wartete Rice auf die Dämmerung. Er trank Kaffee und beäugte das Spektakel, das East Venice bot: zu alte Hippies, zu alte Nutten, zu alte *low-riders* und zu junge Cops, die cool zu wirken versuchten. Er beobachtete geile Geschäftsleute in Geschäftswagen auf Mösenfang und versuchte zu erraten, bei welcher Nutte sie wohl landeten, und fragte sich, warum er eine Frau lieben mußte, bevor er sie bumste; er beobachtete ein ältliches Blumenkind, das einen Verstärker auf den Rücken geschnallt hatte und für Idiotengroschen Gitarre spielte und dabei billigen Fusel süffelte. Der Anblick erfüllte ihn mit Ekel, und als die Dämmerung anbrach, hatte er das Gefühl, als verwandele sich sein Ekel in hochoktanigen Treibstoff, und ging nach Ghosttown rein.

Stuckverzierte, rückläufige Apartmentgebäude, weiße Fachwerkhäuser, auf die Jugendgangs Graffiti aufgesprüht hatten, leere, mit Müll übersäte Grundstücke. Ausgezehrte Hunde, die jemanden suchten, den sie beißen konnten. Die Wagen waren entweder aufgegebene Kaffernkaleschen oder Prolomühlen in tadellosem Zustand, die aber nichts Außergewöhnliches waren. Rice ging westwärts zum Strand herunter, dankbar für das kalte Wetter, das die Einheimischen von der Straße fernhielt, aber er sah nichts, wofür Louie Calderon mehr als fünf Freundschaftsscheine hinlegen würde. Er ging weiter und war schon fast wieder aus Ghosttown heraus, als er auf einmal wahre Vollendung auf vier Rädern erblickte.

Es war ein 54er Chevy Cabrio, safirblau und glänzend wie ein kandierter Apfel, mit einem kanariengelben Verdeck, getönter Windschutzscheibe und allen Mätzchen. Jetzt mußten nur noch die Innenausstattung aus Kirschbaumholz und der Motor in gutem Zustand sein, und er war am Ziel und hatte, was er brauchte.

Rice ging zur Fahrertür und tat so, als bewundere er den Wagen, während er langsam Meißel und Zange hervorholte. Er zählte langsam bis zehn, und als er das Gefühl hatte, keinen Verdacht auf sich gezogen zu haben, stemmte er den Meißel in die Ritze zwischen Türschloß und Karosserie und zog mit einem Ruck nach außen. Die Tür schnappte auf, kein Alarm ertönte. Rice sah, daß das Armaturenbrett ein restauriertes Original von 1954 war, und tastete darunter nach den Zünddrähten. Volltreffer! Er nahm seine Zange und drehte die zwei Drähte zusammen. Der Motor sprang an, und er fuhr mit dem Wagen davon.

Zwei Stunden später, nachdem er den Chevy sicher verstaut hatte, schritt Rice durch den Empfang von Louie Calderons Autoersatzteilladen und klopfte Louie auf die Schulter. Louie hob seine Augen von dem Werkzeugkasten, den er gerade durchwühlte, und sagte: *»Duane the Brain!* Wann bist du rausgekommen?« Rice ignorierte die ölbeschmierte Hand, die er ihm anbot, und legte einen Arm um Louies Schultern. »Heute.« Er blickte sich um und sah zwei Mechaniker, die sie anstarrten. »Laß uns nach oben in dein Büro gehen.«

»Geschäftlich?«

»Geschäftlich.«

Sie gingen durch den Laden und hoch ins Büro, das an den zweiten Stock von Louies Haus angrenzte. Als sie einander an dem mit Papier übersäten Schreibtisch gegenübersaßen, sagte Rice: »In deiner Garage draußen bei Suicide Hill, die du für heiße Motorräder verwendest, befindet sich genau jetzt ein 54er Chevy mit Stoffverdeck in tadellosem Zustand. Continental-Ausstattung, aufgemotzter 326er, Sitze und Lehnen ganz aus Leder, blankgewienerte körnige Metallackierung in Safirblau. In einem Stück zwölf Riesen wert, würde ich sagen. Zerlegt an die zehn. Allein die Bezüge sind mindestens zwei wert.«

Louie öffnete den Kühlschrank neben dem Schreibtisch und zog eine Büchse Coors heraus. Er öffnete sie und sagte: »Du bist verrückt. Mit deinen Vorstrafen mußt du Autodiebstahlsverdächtiger Nummer eins in ganz L.A. County sein. Wovon hast du dich freigekauft? Hundert Fälle? So einen Massel gibt's nur einmal. Beim nächsten Mal werden sie es dir verplätten für die, wegen derer sie dich hochgenommen haben, und als Dreingabe noch für die, bei denen du beim ersten Mal davongekommen bist. Wie bist du in meine Garage gekommen?«

Rice knackte mit den Fingerknöcheln. »Ich habe mit einem Meißel ein Loch in die Tür geschnitten und sie von innen aufgeschlossen. Niemand hat mich gesehen, und ich habe das Loch mit irgendwelchem Holz, das ich da fand, wieder abgedeckt. Und ich beabsichtige auch nicht, eine Karriere daraus zu machen. Ich habe es nur getan, um ein bißchen schnelles Geld zu bekommen.«

»Netter Schlitten, häh?«

»Eins A. Wenn du kein Mexikaner wärst, würde ich es einen schnuckligen Bohnenfresserkarren nennen.«

Louie lachte. »Alle Chicanos, die es zu was bringen wollen, sind Anglos, ehrenhalber. Wieviel willst du?«

»Zwei Riesen und ein paar Gefälligkeiten.«

»Was für Gefälligkeiten?«

»Als ich im Feuerwehrlager war, kam mir zu Ohren, du hättest einen Auftragsdienst. Du weißt schon, vierundzwanzig Stunden nonstop, illegale Nummer, abhörsicher. Ist es wahr?«

»Es la verdad. Zweihundert Mücken im Monat, aber sei achtsam, wem du die Nummer gibst. Ich will nicht, daß mir irgendwelche Drogenköpfe um vier Uhr morgens die Hucke vollseiern. Was weiter? Laß mich raten ... mal sehen ... Ein Auto.«

»Wie kommst du drauf? Ist mir gleich, wie es aussieht, es muß nur korrekte Papiere haben und fahren. Gemacht?«

Louie ging zur Rückwand und hob ein eingerahmtes Playboy-Klapp-Poster hoch, drehte dann an der Zahlenscheibe des Geldschranks und öffnete ihn. Er zog zwei noch versiegelte Bündel heraus und warf sie Rice zu. »Gemacht. Der Wagen ist häßlich, aber er fährt. Merk dir diese Nummer: 6 281 192. Behalten?«

Rice sagte: »Behalten«, und steckte das Geld in seine Taschen. »Außerdem habe ich noch gehört, daß du mit Waffen dealst.«

Louies Augen verengten sich zu kalten, braunen Schlitzen. »Willst du mir nicht sagen, wer dir das erzählt hat?«

»Sicher. Ein Bursche im County-Gefängnis. Großer, blonder Bursche auf dem Weg nach San Quentin.«

»Randy Simpson, der großmäulige Mutterschänder. Ja, ich habe tatsächlich versucht, Waffen zu verdealen, aber ich kann einfach keine Ganeffs finden, die meine Ware wollen. Ich habe von einem völlig fertigen Leutnant im Waffenlager diese großen, mächtig mullenden .45er Army Automatics gekauft. Als Dreingabe hat er noch diese Betäubungspfeilpistolen draufgelegt. Ein absolutes Scheißgeschäft. Die Ganeffs wollen die leichten italienischen Knarren, und absolut niemand will die Pfeilpistolen. Ich habe meinem Sohn eine von den Pfeildingern gegeben, hab' den Schlagbolzen rausgenommen, damit er sich nicht selbst verletzt. Warum? Willst du in den Wilden Westen, Duane-o?!«

Rice schüttelte den Kopf. »Weiß nicht. Ich habe da von so einer Sache gehört, aber es könnte sich als Seifenblase entpuppen. Ich muß es erst nachprüfen.«

»Wovon willst du leben?«

»Ich ... ich weiß es nicht. Drangehen, ein paar Dinger zu drehen, dann an Vandys Karriere. Sie ist abgehauen, aber ich –«

Rice hielt inne, als er sah, wie sich Louies Stirn umwölkte. Er schüttelte den Kopf, um Vandys »Aber Duane hätte es sicher nicht gerne« zu verdrängen, dann sagte er: »Was ist es? Verheimliche mir nichts.«

Louie leerte sein Bier in einem Zug. »Ich wollte es dir ja sagen, ich wartete nur auf den richtigen Zeitpunkt. Ein Freund von mir hat Vandy gesehen, irgendwann letzte Woche. Sie kam gerade aus dieser Telefon-Strich-Zentrale auf dem Strip, du weißt schon, neben dem All American Burger. Er sagte, daß er sie zuerst gar nicht erkannt hat mit dem ganzen Make-up, aber dann war er sich ganz sicher. Es tut mir leid, Mann.«

Rice stand auf. Louie sah den Blick in seinen Augen und sagte: »Vielleicht bedeutet es das gar nicht.«

»Es bedeutet, daß ich sie finden muß«, sagte Rice. »Geh und bring mir meinen Wagen.«

Duane Rice fuhr mit seinem »neuen« 69er Pontiac zum östlichen Ende des Sunset Strip, immer ganz rechts außen, um unter den Huren zu suchen, die sich um die Bänke an den Bushaltestellen drängten. Er suchte nach Vandys aristokratischen, von Make-up und Dope ausgezehrten Gesichtszügen. Jedes Gesicht, das er sah, brannte sich förmlich in sein Hirn ein, wo es sich mit einem Spiegelbild von Gordon Meyers und der Bürgerstochter Anne Atwater Vanderlinden überlagerte. Aber keines dieser Gesichter war *sie,* und als sich vor seinen Augen drei ununterbrochene Häuserblocks mit Massagesalons, Fickbuden und Autostrichzentralen auftürmten, biß er auf seine Lippen, bis er Blut schmeckte.

Rice stellte den Wagen auf dem Parkplatz von All American Burger ab und ging langsam auf der Südseite des Sunset in westlicher Richtung. Die Strichmädchen waren jetzt alle schwarz, und so konzentrierte er sich auf die schäbigen Ladeneingänge und ihre blinkenden Neonschilder. Er passierte *Wet Teenagers Outcall* und *Soul Sisters Mudwrestling; New YOKOHAMA Oriental Massage* und den »Vier S«-Club – »scharf, stattlich, spitz und sex-toll«. Nach einem Block verschwammen die Obszönitäten ineinander, so daß er einzelne Namen gar nicht mehr lesen konnte, und er starrte nur noch auf die Eingänge und wartete darauf, daß *sie* herauskam.

Als er merkte, daß schuldig dreinblickende Männer die einzigen waren, die die Häuser betraten und verließen, sah er auf einmal rot. Er ging zu einer Wartebank an der Bordsteinkante und drückte seine Hände in einer Art isometrischen Presse dagegen. Mit geschlossenen Augen begann er krampfhaft nachzudenken. Schließlich erinnerte er sich an die Fotografie von Vandy, die er während seiner Haft bei sich getragen hatte. Er griff nach seiner Brieftasche und zog sie aus seinem Plastiketui, drehte sich dann um und stellte sich dem blitzenden Leuchtfeuer von neuem. *Nuclear Nookie Outcall; Wet and Woolly Massage;* Satans Haus der Sünde. Dieses Mal verschwammen die Worte nicht. Er zückte eine Hand voll von Louie Calderons Zwanzigern und trat durch die nächste Tür. Ein gelangweilter schwarzer Mann hinter einem Tisch blickte auf, als er eintrat, und sagte: »Ja?«

Rice hielt dem Mann das Foto von Vandy und einen Zwanziger unter die Nase. »Hast du diese Frau schon mal gesehen?«

Der Mann legte sein Exemplar des »Wachturm« nieder, griff sich den Zwanziger und betrachtete die Aufnahme. »Nein, zu hübsch für diese Klitsche hier. Wenn du so 'ne Tomate stechen willst, kann ich dir 'ne billigere Version besorgen, die dir einen ablutscht, daß es knallt.«

Rice atmete langsam aus; die rote Falltür hinter seinen Augen glitt behutsam auf. »Danke, nein. Ich will *sie*. Irgendwelche Ideen?«

Der Mann steckte den Zwanziger in seine Hemdtasche. »Ich weiß zwar nicht, welche Häuser welche Ischenqualität haben, aber ich weiß, diese Klitsche hier ist ein reiner Fischmarkt. Lauf nur schön weiter und laß gehörig Mäuse springen, vielleicht findest du sie dann.«

Rice befolgte den Rat des Mannes und ging in östlicher Richtung. Er zeigte die Aufnahme jedem Türsteher und Rausschmeißer in jedem Sexschuppen auf der Zeile, teilte so schließlich 300 Dollars aus und bekam nichts dafür außer verneinendem Kopfschütteln und dem Konsens, daß Vandy zu scharf war für Strip Outcall und Straßenstrich. Nachdem er vier volle Stunden nichts als Schmutz eingeatmet hatte, holte er sich im All American Burger Kaffee und setzte sich an einen Tisch im Freien, um nachzudenken.

Er zählte die Fakten auf, auf die er sich verlassen konnte. Louie und seine Freunde waren verläßlich: Wenn einer von ihnen Vandy hier draußen in Nuttenaufmachung gesehen hatte, dann stimmte es vermutlich – wenn er nicht da war, sich um sie zu kümmern, war sie hundertprozentig selbstzerstörerisch. Keiner der wandelnden Schleimbeutel in den Massage- und Strich-Buden, mit denen er gesprochen hatte, war in der Lage gewesen, sie zu identifizieren – und es wäre von finanziellem Vorteil für sie gewesen, es zu tun. Louies Freund hatte sie irgendwann letzte Woche gesehen, vermutlich direkt, nachdem sie ihn besucht und die Bude ausgeräumt hatte. Es schien alles zu passen.

Rice sah auf die Uhr: 3.30, die Nutten wurden immer spärlicher, im gleichen Maße, wie der Verkehr auf der Straße schwand. Die einzigen Huren, die jetzt noch arbeiteten, waren schwarz, und unwahrscheinliche Kandidaten, etwas über Vandy zu wissen – sie mied Sambos wie die Pest. Im Aufstehen leerte er seinen

Kaffee und machte sich auf den Weg zu seinem Auto. Dann sah er eine unglaubliche Rothaarige an den Randstein gehen und den Daumen herausstrecken.

Rice handelte schnell. Er rannte zu seinem Wagen und fuhr vor das Mädchen und schnitt dabei einem langsam dahintrudelnden Mercedes den Weg ab. Die Rothaarige sah unangenehm berührt durch das Beifahrerfenster, dann wieder auf die Luxuslimousine. Rice brüllte: »Einen Hunderter für zehn Minuten«, und das Mädchen zögerte. Dann öffnete sie die Tür und stieg ein. Rice reichte ihr ein Bündel Zwanziger, und der Fahrer des Mercedes gab Gas und zeigte ihnen den Vogel. Die Rothaarige stopfte das Geld in ihr Täschchen und stupste mit dem Finger auf die Schaumgummiwülste, die aus dem Sitz herausquollen. »Der Wagen ist das letzte. Können wir in ein Motel oder so gehen?«

Rice bog um die Ecke, fuhr an den Straßenrand und schaltete die Armaturenbeleuchtung ein. »Ich will nicht mit dir ins Bett, ich hatte nur so ein Gefühl, daß du mir helfen kannst, diese Frau zu finden.« Er reichte ihr das Foto von Vandy und sah zu, wie sie es studierte und dann ihren Kopf schüttelte. »Nein, nie gesehen. Deine Tusse?«

»Ja.«

»Schafft sie an?«

Rice schluckte seinen aufsteigenden Zorn. »Ja. Ich habe gehört, daß sie hier irgendwo auf den Straßenstrich geht, aber niemand erkennt sie, und ich glaube ihnen.«

Der Rotschopf betrachtete die Aufnahme näher und sagte dann: »Sie ist wirklich niedlich. Viel zu gut für die meisten Läden hier.«

»Was meinst du mit ›den meisten‹?«

»Nun, es gibt da ein paar Blöcke von hier, abseits vom Strip, diesen Luxusschuppen. Sie haben nur wirklich scharfe Pferdchen im Stall, für so Größen aus Film und Musik. Ich habe 'ne Woche oder so da gearbeitet, dann habe ich's gesteckt. Zu verdrogt. Ich stehe mehr auf Reformkost.«

Rice fühlte, wie er eine Gänsehaut bekam. »Wie heißt der Laden?«

»›Silver Foxes‹. Nichts ›Outcall‹ oder so, nur ›Silver Foxes‹.«

»Wie ist die Adresse?«

»Gardner, direkt am Strip. Lavendelfarbenes Gebäude, du kannst es gar nicht verfehlen. Aber sie schicken die Mädchen nur gegen Referenzen raus, weißt du, es ist so richtig exklusiv.«

»Telefonnummer?«

Das Mädchen zögerte. Rice wühlte in seinen Taschen nach mehr Geld und gab es ihr. »Verflucht, sag's mir schon.«

Sie faßte nach dem Türgriff. »Du wirst nicht weitersagen, woher du es hast?«

»Nein.«

»658-4371.« Das Mädchen schoß aus dem Wagen. Rice sah ihr zu, wie sie auf dem Rückweg zum Strip ihr Geld zählte.

Er brauchte nicht einmal zehn Minuten, um das lavendelfarbene Apartmentgebäude zu finden. Es stand gleich südlich vom Sunset im Schein einer Straßenlaterne. Ein einfaches Vierparteienhaus im spanischen Stil, in dem kleine Lichter brannten.

Rice parkte und ging quer über den Rasen auf die Zementterrasse. In der Einfahrt waren Türen eingebaut, erhellt nur von Briefkastenleuchten. Er kniff die Augen zusammen und sah, daß drei der Apartments Einzelpersonen gehörten. Auf den letzten Kasten war ein erhöhtes Metallwappen aufgeprägt, das einen Fuchs im Nerzmantel zeigte, der verführerisch winkte. Ein Klingelknopf befand sich unter den Worten »Silver Foxes«. Rice drückte dreimal darauf und hörte das Echo der Klingel. Keine Lichter gingen an, und auch keine Schrittgeräusche beantworteten das Klingeln. Er faßte in den Briefkasten und fand ihn leer, dann trat er zurück auf den Rasen, damit er das ganze Gebäude in Augenschein nehmen konnte. Immer noch nur Dunkelheit und völlige Stille.

Rice fuhr zu einer Telefonzelle und wählte 658-4371. Eine Frauenstimme vom Band antwortete: »Hi, hier ist ›Silver Foxes‹, Füchse jeder Überzeugung für jede Gelegenheit. Wenn Sie bei uns bereits registriert sind, hinterlassen Sie Ihre Codenummer und Ihren Wunsch; wir rufen dann zurück, sobald es geht. Wenn Sie ein neuer Freund des Hauses sind, lassen Sie uns wissen, wen Sie kennen und geben uns dessen Codenummer und Ihre Telefonnummer. Wir melden uns dann in Bälde bei Ihnen.«

Erst kam ein Intervall mit leiser Discomusik, dann ein Pfeifton. Rice knallte den Hörer auf und fuhr zurück zum Straßenstrich.

Nur der absolute Bodensatz der Nutten war noch unterwegs, grell aufgetakelte Junkies, die auf die Straße traten und die Röcke hoben, wenn Wagen vorbeikamen. Rice saß an einem Tisch im All American Burger und trank Kaffee, während er seine Augen über die Frauen auf beiden Seiten des Sunset gleiten ließ. Jedes Gesicht, das er kurz erblickte, war schwer gezeichnet, jeder Körper aufgeschwemmt oder ausgezehrt. Gegen Tagesanbruch gingen die Neonlichter an den Outcall-Büros und Massagesalons allmählich aus. Als Straßenreinigungsmaschinen dann noch die wenigen verbliebenen Nutten zurück auf den Gehsteig drängten, nahm er das als Anstoß, zu gehen und sich ums Geschäft zu kümmern.

Rice fuhr durch den Laurel Canyon und kam gerade, als es hell wurde, ins Valley. Als er den Ventura Boulevard erreichte, rief er sich Wort für Wort die Fakten, die er durch den Lüftungsschacht gehört hatte, ins Gedächtnis. »Ecke Kling und Valley View, rosa Apartmenthaus; Christine Irgendwas, Studio City, Haus an der Ecke von Hildebrand und Gage.« Wahrheit, Halbwahrheit oder Affenscheiße?

An der Ecke Hildebrand und Gage erhielt er seine erste Bestätigung. Am Briefkasten des nordöstlichen Eckhauses war ein Schild mit dem Namen

»Christine Confrey.« Diese Tatsache gab ihm ein Gefühl der Bestimmung, das immer stärker wurde, als er westwärts nach Encino fuhr. Als er zu Kling Valley View kam und ein verblaßtes rosa Apartmenthaus am Eck sah, vor dem ein hier deplazierter Cadillac geparkt war, erreichte das Gefühl seinen Höhepunkt. Rice hinderte es gerade noch am Überschwappen, indem er seine Chancen ausrechnete. Fünf zu eins, daß die Info korrekt war und somit die Raubüberfälle möglich machte.

Als er die Briefkästen des Sechsparteienhauses untersuchte, sah er, daß hier nur eine einzige alleinstehende Frau lebte – Sally Issler in Nummer Zwei. Er fand eine mit Nr. 2 gekennzeichnete Tür im Erdgeschoß zur Straße hin. Vor dem großen Aussichtsfenster der Wohnung befand sich eine hohe Hecke. Er hockte sich hinter die Hecke, um darauf zu warten, daß der Besitzer des Caddy die Chancen gegen ihn auf Null brachte.

Er wartete eineinhalb Stunden, bis eine Tür aufging und zwei Stimmen, eine männlich, eine weiblich, ihm zeigten, daß er ins Schwarze getroffen hatte.

»Meine Frau kommt morgen zurück. Keine ganzen Nächte für ein Weilchen.«

»Matinees? Vielleicht so wie das Lied – ›Afternoon Delight‹?«

Der Mann lachte. »Wir könnten in deiner Lunchpause in die Hot Club Fever Sauna gehen.«

»Klingt gut, aber ich habe in Cosmopolitan gelesen, daß die Saunaläden alle Herpesviren im Wasser haben.«

»Glaub nicht alles, was du liest. Rufst du mich in der Bank an?«

»Ja.«

Rice hörte Kußlaute, gefolgt von einer zuknallenden Tür. Er zählte bis zehn, dann stand er auf und linste um die Hecke. Der Cadillac fuhr gerade los. Er rannte zu seinem Auto und verfolgte ihn.

Er führte ihn zu einer Filiale der Bank of America am Woodman/Ventura. Rice versuchte, den Mann, der ausstieg, abzuschätzen. Groß, breithüftig, flachbrüstig. Ein Schwächling, dessen Sexappeal sein Geld war.

Der Mann ging zur Vordertür. Rice folgte ihm in sicherer Entfernung und ging an ihm vorbei, als er eintrat. Als der Filialleiter die Tür hinter sich abschloß, zählte Rice bis zehn, dann linste er durch das Fenster aus Tafelglas und lächelte.

Der Filialleiter war allein in der Bank, und die Überwachungskameras waren unbewegt auf den Boden gerichtet. Die Kassenschalter waren von der Straße nur dann einsehbar, wenn ein Passant willens war, sich auf seine Zehenspitzen zu stellen und sich fast den Hals zu verrenken. Rice sah, wie der Filialleiter ohne Umschweife auf die Kassenschalter zuging und einen Schlüssel aus seiner Tasche holte. Dann öffnete er die Schubladen und lud das Bargeld in seinen Aktenkoffer. Anstelle des Geldes hinterließ er Papierblätter – vermutlich gefälschte Buchungsbescheinigungen oder Kontoauszüge. Damit wurden seine Chancen praktisch hundertprozentig. Rice rannte zu seinem Wagen, fuhr zu einem Münztelefon und rief Louie Calderon unter der Nummer seines Auftragsdienstes an.

»Am Apparat.«

»Louie, ich bin's, Duane.«

»Schon? Jetzt sag mir bloß nicht, der Wagen hat schlappgemacht, und du bist sauer.«

»Nichts dergleichen.«

»Noch eine Gefälligkeit?«

»Ja. Ich will drei .45er und eine dieser Pfeilpistolen. Hast du auch Pfeile?«

»Ja. Bevor wir weiterreden, ich will gar nicht erst wissen, was du vorhast. Klar?«

»Klar. Schalldämpfer?«

»Ich kann sie besorgen, aber die Reichweite geht damit praktisch völlig an den Arsch.«

»Sie werden niemals abgefeuert werden; es ist nur eine zusätzliche Vorsichtsmaßnahme.«

»Mr. Glatt. Sieben Scheine für die ganze Chose. Gemacht?«

»Gemacht. Eine Sache noch. Ich brauche zwei Männer, smart, mit Mumm, geldgierig. Keine Nigger, keine Drogenköpfe, keine schundigen Gangstertypen und niemanden mit Vorstrafen wegen Raubes.«

Louie pfiff, dann lachte er. »Du willst eine ganze Menge, weißt du das? Nun ja, heut ist dein Glückstag. Ich kenne zwei Chicanoknaben, Brüder, die auf Arbeitssuche sind. Smart – der eine wahrhaft *vato,* der andere zieht halt mit. Haben Hunderte von Brüchen gemacht, sind nur einmal erwischt worden. *Super-duper Einbrecher, Super-duper Bauernfänger.* Sie haben gerade so eine Sache mit einem Telefonschwindel aufgesteckt und brauchen dringend Geld.«

»Bürgst du für sie?«

»Ich war sieben oder acht Jahre lang ihr Hehler. Als sie hopsgenommen wurden, haben sie mich nicht verpfiffen. Was willst du mehr?«

»Irgendwelche Erfahrungen mit Gewalt?«

»Nein, aber der eine von ihnen ist ein absolut übler Bursche, und ich schätze, dem läuft das rein wie Butter. Hat vor so zehn, zwölf Jahren im Weltergewicht geboxt. Die ganzen Lokalgrößen sind auf ihm rumgetrampelt.«

»Kannst du ein Treffen arrangieren?«

»Sicher. Aber ich werd's denen sagen, und ich sage es dir: Ich will nichts von euren Plänen wissen. Comprende?«

»Comprende.«

»Gut. Ich rufe Bobby an und mach' was ab. Wenn du ihn triffst, erzähl ihm, daß du ihn damals gesehen hast, als er Little Red Lopez mit einem rechten Schwinger durch die Seile befördert hat. Das wird ihm gut reinlaufen.«

Die Leitung verstummte. Rice ging zurück zu seinem Wagen. Als er den Schlüssel in die Zündung steckte, zitterte er. Es war ein gutes Gefühl.

5

Selbst als sich der Traum vor ihm entfaltete, wußte er, es war *nur* ein Traum, einer der ständig wiederkehrenden Alpträume, die von ihm Besitz ergriffen hatten, und wenn er nicht in Panik verfiel, ging der Traum seinen gewohnten Lauf, und er wachte sicher und unversehrt wieder auf.

Irgendwann '67 oder '68, als er bei der Hollywood Patrol Dienst leistete, erhielten er und sein Partner Flanders einen anonymen Notruf, der ihre Einheit zu einem alten Haus in einer Sackgasse am Cahuenga Paß rief, einem Block baufälliger Buden, die zu Spottpreisen vermietet wurden, weil der Lärm von der Autobahnbrücke das Leben dort unerträglich machte.

Als niemand auf ihr Klopfen und ihre »Aufmachen, Polizei«-Rufe reagierte, traten er und Flanders die Tür ein, nur um von dem Gestank abgestandenen Kordits und verfaulenden Fleisches sofort wieder herausgetrieben zu werden. Während Flanders mit dem Funkgerät Verstärkung anforderte, zog er selbst einen Dienstrevolver und durchstöberte die Bude. Er entdeckte fünf kopflose Körper, hirnbeschmierte Wände, ausgeworfene Schrotpatronenhülsen und den Zettel, der am Fernseher festgeklebt war: »Ich höre immer diese Stimmen durch den Freewaylärm, die Peg und den Kindern von mir und Billy erzählen. Es ist eine Lüge, aber sie werden nicht glauben, daß es nur das eine Mal passiert ist, als wir betrunken waren, und das zählt nicht. So wird es wenigstens niemand erfahren, außer Billy, und den schert's nicht.«

Der Mann, der den Zettel geschrieben hatte, lag in sich zusammengesunken neben dem Fernseher. Er hatte die abgesägte Schrotflinte vom Kaliber zehn zwischen seine Beine geklemmt und sich buchstäblich entzwei geschossen. Die Schrotflinte lag neben ihm und einem Haufen geronnener Eingeweide.

Dann wurde der Traum auf einmal schneller, und er war sich nicht mehr sicher, ob es wirklich geschah oder nicht. Flanders kam wieder herein und brüllte, »Verstärkung, Detectives und M. E. sind unterwegs, Hoppy.« Er sah, wie Flanders nach einer Zigarette griff, um den gräßlichen Gestank zu vertreiben, und wollte etwas brüllen, von Gas, das aus Leichen austritt, aber er *wußte,* daß Flanders es als Collegejungengewäsch abtun würde. Dennoch rannte er auf ihn zu, als das Streichholz aufflammte und der Magen des kleinen Jungen explodierte und Flanders mit brennendem Gesicht ins Freie rannte. Dann war er es, der schrie, und Krankenwagen heulten, und er wußte, es war kein Traum, es war das Telefon.

Lloyd drehte sich auf die andere Seite und griff danach. Überrascht stellte er fest, daß er voll bekleidet eingeschlafen war. »Ja? Wer ist am Apparat?«

Eine vertraute Stimme erklang aus der Leitung. »Dutch, Lloyd. Bist du o. k.?«

»Du hast mich geweckt.«

»Tut mir leid, Junge.«

»Braucht es nicht; du hast mir einen Gefallen getan.«

»Was meinst du damit?«

»Nicht so wichtig. Worum geht's, Dutch?«

Als darauf ein langes Schweigen am Apparat aus L.A. erfolgte, wurde Lloyd gespannt und schüttelte die letzten Überbleibsel des Schlafs ab. Er hörte den regen Betrieb der Hollywood Station im Hintergrund rumoren und hielt sich vor Augen, wie sein Freund versuchte, den Mumm zusammenzubringen, ihm etwas sehr Schlimmes beizubringen.

»Verflucht, Dutch, sag's schon!«

Dutch Pelz sagte: »Bis jetzt ist es nur ein Gerücht, aber ein fundiertes, und ich schenke ihm Glauben. Der Klapsdoktor, den du letzten Monat aufgesucht hast, hat empfohlen, dich vorzeitig in den Ruhestand zu schicken. Du weißt schon, im Dienst zugezogene psychische Invalidität, volle Pension, so in etwa. Ich habe gehört, daß Braverton und McManus dafür sind und daß sie dich wegen Pflichtverletzung vor den Disziplinarausschuß bringen wollen, wenn du mit ihrem Vorhaben nicht einverstanden bist. Lloyd, die meinen es ernst. Wenn der Disziplinarausschuß dich für schuldig befindet, fliegst du in hohem Bogen aus dem Department.«

Ein Kaleidoskop voller Erinnerungen flackerte vor Lloyds Augen auf, und eine ganze Weile wußte er nicht, ob er sich wieder in einem Traum befand oder nicht. »Nein, Dutch. Das würden sie mir nicht antun.«

»Lloyd, es ist wahr. Ich habe außerdem noch gehört, daß Fred Gaffaney eine Akte über dich hat. Übles Zeug, irgend so eine Sexscheiße, die du abgezogen hast, als du bei Venice Vice warst.«

»Aber das war vor fünfzehn Jahren, und ich war beileibe nicht der einzige!«

Dutch sagte: »Psch, psch. Ich wollte es dir ja nur gesagt haben. Ich weiß nicht, ob Gaffaney in dieser Sache mit Braverton und McManus zusammensteckt, aber ich weiß, daß es knallhart über dich hereinbricht. Reiche deinen Abschied ein, Lloyd. Mit deinen Abschlüssen kannst du überall unterrichten. Du kannst beratende Funktionen ausüben. Du kannst –«

Lloyd schrie »Nein!« und hob den Apparat hoch. Dann sah er die gerahmte Fotografie seiner Familie auf dem Nachttisch und stellte ihn wieder hin. »Nein. Nein. Nein. Wenn sie mich raushaben wollen, werden sie schon mit mir darum kämpfen müssen.«

»Denk an Janice und die Mädchen, Lloyd. Denk an die Zeit, die du dann mit ihnen verbringen könntest.«

»Du redest Unfug, Dutch. Ohne den Job läuft nichts. Selbst Janice weiß das. Also zur Hölle mit allen außer sechs, und die spart man sich auf als Sargträger. Bis dann in L.A., Captain Peltz.«

Dutchs Stimme war sanft und heiser. »Bis dann, Sergeant Hopkins.«

Lloyd legte auf und ging ins Badezimmer. Er fluchte, als er die feinsäuberlich verpackten Seifenstücke und seinen mit Rasierschaum verkrusteten Wegwerfrasierer sah. Er murmelte »Zur Hölle damit« und tränkte einen Waschlappen in kaltem Spülwasser, mit dem er sein Gesicht wischte. Dann begradigte er seine Krawatte und fragte sich, warum er immer eine trug, selbst wenn er es nicht mußte. Als er in den Spiegel sah, wußte er, warum, und er bereitete sich darauf vor, sich mit der Institution zu schlagen, die für all seine Alpträume und den Großteil seiner Wunschträume verantwortlich war.

Bei den öffentlichen Telefonen in der Hotellobby fand er ein Branchentelefonbuch von San Francisco und blätterte den Buchstaben »R« durch, bis er zu »Rechtsanwälte« kam. Die Rechtsverdreher, die in ganzseitigen Anzeigen ihre niedrigen Tarife und Erfahrungen mit Alkohol am Steuer erwähnten, tat er sofort ab. Er zückte einen Notizblock und begann aufs Geratewohl Namen und Adressen herauszuschreiben. Er hatte schon eine halbe Seite voll, als er auf *Brewer, Cafferty and Brown* stieß, deren Adresse auf Montgomery vermutlich nur ein halbes Dutzend Blocks von seinem jetzigen Standort entfernt war. Er murmelte wiederum »Zur Hölle« vor sich hin, strich seine Krawatte glatt und ging zu Fuß zu der Kanzlei. Er stopfte die Hände in seine Taschen, damit er nicht rannte.

Das Wartezimmer von Brewer, Cafferty and Brown war im altmodischen kalifornischen Stil mit ledernen Lehnsesseln und Messingstehlampen eingerichtet; aber die Fotografien an der Wand zerstörten den Eindruck von Tradition. Lloyd trat ein und wußte auf der Stelle, daß ihn der Zufall entweder zu *der* besten oder zu *der* schlechtesten Anwaltskanzlei geführt hatte, die jemals ein Angeklagter in einem behördeninternen Polizeiverfahren in Betracht gezogen hatte.

Bobby Seale, Huey P. Newton und Eldridge Cleaver starrten mit zum Gruß erhobenen geballten Fäusten zornig auf ihn herunter; eine Gruppenaufnahme des Vereinigten Schwulenkollektivs der Bay Area strahlte auf ihn hernieder. Über dem Annahmetisch hing ein purpurner Wandteppich, auf dessen Mitte »Alle Macht dem Volke« gestickt war, und daneben befand sich eine vergrößerte Aufnahme von Dutzenden orientalischer Männer in Karateposen. Lloyd untersuchte das Bild genauer und dachte zuerst, es wäre ein Szenenfoto aus einem Kung-Fu-Film. Er hatte sich geirrt; es war die *Politische Aktionsarmee der Boat People.* Er setzte sich, um darauf zu warten, daß ihn jemand in Empfang nahm, und hatte dabei das Gefühl, als habe ihn das Delirium tremens gepackt, ohne daß er den Segen des Alkohols genossen hatte.

Nach einigen Minuten kam eine große schwarze Frau in einem Tweedkostüm herein und sagte: »Kann ich Ihnen helfen?«

Lloyd erhob sich und bemerkte, wie die Frau des .38ers, der an seinen Gürtel geschnallt war, gewahr wurde. »Ich bin gekommen, um einen Anwalt aufzusuchen«, sagte er. »Ihr Büro war in der Nähe meines Hotels, also bin ich hierher gekommen.«

»Dann haben Sie also keinen Termin?«

Die Frau starrte unverhohlen auf seine Waffe. Lloyd nahm sein Ausweisetui und seine Marke heraus und zeigte sie ihr. »Ich bin Polizeibeamter in Los Angeles«, sagte er. »Ich brauche einen Anwalt, der mich vor einem polizeilichen Disziplinarausschuß vertritt. Ein auswärtiger Anwalt wäre da vermutlich nicht schlecht. Ich habe 40 000 Dollar auf der Bank, und ich werde den letzten Heller dafür ausgeben, meinen Job zu behalten.«

Die Frau lächelte und verließ den Raum wieder. Lloyd sah Huey Newton in die Augen, bis sie zurückkam und sagte: »Da lang bitte, Mr. Hopkins«, und ihn in einen Büroraum im Innern der Kanzlei führte. Ein blasser Mann saß hinter einem Tisch und las eine Zeitung. »Mr. Brewer, Mr. Hopkins«, sagte die Frau. Dann ging sie hinaus und schloß die Tür hinter sich.

Brewer sah von seiner Zeitung auf. »L.A.P.D., häh? Na, da wissen wir wenigstens, daß die Sie nicht wegen exzessiver Gewalt angeklagt haben, denn den Begriff erkennen sie gar nicht an.« Er erhob sich und streckte die Hand aus. Lloyd schüttelte sie und schätzte die Worte des Mannes ab. Er kam zu dem Schluß, daß der scharfe Ton ein Test war. »Ihr Büro gefällt mir«, sagte er und setzte sich in einen Stuhl neben dem Tisch. »Außerhalb der schlechteren Viertel. Machen Sie nebenher eine Menge Ölpachtverträge und hängen die Bilder mit den Niggern ab, wenn die fetten Bonzen antanzen?«

Brewer füllte eine Pfeife mit Tabak und klopfte ihn fest. »Genug der Scherze. Ich muß nicht mit der Weltanschauung eines Klienten übereinstimmen, um ihn zu vertreten. Warum kommen Sie vor den Disziplinarausschuß?«

Lloyd zwang sich, langsam zu sprechen. »Die Klage an sich wird vermutlich auf Pflichtversäumnis lauten. Momentan bin ich für sechs Wochen vom Dienst suspendiert, bei voller Bezahlung. Die genaue Anklage oder die Anklagen werden etwas mit einem erst kurze Zeit zurückliegenden Meineid zu tun haben, den ich im Verlauf einer Anklageerhebung in einem Mordfall geschworen habe. Ich –«

Brewer fuchtelte mit dem Pfeifenstiel durch die Luft. »Warum haben Sie einen Meineid geleistet? Ist das eine geläufige Praxis von Ihnen?«

»Ich log, um eine Frau zu schützen, die unschuldig in den Fall verwickelt war«, sagte Lloyd sanft, »und ich habe vorher nur dann gelogen, wenn es darum ging, Wahrscheinlichkeitsstatuten hinsichtlich von Kapitalverbrechen zu vermeiden.«

»Ich verstehe. Sie hatten nicht zufällig Intimkontakt mit dieser Frau?«

Lloyd hielt die Lehnen seines Stuhls fest umklammert. »Das geht Sie nichts an, Counselor. Nächste Frage.«

»Schon gut, schon gut. Zäumen wir das Pferd mal von hinten auf. Erzählen Sie mir von Ihrer Laufbahn im L.A.P.D.«

Lloyd sagte: »Neunzehn Jahre im Dienst. Vierzehn als Detective-Sergeant, elf in der Abteilung Kapitalverbrechen. Ich habe einen Abschluß in Kriminologie von der Universität Stanford. Man hält mich gemeinhin für den besten Ermittler in Mordfällen im Department. Ich habe mehr Belobigungen bekommen, als ich zählen kann. Ich habe erfolgreich die Ermittlungen in einer Reihe von weithin publizierten Mordfällen geleitet. Meine Verhaftungsstatistik ist legendär.«

Brewer zündete seine Pfeife an und blies den Rauch an die Decke. »Beeindruckend, aber noch beeindruckender ist, daß jemand mit solch herausragenden Leistungen in solcher Weise das Mißfallen des Departments auf sich ziehen soll. Ich sollte doch annehmen, daß dieser eine Ausrutscher mit dem Meineid nicht ausreichend ist, Ihre Karriere zu gefährden. Ich weiß, daß das L.A.P.D. die Seinen nicht im Stich läßt.«

»Da sind noch andere Sachen. Kleinere Patzer im Lauf der Jahre. Die hohen Tiere haben mich zu einem Klapsdoktor geschickt. Ich habe mit Dingen geprahlt, über die ich besser geschwiegen hätte.«

»Warum?«

»Weil ich es einmal loswerden mußte! Weil ich niemals damit rechnete, daß sie mir das antun.«

»Bitte beruhigen Sie sich doch, Sergeant. Es gibt Mittel und Wege, das Gutachten eines Psychiaters zu umgehen, für gewöhnlich dadurch, daß man zu seiner Verteidigung das Gutachten eines anderen Psychiaters einholt, eines Psychiaters mit größerer Reputation.«

Lloyd umklammerte die Seiten des Tisches, bis er jedes Gefühl in den Händen verlor. »Counselor, das ist kein Prozeß vor einem ordentlichen Gericht, das ist ein polizeiliches Narrengericht, und akademische Referenzen bedeuten da einen feuchten Kehricht. Wenn ich meinen Job retten will, habe ich noch einen weiten Weg zu gehen, und einen Angestellten des Departments zu düpieren würde meine Chancen nur verschlechtern.«

Brewer rutschte auf seinem Stuhl nach hinten und starrte an Lloyd vorbei auf die Wand am anderen Ende des Zimmers. »Nun ... es gibt andere Vorgehensweisen. Haben Sie Familie?«

»Frau und drei Töchter. Ich lebe getrennt von ihnen.«

»Aber Sie stehen auf freundschaftlichem Fuße mit ihnen?«

»Ja.« Lloyd starrte den Anwalt an, der seine Augen auf einen Punkt direkt über seinen Augen fixiert hielt und sagte: »Dann können wir sie als guten Leumund ausnutzen und auf diese Weise Sympathie für Sie erwecken. Sie selbst stellen ja auch eine interessante Erscheinung dar, eine, die man zu seinem Vorteil nutzen kann. Sind Sie sich eigentlich bewußt, daß Ihre Kleider Ihnen nicht passen? Sie sind mindesten zwei Nummern zu groß. Wir können Sie vor Gericht als Opfer Ihres eigenen Pflichtbewußtseins darstellen, ein durch übereifrige Pflichthingabe zu drastischem Gewichtsverlust getriebener Mann. Sollten Sie sogar noch mehr Gewicht verlieren, würde das diesen Sympathiefaktor noch weiter verstärken. Mit der richtigen Vorbereitung entlocken Ihre Töchter die aller –«

»Schau mich an«, zischte Lloyd und verdrängte eine Vorstellung, in der er seine Hände um Brewers Kehle gelegt hatte und zudrückte, bis die permanent abgewendeten Augen des Anwalts aus seinem Schädel sprangen. »Schau mich an, du Schwanzlutscher.«

Brewer schloß die Augen. »Mäßigen Sie Ihre Ausdrucksweise, Sergeant. Ich möchte, daß Sie sich daran gewöhnen, einen ruhigen Gesichtsausdruck aufzusetzen, einen, der –«

Lloyd schritt um den Tisch herum, packte Brewer an den Armen und stieß ihn in ein gläsernes Bücherregal. Das Glas zersplitterte; rechtswissenschaftliche Schriften purzelten auf den Boden. Lloyd ergriff Brewers Hals mit seiner Linken, ballte die rechte Hand zu einer Faust und nahm die krampfhaft zusammengepreßten Augen des Anwalts aufs Korn. Dann hörte er einen Schrei. An der Peripherie seines Blickfeldes nahm er die Empfangsdame wahr, die entsetzt ihre Hände an den Mund preßte. Er zog den Schlag im letzten Sekundenbruchteil zur Seite, und seine Faust durchschlug eine heil gebliebene Glasscheibe. Er stieß Brewer zur Seite und hielt ihm die blutige Hand hin. »Es ... es tut mir leid, Sie verfluchter ... Es tut mir leid.«

6

Duane Rice warf einen Blick auf Bobby »Boogaloo« Garcia und wußte zwei Dinge: daß, Ex-Weltergewichtler oder nicht, er leicht mit ihm fertigwerden konnte und daß der kleine Bohnenfresser unverbesserlich *bösartig* war. Nach einer Gefängnis-Begrüßung blickte Rice sich in Bobbys Wohnzimmer um, sah Qualitätssachen und stufte Bobby als Nicht-Doper ein, der sich dem Gangstertum verschrieben hatte, weil er zu faul zum Arbeiten war und das Spiel liebte. So weit, so gut, dachte er bei sich und warf einen Köder aus, um zu testen, wie es um Bobbys Grips stand: »Ich glaube, ich habe dich einmal boxen sehen. Du hast im Olympic Little Red Lopez durch die Seile gefegt, so vor ungefähr zehn, zwölf Jahren.«

Bobby grinste und deutete auf die Couch; Rice setzte sich. Er realisierte, daß Bobby nicht nur Scheiße im Kopf hatte und sehr entschlossen war, das Spiel bis zum letzten Tropfen auszukosten. »Likeable Louie muß dir das erzählt haben«, sagte Bobby. »Sagte dir wohl, daß es mir reinläuft wie Honig. Louie muß der blödeste Schlaumeier sein, den ich kenne, denn nur ungefähr sechs Leute auf der Welt wissen davon, und ich bin der einzige, dem es was bedeutet, genauso, wie du der einzige bist, den es auch nur einen feuchten Kehricht schert, wie du diesen Richter gefoppt hast. Der verfluchte Louie. Wie hat er es nur geschafft, so lange am Leben zu bleiben?«

»Er kann Dinge tun, die wir nicht können«, sagte Rice. Er griff hinten in seinen Hosenbund und zog eine .45er Automatik mit passendem Schalldämpfer hervor. »Wie das hier.« Er betätigte den Schlitten und warf den Munitionsclip aus. Die Patrone aus der Kammer sprang heraus, und er fing sie auf.

»Dumdum. Likeable Louie ist so lange am Leben geblieben, weil Leute, die nette Dinge besorgen können, eben sympathisch sind. Hab' ich recht, Bobby?«

Bobby lachte und streckte seine Hände aus. Rice warf ihm die Waffe zu, und er packte sie und machte eine Serie schneller Schußbewegungen, die auf das Roberto-Duran-Poster über dem Kamin gezielt waren. »Peng, Roberto, Peng! *No màs! No màs!*«

Bis über beide Ohren grinsend gab er die Waffe mit dem Griff nach vorn wieder zurück und ließ sich in einen Sessel gegenüber von Rice fallen. »Louie ist nicht sympathisch, Duane. Er ist liebenswert. Er ist so liebenswert, daß ich den Schwanz seines Vaters ablutschen würde, nur um zu sehen, woher er kommt. Wie viele von den Dingern hast du?«

»Drei«, sagte Rice. »Eine für dich, eine für mich, eine für deinen Bruder. Kommt er her?«

»Muß gleich dasein. Wollen wir Stammbäume austauschen?«

»Klar. Von der Verurteilung wegen Totschlags am Steuer hast du ja bereits gehört, drei Jahre in Soledad, weil ich die Geduld verlor und meine Prolo-Wurzeln durchbrachen; einmal haben sie mich wegen schweren Autodiebstahls hopsgenommen, ein dickes im County-Gefängnis, nach sechs Monaten begnadigt. Unter Aufsicht der Jugendbehörde und auf County-Bewährung, die ich beide abschütteln werde, denn Autodieb/Mechaniker ist das, was mein Bewährungshelfer eine ›Modus Operandi – beschäftigungsbezogene Konfliktkombination‹ nennt. Mit anderen Worten, er erwartet von mir, daß ich bei McDonald's für Mindestlohn Hamburger auftische. Nix da.«

Bobby nickte zustimmend, dann ließ er ein kurzes Grinsen aufblitzen und sagte: »Wie viele Wagen hast du gefilzt, bevor sie dich hopsgenommen haben?«

»So an die dreihundert. Du und dein Bruder, ihr wart auf Brüche spezialisiert, ja?«

»Ja. Mindestens vier-, fünfhundert Dinger, einmal hochgenommen, und das war äußerst unkoscher.«

»Was habt ihr mit dem Geld gemacht? Louie zahlt einem einen guten Preis, und er sagte, daß ihr Burschen nichts mit Drogen am Hut habt.«

Bobby knackte mit den Knöcheln seiner rechten Hand. »Dieses Haus *gehört* mir, Mann. Früher haben Joe und ich noch einen Münzwaschsalon und eine Hot-dogs-Bude gehabt, und ich habe ein paar Boxer gesponsort, nachdem ich selbst aufgehört hatte. Was ist mit *dir?* Dreihundert G.T.A.s, und du fährst in einem alten Niggerschlitten vor, der aussieht wie etwas, was die Katze reingeschleppt hat. Was hast du mit deinem Geld gemacht?«

»Ich hab's ausgegeben«, sagte Rice und stierte Bobby in die Augen. Das war der wahre Test, und er fragte sich, ob es wohl ratsam war, diesmal nachzugeben.

Sie starrten sich gegenseitig an, bis Bobbys Augenlider zu zucken begannen und er lächelnd zusammenzuckte und sagte: »Scheiße, Mann. Ich habe genauso viel für Frauen übrig wie jeder andere auch.«

Patt; Bobby hatte gekniffen, aber dann mit einem guten Zug gekontert, der gesessen hatte. Rice schmeckte Blut an seinem Mund, fühlte seine Zähne unfreiwillig auf seine Wangen beißen. Der blutige Speichel ölte seine Stimmbänder, so daß sein nächster Versuch in seinen Ohren gut klang. »Denkst du, du kannst mit dieser Waffe sorgsam umgehen? Denkst du, du kannst sie festhalten und nicht abfeuern?«

Nach drei Sekunden eines neuen Starrduells ging auf einmal die Tür auf und herein kam Joe Garcia mit einer Tüte voller Lebensmittel. Rice löste den Blick, stand auf und streckte seine Hand aus. Joe verlagerte die Tüte und drückte die Hand schwächlich. Dann sagte er: »Entschuldige die Verspätung«, faßte in die Tüte und zog eine Dose Bier heraus. Er warf sie Bobby zu, der sie schüttelte, dann öffnete und den Schaum herausschießen und in sein Gesicht spritzen ließ. Er zischte in einem Zug die halbe Dose ein, zielte dabei mit Daumen und Zeigefinger auf das Poster von Roberto Duran und kicherte: »Päng! Päng! No màs! No màs!« Rice betrachtete, wie Joe Garcia seinen älteren Bruder beobachtete. Er wirkte mißtrauisch und angewidert, eine clevere Reaktion für einen Trittbrettgangster. Bobby leerte sein Bier und verpaßte Roberto Duran noch ein halbes Dutzend weitere blaue Bohnen. Rice war klar, daß der Affenzauber nur ein Macho-Stunt war, um Bobbys Furcht zu verbergen. Um seine eigene Verachtung und Erleichterung zu verbergen, sah er zu, wie Joe in die Küche ging, dann fiel er in Bobbys Gelächter ein. Als Joe unumwunden verängstigt aussehend zurückkam und Bobby ihn anstarrte und sich die Lippen wischte, sagte Rice: »Reden wir vom Geschäft, Gentlemen.«

Er brauchte eine halbe Stunde, um den Umriß des Planes genau so darzustellen, wie er ihn durch den Lüftungsschacht gehört hatte. Er betonte, daß niemand wußte, daß er ihn gehört hatte und daß er die Lokalitäten bis ins Kleinste inspiziert und dabei die Fakten von A bis Z bestätigt hatte. Er würde der »Innen«-Mann sein, der tatsächlich in die Bank ging, sie wären die »Außen«-Männer, die die zwei Geliebten in ihren Buden gefangen hielten und die Anrufe der unehrlichen Filialleiter entgegennahmen. Rice schätzte ihre Reaktion ab und sah, daß Bobby es wegen des Geldes und des puren, unverschnittenen

Nervenkitzels wollte – jedesmal, wenn er die Sache mit dem Kidnapping erwähnte, ließ der Ex-Welter seine Knöchel knacken und leckte seine Lippen; er sah, daß Joe Angst vor der ganzen Sache hatte, aber noch mehr Angst davor, die Freude seines Bruders zunichte zu machen. Für ein Nur-zwei-Mal-Geschäft waren sie solide Partner.

Um seinen Vortrag abzuschließen, sagte Rice: »Noch ein paar Sachen: Parkt euren Wagen in der den Buden der Torten nächsten großen Straße. Das ist Ventura für das Issler-Weib und Lankershim für die Confrey. Tragt Handschuhe, aber setzt eure Skimasken erst unmittelbar, bevor ihr eintretet, auf. Tragt Aktentaschen und zieht euch ordentlich an, so daß ihr in die Umgebung paßt. Wir treffen uns bei mir, Zimmer 112 im Bowl-Motel auf Highland, oberhalb des Boulevards, eine Stunde nachdem ich euch in den Buden der Geliebten anrufe. Fesselt die Miezen und klebt ihnen den Mund zu, aber seht zu, daß sie atmen können. Fragen?«

Bobby Garcia sagte: »Yeah. Du sagtest, du hättest dir beide Dinger drei Tage lang angeschaut. Was meinst du damit?«

»Wir haben hier zwei heimliche Romanzen«, sagte Rice. »Hawley von der BoA mit seinem Hürchen Issler, Eggers von der *Security Pacific* mit seinem Zuckerpüppchen Confrey. Beide Männer öffnen ihre Banken vor der Zeit und klauen aus den Schaltern, vermutlich kleine Summen. Okay, drei Tage hintereinander habe ich jetzt gesehen, wie sie die Kassen vor der Öffnung angezapft haben. Ich habe auf der anderen Straßenseite geparkt und mit einem Feldstecher das Kommen der Wächter und Schalterbeamten beobachtet. In beiden Banken wird das Geld über Nacht in den Schalterablagen gelassen!«

Joe Garcia hob die Hand. »Warum sind diese Banken so lax mit ihren Sicherheitsvorkehrungen?«

»Gute Frage«, sagte Rice. »Ich habe auch schon daran gedacht und noch etwas nachgeforscht. Erstens, Hawley ist eine Lusche, zu schlapp, einen Laden mit straffen Zügeln zu führen. Er hat nur so Feste-feiern-wie-sie-fallen-Typen da arbeiten; etwa so jeder raucht Dope in der Mittagspause, junge Spießer ohne Ehrgeiz, so daß sie sich schon bedröhnen müssen, um den Tag durchzustehen. Außerdem ist die *Security Pacific* nur einen halben Block von einem L.A.P.D.-Unternehmen entfernt – vielleicht denkt Eggers, er ist sicher vor Überfällen. Wer weiß? Und wen schert's?«

Bobby hob die Hände, brachte sie dann zusammen und ließ langsam die Knöchel an jedem Finger knacken. Als er zum Ende kam, sagte er: »Genug mit der Scheiße, laßt uns den Kuchen verteilen. Es ist ein verfluchter Super-duper-Plan, aber wieviel springt für uns dabei raus?«

Rice sagte: »Ich schätze mindestens dreißig Riesen pro Bank, sechzig zu vierzig geteilt – sechzig für mich, vierzig, die ihr euch teilt.«

Bobby schnaubte. Joe sagte: »Erscheint mir fair, du hast schließlich die ganze A–«

»Halt's Maul, *Pindejo*!« brüllte Bobby. Dann sagte er mit gesenkter Stimme zu Rice: »Ich mag dich, Duane, aber du versuchst mir dahin zu scheißen, wo es am meisten schmerzt. 50 zu 50, sonst kannst du gehen und dich stehend ins Knie ficken.«

Rice tat so, als wäre er verlegen; seine Anteilsstrategie hatte perfekt funktioniert. »Gemacht«, sagte er und streckte die rechte Hand aus, damit die Brüder danach greifen konnten. Er zuckte zusammen, als Bobby mit beiden schwieligen Handflächen einschlug und grinste, als Joes Trittbrett-Hände folgten. »Übermorgen für Hawley und Issler. Ich treffe euch morgen abend um neun hier zu letzten Anweisungen. Wenn ihr mich wegen irgendwas braucht, ruft mich unter Louies illegaler Nummer an.«

Die drei Männer erhoben sich und schüttelten einander die Hände. Rice wandte sich, um zu gehen, und Bobby klopfte ihm auf die Schulter. »Vergißt du nicht etwas, Duane?«

Rice lächelte und vollführte eine beidhändige Pirouette, wobei er eine .45er aus seinem hinteren Hosenbund und eine weitere aus seinem Schulterhalfter zog. Er warf sie an den mit Schalldämpfern versehenen Läufen in die Luft und fing sie an den Griffen. »Paßt auf euch auf«, sagte er, als er die Waffen Bobby reichte.

Bobby »Boogaloo« Garcia grinste und leerte beide .45er in die Rückwand des Wohnzimmers. Er blies Roberto Duran in Fetzen und die Wand in einen Trümmerhaufen aus verrottetem Holz, Staub und Gipssplittern. Joe blinzelte durch den Pulverdampf und sah, daß die Schüsse die Verbindungstür zu seinem Schlafzimmer zerrissen hatten. Er schrie: »Du perverser Mutterschänder, du hast meine Platten kaputtgemacht!« und rannte nach hinten, um den Schaden zu begutachten. Bobby verneigte sich vor Rice und sagte: »Hab' Roberto ohnehin nicht mehr gemocht, seit Hearns ihn fertiggemacht hat. Schalldämpfer funktionieren prima.«

7

Deputy Chief Thad Braverton knallte den Hörer auf und murmelte: »Scheiße«, dann läutete er seiner Sekretärin. Als sie in der Tür erschien, sagte er: »Läuten Sie Captain McManus in der Abteilung Kapitalverbrechen an und lassen Sie ihn sofort hierherkommen, dann rufen Sie Captain Gaffaney von *Internal Affairs* an und lassen ihn in fünfzehn Minuten herkommen, aber nicht früher.«

Die Frau nickte und machte eine Kehrtwendung zurück in ihr Vestibül. Braverton warf verzweifelte Blicke gen Himmel und sagte: »Crazy Lloyd. Gottverfluchtnochmal.«

Nur Augenblicke später pochte McManus an den Türpfosten. Braverton nahm seinen Blick von der Decke und sagte: »Setzen Sie sich, John. Schließen Sie die Tür hinter sich. Fred Gaffaney wird sich in Bälde zu uns gesellen, und ich möchte nicht, daß er irgend etwas hiervon mitbekommt.«

McManus nickte und drückte die Tür zu. Dann nahm er Platz und wartete darauf, daß der höherrangige Beamte zuerst das Wort ergriff. Beinahe eine volle Minute verstrich, bevor Braverton sagte: »Hopkins wird nicht auf den Vorschlag mit der Pensionierung eingehen.«

McManus zuckte mit den Achseln. »Ich habe nicht erwartet, daß er das tut, Sir. Außerdem habe ich nicht gewußt, daß Sie mit ihm gesprochen hatten.«

»Habe ich auch nicht«, sagte Braverton. »Jemand hat es nach Frisco zu ihm durchsickern lasen. Hopkins machte sich daran, einen Anwalt zu suchen, der ihn vor seinem Disziplinarausschuß vertritt, und tappte in das Büro der renommiertesten linken Praxis der Stadt. Zu guter Letzt hat er den Oberrechtsverdreher rumgeschubst und ein Bücherregal k. o. geschlagen.«

McManus atmete langsam aus. »Gottverfluchtnochmal.«

»Das war auch meine erste Reaktion.«

»Hat jemand Anzeige erstattet?«

Braverton schüttelte den Kopf. »S.F.P.D. hat es dem Rechtsverdreher ausgeredet, wohl irgendwie Druck ausgeübt. Ich habe gerade mit dem Revierleiter gesprochen, an den die Beschwerde geriet. Er sagte, daß Hopkins stehende Ovationen der versammelten Detective-Abteilung bekam, als die Klage eintraf.«

McManus fühlte kalte Schauer seine Wirbelsäule hochtanzen. »Typisch. Haben Sie schon entschieden, was Sie tun werden?«

»Nein.«

»Würden Sie gerne hören, was ich davon halte?«

»Natürlich. Sie sind sein unmittelbarer Vorgesetzter und, für einen Polizisten wenigstens, ein untypischer Denker.«

McManus wußte nicht, ob die letzte Bemerkung des Chiefs ein Kompliment oder ein Seitenhieb war; Bravertons Stimme war nichts anzumerken. Bemüht, die eigene Stimmlage zu halten, sagte er: »Sir, ich bin Hopkins Supervisor gewesen, seit Gaffaney Captain wurde und ins IAD ging, und ich bin mit ihm genauso umgegangen wie Fred und seine vorherigen Bosse. Ihn die eigenen Fälle aussuchen lassen, ihn Untersuchungen leiten lassen, die eigentlich an Field-Lieutenants gehen sollten, ihn ohne Partner arbeiten lassen. Die Resultate, die er beigebracht hat, waren herausragend; seine Methoden, sie zu erzielen, entweder dubios oder schlicht illegal. Ein Beispiel: Er hat Havilland-Goff brillant gelöst, aber im Verlauf des Verfahrens hat er sich in einem überfüllten Nachtclub auf eine Schießerei mit Goff eingelassen und ihn dann auch noch entwischen lassen. Dann hat er mindestens zwei Brüche gedreht, um Beweismittel zu erhalten. Sie wissen, was ich über Verstöße gegen ordentliche Verfahren denke, Sir. Hopkins ist im Wesentlichen ein Krimineller. Was ihn von einem Nullachtfünfzehn-Straßenganoven unterscheidet, ist ein IQ von 170 und ein Abzeichen. Und er beginnt nachzulassen. Daß er Oldfields Anklageerhebung vermasselt hat, ist nur der Anfang. Er setzt allmählich Rost an. Lassen Sie ihn von der Leine.«

Braverton schwieg eine ganze Weile. McManus rutschte auf seinem Stuhl herum und sagte dann: »Sir, warum haben Sie Gaffaney hinzugerufen? Er war Hopkins' vorheriger Sup–«

Braverton schnitt ihm das Wort ab. »Ich werde es Ihnen erzählen, wenn er wieder gegangen ist. Was Sie sagten, klingt vollauf vernünftig, John. Sie sind wahrscheinlich der einzige liberale irische Cop auf dem Planeten. Ich d–«

Das Geräusch eines Summers unterbrach ihn. Braverton sagte: »Da ist er ja«, dann drückte er einen Knopf auf seiner Telefonkonsole. Es klopfte an den Türpfosten. Braverton rief: »Herein!« und Captain Fred Gaffaney trat ein und nickte beiden Männern forsch zu. »Chief, Captain«, sagte er.

Braverton deutete auf einen Stuhl. McManus erhob sich und schüttelte die Hand des Adjutanten des IAD. Er hatte das Gefühl, einen Zeitsprung nach hinten gemacht zu haben – Gaffaneys Bürstenschnitt und blauer Billiganzug erinnerten ihn immer an seine Anfangszeit, als Departmentsvorschriften solch eine Aufmachung verlangten. Gaffaneys knochenzermalmender Händedruck war ein weiterer Anachronismus, und als McManus sich setzte, fragte er sich, was für ein Spiel Braverton da trieb. Gaffaney ließ sich auf seinem Stuhl nieder und befingerte seinen Reversanstecker mit Kreuz und Flagge. Braverton sah ihn geradeheraus an und sagte: »Lloyd Hopkins wird demnächst vor einen Disziplinarausschuß gestellt werden. Pflichtversäumnis, eventuell auch eine strafrechtliche Verfolgung wegen Meineides, wenn er nicht auf die vorzeitige Pensionierung eingeht, die ihm das Department anbieten wird. Wir suchen noch mehr schmutzige Wäsche. Was haben Sie gegen ihn auf Lager?«

»IA hat eine umfangreiche Akte über Lloyd Hopkins«, sagte Captain Fred Gaffaney. »Anmerkungen, die seine zahlreichen Insubordinationen, illegalen Durchsuchungen und Festnahmen betreffen. Was benutzen Sie als Munition vor dem Disziplinarausschuß?«

Braverton lächelte. »Die gerichtliche Niederschrift seines Meineides, ein psychiatrisches Gutachten, das erklärt im wesentlichen, daß er fertig ist. Wenn es die Situation erfordert, werden wir vielleicht von seiner IAD-Akte Gebrauch machen, Ihre persönliche Aussage würde helfen.«

Gaffaneys linke Hand zuckte hoch zu der Anstecknadel an seinem Revers; McManus sah, wie sich die Augen des Hexenjägers verengten, als er sagte: »Sie meinen, die Informationen in der Akte betreffend?«

»Genau.«

»Selbstverständlich werde ich aussagen, Chief.«

Braverton seufzte. »Danke, Fred, ich wußte, daß ich auf Sie zählen kann.«

Gaffaney erhob sich und sagte: »Wenn das alles wäre, ich habe in zehn Minuten einen Gesprächstermin.« Braverton entließ ihn mit einem Nicken, und McManus beobachtete, wie der Anachronismus das Büro verließ und dabei absolut seltsam aussah.

Der stille und unbewegte Blick des Chiefs verstärkte das Gefühl von Seltsamkeit. Da er wußte, daß er auf die Probe gestellt werden sollte, verzichtete McManus auf sein gewohntes »Sir« und sagte: »Was war das jetzt nun wieder?«

Braverton antwortete mit einer einladenden Geste, die das ganze Büro einschloß. »Es ist gut möglich, daß Sie eines Tages auf diesem Stuhl hier sitzen. Wenn Sie es schaffen, werden Sie mehr mit ehrgeizigen hohen Tieren wie Gaffaney zu tun haben als mit Straßenschnüfflern wie Crazy Lloyd.«

McManus lief ein Kribbeln durch den ganzen Körper; die Probe lief auf ein verstecktes Angebot der Patronage heraus. »Und, Sir?«

»Und auch ich habe eine nominelle Achtung vor ordentlichen Verfahren. Gaffaney steht auf der Beförderungsliste. Er wird schon sehr bald den Rang eines Commanders einnehmen, und er wird wahrscheinlich die Leitung des IAD übernehmen, wenn Stillwell in den Ruhestand tritt. Soweit es das betrifft, verdient er den Job; er ist ein guter Exekutivbeamter.«

»Aber er ist ein geistesgestörter wiedergeborener Christ, so extrem rechts, daß er sogar mir Angst einjagt. Er hat für einige sehr gut plazierte jüngere Beamte den Erlöser gespielt – Field-Sergeants bei der Metro, IAD-Detectives, uniformierte Beamte in einem halben Dutzend Abteilungen. Sergeants und Lieutenants, alle wiedergeboren und alle ehrgeizig. Er hat ihnen seine Patronage angeboten und versprochen, sie im selben Maße zu befördern, wie er die Leiter nach oben erklimmt.«

McManus pfiff und sagte: »Was ist sein endgültiges Ziel?«

Braverton wiederholte seine einladende Geste. »Polizeichef, dann Politik? Wer weiß? Der Mann ist 49 Jahre alt, 23 Jahre im Dienst und völlig bedrommelt von seiner Religion. Meine Frau legte eine männliche Menopause nahe. Was denken S–«

McManus hob eine Hand zur Unterbrechung. »Sir, wo haben Sie diese Informationen her?«

»Dazu wollte ich gerade kommen. Gaffaney hat einen Sohn im Department, Steve Gaffaney, ein junger Streifenpolizist, der bei der West L.A.-Patrol Dienst leistet. Der Junge klaut schon seit Monaten Büroutensilien, Munition und ähnliche Dinge aus dem Revier. Schließlich wurde es dem Boß der Tagesschicht zu viel, und er schaltete die Intelligence Division ein, denn wenn er eine Untersuchung durch das IAD einleitete, bekam ja Gaffaney davon Wind. Die Leute von der Intelligence Division haben den Jungen mal näher unter die Lupe genommen und entdeckt, daß er von der High School geflogen war, weil er aus Spinden geklaut hatte, und daß Captain Fred den Rektor der Schule bestochen hatte, damit der alle Eintragungen im Zeugnis des Jungen ausradierte, die disziplinarische Probleme betrafen, und seine Noten aufbesserte. Mit seinen wirklichen Studienunterlagen wäre Junior nämlich nicht zur Akademie zugelassen worden.«

McManus flüsterte: »Und, Sir?«

»Und Intelligence hat Jesus-Freak Fred noch ein bißchen weiter auf den Zahn gefühlt und so Wind von seiner Kreuz-und-Flaggen-Clique bekommen, die natürlich völlig koscher im Rahmen der Vorschriften des Departments ist.«

»Worauf läuft das hinaus?«

»Zunächst werde ich mal den Daumen drauf halten. Wenn der Junge Granatenscheiße baut oder Captain Fred aufmüpfig wird, ziehe ich die Schlinge zu.«

McManus lächelte, als sich die Machenschaften des Chief der Detectives zu ausgemachter Schacherei entwickelten. »Sir, Sie haben mir immer noch nicht gesagt, wo Hopkins da reinpaßt, und Sie wollen doch etwas.«

Braverton erwiderte das Lächeln und sagte: »Die Schnüffler von Intelligence sagten, Jesus-Fred hat eine ganze Jauchegrube voll mit Akten persönlicher schmutziger Wäsche von Beamten, die er haßt und bei denen er sich lieb Kind machen will. Er haßt Hopkins bis aufs Blut, und ich weiß definitiv, daß er gut informiert ist über eine Menge der schmutzigen, schmierigen Dinger, die Lloyd im Laufe der Jahre so gedreht hat. Sinn dieses Affentheaters war, die Existenz dieser Akten zu bestätigen. Seine Reaktion hat bewiesen, daß sie existieren.«

»Und, Sir?«

»Und, John, was ist *Ihre* Reaktion auf all das?«

»Lassen Sie Hopkins von der Leine, bringen Sie Jesus-Fred durch Erpressung dazu, den Dienst zu quittieren, indem Sie ihm mit der Bloßstellung seines Jungen drohen. Feuern Sie den Jungen und bauen Sie eine schöne große Betonmauer um die ganze verbimste Sauerei herum.«

Braverton spendete seinem neuen Protegé Beifall. »Bravo, mal abgesehen von Ihrer entsetzlichen Liebe zum ordentlichen Verfahren und Ihrem genauso entsetzlichen Mangel an Paranoia. Zuerst müssen wir Gaffaneys Akten unschädlich machen, was vielleicht ein Weilchen dauert.«

»Und dann?«

»Eins nach dem anderen. Heute ist der sechste Dezember. Am ersten Januar werden Sie die Abteilung Kapitalverbrechen verlassen und die Gewaltverbrecheneinsatzgruppe in South Central L.A. übernehmen. Ich will da unten einen toleranten Mann, jemanden, der vernünftig mit Schwarzen umgehen kann.«

McManus' Kehle wurde trocken; seine erste Reaktion bestand darin, überschwengliche Danksagungen darzubringen. Dann gewann der Respekt vor dem Tauschhandel die Oberhand.

»Was wird es mich kosten?«

Bravertons Augen wurden trübe. »Ich will Hopkins behutsam rausbekommen«, sagte er. »Möglichst ohne einen Disziplinarausschuß. Ich will, daß Sie ihn aus San Francisco zurückrufen und ihn mit irgendeiner Aufgabe betrauen, die nichts mit Mord zu tun hat und die seine Intelligenz nicht beleidigt. Ich möchte, daß er in der Nähe des Parker Centers bleibt, wo ich mit ihm sprechen kann. Wir müssen uns von ihm trennen, aber ich will, daß es sacht geschieht.«

Der Preis seiner Beförderung ins Rampenlicht ließ McManus zusammenzucken. »Sie hätten es befehlen können.«

»Nicht mein Stil«, sagte Braverton. »Liberale sollten geschickt im Handel treiben sein, wenn man in Betracht zieht, wie sie vom Start an gehandicapt sind.« Die Epiphanie funkte im Kopf von McManus und ließ ihn die Vorsicht vergessen. »Sie lieben ihn.«

»Ja. Und ich schulde ihm was, und Sie schulden ihm was. Er hat den ›Schlächter‹ und Havilland und Goff innerhalb von 15 Monaten gefaßt. Kennen Sie die Geschichte des ›Schlächters‹?«

»Nein.«

»Dann erzähle ich's Ihnen besser auch nicht. Werden Sie das für mich tun?«

McManus fühlte, wie alte Vorstellungen von Pflicht in seiner Magengrube zerbröckelten. »Ja.«

»Gut. Haben Sie eine angemessene Aufgabe für ihn?«

»Nicht sofort. Aber irgend etwas ergibt sich sicher bald. Tut's ja immer.«

8

Duane Rice stand in einer Telefonzelle, die an einen Seven-Eleven-Markt in Encino anschloß. Er trug einen dreiteiligen Anzug, den er für zehn Dollar in einem Thirftshop in Hollywood gekauft hatte, eine Lockenperücke und zueinander passende Kinn- und Schnurrbärte, die er bei Western Costume erstanden hatte. In seinem Schulterhalfter steckte eine .45er mit Schalldämpfer; in seinem hinteren Hosenbund eine Betäubungspfeilpistole, geladen mit PCP-Pfeilen. Seine Hände steckten in chirurgischen Gummihandschuhen. Er war bereit.

Exakt um sieben Uhr fünfundvierzig klingelte das Telefon. Rice nahm den Hörer ab und sagte: »Ja?«

Die hämische Stimme gehörte unmißverständlich Bobby Garcia: »Haben sie. Haben die Seitentür aufgebrochen. Niemand hat uns gesehen, niemand wird uns sehen. Sie scheißt sich vor Angst in die Hosen, aber der Junge macht auf Mister Nett und redet ihr gut zu. Laß ihren Zuckerjungen anrufen.«

Rice sagte: »Okay«, hängte dann auf und wählte die Privatnummer von

Robert Hawley. Das Telefon klingelte zweimal, dann gähnte eine weibliche Stimme: »Hallo?«

»Robert Hawley, bitte«, sagte Rice forsch.

Die Frau sagte: »Einen Moment«, dann rief sie: »Bob! Telefon!« Man hörte, wie von einem Nebenapparat der Hörer abgenommen wurde, gefolgt von einer männlichen Stimme, die rief: »Ich bin dran, Doris. Leg dich wieder schlafen.« Als er hörte, wie der Hauptapparat aufgelegt wurde, sagte Rice: »Mister Hawley?«

»Ja. Wer spricht da?«

»Ein Freund von Sally Issler.«

»Was zum Ku–«

»Hören Sie mir gut zu und seien Sie sehr, sehr ruhig und behutsam, und wir werden sie nicht töten. Hören Sie mir gut zu?«

»Ja, o Gott ... was, wo –«

Rice unterbrach ihn: »Na, was denkst du wohl, was wir wollen, Mutterschänder! Dasselbe, was du von deinem eigenen gottverfluchten Arbeitgeber klaust!« Als er hörte, wie Hawley anfing zu flennen, senkte er seine Stimme. »Willst du jetzt artig sein, oder willst du, daß Sallyleinchen ins Gras beißt?«

»A– artig sein«, keuchte Hawley.

»Gut, dann höre, wie der Hase läuft: Erstens, ich habe Fotografien von dir, wie du gerade aus den Schaltern der BoA stibitzt, mit der Uhr im Hintergrund, die klar macht, daß du an deinem Arbeitsplatz bist, wenn du es nicht sein solltest, und einige gepfefferte Infrarotschnappschüsse, auf denen du Sally bumst. Wenn du nicht tust, was ich will, hacken meine Kumpels Sally in kleine Stückchen, und die Bilder gehen an deine Frau, das L.A.P.D., die Bank und das Hustler-Magazin. Hast du mich verstanden, Stinkschwanz?«

Das Keuchen war nun ein Wimmern. »Ja. Ja. Ja.«

»Gut. Jetzt möchte ich, daß du Sally anrufst und dir von ihr meine Kollegen vorstellen läßt. Ich rufe dich in genau drei Minuten zurück. Dein Telefon ist angezapft. Wenn du also die Bullen alarmierst, kriegt's ein weiterer Kollege von mir mit und ruft Sallys Zimmergenossen an und sagt ihnen, daß sie ein bißchen loshacken sollen. Verstehst du?«

»J-ja.«

Rice sagte: »Drei Minuten oder ricke, racke«, dann hängte er ein. Er sah auf den kleinen Zeiger seiner Timex, erfreut, daß ihm sein spontaner Idiotenbluff mit den Fotografien und dem anzapften Telefon so leicht gefallen war. Als der Zeiger dreimal vorgerückt war, wählte er erneut Hawleys Nummer.

»Ja?« Ein *unterwürfiges* Wimmern.

»Bist du bereit?«

»Ja.«

»Gut. Ich will, daß du in dein Auto steigst und den gewohnten Weg zur Bank fährst. Ich habe dich seit Tagen beschattet, kenne also den Weg. Parke auf der Westseite von Woodman einen halben Block nördlich von Ventura. Dort wirst du mich treffen. Du wirst beschattet, also mach keinen Scheiß. Ich treffe dich dort in zwölf Minuten.«

Hawleys Antwort war ein kaum hörbares Ächzen. Rice hängte ein und ging sehr langsam zu seinem Pontiac. Er zwang sich, bis fünfzig zu zählen, bevor er die Zündung anspringen ließ, und lenkte den Wagen behutsam in den Verkehr. Als er noch sechs Blocks von Hawleys Haus entfernt war, begann er von neuem zu zählen. Er dachte sich, daß der Filialleiter in entgegengesetzter Richtung an ihm vorbeifahren würde, bevor er bei fünfundzwanzig angekommen wäre. Er behielt Recht; bei zweiundzwanzig nahte Hawleys hellbrauner Cadillac mit stark überhöhter Geschwindigkeit und machte plötzlich einen Schlenker so nahe zum Mittelstreifen hin, daß Rice nach rechts zog, um einen Zusammenstoß zu vermeiden. Nirgends waren Polizeiwagen zu sehen. Nichts Verdächtiges. Nur das Geschäftsleben nahm seinen Lauf.

Rice fuhr durch Seitenstraßen, die parallel zum Ventura verliefen, den Tacho auf siebzig, um nicht hängenzubleiben, wenn er auf Hawleys Ankunft wartete. Bei Woodman bog er rechts ab und parkte sofort, gute 120 Meter von der Stelle, an der ihn der Bankangestellte treffen sollte. Just als er die Bremse anzog und einen Aktenkoffer vom Rücksitz auffischte, kam Hawleys Caddy mühevoll um die Kurve des Ventura und bremste ab. Rice überprüfte kurz seinen falschen Schnurrbart im Rückspiegel. Mister Braver Bürger auf einem Spaziergang.

Der Bankangestellte führte sich auf wie Mister Braver Bürger auf einem Trip nach Panik City. Rice ging auf den Bankparkplatz zu und beobachtete dabei, wie Hawley beim Vorwärtseinparken diverse Stoßstangen anschrammte. Zweimal stieß er gegen den Randstein, bevor er den Wagen in einen geräumigen Platz zwängte. Als er schließlich ausstieg und neben dem Wagen stand, zitterte er von Kopf bis Fuß.

Mit beiläufig schwingender Aktentasche kam Rice heran. Hawley beäugte fieberhaft die Straße. Einen Wimpernschlag lang trafen sich ihre Augen, dann drehte sich Hawley um und überprüfte seine ungedeckte Seite. Rice grinste über sein Tarnimage, trat an den Filialleiter heran und klopfte ihm auf die Schulter. »Bob, wie nett, dich zu sehen!«

Hawley vollzog eine ruckartige Drehung. »Bitte nicht jetzt. Ich habe eine Verabredung.«

Rice klatschte Hawley auf den Rücken und drehte ihn in Richtung der Bank. Er hielt einen Arm um seine Schultern gelegt, als er zischte: »Du hast eine Verabredung mit mir, Stinkeschwanz. Wir gehen direkt zu den Schaltern, dann direkt zurück zu deinem Wagen.«

Er grub seine Finger in das Schlüsselbein des Bankangestellten und drückte im Einklang mit Soundeffekten zu: »Ricke, racke, ricke, racke«. Hawley zuckte mit jeder Silbe zusammen und ließ sich auf die Bank zutreiben.

An der Eingangstür steckte Hawley Schlüssel in die drei Schlösser, während Rice danebenstand, ein Auge immer in Richtung Ventura Boulevard gerichtet. Keine Streifenwagen, keine unmarkierten Schlitten, nichts, was nur entfernt nicht stimmte. Die Türen sprangen auf, und sie traten ein. Der Bankangestellte verschloß einen Zentralmechanismus, der an der Türschiene befestigt war, und sah auf zu dem Bankräuber. »Sch-schnell, bitte.«

Rice deutete zum Schalterbereich, trat dann zurück und ließ Hawley vorangehen. Als der Filialleiter ihm den Rücken zuwandte, öffnete er seine Aktentasche, nahm eine Flasche Bourbon heraus und steckte sie in die vordere rechte Hosentasche. Hawley stieg über eine niedrige Holzschranke und machte sich daran, Schubladen aufzuschließen und aufzuziehen. Rice blickte kurz darauf und sah Reihen von Papiergeld, schaute dann näher hin und merkte, daß es ein anderer Grünton war – schicke Reiseschecks, aufgemacht mit einem Wildwestmotiv. »Das Geld«, zischte er, »wo ist das verfluchte *Geld*?«

Hawley stammelte: »I-im T-tresor. D-der hat e-ein Zeitschloß. Sie sagten am Telefon, Sie wollten –«

Rice ignorierte ihn und öffnete den Rest der Schubladen selbst. Er fand überall nur fette Stapel von BoA »Greenbacks« mit Nennbeträgen von zwanzig, fünfzig und hundert Dollar. Als er vor seinem geistigen Auge noch einmal ablaufen ließ, wie er die Sache ausgekundschaftet hatte, ging ihm ein Licht auf. Hawley klemmte die Reiseschecks. Die Schreibarbeit, bei der er ihn beobachtet hatte, war irgendeine Art Vertuschung. Der Bankmensch nahm vor seinen Augen rote Konturen an, und er sagte: »In diesen Schubladen ist kein Bargeld?«

»N-nn-nein.«

»Du hast die ganze Zeit Reiseschecks geklaut?«

Hawley warf einen panischen Blick zum Fenster und sagte: »Nur eine Zeitlang. Ich habe hohe Spielschulden, und ich versuche nur, wieder auf Null zu kommen. Bitte töten Sie mich nicht!«

Rice hielt die Aktentasche auf. Er dachte an Chula Medina und maximal zwanzig Cents für den Dollar. Als Hawley die Reihen von »Greenbacks« in die Tasche zu stopfen begann, sagte er: »Rede, Stinkeschwanz. Sag mir schön brav, wie dein Schwindel läuft, und vielleicht lasse ich dich noch mal davonkommen.«

Hawley füllte ungeschickt die Aktentasche mit den Bündeln, die Augen abgewendet von Rice, mit beinahe brechender Stimme, als er sprach. »Die Greenbacks werden wöchentlich abgerechnet. Ich habe Duplikate der Sparbücher zweier alter Kundinnen – sie sind senil –, und ich transferiere Bargeld von ihren Konten an die Bank und entnehme es in Reiseschecks. Ich kann es nicht mehr viel länger machen, es ist unrecht, und das Jonglieren mit den Papieren muß früher oder später auf mich zurückfallen.« Er öffnete die letzte Schublade, nahm ihren Inhalt heraus und steckte ihn in die Aktentasche. Dann hob er flehentlich die Hände und flüsterte: »Bitte, schnell.«

Rice nahm den »Schwindel« des Bankangestellten in sich auf, und während er es verarbeitete, fühlte er, daß es die Wahrheit war. Und er wußte auch, daß die Stibitzerei, die Eggers veranstaltete, vermutlich auch etwas in dieser Art war – es war idiotisch von ihm gewesen, anzunehmen, daß Bankprofis Bargeld über Nacht draußen ließen. Als er Banderolen an den Schecks bemerkte, ließ er ein Psychokillergrinsen aufblitzen und hielt seine Jacke auf, um seinen .45er vorzuführen. »Ich kenne mich mit Tintenbomben aus, Stinkschwanz. Wenn du mir die Tinte andrehst, komme ich zurück, und dann heißt's ricke, racke für deine ganze Familie.«

Hawley schüttelte den Kopf und rang die Hände. »Wir tun die Tinte nur auf Bargeld, nur an Zahltagen. *Bitte.«*

Wie ein Hund blickte er nach oben, nach Instruktionen. Rice schloß seine Aktentasche und sagte: »Zurück zu deinem Wagen. Bleib ruhig. Denke an dein Golfspiel, und alles geht klar.«

Hawley bewegte sich mit schwachen Schritten auf die Vordertür zu; Rice folgte unmittelbar dahinter. Als sie auf die Straße traten und der Filialleiter die Tür hinter ihnen schloß, warf Rice seinen linken Arm um seine Schulter, nahm die Betäubungspistole aus dem Hosenbund und steckte sie in seine rechte Jackentasche. Sie näherten sich dem Cadillac von der Straße her. Rice deutete auf die Fahrertür, und Hawley setzte sich hinter das Steuer. Entsetzen trat auf sein Gesicht, als er Rice in die Jackentasche fassen sah, und er preßte die Augen zu und begann das Vaterunser vor sich hin zu murmeln.

Rice schoß zweimal aus kürzester Distanz auf ihn: einmal in den Hals, einmal in die Brust, direkt unter der linken Kragenspitze. Hawley bäumte sich in seinem Sitz nach hinten auf, dann prallte er nach vorn auf das Lenkrad. Rice sah ihn seitlich in sich zusammensinken, mit flatternden Augen und weichwerdenden Gliedern. Binnen Sekunden schlief er den Schlaf eines Junkies, mit offenem Mund. Rice beugte sich in den Wagen und goß die Flasche Whiskey über seine Brust und seine Hosenbeine. »Bon voyage«, sagte er.

Nachdem er zu einem Münztelefon gefahren war, Bobby Garcia freie Bahn gegeben und Pläne für die Flucht aufgestellt hatte, entfernte Rice seine Gesichtsmaskierung und nahm den 405-Freeway nach Redondo Beach, die Aktentasche voller Reiseschecks auf dem Sitz neben sich. Während er fuhr, ließ er noch einmal vor seinem geistigen Auge passieren, wie er Eggers nachgespürt hatte. Er erinnerte sich daran, daß er nur gesehen hatte, wie er die Schalterfächer durchwühlte – er hatte ihn nie mit Geld in der Hand gesehen. Dieser

Raubzug mußte unbedingt Bares abwerfen, und das bedeutete, die Garcias durften nichts über die Scheiße mit den Greenbacks erfahren. Als er den Freeway verließ und auf Sepulveda bog, klopfte er im Takt auf das Armaturenbrett. Die Melodie war von einem Stück von Vandy and the Vandals, die Worte, die er vor sich hin murmelte, waren: »Sei zu Hause und bei Kasse, Chula.«

Chula Medina war daheim.

Nachdem er die Tür hinter sich verriegelt hatte, öffnete Rice kurz und schmerzlos die Aktentasche und schüttete den Inhalt auf den Boden. Dann sagte er: »Fünfundzwanzig für den Dollar, bar. Und schnell.«

Chula Medina antwortete mit einem Lächeln, dann setzte er sich mit überkreuzten Beinen neben den Haufen von Bankschecks. Rice sah, wie er sich beim Zählen die Lippen leckte. Als er fertig war, sagte er: »Nett, aber fortlaufende Seriennummern und eine etwas unübliche Marke. Die Dinger müssen auf Eis gelegt werden, dann in den Osten geschickt werden. Das sind vierundsechzig Riesen hier. Mein erstes, letztes, endgültiges und einziges Angebot lautet einen Dime für den Dollar; hier, jetzt, bar, du gehst hier raus, und wir haben uns nie gesehen. Gemacht?«

Rice fummelte an seiner »Death Before Dishonor«-Tätowierung herum und wußte, daß ihm nichts anderes blieb, als sich so ablinken zu lassen. »Gemacht. Steck das Geld in die Aktentasche.«

Chula stand auf, machte eine höfliche, südländische Verbeugung und ging in sein Schlafzimmer. Als er zurückkehrte, stand Rice mit aufgehaltener Aktentasche da. Chula ließ eine große Handvoll echter US-Devisen hineinfallen, verbeugte sich erneut und deutete auf die Tür. »Vaya con Dios, Duane.«

Rice nahm den 405 zum Ventura und von dort auf Hollywood und fragte sich währenddessen, wie die Garcias wohl auf die niedrigen Zahlen reagierten. Und ob Eggers wohl so eingeschüchtert werden konnte, daß er sie in den Tresorraum und zum Ziel ihrer Wünsche brachte. Bei Cahuenga fuhr er vom Freeway ab, und in wenigen Minuten war er bei seinem neuen »Heim«, dem Bowl-Motel, siebzig Eier die Woche für einen Raum mit Waschbecken, WC, Dusche, und einer Kochplatte. Zu teuer für Rauschgoldengel, zu weit oberhalb des Boulevards für Nutten, zu wenig Nigger, um das Interesse der hiesigen Schmiere zu wecken. Eine gute Interimsbude für einen aufstrebenden jungen Verbrecher. Er parkte an seinem Platz, griff sich die Aktentasche und ging auf sein Zimmer. Er mußte sich dazu seinen Weg an Gruppen bierschlürfender Pensionäre vorbeibahnen. Drinnen warf er die Aktentasche aufs Bett, und während er sich neben sie hinfallen ließ, zog er mit einem Griff die Aufnahme von Vandy vom Nachttisch. »Coming home, babe, coming home.«

Zehn Minuten später klingelte es. Rice steckte das Foto in seine Hemdtasche, ging dann zur Tür und linste durch das Guckloch. Er sah Joe und Bobby Garcia dastehen. Sie wirkten hungrig: Joe unruhig und aufgeregt, so als ob er nicht glauben könne, was er gerade getan hatte, aber sabbernd beim Gedanken an die Auszahlung; Bobby in Gangsterpose mit durchgestrecktem Rücken und den Daumen im Gürtel, sabbernd beim Gedanken an *mehr,* die Konturen des Kolbens seiner .45er klar durch seine Windjacke hindurch sichtbar. Rice öffnete die Tür und bedeutete den Brüdern, hereinzukommen, dann schloß er hinter ihnen ab. Er griff sich die Aktentasche und ließ das Geld auf das Bett fallen und sagte: »Zählt es; es ist etwas weniger, als ich erwartet habe.« Bobby begann zu kichern, während Joe sich schnurstracks auf das Geld stürzte und daran machte, es in Stapel aufzuteilen. Rice sah Bobby in die Augen und sagte: »Erzähl mir, wie's war.«

Bobby ließ sein Kichern langsam abebben; Rice merkte, daß der Ex-Weltergewichtler näher an völligem Irrsinn war, als er gedacht hatte – er konnte nichts ohne Fisimatenten durchziehen.

»Kamen ganz leicht rein, so wie ich es dir erzählt habe«, sagte Bobby. »Wham, blam, thank you, Ma'am. Masken und Handschuhe anbehalten, sie schön festgebunden, den Mund zugeklebt.« Er kicherte wieder los und fing dann an, Sexlaute von sich zu geben, während er seinen rechten Zeigefinger durch ein Loch stieß, das er mit seinem linken Daumen und dem Zeigefinger geformt hatte. Als er auch noch Schlürfgeräusche machte, sagte Rice: »Komm, laß das sein.«

Bobby verkniff sich das Schmatzen und begann die religiösen Amulette, die seinen Hals umschlossen, zu liebkosen.

»O.k., Duane – o.k. Aber sie war gut wie Gold, das kann ich dir sagen. Lief es gut bei dir?«

Rice beobachtete, wie Joe die Beute nach Nennwert stapelte, und realisierte, daß er den Trittbrettfahrer im selben Maße mochte, wie er seinen Bruder haßte. Joe summte beim Zählen, eine Melodie, die wie »Blueberry Hill« klang. Dem Summen zuzuhören, machte es leicht, mit Bobby zu sprechen, ohne kotzen zu wollen. »Ja, das reinste Zuckerschlecken. Übermorgen für Confrey-Eggers. In der Zwischenzeit habe ich noch einen Zusatzjob für euch.«

Bobby kicherte und sagte: »Schlecken, wie in Muschi lecken?« und Rice sah rot. Er ballte seine Fäuste, als Joe vom Bett aufsprang, die Stirn runzelte und sagte: »6400 auf den Heller. Das ist absolut besch–«

Bobby stieß seinen Bruder beiseite, bewegte sich zum Bett und begann, das Geld von Neuem zu zählen. Als er fertig war, spuckte er auf den Geldscheinstapel und drehte sich, um Rice anzusehen. »Etwas weniger, als du erwartet hast, häh? Mickrige fünfundzwanzig Riesen weniger. So daß mein kleiner Bruder und ich gerade zehn bis lebenslänglich riskiert haben für drei lumpige Riesen?« Er hielt inne und flüsterte dann: »Willst du uns über den Tisch ziehen?«

Rice wußte, daß eine volle Breitseite der einzige Ausweg war und sagte: »Ich werde das deiner Enttäuschung und schlechten Laune gutschreiben, aber sag es noch mal, und ich mache dich kalt.«

Joe verhielt sich völlig regungslos; Bobby krallte beide Hände in die Matratze. Sein Unterkiefer bebte, Speichel sickerte aus seinen Mundwinkeln hervor. Rice sah mehr Furcht als Zorn und warf ihm ein Häppchen Manna für seine Cojones zu: »Hör zu, Mann. Ich bin genauso sauer wie ihr. Und es ist meine Schuld. Ich hätte merken müssen, daß das große Geld im Tresor blieb. Aber wir haben ja noch die näch–«

Bobby schrie: »Du bist doch wohl völlig bescheuert! Diese Knallköpfe von der Bank lassen für uns nur Krümel draußen, und ich riskiere doch nicht noch einmal meinen Arsch für weitere drei Riesen!«

Aha, der Machogegenangriff, dachte Rice bei sich, lächelte und sagte: »Ich werde Eggers dazu bringen, daß er für uns in den Tresorraum geht. Derselbe Geiselplan, für zwanzigmal so viel Geld. Ich werde ihn persönlich abfangen, wenn er die Bank betritt, und ihn dann zwingen, euch anzurufen, um die Bestätigung zu erhalten, daß ihr sein Flittchen festhaltet. Wenn er einwilligt, den Tresor auszuräumen, werde ich ihm sagen, er soll sich ohne Mucks an seinen Tisch setzen, die Hände immer sichtbar. Dann gehe ich über die Straße und lasse ihn nicht aus den Augen. Wenn der Wächter und die Schalterbeamten ankommen und das Bargeld herausgeholt wird, greift sich Eggers dann alles, was er bei sich tragen kann, und geht über die Straße, um mich zu treffen. Er muß sich ausdenken, wie er das gut über die Bühne bringt, sonst wird seine Fluppe kleingehäckselt. Dann gehe ich mit ihm zu seinem Wagen und verpasse ihm einen Betäubungspfeil.«

Bobby grinste wie ein Ghoul im Männlichkeitswahn und sagte: »Nimm mal an, er willigt nicht ein?« Rice ging zu Joe hinüber und legte grob einen Arm um seine Schultern. »Dann mache ich ihn auf der Stelle alle und nehme das Geld. Aber er wird einwilligen. Er trägt immer einen weiten Anzug. Viel Platz, und ich werde ihm sagen, nur Hunderter. Seid ihr dabei, Partner?«

Bobby jauchzte, sprang hin und her und versenkte dabei imaginäre Basketbälle in genauso imaginären Körben. Rice verstärkte seinen Griff um Joes Schultern. Joe wand sich frei und starrte ihn an, und Rice wurde klar, daß er der Schlauere von den zweien war. Joes Augen flehten; Rice flüsterte: »Zwei Tage noch, und es ist vorbei.« Joe sah Bobby an, der seine Reflexion im Wandspiegel in Links-rechts-Körpertreffern eindeckte. Rice steckte zwei Finger in den Mund und ließ ein lautes, schrilles Pfeifen ertönen.

Das Geräusch machte dem Affentanz ein Ende. Bobby lehnte sich gegen den Spiegel und sagte in übertriebenem Barrioslang: »Dreitausendzweihundert. Her mit dem Zaster, Genosse.«

Mit einem genauso übertriebenen Scheißefressergrinsen bewegte sich Rice zum Bett und begann im Zeitlupentempo damit, das Geld noch einmal abzuzählen. Zuerst teilte er es in zwei und schob seine Hälfte unter das Kissen, dann teilte er die verbleibende Hälfte in zwei Stapel. Das vollbracht, hielt er Joe das erste Geldbündel hin, Bobby das zweite. Beide Brüder stopften das Geld in sämtliche Hosentaschen und, was dort keinen Platz mehr fand, in ihre Blousons. Als auch der letzte Heller verstaut war, ließ Rice langsam seine Augen über sie streifen und schüttelte den Kopf. Seine Komplizen sahen aus wie zwei habgierige Kanaken mit Elephantasies; wie eine immens hohe Dosis Ärger.

Bobby ließ seine Knöchel knacken; Joe sah Rice an und platzte heraus: »Was ist mit dieser anderen Sache, Duane? Erzählst du uns das jetzt?«

Rice lehnte sich auf dem Bett zurück und schloß die Augen, um den Ärger zu verdrängen. »Ja. Ich dachte mir, vielleicht kennen Hawley und Eggers einander. Erinnert euch, wir wissen nicht, wer ursprünglich diese Dinger ausbaldowert hat, wie er es erfahren hat, wen er kannte, diese Sachen halt. Ich werde die Zeitungen verfolgen, um zu sehen, ob sie Hawley und Issler erwähnen, und ich möchte, daß ihr Eggers und Confrey lose beschattet, seht, ob Cops oder Feds herumschnüffeln. Wenn das der Fall ist, müssen wir den Raubzug abblasen. Ich rufe euch morgen am späten Abend an. Wenn nichts brenzlig riecht, langen wir Freitag morgen zu.«

Bobby zog an seinen Knöcheln und sagte: »Was für ’ne Art Zusatzjob wirst du abziehen?«

Rice öffnete die Augen, hielt sie aber abgewendet von den Brüdern. »Noch ein bißchen Terror ins Spiel bringen, für den Fall, daß Eggers aufmüpfig wird. Ich werde seine Bude zu Kleinholz machen und ein paar Küchenmesser mitgehen lassen, die ich dann mitbringe, wenn ich ihm die Daumenschrauben anlege. So kann ich ihm sagen, daß ihr sein Flittchen mit einem Messer, auf dem seine Fingerabdrücke sind, in kleine Stückchen hacken werdet. Das und die Tatsache, daß seine Bude verwüstet wurde, sollte ihn friedlich halten.«

Bobby jauchzte und sprang hoch und berührte die Decke; lose Geldscheine begannen aus seinen Hosentaschen herauszupurzeln. Rice sagte: »Wie war deine Bilanz als Boxer?«

»Elf, sechzehn und zero«, sagte Bobby. »Niemals volle Distanz gegangen, niemals k. o. gewonnen oder verloren. Mein bestes Ergebnis waren sieben Runden gegen Harry ›Headhunter‹ Hungerford. Verloren wegen Verletzung. Warum fragst du?«

»Ich frage mich, wie du’s nur geschafft hast, so lange zu überleben.«

Bobby kicherte und schob Joe in Richtung der Tür. »Sauberer Lebenswandel, anonyme gute Taten und Vertrauen in Jesus, Duane-o«, sagte er und knetete währenddessen die Schultern seines Bruders. »Und ein guter Wachhund. Mach dir keine Sorgen. Ich werde ein guter Schatten für Eggers und Baby sein.« Er sperrte die Tür auf und wackelte beim Rausgehen mit den Augenbrauen. Rice konnte ihn den ganzen Rückweg zum Parkplatz kichern hören.

Das Geld sicher unter dem Kissen, versuchte Rice zu schlafen. Jedesmal, wenn er dabei war, wegzudämmern, ergriff der Stakkato-Rhythmus einer völlig unsinnigen Nummer der Vandals, »Microwave Slave«, Besitz von ihm, und in seinem Kopf erschien Vandy in dem schäbigen Hauskleid, das sie trug, wenn sie das Stück sang. Schließlich schien es leichter, wach zu bleiben. Als er seine Augen öffnete, sah er, wie die Häßlichkeit des Zimmers mit der Häßlichkeit der Musik verschmolz. Das durchgescheuerte Kabel an der Kochplatte; eine Staubspur unter der Frisierkommode; Fettflecken entlang sämtlicher Wände. Ein zurückbleibendes Echo von Bobby Garcias Schau als Psychokasper brachte das Faß zum Überlaufen. Rice packte das Geld und sein Rasierzeug in die Aktentasche und machte sich auf die Suche nach einer neuen Bude.

Er fand ein Holiday Inn an der Ecke Sunset und La Brea und zahlte 480 Dollar für eine Woche im voraus. Keine Fettflecken, kein Staub, keine senilen Schluckspechte, die den Parkplatz verstopften. TV, gute Aussicht, saubere Leintücher und täglicher Zimmerservice.

Nachdem er den Löwenanteil seiner Beute verstaut hatte, fuhr Rice hoch zum Boulevard und gab einen Riesen für Kleidung aus. Bei Pants West kaufte er sechs Paar Cord Levis und eine Auswahl an Unterwäsche; bei Millers Outpost erstand er ein halbes Dutzend sportlicher Hemden. Seine letzte Station war der Londonshop, wo ein Verkäufer mißbilligend auf seine Tätowierungen sah, während er ihm zwei Sportkombinationen anmaß. Er spielte mit dem Gedanken, ein paar Fetzen für Vandy zu kaufen, schminkte es sich aber schließlich ab: Wenn er sie erst vom Koks weggebracht hatte, würde sie gesünder und schwerer sein und ein paar Nummern größer brauchen.

Die einzige Verbindung zum weißen Prolltum, die jetzt noch gekappt werden mußte, war der Wagen. Nachdem er seine Klamotten in seiner Bude abgeladen hatte und in ein neues Hemd und Hosenpaar geschlüpft war, fuhr er zu einem Abschnitt der South Western Avenue, von dem er wußte, daß dort Repo-Plätze waren.

Zwei Stunden und sechs Höfe brachten ihm Null und Nichts – die Wagen sahen scheißig aus, und keiner der Verkäufer wollte ihn einen Blick unter die Motorhaube werfen lassen. Im siebten Hof, einer G.-M.-Repo-Verkaufsstelle an der Ecke 28th und Western, traf er schließlich ins Schwarze. Ein gelangweilter Verkäufer in einer mit Wagenschlüsseln überfüllten Kabine sagte ihm nur, er solle sich einen Satz diagnostischer Werkzeuge greifen und nach Belieben jeden Schlitten abklopfen. Rice überprüfte Steuerung, Batterien, Getriebe und die gesamten Motoren von fünf Einheimischen, bevor er fand, was er suchte: einen schwarzen 76er TransAm mit Vierganggetriebe und vielen Pferdchen – gut unter der Haube und noch besser anzusehen –, ein Wagen, der bei jeder Clique, zu der er und Vandy sich Einlaß verschaffen wollten, Eindruck schinden würde. Der Verkäufer wollte viertausend. Rice hielt 2500 in bar dagegen. Der Verkäufer sagte: »Schieb's rüber«, und Rice tat es. Er wußte, daß der Scherzbold gemerkt hatte, daß er es mit einem ausgeschlafenen Jungen zu tun hatte.

Nachdem er die Kaufurkunde unterschrieben und die Quittung eingesteckt hatte, ging Rice auf die Straße und sah einen alten Penner, der im Schatten seines 69er Pontiacs an einer Pulle nuckelte. Er warf ihm die Schlüssel seiner vormaligen Rostlaube zu und sagte: »Fahr los, Daddy, fahr.« Dann schlenderte er zurück zu seinem schnittigen Kraftpaket von Wagen. Als er einstieg und den Motor aufheulen ließ, rauschte der Penner schon mit qualmenden Reifen im Pontiac die Western herunter, die Flasche immer an den Lippen.

Und jetzt Vandy.

Rice fuhr nordwärts zum Sunset Strip und genoß dabei das Gefühl seines TransAm. Er vermied es, das Tempo allzusehr zu variieren oder andere Rennfahrerfeuerwerke abzubrennen; nach dem Gesetz hatte er nun die Bewährungsauflagen verletzt, und Strafzettel bedeuteten eine Personalienkontrolle und sofortiges Desaster.

Der Strip war nur wenig befahren, auf den Gehsteigen war noch weniger Betrieb – Schulmädchen von der Fairfax High, die sich in ihrer Mittagspause als Nutten ein paar Dollar extra verdienten, Rausschmeißer, die vor den Massagesalons und Outcall Offices fegten. Rice bog von Sunset zur Gardner und parkte. Das lavendelfarbene Vierparteienhaus, das die »Silver Foxes« beherbergte, sah im Tageslicht glatt und nichtssagend aus wie ein x-beliebiges Haus spanischen Stils in Hollywood. Er ging darauf zu und drückte auf den Klingelknopf unterhalb des Emblems in dem sexy Fuchs.

Ein junger Mann in weißen Latzhosen und einem ärmellosen T-Shirt mit dem Aufdruck »Michael Jackson Tour 84« öffnete die Tür und versperrte den Durchgang mit einer Hände-an-der-Hüfte-Pose. Rice musterte seine Muskeln und hielt ihn für einen Bodybuilder, der nicht einmal ein Huhn quetschen konnte; reine Verzierung und ein bißchen Papperlapapp für das Geschäft mit den Schwulen. »Kann ich Ihnen helfen?« fragte er.

Rice sagte: »Ein paar Freunde aus der ›Industrie‹ sagten, das hier wäre *der* Ort für weibliche Begleitung. Ich bin für ungefähr eine Woche in der Stadt und ich habe nicht viel Zeit, um bei den Partys die Runde zu machen. Normalerweise ist es ja nicht meine Art, dafür zu zahlen, aber Sie wurden mir *sehr* empfohlen.« Er seufzte, erfreut von seiner Vorstellung – nicht eine Spur von Hawaian Gardens und Soledad in seiner Sprache.

Der Jüngling spannte seine Muskeln und imitierte Rices Seufzer. Es klang wie ein Schmollaut. »Jeder zahlt irgendwie dafür, das ist die Herpesgeneration. Wer waren diese Leute, die uns empfohlen haben?«

Rice deutete auf das Büro, das er an den breiten Schultern des Jünglings vorbei kurz sehen konnte. »Jeffrey Jason Rifkin, der Agent, und ein paar seiner Kumpel. Ich habe ihre Namen nicht behalten. Können wir reingehen?«

Der Jüngling nickte und trat gerade soweit zur Seite, daß Rice sich seitwärts durch die Tür zwängen konnte. Ihre Arme streiften sich, und Rice hatte das

Gefühl, daß sich ihm der Magen umdrehte, als der Jüngling einen leisen, wohlgefälligen Grunzlaut ausstieß.

Der Raum war ganz in Weiß, ausgestattet im modernen dänischen Stil/High Tech – weiße Wände und Teppichböden, Metallröhrentisch, Rattanstühle mit weißem Stoffbezug. Szenenfotos aus Rockvideos waren an den Wänden aufgehängt: Elvis Costello im 50er-Jahre-Outfit auf einen Atompilz aufkopiert; Bruce Springsteen beim Aufspringen auf einen Güterzug. Diana Ross bis auf die Knochen durchnäßt bei ihrem Konzert im Central Park. Rice setzte sich ohne Aufforderung und sah zu, wie der Jüngling einen weißen Rolodexordner auf dem Tisch durchblätterte. Seine Lippen bewegten sich beim Lesen. Er stellte ihn sich bei einem obszönen Paarungsvorgang mit Bobby Garcia vor; das hielt seinen Ekel nieder und ließ ihn kalt werden.

Mit einem seufzenden Schmollaut blickte der Junge auf und sagte: »Ja, Mister Rifkin ist einer unserer Kunden. Tatsache ist, wir haben schon jede Menge ›Füchse‹ zu seinen Motiv-Partys geschickt.«

»Motiv-Partys?« platzte es automatisch aus Rice heraus, und er wußte auf der Stelle, daß es die falschen Worte waren.

Der Jüngling kniff die Augenbrauen zusammen. »Ja, Motiv-Partys. Viele unserer ›Füchse‹ sind aufstrebende Schauspielerinnen, und sie mögen Motiv-Partys, weil sie da ihre schauspielerischen Fähigkeiten besser zur Geltung bringen können als bei einem normalen Auftrag. Halt Sklavenköniginnen spielen oder Oben-Ohne-Cowgirls, so in der Art. Was tun Sie denn in der ›Industrie‹?«

Rice sagte: »Ich bin Talentscout«, und entnahm dem verwirrten Gesichtsausdruck des jungen Mannes, daß es ein veralteter Begriff war. »Ich war für eine Weile weg vom Fenster«, fügte er hinzu, »und Jeffrey Jason hilft mir, wieder auf die Beine zu kommen. Es ist schwer, wieder in dieses Geschäft reinzukommen.«

»Ja«, sagte der junge Mann. »Das ist es. Was für einen Fuchs suchen Sie denn?«

Rice streckte seine Beine und glättete seine Hemdbrust, dann sagte er: »Hören Sie zu, ich bin sehr wählerisch, was Frauen angeht. Wenn ich genau beschreibe, was ich will, können Sie dann in Ihren Unterlagen oder was immer Sie haben nachschauen und mir was raussuchen?«

Der junge Mann sagte: »Wir können sogar noch etwas Besseres tun. Wir haben Aktfotografien von allen unseren Füchsen.«

Er faßte tief in die oberste Tischschublade und zog eine weiße Plastikmappe heraus, die er Rice gab. »Laß dir ruhig Zeit, Süßer; das ist ein Paradies für Fuchsjäger, und niemand drängt dich.«

Beim Öffnen der Mappe hatte Rice das irrsinnige Gefühl, oberhalb des Schrittes entzweigerissen zu werden. Auf der ersten Seite stand ein Sermon über seltene Fuchsarten und die Erfüllungen von Wunschträumen, auf lavendelfarbenes Papier geschrieben; auf der zweiten Seite begannen die Frauen. Nackt in identischer zurücklehnender Haltung posierend, waren sie alle rundheraus schön oder rundheraus verderbt sinnlich, super gebaut, nach Art magerer Models und vollkurviger Maiden. Weiß, schwarz, orientalisch und *latina,* sie alle waren purer Sex.

Rice blätterte langsam weiter und bemerkte dabei leere Flächen, wo früher andere Fotos eingeklebt waren; er las den Humbug, der unter Vornamen und Körpermaßen jedes Mädchens abgedruckt war. »Aufstrebende Schauspielerin« und »Aufstrebende Sängerin« waren die üblichen Unterüberschriften, und daneben standen reißerische Sexphantasien, angeblich von den »Füchsen« selbst geschrieben. Die lächerlichen Darstellungen flotter Dreier und Vierer erweckten in ihm den Wunsch zu würgen, und er blätterte rasch zum Ende der Mappe durch, das Augenmerk nur auf den Körper, den er in- und auswendig kannte, gerichtet. Als er ihn nicht fand, sah er kurz zu dem jungen Mann auf und sagte: »Sind das alle Frauen, die Sie haben?«

Der Jüngling nickte und spannte seine Muskeln. »Es ist schwer, Ihren Wünschen zu entsprechen. Diese Füchse sind die *crème de la crème.«*

Rice erwog, ehemalige Füchse zur Sprache zu bringen, dann hatte er einen Einfall. »Hören Sie mal zu, kennen Sie die meisten Mädchen, die von hier aus arbeiten?«

»Einige. Ich sitze hier erst seit einer guten Woche. Warum?«

Rice sagte: »Ich war auf der Suche nach einer Mieze, die ich hier rauskommen sah, als ich letztes Mal in L.A. war. Ungefähr eins siebzig, fünfzig Kilo, blond, dünn, sieht nach was aus. Preppy-Klamotten. Klingelt's?«

Der junge Mann schüttelte den Kopf. »Nein ... Ich bin neu hier, und außerdem, die Betreiber würden die Füchse nicht in Preppy-Kram rumlaufen lassen – kein Sex-Appeal.«

Rice kam ein anderer Gedanke. »Pech. Hören Sie mal, da ich dieses spezielle Mädchen nicht gefunden habe, hätte ich gerne von Ihnen eine Empfehlung. Ich stehe auf Grips. Ich möchte eine smarte Mieze – eine, mit der ich reden kann.«

Der junge Mann lächelte, nahm die Mappe in die Hand und blätterte sie durch, dann reichte er sie Rice. »Die da«, sagte er, »Rhonda. Sie hat einen Masters Degree in Ökonomie und ist echt groovy. Eine echte Gripskatze.«

Rice studierte die Fotografie. Rhonda war eine große, dralle Frau mit einem dunkelbraunen Afro; tiefgebräunt außer dem Bikiniweiß über Brüsten und Hüfte. Sie wurde beschrieben als »angehender Börsenmakler«, und ihre Phantasie war aufgeführt als »Orgien mit reichen, intelligenten, schönen Männern auf meiner eigenen Privatinsel im Mittelmeer«. Rice fand, daß sie klug aussah und vermutlich das geistesgestörte Geblubbere mit den Wunschvorstellungen nicht selbst geschrieben hatte. Er schlug die Mappe zu und sagte: »Fein.

Können Sie sie in das Holiday Inn am Sunset und La Brea schicken, in einer Stunde?«

Der Jüngling gab wieder seinen Seufz-Schmollaut von sich. »Ich rufe Sie an. Rhonda kostet dreihundert Dollar die Stunde, Minimum eine Stunde. Alle unsere Füchse nehmen darüber hinaus dankbar Trinkgelder entgegen. Rhonda trägt bei sich Visa-, Mastercard- und American-Expreß-Drucker und Formulare für den Grundtarif, aber Trinkgeld geben Sie bitte in bar. Welche Zimmernummer?«

»Achthundertvierzehn.«

»Wir verlangen eine Freundschaftsgebühr von einhundert Dollar für Neu-Fuchs-Jäger.«

»Wie eine Jagdlizenz?«

Der Jüngling kicherte: Rice fand, er klang exakt wie Bobby »Boogaloo« Garcia. »Das ist gut. Ja. Sie können es so nennen. Bargeld bitte, und Ihren Namen.«

Rice fischte einen Hunderter aus seiner Hemdtasche und steckte ihn in den Ordner. »Harry ›Der Fuchsjäger‹ Hungerford.« Der Jüngling kicherte, als er den Namen niederschrieb, und beim Verlassen des Gebäudes fragte sich Rice, ob denn die Welt nur aus Schwächlingen, Zuhältern, Irren und Sex-Strolchen bestand.

Wieder zurück im Holiday Inn, schlug er die Zeit damit tot, vor dem Fernseher auf die Meldung eines Überfalles zu warten. Nirgends wurden der Raubzug oder ein Filialleiter auf Angels Dust erwähnt, schon gar nicht die Sache mit der Geiselnahme – die Fettsäcke von Bankherren hatten vermutlich die Medien abgeblockt, um ihr Gesicht zu wahren. So weit, so gut – aber langsam ging ihm das Geld aus.

Gerade als die Kurznachrichten endeten, klingelte es an der Tür. Rice griff sich ein Bündel Zwanziger aus der Aktentasche und steckte es unter die Matratze. Dann ging er zur Tür und öffnete sie.

Die Frau, die ihm in einem grünen Strickkleid und einem Pelzmantel gegenüberstand, war eine Verfeinerung ihrer Fotografie. Anstelle anzüglicher Aufmachung und Make-ups sah Rice Klasse, die sogar Vandy in Bestzustand Konkurrenz machte. Kein Make-up auf einem Gesicht voll klassischer Schönheit; eine große Hornbrille, die das Gesicht betonte und sogar noch schöner machte; eine Rolex an ihrem linken Handgelenk, ein Attachéköfferchen in der rechten Hand. Rices Augen streiften über ihren Körper, bis er sich dabei ertappte und sie wieder auf ihr Gesicht richtete. Verärgert über seinen Mangel an Selbstkontrolle, sagte er: »Hi, komm rein.«

Die Frau trat ein, vollzog dann, als die Tür geschlossen war, eine Drehung nach Art eines Fotomodells, während der sie ihr Attachéköfferchen auf dem

Boden abstellte und ihren Mantel auf einen Stuhl warf. Rice schätzte ihre Bewegungen ab. Irgendwie machte sie nicht den Eindruck einer Nutte.

Ihre Stimme war kühl, beinahe spöttisch. »Dereinst war die Fuchsjagd der Privatsport des Landadels. Heute können einfach geborene Aristokraten von eigenen Gnaden, viel beschäftigte Männer mit Geschmack, die keine Zeit zu verlieren haben, dieses Vergnügen mit Silver Foxes genießen – der ultimative sinnliche THERAPIESERVICE für Führungskräfte von heute.«

Rice sagte: »Heilige Scheiße«, und machte einen Schritt nach hinten. Mit seinen Absätzen stieß er gegen das Attachéköfferchen und es fiel um. Aus einem Impuls heraus beugte er sich nach unten und öffnete es. Darin waren drei metallene Kreditkartenstanzer, ein Stapel Rechnungsformulare und ein Exemplar von »Wohlstand und Armut« von George Gilder. Die Frau lachte, als er das Köfferchen zuschnappen ließ. Dann sagte sie: »Ich bin Rhonda. Die meisten Kunden finden dieses Intro entweder ganz toll, oder es macht sie verlegen. Sie waren ungläubig. Es war niedlich.«

Rice wurde rot. Das letzte Mal war er in der sechsten Klasse »niedlich« genannt worden, als er Hawaian Gardens den Spitznamen »Hawaian Garbage« verpaßt hatte. Carol Douglas hatte »Du bist so niedlich, Duaney« gerufen und war den Rest des Schuljahres hinter ihm her gewesen. »Niedlich, häh? Zu irgendwelchen Schlüssen gekommen?«

Rhonda nahm ihre Brille ab und hakte sie an einem Bügel in ihr Dekolleté ein. »Sie ist aus Fensterglas. Ich habe sie nur getragen, um intellektueller zu wirken. Ja, ich bin zu einem Schluß gekommen – du willst keinen Sex.«

Rice nahm auf der Couch Platz und bedeutete Rhonda, dasselbe zu tun. Als sie sich eine Armeslänge entfernt niederließ, sagte er: »Du bist eine schlaue Lady. Ist das eine Rolex-Imitation?«

Rhonda wurde rot. »Ja. Woher wußtest du das?«

»Ich hab' mich früher mit einer Hollywood-Clique herumgetrieben. Jeder hatte falsche Rolexuhren und sie haben immer davon geredet, wie *ihre* Rolex echt wäre, aber die aller anderen unecht.«

»Nennst du mich unecht?«

»Nein, ich versuche nur herauszufinden, ob du mir keinen Scheiß erzählst.«

»Bist du denn ehrlich? Du siehst anders aus als alle Hollywoodgestalten, die ich je gesehen habe. Was für ein Süppchen hast du gekocht?«

Rice lachte. »Ich habe gestohlene Wagen verkauft. Soll ich näher darauf eingehen?«

»Wenn du willst. Es ist dein Geld.«

Rice sagte: »Ich bin auf der Suche nach einer Frau. Meiner Freundin. Ein Freund eines Freundes sah sie oben am Strip in der Nähe der ganzen Strichzentralen. Ich war sechs Monate im Gefängnis, und es ging ihr nicht besonders und ich –«

Rhonda legte eine Hand auf seinen Arm. »Und du hast angenommen, wenn sie dringend Geld braucht, würde sie auf den Strich gehen?«

Rice zog seinen Arm weg und sagte: »Ja. Sie hat mich im Gefängnis besucht, und ich habe gemerkt, daß sie völlig fertig war vom Koksen.« Er dachte an Vandy und an Gordon Meyers – »Es ist echter pharmazeutischer Stoff, Baby«. – »Duane hätt' es nicht so gerne.« Diese Worte, verstärkt von einer Evokation, in der Vandys Schulmädchenkleidung lose an ihrer ausgemergelten Gestalt baumelte, ließ die Worte regelrecht aus ihm herauspurzeln. »Und ich weiß, sie hat es nur getan, wenn sie wirklich am Ende war und auch dann nicht gern, und sie ist Sängerin, und viele Mädchen von Silver Foxes sind angehende Sängerinnen, und vielleicht dachte sie, sie könnte sich selbst behelfen, während ich –«

Ein seltsamer und sanfter Ausdruck in Rhondas Augen ließ ihn innehalten. Er bewegte sich zum Bett und wühlte unter der Matratze, bis seine Hände voll mit Geld waren. Dann ging er zurück und ließ den Haufen Zwanziger in ihren Schoß fallen. »Das ist nur der Anfang«, sagte er. »Finde sie, und es gibt viel mehr«. Rhonda zählte das Geld und faltete es zu einem straffen Bündel. »Sechshundert. Wie heißt sie? Hast du ein Bild von ihr?«

Rice nahm das Bild aus seiner Brieftasche und reichte es ihr. »Anne Vanderlinden. Sie wird auch ›Vandy‹ genannt.«

Rhonda sah das Foto an und sagte: »Scharfe Katze. Hat sie –«

Rice brüllte: »Sag das nicht!« Er fing sich und senkte seine Stimme. »Sie ist kein gottverfluchtes Tier, sie ist mein Mädchen.« Als er wiederum Rhondas seltsamen Blick wahrnahm, sagte er: »Starr mich nicht so an.«

Rhonda sagte: »Entschuldigung«, dann klopfte sie auf die Couch. Rice setzte sich neben sie. Sie legte vorsichtig eine Hand auf sein Knie und fragte: »Wie heißt du?«

Rice stieß ihre Hand weg. »Duane Rice. Machst du mit?«

»Ja. Erzähle mir ein paar Sachen über dich und Anne. Wer sie ist, was sie gern tut, solche Sachen. Hing sie auch mit dir in der Hollywood-Szene herum?«

Rice starrte die Wand an und straffte die Geschichte im Kopf. Dann sagte er: »Erstens: Ich weiß, daß sie nicht auf dem Strip anschafft; diese Läden hab' ich bereits abgeklappert. Zweitens hatte sie in L.A. außer mir eigentlich keine Freunde. Das letzte Mal habe ich sie vor fast drei Wochen im Gefängnis gesehen. Sie hat unsere gemeinsame Bude leergeräumt. Sie –«

Rhonda drückte seinen Arm. »Erzähl mir von der Hollywood-Szene.«

»Ich wollte gerade dazu kommen. Vandy singt. War früher Leadsängerin einer Barband in Vegas, Vandy and the Vandals. Ich war so eine Art Manager für sie. Ich habe einem Agenten namens Jeffrey Jason Rifkin ein paar Gefallen getan, und er hat uns mit dieser Clique von Hollywood-Leuten zusammengebracht. Ich habe eine Weile gebraucht, aber schließlich habe ich geschnallt, daß diese Leute ausnahmslos Parasiten waren, die Vandy nicht im geringsten nutzen konnten. Aber ich habe Wagen an sie verscherbelt und eine Menge Geld verdient. Ich hatte einen dicken Batzen auf der hohen Kante für Vandys Rockvideos –«

»Was?«

»Rockvideos. Das war doch mein Plan: genügend Kohlen zusammenkratzen, um Rockvideos mit Vandy zu produzieren. Es ging voran, aber dann wurde ich hopsgenommen.«

Rhonda sagte sanft: »Schau mal, Duane, ich bin jetzt seit über einem Jahr bei Silver Foxes, und ich habe Vandy niemals gesehen oder von ihr gehört. Aber viele Callgirls verlegen sich auf was anderes, besonders hier in der Gegend, wo es dieses viele Geld aus Film und Musikindustrie gibt. Und besonders Mädchen wie Vandy, angehende Sängerinnen, die darauf aus sind, voranzukommen und Leute zu treffen, die ihrer Karriere nützen können. Kannst du mir folgen?«

Rice äffte Rhondas sanfte Stimme nach. »Ich folge dir insoweit, daß ich merke, ich soll mich auf etwas gefaßt machen. Spuck's schon aus; ich habe dir so viel Geld ja nicht für leeres Gewäsch gegeben.«

Rhonda steckte das Geldbündel in ihr Dekolleté, in Rices Augen war es ihre erste hurenhafte Geste. Sie sagte kalt: »Manche Mädchen gehen nicht länger auf den Strich, weil sie schwer kokainabhängig werden oder Angebote bekommen, mit Leuten aus der Industrie zusammenzuleben. Die meisten dieser Männer erwarten von ihren Mädchen, daß sie ihren Freunden zu Sexdiensten zur Verfügung stehen, Männern, die ihnen Gefallen tun können. Die Mädchen bekommen freie Kost und Unterkunft und Koks, und wenn sie sehr viel Glück haben, Kleinstrollen in Filmen und Rockvideos. Es gibt einen speziellen Namen für sie in der Industrie: Kokshuren.«

Rice drückte die Bezeichnung in sich hinein: Er kostete sie, probierte sie. Er sah Rhonda an und erwog, sie »Börsenmaklergroopie« und »Geldfickerin« zu schimpfen, aber er war nicht in der Lage dazu. Die große Frage sprang in sein Hirn und blieb wie angeleimt haften: War es mit Meyers passiert?

Rhonda starrte ihn mit großen, traurigen Rehaugen an, wie Carol Douglas damals in Hawaian Garbage. Rice knetete seinen tätowierten Bizeps und sagte: »Was kriege ich für diese sechshundert?«

»Dreihundert«, sagte Rhonda. »Silver Foxes bekommen drei. Ich wollte dir das nicht erzählen. Duane.«

»Wer sich vor der Wahrheit fürchtet, ist ein kleiner Scheißer. Du gehörst dazu, hab' ich recht?«

»An der Peripherie, aber niemand hält mich aus.«

»Ich weiß. Du verdienst dir nur nebenher dein Geld fürs Studium.«

»Sei nicht so häßlich, ich will dir bloß helfen. Diese Typen, mit denen du und Vandy rumgehangen seid, war das A-, B-, C- oder D-Schickeria?«

»Was?«

Rhondas Stimme verriet Verzweiflung. »Im Film- und Musikgeschäft gibt es vier verschiedene Kreise: A, B, C und D. Die A's sind die absoluten Topkater. B's sind eine Stufe darunter, und so weiter. D's sind die Luschen, die sich glücklich schätzen können, wenn sie überhaupt Arbeit bekommen. Ich fragte mich nur, ob Vandy jetzt mit jemandem zusammen ist, den sie in eurer Clique kennengelernt hat.«

Rice schüttelte den Kopf. »Nix da. Ich habe sie von den Männern ferngehalten, und sie traut Frauen nicht über den Weg. Zu welcher Clique gehörst du?«

Der Seitenhieb ließ Rhonda die Augen senken, dann sagte sie: »Zu jeder Clique mit Geld. Wenn Vandy in L.A. ist und irgendwo im Umfeld der Industrie ist, werde ich sie finden. Kann ich dich hier anrufen?«

Rice schaute sich in seinem neuen Heim um und fragte sich, ob sein Gespräch mit der Börsenmaklerin/Hure den Ort zu sehr verstunken hatte, um noch dort zu schlafen. »Nein«, sagte er. »Vielleicht haue ich ab.« Er nahm einen Notizblock und einen Stift vom Telefontischchen und schrieb Louie Calderons illegale Nummer auf. »Du kannst mich da anrufen und eine Nachricht hinterlassen, vierundzwanzig Stunden nonstop. Wenn es dir gelingt, Vandy zu finden, überschütte ich dich mit Geld.«

Rhonda nahm den Papierzettel, stand auf und sammelte ihr Diplomatenköfferchen und den Pelzmantel auf. Rice beobachtete, wie sie auf die Tür zuging. Als ihre Hand auf dem Türknopf lag, drehte sie sich um und sagte: »Ich melde mich.«

Rice sagte: »Finde sie für mich.«

Rhonda zeichnete mit dem Finger ein Dollarzeichen in die Luft und schloß die Tür hinter sich.

Als der Abend dämmerte, fühlte Rice, wie der Stinktiergestank seiner neuen Bude auf den Pelz rückte. Er wußte, es kam nicht von Rhonda oder Psycho-Bobby Garcia oder Hawley oder irgend jemand anderem. Es kam daher, daß sein Hirn einfach schon zu lange im eigenen Saft schmorte, ohne einen Ansprechpartner außer Leuten, die er benutzen wollte. Es war so, wie es die ganze Zeit gewesen war, bevor er Vandy getroffen und begonnen hatte, die Dinge ins Rollen zu bringen.

Er brachte den schwarzen 76er TransAm ins Rollen.

Zuerst zickzackte er aus dem Parkplatz des Holiday Inn heraus, dann kreuzte er auf dem Boulevard herum. An Ampeln schaltete er in den Leerlauf und blieb im zweiten Gang, bis er auf Western kam. Dort, in Richtung Norden, schaltete er rapide in den dritten. Er schätzte den Verkehr ab und gelobte, die Bremse nicht zu berühren, bevor er das Griffith Park Observatorium erreicht hatte.

Also drückte er auf die Hupe, als er auskuppelte, einfädelte und schaltete, und dann hatte er Hollywood hinter sich gelassen, und die Parkstraße lag vor ihm. Dann wurde die ganze Welt ein schmaler Streifen aus Asphalt, Scheinwerferleuchten und einer brüchigen weißen Linie.

110, 130, 140. Bei 150, auf der langen Steigung, die zum Observatorium hinführte, kam der TransAm ins Schwimmen. Rice lenkte zum Straßenrand und ging vom Gas. Dabei wurde er der Ansicht des neonerleuchteten Beckens von L.A. gewahr. Sofort dachte er an Vandy und schätzte die Entfernungen ab, dann wendete er und fuhr auf die kleinen Lichtpunkte zu. Er wußte, daß sie ihre alten Jagdgründe markierten.

Ihre alte Wohnung stand bereits zum Verkauf. Auf dem Vorrasen stand ein Schild, das vernünftige Zahlungsmodalitäten anbot, und neben der Tür, die er aus den Angeln getreten hatte, war frischer Putz. *Splitsville, Cold City, Nada.*

Er fuhr zu dem Seven-Eleven auf Olympic und Bundy, zu dem er früher immer Vandy geschickt hatte, um Tiefkühlpizzas und seine Autofachzeitschriften zu besorgen. Eine neue Nachtschicht hinter dem Tresen musterte ihn prüfend, wie wenn er ein Ladendieb wäre. Der Stinktiergestank kam wieder, und so griff er sich eine Lokalzeitung aus West-L.A. und einen Schokoriegel und warf dem Knallkopf einen Eindollarschein hin.

Auf dem Parkplatz aß er die Hälfte des Schokoriegels und sah sich die Titelseite an. Vandalismus in den Schulen des Pico-Robertson-Gebietes; Kirchenräuchereien in Rancho Park; kleiner Aufruhr auf dem Westwood Boulevard. Dann blätterte er um, und alles spielte verrückt.

Der Artikel war betitelt: »Ehemaliger Sheriff leitet Sicherheitspersonal in Filiale der California Federal«, und daneben war eine Großaufnahme von Gordon Meyers. Rices Hände begannen zu zittern. Er legte die Zeitung auf die Haube des TransAm und las: »Der Distriktspersonaldirektor der California Federal Bank, Denis J. Lafferty, gab heute bekannt, daß Gordon M. Meyers, 44, der kürzlich aus dem Department des Los Angeles County Sheriffs ausgeschieden ist, der neue Leiter des Sicherheitspersonals der Pico-Westholme-Filiale ist und dort Thomas O. Burke ersetzt, der vor zwei Wochen an einem Herzanfall starb. Meyers, der den Großteil seiner Dienstzeit als Wärter im Trakt für psychisch gestörte Häftlinge des Landeszentralgefängnisses abgeleistet hat, sagte: ›Ich werde das Beste aus dem Job machen. Nach einer Woche fühle ich mich bei Cal Federal schon wie zu Hause. Es ist toll, mit normalen, nicht kriminellen Leuten zu arbeiten.‹«

Rice las den Artikel noch dreimal, dann nahm er seine Hände von der Motorhaube. Sie zitterten immer noch, und er konnte sehen, wie die Blutgefäße in seinem Arm pulsierten. Ein Schrei bildete sich in seiner Kehle, dann sprang das »Death Before Dishonor«, das in seinen linken Bizeps eingeritzt war, hervor und beruhigte ihn. Mit immer noch leichtem Zittern fuhr er zu Pico und Westholme.

Die Bank war klein, dunkel und ruhig, ein schäbiger Job für einen schäbigen Ex-Cop mit bekloppten, schäbigen kriminellen Phantasien. Rice fuhr langsam daran vorbei, einmal, zweimal, dreimal, und jedesmal zwang er sich zu sagen: »Duane hätt' es nicht so gern«, und: »Wer die Wahrheit scheut, ist ein kleiner Scheißer«, und: »Es ist geschehen.« Bei der vierten Runde kam nur noch: »Es ist geschehen, es ist geschehen, es ist *geschehen.*«

Jetzt, wo er es selbst wußte, stellte er den TransAm ab und dachte nach. Rein und raus in drei Minuten. Einen Block von der 405 in beide Richtungen, zwei Minuten vom Santa Monica Ost/West, fünf vom Wilshire. 50/25/25 mit den Garcias; dann adios, Kanaken. Die Hauptschlüssel aus dem Repo-Hof für einen narrensicheren Abgang. *Bring die Dinge ins Rollen.*

Rice lehnte sich zurück und gab sich Vorstellungen an Vandy hin, an Auftritte an der Ostküste, an die Szene von New York, die keine Tomaten vor den Augen hatte, und an große Häuser in Connecticut. Dann bombardierte der Lärm in seinem Kopf die Bilder: guter Metall-auf-Metall-Krach, den er als das Zusammenprallen von Zahnrädern erkannte, das Anspringen von starken Motoren, deren Kraft durch die Zylinder schoß.

9

Lloyd saß im Vorbüro des FBI-Bankraubdezernats von L.A. Er massierte seine mullbandagierte rechte Hand und sann über seinen unverhofften beruflichen Aufschwung nach. McManus hatte ihn in Frisco angerufen und es ihm mitgeteilt: Seine Suspendierung war beendet, er war wieder im Dienst und zur Zusammenarbeit mit den Feds verdonnert; melden Sie sich morgen früh bei Special-Agent Kapek im FBI-Hauptbüro, und bauen Sie keine Scheiße. Der »Aufschwung« war eine Art Auslaufen, schloß er, eine List, um ihn beschäftigt und friedlich zu halten, während sich die hohen Tiere einen diskreten Weg ausdachten, ihn effektiv zur Hölle zu blasen. Auf dem Rückflug und während der Taxifahrt war er überschäumend glücklich gewesen, aber das alles fiel beim Anblick des Gesichtes, das der Rezeptionist zog, als er seine Marke vorzeigte, ins Nichts zusammen. Es mußte eine Drecksaufgabe sein, sonst hätten sie sie einem Field-Lieutenant gegeben. Seine goldenen Zeiten waren tot und vorbei.

Eine streng aussehende Frau steckte ihren Kopf durch die Verbindungstür und sagte: »Sergeant Hopkins?«

Lloyd stieß sich mit beiden Händen aus seinem Stuhl; seine rechte Hand pochte. »Ja. Ich soll zu Special-Agent Kapek kommen. Ist er schon da?«

Die Frau kam auf ihn zu, in den Händen eine Pappmappe und ein Bündel loser Blätter. »Er wird bald hier sein. Er sagte, Sie möchten bitte warten und diese Berichte lesen.«

Lloyd nahm die Blätter mit seiner unversehrten Hand und setzte sich wieder. Er entließ die Frau mit einem Kopfnicken. Als er wieder allein war, öffnete er die Mappe und lächelte, als er sah, daß sie eine Reihe von Verbrechensberichten des L.A.P.D. enthielt.

Der erste Bericht war von einer Tagesstreife der West-Valley-Division eingereicht worden und beschrieb im Detail Ereignisse vom Mittwoch, dem 7. 12. 1984, die also weniger als vierundzwanzig Stunden zurücklagen. Auf einer Routinestreife über die Woodman-Avenue stießen die Beamten der Einheit Vier-Charlie-Z auf einen Weißen mittleren Alters und männlichen Geschlechts, der in das offene Fenster eines 1983 Cadillac Seville urinierte. Als sie nähertraten, kamen sie zu dem Schluß, daß der Verdächtige stark unter Einfluß von Narkotika stand, und wiesen ihn vorsichtig auf seine Rechte hin, bevor sie ihn wegen Erregung öffentlichen Ärgernisses und Trunkenheit in der Öffentlichkeit festnahmen. Der Mann schrie wirres Zeug, als ihm Handschellen angelegt wurden, aber die Beamten waren in der Lage, die Worte »Banküberfall« und »Strahlenwaffe« herauszuhören.

Auf der Haftstation des West-Valley-Reviers wurde der Verdächtige durchsucht. Seine Papiere wiesen ihn aus als Robert Earle Hawley, 47, Besitzer des Cadillac Seville. Da ihm der Name bekannt vorkam, fragte der einweisende Beamte beim Commander der Tagschicht nach und erfuhr, daß das Sicherheitspersonal der Bank of America am Woodman und Ventura beim Betreten der Bank zur Öffnungszeit die Bargeldbehälter geplündert vorgefunden hatte und daß der Leiter der Bank, Robert Hawley, vermißt wurde.

Hawleys Inhaftierung wurde zurückgestellt. Das FBI-Bankraubdezernat wurde von der Festsetzung des Filialleiters benachrichtigt, und ein Team von Detectives fuhr ihn zur Ausnüchterung in das U.S.C. County General Hospital. Nachdem man zu dem Schluß gekommen war, daß Hawley unter Einfluß von Angels Dust stand, verabreichte man ihm eine Dosis des Gegenmittels Aretan. FBI-Special-Agent Peter Kapek und ein Team von Detectives des L.A.P.D. wiesen ihn wiederum auf sein Recht, zu schweigen und während der Befragung einen Anwalt dabei zu haben, hin. Hawley nahm diese Rechte nicht in Anspruch und lieferte den Beamten die folgende Darstellung seiner Aktivitäten dieses Morgens:

Um 7 Uhr 45 erhielt er einen Telefonanruf von einem unbekannten Mann, der ihn anwies, in der Wohnung seiner »Freundin«, Sally Issler, anzurufen. Der Mann sagte Hawley (der verheiratet ist), daß Miss Issler getötet werde, falls seinen Forderungen nicht entsprochen werde, und daß er in exakt drei Minuten zurückrufen werde. Hawley rief Miss Issler an. Ein Mann mit mexikanischem Akzent meldete sich und holte dann Miss Issler an den Apparat. Sie schrie, zwei Männer mit Schußwaffen und Messern hielten sie gefangen, und er solle tun, was immer deren Freund sage. Hawley sagte, das werde er, und hängte ein. Der

Mann rief zurück, wie er gesagt hatte, und beschied Hawley, ihn am Woodman in der Nähe der Bank in zehn Minuten zu treffen. Er warnte ihn, sein Telefon sei angezapft, und jeder Versuch, die Polizei zu kontaktieren, hätte unweigerlich den Tod von Miss Issler zur Folge. Hawley traf den Mann in der Nähe der Bank und beschrieb ihn als »Weiß, Ende Zwanzig, hellbraunes Haar, blaue Augen, 1,80–1,85, 70–75 kg, sauber gepflegte Kinn- und Schnurrbärte, bekleidet mit einem mittelbraunen Dreiteiler.« Der Mann zwang Hawley, die Bank zu öffnen und den Inhalt der Geldbehälter, ungefähr sechzigtausend Dollar in Reiseschecks, in eine Aktentasche zu leeren. Dann ging er mit ihm zu seinem Wagen zurück, wo er mit etwas, das aussah wie eine »Strahlenwaffe«, zweimal auf ihn schoß. Schürfwunden an Harleys Hals und Schlüsselbein, sowie kleine Metallpfeile, die noch in seiner Kleidung steckten, ließen darauf schließen, daß er die Wahrheit sagte. Beamte wurden zur Wohnung von Miss Issler geschickt. Sie fanden sie gefesselt und geknebelt, aber ansonsten unversehrt. Sie erzählte ihnen, daß die Männer, die sie festhielten, zwar Skimasken trugen, die ihre Gesichter verdeckten, aber offensichtlich Mexikaner waren. Sie sprachen fließend Englisch mit mexikanischem Akzent. Ein Mann, der »leiser sprechende« der beiden, war groß und schlank; der andere, der ihr »obszön gekommen« war, war klein und muskulös. Sie schätzte beide Männer auf Anfang Dreißig und sagte, sie waren beide mit Army .45er Automatics mit befestigten Schalldämpfern bewaffnet.

Lloyd überflog die restlichen Berichte und erfuhr, daß Hawley wegen Vergiftungserscheinungen behandelt wurde und daß ihm weder ein Schwanzwedlerstuß noch irgendwas den Raub betreffendes zur Last gelegt wurde und daß Sally Issler wegen Schocks in einem örtlichen Krankenhaus behandelt und dann wieder entlassen wurde. Er begann die disparaten Fakten zu verarbeiten. Sie wiesen auf soliden Verbrecherverstand hin. Er wollte gerade noch ein weiteres Mal die Anfangsseiten durchgehen, als er spürte, daß ihn jemand beim Lesen beobachtete. Er hob die Augen und sah einen großen Mann um die dreißig, der sich an der Tür herumdrückte. »Pete Kapek«, sagte der Mann. »Nettes Ding, häh? Gut?«

Lloyd erhob sich. »Bankraub ist nicht mein Bier, aber ich nehme es.« Er ging zum Tür hinüber. Kapek streckte seine rechte Hand aus, bemerkte dann den Verband und wechselte zur Linken. Lloyd sagte: »Lloyd Hopkins«, und zwang sich einen Handschlag ab. Kapek sagte: »Ich habe gehört, Sie haben Köpfchen. Was ist Ihr Eindruck, so ganz spontan?«

Lloyd betrat Kapeks Büro und ging direkt zum Fenster und seinem Ausblick auf Downtown L.A. sieben Stockwerke tiefer. Die Augen auf einen Strom ameisenartiger Menschen gerichtet, die über die Figueroa krabbelten, sagte er: »So ganz spontan, warum ich? Ich bin auf Mord spezialisiert. Zweitens, was ist mit Hawley? Vermutlich fiel die Wahl auf ihn, weil seine Affäre mit Issler ihn besonders empfindlich für so eine Erpressungsgeschichte machte. Wiederum vermutlich wußte seine Frau nichts von der Issler. Aber warum hat er es dann so schnell ausgespuckt?«

Kapek lachte. »Es stand nicht im Bericht, aber der Anrufer sagte Hawley, er habe Infrarotbumsfotos von ihm und Sally. Er drohte mit der Bloßstellung der Affäre ebenso wie mit Sallys Ermordung. Ich stufte Hawley als Schlappschwanz ein und schlug ihm ein Geschäft vor. Er redet, und wir erheben keine Anklage gegen ihn wegen der Schwanzwedlerei und werfen die ganze Sauerei nicht den Medien zum Fraß vor. Gut?«

Lloyd drehte sich um und sah Kapek an. Er bemerkte Aknenarben, die sein FBI-Image untergruben und ihn mehr wie einen Cop wirken ließen. »Ja, gut. Auch noch ganz spontan: Erstens, wir haben's mit schlauen Burschen zu tun. Blödere Kerle hätten sich direkt auf Hawleys Frau gestürzt, direkt bei ihm in seiner Bude, und hätten sie als Geisel benutzt, was eventuell Hawley schnurstracks zur Polizei getrieben hätte. Das ist beeindruckend. Wenn die falschen Burschen auf die Idee, ein Familienmitglied als Geisel zu verwenden, gekommen und einmal damit durchgekommen wären, machten sie damit weiter, bis jemand getötet wird. So wie es aussieht, ist das hier vermutlich eine einmalige Angelegenheit, was uns wieder zurück zur Issler führt. Ist sie an den Detektor geschlossen worden?«

Kapek setzte sich hin und stupfte mit dem Stift auf die Blätter auf seinem Tisch. »Sie ist sauber. Noch keine Polygraphie, aber während sie im Krankenhaus war, habe ich ein Spurensicherungsteam und Fingerabdruckspezialisten ihr Apartment unter die Lupe nehmen lassen. Sie fanden Spuren eines Brecheisens an der Nebentür und Abdrücke von Gummihandschuhen auf allen Oberflächen, die die Mexikaner berühren mußten. Wir haben einen Satz brauchbarer Abdrücke gefunden, und das Team hat die halbe Nacht damit zugebracht, sie anhand von DMV, Armee- und Paßunterlagen mit denen von Sally, Hawley, und einer Liste von Freunden und Verwandten, die Sally uns gegeben hat, zu vergleichen. Wissen Sie, was dabei rauskam? Die obigen Nicht-Verdächtigen und ein Satz mit ungeklärter Herkunft, von dem sich später herausstellte, daß er von einem erbsenhirnigen L.A.P.D.-Streifengrünling stammte, der die ganzen Schwarzweißen vor dem Haus gesehen hatte und dazuzustoßen gedachte. Die Leute von der Spurensicherung haben zerstampfte Blütenblätter gefunden, die durch die Seitentür hereingebracht wurden; die Bohnenfresser haben auf ihrem Weg hinein ein Blumenbeet zertrampelt. Nein, Sally-Baby steckt *nicht* drin.«

Lloyd sagte: »Shit. Kompetente Fingerabdrucksleute?«

Kapek lachte. »Die besten. Ein Bursche ist voll abgedreht. Er hat die Bettpfosten eingepinselt und logisch geschlossen, daß Sally es gern von oben hat. Gut?«

»Nur dienstags. Schieben wir mal den offensichtlichen Kram beiseite. Der

Anrufer trug Handschuhe, und Hawley kann ihn nicht aus unserer Verbrecherkartei herausfischen?«

»Richtig.«

»An beiden Tatorten keine Augenzeugen?«

»Richtig.«

»Die Bankschecks machen mir zu schaffen. Wieviel Bargeld können die bringen – fünfundzwanzig auf den Dollar?«

»Wenn überhaupt. Aber sie sind grün – und aus geraumer Entfernung, so während einer Ausguckerei, könnten sie schon wie echtes Geld wirken, was unsere Jungs nicht so schlau aussehen läßt.«

Lloyd nickte. »Angestellte und Ex-Angestellte, der Umgang von Issler und Hawley?«

»Wird gerade nachgeprüft. Wenn wir diese Sache nicht in einer Woche oder so geklärt haben, werde ich einen Mann in die Bank einschleusen. Die Auswahl unserer Ansatzmöglichkeiten wird kleiner. Gut?«

Lloyd sammelte seine Gedanken, indem er aus dem Fenster auf die tiefhängenden Wolken sah, die die Spitze der Wolkenkratzer streiften. »Nein, nicht gut. In einem der Berichte stand, die Issler habe bemerkt, daß die Mexikaner Armee-.45er trugen. Es ist seltsam, daß einer Frau so etwas auffällt.«

Kapek lachte leise in sich hinein. »Sexistisch. Isslers Vater war Berufsoffizier. Sie weiß, wovon sie spricht. Diese alten, schweren .45er werden allerdings langsam rar. Vielleicht ein Ansatz.«

Lloyd nickte stumm und beobachtete, wie dunkle Wolken das Restaurant auf der Spitze des Occidental Buildings verschlangen; einen Moment lang vergaß er, daß dieser »Fall« vermutlich sein letzter war. Er drehte sich um, um Kapek anzusehen, und sagte: »Das heißt, wir müssen herausfinden, wie und woher die Täter Wind von Hawley und Issler bekommen haben und ob sie beide mit anderen Filialleitern befreundet sind, die sich in ähnlich anfälliger Position befinden. Das ist eine säuisch beschissen schwere Aufgabe, das herauszubekommen.«

Kapek klatschte sich auf beide Hüften. »Wir wär's mit einer Kontaktanzeige in einem der Anzeigenblätter – ›Bankmanager, die in außereheliche Romanzen involviert sind, mögen sich bitte melden, um als Köder zu fungieren!‹ Nein, ich habe Hawley und Issler bereits dahingehend gefragt – nix. Das ist eine einmalige Sache, verübt von Schlaumeiern, die sich unter Kontrolle haben. Jetzt kommt die Preisfrage: Was werden Sie in dieser Sache unternehmen?«

Lloyd gebot Kapeks Eifer mit einer abgehackten Handbewegung Einhalt. »Nein. Zuerst mal, wie wollen wir es halten? Ich habe Untersuchungen geleitet, und ich habe allein gearbeitet, aber ich habe noch nie als Verbindungsmann zum FBI gearbeitet. Ich bin mir darüber im klaren, daß es Ihre Untersuchung ist, aber ich möchte wissen, was ich verlangen kann, wen ich mit etwas beauftragen kann, und wieviel Spielraum ich habe, es auf meine Art zu tun.«

Kapek murmelte »Ihre Art« vor sich hin und sagte dann laut und deutlich: »Die Untersuchung ist *folgendermaßen* strukturiert: L.A.P.D. befaßt sich mit dem Issler-Kidnapping unter der Leitung der Lieutenants der entsprechenden Abteilung der Detectives von West Valley. Er weiß, daß Sie der Verbindungsmann sind; er wird Ihnen jede Information und Unterstützung geben, die Sie brauchen. Ich lasse gerade drei Mann den Umgang von Issler und Hawley überprüfen, sowie die Restaurants und Motels, die sie frequentierten, oder ähnliches. Sie werden Daten über die Leute zusammentragen, auf die Sie stoßen, um sie dann anschließend mit R & I des L.A.P.D.s durchzugehen und nach Verbindungen zu suchen. Das mit den Reiseschecks ist ein Schuß ins Blaue, aber die Seriennummern sind landesweit bekanntgegeben worden, und die West Valley-Cops haben ihre Spitzel darauf angesetzt. Ich will, daß Sie zwischen den Abteilungen hin und her pendeln. *Sie* haben vermutlich noch Spitzel bis zum Sack hoch, und ich möchte, daß Sie sie gebrauchen. In unseren Computern und Akten ist absolut gar nichts über weiße/mexikanische Banditenteams – nichts. Punkt. Ganz zu schweigen von welchen, die sich auf Kidnapping und Überfall verlegt haben. Dieses Ding klingt nach Straßengangstern auf dem Weg zu höheren Ehren – eher Ihr Revier als meins. Das übernehmen Sie dann.«

Lloyd atmete die Erklärung seines Status als zweite Geige förmlich ein; es war ein Gefühl, als ob böse, kleine, bürokratische Bienen um sein Hirn schwirrten. Seine Stimme war beklommen und heiser, als er sagte: »Dann lassen Sie uns verflucht noch mal ans Werk gehen. Sie haben Hawley schon eingeschüchtert, also greifen Sie sich seine Kreditkartenabrechnungen, damit wir erfahren, wo er mit Sally gebumst hat. Vertrauen Sie nicht darauf, wie er diese Dinge im Gedächtnis hat – im Unterbewußtsein wird er Ihnen ans Bein pinkeln. Setzen Sie ihn unter Druck, nehmen Sie ihn unter die Lupe, fördern Sie zu Tage, was für Dreck er am Stecken hat. Gut?«

Kapek kicherte: »Sollen wir ihn mit dem Gummischlauch verprügeln? Ihm mit einer Buchprüfung der Steuerbehörde drohen? Er hat seinen Sohn auf dem College, der schwul ist. Ihn unter Druck setzen, indem ich es in die Abendnachrichten bringe? Sachte, Sergeant, sachte. Der Mann kooperiert ja.«

Das Schwirren wurde ohrenbetäubend. Lloyd sah aus dem Fenster, riß seine Augen aber wieder zurück, als die Vorstellung eines Sprunges aus dem siebten Stock ins Nichts immer verlockender wurde. »Ich hätte es gern selbst mal mit der Issler versucht«, sagte er. »Ich möchte sie nach ihren alten Freunden befragen, und ich möchte ihr Telefon zu Hause und bei der Arbeit anzapfen. Ich werde sacht mit ihr umgehen.«

Kapek stand auf, legte seine Hände auf den Tisch und lehnte sich nach vorn, so daß sein Gesicht nur wenige Zentimeter von Lloyds war. »Unmißverständlich nein. Dieser Befehl kommt direkt von Ihrem eigenen unmittelbaren Vorgesetzten. Captain McManus trug mir persönlich auf, Sie von ihr fernzuhalten, und von allen anderen Frauen, die jenseits des Levels von formlosen Befragungen in diese Untersuchung verwickelt sind. Er sagte mir, wenn Sie gegen diese Order verstoßen, wird er Sie auf der Stelle vom Dienst suspendieren. Er meint es ernst, und wenn Sie mich in dieser Sache hintergehen, werde ich es ihm wie ein geölter Blitz melden.«

Auf einmal unternahmen die Bienen einen Kamikazeangriff. Lloyd blickte nieder auf seine bandagierte Hand und sah, daß er die Fensterleiste so fest gepackt hatte, daß Blut durch den Verbandstoff hindurchsickerte. Er stierte aus dem Fenster auf eine dunkle Regenwolkenmasse. Als er sah, daß das Occidental Building jetzt völlig im Finstern lag, sagte er: »Es ist Ihr Spiel, G-Man. Ich rufe Sie alle 24 Stunden an, wenn sich nichts Dringendes ergibt. Rufen Sie mich zu Hause oder im Parker-Center an, wenn Sie irgend etwas erfahren. Gut?«

»Gut.«

»Was hat Ihnen McManus noch erzählt?«

»Er deutete an, daß Sie psychische Probleme betreffs der Jagd nach Rockschößen haben. Ich sagte ihm, meine Frau hat einen Schwarzen Gürtel in Karate, also habe ich diese Probleme nicht.«

Lloyd lachte. »Es ist Ihr Spiel, aber meine letzte Jagd. Ich werde diese Schwanzlutscher festnageln.«

Kapek deutete zur Tür. »Setz dich in Marsch, harter Hecht.«

Lloyd setzte sich in Marsch, zuerst in einem Taxi ins Parker-Center, wo er sich offiziell zum Dienst zurückmeldete, dann in seinem 79er Matador zum West Valley-Revier. Er blieb vor den nordwärts ziehenden Sturmwolken, die das L.A. Becken bis auf die Knochen zu durchnässen drohten.

Im leeren Mannschaftsraum von West Valley las er die Berichte, die von Kriminalbeamten angelegt worden waren, die die Anwohner in der Nähe der beiden Tatorte noch am späten Abend des vorherigen Tages befragt hatten. Das Abklappern aller Häuser am Woodman und Ventura war eine völlige Lusche – drei Hausfrauen hatten den bewußtlosen Hawley in seinem Cadillac bemerkt, aber niemand hatte ihn in Gesellschaft eines anderen Mannes gesehen. Das Klinkenputzen in Sally Isslers Nachbarschaft hatte noch weniger gebracht – keine männlichen Mexikaner, allein oder zu zweit unterwegs, waren auf der Straße gesehen worden, und keine unbekannten oder verdächtigen Fahrzeuge waren in der Nähe des Apartmenthauses oder davor geparkt gewesen.

Sally Isslers offizielle Aussage, gemacht, als die Wirkung der im Krankenhaus verabreichten Beruhigungsmittel nachgelassen hatte, war aufschlußreicher. Zur Person der zwei Männer befragt, die sie gefangen gehalten hatten, hatte sie ausgesagt, daß der »große, schlanke« Mann »passiv für einen Verbrecher« wirkte; »leise sprechend, eventuell sogar gebildet«, und daß der »kurze, muskulöse« Mann »wie ein Sexualverrückter wirkte, wie einer dieser Mexikaner, die jede Frau, die ihnen über den Weg läuft, anmachen«. Auf die Frage, was genau der kleine Mann sagte, verweigerte sie die Antwort.

Lloyd rief bei Telecredit an und verlangte die Aufzeichnungen der jüngsten Kreditkartentransaktionen von Robert Hawley und Sally Issler, mit besonderem Augenmerk auf Restaurant- und Bar-Rechnungen und Motelübernachtungen. Der Telefonist versprach, ihm die Informationen telefonisch ins Parker-Center durchzugeben.

Lloyd hakte verschiedene Möglichkeiten in seinem Kopf ab und hinterließ eine Nachricht für den Lieutenant, der die Ermittlungen über Issler durchführte, ihn im Center anzurufen, dann schrieb er ein Memo nieder, das als Rundschreiben an alle L.A.P.D.-Divisionen geschickt werden und eine Personenfahndung einleiten sollte: »An alle Einheiten. Gesucht wird ein Zwei-Mann-Überfallsteam: männliche Mexikaner, Anfang Dreißig, der eine groß, schlank und ›leise sprechend‹, der andere klein, muskulös und möglicherweise ein Sexualverbrecher. Beide sind bewaffnet mit Colt-.45-Armeemodellen mit Schalldämpfern. Achten Sie ebenfalls auf Bank-of-America-Reiseschecks der Marke Greenback, Seriennummern und Nennwerte sind aufgeführt im Raub-Bulletin der West Valley Div. vom 7/12/84. Leiten Sie bitte alle Rückfragen und Befragungsberichte an Det. Sgt. Hopkins, Abteilung Kapitalverbrechen, Div. X 4209.«

Auf dem Weg nach draußen ließ Lloyd das Memo beim Schicht-Commander, der ihm zusicherte, daß es rechtzeitig rausgeschickt werde, um noch auf die *Rote Liste* der Nachtschicht zu kommen. Dann fuhr er zurück zum Parker-Center, dieses Mal direkt in die Sturmwolken.

Er befand sich am östlichen Rand von Hollywood, als der Regen einsetzte. Hawley, Issler und mexikanische Banditen rollten aus seinem Kopf, und Janice nahm ihren Platz ein, erstarrt in der exakten Einstellung des Bildes vor seinen Augen, als er sie das letzte Mal gesehen hatte. Nachdem er das Regal des Rechtsanwalts k. o. geschlagen hatte, war er durch Chinatown gelaufen; er hatte seine blutige Hand in seinen Hemdschoß gepreßt, fühl- und ziellos, bis es auf einmal regelrecht zu schütten begann und er merkte, daß er nur ein paar Blocks von Janices Apartment entfernt war. Er klopfte an die Tür, und sie wurde von Roger geöffnet, der einen Bademantel trug und hinter dem sich ein kläffender Dackel versteckte.

Roger selbst wich zurück, als fürchtete er einen Schlag. Lloyd lief an ihm vorbei in die Küche, wobei er seine Hand fest zusammenhielt, um kein Blut auf Janices persischen Teppich zu vertropfen. Der Hund kläffte, knurrte und schnappte nach seinen Knöcheln, als er ein Geschirrtuch um seine aufgeschlagenen Knöchel wickelte.

Dann war Janice hereingekommen, in der Hand einen Krug mit eisgekühlten Daiquiris. Beim Anblick von Lloyd machte sie einen Satz nach hinten, und der Krug fiel auf den Boden, und die sprudelnde Mischung aus Bananen und Rum spritzte in alle Richtungen. Lloyd hob die Hand und sagte: »O Shit, Jan«, und der Dackel machte sich daran, die glitschige Flüssigkeit aufzulecken. Roger betrat die Küche, als der Hund vom Alkohol zu taumeln begann. Er versuchte ihn zu fassen, rutschte aber auf Bananenresten aus und fiel mit dem Hintern voran zu Boden. Der betrunkene Vierbeiner leckte sein Gesicht, und Janice lachte so heftig, daß sie sich an Lloyd festhalten mußte, um nicht umzufallen. Er stützte sie mit seinem unverletzten Arm, und sie drückte sich an ihn, bis er fühlen konnte, wie sie ineinander verschmolzen, wie sie es früher getan hatten. Dann brach Roger den Zauber des Augenblicks, indem er losblubberte, daß sein Mantel ruiniert wäre, und Janice löste sich von ihrem Ehemann und ging wieder zu ihrem Geliebten. Aber etwas hatte wieder aufgefunkt. Lloyd flüsterte: »Ich liebe dich«, als er sich aus der Küche zurückzog. Janice formte ein »Ja« mit ihren Lippen und berührte ihre Brüste mit den Händen.

Wieder in seiner Kabine im Parker-Center, ließ Lloyd die Funken vor sich hin glühen, als er sich Gedanken über die logistische »Drecksarbeit« machte. Zuerst machte er Notizen für Computer-Cross-Checks, dann schrieb er ein Memo an alle Departments, das das gesamte Personal der Detective Division auf den Fall und seine wesentlichen Fakten aufmerksam machte. Die Arbeit prägte die Fakten noch tiefer in seinen eigenen Kopf ein und verdrängte den Gedanken, die Sache in die Länge zu ziehen und so das Unvermeidbare hinauszuschieben.

Das Gefühl der Unvermeidbarkeit bohrte in ihm wie Sporen und trieb ihn hinunter in den Computerraum im vierten Stock, wo er den Programmierer Suchfragen nach weiß/mexikanischen Überfallteams mit ihren gegenwärtigen Aufenthaltsorten, männlichen Mexikanern mit Verurteilungen wegen bewaffneten Raubüberfalls und Sexualdelikten, zuletzt aktenkundigen und mutmaßlichen Waffenhändlern, die die Gangs belieferten, eingeben ließ. Die Resultate kamen zwanzig Minuten später – ein Ausdruck von vierzig Namen und den dazugehörigen Vorstrafenregistern. Die ersten beiden Kategorien waren völlige Fehlanzeige; die zwölf gemischtrassigen Banden hatten alle mindestens zwei Mitglieder, die zur Zeit inhaftiert waren, und die neun Mexikaner, die beide Vorstrafen aufwiesen, waren alles Männer zwischen achtundvierzig und einundsechzig.

Lloyd nahm die Liste der Waffenhändler mit hoch in seine Kabine und las die einundzwanzig Namen und Vorstrafenregister durch. Die Schwarzen darunter strich er sofort aus – Latino- und schwarze Gangster haßten einander wie die Pest. Das eliminierte dreizehn Namen, und der Ausdruck zeigte, daß vier der übrigen acht Männer wegen verschiedener Delikte im County-Jail und im State

Prison waren. Er notierte sich die vier Namen, die noch blieben: Mark McGuire, Vincent Gisalfi, Luis Calderon und Leon Mazmanian. Dann rief er den seiner Informanten an, dem er am meisten traute, und gab ihm die Namen, eine kurze Zusammenfassung des Hawley/Issler-Falls und die Zusicherung eines Hunderters für gute, harte Informationen. Die Drecksarbeit so hinter sich gebracht, blickte er aus dem Fenster auf den Regen und fragte sich, was Janice machte. Dann ballte er seine verletzte Hand zu einer Faust zusammen und sah nach, ob der Verband noch dicht war. Er war es, die Wunde war trocken, und er zog den Verband herunter und warf ihn in den Papierkorb.

10

Am Morgen seines zweiten bewaffneten Überfalls erwachte Joe Garcia und fand sich Auge in Auge mit einer weiteren plattgedrückten .45er-Patrone, diesmal oben auf der Matratzenfüllung, die aus seiner Sealy Posturepedic ausgetreten war, als er schlief. Als er sich auf den Rücken rollte, sah er das Bauholz, das die Handwerker für die Wiederherstellung seiner Schlafzimmerwand aufgestapelt hatten, und fügte das verbogene Metallstück denen hinzu, die er bereits aus seinen Kleidern und Büchern und Schallplatten herausgepult hatte. Elf. Bobby hatte beide Waffen leergeschossen, insgesamt also vierzehn Kugeln. Ein Stapel seiner Science-Fiction-Taschenbücher, seine Pendletons und sämtliche alten Buddy-Holly-Scheiben waren draufgegangen, und drei der kleinen Drecksdinger versteckten sich immer noch. Sie warteten nur darauf, ihm zu sagen, daß er, obwohl er beinahe zwei Riesen in der Tasche hatte und Bobby für den Schaden aufkam, einunddreißig war und sich rapide auf ein Schwarzes Loch zubewegte. Nahm man mal an, das Ding von heute brachte zehnmal soviel Geld bei einem zehnmal so gefährlichen Plan, dann bewegte er sich wenigstens reich auf das Schwarze Loch zu. Doch dann würde Bobby ihn zu irgendeinem schmierigen Schwindel überreden, bei dem schnelles Geld zu machen sei, und er bewegte sich pleite auf das Schwarze Loch zu. Als er sich aus dem Bett stieß, lief es Joe kalt den Rücken herunter, und es gelang ihm, die Ursache dingfest zu machen: Vor zwei Tagen war er ein echter schwerer Junge geworden. Wenn er schon keine Zukunft hatte, dann doch immerhin mit Stil.

Dann wurden seine Augen der Handfeuerwaffe mit Schalldämpfer gewahr, die auf seiner Frisierkommode lag, und die Ursache machte ihn dingfest und verwandelte seine Knie in Gummi. In einer Stunde würde er Straftaten begehen, die ihn für den Rest seines Lebens ins Gefängnis bringen konnten oder ihm auf der Stelle eine Kugel einbrachten. Die eine wirklich gute Zeile aus seinem »epischen« Song, an dem er schon so lange rumbastelte, brachte das Faß zum

Überlaufen und ließ seine Arme wie Glibberpudding zittern: ». . . and death was a thrill on Suicide Hill.«

Joe versuchte das Zittern zu unterdrücken, indem er an Bobby dachte. Er wußte, er würde sauer oder deprimiert oder dankbar werden, wenn er damit fortfuhr, ihn vollzublubbern. Während er sich anzog, erinnerte er sich daran, wie sie in Lincoln Heights aufgewachsen waren und wie Bobby ihn gehalten hatte, wenn der Alte wieder einmal voll nach Hause kam und nach etwas suchte, auf das er eindreschen konnte; wie er ihn an sein Bett gefesselt hatte, damit er weggehen und ohne ihn spielen konnte; wie alle Nachbarn ihre Familie verachteten, weil nur zwei Kinder zu haben bedeutete, daß sie schlechte Katholiken waren, und wie Bobby die Kinder verprügelte, die behaupteten, sie wären in Wahrheit verkleidete Juden. Bobby rettete damals seinen Arsch, aber als Pater Chacon ihre alte Dame dazu überredete, gegen den Rat des Arztes doch zu versuchen, noch mehr Bälger zur Welt zu bringen, und sie während der Geburt starb, prügelte Bobby die Scheiße aus ihm heraus, als er den bescheuerten alten Priester einen *puto* nannte.

Und Bobby schleppte ihn durch Einbruch und Gefängnis; und Bobby spuckte auf seine Träume; und er konnte sich von ihm absetzen; aber er mußte in L.A. bleiben wegen des Musikgeschäfts, und wenn er in L.A. blieb, fand Bobby ihn, und Bobby brauchte ihn, denn ohne ihn war Bobby ein todsicherer und endgültiger Kandidat für die Gummizelle in Atascadero.

Die Bestandsaufnahme beruhigte Joe soweit, daß er sich rasieren und seine Tarnausstattung anlegen konnte, die aus geschäftsmännischem Anzug und glänzenden schwarzen Schuhen bestand. Aber als er die .45er in seinen Gürtel steckte, kam das Zittern wieder. Dieses Mal bekämpfte er es mit Vorstellungen von Gitarren, Verstärkern und Aufnahmegeräten im Wert von zehn Riesen. Das funktionierte so lange, bis Bobby in den Eingang sprang, die Arme erhoben wie der Werwolf vom Dienst, und knurrte: »Auf geht's, *pindejo.* Ich bin hunnnggrig.«

Die Brüder fuhren zu ihrem Ziel.

Sie parkten an Studio und Gage und stopften genug Münzen für zwei Stunden in den Parkometer. Dann gingen sie zu Fuß die drei Blöcke nach Norden zur Hildebrand. Der Straßenverkehr war spärlich, der Fußgängerverkehr non-existent. Um 8.17 erreichten sie Christine Confreys Haus im Ranch-Stil. Ihr roter Toyota war in der Einfahrt geparkt. Bobby sagte: »Geh, wie wenn du der Hausherr wärst.« Joe flüsterte: »Bleib ultrakalt.« Bobby grinste. »Jetzt, kleiner Bruder.«

Sie gingen durch die Einfahrt direkt zur Hintertür. Joe hielt nach Zeugen Ausschau, während Bobby ein Metallineal aus seiner Jackentasche nahm. Er ließ es zwischen Tür und Türpfosten gleiten und drückte nach oben. Das Schloß sprang auf, sie traten ein in einen winzigen Raum, der mit Gartenklappstühlen gefüllt war. Joe legte den Riegel wieder vor und fühlte, wie sein Schweiß im Moment des Entsetzens über den Einbruch eiskalt wurde: Wenn sie gesehen wurden, war es vorbei.

Bobby beäugte die eigentliche Haustür und hob ein beschmutztes Handtuch vom Boden auf; Joe fingerte ein Stück Nylonschnur aus seiner Gesäßtasche, dann beobachtete er, wie die Lippen seines Bruders einen lautlosen Countdown abzählten. Bei »fünf« legten sie Skimasken und Handschuhe an; bei »eins« stürmten sie los und drängten schnellen Schrittes durch die Tür.

Der Verbindungsgang war ruhig. Joe hörte Musik von einer Tür am entfernten linken Ende und nahm diese Seite des Korridors. Er wußte, daß ein Teil seines Jobs als Wachhund darin bestand, derjenige zu sein, der sich das Mädchen griff. Als die Musik lauter wurde, preßte er sich an die Wand; als die Musik das Pochen seines Herzens übertönte, sprang er durch die offene Tür und auf die Frau, die gerade mit einem Fuß auf dem Rand der Badewanne stand und ein Rasiermesser schnittbereit über ihrem Bein hielt.

Die Frau schrie, als Joes Arme sie umfingen; das Rasiermesser durchschnitt einen Teil ihrer Wade. Bobby stürmte ins Badezimmer und wickelte das Handtuch über ihren Kopf, stopfte ihr einen großen Fetzen davon in den Mund und würgte so ihre Schreie ab. Joe zog das Kleid an den Brüsten zusammen, damit sie nicht herausragten, dann wickelte er die Schnur um sie, drückte ihre Arme an ihre Seite. Als er die Schnur verknotet hatte, hob er das Mädchen vom Boden auf. Sie trat aus und schlug um sich und hielt immer noch das Rasiermesser fest umklammert. Er flüsterte: »Psst, psst, psst. Wir werden Ihnen nichts tun. Wir wollen nur Geld. *Wir wollen nur Geld.*«

Bobby holte seine Klebebandrolle heraus und zog ein langes Stück frei, dann entfernte er das Handtuch. Die Frau gab einen kurzen Kreischlaut von sich, bevor er in der Lage war, das Klebeband um ihren Kopf zu schlingen und es an ihren Mund zu drücken. Als er das Entsetzen in ihren Augen sah, begann sein ganzer Körper zu zucken, und er flüsterte: »Verflucht, bring sie zur Ruhe.«

Joe lockerte den Griff, mit dem er die Frau umfaßt hielt, als Bobby aus dem Badezimmer stolperte. Mit einer Hand nahm er seine .45er heraus und hielt sie vor sie; mit der anderen glättete er ihr zerzaustes Haar. »PSST. PSST. Wir werden Ihnen nichts tun. Dies ist ein Überfall. Es hat mit Ihnen zu tun und mit Ihrem Freund Eggers. Sie müssen zwei Dinge tun: Sie müssen ohne Angst sein, aber Sie müssen so tun, als ob Sie Angst hätten, wenn das Telefon klingelt und Sie mit Ihrem Geliebten reden. Mein Kumpel ist ein Irrer, aber ich kann ihn unter Kontrolle behalten. *Behalten Sie die Ruhe, und Ihnen geschieht nichts.*«

Christine Confreys Zittern nahm ein klein wenig ab; Joe konnte fühlen, wie sie überlegte. Als sie das Rasiermesser fallen ließ, lockerte er seinen Griff und schob sie in den Korridor. Dort war Bobby, an die Wand gelehnt, und machte das Daumen-hoch-Zeichen. »Das Telefon wird sehr bald klingeln«, kicherte er.

Joe nickte und brachte Christine ins Schlafzimmer. Er bedeutete Bobby, draußen zu bleiben. Er bemerkte das Telefon auf einem Nachttischchen; es sah aus wie etwas, das gleich explodieren würde. Als es schrill klingelte, sah er seiner Gefangenen in die Augen. »Behalten Sie die Ruhe«, flüsterte er, während er sacht das Klebeband von ihrem Mund zog.

Er nahm den Hörer beim fünften Klingeln ab und sagte: »Eggers?«, beantwortet von einem »J-ja, Chrissy. B-bitte g-geben Sie sie mir.« Er nickte Christine zu und hielt die .45er hoch, damit sie sie sehen konnte. Dann reichte er ihr den Hörer.

Sie faßte ihn mit zitternden Händen und versuchte Worte zu formen. Joe unterdrückte ein Verlangen, ihr Haar glatt zu streichen. Endlich fing sich ihre Stimme. »John, hier sind diese zwei Männer. Sie sind bewaffnet und sie sagen, daß sie nur Geld wollen.« Sie beobachtete, wie Joe über den Lauf seiner .45er strich, und ihre Stimme wurde schneller. »Bitte, John, verflucht. Sei jetzt nicht so verflucht gemein – tu, was immer sie dir zu tun auftragen, oder sie werden mich umbringen. Sie –«

Joe griff sich den Hörer und legte seine freie Hand auf Christines Hand. Er sagte: »Begriffen, Eggers?« und bekam als Antwort: »Ja, du Tier.« Joe sagte: »Tu einfach, was unser Freund sagt.« Dann hängte er ein.

Christine Confrey drehte ihren Kopf frei und sagte: »Was nun?« Joe dachte an Streifenwagen mit quietschenden Reifen und Bullen mit Schrotflinten. »Jetzt warten wir«, sagte er. »Höchstens eine Stunde. Dann erhalten wir einen weiteren Anruf, kleben dir den Mund zu, und du siehst uns nie wieder.«

»Du bist ein schleimiges Stück mexikanischer Scheiße«, antwortete Christine Confrey. Joe ertappte sich dabei, gerade zustimmend nicken zu wollen, aber sagte statt dessen: »Ganz ruhig.« Sein Gesicht kam unter der Skimaske ins Schwitzen. Sie fühlte sich wie ein Leichentuch an.

Sie warteten stumm. Christine saß auf dem Bett, Joe stand an der Schlafzimmertür. Er sah auf seine Uhr und hörte zu, wie Bobby kicherte, als er durch die Wohnung streifte. Es war, wie wenn sein Verstand zweigeteilt war, und jede Hälfte arbeitete auf etwas Schlechtes hin. Nach zweiunddreißig Minuten, in denen Joe die Timex angestarrt hatte, explodierte Bobbys Kichern mit einem großen Lachanfall. Dann flog die Tür auf, und der Geistesgestörte mit der Skimaske stand da, eine Illustrierte in der Hand, und knurrte: »Schau mal das Sexheftchen an, Genosse. Super-duper-Muschi.«

Christine deutete auf die Illustrierte, die Bobby schwenkte, schnappte nach Luft und bekam dann heraus: »I-i-ich war neunzehn! Ich brauchte das Geld, und ich habe es nur behalten, weil John gern sieht, wie ich damals aussah und ich –«

Joe bewegte sich zum Bett und wickelte das abgezogene Stück Klebeband um Christines Mund. Bobby war in seinem Rücken und hielt das Exemplar von *Beaverooney* offen; er tippte mit dem rechten Zeigefinger auf die Bilder darin. »Scharf, Brüderchen! Ist diese Hure gut wie Gold, oder heule ich den Mond an? Scharf!«

Um Bobby zu beschwichtigen, warf Joe einen Blick auf das doppelseitige, Beine-breit-Nacktbild. »Ja, aber behalte bitte deine Fassung. Behalte deine beschissene Fassung.«

Bobby schubste ihn beiseite und setzte sich auf den Bettrand. Christine zerrte an Schnur und Klebeband, strampelte mit den Beinen bei dem Versuch, sich wegzudrehen, und verzerrte die Lippen beim Versuch zu schreien. Ein Sturzbach Urin befleckte die Vorderseite ihres Kleides und rann an ihren Oberschenkeln herunter. Bobby kreischte: »Super-duper«, und faßte beide Knöchel mit der linken Hand und drückte sie aufs Bett, während seine rechte Hand über ihrer Hüfte kreiste in einer Parodie eines Haifisches, der gleich angreift. Er grunzte: »Da-da-da-da«, und Joe erkannte es als die Titelmelodie des »Weißen Hais«. Bobbys Haifischhand vollführte langsame Achterfiguren; Bobby selbst flüsterte: »Wir wußten, daß du gut bist, Baby, aber ich wußte nicht, wie gut du bist. Gut wie Gold. Ich bin der Haifischmann, Baby. Da-da-da-da. Ich besorg's dir super-duper mit der Flosse und noch besser mit der Schnauze.«

Joe wimmerte: »Nein, nein, nein«, als Bobby seine Zunge durch das Loch in der Skimaske steckte und seinen Kopf senkte; als Bobbys Mund Christines Bein berührte, kreischte Joe: »Nein, du verfluchter Sexstrolch, nein!«

Das Telefon klingelte. Bobby riß den Kopf hoch, als Joe auf den Nachttisch zuging. Er zog die .45er aus dem Hosenbund und zielte damit direkt zwischen die Augen seines Bruders. »Laß es weiterläuten, *puto.* Der Hai möchte etwas Schnauze geben, und kein weichärschiger Wachhund wird ihn davon abhalten.«

Joe wich an die Wand zurück; das Telefon klingelte sechs weitere Male, dann hörte es auf. Bobby kicherte und begann laut zu schlürfen. Christine preßte ihre Augen zu und versuchte ihre Hände zum Gebet zusammenzubringen. Joe schloß seine Augen, und als er Bobby kichern hörte »Der Haifisch taucht«, stolperte er aus dem Schlafzimmer, im Kopf Bilder von Tränengas, Hackebeilchen und Tod.

Dann krachte es auf einmal laut an der Rückseite des Hauses. Joe öffnete die Augen und sah Duane Rice den Korridor entlang rennen, Aktentasche und .45er in den Händen und ohne Skimaske und falschen Bart. Das Haus wurde still, dann hallte Bobbys »Haimann, Haimann« wie Donner. Rice brach ins Schlafzimmer, und Joe hörte ein Geräusch, das er noch nie zuvor gehört hatte: Bobby kreischte vor Entsetzen.

Er rannte zur Tür des Schlafzimmers und sah hinein. Rice hatte Bobby am Boden und drosch auf seinen Leib ein. Christine Confrey war immer noch auf dem Bett und versuchte zu schreien. Ihr Kleid war über ihren Bauch hochgezogen, und ihr Schlüpfer war um ihre Knöchel gerollt. Joe rannte zum Bett und zog das Kleid herunter, dann faßte er Duane Rices Schultern und schrie: »Hör auf, hör auf, du bringst ihn um.«

Rices Kopf und Fäuste zuckten im selben Augenblick zurück, und er drehte sich, um zu der Stimme aufzusehen. Joe sagte: »Bitte«, und Rice mühte sich auf die Beine und keuchte: »Nimm die Aktentasche.«

Bobby stöhnte und rollte sich zu einer Kugel; Christine versuchte ihren Kopf in den Leintüchern zu vergraben. Rice fühlte, wie das pochende Rot, das ihn verzehrte, nachließ. Als Joe zurückkam, in der Hand die Aktentasche, drückte er seine Schultern an die Wand und zischte: »Hör mir gut zu, dann kommen wir durch. Schaff Psycho hier weg und halte ihn an der kurzen Leine, so kurz wie nie zuvor. Fessele die Frau noch besser, und laß dieses Stück Scheiße nicht in ihre Nähe. Wenn ich herausfinde, daß er sie auch nur noch einmal angefaßt hat, bringe ich ihn um. Glaubst du mir?«

Joe nickte und sagte: »Ja.« Rice ließ ihn los, öffnete die Aktentasche und machte sich daran, mehrere Handvoll Geld herauszunehmen, die er auf das Bett fallen ließ. Als die Tasche halb leer war. deutete er auf den Haufen und sagte: »Euer Anteil. Ich rufe dich heute abend an. Aus einem unerfindlichen Grund vertraue ich dir, also kümmere dich um ihn.«

Joe blickte auf die Bargeldbündel, die die zerwühlten Leintücher und Christine Confreys Beine bedeckten, und sah dann herunter auf Bobby, der sich langsam auf die Knie aufrichtete. Er drehte sich um, um nach Duane Rice zu sehen, aber er war schon weg.

Rice zwang sich, langsam zu dem TransAm zugehen, der einen Block von Christine Confreys Haus geparkt war. Er schwang den Aktenkoffer wie Mister Braver Bürger und fragte sich, wie gut die Frau sein Gesicht wohl gesehen hatte, und warum ihr Gesicht für den Bruchteil einer Sekunde genau wie das von Vandy ausgesehen hatte. Dann fiel ihm ein, wie Joe Garcia seinen Bruder bei ihrem ersten Treffen einen Sexstrolch geschimpft hatte, und wie er es als Alberei abgetan hatte. Eggers war völlig weggetreten vom *Angels Dust,* aber Bobby »Boogaloo« hatte sie an den Rand des Abgrunds gebracht.

Nachdem er die Aktentasche im Kofferraum verstaut hatte, fuhr Rice die Gage runter bis zur Studio, und an der Ecke sah er den 77er Camaro der Garcias am Straßenrand geparkt. Er fuhr auf den Parkplatz eines Schnapsladens auf der anderen Straßenseite, um den Abgang der Brüder zu beobachten und zu sehen, ob die Bullen sich der Bude der Confrey näherten. Wenn keine Streifenwagen über sie herfielen und Joe und der Sexstrolch gut waren, hatten sie es geschafft, und Pico und Westholme war immer noch im Bereich des Möglichen.

Er dachte an die Beute, an die schiere Kühnheit, Eggers sterile Höhle ein bißchen aufzumischen, und an den Ausdruck auf seinem Gesicht, als er ihm die Messer zeigte, die er gestohlen hatte, und hinzufügte: »Christine Confrey, ritsch, ratsch. Deine Fingerabdrücke. *Du weißt, was ich will.«* Der Gesichtsausdruck besserte sich, als der Raubzug seinen Lauf nahm und der Bankmann begriff, daß gehorchen der einzige Ausweg war. Und obwohl die Beute wahrscheinlich allerhöchstens zwölf Riesen ausmachte, war es immer noch doppelt so viel wie beim ersten Mal – ein gutes Omen und ein noch besserer Appetitanreger.

Nach zehn Minuten waren weder Streifenwagen noch unmarkierte Personenwagen aufgetaucht, und er konnte die Gage ganz hochschauen und sehen, daß das Haus immer noch ungestört war. Seine Hände pochten von den Schlägen, die er Bobby Garcia verpaßt hatte, und er umklammerte das Lenkrad, um den Schmerz unter Kontrolle zu halten. Nach zwanzig Minuten schwenkten die Garcias von einem Block östlich der Gage auf den Studio Boulevard. Sie gingen Seite an Seite und trugen Einkaufstüten, die ihre Gesichter teilweise verdeckten. Bobby hinkte, vermutlich hatte er Unterleibsschmerzen, und Joe redete ihm die ganze Zeit gut zu, mehr wie ein Vater als wie ein kleiner Bruder. Rice lächelte, als sie in ihren Camaro stiegen und wegfuhren. Für einen ängstlichen Trittbrettgangster hatte Joe Garcia ganz schön Mumm. Wenn er den Mumm des Sexstrolchs drei Stunden lang im Zaum halten konnte, würde er Pico und Westholme wahr werden lassen.

Als er »heim« zum Holiday Inn kam, tauschte Rice seinen Bankräuberanzug ein gegen eine neue Hemd-Jeans-Kombination und zählte den Erlös des Eggers/Confrey-Jobs. Seine Hälfte der willkürlichen Teilung kam auf fünftausendeinhundertfünfzehn Dollar. Das Geld zu liebkosen, schien obszön, und er erinnerte sich an das, was ihm ein weichherziger alter Bulle in Soledad erzählt hatte: Ficke keine Huren, denn sonst sehen allmählich alle Frauen wie Huren aus. Christine Confreys entsetztes Gesicht fiel ihm wieder ein, und er fragte sich, ob alle Frauen, wenn man eine Frau liebte, anfingen, so wie sie auszusehen? Und obwohl Christine und Vandy physisch das Gegenteil voneinander waren, war ihre Ähnlichkeit seltsam.

Rice sah auf das Telefon und spielte mit dem Gedanken, die Schmiere anzurufen und auf Christine hinzuweisen, verwarf es dann beim zweiten Gedanken als schieren Selbstmord und wählte die illegale Nummer von Louie Calderon.

Louie nahm beim ersten Läuten ab. »Am Apparat.«

»Duane. Irgendwelche Nachrichten für mich?«

»Duane das Hirn. Wie hängt der Schwanz?«

»Ein später Meter. Irgendwelche Anrufe?«

»Ja. Wenn ein Nigger und ein Mexikaner gleichzeitig vom Dach des Occidental Buildings springen, wer prallt zuerst am Boden auf?«

»Jesus, Louie, wer?«

»Der Nigger, denn der Mexikaner muß auf dem Weg nach unten anhalten und seinen Namen auf die Mauer sprühen.« Louie bekam einen Lachanfall, fing sich wieder und sagte: »Ich fand es witzig, und ich bin ein verfluchter Mexikaner. Stift parat?«

»Ich merk's mir so. Schieß los.«

»Okay. Ruf Rhonda an – 654-8996. Supersexy Stimme, Duane, wirklich toll.«

Rice sagte »Ja« und hängte auf, dann wählte er Rhondas Nummer. Nach dem sechsten Läuten kam die schläfrige Stimme der anschaffenden Börsenmaklerin aus der Leitung. »Ja?«

»Hier ist Duane Rice. Hast du was für mich?«

»Mach dich auf was gefaßt, Duane.«

»Sag's mir!«

Rhonda atmete tief aus, und sagte dann: »Ich habe herausgefunden, daß Anne eine Zeitlang für Silver Foxes angeschafft hat, vor ein paar Monaten. Jetzt ist sie zu einem Mann gezogen – einem Videoentrepreneur. Ich bin ziemlich sicher, daß es so eine Kokshurensache ist. Er ist schwer drin in Rockvideos und, nun, ich ...«

Rice sagte: »Ganz langsam jetzt, und du bist einen Riesen reicher. Name, Adresse und Telefonnummer. Ganz langsam.«

»Kannst du mir das Geld Montag oder Dienstag geben? Ich fahre übers Wochenende zu den Thermen, und die Rate für mein Auto ist fällig.«

Rice schrie: »Sag's mir, zur Hölle, du verfluchte Hure!«

Rhonda brüllte zurück: »Stan Klein, Mount Olympus Etates, Nummer vierzehn. Du bist eine größere Hure als ich, und ich will mein Geld!«

Klein, der Dopedealer, der ihn vermutlich verpfiffen hatte und dafür verantwortlich war, daß sie ihn wegen Autodiebstahls hochgenommen hatten.

Klein, der Gigolo, der seiner Meinung nach schon immer scharf auf Vandy gewesen war, und –

Das Hotelzimmer drehte sich; ein Adrenalinschub strömte durch Rice wie die Drogendosis, die ihn drei Jahre seines Lebens gekostet hatte. Das Telefon fiel zu Boden, und durch einen langen roten Tunnel hallte das Echo von Rhondas Stimme: »Es tut mir leid, Duane, es tut mir leid. Es tut mir wirklich leid.«

Alles spielte verrückt, dann traf es ihn wie Eiswasser und Starkstrom gleichzeitig.

Du kannst ihn nicht töten.

Du kannst ihn nicht töten, weil sie dich mit ihm in Verbindung bringen können.

Du kannst ihn nicht töten, weil sie Vandy mit ihm in Verbindung bringen können und sie dann im Sybil-Brand-Frauengefängnis ausquetschen können, und sie ein gefundenes Fressen für die Lesben dort ist.

Du kannst ihn nicht töten, weil dann Sense war für dich und Vandy mit der Rockszene in New York und mit dem Haus in Connecticut, und –

Es war genug Eiswasser-Treibstoff. Rice rannte zum TransAm. Als zusätzliche Versicherung ließ er die .45er unter dem Kopfkissen liegen. Rhondas Flehen klang immer noch aus dem Telefon: »Es tut mir scheißleid, aber ich brauche Geld! Du hast es versprochen! Du hast es versprochen!«

Mount Olympus war ein besseres Wohngebiet mit zweistöckigen Villen im mediterranen Stil bei der Fairfax im unteren Teil der Hollywood Hills. Rice fuhr langsam die Zufahrtsstraße hoch und suchte nach Stan Kleins rotem Porsche mit dem persönlichen Nummernschild »Stan the Man«. Als er nur Benze, Caddys und Audis sah, meistens farblich zu den entsprechenden Häusern passend, bog er in die leere Auffahrt von Nummer 14 und nahm beim Aussteigen einen schmalen Schraubenzieher aus dem Handschuhfach.

Die Fenster waren zu hoch, um heranzureichen, aber die Tür machte keinen stabilen Eindruck. Rice läutete, wartete zwanzig Sekunden, läutete dann noch einmal. Als er hörte, daß sich drinnen nichts tat, steckte er den Schraubenzieher direkt über dem Schloß in den Türrahmen und zog. Das billige Sperrholz brach, und die Tür ging auf.

Er trat ein, schloß die Tür und machte sich im Kopf eine Notiz, keine Fingerabdrücke zu hinterlassen. Das Eingangsfoyer war dunkel, aber zu seiner Linken konnte er ein großes Wohnzimmer mit hoher Decke sehen.

Rice ging hinein und staunte. Jeder freie Zentimeter an Boden und Wand war mit Stereo- und Videogeräten bedeckt. V.C.R.s und Betamaxrecorder waren entlang einer Wand vom Boden bis zur Decke gestapelt; Heimcomputerterminals, Fernsehapparate und riesige Pappkartons, die bis oben hin mit Sony-Walkmans gefüllt waren, waren am Boden aufgereiht. Drei Pac-Man-Automaten waren neben der Tür aufgestellt, und der Rest des Raums wurde von Stapeln kleiner Pappschachteln eingenommen. Rice bahnte sich einen Weg in das Wirrwarr und griff sich willkürlich eine Schachtel heraus. Rhonda der Fuchs und ein nackter Mann waren auf der Hülle abgebildet, unter der Aufschrift: »Help me, Rhonda« – The Beach Boys. Privates Sammlerstück – erhältlich nur bei Stan Man Enterprises, Postfach 83 16, L. A;, Calif. 90036.

Alles wurde rot.

Rice durchwühlte jede Schachtel im Raum, studierte jeden Umschlag. Misthaufenweise nackte Frauen und goldene Oldies, aber keine Vandy. Er wurde wieder ruhig und kalt, als er oben auf einem Farbfernseher ein Telefon und einen Anrufbeantworter entdeckte. Er drückt auf den »Nachricht«-Knopf und bekam: »Hallo, hier ist Stan Klein am Apparat für Stan Man Enterprises. Annie und ich sind bei Videodreharbeiten, aber Montag abend wieder zurück. Sprich mit dem Piepton, Tschüß.«

Rice drückte »Anrufe«. Zuerst kam Bandrauschen, gefolgt von einem Pieпton und einer männlichen Stimme: »Stanley Baby, hier ist Chick. Hör zu, Annie war affengeil. Unglaublicher Schädel. Also, hör zu, wenn's dir zeitlich paßt, können wir ja so um Dienstag rum über den Anzeigenraum reden? Ruf zurück.« Piep. »Stan, hier ist Ward Carter. Ich ... äh ... möchte mich bedanken für die, äh, Eskimogastfreundschaft. Annie war fabulös. Was das Pornovideo angeht, es ist zwar völlig illegal, was die Songrechte angeht, aber ich bin sicher, ich kann es arrangieren mit diesem Kerl, den ich kenne und der eine Kette von X-rated Motels betreibt. Er gehört zum Syndikat, und du weißt ja, wie sehr diese Burschen auf Blondinen stehen, vielleicht kannst du ja eine entsprechende Party arrangieren? Wir sprechen uns so um Montag.«

Den Rest der Mitteilungen hörte er nicht mehr; ein grauenhaftes Heulen übertönte sie. Rice fragte sich, woher das Geräusch wohl kam. Als seine Augen zu brennen anfingen, wußte er, daß er zum ersten Mal seit der sechsten Klasse in Hawaian Garbage wieder weinte.

11

Lloyd schlief in seiner Kabine im Parker-Center, als das Telefon klingelte. Er erwachte ruckartig, zog seine Beine vom Tisch und sah auf die Uhr: 2 Uhr 40. Nachmittagsnickerchen: ein weiteres Zeichen unaufhaltsam heranrückenden Alters. Er griff sich den Hörer und sagte: »Abteilung Kapitalverbrechen. Hopkins.«

»Peter Kapek. Wir haben noch einen. Ich habe hier den Filialleiter; er hat eingewilligt, ohne Anwalt zu reden. West-L.A.-FBI-Gebäude, vierter Stock, Befragungsräume. Fünfundvierzig Minuten?«

»Dreißig und ein paar zerquetschte«, sagte Lloyd und hängte ein. Er schaffte die Strecke in fünfunddreißig, mit Bleifuß und Blaulicht, dann rannte er die Treppen hoch zu den Büros der FBI Criminal Division. Die Rezeptionistin sah auf seine Marke und wies ihn in Richtung eines langen Korridors, der aufgeteilt war in Plexiglaskabinen auf der einen und Abhörräume auf der anderen Seite. Am hinteren Ende blickte er durch die Einwegscheibe und sah Peter Kapek und einen Mann mittleren Alters in einem Tweedanzug an einem Metalltisch sitzen. Der Mann wirkte gefaßt, Kapek angestrengt, wie er sich Notizen auf einem Schmierblock machte.

Lloyd schritt quer durch den Vorraum zu der Kabine, in der eine Stenotypistin mit Kopfhörern die Befragung niederschrieb. Er sagte: »L.A.P.D.«, und die Frau nickte und riß die lange Papierrolle ab, die aus ihrer Maschine quoll. »Es ist vollständig«, sagte sie. »Sie haben nicht sehr viel verpaßt.«

Lloyd nahm das Papier und zog es straff. Er kniff die Augen zusammen, um die Computerschrift zu entziffern.

14 Uhr 45; 9. 12. 1984, W.L.A. Fed. Crim. Div.
Anwesend: SA Peter Kapek, John Brownell Eggers.
Hautfarbe: Weiß, Geschlecht: Männlich. geb.: 28. 6. 39, Keine Haftbefehle; keine Vorladungen; keine Vorstrafen.
Betr.: Überfall auf die Security Pacific Bank. 7981 Lankershim Blvd., Van Nuys.
Der Befragte verzichtete auf Rechtsbeistand.

P. K.: Mister Eggers, ich möchte, daß sie vergessen. was Sie den L.A.P.D.-Beamten vom Revier auf der Fahrt hierher bereits erzählt haben. Ich möchte eine chronologische Rekonstruktion der heutigen Ereignisse! Lassen Sie sich Zeit, und seien Sie so detailliert, wie es Ihnen beliebt.
J. E.: Selbstverständlich. Ich ging heute morgen frühzeitig zur Bank – gegen 8 Uhr 30 –, weil ich noch einige Papiere durchsehen mußte. Als ich gerade die Tür aufschließen wollte –
P. K. Entschuldigen Sie, Mr. Eggers. War noch jemand in der Bank?
J. E.: Nein, niemand. Das Personal kommt erst um 9 Uhr 15.
P. K.: Danke. Fahren Sie bitte fort.
J. E.: Als ich gerade die Tür aufschließen wollte, trat ein Mann an mich heran. Es war ein weißer Mann, um die Dreißig, ungefähr 1,80, vielleicht 170 Pfund, mittelbraunes Haar, sauber, gepflegter Oberlippen- und Kinnbart. Er trug einen billigen hellbraunen, dreiteiligen Anzug und eine Aktentasche, und ich sah ihn weder in ein Fahrzeug einsteigen noch aussteigen.
(Lange Pause)
Der Mann zeigte mir eine Waffe in einem Schulterhalfter und sagte mir, daß *er* derjenige war, der zwei Nächte zuvor in mein Haus eingedrungen war. Ich hatte das bereits der Polizei gemeldet. Er ließ mich die Tür aufschließen, dann ging er mit mir zu meinem Tisch. Er sagte mir, daß er Geld aus dem Tresor wolle. So viel wie ich bei mir nach draußen tragen könne, sobald das Zeitschloß bei Geschäftsbeginn aufging. Dann ... *(Pause)*
Dann zog der Mann ein Messer, das er aus meiner Küche gestohlen hatte. Er sagte mir, daß zwei seiner Komplizen meine Frau und meine Tochter in unserem Ferienhaus in Lake Arrowhead als Geiseln gefangen hielten und daß sie, wenn ich nicht mitspielte, erst vergewaltigt und dann mit einem weiterem meiner Messer, von dem er wußte, daß meine Fingerabdrücke darauf waren, zerstückelt werden. Ich sagte, daß ich mitspielte, und flehte den Mann an, seine Partner meiner Familie nichts antun zu lassen.
P. K.: Weiter, Mr. Eggers. Bitte langsam.

J. E.: Der Gedanke an meine Frau und an meine Tochter als Geiseln entsetzte mich. Der Mann befahl mir, mich an meinen Tisch zu setzen, Gesicht zum Fenster, Hände im Schoß, und so bis Geschäftsbeginn zu verweilen. Er sagte, er würde auf der anderen Straßenseite sein und mich beobachten und warten. Um 9 Uhr 35 sollte ich mit dem Geld nach draußen gehen, und er würde mich finden. Er sagte, wenn ich die Polizei anriefe oder zur festgelegten Zeit nicht draußen war, bedeutete das den Tod für meine Frau und meine Tochter – weil seine Partner sie um genau 9 Uhr 40 töten würden, wenn er ihnen nicht »alles klar« signalisierte.

(Pause)

Um 9 Uhr 30, als das Geld an die Schalter verteilt war, stürzte ich mich auf den Inhalt eines Schalterfachs. Ich konnte nicht mehr klar denken, ich murmelte irgend etwas über eine Barabhebung, stopfte das Geld in meine Taschen und ging hinaus. Als ich außer Sichtweite der Bank war, schnappte mich der Räuber und zwang mich, ihm das Geld zu übergeben. Dann führte er mich zu meinem Wagen und ließ mich hinter dem Fahrersitz Platz nehmen und schoß auf mich mit dieser Strahlenpistole, und ich verlor das Bewußtsein. Als ich wieder zu mir kam, gegen ein Uhr, hatte ich furchtbare Kopfschmerzen. Ich rannte zu einem Münztelefon und rief meine Frau in Arrowhead an, und sie und Kathy waren unbehelligt. Niemand hatte sie gefangen gehalten! Ich war reingelegt worden! Die Polizei war in der Bank, weil ich stundenlang verschwunden war, und den Rest kennen Sie.

P. K.: Wenn wir noch einmal zurückgehen. Mr. Eggers, könnten Sie irgendwelche auffälligen Eigenheiten des Bankräubers beschreiben?

Der Computerausdruck endete. Lloyd reichte ihn der Stenotypistin zurück und ging durch den Gang und starrte den Filialleiter durch die Einwegscheibe hindurch an. Er fragte sich, wieviel von diesem Mist Kapek für bare Münze nahm. Er dachte, »zur Hölle damit« und klopfte an die Tür. Er trat zur Seite, damit Eggers ihn nicht sehen konnte. Sekunden später kam Kapek in den Flur, sah Lloyd und lächelte. »Ist dieser Pfeifenkopf nicht glatt wie Hundescheiße? Wie gefällt er Ihnen?«

Lloyd imitierte das Lächeln. »Erstatten Sie Anzeige gegen ihn?«

»Womit? Meineid? Das ist wohl eher Ihre Tour. Bis jetzt haben wir nur einen Schürzenjäger, der versucht, seinen guten Ruf zu wahren. Abgesehen von der Affenscheiße mit Lake Arrowhead und der Nichterwähnung seines Zuckerschnuckelchens sagt er die Wahrheit. Ich werde ihn ein bißchen unter Druck setzen und ihn dann mit Bitten und Feilschen dazu bringen zu kooperieren, indem ich ihm Immunität betreffs seiner Geliebten zusage.«

Lloyd schüttelte den Kopf. »Kapek, das können wir nicht tun. Das ist jetzt das zweite Mal in drei Tagen, und die Vorgehensweise wird immer riskanter.

Wir brauchen für diese Sache eine Fahndung in den Medien. Haben Sie ihm Hawley und Issler vor den Latz geknallt?«

»Er kennt sie nicht. Das glaube ich auch hundertprozentig. Diese ganze Sache geht mir allmählich auf die Nerven, Hopkins. Konnten Sie irgend etwas aus Ihren Unterlagen erfahren? Von Ihren Informanten?«

Lloyd faßte Kapeks Arm und führte ihn den Gang hinunter, außer Hörweite der Stenokabinen. »Gehen Sie nicht so fair mit diesem Scherzbold um«, sagte er. »Er ist aalglatt und ein sturer Bock, und er wird uns mehrere Tage damit vertun lassen, seine Geliebte zu identifizieren.«

Kapek machte seinen Arm mit einem Ruck frei. »Er wird mitspielen. Sobald ich ihn frage, ob er fremdgeht, klappt er zusammen.«

»Quatsch! Soll ich's noch mal rekonstruieren? Das mit den gestohlenen Messern kauf' ich ihm ab – unsere Burschen. Eggers ist nicht smart genug, sich so was einfallen zu lassen. Der Raub spielte sich so ab, wie er es dargestellt hat. Unsere Jungs haben Pech gehabt mit den Reiseschecks, und sie sind sauer. Nur daß Eggers aus dem PCP-Rausch erwachte und versuchte, seinen Arsch zu retten. Er machte den Anruf nach Arrowhead von einem Münztelefon aus, vermutlich mit einer Kreditkarte, damit es schriftlich festgehalten wird, und er ließ sich wieder einen klaren Kopf machen, bevor er wieder zur Bank ging, um seine Sinne beisammenzuhaben. Er sollte bis über beide Kiemen bedröhnt sein, aber er ist Mister Klarheit in Person. Wenn Sie Ehebruch auch nur erwähnen, wird er sein Maul so klein machen wie das Arschloch eines Wanderkrebses.«

»Nein, *wird er nicht.*«

Lloyd murmelte: »Scheiße. War das wahr mit dem Einbruch in seiner Bude?«

»Völlig«, sagte Kapek. »Ich habe den Bericht vor einer Stunde gelesen – keine Zeugen, keine Abdrücke – nichts.«

»Augenzeugen in der Bank?«

»Zero.«

»Scheiße! Lassen Sie uns Eggers die Daumenschrauben anlegen.«

»Sie sind ein Prügelbulle, Hopkins. Ich nicht. Eggers ist ein großer Mann, so daß die Angels-Dust-Dosis ihn nicht so fertiggemacht hat wie Hawley. Wir machen es auf meine Art.« Er schüttelte den Kopf und machte Anstalten wegzugehen. Lloyd trat vor ihn und ließ seine Stimme besänftigend klingen. »Hören Sie zu, vertrauen Sie mir mal. Drehen Sie die Heizung im Verhörzimmer hoch, bringen Sie ihn dazu, sein Jackett auszuziehen. Sie werden eine Einstichspur oder ein Heftpflaster in einer seiner Ellbogenbeugen entdecken. Ich schätze, er hat nicht einmal in der Bude seiner Geliebten vorbeigeschaut, um zu sehen, ob sie okay ist. Der Schwanzlutscher hat auf der Stelle den Familiendoktor aufgesucht und dann begonnen, seinen Arsch zu decken. Setzen Sie ihn auf freien Fuß, wie wenn alles Paletti wäre, und er wird uns direkt zu ihr führen.«

Kapek lächelte. »Gut. Aber wenn da keine Spur und kein Pflaster ist, machen wir es auf meine Art.« Er ging zum vorderen Ende des Korridors und sprach mit der Rezeptionistin. Dann kam er zurück und blinzelte. »Gut?«

Fünf Minuten später wurde es allmählich wärmer im Korridor; zehn Minuten später war es ausgesprochen heiß. Lloyd beobachtete durch die Einwegscheibe, wie John Eggers auf seinem Stuhl hin und her rutschte und schließlich sein Jackett auszog. Kapek machte es ihm nach und rollte dann seine Ärmel hoch. Dieses Mal machte es Eggers dem FBI-Mann nach, und als Lloyd die Augen zusammenkniff, konnte er das kleine, kreisförmige Heftpflaster auf der Innenseite des linken Ellbogens sehen.

Kapek stand auf und streckte sich. Dann ging er an Eggers vorbei auf den Korridor. Als er Lloyd sah, schloß er die Tür und sagte: »Sie hatten recht. Ich schicke Olio in fünf Minuten mit einem Taxi heim. Folgen Sie ihm, aber wenn er zu seiner Torte geht, schreiten Sie nicht ein, sondern rufen mich an.«

Er zog langsam einen Finger über seine Kehle. »Das meine ich ernst. Außerdem sollten wir uns noch einmal treffen. Van-Nuys-Revier um sechs?«

Lloyd sagte: »Sei dort oder bleib fort«, dann wischte er eine Schweißspur von seiner Stirn und ging die Treppen hinunter. Auf dem Parkplatz stellte er sich neben den Seitenstraßeneingang und wartete auf die Ankunft des Taxis. Kurz darauf fuhr ein Yellow Cab vor und rollte zum Hintereingang des Gebäudes. Heraus kam John Eggers, die Jacke über die Schulter geschwungen. Er stieg ein. Als das Taxi in die Veteran Avenue einbog, zählte Lloyd bis fünfundzwanzig und machte sich an die Verfolgung.

Er holte das Taxi auf der Auffahrt zum 405 in Richtung Norden ein und ließ ein Auto zwischen sie kommen, als sie in Richtung Valley fuhren. Bei Ventura verließ das Taxi den Highway und schwenkte ostwärts. Er blieb in der mittleren Spur, und der Fahrer gondelte so wuterregend langsam, daß Lloyd den Wunsch verspürte, ihn mit der Schnauze seines unmarkierten Fahrzeugs zu rammen und ihn den gesamten Weg zu Eggers Ziel zu schieben. Gerade als er glaubte, daß seine Verzweiflung jetzt bald ihren Höhepunkt erreichen würde, bog das Taxi ruckartig hart links in die Gage Avenue und fuhr in Richtung Norden. Lloyd wurde kribbelig. Die Gegend war zu abgewirtschaftet für einen leitenden Bankangestellten mittleren Alters; sie fuhren zur Bude seiner Freundin. Als das Taxi an der Ecke zur Hildebrand an den Rand fuhr, rollte er weiter und schaute durch seinen Seitenspiegel nach hinten. Eggers stieg aus und lief die Treppen eines bescheidenen Hauses im Rancho-Stil hinauf und öffnete die Tür. Lloyd parkte und ging die Straße hinunter zu seinem Ziel. Er suchte die Fenster nach geeigneten Lauschplätzen ab. Er entschied sich, um das Haus herumzustreifen, und ging durch die Einfahrt, die Ohren gespitzt nach Schluchz- und Trostlauten. Er war um die ganze Rückseite herum auf der anderen Seite, als er den Klang eines reinen, harten, weiblichen Zorns hörte. »... und du bist an allem schuld, du Bastard! Sie hatten vor, mich in Ruhe zu lassen, bis der Fiese dieses dreckige Bilderalbum fand, in das du so verschissen verliebt bist!« Ihre Stimme nahm den Ton an, den man gegenüber Kleinkindern anschlägt: »Das arme Johnnyleinchen ist überfallen worden, und es hat sooo Angst, daß das Bankileinchen und das Ehefrauileinchen von seiner Affäre mit Chrissileinchen Wind bekommen werden. Oooh. Das böse alte Räuberleinchen hat Johnnyleinchen eine Dosis Hundebetäubungsmitteleinchen verpaßt, und sein Brooksileinchen Anzug ist gaaanz zerknittert worden. Oooh.« Ein scharfes, lautes Geräusch von Fleisch auf Fleisch war zu hören, dann, ganz sanft und vor Verachtung triefend, die Stimme der Frau: »Der Kerl, der dich beraubt hat, ist verflucht mehr ein Mann, als du es je sein wirst. Denke darüber nach, John. Das nächste Mal, wenn du losblubberst von all den Opfern, die du gebracht hast, um bei mir sein zu können, denke an diesen Mann, der einen seiner Partner verprügelt hat, um zu verhindern, daß ich vergewaltigt werde.«

Eggers Erwiderung war kriecherisch wie ein getretener Hund. »Aber du wirst doch der Polizei nichts erzählen? Chrissy, mein Job – *unsere* Zukunft hängt davon ab, daß dies hier unter uns bleibt.«

»Nein«, sagte die Frau, »ich werde nichts erzählen. Ich mache mir zuviel aus dir, um dich auf diese Art zu treffen. Aber nimm dir *das* mit auf den Weg, wenn du morgen deine Frau in Arrowhead siehst. Er war sexy, und irgendwann einmal, wenn wir bumsen, werde ich an ihn denken, an den Mann, der dich schwach und töricht aussehen ließ. Und jetzt geh aus meinen Augen.«

Lloyd lehnte sich an die Hauswand und lauschte dem Klang eines kraftlosen, fußstampfenden Abgangs. Als die Tür zuknallte, trat das Weinen der Frau in den Vordergrund, und er wartete, bis die Schluchzer verstummten, bevor er zur Vordertür ging. Als er läutete, zitterten seine Hände. Er sah auf den Namen, der über dem Klingelknopf angeklebt war – Christine Confrey –, und fragte sich, wie die Frau mit der impulsiven Stimme wohl aussah.

Die Tür schwang auf, und er sah es. Chrissy Confrey war eine kleine Frau mit einem Gesicht aus lauter perfekt zusammenpassenden Teilen: hohe Wangenknochen, breite Nase und spitzes Kinn. Ihr Haar war glatt und lang, und ihre Tränen waren bereits getrocknet. Ihr gutes Aussehen ließ Lloyd zusammenzucken, und er realisierte, daß er nicht wußte, wie er die Befragung durchziehen sollte. Er hielt seine Polizeimarke vor sich und sagte: »L.A.P.D. Ich weiß alles darüber, Miss Confrey. Zwei Mexikaner mit Skimasken, einer leise sprechend, der andere der Bursche, der versucht hat, sich an Ihnen zu vergehen, und der Weiße, von dem Sie sprach –«

Christine Confrey versuchte die Tür zuzudrücken. Lloyd klemmte seinen Fuß in den Türrahmen und drängte sich in die Wohnung. Er schob die Tür und Christine, die dahinter stand, mit der Schulter beiseite und hielt seine Hände in einer Keine-Schlechten-Absichten-Pose hoch. »Ich weiß, was Sie durchgemacht haben«, sagte er. »Alles, was ich will, ist, daß Sie sich ein paar Fotos anschauen. Werden Sie das tun?«

Christine zischte: »Raus«; Lloyd machte einen Schritt auf sie zu. »Sie können Ihre Aussage vor einem weiblichen Beamten machen. und ich werde versuchen, Ihre Beziehung zu Eggers herauszuhalten. Das ist der zweite dieser Überfälle, und ich möchte, daß Sie ein paar Fotos anschauen, die die anderen Opfer vermutlich nicht gesehen haben. Es wird nicht lange dauern.«

Ihr Gesicht wurde zu einer haßverzerrten Maske, und Christine sagte: »Lassen Sie doch John Eggers Ihre Bilder anschauen. Das ist sein Schlamassel, nicht meiner.«

»Das werde ich auch«, sagte Lloyd, »aber ich brauche auch Sie. Opfer tendieren dazu, das Aussehen ihrer Angreifer zu verdrängen, und schnelle *Cross-Check I.D.s* können sehr hilfreich sein. Ich weiß, daß Sie den Mann gut sehen konnten.«

Christines Gesichtsmaske verhärtete sich so stark, daß Lloyd dachte, ihre Züge würden bersten. »Sie sind der Angreifer. Wie ein Spanner am Fenster. Raus!«

Lloyd lehnte sich an die Tür und fragte sich, was zu tun war. Er beobachtete, wie Christine Confrey vor ihm nicht von der Stelle wich, ihre Füße gekrümmt wie die eines verängstigten, zum Angriff bereiten Tiers. Strategien, ihr gut zuzureden, nachzugeben oder Druck zu machen, formten sich in seinem Hirn, um dann wie Luftblasen zu zerplatzen, als die mißhandelte Frau seinem Blick standhielt. Schließlich griff sie an; sie warf den Kopf zurück und spuckte ihn an. Lloyd wischte den Klumpen Speichel von seiner Hemdbrust und retournierte mit eisiger Stimme: »Ihre Art, häh? Okay, versuchen wir's so: Wenn wir diese Drecksäcke nicht schnappen, wird es wieder und wieder passieren. Ihre Gefühle und Eggers' Job und Ehe zählen nicht. Das heißt, Sie werden sich die Karteiaufnahmen nach Ihrem sexy Retter durchsehen. Ich weiß, daß er ein stattlicher Bursche ist mit seinem flotten Bart und –«

Lloyd hielt inne, als sich Verwirrung auf Christines Gesicht zeigte. Ihm ging ein Licht auf. Der Bart, den Hawley und Eggers beschrieben hatten, war falsch – ein Grund, warum Hawley nicht in der Lage gewesen war, die Täter zu identifizieren. Angenommen, es war nur ein Dreimannteam; der weiße Partner hatte vermutlich die Mexikaner angerufen, um sie darüber zu informieren, daß er mit Eggers Erfolg gehabt hatte. Er hatte entweder keine Antwort oder durch den »leisen« Mann Kenntnis der bevorstehenden Vergewaltigung erhalten. Er war in Panik geraten und zum Ort der Geiselnahme gefahren und war ohne seine Verkleidung in das Haus gekommen.

Lloyd starrte Christine immer noch an, als er sagte: »Ziehen Sie sich an. Ich nehme Sie als wichtige Zeugin in Gewahrsam.«

Christine Confrey spuckte vor Lloyds Füße, machte damit seinem Stieren ein

Ende und ging dann in den Rückteil des Hauses. Als sie fünf Minuten später in das Wohnzimmer zurückkam, trug sie leichtes Make-up, einen frischen Rock und eine andere Bluse. Als sie die Tür abschloß, sagte sie: »Fassen Sie mich nicht an.«

Sie fuhren in völliger Stille zum Van-Nuys-Revier. Christine rauchte Kette und stierte aus dem Fenster, Lloyd fuhr einen kreisförmigen Umweg, um sich etwas Zeit zum Nachdenken zu verschaffen. Ein Gedankengang dominierte: Da L.A.P.D. und FBI ihre Verbrecherkarteien nach Vorstrafenregistern und physischen Daten geordnet hatten, hatte man Hawley vermutlich nur Aufnahmen verurteilter bewaffneter Räuber und von Männern, die seiner »Backen- und Schnauzbart«-Beschreibung entsprachen, gezeigt. Eggers und Confrey mußten nun im Parker-Center die gesamte Kartei aller weißen Männer zwischen 25 und 40 sichten, aber ihm blieben weniger als zwei Stunden, bis er Kapek treffen mußte, und wenn er in dieser Zeit das Maximum an Informationen aus Chrissy Confrey herausleiern wollte, mußte er ihr Karteibilder vor die Nase halten, solange das Gesicht des weißen Räubers noch frisch in ihrem Gedächtnis war, und es Kapek und den Feds überlassen, sich um ihre Aussage und ihren Umgang zu kümmern. Freudig erregt, endlich selbst eine gute Spur zu haben, fuhr Lloyd auf den Parkplatz des Reviers. Christine stieg aus, ohne auf Anweisungen zu warten, und ging gesenkten Blicks vor ihm durch die Eingangstür des Reviers. Lloyd schloß zu ihr auf und wies sie in den Mannschaftsraum; ein Cop in Zivil trat mit einem fragenden Ausdruck im Gesicht an sie heran. Lloyd sagte: »Bitte setzen Sie sich, Miss Confrey«, dann flüsterte er zu dem Beamten in Zivil: »Hopkins, Abteilung Kapitalverbrechen. Die Frau ist ein Tatzeuge. Ich möchte ihr einige Karteien zeigen; männliche Weiße mit Verurteilungen wegen Straftaten ohne Gewaltanwendungen. Nur so eine Ahnung von mir. Können Sie das für mich tun?«

Der Cop nickte und ging in die Kabine mit den Akten, die an den Mannschaftsraum anschloß. Lloyd sah, daß Christine sich im Stuhl des stellvertretenden Commanders niedergelassen hatte, und sich von seinen Zigaretten bediente. Er sah auf die Uhr, und es wurmte ihn, daß er sie wieder draußen haben mußte, bevor Kapek kam – buckeln vor einem elenden G-Mann, der zehn Jahre jünger war als er. Als die ganze Angelegenheit wurmig wurde, ging er hinüber und sagte: »Machen Sie mit?«

Christine blies Rauchringe in seine Richtung. »Natürlich, Officer.«

Der Cop in Zivil kam mit einem Stapel loser Mappen zurück und legte sie vor Christine auf den Tisch. Lloyd öffnete die oberste und sah, daß die Ordner einen Mann pro Seite zeigten, mit einer Großaufnahme des Profils, einer Ganzaufnahme von vorn und einer von der Seite. Unter den Schwarzweißfotos standen der Name des Mannes, sein Geburtsdatum, Verhaftungsdatum und -grund. Mit Schreibmaschine getippt, zusammen mit einer fünfstelligen Aktennummer.

Lloyd nahm einen Bleistift aus seiner Tasche und hielt ihn über das erste Blatt mit Aufnahmen. »Studieren Sie die Bilder sorgfältig«, sagte er. »Wenn Sie den Mann eindeutig identifizieren können, sagen Sie es mir. Ich werde Sie studieren und mir ein Zeichen bei denen machen, auf die Sie irgendwie reagieren. So können wir, falls Sie niemanden identifizieren, aus ähnlich aussehenden Männern ein Fahndungsbild zusammensetzen.«

Christine drückte ihre Zigarette aus und zündete sich eine neue an. »Ich sah ihn nur für eine Sekunde, und ich habe nur gesagt, er sei sexy, um John weh zu tun.«

»Das ist mir klar. Sehen Sie sich die Bilder nur sorgfältig an.«

»Und Presse und Fernsehen werden das von John und mir nicht erfahren?«

Lloyd lächelte und log glatt. »Genau.«

Eine Stunde lang rauchte Christine und betrachtete die Aufnahmen männlicher weißer Verbrecher. Lloyd saß neben ihr und achtete auf Zeichen des Wiedererkennens in ihrem Gesicht. Zweimal sagte sie: »So ähnlich, aber er ist es nicht«; drei weitere Male hielt sie den Ordner hoch und studierte die Bilder noch einmal genau, um dann doch den Kopf zu schütteln. Lloyd markierte die Seiten, auf die sie am heftigsten reagiert hatte, und als Christine durch den letzten Ordner hindurch war, notierte er sich die Namen dieser Straftäter. Dann ging er in den Aktenraum, um die betreffenden Unterlagen durchzusehen, mit der äußerst geringen Chance, auf irgendeine Verbindung zu stoßen, die seine Hirnsäfte anregte.

Er überflog die fünf Akten, vorrangig nach den gegenwärtigen Aufenthaltsorten der Verbrecher, aktenkundige Komplizen und vorbestraften Brüdern. Er erfuhr, daß George James Turner vor zehn Monaten bei einer Rassenauseinandersetzung in San Quentin erstochen worden war und zwei Brüder Mitte Vierzig hatte; daß Thomas Lemuel Tucker auf Bundesbewährung in Alaska und ein Waise war; daß Alexander »Ramo« Ramondelli eine Schwester und Krebs hatte und an letzterem im Vacaville-Gefängniskrankenhaus starb; daß Duane Richard Rice ein Einzelkind war und im County-Gefängnis ein Jahr wegen schweren Autodiebstahls absaß; daß Paul Prescott Orchard einen geistig behinderten jüngeren Bruder hatte und der Obhut seines staatlichen Bewährungshelfer entflohen war. Das mit den »aktenkundigen Komplizen« war ein völliger Schuß in den Ofen – keine bekannten Namen, keine Funken. Es war an der Zeit, einen Bericht zusammenzuschustern, um Kapek zu beschwichtigen, die Medien zu bluffen, die Reaktionen seiner Informanten einzuholen und das Spiel erst einmal den Feds zu überlassen.

Lloyd schrieb die Aktennummern in eine Mitteilung an den Lieutenant der Abteilung, der die Untersuchung des Issler-Überfalls leitete. Er wies ihn an, sie durch einen Polizeizeichner unter Zuhilfenahme des neuen Augenzeugen der Bundespolizei auswerten zu lassen. Er gab die Nachricht beim Büroleiter ab und ging dann zurück zu Christine. Er sagte: »Gehen wir. Ich fahre Sie nach Hause.«

Sie gingen gerade durch die Tür, als Lloyd Peter Kapek sah, der mit großen Schritten die Treppe hoch und auf sie zukam. Er sah auf die Uhr: 5.30. Der jüngere G-Man hatte durch seine frühe Ankunft seine schlauen Pläne ausmanövriert.

Kapek beäugte Christine mißtrauisch; mit einem Male tat die Geliebte des Bankmanagers Lloyd leid. Er zog Kapek schnell außer Hörweite von Christine, als sich dieser – bebend vor Wut und begierig nach einer Erklärung – langsam aber sicher einem stummen Siedepunkt näherte. »Ich mußte schnell handeln, sonst wäre es nichts gewesen mit ihr. Rufen Sie mich zu Hause an, und ich werde Ihnen alles erklären. Wenn es Ihnen nicht paßt, ficken Sie sich ins Knie und lassen Sie mich abrufen. Sie ist Ihre Zeugin, aber gehen Sie gut mit ihr um ...«

Kapek wurde vor Zorn rot wie eine Rande. Lloyd nickte Christine zu und ging dann zurück ins Revier. Der Officer vom Dienst reichte ihm ein Blatt Papier. »Hab' gerade den Anruf bekommen, von der Telefonzentrale vom Parker-Center. Klingt für mich wie ein Informant.«

Lloyd sah auf die Nachricht. Da stand: »Louie Calderon handelt mit Army .45ern. (Verläßliche Information – bitte Rückruf wg. Details.)«

12

Das Restaurant war kühl und dunkel; die mexikanische Musik leise und harmlos; die abgetrennte Nische groß und plüschig – ein guter, lauschiger Platz, einen Verbrecherplan zu erörtern. Wie er so am Eistee nippte und auf die Garcias wartete, fühlte Duane Rice, wie der Hauch des Wahnsinns von seinen vierundzwanzigstündigen Nonstop-Aktivitäten abfiel. Alles würde klappen; was er getan hatte, seit er Stan Kleins Wohnung verlassen hatte, bewies, daß er alles tun konnte.

Nachdem er die Bude durchwühlt hatte, um herauszubekommen, wo der »Videodreh«, bei dem sich Vandy und Stan befanden, ablief, und nichts gefunden hatte, wußte er: Entweder er kümmerte sich jetzt ums Geschäftliche, oder er drehte durch. Und so war er dann an der Bank bei Pico/Westholme vorbeigefahren und hatte sich den Grundriß des Erdgeschosses gemerkt. Dann hatte er die anliegenden Seitenstraßen nach Fluchtwagen abgeklappert. Um die Ecke der Graystone bemerkte er einen 81er Chevy Caprice, der in der Einfahrt eines Hauses geparkt war, dessen Vordertür überquoll von mit Gummiringen zusammengehaltenen Zeitungen. Er war näher herangetreten und hatte den

Namen auf dem Briefkasten nachgesehen – Latham –, dann auf den Zeitungsjungen gewartet und ihm weisgemacht, er wäre ein Freund der Lathams und ach ja, wann kamen sie denn überhaupt wieder? Der Junge sagte nächsten Freitag. Volltreffer. Das war schon einmal ein Fahrzeug; ein weiteres brauchte er noch.

Dann hieß es *denken* oder durchdrehen, und er zwang sich dazu, sich wieder an kleinste Details zu erinnern, bis hin zu dem Arschtritt, mit dem sie ihn aus dem Loch befördert hatten. Er benötigte dazu eine halbe Stunde intensivster Konzentration, die sein Hirn heißlaufen ließ, aber schließlich kam er darauf.

Im Burger King, vom Bowl-Motel weiter unten auf der Straße, da gab es eine fette Drecksau von Sicherheitskraft, der gegenüber der Kundschaft mit seinen Sechzehnstundenschichten prahlte und dem ganzen Geld, das er damit machte, und wie er das meiste davon für seinen 78er Malibu mit 327-PS-Motor und B & M Halbautomatik ausgab. Er stand niemals auf dem Parkplatz, mußte aber irgendwo in der Nähe geparkt sein. Nach einem letzten Umsehen im Gebiet von Pico/Westholme fuhr er vor zum Hollywood und fand den Malibu geparkt auf der De Lonpre, einen halben Block vom Burger King entfernt. Das machte zwei – fehlten nur noch die Schlüssel.

Er fuhr zu einem Kunstutensiliengeschäft und kaufte ein großes Stück Bildhauerwachs. Dann machte er noch einen Abstecher zum Parkplatz des Repo-Unternehmens auf der South Western. Sie machten den Laden um neun Uhr dicht und hatten keinen Nachtwächter. Ein kurzer, einfacher Ruck mit dem Meißel, und er war in der Verkäuferkabine. Sie hatten einen Übervorrat an Hauptschlüsseln für alle neueren Chevys, und so sah er von seinem Vorhaben ab, Wachsabdrucke zu machen, und ließ die Schlüssel einfach mitgehen. Die zwei Fluchtfahrzeuge waren so gut wie sein.

Danach rief er Rhonda an und erwischte sie gerade noch, als sie zu ihrem Wochenende in »The Springs« aufbrechen wollte. Sie sagte ihm, daß sie nicht wußte, wo Vandys und Kleins Videodreh ablief und ob Vandy in irgendeinem von Kleins Pornovideos mitspielte. Sie sagte, sie würde mit Leuten in »The Springs« sprechen und eine Nachricht hinterlassen, falls sie irgendwelche konkreten Informationen erhalten sollte. Sie erwähnte mehrere Male Geld, und er versprach, Montag abend bei »Silver Foxes« anzurufen, um einen Treff zu vereinbaren.

Dann kam der schwere Teil – die Garcia-Brüder zu überreden: beide zu dem Pico/Westholme-Ding; Joe dazu, den Wachhund zu spielen. Die härteste Tour würde sein, vor Bobby zu Kreuze zu kriechen. Obwohl er wußte, daß es das einzig Richtige war, hatte er doch ein mächtig schlechtes Gefühl dabei, und er war erleichtert, als er sie anrief und niemand an den Apparat ging.

Was ihn wiederum um Mitternacht hier sitzen ließ, mit nichts zu tun, niemandem, der ihm dabei Gesellschaft leistete, und weit davon entfernt, schlafen zu können. Das Holiday Inn war nun völlig eingedeckt vom Stinktiergestank, und so zog er wieder zurück in das gleiche Zimmer am Bowl-Motel, wo ihm die gleichen alten Fettflecke und Staubschlieren zwar einen Gruß entboten, ihm aber nicht beim Einschlafen halfen. Und weil er jetzt wachbleiben mußte, um mit Joe Garcia zu sprechen, hieß es entweder *Auf!* oder durchdrehen.

Also machte er sich Auf!, fuhr den TransAm wie ein schlaffer alter Mann und rastete auf eine seltsame Art und Weise aus, eine Art und Weise, in der das hochtrabende, steife Englisch, das er aus Polizeiberichten kannte, seinen Kopf mit Gedanken füllte, die er nicht laut aussprechen, nicht einmal laut denken wollte.

Im Gegensatz zu Stan Klein ist Gordon Meyers kein aktenkundiger Umgang. Im Lauf seiner Karriere als Nachtwächter in Modul 2700 hatte er nur milde Abneigung der Tausenden von Gefangenen, die er beaufsichtigte, auf sich gezogen, und die waren alle psychisch gestörte Störenfriede, die nicht dazu in der Lage waren, bewaffneten Raubüberfall und Mord zu verüben; besagte unbekannte Täter waren offensichtlich erfahrene Bankräuber mit größter Wahrscheinlichkeit auf Bewährung von San Quentin und Folsom, haftgewöhnt und unbewußt besessen vom Wunsch, Straftaten zu begehen, in der Hoffnung, Wiederholungstäterstrafen von zehn bis lebenslänglich zu erhalten.

Das Bewährungshelfer/Cop/Gehirnklempner-Kauderwelsch nagte an ihm; schließlich dachte er an Vandy, um es niederzuhalten. Er dachte an den aktenkundigen Umgang Stan Klein, an den er keinen Finger legen konnte, und wurde sehr ruhig, ja großspurig. Er entschloß sich dazu, Stan Mans neuester Tour auf den Grund zu fühlen, und machte sich daran, die Nachtportiers in Pornomotels danach zu befragen, ob sie gute »Bumsmusik« auf Lager hätten. Die ersten drei Rezeptionisten nahmen seinen Zehner und sagten nein; der vierte sagte ja und bot ihm einen speziellen »Kurzzeittarif« für ungestörtes Anhören an. Er wappnete sich innerlich und nahm das Angebot an.

Auf allen der sechs Kassetten, die auf dem Videorecorder vor dem schweißbefleckten Bett aufgestapelt waren, standen Stan Mans Name und sein Postfach. Er schob eine in das Gerät und machte das Licht aus. Als er auf das Stan-Man-Emblem blickte, begann er mit einem Male zu zittern, und ihm kam ein blitzartiger Gedanke: Er wollte nicht, daß es Vandy war, aber wenn es Vandy war, wäre er wenigstens nicht so verflucht allein. Er verfluchte sich selbst, drehte den Ton lauter und ließ das Programm über sich ergehen.

Ein Discorhythmus, dann lutschte eine abgespannte Frau an einem Schwanz von eselartigen Dimensionen, während Donna Summer »She works hard for the money« krakeelte. *Fade-out.* Firmenzeichen, dann machte Rhonda der Fuchs es gleichzeitig mit vier Kerlen, während die Beach Boys sie anjammerten, ihnen doch zu helfen. Leerbilder, verschwommenes Firmenzeichen. »This land is your land« auf der Tonspur, Mondale und Ferraro bei einer Handschütteltour auf dem Bildschirm, gegengeschnitten mit Aufnahmen eines Mädchens in einem rotweißblauen Negligé, das einem Bimbo im Uncle-Sam-Kostüm einen blies.

Keine Vandy.

Wenn du Huren bumst, sehen bald alle Frauen wie Huren aus.

Wenn du eine Frau liebst, sehen bald alle Frauen wie sie aus.

Rice verpaßte dem Videorecorder einen Fußtritt, rannte aus dem Zimmer und quer über den Sunset zu einer Telefonzelle. Er wählte die Nummer der Garcias; Joe nahm nach dem ersten Läuten ab. Alles, was er herausbekam, war »Hallo?«, bevor Duane »das Hirn« ihn förmlich überrollte:

Willst du nach New York gehen, weg von deinem scheißbescheuerten Bruder, und dort deine Musiksache durchziehen?

Wollt ihr beide, du und Bobby, zwei Drittel von narrensicheren hundert Riesen, rein und raus am Montagmorgen in sechs Minuten?

Willst du für den Rest deines Lebens ein verschissener *pachuco* bleiben, oder willst du da raus?

Bringe deinen Bruder dazu, morgen mittag um zwölf mit dir ins La Talpa zu kommen. Sag ihm, ich entschuldige mich, sag ihm, ich brauche ihn.

Die Worte steckten noch in seiner Kehle. Joes endgültige Antwort würde für immer in seinem Hirn kleben bleiben: »Ich bin dein Mann, Duane. Und mach dir keine Sorgen wegen Bobby. Er hat's gern, wenn man ihn schlägt. Tatsache ist, er hat gesagt, daß du ihn an einen Priester erinnerst, den er früher mal gekannt hat.«

»Danke, daß du mein Gesicht geschont hast, Duane-o. Der alte Haifisch schuldet dir was dafür. Ich habe gestern abend 'ne Kerze für dich angezündet. Dachte mir zwar, daß du Protestant bist, aber was zur Hölle macht's.«

Rice sah auf und registrierte, wie Bobby Garcia in die Nische glitt, die rechte Hand ausgestreckt. Er schüttelte sie, froh darüber, daß das Restaurant dunkel war und das schleimige Stück Haifischscheiße die Verachtung auf seinem Gesicht nicht wahrnehmen konnte. Er dachte, *nur schön kalt bleiben,* und sagte: »Tut mir leid, Bobby. Ich habe durchgedreht.«

Bobby nahm ihm gegenüber Platz und bediente sich aus der Schale mit Nachos und Salsa, die auf dem Tisch stand. Zwischen wölfischen Bissen brachte er heraus: »Kein Streß, kein Gewinn, kein Schmerz. Der kleine Bruder kommt gleich. Du hast noch einen Fischzug in petto?«

»Ja. Einfache Rein-raus-Bankchose.« Bobby pfiff. »Super-duper. Der Kleine sagte was von hundert Riesen. Ist's wahr?«

»Wenn ich lüge, soll meine Nase länger werden.«

Bobby kicherte und ließ eine Haifischhand über die Schale mit den Nachos gleiten. »Dann muß sie schon bis zur Damentoilette gehen, denn deine ersten zwei super-duper Riesenfischzüge haben mir und dem Kleinen ungefähr einen Dollar achtundneunzig eingebracht, und ich beginne allmählich, mich wie der unterste in einer Gruppensexszene mit einer mongolischen Menschenpyramide zu fühlen.«

Rice holte tief Luft. Er hoffte, genau den richtigen Ton zu treffen, um Haischiß ausreichend um den Bart zu gehen. »Das waren alles Informationen aus zweiter Hand, nach denen ich handelte. Ich war verrückt, mich darauf zu verlassen. Aber wir haben es zweimal glatt über die Bühne gebracht. Wir sind auf einem guten Rutsch einer Glückssträhne, und das jetzt ist ganz auf meinem Mist gewachsen. Ich habe es schon lange im Kopf gehabt, wartete nur auf die richtigen Partner.«

Bobby griente. »Ich hoffe, es ist kein Rutsch in den Gulli. Ich war da schon zweimal, und ich mache mir nichts aus einem dahingeschlunzten dritten Mal.«

»Das hier wird dir gefallen – es entspricht dir.«

»Ja? *Mir?* Groß, dunkel und stattlich? Ausgestattet wie ein Hengst?«

»Nein. Gemein, einfach und offensichtlich. Leicht zu begreifen, so daß ich weiß, es wird dir schmecken.«

Bobby kicherte. »Du sagst das magische Wort – schmecken. Weißt du, wie man Torten aufreißt, ohne ein Wort zu sagen? Du mußt nur an der Bar sitzen und dir mit der Zunge einen Scheitel ziehen.«

»Es ist deiner würdig, Bobby. So einfach und stillos, daß es schon wieder Klasse hat.«

Eine Kellnerin brachte ihnen Speisekarten. Rice nahm sie und sagte: »Wir bestellen in ein paar Minuten.« Als sie wegging, sagte Bobby: »Wir hätten uns ein kaltes Buffet reinziehen sollen. Das Schamhaarbuffet: alles, was man essen kann, für neunundsechzig Kröten.« Rice fühlte eine Schleimwoge über sich zusammenschlagen. Dann war Joe Garcia da und sagte: »Duane, wie steht's?«

Duane sagte: »Hart und fest«, und linste angestrengt durch die Sitzecke, um sich ein Bild davon zu machen, wie sich der Mitläufer hielt. Nicht schlecht, schloß er; verängstigt, aber vermutlich vom Bargeld bedröhnt, und vermutlich hatte er noch mehr Schiß davor, eine Verbrecherlaufbahn mit Haischiß Bobby fortzusetzen. Ein geborener Mitläufer im Begriff, den Führer zu wechseln.

Die Kellnerin kehrte zurück. Die Brüder bestellten Carta Blanca; Rice noch einen Eistee. Als sie die Getränke brachte, verfielen die drei Partner in Schweigen. Dann sah Rice die Garcias direkt an und wußte, daß sie ihm den Plan abkaufen würden: das Blabla, die Wahrheit, die ganze Enchilada.

»Schnuckelige kleine Cal Federal am Pico in der Nähe des West-L.A.-Autobahnkreuzes. Eine Kamera – wir schießen sie aus. Eine Sicherheitskraft in Zivil – ein Suffkopp. Große Lohnauszahlungen am zwölften und sechsundzwanzigsten jeden Monats, deshalb schlagen wir am zwölften, diesen Montag, zu. Ich habe mir einen Wagen für die Anfahrt angeguckt, einen weiteren für die Flucht – gehört einer Familie direkt um die Ecke der Bank. Die Leute sind weg, im Urlaub, und ich habe einen Hauptschlüssel für Wagentüren und Zündung. Wir gehen rein in Anzügen und mit falschen Backen- und Schnurrbärten und tragen Aktenkoffer mit uns. Sechs Kassenschalter, zwei pro Mann. Ich kenne eine leerstehende Garage in Hollywood, wo wir den Fluchtschlitten verstauen können. Rein, raus, und schon auf dem Freeway, wenn die Bullen auftauchen. Gleich geteilt durch drei. Ich habe dieses Ding schon lange ausbaldowert, aber ich wußte nicht, wie weit ich auf euch zählen konnte. Seid ihr dabei?«

Bobby leerte sein Bier in einem Zug, faßte in die Schale und zerkrümelte den Rest der Nachos, dann legte er seine Hände mit den Handflächen nach oben auf den Tisch. Rice legte seine Rechte darauf; Joe besiegelte die Partnerschaft mit beiden Händen. Rice sagte: »Ihr wißt, wie ihr euch anziehen und was ihr mitbringen müßt. Wir treffen uns Montag morgen um zehn an der Ecke Melrose und Highland.«

Die Partner zogen die Hände zurück und standen auf. Bobby zwängte sich aus der Sitzecke, ging vor zur Kellnerin und begann leise die Titelmelodie des »Weißen Hais« zu summen. Joe sah Rice an, schluckte und sagte: »Meinst du das ernst mit New York und der Musik?«

Rice lächelte. »Wir hauen Mittwoch ab. Bleib nach dem Job bei mir. Wir müssen noch meine alte Dame aufsammeln, dann müssen wir nur noch dich von Haischiß da drüben fernhalten. Comprende?«

»Si, comprendo, mano.« Joe streckte seine Hand nach Gefängnisart aus; Rice drehte nach unten zu einem gutbürgerlichen Händedruck. »Diese Low-Rider-Scheiße ist kalter Kaffee. Wenn du diese Tour in New York abziehst, lachen sie dich glatt aus der Stadt.«

13

Lloyd fuhr zum Hintereingang des West L.A. Federal Building und drückte auf die Hupe. Peter Kapek ging zu dem Wagen und stieg ein. Lloyd erwartete einen Rüffel für die Art, wie er die Confrey angegangen war, und war daher verblüfft, als der jüngere G-Man sagte: »Gute Arbeit mit der Freundin. Ich habe eine gute Aussage von ihr bekommen. Keine eindeutige Identifikation, was den Weißen betrifft, aber Confrey und Eggers haben mit einem L.A.P.D.-Zeichner ein Phantombild erarbeitet. Es wird bis morgen früh überall verteilt sein. Wohin fahren wir? Und, übrigens, Sie sehen wie wandelnde Scheiße aus.«

Lloyd legte den Matador auf den Wilshire. »Haben Sie denn nicht die vollständige Nachricht erhalten? Wir werden einen mutmaßlichen Waffenschieber in die Zange nehmen. Luis Miguel Calderon, alias ›Likeable Louie‹, männlicher Mexikaner, Alter neununddreißig, zwei Verurteilungen wegen Hehlerei, ehemaliges Mitglied einer Jugendgang, das mit zunehmendem Alter zum kleinen Geschäftsmann wurde. Er hat einen Laden für Fahrzeugteile in Silverlake, der Gegend, aus der ich stamme. Ein Informant, dem ich vertraue, sagte, er handelt mit Army .45ern. Und ich sehe wie wandelnde Scheiße aus, weil ich die ganze Nacht Polizeiarbeit geleistet habe.«

Kapek lachte. »Gut! Irgend etwas erfahren?«

Lloyd schüttelte den Kopf. »Eigentlich nicht. Ich habe das Umfeld der Security Pacific und von Confrey durchforscht: Brawley von der Van-Nuys-Kripo konnte keine Leute erübrigen. Ich habe jeden Bericht über die sozialen Kontakte von Hawley und Issler achtmal gelesen – mir fiel nichts auf. Dann habe ich ein paar Medienfiguren angerufen und ihnen alles verklickert. Montag abend wird es überall erhältlich und vernehmbar sein, was uns genau achtundvierzig Stunden Zeit gibt, eine Strategie auszudenken. Was ist los, G-Man? Sie fangen ja gar nicht an, auf kleiner Flamme zu brodeln wie sonst.«

Kapek spielte mit den Knöpfen des Funkgeräts. »Nennen Sie mich nicht G-Man, das ärgert mich. Ich habe Sie wegen Confrey nicht verpetzt, weil ich hörte, mit welcher Hochachtung die Leute vom Morddezernat im Parker-Center über Sie sprachen, und weil ich Sie langsam tatsächlich ein bißchen mag. Außerdem habe ich von der Confrey eine gute Aussage bekommen. Ihr Angreifer entpuppte sich *nicht* als Vergewaltiger, sondern mehr als eine Art psychotischer Cunnilinguist. Er zog seine Nummer ab – von wegen, er sei ein Hai – und tauchte dann runter zu Chrissys Muschi. Ich habe es in das landesweite Computernetz eingefüttert – nichts – und ich habe ein Memo angelegt, falls beim L.A.P.D. irgendwelche Meldungen von Sexualverbrechen eintreffen – vielleicht ziehen wir was an Land.«

»Einen Haifisch?«

»Arschlustig. Wir brauchen eine konkrete Spur, Hopkins; hypothetisch haben wir alles abgedeckt. Unsere Augenzeugen haben alle regionalen und überregionalen Verbrecherkarteien durchgesehen – nichts. Die Männer, die das Umfeld der Opfer überprüft haben, haben gar nichts herausgebracht, und ich lasse gerade einen Agenten mit Hawley und Eggers ihre Kreditkartenabrechnungen durchgehen – alle Orte und Lokalitäten, an denen sie sich mit ihren Freundinnen getroffen haben, müssen ja erst mal überprüft werden. Wenn sich bis Montag nichts getan hat, plaziere ich Leute in den Büros, in denen Issler und Confrey arbeiten.«

Lloyd nickte und sagte: »Mir geht da so was im Kopf herum, das die Verbindung zwischen Hawley und Eggers herstellen und gleichzeitig erklären könnte, warum die Täter ihren Einsatz erhöht haben. Mir schwant, daß beide Burschen Reiseschecks klauen – zumindest Hawley. Ungefähr folgendermaßen: Während sie die BoA auskundschaften, sehen die Räuber, wie Hawley die grünen Reiseschecks stiehlt, die aus der Entfernung wie Bargeld aussehen. Sie denken sich, daß Bargeld über Nacht in den Kassenschaltern gelassen wird –«

Kapek unterbrach ihn. »Hawley sagte, daß der Mann, der ihn bedrohte, die Bankschecks wollte, daß er ausdrücklich nach ihnen verlangte.«

Lloyd schüttelte den Kopf. »Das ist nur Hawley, der Langfinger, der versucht, seinen Arsch ins Trockene zu bringen und so im Dunkeln zu lassen, warum die Täter ausgerechnet auf seine Bank verfallen sind. Die Täter haben entweder gesehen, daß Eggers auf ähnliche Art und Weise klaut, oder sie dachten sich – und das ist bei ihrer sonstigen Intelligenz unwahrscheinlich –, daß alle Banken loses Bargeld über Nacht draußen lassen. So kommen sie nach dem geringen Ertrag der Reiseschecks zu dem Schluß, daß Eggers auch nur ein weiterer Scheckdieb ist, sagen sich ›Zur Hölle damit‹, und beschließen, Eggers zum Tresor zu schicken. Gut?«

Kapek grinste und sagte: »Hat Hand und Fuß. Aber was tun wir dagegen?«

»Lassen Sie sich von den Leuten aus Ihrer Bankbetrugsabteilung einen gerafften Schnellkurs über Scheckschwindeltouren verabreichen. Vielleicht können die uns etwas erzählen, das wir dazu verwenden können, Hawley und Eggers auszuquetschen. Ich habe da so ein Gefühl. Ich denke mir, wenn diese Burschen lange Finger machen, dann aus Verzweiflung – Liquiditätsprobleme, über die sie nicht sprechen können. Und das läßt mich wiederum an gewisse Laster denken – Glücksspiel, Rauschgift, Sex. Sex ist am unwahrscheinlichsten, weil sie ihre außerehelichen Verhältnisse haben. Ich werde mal Nachfragen bei jedem Sittendezernat im Valley anleiern – vielleicht stehen unsere Jungs bei irgendwelchen Buchmachern oder Kredithaien schwer in der Kreide, oder auf wüste Perversionen, von denen wir keinen Schimmer haben. Wenn wir ein paar Sittenschnüffler ihre Informanten melken lassen, erfahren wir vielleicht etwas.«

Kapek stieß Lloyd mit dem Ellbogen an und sagte: »Gut! Wir haben übrigens nichts vorliegen wegen der Reiseschecks, aber wegen der Liquiditätsprobleme werde ich die Bankkonten der Burschen durchleuchten und mal sehen, was ich da erfahre.«

Lloyd schluckte die Worte lautlos und dachte an seine Familie, als der vertraute Stadtteil näherrückte. »Sie haben mich gar nicht gerüffelt wegen des Brennstoffs, den ich den Medien geliefert habe«, sagte er. »Am kommenden Montag abend wird vielen unschuldigen Menschen der Arsch auf Grundeis gehen. Ich dachte eigentlich, daß ein empfindsamer Bursche wie Sie deshalb sauer wäre.«

Kapek wurde rot. »Es war das einzig Richtige. Ich hätte noch einen Tag oder so gewartet und es dann auch getan. Allerdings werde ich die Unterredungen mit den Familien durchführen, und zwar diskret.«

»Wir sind gleich da, G-Man. Irgendwelche Vorstellungen, wie wir dieses Gespräch gestalten sollten?«

»Nein, Sie?«

»Ja. Wollen wir doch mal sehen, wie lang die Lunte von ›Likeable Louie‹ ist.«

Lloyd fuhr rechts ran und deutete auf das weiße Adobegebäude, das Louies *One-stop Pit-Stop* beheimatete.

»Keine Gewalt?« sagte Kapek.

»Keine Gewalt.«

»Dann bin ich einverstanden.«

Sie gingen über die Straße und durch die sperrangelweit offene Vordertür der Garage in einen kleinen Raum, der mit Stapeln runderneuerter Reifen gefüllt war. Ein Chicano-Jüngling, der gerade vor einem Wandspiegel einen Pickel ausdrückte, beäugte sie mißtrauisch, und Lloyd sagte: »Wo ist Louie?«

Der Jüngling quetschte ein letztes Mal an dem Mitesser und griff nach einer. Gegensprechanlage, die oben auf der Verbindungstür angebracht war. Lloyd sagte: »Laß das lieber sein«, und bedeutete Kapek vorzugehen. Der Junge zuckte mit den Achseln, und Kapek schob sich durch die Tür. Lloyd folgte ihm auf dem Fuße, elektrisiert von dem Gedanken an ein aufregendes Verhör.

Die eigentliche Garage war riesig, mit hydraulischen Hebebühnen, Laden voller Autoersatzteile und einem großen, befahrbaren Freiraum, der zu einem Hintereingang und einem Werkshof führte. Lloyd und Kapek gingen langsam und waren Gegenstand wissender, erkennender Seitenblicke der Mechaniker, die unter den Hebebühnen arbeiteten. Ein korpulenter Mann sah kurz zu ihnen herüber, und Lloyd erkannte ihn nach der Karteiaufnahme: Luis Calderon.

Er kam herüber und lächelte. Dabei entblößte er vorstehende Zähne und ein Vermögen an Zahngold. »Guten Nachmittag, Officers. Suchen Sie mich?«

Lloyd zückte seine Marke. »Hopkins, L.A.P.D. Das ist Special Agent Kapek, FBI. Wir würden gern mit Ihnen reden.«

Calderon seufzte. »Habe ich denn eine Wahl?«

Lloyd seufzte zurück. »Ja, die haben Sie. Hier oder auf dem Rampart Revier.«

»Das kenne ich schon«, sagte Calderon. »Gehen wir hinten hinaus an die frische Luft.«

Lloyd glaubte einen Mißton in seiner Stimme zu vernehmen und sagte: »Nein. In dein Büro.«

Calderon seufzte erneut und wollte auf den Straßeneingang der Garage zugehen. Lloyd klopfte ihm auf die Schulter. »Nein, Louie. Dein richtiges Büro, wo du deinen Schreibtisch hast und deine Geschäftsunterlagen und Rechnungen.«

Louie drehte sich um und ging zu einer hölzernen Treppe neben der Werkzeugkiste. Er stieg sie hoch. Lloyd ließ Kapek zwischen sie kommen. Er wußte, daß die Reaktion des Mechaniker/Schurken auf den kleinen Besuch von der Bundespolizei irgendwie unkoscher war. Als Calderon die Bürotür öffnete, drängte er sich vor ihn und machte sich schnell ein Bild von dem Raum. Rußbefleckte Wände, ein mit Papier übersäter Schreibtisch, ein Kühlschrank und an der Wand befestigt ein Playboy-Playmate, das vermutlich einen Safe verbergen sollte. Zwei Telefone auf dem Tisch, eins rot, eins schwarz; ein Klemmbrett mit Notizpapier war an das rote gelehnt. Auf den ersten Blick nichts Belastendes.

Calderon öffnete den Kühlschrank, nahm ein Coors heraus und setzte sich hinter den Tisch. Er zog die Lasche von der Dose und sagte: »Habe meinen Hafturlaub, meine Bewährungszeit glänzend hinter mich gebracht. Zahle meine Steuern und gebe mich nicht mit kriminellem Gesindel ab. Mein einziges Laster ist der Gerstensaft. Ich bin ein Super-duper-Pichler. Wären Spritzbestecke nicht verboten, ich spritzte das Zeug. Ich bin ein schaumkronenschlürfender Mutterschänder. Ich gieße das Zeug morgens auf meine Rice Crispies, und manchmal rasiere ich mich sogar damit. Ich geb's meinem Hund, damit er sein Schappi damit runterspülen kann. Wäre ich schwul, ließe ich mir das Zeug in den Arsch blasen. Ich bin ein super-duper-mutterschänderisches wandelndes Bierfaß. Wie kommt es also, daß ihr reinplatzt wie ein Sturmkommando, wo doch alle Cops von Rampart wissen, daß es sich mit Likeable Louie gut auskommen läßt?«

Lloyd sog das Geblubber auf und genoß die Spannung, die darunter lag. Er sah zu Kapek, der echt amüsiert vor sich hin kicherte, und sagte: »Ich bin nicht vom Rampart Revier, und ich bin auch nicht hergekommen, um deine Richard-Pryor-Nummer über mich ergehen zu lassen. Ich könnte ja mal deine Arbeiter nach Arbeitserlaubnissen abklopfen und brächte bestimmt ein paar schnucklige Verstöße gegen die Einwanderergesetze zutage, und ich würde auch zu gern mal die Nummern auf deinen Motorblöcken überprüfen. Eine dritte Verurteilung wegen Hehlerei bedeutet mindestens fünf Jahre. Zuchthaus, Louie, und was du dort in den Arsch geblasen bekommst, ist nicht Coors.«

Louie Calderon nippte an seinem Bier. Lloyd sah, daß seine Salve zwar gesessen, den Mann aber nicht ins Wanken gebracht hatte. Er spürte, daß Kapek ruhig blieb, weil er wahrhaft Respekt hatte, und setzte nach: »Bist du ein Spitzel für die Rampart-Schnüffler, Louie?«

Calderon lächelte; Lloyd konnte beinahe fühlen, wie der Blutdruck des fetten Mannes auf Null fiel, als er sagte: »Es ist allgemein bekannt, daß sich mit Likeable Louie gut auskommen läßt.«

Lloyd drehte sich einen Holzstuhl zurecht und nahm Calderon gegenüber darauf Platz. Er lächelte und deutete mit dem Daumen über seinen Rücken auf Kapek. »Louie, dieser Mann da ist ein Agent der Criminal Division des FBI. Warum hast du mich nicht nach ihm gefragt?«

»Weil er mir, wenn er nicht wegen einer erstklassigen Getriebeüberholung gekommen ist, völlig schnuppe ist. Ist mir wurst, ob er steht, klebt, lebt oder geht.«

»Wie kommt's, daß du zwei Telefone hast, in verschiedenen Farben?«

»Der schwarze Apparat ist fürs Geschäft, der rote ist meine Direktleitung ins Weiße Haus. Ronnie läutet mich manchmal an. Wir gehen dann zusammen Weiber aufreißen.«

»Wer ist dein Kontaktmann bei den Rampart-Schnüfflern?«

»Wer ist Ihr Schneider? Ihr Anzug ist zum Kotzen.«

Das schwarze Telefon läutete. Calderon nahm ab und sprach auf spanisch in den Hörer. Lloyd sah Kapek mit hochgezogenen Augenbrauen an; der FBI-Mann sagte: »Kein Wort.« Lloyd schüttelte den Kopf und verfolgte, wie Likeable Louie im Maschinengewehrtempo sprach, aufhängte und dann sagte: »Okay, wollen wir einmal sehen, ob ich das richtig sehe. Ihr braucht eine Gefälligkeit, und jemand in Rampart hat gesagt, ich könnte helfen. Ihr habt eure Muskeln spielen lassen, um mich auf die Probe zu stellen, um zu sehen, ob man mir vertrauen kann. Ich habe die Spielerei satt. Was braucht ihr?«

Lloyd bemühte sich gerade, sein allerentwaffnendstes Lächeln aufzusetzen, als das rote Telefon läutete. Louie nahm den Hörer ab und sagte: »Ja«, nickte dann und schrieb etwas auf das Klemmbrett. Lloyd schielte herüber und sah, daß das oberste Blatt zur Hälfte mit Bleistiftgekritzel gefüllt war. Calderon sagte ein letztes Mal ja und hängte auf. Lloyd sah auf die Adern an seinem Hals und erkannte die Anzeichen eines wild pochenden Herzens. »Wer ist dein Kontaktmann bei den Rampart-Schnüfflern?«

Louies Stimme war rauh; Lloyd bemerkte, daß er allmählich ernstlich beunruhigt wurde. »Warum fragen Sie mich das dauernd, Mann?«

Lloyd leitete seine dritte Salve mit seinem finstersten, Unheil und Ärger verkündenden Blick ein. »Ich bin in Silverlake aufgewachsen. Ich war in den Dogtown Flats, damals, als du in den Alpines warst. Meine Eltern leben immer noch drüben an Griffith Park und St. Elmo, deswegen habe ich es gern ruhig und sicher hier. Rampart hat die Lage hier ziemlich gut im Griff, weil sie Informanten wie dich haben, die die wirklich üblen Burschen, die ohnehin jeder haßt, verpfeifen. Du darfst also illegale Einwanderer einstellen und mit gestohlenen Autoteilen handeln, und meine Eltern können nachts beruhigt ins Bett gehen. Richtig, Louie?«

»R-r-r-richtig«, stotterte Louie.

Lloyd erhob sich und zog eine .45er Automatik aus seinem Schulterhalfter. Er hielt sie direkt vor Louie Calderons zitterndes Gesicht und sagte: »Da sind diese drei Burschen, die sich an Frauen vergreifen und Banken hochnehmen, und vielleicht haben sie ihre Knarren von dir. Ich sage dir jetzt, wie der Hase läuft: Wenn du die Waffen vertickt hast, bleiben dir vierundzwanzig Stunden, mir die Namen zu geben. Wenn du es nicht warst, hast du achtundvierzig Stunden, herauszufinden, wer's war und an wen er sie verkauft hat. Wenn ich nicht binnen achtundvierzig Stunden das eine oder das andere von dir höre, gehe ich zum Commander der Rampart-Schnüffler und verklickere ihm, daß du der Obermufti aller Waffenhändler von L.A. County bist.« Er ließ seine Visitenkarte mit dem Aufdruck »Abteilung Kapitalverbrechen« auf den Tisch fallen und steckte die Waffe zurück ins Halfter. »Paß auf dich auf, Genosse.«

Als sie wieder beim Wagen waren, sah Kapek Lloyd an und sagte: »Hölle und Verwesung.«

Lloyd schloß auf und stieg ein. »Wegen Calderon?«

Kapek nahm auf dem Beifahrersitz Platz. »Nein, wegen Ihnen. Wieviel daran war jetzt Bluff?«

»Alles außer meiner Drohung. Calderon hatte diesen selbstzufriedenen Gesichtsausdruck und einen ganzen Scheißhaufen illegaler Einwanderer für sich arbeiten, und er wollte nicht, daß wir sein Büro sehen. Ich schätze, er verpfeift Drogendealer an die Rauschgiftfahnder von Rampart, und im Austausch dafür drücken sie bei den Illegalen die Augen zu. Ich kenne den Commander von Rampart – für gute Informationen drückt der die Augen bei Kleinigkeiten zu, aber hinter Gewaltverbrechern ist er her wie der Leibhaftige hinter den Seelen. Wenn er herausfindet, daß Louie mit Waffen handelt, ist der gute Louie tot und begraben.«

»Aber *ist* er unser Waffenhändler?«

»Ich weiß es nicht. Wichtig ist vor allen Dingen, daß er Schiß hat. Er ist in der Zwickmühle, mit Lieutenant Buddy ›Bad Ass‹ Bagdessarian und mir auf der einen Seite, den Bankräubern und dem Kainsmal des Spitzels auf der anderen Seite. Wir müssen ihn ununterbrochen beschatten lassen – Ihre Leute – die örtlichen Cops kennt er zu genau. Er ist ein Veteran der Chicano-Gang-Szene, ein Verbrecher mit Verbindungen, und kann verdammt noch mal auch nicht unser Mann sein, aber doch in der Lage, uns zu ihm zu weisen. Vielleicht verpfeift er auch ohne Umschweife die Bankräuber, um seinen Arsch vor Buddy zu retten. Egal wie, *wir haben die Karten verteilt.* Wann können Sie die Überwachung dransetzen?«

»Sobald Sie mich beim Hauptbüro absetzen. Was machen Sie jetzt?«

Lloyd betätigte den Anlasser und ließ den Wagen zügig auf die Tomahawk Street schießen. »Noch einmal den ganzen Papierkram durchlesen, dann meine Ideen für Brawley von der Van-Nuys-Kripo zu Papier bringen. Anschließend werde ich einen alten Kumpel von mir aufsuchen. Er ist Richter am Landesgericht, und er ist senil und ein rechtsradikaler Wirrkopf. Seine einzige Freude besteht darin, Haft- und Durchsuchungsbefehle auszustellen. Ich schenke ihm jede Weihnachten eine Kiste Scotch, und er unterschreibt, was immer ich von ihm will. Unmittelbar bevor Louies Zeit um ist, werde ich seine Haustür durchschreiten, in der Hand eine 12er Schrotflinte und ausreichende Rechtsmittel, jeden einzelnen Papierfetzen, den er besitzt, zu beschlagnahmen. Gut?«

Kapek war blaß; seine Stimme war wackelig. »Hölle und Verwesung.«

»Das sagten Sie schon mal. Eine Sache noch. Ich bin mir fast sicher, daß das rote Telefon der Grund dafür war, daß Louie uns nicht in seinem Büro wollte. Er betreibt entweder ein Wettbüro oder einen illegalen Auftragsdienst.«

»Was ist das?«

»Ein Zwei-Weg-Auftragsdienst. Wird meistens von Bewährungsflüchtlingen und ihren Familien benutzt. Er hatte ein beschriebenes Clipboard neben dem Telefon – sicherlich Botschaften. Calderons Haus ist direkt neben der Garage, und er läßt vermutlich jemanden von dort aus eine Nebenleitung permanent weiterleiten. Manchmal sind diese Nummern völlig korrekt von der Telefongesellschaft zugeteilt; manchmal illegale Zuschaltungen, die man nicht zurückverfolgen kann. Ich will, daß alle Leitungen, die Calderon hier hat, abgehört werden. Das erfordert eine Bundesermächtigung – Ihr Ressort. Bringen Sie das hin?«

Kapeks Farbe kehrte langsam zurück, aber eine dünne Schweißschicht kroch über seine Stirn. Er wischte sie mit dem Ärmel weg und sagte: »Frühestens Montag. Bundesrichter gehen übers Wochenende alle auf Tauchstation, um nicht dauernd wegen irgendwelcher Bescheide belästigt zu werden. Sie sind wahrhaft scharf auf diese Burschen, oder?«

Lloyd lächelte. »Ich werde vermutlich bald und gegen meinen Willen vorzeitig in den Ruhestand geschickt. Ich habe vor, meinen Abgang in guter Harter-Hecht-Manier zu gestalten.« Er hielt vor dem FBI-Gebäude in der Innenstadt, und Kapek stieg aus. Als Lloyd zum Parker-Center raste, ging ihm das blasse Gesicht des jüngeren G-Man nicht aus dem Kopf, und er wußte, er hatte ihm jetzt die Untersuchung aus der Hand genommen.

Obwohl er bereits vierundzwanzig schlaflose Stunden hinter sich hatte, gab Lloyd noch eins drauf und hängte noch weitere volle vierundzwanzig Stunden dran an seinen Fall.

Im Parker-Center suchte er in den entsprechenden Unterlagen nach jeder Rufnamenvariation von »Hai« und sammelte einen ganzen Haufen von Daten, die sich alle auf schwarze Jugendbanden bezogen. Nutzlose Banalitäten. Eine Karteiüberprüfung aktenkundiger männlicher mexikanischer Sexualverbrecher mit einer Vorliebe für Cunnilingus erbrachte sieben Namen, aber drei der Männer waren gegenwärtig inhaftiert, und die anderen vier waren über fünfzig – viel zu alt für Sally Isslers und Christine Confreys »Ende Zwanzig/Anfang Dreißig«-Einschätzung. Blieb als letzte Möglichkeit noch, die Fakten über den »Hai« und oralen Mißbrauch den Berichten über Sexualverbrechen hinzuzufügen und alle L.A.P.D.-Informanten entsprechend zu instruieren.

Peter Kapek rief am frühen Abend an. Louie Calderon befand sich unter konstanter fließender Überwachung. Die Agenten führten ein detailliertes Protokoll über alle seine Aktivitäten und überprüften die Fahrzeugkennzeichen und Adressen aller Personen, mit denen er in Kontakt kam. Ein Agententeam studierte gerade seine Akte nach möglichen Verbindungen zu bewaffneten Raubüberfällen. Alles, was Likeable Louie betraf, war geregelt, ebenso die fortlaufenden Sondierungen der näheren Vergangenheit von Robert Hawley, Sally Issler, John Eggers und Christine Confrey. Am Montag sendeten die »Augenzeugennachrichten« von Channel 7 ihren »warnenden« Bericht über die Erpresserbande, ohne Erwähnung der versuchten Vergewaltigung. Das ließe es weiterhin zu, den Familien der männlichen Opfer die »große Frage« der Untersuchung zu stellen: *Wie kamen die Täter an die Informationen über die außerehelichen Verhältnisse?*

Spät am Abend brachte Lloyd von zu Hause telefonisch die Untersuchung des Sittendezernats in Gang, die er gegenüber Kapek erwähnt hatte. Dann las er die bereits existierenden Akten und konzentrierte sein Denken auf diese eine Frage. Er fand vier logische Antworten:

durch Kontakte zu den Familien der Opfer;

durch Kontakte zu den Freunden und Bekanntschaften der Opfer;

durch Kontakte in den beiden Banken;

durch den Zufallsfaktor: überhörte Gespräche an Treffpunkten wie Bars, Restaurants oder anderen öffentlichen Versammlungsplätzen und durch Informationsquellen, die die vier Verdächtigen bewußt oder unbewußt nicht preisgeben wollten.

Lloyd wußte, daß die vierte »Antwort« am wahrscheinlichsten war, und las die Akte des Falles noch zweimal durch. Dann schrieb er ein Memorandum mit seinen Schlußfolgerungen nieder.

03.30 Uhr; 11. 12. 84
An: *S. A. Peter Kapek, Det. Lieut. S. Brawley*
Betr.: Hawley/Issler-Eggers/Confrey-Untersuchung.
Gentlemen,
da ich an jedem Teilbereich dieser Untersuchung teilgenommen habe, und nachdem ich die Akte des Falls dutzendmal gelesen habe, bin ich, was den Zugang der Tätergruppe zu Informationen über die vier Opfer angeht, zu einem Schluß gekommen, der von plausiblen, hypothetischen Annahmen, die auf existierenden Fakten basieren, getragen wird. Wir wissen, daß Robert Hawley und John Eggers, beide Bankfilialleiter mittleren Alters, in keiner wahrnehmbaren persönlichen oder professionellen Art und Weise miteinander in Verbindung stehen. Erschöpfendes Aktenstudium erbrachte keine gemeinsamen Nenner außer:

1. identische Tätigkeiten;
2. Langzeitehen, die zu gedeihen scheinen, trotz der Tatsache, daß beide Männer ein außereheliches Verhältnis unterhalten;
3. die besagten außerehelichen Verhältnisse selbst; beide mit Frauen Ende Zwanzig.

Bei den implizierten Frauen fehlen auf gleiche Weise jegliche Verbindungen. Alle Opfer leben und arbeiten in San Fernando Valley, und doch zeigen Befragungen und Überprüfungen der Kreditkartenabrechnungen, daß diese zwei heimlichen Liebespaare zu keiner Zeit während der gesamten Dauer der Affären auch nur einmal in denselben Restaurants und Bars gegessen und getrunken haben. Die Chancen, daß eine Verbrecherbande die Existenz zweier solch potentiell lukrativen und risikoanfälligen Beziehungen voneinander unabhängig herausfindet, sind minimal. Ich bin der Meinung, es gibt ein funktionsfähiges Bindeglied zwischen Hawley/Issler – Eggers/Confrey, eines, das die vier Hauptpersonen entweder absichtlich oder unbewußt zurückhalten. Ich bin der Meinung, alle vier Hauptpersonen sollten dazu gebracht werden, sich rigorosen Lügendetektortests zu unterziehen, und – sollte es damit nicht gelingen, das Bindeglied aufzudecken – Penthotal (Wahrheitsserum) und/oder Befragung unter Hypnose – extreme Untersuchungsmethoden, die meiner Meinung nach in diesem Fall gerechtfertigt sind. Außerdem, da die wesentlichen Faktoren dieser Verbrechensreihe morgen nacht von den Medien ausgestrahlt und veröffentlicht werden (von mir im Interesse der öffentlichen Sicherheit freigegeben), erachte ich es für ratsam, daß die vier Hauptpersonen in Gewahrsam genommen und Montag morgen von Journalisten ferngehalten werden, um schockähnliche Erschütterungen durch innerfamiliäre Reaktionen auf die Bloßstellung der Affären zu vermeiden. Ich bin verantwortlich für die Weitergabe der Daten an die Medien und war mir über die vollen Auswirkungen im klaren. Meine Kontaktpersonen von Presse und Fernsehen sagten zu, eine Bitte um Informationen in ihre Berichterstattung einzuschließen und besagte Informationen an uns weiterzureichen.

Hochachtungsvoll
Lloyd W. Hopkins
1114, Abt. Kapitalverbrechen

Als er endete, sah Lloyd aus dem Küchenfenster und bemerkte, daß der Morgen dämmerte. Die Sache mit der Familie bedrückte ihn, und er lief rastlos durch das untere Stockwerk des Hauses, das er einst mit vier Frauen geteilt hatte; in ihrer Abwesenheit hatte er die vier Räume für sich in Beschlag genommen. Jeder Schritt ermüdete ihn noch mehr und machte ihm gleichzeitig bewußt, daß er arbeiten mußte. Schließlich gab er dem Bedürfnis nach und ließ sich in den großen Ledersessel fallen, in dem er früher immer mit Penny gesessen war.

Neue Gedanken kamen ihm keine, und auch der Schlaf blieb aus. Er starrte auf das Telefon, hoffte, daß es klingelte, was immerhin eine kleine Eingebung nach sich zog: Louie Calderons Telefonnummer oder Nummern. Lloyd rief die leitende Aufsicht bei Bell an und gab seinen Namen und die Dienstnummer an, dann stellte er fieberhaft seine Frage. Die Frau meldete sich mit einer traurig unfieberhaften Antwort zurück: Luis Calderon, 2192 Tomahawk St., L.A., hatte ein Privat- und ein Geschäftstelefon – mit derselben Nummer. Das rote Telefon war also völlig illegal.

Weitere lähmende Schlaflosigkeit folgte, kurzzeitig unterbrochen durch einen Anruf von Peter Kapek. Die erste Überwachungsschicht hatte soeben gemeldet, daß Louie Calderon seine Bude nur einmal verlassen hatte, um sechs Uhr morgens. Er war zur Ecke vorgelaufen und hatte eine Kiste Bier gekauft. »Bierschlürfender Mutterschänder«, sagte Kapek und versprach, sich mit dem Bericht der nächsten Schicht zu melden.

Lloyd rasierte, duschte und zwang sich, eine Packung kalten Frühstücksfleisches zu essen, das er mit einem halben Liter Milch und einer Handvoll Vitamintabletten herunterspülte. Immer noch nicht fähig zu schlafen, sah er im Briefkasten nach der Post des vorigen Tages. Drei Rechnungen und eine Postkarte von Penny. Vorn Fisherman's Wharf, hinten ihre formvollendete Handschrift: Daddy – laß nicht locker. Rogers Hund hat auf Moms geliebten Teppich gepinkelt. Rog hat sich geweigert, die Reinigung zu bezahlen. Moms Reaktion: »Euer Vater, trotz seiner vielen Fehler, respektierte den Haushalt und ließ sich nie lumpen. Laß nicht locker, Daddy. Liebe Liebe Liebe – Pinguin.«

Dieser Hoffnungsschimmer verurteilte Lloyds Streben nach wohltuender Bewußtlosigkeit zum Scheitern. Er fühlte eine geistige zweite Luft kommen und wählte die Privatnummer von Richter Wilson D. Penzler, darauf eingestellt, erst eine rechtsradikale Rhapsodie über sich ergehen lassen zu müssen, bevor er seinen Wunsch nach einem Durchsuchungsbefehl äußerte. Die Haushälterin des Richters meldete sich und sagte, daß sich Seine Ehren in Lake Tahoe befanden und erst Mittwoch in sein Heim und auf den Richterstuhl zurückzukehren gedachten. Lloyd legte auf, nahm dann den Hörer gleich wieder hoch, um Buddy Bagdessarian in Rampart anzurufen und Luis Calderon hochgehen zu lassen. Sein Finger senkte sich auf die erste Nummer, als ihn Vorsicht innehalten ließ. Nein. Buddy würde den ganzen Plan umwerfen und Louie direkt an den Kragen gehen. Besser, man gab dem Bierschlürfer noch etwas Spielraum.

Das Tageslicht kam und ging wieder. Lloyd blieb ruhelos wach. Er hangelte an einer imaginären Kette von Haifischen, Chicano-Gangschurken seiner alten Nachbarschaft und seiner Familie. Er wägte eben ab, ob er das Licht einschalten oder in der Dunkelheit bleiben sollte, als das Telefon klingelte.

Er bekam gerade noch »Hallo?« heraus, dann meldete sich schon Kapek. »Die dritte Schicht hat sich gerade über Funk gemeldet. Das wandelnde Bierfaß, seine Frau und die Bälger sind gerade aufgebrochen. Sie folgen in gebührendem Abstand. Ich habe mir außerdem Calderons Gefängnisakte geholt. Sein Umfeld wird gerade durchleuchtet. Was haben Sie gemacht?«

Lloyd erschauderte leicht, als sich der Gedanke festsetzte. »Nachgedacht. Ich muß weg, Peter. Ich rufe Sie morgen an.« Er hängte auf, holte seine Einbruchswerkzeuge aus der Küche und machte sich auf den Weg zu seinem speziell für Einbrüche ausgerüsteten L.A.P.D.-Fahrzeug.

Likeable Louies *One-Stop Pit-Stop* und das darangebaute Adobegebäude waren still und dunkel, als Lloyd auf der gegenüberliegenden Straßenseite der Tomahawk Street parkte und den für den Bruch nötigen Mumm zusammenkratzte. Während er die chirurgischen Gummihandschuhe überstreifte, rief er sich seinen vorherigen Besuch in der Garage noch einmal ins Gedächtnis und überlegte, wie er am besten hineinkam. Das Haus war vermutlich zu gut gesichert, die Straßenseite zu gut einsehbar. Es kam also nur der Hintereingang in Frage.

Lloyd besah sich den Inhalt seiner leinenen »Einbrechertasche« und entnahm ihr einen batteriebetriebenen Bohrer, verschiedene Rohraufsätze, einen Satz Dietriche, ein Stemmeisen, eine Dose Mace gegen etwaige Wachhunde und eine große fünfzellige Taschenlampe. Er durchwühlte den Rücksitz, fand eine alte Aktentasche, die ein anderer Beamter liegengelassen hatte, und steckte seine Werkzeuge hinein. Dann ging er durch die Gasse, die diagonal über die Tomahawk Street führte.

Der Vollmond ermöglichte ihm eine gute Sicht auf den Hintereingang, und aus den anliegenden Häusern dröhnende Musik überdeckte jeden eventuellen Lärm. Lloyd betrachtete den Stacheldrahtzaun, der den Werksbereich umschloß, und fand sich damit ab, ein paar Schnitte abzubekommen; er warf einen Blick auf die Rollschienentür und wußte, es war das Fenster daneben oder nichts.

Er atmete tief ein, warf die Tasche über den Zaun und hievte sich die Maschen hoch. Seine rechte Hand schmerzte von dem Bücherregal, das er in Frisco zerdeppert hatte, und er mußte sie permanent entlasten. Als er den Stacheldraht erreichte, rollte er sich hoch und verließ sich bis zur letztmöglichen Sekunde auf den Schutz seiner Jacke. Dann hakte er seine Finger in die Drahtlitzen ein und drückte die Beine durch, bis er das scharfe Metall los war und ihm nur noch ein Sprung aus vier Metern Höhe bevorstand. Er stieß sich mit seinem ganzen Gewicht ab und landete mit den Füßen voran auf einem Flecken ölglatten Teers.

Kein Hund; keine näherkommenden Geräusche. Lloyd hob die Tasche auf und nahm die Taschenlampe heraus, dann ging er zu dem Fenster und verglich dessen Durchmesser mit seinem Körperumfang. Knapp, aber machbar, entschied er, schlug die Scheibe mit dem Ende der Taschenlampe ein und warf die Tasche durch die Öffnung, dann zwängte er sich durch das Loch, und wieder bekamen seine Jacke das meiste und seine Beine ein paar kleine Schürfwunden ab. Mit den Händen zuerst landete er in der Garage, wo ihn der Geruch von Benzin und Motoröl förmlich überfiel.

Immer noch kein Hund; immer noch nichts, was darauf hinwies, daß man ihn entdeckt hatte. Lloyd rappelte sich auf, nahm Taschenlampe und Tasche an sich und orientierte sich erst einmal. Als sich seine Augen an die Dunkelheit gewöhnt hatten, konnte er die Treppe ausmachen, die zu Louie Calderons privatem Büro führte. Lloyd ging auf Zehenspitzen herüber und die Treppe hoch. Dann versuchte er es mit der Tür. Sie war unverschlossen. Er atmete tief durch und stieß sie auf. Dann knipste er die Taschenlampe an und leuchtete damit in Richtung des Tisches. Der Lichtstrahl zeigte direkt auf das rote Telefon und das Clipboard. Er ging zum Tisch und merkte sich die exakten Standorte der Rechnungsbelege und Bierdosen darauf. Dann zog er Stift und Notizblock aus seiner Gesäßtasche und nahm auf Louie Calderons Stuhl Platz. Er hielt die Taschenlampe mit der linken Hand, schob eine halbgeleerte Büchse Coors zur Seite und legte an ihre Stelle den Notizblock. Als er mit der Lampe direkt das Clipboard anstrahlte, wurde das Büro darum herum völlig dunkel, und er vollführte seine Niederschrift in einem augenzermürbenden Lichttunnel. 11/12-A. M.-Ramon V. – Ruf 629-8811 (Mu & Bru) an, bevor du mit B. H. sprichst.

11/12 – P. M.-Duane-Rhonda sprach mit Freunden in P. S., Stan Klein kommt am späten Montagabend zurück, vergiß nicht Mon. abend anzurufen – priv. (654-8996) – Arb. (658-4371) – will Kohle.

11/12 – P. M. – Danny C. – Ruf zu Hause an.

11/12 – P. M. – Julio M. – ruf zu Hause an.

11/12 – P. M. – Gerge V. Rückruf Louise, B. H. Keine Übertretung.

Nach Beendigung der Abschrift steckte Lloyd den Block zurück in seine Tasche und stellte die Bierdose an die richtige Stelle zurück, erfreut, daß es ein illegaler Auftragsdienst und kein Wettbüro war. Er richtete die Taschenlampe auf den Boden und ging auf demselben Weg wieder nach unten. Auf dem Weg zur Vordertür griff er sich eine Schachtel mit Zierradkappen, in der Hoffnung, den Verdacht auf irgendwelche Nullbons, die schnelle Beute im Sinn hatten, zu lenken. Wie immer nach einem Einbruch fing er auf dem Heimweg an zu zittern, und wie immer folgte die Einsicht, die er nach jedem Einbruch hatte: Verbrechen war ein gehöriger Nervenkitzel.

In seiner Küche schrieb Lloyd die aufgenommenen Namen noch einmal ab, um sie mit Louies Akte zu vergleichen. Dann wählte er die drei Nummern, die er ausfindig gemacht hatte.

Die erste war ein trauriger Schuß in den Ofen. Lloyd gab vor, ein Freund von »Ramon« zu sein, und fragte die Mutter nach seinem Verbleib. Er erfuhr, daß Ramon Freitag aus Chino entlassen wurde und bis jetzt weder seinen Bewährungshelfer noch seine Familie kontaktiert hatte. Die Frau hatte entsetzliche Angst, daß er wieder zurück in Silverlake war und an der Nadel hing.

Die zwei Nummern für Rhonda waren sogar noch trister – beides auf Band gesprochene Nachrichten, die laut und deutlich »Prostitution« trompeteten: »Hi, hier spricht Rhonda. Wenn Sie wegen meinem Geschäft oder ihrem Vergnügen oder umgekehrt angerufen haben, hinterlassen Sie bitte eine Nachricht. Tschüß!«

»Hier ist ›Silver Foxes‹. Schöne Frauen jeder Überzeugung für jede Gelegenheit. Bitte hinterlassen Sie Ihren Namen, Ihre Kundennummer und Ihre Wünsche nach dem Piepton.«

Lloyd legte auf und fügte diese Information seiner A.-K.-Checkliste hinzu. Der trällernde Tonfall der letzten Ansage klang immer noch in seinen Ohren, als er das Licht löschte und sich auf die Couch fläzte. Während er auf den Schlaf wartete, von dem er wußte, daß er jetzt kommen mußte, spielte er mit den Worten. Das sinnlose Gebrabbel völliger Übermüdung überkam ihn. Er wußte, was dahintersteckte: Die Gelegenheiten seiner Überzeugung waren alle vertan. Die Endgültigkeit des Gedankens half, und die Bewußtlosigkeit war schon beinahe da, als er noch einmal nach einem Rettungsring griff: *eine Apokalypse konnte ihn retten.* Dieser Gedanke war zu furchterregend, um damit zu spielen. Lloyd wies den Gedanken mit seiner gesamten Willenskraft von sich und schlief traumlos.

14

Präzisionsarbeit.

Rice sah auf die Uhr, als er den 78er Malibu in den Schatten einer Baumgruppe neben der Freeway-Ausfahrt lenkte. Um 9 Uhr 43 hatte er den Wagen gefilzt, um 9 Uhr 56 die Brüder aufgelesen, die bis zu den Kragenspitzen hin ausstaffiert waren und gierig aussahen. Um 10 Uhr 03 hielt er bei einem Seven-Eleven am Rande von Hollywood, um sich eine letzte Sache zu verschaffen – eine Denkpause –, und jetzt, um 10 Uhr 22, blieb nichts mehr, als es durchzuziehen. Als er die Bremse anzog, warf er einen kurzen Blick auf Bobby und Joe. Ihre Anzüge paßten, und ihr andersfarbiges Gesichtshaar ließ sie beinahe nicht wie Mexikaner aussehen. Ihre Aktentaschen waren groß und abgewetzt. Alles lief perfekt. »Jetzt«, sagte er.

Sie gingen zu Fuß den halben Block zur Ecke Pico und Westholme und warteten an der Ampel. Als die auf Grün schaltete, übernahm Rice die Führung und schritt den Brüdern voran. Vor der Bank angekommen, linste er durch das Fenster und machte sich ein Bild davon, wie es drinnen aussah: sechs Schalter zur Linken, eine abgetrennte Wartelinie, an der niemand stand, die Angestellten an ihren Tischen zur Rechten in einem mit Teppichboden versehenen Abschnitt. Keine bewaffneten Wächter; kein Zeichen von Gordon Meyers; die Überwachungskamera, die sich in ihrer Halterung über der Tür hin und her bewegte. Perfektion.

Die Brüder schlossen zu ihm auf, und Rice ließ sie zuerst durch die Tür gehen. Als sie auf halbem Wege zu den Schaltern waren, nahm er eine Dose Seven-Eleven-Rasierschaum aus seiner Jackentasche, schüttelte sie und machte einen Testspritzer auf den Boden. Als der Schaum auf dem Boden aufklatschte, wurde es ihm klar: Wenn du in seine Augen blickst, wirst du es wissen.

Rice stieß die Türen auf, drehte sich und streckte seinen rechten Arm zur Kamera hoch. Er verfehlte sie mit dem ersten Sprüher, traf die Linse aber mit dem zweiten voll. Als er wieder auf den Fersen stand, sah er, daß niemand an den Schreibtischen ihn bemerkt hatte und daß Joe und Bobby bei einer Pappstellwand in der Nähe des letzten Schalters herumtrödelten. Er faßte in seine Aktentasche und zog seine .45er heraus, dann ließ er die Sprühdose auf den Boden fallen. Das Geräusch ließ den Mann am vordersten Tisch die Augen heben und die Waffe sehen. Rice brüllte: »Überfall! Ganz ruhig alle, sonst seid ihr ganz tot!«

Eine Sekunde lang hielt alles inne. Ruckartig schossen Köpfe hinter dem Kassenschalter hoch; die Garcias zogen ihre .45er, stellten sich in Position und hielten die Aktentasche auf. Dann folgten Überraschung und Unruhe, und vor den Augen von Rice wurde es schwärzlich rot. Er schluckte und hörte den Schrei einer Frau, die auf Joe Garcias Waffe mit Schalldämpfer starrte. »O Gott – o Gotts«, prasselten aus jedem Winkel der Bank auf ihn ein. Er schluckte etwas, das wie Blut schmeckte, rannte zu Bobby, drückte ihm seine Aktentasche in die Hand und sagte: »Drei Minuten. Mach sie voll.«

Bobby ließ sein Haifischgrinsen aufblitzen und richtete die Waffe auf den Bankangestellten, der direkt vor ihm stand, und zischte: »Füttere den Hai, Mutterschänder, sonst stirbst du.« Der Mann stopfte das Bargeld bündelweise in die Aktentasche, und Bobby schob Rices Tasche hinüber zum nächsten Schalter und knurrte: »Du auch, Hure, du verflucht noch mal auch.« Die Frau schüttete ganze Schubladen mit Papier- und Münzgeld in die Tasche, und Kleingeld rollte über den Schalter auf den Boden. Als beide Angestellte zurücktraten, leere Schubladen zeigten und sich dann auf die Knie duckten, glitt Bobby weiter zum nächsten Schalter. Aus den Augenwinkeln warf er einen kurzen Blick auf Joe. Der Kleine hatte bereits drei Schalter ausgeräumt und hielt die Angestellten mit zittrigen Händen in Schach. Tränen und Schweiß troffen von seinem Gesicht und durchnäßten seinen falschen Bart. Sein Gesicht war so rot wie das eines Babys, und seine Unterlippe flatterte so stark, daß sein ganzer Kopf mitzitterte. Von irgendwoher in der Bank schrie Duane Rice: »Wo ist der verfluchte Sicherheitschef?!« im Tonfall eines hundertprozentig Geistesgestörten. Bobby manövrierte beide Aktentaschen und seine Waffe vor die letzte Angestellte, und es durchfuhr ihn wie ein Stromstoß, als er sah, daß es eine flotte junge Blondine war.

»Wo ist der Wächter?! Wo ist der verfluchte Sicherheitsmann?!«

Bobby hörte Rices Rufe, dann drehte er sich um, um die Blondine näher zu studieren. Sie hatte ihre drei Schubladen offen und das Geld auf dem Schalter aufgestapelt. Bobby schaufelte es in die Aktentasche, die ihm am nächsten war, und kitzelte das Mädchen mit seinem Schalldämpfer am Kinn, als er die Tasche zudrückte. »Magst du Meeresfrüchte, *chiquita?«* sagte er. »Wie wär's mit einer netten, saftigen Haifischwurst? Geht runter wie Butter mit einem netten, blonden Fotzenburger.«

Vor Rices Augen geriet die ganze Bank ins Wanken. Seine Stimme klang, wie wenn sie nicht ihm gehörte, und die Leute, die vor ihren Tischen kauerten, sahen aus wie furchterregende rote Tiere. Er wandte sich also ab, so daß er sie nicht sehen mußte, und sah Haifisch-Bobby eine junge Angestellte übel anmachen. Er fragte sich, ob er es stoppen sollte, als auf einmal Gordon Meyers aus einer Tür neben dem Tresorraum trat.

Da wußte er es.

Rice hob seine .45er; Meyers sah ihn und drehte sich, um wegzulaufen. Rice feuerte drei Schüsse ab. Der Rücken von Meyers weißem Hemd explodierte in Purpurrot im selben Augenblick, als er den dreifachen Rückstoß des Schalldämpfers spürte. Der weggedröhnte Bedröhntenwärter krachte in eine amerikanische Flagge an einer Fahnenstange, und beide fielen zu Boden. Die Bank wurde eine einzige gigantische Lärmexplosion, und durch all das hindurch hörte Rice die Stimme einer Frau: »Abschaum! Abschaum! Abschaum!«

Beim letzten Schimpfwort der Blonden drehte sich Bobby um, sah einen toten Mann am Boden und Duane Rice und seinen Bruder, die ihm bedeuteten, sich zu beeilen. Er drehte sich noch mal, um dem Mädchen zum Abschied das Thema des »Weißen Hai« zu hinterlassen und wurde von einem Speichelklumpen mitten ins Gesicht getroffen. Als er ihn wegwischte, sah er ihren riesigen offenen Mund und wußte, daß wahr sein würde, was immer sie auch sagte. Er stieß die .45er auf ihre Zähne und feuerte zweimal. Die Schüsse rissen ihren Hinterkopf ab. Bobby sah, wie Blut und Hirn die Wand hinter ihr hochspritzten, als es sie von den Füßen riß. Der Rückstoß wirbelte ihn herum, und dann war Joe da, griff sich die zwei Taschen und schob ihn zur Tür. Draußen stand Rice mit der dritten Tasche auf dem Gehsteig und schob hastig ein neues Magazin in seine Waffe. Aufgelöst in Schweiß und Tränen und zitternd von Kopf bis Fuß stürzten die Brüder durch die Türen; Rice drückte Joe die Tasche in die Hand und schaffte es, von irgendeinem kühlen Punkt innerhalb seines eigenen Zitterns herauszubekommen: »Geht ums Eck zum Wagen.« Die Garcias legten los, halb stolpernd, halb rennend, und die drei Geldtaschen schlugen gegen ihre Beine. Rice war im Begriff, ihnen zu folgen, als aus dem Nichts eine Sirene ertönte und ein Streifenwagen mit blinkendem Warnlicht auf dem Gehsteig direkt auf ihn zuraste.

Rice fuchtelte wie ein Wilder und ließ sich auf die Knie fallen, eine Verwundung vortäuschend, weil er wußte, daß der Schalldämpfer seine Reichweite praktisch auf Null brachte. Als der Streifenwagen langsamer wurde und bremste, wich er nicht von der Stelle, wußte, sie mußten ihn gesehen haben; als der Wagen ein letztes Mal ruckelte, zählte er bis zehn, sprang auf und richtete die .45er auf die Windschutzscheibe. Die Cops waren einen knappen Meter entfernt und wollten gerade mit Schrotflinten in den Händen aussteigen, als er den Abzug siebenmal durchzog, die Waffe in Brusthöhe. Die Windschutzscheibe flog in tausend Stücke, und Rice warf sich auf den Boden und rollte sich zur Beifahrertür. Er wechselte die Magazine. Als beide Türen geschlossen blieben, stand er auf, sah zwei blutdurchtränkte blaue Uniformen und nach Luft schnappende Gesichter und feuerte weitere sieben Mal, alles in die Köpfe. Blut und Knochensplitter spritzten auf sein Gesicht, und in der Entfernung konnte er weitere Sirenen heulen hören.

Plötzlich fühlte er sich sehr ruhig und völlig Herr der Lage. Er rannte über den Parkplatz der Bank und durch die Gasse, die parallel zum Greystone Drive verlief, sprang dann über einen Maschendrahtzaun und landete in einem zementierten Hinterhof. Die Auffahrt führte ihn zur Straße, und dort, neben dem 81er Chevy-Caprice, standen Joe und Bobby. Keine Nachbarn; keine neugierigen Kinder; keine Augenzeugen.

Rice ging durch einige Vorgärten zu dem Chevy, schloß die Fahrertür auf, dann die Beifahrertür. Die Brüder stiegen hinten ein (mit den Aktentaschen) und kauerten sich unaufgefordert nieder. Rice startete den Wagen und fuhr rückwärts heraus, dann langsam den Greystone hinunter bis zur Westholme, dann über Pico zum Freeway. Sie fuhren nordwärts auf dem 405, als auf einmal das Kreischen der Sirenen ohrenbetäubend wurde. Die vierzig Meter hohe Freewayerhöhung gestattete Rice eine perfekte Aussicht auf die Bank und die Straße davor. Sie war voll mit Polizeiwagen, die Stoßstange an Stoßstange standen und aus denen Pumpgun-schwingende Cops hervorquollen. Von Osten her näherten sich Hubschrauber. Es sah aus wie an einer Kriegsfront.

Rice fuhr vorsichtig in der mittleren Spur; die Herausforderung und Notwendigkeit, in einem ungewohnten Fahrzeug seine Panik in Zaum zu halten, lenkte seine Gedanken von den vergangenen zehn Minuten ab. Als sie die unmittelbare Umgebung verließen, verebbte der polizeiliche Lärm, abgesehen von einzelnen Streifenwagen, die in entgegengesetzter Richtung an ihnen vorbeirasten. Dann erreichte er den Wilshire Boulevard, und es klang, als ob Hubschrauber und Sirenen bei ihnen im Auto wären, und ihm fiel wieder ein, daß er nicht allein war.

Der Hubschrauber/Sirenen-Lärm war eine Kombination von Joe Garcia, der schluchzte und keuchend atmete, und Bobby, der versuchte zu reden. Rice dachte an Straßensperren auf dem Freeway und bog auf die Montana-Avenue-Ausfahrt. Er drehte sich nach hinten, um einen Blick auf die Brüder zu werfen, und sah, daß sie immer noch auf dem Boden lagen, die Arme umeinander geschlungen, so daß er nicht sagen konnte, wer welcher war. Der Anblick war obszön, und das getrocknete Polizistenblut, das er auf seinem Gesicht spürte, machte es noch schlimmer. Als er auf eine friedliche, lärmfreie Straße kam, reinigte er seine Wangen mit seinem Ärmel und sagte: »Benehmt euch verflucht noch mal wie Menschen, und wir kommen aus dieser Sache heil raus.«

Bobby befreite sich aus der Umarmung mit seinem Bruder und der Ansammlung von Aktentaschen. Rice sah im Rückspiegel, wie er sich in den Rücksitz lehnte und dann Joe aufhalf. Als er ihre angeklebten Bärte sah, riß er seinen ab und schätzte ihre Überlebensfähigkeit ab. Joe zuckte in einem fort und saß auf seinen Händen, um sein Zittern unter Kontrolle zu bekommen. Haischiß sah aus, als stünde er nur zwei Sekunden vor einem Lachanfall, der bis zum Lungenplatzen andauern mußte. Er wußte, daß sie bestenfalls Scheiß-Partner waren, und sagte: »Nehmt eure Bärte ab und zieht Jacken und Hemden aus. Wir werden jetzt den Wagen loswerden, dann in mein Motel gehen und die Lage ein bißchen abkühlen lassen. Bobby, noch einmal die Haifischtour und du bist ein verflucht toter Bohnenfresser.«

Bobby zuckte zusammen. Seine Stimme war leise, weit entfernt von einem Kichern. »Ich mußte es tun, Duane. Ich wußte, was diese Hure sagen wollte, und das dürfen nur Priester zu mir sagen.« Er begann, auf lateinisch vor sich hin zu murmeln, und griff sich dann eine der Aktentaschen vom Boden. Seine wirren Gebete überschlugen sich, als er hineinfaßte, ein Bündel Hunderter herauszog und es aufriß.

Explosionsartig schoß schwarze Tinte aus dem Geldbündel, scharfe Strahlen, die Bobby im Gesicht trafen und von seiner Brust abgelenkt wurden und die Rückfenster vollspritzten. Eine zweite Reihe von Spritzern brach über Joe herein und er warf sich auf die Tasche und fing die restlichen Strahlen mit dem Körper auf. Rice fuhr an den Straßenrand und schrie: »Zieht die Hemden aus und kurbelt die Fenster herunter«, und Bobby wischte die Tinte aus seinen Augen, riß die Reste seines Bartes ab und begann damit am Fenster neben sich herumzuwischen.

Rice beugte sich nach hinten auf den Rücksitz und versetzte Bobbys Gesicht mit der rechten Faust einen unbeholfenen Schlag, der ihn nur streifte, aber doch dazu zwang, mit dem Wischen innezuhalten und reflexartig wegzuducken und die Fensterkurbel freizulassen. Rice stürzte sich darauf und kurbelte das Fenster herunter. Im selben Moment öffnete Joe mit pechschwarz getränktem Oberkörper das gegenüberliegende Fenster. »Die Rückseite«, zischte Rice, wurstelte sich aus seinem Jackett und riß sich sein weißes Hemd vom Leib. Er reichte beides Joe, der sie auf die Rückscheibe drückte und Tinte aufsaugen ließ, bis sie voll waren wie ein Schwamm. Als sie nur noch nutzlose, triefende Lumpen waren, zog er sie weg und ließ die restliche Tinte auf die Sitzlehne rinnen. Dann machte er den Oberkörper frei und ging daran, die Kleider seines Bruders herunterzuziehen, wobei er fortwährend murmelte: »Ruhig, Bobby, ganz ruhig, der Wachhund ist ja da.«

Rice warf einen Blick auf das tintenbeschmierte Fenster und sah, daß es für eine schlechtgemachte Glastönung durchgehen mochte; er sah zu den Garcias und wußte, daß der Mitläufer vom Start weg mehr Mumm in den Knochen hatte. »Wir fahren nach Hollywild, Genossen«, sagte er. »Nur drei barbrüstige Hengste auf einer Spritztour.«

Eine halbe Stunde später hielt Rice vor einer leerstehenden Pennerabsteige auf Cahuenga, zwei Blöcke vom Bowl-Motel. Er schaltete den Motor ab, stieg aus und sah in den Kofferraum. Keine Extrakleidung, nur ein verranzt aussehender Schlafsack. Er nahm ihn raus und schob ihn durch das Seitenfenster zu Joe Garcia, der immer noch Bobby gut zuredete wie einem Kleinkind. »Wickel die Aktentaschen da rein und bringe deinen Bruder auf meine Bude. Verhaltet euch wie Chicano-Scheißer auf einem Spaziergang, und niemand nimmt euch hops.« Er sah auf die schwarze Schicht auf ihren Brüsten, dann ging er zurück zu der Garage, von der er beim verfluchten Herrgott hoffte, daß sie immer noch leerstand.

Sie tat es.

Rice machte sich einen Durchgang frei, trat Haufen leerer T-Bird-Flaschen beiseite und ging dann zum Wagen. Joe und Bobby standen stumm daneben, den unregelmäßig zusammengerollten Schlafsack zu ihren Füßen. Rice sagte: »Los«, und fuhr dann den Wagen rückwärts in die Garage und schloß die wackelige Tür dahinter.

Als er auf die Straße zurückkam, fühlte er sich fast schon gut. Dann hob er den Schlafsack auf, und zwei Groschen und ein Penny kullerten aus den Falten und fielen auf den Boden. Vor sich sah er die Garcias in die Gasse vor dem Motel einbiegen. Er versuchte an Vandy und die Rettungsmission zu denken, aber das mickrige Kleingeld auf dem Boden hielt ihn davon ab.

15

Als er über den Wilshire zum West-L.A. Federal Building fuhr, merkte Lloyd, daß am Straßenbild irgend etwas nicht stimmte, daß etwas fehlte. Als er am Winchell-Donut-shop vorbeifuhr, den die örtlichen Cops am liebsten frequentierten, kam es ihm: Er hatte seit Beverly Hills keinen Streifenwagen mehr gesehen, und der letzte war vom B.H.P.D. gewesen. Als er sein Funkgerät einschaltete, sagte ihm der Dispatcher, warum: »Code 4. Code 4. Alle Streifeneinheiten im Gebiet von Pico und Westholme und der Bank, die nicht unmittelbar mit der Kontrolle von Menschenaufläufen oder Haus-um-Haus-Durchsuchungen zu tun haben, sollen wieder normalen Dienst aufnehmen. Code 4. Code 4.«

Lloyd befestigte sein Rotlicht und schaltete die Sirene an, machte dann eine Kehrtwende und raste zu Pico und Westholme. »Bank« ließ »Sie« durch seinen Kopf schießen, und »Haus-um-Haus-Durchsuchung« bedeutete Gewalt. Als er zwei Blöcke vom Ort der Ereignisse entfernt war, passierte er eine Reihe von Streifenwagen, die mit eingeschalteten Scheinwerfern langsam nordwärts fuhren.

Lloyd fühlte eine Welle Übelkeit hochsteigen, drückte das Gaspedal durch und bremste dann ab, als Pico, eine Barrikade aus aufgebockten Umleitungsschildern und eine Straße voll aneinander geparkter Streifenwagen in seiner Windschutzscheibe erschienen. Er bremste und parkte auf dem Gehsteig, rannte dann den restlichen Block und streckte währenddessen die Marke an die Jackenbrust.

Zwei junge Beamte mit Pumpguns bemerkten ihn und stiegen über einen Holzbock, aber sie drehten die Mündungen ihrer 12er Schrotflinten nach unten, als sie seine Marke sahen. Lloyd bemerkte ihre roten Gesichter und wackligen Knie und fragte, was er bereits wußte: »Einer von uns?«

Der größere der jungen Cops antwortete ihm in einer Stimme, die sich sehr bemühte, kühl und unbeteiligt zu klingen: »Zwei von uns, zwei Tote in der Bank, keine Verdächtigen in Gewahrsam. Es ist vor 45 Minuten passiert. Welche Abteilung –«

Lloyd stieß den Beamten beiseite und stieg über das Umleitungsschild, dann ging er um die Ecke auf Pico und bahnte sich mit Ellbogen seinen Weg durch den überfülltesten Tatort eines Verbrechens, den er je mit eigenen Augen gesehen hatte. Regelrechte Knäuel von Kriminalbeamten waren ineinandergeschlungen, konferierten über ihren Notizblöcken, bemühten sich angestrengt, einander zu hören, durch das Rauschen der Funkgeräte, das aus Dutzenden von Dienstfahrzeugen herausknisterte; junge Streifenbeamte standen bei ihren Wagen und sahen grimmig, verängstigt und wie kurz vor dem Explodieren vor Zorn aus. Immer noch schwirrten dunkelrote Lichter, und der Gehsteig war vollgepfropft mit Spurensicherungspezialisten, die Kameras und Spurensicherungskoffer trugen, gebrüllte Gespräche kämpften gegen den Lärm der Funkgeräte an, und Lloyd pickte dieses und jenes heraus und wußte, *sie* waren es gewesen.

»... Bursche drinnen sagte .45er Automatics, Schalldämpfer und –«

»... dieser Max hat diese Angestellte dreckig angemacht und hat sie dann einfach und verfickt umgenietet und –«

»Eine Frau sagte, ein Weißer, zwei Mexikaner, eine andere sagte, nur Weiße. Das ist das –«

In der Entfernung konnte Lloyd sehen, wie am Dach eines Fahrzeugs von der Spurensicherung das Licht ein rotes Schimmern reflektierte. Er schob sich an einem Team von Sanitätern vorbei, die auf dem Gehsteig direkt vor der Bank standen, und wappnete sich innerlich, als er unter dem Licht einen Streifenwagen stehen sah, dessen Rückscheibe von getrocknetem Blut bedeckt war. Ein Techniker stand neben dem Wagen und bestäubte ein Pistolenmagazin; ein weiterer S.I.D.-Mann lag auf der Haube, die Kamera auf die zersplitterte Windschutzscheibe gerichtet, und machte Aufnahmen. Lloyd wußte, daß er es genau wissen mußte, und trat hinzu.

Die sterblichen Reste zweier junger Männer waren auf dem Vordersitz erstarrter Tod. Jeder Zentimeter des Marineblaus ihrer Uniformen hatte nun den rötlichen Braunton gerinnenden Blutes. Beide hatten großkalibrige Eintrittswunden im Gesicht und gaffende, Hirnmasse absondernde Löcher, wo früher ihre Hinterköpfe gewesen waren. Der Fahrer hatte seinen Dienstrevolver lose auf dem Sitz neben sich liegen, und der andere Polizist hatte seine rechte Hand am Kolben der zum Wagen gehörenden Remington Pumpgun, den Zeigefinger halbdurchgezogen am Abzug.

Lloyd wischte sich Tränen aus den Augen und stakste durch das »Tatort«-Seil vor den doppelten Glastüren der Bank. Ein Techniker, der die Türgriffe mit Pulver bestrich, murmelte: »Hey, Sie können doch nicht«, und Lloyd faßte ihn am Revers und schubste ihn auf den Gehsteig, bedeckte dann seine Hände mit den Jackenärmeln und stieß die Tür auf. In der Bank sah ihn ein Kordon hochrangiger Kriminalbeamter, trat zur Seite und warf einander besorgte Blicke zu.

Lloyd stellte sich auf die Zehenspitzen, um das Innere der Bank zu überschauen, angestrengt bemüht, etwas anderes zu sehen als die Zivilbeamten, die fast den ganzen Bodenraum verdunkelten. Er reckte den Hals und konnte so ein S.I.D.-Team wahrnehmen, das hinter einem Kassenschalter die Konturen eines weiblichen Körpers markierte, und ein weiteres Team, das vor dem Schalter mit Staubsaugern nach auswertbaren Partikeln suchte. Ein gerichtsmedizinischer Assistent kratzte das Hirn der Frau von der Wand und in eine Plastiktüte, und hinten in der Bank, nahe dem Tresorraum, redeten Peter Kapek und ein halbes Dutzend FBIler mit verstört wirkenden Leuten.

Lloyd schlängelte sich in Kapeks Richtung. Weitere Gesprächsfetzen drangen an sein Ohr, eine Frau, die wimmerte: »Der große Mexikaner war so verängstigt und sah so lieb aus«, ein junger Uniformierter, der einem anderen erzählte: »Der Sicherheitskerl war ein völlig Irrer, hat mich immer mit wirrster Scheiße vollgelabert. Hey, das ist doch Lloyd Hopkins, du weißt doch, ›Crazy Lloyd‹.«

Als er seinen Namen hörte, drehte sich Lloyd um und sah die Beamten an, die sich ihrerseits abwandten und in einen Pulk von Beamten in Zivil zurückwichen. Lloyd stellte sich erneut auf die Zehenspitzen, um nach Kapek Ausschau zu halten, und sah, wie sich die Menge teilte und eine Gasse schuf. Eine Sekunde später gingen durch diese Gasse zwei gerichtsmedizinische Assistenten, die eine mit einem Tuch bedeckte Bahre trugen, und als Lloyd Blut durch die weiße Baumwolle sickern sah, trat er hinzu und riß das Tuch herunter.

Lloyd ignorierte die schockierten Ausrufe der Bahrenträger und starrte die Leiche eines weißen Mannes mittleren Alters an. Brust und Magen wiesen drei große Löcher auf, umrandet von verbranntem und zerfetztem Gewebe, offensichtlich von großkalibrigen Patronen herrührende Austrittswunden.

In den Rücken geschossen.

Kaliber 45 Qualitätslöcher.

Sie.

Bevor er den Toten wieder bedecken konnte, spürte Lloyd einen harten Klaps auf der Schulter. Als er sich umdrehte, stand da Captain John McManus, Beine breit, Hände an den Hüften, das Gesicht puterrot mit der Aussicht, alsbald purpur zu werden. Sie starrten einander in die Augen, und Lloyd wußte, daß im Nachgeben die einzige Gewinnchance bestand. Er hob die Hände und suchte nach wogenglättenden Worten, als McManus vortrat und ihm ins Gesicht flüsterte: »Sie verfluchter Nekrophiler. Ich habe Ihnen doch gesagt, daß Sie sich auf keinen Fall mit Morduntersuchungen befassen sollen, auch wenn Sie mit Ihrer Aufgabe als Verbindungsmann oder sonst irgend etwas zusammenhängen. Sie sind hiermit von dieser Sache abberufen. Das hier ist ein zweifacher Polizistenmord, und ich will schießwütige Vigilantenscheißköpfe wie Sie nicht einmal in entfernter Nähe davon haben. Ein Wort des Protestes, und ich lasse Sie von Braverton suspendieren. Wenn Sie sich in diesem Fall einmischen, nehme ich Ihnen das Abzeichen ab und leite ein Verfahren wegen Behinderung der Justiz ein. Und jetzt gehen Sie heim und warten auf meinen Anruf.«

Lloyd stieß den Captain beiseite und drängte sich hinaus auf den Gehsteig. Ein E.-B.-Fernsehteam war jetzt innerhalb der Absperrung und interviewte eine Gruppe hochrangiger Polizeisprecher. Jemand schrie: »Das ist Lloyd Hopkins, den holen wir uns!« Und plötzlich war ein Mikrofon vor seinem Gesicht. Er riß das Mikrofon aus der Hand des Mannes, der es hielt, und schleuderte es in Richtung des Streifenwagens, in dem die zerstörten Leichen der zwei jungen Männer ruhten, dann rannte er durch die Menschenmenge zu seinem eigenen Dienstwagen, ohne Absicht, nach Hause zu gehen.

Lloyd fuhr zu Louie Calderons Wohnung, zu wütend, weiterzudenken als *sie.* Er schlug auf das Lenkrad, als er FBI-Überwachungsfahrzeuge auf der anderen Straßenseite und in der Gasse beim hinteren Liefereingang postiert sah. Er parkte einen Block weiter bei einem Tante-Emma-Laden, entschärfte seine

Anspannung, indem er sich am Lenkrad festkrallte, als die Anstrengung sein Hirn fühllos werden ließ und ihn ein Anflug von Ruhe überkam und ihm erlaubte, sich seine eigenen Fragen rational zu beantworten.

Calderon hochnehmen? Bohren, drängen, drohen und ihm Angst einjagen, bis er sich in die Hose machte? Nein – ihm mit Buddy Bagdessarian und dem Durchsuchungsbefehl zu kommen war immer noch das Beste.

Was war in der Bank geschehen? – »Dieser Bohnenfresser hat diese Angestellte schmutzig angemacht und sie dann einfach und verfickt umgenietet«; »der große Mexikaner war so verängstigt und sah so lieb aus.« *Warum wurde der Mann auf der Bahre in den Rücken geschossen? Wer hatte die zwei Cops erschossen – der Hai oder der weiße Mann?*

Die einzige sinnige Antwort war Wahnsinn; die einzige Strategie für jetzt darauf zu warten, daß Louie Calderon abschob, um dann seine Bude von der Decke bis zum Boden auf den Kopf zu stellen. Die einzige leichte Frage war, ob er McManus gehorchen sollte oder nicht.

Nein.

Lloyd ließ sich zum Warten nieder und behielt den Beobachtungswagen, der einen Block vor ihm geparkt war, im Auge. Eine Stunde, zwei, drei, vier. Nichts tat sich, außer daß ein Strom von Kunden und Mechanikern die Garage verließ. Bei Einbruch der Dämmerung ging er in den Laden und kaufte die Abendausgabe der *Times* und des *Examiners.* Das Gemetzel vom Pico Boulevard bestimmte die Schlagzeilen beider Zeitungen, und die *Times* brachte die ganze Story der ersten beiden Überfälle vollständig mit den Namen, der Erwähnung der Geliebten und mit schwerwiegenden Spekulationen, daß die Geiselüberfälle mit dem Überfall zusammenhingen, bei dem es vier Tote gegeben hatte. Die Namen der zwei toten Polizisten waren ausgelassen, und die Opfer in der Bank wurden aufgeführt als Karleen Tuggle, 26, und Gordon Meyers, 44, ein erst kürzlich in den Ruhestand getretener L.A.-County Deputy-Sheriff und »Security Chief« der Bank. California Federal setzte eine Belohnung von fünfzigtausend Dollar aus für Informationen, die zur Verhaftung der Mörder-Räuber führten, die Stadtverwaltung von L.A. weitere fünfundzwanzigtausend Dollar. Wie vorauszusehen, kündigte Chief Gates »die größte Menschenjagd in der Geschichte von Los Angeles« an.

Das alles ließ Lloyd die Tränen in die Augen schießen. Er stellte sich vor, wie er Likeable Louies fetten Hals zudrückte, bis entweder sein Hirn oder drei Namen herausplatzten: Dann sah er Calderon höchstpersönlich aus der Garagentür treten und in einen Dodge-Lieferwagen am Straßenrand einsteigen. Als er losfuhr, folgte der FBI-Wagen in nicht allzu subtiler Drei-Wagenlängen Entfernung. Lloyd bekam wieder sein typisches Einbruchszittern und behielt die Haustür im Auge. Dann fuhr der Überwachungswagen aus der Gasse hervor. Der Fahrer stieg aus, setzte sich auf Calderons Vortreppe und zündete sich eine

Zigarette an. Lloyd schlug mit den Handflächen aufs Lenkrad, was Schmerzwellen durch seine verletzte Hand schießen ließ. Kapek, von McManus ins Licht gesetzt über seine Vorliebe für Einbrüche, schirmte die Untersuchung ab gegen solche Harthecht-Tollkühnheiten. Lloyd fühlte sich aufgerieben, machtlos und unerklärlich erschöpft. Er fuhr heim, um nachzudenken.

Als er durch die Haustür ging, hörte er Husten aus der Richtung des Wohnzimmers. Er zog seine .38er, drückte sich eng an die Wand des Eingangsfoyers und bewegte sich an ihr entlang, schaltete dann die Deckenbeleuchtung ein und trat vor, den Waffenarm ausgestreckt und mit der linken Hand umfaßt. Als er sah, wer in seinem Lieblingsledersessel saß, sagte er: »Jesus Christus.«

»Tun Sie nicht so überrascht«, sagte Captain Fred Gaffaney. »Sie wissen, warum ich hier bin.«

Lloyd steckte seine .38er wieder ins Halfter. »Nein, ich weiß es nicht.«

»Reden Sie mich mit ›Sir‹ an.« Lloyd musterte den Hexenjäger. Gaffaney sah noch kälter aus, als es seiner üblichen Gefriertruhen-Kühlstufe 4 entsprach; alles Menschliche was aus ihm gewichen.

»Was tun Sie hier, Captain?«

Gaffaney fummelte an seinem Kreuz-und-Flaggen-Anstecker herum und sagte mit der emotionslosesten Stimme, die Lloyd je gehört hatte: »Mein Sohn, Officer Steven D. Gaffaney, wurde heute morgen im Dienst niedergeschossen und getötet. Er war 22. Ich habe seine Leiche gesehen. Ich habe sein Hirn gesehen, verspritzt über den ganzen Rücksitz eines Streifenwagens, und seine halb herunterhängende Kopfhaut. Ich zwang mich hinzuschauen, um den Mut aufzubringen, zu Ihnen zu kommen.«

Lloyd stand regungslos in der Tür. Er merkte, worauf Gaffaney herauswollte. Den Bruchteil einer Sekunde lang erschien es wie Erlösung, dann sperrte er sich gegen den Gedanken und sagte: »Ich schwöre Ihnen, daß ich sie finde, und wenn es heißt, sie oder ich, werde ich sie töten. Sie haben eine Hinrichtung im Sinn, und ich bin kein Killer.«

Gaffaney zog eine Mappe aus seiner Jackentasche und legte sie auf das Tischchen neben sich. »Doch, das sind Sie. Ich weiß eine ganze Menge über Sie. Im Sommer 1970, als Sie an Venice Vice ausgeliehen waren, freundeten Sie sich mit einem jungen Streifenpolizisten an, der noch nie mit einer Frau geschlafen hatte. Eines Nachts borgten Sie sich eine Wanne von der Central Division und nahmen ein halbes Dutzend Huren in Venice hoch und brachten sie in die Wohnung des Streifenpolizisten. Sie machten ihnen diverse Angebote: Ihnen beiden zu Diensten zu sein oder Verhaftung aufgrund von Einstichspuren, ausstehenden Haftbefehlen oder simpler Prostitution. Die Nutten willigten ein, und Sie rauchten Marihuana mit ihnen und bumsten mehrere von ihnen, und die Huren zogen mit einem Großteil ihres Bargeldes ab, als ihnen dann Schuldgefühle kamen. Ich habe eidesstattlich beschworene Auslassungen von dreien dieser Huren, Hopkins. Ich weiß, daß Sie versuchen, sich mit Ihrer Familie auszusöhnen. Denken Sie daran, was sie empfinden werden, wenn der *Big Orange Insider* die Auslassungen auf der Titelseite bringt.«

Lloyd fühlte, wie sich die alte Schande irgendwo in der Nähe seines Herzens niederließ und sagte: »Ich habe das bei meiner Familie wiedergutgemacht, und diese Story ist Schnee von gestern – nur eine weitere billige miese Kerbe in meiner Reputation. Alter Kram.«

Gaffaney klopfte auf den Ordner, klopfte dann auf seinen Anstecker. »Hier ist etwas, an das Sie sich vermutlich nicht mehr erinnern, weil Sie zu bedröhnt waren. Nachdem die Huren gegangen waren, führten Sie noch ein langes Gespräch über Pflicht und Courage mit dem Streifenpolizisten. Der junge Mann bezweifelte seine eigene Fähigkeit, im Dienst zu töten, und Sie erzählten ihm, wie Sie während der Unruhen von Watts einen ›bösen‹ Kollegen von der Nationalgarde töteten, der eine Gruppe unschuldiger Schwarzer ermordet hatte. Ich habe die Unterlagen Ihrer alten Einheit überprüft. Ihr Mannschaftsführer, Staff Sergeant Richard Beller, wurde mutmaßlich während der Unruhen getötet, aber seine Leiche wurde nie gefunden, und er wurde auch nicht bei Kämpfen mit irgendwelchen Aufständischen gesehen. Aber er war mit Ihnen in der Nacht seines Verschwindens auf Erkundungspatrouille. Der Streifenbeamte ist jetzt Lieutenant im Devonshire Revier. Er ist ein wiedergeborener Christ und ein Protegé von mir. Ich habe eine beschworene eidesstattliche Versicherung von ihm, die Ihre Aktivitäten in dieser Nacht im Jahre 1970 bis ins kleinste Detail beschreibt und diese Konversation fast wörtlich wiedergibt. Lieutenant Dayton hat ein brillantes Gedächtnis. Was ist los, Hopkins? Sie sehen geschwächt aus.«

Eine alptraumhafte Rückblende auf den Leichnam von Richard Beller ließ Lloyd vor Entsetzen erstarren. Er bebte am ganzen Körper und versuchte zu sprechen. Seine Zunge und sein Gaumen und sein Gehirn verweigerten die Koordination, und er zitterte noch heftiger.

»Sie sehen also, in welcher Position Sie sich befinden«, sagte Gaffaney. »Ich verabscheue Sie, aber Sie sind der beste Detective, den das Department je hervorgebracht hat, und ich brauche Sie.« Er deutete zum Eßzimmer. »Auf Ihrem Tisch sind Kopien der existierenden Berichte über die Pico-Westholme-Morde. Soviel ich weiß, hängt der Überfall mit zwei anderen zusammen, die Sie mit dem FBI bearbeiteten, das verschafft Ihnen also einen zusätzlichen Vorteil. Ich werde meinen ganzen Einfluß daran setzen, daß Sie der Ermittlung zugeteilt werden, selbständig. Ich bin sicher, es wird mir gelingen. Was immer Sie brauchen, von weiteren Berichten bis hin zu Leuten für die Drecksarbeit, Sie bekommen es – rufen Sie mich einfach an. Sollten Sie nicht einwilligen, garantiere ich Ihnen Ihre Kreuzigung in Form einer Mordanklage.«

Lloyd sah seinen Ankläger an und sah aufprojiziert auf seine mitleidlos kalten Gesichtszüge die Gesichter von Richard Beller und dem Hollywood-Schlächter.

Er versuchte zu sprechen, aber sein Hirn war immer noch reinster Glibberpudding.

Gaffaney stand auf und ging an ihm vorbei zur Tür. Als seine Hand am Riegel war, sagte er: »Finden Sie sie, und ich werde Mitleid haben. Aber sie dürfen nicht verhaftet werden. Töten Sie sie, oder bringen Sie sie zu mir.«

16

Jetzt ging es um Präzisionsarbeit in einem Wirbelsturm; darum, eiskalt zu bleiben in einer fegefeurigen Hitzewelle, die dazu bestimmt war, sie zu Aschenpartikeln zu rösten. Um 7 Uhr unterzog Rice den Überlebenswillen der Garcias einer erneuten Überprüfung. Bobby war ruhig, saß in einem Sessel neben dem Ankleidetisch und las in der Gideonbibel, die zum Zimmer gehörte. Joe war angespannt wie ein Trommelfell, tief in sich selbst versunken, und starrte abwechselnd auf die Wände und die nicht von Tinte verfärbten sechzehn Riesen auf dem Bett. Geduscht und in Rices eigenen Sachen gekleidet, wirkte der Mitläufer durchaus so, als habe er ausreichend Mumm durchzuhalten, und die goldenen Oldies, die er jetzt schon seit Stunden leise vor sich hinsummte, bauten ihn ausreichend auf, nicht blindlings zu fliehen. Um 7 Uhr 10, zum zweiten Mal an diesem Tag, sagte Rice: »Okay, Bobby, du bleibst hier. Joe und ich werden meine alte Dame aufsuchen. Wenn wir zurückkommen, teilen wir das Geld auf und trennen uns. Rühr dich nicht vom Fleck und bleibe cool.«

Bobby sah von seiner Bibel auf und vollzog eine seltsame Geste, die Rice für katholisch hielt. Joe wandte seine Augen von dem Geldstapel, und die Melodie, die er summte, sprang drei Oktaven höher. Rice erkannte »Blueberry Hill« und sagte: »Auf geht's, Wachhund. Machen wir hin.«

Gemächlich fuhren sie im TransAm die Highland hinunter, bogen am Franklin rechts ab und fuhren westwärts in Richtung der Siedlung am Mount Olympus. Joe faßte herüber, um das Radio anzustellen, aber Rice berührte seine Hand und sagte: »Nein. Wir können am Flughafen eine Zeitung kaufen. *Wenn wir freie Bahn haben.* Jetzt bist du besser dran, wenn du's nicht weißt.«

Joe schluckte und nahm sein Summen wieder auf. Rice musterte ihn offen. Es sah so aus, als suche er nach den zur Musik passenden Worten.

Bei Fairfax schwenkte Rice auf den Strip und hielt bei ein paar Münztelefonen auf dem Parkplatz einer Texaco-Tankstelle. Er bemerkte einen Zeitungsständer neben den Zellen, warf dreißig Cent ein und zwang sich, die Titelseite der *Times* zu lesen. Die Schlagzeile schrie es regelrecht heraus. »Vier Tote bei Banküberfall in West-L.A.«, und der Untertitel lautete: »Überfall mit zwei weiteren in Verbindung gebracht«.

Rice überflog die Abschnitte, die im Detail auf ihre ersten beiden Geiselfischzüge eingingen, vollständig mit den Namen der Opfer und Täterbeschreibungen, die Christine Confrey geliefert hatte, die Kuh, die er vor Haischiß-Bobby gerettet hatte. Worte sprangen ihn an: »Größte Menschenjagd in der Geschichte von L.A.«; »Neben Freewayausfahrten gefundenes gestohlenes Fahrzeug mutmaßlicher Fluchtwagen, aber keine Fingerabdrücke entdeckt«; »Insgesamt 75 000 Dollar an Belohnungen ausgesetzt«.

Der echte Klopper kam auf Seite zwei: Eine Phantomzeichnung von *ihm,* die ebenfalls durch die freundliche Hilfe von Chrissy Confrey zustande gekommen war. Die Ähnlichkeit war ungefähr zu drei Vierteln akkurat, und Rice knüllte die Zeitung zusammen, trat dann in die Telefonzelle und wählte die Privatnummer von Rhonda, der Füchsin.

»Hallo?«

Rice atmete erleichtert aus. »Duane. Willst du dein Geld, plus einen kleinen Extrabonus für Zusatzinformationen?«

»Hast du sie gefunden?«

»Grad so. Wir fliegen in ein paar Tagen nach New York. Ich brauche die Namen einiger Leute aus dem Musikgeschäft – solide Leute, nicht Kokainschleimbeutel. Kennst du Leute, die dort Kontakte haben?«

Nach einem langen Moment des Schweigens sagte Rhonda: »Sicher. Aber hör zu, ich bin völlig ausgebucht bis spät morgen abend. Kannst du mich morgen nacht um 12 vor Silver Foxes treffen?«

»Früher geht's nicht?«

»Ich muß ein bißchen rumfragen, das braucht seine Zeit.«

Rice sagte: »Ich werde da sein«, hängte auf und ging zurück zum Wagen. Joe verschluckte sich happig an seinen Songtexten, als er einstieg und mit rauchenden Reifen den Fairfax zu den Hollywood Hills hochschoß. Als sie etwas nördlich von Franklin waren, lenkte Rice den TransAm auf ein großes, leerstehendes Grundstück und gab dabei dem Unterboden des Fahrzeugs Saures. Er schaltete die Scheinwerfer ab, ging langsam vom Gas und ließ den Wagen hinter einer langen Gestrüpphecke zum Halten kommen.

Rice drehte die Zündung aus und sagte: »Warte hier«, dann stieg er aus und kämpfte sich durch die Hecke hindurch. Die Zufahrtsstraße von Mount Olympus war direkt vor ihm, und unmittelbar darüber konnte er Stan Kleins Haus sehen. Die Lichter waren aus, und der Porsche stand weder in der Einfahrt noch auf der Straße. Er ging zum Wagen zurück, nahm die .45er aus dem Halfter und legte sie ins Handschuhfach. Als Ersatz zog er ein Schnappmesser mit Druckknopf raus. »Rein und raus, Wachhund«, sagte er. »Du hast eine Aufgabe und nur diese eine Aufgabe. Sieh zu, daß ich ihn nicht töte.«

Sie warteten.

Rice saß vollkommen bewegungslos und starrte auf die Zufahrtsstraße, wartete darauf, daß sich Licht in Nummer vierzehn zeigte; Joe musizierte im Geiste. Die Nacht kühlte ab, und ein leichter Nieselregen tröpfelte auf die Windschutzscheibe. Dann, kurz nach ein Uhr, gingen die Lichter im Haus an.

Rice stupste Joe an und gab ihm das Messer, dann deutete er durch die Windschutzscheibe auf ihr Ziel. Joe stieg aus dem Wagen und durch die Hecke, mit wackeligen Knien, die Hände in den Jackentaschen, um das Zittern zu unterbinden. Rice schloß zu ihm auf. Sie überquerten den Asphalt, dann stürzte Rice die Treppen hoch und drückte den Klingelknopf.

Stimmen hallten im Haus; Rice hörte die von Vandy und erkannte am Tonfall, daß sie müde und mißgelaunt war. Joe stand neben ihm, mit aufgerissenen und von Panik erfüllten Augen. Dann wurde die Tür aufgeworfen, und da stand Stan Klein und ließ sein Scheißefressergrinsen aufblitzen, das allerdings von dem Zucken um seine Schläfen herum Lügen gestraft wurde. »Disco-Duane und Freund«, sagte er. »Wann bist du rausgekommen?«

Rice schätzte Klein ab. Rote Nase vom übermäßigen Koksgebrauch, nutzlose Muskeln vom übermäßigen Bodybuilding; offenscheißiger, aufgesetzter, drogeninduzierter Wagemut als Brennstoff für die Auseinandersetzung. Stanman zuckte mit den Achseln und täuschte einen Seufzer vor. »Ich denke nicht, daß sie dich sehen will, Alter.«

Mit fester Stimme sagte Rice: »Sie weiß nicht, was sie will. Hol sie.«

Klein zog geräuschvoll den Rotz in der Nase hoch und deutete auf Joe. »Wer ist das ... Tonto? Der starke, stumme Helfer? Was geht ab, Kemo Sabe?«

Durch die halboffene Tür sah Rice die stockdünnen Beine eine schmiedeeiserne Treppe heruntergehen. Er ging direkt auf den Anblick zu und stieß Klein zurück. Joe war direkt hinter ihm und glitt an Klein vorbei, just als der murmelte: »Hey, du kannst nicht –«

Rice sah Vandy am Fuße der Treppe. Sie trug einen rosa Rundkragen-Sweater und irischgrüne Cordhosen. Sie wirkte ausgezehrt, aber ihr Gesicht war pure Aschenbrödelschönheit. Ihre Stimme war nur noch ein blasser Abklatsch ihres alten Vibratogurrens: »Ich will nicht mir dir gehen, Duane.«

Rice stand bewegungslos, fürchtete sich davor, zu handeln oder das Falsche zu sagen. Joe zitterte mit den Händen in den Taschen. Stan Klein trat zu einem Tischchen neben der Treppe und schaufelte ein Häufchen Kokain auf eine einkantige Rasierklinge. Er fläzte sich hin und zog es in die Nase, dann lachte er. »Du hast die Lady gehört. Sie will nicht mit dir gehen.«

Darauf vorbereitet, rot zu sehen und es niederzuhalten, bewegte Rice seine Augen hin und her zwischen Vandy und Klein und *roch* förmlich die Bank, im Augenblick bevor dort alles durchgedreht war. Vandy knibbelte an ihrer Nagelhaut, Klein zog sich noch eine Nase Koks hoch. Vandy sah aus wie die toten kleinen Mädchen auf KZ-Fotos. Dann quietschte Joe Garcia wie ein verängstigter Hase: »Duane, er hat eine Waffe.«

Klein stand neben einer Reihe von PacMan-Automaten nahe dem Wohnzimmereingang, leckte Koks von seinen Fingern und richtete eine kleine Automatik auf Rice. »Komm zu mir, Annie«, sagte er.

Vandy ging mit ruckartigen Kleinmädchenschritten zu Klein. Er legte den linken Arm um sie und liebkoste ihre Wange, ohne aufzuhören, auf Rice zu zielen. Er hielt ein Auge auf Joe und sagte: »Du warst eine verfluchte Belustigung für die ganze Bande. Wenn du nicht so ein spitzenmäßiger Autodieb gewesen wärst, hätten wir dich glatt aus L.A. rausgelacht. Der größte Lacher war, wie du Connections gemacht hast, um Annies Karriere voranzutreiben, einen Millionen-Dollar-Rockvideo-Star aus ihr machen wolltest. Laß dir das auf deinem Weg zur Tür zusammen mit Pancho schmecken: Ich werde aus Annie einen Rockvideo-Star machen. Sie wird zuerst die Königin der Pornovideos werden und dann die Leiter hochklettern. Ich produziere einen Streifen mit ihr und diesem Burschen, den ich nach Zentimetern bezahlen muß, und ich rede von schwer zweistelligen Zahlen. Annie weiß, was gut ist für ihre Karriere, und sie wird es tun, weil sie weiß, ich bin kein scheißblöder Träumer wie du.«

Kein Rot, aber brenzliger Kurzschlußgeruch fraß an Rices Nasenflügeln und brannte in seinen Augen. »Du hast mich verpfiffen, wegen der Wagen, Mutterschänder.«

Klein biß in Vandys Ohr und sah dann Rice direkt an und sagte: »Nein, Duanileinchen, ich war's nicht. Annie war's. Sie wurde eingebuchtet wegen Prostitution und hat sich aus einer Entziehungskur herausgeredet, indem sie dich verzinkt hat. Romantisch, hä?«

Jetzt das Rot.

Rice machte einen langsamen, bedächtigen, geraden Schritt auf die Frau zu, die er liebte, und ihren Zerstörer. Vandy schrie; Klein drückte ab. Die Waffe klemmte, und er zog den Schlitten zurück, warf die Patrone aus, lud durch und feuerte. Der Schuß verfehlte und schlug neben der Treppe in die Wand ein. Rice ging einfach weiter. Joe drückte sich eng an den PacMan-Automaten, der am weitesten von Klein entfernt war, und starrte den Mann an, den er im Zaum halten sollte, der einfach weiterging. Klein feuerte erneut; der Schuß traf die Wand direkt über Rices Kopf. Er ging immer weiter und war in kürzester Entfernung von seinem Angriffsziel, als Klein die Waffe an Vandys Kopf setzte, mit ihr einen Schritt nach hinten machte und murmelte: »Neinneinneinneinnein.«

Rice hielt inne; Joe gönnte sich einen letzten bombigen musikalischen Paukenschlag, zog das Schnappmesser aus der Tasche. Er sprang mit dem Messer voran und drückte den Knopf im selben Moment, als Klein herumwirbelte und auf ihn zielte.

Die Pistole klemmte; Vandy fiel zu Boden. Joe erwischte Klein voll im Magen und riß mit beiden Händen nach oben. Blut spritzte aus Kleins Mund, und Rice griff nach der Waffe. Joe sah, wie er damit auf Vandy und den sterbenden Mann zielte, und wußte, daß Rice vorhatte, die ganze verfluchte Welt wegzublasen. Er rappelte sich auf und griff sich einen tragbaren Fernseher auf dem Pac-Man neben ihm. Er schleuderte ihn nach vorn, und Rice drehte sich und lief in den Schlag und wurde von dem Plastik/Glas-Geschoß frontal erwischt. Er sank auf Stan Kleins Leiche nieder; und Joe und Vandy ergriffen die Flucht.

17

Nur das wiederholte Durchlesen der Berichte über den Pico-Westholme-Mord lenkte seine Gedanken vom Watts des Sommers '65 ab, und selbst dann wirkten die Fakten, die so in sein Gedächtnis eingeprägt wurden, eher als Selbstanklage denn als Indizien, die auf *sie* hinwiesen. Karleen Tuggle, Gordon Meyers, Officer Steven Gaffaney und Officer Paul Loweth waren von Schüssen aus einer .45er getötet worden, die zwei Streifenbeamten und Meyers von Kugeln aus ein und derselben Waffe, Tuggle durch Schüsse aus einer anderen Pistole – solide ballistische bestätigte Informationen. Drei für den weißen Mann; eine für den Hai.

Und *er* hatte Richard Beller mit einer Waffe des gleichen Typs getötet.

Die Aussagen der Augenzeugen waren hysterisch, aber mittels Vergleichen gelang es ihm, eine Rekonstruktion zu erstellen: Die Täter betreten die Bank, der weiße Mann spritzt Rasierschaum auf die Überwachungskamera. Das bedeutet, daß der lautlose Alarm ausgelöst wird, wenn das Objekt nicht innerhalb von zwei Minuten freigemacht wird. Die Mexikaner stürzen sich auf die Schalter, der Hai dreht beim Anblick von Karleen Tuggle durch, kommt ihr obszön, sie reagiert, und er fetzt sie weg. Der weiße Mann brüllt nach dem »Security Boß«. Gordon Meyers erscheint, macht auf dem Absatz kehrt und flieht, und der Weiße schießt ihn in den Rücken.

Die wesentlichen Sachen waren berücksichtigt: keine Augenzeugen außerhalb der Bank; der 78er Malibu, der neben der Freeway-Ausfahrt gefunden wurde und übersät war mit Abdrücken von Handschuhen, war später am selben Tag von seinem Besitzer als gestohlen gemeldet worden, einem Mietbullen in einem Burger King in Hollywood. Ausgehend von der Annahme, daß die Täter im Gebiet von Hollywood wohnten, wurden Haus-zu-Haus-Überprüfungen angeordnet, die Beamten führten die Phantomzeichnungen des weißen Mannes mit sich. Was das Anfahrtsfahrzeug betraf, war alles klar.

Der Fluchtwagen war mit größter Wahrscheinlichkeit ein 81er Chevy Caprice, der einer Familie gehörte, die ums Eck von der Bank lebte. Nachbarn hatten ihn drei Stunden nach dem Überfall als gestohlen gemeldet. Er war jetzt der heißeste

Wagen auf der Fahndungsliste des L.A. County und der Gegenstand eines detaillierten Rundschreibens. Lloyd erschauderte. Jede männliche Person, die beim Fahren dieses Wagens gesehen wurde, war so gut wie tot, und damals, 1959, hatte er den Großteil seines Studiums in Stanford damit finanziert, daß er Chevys geklaut hatte.

Sie.

Ich.

Lloyd blickte aus dem Fenster auf seinen vernachlässigten Vorgarten und dachte an den neuen *Ihn,* Gordon Meyers. Ein Team von L.A.P.D.-Schnüfflern überprüfte gerade seine Personalakte nach seinem Umgang und möglichen Rachemotiven, und Gaffaney hatte seinen Papieren einen hastig zusammengestellten Zusatzbericht beigefügt. Als die Morgendämmerung herankroch und eine weitere schlaflose Nacht abhakte, las Lloyd den Bericht zum fünften Mal.

Gordon Michael Meyers, geb. 15. 1. 40, L.A.-High-School-Abschluß 1958, 1964 Eintritt ins Sheriffs-Department während einer Personalknappheit, aufgrund deren die Eintrittsanforderungen an Rekruten gesenkt worden waren. Nach der obligatorischen achtzehnmonatigen Gefängnisausbildung Lennox Station zugeteilt. Als für den Straßendienst zu uneffektiv beurteilt, neu zugeteilt der Nachtschicht in der Abteilung für nichtgewalttätige psychisch gestörte Gefangene des County-Gefängnisses. Behielt diesen Dienst siebzehneinhalb Jahre bis zu seiner Pensionierung. Unverheiratet, Eltern auf Altenteil in Arizona. Adresse: 411 Seaglade, Redondo Beach.

Das Telefon läutete.

Lloyd zuckte in seinem Sessel zusammen; das schrille Geräusch wirkte auf ihn wie ein Pistolenschuß. Als er realisierte, daß es keiner war, nahm er den Hörer ab und sagte: »Ja?«

Die schneidende Stimme in der Leitung gehörte McManus: »Sie sind wieder dran an dem Fall. Zwei hohe Tiere haben an den nötigen Fäden gezogen. Bauen Sie keine Scheiße.«

Lloyd hängte auf. Ein schrecklicher Gedanke schoß durch seinen Kopf: Der verurteilte Killer bekam Bewährung. Er kam auf die Füße, streckte sich und überlegte sich dabei mögliche Wege: den Fall noch einmal mit Kapek durchgehen? Nein – das war jetzt seine Sache. Calderon hochnehmen? Nein – in vierundzwanzig Stunden war Richter Penzler wieder da, um seinen Durchsuchungsbefehl zu unterzeichnen, und zusammen mit Buddy Bagdessarian konnte er Likeable Louie vollendet ausquetschen. Es war an der Zeit herauszufinden, warum Gordon Meyers in den Rücken geschossen worden war. Ein weiterer gräßlicher Gedanke ließ ihn zusammenzucken. Die .45er, mit der er Richard Beller getötet hatte, lag in seiner Schreibtischschublade, geölt, mit Dumdum-Geschossen geladen und in einem Schulterhalfter.

Sie.

Ich.

Ich oder sie.

Wir.

Lloyd schnallte die Waffe um, die ihm durch seine Feuertaufe hindurchgeholfen hatte, und brach dann auf, um seine Mordanklage zunichte zu machen.

Auf der Sepulveda südwärts nach Redondo Beach entdeckte er zwei Wagenlängen hinter sich einen Schatten. Als er vom Gas ging und rechts einfädelte, sah er, daß es ein unmarkiertes Fahrzeug der Metro Division war und sich von seinem Matador durch eine graugrüne Lackierung und eine riesige Peitschenantenne unterschied. Er verlangsamte, bis er nur noch kroch, und ließ den Wagen bis an seine Stoßstange herankommen. Als der Fahrer bremste, starrte Lloyd in seinen Rückspiegel und kochte vor Zorn, als er auf den Vordersitzen zwei klassische Metro-Obermacker sah – stramme weiße Männer Mitte Dreißig mit Bürstenhaarschnitten und identischen Windjacken: so hatten sich Gaffaney oder McManus gegen mögliche Fehltritte rückversichert. Lloyd zeigte den Cops den Mittelfinger und fuhr scharf rechts durch den Parkplatz eines Schnapsladens und schlingerte in die Gasse dahinter. Als er weder Fahrzeuge noch Fußgänger sah, drückte er aufs Gas, bis die Gasse endete und bog dann in eine ruhige Wohnstraße. Er nahm die Straße mit 150, wurde dann langsamer und fuhr willkürlich zickzack, bis er in Sichtweite des Redondo Beach Piers war. Er parkte bei einem Muschelimbiß und sah sich nach dem Metro-Fahrzeug um. Es war nirgends zu sehen. Erregt von der Geschwindigkeit, fuhr Lloyd langsam zu Seaglade 411.

Es war eine Garagenwohnung im Schatten des Piers. Lloyd parkte und besah sich das Vorderhaus. Kein Wagen in der Einfahrt, und das alte weiße Holzgebäude stand still im Licht der frühen Morgensonne. Nirgends waren Pressefahrzeuge zu sehen, und bei angestrengtem Hinsehen konnte er erkennen, daß an die Tür von 411 kein polizeiliches Siegel geheftet war. Er wußte, daß die zwei hohen Tiere, von denen McManus sprach, Gaffaney und aller Voraussicht nach der »Big Chief« persönlich waren, und griff sich einen Spurensicherungskasten vom Rücksitz, ging die Einfahrt hoch und trat die Tür ein.

Der Sonnenlichtschwall erhellte ein farbloses Wohnzimmer, fleckenlos sauber, aber mit Sofa, Sessel, Cafétisch und Bücherregal, die nicht zusammenpaßten. Lloyd stand in der Tür und ging wiederholt mit den Augen den Raum ab, nahm dabei eine Fülle von winzigen Details wahr, die alle zusammen das Wort *Einzelgänger* buchstabierten: teurer Fernseher, Porträts von Meyers als einzigem Wandschmuck, die ihn allein in seiner Sheriff-Uniform zeigten und allein stehend mit einer Angelrute und einer Reihe Forellen, keine Zeitschriften oder Aschenbecher oder bewegliche Bar für Gäste.

Lloyd schloß die Tür und ging in ein kleines Eßzimmer. Dabei fiel ihm die erste Anomalie auf: Alle Möbel im Wohnzimmer waren rechtwinklig zueinander gestellt; hier waren Tische und Stühle planlos arrangiert. Die Küche war weitere Bestätigung des Einzelgängertums: im Kühlschrank nur Tiefkühlgerichte, in der Spüle Teller und Geschirr für eine Person, im Schrank ein Dutzend Flaschen billiger Bourbon.

Das Schlafzimmer ging seitlich von der Küche ab. Lloyd schaltete eine Wandlampe ein und spürte ein leichtes Kribbeln. Alles in dem kleinen viereckigen Raum war tadellos sauber und ordentlich, vom armeemäßig gemachten Bett bis hin zum perfekt angeordneten Nachttischchen mit einem Wecker genau in der Mitte. Aber der Ankleidetisch war herausgezogen worden, und die drei Fotoalben, die darauf standen, waren ungleichmäßig wieder zurückgestellt worden, eines verkehrt herum. Die Bude war durchsucht worden.

Lloyd bemühte sich, in den eigenen Fußspuren zur Wohnungstür zurückzugehen, öffnete seinen Spurensicherungskasten und nahm ein Fläschchen mit Fingerabdruckspuder und einen kleinen Pinsel heraus. Er zog chirurgische Gummihandschuhe aus dem Kasten, streifte sie über und lockerte seine Finger mit ein paar Streckübungen. Dann machte er sich an die Arbeit, um festzustellen, *wie* einsam genau Gordon Meyers gewesen war und ob der Budendurchsucher seine Sache verstand.

Er entdeckte, daß Meyers ein hundertprozentiger Einzelgänger war und der Durchsucher ein Profi.

Zwei gute Stunden bestäubte Lloyd abdruckerhaltende Oberflächen und verglich Fingerabdruckspitzen unter einer Lupe. Er konzentrierte sich auf Türen, Türklinken und Türrahmen und fand übereinanderliegende Schmierabdrücke und brauchbare Abdrücke eines Daumens und eines Zeigefingers, alles »Grabsch«-Abdrücke, die wahrscheinlich von einer Person hinterlassen wurden, die durch die Wohnung ging und die Türen öffnete und hinter sich wieder schloß. Auf denselben Oberflächen waren auch glatte Handschuhabdrücke, ebenso auf den Bücherregalen im Wohnzimmer und den Schutzumschlägen der Bücher dort. Alle linken und rechten Daumen- und Zeigefingerabdrücke stimmten in zehn Vergleichspunkten überein, und es waren keine abweichenden und nicht dazugehörenden brauchbaren Abdrücke zu finden. Meyers und der Mann, der sein Apartment durchsucht hatte. Wonach?

Lloyd suchte unter den Möbeln, hinter den Büchern. Nichts. Er sah in der Küche und im Eßzimmer nach: nichts als Koch- und Eßutensilien. Der Schreibtisch in Meyers Schlafzimmer war nur eine saubere oder wieder sauber angeordnete Ansammlung von Sparbüchern, Kugelschreibern, Bleistiften, Lohnabrissen und Steuerformularen, und in seinem Kleiderschrank waren nur L.A.S.D.-Uniformen und billige Zivilkleidung.

Blieben noch die Fotoalben.

Lloyd bestäubte die Rücken und hielt Lupe und Stiftlampe darauf, um die Resultate zu beurteilen. Als er verschmierte Abdrücke und etwas, das wie Handschuhschlieren aussah, entdeckte, machte er sich daran, die Alben Seite um Seite zu studieren.

Die ersten beiden Alben enthielten Fotografien von Gorden Meyers, wie er mit diversen trophäenbringenden Fischen posierte, sauber mit angeklebten Fotoecken auf das schwarze Papier aufgezogen. Lloyd bestäubte drei willkürlich ausgewählte Aufnahmen und erhielt jungfräulich glänzende Oberflächen – keine Latents, keine Handschuhabdrücke.

Das dritte Fotoalbum enthielt Cop-Erinnerungen – offene Gruppenaufnahmen von Sheriff-Deputies in Uniform und von Meyers selbst mit Häftlingen in blauer Leinenkleidung. Lloyd blätterte durch das Buch und wurde kalt, als er zu einer Seite mit Aufnahmen kam, deren Ecken aus den Fotohaltern herausragten. Er wurde noch kälter, als er sah, daß auf der gegenüberliegenden Seite zwei Bildfelder leer waren.

Er dachte, *schau auf der Rückseite nach Beschriftung, genau wie es der Durchsucher getan hat,* und fingerte an der Aufnahme, die vor ihm lag, herum. Als seine Handschuhe die Aufgabe schwierig machten, wurde er eiskalt. Dann bestäubte er die unsauber wieder hereingesteckten Fotos und förderte auf einem Bild von Meyers und einem anderen Deputy einen perfekten linken Daumenabdruck zutage. Er hielt die Lupe darüber und erinnerte sich an die Übereinstimmungen bei den linken Daumen, die er für Meyers gehalten hatte. Wirbel und Linien dieses Abdrucks waren entschieden anders. Lloyd stellte das Fotoalbum wieder zurück, steckte die Aufnahme in einen Beweisstückumschlag, packte seinen Kasten zusammen und machte, daß er herauskam aus der sauberen Einzelgängerwohnung.

Vierzig Minuten später war Lloyd im Parker-Center und reichte die bestäubte Aufnahme Officer Artie Cranfield vom SID. Er sagte: »Geben Sie das in den Zentralcomputer ein, den, der auch die Unterlagen der Armee und der Fahrzeugzulassung gespeichert hat. Ich bin oben in meinem Büro. Wenn Sie was finden, besorgen Sie mir einen Computerausdruck aus dem Archiv.«

Artie lachte. »Sie klingen aber sehr bestimmt heute, Lloyd.«

Lloyds Lachen war humorlos. »Ich bin dazu autorisiert, vom großen Mann persönlich. Es geht um die Cop-Morde, also beeilen Sie sich verflucht noch mal.«

Artie spurtete los, und Lloyd hielt sich damit beschäftigt, die Überwachungsberichte über Louie Calderon zu ordnen, die über seinen Tisch verstreut lagen. Ihm ging der Gedanke durch den Kopf, Peter Kapek anzurufen und ein Treffen zu vereinbaren, aber dann sah er eine Nachricht an sein Telefon gesteckt: Sgt. Hopkins – treffen Sie sich mit S. A. Kapek im Downtown Fed. Building oder rufen Sie ihn dort an – 14. 12., 9 Uhr 40. Er war sich noch unschlüssig, ob er anrufen oder vorbeifahren sollte, als Artie atemlos zurückkam und ihm einen Papierordner reichte. »Ich hab's durchlaufen lassen. Er gehört zu uns, Lloyd.«

Lloyd erschauderte und dachte sich: *Gaffaney,* dann las er die L.A.P.D.-Personalakte durch, eine Hand auf die Frontal- und Profilaufnahmen gelegt, die auf der ersten Seite aufgeheftet waren.

Die Akte detaillierte die zwölfjährige Polizeikarriere des Sergeanten der Metropolitan Division, Wallace Dean Collins. Alter 34. Sie war beeindruckend: erstklassige Fitneßzeugnisse und eine Anzahl von Belobigungen für »verdienstvollen Dienst«. Lloyd überflog die Aufzählung der »Spezialaufgaben« von Collins. Einzelbeschattung, Drogenfahndung, V-Mann im Sittendezernat, dann auf Empfehlung von Captain Fred Gaffaney ein Transfer zur Metro. Seit seinen Tagen als Streifenpolizist hatte Collins mit Sergeant Kenneth R. Lohmann von der Central Division zusammengearbeitet, und ein Zusatz des Personalleiters von Central besagte, daß Lohmann ebenfalls designiert war für den Dienst in der Metro – bei der nächsten freiwerdenden Stelle.

Lloyd zog seine Hand von dem Bild und lächelte. Collins war der Fahrer des Wagens, der ihm auf der Sepulveda gefolgt war. Er sah den hin und her rutschenden Artie Cranfield an und sagte: »Wie haben Sie die Akte so schnell bekommen?«

Artie zuckte mit den Achseln. »Ich erzählte dem Mann im Personalbüro, Sie hätten das spezielle Okay von Braverton und höher. Warum?«

Lloyd reichte die Akte zurück. »Nur Neugierde. Bringen Sie das zurück ins Personalbüro, behalten Sie das Foto und verlieren Sie kein Wort darüber, okay?«

»Stumm wie ein Grab«, sagte Artie.

Lloyd fuhr zum Downtown Federal Building und dachte an Möglichkeiten, Gaffaney fertigzumachen und die Mordanklage abzuwürgen, die über seinem Kopf schwebte. Als er bei Sixth and Union rechts ranfuhr, hielt das Metro-Fahrzeug behutsam zwei Wagenlängen hinter ihm, am Steuer Collins.

Als er ausstieg und die Tür zuknallte, bewegten sich Lloyds Gedanken von Erpressung bis hin zu einem spektakulären Doppelselbstmord, der Gaffaneys Karriere zugleich mit der seinen zerstörte. Doch dann überwog die Neugier angesichts von Collins' Durchsuchung der Bude von Gordon Meyers, und er rannte die Treppe hoch zu Kapeks Büro, klopfte an die Tür und sagte in seinem befehlendsten Ton: »Los, G-Man. Wir machen eine Spazierfahrt.«

»Wohin?«

»Ein Rendezvous der harten Hechte.«

Sie fuhren durch Downtown L.A. nach Osten. Lloyd stumm, ein Auge auf die Straße gerichtet und das andere auf den Metro-Wagen, der ihnen hinter einem langsam fahrenden Cadillac folgte. Kapek befingerte seine Aknenarben und starrte Lloyd an. Schließlich brach er die angespannte Stimmung: »Ich habe mich dazu gezwungen, mich ausschließlich auf die ersten beiden Überfälle zu konzentrieren, und ich glaube, ich habe eventuell eine hypothetische Verbindung zwischen Hawley und Eggers aufgetan.«

Lloyd wurde aus dem Plan, den er ausbrütete, herausgerissen. »Was?«

»Hören Sie zu: Ich habe die Bankkonten beider Männer überprüft und etwas Seltsames herausbekommen. Sie haben beide an den gleichen Tagen ähnlich hohe Summen Bargeld abgehoben – am 17. Oktober und am 1. November. Zwei Fünfhundert-Dollar-Abhebungen für Hawley, zwei à sechshundert für Eggers. Man wird nicht schlau daraus – beide Burschen zahlen sonst alles mit Schecks. Diese Abhebungen waren von ihren Einzelkonten – nicht den Gemeinschaftskonten, die sie mit ihren Frauen teilten. Was denken Sie?«

Lloyd pfiff und sagte: »Sitte/Sodom und Gomorrha. Ich habe meine Rundfrage im Sittendezernat bereits getätigt, also rufen Sie die Squad Commander an und lassen sie ihre Informanten nach spezifischer Information ausquetschen. Was geschah an diesen Tagen? Buchmacher, die schwer zulangen? Hahnenkämpfe, Hundekämpfe? Ich halte Eggers oder Hawley nicht für Drogenköpfe, aber ich könnte mir Sally und Chrissy schon beim Reinziehen diverser Näschen vorstellen, großzügig von ihren Mackern spendiert. Übrigens, wie haben denn die jeweiligen Familien auf die respektiven Liebchen reagiert? Gab's da irgendwelche Reaktionen?«

Kapek atmete traurig aus. »Hawleys Frau ist ausgezogen. Eggers hat seinen Job verloren, weil er uns wegen der Confrey angelogen hat und weil der große Boß von Security Pacific einen Koller gekriegt hat, als er von den toten Cops hörte und Eggers die Schuld gab. Eggers' Frau ist immer noch oben in Arrowhead, und er ist hochgefahren, um klar Schiff zu machen. Sowohl Hawley als auch Eggers weigern sich, weitere Gespräche mit uns zu führen – auf Anweisung ihrer Anwälte.«

Lloyd sagte: »Scheiße. Ich habe ein Memo niedergeschrieben, in dem ich verlangte, daß man sie als wichtige Zeugen in Gewahrsam nimmt, um genau das zu vermeiden, aber dann ging es drunter und drüber. Übrigens, wir werden beschattet. Hinter uns ist ein Wagen von der Metro Division.«

Kapek sah in den Rückspiegel. »Geht es also darum? Und was ist Metro?«

Sie verließen die Innenstadt und kamen in den Industrie-Distrikt von East-L.A. Lloyd sagte: »Metro ist eine Spezialeinheit des L.A.P.D., eine vielseitige Angriffstruppe. Jugendbandenkämpfe in Watts? Laßt Metro ran. Zu viel Drogen in den Schulen? Metro verpaßt Kaugummibläsern in der Vesperpause den dritten Grad. Die Einheit ist effektiv, aber voll mit rechtsradikalen Spinnern. Und es geht darum, daß sie mir einen Wachhund verpassen wollen. Wir fahren zum L. D. River und parken dort. Folgen Sie mir und tun Sie, was ich Ihnen sage.«

Jetzt schwieg Kapek. Lloyd fuhr von Alameda ab und passierte die Brew-102-Brauerei, nahm dann die Straße der Strom- und Wasserwerke bis zu dem Damm, der den knochentrockenen »Fluß« übersah. Ihr Schatten blieb vierzig Meter hinter ihnen, und Lloyd fuhr langsamer und parkte am Rand des Dammes. Er sah ein letztes Mal in den Rückspiegel und sagte: »Ich setze darauf, daß sie denken, wir treffen einen Informanten. Los.«

Sie gingen seitwärts die Betonsteigung herunter, und Gipsreste knackten unter ihren Füßen. Als sie das Flußbett erreichten, orientierte sich Lloyd und sah, daß die alte Wartungshütte noch existierte und auf einem Teerschlackenfundament befestigt war, um zu verhindern, daß sie in der Flutzeit weggeschwemmt wurde. Er wies Kapek dorthin, und mühsam gingen sie herüber durch eine Hindernisstrecke aus leeren Weinflaschen und Bierdosen. Als sie im Schatten der verrotteten Blechtür der Hütte standen, verdrehte Lloyd seinen Kopf seitwärts und konnte die beiden Metro-Cops sehen, die über den Rand des Dammes linsten.

»Bleiben Sie hier stehen«, sagte er. »Schauen Sie einfach weiter in die Richtung, in die ich losgehe, und sehen Sie dauernd auf die Uhr, wie wenn Sie jemanden erwarteten.«

Kapek nickte. Er sah verwirrt und ein bißchen wütend aus. Lloyd ging um die Ecke der Hütte, dann kletterte er auf die gegenüberliegende Seite des Dammes und kam hinter einer Reihe aufgegebener Wagen auf ebenen Boden. Tief geduckt bewegte er sich bis ans Ende der Reihe, stand dann auf. Zwischen sich und dem Metrowagen sah er nur ein kurzes Stück asphaltierter Straße; Collins und sein Partner waren vierzig Meter weit entfernt, sie beschatteten immer noch Kapek.

Lloyd sprintete zum Wagen und öffnete die Fahrertür. Das Geräusch ließ die beiden Cops herumfahren und losrennen. Lloyd klappte das Handschuhfach auf – nichts – dann bemerkte er ein Attachéköfferchen auf der Fußablage, mit der Aufschrift »Sgt. K. A. Lohmann«. Er öffnete es und wühlte durch leere Berichtsformulare und Beweisstücktüten und wollte schon aufgeben, als seine Hände eine Tüte streiften, in der zwei glänzende Fotografien steckten. Er stopfte den Beutel in seine innere Jackentasche und sprang rückwärts aus dem Wagen, als Collins vor ihm auftauchte.

Die offene Tür zwischen ihnen, hielt Collins inne und kam dann auf Zehenspitzen näher. Zehn Yards hinter ihm sah Lloyd seinen Partner, einen ängstlichen Ausdruck im Gesicht. Als Collins die Positur eines erfahrenen, vorsichtigen Straßenkämpfers einnahm, knallte ihm Lloyd die Tür gegen die Beine und warf ihn damit rücklings zu Boden.

Collins kam auf die Beine und begann blindlings um sich zu schlagen; Lloyd wich den Schlägen aus und zwang ihn mit einer Linken in den Solarplexus auf die Knie. Collins schnappte nach Luft und hielt sich den Magen. Lloyd ballte die rechte Faust. Der alte Schmerz war immer noch da, und so schlug er statt dessen einen linken Aufwärtshaken. Collins griff sich an die Nase und fiel auf den Bauch. Seine Beine zuckten. Lloyd stand über ihm und zischte: »Sagt Captain Fred, ich brauche keine Rückversicherung.«

Der andere Cop stand zitternd neben dem Wagen. Lloyd machte einen Schritt auf ihn zu, und er wich zurück. Dann trat Peter Kapek zu ihnen und stellte sich genau zwischen sie. Kopfschüttelnd sah er Lloyd an und sagte: »Kriegen Sie es nicht satt, dauernd irgendwelche Leute zu schikanieren? Sind Sie nicht ein bißchen alt für so eine Scheiße?«

18

Zuerst dachte er, es wäre eine schreckliche, neue Art von Zorn, die von seinem ganzen Körper Besitz ergriff und ihn von Kopf bis Fuß schmerzen, kotzen und doppelt sehen ließ. Dann hielt er es für etwas noch Merkwürdigeres – einen Verteidigungsmechanismus, den sein Verstand in Gang gesetzt hatte, um die Wahrheit daran zu hindern, ihn zu dem Punkt zu treiben, wo alles hellrot und von Stinktiergestank verseucht war. Ein mitläuferischer *puto* hatte ihn außer Gefecht gesetzt und war mit seinem Mädchen abgehauen, und wenn er einen Koller kriegte und verrückt spielte, war er so tot wie ein verfluchter Flußkiesel, denn er war der meistgesuchte Mann in L.A., eine hochdekorierte wandelnde Zielscheibe für jeden Cop, der schnaufte.

Aber der Wahrheit ins (häßliche) Gesicht zu sehen und den TransAm mit dem nötigen Savoir-faire durch den heißesten Teil der Stadt zu fahren, half in keinster Weise, den Aufruhr in seinem Hirn zu unterdrücken, und er konnte nicht sagen, ob er sich in einer Halluzination befand oder ob er selbst die Halluzination war.

In der Morgendämmerung war er erwacht, ausgestreckt über Stan Kleins Leiche. Alles kam ihm wieder, und er kam auf die Beine, torkelnd, stolpernd und kotzend und rannte ins Freie zum Wagen. Als er losfuhr, sah er auf einmal alles doppelt und lenkte hinter die Gestrüpphecke und verlor das Bewußtsein. Als er wieder zu sich kam, war es besser, und er fuhr auf Nebenstraßen ins Zentrum von Hollywood. Dann wurde es brutal. Als er den Burger King auf Highland passierte, sah er Cops Zettel an Kunden verteilen; andere Cops klapperten die Häuser auf Selma und Delongpre und die kleinen Sackgassen nördlich des Boulevards ab. Als er an der Grünanlage zwei Blocks vom Bowl-Motel vorbeirollte, sah er weitere Cops weitere Zettel austeilen, diesmal an die Penner, die den Park zum Pennen benutzten. Das Motel, Haischiß-Bobby und das Geld waren dort, frei von Cops, aber mit der Aura einer gigantischen

Falle. Er sah hoch zu den Palmen, die den Ort umgaben, und sah auf einmal alles dreifach. Dann dachte er, versteckt in den Palmenwedeln, Scharfschützen mit Elefantenbüchsen zu sehen. Scharfe Hunde knurrten überall, dann verwandelte sich das Geräusch in das Surren von Hubschrauberrotoren. Als er schließlich einen deutschen Schäferhund hinter dem Steuer eines Volkswagens sah, hakte es bei ihm aus, und er lachte laut auf und rieb die blutverkrustete Schmarre, die die linke Seite seines Gesichts bedeckte. Er fuhr zu einem Münztelefon und rief Louie Calderon unter der illegalen Nummer an, und Louie schrie, daß die Bullen ihn als den Waffenhändler festgenagelt hätten und daß sein Arsch vierundzwanzig Stunden nonstop beschattet würde. Er hatte ihnen noch keinen Namen geliefert, aber die Scheiße war mächtig am Dampfen, und Crazy-Lloyd Hopkins höchstpersönlich hatte ihn schikaniert.

Er hatte aufgehängt und war noch einmal Highland abgefahren. Noch mehr Bullen auf den Straßen: eine Gruppe von Beamten in Zivil klapperten jedes Haus auf dem Block ab, wo er den 81er Caprice verstaut hatte. Er wollte sich schon sturzflugartig auf Haischiß und das Geld stürzen, als er ein Häufchen zusammengeknülltes Papier im Rinnstein bemerkte. Er fuhr rechts ran, stieg aus und hob das erste Blatt, das er fassen konnte, auf. Es war die Zeichnung von ihm, die er in den Zeitungen gesehen hatte und darunter der Text »Weißer Mann, Alter 25–30, einsfünfundsiebzig bis -fünfundachtzig, siebzig bis fünfundachtzig kg.«

Das Bowl-Motel blinzelte ihm einladend zu, dann explodierte es in seinem Hirn. Bobby hatte vermutlich mit dem Geld das Weite gesucht, oder die Cops warteten darauf, schießwütig und aufgeputscht von der Aussicht auf Ruhm und Ehre. Vandy war alles, was ihm noch blieb.

Er stieg wieder in den TransAm und auf einmal kam alles zusammen.

Gehirnerschütterung.

Um Mitternacht triffst du Rhonda bei den silbernen Füchsen und bringst sie dazu, den Botengang zum Motel zu machen, um das Geld zu holen. Versprich ihr einen fetten Anteil oder gar nichts. Vandy versteckte sich vermutlich irgendwo bei ihren dreckarschigen Koksfreunden. Zwinge Rhonda, dir zu helfen, sie zu finden.

Rice sah auf seine Uhr. Ein Uhr vierzehn, zwölf Stunden seit seinem K. O. Eine Welle der Übelkeit überkam ihn und verursachte Magenkrämpfe, die bis zu seinem Kopf hochdrangen und es vor seinen Augen verschwimmen ließ. Durch den Schmerz hindurch kam ihm die furchterregendste Idee der ganzen Horrorshow des vergangenen Monats:

Du mußt die Gehirnerschütterung in den Griff bekommen, damit du überleben kannst, um Vandy zu bekommen und deine Hände auf das Geld zu legen und Joe Garcia zu töten.

Rice fuhr zurück zur Villa von Stan Klein und schritt durch die unverschlossene Haustür, wie wenn ihm das Ding gehörte. Er erübrigte Stan-Mans Leiche und dem See getrockneten Blutes daneben nur einen beiläufigen Seitenblick, rannte die Treppen hoch ins Badezimmer, öffnete den Medizinschrank und las die Etiketten. Darvon, Placedil, Dexedrin, Percodan. Ihm fielen die tausend Polizeilehrstunden über Drogen in Soledad wieder ein, und er schluckte trocken zwei Percos und drei Dexis herunter. Er dachte an seine versoffenen Eltern, die aus der Tür gingen und niemals wiederkamen, und mußte beinahe würgen. Dann ging er ins Schlafzimmer und ließ sich aufs Bett fallen. Die weiche Oberfläche ließ ihn an Vandy denken, und als die Drogen zu wirken begannen, den Schmerz linderten und ihn mit einer neuen, unsteten Energie erfüllten, fragte er sich, ob sie es wert war, daß man für sie tötete.

19

Lloyd knipste das Licht in seiner Kabine an und sah, daß die Papiere auf seinem Schreibtisch durchwühlt worden waren. Er suchte nach einem unbewegten Gegenstand zum Draufschlagen, erinnerte sich dann an Kapeks »Sind Sie nicht ein bißchen zu alt für so eine Scheiße?« und den angewiderten Abschiedsgruß des jüngeren G-Mans, als er ihn abgesetzt hatte. Nur Fred Gaffaney lohnte den Einsatz von Gewalt, und er war viel zu stark, um sich mit ihm anzulegen. Beruhigt vom Haß auf den Jesusfanatiker, nahm er den Plastikbeutel für Beweisstücke aus seiner Tasche und studierte die zwei Fotografien darin.

Die Aufnahmen zeigten Gordon Meyers und einen jungen Mann in Zivilkleidung an einem Restaurant- oder Nachtclubtisch sitzen. Auf beiden strahlte Meyers breit, aber auf dem einen Foto hing der Kiefer des jungen Mannes herunter, wie wenn er unangenehm überrascht wäre; auf dem anderen hielt er einen Arm hoch, um sein Gesicht zu bedecken.

Lloyd musterte das Gesicht. Er wußte, daß er die stumpfen Wangenknochen, eng zusammenliegenden Augen und den Bürstenhaarschnitt früher schon einmal gesehen hatte. Dann wurde er der Ähnlichkeit gewahr. Er rannte zum Switchboard, um sich aus einer Zeitung Bestätigung zu holen, und erhielt sie in Form eines schwarz umrandeten Fotos auf der zweiten Seite der *Times:* Der junge Mann auf den Aufnahmen war der verstorbene Officer Steven Gaffaney.

Lloyd lächelte; die Verbindung verschaffte ihm das Gefühl, einen Kreuzigungsnagel an Jesus-Freds Herz anzulegen. Er rannte zurück in seine Kabine und wählte die Nummer von Dutch Peltz im Hollywood-Revier. Als sich Dutch mit »Hier Peltz« meldete, sagte Lloyd: »Keine Zeit für Höflichkeiten, Dutchman. Ich befasse mich mit den Cop-Morden und ich brauche eine Gefälligkeit.«

»Sprich's aus.«

»Dave Stevenson immer noch Commander von West-L.A.-Station?«

»Ja.«

»Bist du immer noch dicke mit ihm?«

»Ja.«

»Gut. Würdest du ihn anrufen und nach Gaffaney befragen, dem toten Streifenpolizisten? Alles, aber auch wirklich alles, nicht das offizielle Geseiere, sondern die ungeschönte Wahrheit?«

Dutch sagte: »Rufe dich in zehn Minuten zurück«, und hängte ein. Lloyd wartete neben dem Telefon, bereit, sich beim ersten Klingeln darauf zu stürzen.

Nach acht Minuten läutete es wie eine kreischende Sirene. Er nahm ab, und Dutch redete los: »Stevenson nannte Gaffaney ein mißratenes Jüngchen, eine Nervensäge und einen Blödmann, Zitat Ende. Seine Kollegen hatten was gegen ihn, weil er ihnen immer religiöse Predigten hielt und mit seinem Vater prahlte und damit, wie dessen Einfluß ihn die Beförderungsleiter in Rekordzeit hochklettern lassen würde. Außerdem war der Junge ein Dieb. Er klaute Schreibwaren, daß es krachte, und stahl immer Munition aus dem Waffenlager. Interessant, nicht?«

Lloyd pfiff. »Ja. Hat Stevenson irgend etwas davon zur Meldung gebracht? Hat er –«

Dutch unterbrach ihn. »Ja, er hat. Er hat die Diebstähle der Intelligence Abteilung gemeldet, nicht der Abteilung für Internes, weil dies das Terrain von Gaffaney Senior ist. Mehr wollte Dave nicht ausspucken. Ich hab' gerade noch einen Freund in Intelligence angerufen. Er wird's für mich auf dem Q.T. nachsehen. Wenn er was findet, lasse ich's dich wissen. Wonach angelst du, Lloyd?«

»Ich weiß es nicht, Dutch. Tust du mir noch einen Gefallen?«

»Schieß los.«

»Ruf den Manager von Cal Federal an und vereinbare eine Unterredung zwischen ihm und mir in fünfundvierzig Minuten. Er wird zwar vermutlich von Cops belagert worden sein, aber erzähle ihm, ich wäre neu bei den Ermittlungen, mit neuen Fragen an ihn.«

»Gemacht. Schnapp sie dir, Lloyd.«

Lloyd sagte: »Tue ich«, und hängte auf. Er wußte, diese Aussage galt eher Fred Gaffaney als *ihnen.*

Der Manager der California Federal war ein Schwarzer mittleren Alters und hieß Wallace Tyrell. Lloyd stellte sich ihm in der Büroabteilung der Bank vor, und folgte ihm dann nach hinten in sein Privatbüro. Tyrell schloß die Tür hinter ihnen und sagte: »Captain Peltz sprach von neuen Fragen. Worin bestehen die?«

Lloyd lächelte und nahm Platz im einzigen Besuchersessel im Raum. »Erzählen Sie mir von Gordon Meyers.«

Tyrell setzte sich vorsichtig in den Drehstuhl hinter seinen Tisch und sagte: »Das ist keine neue Frage.«

»Erzählen Sie's mir trotzdem.«

»Wie Sie wollen. Meyers arbeitete erst seit guten zwei Wochen für die Bank. Ich stellte ihn ein, weil er ein pensionierter Polizist mit zufriedenstellenden Referenzen war und weil er ein niedriges Gehaltsangebot akzeptierte. Abgesehen davon, erschien er mir als ein geschwätziger, gutmütiger Mann, einer mit väterlichem Interesse an den Polizisten in der Gegend. Er –«

Lloyd hielt seine Hand hoch. »Nun mal ganz langsam, Mr. Tyrell. Es ist sehr wichtig.«

»Wie Sie wünschen. Meyers pflegte sich die örtlichen Polizisten im Café nebenan zu schnappen, augenscheinlich um Räuberpistolen auszutauschen. Ich habe ihn mehrere Male dabei gesehen. Mir war offensichtlich, daß die Beamten ihn für eine Nervensäge hielten. Außerdem sprach Meyers mehrere Polizisten an, die hier Konten hatten. Im wesentlichen machte er auf mich den Eindruck eines einsamen, leicht desperaten Typs von Mann.«

»Dennoch dachten Sie nicht daran, ihn zu feuern?«

»Nein. Einen Mann als Sicherheitschef anzustellen, spart Geld und erspart einem, einen alten Rentner mit einer Waffe hier herumhängen zu haben, der die Kunden dauernd an mögliche Banküberfälle erinnert. Meyers bewältigte die Sicherheitsvorkehrungen für den Tresorraum und Schließfachtransaktionen adäquat und diente als Wächter – ohne Uniform. Es war extrem kosteneffektiv. Wie ich bereits sagte, Sie stellen mir damit keine neuen Fragen.«

Lloyd starrte Tyrell fest an und sagte: »Wie neu ist denn das? Verschwanden während der Zeit, in der Meyers hier arbeitete, irgendwelches Bargeld oder irgendwelche Wertsachen aus Schließfächern?«

Tyrell seufzte und sagte: »Das ist eine neue Frage. Ja, zwei Kunden brachten das Fehlen einer kleinen Anzahl von Schmuckstücken aus ihren Fächern zur Sprache. Das passiert manchmal, die Leute sind vergeßlich bei ihren Transaktionen, aber selten zweimal in einer Woche. Wenn es noch einmal vorgekommen wäre, hätte ich die Polizei gerufen.«

»Verdächtigten Sie Meyers?«

»Er war der einzige, den man verdächtigen konnte. Er hatte die Aufsicht über den Tresorraum; ein Teil seines Jobs bestand darin, den Kennschlüssel einzustecken, wenn der Kunde seinen Schlüssel einfügte – unsere Fächer haben ein Doppelschloß. Er hätte Wachsabdrücke einiger Kundenschlösser machen können – in seinem Lebenslauf steht, er arbeitete als Schlosser, bevor er dem Sheriffs-Department beitrat. Außerdem ist jetzt Hochbetrieb bei Schließfachtransaktionen – die Leute holen ihre Juwelen für Weihnachtspartys und lösen ihre Wertpapiere ein. Wenn Meyers sehr vorsichtig war, hatte er reichhaltig Gelegenheit zu klauen.«

»Haben Sie das den anderen ermittelnden Beamten mitgeteilt?«
»Nein. Es schien nicht wesentlich zur Sache zu sein.«
»Ich danke Ihnen, Mr. Tyrell, ich mag Ihren Stil.«
»Ich gebe mir Mühe«, sagte Tyrell.

Als er von der Bank wegfuhr, purzelten Erinnerungen der jüngsten Zeit in Lloyds Kopf hin und her. Während des Pandämoniums, das dem Pico-Westholme-Blutbad gefolgt war, hatte er einen jungen Streifenbeamten einem anderen erzählen hören: »Der Sicherheitsbursche war ein völlig Irrer. Er hat mich immer mit wirrster Scheiße vollgelabert.« Die Cops hatten das Weite gesucht, als er sie bemerkte, aber ihre Gesichter waren immer noch in seinem Gedächtnis gespeichert und nun Teil des verschwommenen, aber klarwerdenden Blickfeldes des Gaffaney-Ablegers des Falles. Als er einen Blick auf die Uhr am Armaturenbrett warf, sah er, daß es drei Uhr vierzig war, zwanzig Minuten vor dem Ende der Tagschicht. Er konzentrierte sich ausschließlich auf diese Gesichter und fuhr zum West-L.A.-Revier, um sie zum Reden zu bringen.

Sein Timing war perfekt.

Der Parkplatz des Reviers war wie ein Ameisenhaufen, ein- und ausfahrende Streifenwagen, hin und her laufende Streifenbeamte, die Berichtsblöcke und standardisierte Schrotflinten trugen. Lloyd stand neben der Tür zum Umkleideraum und studierte die Gesichter, was ihm verwirrte Antwortblicke der eintretenden Beamten einbrachte. Das Gewusel war im Abklingen, als er die zwei aus der Bank mit ihrem Kram näher kommen sah.

Lloyd ging auf sie zu, um es kurzentschlossen und ohne Umschweife fair, aber hart durchzuziehen. Als sie ihn sahen, wandten die Streifenbeamten ihre Augen beinahe unisono ab, und liefen weiter in Richtung der Tür des Umkleideraums. Lloyd räusperte sich, als sie an ihm vorbeigingen, und rief dann: »Hierher, Officers.«

Die zwei jungen Männer drehten sich um. Lloyd las die zu den Gesichtern gehörenden Namensschilder. Der große rothaarige Cop namens Corcoran war der, der die Bemerkung in der Bank gemacht hatte; der andere, ein bebrillter Jüngling namens Thompson, war der, mit dem er gesprochen hatte. Lloyd nickte ihnen zu und sagte: »Ich untersuche die Morde in der Bank, Gentlemen. Corcoran, Sie sagten, Zitat: ›Der Sicherheitsbursche war ein völlig Irrer. Er hat mich früher immer mit wirrster Scheiße vollgelabert.‹ Sie haben das Thompson hier erzählt. Sie können diese Aussage mit mir näher erörtern, oder mit einem Team von IAD-Bullen. Was würden Sie vorziehen?«

Corcoran wurde rot, dann antwortete er: »Keine Frage, Sergeant. Ich wollte es eigentlich den Kriminalbeamten erzählen, aber es ist mir entfallen.« Er blickte zu Thompson. »Stimmt's nicht, Tommy? Erinnerst du dich, wie ich es dir erzählt habe?«

»D-das ist richtig«, stammelte Thompson. »W-wirklich, Sarge.«

Lloyd sagte: »Redet. Laßt nichts aus, was den Sicherheitsmann betrifft.«

Corcoran sprach: »Tommy und ich haben zu Mittag gegessen mit ihm, zweimal, letzte Woche. Er kam rüber zu unserem Tisch, zückte seine Rentenmarke vom Sheriffs-Department und setzte sich ungefragt. Er stellte dann so seltsame Fragen. Sollten Prostitution und Gras legalisiert werden? Ob wir nicht dachten, Cops gäben die besten Hurenhalter ab, weil sie die Nuttenpsyche so gut kannten? Ob wir nicht dachten, das County könnte die Kosten senken, indem es Gras legalisierte und es von den Häftlingen oben in Wayside ernten ließ? Völlig bekloppt. Ich d–«

Thompson unterbrach. »Ich konnte nicht glauben, daß dieser Clown zwanzig Jahre als Cop durchgehalten hatte. Er wirkte wie von einem anderen Stern. Aber ich wußte, daß er auf irgend etwas hinaus wollte. Na ja, und das zweite Mal, als er in unseren Lunch hereinplatzte, versuchte er wirklich abgeklärt zu wirken, und fragte uns, ob wir irgendwelche Hehler kennen, die ›gut mit uns arbeiten‹. Unglaublich! Er dachte wohl, Polizisten und Hehler sind dicke Kumpels.«

Lloyd fühlte, wie das verschwommene Bild wieder einen Grad schärfer wurde, und sagte: »Erzählt mir von Steven Gaffaney. Und scheut euch nicht, offen zu sein.«

Die Partner wechselten einen schnellen Blick, dann sagte Corcoran: »Niemand von der Tagschicht konnte ihn ausstehen. Er war ein religiöser Knallkopf vom Stamme Nimm, der immer die billigen Restaurants aufsuchte, die Rechnung verschwinden und einen Quarter Trinkgeld liegen ließ. Ich hörte Gerüchte, daß er Zeug aus dem Revier klaute und daß sein alter Herr, irgendein Obermotzcaptain, die Instruktoren an der Akademie schmierte, daß sie ihn durchkommen ließen. Wa–«

Lloyd unterbrach: »Was ist die Quelle dieses letzten Gerüchts?«

Corcoran starrte auf den Boden. »Ich hörte den Squadroom Lieutenant mit Lieutenant Stevenson reden. Der Boß hieß ihn schweigen.«

»Wie kamen Gaffaney und sein Partner miteinander aus?« fragte Lloyd.

»Paul Loweth konnte ihn nicht ab«, sagte Thompson. »Als sie einander zugeteilt wurden, verlangte Paul einen anderen Partner, wegen inkompatiblen Persönlichkeiten. Sie nahmen sogar verschiedene Code siebener, weil Paul es nicht ertragen konnte, mit Gaffaney zu essen.«

Lloyd sagte: »Hier ist die Kardinalfrage. Haben Sie Gordon Meyers und Gaffaney jemals zusammen gesehen?«

Beide Beamten nickten bestätigend mit den Köpfen, und Corcoran sagte; »Ungefähr vier oder fünf Tage vor den Morden sah ich Meyers und Gaffaney im Café neben der Bank wie alte Kumpel miteinander reden. Ich habe nicht gehört, worüber sie sprachen; Tommy und ich ließen uns am Tresen nieder, damit uns der Irre nicht wieder auf den Wecker fiel.«

Lloyd machte eine elegante Verbeugung und sagte: »Ich danke Ihnen, Gentlemen«, dann rannte er zu seinem Matador und fuhr zu Seaglade 411.

Immer noch kein Wagen in der Einfahrt; immer noch tat sich nichts im Vorderhaus; immer noch kein »Tatort«-Zettel an der Tür der Garagenwohnung. Wieder trat Lloyd die Tür ein, dieses Mal zersplitterte das Holz am Schloß. Im Bewußtsein, daß die Bude bereits zwei professionelle Durchsuchungen hinter sich hatte, ging er schnurstracks in die Küche und suchte in den Schubladen, bis er ein großes, gezahntes Steakmesser fand. Dann ging er ins Schlafzimmer, hievte die Matratze hoch und suchte nach verräterischen Schlitzen oder Nähten. Als er eine lange Naturdarmnaht in der Nähe des Kopfteils entdeckte, grub er das Messer hinein und rupfte Füllmaterial heraus, bis seine Klinge auf einen harten Gegenstand stieß.

Lloyd zog das Messer zurück und steckte seine Hand hinein. Er berührte eine flache Metalloberfläche. Er lockerte sie mit den Fingern und zog sie heraus.

Es war eine Schachtel für Angelzubehör, viereckig, ungefähr zwei Inches tief und unverschlossen. Lloyd nahm den Deckel ab. Darin waren ein halbes Dutzend Dieboldt-Sicherheitsschlüssel, Gußwachskugeln, lockere bunte Edelsteine und ein zusammengerolltes Papierbündel. Als er es aufrollte und die Lampe neben dem Bett anschaltete, lächelte er. Keine Verschwommenheit mehr – Gaffaneys Rolle in dem Fall war jetzt kristallklar.

Die Seiten waren ein offizielles L.A.P.D.-Formular – ein Fahrzeugplan der Tagschicht der West-L.A.-Division mit den Namen der Beamten, ihren Sektoren und Einheitsnummern in einer Kolumne, ihren Dienstdaten in einer anderen. Die Liste detaillierte November-Dezember 1984, und neben dem Sektor G 4 waren die Namen »T. Corcoran/J. Thompson« durchgestrichen, während der Name S. Gaffaney mit Ausrufezeichen, gefolgt von Fragezeichen versehen war. Lloyd erhob sich und steckte das Formular in seine Tasche. Er wunderte sich, daß das gewohnte Jagd-High ausblieb. Lange Augenblicke vergingen, bis ihm der Grund dafür kam. Gaffaney junior hatte vermutlich nicht Zeit gehabt, den gestohlenen Schmuck entgegenzunehmen, oder der Versuchung schlichtweg widerstanden. Die zwei Aufnahmen im Nachtclub belegten vermutlich Meyers zweiten Versuch, ihn zu rekrutieren. Der Junge war innerhalb der Departments bereits als Dieb abgestempelt; Kleptomanie in der zweiten Generation genoß keine Erpressungsparität mit Mord der ersten, und die Sache mit Gaffaney hatte vermutlich nur zufällig mit *ihnen* zu tun. Sie.

Lloyd dachte an Louie Calderon und an Richter Penzler, der es sich immer noch in Lake Tahoe gutgehen ließ. Er dachte an die leeren Durchsuchungsbefehlsformulare in seinem Tisch im Parker-Center und an die Unterschriften, die er in seiner Collegezeit auf gestohlenen Lohnschecks gefälscht hatte. Um eine Mordanklage abzuwürgen, war Fälschung nur recht und billig und sogar noch rechter als ein Mittel, an *sie* heranzukommen. Ein Gedanke blieb während der ganzen Fahrt zum Center in Lloyds Hirn: *Wer waren sie?*

20

Abenddämmerung. Joe Garcia sah Anne Atwater Vanderlinden an und fragte sich zum dreitausendsten Mal, wer sie war. Zusammengekauert in seinem Schlupfwinkel im Griffith-Park, den er entdeckt hatte, als er auf der High-School war, beobachtete er, wie sie Kette rauchte und die Lichter anstarrte, die überall im Becken von L.A. ansprangen. Sie war mit ihm geflohen, weg von ihrem Lover, den er getötet hatte, und ihrem vorherigen Lover, der hinter ihr her war; keine Tränen, keine Anzeichen von Furcht, bis ihr die Zigaretten ausgingen und sie vor einem Schnapsladen einen Anfall bekam. Mumm, Oberflächlichkeit oder drogenbedingte Erschöpfung?

Sie war in seinem Armen eingeschlafen, und er fühlte sich stark, wie er sie so festhielt, obwohl er wußte, daß er ein toter Mann war. Lag es an ihr, oder hätte es jede andere Frau getan?

Sie hatten den ganzen Tag abwechselnd geschlafen und geredet, und er erzählte ihr von Bobby und dem Geld, aber nicht von der Bank und den toten Cops. Sie registrierte es mit einem Achselzucken und dem Aussehen einer gelangweilten reichen Göre ohne irgendeine Verbindung zu toten Männern und Blutgeld. Dumm, gefühllos oder nur ausgebrannt?

Ihre seltsamen kleinen Reden machten es auch nicht gerade leichter, aus ihr schlau zu werden. Im Laufe des Tages war sie immer wieder aufgewacht und hatte dann Sachen gesagt wie »Duane und Stan hatten dasselbe Karma«, oder »Stan war ein Pragmatiker. Duane dachte nur, er sei einer«, oder »Duane verstand meine Musik nicht, deshalb war es leicht, sich von ihm zu trennen«, und war dann wieder eingenickt. Nach einem fünfzehnstündigen Crash-Kurs in engem Beisammensein war alles, was er wußte, daß sie nicht wußte, daß sie sich ohne irgendwas weit jenseits des Flusses ohne Wiederkehr befanden.

Anne deutete auf die Lichter, die im Turmgebäude von Capitol Records angingen. »Stan wollte mich mit einem Produzenten dort zusammenbringen. Bist du je im Gefängnis gewesen?«

»Ja.«

»Ich wußte es. Es sind deine Kleider. Du trägst die Sorte Kleidung, die Duane immer trug, wenn er versuchte, irgendwo dabeizusein, wo er nicht hingehörte.«

Joe hatte ein Bild von sich selbst mit Tinte durchnäßt vor Augen und sagte: »Das sind Duanes Sachen. Du weißt, daß wir von hier wegmüssen. Wir können hier nicht ewig bleiben.«

»Ich weiß. Kleidung sollte das Jugendumfeld einer Person widerspiegeln, dann, beim Ausstrahlen von Karma, transformieren sie, was man trägt. Was hast du in deiner Jugend getragen? Du weißt schon, Preppy wie ich, oder Mod, oder Surfer, was?«

Joe beobachtete, wie Anne eine Zigarette anzündete, dann ausatmete und die Luft einsog, wie wenn sie ihr anstelle von Koks ein High verschaffen könnte. Er sagte: »Das ist nicht der richtige Zeitpunkt, um über Mode zu reden. Wir haben weder Auto noch Geld und einen Irren auf den Fersen. Ich kann nicht in meine Bude oder ins Motel, weil er dort sein wird. Aber wir müssen los, und ich muß was essen.«

Anne sagte: »Ich habe Freunde, die uns helfen können, und ich kann Geld beschaffen. Beantworte nur meine Frage.«

»Wie? Indem du deinen Arsch zu Markte trägst?«

»Sag das nicht! Ich kann Sex geben, ohne dabei mein Karma preiszugeben! Sag so was nicht!«

Joe legte eine Hand auf ihren Arm und sagte: »Ssst. Es tut mir leid, aber ich stecke tief in der Scheiße.«

»Dann beantworte meine Frage.«

Joe seufzte. »Als ich aufwuchs, kleidete ich mich wie ein lächerlicher mexikanischer Gangster. Karierte Stronzo-Hemden mit zugeknöpftem Kragen auch bei dreißig Grad, Khakihosen mit Schlag, die am Boden entlangwischten, mit Spucke polierte Marineschuhe und eine Pfadfinderkappe. Es war ein Witz, und es hatte nichts mit Karma zu tun.«

»Alles hat mit Karma zu tun.«

»Ich habe gestern nacht einen Mann getötet. Hast du keine Angst?«

Anne schniefte. »Ich hatte einen Dilaudid Black Beauty Speedball genommen, kurz bevor es zum Krach zwischen Stan und Duane kam, und ich komme jetzt langsam davon runter. In ungefähr einer Stunde werde ich richtig Schiß haben. Du tust wie ein harter Bursche, aber du redest wie ein College-Absolvent. Du bist irgendwie nicht ganz echt.«

Nur Bobby wußte das von ihm.

Joe legte seine Arme um Anne und flüsterte: »Es ist wegen dieses Songs, den ich nicht schreiben kann, und wegen Bobby und Stronzos und Khakis und Dingen, die ich tun muß, aber nicht mehr tun kann. Ergibt das einen Sinn für dich?«

Anne schluchzte tränenlos an seiner Brust. »Neinneinneinneinnein.«

Joe flüsterte zurück: »Du gibst nur vor, es nicht zu wissen. Du machst Musik, daher weiß ich, daß du es weißt. Hör zu. Ich erzähle dir jetzt genau, was wir tun werden. Wir laufen die Observatory Road nach Vermont herunter und stehlen dann irgendeinen teuren Preppy-Wagen. Dann gehen wir zu diesen Freunden von dir und verschaffen uns etwas Geld und machen, daß wir die Stadt verlassen. Sag ja, wenn du meinst, wir können das schaffen.«

Anne gab einen erstickten Laut von sich und nickte mit dem Kopf. Joe sah hinaus auf die Skyline von L.A. und wußte zum ersten Mal in seinem Leben, daß es ihm gehörte – denn jetzt konnte er es hinter sich lassen.

21

Loyd hielt gegenüber von Likeable Louies One-Stop Pit-Stop. Als er ein FBI-Fahrzeug sah, schnappte er seinen gefälschten Durchsuchungsbefehl und seine Ithaca Pumpgun, rannte über die Straße und klopfte an die Tür des angebauten Hauses. Ein Gefühl, nahe dran zu sein, ergriff Besitz von ihm, und er entsicherte die Waffe und hebelte eine Patrone in die Kammer.

Die Tür wurde vorsichtig geöffnet. Eine lange Kette hielt sie am Rahmen. Eine mexikanische Frau linste durch den Spalt und sagte: »Luis ist nicht da. Polizei hat ihn mitgenommen.«

Lloyd sah, daß sie sich mit der Polizei auskannte. »Sie meinen Bundesbeamte?« sagte er. »FBI?«

»Luis weiß Bescheid über die Männer, die ihn beobachten. Das waren L.A.-Cops, grüner Wagen, große Antenne.«

Lloyd erschauderte. Metro hatte sich die Information über Calderon unter den Nagel gerissen. »Wann?« fragte er.

»Halbe Stunde. Ich habe den Anwalt benachrichtigt.«

Lloyd rannte zurück zum Wagen und raste mit Bleifuß die zwei Meilen zum Rampart Revier, in der Hoffnung, dort Lieutenant Buddy Bagdessarian oder einen anderen Kriminalbeamten, der Calderon kannte, zu finden. Als er im Hof parkte, sah er keine Streifenfahrzeuge, nur Zivilwagen, und wußte, daß das Revier nur minimal besetzt war – vermutlich, weil jede verfügbare Einheit der Hollywood Division bei der Netzfahndung nach den Copkillern half. Dann sichtete er quer auf dem Parkplatz des Schichtcommanders geparkt ein graugrünes Fahrzeug der Metro. Das Gefühl, nahe dran zu sein, wurde klaustrophobisch, und er rannte, so schnell er konnte, ins Revier.

Ein einzelner Beamter tat am Frontpult Dienst. Lloyd verlangsamte seinen Schritt und trat langsam heran. Er wußte, daß das frühabendliche Revierszenarium viel zu ruhig war, völlig unkoscher. Der Diensthabende zog eine Grimasse, als er ihn kommen sah. Er machte eine Bewegung in Richtung des Gegensprechapparats an der Wand hinter ihm, änderte dann seine Absicht und drückte seine Hände ineinander. Lloyd erreichte das Pult und sah neben der Dienstmarke des Mannes einen Kreuz-und-Flaggen-Anstecker befestigt. Sein Kopf schwirrte vor Abscheu. Er wollte schon dem Mann die Insignien von der Brust reißen, als ihn ein ersticktes Geräusch innehalten und die Ohren danach spitzen ließ.

Ein kurzer Moment der Stille, dann wieder das Geräusch. Dieses Mal wußte Lloyd, daß es ein Schrei war. Er rannte durch einen langen Korridor auf das Echo zu, an der Haftannahme und den Ausnüchterungszellen vorbei zu einer halbgeöffneten Lagerraumtür. Hinter der Tür verschmolzen die Schreie mit einem Hagel anderer Geräusche: Würgelaute, sich überschlagende Obszönitäten, lautes Klatschen. Lloyd zwang sich, bis zehn zu zählen, eine alte Strategie, um wieder zu Sinnen zu kommen. Dann flog eine schlagringbewehrte Faust in hohem Bogen durch den Raum, den die Tür frei ließ, gefolgt von einem Blutschwall. Bei sieben griff er an.

Collins und Lohmann sahen auf, als die Tür aufflog; Louie Calderon, die Hände hinter dem Rücken an einen Stuhl geschlossen. spuckte Blut und trat blindlings mit den Füßen nach den Metro-Cops. Lloyd kam ohne Umschweife herein, beide Fäuste geballt und in Schulterhöhe gerichtet. Ohne Raum zum Ausholen, teilte er ruckartige Schläge aus und erwischte Lohmann am Hals und streifte Collins an der Brust. Calderon warf seinen Stuhl zu Boden, kippte mit dem Stuhl um; Collins stolperte über ihn und verfehlte Lloyds Kopf mit einem weiten rechten Rundumschlag. Lloyd faßte sein Handgelenk, als der Schlag seine Schulter streifte, und stieß ihm sein Knie voll in den Unterleib. Louie Calderon stöhnte unter dem Gewirr von Füßen. Lohmann stürzte sich mit zwei metallverstärkten Fäusten auf Lloyd, und der Schwung warf beide zurück in die Tür. Dann griffen Hände Lloyd von hinten und zogen ihn aus dem Raum, auf ihm immer noch Lohmann, der sich zu befreien versuchte. Als sich der Schlagringschwinger freigemacht hatte, hatte Lloyd freie Bahn. Er trat Lohmann ins Gesicht und fühlte, wie seine Nase brach.

Lloyd wurde in eine Zelle auf der anderen Seite des Korridors geschleudert. Als der Kreuz-und-Flaggen-Beamte die Tür sicherte, stand er auf, faßte durch die Gitter und riß sein Abzeichen ab. Das polierte Oval knallte auf den Boden, und der Beamte hob es auf, sah Lloyd an und zischte: »Satan.«

Lloyd lachte ihm ins Gesicht, spuckte dann in sein Gesicht. Collins brüllte: »Geh zurück an das verfluchte Pult!«, und der Kreuz-und-Flaggen-Mann ging halb, rannte halb den Korridor entlang und außer Sichtweite. Lloyd beobachtete, wie Collins seinem Partner auf die Füße half. Lohmann schneuzte Knorpel und blutigen Schleim aus beiden Nasenflügeln und spuckte auf den Boden, was nach hinten rann. Collins ließ ihn den Kopf nach hinten beugen und ging dann, einen Arm um seine Schultern gelegt, mit ihm nach vorn ins Revier.

Louie Calderon lag immer noch auf dem Boden des Lagerraums seitlich verdreht in seinem Stuhl. Lloyd sah, wie er nach Luft schnappte und kurze Schluchzlaute ausstieß. Sein eigener Atem ging fast wieder normal, als Collins zurückkam, den Stuhl aufhob und einen Finger unter Likeable Louies Kinn legte. »Du wirst mir drei Namen nennen«, sagte er. »Ein Bundespolizist hat deinen kleinen Jungen mit einer Betäubungspistole gesehen. Wir wissen, daß du der Waffendealer bist.«

Calderon riß sein Kinn los. »Deine Mutter ist der Dealer«, brabbelte er undeutlich. »Sie verdealt Aids in einer Lesbenbar.«

Collins schlug ihm in den Magen und warf den Stuhl wieder auf den Boden. Calderon rang nach Luft, begann dann zu hecheln, mit den Füßen auszuschlagen und den Schultern zu ringen. Der Stuhl krümmte sich gegen den Boden, als er sich wand, und eine nach der anderen brachen die Holzleisten in der Lehne. Collins stand über Calderon, bis der wieder zu Atem kam und loskreischte: »Schweinebulle, Schweinebulle, Schweinebulle.« Dann kniete Collins neben ihm nieder und sagte: »Die drei Namen.«

Calderon holte tief Luft und sagte: »Deine Mutter, deines Partners Mutter und Crazy Lloyds Mutter. *Chinga su madres todos.* Lesbische Sau, die es mit drei Niggern gleichzeitig treibt. *Puto! Puto! Puto!«*

Collins sagte: »Schweinebulle gibt's nicht«, steckte seinen rechten Daumen und Zeigefinger hinter Calderons Ohr und drückte auf die Halsschlagader. *»Die drei Namen.«*

Lloyd kniff die Augen zusammen und sah, wie Calderons Gesicht allmählich dunkelrot wurde. Er krallte sich in die Gitter und rüttelte heftiger und heftiger an ihnen. Es war, wie wenn er das erste Glied einer Druckkette war, die direkt durch die Gitter zu dem harten Hecht und seinem Opfer ging, und wenn er nachließe, würde er niemals an *sie* herankommen. Dann, als Calderons Gesicht aussah wie eine Zwetschge vor dem Platzen, merkte er, was er da tat, und schrie: »Nein!«

Verblüfft öffnete Collins seinen Griff. Er sah herüber zu Lloyd, und Lloyd merkte, wie sich seine eigenen Augen in ihn bohrten. Er wußte, es konnte nicht sein, und hielt seine Hände vors Gesicht. Er sah nichts und fühlte, wie all seine Sinnenkraft in seine Ohren ging und er ein Flüstern wahrnahm: »Die Namen. Ich mache dich zum Krüppel fürs Leben, wenn du sie mir nicht gibst.«

»Nein. Nein. Zur Hölle mit dir. Nein. Nicht. Bitte nicht.«

»Denke an deine Familie. Stell dir deine Frau in Tehachapi vor, wo sie wegen Drogendelikten sein wird, wenn du es mir nicht sagst.«

»Nein. Nein. Nein. Bitte, bitte. Nein.«

»Die drei Namen. Stell dir deine Kinder in einem schlechten Kinderheim vor. Hast du in letzter Zeit mal die Nachrichten verfolgt? Jede Menge Sexualmißbrauch in diesen Häusern. *Gib mir die drei Namen.«*

»Nein. Nein. Nein.«

»Nein? Nein? ›Ja‹, sonst lasse ich eine weibstolle lesbische Polizistin bei deiner Frau eine Leibesvisitation nach den Rauschmitteln durchführen, und ich weiß, daß sie sie finden wird.«

»Nein. Nein. N–«

»Sag's mir, Louie.«

»Nein. Die machen mich fertig.«

»Die werden dich nicht fertig machen, aber ich.«

»Nein.«

»Sage nicht Nein zu mir, sage Ja, sonst mache ich deine Familie fertig.«

»Ja. Ja. Duane Rice. Bobby Garcia. Joe Garcia.«

Sie.

Lloyd schloß die Augen und dachte zurück: »Duane/Rhonda«-Nachricht auf Calderons illegaler Nachrichtenliste; Christine Confreys verwirrte Reaktion auf die Karteifotografien von Duane Richard Rice, der mutmaßlich gerade ein Jahr wegen schweren Autodiebstahls im County-Gefängnis absaß. Er drückte sich an die Gitter, um besser sehen und hören zu können.

Collins kauerte neben Calderon und schloß die Handschellen auf, die ihn an den Stuhl fesselten. »Es gibt eine Menge Bobby und Joe Garcias«, sagte er. »Erzähle genaueres von ihnen.«

Likeable Louie wurstelte sich aus dem Stuhl, streckte langsam die Arme und massierte seine wunden Handgelenke. »Bobby ›Boogaloo‹ Garcia, der Ex-Boxer. Sein Bruder Joe.« Seine Stimme war erfüllt vom Selbstekel des frischgebackenen Spitzels. Lloyd hielt die Augen geschlossen, um dem Mann etwas von seiner Würde wiederzugeben. Er hielt sie geschlossen, bis er ein Klopfen auf seiner Schulter fühlte.

Collins stand direkt vor der Zelle. Lloyd sah, daß seine Augen braun waren, nicht grau wie die seinen, aber daß sie trotzdem irgendwie genauso waren. »Ich lasse Sie nach einer Weile vom Wachhabenden rausholen«, sagte er. »Aber halten Sie sich raus, das ist unsere Angelegenheit.«

Lloyd konnte an keine Erwiderung denken. Er starrte Collins nach, als dieser zurück zum Lagerraum ging und Calderon zur Zelle neben Lloyd half. Immer noch zu betäubt, um zu sprechen, hörte er, wie die Tür auf- und wieder zugeschlossen wurde, gefolgt von Schritten, die sich aus dem blutbespritzten Korridor entfernten. Dann sagte Louie Calderon von jenseits der Peripherie seines Blickfeldes: »Lassen Sie nicht zu, daß sie den Jungen töten. Bobby und Duane sind todeswürdiger Abschaum, aber der Junge war nur zu schwach, Nein zu sagen. Lassen Sie nicht zu, daß sie ihn töten.«

22

Auf halbem Wege nach Vermont, in Los Feliz, realisierte Joe Garcia, daß er nicht wußte, wie man einen Wagen stiehlt. Er hatte neun Millionen Tratschereien über Kurzschließen und das Anbohren von Lenkradsäulen gehört, und damit hatte es sich auch schon. Anne Vanderlinden lief neben ihm und blubberte irgendwelchen Unfug über Karma und die schnieken Häuser, an denen sie vorbeikamen. Ihre Stimme wurde immer fieberhafter, und wenn das Licht der Straßenlampen auf ihre Augen fiel, glänzten sie wild und irrsinnig.

Dann drang ein Fetzen von Bob Seger and the Silver Bullett Band an Joes Ohr, und er sah flackernde Scheinwerfer. Er riß Anne zur Seite, als eine gelbe

Corvette hart links abbog und mit quietschenden Reifen in einer Einfahrt neben ihnen zum Halten kam. Ein junger Mann stieg aus dem Wagen und stolperte über den Rasen und durch den Eingang eines großen Hauses im Tudor-Stil. Joe ließ Anne auf dem Gehsteig und sah sich die Corvette genauer an. Die Schlüssel steckten in der Zündung. Er sah zum Haus und dort in den Fenstern Licht an-, dann ausgehen, jetzt oder nie.

Er ging zurück zu Anne und drängte sie zum Wagen. Sie stieg auf der Beifahrerseite ein und begann im Handschuhfach zu wühlen. Joe glitt hinter das Lenkrad und erzitterte, als er die Schaltung am Boden sah, und realisierte, daß er nicht wußte, wie man mit Handschaltung fuhr. »Zur Hölle« vor sich hinmurmelnd, erinnerte er sich daran, wie Bobby seinen alten Volkswagen gefahren hatte, und beobachtete, wie Anne eine Medikamentenflasche öffnete und Pillen in ihren Mund stopfte. Er fand den Leergang; er drückte das Kupplungspedal; er schaltete die Zündung ein. Bob Seger dröhnte los. Joe schaltete brachial in den Rückwärtsgang und manövrierte sich zentimeterweise aus der Einfahrt. Anne kicherte: »Fahr zum Strip, und wir rufen meine Freunde an!« und Joe mahlte sich durch die Zahnräder der Gangschaltung. Zweimal würgte er den Motor ab, aber schließlich gelang es ihm, Kupplung und Schaltung so zu bedienen, daß sie weiterfahren konnten. Der Augenblick auf dem Hang kam wieder, zehnmal so stark, und sie ruckelten auf Hollywood zu.

23

In der Entfernung das Geknattere von Funkgeräten; die Suchscheinwerfer von Helikoptern, die in unregelmäßigen Abständen über das Motel strichen. Duane und Joe weg seit über vierundzwanzig Stunden, vermutlich tot. Zweimal hatte das Funkgerät gekreischt: »81er Chevrolet Caprice.«

Bobby »Boogaloo« Garcia wußte, daß sie es auf ihn abgesehen hatten. Die Stunden der Bibellektüre und Gebete hatten aber auch gar nichts gefruchtet. Er würde allein sterben, exkommuniziert, fern von Gott und seinem Bruder und mit zwei .45er Automatics und sechzehn Riesen in bar als einzigen Gesellen.

Niemand, um ihn zu betrauern;

niemand, mit dem er reden konnte in der Nacht, in der ihm endlich alle Schuppen von den Augen fielen;

keine Chance, den Opfern alles zurückzuzahlen und mittels letzter guter Taten und Bußen doch noch in den Himmel zu rutschen;

niemand, der ihm für seine Sünden die Absolution erteilte.

Zuerst, als er es in seinen Kopf hineinbekam, fühlte er eine Art Friede. Doch dann surrten die Hubschrauber immer weiter und ließen fortwährend ihre

Scheinwerfer aufblitzen und erregten dadurch den Unwillen der alten Saufköpfe, die auf dem Parkplatz pichelten. Sie begannen zu zetern und ihre leeren Fuselflaschen an die Wand zu knallen. Das machte ihn wütend, erweckte in ihm den Wunsch, es ihnen zu zeigen, obwohl er doch wußte, daß dieses Aufbegehren seine allerschwerste Sünde war. Das war der lustigste Teil daran. Halb wollte er es zugeben und einen sauberen Abgang haben; zur anderen Hälfte wollte er es ihnen bei seinem Abtritt wahrhaftig zeigen; denn das war es, was er vierunddreißig Jahre lang getan hatte; und wenn er jetzt davon Abstand nahm, bedeutete das, daß er nie existiert hatte.

Megaphone kläfften vom oberen Teil des Blocks; Hubschrauberscheinwerfer durchfluteten alle fünf Minuten den Himmel; die Penner heulten wie Niggertodesengel. Schließlich entschloß sich Bobby, für seine Schulden einzustehen. Er zog seinen Stuhl unmittelbar vor die Tür und legte die Bibel auf die rechte Lehne, lud dann beide .45er und schraubte wegen der größeren Reichweite die Schalldämpfer ab. Er ließ Patronen in beide Kammern gleiten und setzte sich hin, die Waffen im Schoß. Wenn sie die Tür eintraten, wußte er, was er zu tun hatte.

24

Drei Minuten, nachdem seine Zellentür von einem Revierschließer geöffnet worden war, befand sich Lloyd in einer Telefonzelle an der Ecke von Rampart und Temple und durchsuchte seine Taschen nach Kleingeld.

Sein erster Anruf galt dem Nachtdienst des Archivs des Zentralgefängnisses, wo ein Auskunftsbeamter ihm mitteilte, daß Duane Richard Rice, Weißer männlichen Geschlechts, geb. 16. 8. 56, einszweiundachtzig, einundachtzig kg, hellbraunes Haar, blaue Augen, wegen eines Straferlasses am 30. November auf freien Fuß gesetzt worden war, nachdem er sechs Monate einer einjährigen Strafe wegen schweren Autodiebstahls abgesessen hatte. Er hatte eine vorherige Verurteilung, wegen Totschlags im Straßenverkehr, und im Staatsjugendgefängnis von Soledad drei Jahre einer Fünfjahresstrafe verbüßt. Er unterstand den jeweiligen Bewährungsaufsichten des Countys und des Staates, und seine letzte bekannte Adresse lautete 1164 South Barrington, West Los Angeles. Lloyd setzte nach und fragte die Beamtin, in welchem Zellblock Rice im County-Hauptgefängnis untergebracht gewesen war. Nach einem Moment des Nachschlagens meldete sie sich wieder und sagte: »Zweitausendsiebenhundert.«

Der Irrentrakt – Verbindung zu Gordon Meyers.

Aber warum? Lloyd rief die Bewährungsabteilung des Los Angeles County an und bekam eine Telefonistin an den Apparat, die ihn mit einer Reihe von Verwaltungsangestellten verband, die ihn zu guter Letzt zur Privatwohnung der leitenden Beamtin der County-Behörde durchstellten. Die Chefin tätigte selbst eine Reihe von Anrufen und läutete Lloyd in seiner Telefonzelle mit den nötigen Informationen zurück: Duane Richard Rice hatte sich bei seinem Bewährungshelfer nach seiner Entlassung aus dem Gefängnis nicht gemeldet und seine Wohnung auf South Barrington aufgegeben. Er war nun de facto ein Bewährungsflüchtling, und ein richterlicher Haftbefehl war bereits ausgestellt worden.

Lloyd hängte ein und versuchte sich die Nummern aus Calderons Nachrichtenblock wieder ins Gedächtnis zu rufen. Nach einer Minute fielen sie ihm ein: Rhonda, 654-8996; *Silver Foxes,* 658-4371.

Er wählte Rhondas Nummer und hörte den Anfang einer aufgezeichneten Nachricht, hängte dann auf und rief die Telefongesellschaft an und brachte seine Forderungen vor. Ein Supervisor gab ihm die Informationen, die er wollte: Rhonda Morell, 961 North Vista; *Silver Foxes,* 1420 North Gardner. Lloyd lächelte, als er es niederschrieb. Die Adressen lagen nur ein paar Blöcke auseinander. Er fuhr nach West Hollywood, seine .45er lose auf dem Sitz neben sich liegend.

961 North Vista war ein modernes Gebäude mit zwei Wohngeschossen um einen zementierten Innenhof herum. Das Türschild am Haustor führte R. Morell in Nummer zwanzig an. Lloyd studierte das Schema der Numerierung und kam zu dem Schluß, daß Rhondas Wohnung genau in der Mitte des ersten Stockwerks sein mußte. Er ging dahin, die .45er ans Bein gepreßt.

Lichter waren keine an, aber er drückte trotzdem auf den Klingelknopf unter dem Namensschild, dann trat er zur Seite. Eine volle Minute verstrich, ohne daß als Reaktion auf sein Klingeln irgendwelche Geräusche erklangen. Keine Rhonda.

Lloyd ging außen herum zu dem Parkplatz auf der Hinterseite des Gebäudes. Der Platz von Nummer zwanzig war leer. Er fühlte sich unruhig, aber *nahe dran,* und fuhr die drei Blöcke zu *Silver Foxes.*

Lloyd hielt und musterte das lavendelfarbene Haus im spanischen Stil. Er war überrascht, keine Neonleuchten oder andere Staffagen des Schmutzes zu sehen, nur ein kleines Vierparteienhaus, aus dessen linker Parterre-Wohnung Licht kam. Die .45er wie vorher ans Bein haltend, ging er zu den Lichtern hinüber und betätigte die Türklingel neben dem Emblem mit dem lächelnden Fuchs. Er drückte sich an die Wand neben dem Türeingang und hielt die Waffe an seine Brust, bereit, herumzuwirbeln und zu feuern.

Stille, dann eine weinerliche männliche Stimme, die »Oh, Scheiße« vor sich hinmurmelte, dann Schritte, die sich der Tür näherten. Als er hörte, wie von innen entriegelt wurde, trat Lloyd vor und richtete die .45er auf die Mitte des Türeingangs. Die Tür schwang auf, und ein muskelbepackter junger Mann in einem engen ärmellosen T-Shirt stand da, zu Eis erstarrt angesichts der Waffe, die nur wenige Zentimeter von ihm entfernt war. »Polizei«, sagte Lloyd. »Geh rückwärts nach innen, dreh dich um und lege deine Hände über den Kopf an die Wand, mach dann einen Schritt nach hinten und die Beine breit.«

Der junge Mann biß sich auf die Lippen und gehorchte. Lloyd folgte ihm in einen grellweißen Raum und schubste mit dem Zeh die Tür zu. Er drückte ihm die .45er an die Rückseite des Halses und tastete ihn mit der linken Hand ab. Der Jüngling stöhnte, als Lloyd die Innenseiten seiner Oberschenkel streifte. Als er keinerlei verborgene Waffen fand, sagte Lloyd: »Wie viele Räume gibt es sonst noch?«

»Nur die Toilette, Süßer. Außer uns zwei Hübschen ist niemand da. Hast du's auf mich abgesehen?«

Lloyd sah sich kurz im Zimmer um, registrierte die Rohrmöbel, den weißen Plastizin-Tisch und die mit Bildern von Rockstars behangenen weißen Wände. »Keine Plaudereien«, sagte er. »Geh rüber und öffne die Toilettentür und komm dann wieder her.«

Der junge Mann ging zur Toilettentür und stieß sie auf, kam dann wieder zurück und setzte sich auf den weißen Tisch. Einen Fuß auf den Boden, der andere baumelte in Lloyds Richtung. »Wie ich sagte, niemand hier außer uns zwei Hübschen. Ich heiße Tim. Wie heißt du?«

Lloyd steckte die .45er zurück ins Halfter und sagte: »Junge, ich bin nun wahrhaftig die letzte Person auf der Welt, zu der du heute abend frech sein solltest. Die allerletzte. Ich werde dir einige einfache, offene Fragen stellen, und ich erwarte einfache, offene Antworten. Verstehst du mich?«

Tim lächelte kokett und klopfte mit seinem Absatz gegen den Tisch. »Schieß los, Baby.«

»Erstens, kennst du einen Mann namens Duane Rice? Ende Zwanzig, einszweiundachtzig, einundachtzig Kilo, hellbraunes Haar, blaue Augen?«

»Nein, klingt aber hübsch. Ist er dein Liebchen?«

Lloyd ohrfeigte den jungen Mann mit dem Handrücken. Es warf ihn vom Tisch. Der junge Mann lächelte und wischte sich ein blutiges Rinnsal von der Nase. Lloyd sagte: »Ich will dir nicht weh tun, aber um Gottes willen, bitte komm mir nicht komisch. Nicht heute abend.«

Tim stand auf. »Sag ›Bitte bitte‹, und ich will ein braver Pfadfinder sein und kooperieren.«

Ein Sicherheitsreflex ließ Penny und Janice durch Lloyds Hirn huschen, doch Jesus-Fred Gaffaney und Collins überschatteten sie. Er stieß Tim durch den Raum und drückte ihn mit einer Hand am Hals an die Wand. »Bitte, bitte sprich, Mutterschänder, bevor ich deinen wertlosen Arsch zu Kleinholz verarbeite.«

Tim gab gurgelnde Laute von sich, bis Lloyd ihn losließ und zurücktrat. Lächelnd rieb er sich den Hals und seufzte. »Rohes Ungestüm ist eine Sache, weh tun eine andere. Du hast ›Bitte bitte‹ gesagt, also will ich ein guter Pfadfinder sein und nett sein. Was willst du wissen?«

Die geleierten Worte ließen sich wie nuklearer Fallout auf Lloyd nieder, und er fragte sich, ob diese Nacht je vorübergehen würde. »Eine eurer Huren«, sagte er, »Rhonda Morell. Ich bin auf eine ihrer telefonischen Botschaften an Duane Rice gestoßen. Er sollte sie gestern abend zu Hause anrufen oder hier treffen. Die Botschaft erwähnte einen Mann namens Stan Klein. Was weißt du darüber?«

Tim bewegte sich zum Tisch und öffnete Schubladen, dann zog er einen weißen Kunststoffordner heraus und blätterte ihn durch. Er hielt ihn auf und sagte: »Das ist Rhonda. Ist sie nicht ein oberscharfer Fuchs?«

Lloyd sah sich die Nacktfotos an. Rhonda Morell war eine schöne Brünette. Er prägte sich ihr Gesicht ein und hielt seine Augen vom Rest ihres Körpers abgewandt. »Erzähl mir von ihr. Und von Rice und Klein.«

Tim klappte den Ordner zu. »Was gibt's da schon zu sagen? Rhonda ist ein wahrhaft schlauer Fuchs, will Börsenmaklerin werden. Sie ist bei unserer Klientel sehr gefragt. Von Rice und Klein weiß ich nichts, aber so, wie Sie Rice beschrieben haben, klingt's nach diesem Kerl, der hier letzte Woche hereinschneite, so ein Bursche, mit dem Rhonda so eine platonisch nichtsexmäßige Sache laufen hat. Du weißt schon, gegen Bezahlung. Rhonda ist schwer hinter dem Geld her.«

Das »Will Kohle« auf Calderons Nachrichtenblock ploppte in Lloyds Kopf. »Erzähl mir von ihm – und Rhonda.«

Tim schlang seine Arme um sich selbst. »Letzte Woche kam hier ein Mann rein, auf der Suche nach einem Fuchs. Er schien nicht gerade vom üblichen Silver-Fox-Kaliber zu sein, aber er gefiel mir, deshalb hab' ich ihn an Rhonda vermittelt. Er gab mir einen Namen, aber ich wußte, daß er falsch war. Später hat mir Rhonda erzählt, daß sie dem Kerl bei der Suche nach seiner Freundin hilft, gegen dicke Kohle. Tatsache ist, sie hat heute nachmittag angerufen und mir erzählt, daß sie ihn heute abend um Mitternacht hier treffen soll. Sie wollte, daß ich ihn hinhalte, falls sie sich verspätet.«

Lloyd befingerte die Waffe, mit der er getötet hatte, und sah auf die Uhr an der Wand. Zehn Uhr neunundvierzig. Im August 1965 hatte er es Mann gegen Mann mit einem .45er Killer ausgeschossen; jetzt schloß sich der Kreis, und er kam wieder an diesen Punkt, um zu bezahlen für das Ereignis, das ihn geformt hatte. Erschaudernd sagte er: »Tim, glaubst du an Gott?«

Tim zuckte mit den Achseln. »Ich hab' nie viel darüber nachgedacht.«

»Solltest du aber. Er ist ein linker Bastard; er könnte dir gefallen. Geh heim. Ich werde auf Rhonda und ihren Freund warten.«

»Ist das legal?«

»Nein. Geh heim. Tut mir leid, daß ich dich geschlagen habe.«

»Mir nicht«, sagte Tim und ging zur Tür hinaus.

Lloyd wartete zehn Minuten, ging dann hinaus zu seinem Wagen und schaltete das Funkgerät ein. Er hörte zwanzig Minuten lang zu. Der Äther war überschwemmt von Funkrufen, die Einheiten der Hollywood-Division in das Gebiet nahe der Hollywood Bowl beorderten, aber es gab keinerlei Erwähnung des meistgesuchten Trios in der Geschichte von L.A. – Duane Rice, Bobby und Joe Garcia. Gaffaney und seine harten Hechte saßen auf der Information. Es lief hinaus auf ihre Outlaw-Vendetta, und auf seine eigene. Und falls Rice um Mitternacht in seine Hände fiel, würde Lloyd dazu in der Lage sein, seinen Vorteil zu nutzen und ihn kaltblütig auszuknipsen?

Lloyd ging zurück zum Silver-Foxes-Büro, um auf Rhonda Morell und *den* Augenblick zu warten. Er ließ sich in einem unbequemen weißen Sessel nieder und starrte die Bilder an den weißen Wänden an, unfähig, irgendeinen der Rockmusiker mit Namen zu identifizieren. Wiederholt sah er auf die Uhr, er hoffte, Rhonda würde sich verspäten, so daß er sich draußen postieren und Duane Rice aus dem Hinterhalt erschießen konnte, wenn dieser auf die Tür zuging. Gott war ein ironischer Bastard, setzte es sich in seinem Hirn fest. Den Pico-Westholme-Polizistenkiller fertig zu machen, würde als Höhepunkt seiner Karriere betrachtet werden, nicht als die verzweifelt eigennützige Überlebenstaktik, die es war.

Um 11 Uhr 42 klopfte es an der Tür. Lloyd zog die .45er und lief auf Zehenspitzen zur Tür, öffnete sie und erschreckte Rhonda Morell zu Tode, die die Waffe sah und den Mund öffnete, um zu schreien. Lloyd nahm sie mit dem freien Arm in den Schwitzkasten und zog sie nach drinnen, während er ihre Versuche, Lärm zu schlagen, erstickte. Sie biß in seinen Jackenärmel, und er trat die Tür zu und flüsterte: »L.A.P.D. Ich bin hinter Duane Rice her, nicht hinter dir. Ich will dir nur ein paar Fragen stellen und dich dann so schnell es geht hier weg haben, bevor er aufkreuzt. Ich werde dich jetzt loslassen, aber du mußt mir versprechen, nicht zu schreien. Okay?«

Rhonda hörte auf, sich zu winden und zu beißen. Lloyd ließ sie los und sie drehte sich herum, stellte sich mit dem Rücken zu ihm und glättete ihre Afrofrisur. Dann wandte sie sich wieder ihm zu und sagte mit vollendet fester Stimme: »Er schuldet mir viel Geld. Wenn du ihn verhaftest, wird er kaum in der Lage sein, mich auszuzahlen.«

Lloyd platzte heraus: »Jesus«, ordnete dann seine Gedanken und sagte: »Für seine Gefangennahme ist eine hohe Belohnung ausgesetzt. Rede mit mir, und zwar schnell, und ich sorge dafür, daß du sie bekommst.«

Rhonda lächelte. »Wieviel Geld?«

»Über siebzigtausend«, sagte Lloyd und blickte verstohlen auf die Uhr. »Tim hat mir erzählt, daß du Rice hilfst, seine Freundin zu suchen. Erzähl mir, was es damit auf sich hat, und mit Stan Klein.«

»Du weißt doch schon eine Menge darüber.«

»Einen Dreck weiß ich! Sag's mir, zur Hölle noch mal.«

Rhonda sah auf die Uhr und sagte: »Ich schätze, das ist ein fairer Tausch.

Rices Freundin ist eine Kokshure. Ich habe ihm bei der Suche geholfen. Ich fand heraus, daß sie mit einem schmierigen Unternehmertyp zusammenlebt, einem gewissen Stan Klein. Ich –«

»Wie heißt die Freundin?«

»Anne Vanderlinden. Duane rief mich Montag abend an, und wir verabredeten uns hier um Mitternacht. Er sagte, daß er und Vandy in ein paar Tagen nach New York fliegen und daß er die Namen von irgendwelchen Leuten aus dem Musikgeschäft braucht. Anscheinend ist Vandy Sängerin, und er möchte ihre Karriere voranbringen. Er hat mir einen Bonus dafür versprochen, und –«

»War das das letzte Mal, daß du mit ihm gesprochen hast?«

»Nein. Er rief mich heute nachmittag zu Hause an, um die Verabredung zu bestätigen. Er klang weggetreten, und er sagte, daß Vandy Stan Kleins Wohnung gestern nacht verlassen hätte, mit einem mexikanischen *Puto,* was immer das sein mag. Jetzt verspricht er mir das Blaue vom Himmel, wenn ich ihm helfe, sie wiederzufinden. Außerdem hat er gesagt, daß wir irgendwelches Geld abholen müssen.«

Lloyd starrte auf die Uhr, auf einmal selbst völlig weggetreten. Rhonda rutschte unruhig hin und her und zupfte an ihrem Haar herum. Schließlich deutete sie auf die Waffe in Lloyds Hand. »Warum hast du die draußen? Ist Duane gefährlich?«

Lloyd lachte. »Ja, er ist gefährlich.«

»Ich denke, er ist an sich lieb, mit ein paar rauhen Kanten. Wenn er so gefährlich ist, wo sind dann die ganzen anderen Cops?«

»Spielt keine Rolle. Du mußt hier weg.«

»Warte mal. Ich habe heute die Zeitungen gelesen. Da stand, es gibt fünfundsiebzig Riesen Belohnung auf die Person, die diese Leute in der Bank getötet hat. Du denkst doch nicht etwa, Duane hat das getan? Er mag ein Dieb sein, aber er ist nicht bösartig.«

Lloyd faßte Rhondas Arm und zog sie zur Tür. »Geh heim«, zischte er, »mach, daß du jetzt hier wegkommst.«

»Was ist mit meinem Geld? Wie kann ich wissen, daß ich es auch kriege?« Sie hielt inne, blickte in Lloyds Augen und schnappte nach Luft. »Du wirst ihn umbringen, weil er ein Polizistenmörder ist. Ich habe von solchen Sachen gelesen. Mich kannst du nicht täuschen.«

»Zur Hölle, mach, daß du hier wegkommst, du verfluchte –«

Fußschritte erklangen auf dem Weg vor der Tür. Rhonda schrie »Duane, lauf weg!« Lloyd erstarrte und warf sich auf den Bauch, als drei Schüsse das vordere Aussichtsfenster pulverisierten. Er griff nach Rhondas Beinen und riß sie zu Boden, rollte sich dann zu dem zerstörten Fenster und schoß zweimal blindlings, in der Hoffnung, eine Antwortsalve zu provozieren. Zweifaches Mündungsfeuer erhellte den Vorgarten; die Kugeln prallten von den weißen

Wänden ab und rissen schartige Holzecken aus der Wand. Lloyd zielte auf die roten Lichtblitze und gab fünf Schüsse ab, warf das geleerte Magazin heraus und schob ein neues herein. Er atmete einmal tief den Pulverdampf ein, hebelte die oberste Patrone in die Kammer und stürmte durch das Fenster.

Kein toter Mann auf dem Gras; Rhondas Schreie hallten hinter ihm. Lloyd rannte die Gardner hoch zum Sunset. Als er um die Ecke fegte, hörte er einen Schuß, und ein Tafelglasfenster zwei Türen weiter barst in kleine Stücke. Dann sah er eine Menschenmenge, die in Türeingänge und auf die Straße zerstob. Und da war *er.*

Lloyd sah zu, wie der Mann durch kreischende Fußgänger hindurchschlängelte, dann an geparkten Wagen vorbeischnellte und auf dem Sunset in östlicher Richtung lossprintete, heraus aus der Reichweite seiner Waffe. Er spurtete selbst volle Kanne und verringerte den Abstand, als er auf einmal sah, wie Rice die Waffe ins Beifahrerfenster eines an der Ampel der nächsten Kreuzung wartenden Wagens richtete. Er rannte und zielte gleichzeitig, und die Knäuel spätabendlicher Spaziergänger gaben verängstigte und verblüffte Laute von sich, als sie aus seinem Weg wichen. Die Körperhaltung beim Rennen war ungünstig und ließ ihn Geschwindigkeit verlieren, aber er hatte beinahe freie Schußbahn, als Rice auf einmal in den Wagen stieg und bei Rot losbrauste.

Dann hörte er näherkommende Sirenen, und das riß ihn weg von dem fliehenden Wagen und zurück zu seiner eigenen Bedrängnis. Rice schaffte sich den Fluchtwagen vermutlich nur ein paar Blöcke weiter vom Hals. »Schüsse abgefeuert«, und die Ortsangabe würde mit Pauken und Trompeten durch den Äther schwirren und Jesus-Fred und seine harten Hechte massiert ins Gebiet locken. Lloyd rannte zurück zu Silver Foxes und fand Rhonda im Vorgarten. Er drängte sie in seinen Wagen, aber als er losfuhr, wußte er nicht, wohin. Er wußte nur, daß er von allen guten Geistern verlassen war.

Rice wußte, daß er den Wagen loswerden mußte, oder er behielt ihn und tötete den Fahrer. Er grub den Lauf seiner .45er tiefer in den Hals des alten Mannes und sagte: »Fahr an der nächsten Ecke links und parke.« Der alte Mann gehorchte, bog auf Formosa und hielt in zweiter Reihe. Er umklammerte das Lenkrad, schloß die Augen und fing an zu weinen. Rice verfiel auf einen neuen Plan: Fessele den Alten, laß ihn irgendwo liegen, nimm sein Geld und hau ab. »Hast du ein Seil im Kofferraum, Mutterschänder?«

Der Mann nickte. Ja, und Rice riß den Schlüssel aus der Zündung und ging nach hinten zum Kofferraum. Er wollte ihn gerade öffnen, als der Fahrer einen Satz machte und in Richtung Sunset losrannte. Er war schon beinahe fort, als ein Streifenwagen zwei Häuser von seinem Wagen entfernt auf der gegenüberliegenden Straßenseite rechts ran fuhr. Der Alte hinter ihm; die Bullen fünfundzwanzig Meter vor ihm. Rice stieg zurück in den Wagen, diesmal hinter das

Lenkrad. Sein Kopf pochte, brannte, rauschte, aber durch all das hindurch erreichte ihn eine Botschaft. *Bleib ruhig.* Er startete den Motor und stellte die Automatik des Fairlane auf »N«, dann beschleunigte er. Dann hörte er hinter sich den alten Mann »Polizei! Polizei!« schreien; dann schaltete der Polizeiwagen vor ihm das Rotlicht an.

Die Zeit stand still, dann zoomte sie zurück zum Doheny Drive und zum ersten Mal, daß er Dope in seinen Adern gehabt hatte. Rice trat aufs Gas, als der Fahrer des Streifenwagens mit gezogener Waffe ausstieg. Gebannt vom blendenden Strahl der Scheinwerfer, stand er wie versteinert da. Rice knallte mit der Schnauze seines 300-PS-Rammbocks mit fünfzig Stundenkilometern auf ihn drauf und erwischte ihn voll. Der Aufprall riß den Kühlergrill und ein Stück eines Kotflügels ab; die Windschutzscheibe wurde rot, genau wie beim ersten Mal. Rice fuhr blind, seinen Fuß bis auf den Wagenboden durchgedrückt, bis Wind den dunkelroten Vorhang vor seinen Augen wegpeitschte und normale Sicht ihn den Wagen anhalten, aussteigen und wegrennen ließ.

25

Bobby hörte, wie die Stimmen aus den Funkgeräten aufhörten über den 81er Chevy und die Haus-um-Haus-Suche, die ihm immer näher kam, zu kreischen und losbellten: *»Man down, Sunset und Formosa! Man down, man down!«* Innerhalb von Sekunden entfernten sich die heulenden Sirenen von ihm, und die Hubschrauber starteten und hinterließen das Bowl-Motel in Dunkelheit und Stille. Er wußte, daß der Exekutionsaufschub direkt von Gott erteilt worden war und packte das ganze Geld in eine Supermarkttüte und ging zur Tür hinaus. Die .45er und die Bibel ließ er auf dem Sessel zurück.

Die Straße draußen war verlassen und ruhig; in beide Richtungen auf Highland kein Verkehr. Bobby ging nach Süden und sah, warum: Hölzerne Straßensperren mit blinkenden Lichtern waren an allen Kreuzungen postiert und blockierten den Verkehr in nördlicher Richtung. Er drehte sich um und konnte einen Block höher weitere beleuchtete Sperren ausmachen, unmittelbar hinter dem Motel. Als er den Sperrgürtel anstarrte, betrat eine Gruppe von Cops in Zivil mit Pumpguns den Innenhof. Gott hatte ihn in letzter Sekunde gerettet. Als er über einen Holzblock an der Ecke zu Franklin stieg, sah er die Kirche und schickte ein Stoßgebet zum Himmel. Hoffentlich war es eine katholische. Sein Gebet wurde beantwortet, als das weiße Adobegebäude von Scheinwerferlicht, das aus einer Seitenstraße kam, erhellt wurde: »Sankt Anselm – katholische Kirche« in großen schwarzen Buchstaben. Ein Licht brannte im Fenster des weißen Adobebungalows, der an die Kirche anschloß. Bobby rannte zu dem Lichtschein und läutete.

Der Mann, der die Tür öffnete, war jung und trug schwarze Priesterhosen und ein Polohemd. Bobby zog eine Grimasse, als er das Krokodil auf seiner Brust und den Wave-Haarschnitt sah. Kein Mexikaner und auch kein Ire, vermutlich ein Typ mit einer sozialen Ader. »Sind Sie ein Priester?« fragte er.

Der Mann musterte Bobby von Kopf bis Fuß. Er steckte seine Hände in die Taschen, und Bobby wußte, daß er nach Kleingeld suchte. »Ich will kein Almosen«, sagte er. »Geld ist so ungefähr das einzige, wovon ich jede Menge habe. Ich möchte beichten. Nehmen Sie die Beichte ab?«

»Ja, nachmittags an Wochentagen«, sagte der Priester. Er faßte in seine Brusttasche, zog eine Brille heraus und setzte sie auf. Bobby fühlte sich seinem Blick ausgesetzt und sah, wie er seine tintenbefleckten Arme und Gesicht und das Hemd von Duane Rice, das an ihm hing wie ein Zelt, registrierte. »Bitte, Pater, bitte.«

Der Priester nickte und bewegte sich mit einer auffordernden Handbewegung an Bobby vorbei auf den Gehsteig. Bobby folgte ihm zur Kirche. Der Priester schloß die Tür auf, schaltete dabei ein Licht ein und ging nach innen. Bobby wartete an der Tür und murmelte Ave Marias vor sich hin, stürzte dann die Treppen hoch und benetzte sich mit dem geweihten Wasser aus dem Taufstein neben der hintersten Kirchenbank. Als er sich zum Altar beugte und ein Kreuz schlug, rutschte die Einkaufstüte aus seinen Armen. Ein Bündel Zwanziger fiel auf den Boden, und er stopfte sie in seine Taschen und ging zu dem samtenen Vorhang, der die Beichtkammern von der eigentlichen Kirche trennte.

Der Priester war in der ersten Kammer. Bobby zog die Gardinen beiseite, ließ die Tüte fallen und kniete vor der Trennwand nieder. die ihn vor seinem Beichtvater abschirmte.

Die Klappe wurde aufgeschoben, und Bobby konnte sehen, wie sich die Lippen des Priesters bewegten, als er sagte: »Bist du bereit für die Beichte?«

Bobby räusperte sich und sagte: »Erteilen Sie mir Ihren Segen, Pater. Meine letzte Beichte liegt ungefähr fünf oder sechs Jahre zurück, außer daß ich ein paar Beichten abgenommen hab', als ich so 'ne religiöse Schwindeltour laufen hatte. Ich gab mich als Priester aus, aber ich habe immer versucht, fair zu sein zu den Simp– ich meine den Leuten, die ich reingelegt habe. Was ich meine –«

Bobby lehnte seinen Kopf gegen die Trennwand. Als er sah, daß seine Lippen beinahe die Lippen seines Beichtvaters berührten, schnappte er nach Luft und brachte sich wieder in eine kerzengerade Position. Ave Marias vor sich hinmurmelnd, brachte er das, was er sagen wollte, in die richtige Reihenfolge. Als er den Priester husten hörte, preßte er seine Handflächen zusammen und senkte seinen Kopf. Dann begann er.

»Ich habe viele Todsünden begangen und mich schuldig gemacht. Ich hatte diesen Telefonschwindel laufen, wo ich mich als Priester ausgab und mir im Namen Gottes Geld unter den Nagel gerissen habe, und ich habe Brüche gedreht und haufenweise Tiefschläge angebracht, als ich Boxer war. Manchmal rieb ich Harz auf meine Handschuhe in den Rundenpausen, so daß der Arsch – daß es die Augen der Gegner zur Sau machte, wenn ich auf Kopfjagd ging. Ich habe eine Bank ausgeraubt und eine Frau vergewaltigt und eine üble, böse Sexscheiße mit einer anderen Frau gemacht, und ich habe eine Frau niedergeschossen und getötet, und –«

Bobby hielt inne, als er den Priester Ave Marias singen hörte. Er drosch mit den Handflächen auf die Trennwand und schrie: »Hör mir zu, Mutterschänder! Das ist meine verfluchte Beichte, nicht deine!«

Schweigen beantwortete den Ausbruch. Dann sagte der Priester: »Beende deine Beichte, und ich werde dir deine Buße kundtun.«

Die Strenge in der Stimme des Kleinkinderbeichtvaters gab Bobby den nötigen Mumm, *es* auszusprechen, die große Sache, die ihm endlich klargeworden war. »Ich habe einen Bruder«, sagte er. »Jünger als ich. Er ist schwach, weil ich ihn schwach gemacht habe. Ich beging eine schreckliche Todsünde mit ihm, als wir Kinder waren, und ich habe seither versucht, es wiedergutzumachen, indem ich auf ihn achtgebe, wo ich ihn doch statt dessen schon vor Jahren hätte freigeben sollen, damit er auf eigene Beine kommt. Ich habe mich immer schuldig gefühlt, dafür, daß ich ihn haßte, weil ich wußte, daß es *mich* umbrachte, auf seinen Arsch achtzugeben. Sehen Sie, ich meinte immer, er wußte, was ich getan hatte, daß er aber Angst davor hatte, es auszusprechen, wegen dem, wozu es uns machen würde. Dann, klaro, habe ich heute nacht endlich geschnallt, daß er sich einfach nicht mehr daran erinnerte, weil's so lange her war, was bedeutet, daß ich die ganze Zeit, die ich verbr–«

Der Priester unterbrach, seine Stimme ungeduldig und streng, wie die Stimme eines Beichtvaters sein sollte. »Interpretiere nicht. Sage mir die Sünde.«

Bobby sprach *es* aus und klang dabei in seinen eigenen Ohren wie ein alter Richter im Fernsehen, der lebenslänglich verkündet. »Als wir Kinder waren, habe ich den Kleinen immer festgebunden, damit ich rausgehen und spielen konnte. Eines Tages kam ich zurück und sah, daß er sich vollgemacht hatte, weil er ja nicht aufstehen konnte. Das ganze Bett war naß, und es erregte mich irrsinnig und ich zog seine Hosen herunter und berührte ihn.«

»Und das ist deine schreckliche Todsünde? Nach all den anderen Sachen, die du gebeichtet hast?«

Jetzt vernahm Bobby *Ekel.* »Interpretieren Sie nicht, Pater, es sind meine Sünden. Meine.«

»Sprich die Buße, und ich werde dir deine Buße geben«, flüsterte der Priester.

Bobby senkte den Kopf und zwang den zweiten Teil seiner Strafe in einem englischen Akzent heraus, wie es ihm die alten irischen Schwestern beigebracht hatten. »o mein Gott, ich bereue herzlichst, daß ich mich wider Dich versündigt habe. Ich bereue all meine Sünden, denn ich fürchte den Verlust des Paradieses und die Pein der Hölle. Aber am meisten, daß ich gegen Dich gesündigt habe, o Gott, der du gnädig bist und meine Liebe verdienst. Mit Deiner Gnade erlöse mich, und ich gestehe all meine Sünden und tue Strafe und Buße mein Leben lang. Amen. Nun, Pater?«

»Ich erteile dir die Absolution«, sagte der Priester. »Deine Buße sind gute Taten für den Rest deines Lebens. Beginne bald, denn du hast viel wiedergutzumachen. Gehe hin und sündige nicht mehr.«

Bobby hörte, wie sein Beichtvater durch die Vorhänge glitt und aus der Kirche ging. Er ließ ihm ausreichend Zeit, zurück zum Pfarrhaus zu kommen, stand dann auf, hob die Einkaufstüte auf und lächelte über ihr Gewicht. »Beginne bald«, klang in seinen Ohren. Auf wackeligen Beinen gehorchte er.

Der Klingelbeutel befand sich an der Seitenwand nahe den hinteren Kirchenbänken, eisenbeschlagen, aber zu klein, um sechzehn Riesen Bußknete zu fassen. Bobby machte sich trotzdem daran, Geld in den Schlitz zu stopfen, große Hände voll Hunderter und Zwanziger. Scheine glitten aus seinen Händen, als er das tat, und er fragte sich, ob er die ganze Tasche einfach beim Altar liegenlassen sollte, als er angestrengtes Atmen hinter sich hörte. Er sah über seine Schulter. Duane Rice stand vor der Tür. Die Prophezeiung aus dem Jahrbuch seiner High-School kam ihm in den Sinn: *»Wird's mit größter Wahrscheinlichkeit nicht machen«,* und mit einem Mal sah Duane-o mehr wie ein Priester aus als der *Puto* mit dem tuntigen Alligatorenhemd.

Bobby ließ die Tüte fallen und sank auf die Knie: Rice schraubte den Schalldämpfer auf seine .45er und trat zu ihm. Er hob die Tüte auf und setzte die Waffe an die Schläfe des Haifischmannes; Bobby wußte, daß er es ihm noch einmal zeigen mußte, wenn er einen guten Abgang haben wollte. Er brachte ein wahrhaftiges Super-duper-Kichern und »Dadadada« heraus, bevor Rice mit seinem Hirn die Wände verzierte.

26

Joe saß in einer Nische in Ben Franks Coffeeshop und zwang eine Cheeseburger-Platte hinunter. Durch das getönte Fenster aus Tafelglas sah er zu, wie Anne auf dem Parkplatz in ein Münztelefon sprach. Er versuchte von ihren Lippen abzulesen, aber sie war zu weit weg, und entferntes Sirenenplärren aus dem Osten lenkte ihn immer wieder ab. Die Mahlzeit brachte ihm nicht die erhoffte Ruhe; die Corvette, die er in einer Seitenstraße zwei Blöcke von hier losgeworden war, hatte seine Abdrücke auf dem ganzen Lenkrad und dem Armaturenbrett. Hubschrauberlichter und Sirenen gaben dem Randgebiet von Hollywood und dem Strip die Aura eines Kriegsgebietes. Der Nervenkitzel, die Gangschaltung eines gestohlenen Wagens zu meistern, war abgeebbt, und Anne hatte jetzt schon ein Dutzend Vierteldollarmünzen an das Telefon verfüttert bei dem Versuch, ihre »guten Musikfreunde« zu kontaktieren, die ihnen »aus der Klemme helfen würden«. Die schwarzen Luden am nächsten Tisch sprachen von einer Schießerei auf Gardner und Barrikaden und pumpgunbewehrten Cops oben bei der Hollywood Bowl. Einer von ihnen wiederholte andauernd: »Wahrhaftig verfluchte Bullenhitze«, und Joe wußte, daß es ihm runterging wie Honig, weil die Bullenhitze nicht nach ihm griff. Jedes Wort, jedes kleine bißchen Lärm, von den Kriegsgeräuschen bis hin zu Kellnerinnen, die mit Geschirr klapperten, erinnerte ihn wieder an Stan Kleins Gesichtsausdruck, als er mit dem Messer zugestochen hatte. Das war zwar schlimm, aber er wußte, es war nur eine zeitverzögerte Reaktion, so was wie Schock. Was es schrecklich machte, war, daß ihm seine Musik in den Rücken fiel: *»And death was a thrill on Suicide Hill«,* lieferte ihm die Musik, zu der die Bilder des Mannes, den er getötet hatte, durch seinen Kopf tanzten.

Joe fühlte, wie sich in ihm auf einmal alles umdrehte. Er sprang auf, stieß gegen den Tisch und warf dabei sein Essen auf den Boden. Die Zuhälter lachten, als Pommes Frites auf die Beine eines vorübergehenden Kunden purzelten, und Joe rannte in die Toilette und erbrach seine Mahlzeit im Spülbecken. Er hielt sich mit einer Hand an der Wand fest, drehte den Wasserhahn auf und übergoß seinen Kopf mit kaltem Wasser. Sein Magen hob und senkte sich, und seine Brust dehnte sich und zog sich mit kurzen, heftigen Atemzügen wieder zusammen. Er sah sich im Spiegel an und wandte sich ab, als er Bobby sah, genau so wie der immer aussah, nachdem er im Olympic den Arsch vollgehauen bekommen hatte. Aufrecht stehend verpaßte er sich einen weiteren Wasserguß, wischte sein Gesicht mit einem Papierhandtuch und ging zurück ins Restaurant.

Eine Bedienungshilfe räumte die Sauerei an seinem Tisch auf; die Zuhälter machten sich über ihn lustig. Joe wich der Schweinerei aus und rannte zur Tür heraus. Hinter ihm brüllte der Kassierer: »Ihre Rechnung!« Auf dem Gehsteig hielt er Ausschau nach Anne. Sie war nicht beim Münztelefon, und sie war nicht auf dem Parkplatz. Dann sah er sie auf der anderen Straßenseite, wo sie gerade mit hüftmahlenden Tanzbewegungen, die an die vorbeifahrenden Wagen gerichtet waren, eine Gruppe von Nutten auf die Plätze verwies.

Joe rannte achtlos über den Sunset; eine Mercedes Stretch-Limo hielt vor Anne, und sie stieg ein. Die Verlängerte bog hart rechts, und Joe rannte und fegte gerade noch rechtzeitig um die Ecke, um zu sehen, daß sie einen halben Block weiter unten parkte. Als er dahin lief, hörte er männliches Sexgrunzen vom Rücksitz erschallen. Dann überdeckte eine Disco-Melodie das Grunzen, und der Chauffeur stieg aus und stellte sich neben den Wagen, bemüht, möglichst unberührt von der ganzen Sache zu wirken. Der Zorn wischte alle Spuren von Stan Kleins Totenmaske hinweg, und Joe zog sich in einen dunklen Vorgarten zurück, um Wachhund zu spielen und achtzugeben.

Die Limo wackelte eine halbe Stunde in ihrer Federung, während die musikalische Begleitung von Disco zu Reggae überging. Joe bewegte sich hin und her zwischen Tausend-Nadeln-Wachsamkeit und Einnickschläfrigkeit. Völlige Erschöpfung ergriff allmählich Besitz von ihm, als eine Tür knallte, und Anne sich aufmachte, zum Strip hochzuhüpfen. Als sie an ihm vorbeilief, sagte Joe: »Diese Verlängerte hast du wirklich ins Schaukeln gebracht. Jede Nutte, die einen Benz von Kotflügel zu Kotflügel zum Schaukeln bringen kann, muß ein wahrer Profi sein.«

Anne sah angestrengt in die Dunkelheit. Als Joe zu ihr trat, sagte sie: »Ich habe dir doch gesagt, daß ich Sex geben kann, ohne mein Karma zu opfern, und wenn man schon Sex für Geld macht, sollte man seine Sache wenigstens gut machen. Und ich wollte dich nicht im Stich lassen; ich wollte gerade zurück zu Ben Franks.«

Joe kicherte und imitierte dabei die Luden aus dem Coffeeshop. »Das kommt, weil du einen Mann brauchst, der dir sagt, was zu tun ist. Okay. Ich werde dir sagen, was wir jetzt tun. Wieviel hat dir dieser Drecksack im Benz gegeben?«

»Einen Hunderter.«

»Fein. Wir werden ungefähr siebzig davon dafür verwenden, in das Motel neben Ben Franks einzuchecken. Du machst das, und ich folge dir nach hinten. Klaro?«

Anne tänzelte nervös hin und her. »Jetzt fängst du schon an, wie ein harter Bursche zu reden –«

»Die Leute ändern sich.«

»Das mag ja sein, aber dieser Freier hat mir gerade von dieser ganznächtlichen Offenes-Haus-Party in der Bude irgendeines Filmmoguls erzählt. Der Bursche war früher ein Stammkunde von mir, als ich noch auf den Strich ging. Er ist dick im Videogeschäft, und er mochte mich wirklich. Ich kann dort Geld auftreiben, das weiß ich sicher.«

Joe schüttelte den Kopf. »Erst besorgen wir uns eine Bleibe. Los.«

Ohne ein Wort ging Anne vorn weg, zurück zum Strip. Joe sah, daß sie deprimiert wirkte, aber insgeheim war er froh, daß er das Kommando übernommen hatte. Von der Rückseite des Parkplatzes von Ben Franks beobachtete er, wie sie ins Büro des Motels ging, beim Nachtportier bezahlte und sich einen Schlüssel griff, dann heraus auf die Straße und in den Innenhof ging. Als der Portier seufzte und sich wieder seinem Taschenbuch zuwandte, folgte er.

Sie wartete auf ihn im Eingang eines Zimmers im Erdgeschoß, eine Hüfte angezogen, einen Ellbogen auf den Türrahmen gelegt, und sah aus wie ein böses kleines Mädchen, daß zum Ficken geboren war. Sie lächelte und verlagerte ihr Gewicht; ihr Preppy-Kleid fiel zu Boden und enthüllte riesige, dunkle Vertiefungen quer über ihrem Bauch. Joe bewegte sich auf sie zu, um die Pose zu zerschlagen und sie wirklich werden zu lassen.

Anne wehrte sich gegen die sanften Küsse auf den Hals und gegen die sanfteren Hände, die versuchten, das Kreisen ihrer Hüften zu stoppen. Sie verhielt still wie ein Stein und sagte: »Nutten reagieren nicht auf Sanftheit. Nutten bumsen wie Karnickel.«

Joe sagte: »Ssst«, ließ seine Hände unter ihr Hemd gleiten und zog sachte Kreise auf ihrem Rücken. Anne seufzte, fing sich dann und sagte: »Nutten lieben nicht, sie vollziehen den schmutzigen Hundeakt.«

Ihr eigenes Wortspiel ließ sie kichern und die Hände auf den Mund drücken, und Joe biß in ihren Hals, bis sie begann, unkontrollierbar aufzuquietschen. Eine Stimme vom nächsten Stock rief: »Los, ihr Turteltauben, los!« und Anne fing an zu weinen. Joe wußte nicht, was die Tränen sollten, und so hob er sie hoch und trug sie zum Bett. Applaus und Pfiffe prasselten hernieder, als er die Tür schloß und zuriegelte. Als er sich umdrehte, war Anne nackt, und er weinte.

27

Der Gestank verwesten Fleischs zog ihm in der Sekunde, in der er durch die Tür trat, durch die Nase.

Lloyd wandte sich zu Rhonda Morell und sagte: »Warte hier«, und warf dann einen Blick auf die gewölbte Diele, die bis oben hin mit Videogeräten vollgestopft war. Er zog seine .45er und ging dem Gestank nach.

Es war ein toter Mann, der Rhondas Beschreibung von Stan Klein entsprach. Er lag in der Mitte eines großen Wohnzimmers voller elektrischer Geräte – Videorecorder, Fernseher, Computer-Terminals und Videospiele. Der Leichnam war völlig blutleer, der Griff eines Schnappmessers ragte aus seinem Magen, und der Teppich unter ihm war dick mit getrocknetem Blut verkrustet. In seiner rechten Hand war eine kleinkalibrige automatische Pistole. Die Messerwunde bedeutete Tod durch Erstechen; der Gestank und das ausgelaufene Blut wiesen darauf hin, daß der Mord vor mindestens 24 Stunden stattgefunden hatte. Lloyd hielt ein Taschentuch vor sein Gesicht und wußte, daß diese Nacht niemals vorüber sein würde.

Er ging zu Rhonda, die immer noch an der Tür stand. »Geh hin und identifiziere die Leiche. Werd bitte nicht hysterisch.«

»Kommt daher dieser gräßliche Gestank?«

»Schlaues Mädchen.«

»Bin ich verhaftet?«

»Ich halte dich als wichtige Zeugin fest. Versuche mich anzuscheißen, und ich werde ein Delikt für dich zusammenbasteln, daß du einige Jahre lang die Beine nicht mehr breit machen kannst. Deinetwegen bin ich fast draufgegangen. Sei dankbar, daß ich so ein sensibler Bulle bin.«

Rhonda musterte Lloyd langsam von Kopf bis Fuß. »Du siehst sonderbar aus. Völlig abgedreht. Wann kann ich heim?«

»Später. Geh jetzt und identifiziere den Toten.«

Rhonda ging ins Wohnzimmer und stieß ein damenhaftes Kreischen aus; Lloyd fand ein Telefon in der Diele und wählte Hollywood Station an. Dutch Peltz meldete sich »L.A.P.D.« und Lloyd merkte an seiner Grabesstimme, daß er Angst hatte.

»Hier ist Lloyd, Dutch, was ist los?«

»Die verfluchte Hölle ist los«, sagte Dutch. »Es gab eine Schießerei auf Sunset und Gardner. Die zwei Beteiligten entkamen, und der eine von ihnen schnappte sich einen Wagen und fuhr dann damit einen meiner Männer über den Haufen. Er starb auf der Notstation des Zentralkrankenhauses. Der Mörder entkam zu Fuß, und der Mann, dessen Wagen er sich gegriffen hatte, hat ihn anhand der Phantomzeichnung des weißen Bankräubers identifiziert. Zwei meiner Leute stürmten vor einer halben Stunde seine Bude – im Bowl-Motel auf Highland. Niemand war dort, aber sie fanden zwei .45er Automatics. Dann, und ich kann es immer noch nicht glauben, wurde eine Leiche gefunden, und zwar in einer verfluchten Kirche drei Blöcke vom Motel und eine halbe Meile von der Stelle entfernt, wo der Beamte umgefahren wurde. Er war 26, Lloyd. Er hatte eine Frau und vier Kinder, und er ist verflucht tot!«

Die Nachricht der zwei Toten und Dutchs Trauer gaben Lloyds noch verbliebener Ruhe den letzten Rest. Die Nacht stürzte sich von allen Seiten auf ihn, und er begann auf den Füßen zu wanken, der Gestank des Todes drang vom Wohnzimmer her auf ihn ein, massierter Wahnsinn über die Telefonleitung. Schließlich erreichte ihn Dutchs »Lloyd! Lloyd! Lloyd! Zur Hölle, bist du noch dran?«, und er war in der Lage zu antworten: »Ich habe nicht den blassesten Schimmer, wo ich bin. Hör mal, sind irgendwelche Personenfahndungen eingeleitet worden?«

»Nein. Der weiße Mann hat sich im Motel unter einem offensichtlichen Alias eingetragen – John Smith.«

Lloyd ordnete seine Gedanken und beschloß, Stan Klein der Todesstatistik der Nacht nicht hinzuzufügen. »Dutch, Fred Gaffaney und mindestens zwei seiner Metro-Irren stecken tief in dieser Sache drin, nur deshalb sind keine A.P.B.s durchgegeben worden. Sie – und ich – kennen die Namen der drei Täter. Sie –«

»Was?«

»Jetzt hör mir zu, zur Hölle! Ich war einer der Beteiligten an der Schießerei auf Gardner. Ich dachte, ich könnte den weißen Mann allein fertigmachen. Ich hab's verpatzt, und er entkam.«

»Was?«

»Mach mir deswegen keinen Kummer, du verdammter Sack! Es war die einzige Möglichkeit. Habt ihr die Leiche aus der Kirche identifiziert?«

Mit dumpferer Stimme, als Lloyd sie je gehört hatte, sagte Dutch: »Überall, wo du hintrittst, ist nichts als Scheiße. Der Tote ist Robert Ramon Garcia, Mexikaner männlichen Geschlechts, Alter 34. Ist er einer der drei?«

»Ja.«

»Gib mir die zwei anderen Namen.«

Lloyd unterschrieb seine eigene Mordanklage. »Der weiße Mann ist Duane Richard Rice, geb. 16. 8. 56. Der andere Mexikaner ist Joe Garcia, der Bruder des Toten. Hier draußen ist die Hölle los, Dutch.«

»Das weiß ich. Zum größten Teil deinetwegen. Jeder einzelne meiner Männer ist auf den Straßen, zusammen mit den halben Nachtbesatzungen von Rampart und Wilshire. Ich führe hier mit zwei Reservisten das Revier.«

»Willst du mir helfen, oder willst du schmollen?«

»Ich will vergessen, daß du das gesagt hast. Was brauchst du?«

»Erstens, was hast du von Intelligence über Gaffaney erfahren?«

»Gaffaney steckt im Department tief in der Scheiße«, sagte Dutch. »Die Intelligence-Leute haben ihn am Wickel, weil er Schulbeamte bestochen hat, die Zeugnisse seines Sohns aufzumotzen, damit der auf die Akademie konnte. Anscheinend war der Junge ein langjähriger Hühnerdieb mit einer Menge verrückter religiöser Glaubensvorstellungen. Außerdem züchtet sich Gaffaney einen riesigen, quer durch alle Departments reichenden Machtapparat heran – rechtsradikale harte Hechte von Metro, IAD und verschiedenen uniformierten Einheiten. Zu welchem Zweck, weiß ich nicht.« Lloyd verdaute diese Information und sagte dann: »Ich brauche eine Gefälligkeit.«

»Du brauchst immer Gefälligkeiten. Ich vergaß, noch zu erwähnen, daß just in dem Moment, wo hier auf einmal alle tausend Schrecknisse der Hölle zugleich losbrachen, irgend so ein Kerl ins Revier kam und nach dir suchte. Er sagte, er habe Informationen über die ersten beiden Bankraube. Er hat über dich gelesen, und über die Belohnungen, und er möchte reden. Ich wollte ihn schon dahin schicken, wo der Pfeffer wächst, aber dann sagte mir einer meiner Detectives, daß er zwei Verurteilungen wegen bewaffneten Raubüberfalls habe. Ich habe ihn hier in einer Zelle. Verlange deine Gefälligkeiten gefälligst schnell; ich will diese Namen rausschicken.«

»Ich will alle vorhandenen Unterlagen über die drei Namen, plus Anne Vanderlinden, weiße Frau, in den Zwanzigern«, sagte Lloyd. »Archiv, Bewährungsunterlagen, Haftakten. Du hast das nötige Sagen, dafür die entsprechenden Leute aus den Betten zu schütteln, und du kannst einen deiner Reservisten die Wege machen und die Unterlagen dann bei meiner Bude abliefern lassen.«

Jetzt klang Dutchs Stimme ungläubig. »Ja, willst du denn nicht auf der Straße sein für diese Sache?«

Lloyd sagte: »Nein. Ich habe das Gefühl, als sei ich nur noch Millimeter entfernt vom größten Bock, den ich je geschossen habe, und wenn ich jetzt auf die Rutsch geh', fallen mir alle Tassen aus dem Schrank. Diese ganze Sauerei hat so viele absonderliche Haken und Ösen, und wenn ich die nicht geordnet bekomme, werde ich nicht überleben, und ich will einfach nachdenken. Halt die Finger auf diesem Kerl für mich, ich bin in fünfzehn Minuten auf dem Revier.«

»Was meinst du damit: ›Du wirst nicht überleben‹?«

»Nein. Frag nicht noch mal.«

Lloyd hängte ein und sah nach Rhonda. Er fand sie an einem offenen Fenster stehen und eine Zigarette rauchen und sagte: »Los. Erwähne zu niemandem etwas von Stan Klein, und vielleicht kannst du immer noch ein bißchen Geld an der Sache verdienen.«

»Wovon sprichst du?«

»Überleben.«

»Wessen Überleben?«

»Das ist das Komische daran. Ich weiß es nicht.«

Vor Hollywood Station fesselte Lloyd Rhonda mit Handschellen ans Lenkrad und sagte: »Ich bin nicht länger als eine halbe Stunde weg. Solange ich weg bin, denke nach über Rice und seine Freundin, und wo sie hingehen würden, wenn sie Schiß hätten.«

»Ohne Handschellen kann ich besser denken.«

»Dein Pech, ich traue dir nicht, und solange Rice noch frei herumläuft, bist du in Gefahr.«

»Das ist lachhaft. Er hat mich nicht durch die ganze Stadt geschleift und mit Handschellen gefesselt.«

Lloyd knallte die Wagentür zu und ging ins Revier. Ein uniformierter Reservist bemerkte ihn auf der Stelle, reichte ihm ein Bündel Papiere und sagte: »Captain Peltz trug auf, Ihnen auszurichten, daß er beschäftigt ist, aber er hat den anderen Reservisten losgeschickt, Ihre Unterlagen zu holen. Hier habe ich ein Memo und die Daten dieses Scherzbolds für Sie, der Sie sprechen will. Er ist in einer Zelle.«

Lloyd nickte und las das Memo zuerst.

An: *Det. Sgt. L. Hopkins, Abt. Kapitalverbrechen*
Von: *Det. Lt. E. Hopper, West Valley Sitte*
Sergeant – betreffend Ihrer Nachfrage nach unseren Amtsbereich betreffenden Aktivitäten von R. Hawley und J. Eggers haben uns Informanten berichtet, daß beide Männer seit langer Zeit intensiv spielen und daß von ihnen bekannt ist, daß sie Buchmacher aus dem Valley-Gebiet frequentieren. Hawley soll sporadisch Schulden durch ein »Anteilsarrangement« mit Blanko-

schecks bezahlen, von denen der Informant annimmt, daß sie gestohlen sind. Ein anderer Informant gibt an, daß Eggers ebenfalls Schulden mit Blankoschecks bezahlt hat. Vor etwa sechs Wochen.

Hoffe, das hilft – Hopper.

Lloyd fühlte, wie er *die Verbindung* endlich greifbar hatte und wandte sich zu einem Vorstrafenregister in Dutchs Handschrift.

Shondell Tyrone McCarver, Schwarzer männlichen Geschlechts, geb. 29. 11. 48. Alias »Soul«, Alias »Daddy Soul«, Alias »Sweet Daddy Soul«, Alias »Soul King«, Alias »Sweet King of Soul«. Verurt.: Besitz gef. Drogen – (zwei) – 12. 6. 68, 27. 1. 71. bew. Raubü. – (zwei) – 8. 9. 73, 31. 7. 77. Auf Bew. entl. 16. 5. 83 – seither sauber – d. p.

Kopfschüttelnd sah er den Beamten an und sagte: »Finsterer Nigger?«

Der Reservist sagte: »Mehr so 'ne Art flotter Aufschneider.«

»Gut. Öffnen Sie die Tür in sechzig Sekunden und schließen Sie sie dann wieder.«

Der Beamte machte eine Kehrtwendung und ging zu der elektrischen Schalttafel, und Lloyd schlenderte durch den Appellraum in den Haupttrakt. Als er die gerahmten Fotografien im Dienst getöteter Beamten der Hollywood Division passierte, stellte er sich im Geiste einen weiteren Rahmen neben ihnen vor und das schwarzbeflaggte Revier. Er wußte, daß er sich mit Zorn aufputschte, um seinem Verhör den nötigen Zunder zu geben, und daß es nicht klappte – um zwei Uhr morgens in der längsten Nacht seines Lebens war Routine alles, was er aufbringen konnte. Abgesehen von etwas Gebrabbel aus den Ausnüchterungszellen, war das Gefängnis ruhig. Lloyd sah seinen Mann auf der untersten Pritsche einer Zelle auf der Seite des Laufstegs, die Erregern Öffentlichen Ärgernisses vorbehalten war, liegen. Die Tür ging mit einem Dröhnen auf, und der Mann schüttelte sich wach und lächelte. »Ich bin Sweet Daddy Soul, der Patriarch des Rock and Soul«, sagte er.

Lloyd trat ein, und die Tür schloß sich knarrend hinter ihm. Er schätzte den Mann ab. Er sah einen gutmütigen Scherzkeks, der sich für gefährlich hielt und es vielleicht sogar war. »Nicht heute nacht, McCarver.«

Shondell McCarver glättete die Revers seines Mohair-Jacketts. »Ein andermal, vielleicht?«

Lloyd setzte sich auf das Schränkchen und zog Stift und Notizblock hervor. »Nein. Du hast gesagt, du hast Informationen, und du hast einschlägige Erfahrungen, also höre ich dir zu. Aber komm zur Sache, bevor ich das Interesse verliere.«

»Sie wissen, daß ich hinter der Belohnung her bin.«

»Du und jeder andere. Schieß los.«

»Ein paar Brüder, die ich kenne, sagten, Sie wären immer gut für freundschaftlichen Kontakt.«

»Spar dir das Gesülze und komm zur Sache.«

McCarver legte die Füße übereinander und verschränkte die Arme hinter dem Kopf. »Schätze, die haben sich geirrt. Wie wär's denn damit, als Appetitanreger: Wette, Sie haben keinen Schimmer, wie die Burschen, die das Geiselschnäppchen gedeichselt haben, auf den Trichter mit den Freundinnen gekommen sind. Kann man das so sagen?«

Lloyds Erschöpfung fiel von ihm ab; plötzlich mobilisierte geistige Reserven ließen seinen Kopf schwirren. »Ich bin interessiert. Fahr fort.«

»Die Schnäppchen sind auf meinem Mist gewachsen«, sagte Shondell McCarver. »Bis vor ungefähr zwei Wochen hatte ich bei diesen Italianos einen Job als Rausschmeißer. Eine temporäre Sache, so alle zwei Wochen, für zweihundert Murmeln die Nacht. Im wesentlichen war es so eine Chose, wo sie versuchten, die Freudenhäuser der guten alten Zeit aus New Orleans und so wieder zu erschaffen. Für einen Hunderter Eintrittsgeld kriegst du gratis eine raisonable Menge Koks, Topnutten, eine Chance mit ein paar Halbprofessionellen, Würfelspiele, Poker mit hohem Einsatz, alte Alikämpfe auf Großbildschirmen, Bumsfilme, Nacktschwimmen, Sauna. Was –«

»Wo?« sagte Lloyd.

»Dazu komme ich noch«, sagte McCarver und dehnte dabei die Worte aufreizend. »Das Plätzchen war ein großes Haus im Topanga Canyon. Die zwei Kerle von der Bank, Hawley und Eggers, brachten ihre Tussen zu den Partys. Sie –«

»Wie oft fanden die statt?«

»So alle zwei Wochen. Egal, da waren also diese verspiegelten Schlafzimmer, Sie wissen schon, fürs Romantische. Die waren alle mit Abhöranlagen versehen, und einer meiner Jobs bestand darin zu lauschen, nach guten Börsentips und so. Da habe ich Hawley und Eggers mit ihren Flittchen reden hören und gecheckt, daß Hawley aus den Schalterfächern stibitzte. Immer noch interessiert, Mr. Polizist?«

Lloyd fiel ein, daß Peter Kapek die hohen Barabhebungen von Hawley und Eggers erwähnt hatte. »Wurden am 17. Oktober und am 1. November Partys geschmissen?«

McCarver lachte. »Sicher doch. Ich habe ein Super-duper-Zahlengedächtnis. Wie wissen Sie das?«

»Spielt keine Rolle, rede einfach weiter.«

»Egal, ich hörte also, wie Hawley seiner Fluppe seinen Schwindel verklickerte. Er erzählte ihr, daß die Greenbacks über Nacht in den Schaltern gelassen werden und –«

Lloyd unterbrach ihn: »Wußtest du, daß Greenbacks der Name einer Reisescheckmarke ist?«

McCarver klatschte sich aufs Knie und sagte: »Ist das nicht zum Schießen? Scheiße. Ich las das in der Zeitung, und es machte mich verflucht froh, daß ich nie dazu kam, meinen Plan in die Tat umzusetzen. Egal, ich denke also, er redet von Barem. Er erzählt der Fluppe, daß er an bestimmten Morgen vorzeitig in die Bank geht, die Greenbacks aus den Schalterschubladen flitzt, mit dem Duplikat eines Sparbuchs, das irgendeiner senilen alten Schnalle mit dicker Kohle gehört, eine Überweisung tätigt, Rechnungsbelege fälscht, so daß die Bilanz wieder stimmt und es wie eine Barabhebung der Schnalle aussieht, die natürlich Hawley ist.

Nun, Hawley hat Schiß, denn die Tour zieht nur, wenn die Schnalle nicht schnallt, daß ihr Zaster abgeht, und er hat gehört, daß die Verwandten der alten Dame gerade dabei sind, sie entmündigen zu lassen, um selber die Finger nach den verfluchten Murmeln auszustrecken. Also schüttet Hawley vor seiner Torte seine Seele aus, und – ohne daß er es verflucht weiß – vor mir.«

Lloyd sah von seinem Notizblock auf. »Was ist mit Eggers?«

McCarver sagte: »Dazu komme ich noch. Wie auch immer, ich habe den Plan ausbaldowert, der dann letztlich von diesen Burschen, hinter denen Sie her sind, verwendet wurde. Ich habe Hawley tagelang beschattet, zugesehen, wie er die Greenbacks flitzt – und dabei gedacht, es wäre Bargeld –, zugesehen, wie er sein Nümmerchen mit den Belegen, dem Sparbuch und dem Computer abzog. Und ich denke mir, ›zu schade, daß es nur einen dieser Schwindler gibt‹, als mir dieser Buchmacher, der für das Haus arbeitet, erzählt, daß Eggers mit der Rückzahlung seiner Spielschulden schwer im Rückstand ist. Also denke ich mir, ›geschenkt‹ und bringe den Buchmacher dazu, daß er Eggers zu demselben Schwindel drängt, den Hawley abzieht. Dann beschatte ich Eggers, und der Teufel soll mich holen, wenn der nicht losgeht und dieselbe Tour dreht. Schmeckt's?«

Lloyd sagte: »Schmeckt. Aber du hast Eggers niemals mit Bargeld in den Händen gesehen, richtig?«

»Richtig. Seine Hände waren beim Klauen nicht zu sehen. Ich habe einfach angenommen, daß es Bares sein mußte, weil er ja doch Hawleys Vorgehensweise folgte.«

»Und es war vor ungefähr sechs Wochen, daß du dem Buchmacher auftrugst, Eggers so weit zu bringen?«

»Ja. Woher wissen Sie das?«

»Spielt keine Rolle, rede weiter.«

»Wie auch immer, ich habe den Italianos niemals etwas davon erzählt, und ich habe den Entführungsteil der Sache echt gut ausgecheckt – die Bleiben der Torten, die Bleiben der Manager, die ganze Chose. Dann legte ich mir einen

Partner zu, der sich dann entschloß, eine Schnapsladen auszunehmen und dafür hochgenommen wurde. Folgen Sie mir soweit?«

»Ich bin dir voraus«, sagte Lloyd. »Faß es zusammen.«

McCarver zündete eine Zigarette an, hustete und sagte: »Mein Genosse ist ein Super-Duper-Partner. Ein bißchen ungestüm, aber solide. Nur daß er ein mutterschänderisches Plappermaul ist, was zwar nicht so schlimm ist wie ein Spitzel, aber noch lange nicht gut. Als ich nun darüber las, wie mein Plan verwendet wurde, rief ich meinen Genossen in Folsom an, erreichte ihn, weil er einen bequemen Job als Ordnungskraft hat. Ich sagte: ›Wen zum Teufel noch mal hast du mit deinem fetten mutterschänderischen Maul vollgeblubbert?‹ Er sagt: ›Wer, ich?‹ Ich sagte: ›Ja, du, Mutterschänder, denn mit wem auch immer du getratscht hast, er hat meinen Plan und noch einen zweiten verwendet, und vier Leute, inklusive zweier Bullen, getötet, und auf seinen Arsch sind siebzig Riesen Belohnung ausgesetzt.‹

Also erzählt mir mein Genosse, daß er mit zwei Iren im Hochsicherheitstrakt des neuen County-Gefängnisses gesprochen hat – Frank Ottens und Chick Geyer. Ich denke mir also, wahrhaftig, die sind bullenmordende Mutterschänder. Dann mach ich mal halblang und denke: ›Was, wenn diese Burschen nun mit jemand anderem taperten, und wahrhaftige Information aus dritter oder vierter oder, verfickt, fünfter Hand für die Umsetzung meines Plans verantwortlich war?‹ Also rufe ich das Gefängnis an, und die sagen mir, Ottens und Geyer sind immer noch im Sicherheitstrakt und tragen dort ihre kleinen Händel aus. Also, großer Mann, finden Sie heraus, mit wem Ottens und Geyer plauschten, und Sie finden Ihre verfluchten Copkiller. Nun, ist das ein Super-duper-Tip oder ein Super-duper-Tip?«

Lloyd stand auf und streckte sich. Was vor 24 Stunden noch den Durchbruch in dem Fall gebracht hätte, war jetzt Schnee von gestern. Der Sicherheitstrakt schloß an den Irrentrakt an, wo Duane Rice bis vor zwei Wochen inhaftiert gewesen war, Gordon Meyers hatte dort Nachtschicht gehabt und Rices Haß auf sich gezogen, als Mitglied des gesamten Raubplanes oder aus irgendeinem anderen Grund – Schnee von gestern auch das, denn Meyers war tot, und es war unwahrscheinlich, daß Rice die Nacht überlebte. Jeder, der in diese verworrene Sauerei verwickelt war, war tot oder vom Tode gezeichnet, ihn eingeschlossen. Unerklärlicherweise dachte Lloyd an Louie Calderons »Der Junge war nur zu verängstigt, um nein zu sagen. Lassen Sie nicht zu, daß sie ihn töten!« Er sah McCarver an und sagte: »Ein Super-Duper-zu-später-Tip, aber ich gebe dir jetzt einen Super-Duper-Rat: Mach in Zukunft leise einen Bogen um Cops, denn mit uns wird nichts mehr so sein, wie es einmal war.«

McCarver sagte: »Was soll's«, und Lloyd ging hinaus zu seinem Wagen und der Zeugin in Handschellen. Als er wegfuhr, war ein Reservistenteam dabei, schwarze Flaggen an die Vordertüren zu hängen.

Als er eine halbe Stunde später in seine Auffahrt bog, sah Lloyd neben einer Küchentür einen Stapel offizieller L.A.-County-Aktenumschläge. Er schaltete den Motor aus und sagte zu Rhonda: »Du bleibst bei mir, bis Rice getö– ich meine, gefangen worden ist.«

Rhonda rieb sich die Handgelenke: »Was, wenn mir die Unterkunft nicht paßt? Außerdem hast du vor einem Weilchen auch Geld erwähnt.«

Lloyd stieg aus dem Wagen und deutete auf die Tür. »Später. Ich muß jetzt etwas lesen. Du bleibst still sitzen, während ich das tue, und dann werden wir uns unterhalten.«

Die Aktenumschläge waren dick und schwer mit Papieren. Als er sie aufhob, fühlte Lloyd sich von einem Haufen polizeilicher Daten getröstet. Er schloß die Tür auf, knipste das Licht an und wies Rhonda herein. »Mach's dir irgendwo bequem hier unten.«

»Was ist mit oben?«

»Da ist abgesperrt.«

»Warum?«

»Spielt keine Rolle.«

»Du bist merkwürdig.«

»Warte nur schön geduldig, okay?«

Rhonda zuckte mit den Achseln und machte sich daran, die Küchenschränke zu öffnen und zu schließen. Lloyd trug die Umschläge ins Wohnzimmer und ordnete sie auf dem Kaffeetisch an. Er registrierte, daß die Unterlagen vom L.A.-County-Besserungs-Department, dem L.A.-County-Bewährungs-Department, dem County-Bewährungsbüro und der Strafrechtsbehörde des Staates Kalifornien stammten. Die Seiten waren nicht nach den Namen seiner vier Verdächtigen geordnet, und er mußte sie erst einzeln aufstapeln – einen Stapel für Duane Rice, jeweils einen für die Garcia Brüder, einen für Anne Vanderlinden. Nachdem das vollbracht war, ordnete er sie nach den ausstellenden Behörden, oben auf die Vorstrafenregister aus dem Archiv. Dann, durch Rhondas Hantiererei in der Küche in der Konzentration kaum beeinträchtigt, lehnte er sich zurück, um zu lesen, nachzudenken, und Pläne zu schmieden, in der Hoffnung, harte Tatsachen zu einer Art Erlösung zu verknüpfen.

Duane Richard Rice, vierfacher Polizistenmörder, wuchs in den Wohnblöcken von Hawaian Gardens auf, machte seinen Schulabschluß auf der Bell High, hatte einen IQ von 136. Die erste seiner zwei Verhaftungen war wegen Totschlags im Straßenverkehr. Er hatte als Mechaniker in einer Sportwagenniederlassung in Beverly Hills gearbeitet und die Kontrolle über einen Wagen verloren, mit dem er eine Probefahrt machte, und zwei Fußgänger getötet. Er floh zu Fuß vom Unfallort, stellte sich aber später am selben Abend der Polizei von Beverly Hills. Da Rice keine Vorstrafen hatte und weder Drogen noch Alkohol im Spiel waren, bot ihm der Richter eine Strafe von fünf Jahren auf Bewährung an unter der Voraussetzung, daß Rice tausend Arbeitsstunden Sozialdienst ableistete. Rice beschimpfte den Richter mit Obszönitäten, und dieser nahm die Aussetzung zurück und verurteilte ihn zu fünf Jahren in der kalifornischen Jugendstrafanstalt in Soledad.

In seiner Zeit in Soledad weigerte sich Rice, an Gruppen- oder Einzeltherapie teilzunehmen, beschäftigte sich intensiv mit asiatischen Kampfsportarten und arbeitete in der Fahrzeugwerkstatt der Haftanstalt. Er war kein disziplinarischer Problemfall; er knüpfte keine erkennbaren »engen Gefängniskontakte«. Er war nicht Mitglied der Arischen Bruderschaft oder anderer gefängnisspezifischer Rassengangs und enthielt sich homosexueller Beziehungen. Man beurteilte ihn als »potentiellen Erfolgstyp mit hoher Intelligenz und dem Potential, sich zu einem hochmotivierten jungen Erwachsenen zu entwickeln«, und nachdem er drei Jahre seiner Strafe verbüßt hatte, wurde er auf Bewährung entlassen.

Rices Bewährungshelfer hielt ihn für »verschlossen« und »potentiell impulsiv«, war aber beeindruckt von seiner harten Arbeit als Vorarbeiter in einer Midas-Muffler-Filiale und seinem völligen Vermeiden des »Lebensstils eines Kriminellen«, und so ließ ihn der Beamte, als Rice später wegen eines Falles von schwerem Autodiebstahl verhaftet wurde, nicht wegen eines Verstoßes gegen die Bewährungsauflagen belangen. Er erwähnte in einem Brief an den Richter, daß »ich der Meinung bin, daß dieser Straffällige unter psychologischem Zwang handelt, der von seiner Beziehung zu der Frau, mit der er zusammenlebte, herrührte«.

Rice bekam ein Jahr County-Gefängnis, wurde ins Malibu Fire Camp geschickt und zeigte während der Steppenbrände von Agoura spektakuläre Tapferkeit. Sein Bewährungshelfer und der Richter, der seinen Fall verhandelt hatte, gewährten ihm als Resultat seiner »Besserung« einen Straferlaß, und er erhielt drei Jahre formelle County-Bewährung und wurde aus dem Gewahrsam entlassen.

Lloyd legte die Akte von Rice zur Seite und wandte sich den Unterlagen über seine Freundin zu.

Vanderlinden, Anne Atwater, weiße Frau, geb. 21. 4. 58 in Grosse Pointe, Michigan, hatte eine Akte, die nur spärliche drei Seiten enthielt. Sie war zweimal wegen Besitzes von Marihuana verhaftet worden und hatte dafür geringe Geldstrafen und zur Bewährung ausgesetzte Haftstrafen erhalten, und dreimal wegen Prostitution. Sie bekam zwei Jahre förmliche Bewährung als Folge ihrer zweiten Verurteilung und hatte sich nach ihrer dritten Verhaftung aus einer Anklage wegen Verstoßes gegen Bewährungsauflagen freigekauft, indem sie L.A.P.D.-Detectives über einen »mutmaßlichen Autodieb« informierte. Mit traurigem Kopfschütteln verglich Lloyd das Datum der fallengelassenen Anklage gegen Anne mit dem Datum von Rices Verhaftung wegen schweren

Autodiebstahls. Drei Tage dazwischen; Vandy hatte also den Mann verzinkt, der sie liebte.

Die übrigen zwei Stapel lasen sich wie die Chronik einer unheimlichen Bruderbeziehung mit noch unheimlicheren Informationslücken. Robert Garcia, während seiner niederlagenreichen Boxkarriere bekannt als Bobby »Boogaloo« Garcia, der »Barrio-Bluter«, war Boxmanager gewesen, Besitzer eines Münzwaschsalons und einer Hot-dog-Bude, während die Tätigkeiten seines Bruders Joseph als »Boxmanagerassist.«, »Wäschereiassist.« und »Bratkoch« aufgeführt waren. Die Brüder waren nur einmal verhaftet worden, zusammen, für einen einzelnen Einbruch, obwohl man sie verdächtigte, noch andere begangen zu haben. Nach dem Schuldspruch wurden beide zu neun Monaten im County-Gefängnis verurteilt und saßen die Zeit gemeinsam auf der Wayside Honor Rancho ab. In Wayside kamen die gegensätzlichen Persönlichkeitsbilder der Brüder deutlich zum Vorschein. Lloyd las ein halbes Dutzend Berichte von Beamten der Besserungsanstalt durch und erfuhr, daß Robert Garcia eine Disziplinarstrafe erhalten hatte, weil er versucht hatte, Wärter dahingehend zu bestechen, seinen Bruder in den »soften« Trakt zu legen, wo jugendliche Häftlinge, die für sexuellen Mißbrauch gefährdet erschienen, untergebracht waren; und daß er, nachdem diese Bestechung zurückgewiesen worden war, zwei Häftlinge, die im Scherz von Joe als »Spitzenarschfick« gesprochen hatten, tätlich angriff. Als er nach zehn Tagen Einzelhaft aus dem Disziplinartrakt entlassen wurde, verprügelte der Barrio-Bluter dann seinen eigenen Bruder und erzählte einem Psychiater, daß er es getan hatte, »damit der Kleine ein bißchen härter wird«. Als Bobby wieder in Einzelhaft gelegt wurde, zündete Joe seine Matratze an, um auch in den Disziplinartrakt zu kommen, in Rufdistanz seines Bruders, der ihn schützte und mißhandelte.

Diese Fakten waren unheimlich, aber die Abwesenheit von Fakten über die letzten fünf Jahre der Brüder war noch seltsamer. Ausgehend von Christine Confreys Beschreibung und den Archivdaten, war der verstorbene Robert Garcia ganz offensichtlich der »Hai« gewesen, aber er war nie wegen irgendwelcher Sexualdelikte verhaftet worden, und seine Neigung zur sexuellen Abartigkeit war auch sonst nirgends in seiner Akte erwähnt. Sowohl er als auch sein Bruder wurden nach ihrer Entlassung aus Wayside unter Bewährungsaufsicht gestellt und meldeten sich pflichtgemäß bis zum Ende der Bewährungszeit. Aber bei keinem war eine Anstellung erwähnt. Nur ein Fakt ergab einen Sinn: Als »aktenkundiger Umgang« der Garcias war Luis Calderon aufgeführt. Lloyd hielt die langsam in Gang kommenden FBI-Ermittlungen in Sachen Calderon für richtig, bevor das Gemetzel in der Bank alles über den Haufen geworfen hatte. Die Verbindung war dagewesen und hatte nur darauf gewartet, daß jemand sie entdeckte.

Aber niemand kam darauf, weil an dieser Todesspirale eine Korrektheit, ein

Hauch der Unvermeidbarkeit war. Lloyd erschauderte bei dem Gedanken, nahm dann die Anregung auf und spann den Faden weiter, bis er die losen Enden des Falles zu einem kompakten, aber antiklimaktischen Paket verknüpft hatte.

Nachdem Rice den Polizisten mit dem requirierten Wagen getötet hatte, war er zu Fuß in den näheren Umkreis des Bowl-Motels gelangt, stieß auf der Straße auf Bobby Garcia, wo er ihn nicht risikolos umlegen konnte, folgte ihm dann in die Kirche und tötete ihn. Warum? Der Grund war bedeutungslos. Joe Garcia, der »große«, »lieb ausschauende« Mexikaner, der laut Zeugen in der Bank »niemanden erschossen hatte«, war auch der mexikanische *puto,* der, wie Rice Rhonda erzählt hatte, mit der Freundin von Rice aus Stan Kleins Bude abgehauen war. Der einzige, der nicht so recht reinpaßte, war Klein. Rice war dort, um sich sein Mädchen zu greifen, vermutlich bewaffnet mit einer schallgedämpften .45er. Aber Klein wurde mit einem Messer getötet. Joe Garcia war auch dortgewesen, aber er machte nicht den Eindruck eines Killers, egal, ob man nun über ihn las, hörte oder es nur fühlte, und schon gar nicht nach seiner Handlungsweise.

Wieder echoten die Worte von Louie Calderon: »Lassen Sie nicht zu, daß die ihn töten.« Lloyd legte die Papiere nieder und rief: »Rhonda, komm her.«

Rhonda trat ein. »Reden wir jetzt endlich vom Geld?« sagte sie.

Lloyd nickte und sah zu, wie sie sich in Janices liebsten zurückgelassenen Sessel setzte. »Genau. Fragen und Antworten, aber zuerst dies: Wenn du von anderen Polizisten befragt wirst, erwähnst du weder den Namen von Stan Klein noch irgend etwas über diesen ›mexikanischen Puto‹, von dem du mir erzählt hast. Klar?«

»Klar, aber warum?«

»Ich bin mir nicht sicher, es ist nur so ein Trumpf in der Hinterhand, den ich einsetzen will.«

»Wovon sprichst du?«

»Spielt keine Rolle. Erste Frage: Als dich Rice heute anrief, erwähnte er diesen Mexikaner mit Namen, oder sagte er sonst was über ihn, oder wo seiner Annahme nach er und Vandy hingegangen sein konnten?«

»Das ist leicht: nein, nein und nein. Alles, was er sagte, war: ›Dieser mexikanische Puto ist mit Vandy abgehauen, und du mußt mir helfen, sie zu finden.‹«

»Okay. Du sagtest, Rice wollte, daß du irgendwelches Geld abholst. Hat er gesagt, wo?«

»Nein.«

»Er hat also einfach angenommen, daß, weil du und Anne zusammen auf den Strich –«

»Wir haben nicht zusammen bei Silver Foxes gearbeitet, ich habe sie nie getroffen. Wir bewegen uns nur in demselben Kreise und kennen zum Teil dieselben Leute, und wir haben beide viele große Tiere aus dem Musikgeschäft als Kunden gehabt. Außerdem arbeitet Vandy jetzt nicht bei Silver Foxes. Sie hat es vor zwei Monaten im Oktober gesteckt.«

»Weshalb bist du dir des Datums so sicher?«

»Nun ... ich habe Duane die Information über Vandy und Stan Klein auf eigene Faust beschafft, und ich dachte mir, wenn er dafür zahlt, zahlt er mir vielleicht auch etwas für eine Liste von Vandys versammelter Stammkundschaft, und so sah ich letzte Woche, als ich im Büro war, in ihrer alten Akte nach und schrieb sie mir heraus. Ich wollte sie heute abend Duane verkaufen, weißt du ...«

»Seine Eifersucht ausnutzen?«

»So würde ich es nicht nennen.«

»Denkst du, wenn ihr in jeder Hinsicht der Arsch auf Grundeis ginge, würde sie zu irgendeinem der Männer auf der Liste laufen?«

»Ich würde darauf wetten. Da ist ein Bursche, ein Produzent, der Vandy immer für Motivpartys benutzt hat. Gegen Spitzenbezahlung. Der käme stark in Frage.«

»Wieviel kosten dein Schweigen und die Liste?«

Rhonda zog ein Stück Papier aus ihrem Mieder. »Duane ist geliefert, oder? Ich meine, ihr Burschen werdet ihn früher oder später töten, oder?«

»Schlaues Mädchen. Wieviel?«

»Einen runden Tausender?«

Lloyd holte sein Scheckbuch vom Eßzimmertisch und schrieb Rhonda Morell einen Scheck über tausend Dollar aus. Er gab ihn ihr, und sie lächelte nervös und sagte: »Soll ich immer noch hier bleiben?«

Lloyd sah von dem Lächeln weg. »Mach, daß du rauskommst«, sagte er.

Die Tür wurde leise geöffnet und geschlossen, und hohe Absätze klapperten zur Straße hin. Lloyd hob das Blatt auf, das Rhonda dagelassen hatte, sah eine Liste von vier Namen, Adressen und Telefonnummern, und blickte dann auf sein Telefon. Er griff schon danach, als ihm eine innere Stimme sagte: »Denk nach«, und ihn innehalten ließ. Er gehorchte und setzte sich in Janices Sessel, der immer noch von dem Silbernen Fuchs warm war. Er war geliefert, weil er Duane Rice nicht kaltblütig töten konnte. Rices Untergang war von allen Seiten besiegelt, und Jesus-Fred Gaffaneys Untergang im Department war besiegelt. Er würde zweifellos seine Beweise für den Mord während der Aufstände in Watts auf dem Präsentierteller darreichen, als Selbstrettungstaktik – ein legendärer L.A.P.D.-Detective als jugendlicher Mörder war ein gefundenes Fressen für die Medien, und das Department würde teuer zahlen, um die Enthüllung zu vertuschen. Wenn die hohen Tiere kapitulierten, würden sie darauf aus sein, mit allen nur erdenklichen Mitteln das Gesicht zu wahren, und er würde ohne vorzeitige Pensionierungsregelung entlassen, während Jesus-Fred seinen Captains-Rang behielt und abgeschoben wurde auf irgendeinen letzten Vorposten, wo ihn eine neue Generation von Hexenjägern bis zum Tod oder zur Pensionierung an der kurzen Leine hielt. Wenn sich Gaffaney mit seiner Information an die Öffentlichkeit wandte, als Zivilist oder als Polizist, erhob die Grand Jury Anklage gegen ihn oder nicht, aber so oder so erfuhren es dann Janice und die Mädchen, und seine lokale Berühmtheit würde bis zum Erbrechen ausgenutzt werden.

Lloyd dachte an die anderen Opfer: die Familien der toten Cops, Hawley und Eggers und ihre auseinanderfallenden Ehen, Sally Issler und Christine Confrey, die inmitten verzweifelter Deklarationen zukünftiger Treue wie heiße Kartoffeln fallengelassen worden waren. Die Bankangestellte und ihre Lieben und der Riesenhaufen harmloser Leute von der Straße, die zum Spießrutenobjekt für Tausende von Polizisten voller ohnmächtiger Wut werden würden, weil drei der ihren umgelegt worden waren, und es nichts gab, was sie dagegen tun konnten.

Lloyd fühlte sich tot und begraben und dachte an Watts und den albernen Idealismus, der ihn durch den Aufstand hindurch und in den Job gebracht hatte. Er hatte sich selbst überzeugt, daß er Unschuld schützen wollte, wo er doch in Wirklichkeit nur durch die Gosse kriechen wollte, auf der Suche nach Abenteuern; er hatte sich selbst ein Programm schlauer Weisheiten über die gerechte Herrschaft des Gesetzes angedreht, wo er doch in Wirklichkeit die Düsternis, die zu verachten er vorgab, genießen wollte, mit seiner Familie und Frauen als Sicherheitspuffern, wenn das Dunkel ihn zu verschlingen drohte.

Um seinen Zugeständnissen den Unterton des Versagens zu nehmen, versuchte Lloyd, sich den greifbarsten Beweis seines Erfolges ins Gedächtnis zu rufen – die Gesichter der Unschuldigen, denen als Resultat seiner Rammbockaktionen Kummer erspart worden war. Keines erschien, und er wußte, es war, weil ihr Wohlbefinden nur eine Rationalisierung seines Raubritterbegehrens war.

Das letzte Eingeständnis warf ein entscheidendes Licht auf den Überlebensplan, an dem er schon die ganze Nacht in seinem Kopf herumbosselte. Lloyd lachte laut auf, als er realisierte, daß es einen schlichten und einfachen Grund dafür gab, daß er es nicht auf die Reihe bekam – er hatte gedacht, er sei derjenige, den er retten wollte. Jetzt, wo er wußte, er war es nicht, nahm er den Hörer hoch und wählte eine schmerzlich vertraute Nummer.

»Hollywood Station, Captain Peltz am Apparat.«

Dutchs Stimme klang angespannt und dünn, aber es war nicht die untröstlich schmerzerfüllte Stimme von vor zwei Stunden. Bemüht, oberängstlich und entschuldigend zu klingen, sagte Lloyd: »Dutch, wir stecken tief in der Scheiße.«

»Einer deiner selten blöden Sprüche. Was willst du?«

»Schon irgendwelche Fahndungsresultate?«

»Nein, aber in ganz Hollywood sind Straßensperren und Hubschrauberpatrouillen, und wir haben Rices Wagen, einen 78er TransAm, den er vor fünf Tagen gekauft hat. Er war einen Block von der Stelle geparkt, wo ihr eure Schießerei hattet. Wenn er noch in diesem Areal ist, ist er so gut wie tot. Hast du –«

»Ich habe dir einen falschen Namen gegeben, Dutch. Joe Garcia war an den Raubzügen und den Morden nicht beteiligt. Ich kann jetzt nicht ins Detail gehen, aber der dritte Mann ist ein Bursche namens Klein. Rice hat ihn gestern umgebracht.«

Dutchs Grabesstimme fiel sechs Fuß tiefer: »O Jesus, nein.«

»O Jesus, ja. Und hör zu: Gaffaney und seine Klapsköpfe hatten seinen Namen und alles, was dazu gehört, Stunden, bevor das Rundschreiben rausging, und die scheren sich einen feuchten Kehricht, ob er unschuldig ist, oder –«

»Lloyd, alle Daten über die Täter sagen, ein weißer Mann, zwei Mex –«

»Gott verflucht noch mal, hör zu! Rice ist der weiße Mann. Bobby Garcia ist Mexikaner, Klein, der andere Tote, ist groß und sieht wie ein Latino aus. Und er ist tot. Alles, was wir haben, ist Rice auf freiem Fuß, und er ist ein professioneller Autodieb und vermutlich schon raus aus der Gegend.«

»Wie sicher bist du dir über das alles?«

Lloyd versuchte, leicht erzürnt zu klingen. »Ich bin der Beste, Dutch. Das wissen wir beide, und ich weiß, Joe Garcia ist unschuldig. Willst du mir helfen, oder willst du, daß ihn einer deiner Männer niederknallt?«

Langes Schweigen drang durch die Leitung. Lloyd stellte sich vor, wie Dutch die Chancen abwog, daß unschuldige Menschenleben ins Schußfeld schießwütiger Cops gerieten. Schließlich sagte er: »Du gottverfluchter Kerl, was willst du?«

Ein Ruck ging durch Lloyds Magen; er wußte, es kam daher, daß er seinen besten Freund mit einer glatten Lüge manipulierte. »Garcia befindet sich höchstwahrscheinlich mit der Freundin von Rice auf der Flucht«, sagte er. »Eine blonde, weiße Frau, Mitte Zwanzig. Gaffaneys harte Hechte wissen nichts von ihr, weil ich es gerade selbst erst herausgebracht habe. Die Garcia-Brüder haben keine Angehörigen, und der eine A. K. in ihrer Akte ist ein Waffenhändler, der sich bereits in Gewahrsam befindet. Ich nehme also an, daß sie zu den Freunden von ihr laufen werden. Ich habe eine Liste der Namen vier in Frage kommender. Ich möchte, daß die vier Buden von erfahrenen Beamten überwacht werden. Sag ihnen, sie sollen Garcia und die Frau ohne Gewaltanwendung festnehmen.«

Wieder eine lange Pause, dann Dutchs Stimme, kalt und sehr geschäftsmäßig: »Ich ordne das an. Ich werde vier unmarkierte Fahrzeuge zu den Buden beordern und lasse sie bis acht Uhr stillhalten, dann schicke ich eine Ablösung, wenn die Tagschicht beginnt. Allerdings rede ich von klar zu erkennenden unmarkierten Wagen. Es ist keine Zeit, die Männer aufs Revier kommen zu lassen, um ihre Privatwagen holen zu lassen. Und ich möchte einen vollen Bericht über diesen Klein – und zwar schnell.«

Lloyd nahm Rhondas Liste hoch und las sie langsam vor. »Marty Cutler, 1843 Gretna Green, Brentwood; Roll Your Own-Productions, 4811 Altera Drive, Benedict Canyon. Das muß ein Haus sein – ist eine reine Wohngegend da unten. Noch eine Adresse ohne Namen – Plastic Fantastic Rock and Roll, 2184 Hillcrest Drive, Trousdale Estates – das ist auch eine reine Wohngegend. Zuletzt dann Tucker Wilson, 403 Mabery, Santa Monica Canyon. Hast du's?«

»Hab's. Das sind alles fette Stadtadressen. Was –«

»Die Freundin von Rice ist ein teures Callgirl. Das sind frühere Kunden von ihr. Meine Quelle hat einen Stern hinter die Trousdale-Adresse gesetzt, und sie sagte, daß irgendein Produzent besonders stark in Frage käme. Übernimm du von da an.«

»Tu ich. Was wirst du tun?«

Lloyd sagte: »Mir einen Weg ausdenken, um viele Ärsche ins Trockene zu bringen«, und hängte ein. Er sah auf die Tür vor ihm und das Telefon neben seiner rechten Hand. Er wußte, der Weg durch die Tür bedeutete einen Trip zu Stan Kleins Haus, um mögliche Fingerabdrücke von Joe Garcia wegzuwischen, um seine .45er in Kleins Leiche abzufeuern und die verschossenen Patronen wieder herauszuholen. Wenn der Tote noch ein paar Tage vor sich hinfaulte, war der Gerichtsmediziner, der dann die Autopsie durchführte, nicht mehr in der Lage zu entscheiden, ob der Messerstich und die Schußwunde gleichzeitig zugefügt wurden. Die bewährten .45er Löcher und die Kugeln, die direkt durch den Körper und den Boden hindurch in das vermutliche Erdgefüge gedrungen waren, würden, wenn man sie nicht fand, der Waffe von Duane Richard Rice zugeschrieben werden. Es war ein Beweisansatz, und wenn Maden Kleins Gesicht anfraßen, konnte den Augenzeugen aus der Bank keine Totenaufnahme gezeigt werden. Vielleicht waren keine anderen Fotos von Klein verfügbar, und Joe Garcias Bild, höchstwahrscheinlich eine sechs Jahre alte Karteiaufnahme von seiner Einbruchssache, wurde vielleicht nicht identifiziert. Wenn er Louie Calderon mit Bitten und Tauschhändeln dazu bringen konnte, seine Aussage zu ändern, und dafür sorgte, daß Joe Garcia aus der Stadt kam, ohne hochgenommen zu werden oder an einer Gegenüberstellung teilnehmen zu müssen, überlebte »der Kleine« vielleicht.

Lloyd starrte immer noch auf die Tür und wußte, daß sie dafür stand, die Nacht damit zu beenden, sich McManus Nekrophilenkategorisierung zu verdienen, indem er einen Leichnam schändete und im Schmutz umherkroch. Es mußte getan werden, aber je länger er auf die Tür starrte, desto drohender türmte sie sich wie eine eisenbeschlagene Barriere vor ihm auf.

Und so nahm er den Hörer auf, hoffte, daß der Liebhaber seiner Frau nicht aus dem Schlaf gerissen wurde und an den Apparat ging. Seine Hände zitterten, als er die Nummern wählte, und als er ein Tuten hörte, schluchzte er schon. Nach dem dritten Läuten ertönte eine Nachricht vom Anrufbeantworter: »Hi, hier spricht Janice Hopkins. Die Mädchen und ich haben uns auf die Socken gemacht, aber wir sollten vor Weihnachten wieder zurück sein.« Es folgte eine kurze Pause, dann Pennys Stimme: »Der Wald ist schön, dunkel und tief. Hinterlassen Sie nach dem Piepzeichen eine Nachricht.«

Unfähig, durch seine Tränen hindurch zu sprechen, hängte Lloyd auf und wählte die Nummer wieder und wieder, bis die Wiederholung der Nachricht ihn über die Tränen hinaus einlullte und er mit dem Telefon in der Hand einschlief.

28

Die Geldtüte an die Brust geklammert, suchte sich Rice einen Fußweg zu Silver Foxes und dem TransAm. Er stolperte durch dunkle Hinterhöfe, kletterte über Zäune und rollte sich jedes Mal zur Tarnung zusammen, wenn ein Hubschrauberscheinwerfer irgendwo in seine Nähe kam. Straßensperren auf dem Sunset nördlich von ihm und auf dem Fountain im Süden schlossen ihn ein, und als er sich tief duckte und über eine Wohnstraße nach der anderen sprintete, konnte er sehen, wie auf den breiten Schnellstraßen Wagen durchsucht wurden.

Aber hier, im Schoß alter Häuser mit Hinterhöfen und von Apartmentgebäuden, die durch blocklange Zementmauern miteinander verbunden waren, war er unsichtbar und in Sicherheit. Die Cops erwarteten, daß er motorisiert war. In den drei Stunden, seit er über Haischiß-Bobby gestolpert war und ihn ins Jenseits geblasen hatte, war er in der Dunkelheit geblieben wie ein Nachttier und hatte sich im Schutz der Schatten und mit Ruhepausen alle drei Blöcke tiefer in die Gefahrenzone vorgearbeitet. Sein Kopf schmerzte immer noch von seinem K. O., und die Welt tanzte vor seinen Augen, wenn Licht an sie kam, aber die Perkodan/Exedrin-Speedballs, die er unmittelbar vor seinem Zweikampf mit dem Bullen zu sich genommen hatte, hielten den Schmerz nieder und seine Körpersäfte am Kochen. Er war immer noch funktionsfähig, und wenn er es zu seinem Wagen schaffte, konnte er immer noch fahren.

Und er konnte immer noch denken.

Als er aus einer langen Einfahrt kam, stellte sich Duane eine imaginäre Landkarte vor und schätzte, daß es noch zwei Blöcke bis zu Silver Foxes waren. Wenn sein Glück anhielt, waren seine Zulassungspapiere nicht in den Computer der Kfz-Behörde eingegeben worden, und die Bullen wußten nicht, daß der Trans Am ihm gehörte, und das Bürofenster der Callgirlzentrale, das er in tausend Stücke geschossen hatte, verschaffte ihm Zugriff zu einer Art Akte über Vandy – und die schmierigen Rockfritzen, zu denen sie gerannt sein konnte. Wenn das Büro bewacht war, war er mit seiner .45er immer noch ausreichend gerüstet für die Bullen.

Das Landkartendenken gab ihm einen neuen Schub. Es juckte ihn, dort zu sein, und er lockerte seinen Griff um die Tüte, um sie noch fester zu packen und dann schnurstracks zu seinem Ziel durchzuspurten. Als sie sich unter seiner Berührung leichter anfühlte, sah er am Boden der Tüte nach und entdeckte ein großes Loch. Er steckte seine Hand hinein und merkte, daß mehr als die Hälfte des Geldes herausgefallen war.

Rice ertappte sich dabei, daß er schreien wollte, und umklammerte die Tüte, so fest er konnte, und rannte los, über die Straße und den Gehsteig und durch eine andere Auffahrt und einen anderen Hof zurück. Er ignorierte einen Hubschrauberscheinwerfer, der nur drei Häuser weiter suchte, schwang sich über einen efeubedeckten Maschenzaun und rannte hinaus auf die Straße. Er wollte weiterlaufen, als er am Rande seines wackligen Horizontes etwas Lavendelfarbenes aufblitzen sah und als *daheim* registrierte.

Rice graste mit den Augen die Gardner Avenue nach Anzeichen von Gefahr ab. Auf beiden Seiten der Straße war nichts, und kein Copwagen, markiert oder unmarkiert. Als er das Hurenhaus näher beäugte, sah er, daß eine schwarze Plane das demolierte Vorderfenster bedeckte. Er betätigte einen imaginären Schalter mit der Aufschrift »Vorsicht«, stellte die Geldtüte auf den Boden, merkte sich die Stelle und zog dann die .45er aus dem Hosenbund. Er holte tief Luft und ging zu Silver Foxes.

In dem Vierparteienhaus waren keine Lichter an. Rice überprüfte noch einmal die Leuchtanzeige auf seiner Uhr, sah, daß es drei Uhr vierzig war und ging im Geiste alles noch einmal durch: Wie sich die Hurenherren nach der Schießerei gut stellten mit den Bullen und Handwerker besorgten, die das Fenster vorübergehend richteten, bis es richtig repariert werden konnte, dann alles, was inkriminierend sein konnte, beseitigten und sich schließlich davon machten. Der Gedanke, keine Akten mehr vorzufinden, brachte ihn dem Schreien nahe, und er rannte zu der Plane, faßte die Befestigungen auf der rechten Seite mit beiden Händen und zog.

Die Plane löste sich und krachte auf den Rasen. Rice stieg in das Fenster, fand den Lichtschalter an der Wand und betätigte ihn.

Die Verteilerzentrale war eine von Kugeln zerstörte Ruine, große Stücke der weißen Wand waren herausgerissen, der Plastikschreibtisch von Querschlägern zerdellt und angeknackst. Rice erinnerte sich an einen Rolodexordner und suchte den Raum erfolglos danach ab, dann durchwühlte er die Tischschubladen. Er fand nur unbeschriebenes Papier und Filmrollen, erhob sich, um nachzudenken, und entdeckte direkt hinter der Toilettentür ein altmodisches Aktenschränkchen.

Alle drei Laden waren verschlossen. Rice trat zur Seite und schloß die Tür bis zum Lauf seiner .45er, so daß nur der Schalldämpfer innerhalb der Toilette war. Er feuerte siebenmal auf das Schränkchen, und die leisen Plopplaute tönten wie erstickter Donner. Die letzten Schüsse prallten von der Metalloberfläche ab und rissen die Tür in zwei Stücke; durch Pulverdampf hindurch konnte er das Schränkchen auf der Seite liegen sehen. Pappordner quollen daraus hervor.

Rice wühlte durch sie hindurch und sah getippte Namensaufkleber auf dem Rücken und daß die Akten beinahe gänzlich in alphabetischer Reihenfolge herausgequollen waren. Als er durch die R's, S's und T's raste, fühlte er, wie seine Eingeweide schwach wurden. Dann hielt er »Vanderlinden, Annie« in seinen Händen, und er wußte nicht, ob das jetzt gut oder schlecht war, also schaltete er das Licht aus und rannte damit hinaus zum TransAm.

Aber der war nicht da.

Tretminen, Fallschüsse, Scharfschützen und werwolfsfratzige Bluthunde zuckten durch seinen Kopf, und er warf sich zu Boden wie die Soldaten in den Millionen alter Filme, die er im Fernsehen gesehen hatte. Statt in den Staub, biß er in das Gras neben dem Randstein und wartete auf das Geratter von Maschinengewehren und schaffte es, Vandys Akte zusammen mit seiner .45er in die Hose zu stecken. Als kein Angriff erfolgte, rannte er geduckt zu der Geldtüte und hob sie auf, dann ging er langsam auf die Straßensperre in der Fountain Avenue zu – dem Zentrum seines Hurricanes.

Er hielt sich im Schatten von Veranden und Gebüschen und sah zu, wie der Sperriegel in sein Blickfeld rückte. Der Nord-Süd-Verkehr auf Gardner war blockiert, und zwei Cops standen mit der Waffe im Anschlag, um unschuldige Fahrzeuge durchzuwinken und auf Fliehende zu schießen. Der Ost-West-Verkehr auf Fountain wurde auf dieselbe Weise kontrolliert, aber nur an den Ampeln. Da die nächste Ampel drei Blöcke ostwärts und zwei nach Westen entfernt war, mußte er nur südlich von Fountain gelangen, dort einen Wagen stehlen und losfahren. Rice beäugte Straßensperre und Cops, die zwanzig Yards entfernt waren. Die Sperren waren vermutlich sofort aufgestellt worden, nachdem er den Bullen auf Formosa umgenietet hatte. Sie wußten, daß er ein geschickter Autodieb war, und hatten das Areal bombensicher abgeriegelt. Wenn sie Bobby Haischiß fanden, einen Block vom Boulevard, traten sie vermutlich dort oben diverse Türen ein. Sunset und Franklin waren dicht, wahrscheinlich auch Hollywood und Franklin. Sie hatten nicht ausreichend Männer, um die Straßen weiter südlich zu durchkämmen, und sie dachten vermutlich, daß er ohnehin nicht so weit gekommen sein konnte.

Rice schluckte und sicherte seine drei einzigen Besitztümer: die Waffe, die Akte und die Papiertüte mit dem Geld. Mit dem Gefühl, sie fest bei sich zu haben, senkte er sich zu Boden und rollte sich vom Vorgarten des Eckhauses bis zum Gehsteig und auf die Straße, ein dunkler, pflasterfressender Derwisch. Er sah kurz die Cops, die Rücken zu ihm gewandt, und rollte weiter. Der Schmutz grub sich in seine Wangen und riß die Tüte in Fetzen, bis eine Bargeldspur hinter ihm zurückblieb. Er rollte, bis er zum gegenüberliegenden Gehsteig kam, hob sich dann mit den Ellbogen über den Randstein und ließ sich weiter rollen, bis weiches Gras sein geschundenes Gesicht küßte. Schließlich fühlte er sich sicher genug aufzustehen, und fand sich in dem schönen Vorgarten eines schönen kleinen Hauses, in der Mitte eines schönen kleinen Blocks, der keine Straßensperre an seiner südlichen Kreuzung und haufenweise schöne Wagen hatte, die er stehlen konnte.

29

Auf der Eingangsstufe des großen Hauses glättete Anne Joes Hemdbrust und sagte: »Du siehst wie ein Typ mit echter Street Credibility aus. Ich werde meinen Freunden erzählen, du seist ein Produzent, du hieltest nach Chicano Bands im Barrio Ausschau. Hör einfach der Musik zu, und du wirst dich amüsieren.«

Drinnen dröhnte Punkrock. Joe besah sich den spektakulären Anblick lange, warf einen langen Blick auf die spektakuläre Aussicht: der Strip, der sich ostwärts schlängelte, unter ihnen Beverly Hills, als einzige Beleuchtung das Schimmern von Swimming Pools. »Ich will mich nicht amüsieren«, sagte er. »Wir haben nur noch zwanzig Eier, und wir brauchen Reisegeld. Vergiß das nicht.«

Anne sagte: »Gemacht, harter Bursche«, und drückte ihre Zigarette an einer Matte aus Astroturf aus, auf die »If You don't rock, don't knock« aufgedruckt war. Sie atmete tief ein, dann legte sie wieder los mit ihrem typischen Erkennungsboogie und stieß die Tür auf.

Joe, der etwas langsamer folgte, dachte, er sei zurückversetzt worden ins Lincoln Heights der Sechziger, als die Chicano-Jugendlichen und die Hippies auf Kriegsfuß standen und die eine Seite des North Broadways aus *Bodegas* – mexikanischen Läden – und Billardsalons bestand, die andere Seite jedoch ein Vierundzwanzig-Stunden-NonStop Love-In/Dope-In mit Lichtshow war. Während Anne flott in die Szenerie hineinboppte, hielt er sich zurück und suchte nach Details, die bewiesen, daß es '84 war, nicht '68, und daß ihn der Schock nicht in einen lang vergessenen LSD-Traum zurück versetzt hatte.

Das ganze untere Stockwerk war eine zusammengepreßte kostümierte Menschenmasse – Männer in drapierten Zoot-Anzügen und Nazi-Uniformen, Frauen in Gangsterbraut-Aufmachung und Pfadfinderkostümen. Gruppen von Gangstern und Bräuten vollführten einen Slam-Dance mit Nazis und Pfadfinderinnen, während von rechts bunte Lichter blinkten und verschiedene Rockvideos von Großbildschirmen an allen vier Wänden blitzten. Der Refrain »Go down, go down, go down« dröhnte aus quadrophonischen Lautsprechern, und Joes Kopf schwirrte, als er Godzilla beim Angriff auf Tokio ausmachte und Marlon Brando Vollgas auf einer schweren Harley gab, während in Umhänge gehüllte Musiker in seinen Abgasen zu Kreuze krochen. Die anderen Bildschirme waren unscharf, aber er konnte Leute in seltsamem Make-up ausmachen, die fickten und lutschten. Ein Grüppchen von Gangstern stand einem Terzett im Stechschritt marschierender Nazis gegenüber, die Gangsterbräute und Pfadfinderinnen aus dem Weg traten und in Richtung eines Zirkels von Amylnitrat-Schnupfern unterwegs waren. Und Preppy-Anne bahnte sich einen Weg durch all das hindurch und kreischte fortwährend: »Wo ist Mel? Wo ist Mel?«

Joe wußte, sie war hundertprozentig 1984, und stellte sich auf die Zehenspitzen und folgte ihrem auf und nieder hüpfenden rosa Sweater. Er hielt den Kopf gesenkt, als er sich an Fetenden vorbeifummelte, und hoffte, daß sie sein von den Lichtern reflektiertes Gesicht nicht sahen und wie verängstigt er war. Auf der anderen Seite des Raumes sah er, wie sich Anne aus dem Pulk löste und mit einem Burschen im Butler-Outfit sprach, der sie den Korridor herunter wies. Er glitt selbst aus der Menge und erhaschte gerade noch, wie Anne ein schwach erleuchtetes Zimmer betrat.

Joe ging auf die Tür zu. Als er unmittelbar davor stand, hörte er Anne flehen: »Nur zweihundert, Mel. Mein Schatz und ich müssen L.A. verlassen.«

»Du wirst es ohnehin für Schnee verblasen, Annie«, sagte eine heisere männliche Stimme. »Und ich dachte, du seist mit Stan K. zusammen. Ich weiß ganz genau, daß der nicht knapp bei Kasse ist – ich habe ihm letzte Woche einige Videos abgekauft.«

»Stan und ich haben uns getrennt, Mel. Es war ein bißchen ... überstürzt. Mein Neuer und ich müssen fort. Erinnerst du dich noch an Duane?«

»Klar. Disco-Duane, der König der Discount-Wagen. Dein Schatz vor Klein, vor deinem jetzigen Beschäler. Siehst du das Schema dahinter, Süße?«

»Mel, er ist verrückt, und er ist hinter mir her!«

»Ich kann's ihm nicht verübeln, du bist eine Klasse-Stute. Dritte Klasse, aber nichtsdestotrotz Klasse. Süße, wenn ich dir Geld gebe, wirst du dich mit Koks vollstopfen und im Handumdrehen wieder pleite sein. Draußen gibt's Gratis-Stoff. Bedien dich.«

Anne kreischte: »Ich habe so ein seltsames Zeug, das ich gefunden habe, eingeworfen, und es wirkt immer noch. Ich brauche keinen Schnee, ich brauche Geld!«

Mel lachte. »Du mußt es dir verdienen.«

»Ich weiß«, sagte Anne. »Ich weiß.«

Joe trat weg von der Tür und fragte sich, warum er sich betrogen fühlte – Anne war bestenfalls eine Affäre für eine Stunde. Als er sich ins Hintere des

Hauses zurückzog, kam ihm der Grund auf einmal und traf ihn wie ein Schlag in die Genitalien. Sie ist die Zeugin gegen dich. Sie hat gesehen, wie du einen Mann getötet und einen Wagen gestohlen hast und mit Gangschaltung gefahren bist. Sie weiß nicht, daß du unter der Fuchtel von Bobby standest, sie denkt, du bist genauso finster wie Duane Rice.

Er kam zu einem kleinen Raum neben der Küche. Joe sah hinein und entdeckte einen Burschen, der mit abgedrehtem Ton fernsah. Der Kerl wriemelte auf einer elektrischen Gitarre, während er angesichts einer Bierwerbung leise vor sich hin lachte, und Joe spürte wieder den Ruch der schlechten alten Sixties. Dann erschien zweihundertprozentiges 1984 auf dem Bildschirm, und er wußte, es war eine Halluzination.

Auf dem Bildschirm war Bobby, in Handschuhen und Boxershorts vornübergebeugt in seiner »Boogaloo«-Positur. Joe rannte zum Fernseher und fummelte am Lautstärkeregler herum; der Kerl legte die Gitarre nieder und krakeelte; »He Mann, Mann, ich will es so!« Joe bekam den Ton an, just als von Bobby, dem Boxer, überblendet wurde zu Aufnahmen von Sanitätern, die eine tuchbedeckte Bahre aus der Kirche trugen.

»... und Garcia ist die zweite Person, die heute abend im Gebiet von Hollywood ermordet wurde. Sein Leichnam wurde in einer katholischen Kirche auf Las Palmas und Franklin entdeckt, eine halbe Meile von dem Ort, wo ein L.A.P.D.-Beamter von einem Mann in einem gestohlenen Wagen überfahren wurde. Polizeisprecher sagten, daß eventuell eine Verbindung besteht zu dem West-L.A.-Banküberfall vom Montag, bei dem es vier Tote gegeben hatte. In der Zwischenzeit ist eine massive –«

Der Fernseher schaltete zu einer weiteren Bierwerbung – »dies ist für dich, egal was du tust, und dich« – und Joe sah, daß der Kerl mit der Gitarre die Fernsteuerung bedient hatte. »Dies ist für dich«, erschallte und es war keine Halluzination, und er wußte, es war Bobbys Grabinschrift. Er riß dem Kerl die Gitarre aus dem Schoß und stolzierte damit zurück zur Party.

Ganeffs, Gangsterbräute, Nazis und Pfadfinderinnen hatten sich in der Mitte des Wohnzimmers zu einem Kreis aufgestellt. Die Videobildschirme zeigten kein Bild, und die Stroboskoplampen waren durch normale Lichter ersetzt worden. Aus dem Inneren des Kreises erhob sich Mels grobe Stimme: »Damen und Spermien, Little Annie Vandy, schmutzig, scharf, verkokst und geil, vollführt den überhippen Tanz der losen Bürgerstochter!«

Joe hielt die Gitarre am Hals und benutzte den Korpus zum Stoßen und bahnte sich seinen Weg in den Kreis. Dort stand Anne und versuchte sich um die eigene Achse zu drehen und gleichzeitig ihren Sweater auszuziehen. Ihre Augen waren glasig, und ihr ganzer Körper zuckte. Mel stand in weißen Tennisshorts neben ihr und schnippte mit den Fingern.

»Das ist für dich!« und die Bilder von Bobby in seiner Leopardenfell-Boxershort gaben Joe den nötigen Mumm. Er schwang die Gitarre in hohem Bogen auf Mels Kopf und warf ihn in eine Reihe von Zoot-Suit-Trägern und Nazis, dann noch einmal im Stil eines Tennisaufschlags und streifte damit Helme und weichkrempige Fedoras, bevor er den Gastgeber am Hals erwischte. Mel krachte zu Boden, und die Partygäste traten auseinander und wichen zurück. Joe sah, daß es ihnen keine Angst machte oder sie schockierte, sondern daß sie es genossen und daß Anne zur Tür rannte. Er hielt die Gitarre an der Mechanik und mit gestrecktem Arm von sich und drehte sich auf einer kleinen Achse im Kreis, drang in die Menge ein und bombardierte sie mit vorbeizischenden Schlägen, die eine Kettenreaktion von Schreien, Kreischern und Beifallsstürmen auslöste. Als ihm die Partygäste mehr und mehr Raum gaben, wurde der Beifall gewaltig. Joe hatte ein ungutes Schwindelgefühl und realisierte, daß die Drecksäcke auf ihn abfuhren.

Er schrie »Bobby!« und schleuderte die Gitarre in ihre Mitte und rannte zur Tür heraus. Als er über den Rasen auf einen rosa Fleck zutaumelte, dachte er, er sähe eine unmarkierte Bullenkarre im Schatten geparkt. Er fühlte sich unverwundbar und zeigte ihnen den gestreckten Finger, rannte, bis seine Preppy-Partnerin nur noch ein paar Meter entfernt war. Er reduzierte das Tempo auf ein normales Gehen, schloß zu ihr auf und klopfte ihr auf die Schulter. Als sie sich umdrehte und ihn mit Twilight-Zone-Augen ansah, schnappte er: »Ich bin kein beschissener Musiker. Ich bin kein beschissener Rock-'n'-Roll-Idiot.«

30

Das Sonnenlicht auf seinem Gesicht weckte Lloyd gewaltsam. Das Telefon fiel aus seinem Schoß, und er bückte sich, um es aufzuheben. Dann erinnerte er sich an Dutchs versprochenen Überwachungseinsatz, und er legte den Hörer an sein Ohr und fing an, die Nummer des Hollywood-Reviers zu wählen. Dann kamen statt eines Freizeichens drei kleine Klicks durch die Leitung, und das Telefon fiel aus seinen Händen.

Angezapft.

Gaffaney.

Lloyd rannte nach draußen und sah auf beide Seiten des Blocks. Keine Lieferwagen auf der Straße und keine anderen Fahrzeuge, die groß genug waren, eine mobile Abhöranlage zu fassen. Die Anlage war fest stationiert und mußte von einer Wohnung in der Nähe aus operieren.

Als er sie mit den Augen abtastete, sah Lloyd, wie die gewohnte Landschaft zweistöckiger Häuser und Apartmentgebäude auf einmal bedrohlich wurde. Sein eigenes kleines Haus im Kolonialstil erschien plötzlich anfällig, umgeben von potentiellen Monstern. Dann wurde er auf das wahrscheinlichste Monstrum aufmerksam, und es ließ ihn zusammenzucken: das alte Gebäude im spanischen Stil nebenan, erst kürzlich in Eigentumswohnungen umgewandelt.

Lloyd rannte ins Foyer und besah sich die Briefkästen. Nur eine Wohneinheit – 7 – hatte kein Namensschild. Er ging den Korridor entlang und fühlte, wie sein Zorn parallel zu den steigenden Nummern ins Maßlose wuchs. Er hoffte auf eine instabile Tür und eine erneute Chance, mit Sergeant Wallace D. Collins den Fußboden zu wischen. Als er einen soliden Türrahmen mit einem Mickymaus-Schloß vorfand, zog er eine Kreditkarte aus seiner Brieftasche, ließ sie in den Schlitz gleiten und rüttelte am Türknauf. Die Tür ging auf, und er betrat ein muffiges Apartment, in dem nur ein Tisch stand, auf dem sich elektrische Geräte befanden.

Lloyd rief: »Collins«, und griff nach seiner .45er, doch dann zuckte er zurück, weil er wußte, was dieser einfache Reflex bedeutete. Als sein Ruf keinerlei Geräusche zur Antwort hatte, bewegte er sich zum Tisch und untersuchte die Anlage.

Es war ein einfacher Anschluß, ein Abhörgerät an einem Außenkabel, an das ein Kassettenrecorder angeschlossen war, um Anrufe aufzuzeichnen. Ein rotes Licht blinkte auf dem Manual neben dem »Remote Receiver«-Schalter, und ein grünes Licht und die Nummer 12 unter dem mit »Erhaltene Anrufe« bezeichneten Schalter. Lloyd erschauderte, drückte auf den Rücklaufknopf und sah zu, wie sich die Bandspule drehte. Als sie anhielt, drückte er auf »Wiedergabe«. »Hollywood Station, Captain Peltz am Apparat« erfüllte den leeren Raum und hallte von den Wänden wider wie ein ungerührtes Todesurteil.

Lloyd drückte auf den Stop-Schalter. Gaffaney und seine Irren wußten Bescheid über die Überwachungen und hatten zugehört, wie er zu den unbelebten Stimmen seiner Frau und seiner Lieblingstochter geschluchzt hatte, und da war nichts, was er tun konnte, um es rückgängig zu machen.

Den Recorder auszuschalten und der Abhöranlage den Saft abzudrehen, verschlimmerte dieses Gefühl von Machtlosigkeit noch. Lloyd ging heim. Das Telefon klingelte, und er hob den Hörer auf, als wäre es etwas, das gleich explodierte.

»Ja?«

»Dutch, Lloyd.«

»Und?«

»Und du schuldest mir einen Bericht, und in diese Callgirl-Zentrale auf Gardner ist gestern nacht eingebrochen worden. Die Akten sind durchwühlt worden, und es sind frische großkalibrige Schußlöcher in den Wänden, und sie müssen von einer schallgedämpften Waffe kommen, weil zwei meiner Männer einen halben Block weiter bei einer Straßensperre postiert waren. Ein Ford LTD ist im nächsten Block gestohlen gemeldet worden, und es gibt keine Meldung der ersten Überwachungsschicht. Ich habe gerade Einheiten der Tagschicht losgeschickt, um sie abzulösen, also wäre das abgedeckt, und –«

Lloyd hängte ein. Dutchs zorniger Litanei zuzuhören, war gewesen, wie zwei Zügen zuzuschauen, die auf denselben Schienen aufeinander zurasen, beide gelenkt vom vorprogrammierten Autopiloten. Alles, was er tun konnte, war, durch die Trümmer zu patrouillieren und auf Überlebende zu hoffen.

31

Rice steuerte den LTD durch die kurvigen Straßen der Trousedale Estates. Vor seinen Augen verschwamm wieder alles, und er mußte sich Vandys Akte direkt davor halten, um überhaupt die Adresse lesen zu können. Er lenkte mit einer Hand und erinnerte sich an die ersten drei Möglichkeiten – große, dunkle Häuser, auf deren gegenüberliegenden Straßenseite jeweils Schmierenschlitten parkten. Wenn er nicht bei jeder Bude vorher eine langsame Runde um den Block gedreht hätte, wäre er schon tot. Dieses Mal mußte er genauso vorsichtig sein.

Er sah angestrengt hin, bis ihm Tränen in die Augen schossen und er in der Lage war, Hillcrest auszumachen. Er versuchte, in seinem Kopf eine Landkarte anzulegen, wie er es in Hollywood getan hatte, merkte dann allerdings, daß das nur funktionierte, wenn man zumindest einen blassen Schimmer hatte, wo man sich befand. Er verlangsamte sein Tempo, bis er nur noch kroch, und hielt angestrengt Ausschau nach Straßenschildern. Es gab keine; Trousedale war ausschließlich für Leute, die wußten, wo sie hinwollten. Er wollte schon das Handschuhfach nach einem Straßenatlas durchstöbern, als ihn ein unmarkierter Matador in entgegengesetzter Richtung passierte.

Also mußte Plastic Fantastic in der Nähe sein. Rice fuhr langsam und und beobachtete, wie der Matador verschwommen in seinem Rückspiegel verschwand. Sich anzustrengen, um die Hausnummer zu entziffern, war nutzlos, verschlimmerte das Verschwimmen und verursachte darüber hinaus noch einen pochenden Kopf und Magenkrämpfe. Er fuhr an den Randstein, stieg aus und ging zu Fuß.

Seine Beine waren wackelig, aber immerhin war er fähig, gerade zu gehen. Gerade zu denken, war schon schwieriger, und er fragte sich fortwährend, warum der Polizeiwagen abgezogen war und ihm freie Bahn gemacht hatte. Schließlich gab er es auf nachzudenken und ging einfach weiter. Die Vorgärten, an denen er vorbeiging, sahen weich und kuschelig aus, und jedesmal, wenn das Grün durch seinen Tränenschleier drang, mußte er gähnen. Als er nach dem Rest der Aufputschmittel in seiner Brusttasche griff, mußte er feststellen, daß er es bereits geschluckt hatte, und er schnallte, daß es keineswegs besser war, vom Gehsteig aus Ausschau nach Adressen zu halten als vom Auto aus, dafür aber doppelt so gefährlich. Er wollte schon zurück zum LTD gehen, als auf einmal seltsam angetane Leute über eine besonders schöne Rasenfläche liefen. Er ging über den Rasen auf sie zu, und sie glitten an ihm vorbei in einer Flut von Lichtstrahlen, die ihn an Rücklichter auf einem nächtlichen Freeway erinnerten.

Er griff nach ihren Schatten und sprach zu dem, was er von ihren Gesichtern sehen konnte: »Vandy Vanderlinden, kennt ihr die? Habt ihr die gesehen?« Er sagte es dutzendmal und bekam als Antwort nur Gejohle und Pfiffe. Dann waren die Leute weg und, wohin er auch sah, war grünes Gras. Rice hörte Atmen vor sich und rieb sich die Augen, um zu sehen, zu wem er redete.

Die Abwesenheit von Tränen gab ihm den größten Teil seines Sehvermögens zurück, und vor seinen Augen wurden zwei große Männer in Windjacken klar sichtbar. Er sah, daß sie mit Gewehren auf ihn zielten, und griff nach seiner .45er. Die Kolben ihrer Waffen krachten just in dem Moment auf seinen Schädel, in dem ihm einfiel, daß er seine Kanone im Auto gelassen hatte.

Er befand sich auf der Hauptstraße von Hawaian Garbage und ignorierte quasi als Mutprobe die Ampeln, versuchte seinen alten nächtlichen Rekord von neun in einer Reihe zu brechen. Alles war dunkelrot und sehr schnell, und er wußte, er konnte ewig weiterfahren. Außerdem war alles sehr warm und wurde noch wärmer, als die Kette roter Ampeln immer länger wurde. Dann wurde auf einmal alles kalt, und seine Augen öffneten sich gewaltsam, und jemand wischte Wasser von seinem Gesicht. Er wußte, daß er stand, daß er aufrecht gehalten wurde. Sein normales, volles Sehvermögen kam wieder und registrierte Gestrüpp, Dreck und einen Betondamm, der nach Chemikalien stank. Er wußte sofort, daß er sich auf dem Suicide Hill befand, dem Hügel der Selbstmörder.

Eine Bullentype in einem Ramschanzug trat vor ihn und versperrte ihm den Blick auf das Terrain. Der Griff um seine Arme wurde fester. Rice sah auf der Jacke des Bullentypen eine seltsame Anstecknadel und einen 357-Python in seiner rechten Hand, und er wußte, daß er jetzt an der Reihe war. Er versuchte sich einen passenden schlauen Spruch einfallen zu lassen, aber statt dessen rutschte heraus: »Sie brach mein steinernes Herz in tausend Stücke.« *Und ich habe sie geliebt,* wollte darauf folgen, aber drei Kugeln aus der Magnum trafen ihn und kamen ihm zuvor.

32

Lloyd wartete im Anwaltsraum im dritten Stock des Landeshauptgefängnisses. Er hatte ein Drehbuch für einen Meineid in der Jackentasche, Stan Kleins Vorstrafenregister in der einen Hand, in der anderen Louie Calderons Verhaftungsbericht. Klein war Anfang der siebziger Jahre zweimal wegen Besitzes von Marihuana verurteilt worden, und Likeable Louie hatten sie wegen tätlichen Angriffs auf einen Polizeibeamten eingebuchtet. So weit war es der Überlebenspatrouille gelungen zu überleben – zumindest, wenn man vom Planen von Strategien und Indizien ausging. Und je länger Lloyd sich Stan Kleins Karteiaufnahme besah, desto mehr ähnelte er Joe Garcia.

Ein Wärter brachte Calderon in den Raum und wies ihn zu dem Stuhl, der Lloyd am Tisch gegenüberstand. Sein Gesicht war verschrammt, und man hatte die Schläge, die ihm die Metroleute versetzt hatten, zusammengeflickt, aber er ging festen Schrittes, und seine sanften blassen Augen waren klar. Er wirkte wie ein Mann, der durchaus fähig war, rasche, weise Entschlüsse zu fällen.

Lloyd stand auf und streckte die Hand aus; Calderon setzte sich, ohne sie zu ergreifen. »Was wollen Sie?« sagte er.

Lloyd schob die Karteiaufnahme von Stan Klein zu ihm herüber. »Ich will Joe Garcias Arsch vor der Gaskammer retten und dir helfen, die Anklage wegen tätlichen Angriffs loszuwerden. Kennst du diesen Mann?«

Calderon sah beiläufig auf das Foto und schüttelte den Kopf. »Nein. Wer ist er?«

»Er ist das dritte Mitglied der Räuberbande. Er heißt Stan Klein, Alias ›Stan-Man‹. Er ist der Sündenbock für Joe Garcia, und er ist schon sehr lange aktenkundig als ein Bekannter von dir. Comprende, Genosse?«

Calderons Augen verengten sich. »Wird er sich bieten lassen, daß man ihm was anhängt?«

Lloyd zog einen Finger über seine Kehle und sagte: »Er ist tot. Hast du gegenüber irgend jemandem hier oder drüben in Rampart eine förmliche Aussage gemacht?«

»Nein. Ich habe nur die Namen ausgespuckt. Sie sollten es wissen – Sie waren dort. Wenn dieser Scherzbold Klein schon alle ist, wie wollen Sie ihm dann noch die Überfälle anhängen? Und was zum Kuckuck wollen Sie eigentlich?«

Lloyd genoß Likeable Louies Argwohn und sagte: »Rice hat Klein getötet. Bobby Garcia ist tot, letzte Nacht von Rice erschossen. Joe und Rice sind immer noch da draußen. Rice macht's nicht mehr lange, aber Joe hat noch eine Chance. Hier ist mein Plan: Ich gebe dir ein kleines Blatt mit Kleins Daten, und du merkst sie dir. Dann hältst du den Mund, bis du hörst, daß Rice tot ist. Ich weiß, er ist ein schlauer Bursche, aber der Druck ist immens, und kein Cop wird ihn jemals ein ordentliches Verfahren erleben lassen. Wenn er tot ist, sprichst du mit den Ermittlern der Staatsanwaltschaft, die ohnehin hinter dir her sein werden wie der Teufel hinter den Seelen, sobald ich ihnen meinen Bericht liefere. Du erzählst ihnen, daß du die Eisenwaren an Rice verkauft hast und daß er dir erzählt hat, daß er eine Gang auf die Beine stellt – er, Bobby Garcia und Klein. Klar?«

Calderon beugte sich nach vorn. »Was springt für mich dabei raus, und was springt für Sie dabei raus?«

Lloyd lehnte sich ebenfalls nach vorn und sagte: »Louie, da draußen hat es viele Tote gegeben, und die meisten davon sind Cops, und du hast die Waffen geliefert, mit denen sie getötet wurden. Du bist tot und begraben. Das FBI ist über dich im Bilde, ebenso das reguläre L.A.P.D. und die irren Cops, und ich natürlich. Bobby ist tot, Rice ist so gut wie tot, und der Staatsanwalt wird jemanden suchen, den er ans Kreuz schlagen kann, und du wirst es sein.«

Mit einem Schlag blaß, zupfte Calderon an seinen Nähten, bis Blut heraustropfte. Als er bemerkte, was er tat, hielt er inne und stammelte: »J-j-ja, a-a-aber was wollen Sie denn?«

Lloyd sagte: »Dafür sorgen, daß du und Joe mit dem Leben davonkommen. Hier ist der Rest des Plans: Ich habe ein kleines Szenarium für dich, das du dir einprägst, bevor du mit dem D. A. sprichst. Wie du Joe Garcia drangehängt hast, weil er dich mit irgendwelcher Bruchsore über den Tisch gezogen hat, solches Zeug. Wenn du es schlau anstellst, kaufen der Staatsanwalt und seine Jungs dir deine Geschichte ab. Und ich gehe zum Staatsanwalt und erzähle ihm, wie diese Metro-Bullen das Geständnis aus dir herausgeprügelt haben, räume alles, was dich belasten könnte, aus deiner Bude und besorge dir Nate Steiner als Anwalt, falls es zum Prozeß kommt, was nicht wahrscheinlich ist, denn der Staatsanwalt wird nicht wollen, daß ich vor Gericht gegen andere Beamte aussage. Ich würde drei zu eins wetten, daß du als freier Mann gehen kannst, wenn du bei meinem Spiel mitmachst.«

Calderon schlug mit geballten Fäusten auf die Tischplatte. »Hopkins, niemand macht so etwas ohne Gegenleistung. Was zum Teufel wollen Sie?«

Lächelnd zog Lloyd das Überlebensskript aus seiner Tasche und legte es auf den Tisch. »Ich will nichts. Wenn du so clever bist, wie ich denke, glaubst du mir.«

Er stand auf und streckte die Hand aus, dieses Mal ergriff Calderon sie und sagte: »Crazy Lloyd Hopkins, Jesus Christus.«

Lloyd lachte. »Ich bin kein Erlöser. Eine Sache noch: Hast du irgendeine Ahnung, wohin Joe fliehen würde, wenn er sich dachte, daß der Boden nicht mehr allzu heiß wäre?«

Likable Louie dachte einen Augenblick nach und sagte dann: »Der Gitarrenladen auf Temple und Beaudry. Er ist so 'ne Art Amateurmusiker und wird früher oder später dort auftauchen.« Er steckte die zwei Blätter in die Brusttasche und fügte noch hinzu: »Merken, dann runterspülen.«

Lloyd klingelte nach dem Wärter. Auf dem Weg heraus deutete er mit Zeigefinger und Daumen wie mit einer Pistole auf Calderon und sagte: »Die Polizei, dein Freund und Helfer.«

Jetzt die Dreckarbeit.

Lloyd fuhr zur Western Costume Company und erstand eine hochwertige schwarze Perücke und einen Vollbart, dann fuhr er zu Stan Kleins Villa auf

Mount Olympus. Eine neue Morgenzeitung wies darauf hin, daß sich niemand an der Bude zu schaffen gemacht hatte, seit er mit Rhonda gestern nacht hier herumgestreift war. Er wappnete sich mit einem tiefen Atemzug und einem Taschentuch vor der Nase, knackte das Schloß und ging hinein. Der Gestank war gräßlich, aber nicht überwältigend. Lloyd warf einen beiläufigen Blick auf den Leichnam, zog sich Handschuhe an und machte sich an die Arbeit.

Zuerst suchte er und fand die Zentralheizung und drehte den Thermostat auf dreißig Grad Celsius hoch. Dann machte er den Oberkörper frei und wischte alle Oberflächen im Erdgeschoß, auf denen Fingerabdrücke sein konnten. Dabei versuchte er die ganze Zeit, den Streit zwischen Klein/Rice/Garcia/Vanderlinden vor seinen Augen zu rekonstruieren, und kam endlich zu dem Schluß, daß Joe das obere Stockwerk nie betreten hatte. Die Hitze und der verstärkte Fäulnisgeruch, den sie hervorrief, waren drückend, und nach einem kategorischen Durchgang ließ er das Wischen und die Finger von den Videospielzeugen, die um Kleins Leiche herumstanden.

Potentielle Abdrücke von Garcia so mit höchster Wahrscheinlichkeit eliminiert, durchstöberte Lloyd das Haus nach Fotografien von Stan Klein. Schweißdurchnäßt öffnete er Schubladen und wühlte durch Schränke; durchsuchte die Kommoden in allen drei Schlafzimmern. Im oberen Stockwerk fand er ein halbes Dutzend Polaroids, die ziemlich neu aussahen, und im Wohnzimmer zwei gerahmte Porträtaufnahmen. Lloyd legte sie neben das Geländer, nahm dann Stift und Notizpapier aus seiner Jacke und trabte hoch ins große Schlafzimmer, um zu schreiben.

Bei geschlossener Tür und vollaufgedrehter Klimaanlage schrieb er drei Stunden lang und detaillierte ausführlich seine Ermittlungen der ersten beiden Bankraube/Entführungen und wie Captain John McManus ihn auf die Raub/Morde von Pico-Westholme angesetzt hatte. Diese Wiedergabe entsprach den Tatsachen. Der Rest seines Berichts ergänzte sein Skript für Louie Calderon und legte dar, wie Calderon unter physischem Zwang den Sergeanten W. D. Collins und K. R. Lohmann die Namen von Duane Rice, Bobby Garcia und Joe Garcia genannt hatte und später ihm gegenüber die Aussage zum Teil widerrief, wobei er dann wahrheitsgemäß aussagte, daß Stan Klein der »dritte Mann« sei und daß er Joe Garcia aus Rache für einen alten Streit unter Kriminellen genannt hatte. Er unterließ es, Rhonda Morell zu erwähnen, und schloß mit der Aussage, daß er Stan Kleins Leiche entdeckt hatte und daß ein Papierfetzen neben dem Leichnam ihn zu Silver Foxes und zu der immer noch ungeklärten Schießerei mit Duane Rice geführt hatte. Lloyd schrieb die Verzögerung, die Leiche zu melden, einem Verlangen zu, »mobil zu bleiben und der aktiven Ermittlung zu helfen«, und unterzeichnete mit Namen und Dienstnummer. Dann schickte er ein Gebet zum Himmel, auf daß stumpfspundige Spurensicherer ihm bei seinen Lügen halfen.

Jetzt war der Gestank unerträglich.

Lloyd schaltete Klimaanlage und Heizung ab, ging dann nach unten und zog Hemd und Jacke wieder an. Er sah, daß die Leiche am Magen aufgequollen war und daß die Wangen bis aufs Zahnfleisch durchgefault waren, und warf die Perücke und den Schnurrbart auf den Stapel von Videokassetten. Dann fand er eine angeschlossene Stereoanlage und drehte das Radio auf volle Lautstärke. Der Lärm überdeckte die drei leichenschänderischen Schüsse mit Leichtigkeit, und er zwang sich, den Schaden zu besehen. Wie er gehofft hatte, gingen die Einschußwunden in der allgemeinen Zersetzung unter. Er wußte, er konnte es nicht ertragen, unter das Haus zu kriechen und nach den verschossenen Patronen zu suchen, machte die Musik aus und schickte ein weiteres Gebet zum Himmel, diesmal eine allgemeine Bitte um Mitleid. Dann verließ er das Haus tief und hektisch atmend, als er frische, unverpestete, heile Luft in die Lungen bekam.

Jetzt die losen Enden.

Lloyd fuhr zum Hollywood-Revier. Auf dem Parkplatz steckte er den Bericht in einen Umschlag und schrieb vorn darauf *Captain Arthur F. Peltz.* Dann ließ er ihn beim Diensthabenden, der ihm sagte, daß es noch keine Neuigkeiten über den gegenwärtigen Aufenthaltsort von Duane Richard Rice gab und daß die Fahndungsmaschinerie immer noch auf vollen Touren lief.

Die trübselige Atmosphäre im Revier war klaustrophobisch. Von einem Münztelefon auf der Straße aus rief Lloyd das Büro von Nathan Steiner, Strafverteidiger, an und verlangte einen groben Kostenvoranschlag für eine Verteidigung gegen eine Anklage wegen Mordes ersten Grades. Steiners Bürovorsteherin sagte vierzig Riesen Minimum. Lloyd hängte ein und schätzte, daß er das mit einem gewissen »Polizistenrabatt« wohl bewerkstelligen konnte.

Jetzt der unheimliche Teil.

Lloyd stopfte alles Kleingeld aus seinen Taschen in das Telefon und wählte die Nummer von Janice in San Francisco, dankbar, daß die Stimmen, zu denen er gleich sprach, nicht in der Lage waren zu antworten. Mit angehaltenem Atem hörte er: »Hi, hier spricht Janice Hopkins. Die Mädchen und ich haben uns auf die Socken gemacht, aber wir sollten vor Weihnachten wieder zurück sein«, und »der Wald ist schön, dunkel und tief. Hinterlassen Sie nach dem Piepzeichen eine Nachricht.«

Das Piepzeichen erklang. Lloyd blies den Atem heraus und sagte: »Kommt runter, bevor ich irgend etwas Verrücktes tue. Ihr seid alles, was mir noch bleibt.« Dann fuhr er heim und ging die Treppe hoch in das Schlafzimmer, das er unangetastet gelassen hatte, seit ihn seine Frau vor zwei Jahren verlassen hatte. Dort, auf einem staubbedeckten Bett, schlief er ein, um auf Überleben oder Vergessen zu warten.

33

Acht Stunden, nachdem er den Henker seines einzigen Sohnes exekutiert hatte, setzte sich Captain Fred Gaffaney in sein Arbeitszimmer und begann mit der Niederschrift seines letzten Willens.

Die Hinrichtungswaffe lag auf dem Tisch neben ihm, und er roch nach Korditrückständen, als er sein Vermächtnis zu Papier brachte: Geld in Höhe von etwas mehr als zwanzigtausend Dollar, das Haus mitsamt Einrichtung und seine zwei Wagen an die Kirche Jesu Christi, Christliche. Der Magnum zeichnete sich am Rande seines Blickfeldes drohend ab, und er versuchte sich Bibelpassagen ins Gedächtnis zu rufen, die konstatierten, daß Selbstmord es ausschloß, in den Himmel zu kommen und den Erlöser zu treffen. Verse kamen und gingen, aber keiner blieb haften, und der 357er war immer noch da. Schließlich gab er seine Versuche auf und akzeptierte die Tatsache. Nur Katholiken glaubten daran, daß Selbstmord eine Sünde war, die die Himmelspforten für immer verschloß, und die konnten es nicht mit Bibelstellen belegen. Es war ein akzeptabler Ausweg für einen christlichen Krieger, der keinen anderen mehr sah.

Als er seine Worte noch einmal durchging, sah Gaffaney, daß sie nur eine halbe Seite eines gelben Schmierblocks einnahmen. Er hatte Unfallberichte geschrieben, die zehnmal so lang waren, und er wollte nicht abrücken und nur eine kurze Notiz hinterlassen. Er dachte, er könne die Hinrichtung wie ein Ritual durchführen, das die Herrschaft des Gesetzes bestätigte, aber als Lohmann und Collins die Leiche von Duane Rice in ihr Grab im Abwasserbett warfen, wußte er, daß er gegen alles verstoßen hatte, woran er glaubte, und daß diese Apostasie die Todesstrafe verlangte. Und weil er auch wußte, daß die Verurteilten durchaus Reflexion verdienten, bevor ihr Urteil vollstreckt wurde, gestattete er sich selbst die Gnade, zum Suicide Hill des Herbstes 1961 zurückzukehren.

Er war damals ein junger Streifenbeamter gewesen, der täglichen Patrouillendienst für die East Valley Division leistete. 26 Jahre alt, mit einer Frau und einem kleinen Sohn. Zu seiner Runde gehörte auch das Sepulveda Veteranenhospital, und die Hälfte seiner Dienstzeit verbrachte er damit, traurige, alte Soldaten, Suffköppe aus den Weinstuben auf dem Victory Boulevard zurück in ihre Domizile zu kutschieren, die andere Hälfte mit dem Schreiben von Strafzetteln. Es war langweilige Polizeiarbeit für einen jungen Mann, der von sich nur eines wußte – daß er ehrgeizig war.

Da war ein alter Penner, der permanent aus dem Heim abhaute, um sich mit weißem Portwein vollaufen zu lassen und religiöse Traktate an die jugendlichen Gangmitglieder zu verteilen, die Suicide Hill in der Nacht bevölkerten. Die hiesigen Beamten respektierten ihn, weil er sich weigerte, Sozialhilfe anzunehmen und der V.A. alle Kosten für Kost und Logis aufhalste. Er war ein großer, germanisch wirkender Mann mit schwermütigen blauen Augen, und die Traktate, die er verteilte, zeichneten vorrangig Jesus Christus als Krieger, der seine Anhänger innig liebte und sie dazu ermahnte, das Böse niederzustrecken, wo immer sie es auch sahen.

Der Penner war ein brillanter Geschichtenerzähler, und die Gangs füllten ihn gern ab und stachelten ihn dazu an, phantastische Geschichten zu erzählen. Er ließ sich nie zweimal bitten und flocht immer irgendeinen Sermon in seine Geschichten und beendete sie mit dem Austeilen vom Flugblättern, auf denen ein Kreuz und eine Flagge prangten.

Für Officer Fred Gaffaney, irisch-katholischer Atheist, war der Penner ein jämmerlicher Knallkopf. Widerwillig folgte er dem unausgesprochenen Erlaß der Division, ihn niemals wegen »einfacher Trunkenheit« aufzugreifen, aber er erübrigte für seine Geschichten keine Sekunde. Und so, als der Penner eines Nachmittags mit einer fiebrigen Geschichte von einer Gruppe von Mitgliedern der Demon Dogs, die hinter ihm her seien, um ihn zu töten, an ihn herantrat, stellte er sich taub. Er gab ihm fünfzig Cent für einen Krug Wein und sagte ihm, er solle zurück ins Heim gehen.

Eine Woche später wurde die Leiche des Penners gefunden, quer verstreut über Suicide Hill. Man hatte ihn gestreckt und gevierteilt. Die ermittelnden Detectives rekonstruierten, daß sein Tod von vier gleichzeitig losfahrenden Motorrädern verursacht worden war, an deren Rückachsen jeweils eines seiner Glieder gebunden worden war. Der Gerichtsmediziner rekonstruierte, daß er nach seinem Tod noch enthauptet worden war, und Officer Fred Gaffaney rekonstruierte, daß er ein Feigling gewesen war, und leitete den Hinweis auf die Demon Dogs nicht weiter, weil es seiner Karriere hinderlich gewesen wäre.

Der anonyme Hinweis, den er der Abteilung Kapitalverbrechen zwei qualvolle Wochen später zuschickte, führte nicht zu den Killern und erleichterte auch sein Gewissen nicht. Die blauen Augen des Penners verfolgten ihn im Schlaf. Schnaps und illegal beschaffte Schlaftabletten halfen auch nicht, und er konnte mit keinem einzigen Menschen darüber reden.

Also wandte er sich an Gott.

Die Rückkehr in den Schoß der katholischen Gemeinde half, aber er konnte den Penner, sein Opfer, nicht mit auf den Beichtstuhl nehmen. Alkohol *und* Kirche halfen ein bißchen mehr, aber die blauen Augen und »Die Dogs haben einen Preis auf meinen Kopf ausgesetzt, Officer Fred. Sie müssen mir helfen!« waren immer nur einen halben Schritt entfernt, bereit, sich genau dann auf ihn zu stürzen, wenn er dachte, alles würde wieder gut.

Der Job half am meisten, aber auch er war kein Allheilmittel. Er diente, leistete viele Überstunden und schrieb umständliche Berichte über die geringsten Vorkommnisse in der Angst, daß jeder noch so kleine Informationsschnipsel, der nicht gemeldet wurde, zu spiritueller Katastrophe und Tod führte. Einige wenige seiner Vorgesetzten hielten ihn für fanatisch, aber die meisten betrachteten ihn als ein Muster polizeilicher Exaktheit. Angespornt von konstanter Ermutigung, kletterte er die Leiter hoch.

Er wurde Sergeant und in die Detective Division versetzt, bestand dann das Examen zum Lieutenant und ging zur Abteilung Kapitalverbrechen. Die Kirche, der Penner und Kreuz-und-Flaggen-Alpträume kochten im Heizbrenner seiner Seele leise vor sich hin, dorthin gedrängt von Ehrgeiz und einem Wall von Rationalisierungsversuchen – sein Drang zur Macht war Sühne; seine strenge Führung laxer libertinöser Untergebener war ein Schwertstreich, der selbst den blauäuigen Geist rühren mußte; seinen Sohn dazu zu ermutigen, auch Polizist zu werden, war Beweis, daß die Sühne an eine zweite Generation von Gaffaneys weitergereicht wurde. Der Tod seiner Frau durch Krebs gab der Schuldverarbeitung eine zusätzliche Trauerlast, und als er sie zu Grabe trug, fühlte er, daß auch der traurige alte Geschichtenerzähler endlich zur letzten Ruhe gebettet worden war.

Dann traf er Lloyd Hopkins, und dieser tollwütige Irrsinnige machte alles zunichte. Er hatte natürlich schon seit Jahren von ihm gehört und die Erzählungen seiner Abenteuer mit Erstaunen und Ekel aufgenommen, aber ihn niemals des Kennenlernens wert befunden vom Standpunkt der Karrieredienlichkeit oder der Effizienz der Abteilung Kapitalverbrechen. Dann, als er Lloyds Sektor als Supervisor zugeteilt wurde, sagte Ted Braverton zu ihm: »Hopkins ist der Beste. Geben Sie ihm Carte Blanche.«

Daß seine Autorität untergraben wurde, hatte ihn gewurmt, aber Crazy Lloyds Aktionen stellten das weit in den Schatten. Hopkins' Leben war ein einziger, gigantischer Schwertstreich nach dem wirklichen und dem imaginären Bösen; das Entsetzen und die Schuldgefühle und der Zorn, die in seinen Augen blühten, waren Laserstrahlen, die in den Teil von ihm einschnitten, in den wie eine Gang-Graffiti eingemeißelt war »Suicide Hill '61«. Er mußte bekämpfen, was Hopkins war, und so stöberte er die Kreuz-und-Flaggen-Flugblätter wieder auf und wurde wiedergeboren. Es funktionierte.

Er verbreitete die Botschaft des alten Penners; fand Trost in ihrem Aufruf zur Pflicht. Er studierte die Bibel und betete und fand Kollegen, die seinen Glauben teilten. Sie wurden seine Gefolgschaft, und als er das Captains-Examen bestand und designiert war zum Leiter des IAD, wußte er, daß ihn nichts davon abhalten konnte, eine überwältigende Selbstheit zu erreichen, die ihm von Gott und seinem seit zwanzig Jahren toten irrsinnigen Märtyrer vorbestimmt war.

Dann erledigte Hopkins den »Hollywood-Schlächter«. Die Kühnheit seiner Taten erweckte Ehrfurcht unter den Männern des Korps der Wiedergeborenen, und wenn Hopkins eines ihrer Gebetstreffen betreten hätte, wären sie vor ihm auf die Knie gefallen, wie wenn der sexuelle Irre Christus höchstpersönlich wäre. Als Hopkins dann ein Jahr später die Havilland/Goff-Morde klärte, ließ das die Männer buchstäblich auf die Knie fallen. Hopkins wurde ein rivalisierender spiritueller Patriarch, der genau deshalb gefährlich war, weil er keine spirituelle Macht begehrte, und die Mittel und Wege zu seiner Zerstörung mußten von Gott erfragt und gewährt werden.

Stunden um Stunden wurden mit Beten verbracht. Er sprach zu Gott von seinem Haß auf Hopkins und erhielt nur schwachen Trost. Seine Strategie, die Schulzeugnisse seines Sohnes aufbessern zu lassen und so die Zulassung zur Akademie zu erlangen, hatte Erfolg, und Steven machte seinen Abschluß und wurde der West-L.A.-Division zum Dienst zugeteilt. Gebet und Berufung eines Gaffaneys zweiter Generation ins Department halfen, den Einfluß zu verwischen, den Hopkins auf seinen Verstand hatte, ebenso wie das akkumulative Anlegen von Akten von Leuten aller Departments, die Dreck am Stecken hatten. Dann wurden seine Gebete belohnt, und der Schuß ging prompt nach hinten los.

Lamar Dayton, ein Lieutenant der Devonshire Division und langjähriger Wiedergeborener, trat dem Korps bei und erzählte ihm von Hurenmeister Lloyd und seiner Feuertaufe in Watts. Ausführliche Überprüfung der Unterlagen der Nationalgarde machten vor allen Dingen eines letztgültig klar: Lloyd, nicht er, war der mit göttlicher Begabung versehene Krieger, und es war nicht Gott, der ihn antrieb, sondern gräßliche, eigennützige Bedürfnisse und Wünsche – alle irdischer Natur.

Gaffaney erhob sich und sah auf die Uhr über seinem Tisch. Sein Grübeln über einen Hinrichtungsaufschub hatte eine Stunde aufgefressen und war immer noch nicht hundertprozentig schlüssig. Er dachte an Dinge, für die er dankbar sein konnte: Er und Steven hatten einander nahegestanden in den Tagen vor seinem Tod, und Steven hatte ihm anvertraut, daß er den Hehlerfluch des pensionierten Deputy zurückgewiesen und so einen neuen Anfang gemacht hatte. Das war tröstlich, ebenso die Tatsache, daß er seinen Selbsthaß nicht noch dadurch verschlimmert hatte, daß er Hopkins die Hinrichtung vollstrecken ließ. »Hopkins« und »Hinrichtung« ergaben die fehlenden Prozentpunkte und verlängerten den Urteilsaufschub bis in die unbestimmte nähere Zukunft. Gaffaney blickte auf die Magnum und wußte plötzlich, warum er die todbringende Waffe aus einem L.A.P.D.-Lager gestohlen hatte. Nur Lloyd Hopkins war verrückt und tollkühn genug, die Waffe zu ihrem Herkunftsort und zu ihm zurückzuverfolgen, ohne Rücksicht auf die Konsequenzen und die »den letzten beißen die Hunde«-Maxime zu nehmen. Er hatte die Magnum aus einem Beweislagerraum der Wilshire Division genommen, vor den Augen eines halben Dutzends Beamter, weil er sich dem Mann, den er am meisten bewunderte und beneidete, zum Opfer darbringen wollte.

Gaffaney dachte an »Suicide Hill '61« und Gnade und trug die drei Armvoll von Akten ins Bad und ließ sie in die Wanne fallen. Dann ging er nach unten und schnappte sich eine Flasche Bourbon aus dem Getränkeschrank. Als er damit wieder nach oben kam, goß er ihn über den Papierhaufen und ließ obendrauf ein brennendes Streichholz fallen. Sein Einfluß auf Hunderte von Männern ging in Flammen auf, und er wartete, bis alle Informationen vernichtet waren, bevor er die Dusche andrehte. Das Feuer zischte, knisterte und erlosch, und Gaffaney ging zurück ins Arbeitszimmer, um auf seinen Henker zu warten.

34

Lloyd erwachte nach achtzehn Stunden traumlosen Schlafs, rollte sich aus dem staubigen Bett und ging zum Fenster, um festzustellen, ob es Tag oder Nacht war.

Herankriechendes Sonnenlicht am östlichen Horizont sagte ihm, daß der Morgen dämmerte; der Zeitungsjunge, der die *Times* an die Haustür schleuderte, ließ ersichtlich werden, daß es weder das große Überleben noch das endgültige Vergessen war, sondern lediglich Zeit weiterzumachen. Nachdem er sich rasiert, geduscht und seine Lieblingskombination, ein Sportjackett und Slacks, angezogen hatte, setzte sich Lloyd an den Eßzimmertisch und brachte eine Erklärung zu Papier, die er noch vor zwei Wochen für unfaßlich erachtet hätte.

Gentleman,
dieser Brief ist mein förmlicher Abschied vom Los Angeles Police Department. Er wird mit Bedauern eingereicht, aber nicht unter psychischem Zwang. Die Gründe für meinen Abschied sind dreifach: Ich will meiner Familie einen Gutteil meiner Zeit widmen; ich habe mir die Feindschaft diverser hochrangiger Beamter zugezogen; und Ereignisse der jüngsten Vergangenheit haben mich überzeugt, daß meine Effektivität als Ermittler in Mordfällen drastisch nachgelassen hat. Es ist mein ausdrücklicher Wunsch, in den Verwaltungs- oder anderen leitenden Bürodienst versetzt zu werden, bis meine zwanzig Jahre im nächsten Oktober ablaufen. Ich bin dankbar für das Angebot des Departments, einen vorzeitigen Abschied mit vollem Ruhegeld zu erhalten, aber ich fühle, daß es unehrenhaft wäre, dies anzunehmen, ohne die erforderlichen zwanzig Jahre abgeleistet zu haben.

Hochachtungsvoll
Lloyd W. Hopkins

Lloyd wappnete sich für die Außenwelt, steckte das Rücktrittsgesuch in seine Tasche und ging zur Tür. Er hoffte, daß die Times über den Tod eines Mannes und die sichere Weiterfahrt eines anderen berichtete. Als er die Tür aufstieß, strahlte ihm die Schlagzeile entgegen: »Selbstmord auf ›Suicide Hill‹ beendet viertägige Mordtour.«

Lloyd lehnte sich an den Türeingang und verdaute erst einmal die Untertitel: »Polizistenmörder/Bankräuber nimmt sich das Leben auf legendärem Jugendgangtreff.« Sein ganzes Hirn schrie erst »Gaffaney«, dann »nein!« als er den gesamten Bericht las:

Los Angeles, 15. Dezember

Das Los Angeles Police Department gab heute bekannt, daß die größte Menschenjagd in der Geschichte von L.A. mit dem Selbstmord des vielfachen Mörders Duane Richard Rice zu Ende ging. Rice war die treibende Kraft hinter dem Banküberfall in West L.A. am Montag, bei dem es vier Tote gab.

Rice, 28, ein Berufsverbrecher mit Verurteilungen wegen Totschlags im Straßenverkehr und schwerem Autodiebstahl, soll auch verantwortlich sein für den Fahrerfluchtmord an L.A.P.D.-Officer Qualter und für die tödlichen Schußwunden der zwei restlichen Mitglieder der Bande, Robert Garcia und Stanley Klein. Dies erhöht die Gesamtsumme seiner Opfer auf sieben.

In einer spätnächtlichen Pressekonferenz im Parker-Center erklärte Thad Braverton, der Chief of Detectives des L.A.P.D., wie die Kooperation eines anonymen Komplizen der Bande der Polizei die Mittel gab, das Regiment des Terrors zu rekonstruieren:

»Ein klassischer Fall eines Streits unter Banditen«, sagte der Chief. »Rice, Garcia und Klein begingen in der Woche vor dem Pico-Westholme-Banküberfall zwei andere gutgeplante Bankraube/Geiselnahmen im Valley. Wir sind nun der Auffassung, daß der letzte Überfall von Rice teils aus Rachsucht durchgeführt wurde – einer der Bankangestellten, Gordon Meyers, ein ehemaliger Deputy Sheriff des L.A.-Countys, war während der kürzlichen Verbüßung einer Haftstrafe der Wärter von Rice.«

Braverton fuhr fort: »Wir wissen nicht genau, *warum* Rice Rache wollte, aber daß er sie wollte, kann man wohl mit letzter Sicherheit annehmen. Der Zeuge, den wir in Gewahrsam haben, ist der Mann, der der Bande die Waffen verkauft hat, und er, ein langjähriger Komplize der drei Männer, gibt an, daß zwischen ihnen tiefes Mißtrauen herrschte. Die anderen Männer sind ebenfalls vorbestraft – Garcia wegen Einbruchs, Klein wegen Drogenbesitzes.

Klein war außerdem eng verstrickt mit Videopornographie. Anhand der Indizien glauben wir, daß Rice Garcia und auch Klein niederschoß und tötete. Sein Motiv war der Wunsch, ihre Anteile des Geldes vom Pico-Westholme-Raub zu bekommen. Es gibt weitere Indizienbeweise, die diese

Theorie untermauern – unser Chefballistiker, Arthur Cranfield, hat die Patronen vom Kaliber 45 untersucht, die aus den Leichen von Garcia, Klein und Rice entnommen wurden, und er stellt eindeutig fest, daß sie aus dem Armeecolt 45 stammen, der in Duane Rices Hand gefunden wurde, als Streifenbeamten seinen Leichnam in der Sepulveda-Kläranlage entdeckten.«

Lloyd überflog den Rest des Artikels, einen hyperbolischen Sermon über Tragödie, Gesetz und Ordnung und die bevorstehenden L.A.P.D.-Begräbnisse. Der Gesamteindruck wirkte massivst wie ein Patchwork aus Sieg und Niederlage, Überleben und Leugnen. Sein Bericht, den er Dutch gegeben hatte, seine forensischen Täuschungsmaßnahmen in Stan Kleins Bude und die Aussage von Louie Calderon waren, wenn schon nicht wirklich geglaubt, so doch zumindest akzeptiert worden, um schlafende Hunde nicht zu wecken. Aber der »Selbstmord« von Duane Rice war absurd. Dienstag nacht hatte Dutch gesagt, daß zwei .45er im Bowl-Motel aufgefunden worden waren, während seine eigene Waffe die »tödlichen« Schüsse auf Stan Klein geliefert hatte. Wenn Rice mit seiner eigenen Waffe getötet worden war, was zweifelhaft war, weil er sie niemals aufgegeben hätte – hatte er nicht selbst abgedrückt.

Lloyd fühlte, wie ihn ein ungutes Zorngefühl überkam. Rice hatte den Tod verdient gehabt; er hatte ja selbst erwogen, ihn kaltblütig umzubringen. Und der Mann, der ihn höchstwahrscheinlich getötet hatte, hielt ein Todesurteil wie ein Damoklesschwert über seinen eigenen Kopf. Als er mit Sirene und ohne Rücksicht auf Ampeln zum Parker-Center raste, konnte er nicht glauben, daß er tatsächlich verrückt genug war, sie beide auf einen Schlag zu erledigen.

Im Central-Crime-Laboratorium waren viele Techniker rege zugange. Lloyd fand Artie Cranfield in seiner üblichen Arbeitshaltung vor – gebeugt über ein vernickeltes ballistisches Mikroskop. Er wußte, daß es eines Luftangriffs bedurfte, um Arties Kopf nach oben zu bringen und sagte: »Erzähl mir die Wahrheit über Klein und Rice. Was versucht Braverton zu vertuschen?«

Mit einem Lächeln richtete sich Artie auf. »Hallo, Lloyd. Würdest du das wiederholen?«

Lloyd lächelte und räusperte sich; Artie sagte: »Nicht hier«, und deutete auf sein Büro. Lloyd trat ein, und fünf Minuten später gesellte sich Artie zu ihm. Er schloß die Tür und sagte: »Ohne Schnörkel?«

Lloyd nickte zustimmend und sagte: »An ein paar Sachen wurde da gedreht. Ich habe Kleins Leiche gefunden, tot bei Auffinden, erstochen. Ich habe drei Schüsse aus meiner .45er in den Toten gefeuert, also weiß ich, daß das Gelaber über ›ein und dieselbe Waffe‹ in den Zeitungen reinste Affenscheiße ist. Hast du die Beweisstücke von Rice bearbeitet?«

Artie warf einen verstohlenen Blick auf seine vier Wände und sagte dann: »Ich war bei der Autopsie dabei. Der Gerichtsmediziner gab mir drei benutzte

357er, hatte sie aus der Brust von Rice gepult. Die Rückseiten der Hülsen waren eingekerbt, genau da, wo der Schlagbolzen auftrifft. Sehr distinktiv und sehr vertraut. Ich ging die ballistischen Berichte der letzten achtzehn Monate durch und Bingo – Volltreffer! Übereinstimmung mit einem alten ungelösten Fall der Wilshire Division, Schießerei auf der Straße, die Wilshire-Schnüffler haben die Waffe gefunden und behalten, um auf mögliche Beteiligte Druck auszuüben.«

Lloyd verarbeitete die Information und erahnte auf einmal eine unvorhergesehene Chance oder einen kapitalen Schnitzer. »Deine Schlußfolgerungen, Artie?«

»Seh ich bescheuert aus? Einer unsrer Jungs hat den copkillenden Schwanzlutscher abgeknipst. Wie auch immer, ich rief jedenfalls John McManus an und erzählte ihm, was ich gefunden hatte, und er sagte: ›Halten Sie es unter Verschluß, Officer.‹ Eine halbe Stunde später kreuzt Big Thad auf, gibt mir drei verschossene .45er und sagt: ›Garcia-Klein-Rice-Fall geschlossen. Capice?‹ Da ich beabsichtige, in den Genuß meines Ruhegeldes zu kommen, sagte ich: ›Jawohl, Sir.‹ Also hältst du es auch unter Verschluß. Capice, Lloydy?«

Ein kunterbunter Technicolor-Film mit einem bierpichelnden Louie Calderon und Joe Garcia, der umgeben von Hula-Maiden auf der Gitarre wriemelte, passierte vor Lloyds geistigem Auge. Er widerstand einem Impuls, Artie in eine Bärenumarmung zu nehmen, und sagte: »Seh' ich denn bescheuert aus?«

»Nein«, sagte Artig, »nur unbekümmert.«

»Gut gesagt. Ich brauche eine Gefälligkeit.«

»Du brauchst immer Gefälligkeiten.«

»Gut gesagt. Auf mich wartet eine lange Überwachung. In letzter Zeit irgendwelches Speed bearbeitet?«

»Black Beautys?«

»Musik in meinen Ohren. Ich muß noch mal telefonieren. Bin in fünf Minuten wieder da.«

Während Artie das Speed holte, rief Lloyd die Wilshire-Detectives an. Die Antwort, die ihm sein alter Freund Pete Ehrlich auf seine Frage gab, ließ ›unvorhergesehene Chance/kapitaler Schnitzer‹ als Riesenuntertreibung erscheinen:

Mittwoch morgen, neun Uhr dreißig, war Captain Fred Gaffaney im Mannschaftsraum der Wilshire Division aufgetaucht. Er wirkte ganz uncharakteristisch nervös. Er machte mit den diensthabenden Beamten dort mehrere uncharakteristisch schmutzige Witze und verlangte dann den Schlüssel zum Beweisstücklager, bekam ihn und wühlte durch die Schränke, bis er einen 357-Python in einer versiegelten Beweisstücktüte fand, die auch ein Dutzend einzelner Patronen enthielt. Er lieferte für seine Handlungsweise keine Erklärung und reagierte nicht auf die Beileidsbekundungen, die ihm Ehrlich zum Verlust seines Sohnes machte. Als er den Mannschaftsraum verließ, zitterte er von Kopf bis Fuß.

Als Artie mit fünf Biphetamin-Kapseln zurückkam, hatte Lloyd *sein* Zittern unter Kontrolle bekommen. Nachdem er sein Abschiedsgesuch bei Thad Bravertons Sekretärin abgeliefert hatte, fuhr er zur Ecke Temple und Beaudry. Er fand einen spitzenmäßigen, lauschigen Lauerplatz gegenüber des Gitarrenladens, schluckte einen Black Beauty und machte es sich bequem, um auf seinen handverlesenen Überlebenden zu warten. Bald schon erklang in seinem Kopf eine Amphetamin-Symphonie:

Gaffaney.

Hopkins.

Zwei Killer beim Totentanz.

35

»Verflucht unwirklich!«

Joe knüllte die Zeitung zusammen, nahm den leuchtend blauen Himmel aufs Korn und schleuderte das Geschoß aus guten Neuigkeiten genau in Richtung der Sonne. Passanten auf der Straße drehten sich um, um ihn anzustarren, und er brüllte: »Ich habe einen verfluchten Schutzengel!« und ließ das Knäuel in seine Hände fallen. Dann rannte er damit wie ein Football-Spieler mit einem raumöffnenden Zuspiel schnurstracks zum Motel und zu Anne.

Sie saß aufrecht im Bett und rauchte, als er durch die Tür kam und die Schlagzeilen vor ihr auf dem Bett glattstrich. »Lies das«, sagte er. »Schlechte Neuigkeiten und gute, aber zum Großteil wahrlich super-duper-gut!«

Anne drückte ihre Zigarette aus und las die Titelseite: Joe saß am Bettrand und fragte sich, wie die Bullen sich so irren konnten und warum Rice sich ausgerechnet *dort* das Licht ausgeblasen hatte. Als er Anne beim Lesen zusah, erklang kurz im Boogie-Rhythmus noch einmal seine alte Obsession, sein Song: »... and death was a thrill on Suicide Hill«.

Anne blätterte zur zweiten Seite, und Joe wurde neugierig, wie sie auf die Geschichte über ihren alten Freund und seinen Tod reagieren würde. Er hatte ihre Koksdosis jetzt seit zwei Tagen permanent verringert, und sie war vermutlich so nah daran, eine normale Frau zu sein, wie sie es je sein würde. Obwohl sie wohl genug Herz besaß, um um den verrückten Mutterschänder zu trauern?

Anne legte die Zeitung weg, zündete sich eine weitere Zigarette an und sagte: »Wow, und ich dachte, Duane war nur ein Wagendieb. Ich denke allerdings, daß das mit Stan als Bankräuber pures Gewäsch ist. Ich glaube, wir waren zusammen an dem Montag, an dem die Bank überfallen wurde.«

Joe konnte nicht sagen, ob sie auswich oder offen sprach. »Du warst vermutlich bedröhnt«, sagte er. »Er ist vermutlich kurz verduftet, um das Ding zu drehen, und dann zurückgekommen.«

Anne zuckte mit den Achseln, blies Rauchringe und sagte dann: »Falsch, Baby, aber wen schert's? Außerdem steht in der Zeitung, daß Duane Stan erschossen hat. Das stimmt nicht. Ich war doch dabei. Duane hat ihn erstochen.«

Ihre fälschliche Gewißheit ließ Joe erschaudern – das hieß, er konnte sie guten Gewissens abhängen. »Cops bauen bisweilen halt Scheiße«, sagte er. »Oder sie drehen an den Dingen herum, damit es zu den Beweisen, die sie haben, paßt. Süße, was willst du tun?«

»Du meinst so ganz allgemein? Und wegen uns?«

»Richtig.«

Anne pustete eine Reihe perfekter Kringel und sagte: »Ich habe dich ja ganz gern als Freund, aber du siehst das zu spießig, zu eng mit den Drogen, und du bist zu sehr Macho. Als wir uns zuerst trafen, warst du nicht so schlimm, aber je besser ich dich kennenlerne, desto ernster wirst du, wie wenn du dächtest, Gewalt und Männlichkeit seien irgendwie das gleiche. Aber im wesentlichen möchte ich mit dir zusammen sein, und ich möchte wieder Musik machen. Ich glaube, wir sind eine Welle. Es dauert, so lange es dauert.«

Joe beugte sich nach vorn und umfaßte ihre Brüste. »Was ist mit Rice? Er hat dich wahrhaftig geliebt.«

Anne streichelte die Hände, die sie liebkosten. »Er war ein hundertprozentiger Verlierer. Und weiß du, was traurig ist? Karmamäßig ist er sich selbst untreu geworden, denn er hat immer gesagt, Selbstmord wäre nur für Feiglinge. Das ist trist. Wieviel von Mels Geld haben wir noch übrig?« Joe dachte, Ruhe in Frieden, Duane Rice, und sagte: »Wir sind fast blank, aber ein Kumpel von mir bewahrt eine Gitarre von mir auf, und wir können mindestens drei Scheine dafür kriegen. Also machen wir, daß wir loskommen.«

»Können wir uns denn auf die Straße wagen?«

»Ich denke doch. Wir haben einen seltsamen Schutzengel, und ich möchte sehen, ob mein altes Viertel immer noch genauso aussieht.«

36

In der Dämmerung, gerade als die lange Wache drohte, ihn völlig kirre zu machen, lief sein Überlebender mit einer dünnen blonden Frau im Schlepptau zum Fenster des Gitarrenladens. Aus der Entfernung sahen sie aus wie ein abgebranntes Pärchen – bescheidene Träumer in zerknitterten Kleidungsstücken, die auf der Suche nach der Erfüllung ihrer Träume in das Glas starrten. Lloyd ließ sie den Laden betreten und hoffte, sie taten nichts, was diesen Eindruck zerstörte.

Als sie eine Minute später wieder herausmarschierten, stand er da auf dem Gehsteig und wartete. Joe Garcia sah in seine Augen und begriff; Anne Atvater Vanderlinden sah Joe an und begriff es quasi aus zweiter Hand. Lloyd trat zurück an den Randstein und hob sich ergebend die Hände. »Friede, Genosse«, sagte er. »Ich bin auf eurer Seite.«

Anne stellte sich an Joes Seite, als dieser Lloyd anstarrte; das angespannte Drei-Weg-Schweigen zog sich hin, bis Lloyd die Hände herunternahm und Joe sagte: »Was wollen Sie?«

»Die Leute fragen mich das andauernd«, sagte Lloyd. »Und es wird langsam langweilig. Heute schon die Zeitung gelesen?«

Joe legte einen Arm um Anne. Sie schmiegte sich an seine Brust und sagte: »Vielleicht ist er der Schutz –«

»Er ist ein verfluchter Cop«, platzte Joe heraus. Er sah eine Frau, die einen Kinderwagen an ihnen vorbeischob, und senkte seine Stimme. »Crazy Lloyd Hopkins, na schön. Sie jagen mir keine Angst ein, Mann.«

Lloyd lächelte. Garcia wirkte wie ein dreißigjähriger Teenager, der versuchte, eine High-School-Torte zu beeindrucken, um sich mit ihr zum Abschlußball zu verabreden. Angesichts dessen, was er in den vergangenen zwei Wochen durchgemacht hatte, war der Eindruck erstaunlich.

Sie verfielen wieder in Schweigen, das diesmal von Joes breitem Grinsen durchbrochen wurde. Lloyd griente zurück und winkte dem seltsamsten bewaffneten Bankräuber, den er je gesehen hatte, mit dem Finger. Joe kam herüber, und Lloyd legte einen Arm um seine Schulter und flüsterte: »Sei jetzt kein blöder Bohnenfresser. Laß die Sache an Klein hängenbleiben und mach, daß du aus L.A. wegkommst, bevor irgend etwas schiefgeht. Und frag mich nicht noch mal, was ich will, sonst muß ich dir die Hucke vollhauen.«

Joe wand sich frei. »Ich habe Stan Klein gekillt, Mann. Ich habe ihn wahrhaftig gekillt.«

Die stolze Aussage traf Lloyd wie ein Schlag zwischen die Augen – es war die Wahrheit, und auf einmal spürte er echten Mumm hinter dem aufgesetzten Draufgängertum des uralten Teenagers. »Ich glaube dir. Sag deinem Mädchen, daß wir eine kleine Spazierfahrt machen.«

Die letzten Mechaniker gingen gerade, als sie auf der anderen Straßenseite von Likeable Louies *One-Stop Pit-Stop* hielten. Lloyd ließ sie in Ruhe zuschließen und gab ihnen Zeit, herunter bis Sunset zu kommen, dann nahm er ein Brecheisen aus dem Kofferraum, rannte herüber und brach die Garagentür auf. Er knipste die Deckenbeleuchtung an, und das erste, was er sah, war der Traum eines jeden *Low-Riders.*

Es war ein 54er Chevy Cabrio in Bestzustand. Saphirblau wie ein kandierter Apfel, kanariengelbes Verdeck, Luxusausstattung, abnehmbare Bezüge. Lloyd besah sich das Armaturenbrett und grinste. Der Schlüssel steckte in der Zündung.

»Schnucklig, Mann! Gut wie verfluchtes Gold!«

Lloyd drehte sich um und sah, wie Joe die Zierleisten des hinteren Kotflügels streichelte. Anne Vanderlinden stand hinter ihm, rauchte eine Zigarette und beäugte eine Werkzeuglade, die mit tragbaren Fernsehern vollgestopft war. Lloyd klopfte Joe auf die Schulter und sagte: »Meinst du das ernst mit dieser Finstrer-Chicano-Junggangster-Tour, oder versuchst du nur Eindruck auf mich zu schinden?«

Joe begann den Wagen mit seinem Ärmel zu polieren. »Ich weiß es nicht. Ich weiß es wahrhaftig nicht.«

»Was weißt du denn?«

»Daß ich wahrhaftig weiß, was ich nicht sein will. Hören Sie mal, ich habe noch eine Frage.«

»Schieß los, aber nichts über das, was hier läuft. Alles, was du wissen mußt, ist: Mach, daß du wegkommst. Es gibt überall noch lose Enden, die zu dir hinführen können.«

Joe befingerte die Innenbezüge des Chevy. »Warum hat sich Rice auf Suicide Hill umgebracht? Woran dachte er?«

Lloyd zuckte die Achseln. »Ich weiß es nicht.«

Anne stand neben der Werkzeuglade und fummelte an den Programmknöpfen der Fernsehapparate herum. Joe konnte sehen, daß sie einen Drogenjieper hatte und nach Möglichkeiten suchte, ihre Hände zu beschäftigen. Er bewegte seine Augen hin und her zwischen seiner eventuellen Freundin und seinem Schutzengel und sagte: »Hopkins, was hat es auf sich mit diesem Ort? Ich meine, Sie sind doch ein Cop, Sie müssen doch die ganzen Geschichten gehört haben. Es begann alles mit diesem Kerl, Fritz Hill, oder? Damals in den vierziger Jahren? Er war ein wahrhaftiger harter Knochen, und der Hügel wurde nach ihm benannt?«

Lloyd sah heraus auf die Straße. Er wurde langsam nervös, denn er war ja jetzt nur noch Zivilist, ohne jegliche offizielle Rechtfertigungsmöglichkeit für einen Einbruch. »Meiner Meinung nach ist der Großteil der Geschichte Affenscheiße«, sagte er. »Was ich hörte, war, daß es da damals in den fünfziger und sechziger Jahren einen alten Polizeispitzel gab, der immer bei der Sepulveda-Kläranlage herumhing. Er gab vor, ein religiöser Wirrkopf zu sein, damit die hiesigen Bullen und die Luschen, die dort einen draufmachten, dachten, er sei harmlos. Er hatte ganze Wagenladungen von Gangmitgliedern an die Schnüffler von der Jugendbehörde in der Innenstadt verpfiffen, und sie haben's herausbekommen und ihn kaltgemacht. Es war so ein deutscher Kerl, und sein Name war Fritz irgendwas. Was ist los, Genosse? Du guckst so traurig aus der Wäsche.«

»Nicht traurig«, sagte Joe. »Erleichtert, vielleicht.«
»Die Schlüssel stecken. Kannst du eine Handschaltung bedienen?«
»Können Nigger tanzen?«
»Nur auf Soul-Musik. Greif dir ein paar Fernseher und schieb ab.«

Joe belud Kofferraum und Rücksitz mit tragbaren Sonys. Anne stand dabei und sah zu, kettenrauchend und fröstelnd. Als der Chevy bis obenhin voll war, führte er sie hinüber zur Beifahrertür, half ihr sacht hinein und ging dann zurück zu Lloyd. Er streckte seine Hand nach Gefängnisart aus und sagte: »Danke. Und sagen Sie Louie, ich zahl's ihm irgendwann zurück.«

Lloyd ergriff die Hand und drehte sie nach unten zu einem normalen Händedruck. »Es war mir ein Vergnügen. Und mach dir keine Sorgen wegen Louie, der schuldet mir was. Wohin fährst du?«

»Ich weiß es nicht.«

Lloyd lächelte und sagte: »Solange es nur schnell ist«, dann ließ er Joes Hand los und sah zu, wie er zu seinem Gefährt ging. Der seltsamste bewaffnete Bankräuber aller Zeiten trat mit einem eleganten Schwung aufs Gas und dezimierte die Zahnräder in der Schaltung des Chevys, als er rückwärts aus der Garage fuhr und diverse parkende Fahrzeuge streifte, als er in südlicher Richtung auf der Tomahawk Street losfuhr. Lloyd schaltete das Licht aus, schloß die Tür und klopfte sich die restlichen, an den Einbruch erinnernden Splitter von den Händen. Als er zu seinem Matador kam, hatte er einen klaren Ausblick über den Sunset. Der Chevy ruckelte ostwärts, und Anne Atvater Vanderlinden stand unter einer Straßenlampe. Sie tanzte mit ausgestrecktem Daumen.

Zeit zum Tanz.

Lloyd unternahm eine kurze Inventur seiner eigenen Person und schlug auf den Sitz, als er bemerkte, daß er sowohl seine wieder zu neuen Ehren gekommene .45er als auch seinen üblichen kurzläufigen .38er vergessen hatte. Die einzige Waffe im Wagen war die 12er Pumpgun, die oben am Armaturenbrett befestigt war, und die war zu auffällig – völliger Overkill. Er mußte zuerst zum Haus fahren und sich eine Waffe greifen; zum Tanz unbewaffnet zu erscheinen, wäre glatter Selbstmord.

Er fuhr langsam heim. Das Amphetamin hielt ihn hyperwachsam, die Furcht vor der Auseinandersetzung ließ ihn in der rechten Spur dahintrödeln. Als er in seinen Block bog, begann er Grabinschriften für sich und Jesus-Fred zu entwerfen. Dann sah er den Umzugswagen in seiner Einfahrt. Seine Scheinwerfer erhellten Janices Perserteppich, der zusammengerollt an der Seitentür lehnte. Antiquitäten waren wie Willkommenslichter auf dem Rasen aufgestellt, zusammen mit Stapeln von Pennys Büchern.

Die Meinigen.

Zuhause.

Ja.

Lloyd schnappte nach Luft und drückte aufs Gaspedal. Die Heimkehr löste sich auf wie ein Trugbild, und ein neuer Schwall grabsteingerechter Sinnsprüche hielt sie dort niedergedrückt, wo sie ihn nicht zermalmen konnten, seine Entschlossenheit nicht zerstören konnten. Dann, nach etlichen Meilen von Nachrufen, hielt er vor dem Haus von Captain Frederick T. Gaffaney und ließ es wirken, ließ es weh tun. Was dann kam, überließ er seiner alten harthechtigen Persona.

Die Meinigen.

Zuhause.

Er oder ich.

Lloyd ergriff das Schrotgewehr und schob den Sicherungsbügel zurück, dann hebelte er eine Patrone ein und ging hinüber zum Haus. Das Erdgeschoß war dunkel, aber schwaches Licht schien hinter verhangenen Fenstern im zweiten Stock. Er rüttelte versuchsweise am Türgriff und fühlte, wie er einschnappte und nachgab. Er stieß die Tür auf und trat ein.

Der Geruch von abgestandenem Zigarettenrauch und Whiskey erfüllte das Wohnzimmer. Lloyd tapste in der Dunkelheit voran, und der Geruch wurde immer stärker, als eine Treppe schemenhaft in Sicht kam. Er ging sie auf Zehenspitzen hoch, hörte Husten, und als er in den Flur des zweiten Stockwerks kam, sah er Lichtspiegelungen, die von leeren Schnapsflaschen, die im Gang verstreut waren, aufblinkten. Er hielt die Ithaca schräg links vor den Körper, drückte sich rücklings an die Wand und ging im Scherenschritt auf die Lichtquelle zu.

Es war ein Badezimmer, eines, das einen anderen Geruch verströmte – den von verkohltem Papier. Lloyd trat ein und sah, daß der Gestank von den triefend nassen Stößen geschwärzter Ordner, die die Badewanne füllten, aufstieg. Als er mit dem Lauf seines Gewehrs die Spitze des Haufens anstieß, bröckelte eine Rußschicht ab, und er konnte die aufkopierten Worte entziffern: *Vertraulich – unbedingt wissenswert.* Ein Kreuz-und-Flaggen-Emblem war darunter aufgedruckt.

Ein plötzlicher Hustenschwall ließ Lloyd herumfahren und anlegen. Er sah nichts außer den Badezimmerwänden und ging den Gang entlang zu einer halbgeöffneten Tür, hinter der völlige Dunkelheit herrschte, dem quälenden Geräusch nach. Er hob den rechten Fuß, um sie aufzutreten; die Tür flog auf, und grelles Licht blendete ihn. Er riß die Ithaca hoch in Schußposition, und als er wieder klar sehen konnte, entdeckte er, daß er Mündung an Mündung mit Fred Gaffaney und einer gespannten Magnum stand.

»Keine Bewegung, Arschloch.«

Lloyd erkannte die Stimme nicht wieder und konnte kaum den Mann wiedererkennen, dem sie gehörte. Das hier war ein hochrangiger Hexenjäger mit

Schnapsodem, der in seinen Kleidern geschlafen hatte und dessen Nervenenden völlig ausgefranst waren; ein Wiedergeborener mit einem Dreitagebart und einem zittrigen Finger an einem bereits halb durchgezogenen Abzug. Eine dem jüngsten Tag angemessene Erscheinung.

»Keine Bewegung, Arschloch.«

Die zweite Warnung wirkte wie eine gräßliche Selbstparodie. Lloyd senkte sein Gewehr, und Gaffaney ließ den Hammer des 357er sacht herunter. Beide Waffen sanken gleichzeitig an die Seiten ihrer Träger, und Lloyd sagte: »Was machen wir nun, Captain?«

Gaffaney trat zurück in das Arbeitszimmer und ließ die Waffe über die gerahmten L.A.P.D.-Gruppenaufnahmen an den Wänden schwenken. »Ich bin nicht mehr Captain, Sergeant«, sagte er, und seine Stimme gewann ihre alte Autorität wieder. »Ich habe heute morgen meinen Abschied eingereicht. Sie sind also höherrangig als ich. Ich habe es getan, um es Ihnen zu erleichtern.«

Lloyd stellte die Ithaca an den Türrahmen, behielt sie aber in Griffreichweite. »Ich bin nicht mehr Sergeant. Ich habe gebeten, meine zwanzig Jahre ableisten zu dürfen, aber sie werden niemals darauf eingehen. Wir sind beide Zivilisten. Macht es das leichter für Sie?«

Gaffaney sah auf ein Bild, auf dem seine Frau ihm die Lieutenant-Streifen an den Kragen stecke. »Mein Abschied wurde angenommen, der Ihre wurde auf Eis gelegt. Braverton hat es mir heute nachmittag gesagt. Er will Sie halten. Er will Sie halten, weil er Sie liebt.«

Lloyd ließ seine Augen nicht von der Magnum, die Gaffaney an einem Finger baumeln ließ. »Captain, wir sind beide R –«

»Sie sollten mich nicht so nennen, Sie verfluchter Kerl.«

»Wir sind beide erledigt! Wir haben kaltblütig Menschen getötet, und das Department weiß Bescheid über Sie, und Sie wissen Bescheid über mich, und alles, was ich tun will, ist, beide Dinge unter Dach und Fach zu bringen und heim zu meiner Familie zu gehen. Leichter kann ich es Ihnen nicht machen.«

Gaffaneys von bloßen Nerven zeugenden Gesichtszüge wurden schlaff, seine Stimme ausdruckslos. »Sie sind nicht gekommen, um mich zu verhaften?«

Das Affentheater im Beweislagerraum erwies sich also als absichtlicher kapitaler Schnitzer. Lloyd ließ seine Finger über die Pumpgun gleiten. »Ich dachte, ich bringe es fertig, aber ich kann es nicht. Wie wär's? Ihre Anklage gegen meine, dann haue ich hier ab, bevor irgend etwas Verrücktes passiert.«

Gaffaney schüttelte den Kopf. Seine Arme zitterten unfreiwillig, so als ob sein ganzer Körper versuchte, seine Ablehnung herauszuschreien. Der 357er fiel zu Boden, als er seine Stimme wiederfand. »Nein. Nein. Nein. No, no, no, no –«

Lloyd griff nach der Magnum. Er bekam sie in die Hände, bevor Gaffaney sich rühren konnte, und hatte die Trommel geleert, als die Aneinanderreihung von Neins in einen seltsam luziden, mit monotoner Stimme vorgebrachten Satz auslief. »... ich bin nicht so weit gekommen, damit Sie mich verraten.«

Lloyd ließ die Patronen in seine Tasche gleiten und warf den Revolver wieder auf den Boden, dann hob er die Ithaca auf und warf die Patrone aus der Kammer heraus. Als der Teppich mit unschädlich gemachten Waffen übersät war, sagte er: »Warum ich?«

Der monotone Tonfall des Hexenjägers gewann etwas an Resonanz. »Weil ich zwar gut war, aber Sie der Beste sind. Weil Sie ein läppischer Zivilist waren, als Sie diesen Mann in Watts töteten, wohingegen ich ein hochrangiger Polizeibeamter war, als ich einen Mord beging. Weil das Department es niemals zulassen wird, daß ich belangt werde, weil die Gerechtigkeit in diesem Fall allumfassend sein muß.« Gaffaney hielt inne und sagte dann: »Weil ich Sie liebe.«

Lloyd wich zurück, bis er an die Wand stieß. »Sie sind verrückt, wenn Sie denken, daß ich Sie töten werde. Bevor ich das täte, ließe ich mich lieber von Ihnen wegen Richard Beller ans Messer liefern.«

Gaffaney ließ ein gespenstisches Lächeln folgen und sagte: »Wir haben beide erst spät gelernt, Opfer zu bringen, Lloyd. Das geschieht bei selbstsüchtigen Männern wie uns. Es tut mir nur leid, daß unsere Opfer einander entgegenstehen. Jetzt sagen Sie mir angesichts dessen, ob ich wahnsinnig bin:

Durch Ihr angezapftes Telefon schloß ich, daß Sie einem Toten Joe Garcias Teilnahme an den Überfällen und den Morden in die Schuhe schieben wollten. Ich behielt diese Information für mich. Dann habe ich heute nachmittag, als ich die Zeitung las und sah, womit Sie durchgekommen waren, die Sergeanten Collins und Lohmann losgeschickt, um Klein zu überprüfen. Er war zum Zeitpunkt der drei Überfälle vor einem Dutzend Zeugen mit dem Drehen pornographischer Filme beschäftigt. Er kann in keinster Weise mit Louie Calderon in Verbindung gebracht werden, und ein Freund von mir im S.I.D. sagte, daß er an Stichwunden starb. In seinem Besitz befindet sich ein Schnappmesser, dessen Ränder exakte Übereinstimmungen mit einem Teil von Kleins Abdomen, der bei der Biopsie entnommen wurde, aufweisen. Auf dem Griff ist ein Daumenabdruck von Joe Garcia.«

»Nein«, sagte Lloyd in *seinem* Weltuntergangsmonotonfall. »Nein, nein, nein, nein, nein.«

Gaffaney sagte »Ja« und begann Punkte herunterzurasseln. »Kleins Alibizeugen wollen nicht auspacken, weil sie fürchten, daß ihre Beteiligung an Pornos ans Licht kommt, aber wenn wir die Augenzeugen von Pico-Westholme mit Karteiaufnahmen von Klein und Joe Garcia befragen, sollten wir interessante Resultate bekommen, und Calderon hielte niemals vor einer hartnäckigen Grand Jury stand. Collins und Lohmann haben die .45er von Duane Rice; sie haben sie aus dem Wagen genommen, den er hatte, als sie ihn gefangen nahmen. Das wird im krassen Widerspruch stehen zu Bravertons Vertuschungsmaßnahmen. Genug?«

»Sie schmieriger Schwanzlutscher«, zischte Lloyd.

Gaffaney sprach leise, so wie ein liebender Elternteil mit einem Kind. »Ich kenne Ihre Schuld, und ich weiß, daß Sie sie sühnen müssen, und ich weiß, daß Garcia dafür sehr zweckmäßig ist. Aber wenn wir die Ermittlungen nicht bis zum Ende durchziehen, heißt das, daß wir als Polizisten nichts wert sind.«

Lloyd ahmte Gaffaneys luzides, wahnsinniges Flüstern nach. »Captain, zusammen haben wir beide jetzt für mehr als vierzig Jahre die harten Hechte gespielt. Joe Garcia ist nur ein Tropfen im Ozean, verglichen damit, wie oft wir mit der Dampframme zugelangt haben, verglichen mit all den Gesetzen, die wir gebrochen haben. Sie verpassen mir ein Mordstrara über das Gesetz, um mich ausreichend aufzuputschen, damit ich Sie töte? Sie sind hundertprozentig verflucht wahnsinnig.«

Fred Gaffaney ließ seine Finger über die Fotos an der Wand wandern und sagte: »Ich habe heute im Radio eine Geschichte mit *Human Touch* gehört. Eine Gruppe von High-School-Kids fand einen Teil des Geldes aus dem Bankraub verstreut in ihrem Viertel, manches mit Tinte beschmiert, manches nicht. Sie haben es natürlich nicht den entsprechenden Behörden übergeben: Sie stürzten auf den Strip und versuchten, es so schnell sie konnten zu verpulvern. Ein Sheriff-Deputy, der nicht im Dienst war, bemerkte einen Jungen, der versuchte, einen tintenbeschmierten Zwanziger zu wechseln, und brachte ihn zum Sprechen, aber bis seine Suchmannschaft in die Gegend, wo das Geld gefunden wurde, geschickt wurde, konnte keine einzige Dollarnote mehr aufgefunden werden. Sehen Sie, in was für einer Welt wir leben?«

Lloyd hob den 357er auf und begann ihn zu laden. »Eine ziemlich kümmerliche Parabel, Captain. Erzählen Sie sie Collins und Lohmann. Sie wird sie in die richtige Stimmung versetzen, mal so richtig zuzulangen. Haben Sie Ihre Information über Garcia weitergegeben? Weiß es noch jemand außer Ihnen und Ihren Jungs?«

»Nein, noch nicht.«

»Warum haben Sie Ihre Unterlagen verbrannt?«

»Ich bin kein Polizist mehr. Ich bin nicht würdig zu führen, und keiner meiner Gefolgsleute ist fähig zu führen. D – das ist zu Ende.«

Lloyd ließ die Trommel einschnappen und sagte: »Ich habe getan, was ich konnte. Garcia hat ein Fahrzeug und einen Vorsprung, mehr als er ohne mich gehabt hätte. Haben Sie noch was zu sagen?«

Gaffaney runzelte die Stirn. »Rice sagte: ›Sie hat mein steinernes Herz in tausend Stücke zerbrochen.‹ Was, denken Sie, hat er gemeint?«

»Ich weiß es nicht, Captain. Nur der Ordnung halber, Sie haben den Richtigen erwischt. Er hat Ihren Sohn getötet.«

Gaffaney streckte den Arm aus und berührte Lloyds Arm; Lloyd schlug seine Hand beiseite und sagte: »Was haben Sie zu sagen?«

»Nichts«, sagte Gaffaney, »ich habe nichts.«

Lloyd legte die Waffe in die Hand seines alten Gegners. »Dann bringen Sie es hinter sich wie ein Soldat, aber reißen Sie nicht noch jemanden mit sich.«

»Sie werden es nicht tun?«

Lloyd verneinte und ging durch den Flur ins Badezimmer. Er umklammerte den Rand der Badewanne und starrte auf das Kreuz-und-Flaggen-Emblem, als er den Schuß hörte. Seine Hände fuhren hoch und rissen gezackte Porzellanstücke heraus, und dann folgte ein zweiter Schuß und noch einer und noch einer. Er rannte zurück ins Arbeitszimmer und fand Gaffaney auf den Knien. Er drückte die Waffe und einen Armvoll gerahmter Fotografien an seine Brust. Er murmelte vor sich hin: »Ich habe nichts mehr. Mir bleibt nichts.«

Lloyd half ihm auf die Füße. Die Erinnerungsstücke, die Gaffaney umklammerte, machten die Umarmung etwas kümmerlich, aber er schaffte es trotzdem, seine Arme um den schluchzenden Mann zu legen. Er empfand diese einfache Geste wie einen Akt der Gnade für alle, die sie verloren hatten, alle, die ihre steinernen Herzen gebrochen hatten.